W0271354

LES PUISSANCES DES TÉNÈBRES

DU MÊME AUTEUR

Un agent qui vous veut du bien
(roman, Denoël)

L'orange mécanique
(roman, Robert Laffont)

La folle semence
(roman, Robert Laffont)

Le testament de l'orange
(roman, Robert Laffont)

La symphonie Napoléon
(roman, Robert Laffont)

L'homme de Nazareth
(roman, Robert Laffont)

1984-85
(roman, Robert Laffont)

Rome sous la pluie
(roman, Seghers)

Shakespeare
(Buchet-Chastel)

Ce sacré Hemingway
(Fayard)

Du miel pour les ours
(Acropole)

ANTHONY BURGESS

LES PUISSANCES DES TÉNÈBRES

Roman

Traduit de l'anglais par
GEORGES BELMONT et HORTENSE CHABRIER

ACROPOLE

3 bis, passage de la Petite-Boucherie
75006 Paris

Un livre présenté par Hortense Chabrier

Si vous souhaitez être tenu régulièrement
au courant de nos publications,
envoyez vos noms et adresses en citant ce livre aux

Editions Acropole
216, boulevard Saint-Germain
Paris 7e

Ce livre a été publié pour la première fois à Londres par les éditions Hutchinson, sous le titre : Earthly Powers.

© Liana Macellari Burgess, 1980.
© Traduction française : Acropole 1981
ISBN 2-7144-1364-1 H 60-0598-7

Note des traducteurs

Il n'est rien que l'on ne puisse traduire, aimait à dire James Joyce. Il s'en autorisait pour prendre avec lui-même certaines libertés, le cas échéant. Car il entendait surtout par ces mots qu'il n'est rien qui ne se puisse *rendre*. Nous nous sommes inspirés de sa règle pour la traduction de ce grand monument littéraire qu'est *Les puissances des ténèbres*. Afin d'éviter, en quelques occasions (fort rares, précisons-le), un appareil de notes insupportable pour le lecteur, nous avons parfois intégré brièvement l'explication dans le texte même. Et il est arrivé que, pour épargner aussi l'imbécile indication : « jeu de mots intraduisible en français », nous nous soyons permis de « recréer » le jeu, en en respectant le plus étroitement possible l'esprit et la connotation particulière. Tout cela, bien entendu, avec l'autorisation expresse de l'auteur et après l'avoir consulté. Il nous reste à espérer que nous aurons ainsi servi ce grand livre.

H. C. - G. B

A Liana

1

C'était l'après-midi de mon quatre-vingt-unième anniversaire, et j'étais au lit avec mon giton, lorsque Ali vint m'annoncer la visite de l'archevêque.

— Très bien, Ali, chevrotai-je (je m'exprimais en espagnol, de la chambre de maître dont la porte était close). Conduis-le au bar et sers-lui à boire.

— *Hay dos. Su capellan también.*

Il y a douze ans que j'ai pris ma retraite de la profession de romancier. Cependant, quiconque ayant une petite idée de mon œuvre et se donnant la peine de relire ma première phrase devra bien reconnaître que je n'ai pas perdu une miette de ma vieille habileté à tourner ingénieusement ce qu'il est convenu d'appeler une entrée saisissante dans le vif du sujet. Pourtant il n'y a là au fond nulle ingéniosité. Parfois l'actualité se prête aux jeux de l'art. Que j'eusse quatre-vingts ans, je ne pouvais guère en douter : toute la matinée les télégrammes de félicitations n'avaient cessé de m'en pénétrer. Geoffrey, qui enfilait déjà son pantalon de toile trop collant était en effet, selon toute hypothèse, mon Ganymède ou mon amant autant que mon secrétaire. Et le mot espagnol *arzobispo* signifie sans conteste archevêque. L'heure ? Peu après 4 heures, un après-midi de juin à Malte — le 23 juin pour être exact et pour épargner à ceux que cela intéresse vraiment l'ennui d'avoir à consulter le *Who's Who.*

Geoffrey transpirait trop et courait droit à l'embonpoint (paradoxe, car Geoffrey ne courait jamais). L'existence, imaginais-je, était trop facile pour ce garçon de trente-cinq ans. Bah, l'heure de notre séparation ne pouvait plus guère tarder ; la nature s'en chargerait, Geoffrey n'éprouverait aucun plaisir à assister à la lecture de mon testament : « Mon cher, quelle vieille garce ! Quand on pense à tout ce que j'ai fait pour lui. » Et moi, donc — mais à ma manière, c'était vrai, posthume, oui, posthume.

Je demeurai encore étendu un court moment, nu, tavelé, jauni, émacié, à fumer une cigarette qui eût dû être postcoïtale, mais ne l'était pas. Geoffrey chaussa ses sandales en soufflant, l'estomac cassé en trois bourrelets de graisse, puis il mit sa saharienne à fleurs. Pour finir, il se dissimula derrière ses lunettes de soleil, qui étaient de cette espèce insolente dont les convexités renvoient au monde des éclairs de miroir métallique. J'y distinguai avec une netteté incroyable mon visage et mon cou de quatre-vingt-un ans : la fameuse sévérité rassise de qui a vécu avec une rare intensité sa vie, les tendons décharnés pareils à des câbles l'anatomie des mâchoires, la cigarette « Fribourg and Treyer » au bout de son porte-cigarette Dunhill, me reliant à un âge où fumer était un acte qui se piquait d'élégance. Je considérai sans rancœur la double image, pendant que Geoffrey disait :

— Je me demande ce que Son Archevêcherie peut bien vouloir. Peut-être te remettre en mains propres une bulle d'excommunication. Sous emballage cadeau, naturellement.

— Avec soixante ans de retard, dis-je.

Je tendis à Geoffrey la cigarette à demi fumée pour qu'il l'éteignît dans un des cendriers d'onyx, et je remarquai combien il rechignait même à ce petit service. Je sortis du lit, nu, tavelé, jauni, émacié. Mon pantalon de toile était, selon les principes de la décence, loin de l'étroitesse. Et si les bégonias et les orchidées de la chemise étaient ridicules sur un homme de mon âge, il y avait beau temps que je m'étais immunisé contre les ricanements venimeux de Geoffrey en lui rétorquant : « Cher enfant, je dois bien m'habituer à la perspective de floralies révérentielles. » La formule datait de 1915. Je l'avais entendue au Lamb House, à Rye ; mais c'était moins du pur *(echt)* Henry James que du Henry James parodiant du pur *(echt)* Meredith — en mémoire de 1909 et d'une certaine dame qui avait envoyé à ce dernier trop de fleurs. « Floralies révérentielles, ho, ho, ho », avait raillé James, se complaisant dans un pastiche de gaieté.

— Les félicitations des *fidèles*, alors, dit Geoffrey.

Je ne trouvai pas du tout à mon goût sa façon d'aspirer le mot et l'accent qu'il lui avait imprimé de ce fait. J'y reniflais un parfum de sexualité en même temps que l'odeur impudique de ses propres infidélités ; c'était un terme dont je m'étais servi moi-même à son endroit, un jour, en pleurant, et il restait chargé pour moi de tout le sérieux d'une morale traditionnelle digne tout au plus d'une plaisanterie au sous-entendu obscène pour la génération de Geoffrey.

— Les *fidèles*, lui retournai-je sur le même ton, ne sont pas censés lire mes livres. Pas ici, sur l'île sainte de saint Paul. Ici, je suis un immoraliste, un anarchiste, un agnostique et un rationaliste. Je crois deviner ce que veut l'archevêque. Et son désir vient justement de ce que je suis tout cela.

— Plus malin qu'un vieux diable, hein ?

Ses verres réfléchissants captèrent des reflets de pierre dorée provenant de la Triq Il-Kbira, c'est-à-dire Rue la Grande ou Grand-Rue, par l'embrasure de la fenêtre. Je dis :

— Il y a en bas, dans ce que tu appelles ton bureau, beaucoup de correspondance négligée. Écœuré par ta fainéantise, j'ai pris sur moi d'ouvrir une lettre ou deux, encore chaudes des mains du facteur. L'une d'elles portait le timbre du Vatican.

— Ah, va te faire foutre, dit-il en souriant (du moins me sembla-t-il : bien évidemment, je ne pouvais voir ses yeux).

Puis, singeant mon léger zézaiement, il reprit en écho :

— Écœuré par ta fainéantize... Va te faire foutre ! répéta-t-il ensuite, cette fois d'un ton boudeur.

— Je crois, dis-je, entendant mon chevrotement frêle et sénile et le détestant. Je crois, oui, que je ferais mieux de dormir seul à l'avenir. Cela *siérait* mieux à mon âge.

— Tiens donc, enfin l'on regarde les choses en face, très cher ?

— Pourquoi, dis-je tremblant de me voir dans le grand miroir mural bleu et rabattant en arrière mes mèches clairsemées, oui, pourquoi t'arranges-tu pour que les choses prennent cet accent sale et mesquin dans ta bouche ? Chaleur. Confort. Amour. Tu trouves que ce sont des mots sales ? Amour, amour. C'est sale ?

— Le *cœur,* très cher, dit Geoffrey, cette fois encore avec un sourire, me parut-il. La pompe n'est plus toute jeune, il faut la surveiller, n'est-ce pas ? Très bien, chacun de nous dormira dans son lit séparé. Et si tu appelles, la nuit, qui t'entendra ?

Wer, wenn ich schrie... Qui donc avait dit ou écrit cela ? Mais le grand Rilke, lui-même, bien sûr, le pauvre. Mort aujourd'hui. Il avait pleuré en ma présence dans une méchante brasserie de Trieste, non loin de l'Aquarium. Les larmes lui ruisselaient du nez, qu'il essuyait à sa manche.

— Tu as toujours réussi à dormir assez profondément près de mon sommeil laborieux, dis-je. Assez profondément pour rester insensible même au doigt que je t'enfonçais dans les côtes. (Et puis, avec un trémolo honteux :) Fidèle, fidèle... !

Je sentais revenir les larmes, sous le poids douloureux de ce mot. Je me souvins du malheureux Winston Churchill qui, vers ce même âge, se prenait à pleurer à des mots tels que *grandeur.* Je crois que l'on appelle cela instabilité émotive. Maladie de vieux.

La bouche de Geoffrey ne forma même pas un sourire, cette fois, pas plus que sa mâchoire ne se crispa pour signifier une hargne molle. Le bas de son visage témoigna d'une sorte de compassion tandis que le haut me renvoyait mon image jumelle : j'étais deux fois brisé. *Pauvre vieux bougre,* se dirait-il à lui-même et dirait-il peut-être plus tard à un ami ou à un de ses lèche-cul, au bar du Corinthia Palace Hotel. *Pauvre vieille lope. Tout seul avec son impuissance, sa décrépitude et sa sénilité.* Pour l'instant, c'était, avec un aimable entrain :

— Allons, très cher. Ta braguette est-elle bien fermée ? Bravo !

— Pour ce que l'on en verrait, sous tant de fleurs.

— Superbe ! Or çà donc, mettons le masque de l'auteur et de l'immoraliste distingués. Son Archevêcherie attend.

Là-dessus, il ouvrit la lourde porte donnant droit sur le vaste salon de l'étage A mon âge, je pouvais, je peux supporter toutes les brutalités de la lumière et de la chaleur, et l'une comme l'autre, avec cette férocité particulière aux régions méridionales, déferlaient, tel un *finale* de Rossini en stéréophonie, par les fenêtres grandes ouvertes et sans volets. A droite, les toits et les lessives hautes en couleurs de Lija, un autobus qui passait, des enfants querelleurs ; à gauche, par-delà les cristaux, la statuaire et la terrasse supérieure, montant du jardin, le sifflement et le ronronnement de la pompe qui irriguait mes orangers et mes citronniers. En d'autres termes, j'entendais la vie poursuivre son cours ; c'était un réconfort. Nous foulâmes du marbre frais, une épaisse peau d'ours blanc, du marbre encore, de la fourrure, du marbre. Là-bas au fond, le clavecin William Foster, que j'avais acheté pour mon précédent ami et secrétaire, Ralph, infidèle, avec ses quelques cordes médianes brisées par Geoffrey lors d'une nuit d'orage. Aux murs, des peintures, œuvres de grands, mes contemporains, tous — aujourd'hui fabuleusement précieuses, mais acquises pour des bouchées de pain à l'époque où, pourtant jeune encore, j'étais, moi, enfin sorti de la mêlée. Et aussi des vitrines exposant des jades, des ivoires, des verreries, des métaux : *bibelots* ou *objets d'art*. Ah ! comme ces mots de la langue française, tout en avouant leur trivialité, les en purifiaient en quelque sorte. Fruits tangibles de la réussite, le vrai combat, où l'on se collette avec la forme et l'expression, restant, lui, éternellement douteux.

Oh, mon Dieu... le *vrai* combat ? Je pensais en écrivain, non pas en être humain, même sénile. Comme si la conquête du langage avait de l'importance ! Comme si, à la fin des fins, il existait autre chose de plus important que des clichés. Fidèle. Tu as manqué à la fidélité. Tu t'es laissé glisser, tomber dans l'infidélité. Ma conviction est que l'on doit être fidèle à ses croyances. *Adeste fideles.* A Noël, cela pouvait encore éveiller une nostalgie mouillée de larmes. La reproduction, dans le cabinet chirurgical de mon père, de cette horreur — mais de quel droit la qualifiais-je d'horreur ? — illustrant l'anecdote de la sentinelle morte à son poste, les yeux grands ouverts sur l'écroulement de Pompéi. Fidèle jusqu'à la mort. Les félicitations des *fidèles*, soit. Le monde de l'homosexualité a son langage complexe, délicat et pourtant parfois d'une acuité atroce dans sa précision, façonné d'après des clichés appartenant à l'autre monde. Ainsi donc, *cher maître,* ce sont là les fruits tangibles de votre réussite.

Geoffrey traînait les pieds à mon pas, par dérision, comme pour mieux souligner son, très cher, rôle d'aide pédenculaire. Côte à côte, pied à pied, avec une régularité comique, nous descendîmes la première volée de marbre. Nous arrivâmes à un palier spacieux orné d'une armoire XVIIe anglais dissimulant d'exquis cristaux — desquels on use, mon cher, couramment, pour les exhiber, s'imbiber, abreuver — et une table de tric-trac XVIIIe, dont l'échiquier était constamment garni de figurines humaines en obsidienne du Mexique (pour la parade uniquement, mon cher : il y a beau temps qu'il a passé l'âge des *jeux*), puis prîmes à droite pour nous engager dans l'ultime cataracte de marbre. Je jetai un regard sur la pendule maltaise dorée, au mur de l'escalier : elle indiquait près de 3 heures.

— Personne n'est venu la remettre en ordre, dis-je, conscient de l'irritation de ma voix. Cela fait maintenant trois jours. Oh, je sais, je sais, nous n'en mourrons pas...

Nous étions à trois degrés du bas. Geoffrey tapota du doigt la pendule comme s'il s'était agi d'un baromètre, puis, méchamment, fit mine de lui décocher un coup de poing.

— Quel sale endroit ! Je déteste cette saleté d'endroit, je l'abhorre.

— Il y faut le temps, Geoffrey.

— Nous aurions pu aller ailleurs. Il y a d'autres îles, puisque tu tiens à une saleté d'île.

— Pas maintenant, dis-je. Nous avons des visiteurs.

— Vacherie ! Nous aurions très bien pu rester à Tanger. Nous aurions eu le dernier mot avec ces salauds.

— Nous ? C'est toi, Geoffrey, qui avais les ennuis ; pas moi.

— Qui diable t'empêchait de faire quelque chose ? *Fidèle !* Tu peux toujours me la jeter à la figure, ta *fidélité*.

— Mais j'ai fait quelque chose : je t'ai sorti de Tanger.

— Pourquoi m'avoir traîné ici, dans cette saleté d'endroit ? Avec ces saletés de prêtres et de flics qui sont comme cul et chemise.

— Il y a deux *saletés de prêtres* qui nous attendent. Un peu de modération, je te prie.

— Tu as peut-être envie de crever ici, moi foutrement pas.

— Il faut bien mourir quelque part, Geoffrey. Malte me semble une sorte de compromis raisonnable.

— Pourquoi refuses-tu de mourir dans cette saloperie de Londres ?

— Les impôts, Geoffrey. Les droits de succession. Le climat.

— Bordel de Dieu de merde, au diable cette putain de saloperie d'île !

Je descendis à petits pas comptés les trois dernières marches menant au grand vestibule ; il suivit, se contentant maintenant de jurer et de pester sous cape. A deux mètres de là, sur un plateau d'argent qu'embellissait une coupe chinoise pleine de fleurs de saison, s'amoncelait un arrivage tout frais de félicitations, apporté par les petits télégraphistes motorisés sur deux roues. Le bar était à l'autre bout du vestibule, sur la droite, entre la pétaudière du bureau où Geoffrey négligeait son secrétariat et mon propre cabinet de travail, maniaquement rangé. Au mur qui séparait du bar cette dernière pièce, le Georges Rouault — une ballerine laide et comme gribouillée à gros traits noirs impatients, lavés de couleurs cruelles. A Paris, à l'époque, Maynard Keynes m'avait ardemment recommandé de l'acheter Il connaissait le marché comme sa poche.

2

Dans le bar, Son Excellence était fort à l'aise. Je m'étais attendu à la trouver assise et s'impatientant à l'une des tables, devant une orange pressée intacte ; mais non, elle était perchée devant le comptoir sur un tabouret de cuir fauve, petit pied soigné posé sur la barre de cuivre, petite main grassouillette et soignée tenant ce qui ressemblait fort à un solide whisky bien soigné. Elle bavardait d'une voix sonore et affable avec Ali — veste blanche, debout, officiant derrière le bar — et ce, à mon étonnement, dans la langue même de mon serviteur. S'agissait-il d'un don du Paraclet de la Pentecôte ? Puis je me souvins que le maltais et l'arabe maghrébin sont dialectes frères. Son Excellence entreprit de descendre de son tabouret en me voyant et, tout sourire, me salua en anglais, disant :

— Vous rencontrer enfin, M. Toomey ! C'est un privilège et un plaisir. Je suis sûr de parler au nom de toute notre communauté en vous souhaitant, comme je le fais en ce moment, un très heureux anniversaire.

Un jeune homme basané vêtu d'un habit ecclésiastique plus simple que celui de son supérieur, cria de l'autre bout du bar :

— Joyeux anniversaire, monsieur, oui ! C'est un honneur de vous adresser en personne ce vœu.

Le bar était petit et il n'était pas nécessaire de crier, mais certains Maltais recourent à un ton de voix anormalement élevé, même pour chuchoter. Ce jeune homme avait examiné mes photographies encadrées et accrochées aux murs, toutes me montrant avec nombre de célébrités très diverses : Chaplin à Los Angeles, Thomas Mann à Princeton, Gertrude Lawrence lors de la dernière représentation d'un de mes grands succès londoniens, H.G. Wells (en compagnie, bien entendu, d'Odette Keun) à Lou Pidou, Ernest Hemingway sur le *Pilar*, au large de Key West. Il y avait aussi des affiches sous-verre de mes triomphes au théâtre, *La vache enragée*, *Les dieux au jardin*, *Œdipe Higgins*, *Ruptures et répits*, et autres. Les deux ecclésiastiques levèrent gaiement leur verre à ma santé. Puis Son Excellence posa le sien sur le comptoir et trottina vers moi avec un rien d'espièglerie, la main droite levée à l'horizontale, offrant l'anneau à bonne hauteur. Je serrai la main.

— Mon chapelain, le père Azzopardi.

— Mon secrétaire, Geoffrey Enright.

L'archevêque était de quelques années plus jeune que moi, évidemment vigoureux, bien que très enrobé (et, donc, assez peu marqué et ridé). Nous nous lorgnâmes mutuellement avec une amicale circonspection, opposés par le métier, mais unis par l'âge. A ma façon frivole, je notai que nous formions, ma foi, une assez bonne tablée de poker : deux paires, une fois Ali écarté En espagnol, je dis à ce dernier :

— Gin et tonic. Ensuite, laisse-nous.

Son Excellence se rassit à l'une des trois tables, vidant d'abord son verre et puis le berçant, non sans humour, dans sa main. Elle se sentait infiniment chez elle. C'était, après tout, son archidiocèse. Je dis :

— Peut-être, tout compte fait, est-il trop tôt pour les boissons fortes. Aimeriez-vous du thé ?

— Oh ! oui, s'écria le chapelain, tournant le dos avec empressement à Mae West et à moi-même photographiés devant le Grauman's Chinese Theater à Hollywood. Du thé, quelle bonne idée !

— Alcool, décréta l'archevêque.

Et à Ali, en maltais-maghrébin, il demanda de lui redonner la même chose. Après quoi, parut-il ajouter, Ali pourrait nous laisser.

— Quelle ravissante demeure, dit-il. Ces jardins, ce verger quelle merveille. Je suis souvent venu ici. Au temps de sir Edward Hubert Canning. A l'époque de feu Mme Tagliaferro. Le père Azzopardi serait, j'en suis sûr, enchanté de visiter l'intérieur, l'extérieur, tout, sous la conduite de monsieur... de votre jeune ami ici présent, qui a des miroirs sur les yeux. Les jeunes avec les jeunes, n'est-ce pas, M. Toomey ? Ah ! jeunesse. La maison — peut-être le savez-vous ou ne le savez-vous pas — fut bâtie en 1798, quand Buonaparte nous envahit. Il chassa de l'île les Chevaliers. Il tenta de restreindre ou de contraindre les pouvoirs du clergé. (Son Excellence eut un petit rire sardonique.) Il n'y réussit pas. Le peuple maltais ne l'accepta pas. Il y eut des incidents. Il y eut des morts.

Je pris mon gin et tonic des mains d'Ali et l'apportai à la table. Je m'assis en face de l'archevêque, déjà nanti d'un solide verre de Claymore sec.

— Eh bien, dis-je à Geoffrey, vous avez reçu vos instructions. Faites visiter au, euh, à monsieur l'abbé la maison et les jardins. Offrez-lui le thé.

Le père Azzopardi vida son verre de je ne sais quoi avec une précipitation nerveuse et se mit à tousser. Geoffrey lui tapa dans le dos avec trop d'énergie, en disant à chaque coup de poing :

— C'est ma faute, c'est ma faute, c'est ma très *grande* faute.

— Geoffrey, dis-je sévèrement, ce n'est pas drôle.

Geoffrey me tira la langue et entraîna par le bras le père Azzopardi toujours toussant. Son Excellence adressa une dernière plaisanterie en langue sémitique à Ali, qui riant, sortit lui aussi.

— Gentil garçon, dit Son Excellence. Manifestement. Ah ! jeunesse, répéta-t-elle, hochant la tête en direction de la voix de Geoffrey que l'on entendait, avec ses effets de voix, s'en aller vers la verdure et le soleil. Sans doute jouez-vous au bridge, ici, reprit l'archevêque en parcourant du regard les étagères et leurs bouteilles. Passe-temps inoffensif et civilisé. (Il éleva une main grasse en ce qui ressemblait à la fois à une bénédiction de ce jeu et à un geste de regret de ne pouvoir jamais accepter une invitation à une partie.) J'y ai joué, mais c'est fini. J'ai bien trop de travail. Feu Sa Sainteté y jouait également. Mais elle aussi a fini par avoir beaucoup trop à faire. Comme vous le savez certainement.

Son sourire modeste était destiné, supposai-je, à hiérarchiser la comparaison. Cela dit, ainsi que m'en avait averti certaine lettre du Vatican, la visite devait concerner le défunt pape. Je dis :

— Lorsque Carlo fut élevé si haut, le temps du bridge était déjà passé pour lui. Beaucoup trop de travail, comme vous disiez, comme il disait. Mais quel joueur superbe il avait été ! Infiniment intelligent et redoutable. Comme Mme Battle, vous savez.

Son Excellence ignorait tout de cette dame.

— Oh oui, je le crois sans peine. Intelligent et redoutable. Mais avec quel sens de l'humain, ou est-ce : de l'humanité ? Les deux, peut-être. Et quelle sainteté aussi !

Il me regardait avec une nuance de déférence involontaire. *Carlo,* avais-je dit. Pour ma part, j'étais prêt à répondre plaisamment qu'il n'y a pas plus de saints au bridge que le bridge n'a de saints, mais c'eût été indigne et de mauvais goût. Au lieu de cela, je déclarai :

— Je suis au courant du projet, naturellement. A ce que je comprends, il reste encore beaucoup à faire.

Son Excellence agita vaguement la main qui ne tenait pas de verre :

— Je parle, bien entendu, cela va de soi...

— Par prolepse ?

— Vous êtes un maître du langage, M. Toomey. Votre langue, je le crains, me demeurera toujours étrangère ; c'est celle des protestants, dirai-je avec votre permission. Mais votre maîtrise est renommée. J'ai, hélas, c'est évident, peu le temps de lire. Toutefois on m'a souvent dit que vous êtes passé maître dans la langue anglaise.

— Voilà une chose, dis-je, que la plupart des Maltais doivent se contenter d'apprendre par ouï-dire. Ceux que cela intéresse, du moins. Il leur est interdit de le découvrir par eux-mêmes.

— Oh, un ou deux de vos ouvrages sont autorisés. Cela, je le sais. Mais il convient de protéger notre peuple, M. Toomey. Quoi qu'il en soit, je pense que notre censure devrait bientôt se relâcher quelque peu. Il souffle un esprit nouveau, à l'étranger, et chez nous aussi, aha ! Déjà l'on peut aujourd'hui acheter librement les œuvres de Monsieur Voltaire, cet athée. Et en français !

— Déiste, non pas athée. (Je savais la raison de sa visite, mais j'avais décidé d'user de feinte ignorance pour placer ma pointe.) Monsieur l'Archevêque, dis-je, je crois comprendre que vous n'êtes nullement ici à titre, dirons-nous, pastoral ? Vous devez savoir, j'imagine, que je suis né dans la foi. Mais je me propose de mourir en dehors d'elle. Voilà assez longtemps que je vis hors de son sein. Il convient que ma position soit parfaitement claire. (Et pourtant j'avais avalé ma salive sur ce mot de *foi.*)

— Vous vous proposez ! dit-il gaiement. L'homme propose. Non, non, non, oh ! non, reprit-il. Il est une chose que j'ai apprise que nous apprenons tous peu à peu et que feu Sa Sainteté nous enseignait de façon, aha ! fort intelligente et redoutable, et c'est qu'il est de nombreuses voies menant au salut. Mais, avec votre permission, M. Toomey. Je présenterai ainsi la chose. Vous *connaissez* l'Église. Quoi que vous soyez aujourd'hui, vous n'êtes pas un protestant. Certains dogmes, mots, termes.. ont un sens pour vous. Je ne pense pas me tromper.

— Permettez-moi de vous verser encore un peu de whisky, dis-je, lui prenant son verre et me levant, raide et vieux. Puis-je vous offrir un cigare ? Une cigarette ?

— Funeste habitude, que de fumer, dit-il sans ironie. Abrège la vie. Juste une petite goutte, alors.

Je pris pour moi une cigarette dans la boîte en cuir florentin posée sur le comptoir. Il y avait là aussi une grande coupe en bois d'Afrique centrale, pleine de pochettes d'allumettes, trophées ramenés d'avions et d'hôtels du monde entier. J'avais caressé jadis l'idée d'un journal de voyage construit selon le prélèvement au hasard des pochettes d'allumettes de cette coupe, assez comme l'autobiographie de ce cochon de Norman Douglas, fondée sur le choix aléatoire de cartes de visite. Cela n'avait rien donné. Pourtant, il y a un sens dans le fait de garder une coupe pleine de ce genre de témoins : on y trouve une réserve d'adresses et de numéros de téléphone, aussi bien que la trace palpable de voyages, le tout fort utile à la mémoire d'un vieil homme. J'allumai ma cigarette à l'aide d'une allumette de La Grande Scène, restaurant situé au sommet du Kennedy Center à Washington, 833-8870. J'étais totalement incapable de me souvenir d'y être jamais allé. Abrégeant ma vie, je tirai une bouffée, puis tendis à Son Excellence son whisky. Elle le prit sans un remerciement — forme d'intimité. Tandis que je me rasseyais, elle dit :

— Le mot *miracle*, par exemple. (Cela avec un regard aigu et malin.)

— Ah ! cette histoire ? Oui, le fait est que j'ai reçu une lettre, un mot plutôt, de mon vieux partenaire de bridge, Monsignor O'Shaughnessy.

— Tiens, le bridge ? Je n'étais pas au courant. Intéressant.

— Il y faisait allusion aux vertus de l'approche de personne à personne. Je vois très bien son point de vue. Il est des choses qui ne sont pas bonnes pour le papier. Quoi qu'il en soit, il semble que l'on réunisse un vaste dossier de preuves de sainteté. Le témoignage d'un apostat connu, et qui se dit bien haut rationaliste et agnostique, aurait infiniment plus de valeur que celui d'une vieille paysanne superstitieuse tout de noir vêtue. Tel semblait être le sens du mot de Monsignor O'Shaughnessy.

Son Excellence se balança non sans élégance sur le postérieur en faisant scintiller ses anneaux.

— Moi, dit-elle, il m'a parlé quand j'étais à Rome. Quelle chose étrange, M. Toomey, avouez-le, bizarre, même, si tel est bien le mot... quelle bizarrerie que vous, je veux dire, oui, enfin, qu'un homme qui a rejeté Dieu — ainsi eût-on dit autrefois, aujourd'hui nous sommes plus prudents — ait pourtant pu entretenir des liens aussi étroits avec... Car au fond, vous avez de quoi écrire un livre, n'est-il pas vrai ?

— Sur Carlo ? Ah ! Votre Excellence, qui vous dit que ce n'est pas fait ? En tout cas, il n'entrerait jamais à Malte, n'est-ce pas... un livre de Kenneth Marchal Toomey sur le défunt pape ? Par la force des choses, il ne pourrait s'agir de... hum, d'une hagiographie.

— Monsignor O'Shaughnessy m'a laissé entendre que vous aviez en effet déjà écrit une petite chose. Du temps que le défunt Saint-Père était encore en vie. Avant qu'il fût devenu ce qu'il devint enfin.

— J'ai écrit, oui, une certaine nouvelle, répondis-je. A propos d'un prêtre qui... Écoutez, Monseigneur, Monsieur l'Archevêque, vous pouvez la lire vous-même. Elle figure dans l'un des trois tomes où sont rassemblées mes nouvelles. Mon secrétaire pourrait vous en dénicher un exemplaire.

Il me regarda. Était-ce amertume, était-ce honte ? On ne doit jamais avouer que l'on n'a pas le temps de lire. Dans son cas, cela signifiait : de lire le genre de camelote irréligieuse que j'écrivais. Mais il est des occasions où même un grand ecclésiastique doit être prêt à faire ses devoirs de bon écolier.

— Monsignor O'Shaughnessy, marmotta-t-il de façon fort peu maltaise, m'a téléphoné hier pour me dire qu'il avait lu quelque part que c'était aujourd'hui votre anniversaire. Que c'était pour moi un bon jour pour vous rendre visite. Il y a eu, m'a-t-il signalé, un article sur vous dans un journal anglais.

— L'*Observer* de dimanche dernier. Personne à Malte n'a pu le lire... officiellement, veux-je dire. Au verso de la page en question, il y avait un grand reportage, copieusement illustré, sur les tenues de plage pour dames. Les censeurs de l'aéroport de Luqua l'ont découpé. Du même coup, ils auront fait disparaître l'entrefilet sur mon anniversaire. J'ai eu droit à un exemplaire non censuré grâce au Haut Commissariat britannique. Par la valise, comme on dit.

— Oui, oui, je vois. Mais nous devons bien protéger notre peuple. Hélas ! certains de ces personnages armés de ciseaux, à l'aéroport, manquent un peu d'éducation. Quoi qu'il en soit, voilà.

— Pendant que nous y sommes, autant vous dire que la poste centrale de La Valette m'a, après quelques difficultés, obligeamment permis de récupérer l'exemplaire des poèmes de Thomas Campion que l'on m'avait envoyé. Il s'agissait d'un tirage limité d'une certaine valeur. On m'a dit que l'on avait fini par découvrir que Thomas Campion était un grand martyr anglais, et que, de ce fait, il ne devait pas poser de problème.

— Parfait, c'est parfait, alors.

— Non, pas du tout. Le grand martyr anglais c'était Edmund, pas Thomas. Thomas Campion a écrit quelques petits chants assez cochons. Et aussi d'autres très comme il faut, bien entendu ; mais certains sont extrêmement érotiques.

L'archevêque hocha plusieurs fois la tête, nullement mécontent. Une chose ou une autre, probablement mon agnosticisme dépravé, se trouvait confirmé de ma propre bouche. Son ignorance du martyrologe anglais ne paraissait l'affecter aucunement.

— Hé ! mais, voilà qui est très intéressant Toutefois, c'est l'autre sujet qui nous préoccupe... (Il avait raison : d'un côté l'économie de la conversation de confessionnal, de l'autre la tendance de l'écrivain à divaguer.) Et, naturellement, l'occasion de vous souhaiter une fois de plus un heureux anniversaire. (Il leva son verre, avec un sourire plein de fossettes. Par distraction, je levai aussi le mien en mon honneur.) Monsignor O'Shaughnessy dit également que l'on assure que vous auriez déclaré dans une interview ou autre part que le miracle ne fait absolument aucun doute. Que vous en avez été témoin. Et c'est pourquoi je dois vous ménager toutes facilités pour que vous couchiez sur le papier, que vous écriviez, rédigiez une petite...

— Déposition ?

L'espace de deux secondes, ses mains jouèrent d'un accordéon invisible.

— Ah ! votre maîtrise de la langue... La canonisation. Les miracles. C'est l'habitude. Votre Thomas More, marchand de quatre-saisons. Jehanne d'Arc.

— En quoi êtes-vous censé me ménager *toutes facilités* ? J'ai du papier, une plume, une forme de mémoire. Ah ! je crois savoir de quoi il retourne. Je dois m'y mettre sans délai ? L'on doit m'aiguillonner ? La canonisation est quelque peu urgente ?

— Non, non, non, non, vous devez prendre tout votre temps

Je lui souris, et le beau miroir ancien accroché au-dessus du bar, antiquité authentique vantant les mérites du whisky Sullivan me renvoya le rictus crispé de mes mâchoires.

— Bref, moi qui ne crois pas aux saints, me voici mêlé à l'élaboration d'une sainteté. Très piquant. Bizarre, pour reprendre votre propre expression.

— Il s'agit, c'est sûr, de s'en tenir uniquement au fait. Il n'est pas même question de vous voir employer le mot *miracle*. Il importe que vous déclariez avoir vu quelque chose qui échappe à toute explication normale. (Il avait l'air de commencer déjà à en avoir assez de sa mission ; mais une étincelle de conscience professionnelle anima soudain ses yeux bruns et roués.) Et pourtant, il ne fait pas de doute que *miracle* soit le seul mot s'appliquant bien à ce qui est manifestement en train de se passer, mais que l'on ne peut expliquer que par, par...

— ... l'intervention de quelque force inconnue du sens commun ou de la science ?

— Oui, oui, êtes-vous prêt à l'admettre ?

— Pas entièrement. Il fut un temps où le monde n'était que miracles. Puis on s'est mis à tout expliquer. Avec le temps, tout le sera. Il suffit d'attendre.

— Mais pour ce qui nous occupe... C'était dans un hôpital, quelque part, n'est-ce pas ? Et les médecins désespéraient de la vie de la personne en question ? Non ?

— C'est arrivé il y a bien longtemps, répondis-je. Et je ne sais si vous-même, Monseigneur, comprendrez ce que je vais dire, mais le fait est que les auteurs de fiction ont souvent du mal à décider de ce qui s'est réellement produit et de ce qu'ils imaginent s'être passé. C'est pourquoi, dans mon triste métier, nous ne pouvons jamais être véritablement dévots ni pieux. Nous mentons pour gagner notre vie. Et tout cela, comme vous pouvez le concevoir, fait de nous de bons croyants... de bons crédules en tout cas. Mais quant à y voir un rapport avec la *foi*, non.

Je me tus : je sentais ma voix prête à se fêler sur ce mot.

— Aaaaah, soupira-t-il. Mais il y aura d'autres témoins que vous. Des gens qui ne mentent pas pour leur gagne-pain. (Ce qui était censé faire simplement écho à mes propres paroles devenait, au ton de sa voix, la dénonciation d'un péché frivole.) Si vous pouvez obtenir des témoignages, ce n'en sera que mieux. Il est des personnages difficiles, voyez-vous, dont le devoir est de prétendre qu'ils ne veulent pas de la canonisation. On les appelle les avocats du diable. (Ces mots-là aussi, dans sa bouche, prenaient un accent terrible.)

— Des témoignages ? dis-je. Oh ciel, cela fait si longtemps ! Franchement, je pense que vous feriez mieux d'aller interroger telle vieille paysanne vêtue de noir.

— Nous avons le temps, dit-il. (Son verre vidé, il se leva. J'en fis autant.) On ne peut vous *forcer*. Il faut que vous y réfléchissiez, du moins. Voilà tout. (Il désigna de son anneau archiépiscopal la galerie des photographies me représentant en compagnie des grands de ce monde.) Je vois, reprit-il, qu'il n'y est point.

Il les avait donc examinées, mes images — comme l'écolier qui triche en bâclant un bout de devoir du soir en classe, juste avant l'arrivée du maître. Il avait cherché l'illustration montrant Voltaire et le Christ ensemble, souriants, entourés d'artistes et d'actrices sans Dieu.

— Ceci, dis-je méticuleusement, est une galerie de portraits *séculiers*. Bien que, là, vous puissiez voir Aldous Huxley. (Et je désignai du geste ma sombre personne en compagnie de ce saint rieur, aux yeux pétrifiés par la mescaline.)

— Oui, oui.

Il ne semblait pas avoir entendu parler de Huxley. Épanoui, il regardait par la haute fenêtre la scène que lui offrait le jardin : le père Azzopardi et Geoffrey prenant ensemble le thé à une petite table verte sous un parasol blanc — Geoffrey parlant et gesticulant avec animation, l'abbé hochant la tête et se régalant de tout.

— Ah ! jeunesse, soupira Son Excellence. Oui, nous avons le temps, disais-je, ajouta-t-il en m'enfonçant un doigt familier dans les côtes. Néanmoins, ne perdez pas de vue l'urgence de la chose.

C'était une de ces contradictions qui viennent sans peine aux esprits religieux, Dieu étant pour le moins aussi large que Walt Whitman.

3

Les jardiniers baisèrent l'anneau, les femmes de chambre en firent autant, et Joey Grima, le cuisinier, aussi. Ali, non ; mais on lui serra très cordialement les mains en le gratifiant d'un bon mot d'adieu en langue sémitique. Et lorsque, avec Geoffrey, j'escortai Son Excellence jusqu'à sa Daimler, rangée tout près du garage Percius, la Triq Il-Kbira étant étroite et ma maison n'étant précédée d'aucune cour, bon nombre de villageois accoururent pour baiser également l'anneau : les deux sœurs Borg, de l'épicerie du coin ; le personnel, au grand complet, du poste de police d'en face ; une espèce d'ancêtre trapu et à casquette plate, connu pour son athéisme et qui, tout poussiéreux, ressemblait à quelque effigie récemment exhumée du passé paléolithique de Malte ; des enfants gauches poussés par des mères, et même les chauffeurs et les contrôleurs de trois autobus qui arrivaient et auxquels la Daimler s'en allant bouchait le passage. Désormais, j'aurais droit à plus de considération à Lija et jusque dans les bourgades voisines d'Attard et de Balzan. Le général de brigade à la retraite qui habitait un peu plus bas et qui, selon Geoffrey, me tenait avec mépris pour un homme enrichi par la publication de fariboles obscènes, n'avait pas l'avantage de visites archiépiscopales. Geoffrey disait, trop haut, au père Azzopardi :

— Nous pourrions vous organiser une projection privée. Nous avons tout l'appareillage à demeure. Jamais vous ne verrez cela dans un cinéma public. Mais, pour l'amour du Christ, pas un mot à votre archi.

Le père Azzopardi rit de terriblement bon cœur. A moi, Son Excellence dit :

— Je serai donc enchanté de lire votre déposition. Une telle maîtrise de la langue anglaise ! Et très heureux anniversaire encore une fois. Et, je vous en prie, dites à votre jeune ami d'être prudent.

Tiens, pas si bête ! Il ne lui avait pas échappé grand-chose. Le père Azzopardi monta devant, à côté du chauffeur ; Son Excellence agita la main et donna sa bénédiction, du centre exact de la banquette arrière, et le saint véhicule fila sans bruit vers, disons, Birkirkara.

— Pauvre petit merdeux, dit Geoffrey en rentrant avec moi. Je lui en ai raconté un paquet sur les prêtres qui copulent et les nonnes qui ont le feu au cul aux États-Unis. Mais il ne fait même pas de différence entre son coude et son cul. Alors, qu'est-ce qu'il voulait, l'archi ?

— Ainsi que je le prévoyais, je dois aider à la canonisation du défunt pape.

— O Jésus, ô mon Dieu, ô Seigneur Dieu, toi ? O le ciel nous vienne en aide !

— Ne sois pas idiot, Geoffrey. Tu oublies certains points de ma biographie, à supposer, ce dont je suis enclin à douter, que tu les aies jamais connus.

— Ah, on se pousse du col, maintenant, hein ?

— Son Excellence m'a également prié de te recommander d'éviter tout écart.

— Il a dit ça, hein ? Je vois. Très honoré. Il a lâché ses bouledogues et ils reniflent du côté de la rue Étroite, c'est ça ? O Jésus, Lucifer, Belzébuth Tout-Puissants, ce que je peux détester et vomir cette saloperie d'endroit !

— Tu veux dire, je pense, qu'il n'y a pas ici d'honnête tradition de pédérastie islamique. Toute l'île est vouée à la perpétuation des bonnes familles catholiques. Elle est aussi, dirais-tu, excessivement fournie en hanches callipyges et en poitrines nourricières. Pas de gamins vicieux au corps pareil à une lame aiguisée.

— Foutre, quel hypocrite ! dit-il sans grande méchanceté et en accompagnant ses mots d'un petit rire grivois. Alors tu crois ça, hein ? Tu devrais venir avec moi au Boyau, très cher.

— Au Boyau ?

— Ce que les marins appellent la rue Étroite.

— Je vois, je vois. (Nous sortîmes dans le jardin, entouré de ses beaux gros murs bien hauts, de vrais remparts bâtis par des hommes habitués aux sièges.) Je crois que l'archevêque n'avait pas tort de me prier de te recommander d'éviter les écarts, dis-je.

— Saleté de chiottes de putain d'endroit !

Je dis, tandis que nous flânions dans une allée ombreuse en regardant les trois chats jouer à l'embuscade :

— Tu sais, Geoffrey, si tu es *vraiment* malheureux...

— Oui, oui, très cher. Percy, aux Bahamas, ne serait que trop prêt à me prendre ; et il y a aussi Frank, dont le cœur palpite d'amitié à Lausanne. Geoff Enright, toute une vie littéraire par procuration, ou de l'oreiller au bureau de poste, parmi les *maîtres* expatriés. (Il envoya promener d'un coup de pied une ramille coupée par les jardiniers.) Je te le concède, il est probable que j'ai réellement été un peu fantasque. Le courrier s'accumule, j'en suis très conscient. Il y a probablement un ou deux chèques de droits d'auteur enfouis sous toute cette merde. Mais demain matin, *tôt*, sur le coup de 10 heures, je me remettrai sans faute au turbin. (Sachant, d'évidence, et fort bien, naturellement, que la vieille salope n'en avait plus pour longtemps, et, tant qu'à faire, pourquoi ne pas aller jusqu'au bout de cette foutue histoire ?) Car, vois-tu, Kenneth... (Il traîna du nez sur mon nom, le transformant en une afféterie ridicule.)... je suis, en dépit de mes inconduites, parfaitement involontaires le plus souvent et dont je me repens infiniment d'ordinaire, l'image même de ce que tu m'accuses un peu trop volontiers de ne pas être. *Fidèle,* veux-je dire. (A ce mot, une fois de plus je sentis les larmes près de me piquer les yeux.) Spirituellement, j'entends, si je ne m'abuse. Car enfin, comment savoir quand la chose cesse d'être purement physique ? Et ce dernier aspect n'a pas tellement d'importance, que je sache ? Tu m'as littéralement *sermonné* toi-même à ce propos, n'est-il pas vrai ? Et reprends-moi si je me trompe, mais n'as-tu pas annoncé cet après-midi même que c'en était fini avec cela ? Pour ta part, s'entend. Fini oui, bien fini.

Nous étions parvenus à une sorte de mur d'enceinte massif, tout investi de verdure · nous fîmes donc demi-tour, ce qui nous fit voir sous un autre angle les chats dans leur partie de cache-cache. Les deux jardiniers, MM. Borg et Grima — tels semblaient être, ou peu s'en fallait, les deux seuls patronymes existant à Lija — continuaient leurs paisibles arrosages. Je dis :

— Pourquoi ne jetterions-nous pas au moins un coup d'œil sur les lettres les plus importantes, après le dîner ? Tu le sais, j'ai toujours essayé d'être...

— Bien élevé et respectueux des convenances, oui, très cher Mais nous dînons dehors. Et il y aura un gâteau d'anniversaire, même si, j'imagine, il n'est pas agrémenté de quatre-vingt-une bougies.

— Je l'ignorais. Je n'irai pas. Je ne me sens pas d'humeur.

— Mais il faut que l'humeur y soit, très cher. Il s'agit de ce type du British Council, Ralph Ovington, tu sais ? Dawson Wignall, le *Poète Lauréat,* pas moins, est en visite ici.

— Oh mon Dieu ! Et à qui revient la préséance ?

— Jolie question, hein ? C'est toi l'aîné, bien sûr. Mais c'est lui qui a l'Ordre du Mérite.

Oui, Dawson Wignall était décoré du Mérite. Je me vis dans les miroirs jumeaux de Geoffrey : parfaitement froid, sans un soupçon d'amertume. Willie, non, pardon, Somerset Maugham, le pauvre vieux bougre, soutenait toujours que l'Ordre du Mérite était en réalité celui des Bonnes Mœurs. Trois ans plus tôt, on m'avait fait comme lui Compagnon d'Honneur, et puis j'avais entendu la grande porte de la Dignité Suprême me claquer au nez. Compagnon d'Honneur, voilà tout ce que valait une vieille pédale de mon espèce, probablement. Et pour le Nobel, mes écrits manquaient de l'inélégance et de la partialité nécessaires. A la différence de Boris Diïengidzdat, je n'étais pas politiquement prisonnier de chaînes que, j'en étais certain, il ne tarderait pas à briser, sitôt que ses droits d'auteur en dollars se seraient suffisamment accumulés. Et je ne ressemblais pas non plus à Chaïm Manon ou à J. Raha Jaatinen : je n'appartenais pas à une vaillante petite nation qui, faute de ressources stratégiques, avait droit à la compensation d'un grand écrivain. J'étais, disaient depuis toujours ces messieurs, un cynique, nullement porté à la profondeur des sentiments ni à l'élévation des pensées. Mais je continuais à me vendre assez joliment. Le bureau de Geoffrey regorgeait de lettres de ferventes et de fervents, restées sans réponse pour l'heure. On s'était fort convenablement souvenu de mon anniversaire. Je répondais à un besoin, ce qui, en un sens, est un tort. Je dis, d'un ton boudeur :

— Je n'étais pas au courant. Personne ne m'a rien dit.

— Tu as tenu dans ta main la note de Ralph Ovington, très cher. Tu as même dit : « C'est gentil à lui, oui, gentil », ou je ne sais quelle phrase bateau de ce genre. Tu oublies, tu sais, tu oublies des choses.

— J'ai le droit de ne pas me sentir assez bien, non ?

— Voyons, très cher, dit Geoffrey. C'est un *classique* que tu nous offres là, le plus délicieux morceau de psycho-je-ne-sais-quoi de la vie quotidienne ? C'est à cause de *Ralph*, hein ? A cause de ce nom, *Ralph* ?

Je le regardai. Très étrangement, c'était vrai. Très étrangement, car je croyais avoir passé le stade de Freud. Il m'était même arrivé de rêver les interprétations freudiennes des songes que je venais juste de faire. Et voilà que j'avais rayé de mon esprit le nom d'Ovington, avec son mot gentil et son invitation, en raison d'une simple coïncidence onomastique.

— Cette canaille de Ralph ; ce nègre, dit Geoffrey sans une ombre de méchanceté dans la voix. Cette salope. Très cher, à l'âge avancé qui est le tien, il faut absolument te montrer le plus souvent possible, je t'assure. Oh, nous savons très bien tous les deux combien tu es plein de vie et de santé et, mon Dieu oui, merveilleux, réellement ; mais c'est une bonne chose que de le faire voir au Poète Lauréat, qui est une horrible petite commère. Si tu ne te rends pas à cette invitation, il rentrera là-bas en racontant, tu sais, que la vieille bête est en train de décrocher doucement pour le pays d'où l'on ne revient pas, et la presse entière se hâtera de mettre à jour ses articles nécrologiques. L'abomination, quoi !

— Très bien, dis-je après un profond soupir. Je vais me reposer un peu avant de m'habiller. Dans le cabinet de travail. Demande à Ali de m'apporter du thé très fort avec quelques pâtisseries.

— Est-ce bien sage, très cher ! (Et je l'ai trouvé là, dans le coma de la fin, la vieille peau, dégorgeant un pus de crème pâtissière.)

— Naturellement, ce n'est pas sage. Aucun de mes actes ne le sera plus.

4

Aux murs de mon cabinet de travail, j'avais un pastel de Willem de Kooning, une femelle à dominante rouge, et une des premières esquisses de Picasso pour ses *Demoiselles d'Avignon*, ainsi qu'un dessin lavé d'Egon Schiele, représentant des amants laids, et une composition abstraite de Hans Hartung. Il y avait aussi deux grands fauteuils de cuir sang de bœuf avec le canapé assorti, le tout désuet et lourdaud. Également, des livres enfermés dans des vitrines, presque tous des lectures favorites, abondamment cornés — la bibliothèque principale jouxtait le salon du haut. A côté de l'édition originale du Quiller-Couch, était rangée, fort peu cornée, nullement favorite, l'*Anthologie de la poésie anglaise d'Oxford*, revue et corrigée sous la direction de cet abruti de Val Wrigley. Je la pris et m'allongeai sur le canapé pour y chercher l'inévitable choix de poèmes de Dawson Wignall. Je ne raffolai pas de ce que je découvris, qui me parut insulaire, borné comme un ongle incarné, empesé de tradition, fruit d'un esprit rabougri. Le poète avait puisé ses thèmes aux offices de l'Église anglicane aux fêtes de Noël de son enfance, aux pubescences lycéennes, aux rues commerçantes des banlieues ; y transperçaient à l'occasion des velléités perverses d'ordre fétichiste, bien que ses radotages baveux sur les filles avec leur bicyclette, leur tunique de gym et leurs bas de laine noirs fussent refroidis par de capricieuses ingéniosités de style. Bref, la monarchie l'avait honoré pour des choses de ce genre :

A genoux là, nous étions donc à communier,
Conscients de l'ostie blanche à saveur de papier
Ces lieux, pensais-je tout désir doivent exclure
Ma chasteté connaît ici garde très sûre.
Mais lors je vis ta langue projetée sortir
Et de l'angélique pâture se saisir.
Juste Dieu ! Sur le coup mes jambes se dérobent
Je me vois en faux-col, toi dans ta belle robe,
C'est Noël un jeu nous réunit dans le couloir
Et contre toi longuement je frémis dans le noir !

Je replaçai le livre sur son étagère et m'emparai du *Who's Who*. Chancelant presque sous le poids, voûtant le dos, je le portai jusqu'à ce meuble que j'appelle mon écritoire Directoire et le déposai sur le sous-main. Ah ! nous y voici : *WIGNALL*, Percival Dawson — moins l'Ordre du Mérite à l'époque, mais tout tintant d'autres médailles. La liste de ses exploits littéraires était assez exiguë, la maigreur de la production étant la marque du gentleman écrivain ; mais l'épopée autobiographique intitulée *Corps dans la prairie* était probablement l'équivalent déshydraté de dix de mes délayages romanesques. Je tournai les pages jusqu'à mon propre nom et parcourus avec une sombre fierté ma colonne entière de surproduction. Wignall, c'était aussi le collège de Harrow et l'université de la Trinité à Oxford ; moi, le collège Thomas More, un point c'était tout. Ali frappa à la porte et je criai : « *Adelante !* » Tandis qu'il installait le plateau à thé sur la table à café, j'allai, ployant sous le faix, ranger le *Who's Who*. L'arôme était celui du Twining spécial pour le petit déjeuner, que je prenais à toute heure sauf au petit déjeuner, auquel je buvais du Montagne Bleue. Je versai. Debout, Ali attendait.

— *Sí ?*

Il avait un souci, mais du mal à l'exprimer. Donc, cela touchait à la métaphysique et non à ses gages, à ses femmes, à ses conditions de vie. A la fin, il dit :

— Allah.

— Allah, Ali ?

— *Este pais, dit-il, es católico, pero se dice Allah.*

— Eh oui, Ali. (Les gâteaux étaient des petits fours Kunzel ; ils étaient importés en charmants paquets de six et c'était un réconfort de se retrouver de ce fait, en quelque sorte, sur sol britannique.) Leur mot pour dire Dieu est évidemment le même que le vôtre, mais il s'agit de la version chrétienne du Tout-Puissant, non de celle de l'Islam.

Clairement, cela le troublait. Il répliqua non sans vivacité qu'il n'est d'autre Dieu qu'Allah et qu'Allah est adoré exclusivement dans les mosquées, nullement dans les églises, outre qu'il n'est certes pas administré, pour ainsi dire, par des *arzobispos.* A Tanger déclara-t-il, tout cela était parfaitement lumineux : les chrétiens y parlaient de *Dios.* A l'intérieur de leurs églises, ils disaient *Deus* — ce qui était presque du pareil au même. En revanche, sur cette île, dans les églises — lui avait expliqué l'*arzobispo* tout à l'heure dans le bar, tout en buvant sec à la mode chrétienne —, on parlait de Dieu comme d'*Allah.* Et il ne comprenait pas. Non, de toute évidence, qu'il eût, je le savais bien, l'esprit religieux, ainsi que l'on dit ; mais la situation ici le frappait par sa bizarrerie. Enfant, on lui avait enseigné qu'Allah est le seul Dieu, et les chrétiens de Tanger affirmaient, eux, qu'il n'est d'autre Dieu que *Dios* ou *Deus.* Mais les chrétiens de Malte disaient, tout comme les musulmans, qu'il n'est d'autre Dieu qu'Allah. Et ce, dans leurs églises. Étrange situation. Bien plus, *mauvaise* situation, pouvait-on même dire. Pour que je me pénétrasse convenablement de cette idée, Ali me fournit toutes les façons possibles de l'exprimer : *mala, malvada, maligna, aciaga.* J'en étais à mon troisième Kunzel. Suffisait. Je dis :

— Autrefois, Ali, dans les églises catholiques du monde entier, on se servait du mot latin *Deus.* Aujourd'hui, on emploie ce que l'on appelle l'idiome national, fort peu de gens du commun connaissant le latin. En serbo-croate, c'est *Bog* ; en finnois, *Jumala,* je crois, et en swahili, je le sais, *Mungu.* Or, ici, à Malte, la langue est une sorte d'arabe, bien qu'elle utilise l'alphabet latin. Et en arabe et en maltais, le mot pour dire Dieu est le même : *Allah.* Est-ce raisonnablement clair ?

Ce l'était, répondit-il, mais cela n'en semblait pas moins mauvais. Néanmoins, il était probable que les grands patrons — les *arzobispos* et autres — savaient ce qu'ils faisaient. Cela ne l'empêchait pas de trouver incorrect d'entendre les catholiques, dans leurs églises, invoquer Allah. Puis il changea de sujet en tirant d'une poche de sa veste blanche un petit paquet, qu'il me tendit timidement. C'était, me dit-il, un menu *regalo,* puisque c'était aujourd'hui mes *cumpleaños.* Je refrénai l'afflux émotif en me demandant pourquoi il n'avait pas fait ce présent plus tôt. Était-ce parce qu'il savait que Geoffrey en eût ricané et que c'était la première fois de la journée qu'il se trouvait seul avec moi ?

— Merci, Ali, merci infiniment, dis-je en défaisant le papier.

L'objet était, faut-il le préciser, une petite horreur, selon l'échelle des valeurs des ricaneurs de ce monde : c'était un briquet en métal de pacotille, incrusté de la croix de Malte.

— Ravissant, dis-je. (Ali attendait. Je battis le briquet ; la flamme jaillit. Ali attendait toujours. Je pris une cigarette, l'allumai.) Merveilleux, dis-je, aspirant longuement. Le tabac y prend un goût extraordinaire.

C'était la sorte de réponse manifestement menteuse requise par la culture d'Ali. Satisfait, il hocha la tête et sortit, en marmonnant une phrase où revenait *Allah* et peut-être appropriée à un anniversaire. Bien. Donc, il semblait qu'il ne serait point aisé d'échapper ce jour-là à feu Sa Sainteté le pape Grégoire XVII, alias Don Carlo Campanati, ce gros petit homme. Ses réformes tourmentaient même Ali.

Je demeurai allongé sur le canapé, à abréger ma vie et serrer dans mon poing le cadeau d'Ali tel un gage de foi — et non sans justification, étant donné sa croix de Malte. Je songeai à mon frère, Tom, qui n'avait fumé que trois cigarettes dans toute sa carrière, et mort, pourtant, à quarante-trois ans, d'un cancer des poumons. Tommy Toomey. Un nom pareil ne pouvait que le destiner à la profession de comédien. Il n'avait point trop mal réussi, surtout à la radio britannique dans les années 30. Mais la toux n'avait cessé de devenir un embarras croissant pour sa diction, subtile, spirituelle, un tantinet haut perchée. Les comédiens de la vieille école démotique, comme George Formby aîné, parvenaient à tirer un riche parti comique de l'évidente approche de la mort (« La toux va mieux, aujourd'hui, merci les gars », et ainsi de suite). Mais la manière de Tom était l'humour rapide. Sa spécialité était de faire, de la littérature anglaise, un arrangement surréaliste, ce qui présupposait un auditoire d'une certaine culture. Un tel public commençait à disparaître lorsque la toux de Tom, sur scène ou en studio, commença à devenir insurmontable. Sa belle époque était passée, quand il finit par mourir — et il le savait. Il rendit l'âme en religion, à l'hôpital, près de Hendon, après quelques tentatives de plaisanterie, quelques heures auparavant, sur l'existence, au purgatoire, d'une niche à l'usage exclusif des comédiens britanniques catholiques. Il passa, serrant dans le poing je ne sais quoi, les grains d'un chapelet probablement. Je rangeai le présent d'Ali dans la poche de mon pantalon. Sans doute Tom aurait-il moins de mal à sortir du purgatoire — à condition, toutefois que l'eschatologie, déjà fort entamée, de l'Église de notre bon gros Carlo en admît encore l'existence — s'il y avait plus ou moins un saint dans la famille ou, pour être plus précis, si le saint en question était le frère du mari de sa sœur. Puis, ayant éteint mon abréviateur de vie, je savourai un petit somme de vieillard.

5

La résidence du délégué du British Council était située dans un quartier de Lija plus calme et peut-être plus patricien que le mien. Geoffrey, déguisé en pingouin cravaté, et assis à côté d'Ali qui conduisait, nous le fit remarquer, tout en ajoutant que cette saleté d'île n'était qu'une saloperie et qu'il la détestait foutrement. Parvenus à destination, nous priâmes Ali de revenir nous prendre dans deux heures ; après quoi Geoffrey sonna à la porte, composant sa morosité pour faire de son visage, à présent dépouillé de ses miroirs jumeaux, une neutralité sans autre expression qu'un papillotement de paupières. Le délégué du British Council apparut en compagnie de son épouse. Mme Ovington était une grande et forte blonde, pareille à un sucre d'orge dans sa robe longue à rayures ; visage bronzé et ridé. Le hâle et, dans une certaine mesure, les rides, étaient la marque distinctive de longues années de fonction à des postes parmi les plus ensoleillés et les plus ennuyeux du monde. Les Ovington avaient eu droit à deux ou trois années de Varsovie et il avait été question à un moment de les expédier à Paris ; mais en général on leur avait assigné des endroits comme Beyrouth et Bagdad. Les rides pouvaient être mises aussi sur le compte d'une longue habitude professionnelle du sourire forcé. Ovington, qui avait sur le front une mèche d'étalon d'un alezan décoloré par le soleil et le tabac, était aussi un spécialiste du sourire, mais seulement du bout des dents, lesquelles étaient de formes et de couleurs diverses et serraient d'ordinaire, comme à cet instant, une robuste pipe Dunhill. Tous deux m'accueillirent à grands rires et grands cris : « Alors, bien arrivé jusqu'à nous ? » et « Formidable ! », mais pas de « Bon anniversaire ». Ils n'étaient pas des inconnus pour moi. Ils avaient présidé la Semaine des Écrivains que l'on m'avait demandé d'inaugurer, il y avait de cela douze bonnes années, à Sydney. Sydney passait pour un morceau de choix, au British Council ; mais Ovington ne s'était pas entendu avec les Australiens. Le couple m'avait également rendu visite à l'époque de mon installation à Malte, en me comblant de ses « Formidable ! » et d'un pot de confiture, orange et citron, parfumée au cognac et « maison ». C'était d'excellente confiture ; je ne l'avais pas encore tout à fait terminée. De braves gens, oui.

Ann Ovington cessa théâtralement de plisser son visage et m'entraîna vivement dans l'avant-cour.

— Il y a un petit ennui, me dit-elle rapidement. Mais vous, vous comprendrez, tandis que lui, non. C'est de Sciberras, le poète maltais, que je parle. Nous étions forcés de l'inviter à rencontrer Dawson et, en sortant du pipi-room, figurez-vous qu'il s'est trompé de sens : il a déboulé dans la cuisine et, là, il a vu le maudit gâteau. Là-dessus il s'est exclamé sur la délicate attention, la gentillesse et tout et tout. Apparemment c'est son anniversaire à lui aussi et il ignore que c'est le vôtre — joyeux anniversaire, à propos — enfin bref, vous voyez comme c'est commode ! J'ai déjà donné le mot à tous les autres... sauf encore à votre Geoffrey, bien entendu, par la force des choses, mais je m'en charge ; inutile de laisser cela à Ralph, il n'aurait pas assez de la nuit entière pour s'expliquer, de toute façon. Je sais que vous, vous n'y verrez, oui, qu'un incident drolatique disons. Un vrai sujet de nouvelle.

— De fait, dis-je

Non sans tristesse, je voyais, oui, la chose comme (de fait) un sujet de nouvelle. Si j'avais été encore dans mes années de création, l'envie m'eût démangé de filer en emportant cette précieuse petite graine de fiction et en laissant tomber la réception, convaincu que ce que j'inventais serait infiniment plus divertissant et, en un sens, plus vrai que la réalité imminente.

— Est-ce que ce monsieur — euh...

— Sciberras.

— ... me connaît ? Connaît mon œuvre, veux-je dire ?

— Je ne pense pas. Vous savez comment sont ces gens.

— Que de travail pour le British Council !

— Je ne vous le fais pas dire. A propos, il n'y a pas de dames. Sauf la petite amie de John. J'espère que vous n'y voyez pas d'inconvénient.

— Pardon, quoi, comment... ?

— Votre Geoffrey a plus ou moins dit qu'il s'agissait après tout d'une rencontre entre géants de la littérature, et donc qu'on s'en fichait, pas question de respecter la symétrie des sexes.

— Mais c'est absurde ! Et d'une insolence ! Jamais je ne me permettrais de stipuler pareille chose. Vous le savez fort bien.

— Personnellement, j'aurais assez tendance à être d'accord avec votre Geoffrey. Ah ! vous autres célibataires... J'ai découvert qu'il y a bien une Mme Sciberras, mais c'est la mère du poète, elle ne parle que le maltais et préfère en tout cas regarder la télévision. Donc, pas de problème.

— Je dirai deux mots à cet animal de Geoffrey.

— Oh ! vous n'allez pas gâcher votre soirée.

Elle se plissa, prit mon bras et me pressa d'entrer. Dans le salon de plain-pied qui sentait le moisi, les deux autres écrivains étaient plantés debout et buvaient. Dawson Wignall, officier du Mérite, décida que nous nous connaissions déjà, ce qui était faux, et vint à moi, une main tendue à hauteur d'épaule, l'autre trémulant les glaçons d'un whisky comme on agite une clochette. (Je tintinnabule pour vous/Les vœux d'anniversaire les plus doux.)

— Quoi ? dit-il en riant. Eh ?

Interrogations passe-partout et non questions : dans la haute société britannique, les salutations ont souvent l'air de confirmations de Dieu sait quoi. Je lui adressai de cordiales félicitations sans spécifier pour quoi, et il répondit, avec un faux sérieux faussement embarrassé : « Ah ! bah, vous savez », puis fut de nouveau tout rire, tout rondeur, tout dôme d'ivoire couronné de duvet de canard, tout dents de hamster — image d'un humanoïde bonasse pour livres d'enfants, détenteur de l'office qui avait été jadis celui de John Dryden : Poète Lauréat ! Quant à Sciberras, le barde maltais, on me le présenta, à moins que ce n'ait été peut-être le contraire. On me servit un solide gin et tonic dans un grand verre presque trop lourd pour ma main. Je commençai par placer à Sciberras mes vœux de bon anniversaire et mes excuses pour mon ignorance de son œuvre, faute de temps jusqu'ici, pour me mettre au maltais.

— Ah ! mais c'est que j'écris aussi en italien, vociféra-t-il sur le ton de la conversation. Il faut vous mettre à l'italien.

— Dans ce cas, dit le Poète Lauréat avec une causticité qui me donna envie de l'aimer bien, il pourrait lire Dante par la même occasion.

— Je sais un peu d'italien, dis-je. De fait, nous avons compté des Italiens dans la famille, à un moment donné.

— Je sais, dit Dawson Wignall non sans une pointe d'irritation. Naturellement, voyons. (Entendant par là que, nous autres, grands hommes publics, n'avons pas de secrets entre nous.)

— C'est à lui que je m'adressais, rétorquai-je. A M. Scrib... euh... brouillard ?... euh... ici présent.

— Et moi, ce que j'en disais, c'était à lui aussi, répliqua Dawson Wignall.

— Oui, oui, dis-je. Je comprends... Un bon mot ? (Sciberras nous regardait tour à tour, buvant à petits coups sa boisson glacée comme si elle l'avait brûlé.) Un *mot*, lui répétai-je droit au nez. C'est du français, vous savez. Mais peut-être écrivez-vous également en français.

— En maltais et en italien, cria encore plus fort Sciberras, comme si je n'avais pas très bien compris la première fois. Il n'y a que « bonne nuit » que nous disions en français à Malte. Les Français ne sont pas restés longtemps ici. Le peuple maltais les a obligés à décamper.

— Oui, dis-je. C'est ce que m'a expliqué votre archevêque. Le peuple maltais s'est débarrassé des Français. Soit dit en passant, il s'en est fallu d'un cheveu qu'un de mes ancêtres maternels soit un de ces Français éliminés par les Maltais. Il s'est fait évincer fort méchamment par les Mameluks. En Égypte. Au cours de la même expédition.

Je vis Geoffrey vider un grand verre de whisky cul sec, puis m'adresser un clin d'œil trop appuyé. Je lui retournai un regard glacé. Dieu seul savait combien de verres il avait déjà éclusés avant de quitter la maison. Pas de dames, comment donc.

— Mais vous êtes Britannique ? dit Sciberras.

— Ma mère était Française.

— Le peuple maltais s'est débarrassé des Français, hurla Sciberras.

— Quand vous vous êtes débarrassés d'eux, dit le Poète Lauréat, vous êtes-vous arrangés pour les expédier de nuit ? De façon à pouvoir leur dire « bonsoir » ? (Je commençais à trouver ce Wignall supportable.)

— C'est « bonne nuit », que nous disons. Et pendant le jour, c'est *buon giorno*. Ça, c'est de l'italien.

— Se coucher Français, dit Wignall, et s'éveiller Italien. Deux mondes et ce qu'il y a de mieux dans chacun. Et entre les deux, être Maltais. Formidable !

Ann Ovington était debout près de nous, urbaine, toutes rides plissées. Deux Géants des Lettres face à face. Puis elle dit :

— Bon, il faut que j'aille voir ce qui se passe.

— Je suis impatient de goûter à mon gâteau, brailla Sciberras d'une voix canaille, comme s'il avait su déjà que les mets préliminaires ne l'intéressaient guère

— Formidable, dit Mme Ovington en lui dédiant tout un plissement de visage avant de poursuivre son chemin.

— Il est impatient de goûter à son gâteau, dit Wignall le plus gravement du monde. Au fait, à propos de votre famille, Mme Campanati vous envoie toutes ses affections.

— Cela ne se prononce pas ainsi, déclara Sciberras. Ce n'est pas *neïté*, c'est *nâti*. Je connais ce nom. C'est un nom italien.

— Donc, vous ne pouvez que le connaître, dit Wignall. Mais, en Amérique, cela rime avec *weighty*, qui signifie : de poids.

— Hortense ? dis-je. Vous avez rencontré Hortense ? (Je prononçai ce prénom à la française, comme notre mère insistait toujours pour que nous le fissions.)

— On dit Hor*tennce*, là-bas. Rimant avec *pence*, pluriel de *penny* : sou, vous savez ? dit Wignall à Sciberras. Il y avait autrefois une chanson sur « ma douce Hortense », autant qu'il m'en souvienne... « qui n'a ni argent ni bon sens ». Ce n'est pas le cas de la vôtre, évidemment. Elle m'a paru très bien. J'ai pensé que cela vous ferait peut-être plaisir de le savoir. Je dirai même qu'elle avait l'air très moderne : fort élégante, mince et le reste. Elle vous envoie mille tendresses et tout.

— Que faisiez-vous à Bronxville ?

— Des lectures de poèmes, dont quelques-uns des miens. A Sarah Lawrence. Elle était présente à la petite réception qui a suivi. Pas si petite, en vérité. Interminable, en tout cas. Oui, oui, elle m'a paru être en excellente forme. (Mais il eut un petit hochement de tête triste.)

— Elle n'était pas, dis-je avec la franchise brutale du vieil homme, imbibée ? Pas en train de se piquer le nez, de se rétamer ou je ne sais quoi ?

— Superbe, ai-je trouvé. Elle a pris deux ou trois verres, oui. Sans plus. Non, elle m'a semblé tout à fait bien. Je lui ai dit que je partais pour Malte. Elle m'a demandé de vous souhaiter un joyeux anniversaire et tout. Le jour venu, naturellement.

Wignall leva son verre à ma santé et but. Ce Dawson, décidai-je, était vraiment très supportable. Poète, cela, c'était une autre affaire ; mais qui étais-je, après tout, pour en juger ? Geoffrey bavardait avec Ovington, tout près de la table des rafraîchissements ; il en était déjà à son troisième grand whisky.

— Elle a probablement écrit, dis-je. Nous n'avons pas eu le temps de regarder le courrier, ces temps-ci, n'est-ce pas, Geoffrey ?

Il mima vulgairement un boxeur qui titube contre les cordes. Je le présentai. Wignall dit « formidable » et Sciberras hurla quelque chose de cordial et de non idiomatique. Lentement, clairement, Wignall dit à Sciberras :

— M. Toomey, outre qu'il est peut-être l'écrivain vivant le plus distingué de tout le Commonwealth britannique, était aussi apparenté par mariage à feue Sa Sainteté le pape Grégoire XVII.

Décidément, il n'y en avait que pour le gros petit Carlo ce jour-là.

— Voilà une chose que j'ignorais, admit Sciberras.

La plupart des gens restaient frappés de respect par cette révélation ; mais Sciberras dissimula bien ses sentiments, quels qu'ils fussent.

— J'ai écrit un *sonetto* sur lui, révéla-t-il à son tour. C'est une histoire étrange, et merveilleuse aussi. Il est venu à moi en rêve, pour m'ordonner d'écrire ce poème. Ce que j'ai fait.

Et il se mit à le déclamer en hurlant :

Sempre ch' io veda nel bel cielo azzurro
levarsi bianca vetta scintillante
quel radioso si Sua bontà gigante
il cuore mi rammenta in pio sussurro...

Wignall et moi, nous avions écouté, observant chacun d'un air embarrassé les glaces flottantes dans notre verre. Mais Wignall n'était pas prêt à le laisser s'en tirer aussi facilement — après tout, il était lui-même Poète Lauréat. Il dit :

— Très profond. Cela mérite que l'on se penche dessus, je vois, oui, cela exige d'être médité, sincèrement. Non, c'est vrai, quel gâchis de nous jeter cela à la figure en vrac. Formidable, on devine, n'empêche, oui, fameux sonnet.

— Il y a aussi, hurla Sciberras, le prodige de l'apparition en rêve.

— Oui, je vois cela. Remarquable, quand on y pense.

Le jeune Ovington et sa petite amie ne nous avaient pas salués. La jeune fille portait une robe paysanne sale et avait des cheveux négligés, couleur de paille mouillée, qui lui tombaient sur les épaules. La chevelure de John Ovington n'était pas négligée : elle était retenue par un bandeau tout miroitant de bouts de verre de couleur. Il portait ce que je ne puis décrire que comme un déguisement de trappeur, bien que ses longs pieds nus crasseux dédaignassent les mocassins. A la maison pour les vacances, l'un et l'autre, présumai-je. Assis en tailleur dans l'angle le plus éloigné de la pièce, ils partageaient une cigarette roulée à la main et puant les feux d'herbes d'automne. Geoffrey ne cessait de jeter des regards paillards au garçon, qui s'en moquait bien. Geoffrey disait à Ralph Ovington :

— Sais pas comment vous pouvez supporter cette saleté d'endroit. Moi, elle me hérisse, cette saloperie d'île. (En l'absence de dames il se sentait libre d'être plus égal à lui-même.)

— Il y a pire, répondit Ovington en souriant, la pipe empanachée comme si le dîner était déjà fini. On peut s'accommoder de n'importe quel endroit, du moment que l'on est forcé d'y être. La contrainte aidant, on cherche le bon côté. Le problème vient peut-être de l'excès de liberté. (Il tourna sa tête souriante vers les deux jeunes gens qui chuchotaient entre eux, enchaînés au conformisme de la jeunesse.) Libre, on n'est jamais content. Personnellement, je n'ai jamais été libre.

— Oh la la, Dieu des douleurs ! L'appel du devoir et autres balançoires ?

Au mot *devoir*, les yeux me picotèrent, tout comme au mot *foi* et à ses dérivés. Il y a un vers de Walt Whitman qui...

— Il y a un vers de Walt Whitman, dis-je à Wignall qui me fait toujours venir les larmes aux yeux. Quelque chose comme, je crois : *Intrépides marins et braves capitaines, tous ceux qui ont péri, engloutis par le fond honorant leur devoir*.. (De fait, les larmes étaient là, au bord de mes paupières.)

— Cliché de répertoire, dit Wignall. Invention de notre école de poètes pompiers, mais pour la dérision. La formule est commode Et il n'y a pas de littérature sans clichés de répertoire.

Geoffrey ricanait en me regardant. Il dit avec un petit rire sardonique :

— Honorant leur devoir ! Ce cher vieux Walt Whitman. Pour ce qui était du pompier, lui, c'était à deux genoux qu'il l'honorait, son devoir.

— Geoffrey, taisez-vous, le tançai-je sèchement, prenant malgré moi une voix de pion. Vous entendez ? Taisez-vous.

— Pardonnez-moi, très cher, mais tout de même vous ne trouvez pas cela un peu comique, non ? Et en plus *engloutis par le fond !* L'infirmier Walt. Qu'est-ce qu'il a dû s'en envoyer par le fond, des devoirs, pendant la guerre !

— Je ne vois pas ce qu'il y a de risible, clama Sciberras. Nous, en tout cas, nous l'avons honoré, notre devoir. Nous ne nous sommes pas mis à genoux. Intrépides sous les bombes, nous ne sommes jamais allés plus bas que le fond de nos abris !

— Oui, oui, oui, dit le Poète Lauréat, assez malheureux, mais beaucoup moins que moi. Oui, oui, nous sommes très fiers de votre résistance pendant la guerre. Je sais, je sais, je connais l'histoire de la croix et tout. Formidables, les Maltais, grand peuple.

— Qui est-ce encore que celui-là ? dit Geoffrey. Le type dont vous parlez, ce Lacroix ?

— Ce n'est pas une personne, c'est une chose ! vociféra Sciberras. Pour récompenser la valeur pendant la seconde guerre mondiale. La croix de George. Décernée à l'île entière. Même, j'ai écrit un *sonetto*...

— En italien comme l'autre ? dit Wignall. Quelle clémence pour vos agresseurs. Formidable.

— George ? dit Geoffrey, se servant son cinquième ou sixième grand whisky. Lequel ? Celui qui était dans la cavalerie et qui tranchait les dragons ? Tant qu'à parler de personnalités, connaissez-vous Joe Rupinos, le roi des rongeurs d'os ?

— J'ai dit *assez*, Geoffrey, rabâchai-je. Cessez vos imbécillités, *immédiatement*.

— Et Totor Maousse, qui pompait le mousse et qui avait les baluches comme des pamplemuches ?

— Connaissais pas celle-là, mentit Wignall. Formidable.

— Ces noms ne me sont pas familiers, brailla Sciberras.

— Créfoutre de Jésus Belial Belzébuth, Seigneur des Braguettes Ouvertes ! Qu'as-tu fait de ton bon Dieu de sens de l'humour ? (C'était Geoffrey, à moi.)

Ovington cramponnait dur son sourire à sa pipe. Sa femme réapparut, ravinée d'entrain, formidable, pour annoncer :

— A la bouffe, les bonshommes !

— Emportez votre verre, dit Ovington à Geoffrey sans desserrer les dents de dessus sa pipe.

— Vaut pas le coup, mon vieux, dit Geoffrey en buvant d'un trait. Allons taster vos millésimes chers.

— Dîner aux vins de Malte, ce soir, dit Ovington. Dawson vous aviez bien exprimé le désir de les goûter ? Meilleurs depuis quelque temps. Gros progrès

6

Geoffrey se calma quand on servit les filets de morue d'importation — et ce, en grande partie à cause du vin de Malte. Quand vint le tour des avocats, il insulta toute la tablée sans affecter la bonne humeur générale, exception faite de Sciberras et de moi. D'abord, il asticota le jeune John Ovington à propos de sa prétendue philosophie de la vie : « Enfin, quoi, bon Dieu, il ne peut pas y avoir que des parasites dans le monde, dites ? Il faut bien qu'il y ait quelque part une poire qu'on puisse parasiter, d'accord ? Donc, pas question que ça colle globalement, bref, autant dire que le parasitisme ne peut être que le fait d'une élite, ce qui ne nous change guère de ce foutu monde, pas vrai ? Et quand je dis guère, je me comprends, mec. » Et à la fille, dans son accoutrement à la Mère l'Oye (elle répondait apparemment au nom de Janie) : « C'est très réussi, je vous jure, votre sac d'étamine ; très cracra ; mais c'est égal, une fille comme vous, tout lui va, même un néné plus gros que l'autre. » Considérant la bouteille de Marsovin, il se livra à une bouffonnerie œnophilesque : « Pour moi, c'est clair comme clairet, cette piquette vient tout droit de l'arrière-cour des Grima, pas de celle des Fenech. Côté nord, vous savez ? Celui où il y a un matou diabétique qui pisse régulièrement. Croyez pas ? » Il déclara à Sciberras que la langue maltaise, à l'oreille, faisait penser à quelqu'un qui dégueule ses tripes, et, foutre, il y avait de quoi, mec. User de cette comparaison était malavisé de sa part. Il en était à expliquer au Poète Lauréat que mieux vaudrait pour lui, beaucoup mieux, régaler les Maltais et les expatriés, si jamais certains de ces pauvres crétins finissaient par s'amener (mais ce n'était pas lui qui leur reprocherait de rester chez eux) — les régaler, oui, d'un récital de Grande Poésie Cochonne, au lieu des vers à la con sur les culottes de petites filles qu'on renifle dans les coins qu'il s'apprêtait probablement à débiter, lorsqu'il changea radicalement de couleur. Toute l'assistance le remarqua, mais Sciberras fut le seul à le faire observer :

— Vous êtes très vert, tout ce qu'il y a de plus, même, foutre mec, vocoféra-t-il.

Il n'était pas idiot, malgré ses *sonetti* et ses intrépidités au fond des abris. Soudain éteint, Geoffrey se leva sans un mot et quitta la table avec célérité, mais aussi dignité.

— Vous connaissez le chemin ? lui cria Ovington. Du tout, mon cher, je vous en prie, poursuivit-il à mon intention bien que je n'eusse rien dit. C'est un brave garçon, je n'en doute pas. Un coup de surmenage ou la surexcitation, peut-être. Cela arrive aux meilleurs d'entre nous.

— Il nous déteste, clama Sciberras, une bouchée de morue sur la langue. Je le vois bien. Il nous déteste, nous et notre île. Il nous tient pour un peuple inférieur vivant sur un îlot.

— Mais c'est la vérité, vous savez, dit Wignall. Que votre île est petite, j'entends. C'est indéniable.

— Cela ne suffit pas pour excuser le mépris et la haine... *Malte, mon île, précieux joyau serti dans les flots !*

— Formidable, bravo pour l'à-propos de la citation, dit Wignall sur sa dernière bouchée de poisson. Quand rentrez-vous au pays ? reprit-il tout à coup, tourné vers moi.

Le pays. Encore un de ces fichus mots qui vous remuent les sentiments. Il te faut cesser de voir du monde, me dis-je, en reniflant mes larmes. Au point où il en est, le vieux pédoc, il ne lui reste plus que la pleurniche. Vous savez ce que c'est : il s'attendrit sur lui-même.

— Je doute fort de revoir jamais l'Angleterre, dis-je. Peut-être me ferai-je incinérer ici. Ou en France. Je me demande. Mieux vaudrait me décider sans doute.

— Vous m'avez l'air formidablement en forme, dit Ann Ovington. Oh, à propos d'incinération...

Elle voulait parler des côtes de porc qui, portées par une matrone maltaise moustachue, faisaient leur entrée à cet instant, couronnées chacune d'une tranche d'ananas. Elle s'aperçut que la phrase manquait vraisemblablement de tact. Wignall me dit en hochant la tête et en souriant :

— Totor Maousse, hé ? Je ne la connaissais pas, celle-là.

— Il flotte dans l'air une certaine aura d'anthropophagie, dis-je, sourire pour sourire, conscient de me forcer.

— Oui, oui, oui, dit Wignall, ravi. Il est peut-être significatif que la Présence Réelle soit en passe de devenir l'Absence Réelle. Sauf pour de rares individus comme moi. Ce doit être parce que le cannibalisme séculier est près de faire son entrée. (Sciberras avait l'air ahuri et bataillait avec sa côtelette.) Je fais allusion, lui expliqua Wignall, à la surpopulation galopante et caetera. Avec des boîtes de conserve de *Mensch* dans les supermarchés. (Sciberras parut un peu plus perdu.) Kascher pour les amateurs. Il n'y a rien contre dans le Lévitique ou le Deutéronome, ce me semble ? Ou disons *Munch*, peut-être — mâcher, vous savez ? Ou pourquoi pas *Manch*, même ? Non, cela ferait penser à Manchester et l'on croirait que, seuls, les gens de cette bonne ville sont bons à mettre en boîte. (Il révélait un talent certain, noyé sous une plus noble vocation.) Ou alors toute une gamme de viandes cuisinées, à l'effigie d'Ann Thropp. Comme les plats Sara Lea aux États-Unis, vous savez ? dit-il à Sciberras, qui ne savait pas.

Je remarquai que les deux jeunes convives de l'assistance ne prenaient que des légumes. Ce ne pouvait être, bien entendu, par dégoût des propos de Wignall ; c'était un aspect de leur style de vie, comme on dit. La fille, Janie, qui était à ma gauche, me demanda :

— Vous êtes bien le Grand Écrivain, n'est-ce pas ? Qu'est-ce que vous écrivez ?

— Je suis à la retraite, maintenant. Très vieux, comme vous pouvez le voir.

— Alors, quel genre de choses écriviez-vous, autrefois ? (Elle avait les ongles très propres et un léger strabisme vénusien, comme... J'y reviendrai.)

— Des romans, des pièces, des nouvelles. Certaines de celles-ci sont devenues des films. Vous n'avez jamais vu *Accès de Fièvre* ou *Un Merle s'est posé ?* ou *Duo*, ou *Terzetto ?* (Non à tous ces titres, et comment le lui reprocher ?) Vous aimez la lecture ?

— J'aime bien Hermann Hesse.

— Juste ciel ! m'écriai-je, surpris. Il nous reste à tous un espoir. J'ai connu Hesse.

— Vous l'avez *connu* ? (Elle resta bouche bée, montrant de la verdure à demi mastiquée, écarquilla de grands yeux, puis cria à travers la table :) Johnny ! Il a *connu* Hermann Hesse !

— Qui ça ?

Johnny avait sa bouteille familiale personnelle de Coca-Cola pour faire descendre la verdure.

— Lui, là. Monsieur, euh...

Je n'étais peut-être pas le summum pour tout le monde, mais je n'en avais pas moins quelques petites choses à offrir : aux catholiques, un saint en puissance qui était, autant dire, de la famille ; aux jeunes, un romancier allemand très surestimé qui avait fait partie de mes relations ; et à ceux que cela intéressait, finalement, mes œuvres personnelles.

— Hesse est génial, proclama John Ovington.

— Vous l'avez lu en allemand ? demanda ce renard de Wignall.

— Il transcende la langue, décréta John Ovington.

— Là, vous me permettrez respectueusement de ne pas être d'accord, dit Wignall. Aucun écrivain ne transcende la langue Tout écrivain n'est *que* langage. Chacun étant le sien propre.

Je fus frappé d'entendre dans sa voix un léger frémissement de ce que je pris pour la conviction de la vocation.

— Ce sont les idées, déclara le garçon à la ronde. Ce sont elles qui comptent, pas les mots.

— Les idées de Shakespeare, par exemple ? Bon Dieu, il n'y a pas une idée qui vaille la peine qu'on en parle, dans Shakespeare ! (Tremblement de voix plus fort, à juste titre.)

— C'est peut-être pour ça que, nous, on ne le lit pas. (Le garçon but directement au goulot de sa bouteille familiale.)

— Tu aurais dit « on ne le bêche pas », autrefois, mon chéri, dit sa mère, tout plis.

— Selon, dit le père, mâchant en souriant, le précepte du barde lui-même : « Mon bon ami, pour l'amour de Jésus, abstenez-vous de bêcher la poussière ci-enclose. »

Il quêta l'approbation à la ronde et reçut en retour une sorte de grimace de ma part. Sciberras promena un regard vide d'un visage à l'autre, sans cesser de manger de grand cœur.

— De pire en pire, dit le garçon. (Il fit mine d'être prêt à passer sa bouteille à Janie par-dessus la table, mais elle secoua négativement ses boucles.)

— De pire en Shakespeare, dit le père en souriant.

Les bajoues de Wignall tremblotèrent ; visiblement, il couvait une réplique sans égard pour sa qualité d'invité : rebuffade, éclat, marque de dégoût, Dieu savait quoi ; tant et si bien que, m'adressant par politesse à Sciberras, je m'empressai de prendre les devants :

— C'était un délicieux vieillard assez malheureux, la dernière fois que je l'ai vu. Il doit y avoir de cela une bonne quinzaine d'années. Ce devait être à Lausanne ou à Genève, ou ailleurs je ne sais plus. Il était aussi vieux que je le suis aujourd'hui. Il n'avait plus l'air de s'intéresser beaucoup à son œuvre. Il se demandait s'il avait eu raison de quitter l'Allemagne pour se consacrer à un faux orientalisme et à des jeux plus nobles.

— Quels jeux plus nobles ? s'enquit Janie.

— Je suis absolument certain qu'il n'a jamais dit *faux*, protesta John vigoureusement dans le même temps.

— Je pense à *Das Glasperlenspiel*, dis-je, qui lui valut le Nobel. Et, non, c'est vrai, il n'a pas dit *faux*, il a employé le mot *ersatz*.

— C'est impossible, dit Sciberras. (Et je vis clairement qu'il croyait que je faisais allusion à Shakespeare.)

— Ah ! l'Orient, l'Orient, dit Wignall en une manière de lamentation.

Je craignis un instant qu'il ne se mît à réciter un poème. Mais il reprit :

— Vous, les jeunes, vous êtes convaincus d'avoir exprimé tout le suc de l'Occident.

— D'avoir rendu tout notre jus, oui, rétorqua John, ravi, avec un sourire idiot.

— L'Orient ! Que connaissez-vous de l'Orient ? dis-je, furieux de ce sourire et sentant moi aussi, à la fin, la morsure acide et sucrée du vin ; écœuré d'autre part par la conduite de Geoffrey et par un anniversaire qui allait se terminer misérablement ; et enfin me rappelant trop tard que le jeune Ovington était né à Kuala Lumpur, et certain que l'on allait sans nul doute me dire que Janie..

— Je suis née à la Nouvelle-Delhi, minauda-t-elle.

— Oh, ils ont eu droit tous les deux à l'Orient des sahibs, reconnut Ovington. J'aurais dû mentionner que le père de Janie est le haut commissaire adjoint. Ce nouvel orientalisme est sans rapport avec le fait d'être des rejetons de la grande famille du corps diplomatique. Personnellement, je crois qu'ils n'ont pas tout à fait tort, qu'on les a trahis...

— Oh, mon Dieu, dit Wignall, qui ne l'a été ? Mais n'allez pas croire que ce soit un système, une culture, l'État ou quelqu'un en particulier qui commette la trahison. Non, ce sont nos espérances. Cela commence dans la chaleur du sein maternel et avec la découverte qu'il fait froid dehors. Mais ce n'est pas la faute du froid s'il fait froid.

J'étais sûr qu'il avait dû écrire un poème sur cette sorte de thème. Que dis-je, peut-être son œuvre entière était-elle bâtie sur cette pierre. Une colère que j'avais du mal à expliquer commençait à bouillonner en moi. J'allais dire, furieusement, que nous avions tous trahi notre passé, notre culture, notre foi, lorsque Sciberras m'épargna de larmoyer en public en prenant très doucement la parole par-dessus son assiette vide.

— Je vais vous dire quelque chose. C'est ceci. C'est que nous devons chercher ce que nous voulons là où nous sommes, et non pas ailleurs.

Je restai confondu par tant de bon sens, comme si ce comique maltais s'était soudain métamorphosé en oracle. Puis je vis en lui un symbole qui, si j'avais continué à écrire, eût été chargé d'un potentiel immense : il était l'incarnation même du monde méditerranéen — à la fois phénicien, de langue arabe, héritier de la philosophie grecque et du stoïcisme romain, ainsi que d'une religion édictée en araméen et qui, partie d'une province, avait édifié son propre empire.

— Et c'est aussi de ne pas ricaner du devoir ni de la foi que l'on nous enseigne chez nous, dans notre pays.

Ah ! cette terrible trinité émotive. Les mots perdaient de leur force avec le comique de l'accent méditerranéen, sinon mes larmes naissantes eussent coulé sur la sauce figée dans mon assiette. Là-dessus, nous fûmes tous sauvés, à part les jeunes gens qui n'avaient plus aucune chance de salut, par l'apparition du gâteau d'anniversaire, porté par Ann Ovington en personne et présentant la forme d'un livre ouvert couronné de trois bougies seulement, par déférence, supposai-je, pour mon manque de souffle. Sciberras, maintenant rayonnant, avait, lui, du souffle à revendre. Les enfants la-lalèrent « Joyeux anniversaire », John Ovington ponctuant le rythme en frappant avec un couteau sur une bouteille, tandis que le poète maltais, le visage comme une pleine lune souriante et ravie, soufflait, éteignait et entreprenait le découpage, tout en disant :

— Où est passé notre ami ? Peut-être est-il moins foutrement vert, à présent.

— Je crois, dis-je en commençant à me lever que je ferais mieux d'aller...

— Laissez, laissez, dit Ovington, plus rapide

Wignall n'en finissait pas de hocher la tête portant des miettes de gâteau à sa bouche et souriant, à travers la longue perspective des ans, à on ne savait quelle fête d'enfants fatidique, peut-être, à Hampstead ou dans un Golders Green non encore pollué. Je me rassis et commençai à dire, pensant faire plaisir à leur auteur, les vers que j'avais lus l'après-midi même.

Mais lors je vis ta langue projetée sortir
Et de l'angélique pâture se saisir.
Juste Dieu ! Sur le coup mes jambes se dérobent.
Je me vois en faux-col, toi dans ta belle robe...

— Taisez-vous, s'écria soudain Wignall. (Oui, pour un *coup*, cela en avait été bel et bien un.) Assez ! Assez ! Pour vous, ce n'est rien d'autre qu'un morceau de... (C'était au tour de ses yeux de se gonfler de larmes.) Fini, c'est bien fini. Pardon, dit-il à notre hôtesse en reniflant.

Elle se plissa d'un air douloureux, mais nullement étonné : elle avait reçu quantité d'auteurs en son temps. Puis, à moi, Wignall dit :

— Pardon. C'est que... Vieillir n'est pas facile, ajouta-t-il très haut pour les jeunes gens, qui avaient émietté leur gâteau sous l'effet de ce que je prenais pour de l'embarras. (Il était de seize bonnes années mon cadet.) On crache sur tout, de nos jours, poursuivit-il. Sur tout.

Puis Geoffrey entra, précédant Ovington, et tout pâle, avec une grosse tache humide sur sa veste, à l'endroit où, supposai-je, l'on avait hâtivement nettoyé du vomi à l'aide d'un gant éponge. Ovington essaya de le guider par le coude vers le salon, en marmonnant quelque chose où il était question de café ; mais Geoffrey déclara :

— Juste à temps pour le truc, à ce que je vois. Je n'en veux pas, cela dit. Juste un gobelet de cette dégueulasserie de jus de raisin local.

Et il reprit la place qu'il avait quittée au moment où l'on passait le poisson.

— Est-ce bien sage ? s'enquit l'hôtesse.

— De deux choses l'une, ou cela me remettra les tripes en place, ou cela agira comme une purge, euh, décisive, répondit Geoffrey, parodiant, me sembla-t-il, ma voix, puis se servant. Comment va mon zouli petit garçon ? reprit-il avec un sourire obscène à l'adresse de John Ovington, et avant de lamper son verre.

— Assez, Geoffrey, dis-je, très las.

Mais, au même instant, une sorte de décharge vint frapper ma lassitude, le genre de chose qui aurait dû être épargnée à un homme de mon âge : très précisément une rage de dents. C'était le gâteau, dont j'avais pourtant goûté la plus infime parcelle possible. Cela paraissait injuste en un sens, le tort s'ajoutant à l'insulte. Geoffrey dit :

— Mais oui, très cher, bien sûr, très cher. Je me suis très mal conduit, n'est-ce pas ? C'est cette saleté d'endroit, vous savez. Cette méchante petite île merdique de rien du tout. N'empêche, c'est votre anniversaire, après tout. (O Seigneur !) J'aurais dû mieux me tenir pour ce bon Dieu d'anniversaire du Grand Vieillard.

Sciberras lança au milieu de l'horreur générale :

— Vous faites erreur. C'est *mon* anniversaire à moi. Mais je ne vous crois pas capable de voir juste. Vous avez l'esprit très mal fait.

— Dérangé, voulez-vous dire, répliqua Geoffrey. Vous n'êtes pas le seul connard au monde ni même sur votre petit tas de merde d'île à fêter son anniversaire aujourd'hui. Si vous aviez la moindre idée de quoi que ce soit, vous sauriez de quel anniversaire il s'agit foutrement et avant tout. (Il leva son verre de nouveau plein.) Tous mes vœux, cher maître, et autres conneries !

Il me regardait, l'œil allumé. Il fallait à tout prix amener Sciberras à prendre la chose pour une plaisanterie de très mauvais aloi.

— C'est d'un goût douteux, dit Wignall, versant le baume à un confrère poète, mais c'est tout de même une plaisanterie. Oui, c'est *votre* anniversaire, ajouta-t-il en tapotant Sciberras à l'aveuglette. C'est la vérité, n'est-ce pas, Toomey ? Son anniversaire à lui seul, n'est-il pas vrai ?

J'avais renoncé à bien des choses dans ma vie ; jamais encore je n'avais eu à renier le fait le plus fondamental de mon existence.

— Ce n'est certainement pas le mien, dis-je.

J'entendis, Dieu merci, le bruit d'une voiture qui ne pouvait être que la nôtre venant nous chercher.

7

Je commis la bêtise de ne pas gagner immédiatement mon lit pour inaugurer le nouveau régime de la chambre à part, au lieu d'avoir une longue et périlleuse explication avec Geoffrey. Dans le salon du haut, il s'assit devant le clavecin désaccordé, plaquant ici et là des accords aigrelets tandis que je m'efforçais de lui parler avec calme, de le traiter comme un de mes personnages de roman qui m'eût échappé. Mais mon agitation intérieure était trop forte pour me permettre de rester assis. J'arpentai à petits pas la fourrure et le marbre, un dernier whisky noyé d'eau tremblotant dans mes doigts maigres.

— Tu l'as fait exprès, n'est-ce pas ? C'était une tentative, couronnée de succès, pour me faire passer pour un imbécile. Ce que j'aimerais savoir, c'est *pourquoi* ? Mais je crois m'en douter. C'est ma punition pour t'avoir forcé à quitter Tanger. Oui, tu me punis pour n'avoir pensé qu'à ton propre intérêt et, de fait, à ta propre sécurité — et soit dit en passant, sur ce point précis, tu es très loin d'être tiré d'affaire. Mais il n'empêche, je devais être puni.

— Oh, de la couille, tout ça !

Et, comme s'il s'était agi d'un récitatif d opéra bouffe, il frappa une sorte d'accord. Il avait remis ses lunettes miroir, bien que le salon fût assez faiblement éclairé. Son estomac semblait s'être calmé ; sa parole était claire.

— Assez ! Arrête ces bruits imbéciles.

Il fit vibrer *fortissimo* un arpège atroce et se leva. Se traînant jusqu'au canapé de cuir, il dit, avant de s'y laisser tomber :

— C'était plus fort que moi, je suis parti en roue libre, voilà tout. (Allongé, il regardait sombrement le lustre mort.) Quelque chose dans l'ambiance que je n'aimais pas. Une hostilité. Et ce foutu imbécile de poète, aussi. Te forcer comme ça à lui faire cadeau de ton anniversaire ! Ce que j'en ai fait, c'était pour toi en réalité. Ça m'a énervé, rendu furieux.

— En tout cas, manifestement cela ne peut plus durer, tu ne crois pas ? De toute évidence, c'est un luxe que je ne peux plus me permettre.

— Le Maître veut la paix sur le déclin, le Maître veut goûter tranquillement à sa plénitude crépusculaire, et autres conneries de ce genre ? Honneur et dignité de mes deux ! Autrement dit, faut que je les mette ?

— Tu n'es pas heureux ici. (Je me montrais très raisonnable.) Et je n'ai nullement l'intention de déménager de nouveau. Cette dernière fois a été assez éprouvante.

— Foutre, c'est à *moi* que tu dis que ça a été salement éprouvant ? Bon, compris, il faut que je m'en aille.

— Oh, ce n'est pas que je veuille vraiment te voir partir, tu dois bien le savoir. C'est une question de. Une question de sauvegarde personnelle.

— Paroles bien glacées, monsieur, après tous les aveux brûlants d'autrefois. Bien, bien, bien. Partir. Emballer mes maigres possessions et partir. Londres d'abord, j'imagine, pour y faire mon petit bilan. Et ensuite, Percy et les Bahamas ou bien Lausanne et ce con d'épileptique qui a toujours la goutte au nez. Parfait, parfait, parfait. Il me faudra de l'argent.

— Trois mois de salaire. Cela me semble juste et raisonnable.

— Oui, dit-il doucement. (Il ôta ses miroirs pour me considérer froidement.) Pour ce qui est d'être juste et raisonnable, tu es une jolie salope, pas d'erreur. Attends seulement d'avoir lâché la rampe, et moi aussi je serai juste et raisonnable. Dix mille sacs, voilà ce que je veux, très cher.

— C'est une plaisanterie.

— Non, pas vraiment. En fait, tu as tout prévu. Tu avais déjà tout manigancé dans cette autre idiotie de roman, ce paquet de merde sentimentale, *Affaires humaines*, comme tu appelles ça — tu parles d'un titre ! Prétentieux et imbécile, oui... Tu te rappelles ? Cette salope d'écrivain juste et raisonnable, chargé d'ans et d'horreurs, l'Ordre du Mérite, le Nobel, et dont le meilleur ami gamberge un coup fumant. Quel est le terme exact ? « Chantage posthume », si j'ai bonne mémoire, non ? Et tout ça à cause de cette idée conne qu'un écrivain une fois mort, c'est fini, enterré tout le monde se fout comme d'une couille de singe de ce qu'on peut écrire sur lui ; alors vas-y, mon pote, publie tant que tu veux, je te baise, tu l'as dans le cul. Seulement, voilà, comme ton héros finit par se prendre pour un Grand Écrivain, il n'a pas envie d'entrer dans l'histoire comme le Roi des Sagouins. Alors, il raque un maximum en échange de la Promesse Solennelle de l'autre, par Écrit, de ne rien sortir sur lui du genre Biographie Nature, aha ! après qu'il aura calanché, la grande salope. Mais tout l'énorme du truc, le formidable, la merveille d'astuce, c'est qu'il sait pertinemment que rien ne peut empêcher sa merde de meilleur ami de cracher toute la bouillabaisse quand il aura passé l'arme à gauche ; mais au moins, quand on le conduira à sa tombe dans l'abbaye de Westminster, il sera tranquille : si l'autre étale la merde, on dira en tout cas que c'est Injuste et Immérité.

Ma main tremblante renversait le whisky. Je m'assis sur le bord du fauteuil et essayai d'avaler une gorgée. Impossible. Devant moi, Geoffrey ricanait ; avec ce rictus au ralenti qu'ont les gangsters de cinéma, il se moquait du grelottement de mes dents sur le verre. Non sans mal, je m'appliquai à poser celui-ci sur le métal ciselé de la table indienne.

— Canaille, dis-je en suffoquant. Sale canaille.

— Une canaille qui a lu tes livres, répliqua-t-il. Et quel paquet d'âneries à la con et de bégueuleries démodées ! Le monde a changé, mon vieux chéri. De nos jours, on peut se permettre de tout écrire sans y mettre de gants. Fini les, ah, ah ! *périphrases élégantes* — c'est comme ça qu'on dit, non ? Si nous parlions un peu du vieux cochon qui voudrait bien bander et jouer du fifre et qui pleurniche parce qu'il n'arrive plus à jouir ? Et, après, qui chialote en disant : « Oh, mon chéri, oh, quelle extase ! » Justice et raison — laisse-moi rire, vieille salope !

— Va-t'en, dis-je, me levant. Oui, va-t'en. Fiche le camp. Tout de suite. Avant que je te mette dehors.

— Toi ? Et avec quel manu militari, bon Dieu ?

— Je t'ordonne de partir, Geoffrey. Tu peux passer la nuit à l'hôtel et faire envoyer la note ici. Tu feras tes valises demain. Je n'y serai pas. Un chèque t'attendra sur la table du vestibule. Trois mois de salaire et de quoi payer ton billet d'avion pour Londres. Et maintenant, dehors. (Je dus me rasseoir.)

— Désolé, c'est dix mille images, ici même et tout de suite ; après quoi, je m'en irai gaiement. C'est toi, non ? qui as écrit cette merde, cette atroce idiotie de *Cheminons gaiement*, ou bien était-ce ce foutu crétin de Beverley ? Peu importe. (Il grimaça et rota douloureusement.) Bon Dieu, quel purin fétide ! Alun et pisse de chat. Les cons, pas permis d'être radin à ce point

— Hors de chez moi ! Va-t'en !

— J'en ai déjà un bon petit paquet tout prêt, très cher. Tu as toujours dit que mes lettres prouvaient que je ne manque pas de *flair*, quand je m'en donne vraiment la peine. La petite histoire de Rabat, tu sais, ça fait un très joli paragraphe... tu te rappelles ? Le jour où ce petit chtouilleux de Mahmoud t'a littéralement chié dessus

— Va... va-t'en ! (Puis je m'effondrai et me mis à pleurnicher.) Penser à tout ce que j'ai fait pour toi... la foi que j'ai mise en toi... la confiance...

— Et voilà, c'est reparti : la foi, le devoir et tout le bric-à-brac. Beu-heu-heu. Larmes vaines larmes. Vraiment, tu sais, tu pleures super-beuheu-ment. L'Angleterre, le pays, le devoir. Seigneur Jésus sur sa foutue croix ! Beu-heu-heu-heu-heu-heu.

— Hors de chez moi !

J'étais debout de nouveau, cherchant aveuglément des mains quelque chose à quoi me raccrocher. Lui, confortablement allongé, contemplait ce mannequin secoué de tremblements et de tragique impuissance.

— Il y a un poste de police en face, dans la rue. Je peux te faire jeter dehors.

— Je gueulerais au charron, très cher. J'expliquerais que tu voulais m'empapaouter. C'est la condamnation à mort assurée, ici, sauf erreur.

J'aurais tout le temps de démêler clairement les véritables intentions de Geoffrey. La rage me tenait trop férocement au ventre. Je me sentais au bord de l'évanouissement, mais je résistai.

— Tu veux ma mort, suffoquai-je. C'est cela. Ce serait tellement plus commode.

— Le jour de ton anniversaire ? Quelle élégance ! Comme Shakespeare... si ce n'est pas une fable. Et ensuite, l'autre couillon de Maltais pourrait écrire un *sonetto* sur l'événement : *A un homo generoso.* « Lui qui me fit présent de son anniversaire, gâteau et tout... »

— Pas ça... Peux pas...

— Ressaisis-toi, très cher. Tu as le tour des lèvres tout bleu. (Et puis, dans une parodie volontairement mauvaise de ma façon de dicter :) Geoffrey était allongé, impassible, sur le, euh, sofa, cependant que son vieil ami vieillissant affichait tous les symptômes d'un, euh, spasme, euh, cardiaque, euh, imminent. Avec son impeccable accent faubourien, le jeune homme fit remarquer : « Dis donc, t'as l'tour des lèv' tout bleu... »

Et soudain, inquiet, se dressant :

— Oh, Seigneur, non !

— Donne-moi... Peux pas... C'est le...

L'obscène crampe de l'indigestion, suivie d'une légère rage de dents, elle-même précédant une douleur fulgurante, de la clavicule au poignet, uniquement du côté gauche, tandis que le droit restait sereinement à l'écart. Je m'affalai sur les tapis et les fourrures, avec la perfection d'un acteur sur scène, sans cependant perdre connaissance.

— D'accord, les pilules blanches, je sais...

Il traversa la chambre à coucher jusqu'à la salle de bains, j'entendis le déclic de l'armoire à pharmacie. Puis cette fois je perdis connaissance, pour ainsi dire délibérément. Je repris mes esprits, me parut-il, à peine plus d'une seconde après ; mais j'étais en pyjama et au lit, et le Dr Borg ou le Dr Grima (c'était forcément l'un des deux) me prenait le pouls. En ouvrant les yeux je vis Geoffrey debout près du lit. Il m'adressa un sourire doux et tendre. Le Dr Borg, à moins que ce ne fût Grima, était aussi en pyjama, mais sous une robe de chambre avec une tache de jaune d'œuf. Il avait un sérieux besoin de se raser et une cigarette lui pendait aux lèvres. J'avais vu, jadis, un prêtre andalou célébrer l'office des morts avec une barbe de deux jours et un mégot à la bouche. Cela ôte du sérieux aux choses.

Le médecin laissa retomber mon poignet en même temps que le sien, lequel était orné d'une montre-bracelet. Il dit :

— Éviter l'énervement. Quatre-vingt-un ans est un bel âge ; mon père, lui, en a quatre-vingt-quinze. Je lui interdis de s'énerver, mais les émissions de télévision le surexcitent parfois. La télévision italienne, pas celle de Malte. Rien que de voir les speakerines, il ne tient pas en place. Je lui administre de simples sédatifs, ajouta-t-il en retirant de ses lèvres la cigarette et l'éteignant, signe probable que l'auscultation était terminée.

— C'est un fait qu'il s'est très énervé, dit Geoffrey. Un genre de surexcitation littéraire, pour ainsi dire. Mais je veillerai à éviter cela à l'avenir.

— Oui, et la prochaine fois, téléphonez, s'il vous plaît. Vous avez réveillé toute la famille à force de cogner à la porte.

— Impossible de téléphoner, rétorqua Geoffrey en prenant sa voix de douceur venimeuse. Nous n'avons pas le téléphone, voyez-vous. On nous dit qu'il y a une liste d'attente qui n'en finit pas. Qu'il faut au moins dix-huit mois pour avoir une ligne. Et encore ! Et tout cela pour une malheureuse ligne. Dans la journée, si je désire téléphoner, je vais jusqu'à l'épicerie du coin ; là, il y a le téléphone et on me permet de me servir de ce téléphone. Mais quand l'épicerie est fermée, je ne peux plus téléphoner. Voilà pourquoi je n'ai pas téléphoné.

— Vous avez toujours le poste de police.

— Oui, dit Geoffrey. Jolie bande de salingues et de fumiers.

Je m'aperçus que j'étais incapable de parler.

— Que voulez-vous, dit le médecin, c'est Malte !

— Foutre, je ne vous le fais pas dire que c'est cette saloperie de saleté de Malte.

Je découvris que j'avais la force d'ouvrir la bouche.

— Non, Geoffrey, je vous en prie.

— Pas d'énervement, ordonna le médecin.

— Je le veillerai, dit Geoffrey.

8

Il s en tint à l'intention cette nuit-là, même si, en dépit de ma volonté avouée durant l'après-midi, je ne dormis pas seul. De toute façon, je dormis fort peu. Au bout d'une heure ou deux, je m'éveillai, ridiculement reposé et, en quelque sorte, catharsisé. Et aucune des propriétés de la nuit maltaise ne m'engageait à retrouver le sommeil. Les appareils électriques à dissuader les moustiques vrombissaient, cliquetaient, ahanaient, et les horloges publiques de l'île entière sonnaient dans le plus imparfait unisson l'heure pleine, les quarts ou les demies et, en guise d'exorde à ceux-ci, les coups de l'heure déjà frappée. Je veillai Geoffrey au lieu d'être veillé par lui. Il ronflait irrégulièrement, m'offrant son dos gras, oubliant de temps à autre comment respirer et ne s'en souvenant que dans un spasme qui ébranlait le lit. A un moment, il se prit à souffler avec aisance, sur quoi il murmura quelques mots en latin. On eût dit . « *Solitam... Minotauro... pro caris corpus...* » J'écoutai attentivement, surpris, convaincu que j'étais, jusqu'alors, qu'il avait fait ses études dans une école secondaire mineure où l'on pratiquait le mépris des langues classiques et où l'on enseignait à leur place une sorte de linguistique anthropologique élémentaire.

Je pris une cigarette dans la boîte en argent, cadeau du sultan de Kelantan, qui était posée sur la table de nuit et aisément visible sous un clair de lune de luxe. A mon vague étonnement, je parvins à allumer la cigarette avec le cadeau flambant neuf d'Ali, que je trouvai sous ma main. Je croyais l'avoir laissé en bas, dans mon cabinet de toilette. La force de la flamme sembla pénétrer jusque dans l'esprit endormi de Geoffrey, car il battit des bras comme pour la combattre, puis se tourna vers moi. Un instant plus tard, il ronflait et soufflait une abominable odeur ne sentant ni le vin ni le vomi, et surtout d'essence ferreuse avec d'indéfinissables harmoniques de putrescences indécentes. J'en fus intrigué plus que consterné : il y avait là une réminiscence familière. Le clair de lune montrait une abondante sueur sur la nudité de Geoffrey, laquelle était maintenant trop proche pour mon confort. Au début de l'éveil, j'avais hésité à encourager une certaine envie obscure d'une tasse de thé et d'un sandwich à se préciser de façon assez indéniable pour exiger satisfaction : maintenant c'était une totale conviction. Je sortis du lit d'une jambe ferme et trouvai mes pantoufles et ma robe de chambre. Geoffrey avait toute la couche pour lui maintenant. Je n'éprouvais à son égard pas l'ombre de l'amertume, de la rancœur et du dépit que l'on eût pu à bon droit, en dépit de sa reddition finale au devoir ou à la peur, s'attendre à me voir ressentir, et à quoi je m'attendais moi-même. Je ne sentais que la pitié diffuse que l'on a toujours pour l'otage impuissant du sommeil, en voyant en lui un prisonnier sans défense de la vie. L'homme ne sollicite pas les cauchemars, pas plus qu'il ne cherche à être mauvais. Il ne *veut pas* sa propre volonté. S'il y a là contradiction, c'est que le langage humain y porte de lui-même. Je me racontai, en me mentant peut-être, que je connaissais le monde et que j'avais appris la tolérance. Qu'il était trop tard pour moi pour prendre au sérieux les passions humaines, y compris les miennes. Mais je me souvins d'avoir dit quelque chose d'analogue en public à l'âge de quarante-cinq ans. Donnez-nous la paix à notre heure, quelle qu'elle soit. Ce qui signifiait logiquement jeter dehors Geoffrey. Et puis, non, nulle paix ne descendant, à cause d'un manque de charité, et aussi de la conscience que j'étais, au bout du compte, un gêneur éperdu, un hypocrite, le produit bégueule d'une mauvaise époque, et un grotesque avec ma sensualité sénile — tout ce dont m'avait qualifié Geoffrey en termes plus brutaux. Qu'il dormît, paix à lui et à tout cela.

En bas, je pénétrai dans la grande cuisine blanche, dont l'allure chirurgicale était corroborée par des fantômes d'odeurs : l'âme des aromates. J'allais doucement, très doucement : la chambre d'Ali était juste à côté et, à peine séparé du nomadisme ancestral dans le désert par trois générations citadines, il avait le sommeil léger comme une plume. Avec mille précautions je fis bouillir de l'eau, me préparai un sandwich avec les restes du poulet rôti du déjeuner, et ébouillantai l'effigie ornant le sachet Twining. Puis, toujours sans bruit, j'emportai mon en-cas sur un plateau jusqu'à mon cabinet de travail, m'aidant du clair de lune pour presser de l'orteil le commutateur à pied du lampadaire. Ce fut non pas l'urgence, mais la curiosité, autant qu'un trouble qui se clarifierait ensuite, qui m inspirèrent l'envie de jeter de nouveau un coup d'œil sur l'histoire du miracle sacerdotal. Tout en mâchonnant, je recherchai le recueil complet, en trois volumes, de mes nouvelles. C'était, magnifiquement relié et frappé, le cadeau de Noël de mon éditeur américain, dix ans plus tôt. J'étais sûr que cela se trouvait dans le second volume, le premier étant consacré aux récits situés dans un cadre européen et le troisième étant la moisson de mes voyages en Orient. Ce second tome était voué aux Amériques. L'événement dont s'était inspirée ma nouvelle avait pris place à Chicago dans les années 20, cela aussi je le savais ; mais j'avais complètement oublié le titre, qui se révéla être *L'imposition des mains.* Et le style me parut encore plus débraillé que je n'en avais souvenir. Besogne à mille dollars, bâclée pour un mensuel illustré mort depuis longtemps. Je lus avec honte, tout en buvant à petits coups, mastiquant et tentant de retrouver les tonalités du réel sous le délavage du professionnalisme.

Le narrateur anonyme et sans visage (mes excuses à ceux qui connaissent déjà l'histoire) est un journaliste britannique en visite à Chicago pour écrire un article sur le révérend Elmer Williams, directeur de *Lightnin'*, périodique consacré à la dénonciation du gangstérisme et de la pourriture politique. Dans le hall de l'hôtel Palmer House, il renoue connaissance avec un prêtre, le père Salvaggiani, qu'il a rencontré dix ans plus tôt sur le front italien où ils étaient, l'un, aumônier, l'autre, ambulancier. Le prêtre, petit homme gras et quelconque qui fleure l'ail et parle un anglais comique, est en plein désarroi. Il a fait tout le voyage depuis l'Italie pour venir voir son frère qui agonise dans un box d une salle d'hôpital, atteint de fractures multiples du crâne et de blessures au ventre par pic à glace. Le narrateur découvre que le frère, Ed Salvaggiani, est un gangster notoire et, flairant le sujet d'une bonne petite histoire juteuse, il accompagne le prêtre à l'hôpital. Le père Salvaggiani apporte à son frère les dernières consolations de l'Église et, sachant que le blessé n'en a plus pour longtemps, pleure. Traversant une salle publique, il entend les cris effrayants d'un enfant qui se meurt d'une méningite tuberculeuse. Les médecins secouent la tête : rien à faire. Le père Salvaggiani impose les mains sur l'enfant et prie. Les cris de souffrance s'atténuent et finissent par cesser ; le petit patient sombre dans un profond sommeil. A la surprise des médecins, il y a amélioration progressive, enregistrée jour après jour, cependant que le prêtre vient pleurer au chevet de son frère mourant. Le frère trépasse, mais l'enfant est sauvé. Les croyants, parmi le personnel de l'hôpital, ne doutent pas du miracle. Mais le père Salvaggiani parle, dans son anglais comique, du caractère terriblement incompréhensible de la volonté divine. Pourquoi n'a-t-il rien pu faire pour un frère qu'il adorait et a-t-il été, en revanche, l'instrument de la pitié divine pour un parfait inconnu ? Peut-être le Seigneur a-t-Il voulu que cet enfant devînt le vaisseau de Sa volonté rédemptrice et s'est-Il servi de ce serviteur consacré, humble entre les humbles, pour triompher de la nature et véhiculer l'accomplissement d'une telle fin. Ainsi pense tout haut le prêtre, à l'enterrement de son frère, grandiose parade de montagnes de fleurs, suivie d'un cortège d'hommes en deuil et mal rasés. Le narrateur juge futile ce genre de spéculations. La vie est mystère et Dieu n'existe probablement pas.

J'insérai une cigarette dans mon fume-cigarette et fis flamber le briquet d'Ali que, pour je ne sais quelle raison, j'avais emporté dans la poche de ma robe de chambre. Il n'y avait guère de table dans toute la maison qui n'eût sa boîte à cigarettes avec un lourd Ronson assorti, en argent de style Queen Ann ou en onyx massif. Ali avait toute raison d'être content. Je songeai à ma nouvelle ; j'étais incapable, littéralement, de rassembler tous les faits historiques sur lesquels se fondait la fiction. Il avait certainement existé un illustré portant le titre de *Lightnin'* et ayant pour directeur un révérend Elmer Williams. Le père Salvaggiani était en réalité Monsignor Campanati, sorte de président itinérant, à l'époque, de l'Association pour le, la... était-ce la Propagation de la Foi ? Son frère aîné, Raffaele, était bien mort des violences du gangstérisme à Chicago, mais comme le porte-parole bruyant et gênant de la morale et de la politique incorruptible. Moi-même, je m'étais trouvé alors à Chicago, logeant au Palmer House, mais non pour écrire des articles sur les chefs courageux de la croisade contre les atrocités du *racket*. J'étais venu voir les Manet, les Monet et les Renoir de la collection de Mme Potter Palmer, cette grande dame de Chicago — de cela, oui, je me souvenais. Pour un article sur cette exposition ? Pour acheter un tableau ? En vendre un ? Tout cela s'était effacé de mon esprit. Je revoyais clairement le visage supplicié de ce Raffaele que j'avais, non sans quelques restrictions, admiré mais qui n'avait jamais eu grande affection pour moi. Et ce, entièrement à cause de mon homosexualité qui, croyait-il à la manière de tout honnête Latin n'était qu'état de péché bestial librement choisi. Carlo ne poussait pas la censure jusque-là. Il ne *vit* jamais mon homosexualité à l'œuvre, en quelque sorte, et il n'était pas enclin à s'intéresser aux histoires racontées sur mon compte. Les péchés de libido qu'il connaissait étaient strictement limités à la sphère de l'hétérosexualité, et au nombre de deux. Si des hommes désiraient des petits garçons ou se désiraient entre eux, c'était parce qu'ils étaient privés de toute compagnie féminine. Ou peut-être, mais rarement, étaient-ils la proie du démon, exorcisable, de la pédérastie. Quant à ceux qui avaient embrassé le sacerdoce et choisi le célibat, la grâce divine les fortifiait mieux que la quinine, et voilà tout. Ceux-là appartiennent au Royaume. *I Campanati* étaient une famille d'une haute moralité, à part le plus jeune des garçons, Domenico, que ma sœur avait épousé. L'unique fille, Luigia, était devenue une mère supérieure très à cheval sur la règle.

Mais quel hôpital était-ce ? Et le miracle, si miracle il y avait eu, avait-il été si spectaculaire ? La maladie dont il est question dans la nouvelle était-elle bien la même dans la réalité ? N'était-ce pas, peut-être, un mal moins incurable, dont le cours pouvait être renversé sous l'effet d'une volonté puissante et bénéfique, s'alliant à celle, vacillante, de la victime ? Bien entendu, je n'avais nul besoin réel de démêler l'écheveau de cette affaire ; rien, absolument rien, ne m'obligeait à aider à faire de Carlo Campanati, homme bon, mais glouton, un saint. Restait l'irritante question de la vérité. Si ce mot de *vérité* ne me noyait pas les yeux de larmes au point où le pouvaient *foi* et *devoir* ou parfois *pays*, un homme qui sert le langage, si imparfaitement que ce soit, devrait toujours servir la vérité et, bien que mon temps de service sous les armes du langage fût fini, je ne pouvais renier l'autre allégeance, qui est éternelle. Mais j'étais moins soucieux pour le moment de cette vérité plus profonde, attribut traditionnel de Dieu, et que la littérature peut le mieux servir en contant des fables, que par l'autre vérité, plus superficielle, que nous appelons le domaine des faits. Que s'était-il passé à Chicago ? Je n'en étais pas sûr.

Il y avait les archives. Il y avait eu des témoins. On pouvait les retrouver, les consulter, même si ce n'était pas facile. Mais, pour moi, la vraie question demeurait : jusqu'à quel point pouvais-je revendiquer une connaissance vraie du domaine des faits de mon propre passé, par opposition à la tendance à l'enjolivure artistique de ce même passé, autrement dit à une habile falsification ? Je ne pouvais faire confiance à ma mémoire pour deux raisons : j'étais un vieillard, et j'étais un écrivain. Avec le temps, l'écrivain transfère le penchant de son art au travestissement à d'autres secteurs de sa vie. Dans le secteur frivole du commérage anecdoticobiographique de tabouret de bar, il est tellement plus facile, tellement plus satisfaisant de modeler, de réordonnancer, d'imposer apogée et dénouement, d'augmenter par-ci, de diminuer par-là, de quêter applaudissements et rires, que de rapporter dans leur nudité routinière les faits tels qu'ils se sont passés. Ernest Hemingway, ainsi que je me le rappelais bien (mais qu'entends-je par bien se rappeler ?), atteignit un stade où, même ayant virtuellement cessé de créer de la fiction, il restait totalement enchaîné aux artifices de celle-ci. Il me raconta — et il n'était alors que dans la cinquantaine et mon cadet de quelques années — qu'il avait couché avec la belle espionne Mata Hari et qu'elle « valait le coup, même si elle avait la cuisse un peu lourde ». Je savais, et les archives peuvent le confirmer, que Hemingway n'avait pas encore fait son premier voyage en Europe, à l'époque où Mata Hari fut exécutée.

J'avais, il est vrai, entretenu l'habitude de noter certaines choses, surtout dans mes vingt premières années de professionnel de la fiction. Le petit carnet dans la poche de gilet, disait Samuel Butler, est l'indice du véritable écrivain. Donc, j'avais jeté sur le papier des bons mots, des idées de nouvelles, des descriptions de toute espèce : feuillages, duvet sur un bras de femme, crottes de chien, jeux de lumière sur une bouteille de gin, termes d'argot, vocables techniques, notations brutes de temps et de lieu (pour n'en fixer que mieux quelque extraordinaire épiphanie, pour parler comme James Joyce) ; et ces carnets existaient toujours, bien qu'ils ne fussent plus en ma possession. Oui, les carnets de Kenneth Marchal Toomey avaient maintenant leur place dans les archives d'une vague université américaine et seraient publiés — probablement avec leur inévitable accompagnement de gloses — après ma mort. Je n'avais aucune objection à ce que l'on ouvrît tout grand le débarras de mon cerveau, une fois que celui-ci aurait cessé de m'appartenir pour ne plus participer que de l'économie du sol ; mais, pour l'heure, les considérations de réserve et de décence personnelle l'emportaient. Cela dit, c'était quelle université ? Il y avait toute une correspondance avec ces gens, classée quelque part, y compris le détail des quelques milliers de dollars payés pour l'acquisition de ce trésor incertain ; mais mes archives, à cause du déménagement précipité de Tanger, et aussi, plus encore, de l'inefficacité de Geoffrey, étaient dans le plus total désordre. Je n'avais aucune envie de m'attirer une autre crise cardiaque en insistant sur la nécessité d'un minimum, au moins, de tri, bien que je fusse en mesure de rappeler à Geoffrey sa promesse accordée en rechignant, ce même après-midi. Mais quel après-midi ? Quel jour ? Et qu'est-ce que je... ? Geoffrey vivait entièrement dans le présent ; il s'était délesté, peut-être sagement dans son cas, du fardeau d'avoir à ployer sous le souvenir. Non, ce n'était pas la stricte vérité : il se souvenait, infiniment plus clairement que moi, de ce qu'il lui plaisait de se rappeler. Je me repris à trembler tandis que passaient dans ma mémoire les choses dont il avait décidé de se souvenir à mon propos.

Mieux valait laisser Carlo atteindre à la sainteté grâce à d'autres miracles, plus attestés. Mais, là-dessus, *foi* et *devoir* se mirent à trompeter en sourdine un duo de leur invention dans une chambre de mon cerveau. Saint Grégoire qui êtes aux cieux par la grâce, pour une part, des attestations de K.M. Toomey, Compagnon d'Honneur, priez pour nous. Priez pour moi, l'hypocrite, le débauché qui gaspille sa semence en de stériles étreintes. Néanmoins, ce n'était pas seulement la foi (absente maintenant, volontairement écartée depuis longtemps, et cependant, à cause d'un ultime regain de stérilité, contemplant son retour). Ni seulement le devoir (serviteur de la foi, et donc méprisé — mais prière de relire la phrase précédente). Alors ? La peur. Une sorte de peur.

Je savais ce qui m'attendait dans le bureau de Geoffrey. Une effroyable pagaille de dossiers chavirés, une jachère de lettres non ouvertes, des paquets d'autres ficelés, des bouquins, des périodiques, des coupures de presse, de graves thèses sous des titres comme *K.M. Toomey et le syndrome thanatique*, des fichiers gisant sur le flanc tels des bêtes cubiques mortes (*K.M. Toomey et l'ineptie de la métaphore*), des bouteilles vides, des mégots écrasés sous le talon, une table de travail couverte de magazines « spéciaux » montrant des jeunes garçons nus et minaudant et de franches scènes de pédérastie, y compris une chaise gluante de sperme, du moins en apparence. Quoi qu'il en fût, je pris deux ou trois profondes respirations, suivies d'un doigt de scotch, du Quentin Durward, dilué dans de l'eau du robinet de mon cabinet de toilette adjacent. Ensuite, je traversai le vestibule sur la pointe des pieds, passai devant le bar et pénétrai dans le bureau de Geoffrey. J'allumai, et la crudité de la lumière inonda le chaos dans son abominable indécence. Je m'étais attendu à une désolante surprise ; elle dépassait toute attente.

9

Quand je bougeais, le papier dans la poche gauche de ma robe de chambre faisait un bruit sec qui ressemblait à un crépitement de flamme. Mais je gardais assez bien mon calme. La lettre avait, disons (pour tempérer un peu la métaphore), déclenché mon moteur cérébral, qui ronronnait maintenant fort joliment. Tout était au point, estimais-je. Lorsqu'Ali se leva avec l'aube, il me trouva installé à la table de la cuisine, trempant les lèvres dans mon thé de la Montagne Bleue. Il respecta comme d'habitude ma préférence pour un absolu silence matinal et se contenta de me souhaiter *buenos dias* de la tête. Nulle surprise non plus de me voir là si matin : il connaissait la pauvreté de mon sommeil. Il continua à secouer la tête tandis que je versais du café dans une autre tasse, y ajoutais force sucre emplissais un verre de jus d'orange pris dans le réfrigérateur, et plaçais ces deux ouvre-quinquets sur un plateau. Les yeux qui avaient besoin de s'ouvrir étaient ceux de Geoffrey. Je sortis de la cuisine, tenant le plateau en équilibre avec (trouvais-je) une admirable maîtrise de nerfs, et montai jusqu'à la chambre de maître.

Geoffrey gisait en travers du lit, la tête pendant par-dessus le bord, à la manière de quelqu'un qui boit à même un trou d'eau. Je posai le plateau et le secouai. Il fit des bruits détestables et s'éveilla à la fin, clignant des yeux en contemplant le plancher, comme se demandant ce que c'était. Puis il fit effort pour se remettre sur le dos dans la posture de la crucifixion, gémit, toussa, battit rapidement des paupières et, presque à l'aveugle, saisit le jus d'orange que je proposais. Les yeux clos, il vida le verre d'un trait, clappa des lèvres, frémit, rota, frissonna, soupira profondément et me tendit en retour le verre vide. Je lui donnai son café. Il était maintenant à demi éveillé. Il but à petits coups et grommela :

— Vraie pisse de chat. (Ce n'était pas du café qu'il parlait.) Merde, j'ai la bouche comme un suspensoir de catcheur. Rudement gentil de ta part, très cher. (Je gardai mon silence matinal.) Il y en a encore ?

Les yeux clignotants, il chercha du regard le plateau, dans l'espoir d'y voir une cafetière. Je lui offris une cigarette et l'allumai avec le briquet d'Ali. Il eut une longue toux impudique, puis dit : « Mieux. Beaucoup mieux », avant de se rallonger en fumant et en roulant des yeux blanc sale dans ma direction.

— A quoi dois-je cet inestimable, dirais-je, putain d'honneur ?

Je m'éclaircis la gorge et prononçai mes premières paroles de la journée :

— Hier soir, tu m'as demandé dix mille livres.

— Moi ? Vraiment ? Inspiration nocturne, comme on dit... Ah ! oui, mon Dieu, hier soir, reprit-il. Me suis mal conduit, je crois bien. C'était cette saloperie de confiture de raisin maltais au vinaigre. (Les souvenirs revenaient.) Ah oui, c'est vrai. (Il me jaugea du regard, assis que j'étais sur le bord du lit.) Tu m'as l'air bien, très cher. Ça te réussit, ce genre de court-circuit. Du moins on le dirait, oui. Tu devrais recommencer plus souvent. Qu'est-ce que c'est que cette histoire des dix mille livres ?

— Geoffrey, répondis-je, écoute très attentivement et tais-toi jusqu'à ce que j'en aie terminé. Primo, tu auras tes dix mille livres.

— Jésus Belzébuth, tu es sérieux ?

— J'ai dit pas d'interruption, je crois ? Et maintenant, attention, je te prie. Ouvre bien les oreilles.

— Je suis suspendu à vos lèvres, monsieur.

— Aux petites heures du matin, je suis allé dans ton bureau qui, je dois le dire, était et est encore dans un incroyable état de crasse et de désordre. C'est pur hasard si j'ai découvert cette lettre par terre, une cigarette écrasée dessus par, je présume, ton talon. (Je sortis de la poche de ma robe de chambre l'enveloppe salie et en tirai la lettre.) Ceci est d'Everard Huntley et vient de Rabat.

— Ce merdeux !

— Geoffrey, s'il te plaît. Tu n'as pas idée de l'effort que je dois fournir pour rester calme. Je ne te lirai pas cette lettre, qui m'est adressée, encore qu'elle te concerne entièrement. Je t'en résumerai seulement le contenu. Elle dit qu'un certain Abdulbakar s'est présenté au consulat britannique en proie à la plus grande détresse et, de fait, en larmes. Il a parlé de la mort de son fils, Mahmoud.

Geoffrey devint affreusement pâle et murmura dans un souffle

— Oh ! sacré bon Dieu.

— Oui, Geoffrey, les blessures que tu as infligées au cours de ce que tu as qualifié de *jeux* se sont révélées mortelles. Cette lettre, il est de mon devoir de t'en informer, est déjà vieille d'un mois, et je n'ai pas la moindre notion de ce qui s'est passé depuis. Enfin, bref. Abdulbakar a rapidement mué sa détresse en cris et hurlements de fureur, en réclamant justice. Et il compte bien que justice sera faite par le représentant consulaire de Sa Majesté britannique. Quoi qu'il en soit, il avait d'abord commencé par te chercher dans tout Tanger et il a fini par trouver notre demeure, que nous venions tout juste d'évacuer et qui se trouvait déjà occupée par le peintre expatrié Withers.

— Oh ! Seigneur, dis vite.

— A ce moment-là, Mahmoud, le pauvre garçon, était encore en vie et à l'hôpital, avec une chance sur deux de s'en tirer, après avoir été opéré.

— Mais opéré de quoi, pour l'amour du ciel ? Ah ! Seigneur oui...

— Abdulbakar ne disposait que d'une version mutilée de ton nom. Le mien convient parfaitement à l'arabe, ainsi que tu le sais. Le conteur Toumi, comme lui a dit Withers, avait quitté les lieux. Mais Abdulbakar n'aura aucun mal à découvrir où il est passé, bien que Huntley ait eu la gentillesse de rester discret à ce propos. Mais Huntley dit que c'est toi, Geoffrey, qui es gravement en danger.

— Bon sang de bougre, je n'étais pas le seul ! Toi aussi, tu te l'es offert, ce petit chtouilleux de Mahmoud, tout bégueule que tu es.

— L'instinct d'Abdulbakar lui dit de ne pas laisser à la loi le soin de faire justice : considérant avec raison ses origines, il se méfie d'elle.

— Foutu maquereau ! Maquereauter son propre gamin, le salaud !

— Il y a de fortes chances, estime Huntley, qu'il exerce ou veuille exercer, s'il ne l'a déjà fait, une justice sauvage à sa façon. Cela dit, en désespoir de cause, faute de pouvoir s'offrir la traversée jusqu'à Malte, où, à propos, il n'aurait aucun mal à découvrir la maison de Toumi, il est possible qu'il fasse donner la police. Et si tu ne peux être accusé de meurtre ni même, peut-être, d'homicide par imprudence, il n'en reste pas moins que des peines très sévères sanctionnent dans la plupart des pays Toute Blessure

Grave Entraînant la Mort. Il y a là motif certain d'extradition. Ai-je été assez clair jusqu'ici ?

— Bien, bien, faut que je file.

— A ta place, je ferais ma toilette, me raserais, m'habillerais et bouclerais mes valises tout de suite. C'est un au revoir, Geoffrey. Pour toi, c'est l'adieu à cet endroit tant détesté. Il y a un avion pour Londres à midi. Avec un peu de chance tu devrais trouver une place à bord. Commence d'abord par passer chez Sliema, l'agence de voyages de la Grand-Rue. Je te fais un chèque en livres maltaises. Je t'en remettrai un autre, sur l'agence de la National Westminster Bank de Stanhope Gate, pour couvrir tes dépenses londoniennes avant que tu quittes la capitale pour les États-Unis. Ce second chèque couvrira également un billet de retour, en classe touriste bien entendu, pour Chicago via New York. J'espère que tu notes bien tout cela dans ta tête.

— Chicago ? Chic... Pourquoi foutre irais-je à Chicago ? Et retour, tu dis ? Il faut que je revienne ici ? Pour me faire baiser par cet Abdulbordelbakar ?

— Il y a un petit travail que tu devras faire pour moi aux États-Unis. Je te donnerai un troisième chèque sur la Chemical Bank de New York, d'une valeur de cinq mille dollars. Il se peut que tu aies à voyager pas mal ; tout dépendra de ce que tu découvriras à Chicago. Quant au retour, c'est à Londres que je pense. A Londres où tu me feras rapport, à moi en personne. Wignal m'a demandé quand je comptais *rentrer au pays* ; je ne pensais pas que ce serait si tôt. Si je m'aperçois alors que tu as rempli ta mission avec diligence, tu recevras encore un chèque pour solde de tout compte. Et il sera de dix mille livres, selon tes, euh, desiderata d'hier soir.

Geoffrey en était à sa seconde cigarette ; parfaitement maître de la situation, il se prélassait aimablement et même souriait vaguement.

— Foutre, que de correction et que de, euh, bonté ! Quel colossal revirement de cœur !

Comme il ne coucherait plus jamais dans ce lit, il écrasa sa cigarette sur le cèdre verni de la table de nuit.

— J'ai énormément d'argent, Geoffrey. Tu sais exactement à combien se monte mon compte en Angleterre. J'ai retrouvé le tout dernier relevé de la banque au milieu de tes magazines pornographiques. Il y a parenté entre les deux, dirais-tu, j'imagine : la lecture de l'un comme des autres est également excitante et obscène. Mais j'ai d'autres comptes aussi, dont tu ignores l'existence. J'estime, malgré ma fortune, que dix mille livres représentent une générosité suffisante. Mais il te faut travailler un peu pour les obtenir. Ce n'est pas un travail bien dur, mais, pour moi, il est important.

— Et c'est quoi, très cher ?

— Je te l'expliquerai en prenant le petit déjeuner. Ce n'est pas sans rapport avec la visite de l'archevêque, hier.

— Oh ! bordel de Dieu. Très bien, monsieur. Je vais me lever

Et il sortit du lit, nu, glabre, courant droit à l'embonpoint (pourquoi *courant* ? Geoffrey ne *courait* jamais). Il avait eu l'existence trop facile.

10

C'était la dent qui avait commencé à m'élancer pendant le dîner chez les Ovington. La douleur était intolérable à présent, et la gencive au-dessus était enflée et douloureuse. La dent elle-même branlait. C'était sans doute un abcès. Le cognac calma la rage, et aussi un peu d'essence de clous de girofle qu'Ali m'apporta de chez Grima ou Borg, le pharmacien, commodément installé à une porte de chez moi. Le mal de dents est, je suppose, une sorte de luxe pour un homme de mon âge. Mon père était chirurgien dentiste ; il faisait des conférences à ses enfants sur l'importance d'une dentition saine, comme d'autres sermonnent les leurs sur l'importance de réussir dans le monde et d'être discret là où l'on ne peut respecter la morale. Malgré tout cela, je n'avais jamais pris particulièrement soin de mes dents, et pourtant j'étais là, dans ma quatre-vingt-deuxième année, la bouche encore garnie de vingt-six d'entre elles, décolorées, mais saines et aiguisées, hormis cette prémolaire rebelle. Je me disais que même celle-ci avait une chance d'être sauvée ; mais je ne pouvais prendre le risque de recourir à un dentiste inconnu, dont le salon d'attente, à Birkirkara ou à La Valette, serait plein de Maltais chargés d'odeurs. Il me fallait mon dentiste habituel, le Dr Pes, de la Piazza Bologna, à Rome. Pes est un nom sarde, qui sied peut-être moins à un chirurgien dentiste qu'à un pédiatre. Les gentlemen argentés de ma génération faisaient naturellement *foi* à tels gardiens de leur santé, de leur confort et de leurs besoins utilitaires qui avaient administré eux-mêmes la preuve de leur propre foi dans la métaphysique de la compétence et de la qualité. La distance ne comptait pas. Rome pour les dents, Kuala Lumpur pour les chemises de soie, Florence pour les articles de cuir, Mincing Lane pour le thé. Soit, j'irais à Rome, seul.

Tant cette douleur que la perspective de voyager pour en guérir la cause survenaient au bon moment. J'avais une impression de solitude, sans Geoffrey. Même sa conduite à l'aéroport, qui avait constitué un spectaculaire gala d'adieu en quelque sorte, ne pouvait éteindre entièrement mon amère tendresse pour lui. Avec Ali je l'avais accompagné, très en avance sur l'heure de départ, ce qui était sans doute une erreur. Il commença par se quereller avec la police, qui voulait lui tamponner son passeport à la date de sortie. Il hurla qu'il se refusait à voir un seul objet de plus lui appartenant souillé par ces salauds de Maltais. Et que lui ferait-on s'il s'obstinait ? On le foutrait en taule ? Il s'en tira à la fin, passeport intact, mais, au bar, il me régala, et toute l'assistance avec moi d'une récapitulation bruyante, s'appuyant plus ou moins sur les visas et permis d'entrée de son passeport, des détails les plus scabreux de notre vie commune : « New York, très cher, et ton espèce d'éditeur, ce pisse-au-cul qui prétendait m'empêcher d'aller à cette boxing-partouze : gaffe, danger, disait-il, l'empaffé, le con. Et Toronto, tu te souviens ? quand on s'est tapé ensemble le petit je-ne-sais-plus-qui, rappelle-toi, celui qui avait une peau adorable qu'on aurait dite passée au henné, moitié indien, moitié français, sans un gramme de putain de sang anglo-saxon — mais si, tu te souviens ! (Il s'était enivré très vite au Pernod pur.) Et l'histoire du type du *Washington Post* qui croise un Italien en allant à la poste ; il lui dit : Viens que je t'encaldaoste. Mais au bord de l'orgasme, pâle comme un ectoplasme, l'Italien étouffe et crie : Marasme ! Toujours l'enthousiasme réveille mon asthme... (Nous n'avions pas tardé à avoir le bar pour nous seuls.)

— Geoffrey, ton avion. Il est là. — Il leur faut le temps de le décharger d'abord, leur putain de zinc, non ? Et ils ont salement raison ; comme ça, moi aussi j'ai le temps d'une autre, euh, euh, imbibition. — Tu as bien tout ce qu'il faut ? — Un peu, oui, mec. (Il gifla la vieille mallette de chez Gucci que je lui avais donnée en cadeau d'adieu.) Il y en a plein ce truc, et qui brûle d'être encaissé. Sans compter toute tes pédoqueries d'histoires de pape de mes deux. » Il fut le dernier à embarquer. Auparavant, il essaya de gratifier le personnel de l'aéroport d'un exposé volubile, hautement rhétorique et sonore, de mes vertus, pour résumer ensuite mes tares en ces termes : « C'est un sentimental qui a avalé son parapluie de bégueulerie avec une foutue dose d'hypocrisie crasse, tout ça donnant une saloperie de produit de la pire de toutes les saletés d'époques... 'xcusez-moi si j'ai parlé d'*époques*, mesdames... Et puis non, merde, pas d'excuses ! C'est cette putain d'île qui devrait être salement reconnaissante au putain de sort d'avoir mis ce grand romancier international sur son putain de sol. Et tiens, voilà pour toi, Malte ! » Le pet qu'il fit avec les lèvres était monstrueux. En même temps, il brandit vers le plafond deux doigts dressés en cornes du diable : « Et jusque-là je vous le mets, à tous, avec les bons vœux de la trouducuterie britannique. Veillez bien sur Toomey, tas de sagouins... » Enfin on put le voir zigzaguer sur le tarmac, tandis que l'appareil frémissait sur place et que le personnel rampant attendait de pouvoir décrocher la passerelle. Il voulut esquisser encore une sorte de danse de l'escalier, mais, au bout du compte, se laissa persuader de monter à bord. Je n'enviai ni l'hôtesse ni les autres passagers.

Et là-dessus, mon mal de dent. Pendant que j'y étais, autant prendre tout de suite mon billet pour Rome. Mais il me faudrait patienter jusqu'au surlendemain, m'annonça-t-on : deux groupes de Maltais partaient pour recevoir la bénédiction pontificale. Je reçus mon billet, payai par chèque. En rentrant en voiture Ali et moi, nous nous regardâmes. Je n'avais aucun doute sur la haine cordiale que portait Ali à Geoffrey ; mais jamais il n'avait marqué, par un mot, un geste, un soupir, un haussement d'yeux, son déplaisir ou son ressentiment. Maintenant, il hochait la tête en me regardant bien en face, il aspirait un litre d'air et l'expulsait vivement. « A la maison », dis-je, ou plus exactement : « *A casa.* » Il n'y avait rien dans ces mots qui pût me faire monter les larmes aux yeux. A mi-trajet, la mauvaise dent entonna *forte* toute une mesure rageuse. Elle s'était hâtée de remplacer Geoffrey. C'était le 24 juin 1971 ; il était une heure de l'après-midi. J'avais devant moi toute ma quatre-vingt-deuxième année.

11

— Père, dis-je, le problème est que je n'aurai jamais le moindre espoir de faire un bon acte de contrition. Du moins tant que l'impulsion, la libido, comme disent certains, ne se sera pas éteinte. Et pourquoi donc devrais-je éprouver de la contrition parce que Dieu m'a fait comme je suis ?

Le père Frobisher, S.J., me tendit un autre verre d'amontillado. C'était aimable à lui, car le xérès manquait — tout manquait et devenait de plus en plus rare. Nous étions assis dans un petit salon sombre et laid de la maison londonienne de la Compagnie de Jésus à Farm Street. Mon siège était de style Windsor, dur comme une pénitence ; celui du père était vaste et profond comme un lit, vieux et plein de ressorts grinçants, recouvert de chintz sale. Cela se passait juste avant ce Noël blême et mou de 1916, prometteur de cimetières combles. Un mois plus tôt exactement, la bataille de la Somme avait pris fin, et l'on estimait les pertes britanniques à près d'un demi-million d'hommes. Ce Noël blême représentait une sorte d'expiation pour les civils. Le père Frobisher demanda :

— Qui vous a envoyé à moi ?

— Un homme du nom de Hueffer, ou plutôt Ford... il a changé de nom à cause de la guerre. Directeur de revue, poète, romancier.

Le père Frobisher plissa le front, incapable apparemment de se souvenir du personnage. Il reprit :

— L'on m'a déjà envoyé deux ou trois personnalités littéraires, dirai-je, présentant exactement votre cas. Ce sont toujours de ces gens-là à qui il se pose le problème. Ainsi qu'aux acteurs ; avec une exception pour les musiciens, pourtant. Vous êtes écrivain ?

— Romancier, critique, plus ou moins.

— Eh bien, la situation est la même pour les écrivains que pour les éboueurs, à supposer que la question existe pour ces derniers, ce dont je doute. L'exercice physique intensif et la bière, M. Toomey, n'ont pas leur pareil pour faire fondre ce, cette..

C'était un homme de poids et de taille, lui-même, à charrier avec aisance des poubelles. Il avait la peau du crâne presque dénudée mais des sourcils qui hérissaient leurs filaments raides dans toutes les directions. Il était vêtu de noir ecclésiastique crasseux.

— Les Saintes Écritures, poursuivit-il, ne laissent aucun doute sur *la façon dont Dieu nous a faits.* « Et il les créa mâle et femelle. » L'impulsion sexuelle est destinée à peupler le ciel d'âmes humaines. Les aberrations sont l'œuvre de l'homme, et non pas de Dieu. Dieu nous donne le libre arbitre. Nous en usons ou en abusons. Vous-même, d'après ce que vous me dites, en avez abusé.

— Vous vous trompez, père. Sauf votre respect. Je ne me suis pas voulu tel que je suis. Depuis la puberté, je n'ai cessé d'être entraîné hors de ce que le monde et l'Église appelleraient la normalité sexuelle.

— Avez-vous prié ?

— Bien sûr, oui. J'ai prié pour qu'il me fût donné de ressentir l'attrait de ce que je trouve répulsif. J'ai parfois même prié qu'il me fût accordé de succomber au péché charnel de la normalité.

— Il ne faut jamais prier afin d'être induit en tentation, M. Toomey.

Il tira d'une poche une tabatière à bon marché et me la tendit. Je ne savais si cela représentait l'unique solution de remplacement de la sexualité ou une forme de tentation sensuelle. Je secouai la tête. Il fourra une pincée de ce qui ressemblait à de la poussière blanche (mais qui eût senti la menthe anglaise) dans chacune de ses narines poilues. Puis il renâcla, postillonna et frémit de plaisir, et, tirant de sa manche un mouchoir d'une blancheur de neige surprenante, y trompetta puissamment avant de reprendre, de l'air suffisant de qui a vaincu la chair :

— A mon avis, vous vous exagérez la sexualité. C'est le défaut de votre génération. Des artistes et des poètes de votre génération. Avez-vous lu les poèmes de Rupert Brooke ? Ils sont d'un *physique* ! C'en est affligeant.

— A leur façon hétérosexuelle peut-être. Il l'a chèrement payé, père. (Et c'était vrai, il l'avait payé de sa vie à Scyros, l'année d'avant.) Peut-être, dis-je, nous exagérons-nous la sexualité, pour reprendre votre parole, à cause de toute cette tuerie. Oh ! je sais ce que vous allez me répondre : que ma sorte de sexualité est stérile. Mais il n'y a qu'un seul et même instinct fondamental. *Alma Venus*, et caetera.

— Pourquoi, demanda-t-il avec autant d'impertinence que la première femme venue dans l'autobus, n'êtes-vous pas mobilisé ?

— Voulez-vous dire qu'un aumônier militaire en saurait plus long sur mon cas ? Ou qu'une mort précoce pourrait résoudre le problème ? Le fait est que les officiers de santé ne trouvent pas mon cœur très enviable : le rythme en est irrégulier. Je ne doute pas que, avec quelques autres désastres de la Somme, on ne lui découvre une musique suffisamment saine. Mais puis-je revenir à la question ? Que dit l'Église ?

— En premier lieu, répondit le père Frobisher allégrement, les mains croisées sur les cuisses et se tournant les pouces, toute fornication est péché en dehors de l'état de mariage. Vous êtes donc dans euh euh, la même situation que tout, tout, tout...

— Oui. mais une personne normalement sexuée peut du moins se marier plutôt que de brûler en enfer. Moi, non. Le mariage serait pour moi une dérision et un péché. Oui, un péché.

— Je vous passerai votre, euh, euh, métaphore. Mais nul n'a idée de ce que l'amour et, oui, le secours d'une honnête femme peuvent opérer. Priez que Dieu vous accorde Sa grâce. Vous n'avez aucun droit de supposer que votre présent, présent, présent... représente un état permanent et immuable. La miséricorde divine suit des voies étranges. Vous ignorez tout de ce que réserve l'avenir. Vous êtes encore très jeune.

— J'ai vingt-six ans, Père.

— Vous êtes encore très jeune, je dis bien. Et néanmoins assez âgé, permettez-moi d'ajouter, pour ne plus garder l'espoir, je dis bien : l'espoir...

Impatiemment, j'achevai pour lui :

— L'espoir des échappatoires, l'espoir de clauses d'exemption et de précédents illustres et tout et tout.

Juste derrière le père Frobisher et semblant, dans la paix postpétunatoire où il reposait, chevaucher le dôme de son crâne, il y avait une obscure reproduction du *Jugement dernier* de Michel-Ange : un Christ aux épaules de lutteur condamnant tout le monde, insensible aux supplications de sa sainte mère, et avec le peintre en personne debout au premier plan parmi les bienheureux, mais étreignant, en bon saint Bartholomé, son flanc lacéré par la flagellation.

— Où, demandai-je, est Michel-Ange ? En enfer ? Il a eu commerce avec des hommes et a composé des sonnets enflammés sur l'amour homosexuel. Dieu l'avait fait comme il était : homosexuel et artiste. Il est une des gloires de l'Église. Ai-je tort de me figurer que l'Église prenait jadis les péchés de la chair moins au sérieux, dans un esprit d'humanité et de résignation empreinte d'humour ? Il y a eu un évêque, dont j'ai oublié le nom et qui, parlant d'un homme et d'une jeune fille dans un jardin par un matin de mai, disait que, si Dieu ne pardonnait pas la chose, lui-même il s'en chargerait. Sous-entendant par là, à mon sens, que Dieu accorderait Son pardon. A supposer que Dieu se soucie le moins du monde de ces choses, ce dont je doute.

Cette fois, le père Frobisher éleva vigoureusement la voix :

— *Oui*, Dieu s'en soucie ! L'homme porte en lui-même le miracle de la graine déposée là par le Créateur : le pouvoir d'engendrer de nouvelles âmes humaines pour le royaume de Dieu. Le vain gaspillage de la semence par le péché d'Onan ou dans les étreintes pseudo-helléniques de votre, votre, votre... Je n'ai jamais entendu parler de cet évêque, reprit-il, et de toute façon il faisait allusion à un homme et à une jeune fille. Votre devoir est de renoncer à ce péché mortel. Vous devez faire vœu de ne plus jamais le commettre. Entendez-vous ?

— J'ai, répliquai-je tout aussi haut, régulièrement fait vœu d'y renoncer. Je suis allé dûment à confesse une fois par mois, parfois plus, et me suis repenti de mes pensées ou de mes actes impurs. Et chaque fois je suis retombé dans le péché. Cela ne peut durer éternellement.

— Certes non. Certes.

— Il me faut donc choisir. Ce n'est pas facile. Êtes-vous, père, catholique depuis le berceau ?

— Là n'est pas la question. Cela dit, non, je suis un converti. De même que le cardinal Newman. Mais je le répète : là n'est pas...

— Mon père aussi est un converti. Il s'est fait catholique en épousant ma mère, laquelle est française. Mais, du côté maternel, je peux compter un millénaire au moins de dévotion inébranlable à la foi. Oh ! il y a bien eu une ou deux déviations... catharisme, jansénisme — s'il s'agit bien là de déviations. Mais, aujourd'hui, j'ai devant moi la perspective de briser le cœur de ma mère, puisque je ne peux à la fois être fidèle à ma nature comme Dieu l'a faite et agir en fils fidèle de l'Église. Car même si je m'engageais comme vous dans une vie de célibat, où serait pour moi la récompense spirituelle ? Je n'ai pas la vocation, au contraire de vous. J'en ai une autre — du moins le vois-je sous cet angle — mais qui ne peut s'épanouir dans le renoncement sacerdotal à toute vie de la chair. Quel Dieu écouter ? Celui qui m'a créé comme je suis, ou Celui dont la voix nous parvient filtrée par les préceptes de l'Église ?

— Il n'y a point de différence ; vous ne devez pas parler ainsi ; c'est totalement, entièrement, absolument...

Je le regardai, n'en croyant pas mes oreilles tout un instant, pensant avoir mal entendu.

— ... hérétique, blasphématoire. (Il saisit la bouteille d'amontillado.) Tout est consommé, dit-il, du ton même qu'il eût pris pour réciter l'office des Ténèbres. Nous vivons des temps terribles, poursuivit-il. Des milliers, des millions de morts sur les champs de bataille de l'Europe ; le blocus allemand qui essaie de nous réduire par la famine ; des hommes qui reviennent du front, mutilés, sans bras ni jambes, les poumons rongés par les gaz, aveugles, paralysés, condamnés physiquement au célibat... Qui êtes-vous pour parler de récompense spirituelle ?

Je soupirai et, sans en solliciter la permission, allumai une Gold Flake avec une allumette Swan Vesta. Lui-même n'avait-il pas pris du tabac, et de façon plus sale ? Je soufflai de la fumée avec le plaisir qu'il avait puisé à se ragaillardir avec son irritant. Unité de substance, dualité des formes.

— Il me faut ajourner tout cela, dis-je. La foi, la grâce, le salut. Peut-être, quand j'aurai atteint la soixantaine, si jamais j'y parviens, et que la flamme se sera éteinte, oui, peut-être alors pourrai-je rentrer dans le giron. Quelle était la prière de saint Augustin ? Qu'il lui fût donné d'être pur, mais pas tout de suite ?

— Le moment n'est pas à la frivolité ni au cynisme. Vous êtes en danger mortel.

— Je ne crois plus à cela, père. (La Gold Flake n'en tremblait pas moins dans ma main.) Merci pour le temps que vous m'avez consacré et pour votre aide. Car vous m'avez vraiment aidé.

— Je crois que vous feriez bien de revenir me voir. La semaine prochaine. Après avoir prié et médité. Priez la Sainte Vierge de vous accorder la grâce de la pureté. Elle vous entendra.

— Vous m'embarrassez, père. Je préférerais m'adresser à un saint qui fût au courant de ces choses. N'en existe-t-il pas ? Ou alors, pourquoi pas ? à Notre Seigneur lui-même. Car, si ce qu'insinue Renan est vrai...

— Je sais ce que vous allez dire. Taisez-vous ! Je sais aussi déjà quelle voie vous allez suivre. Dieu vous aide. Vous vous êtes retranché, par un acte pervers de votre volonté, de toute chance de recevoir la grâce. Tant vont vite ces choses ! Allons, agenouillez-vous avec moi et prions maintenant ensemble.

Il s'était levé de son siège grinçant et me désignait de la main le mauvais tapis devant la cheminée.

— Non, père. Trop tard. Ou trop tôt. Ce sera loin d'être facile, je puis vous l'assurer. Je garderai toujours une sorte de... (Ce fut la langue de ma mère qui se présenta, bien que le terme fût à égale portée en anglais.)... *nostalgie.* Mais je ne peux pas rentrer au bercail. Pas encore. Pas avant longtemps.

Et je sortis de ce lieu aussi vite que possible.

12

Ce qui précède ne doit pas être pris, cela va de soi, pour un compte rendu mot pour mot de l'événement. Je suis incapable de me rappeler le nom de ce prêtre ni si c'étaient bien des cigarettes Gold Flake que je fumais en ce temps-là, ou quel fut celui de nous deux qui usa de tabac dans cette chambre de Farm Street, unité de substance, dualité de formes. Mais c'est vrai pour le fond. Je rentrai à pied par Mayfair, très ébranlé, avec la sensation que mes pieds appartenaient à un autre. La tête me tournait, comme roulant le diagnostic négatif d'un médecin. Dans Berkeley Street, l'affichette du *Star,* épinglée au stand d'un vendeur de journaux, annonçait : *NIVELLE REMPLACE JOFFRE.* Eh oui, nous étions en pleine Grande Guerre, et moi, pendant ce temps, je venais de tenter de concilier mes impulsions sexuelles avec ma foi religieuse. *LLOYD GEORGE ET SON CABINET DE GUERRE SIÈGENT SANS DÉSEMPARER.* Je tournai dans Piccadilly. Devant la station de métro de Green Park, on vendait du houx et des chrysanthèmes Dans une rue latérale, un orgue de Barbarie jouait *Brûle, brûle bien haut, flamme de la Patrie.* Une femme des classes dirigeantes d'âge mûr, baleinée de raideur, chapeau écumant de plumes, me dévisagea durement. Elle vit un jeune homme dispos, presque insolemment dispos, même, vêtu de gris de bonne coupe sous un cache-poussière gris ouvert, son feutre « artiste » à large bord rejeté en arrière et lui faisant comme un halo. J'achetai un journal du soir en descendant prendre mon métro pour Baron's Court. Un trio de *tommies* en permission, pris de boisson, col de vareuse déboutonné, montait ; les trois hommes se tenaient par le bras et me contraignirent à me serrer contre la rampe. L'un d'eux se mit à chanter ; les deux autres y ajoutèrent en désordre leur voix :

Pendant qu' t'étais avec les filles
Dans les tranchées on s' faisait fendre la bille
Pour empêcher le Boche de passer...

Peut-être cela me visait-il ; peut-être pas. Assis sur la banquette, j'ouvris mon journal et je lus :

En pénétrant dans l'appartement, le prévenu alluma un radiateur à gaz, prit place sur un siège, puis commit le délit pour lequel plainte a été déposée. Le témoin ne dit rien, mais tenta à plusieurs reprises de se dérober, chaque fois ramené par le prévenu. Celui-ci l'embrassa et lui donna une pièce d'un shilling ainsi qu'un tournevis, en lui disant de garder ce dernier en souvenir de lui.

Il s'agissait de Norman Douglas, de l'*English Review*, à laquelle, moi-même, je collaborais. Douglas, qui allait sur la cinquantaine, passait une bonne part de ses loisirs à courir les petits garçons. Il n'avait pas eu de chance cette fois-ci. Je n'avais rien du pédéraste insouciant et n'eusse jamais, j'en étais convaincu, courtisé le danger ; néanmoins, je frémis. J'avais dit adieu à la chaleur et à l'amour de ma mère pour choisir la froidure, l'incertitude, le péché, l'horreur de la normalité et de la respectabilité, dont les griffes s'aiguisaient pourtant sous le velours.

Quelle ironie de penser que la petite réputation que je m'étais faite jusqu'alors avait commencé avec la publication d'un roman considéré comme une assertion d'hétérosexualité, osée, scandaleuse même. Je veux parler, comme certains d'entre vous le savent peut-être, de mon livre, *Le grand départ*, publié par Martin Secker (trois impressions de 1 500 exemplaires chaque, et 4 000 tirages en feuilles vendus aux États-Unis). L'épigraphe était empruntée à la traduction des poèmes d'Omar Khayam par Fitzgerald (« Tu sais combien bref est ce séjour... »), et l'intrigue tournait (*tourne*, devrais-je dire, mais je ne puis m'empêcher de penser à ce livre autrement que comme à lettre morte) autour d'un jeune homme atteint d'un mal incurable bien qu'il n'offre pas ombre d'apparence repoussante, et ce malade est décidé à vider la coupe avant de quitter ce monde. Ses hauts faits sexuels, avec des jeunes personnes aux jambes superbes, aux seins fermes sous leurs caparaçons à la mode 1911, et aux cheveux croulant en cataractes odorantes, une fois libérés des innombrables épingles, étaient décrits par moi avec un pouvoir de suggestion regardé comme scabreux par nombre de gens, au point qu'un journal, *John Bull*, je crois bien, avait insisté avec le plus grand sérieux pour que l'on fît appel aux pouvoirs du parquet et du ministère public. C'était une œuvre de néophyte, publiée juste après mon vingt-deuxième anniversaire et conçue comme un exercice, délibéré et à froid, de présentation de la passion hétérosexuelle. Il allait de soi pour beaucoup de gens à l'époque, notamment pour les jeunes femmes que je rencontrais dans les soirées, que le roman reflétait mes goûts et appétits personnels. Je n'avais avoué à personne que je n'avais pu me contraindre à ordonnancer les scènes les plus intimes qu'en les imaginant comme un homosexuel, bien ce ne fût pas sans quelque mal quand mon héros se trouvait pris dans des empêtrements de longs cheveux parfumés et de seins orageux. Ce que, bien évidemment, je voulais prouver, c'était l'absence de toute frontière dans le domaine de la création artistique, avec la capacité pour l'artiste d'imaginer des sentiments et des situations dépassant totalement sa sphère personnelle.

Le jeune homme qui, cyniquement, pouvaient penser certains, était prêt à imposer son nom au public des lecteurs avec une œuvre d'un érotisme scandaleux (ou ce que l'on considérait comme tel, l'année du *Pygmalion* de Bernard Shaw, du naufrage du *Titanic* et de la dernière expédition de Scott au Pôle Sud), était encore un être profondément religieux, qui se confessait et communiait toutes les semaines, entendait la messe même lorsque l'Église n'en faisait pas obligation, et procédait chaque soir à un examen de conscience scrupuleux, toujours en garde contre le péché. Ses rêves, enclins à l'extravagance homosexuelle, échappaient naturellement à son contrôle, ainsi que les débordements spontanés de sperme qu'ils entraînaient. Les livres qu'il écrivait ou se proposait d'écrire pouvaient, estimait-il, trouver leur justification dans une forme de catharsis ou d'avertissement (le héros du *Grand départ* mourait, ou meurt, non pas de sa fatale maladie, mais de coups de couteau reçus dans un bordel de Marseille). Mon second roman, *Avant la ciguë,* traitait de Socrate et d'Alcibiade, avec étreintes de nudités viriles dans la coulisse, mais Socrate était reconnu coupable de corruption de la jeunesse et condamné à mort. Bref, mes romans pouvaient, au besoin, se défendre comme instruments d'éthique. Et cependant, j'imagine qu'ils n'étaient pas sans rapport avec ma corruption spirituelle, ma capacité, pour finir, de rejeter la foi par un acte de volonté. Tout de même, l'orientation de ma sexualité était la véritable instigatrice de l'apostasie. Dieu me forçait à renier Dieu.

Et pourtant, aux jours de ma foi, j'étais, et je veux que ceci soit bien clair, fidèle à un degré peu connu dans les pays méditerranéens (lesquels, soutenait Norman Douglas déjà nommé, sont, à leur honneur, parfaitement païens), bien que les catholiques septentrionaux aient assez souvent porté la croyance à la limite du monstrueux : ayant accepté la prémisse capitale des fondements divins de l'Église, ils sont nécessairement conduits à accepter tous ses enseignements des limbes aux Quatre-Temps Je n'en doutais pas le moins du monde : si je persévérais dans la carrière sexuelle que l'on avait placée sur ma route inéluctable, je finirais en enfer. Et je savais ce que cela signifiait : une infinité de dents arrachées sans les secours de la cocaïne ; les braises vives que j'avais fait tomber sur mes doigts de six ans, lorsque j'avais voulu retirer de la grille ardente une de ces balles de celluloïd que l'on maintenait en l'air en soufflant dans une pipe. Mais, puisque Dieu m'avait fait homosexuel, il me fallait croire qu'il existait un autre Dieu pour m'interdire de l'être. Je peux dire aussi que je devais nécessairement croire à l'existence de deux Christ : l'implacable juge de la fresque de la Sixtine, d'une part et, de l'autre, celui qui portait un regard de tendre amitié sur son disciple Jean. Je ne surprendrai personne en avouant que ce second Christ avait parfois part à mes rêves érotiques.

Quoi qu'il en fût, toujours est-il que, gravissant les marches de la station de Baron's Court, je ressentais la légèreté de remords de l'homme qui sait avoir pris le chemin auquel il était destiné. J'avais fait de mon mieux — le Dieu de l'Église eût eu mauvaise grâce à le nier. Avec le Dieu de mes glandes, peut-être débattait-Il mon cas en ce moment. Tous deux seraient bien forcés de conclure qu'il convenait de me laisser suivre en paix une vocation (au service d'un attribut divin) parfaitement incompatible avec le célibat, et que tout prédisait un repentir tardif, à l'article de la mort. Et donc, *Deo gratias*.

Pour l'heure, pénétrant dans l'immeuble d'habitation de Baron's Court Road et grimpant l'escalier jusqu'en haut, où était mon appartement, j'étais libre de réfléchir à une foi ou fidélité. Val Wrigley devait passer la nuit chez moi, comme c'était le cas au moins une fois par mois. Nous étions amis, amants, mais il n'avait pas loisir d'opter pour l'équivalent homosexuel de l'état de mariage. Il avait dix-neuf ans et vivait auprès de parents abusifs. Poète de vocation, il travaillait à la librairie Willett de Regent Street. Il était blond, délicat, très beau. Il avait la peau fine, les poumons fragiles. Ayant lu un article que j'avais publié dans l'*English Review*, sur la poésie d'Edward Thomas, il m'avait adressé une lettre où il me déclarait qu'il s'était cru, jusqu'alors, l'unique admirateur de l'œuvre de Thomas et qu'il prenait la liberté de joindre à son mot trois courts poèmes, très, croyait-il, dans le style de cet auteur. L'un de ces poèmes, semble-t-il me souvenir, contenait entre autres ces vers :

Jamais je n'aurais cru qu'un jour
Au cœur d'Ealing une fauvette
Pût tel un autre cœur en fête
Percer plus fort qu'une trompette
La cire d'un tympan par Londres rendu sourd.

Nous avions lié connaissance devant une tasse de thé et des *buns* dans un salon d'une boulangerie-pâtisserie de la Société du Pain Aéré, et puis nous étions allés à un concert promenade du Queen's Hall où l'on donnait, je crois, pour la première fois en Grande-Bretagne, *Le sacre du printemps*. Il est possible que je me trompe ; pourtant, la sensation de fraîcheur de sa main, effleurant la mienne dans l'émotion du moment, reste apparemment associée dans ma mémoire au *finale* de l'œuvre. Nous devînmes amants presque aussitôt. Il était en mesure de passer parfois la nuit avec moi parce que ses parents (ils demeuraient, cela va de soi, à Ealing) étaient convaincus qu'il était de service bénévole à la « fontaine à thé » de l'Armée du Salut, ouverte toute la nuit à la cantine de l'armée de la gare Euston. Il travaillait, avait-il expliqué à sa famille sur mon conseil, dans la même équipe qu'un homme charmant, inoffensif et fort porté sur les livres, du nom de Toomey. La fable était sans grand risque : ses parents, faute d'avoir droit d'accès aux cantines de l'armée, ne pourraient jamais en vérifier l'exactitude, alors que lui, il pouvait parler de moi et rapporter mes dits sans crainte. En d'autres termes, il n'avait pas à mentir beaucoup : « Et ce monsieur Toomey, mon cher enfant... il est marié ? — Je ne sais pas, mère, je ne lui ai jamais posé la question. — Tu devrais l'inviter à prendre le thé, un de ces jours. » Mais je n'ai jamais pris le thé à Ealing. Val quittait mon appartement tôt le matin et rentrait chez lui pour le petit déjeuner, l'air complètement vanné. Le mensonge faisait merveille.

J'ouvris la porte de mon appartement, entrai, allumai la lampe et le radiateur à gaz. Mme Pereira, ma propriétaire portugaise, était déjà passée avec le courrier : deux ou trois livres, dont je devais faire la critique, et une lettre de ma mère, venant de Battle, dans le Sussex. Mme Pereira avait l'indiscret privilège de pénétrer chez moi à sa guise, mais elle préférait saisir les prétextes à de menus services. Elle me considérait comme un bon locataire : je payais régulièrement et n'amenais jamais de femme.

A 7 heures du soir, Val frappa — trois brèves et une longue, comme dans le scherzo de la *Cinquième* de Beethoven — et je me hâtai d'ouvrir.

— Je meurs de faim. Qu'est-ce que tu nous sers, vieux ?

C'était de la cuisine de réchaud à gaz :

— Une espèce de ragoût. Une boîte de « singe » avec des oignons et des carottes. Et le reste du médoc.

— J'ai l'estomac dans les talons.

Comme moi, Val zézayait légèrement. (En parlant de mon passé à Geoffrey, j'avais signalé ce détail, au ravissement de Geoffrey. Il en avait fait une fort jolie et cruelle parodie : « Quelle efftave. — Oh, oui, n'est-fe pas, mon doux féri ? ») Val se jeta dans le fauteuil râpé, ses longues jambes pendant par-dessus l'appui, et se plongea dans la lecture du journal. Les nouvelles de la guerre ne le passionnaient pas, sauf quand elles affectaient la chronique littéraire avec la mort d'un poète. Il était un peu distrait, ce soir-là, et maussade. Il feuilleta les pages avec humeur et de petits claquements de langue impatients de temps à autre, comme s'il s'était attendu à trouver son nom dans la gazette et que l'hostilité de la rédaction en chef l'eût évincé.

— Qu'y a-t-il, mon chou ? Cela n'allait pas à la boutique ?

— Oh ! ce n'est pas pire que d'habitude, tu sais. Actuellement il n'y en a que pour deux livres : *Cultivez les légumes de la victoire* ou *L'almanach de Pip Squeak et de Wilfred.* Ce qui me rappelle : quel cadeau comptes-tu me faire pour Noël ?

— Je n'y ai pas encore pensé. Il n'y a pas grand-chose dans les boutiques, il me semble ?

— Naturellement, tu n'y as pas pensé ! On trouve tout de même quelques petites idées. Si tu ne veux pas te donner la peine de courir les magasins, tu peux toujours me donner l'argent, tu sais.

— Qu'est-ce que tu as, ce soir, Val ?

Je posai le ragoût sur la petite table ronde devant la fenêtre. Un train de banlieue martela l'air en passant.

— Ah ! ton fameux ami a des ennuis, à ce que je vois. (Il avait découvert l'entrefilet sur Norman Douglas. Il se mit à table en le lisant.)

— Il n'est pas mon ami. Plutôt un collègue, pourrait-on dire. (Je servis ; le ragoût dégageait une faible odeur de métal.)

— Il a été imprudent, on dirait ? Dis donc, ta ragougnasse sent la gamelle de l'armée ou je ne sais quoi.

— C'est du singe d'intendance. Celui des civils ne vaut pas mieux.

— Qu'est-ce qui nous empêche de manger dehors de temps à autre ? A Soho ou ailleurs. Ce n'est pas drôle de devoir dormir au milieu des odeurs de singe. Sans compter l'oignon. (Il picora distraitement du bout de la fourchette dans le ragoût. Il était censé mourir de faim.)

— Quelque chose te tracasse, Val. Quoi ?

— Je ne suis pas ton tendre amour habituel, hein ? Oh ! ce n'est rien ; je suis un peu déprimé. C'est la faute de tous ces mystères. Cela ne laisse guère de place à la diversité dans la vie, tu ne trouves pas ?

— Val, mon aimé, mon amour. Goûte à ce cidre.

— Ça donne des gaz. Je veux bien, mais très peu. Ah ! j'ai écrit quelque chose aujourd'hui. (Il tira un bout de papier d'une poche intérieure.) Écoute...

Nies-tu la loi barbare des aïeux ?
Moi, jeune ou chargé d'ans, rendre j'entends
Pour une dent un milli-ard de dents
Et pour un œil mille milli-ons d'yeux.

Évidemment, cela demande à être encore un peu travaillé. (Il souriait, non pas à moi, mais, de plaisir, à son exploit.)

— Et pan pour Jésus, attrape ça en passant ! dis-je. Cela ne m'impressionne pas, tu sais. Et cela n'a plus de sens pour moi. J'ai renoncé à tout, aujourd'hui. Je suis allé à Farm Street et cela a été le grand déballage, j'ai fait ma lessive, j'ai choisi. Tu ne peux plus me scandaliser avec ton athéisme d'adolescent.

— A la librairie, Fergus m'a raconté que, dans l'armée, on sépare les gens selon leur religion : « Les catholiques par ici, les anglicans par là, les petits rigolos au milieu. » Autrement dit, toi et moi, nous sommes deux petits rigolos à présent. (Il gloussa de rire.) Et dire que c'est pour moi que tu as renoncé à Jésus.

— J'ai renoncé à l'Église parce que je ne peux éviter de vivre dans le péché. Tu peux dire que c'est à cause de toi, si tu veux.

— J'en suis charmé, vieux. Terriblement flatté. (Il pignocha dans son assiette avec une moue d'enfant gâté, qui lui donna l'air bête et laid, mais aussi désirable.) Dis donc, c'est une abominable merde, ton truc. Pourquoi n'allons-nous pas manger dehors ? Pour fêter notre condition de petits rigolos ?

— Question d'argent, Val. Il me reste exactement deux shillings, neuf pence et un demi-penny.

— Cela ne nous mènerait pas très loin, n'est-ce pas ?

— Tu disais que tu mourais de faim. Ceci me paraît assez mangeable. (J'en pris une bouchée.) Plus d'un Allemand affamé donnerait ses molaires pour tremper son pain kâ-kâ dans cette sauce.

— Pour ce qu'il aurait à en faire, de ses dents, avec cette bouillasse !

Il puisa à la cuiller un peu de la maigre sauce grise dans le plat et, délibérément, la laissa dégouliner lentement sur la nappe.

— Arrête ! La blanchisserie coûte cher. C'est vraiment sot, ce que tu fais là !

— De toute façon, je ne crois pas du tout que les Allemands crèvent de faim. Je suis persuadé que ce sont uniquement des mensonges de notre gouvernement. Oh ! quelle horreur, que cette guerre. Quand cela va-t-il finir ?

— En 1919 ou en 1921. Quelle importance ? Toi, tu es sûr d'y couper.

— Toi aussi. C'est vrai que j'ai faim, mais pas assez pour cette cochonnerie. Je crois que je vais rentrer à la maison. Je peux toujours raconter que la poitrine me faisait mal et qu'on m'a lâché plus tôt ce soir. Maman avait un joli gigot d'agneau. Papa s'est débrouillé pour dénicher un peu de whisky pour le Noël du boucher, du dix ans d'âge ou je ne sais quoi. Les romanciers, ça n'a rien à troquer, hein ?

— Pas plus que les poètes.

— Sauf leur vie, sauf leur vie, sauf leur vie. Une belle mort sur la Somme ou à Gallipoli, et on est assuré de son renom de poète pour l'éternité. Mais, moi, je suis dans la tradition de Keats : poète et phtisique.

— Tu dis des bêtises. Rien ne t'empêche de manger du pain avec de la margarine et de la confiture, si tu en as envie. Avec une bonne tasse de thé. (Je posai une main persuasive sur la sienne, qu'il retira aussitôt d'un geste brusque.) Mais qu'est-ce que tu as, Val ?

— Je ne sais pas. Ne me bouscule pas. Je n'aime pas ça.

— Val, Val...

Je me levai de table et m'agenouillai près de lui. Je lui pris les mains, qui se laissèrent assez faire, et les baisai tour à tour, tant dans le creux de la paume que sur le dessus.

— Quand tu auras fini de pleurnicher et de me baver sur les doigts !

— Tu me caches quelque chose Qu'est-il arrivé ? Parle !

— Je rentre à la maison.

Il fit mine de se lever ; d'une poussée, je le forçai à se rasseoir et dis :

— Non. Tais-toi. Tu me brises le cœur.

— Mesdames et messieurs, écoutez le romancier populaire ! « Et alors il voulut le prendre dans ses bras et, le trempant de ses larmes... » Non, du roman populaire, ça ? Pas encore ! (Prononça-t-il vraiment ce *pas encore* ? Le danger de la mémoire est qu'elle peut faire de n'importe qui un prophète. J'ai bien failli écrire, un peu plus haut : « 1918, le tantième de novembre. Quelle importance ? »)

— Ne me mens pas, Val chéri. Dis-moi ce qui ne va pas.

— Va t'asseoir. Il faut que tu perdes cette manie de t'agenouiller.

— Il est des choses qu'on ne peut faire qu'à genoux.

C'était grossier et vulgaire de ma part — disons que c'était la vague déferlante du désir qui me gonflait. Il ne releva pas la phrase, mais me considéra en retroussant de dédain la lèvre supérieure. Je m'approchai du réchaud à gaz et y posai la bouilloire pour le thé. Je n'avais pas de café. Val dit :

— Tu prends tout et tu ne donnes jamais rien.

— Je donne mon amour, ma dévotion. Mais il me *prend* l'idée que tu commences à en demander plus.

— *Non,* pas moi. Je ne *demande* pas. Je suis las d'avoir une seule personne pour tout auditoire quand je lis mes poèmes.

— Ah ! je vois. Ainsi donc, tu laisses cela s'intaller entre nous. J'ai essayé de les placer, tes poèmes, tu le sais fort bien. Je t'ai montré les lettres de refus. Toutes n'en disent pas moins que tu dois continuer à écrire.

— Tu sais, Jack Ketteridge, ce pâle copain d'Ezra Pound, quelqu'un lui a donné une vieille presse à main. Quelqu'un de généreux et d'aimant à la fois.

— Mais je t'en donnerais une, moi, de presse à main, si je l'avais ! Je te donnerais tout ce que j'ai.

— Ce n'est pas de cela que je parle, bêta. Je n'en veux pas, de ta presse à main. Ce que je veux, c'est être imprimé, non pas imprimeur. Ketteridge appelle sa petite entreprise la Svastika Press. Apparemment, le svastika est un symbole solaire hindou. Qui est censé porter bonheur, en plus. Il imprimerait mon recueil pour vingt livres. A deux cents exemplaires. Ce n'est pas cher, je trouve.

— Alors c'est pour cela qu'on boude ? Parce que je ne te donne jamais rien ? Tu sais bien que je n'ai pas vingt livres à te donner. Pourquoi ne les demandes-tu pas à ton père ?

— Je préfère m'adresser, dit Val, à ceux qui prétendent *m'aimer.* Et par là, je n'entends pas ce que mon père appelle « amour », qui n'est que sentiment abusif et despotique.

— Je trouverai cet argent. De façon ou d'autre. Une avance sur droits d'auteur, peut-être. Bien que je ne sois pas vraiment prêt à me lancer dans mon prochain roman... celui dont je t'ai parlé cette version moderne d'Héloïse et Abélard, tu sais.

— Je sais, l'histoire du type qui perd ses bijoux de famille aux Dardanelles. Je sais aussi que tu n'aimes pas le système de l'avance sur un livre. Tu m'as assez souvent expliqué que tu travailles à contrecœur, une fois cet argent dépensé, et que de ce fait, ce que tu écris est mauvais. Je sais, je sais, Ken. Ne te tracasse surtout pas. Je veux simplement que tu connaisses mes raisons, voilà tout.

Le cœur me chavira, l'eau bouillonnait gaiement. Foi. Fidélité. J'avais refoulé cette pensée à l'instant même où j'ouvrais la boîte de bœuf de conserve : quel droit avais-je de m'attendre que l'on me donnât sa foi, lorsque moi-même je manquais à la mienne ? Déjà la superstition remplaçait la foi. La punition était là, sous mes yeux. L'homme a raison d'être superstitieux. Je restai muet sur le moment, tournant le dos à Val et m'affairant au thé, un thé faible parce que le paquet de Lipton de la Victoire touchait à sa fin. Au bout du compte, je dis, d'une voix que, dans mes romans de cette époque (« Et plus tard aussi, très cher » — Geoffrey), j'eusse qualifiée d'étranglée.

— Qui est-ce ?

— Ken, je tiens à ce que tu me comprennes bien. Retourne-toi, je t'en prie, et regarde-moi en face. Je veux de l'argent, non pour moi, mais pour ce qui est important à mes yeux. Oh ! peut-être est-il stupide de ma part de croire à cette importance, mais c'est tout ce que j'ai.

— Tu m'as, moi. (Je soulevai le couvercle de la théière pour voir comment le thé infusait.) Tu m'avais.

— Ce n'est pas la même chose, Ken, vieille bête ; c'est différent et tu le sais bien. Tout pour l'art. Bernard Shaw a dit plus ou moins je ne sais où, qu'on a le droit d'affamer sa femme et ses enfants pour l'amour de l'art. L'art d'abord et avant tout.

— Non, non, ce n'est pas vrai. (Je versai deux tasses de thé et mis sur la table du lait en boîte et du sucre gris de temps de guerre.) L'amour d'abord, et la foi, la fidélité, veux-je dire. Qui est-ce ? Je veux savoir qui c'est.

— Tu ne le connais sûrement pas. Il passe à la librairie, il a un compte chez nous : c'est un grand amateur d'éditions originales de Huysmans. Il a connu Wilde, du moins à l'en croire. Il est plus âgé que toi, bien sûr.

— Et plus riche. Petite putain, dis-je alors. Tu te prostitues. Tu ne sais pas ce que c'est que l'amour.

— Oh ! que si, je le sais. Cela signifie manger du ragoût de singe, ou plutôt ne pas y toucher, et ensuite attraper des crampes dans un petit lit d'une personne et respirer un vieux relent d'oignon en se réveillant à l'aube. Cela fait penser un peu à ces choses que publie Wyndham Lewis dans sa revue *Conflagration*, tu ne trouves pas ? Comme la *Rhapsodie sur une nuit venteuse* de ce type, tu sais, Eliot ? Alors ? poursuivit-il en me regardant avec un petit branlement de tête très putain. Ça ne te dit rien, une petite partie de culbute en guise d'adieu, chouchou ?

— Pourquoi fais-tu cela ? Pourquoi ?

— Peut-être, répondit-il gravement, pour que tu me détestes Ce thé est une horreur, j'en ai peur. De la pisse de chat tiède. Ne serait-ce que cela en tout cas, chouchou : fini les coucheries du samedi après-midi et les nuits à l'oignon de temps à autre. Mes très chers père et mère ignorent tout ; ils n'ont rien deviné. Ah ! la prudence, Ken, est-il bien d'être si prudent ? En tout cas, adieu à cela aussi. Ce soir, après le gigot d'agneau — et je ferais mieux de partir tout de suite, si je ne veux pas le manger froid — j'annoncerai à mes parents que je les quitte. Oui, je pars. Nous dînons toujours tard, et mon père, ensuite, est enclin à somnoler. Voilà qui le réveillera.

Pour ma part, durant cette tirade, je m'étais dirigé, avec une lenteur de vieil homme las, vers le lit à jeté bigarré, et assis sur le bord. Le thé fumait, à l'abandon.

— Tu te proposes de leur déclarer que tu vas vivre avec un autre homme ?

— Oh ! oui. Mais ils sont d'une telle innocence ! Ils se diront : « Bon, au moins il ne s'en va pas vivre dans le péché avec une femme. » Moi, je leur expliquerai que j'en ai assez de vivre à la maison. Je veux pouvoir rentrer aussi tard qu'il me chante. Et s'ils répondent que je suis jeune, trop jeune, je dirai : « Jeune, oui, je le suis, mais moins que certains garçons tombés à Ypres ou sur cette bon Dieu de Somme. C'est cela, leur dirai-je, l'âge nouveau, le monde moderne : deux hommes partageant un appartement à Bloomsbury. » Bien que, de toi à moi, mon bien cher Ken, ce ne soit pas un appartement. Il s'agit d'une très charmante maisonnette, bourrée de livres et de bibelots.

— Qui est-ce ? Je veux absolument le savoir.

— Tu me l'as déjà demandé, dans les mêmes termes... « Une certaine monotonie de vocabulaire » — qui est le chameau de critique qui a dit cela de toi ? Ah ! le supplément littéraire du *Times*, c'est cela ? Pas de signature, donc aucun risque de retour de bâton. Allons, un dernier petit baiser d'amoureux, et il faut que je me sauve : je meurs de faim !

Ainsi me laissa-t-il sur ma propre faim. Allongé sur le lit, je détrempai l'oreiller. Puis je fumai une cigarette (j'ai bien failli écrire : j'allumai une cigarette avec le cadeau d'Ali, le briquet à la croix de Malte). Je n'avais pas donné à Val de dernier baiser d'amoureux. La petite pute ! Je remâchais moins sa perfidie que l'injustice de ce que j'eusse appelé, si l'expression avait existé à l'époque, l'Ordre Sexuel Établi. Rien pour cimenter l'union de deux hommes, ou de deux femmes aussi bien : ni progéniture ni sens de la perpétuation du nom et des caractères familiaux à travers les siècles. Mais, bien évidemment, je n'avais rien à offrir à une épouse, vraie ou subrogée : ni demeure, ni revenus. Les formidables chaînes de la Justice Immanente brimbalèrent dans un bruit de tonnerre sous ma fenêtre, une rame de la ligne de Piccadilly fournissant la donnée fondamentale de ma fantasmagorie. Mes yeux lavés de larmes aperçurent la lettre de ma mère, avec son écriture à la française tracée à l'encre violette sur l'enveloppe et le timbre de la poste de Battle sur la tête décapitée de George V La maison, la chaleur · les patients saignants sortant du cabinet dentaire et traversant le vestibule ; mon doux père les mains tachées de sang ; l'anglais précis de ma mère avec les tonalités lilloises. J'avais quitté cela pour aller dans le monde, et le monde me faisait saigner

13

Ma mère m'écrivait que mon père et elle se débrouillaient, mais le cœur ravagé par la dévastation de la France. Eux, en tout cas, ne manquaient pas de ravitaillement ; c'était l'avantage de vivre dans une région fermière, outre que mon père, assez à la manière des médecins de campagne irlandais, se faisait volontiers payer à l'occasion en œufs et beurre. Mon frère, Tom, mobilisé dans le Royal Army Medical Corps, à la caserne Boyce, avait fait le peloton des élèves caporaux, section antigaz, pour ce que cela voulait dire. Ma sœur, Hortense, qui devait son prénom à notre mère, comme moi, le mien, à notre père, avait fêté son seizième anniversaire aussi gaiement que possible par ces temps de pénurie de sucre. Le père Callaghan, le curé de Saint-Antoine, à Saint-Leonards, avait été avisé, de Dublin, que l'on avait rejeté l'appel de son cousin Patrick et que celui-ci devait être pendu pour sa participation au soulèvement avorté, aux Pâques dernières, des patriotes irlandais. Ma mère espérait que j'étais heureux à Londres et fondait elle-même de bonheur à la pensée que l'on me verrait à la maison pour Noël. Si seulement Tom pouvait avoir la chance d'obtenir une permission de son côté ! Mais c'était trop demander... Le tout, écrit dans un français dont l'élégance violette prêtait un caractère quelque peu détaché et littéraire à la nouvelle concernant le cousin du père Callaghan ; même le beurre et les œufs semblaient sortir droit de *Un cœur simple*.

J'achevai la lecture de la lettre, m'enfouis la tête dans l'oreiller pour y étouffer une autre crise de larmes passionnées, cette fois autant à cause de mon innocence perdue et du gâchis de ce monde que de la trahison de Val. Puis je séchai mes larmes, fumai une seconde Gold Flake et me levai pour regarder mes yeux dans le miroir bleu fêlé de Mme Pereira. Après quoi, je les baignai à l'eau encore tiède de la bouilloire, à l'aide d'un coin de serviette à thé imbibé à cet effet. Cela fait, je respirai profondément plusieurs fois. J'avais des comptes rendus de livres à rédiger ; le confort de la maison de Battle se prêterait mieux à l'examen critique que mon appartement, avec ses relents d'oignon et le souvenir des odeurs, de la voix et des bruits de Val. J'avais de quoi prendre un billet simple pour Battle et, je le savais, un train partait de la gare de Charing Cross peu après 9 heures. Je bourrai donc un petit sac de voyage, mis mon chapeau « artiste » et mon manteau chaud, puis sortis dans la nuit noire sommée d'une lune pour zeppelin, et gagnai la station de métro de Baron's Court. Après avoir changé à Earl's Court, j'arrivai à Charing Cross. La gare bouillonnait de soldats, de marins, dont beaucoup étaient ivres. Il y avait aussi des prostituées en bottines élégantes et boa, ainsi que de sévères et respectables dames, aux austérités bourgeoises prêtes à se délacer pour les jeunes civils dispos de corps. Naguère encore, les bonnes âmes de cette espèce n'étaient que trop portées à distribuer les plumes blanches de l'infamie ; mais on avait eu la main trop lourde dans l'attribution de cet insigne de couardise à des hommes qui, ayant reculé, aveuglés par les gaz à Ypres, avaient quelque peine à comprendre la signification d'un tel opprobre. On me jetait des regards au passage, sans plus. Je décidai, comme parfois, de boitiller jusqu'à mon train. En guise de certificat d'immunité, cela valait l'uniforme.

Il n'y avait pas grand-monde dans le train de Hastings et j'eus un compartiment pour moi seul. Je retournais vers ma jeunesse, via Tonbridge, Tunbridge Wells, Frant, Stonegate, Etchingham, Robertsbridge, via aussi la trahison de Val et mes propres désertions — deux garçons — sans oublier le jeune homme croisé sur un quai de métro et qui m'avait jeté un regard auquel j'avais répondu — quelle erreur! Il s'était mis à crier très fort et j'avais détalé, écarlate et tremblant. Oui, je revenais à mes sources, tournant le dos pour le moment (car j'avais mis une préférence perverse à m'asseoir dans le sens de la marche) à Londres et à un avenir auquel je n'aimais guère à penser.

J'avais été séduit, à l'âge de quatorze ans, dans la ville même — pourquoi celle-là ? — où l'on allait pendre le cousin du père Callaghan. Et séduit non pas à l'école Thomas More, qui pourtant comptait assez de prêtres voraces et un directeur irlandais amateur d'attouchements plus prudents, mais dans cette belle ville qui — ironie ! — exportait régulièrement ses pervers sexuels à Londres et à Paris. Nous nous trouvions tous en Irlande, ce fameux mois de juin de mon quatorzième anniversaire, ma mère, mon père, la petite Hortense, Tom, qui grandissait, et moi-même en blazer bleu, pantalon de flanelle et casquette, bleue aussi, aux initiales de l'école, jaunes et cousues. Pour le soir, j'avais un costume de style adulte et guindé, au pantalon maintenant un peu court. Nous étions descendus à l'hôtel Dolphin. Mon père prenait cette année-là des grandes vacances précoces, faute d'avoir pu trouver aucun *locum tenens*, aucun remplaçant pour juillet et août. Il faut dire aussi que Tom avait eu une grave bronchite et que l'on avait recommandé pour lui deux ou trois semaines dans un endroit tranquille au bord de la mer. Mon père se souvenait d'un séjour agréable, autrefois, à Kingstown, devenue Dun Laghoaire en gaélique, et ma mère était curieuse de voir à quoi ressemblait une capitale catholique anglophone. Elle avait aussi lu *Les voyages de Gul-*

liver, et le bref aperçu de la vie de Swift, placé en préface à son édition, l'avait émue. Après avoir passé quelques jours, si j'ai bonne mémoire, à Wicklow, puis à Dublin, nous nous rendîmes à Balbriggan, dans le Nord.

J'en avais assez du pauvre Tom et de sa toux tenace, ainsi que de ma braillarde de petite sœur qui mouillait ses culottes. Mes parents avaient proposé un tour jusqu'à Phoenix Park, aux portes de Dublin ; je choisis de rester à l'hôtel, malgré le temps splendide, et me plongeai dans un recueil relié d'un vieil illustré pour enfants que je m'étais offert pour deux sous chez un bouquiniste. J'étais donc installé dans le salon du Dolphin et je suçais un caramel au citron tout en lisant. J'étais seul. Du bar, parvenaient des bruits de gaieté ; Dublin étant une ville fort soiffarde. Soudain, sans un bruit, il y eut un homme assis à côté de moi. Il était au seuil de l'âge mûr (dans sa trente-septième année, devais-je apprendre par la suite), barbu, vêtu d'une étoffe bizarre — tissage artisanal, devais-je aussi découvrir plus tard. Il fleurait agréablement le feu de tourbe et la menthe anglaise et, par-dessus tout, le whiskey irlandais (je savais déjà faire la différence entre les deux arômes, l'écossais et l'irlandais). L'homme semblait désireux de bavarder. Il dit :

— On lit, à ce que je vois Mais ne trouvez-vous pas cette littérature de bien bas étage ? (Il voyait assez de quel genre d'illustré il s'agissait.)

— Cela me plaît. C'est plein d'histoires passionnantes.

— Oui, qui inculquent les vertus impériales, les jeux de plein air, la discipline, les bains glacés dans le froid de l'aube. Et selon lesquelles hormis ce qui est britannique, point de sérieux. Le reste ? Plaisanterie ! Plaisanterie, que les nègres et les Français mangeurs de grenouilles et ces clowns d'Irlandais ! Est-ce exact, oui ou non ?

— C'est-à-dire... ooouí, concédai-je sans pouvoir m'empêcher de sourire, car ses paroles résumaient de façon plausible, sinon impartiale, l'éthique de l'illustré en question.

— Évidemment, vous êtes jeune, avide d'enthousiasme et assez peu préoccupé par l'état du monde actuel sous son vrai jour. Et quel âge cela vous fait-il ?

— Presque quatorze ans. A une semaine près, exactement.

— Le bel âge, mon garçon, avec le monde devant vous. Et je vous prédis bien des changements durant votre vie, vous verrez cela. (Il avait une voix agréable, douce, brouillant un peu les consonnes.) Ce sera un monde très différent de celui que cette camelote de lecture vous invite à croire à jamais coulé dans sa forme immuable. Mais, bah ! n'importe, n'importe. Jeunesse est plaisir des dieux.

Il fouilla dans sa poche, cherchant quelque chose, peut-être une pipe ou une tabatière, et finit par en tirer un dessin représentant un porc divisé comme une carte en frontières et en régions qui avaient pour noms : jarret, jambon, selle, ainsi de suite.

— On appelle le journal que je dirige *La gazette du cochon*. Rien de commun avec ce que vous lisiez. Non, je parle de notre ami *sus scrofa*, l'ami de l'Irlande, M. Mangetout la Providence des Foyers Dites donc, j'ai fichtrement besoin de faire un brin de toilette et de me donner un coup de brosse. poursuivit-il. Vous logez à cet hôtel ? Dans une chambre à vous tout seul ? Avec qui êtes-vous ? (Je lui expliquai l'excursion de Phoenix Park.) Y a-t-il une salle de bains à votre étage ? Je ne connais pas ces régions supérieures ; je vous serais très reconnaissant de me montrer le chemin.

Je le pilotai donc et, pour abréger une longue histoire, il vint dans ma chambre m'emprunter un peigne pour lisser sa barbe et me dit, tout luisant de son brin de toilette :

— Bon, nous avons juste le temps pour que je vous fasse une petite démonstration de lutte irlandaise comme on la pratique dans le comté de Meath, car je dois être bientôt rendu à la rédaction de *Ferme et culture*. Voilà : d'abord, l'on doit se déshabiller, ce qui est bien naturel par une chaude journée comme celle-ci. Otez vos vêtements et je vous montrerai quelques prises.

Une de ces prises entraînait ce que, je devais l'apprendre plus tard, l'on nomme fellation, terme qui ne figurait pas dans mes illustrés ni, d'ailleurs, dans aucun dictionnaire de l'époque. Il ne semblait pas exister non plus de mot irlandais pour le dire, bien que ce porcher usât du mot *blathach* pour désigner ce qui, sous la stimulation, jaillit et se répandit. Il me donna un shilling pour moi avant de s'en aller, en déclarant :

— Et maintenant, tu peux recommencer à lire ta littérature impérialiste de pacotille, bien que je sois prêt à parier qu'elle te semblera beaucoup moins excitante dorénavant.

Et, avec un bon sourire, il s'en fut.

James Joyce a consacré en entier un énorme roman à cette seule journée dublinoise où je fus déniaisé. Je n'ai jamais pu prendre au sérieux son livre, ainsi que je le lui déclarai moi-même plus tard à Paris. Toutes les ruminations intérieures, tous les actes extérieurs de l'ouvrage me paraissent terriblement innocents. Et je n'ai aucun souvenir des événements publics décrits ou rapportés : ni du cortège du vice-roi (bien que je croie me rappeler une musique militaire stridente et percutante au loin) ; ni du feu d'artifice de la fête de charité ; ni de la nouvelle de la perte du *General Slocum* coulé dans l'East River ; ni de la victoire de Throwaway, remportant la Coupe d'Or d'Ascot avec une cote phénoménale ; pas plus de la pluie vespérale, puis de la Noël d'étoiles apparaissant plus tard, porteuse de ses humides fruits bleu nuit. Ma mère, ce même soir, resta dans sa chambre avec les plus petits ; mon père m'emmena voir un mélodrame excessivement ennuyeux : *Leah*.

En 1924, dans un bar parisien, je déclarai à Joyce .

— Il faut bien le dire, vous avez offert à George Russell un alibi inattaquable et éternel pour cet après-midi-là. Mais je sais, moi, et lui aussi, qu'il n'était pas du tout à la Bibliothèque nationale de Dublin.

— Je ne voudrais pas vous traiter de menteur, répliqua Joyce, les yeux aussi nébuleux que l'abominable cocktail qu'il avait devant lui (une absinthe arrosée de kummel en guise d'eau). Mais j'ai toujours jugé Russell plus enclin à commettre la sodomie avec un porc qu'avec un jeune garçon. *Ach !* le monde est plein de surprises.

J'aimais bien Jimmy Joyce, mieux que ses expériences démentes avec le langage. Il a jeté par-dessus bord la chance qu'il avait de devenir un grand romancier dans la noble tradition de Stendhal. Il a toujours essayé de faire, de la littérature, un succédané de la religion. Mais nous nous rencontrions dans des régions de nostalgie. Son épouse selon l'état civil, Nora, était une femme aussi volontaire d'esprit que de mâchoire et qui refusait d'endurer longtemps les sornettes de son Jim. Un jour que je le ramenais ivre, elle l'attendait derrière la porte, telle la foudre. A peine le battant refermé, du palier j'entendis le tonnerre, puis la pluie de coups.

14

De la gare de Battle, je gagnai à pied la maison qui servait à la fois de résidence et de cabinet dentaire à mon père dans la Grand-Rue, à un jet de pierre de l'abbaye. Un des porteurs de gare, qui avait terminé sa journée, marchait à deux cents mètres de moi en chantant sur l'air de *Au clair de la lune* :

Ah ! la lune brille sur Charlie Chaplin,
Il n'a p'us d' croqu'nots faut' d' les cirer l' matin,
Son falzar n' tient p'us pasqu'y a pas d' bretelles,
Il s'ra tout cul nu s'il part aux Dardanelles...

J'arrivai. Une couronne de houx ceignait le marteau de la porte. Je frappai et me piquai bénignement. Puis j'entendis ma sœur Hortense accourir en criant : « C'est lui, je suis sûre que c'est lui ! » et je me retrouvai étreint par des bras et des odeurs familières.

Les odeurs de ce temps-là — l'odeur, devrais-je dire. J'ai toujours chéri les parfums des lieux et des époques. Singapour : lavettes à vaisselle fumantes et pisse de chat. Moscou : enduit de maçon et lieux d'aisance dont les fumeurs de méchants cigares n'ont pas tiré la chasse. Dublin : café que l'on grille, qui se révèle être de l'orge. Toute l'année 1916 ne fut qu'un relent à la fois de pièces non aérées, de chaussettes non lavées, du kaki imprégné de sang, de vêtements de pékin moisis, de robes de femme pourries aux aisselles, de margarine, de mauvaises cibiches faites avec des balayures, de planchers frottés aux feuilles de thé détrempées. Exactement le contraire d'une odeur américaine, pourrait-on dire.

Le parfum de la maison de mon père, toutefois mariait la neutralité chirurgicale à l'économie domestique anglo-française. En entrant, je croisai le fumet du gigot du dîner, bien aillé, et une senteur de caramel, par-dessus lesquels erraient distraitement de faibles fantômes de cocaïne et d'acide nitrique. Ces deux mondes se fondaient dans l'arôme d'essence de girofle. Et puis il y eut ma mère, avec son odeur coutumière de vin rouge sur l'haleine (comme celle du prêtre s'inclinant avec l'hostie devant la table de communion) et sa délicate aura d'eau de Cologne.

— Quelle surprise quelle jolie surprise ! dit Hortense, qui m'adorait. Tu racontais que tu ne viendrais pas avant le 21.

— J'ai reçu la lettre de maman cet après-midi. Alors je me suis dit : pourquoi pas tout de suite ? Rien ne me retenait à Londres (Les yeux me picotaient.)

— Solitude. La solitude de cette ville, dit ma mère de sa voix grave.

Et mon père, dans son veston d'intérieur d'alpaga, chaîne de montre étincelante sur une bedaine naissante, sourit avec une sorte de distance timide. Nous étions à présent dans le petit salon, où un feu de bois de poirier expliquait une autre senteur délicieuse que je n'avais pu reconnaître jusque-là. Hortense, rentrée de l'école, avait tendu la pièce de guirlandes de papier. Houx, gui et lierre. Dans un angle, un arbre de Noël, aux dangereuses petites bougies non encore allumées.

— Joyeux anniversaire avec un peu de retard, dis-je à Hortense en sortant de mon sac de voyage un paquet.

— Un livre, je le devine, dit-elle, mais sans rancœur. C'est toujours un livre.

— C'est ma seule richesse, dis-je. Et il s'agit de services de presse par-dessus le marché. Mais c'est l'intention qui compte, à ce que l'on prétend.

Le cadeau d'Hortense était une nouvelle édition du *Journal d'un homme de rien*. L'on avait besoin de rire, en ce temps-là, mais il fallait recourir pour cela aux Victoriens. Oh ! nous avions bien W.W. Jacobs, et aussi P.J. Wodehouse, mais leur humour était maigre, avec un soupçon de défensive dedans, une manière de s'excuser de fournir matière à évasion.

— Tu dois être mort de faim, dit mon père.

Je secouai la tête, incapable de me fier à ma voix.

— Peut-être pourrais-tu lui donner une tranche de gigot froid, reprit mon père à l'intention de ma mère.

Je secouai vigoureusement la tête. Ma mère me scruta de toute la gravité de ses yeux bruns. Étant femme, elle percevait plus de choses que mon père. Comme j'aimerais avoir d'elle une image claire, aujourd'hui ; mais tout ce qui m'apparaît, c'est une gravure de mode longiligne de ce temps-là — robe longue dans les bruns, à taille basse, aussi peu frivole que possible, par déférence pour une époque qui avait grand besoin de vraie frivolité au lieu de l'insouciance sinistre des politiciens et de l'état-major général ; les perles héritées de sa tante Charlotte ; la douce chevelure châtaine grisonnante, remontée en chignon. Elle dit :

— Je ne crois pas que tu sois très heureux, là-bas. Tu m'as l'air tout maigre et fatigué. Tu n'as pas besoin d'être à Londres pour écrire. Tu étais plus heureux quand tu travaillais à ce journal de Hastings. Au moins, tu rentrais à la maison tous les soirs, et puis tu étais bien nourri.

— C'est affaire d'être tout près de la vie littéraire, dis-je. (C'était, naturellement, faux. C'était question de, histoire de de de...)

— Nous sommes très fiers et tout, dit mon père en hochant la tête. Mais ce n'est pas une profession. Nous en avons discuté, ta mère et moi.

— Oh ! allons, papa, dis-je. Il n'existe pas de diplôme universitaire ni de licence qui permettent d'ouvrir un bureau d'écrivain avec une belle plaque en cuivre ; mais c'est une profession tout aussi honorable que celle qui consiste à arracher des dents.

— Au fait, et tes dents, comment vont-elles ?

— Splendidement bien, répondis-je en les montrant. Mère, repris-je en me tournant vers sa gracieuse gravité, vous ne dénigreriez pas Flaubert, Balzac ou Hugo ? Je veux être comme eux.

— Je ne lis pas de romans, répondit-elle. J'ai lu le tien, oui, mais c'est différent. Ton fameux premier roman. Mme Hanson l'a retiré de la bibliothèque tournante et s'est montrée très impolie envers moi à ce propos. Naturellement, comme je suis française, elle pense que je t'ai élevé dans l'immoralité.

— Sœur Agnès, dit Hortense de sa jeune voix claire et brutale, a dit que c'est très artificiel et manifestement écrit par un très jeune homme. Elle a dit que ce n'est pas vraisemblable.

— Sœur Agnès, dis-je, est un esprit critique très perspicace.

— Oh ! ça, oui. Elle passe son temps à critiquer !

— Tu as l'air exténué, Kenneth, dit ma mère. Je vais faire du cacao pour tout le monde ; après quoi nous irons au lit. Ta chambre t'attend, elle est toujours prête ; mais je vais te mettre une bouillotte. Demain, nous aurons tout le temps demain de parler.

— Et le lendemain après, et encore le lendemain, dit ma sœur. Oh ! c'est merveilleux de t'avoir à la maison.

Hortense, coiffée — pour parler comme le poète Yeats plus tard — de remparts de miel sur les oreilles, promettait d'être d'une grande beauté. Elle avait un léger strabisme vénusien et un nez droit et vigoureux, à la française.

— *Heimat !* Quel beau mot, ajouta-t-elle.

Le temps d'une brève respiration embarrassée du côté de mes parents, et ma mère dit :

— Si tu voulais bien ne plus parler allemand à la maison, Hortense, j'en serais beaucoup plus heureuse.

— Ah ! voilà que vous vous mettez à ressembler aux autres parents, dit Hortense. Sœur Gertrude dit que faire partager à la langue allemande la faute de la guerre, c'est comme si on accusait aussi les saucisses de Francfort. En tout cas, nous sommes encore trois à faire de l'allemand. Et nous étudions un livre de Hermann Hesse, et c'est un pacifiste qui vit en Suisse ou je ne sais où. Est-ce que c est mal ?

— Henry James a cessé de se promener avec son basset allemand, dis-je. Même la famille royale a dû changer de nom. Tout cela est très stupide.

— Si tu étais français..., dit ma mère.

— Je le suis à demi.

— Ce qui me rappelle, dit mon père. A propos de ton M. James, veux-je dire. J'ai là quelque chose qui a été envoyé de Rye, pour toi.

Il ajusta son pince-nez et sortit Ma mère dit :

— Du cacao. Et une bouillotte.

Elle sortit à son tour. Hortense m'adressa un sourire rayonnant de jeune fille. La folie de tout cela était que, s'il existait au monde une fille vers laquelle je pusse me sentir attiré, c'était bien elle. Mon aptitude à l'amour se heurtait partout aux décrets tonitruants de Moïse.

— Tu es une promesse de beauté, dis-je ridiculement. Enfin... tu me comprends : ne te laisse pas faire si on veut que tu deviennes une grosse cheftaine rougeaude genre territoriale, tu sais ? A force de hockey et tout et tout. (Elle rougit.) Pardon, dis-je.

Elle demanda, rougissant plus encore (à croire que, le rouge étant déjà à ses joues pour une raison, autant valait l'utiliser pour une autre) :

— Est-ce que tu as des *aventures* à Londres ?

— Je m'occupe de mon travail, répondis-je. Pour ce qu'il vaut. Je ne peux pas m'offrir d'*aventures*. Vois-tu, une aventure, cela commence par un dîner, du vin, des bougies, et cela continue par un appartement confortable. Moi, je vis dans une chambre où je dors dans les odeurs de cuisine au gaz.

Elle porta les doigts à ses lèvres. Je clignai des paupières pour refouler mes larmes. Mon père revenait avec une lettre.

— C'est en mettant de l'ordre dans ses affaires, expliqua-t-il. Apparemment, il y avait un tas de lettres qu'il avait écrites, mais n'avait pas encore envoyées. Tiens.

C'était le Henry James habituel, infiniment alambiqué, entortillé dans ses périphrases, Officier du Mérite. Il avait formulé sa déclaration capitale sur le roman britannique contemporain (dont, avec sa naturalisation en 1915, il était devenu quelque peu rétroactivement le formidable phare) dans deux ou trois articles publiés par le supplément littéraire du *Times*. De mon côté, j'avais rédigé une protestation modérée pour la chronique littéraire des *Illustrated London News* dont j'assurais l'intérim, le titulaire étant malade et empêché. J'avais trouvé autant de faiblesse dans les métaphores du grand homme que dans son jugement. Il parlait du beau jeu d'aviron de Compton Mackenzie et de Hugh Walpole, et disait de D. H. Lawrence qu'il « fermait la marche poussiéreuse ». Il s'était attaché à « l'image persistante » de l'orange et disait que celle-ci est « remarquablement exquise » entre les mains de Walpole. On ne pouvait permettre à ce grand styliste de s'en tirer de la sorte. Il m'avait répondu, mais en tardant à expédier sa lettre, à moins que, peut-être, obsédé par ses fantasmes napoléoniens, il n'eût simplement oublié l'avoir écrite. Toujours est-il qu'elle était là : *Mon cher ami*, et la suite. *Je courbe la tête de honte sous votre rebuffade sans voiles (la voussure, hélas ! ne vient que trop naturellement, bien que ce soit de causes physiologiques qui sont entièrement le propre de l'homme dont l'âge avancé et le déclin corporel concomitant l'invitent sans cesse plus à regarder vers la terre), mais j'invoquerai pour circonstance atténuante, si faiblement soit-il, que les exigences imposées par la frénésie des secrétaires de rédaction* etc., etc.

Ma mère apporta le cacao.

15

Ce retour à la maison pour Noël était une erreur. Pour toute une bonne part du monde, c'était, sentimentalement, une fête païenne, et les pleurs de joie qu'inspire la naissance du prince de la paix étaient parfaitement compatibles avec la fureur contre le Boche. A mes yeux comme à ceux de la famille, le Rédempteur était né, et j'avais le devoir intolérable de garder pour moi seul ma décision toute fraîche de refuser de croire à cette naissance. Sous les fenêtres des gamins chantèrent *Il est né le divin enfant*, moyen pour eux de recueillir ici et là quelques sous qui iraient à l'ouvroir où ces dames tricotaient chandails et chaussettes pour l'hiver de nos vaillants petits soldats ou façon de se faire inviter à entrer pour boire un lait de poule brûlant accompagné de tartelettes aux raisins secs. Quant à moi, ils me rappelaient mon exclusion, tout aussi délibérée qu'inéluctable, de l'univers des fidèles. La veille de Noël, ma mère déclara :

— Ce soir, nous prenons le train pour Saint-Leonards, où nous allons nous confesser. Ton père termine tôt exprès. Ensuite, demain matin, nous irons tous communier.

— Nous ne pourrions pas rester à Saint-Leonards et aller d'abord au cinématographe et puis à la messe de minuit ? demanda Hortense. (Cinématographe ! Pédantisme de religieuse, supposai-je.)

— Nous n'aurions pas de train, répliqua ma mère. Non. Messe très tôt demain matin. Puis retour ici pour le petit déjeuner spécial de Noël. Ensuite, nous mettrons la dinde au four.

Tout cela me serrait douloureusement le cœur. Et je vous entends d'ici, chers lecteurs et lectrices, soupirer, le cœur serré d'autre façon. Nous voici en plein « Greeneland », sur les terres de Graham Greene, n'est-il pas vrai ? A moins, puisqu'il y a trahison de la mère, que ce ne soit en territoire joycéen (son *Portrait de l'artiste comme jeune homme* venait d'être publié cette même année, et d'être essentiellement incompris, à l'exception cependant, des louanges sans réserve que lui avait décernées, pour son caractère « swiftien », H.G. Wells). Il est des choses, que l'on me permette de le rappeler, antérieures à la littérature. Celle-ci ne les fabrique pas. S'il y a littérature autour d'elles, c'est justement à cause de leur existence. Graham Greene a inventé une sorte de catholicisme romain, mais d'une sorte assez peu intelligible aux catholiques de 1916. Je dis :

— Je n'irai pas à confesse.

— Tu n'as pas de péchés sur la conscience ? me taquina ma sœur. Londres la grande pécheresse ne t'a pas souillé ?

— Quant es-tu allé te confesser pour la dernière fois ? s'enquit ma mère.

— Je pourrais répondre, mère, que c'est affaire entre ma conscience et moi, dis-je doucement et avec le sourire. Le fait est que j'étais à Farm Street il n'y a que quelques jours.

— Parfait, parfait, si tu estimes être encore en état de grâce...

— Je resterai à la maison pour écrire mon article.

Il s'agissait d'une longue critique du dernier ouvrage en date d'Eden Philpotts, écrivain jugé alors important, surtout par Arnold Bennett qui le qualifiait de « maître de la phrase longue ».

— Mais le temps est magnifique et très doux ; nous pourrions marcher un peu au bord de la mer.

— Il faut bien que je paie mon loyer, mère, et l'on m a promis de me régler à la réception de l'article.

— Bon, très bien, dans ce cas.

Et je m'assis au coin du feu pour rédiger un premier jet au crayon, sur un carnet de notes posé sur mes genoux, tout en mastiquant des dates et sirotant du xérès. On ne manquait de rien ou presque, dans la maison de mon père.

Je ne fermai pas l'œil de la nuit, jonglant douloureusement en esprit avec divers choix de conduite. Si vraiment je ne *croyais* plus, alors l'hostie sur ma langue ne devenait qu'un morceau de pain et la famille serait heureuse de cette communion prise ensemble. Mais je savais que l'hostie était beaucoup plus qu'un morceau de pain et je ne parvenais pas à envisager la chose avec cynisme. Communion sacrilège — mots terrifiants ! Le matin venu, je priai brièvement le Dieu de mes glandes de bien vouloir aider mon incroyance : « L'incroyance demande du temps, je le sais, mais s'il Te plaît, abrège ce temps... » J'entendis bouger la famille. Il faisait encore noir et la lumière électrique brûlait sur le palier. Mon père entra, de la mousse à raser sur le visage.

— Le train part dans une demi-heure, fils. (Le Dieu de mes glandes m'exauçait déjà.) Tu n'as pas l'air bien, ajouta mon père.

J'avais allumé ma lampe de chevet. Elle montrait sans nul doute un teint blême et des yeux caves.

— C'est vrai que je ne me sens pas tellement bien, répondis-je. Je ne suis pas très sûr, finalement, de pouvoir... J'ai l'estomac un peu dérangé. Je n'ai plus l'habitude de la bonne chère.

Ma mère entra, tout habillée et fleurant l'eau de Cologne

— Tu es malade ? Peut-être n'aurais-tu pas dû manger autant de ce... (Elle prononça le nom du plat comme entre guillemets comme s'il s'était agi d'une des inventions d'une cuisine barbare préparée pour faire plaisir à mon père et tout juste admissible, la veille de Noël étant, malgré les dispenses de temps de guerre, jour d'abstinence pour nous.)... de ce pâté de poisson.

— J'irai demain. C'est la Saint-Étienne.

— Si tu te sens mieux, tu peux toujours aller à la dernière messe aujourd'hui. Et bonne idée, oui... Saint-Étienne, protomartyr. C'est la fête de votre pauvre oncle Étienne, par-dessus le marché. Nous irons tous ensemble.

Hortense entra, pleine de l'énergie matinale des jeunes filles et du rayonnement de Noël.

— Joyeux Noël ! J'en étais *sûre*, que tu t'arrangerais pour ne pas venir. Tout ça est la faute de Londres. Sœur Gertrude dit que c'est une *gottlose Stadt*.

— Et le Kaiser Guillaume en dit probablement autant, remontra mon père tout en se battant avec le bouton de son faux-col blanc raide.

— Je t'en prie, mon enfant. Pas d'allemand. Surtout aujourd'hui, dit ma mère.

— *Entschuldige*. Je vous demande bien pardon. *Forgive me*. Il n'y a qu'à le laisser croupir dans son péché. Vous savez, nous allons rater le train.

Ils partirent et je restai couché, à croupir encore un peu, pendant que la maison, marquant sa réprobation par les craquements de ses jointures, laissait entrer la douceur de l'aube, puis la lumière encore plus douce de mon premier jour de Noël *gottlose*. J'avais une faim de loup. Je m'habillai (col dur et cravate, toujours cérémonieux, même pour proclamer l'amour qui n'ose pas dire son nom) et descendis à la cuisine où le fourneau était à feu réduit, mais brûlant. Je me fis du thé fort et des grillettes ; j'ouvris la fenêtre pour me débarrasser des miettes et de l'odeur de brûlé ; puis j'allumai les grilles de la salle à manger et du grand salon. Après quoi, je déposai mes cadeaux au pied de l'arbre de Noël : H.G. Wells et *Monsieur Britling commence à voir clair* pour mon père, une nouvelle édition de *Trois hommes dans un bateau* de Jerome K. Jerome, pour ma sœur et, pour ma mère, une anthologie, en hommage à une vaillante alliée, intitulée *La Belle France*, avec un pastiche de Mallarmé par Beerbohm, un article polémique et sans tact de Bernard Shaw sur les péchés de la France, et un pastiche de Debussy par Cyril Scott. Peut-être n'était-ce pas une bonne idée, elle ferait venir les larmes aux yeux de ma mère. Je pelai des quantités de pommes de terre. La sonnette du cabinet dentaire résonna bruyamment. Il y avait un homme d'âge mûr à la porte, un genre de palefrenier à en juger par son odeur d'avoine. Il avait un furieux mal de dents et grand besoin de mon père.

— Il est allé à Saint-Leonards. A l'église, expliquai-je.

— Pourquoi faire ? Tout de même, j'ai bien droit à mon dîner de Noël comme tout le monde. C'est pas juste.

Je le fis entrer dans le cabinet. Au mur, le soldat regardait brûler Pompéi avec l'exophtalmie de la peur.

— Vous devriez surveiller mieux vos dents, dis-je. Vous auriez dû les préparer à l'idée de Noël.

Je cherchais partout du regard l'essence de clou de girofle. Pas trace. Il y avait abondance de daviers, en revanche, proprement alignés et luisants dans la lumière de ce matin de Noël.

— Mettez-vous dans ce fauteuil, ordonnai-je. Voyons un peu cela.

— Hé ! c'est le dentiste que je veux. C'est pas vous, le dentiste.

— C'est comme le baptême chrétien, répliquai-je. N'importe qui peut l'administrer en cas d'extrême urgence. Ouvrez la bouche.

Il l'ouvrit et exhala une puissante odeur de rhum médicinal et de bière. La mauvaise dent était une prémolaire. Elle branla quand je la touchai du doigt.

— Ça fait mal, dites donc, ouille !

— Vous ne voulez pas d'anesthésie, je pense ? Cela pourrait vous brouiller l'estomac.

— Je veux quelque chose pour tuer la douleur.

— Par le feu, dis-je, vers la paix, la fraîcheur et la lumière.

De la dextre, je saisis le plus grand davier, renversai le fauteuil, enfonçai la pince et m'emparai de la dent, serrant fort pour bien la tenir. Il gardait la bouche grande ouverte pour la protestation et la douleur — unissant les deux dans le même cri : *ouille !* Je fis bouger la dent, la sentis jouer, puis briser ses amarres, et l'arrachai alors.

— Crachez, dis-je. (Il cracha en hurlant, la bouche en cul de poule.) Rincez, poursuivis-je en lui tendant de l'eau froide. Voilà qui est mieux, ajoutai-je. Non, ce n'est pas mieux maintenant ?

Je lui montrai au bout du davier l'horrible chose gâtée. Lorsqu'il put parler, il dit :

— Devrait y avoir une loi.

— Ne grognez pas. Je ne vous prendrai rien. Disons que c'est un cadeau de Noël.

Il partit, saignant et grommelant qu'il y avait des salauds de bouchers. Je jetai la dent dans le fourneau de cuisine et lavai le davier au robinet de l'évier. J'avais du sang sur les doigts, mais je ne me lavai pas tout de suite les mains. J'avais fait œuvre corporelle de charité et c'en était l'insigne. Si je devais être honnête au cours de ma nouvelle existence postchrétienne, ce devait être sans le moindre espoir de récompense.

Je ne dis pas un mot de mon action quand la famille rentra. Oui, je me sentais mieux, un petit peu mieux, mais pas assez pour avaler des œufs, du bacon et des saucisses. Je ratai la dernière messe de Noël. Je n'en mangeai pas moins de grand cœur ma part de dîner. Mieux, oui, cela allait de mieux en mieux. Dans la soirée, il y eut une petite réception : le Dr Brown, sa femme et leurs trois enfants, bouche bée de végétations, ainsi que Mackenzie le directeur de banque célibataire, et une réfugiée belge, veuve, avec laquelle ma mère s'était liée d'amitié. Je portais la cravate représentant le cadeau de Noël de ma mère, fumais les cigarettes Muratti (tabac d'Orient) de ma sœur, froissais dans mon pantalon les cinq billets d'une livre, présent, Dieu le bénisse, de mon père Dinde farcie froide, jambon, charlotte au xérès, gâteau de Noël, tartelettes aux raisins secs et à l'écorce d'orange, punch au bourgogne et limonade pour les enfants, beaune et pouilly-fuissé pour les autres, toasts : à la fin de la guerre, aux amis absents, à Tom absent. Ma mère retenait ses larmes. J'allai me coucher, légèrement gris.

Ma mère entra, nullement grise, dans ma chambre à coucher et alluma la lumière principale. L'éclairage électrique, en ce temps-là, était assurément plus doux, plus rose, plus intime, même quand il tombait du plafond. Ma mère portait sa robe de chambre neuve bleu de lin, ornée de ruchés aux poignets et aux revers, cadeau de mon père. Elle s'assit sur le bord du lit et me regarda d'un œil grave. Durant tout notre entretien, elle ne prononça pas un seul mot d'anglais.

— Pas de confession, pas de communion. Pas de messe non plus. C'est la première fois que je vois cela à la maison pour Noël. Je ne crois pas du tout à ton indisposition, mon fils.

— Je ne me sentais pas bien dans mon corps peut-être parce que je ne l'étais pas dans mon âme.

Je remerciais le français : il permettait une légère distance, même si elle était insuffisante. Le jeu des voyelles et des consonnes devenait pour moi une manière en quelque sorte théâtrale de jouer la situation. Mais le français était à la lettre ma langue maternelle. Il avait la faculté de flanquer en l'air, malgré sa solidité apparente, l'anglais, langue de mon éducation, de mes sports de rue et de mon métier, en prouvant que cette robustesse n'était que faux-semblant, toile peinte de théâtre. Et il devait cette force au fait que ses douceurs flûtées et ses fureurs avaient vibré dans mon squelette fœtal, prêté leur saveur au lait maternel et chanté leur berceuse pour m'endormir. Il n'en restait pas moins un langage cérébral : les mots *foi, devoir, foyer, pays* ne me feraient jamais pleurer comme *faith, duty, home.*

— Tu as menti également en racontant que tu avais été à confesse à Londres. Je veux savoir ce qui ne va pas.

— J'ai évité scrupuleusement de mentir. J'ai dit que j'étais allé à Farm Street, chez les Jésuites J'ai eu une conversation avec un prêtre.

— A quel sujet ?

— Sur la nécessité pour moi de renoncer à ma foi.

— La nécessité ? La nécessité ? (Le mot sifflait comme le gaz d'éclairage.)

Je me réfugiai derrière un bouclier de carton pâte :

— Celle dont beaucoup de chrétiens parlent. Nous prions le même Dieu que les Allemands. Doit-Il exaucer uniquement les prières des Français et des Anglais ? Le sacrifice de la messe est-il célébré à seule fin que nous seuls puissions recevoir la grâce ?

— Il s'agit d'une guerre juste.

— Elle a commencé ainsi. Beaucoup sont convaincus comme moi qu'on la prolonge pour d'autres raisons que la justice.

— Tu n'as jamais soufflé mot de ceci ni à moi ni à ton père. Si tu es aussi convaincu que tu le dis, cela aurait dû jaillir de toi comme ce fut le cas pour tant d'autres de tes convictions au cours de visites précédentes. Il y autre chose. Vivrais-tu dans le péché ?

— Nous vivons tous dans le péché, mère.

— Très malin, mais tu sais exactement de quoi je parle. Vis-tu sous le même toit qu'une femme ?

— Ce n'est pas une femme, mère. Non, non, pas une femme.

Et puis cela sortit, comme c'était inévitable. Ce fut une explosion, même. Elle écouta, d'abord incrédule, puis déconcertée. Je ne parlais plus guère le français depuis quelque temps ; peut-être ne m'exprimais-je pas correctement. Si, au contraire : je ne m'exprimais que trop correctement. Mais le pavillon de son oreille était sourd à mon disque. Elle fit voler celui-ci en morceaux.

— Tes histoires n'ont aucun sens. Tu as trop bu de vin. Et en plus tu as pris trois verres de cognac après le souper. Tu te livres à une sotte et très stupide plaisanterie. Demain matin, peut-être parleras-tu le langage de la raison.

— Vous désirez connaître la vérité, mère. Je vous la dis. Certains hommes sont faits ainsi. Certaines femmes aussi, comme j'ai pu le constater personnellement à Londres.

— A Londres, oui. Venant de Londres, beaucoup de choses ne me surprendront pas. Mais *cela*, non, je me refuse à le croire. Surtout de ta part.

— Mère, mère, je n'y puis rien. C'est sans doute dû à un étrange et vilain tour de la chimie glandulaire. Je suis loin d'être seul dans ce cas ; il y a eu d'autres hommes, de grands hommes, des écrivains, des artistes, Michel-Ange, Shakespeare, Oscar Wilde. Wilde l'a payé de la prison. Ce n'est pas le genre de choix qu'un homme ferait de gaieté de cœur. Pas dans un monde comme le nôtre, qui n'a qu'horreur pour cette disposition.

Elle n'entendit pas la seconde moitié de ce discours. Elle sauta sur *grands hommes* et répéta ces deux mots avec dégoût :

— Ainsi donc, parce que les grands hommes étaient ainsi faits, tu dois leur ressembler sur ce point ? (Puis, à retardement, *Oscar Wilde* lui revint, avec le scandale dont elle se souvenait assez bien.) Si ton Wilde était un aussi grand homme que tu le prétends, alors mieux vaudrait pour toi nourrir l'ambition de devenir un très petit homme. Je ne puis, ajouta-t-elle, y croire ; je ne puis me fourrer cela dans la tête.

— Je suis désolé, mère. Je ne sais combien de temps encore j'aurais pu tenir ma langue devant vous et père : mais j'aurais souhaité que cela demeurât secret. C'est vous qui avez mis la sonde dans la plaie, vous qui avez questionné ; vous avez reçu la vérité que vous cherchiez.

Ses larmes étaient le signe qu'elle commençait à admettre l'inacceptable.

— Ton père, dit-elle. Il ne doit pas savoir. (Et elle étouffa ses sanglots dans un carré de batiste parfumé d'eau de Cologne qu'elle tira de sa manche.)

— Père l'apprendra un jour ou l'autre, dis-je, mais laissons-le en paix dans l'ignorance pour l'instant. Il est des moments où il n'y a ni bonté ni beauté dans la vérité.

Elle ne put s'empêcher de pleurer tout haut à ces mots.

— Tu essaies d'être très malin, d'être le *grand homme* comme Oscar Wilde. Tu finiras comme lui, parce que tu croiras malin d'être ce que tu dis être. O mon Dieu ! Qu'ai-je fait, pour que cela m'arrive à moi ?

— Je ne doute pas, mère, dis-je non sans froideur, que Tom fasse un bon mariage, le moment venu, et vous donne des petits-enfants. Hortense aussi.

— Cette innocente enfant ! Si tu en souffles un mot, si tu fais la moindre allusion... (Elle me semblait avoir terriblement vieilli, tout à coup.) Mais qui ne le saura tôt ou tard ? Le scandale éclatera. La police, les journaux... Pauvre Tom, reprit-elle, qui sert son pays, ses deux patries. Et toi qui joues les grands hommes avec tes livres scandaleux, à Londres !

— Je suis navré, mère, que les autorités m'aient trouvé inapte à aller me faire massacrer. A cela non plus, je ne puis rien. Je ne puis pas plus empêcher mon cœur d'être ce qu'il est qu'empêcher cette autre chose. Tant de problèmes seraient résolus, si votre fils aîné, indigne d'avoir été conçu et d'exister, venait à mourir pour sa ou ses patries. C'est encore du domaine du possible. Les médecins militaires peuvent montrer plus ou moins d'indulgence pour mon pauvre cœur, la prochaine fois. Dans un mois, à vrai dire. Je dois passer de nouveau devant la commission de réforme le mois prochain. J'espère que tout ira à votre satisfaction.

— Voilà que tu ajoutes la méchanceté et la cruauté à l'autre tort !

— C'est cela, mère. Tout est ma faute. Il y a un vers d'un poème que je recopierai au net pour vous et ferai encadrer. (Je le lui dis tel quel, en anglais : *Gently dip, but not too deep,* puis je le traduisis machinalement : « Sonde doucement, mais point trop avant. ») Vous l'avez bien cherché, poursuivis-je. Ce n'est pas moi qui ai pris l'initiative. Demain est la fête du premier martyr, mais je n'irai ni à la messe ni à la table de communion. Je prendrai le premier train du matin pour la ville. Si vous désirez me revoir, il ne tiendra qu'à vous.

Elle entendait des bruits que je n'entendais pas et se tenait toute droite pour mieux écouter.

— Le canon, dit-elle. De l'autre côté de la Manche. Rien que ruines, ruines partout. Même notre Noël. (Elle se leva et alla se regarder dans la glace de ma barbière.) Même mon visage n'est qu'une ruine. (En anglais — *My face in ruins !* — c'eût été plus mélodramatique.) Dieu fasse que ton père dorme déjà. Je suis mauvaise actrice.

— Mais bonne mère, dis-je. Bonne mère.

Elle me quitta sans un bonsoir, sans un baiser, me laissant sortir du lit pour aller éteindre

16

1917 fut, entre autres choses, l'année où je commençai à gagner de l'argent. La commission de réforme réunie à Hounslow, devant laquelle je comparus le 16 janvier, jugea mon cœur toujours aussi inadmissible et me condamna à poursuivre une existence honteuse de civil. L'un des majors, patriote à l'odeur de whisky solidement implantée, me recommanda, non sans insolence, de m'adonner à « une véritable activité de guerre », c'est-à-dire à la fabrication de canons et de projectiles au lieu de me contenter de vouloir maintenir en vie la culture britannique. Je lui répondis que je me proposais de soutenir le moral du pays en écrivant quelque chose d'humoristique pour le théâtre. Tous ces messieurs secouèrent tristement la tête.

Dans mon unique chambre de Baron's Court Road, avec vue sur les rames du métro aérien ferraillant leur chemin, je bataillais avec ma plume. Je me sustentais, comme auparavant, de singe d'intendance, que me vendait le garçon de bureau de l'*English Review*. Son oncle était maréchal des logis chef dans les services d'intendance de l'armée. J'écrivais, avec le plus parfait sang-froid, sans jamais même un sourire devant l'astucieux comique de mes répliques, une sorte de farce à la française, qui ne rendait guère hommage à la culture du pays natal de ma mère. Une femme mariée feint de quitter Paris pour quelques jours afin d'aller voir sa mère malade à Lille ; en fait, elle passe le temps avec son amant dans un petit hôtel du Vieux Marais. Son mari, chanteur doté d'une jambe artificielle, et qu'elle croit participant à un concert, à Dijon, au bénéfice du confort du soldat, surgit aussi avec sa maîtresse dans le même hôtel. Le patron de l'établissement a perdu la voix — le formidable tonnerre des éclatements d'obus de la Grosse Bertha l'a laissé dans la stupeur. Sa femme, énorme et tyrannique, peut devenir douce et amoureuse si l'on parvient à mettre le doigt, sur son ample poitrine, sur le point sensible et que l'on presse fortement. Le mari coupable, lui, tourne de l'œil s'il voit des œufs, parce qu'une poule l'a becqueté dans son enfance. Quant à l'amant, il ne peut supporter que l'on parle de rats devant lui. L'on n'a qu'à dire : « Toute arche finit par trouver son Ararat », pour qu'il s'enfuie en hurlant. A la fin de la pièce, le mari chante des couplets sur les rats et l'on sert des œufs à la coque au petit déjeuner, et le patron de l'hôtel recouvre la voix quand la Grosse Bertha, muette quelque temps, recommence à tonner. Il y a des passages chantés dans le style de l'épigramme qui ont peu de rapport avec l'action. J'intitulai cette œuvre, construite en trois actes courts : *Gigue la Gigouillette Tray Bon.* Rog Hardy, du Comedy Theatre, adora la pièce, mais détesta le titre, le jugeant vulgaire. On la rebaptisa *Pârlay-voou ?*

Je la terminai le 1er février, jour où fut déclenchée la guerre sous-marine à outrance. La grande première eut lieu le 11 mars, jour de l'entrée des troupes britanniques à Bagdad. Les représentations publiques commencèrent avec la révolution russe, le 12 mars. Le 6 avril, quand les États-Unis déclarèrent la guerre à l'Allemagne, on applaudit à tout rompre les bons mots pro-américains ajoutés pour la circonstance. Le 13 avril, la quête du point sensible de la femme du patron devint un symbole de la bataille d'Arras et de la prise de la crête de Vimy. Lorsque la troisième bataille d'Ypres commença, dans les premiers jours d'un mois de juillet torride, la pièce semblait partie pour durer aussi longtemps que des succès éprouvés comme *The Bing Boys* ou même *Chu Chin Chow*.

Je gagnais de l'argent et m'attaquai à une nouvelle pièce, dans un appartement plus spacieux où, tel M. Ivor Novello, je servais des cocktails en recevant en robe de chambre de soie. Cela se passait à Albany Mansions — très chic. J'avais aussi un nouvel amant, Rodney Selkirk, qui jouait le rôle du mari chantant et pour qui, même, ce rôle avait, en un sens, été créé. Dans la vie, il était lui-même mari et père. Il avait rejoint le « régiment des artistes » en août 1914, organisé une soirée de concert à Maubeuge, reçu des éclats d'obus dans l'os pelvien à Mons, perdu la jambe gauche sur la Marne. Bravement, il tirait un effet comique de la raideur de sa nouvelle démarche dans la farce de Grigson, *Teeny Weeny Winny*, qui avait tenu six semaines au Lyric, à l'automne de 1916 ; c'était là que j'avais vu pour la première fois ce héros renvoyé dans ses foyers. Il racontait à sa femme qu'une blessure à la prostate le rendait totalement incapable de remplir son office de mari. Il avait trois ans de plus que moi, du talent, de l'esprit, du charme, et il était laid. Nous passâmes la nuit ensemble nombre de dimanches — il prétextait d'ordinaire auprès de sa femme une représentation musicale pour les soldats dans le Nord ou les Midlands. La vie et la réalité, tout comme le théâtre, ne disposent que de peu de stratagèmes pour la consommation secrète du péché. Le péché ? Sottise !

Le monde du théâtre britannique regorge d'homosexuels et aussi de catholiques. Parfois, les territoires de ces deux convictions semblent se rejoindre, sans l'ombre d'aucun de ces sévères scrupules cartésiens qui m'avaient conduit à l'apostasie. Albert Wiscomb, qui tenait le rôle de l'amant dans ma farce, arriva gaiement en retard, un soir, à une répétition, avec un : « Nâvré, mes chéris. Je suis allé me faire racler la couenne, et ça m'a ppris un de ces ttemps ! » — le tout accompagné de minauderies et d'outrances suggérant un poids de culpabilité que son petit corps élégant paraissait singulièrement inapte à porter. Wiscomb était un pédéraste plein de bonheur et de chance, qui adorait les enfants de chœur en dentelle. Comme je bavardais avec lui dans sa loge, un soir où il était en avance, tandis qu'il se maquillait soigneusement, je lui demandai :

— Vous le confessez ?

— Quoi ? Mon péché d'impureté, très cher ? Mais oui, chaque fois. Sans spécifier, bien entendu, et je me repens toujours comme il convient. Enfin, il faut bien essayer, quoi ? Sans plus

Tout de même, on ne voudrait pas que nous allions contre notre nature, quoi ?

— Ce n'est pas ainsi que l'on m'a présenté la chose.

— Oh ! vous, vous êtes un grand coupeur de cheveux en quatre vous n'êtes satisfait que si tout est au poil près. Pour ma part, je ne suis pas difficile et je doute que le Seigneur le soit plus que moi, quoi ? (Et il se dessina avec soin des sourcils très noirs. Pauvre petit moi qui ne pouvais prendre la chose aussi aisément !)

Mon père vint voir la pièce et attrapa le dernier train pour regagner Battle le soir même. Il trouva le spectacle vulgaire, mais rit beaucoup. Ma mère ne vint pas ; elle m'écrivit une lettre en anglais, juste avant Pâques, qui disait :

> *J'ai fait tout ce que j'ai pu pour ne rien trahir du coup que j'ai reçu. Ton père, j'en suis certaine, ne soupçonne rien ; il pense que, si nous t'avons à peine vu pour Noël et si nous avons si peu de nouvelles de toi, c'est que tu travailles dur pour acquérir la célébrité dans cette capitale qui est aussi une mauvaise ville. Je dois t'avertir de nouveau de ne pas dire un mot à Hortense de ce que tu prétends être, bien que je craigne fort que tu ne lui en aies glissé quelque chose, car elle a fait allusion à un livre racontant l'histoire d'un homme qui aime un jeune garçon à Venise, en ajoutant qu'elle a eu déjà connaissance de ce genre de situation. Il s'agit d'un livre allemand. A mon avis, il faut qu'elle quitte cette école : les religieuses y penchent plus du côté des Allemands qu'il ne devrait être permis. Tu restes mon fils et je t'aime de tout mon cœur maternel ; mais j'estime que tu dois te tenir à l'écart de la maison jusqu'à ce que je me sois faite à ce coup. Je prie que ce ne soit là qu'un moment de ta nature, comme c'est parfois le cas pour certains écoliers anglais, et que cela prenne bientôt fin. Tom est venu pour une courte permission ; c'était un réconfort de le voir. Il dit qu'il devrait être bientôt affecté à titre permanent comme instructeur pour les gaz à la caserne Boyce d'Aldershot. Voici Pâques et je prie qu'un miracle fasse que tu dises : Je veux changer et, plaise à Dieu, accomplir mon devoir. Nous sommes tous en bonne santé, bien que j'aie de petits accès d'évanouissement venant, j'en suis certaine, de ce coup. Je t'envoie toutes mes affections. Je prie pour toi.*

Ma nouvelle pièce avait pour cadre le salon d'attente d'un dentiste. J'avais déjà travesti la patrie de ma mère en y situant une intrigue et des fornications imbéciles ; maintenant, j'allais faire rire de la profession de mon père. Cette comédie était une adaptation libre du *Médecin malgré lui* de Molière, et elle germa de mon œuvre corporelle de charité sur la personne du palefrenier de Battle. La « première », avec Charles M. Brewster dans le rôle principal, eut lieu au Criterion le 24 octobre, jour où les Autrichiens infligèrent aux Italiens la cuisante défaite de Caporetto. Ce fut un succès. Très vite (en fait, le 7 novembre, jour de la révolution bolchévique), le *Daily Mail* me fit l'honneur de mentionner ma nouvelle œuvre dans un éditorial : *Nous pouvons rassurer le Kai-*

ser. Dent pour dent, tel sera le principe que nous appliquerons jusqu'au bout, et il n'y aura pas de M. Toomey pour apporter aux extractions l'anesthésie du rire. La pièce s'intitulait d ailleurs *Dent pour dent* — titre que je tenais pour sinistre, sinon pour blasphématoire, mais sur lequel Brewster, directeur et premier rôle, avait insisté.

A l'approche de Noël, j'avais déjà attaqué une autre comédie. En 1908, Somerset Maugham (Willie pour les intimes) avait eu quatre pièces à l'affiche en même temps, à Londres, inspirant à Bernard Partridge, dans *Punch*, une caricature qui montrait un Willie Shakespeare point trop heureux du record de son homonyme. J'étais moins ambitieux. Je continuais à me considérer comme un romancier écrivant des pièces de théâtre, non sans cynisme, pour l'argent, et trois pièces me suffisaient amplement, du moins pour le moment. Dans ma robe de chambre en soie, j'étais à l'œuvre le jour de la signature de l'armistice germano-russe. Je fumais cigarette sur cigarette et me rafraîchissais à une fontaine inépuisable de thé. Il était 11 heures ce matin-là, lorsque... Qui sonne à la porte ? Ma sœur, Hortense. Dix-sept ans, tout juste, ravissante. Tendre embrassade. Elle est habillée avec une élégance de jeune dame ; plus rien de l'écolière. Elle a des bagages.

— Tu viens pour rester ? dis-je.

— Je peux ? En tout cas pour quelques jours. Ensuite, nous pourrions retourner ensemble à la maison pour Noël.

— Il n'est pas question, dis-je, que j'aille à la maison pour Noël. Je dois terminer une pièce et j'en ai deux autres à retoucher pour les actualiser.

Elle s'assit sur le canapé jaune à raies noires et rebondit exprès pour savourer l'élasticité des ressorts.

— Hé bien ! fit-elle. Ça *marche*, dis donc ! (Elle embrassa du regard le décor.) Les rétributions de la littérature, ajouta-t-elle avec un accent allemand m'incitant à penser que l'expression venait d'une de ses religieuses.

— Non, ma très chère sœur, rétorquai-je. Les fruits de la prostitution, si ce terme t'est familier.

— Oh ! je le connais très bien.

Elle me jeta un regard pétillant. Le mot évoquait, dans l'exquise et innocente jeunesse de son esprit, des images de saine liberté sexuelle et d'élégance féminine. Elle avait dû lire, sans la comprendre, la pièce de Shaw : *La profession de Madame Warren.*

— Ces airs allumés ne sont pas de mise, dis-je sévèrement. J'entendais par là que je sacrifie mon talent sur l'autel d'un art douteux, mais aussi d'un métier du plus haut profit.

— Tu m'emmèneras voir tes pièces ?

— Évidemment, et aussi dans les endroits où déjeunent et dînent les gens chics. Et même au Café Royal, si tu es très sage.

— Je ne pensais pas que les jeunes filles sages fréquentassent le Café Royal, dit-elle ainsi que je m'y attendais.

— Adorable sœurette, ne crains-tu pas que notre mère ne soit fort ennuyée de ne pas te voir rentrer tout de suite à la maison ?

Et qui plus est descendre chez ton mauvais garçon de frère ! Car je suis vraiment un *mauvais* homme, tu sais Je célèbre l'aube de ma seconde année hors du giron de l'Église.

— Je l'avais deviné! dit-elle. Oui, deviné, à Noël dernier, quand tu as raconté que tu étais malade. Sœur Agathe disait bien que l'athéisme fait des ravages, par les temps qui courent, chez les jeunes hommes ; et tout ça à cause de la guerre, uniquement. Mais elle dit aussi que ça leur passera, la guerre finie.

— Et quand ta sœur Agathe, qui sait tout, croit-elle que l'on en verra la fin, de cette guerre ?

— Oh ! elle affirme, que, l'été prochain, l'armée allemande tentera encore une grande offensive, la dernière, et que les Anglais, les Français, les Américains, les Canadiens et les Australiens parviendront ou non à la repousser ; mais, bref, tout dépendra de cette grande offensive, selon elle.

— Veux-tu une tasse de thé ou de café avec des biscuits, ou un verre de xérès ou d'autre chose ? demandai-je.

— J'aimerais voir ma chambre pour pouvoir défaire mes bagages, prendre un bain et me changer. Après quoi, il sera l'heure de déjeuner. (Elle était d'une incroyable assurance, la petite coquine, et je le lui dis en anglais : « *Little minx.* ») *Minsk*, répliqua-t-elle. C'est ça le mot véritable, d'après sœur Gertrude. Ça signifie « petite effrontée » en allemand. Oh là là ! mais quel luxe ! Absolument fantastique !

Elle faisait allusion à la chambre de maître, dont la porte était ouverte et devant laquelle nous étions forcés de passer pour gagner la chambre d'ami. Là-dessus, elle aperçut un objet qui eût mieux fait d'échapper à son regard : très exactement, la jambe artificielle de rechange (l'originale, en vérité) de Rodney, posée sur le côté droit du lit, comme pour bien marquer, telle la jambe en chair et en os d'un seigneur d'antan, un droit de cuissage. Rodney la disait plus confortable que sa nouvelle « Sosie Un », mieux rembourrée à la surface d'accueil du moignon charnu, mais devenue un peu trop courte avec le tassement progressif des tissus. Normalement, il la gardait chez lui. Pourquoi se trouvait-elle en ce moment dans cette chambre, et singulièrement à cette place ? Mais y était-elle bien ou ma mémoire ment-elle ? Oui, je crois qu'elle se trouvait vraiment là sur le lit, la « Sosie Un », ingénieuse structure de sangles, de ressorts et de métal, avec un riche coussin de cuir rouge, un peu noirci par la sueur, pour recevoir le moignon de la cuisse. Et elle attrapa aussitôt l'œil d'Hortense. Je dis :

— Cet objet appartient à l'acteur principal de la farce sur le mode français que je t'emmènerai voir ce soir. C'est un excellent comédien et aussi un héros de la guerre, mutilé dans une sanglante bataille.

— Il vit ici avec toi?

— Non, avec sa femme et ses enfants ; mais sa maison est dans Swiss Cottage, et il trouve parfois plus commode de venir ici, l'appartement étant plus central, pour se rafraîchir avant ou après le spectacle. Cela répond-t-il à votre question, madame ?

— C'est d'un constipé ! Il y a des moments où je ne sais plus si tu plaisantes ou non. Le pauvre ! C'est moins difficile pour les hommes, tout de même. Sœur Agathe dit que les jupes seront très courtes après la guerre, à cause de la pénurie de tissu. Elle m'a l'air très bien tournée, cette jambe. Rudement bien faite pour un truc artificiel. Je n'en avais encore jamais vu.

Elle me lança un regard aigu, comme si elle avait deviné plus qu'à moitié la situation. Il s'en fallut d'un cheveu que je ne dise : *Il ne se passe rien, tu sais.*

Elle en devina plus long, ce soir-là, au Comedy Theatre. Elle avait assez bien dîné chez Frith, où l'on servait souvent un très honnête pâté de gibier sur le contenu duquel il eût été imprudent de mener une enquête trop approfondie. Puis elle avait pris d'un dessert présenté dans du papier d'étain et qui n'était en réalité qu'un pudding de pain perdu, habilement déguisé. Elle avait aussi partagé avec moi quelque chose de visqueux, d'astringent et de nord-africain étiqueté « pommard ». Et puis elle avait adoré le premier acte de *Pârlay-voou,* y compris les lourdes plaisanteries sur la Déclaration Balfour et la chute de Jérusalem. Au premier entracte, elle m'accompagna au foyer, le teint et les yeux animés, toute fière de son frère. Moi aussi, j'étais fier d'elle dans sa robe habillée, vague et rebrodée de sequins, le genre de tenue qu'elle mettait pour les soirées de danse trimestrielles que ces demoiselles de l'école se donnaient entre elles, avec sœur Agathe ou Gertrude, déployant probablement un sombre acharnement au piano et y martyrisant le turkey-trot. Elle avait aussi un bandeau assorti à ses yeux autour de sa chevelure couleur de miel, et juste un soupçon de rouge aux lèvres. J'eus droit à une inclination de tête pleine de crainte respectueuse de la part de quelqu'un à qui quelqu'un d'autre d'averti avait soufflé : « C'est lui, l'auteur... là. » Et était aussi présente une personne infiniment mieux placée encore (ô combien !) pour me connaître : Val Wrigley, mon jeune ex-amant. Je n'en ressentis pas d'amertume. Il semblait être seul. Et il n'avait pas l'air très bien : maigri, sa poitrine creuse encore plus caverneuse, la pointe des pommettes très rouge.

— Eh bien ! Kenneth, très cher... (Hortense était tout ouïe.)... nous voilà bien loin, me semble-t-il, de ce que nous avions en tête tous deux, naguère, dans nos conversations sur les splendeurs de la littérature.

Je fis les présentations, puis demandai :

— Où donc est ton *ami* ?

— Oh ! envolé. Parti, sorti, dans la seconde où il a entendu ton petit mot d'auteur, tu sais, sur l'idée d'accorder une terre d'asile aux juifs. Pas très drôle, à son goût. Ni au mien.

— Ah ! fis-je, mais toi, tu es resté.

— Parce que je t'ai vu, mon petit vieux. Je t'ai vu arriver avec cette ravissante jeune fille à ton bras. Donc, voici *Hortense* ? Toujours cette même fierté du sang français, n'est-ce pas, très cher ? (Hortense gloussa de rire.) J'ai pensé que ce pourrait être charmant, poursuivit Val avec un sourire sale, de renouer une vieille amitié.

— As-tu réussi à faire imprimer ton petit recueil ?

— Oh ! cela pose quelques menus problèmes ma vieille Mais je ne doute pas que Dieu aidant, ils soient surmontés le moment venu. (L'accent qu'il mettait sur le nom du Seigneur ne soulignait que trop la tyrannie de ce monde.) Mais chut ! reprit-il aussitôt Qui va là ?

Je me sentais sale. J'avais la sensation que mon linge était déjà souillé par la sueur de la gêne coupable qui, perlant d'abord, me semblait littéralement gicler à présent de mes pores. La femme de Ronald, Linda Selkirk, était là, très belle, avec ses yeux d'un bleu surnaturel et son élégante et généreuse chevelure noire remontée en chignon. Son compagnon était Phil Kemble, dont le père s'appelait tout bonnement Watson, mais qui était allé déterrer le Kemble du côté de sa mère, invoquant le patronyme d'une célèbre famille de comédiens pour amorcer la pompe de sa propre carrière théâtrale. J'avais entendu dire, cependant, que ses Kemble maternels n'avaient rien à voir avec les grands, Fanny et John Charles, mais n'étaient en réalité que des Campbell, de petits distillateurs de whisky, cultivant l'accent raffiné de Kelvinside, le quartier de la haute société édimbourgeoise. Phil était bon acteur, bien qu'il fût difficile de concilier son aptitude à la tragédie avec son long corps comique. A les voir associés, Linda et lui, l'idée me traversa comme l'éclair : *ils sont amants*. Intuition d'artiste ou vœu inconscient formulé par mon propre remords ? Val avait reconnu Kemble, mais ne le connaissait pas. Je fis des présentations générales. Phil m'attira dans un espace libre entre le guichet des locations et la pancarte annonçant la salle comble.

— Vous ne m'avez jamais répondu, me dit-il sur un ton de reproche.

— Je réfléchis toujours, Phil. Je ne suis pas sûr que ce soit un sujet dans mes cordes. Certes, je vois parfaitement que ce rôle pourrait être idéal... (Et c'était vrai : Phil était capable de camper un William Pitt fort émouvant, complexe et insolite — il avait quelque chose du personnage tel que l'a caricaturé Gillray, en train de partager le pudding du monde avec Bougnaparta.) Il ne faudrait pas non plus que cela risquât d'offenser les Français...

— La guerre sera finie au printemps prochain, dit Phil. Nous pourrons les offenser tant que nous voudrons ; les salopards, ils ne l'auront pas volé ! Pensez-y : l'ouverture de la saison, la première pièce importante de la paix... patriotique, comique, tragique : « L'Angleterre est sauvée, non sans peine » !

La phrase célèbre s'enflait sur ses lèvres pour donner corps à une image de Pitt. L'on commençait à le regarder. J'avais conscience, non sans malaise, que Val bavardait énormément et qu'Hortense n'était pas en reste, tandis que Linda écoutait, souriait. Elle tourna la tête et vit mon regard sur elle, ne sourit plus. Je n'aimais guère cela. Phil continuait, parlait maintenant de bons dialogues, simples et directs, à la John Drinkwater, sans les *de grâce* et *pardieu* de rigueur, et de qui pourrait jouer Fox, l'anti-Pitt, qui, George III. Enfin la sonnerie retentit. Je demandai :

— C'est la première fois que vous voyez ce truc ?

— Oui. Assez atroce, vole pas haut ; mais bon, vous êtes sûrement le premier à le reconnaître, hein ? Et qui donc oserait vous jeter la pierre ? Il faut bien manger, si le mot veut encore dire quelque chose aujourd'hui. Pour Linda aussi, c'est une première, vous savez ? J'ai dû presque la traîner jusqu'ici. Tout ne va pas très bien dans le ménage, mais c'est plutôt vous qui m'en apprendriez sur le sujet, j'imagine, non ? Bon. Eh bien ! le temps de supporter encore deux ou trois plaisanteries éculées, et je l'emmènerai souper.

Il m'adressa un aimable signe de tête et s'en fut récupérer Linda. Val partit, avec un geste triste de la main pour moi. Je retournai dans la salle avec Hortense.

Après le spectacle, lorsque nous fûmes rentrés à l'appartement, je fis à Hortense une grande tasse de cacao au lait, très fort et brûlant. Elle était dans un tel état de surexcitation qu'elle n'eût pas dormi si je ne lui avais administré cette sorte de calmant, cher aux mères et aux nurses. Avant de monter, j'avais pris sur la table du hall d'entrée mon courrier du soir.

— Ah ! voilà du nouveau, dis-je tandis qu'elle buvait à petits coups, installée, les pieds ramenés sous elle, sur le canapé à rayures. Mon agent m'annonce que Bourreau veut monter la pièce à Paris. En tant que spécimen typique de la comédie de boulevard à l'anglaise.

— Cela veut dire encore de l'argent... beaucoup d'argent ! dit-elle.

— Hortense chérie, dis-je en posant la lettre, je mesure comme j'ai pu être égoïste et négligent. L'an dernier, pour ton anniversaire, je t'ai fait cadeau d'un misérable livre. Et à Noël aussi. Et c'étaient des livres qui ne me coûtaient rien, par-dessus le marché. Demain, il faut absolument que nous allions t'acheter des tas de présents magnifiques. Et pour père et mère aussi. Et Tom. Mais *toi*, qu'est-ce qui te ferait plaisir ?

— Ce n'est pas la bonne façon de faire des cadeaux, ça, dit-elle. Un cadeau, c'est censé être une surprise. Une *charmante* surprise... Pourquoi, reprit-elle soudain, Mme Machinechose semblait-elle *méchamment* surprise ce soir ?

— Selkirk ? Linda Selkirk ? Comment cela ? A quel propos ?

— Oh ! tu sais bien : le genre de phrase qui vous échappe sous le coup de la nervosité... enfin, c'est vrai, elle pompe l'air ta Mme Machin, avec ses yeux bleus et ses cheveux noirs, noirs — rien que ça, c'est quelque chose, non ? — alors que, moi, je lui faisais des compliments sur les talents d'acteur de son mari et sur l'effet comique de sa démarche raide, quand c'est tragique en fait. Là-dessus, elle me répond que c'est une jambe artificielle ; alors naturellement j'ai dit que je le savais et que j'avais vu l'autre, celle de secours, et.. je ne vois pas ce qu'il y avait de mal à cela... enfin, je ne pensais pas. Mais elle est devenue toute blanche. Pourquoi ? Et l'autre, le jeune poète, je suis sûre qu'il est phtisique, histoire de ressembler à Keats sans doute. Très curieux, cette espèce de rire qu'il a. Tu sais ce qu'il a dit ? Qu'il valait mieux se réveiller avec une jambe de bois sous les yeux que parmi des odeurs d'oignon. Qu'est-ce que cela veut dire ? Tu crois que c'est pour avoir l'air moderne, comme le poète favori de sœur Anastasie ? Tu sais, celui qui parle des odeurs de bifteck dans les venelles...

J'avais, moi aussi, j'en étais conscient, viré au blanc. Je m'efforçai de respirer calmement. Les yeux d'Hortense, trop brillants pour une heure aussi tardive, s'élargirent. Elle dit :

— Oh ! zut, crotte, ô sainte Marie Mère de Dieu, ce n'est pas possible, dis ?

— Quoi, Hortense ? Qu'est-ce qui n'est pas possible ?

— Le Café Royal, Oscar Wilde et son jeune lord, son Bosie, ô doux Seigneur, est-ce que tu en es vraiment ?

— Est-ce que je suis de quoi, Hortense ?

— Tu sais bien, mais si, tu sais. C'est donc ça ? Ce garçon t'avait laissé tomber parce que tu n'avais pas d'argent, et maintenant tu en gagnes beaucoup et il dit que c'est sa faute, entièrement, si tu as tourné le dos à la grande littérature pour écrire des fadaises pour le théâtre. O doux, doux Seigneur qui êtes aux Cieux, tout cela cadre parfaitement.

— Hortense, dis-je en pesant bien mes mots, tu es en train de faire ton éducation moderne. Mère et père... ils ne pourraient pas, eux... c'est trop tard, comprends-tu ? Si tu leur racontais que, dans les camps de prisonniers de guerre, les hommes entre eux en étaient réduits, par la simple force des circonstances, à... Mais en dehors de cela même, il est des cas, relativement rares, j'imagine, des cas, oui... Ce que je veux dire c'est que ta mère est au courant et que cela lui a porté un coup, plus terrible que tu ne peux l'imaginer. Père, lui, ignore tout et, à ce que dit ta mère, il ne faut pas qu'il sache. Pour ce qui est de la pauvre petite et innocente Hortense et de la corruption de son âme, mère a dit aussi...

— Pour ce qui est de la petite Hortense, répéta-t-elle en mussant encore plus confortablement ses pieds sous elle, disons qu'elle est tout de même un tantinet surprise. Tu es mon frère, non, que je sache ? Oh ! je saurai me taire à la maison, je ferai semblant de tout ignorer. Il y a même des cas dans les écoles, je le sais. Par exemple, le frère de Jill Lipton... Et entre filles aussi chez nous, il y en a eu deux qui se sont fait prendre, des filles de troisième : manque de maturité, d'expérience. C'est bête, non, de se faire prendre ?

— Comme moi, par exemple ? Car me voilà pincé, n'est-ce pas ?

Elle me regarda avec une gravité d'adulte et répondit :

— Oui, mais pas comme Oscar. Son Bosie s'en est tiré, lui, n'est-ce pas, parce qu'il est lord. Mon Dieu, mon Dieu, sois prudent ! (Puis, dans l'attitude d'une curiosité scientifique que démentaient l'éclat de ses yeux comme la rougeur de ses joues :) Qu'est-ce qu'ils *font*, exactement, entre eux, les garçons ?

17

J'observai une vie de célibat de Noël à Carême-prenant. Ce n'était nullement une question de prudence : ce qui se passait derrière les portes closes ne regardait que les partenaires consentants. Mais Rodney avait déjà prévenu qu'il abandonnerait son rôle dans le courant de la nouvelle année, pour passer la main à Fred Martins. On l'avait invité à jouer dans une sorte de mise en scène d'essai et de rodage de *La maison des cœurs brisés*, de Shaw, dans un théâtre de Manchester. Il s'agissait d'un rôle aussi peu fait pour lui que possible, de l'avis quasi général : celui du capitaine Shotover, mais qui le fascinait néanmoins et qu'il était résolu à tenter. Val essaya d'opérer une rentrée pathétique dans ma vie, tant il trouvait son ami du moment tyrannique et parcimonieux ; mais je me montrai impitoyable dans mon refus de ses avances. J'étais loin d'être solitaire : j'avais mon travail, sans compter mes amis dans le monde du théâtre.

Ma nouvelle comédie m'ouvrit un champ inattendu. Lorsque je montrai le brouillon du premier acte à J.J. Mannering, il me souffla à la figure son inévitable odeur de cigare et me dit :

— Mon petit, c'est une comédie musicale.

— Jamais !

— Oh ! que si. Voyez plutôt : histoires d'amour parallèles ; personnages, là, que l'on pourrait pousser jusqu'aux chœurs chantés et dansés ; rôle d'ivrogne qui est d'authentique et savoureuse comédie de boulevard. Bon Dieu ! même certaines de vos tirades font penser à un livret. Avez-vous jamais écrit des couplets chantés ?

— Ma foi, j'écrivais des poèmes à l'école.

— Les paroles d'une comédie musicale ne sont pas autre chose, mon petit : rien de plus que le genre de poésie qu'on écrit à l'école. Ce qu'il vous faut, c'est Drury Lane, mettez-vous ça dans le citron, de l'espace, et vous déboutonner, laisser les choses respirer, et de la danse, du chant ; lever de rideau sur les chœurs, chute idem. Deux actes. Le deuxième à Monte Carlo, Biarritz, quelque part où ça sente le jupon et qui soit à l'étranger. Écrivez vos couplets, comment dit-on ? pe, pa... vous ne connaissez que cela, vous savez ? en même temps que le reste ?... Vous les faites gicler des feuillets... Je vous dis que vous ne connaissez que cela...

— *Pari passu ?*

— Quand je vous le disais ! Je le savais bien. Joe Porson brûle d'avoir quelque chose à se mettre sous la dent. Ce n'est pas sa faute si *Tilly Tulip* n'a tenu qu'un mois ; il y avait au moins trois bons airs dedans. Il est doué, Joe, il a quelque chose de Jerome Kern, d'Irving Berlin, il est jazz. A la poubelle, les bouillies à la *Chu Chin Chow* ! Au boulot, mon petit !

J'étais entraîné de plus en plus loin dans la littérature, et jour après jour. Difficile de qualifier de littérature ce genre de chose .

Que je veille ou bien que je rêve
Mon tourment demeure le même,
Que je dorme ou que je me lève
Tout mon être te crie : Je t'aime !
Mon sommeil te supplie,
Éveillé je languis,
J'ai beau soupirer, rien ne t'attendrit.

Qu'eût dit Henry James ? Je me souvenais — ou peut-être est-ce aujourd'hui que cela me revient — d'une promenade avec lui dans le jardin automnal de Lamb House, après la publication de mon roman sur Socrate, et je l'entendais encore me dire : « Restez à l'écart du théâtre et de son cœur de pierre, mon cher jeune ami ; tel est le conseil réfléchi d'un homme qui a souffert les supplices des damnés à cause du... Il y a là une nudité, une flagellation, une... » L'émotion l'avait étouffé. Il avait frémi, ouvrant et fermant la bouche, et soulevé de terre son basset allemand, Max, pour le serrer sur son cœur, qui n'était pas de pierre, comme pour le protéger, lui aussi, du théâtre. Il se rappelait, je le voyais bien, les huées et les sifflets qui avaient salué son *Guy Domville*, alors que, répondant en toute naïveté aux clameurs qui réclamaient cruellement « l'Auteur ! » il s'était offert, debout, au ridicule, ouvrant et fermant les lèvres. O chaude cachette du roman, cavernes tortueuses du style où se dissimuler ! Oui, nudité était le mot juste

Ma comédie musicale fut baptisée *Dis-le, Cecil*. Elle partait d'une idée très sotte : un jeune homme du nom de Cecil aime une jeune fille appelée Cecilia, mais ne peut se résoudre à prononcer l'ultime aveu. En août 1914, il a dit *Je vous aime* à une première jeune fille, et aussitôt la guerre a éclaté. En France, il a murmuré *Je t'aime* à une autre ; le village autour d'eux a été réduit en miettes. Quelqu'un lui a appris à risquer un *Ia vas lioubliou* ; il en est sorti la révolution russe. Cecilia croit l'aimer, mais se refuse à en être certaine tant qu'elle ne l'a pas entendu prononcer la formule décisive. Il dit *Ich liebe dich*, malgré les fureurs des patriotes, et voilà que l'Allemagne s'effondre. Jubilation intense ; cependant il n'ose toujours pas dire *I love you*. Il chante avec les chœurs : « *Ce que je veux vous dire* », et les chœurs chantent l'aveu pour lui, mais cela n'y fait rien. Le problème trouve sa solution (j'en rougis, oui, j'en rougis encore) dans une astuce jouant sur des noms d'îles : « *Ile of* (I love) *Man, ile of Wight, ile of Capri, ile of You* ». Et fini les catastrophes ! Reprise par les chœurs, en *finale* du refrain : « *Dis-le, Cecil* », qui devient : « *Tu l'as dit, Cecil* ». Est-il possible au lecteur d'imaginer rien de plus imbécile ? Pendant tout le temps que j'écrivis cela, je fus hanté par l'image du formidable visage de pierre de Henry James, inébranlé, inébranlable, œil et sourcil exprimant un éternel reproche.

J'achevai les derniers couplets le dimanche 24 février .

Rimons donc et chantons
Et tous nous réjouissons,
De nos tourments voici la fin,
Embrassez-vous, ainsi soit-il
Car tu l'as dit, Cecil,
Enfin.

Rideau. Honte, salivation à la perspective de l'argent qui va tomber. On frappe à la porte

— Rodney, très cher ! Quelle adorable, quelle merveilleuse surprise !

Baiser.

— Mon ange, le temps a paru si long ! (Il dépose son sac.)

— Mais pourquoi frapper si timidement ?

— Pas de clés. Tout mon fichu trousseau a disparu juste avant mon voyage dans le Nord. Peu importe. Donne-moi un verre de quelque chose, mon ange. J'ai le gosier desséché.

Il se prépara lui-même un Haig à l'eau. Étrange, de songer qu'il n'y avait pas de réfrigérateurs, en ce temps-là. Il but, se versa un second verre, puis s'assit sur le canapé à rayures, sa jambe artificielle grotesquement braquée devant lui.

— Je suis dans un de mes mauvais jours, mon ange. Cette saleté d'irritation.

— Ote-la, Rodney. Nous n'allons pas sortir, n'est-ce pas ? J'ai réussi à mettre la main sur un beau morceau de mouton. *Et* des câpres. *Et* sur un chou-fleur quasi immaculé. Nous allons nous offrir un dîner fort agréable.

Je le considérai avec tendresse : tiré à quatre épingles et sanglé dans son costume gris compassé, laid avec humour, hâlé comme s'il venait de rentrer d'un été à Blackpool, et non de Manchester.

— Comment était-ce ?

— La débâcle depuis jeudi. La chère Mabel — elle joue Mme Hushabye, tu sais — a reçu un télégramme du ministère de la Guerre. C'est une garce, mais la pauvre... j'avais rencontré son Frank ; gentil garçon. Elle a joué les braves petites : le spectacle doit continuer, etc. Mais elle a eu le trou en scène et elle a craqué. La grande crise de nerfs. Ce que Manchester pense aujourd'hui, Londres le pensera demain, et Manchester dit de la pièce que c'est « le four à Shaw ». D'ailleurs, ce n'était pas du tout un rôle pour moi, pas du tout. Tu m'écris quelque chose ? (Il avait vu le manuscrit sur mon bureau.)

— C'est chanté et dansé. Enlève donc cette jambe.

— Toi ? Un truc chanté et dansé ? Bah ! j'imagine que cela devait arriver. Je peux chanter, comme tu le sais, mon ange. Un numéro de danse avec une jambe de bois pourrait fort bien faire crouler la salle. Mais non, il faut que je me mette au Claudius de Bentinck. Seigneur, quelle soif ! (Je lui préparai un troisième verre.) J'ai grelotté pendant tout le voyage. Tu sais un train du matin glacial, dans le noir avant l'aube. J'ai un petit coup de fièvre. Touche mon front.

— Il brûle. Rapproche-toi du feu : la fièvre, cela doit se suer, rien de tel.

Il avait attrapé un mauvais refroidissement, c'était évident. Il put à peine dîner. Je le mis au lit avec une bouillotte bien chaude et un grand verre de grog. Je m'allongeai près de lui. Toute la nuit il s'agita, marmonnant son texte du capitaine Shotover.

— « Et rien, que, sur les rochers, le fracas du navire du capitaine ivre s'écrasant, la charpente pourrie qui vole en éclats, le déchirement de ses tôles rouillées : l'équipage qui se noie comme autant de rats pris au piège... »

— Rodney, Rodney, mon cœur...

— « Le capitaine est sur sa couchette, buvant une eau croupie en bouteille, pendant que l'équipage joue sa paye dans le gaillard d'avant. Le navire va s'écraser, sombrer, s'ouvrir. Crois-tu que Dieu va suspendre ses lois en faveur de l'Angleterre parce que tu y es né ? »

Il sua par accès, trempant les draps ; puis il s'éveilla, fou de soif Je lui donnai à boire de la tisane d'orge tiède.

— Merci, mon ange. Je me sens un peu mieux, je crois. J'ai sué le plus gros, je crois. Seigneur ! nous ferions mieux de nous occuper un peu de ce lit.

Je l'aidai à se débarrasser de son pyjama mouillé et à s'asseoir, tout frissonnant, enveloppé dans la courtepointe, pendant que je retournais le matelas et allais chercher des draps frais. Puis, nus tous les deux, nous nous recouchâmes, dans les bras l'un de l'autre, et je calmai de mes caresses son pauvre moignon douloureux. Ainsi enlacés, nous finîmes par nous endormir, bercés par le roulement des premières voitures de livraison de lait...

Dans la grande lumière pluvieuse d'un matin d'hiver, je rêvai que la porte de la chambre était ouverte et que des gens étaient debout sur le seuil. Étais-je malade, moi aussi ? Non, ce n'était pas un rêve. Il y avait bien des gens dans la chambre : trois personnes — deux hommes et une femme.

— Je vois. Immonde ! dit Linda Selkirk, en manteau et toque de zibeline.

Les deux hommes auraient pu être deux frères, l'aîné et le cadet, mêmes favoris d'étoupe triste, même pardessus à chevrons élime, l'un d'eux, l'aîné, chapeau melon sur la tête.

— Sortez, leur dis-je à tous, en retirant mon bras engourdi de dessous Rodney endormi. Vous n'avez aucun droit d'être ici. C'est de l'effraction ; je vous ferai condamner pour violation de domicile.

On ne dit jamais ce qu'il faut. Linda Selkirk faisait danser amèrement un anneau à clés au bout de son index droit ganté. Rodney se mit à ronfler pour concurrencer les voix. Linda dit :

— Violation de domicile ! Une femme a le droit d'être avec son mari. Messieurs, demanda-t-elle à ses compagnons, en avez-vous assez vu ?

L'aîné — le chapeau melon — dit (voix geignarde des bas quartiers de la Tamise) :

— Ce n'est pas tout à fait la même chose, madame. Si ce monsieur ici présent... (Il me montrait du doigt.)... était une dame.. Vous voyez bien que c'est différent, madame. Des soldats qui partagent un bivouac, ça n'est pas de l'adultère.

— D'abord, vous deux, qui êtes-vous ? essayai-je de crier Des officiers de police ? Où est votre mandat ?

— Ah, ah ! on attendait la police, hein ? dit le second. Et pourquoi, s'il vous plaît, monsieur ?

— Quant à ce qui est d'entrer sans autorisation, dit le chapeauté, cette dame craignait des violences. Tout citoyen a droit à sa protection. Et en plus elle a le droit d'être ici. Dedans.

— Regardez bien, tous les deux, dit Linda, et n'oubliez jamais ce spectacle. Deux hommes dans un lit, enlacés. Immonde ! Il vient tout droit ici, comme si sa femme et ses enfants n'existaient pas, pour se vautrer dans la fange !

Je faillis dire : *Nous avons changé les draps*. Contagion du métier. Au lieu de quoi :

— Vous voyez là un homme malade.

Malheureusement, Rodney était maintenant éveillé ; clappant audiblement de sa langue desséchée, il contemplait sa femme avec des yeux écarquillés de haine. Il ne semblait pas plus surpris de la voir là qu'il ne paraissait remarquer la présence des deux porteurs de favoris.

— Il est arrivé ici malade. J'ai passé la nuit entière à le soigner. Je n'ai fait que votre devoir, dis-je sottement à Linda Selkirk.

— Comme s'il n'était pas capable de jouer les malades ! répondit-elle. Ce ne serait pas la première fois. Il faisait la même chose pour l'amour. Et je vous interdis de me dicter mon devoir, espèce d'affreux sodomite.

— Attention, madame ! dit le nu-tête.

Rodney essayait de se mettre sur son séant en se calant avec des oreillers. Nous étions là, deux hommes dans le même lit, manifestement nus jusqu'à la taille. J'empoignai ma robe de chambre sur la chaise de chevet et telles les vieilles filles, me couvris la poitrine.

— Agence Prothero, 11 Wardour Street, dit le chapeauté, faisant mine de s'apprêter à tirer une carte d'une poche intérieure. Constats d'adultère. C'est notre profession. C'est aussi notre objet

— Otez ce foutu chapeau, ici vous êtes chez moi ! criai-je.

— Bien, monsieur.

Et il l'ôta. Il avait dû se faire teindre les cheveux, mais il y avait un certain temps déjà ; la teinture achevait de passer : c'était visible aux plaques de gris sale et de noir terne mangeant les derniers reflets de henné.

— Madame, reprit-il, vous pouvez revendiquer la preuve. Peut-être vous l'a-t-on déjà expliqué.

Rodney, à présent, semblait incarner un homme sain de corps, mais qui aurait perdu la tête.

— Garce ! dit-il. Va-t'en retrouver ton salaud de Kemble, comme il se fait appeler. Lui il a ses deux jambes, et il peut te les mettre toutes les deux entre les tiennes. Laisse-nous tranquilles, nous sommes très heureux comme cela.

— Oh ! je te laisserai tranquille, dit-elle, mais je veillerai à ce que les enfants aient la paix de ton côté. Alors ? dit-elle encore aux deux témoins, en avez-vous assez vu ?

— L'acte lui-même est toujours difficile à prouver, répondit le plus jeune des deux. C'est un point de droit bien connu. Il n'y a que présomption.

— Mais vous l'avez entendu ! s'écria-t-elle Vous l'avez entendu de sa bouche ignoble ! Il veut qu'on les laisse entre eux.

— Oui, dit Rodney en mettant sa jambe hors du lit. Sors va-t'en ! Tu peux te le garder ton Kemble tu me tournes déjà en ridicule devant tout Londres.

— Le tribunal en décidera. marmonna le plus jeune des témoins.

Il regardait Rodney émerger du lit, nu, moins une jambe. Il murmura : « Oh ! » L'autre secoua tristement la tête, de pitié, eût-on dit, et comme devant l aspect désespéré de notre situation, l'unijambisme n'étant qu'une perversion supplémentaire. Rodney dit « Garce, garce ! » d'une voix sifflante entre les dents, fit deux pas à cloche-pied en se tenant au lit, prêt à bondir sur Linda et à s'accrocher à elle pour ne pas tomber, pendant qu'il l'étranglerait. Puis il s'écroula, incapable de se relever.

— Reconnaissez-vous, me dit Linda, que vous sodomisez mon mari, pourceau que vous êtes ?

— Je n'en fais rien pour l'instant, répliquai-je, ayant maintenant dans le sang la comédie de boulevard à l'anglaise.

Puis, passant ma robe de chambre, j'allai jusqu'au pauvre Rodney. La robe de chambre avait perdu sa ceinture. Autant dire que j'étais toujours nu. J'entendis l'un des deux hommes faire *ttt-ttt !* tandis que je saisissais la jambe artificielle de Rodney. Peut-être avais-je dans l'idée de la boucler sur lui pour lui permettre de traverser la pièce, nu et bijambiste, afin d'étrangler Linda.

— Vous me donnez envie de vomir ! dit celle-ci. Et pas seulement envie. Ordure ! Et ça voudrait être Oscar Wilde. Je vous briserai, je vous démolirai tous les deux. Je vous enverrai tous les deux en prison. Immondes que vous êtes. J'en remplirai les journaux, j'étalerai tout.

— Atteinte aux bonnes mœurs, marmonna le plus jeune des deux hommes.

J'attrapai la jambe artificielle et la levai comme pour m'en servir de massue, robe de chambre ouverte et montrant tout. Par terre, Rodney gémissait en essayant de se relever. Ses pauvres bras étaient trop faibles pour l'effort ; il s'affala de nouveau. Les deux témoins se placèrent d'un air résolu devant la cliente de leur agence, en me voyant avancer. Je manquais de conviction ; j'abaissai la jambe ; j'avais l'air d'un vendeur de prothèses orthopédiques qui fait l'article : magnifique jambe, madame, admirez la souplesse de l'articulation — ou de quelqu'un brandissant un argument concret pour sa défense aux yeux de la loi : tout est la faute de cette guerre ! Linda découvrit des dents dégoûtées et dit :

— Vous aurez de mes nouvelles. Vous serez punis. Vous pouvez le garder. Oh, mais non ! reprit-elle. Vous ne serez pas dans la même cellule, on vous enverra dans des prisons différentes.

Sur quoi, elle cracha très proprement par terre, tourna le dos et sortit. Pour sa part, on l'aura deviné, elle avait été une petite théâtreuse sans succès qui avait abandonné son art pour le mariage. Les deux hommes se coiffèrent, hochèrent le chef, firent des semblants de gestes d'adieu, le tout avec un ensemble d un effet comique assez honnête. Puis ils sortirent à leur tour. Je les suivis et les accompagnai hors des lieux. Ils ne tournèrent pas la tête. Je revins vers Rodney et le recouchai. Il brûlait et grelottait à la fois, incapable de dire autre chose que *garce !* et *sale garce !* J'allai faire du thé à la cuisine. La triste lumière pluvieuse de ce lundi se refusait à cracher son crachin ; c'était un ciel de février dur et avare. Je grillai du pain et y étalai du vrai beurre, don d'un admirateur irlandais. Je persistais à refuser de penser. J'apportai un plateau à Rodney. Il ne put rien manger, mais but à grands traits du thé tiédi par du lait. Et, enfin ! ce fut mon tour de trembler, mais de peur.

— Que va-t-elle faire ? dis-je.

— La garce, la sale garce ! Il faut que je me lève. Il faut que j'aille voir Bentinck. (Il voulait sortir du lit ; je le forçai à y rester.) On lit la pièce à 2 heures aujourd'hui. Je veux mon sac de voyage. Je veux mon *Hamlet*.

— Tu ne bougeras pas d'ici, dis-je. Je vais téléphoner à Bentrick. Et je vais appeler aussi le médecin.

— Je n'en veux pas, de ta saleté de médecin.

— Que va-t-elle faire ? répétai-je.

— Elle peut bien faire ce qu'elle veut, je m'en fous ! C'est fini. Donne-moi encore du thé, mon ange.

Il vida encore trois grandes tasses à petit déjeuner, puis dormit d'un mauvais sommeil. Il avait le front en feu. Je m'habillai et descendis téléphoner dans le hall d'entrée de l'immeuble. Impossible de joindre Bentinck, mais je laissai un message à sa femme. Le Dr Chambers déclara que, à m'entendre, cela ressemblait à un mauvais coup de grippe et qu'il passerait quand il pourrait ; la grippe courait les rues, il me conseillait de faire attention à moi. Je remontai auprès de Rodney. Il dormait et baignait dans son jus, sa poitrine faisait des bruits de bulle. Je trouvais maintenant tout naturel de mettre mes affaires en ordre. Une phase de ma vie allait s'achever peut-être brutalement dans le scandale public, parmi les ricanements mauvais de mes ennemis, les pleurs de ma famille et sous les fouaillements vengeurs de l'État. *Ils* s'étaient régalés de Wilde au cours d'une grande fête cannibale ; de moi *ils* ne feraient qu'une bouchée, comme d'un petit déjeuner à la mode continentale. Je scellai *Dis-le Cecil* dans une lourde enveloppe juridique que j'adressai à J.J. Mannering ; puis je la timbrai et descendis la déposer sur la table de la grande entrée, pour que le concierge la mît à la poste. Le courrier du matin était déjà là, trié : il n'y avait rien pour moi. A croire que le silence annonciateur de la violence s'installait déjà. La pluie continuait à refuser de tomber.

Assis au chevet de Rodney, je réfléchis. Comme toujours dans mon cas, la réflexion s'exprimait en images dramatiques. Deux hommes graves, en ulster et chapeau melon, se présentaient avec un mandat : « Veuillez nous suivre tranquillement et sans faire d'histoires, monsieur ; cela vaudrait mieux. Inutile de protester auprès de nous, monsieur ; nous ne sommes que les humbles exécutants de la loi. » L'un d'eux avait un muscle qui sautait à la joue gauche. A moins que cela ne se limitât à une question de divorce, auquel cas il y aurait une longue attente avant que, de l'action civile, découlât une poursuite criminelle. Le scandale — comment la presse présenterait-elle la chose ? Dans le salon d'attente paternel les patients lisant les journaux, puis entrant dans le cabinet et remarquant le léger tremblement de mon père, les yeux obstinément baissés de honte sur ses instruments : « Est-il besoin de vous dire, M. Toomey, combien nous compatissons. Ma femme m'a chargé de vous exprimer... Quelle chose terrible ; qui l'eût cru ? Oui, c'est celle-ci qui fait mal quand je mange du sucré... » Non, le seul fait, de la part de Linda, d'introduire une demande de divorce entraînerait l'ouverture d'une information si tel était bien le terme. Je me prenais à suer en me voyant d'ici, chargé de bagages, à Douvres ou à Folkestone, gravir furtivement une passerelle, protégé par un bienheureux brouillard. Quand, à midi, j'entendis sonner en bas, je restai paralysé sur mon siège. L'on heurta impatiemment à ma porte. J'étais pétrifié. A quoi bon ? *Ils* avaient le droit d'entrer de force. J'allai ouvrir, les jambes en porridge. C'était, cela va de soi, le Dr Chambers, vêtu à l'ancienne mode médicale, coiffé d'un chapeau haut de forme ayant grand besoin d'être remis en forme.

— Il habite ici ? demanda-t-il sévèrement, abaissant son regard sur un Rodney perdu dans les brumes du délire.

— Non, répondis-je en rougissant. Il est en visite. Arrivé hier. De Manchester.

— La grippe est très mauvaise par là-haut ; nouveau microbe, très résistant. N'aime pas du tout le bruit de cette poitrine. Visage familier.

— C'est Rodney Selkirk. L'acteur. Il jouait dans une de mes pièces.

— Jamais vu aucune de vos pièces. (Regain de sentiment de culpabilité pour moi.) Dû le voir dans autre chose.

— Très probablement. Que peut-on faire pour lui ?

— Falloir lui trouver un lit.

— Mais ceci en est un. (O bon Dieu ! Un rire par réplique ; M. Toomey se surpasse ; trois cent soixante-cinquième représentation, hilarité garantie.)

— Un lit d'hôpital, s'entend. Et une ambulance. Il est manifeste ment incapable de marcher.

— Il n'a qu'une jambe. La Marne, vous savez. Héros de guerre.

— Ah ! héros de guerre, hein ? (A l'entendre, rien n'avait l'air très fameux.) Danger de pneumonie. Pardonne pas. Besoin de soins attentifs. Et même alors, même alors...

Il secouait la tête. Mon cœur défaillit ; je sentais naître l'intense soulagement de la délivrance au bout de la trahison : Rodney mort, pas d'action en divorce, pas de poursuite criminelle O ciel ! Rodney mort, fini Rodney.

— Puis-je utiliser votre téléphone ? disait le médecin.

— Le téléphone est en bas. Vous ne parlez pas sérieusement ?

— A quel propos ?

— Quand vous dites : « Ne pardonne pas. »

— Rappelez-vous bien ceci, répondit-il d'une voix forte, l'index menaçant. La paix, le jour où elle se fera, si jamais ce jour arrive, ne sera pas belle à voir. Tout prendra des proportions d'épidémie ; souvenez-vous bien de mes paroles. Vous-même, je ne vous trouve pas trop bonne mine.

Sur quoi, grave et sévère, il descendit téléphoner.

Lorsqu'on emmena Rodney, il délirait trop pour savoir où il était ni qui j'étais.

— Croyez-vous que les lois de Dieu seront, soient... (Puis ce fut Claudius qui parlait :) Et qui, impotent et à son lit cloué, impotent et à son lit, la suite, nom de Dieu, soufflez-moi la suite.

— Rodney, Rodney !

L'ambulancier d'arrière-garde secouait sa tête grisonnante. Le chauffeur descendit le sac de voyage, mais j'oubliai de lui donner la jambe. J'expliquai à Brett, le concierge, que j'allais m'absenter quelque temps pour voyager à l'étranger et lui glissai un billet de cinq livres pour qu'il empaquetât les volumes de ma bibliothèque et mes effets personnels dans des caisses et gardât le tout à la cave. Je griffonnai un mot au propriétaire pour dénoncer mon bail. La guerre, mission secrète, affectation d'urgence, expliquais-je. Dieu sait ce qu'il advint de la jambe du pauvre Rodney.

18

A l'hôtel Marmion, à Bloomsbury, je m'inscrivis sous le nom de Henry M. James. Ce « M. » choisi au hasard correspondait, j'en eus conscience plus tard, à Max, le basset allemand du maître. Le poète fonctionnaire Humbert Wolfe, à qui je touchai deux mots de mon désir, me facilita les démarches pour l'obtention d'un visa du consulat de France. Après tout, c'était la guerre et, seule, la chair à canon avait loisir d'accéder aux campagnes françaises. Je pouvais prétexter que j'avais, en un sens, à faire à Paris, où *Godon*, farce à la britannique, librement adaptée de ma farce à la française, *Pârlay-voou*, entrait en répétition à l'Odéon, avec André Claudel dans le premier rôle ; il semblait donc raisonnable que j'allasse jeter au moins un œil pour protéger certains traits de l'original auxquels je tenais particulièrement. J'obtins mon visa sans difficulté, à la suite de quoi je me demandai si j'oserais prendre le risque d'une visite au pauvre Rodney pour lui annoncer ma fuite imminente. Mais la police avait peut-être déjà mis le siège à son chevet en m'attendant. Je téléphonai et appris que son état était « très critique »

C'est à bord de la malle de Folkestone que je lus dans la presse l'annonce de son décès. Le navire était en fait un transport militaire conduisant toute une troupe hétéroclite de laissés-pour-compte de l'autre côté de l'eau : fonctionnaires aux spécialités étranges, journalistes, deux ronds-de-cuir du ministère de la Guerre français, des religieuses infirmières, une escouade de gringalets aux airs d'intellectuels, bombardée du nom d'Unité Offensive d'Élite, un artiste aux armées, barbu mais en uniforme, qui laissa son exemplaire de l'*Evening Standard* sur l'un des bancs du pont. Ce fut dans ce journal que je lus les quelques lignes consacrées à la disparition prématurée d'un acteur bien connu. Je pleurai dans l'obscurité venteuse et marine ; je l'avais aimé, autant que lui, croyais-je, m'avait aimé. Les plus jeunes de mes lectrices et lecteurs trouveront sans doute invraisemblable que l'on ait pu, même alors, mourir de l'influenza. En ce temps-là, nous avions l'électricité, le gaz, l'automobile, la rotative, les romans de P.G. Wodehouse, les aliments en boîte, les cigarettes Gold Flake, la destruction de masse, l'aéroplane, mais pas d'antibiotiques. Des millions d'êtres mourraient ainsi de l'influenza avant la fin de cette année-là. Pour les arts, c'était l'ère moderne, l'âge d'Eliot, d'Ezra Pound, de James Joyce, du surréalisme, de l'atonalité ; mais, de la science, nous n'avions qu'une faible idée. Même notre guerre était fondée sur l'hypothèse médiévale d'un ennemi retranché dans son château sur une colline, dénommée Europe centrale, laquelle devait être escaladée d'assaut péniblement, tranchée après tranchée. Quant à l'amour homosexuel, c'était péché contre la société. J'ignorais si, ce pauvre Rodney mort, je courais encore un danger du côté de Mme Selkirk et de la loi ; mais impossible de rebrousser chemin désormais : je m'étais voué à l'exil. A part, de temps à autre, pour visite d'affaires, jamais plus je ne reverrais l'Angleterre.

Le voyage en train, de Boulogne à Paris, fut misérable, coupé de haltes, d'à-coups, de cheminots clamant des choses dans la nuit. L'artiste aux armées était assis à côté de moi et esquissait au fusain, sous la faible lumière camouflée, une sorte d'ébauche idéale d'une scène de carnage. En face de nous, un Belge gras était doté d'une inexplicable provision de rahat-loukoum poudroyant, qu'il offrait à la ronde dans une paume gluante, et une vieille dame fumait des cigarettes dont l'aspect et l'odeur rappelaient ceux des *papirosi* russes. A l'arrivée, nous eûmes du mal à trouver des taxis. Les seuls véhicules à moteur, alentour, paraissaient être des ambulances de la Croix-Rouge. L'obscurcissement était encore plus rigoureux qu'à Londres. Des rares porteurs vêtus de bleu, la moitié au moins arborait le brassard de deuil. Il faut que je m'en procure un, moi aussi, me dis-je. Mon chauffeur de taxi découvrit, non sans difficulté, le petit hôtel Récamier, caché dans un renfoncement, non loin de la massive colonnade de l'église Saint-Sulpice. J'avais télégraphié pour retenir une chambre, mais le message n'était pas arrivé. Néanmoins, on m'en donna une, petite, froide, et, sur la table branlante, je disposai mon papier uni et mon stylographe — impatient de me mettre sérieusement au travail : fini la farce et le vaudeville ! Je me déshabillai en grelottant et finis par m'endormir à force de pleurer.

Le Paris du lendemain, venteux et couvert, ne marqua aucun progrès sur la ville triste et vide de la veille. Après une tasse d'amer café à la chicorée et un croissant rassis, je me rendis à la banque, rue de la Paix, à laquelle mon agence londonienne avait transféré la majeure partie de mes fonds. J'en ressortis les poches pleines de francs crasseux, regardant sans plaisir le fleuve de véhicules à la croix rouge, remarquant que de grands hôtels étaient changés en hôpitaux, prêtant l'oreille à un marmitage qui ébranlait l'air et le sol et ne pouvait provenir que de la Grosse Bertha : « Ah ! la Grosse Bertha, me dit un Anglais dans un bar lugubre du boulevard Saint-Germain. Vu un de ses obus exploser en pleine rue, hier. Surtout, ne courez jamais vous réfugier dans le métro avec les autres foireux qui font dans leur froc. Si ça vous arrive dessus, inclinez-vous bien bas et saluez. De toute façon, vivre ne vaut pas la peine. » Et il descendit sombrement un petit verre de quelque chose de violâtre. Puis, me regardant sous le nez, il poussa le verre vers le barman en signe de remettre cela.

— Vous connais, non ? Z'étiez pas avec Norman, de l'autre côté de l'eau ? Z'écriviez pas dans c't'espèce de torchon littéraire ? Quand je dis Norman, c'est Douglas, naturellement. L'a foutu le camp après s'être fait pincer. Pincer à sauter les petits garçons, vous savez. Il vit ici en se nourrissant de châtaignes pourries. Vous aussi, vous pratiquez le nécessaire, mais peureux, exil ? M'appelle Wade-Browne, au fait. (Il était maigre, très grand, creux de poitrine.) Astucieux en diable, votre roman cochon plein de tétons pour aiguiller les crétins sur la fausse piste. T'égal, personne ne s'y est trompé, parmi les avertis. (Il eut un petit rire triste et sale.) Toomey... Voyons un peu si je peux me rappeler l'épigramme de Norman. Ah !... (Et il récita :)

Pédéraste notoire ce Toomey
A le cœur grand comme ses braies.
Il qualifie d'amour tout ce qu'il encaldosse,
Au sublime criant chaque fois qu'il s'embosse.
Diagnostic : Ah ! diable, pas du tout gai.

Ma main tremblait en levant le ballon de gros rouge. J'y trempai les lèvres et inondai ma cravate. Cet individu ne pouvait être déjà au courant de mon deuil. Son ami Norman Douglas se faisait une idée assez juste, toutefois, de ma nature. Même ceux qui partageaient mes convictions charnelles étaient prêts à juger absurde *l'amour*. Ces ricaneurs, qui se plantaient ou se faisaient planter où ils pouvaient, étaient sûrement bons pour les chaudières bouillantes de l'enfer. Mais pourquoi eux, plus que les Casanova de pacotille gominés qui font une croix dans leur calepin à chaque petite vendeuse de magasin passée à leur casserole ? Oui, eux aussi peut-être, mais pas autant que Douglas, cet empaleur de petits garçons. Je venais à peine d'arriver à Paris ; déjà, je savais qu'il me fallait partir. Douglas salissait cette ville, si souillée qu'elle fût déjà.

Wade-Brown me lorgnait d'un œil obscène. Puis, comme au bout d'un triste ricanement, il retomba dans sa mélancolie première

— Le problème, dit-il, est d'obtenir que le négatif du fataliste se mette au service du positif du suicidaire. Voyez-vous, dans une guerre, les gens ne retournent pas le fusil ou le couteau contre eux-mêmes : le taux des suicides est très bas, en temps de guerre La bonne blessure provoquée, c'est autre chose. La mutilation volontaire dans les tranchées est signe d'un puissant instinct de survie. Moi, par exemple, jamais je ne me tuerai, encore moins avec cette Grosse Bertha qui tonne sans arrêt. N'empêche, se trouver juste sous l'obus est foutrement difficile.

— Pourquoi, demandai-je, voulez-vous mourir ?

— Ah ! Voilà la qoues-tion, comme disait l'autre, hein ? Pourquoi ? Eh bien ! donnez-moi une bonne raison de vivre, vous. Allez-y, j'écoute.

— Certaines sensations physiques. La beauté de ce monde et des choses de l'art.

— O Jésus, de la merde, oui !

Je n'en dis pas plus. Je n'allais pas lui parler de l'amour.

— La civilisation occidentale est dans le vrai, dit-il. Elle se fait sauter elle-même.

La Grosse Bertha tonitrua de nouveau, au nord-est de nous. Le barman se signa, puis haussa les épaules comme pour dire : « Superstition atavique, simple réflexe, excusez. » Je décidai que mieux valait descendre plus au sud.

Mieux vaut m'installer dans le Midi, décidai-je donc. Après tout, j'étais un homme libre. J'avais le droit de fuir l'obscurité, le danger, les privations et d'aller vivre parmi les mimosas. J'avais les poches pleines de francs crasseux. Je pouvais m'arranger pour disposer d'un compte courant dans une succursale de la Banque Nationale, une fois parvenu là où j'allais. Autant faire tout de suite mes valises. J'adressai un signe de tête froid à Wade-Brown, puis vidai mon verre. Lorsque je sortis, il me cria une obscénité qui ressemblait à une plainte.

Dans la rue, j'aperçus Maynard Keynes, une serviette sous le bras. Souriant d'un air exaspéré et proche de la folie, il était aux prises avec un Français à tête de fonctionnaire et qui parlait volubilement, mais avec déférence, comme si ce gros homme sûr de soi et évidemment plein d'intelligence avait déjà été fait lord. Keynes avait manifestement envie de se débarrasser de son interlocuteur. Il me fit un grand signe de la main comme si j'avais été, au monde, l'homme qu'il était venu voir tout exprès à Paris, puis se dirigea vers moi à grands pas, en lançant par-dessus l'épaule, avec l'accent hennissant de Cambridge, un flot de français commercial à l'autre qui, tiré à quatre épingles, multipliait courbettes et coups de chapeau. La Grosse Bertha cogna quelque part sur l'autre rive du fleuve. Nous nous connaissions, Keynes et moi, pour nous être rencontrés à au moins trois réceptions à Bloomsbury. Morgan Forster avait eu des bontés pour moi, et même quelques gestes hésitants laissant entrevoir comme une chose concevable la possibilité que nous devenions *amis* mais j'avais beau aimer assez bien Morgan. je n'appréciais guère son odeur qui incroyablement compte tenu de son agnosticisme, rappelait un peu celle de l'eau bénite croupie dans un bénitier d église. Keynes était à l'époque, tout Bloomsbury le savait, fort occupé à virer à l'hétérosexualité avec une danseuse de ballet. Il me secoua vigoureusement la main en me regardant d'un air salace, comme s'il avait su le motif de mon départ de Londres. Puis il parut considérer que sa propre présence requérait une explication :

— J'achète des tableaux pour rien pour le gouvernement. Les prix sont tombés au plus bas, entre la Grosse Bertha, la panique et le reste. Je pourrais vous mettre sur une piste intéressante. Un Georges Rouault pour une bouchée de pain, littéralement.

— Pourquoi moi ?

— Pourquoi pas vous ? (Il me dévisagea, œil fermé et la tête inclinée de côté sous le chapeau melon, sans sourire.) Vous avez l'air meurtri et solitaire. L'air d'un homme qui a besoin d'avoir un tableau à contempler. Venez au Ritz, vous jugerez par vous-même Une bouchée ? Que dis-je ? une *miette* de pain, littéralement.

19

Il était impossible — il l'est toujours — de tenter de nier l'existence de cet énorme parallélépipède à portique qu'est l'église Saint-Sulpice à Paris. Comme j'approchais de l'hôtel Récamier, un Rouault sous le bras et prêt à plier bagage, payer, chercher un taxi et gagner la gare de Lyon, j'eus la sensation qu'une petite bombe m'explosait dans le cœur. N'étais-je pas libre, non seulement au sens vague du terme. qui va de pair avec des bribes d'images où l'on se voit buvant à une table de café à l'ombre de palmiers, mais aussi au sens particulier d'une libération des désirs de la chair ? Rodney était mort et je n'avais pas envie d'un autre amant ; par conséquent, je pouvais me passer d'étreintes physiques. Si la démangeaison de la chair surgissait soudain sous une forme dépersonnalisée, il me suffisait, pour la bannir, d'évoquer l'image de Norman Douglas gloussant de rire en tripotant des petits garçons vicieux. Mi-fasciné par la solidité de l'église elle-même. mi-poussé vers elle par l'éclatement de cette bombe d'espoir, je gravis les degrés et, comme remuant une eau croupie, pénétrai dans la pénombre religieuse qu'animaient les pécheurs venus à confesse. C'était samedi, jour traditionnel des grands récurages. Je me joignis à la bourgeoisie installée, qui, affichant le brassard noir pour une bonne part, attendait l'absolution du père Chabrier Mon voisin immédiat, qui sentait le clou de girofle. lisait ouvertement un exemplaire du *Rire*, ou plutôt s'imprégnait d'un dessin représentant une danseuse enjuponnée. Il faisait penser au client qui savoure un dernier verre avant la fermeture du bar.

Me confesser en français était pour moi comme me confesser à ma mère. Je n'apercevais que les mains du père Chabrier derrière la grille : noueuses et pâles, elles battaient parfois la mesure à ses paroles avec un journal du matin étroitement roulé.

— Il y a tout près de deux ans que je n'ai pas fait mes pâques. Et que je manque la messe, le dimanche et les jours de fête. Et que je ne dis plus mes prières du matin et du soir.

— Oui, oui, oui. (Il était impatient, il voulait des péchés non d'omission, mais de commission.)

— J'ai péché par impureté, père.

— Avec des femmes ?

— Avec des hommes, mon père.

— Aaaaaah !

J'avais des ennuis avec le mot *amour* : sous toutes ses formes, même dérivées, il semblait prendre en français une nuance de frivolité cynique ou grossièrement physique.

— Vous repentez-vous sincèrement de ces péchés ?

— Je ne peux guère me repentir d'aimer, mon père.

— Il le faut pourtant, il le faut.

— Comment pourrais-je me repentir de ce qui relève de l'ordre divin ? *Agapê, diligentia*. Je ne dirai pas : *l'amour*. Mais j'ai aimé un homme ; aujourd'hui il est mort. En quoi était-ce mal ?

— Il y avait la part physique, vous l'avez dit vous-même. Et cela était péché mortel.

— Mais c'était de la tendresse, l'expression de l'*agapê*...

— N'employez pas ce mot d'*agapê* devant moi. *Agapê* signifie amour chrétien. En user comme vous, c'est blasphémer. (Il soupira, gémit, puis frappa trois fois la grille d'une main irritée avec son bâton de papier journal.) Vous avez commis un péché mortel ; vous en repentez-vous sincèrement ?

— Quoi que ce soit ou que ce fût, je prends la ferme résolution de ne pas recommencer. Cela suffit-il ?

— La résolution n'est pas tout. Il doit y avoir repentir. Etes-vous sincèrement repentant ?

— Vous me demandez de me repentir d'avoir aimé.

— Il s'agit d'un amour expressément interdit, d'un amour sale et obscène.

— Si cet amour était vraiment cela, alors je me repens. Cela va-t-il ?

Mais il refusait de se laisser duper. S'il devait y avoir casuistique, c'était à lui, prêtre de l'Église, d'en jouer. Il dit :

— Il y a certainement beaucoup de gens qui attendent dehors. Je ne crois pas que vous vous soyez suffisamment préparé. Vous devez procéder à un examen de conscience plus approfondi que, de toute évidence, vous ne l'avez fait jusqu'ici. Revenez lundi. Mes horaires sont affichés à la porte ; vous verrez les moments où l'on me trouve ici. Allez maintenant. Et priez qu'il vous soit donné d'éprouver le repentir.

Là-dessus, il abattit son bâton dans un dernier battement, comme eût pu le faire son homonyme, Emmanuel, pour l'accord final de, disons, la *Marche joyeuse*.

Ainsi donc, je devais partir pour le Midi sans absolution. Nul ne pourrait dire que je n'avais pas fait de mon mieux. Lorsque je sortis du confessionnal, les pécheurs en attente levèrent les yeux vers moi avec une vague curiosité. Peut-être avaient-ils entendu résonner le bâton de papier. Une jeune fille en noir eut un regard d'inquiétude et de reproche : le père Chabrier était de mauvaise humeur, et c'était ma très grande faute. Tandis que je me dirigeais vers l'hôtel Récamier, sous le bras mon Rouault privé aussi d'absolution, je croyais sentir des doigts me tapoter doucement l'épaule — les doigts des grands esprits du siècle des Lumières. Tap tap tap, faisaient-ils. Ne te contente plus d'écrire des farces et des romans à sensation. Bâtis-nous quelque chose en quoi l'on puisse croire. Amour et beauté ne suffisent pas.

20

Comme le sauront certains de mes lecteurs, je pondis un petit livre intitulé *Migration vers le Sud*. A l'origine, j'avais pensé l'appeler *Austral*, par réaction austère et savante aux abominations comme *Gigue la Gigouillette Tray Bon* ; mais ce cochon de Norman Douglas prit en quelque sorte une option sur le titre avec son *Vent du Sud*. Le livre est un mélange de journal de voyage, d'autobiographie hautement sélective, de notes sur mes lectures en route et en voyage, de poncifs philosophiques aboutissant à une Profession de Foi en la Vie : soleil, mer, vin, mauvaise cuisine paysanne. J'avais entamé la rédaction dès la gare de Lyon, pour tuer la longue attente du départ ; je poursuivis à Orléans, Saint-Étienne, Toulouse, Marseille...

Le printemps vint. La guerre allait son train de destruction vers sa fin. Seconde bataille d'Arras. Nouvelle offensive allemande. Raid naval britannique contre Zeebrugge et Ostende. Nomination de Foch au poste de commandant en chef des armées alliées. Torpillage du *Vindictive* dans le port d'Ostende. Ultime offensive allemande. Offensive réussie des forces des dominions britanniques à Amiens. Effondrement de l'armée turque à Meggido. L'été était mort et je me prélassais au soleil d'automne de Cagliari. J'avais obtenu mon visa italien à Nice, passé quelques semaines à Florence, pris le bateau à Livourne pour la Corse, sauté par-dessus l'étroit détroit de Bonifacio jusqu'en Sardaigne, puis rampé lentement par le train et la côte ouest pour arriver à Cagliari. Les Bulgares signèrent un armistice ; la dernière offensive générale fut déclenchée sur le front ouest ; les Allemands acceptèrent les Quatorze Points du président Wilson ; les Italiens avancèrent massivement ; les Turcs déposèrent les armes ; les Autrichiens acceptèrent les conditions italiennes. Sonneries de cloches et réjouissances vineuses sur la via Roma où j'étais assis, sans ami, chaste, non aimé, à une table en terrasse du café Roma, devant une bouteille de vin du cru, noir et froid. Le 9 novembre, jour de la fuite et de l'abdication du Kaiser, j'écrivais ce qui suit dans ma chambre d'hôtel donnant sur le largo Carlo-Felice :

> *Je me refuse à employer des termes comme bien et mal. Si de tels mots ont un sens, ce ne peut être que dans un contexte général de théologie. « Bon » et « mauvais » feront l'affaire pour moi, si variable que soit leur sens. Il a été bon de haïr les Allemands ; bientôt il sera bon de les aimer. Il était mauvais de se gaver de pain ; bientôt, ce le sera de priver les minotiers de leur profit croustillant. Je sais que nombreux sont ceux qui ont parlé de mauvaise guerre, comme si Dieu avait abdiqué à la manière du Kaiser Wilhelm et que le Diable eût présidé à sa propre Révolution. Mais peut-on aller au-delà de dire que cette guerre était à la fois bonne et mauvaise ? Il était bon de prendre les armes pour la défense des petites nations, mauvais de condamner tant d'êtres humains à la mort et à la mutilation. Les hommes font ce qu'il faut pour que tel ou tel grand principe fondamental de mouvement puisse s'accomplir. L'Histoire est mouvement, qui est lui-même vie. Qui, hormis Hegel ou Marx, aurait l'audace d'affirmer que le mouvement de l'Histoire va vers le mieux et peut se terminer par l'instauration d'un ordre immuable et parfaitement satisfaisant ? Tout ce que nous savons, c'est que les hommes bougent, qu'ils changent, et que les souffrances qu'ils endurent — et ce de leur propre chef — sont à la fois mauvaises et bonnes. Et quant au bon, que l'on ne vienne pas me dire que Dieu est bon. Si Dieu existe, il n'a qu'indifférence pour les hommes — auquel cas alors, autant qu'il n'existe pas. Le bon est ce que je trouve dans la saveur d'une pomme, dans le caillé des nuages au-dessus de la mer ici, à Cagliari, dans la bénédiction du soleil matinal, le pain frais, le café, l'amitié, l'amour.*

O bon Dieu ! puis-je dire aujourd'hui, et j'en frémis.
Le 11 novembre, je mis le point final :

> *Nous avons tous souffert d'une façon ou d'une autre, et maintenant beaucoup d'entre nous attendront déraisonnablement la récompense de tant de vaillante endurance. Nous avons pris notre potion amère et père nous achètera un sachet de douceurs. La vérité est que père ne nous achètera rien du tout. La vérité est que père n'existe pas, ni comme Jéhovah aux voies impénétrables, ni comme Nature bénéfique ni comme État omnipotent. A nous de nous procurer nos douceurs et de ne pas être déçus si c'est laborieux. Car, à strictement parler, nous ne méritons rien. Nous avons voulu cette guerre, sinon, nous ne l'aurions pas eue. Tout ce que nous voulons, nous l'aurons, toujours ; mais il nous appar*

tient aussi, chaque fois, de bien calculer pour voir si nous pouvons nous permettre d'en payer le prix. Demander peu, attendre moins encore — telle est la devise pyrogravée que chacun de nous devrait suspendre au-dessus de son lit, en ce onzième jour du onzième mois de 1918. Le peu et le moins sont suffisamment satisfaisants. Chercher le bon.

J'étais jeune, très jeune, loin d'être mûr, convaincu que c'est une belle chose d'être écrivain. Une chose suffisamment satisfaisante, oui. Satisfaisamment satisfaisante. De telles idées font presque aussi honte, l'âge venu, que le péché de la chair ou que la mesquinerie d'esprit, et elles sortent droit du même défaut, que l'on pourrait qualifier de candide ignorance. Du moment que j'étais capable de mettre noir sur blanc ce genre de tautologie aussi flagrante, pourquoi n'aurais-je pas également parlé du bon côté du mal ou du mauvais côté du bon, et il est fort probable que, dans l'un ou l'autre de mes livres, je ne m'en suis pas privé.

J'avais fini mon petit ouvrage, donc, et je sortis pour célébrer le double événement. Les cloches de l'armistice étaient un vertige de sons, et hommes et femmes, en costume indigène ou vêtus d'accoutrements plus ternes singeant les modes bourgeoises de Milan, flânaient joyeusement sur la *passeggiata* vespérale ou consommaient assis aux terrasses des cafés dans la douceur de l'air automnal. Je gravis une rue en tire-bouchon jusqu'en bas de laquelle un âne attardé et bâté glissa, malgré les cris de son maître moustachu aux yeux de guerrier farouche, sous son bonnet de laine tordu à la phrygienne. Je pénétrai dans un petit bouchon et fus le bienvenu, salué par tous comme l'Anglais dont la guerre ne prendrait fin que quelques jours plus tard que la leur. Je bus trop d'un alcool incolore et sentant le vieux chien de berger, que le propriétaire obèse était allé chercher, avec un clin d'œil, dans l'arrière-boutique : quelque chose de fort, de spécial, de réservé. Je chantai :

Tu portais la vareuse
La tunique kaki craspec
Pendant que je m' prélassais en civelot.

Bien que personne autour de moi n'entendît l'anglais, la perversion des paroles parodiques n'en traduisait pas moins la vérité. J'étais passé à travers ; de meilleurs que moi s'étaient fait massacrer ou estropier. Et voilà que c'était moi, dans mon méchant italien, qui parlais au nom de ma patrie victorieuse. Mes compagnons de boisson portaient les bas aux couleurs vives, la culotte rapiécée, bouffante au-dessus du genou, le bonnet pendant, la veste rouge, courte et raide de la Sardaigne rurale ou bien le pantalon large et les gros souliers maladroits des ouvriers de la ville

Ah ! la lune brille sur Charlie Chaplin.
Il n'a p'us d'croqu'nots faut' d' les cirer l'matin.

Ils connaissaient tous Charlie Chaplin. J'étais convaincu que les écrivains étaient des êtres merveilleux et les législateurs de ce monde etc. etc J'étais déjà un cas désespéré de désuétude. L'avenir appartenait à l'œil universel, bon pour être dupé et gavé d'images grossières, et non pas à l'imagination. La dernière chose dont je me souvienne clairement, de cette soirée, c'est d'un jeune homme exécutant une imitation très efficace de Charlot fuyant les flics et freinant sur un pied en prenant le coin d'une rue. Après quoi, je me réveillai dans ma chambre d'hôtel à 4 heures du matin, nauséeux, avec la gueule de bois et une femme couchée à côté de moi.

Tâtant de la chair tiède, je crus tout d'abord que c'était Rodney. Puis ma main accrocha la protubérance d'un sein féminin. Ou je couchais avec ma mère ou alors c'était Hortense... Hé là, doucement, non, j'étais en Sardaigne. La femme ronflait. Il ne venait pas assez de lumière de l'extérieur de la fenêtre pour me permettre de voir quoi ou qu'est-ce, jeune ou vieille. La cloche d'une église sonna quatre coups. Je crus que j'allais vomir. Je me précipitai hors du lit. J'étais nu, moi aussi. Sur la table, à l'autre bout de la chambre, il devait y avoir de l'eau minérale. J'étais sûr de pouvoir trouver la bouteille dans le noir. J'avais le cœur aux lèvres. A tout prix tenir jusqu'au *gabinetto*, deux portes plus loin dans le couloir — mais pas nu. Ma robe de chambre pendait derrière la porte ; je la passai.

Je revins, tremblant de tous mes membres, et vidai la demi-bouteille d'eau minérale. Je frissonnais. La nuit était froide ; l'aube, encore très éloignée. J'ôtai ma robe de chambre et me remis au lit. Ma compagne remua et marmonna des mots à propos ou à l'adresse d'un certain Pietro. J'étais allongé sur le dos à sa droite ; elle était sur le côté, détournée de moi. Peu après, elle se mit à son tour sur le dos, d'un coup, et me frappa la poitrine de toute la longueur d'un avant-bras solide. Le lit était étroit. Elle renâcla, et ce bruit de scie râpeux la réveilla. Elle claqua des lèvres. Tout juste si je n'entendais pas ses yeux rouler pour essayer de percer l'obscurité, tandis qu'elle se demandait où elle était. Dans le lointain, un coq coqueriqua furieusement à une lumière soudain jaillie de quelque part — un coquelet manquant d'expérience et ayant encore besoin de leçons de chant. Cette fois la fille s'y reconnut. Elle bascula sur le côté droit, me respirant dessus. J'entendais battre ses paupières. Je m'attendais à une odeur d'ail et aux fétidités accumulées de la nuit. Non, elle fleurait la pomme. Je fis semblant de dormir, feignant la respiration lente du sommeil, rehaussée de temps en temps d'un bref ronflement. Sa main gauche était sur mon pénis. Elle me tordit le nez de la dextre. Je jouai les hommes que l'on réveille.

— Eh ? Qu'est-ce que, qui... ? *Chi* ? me repris-je

— Francesca.

Du diable si je me rappelais la moindre Francesca. A condition de s'enivrer assez, on peut commettre un meurtre sans s'en douter le moins du monde. Je me souvenais d'une circonstance à Londres où, remontant à la surface d'un monde aveugle ou du néant je m'étais retrouvé dans une chambre meublée inconnue, pleine d'étrangers affables ; assis sur un lit divan, je mangeais élégamment du hareng saur. Que s'était-il passé dans le petit bouchon sarde, en haut de la colline ? L'Anglais, membre d'une race notoire pour sa tiédeur, s'était-il vu raillé gaillardement pour son érection ou l'absence d'icelle, ou bien contraint de prouver sa virilité en embarquant une fille connue pour être facile, tout en sachant que la preuve de ladite virilité n'aurait pas à être administrée jusqu'à la garde ? A moins qu'il ne s'agît d'une prostituée racolée (ou racolant) via Roma après coup ? « Toi tombé, toi soûl, moi ramené toi maison... » Précautionneusement, j'effleurai de deux doigts le visage de Francesca. Il était jeune, lisse, encadré de cheveux fous sentant faiblement le brûlé. Elle me saisit la main et la posa fermement sur son clitoris.

A techniquement parler, j'étais vierge. J'avais répandu ma semence en dormant ou avec d'autres mâles, jamais avec une femme. Je savais ce que l'homme fait avec la femme ; mais, ce jour-là (12 novembre 1918), pour la première fois, j'étais entraîné par devoir et non par désir — tant s'en fallait — à mettre en œuvre ce que j'avais appris parmi les ricanements dans les latrines scolaires et, par la suite, avec quelques modifications, dans les conversations des bars et les livres. Cette stimulation sexuelle d'une chair femelle invisible, mais très chaude et très présente, que l'on me demandait, je m'en acquittai froidement et avec dégoût. J'essayai d'entrer dans la peau d'un de mes personnages de roman, qui abordât les prémisses de l'acte dans la joie — *Lust*, disent les Allemands, quand ce même mot, chez nous Anglais, signifie « désir ». Mais non, impossible ! J'étais écœuré par l'hypocrisie à laquelle me condamnait le métier, puisque le temps du roman homosexuel n'était pas encore venu, s'il devait jamais venir un jour. Je devrais continuer à raconter des histoires où mâles et femelles se rouleraient, se tordraient et se pâmeraient dans leurs enlacements, mais cela resterait pour moi un odieux mensonge et une source de nausée. Du diable, en tout cas, si j'allais transporter la simulation d'un tropisme, de ma table de travail, où elle était nécessaire, au lit, où elle ne l'était pas. Je retirai ma main, mais un peu tard, apparemment. Car elle empoigna mon pénis dans l'intention de l'amener à elle, mais il n'y avait rien à guider, qu'un pouce ou deux d'indifférence flasque. Elle rit. Je lui tournai le dos et grommelai dans l'oreiller : « *Via, via, non posso. Via, via, via. Voglio dormire.* » Elle rit de nouveau.

Elle ne paraissait pas avoir besoin de lumière. Fille de ferme peut-être, inaccoutumée à la fausse clarté à laquelle le Seigneur ne commanda pas d'être. L'air fut frôlé et il y eut des bruits de pas ronds et feutrés. Un chat. Mais tout ce temps, elle continuait à rire. De quoi faire mourir de rire un chat. La formule était déjà prise au théâtre et protégée par un brevet de succès, donc inutilisable dans les comédies de Kenneth M. Toomey. « *Soldi ?* » demandai-je, toujours à l'oreiller. Mais cela aussi la fit rire. On l'avait probablement payée d'avance ; je ne me rappelais rien. Avant d'ouvrir la porte, elle lança quelques mots rapides et moqueurs, peut-être un proverbe sarde sur les hommes incapables de bander. Puis elle s'en fut Je me sentis dans le trente-sixième dessous. Dieu merci, j'allais partir. Désormais, elle me reconnaîtrait : l'Anglais à la chanson sur Charlie Chaplin. Elle amènerait ses amies pour me montrer à elles. Assis à ma table de café, je serais désigné du doigt et par des rires idiots de filles. Oh, ils pouvaient bien faire ce qu'ils voulaient, tous, au diable ! Je ne resterais pas, mais je partirais à mon heure. Et pour où ? Un endroit où je trouverais une dactylographe de langue anglaise et un service postal sûr ; j'avais un manuscrit achevé à expédier en Angleterre Ce genre d'aventure était-il jamais arrivé à Norman Douglas ? Ce cochon était probablement omnifoutrant et capable de faire ça avec n'importe qui ou quoi. Attention aux tautologies, Toomey ! *Omnifoutrant* ne veut pas dire autre chose. Il faut vivre pour le style.

Le lendemain, j'étais assis au café, en terrasse, et je révisais mon manuscrit avec un gros crayon émoussé. Personne ne riait de moi ; au contraire, j'avais le sentiment d'être considéré parfois avec un grave étonnement : un authentique homosexuel anglais — respect ! Il se peut, évidemment, que ce soit venu de mon tatillonnage littéraire solitaire — hochements de tête et coups de crayon. Toutes les tables étaient entièrement occupées, à l'exception de la mienne qui avait deux chaises libres, sans que personne eût envie de s'y installer : ma solitude était visiblement ma propriété. Puis, une ombre massive oblitéra mon soleil. Je levai le nez. Juste ciel ! on me mettait un prêtre aux trousses, et prêtre de poids, à la soutane roussie. Un laïc l'accompagnait, dont la belle bouche me fit un sourire étincelant et, tandis qu'une main indiquait les chaises vides, demanda : « *Possiamo ?* »

— *Si accomodino.*

Ils s'assirent et le clerc sourcilla un peu à mes voyelles étrangères. Ils parlaient bas entre eux dans ce que je pris pour être le dialecte milanais. C'était un midi bousculé et ils avaient du mal à attirer l'attention d'un garçon. Le laïc claquait en vain des doigts. Il me sourit comme pour se désolidariser de ce geste vulgaire, mais nécessaire, et, regardant franchement une page de mon manuscrit, dit :

— Anglais ?

— Oui, c'est de l'anglais.

— Non, non, vous. Vous êtes anglais ? Américain ?

— Va pour anglais. Britannique, en réalité. *Britannico.*

Le garçon arriva, cambré, farouche, moustachu : un guerrier. Il prit une commande de vermouth pour eux. Et pour moi ? Même chose : café, cognac — j'essayais de guérir ma gueule de bois. Le prêtre but et dit, avec une causticité comique :

— Nous finissons une longue guerre et nous fêtons cela en buvant l'amertume.

— Quel excellent anglais, dis-je.

La flatterie était superfétatoire. L'accent était légèrement américain, sans la moindre interpolation de la voyelle de liaison dont usent tant d'Italiens pour se protéger de la meurtrissure de nos consonnes finales. J'avais pris cet homme pour un prêtre de paroisse sans distinction particulière, bien que j'eusse pu me demander ce que pouvait faire un Milanais à Cagliari. Le laïc était tout prêt à répondre aux questions que je n'avais pas encore posées. Il dit :

— C'est que notre mère, voyez-vous, est née aux États-Unis Dans le New Jersey, ce qui ne l'empêche pas d'être italienne. Notre père l'a rencontrée à l'occasion d'un voyage d'affaires en Amérique. Il la ramena à Milan, ou non loin de là. Dans la ville du célèbre fromage : Gorgonzola. Elle a insisté beaucoup pour que nous apprenions l'anglais. C est la langue de l'avenir, disait-elle. Moi, je suis venu ici pour travailler ma musique, et mon frère est en vacances. Nous avons été tous les deux à la guerre, lui plus longtemps que moi.

Bref, voilà, complet : rien de plus éloigné des précautions verbales, des devinettes, des cachotteries de rigueur avec les relations de table britanniques.

— Et moi je suis un écrivain anglais ou disons britannique. J'ai publié des romans et des théâtres londoniens ont présenté quelques comédies stupides de moi. Je viens juste d'achever un petit livre. Tel que vous me voyez, j'y mets la dernière main. Je n'ai pas été mobilisé. On a jugé mon cœur sujet à caution.

— Vos comédies, en les écrivant, vous le saviez qu'elles étaient stupides ? s'enquit le prêtre. Ou l'avez-vous découvert depuis ? Ou d'autres vous l'ont-ils dit ?

— Par « stupides », j'entends qu'elles ne sont pas de la plus haute excellence artistique. Elles furent conçues comme un moyen d'encourager le rire dans des circonstances qui n'étaient pas drôles. Elles ont atteint leur but.

— Alors, vous ne devriez pas dire qu'elles sont stupides.

— Votre nom serait-il célèbre ? demanda le frère.

— Pas, répondis-je, hors des cercles du théâtre et de la littérature, je le crains. Je m'appelle, ajoutai-je en toute humilité, Kenneth Toomey.

Tous deux jouèrent avec ce nom : *tuuuumi.* Il avait beau leur être inconnu, il leur plaisait. Il seyait très joliment aux bouches italiennes. Le laïc dit :

— Moi, mon nom est Domenico Campanati, compositeur de musique. (Il attendit sans grand espoir. Non, connaissais pas.) Et mon frère est Don Carlo Campanati.

Pour ce dernier, en tout cas, pas d'espoir que personne, moi compris, eût entendu parler de lui. Je dis :

— Je n'ai pas encore vu la dernière œuvre que j'ai écrite pour la scène. Vous dites être compositeur de musique ; je pense que vous en mépriseriez la partition musicale : il s'agit d'une opérette. J'en ignore tout, évidemment, ajoutai-je, regardant Don Carlo et me taisant, dans l'expectative.

— Si la musique est bonne, pourquoi mon frère la mépriserait-il ? Et si vous ne l'avez pas entendue, comment pouvez-vous savoir si elle est mauvaise ?

Je commençais à aimer ce jeu : il me faisait penser à une mauvaise dent dont, malgré soi, on taquine et suçote l'élancement. Je repris :

— Le sujet de cette comédie musicale est particulièrement stupide. (Don Carlo secoua la tête aimablement, comme devant un étudiant à l'esprit lent, mais digne de la ténacité du maître.) C'est, poursuivis-je, l'histoire d'un jeune homme incapable de dire *Je vous aime*...

Et j'y allai de mon sujet tout à trac. Ils écoutèrent avec attention, Domenico Campanati en souriant, Don Carlo avec une gravité digne du Stagirite. A la fin, Domenico eut un petit gargouillement de joie approprié à ce genre de frivolité ; mais Don Carlo dit :

— Il n'y a là rien de stupide. J'y vois même une vérité profonde cachée sous le jeu des mots. Car l'amour est une grande chose dont l'aveu ne saurait être fait à la légère.

Je courbai la tête, et dis :

— Vous m'honoreriez si vous acceptiez de déjeuner avec moi Au *ristorante* de mon *albergo*.

Je les avais invités une microseconde ou deux avant de savoir pourquoi. A cause de Domenico, naturellement : beau, *simpatico*, artiste. Mes glandes frétillaient. Les frères échangèrent un regard et Don Carlo fut le premier à répondre que c'étaient eux qui seraient tous deux très honorés. Il ajouta, tandis que je finissais mon café, puis mon cognac :

— Je présume que vous prendrez votre déjeuner à rebours ? Vous terminerez, après la soupe, par un verre d'amertume ?

Nous nous levâmes et Don Carlo considéra d'un œil critique l'argent que j'avais laissé sur la table :

— C'est trop. Une *mancia* de deux lires ! Le garçon sera mécontent de ceux qui lui laissent une *mancia* plus petite, mais plus rationnelle.

— Vous désapprouvez la générosité ? Peut-être m'appellera-t-on Don Quixote *della mancia*.

Ni l'un ni l'autre ne trouvèrent cela drôle. Je me suis fréquemment servi de cette plaisanterie auprès d'Italiens, mais on ne l'a jamais jugée amusante. Nous nous mîmes en chemin à travers la foule de midi vers le largo Carlo-Felice. Le temps demeurait doux, mais Don Carlo portait un lourd camail noir. Sous le bras, mon manuscrit feuilleté par la brise, je regardais avec méfiance à droite et à gauche, dans la crainte de jeunes filles qui se fussent moquées de moi en me désignant du doigt. Mais non, rien.

— Vos yeux sont très affairés, dit Don Carlo. Vous n'êtes pas marié ?

Le sien, de regard, noir et aigu, ne laissait rien passer. Il le tourna vers moi, en même temps qu'un nez qui était une structure complexe de larges narines poilues aux grandes ailes fermes, d'un bon nombre de moutonnements sur des pentes douces, et d'un cartilage zigzaguant. En réponse, je souris d'un air coupable et secouai la tête. Il était gras et m'arrivait au menton. De cinq ans mon aîné environ, estimai-je. Son frère était plus jeune que moi, et presque aussi grand. Il avait ce que je pris pour les yeux de la famille : noirs, très séparés, mais, pour lui, sans acuité. C'était un rêveur ; nous étions de la même race. Ses cheveux noirs huileux étaient longs, comme étaient censés l'être ceux d'un musicien en ce temps-là. Il portait un costume sortant de chez un bon faiseur milanais, d'un sobre bleu sombre, mais aux revers large ouverts et hardis, autant que ses oreilles prêtes à happer le moindre son au passage. Je devinais qu'il y avait de l'argent dans la famille. Je pressentais que sa musique devait être subventionnée par les finances familiales. Je dis, tout en marchant :

— Quel genre de musique composez-vous ?

— Un opéra en un acte. C'est ce qui manque toujours à la Scala. Pourquoi *Cavalleria Rusticana* doit-il toujours accompagner *I Pagliacci* ?

— Oui. *Cavnpag*, comme nous disons à Londres.

— Et pourquoi faut-il que l'on donne le *Trittico* de Puccini en son entier, quand on ne voudrait jouer que *Gianni Schicchi* ?

— Vous avez un bon livret ?

Il haussa les épaules jusqu'à y enfouir le cou, rentra les coudes dans les côtes, déploya les éventails de ses doigts :

— Il est de Ruggero Ricciardelli. Vous le connaissez ? Non. C'est un jeune poète qui a le culte de D'Annunzio. Son livret est trop bavard. Pas assez d'action. Trop de gens qui piétinent à ne rien faire. Vous voyez ce que je veux dire ?

— Peut-être, dis-je, me permettriez-vous d'y jeter un coup d'œil ?

— Vous feriez cela? Vous feriez cela ? (Il était prêt à s'enrouler autour de moi de gratitude.) Vous dites que vous avez écrit pour le théâtre, oui ? De la comédie avec musique, avez-vous dit. Une sorte d'opérette, c'est cela, oui ? Eh ! mais, pourquoi pas, dans mon petit opéra, des choses neuves, très américaines ? Ragtime, jazz. J'entends, je vois parfaitement un quatuor mixte buvant des cocktails sur une musique qui devient de plus en plus *ubriaca*.

— Ivre, oui. Pourquoi pas ?

Don Carlo grommela « ivre », en prolongeant la voyelle finale en un *ah* à la milanaise.

— Pas trop ivre, *fratello mio*, remontra-t-il.

Je répliquai, prêt à me faire taper de nouveau sur le nez .

— L'art et la morale ont bien peu de chose à se dire. Nous n'allons pas au théâtre ni à l'opéra pour y entendre des leçons sur ce qui est bon et mauvais.

— Ce n'est pas l'avis de l'Église. Mais vous êtes anglais et n'appartenez pas à l'Église.

— Ma famille est catholique. Ma mère est française. Elle a converti mon père.

— Il n'empêche, répliqua Don Carlo. Je ne pense pas que vous apparteniez à l'Église.

Le clou était rivé. Nous avions atteint l'hôtel et nous entrâmes au restaurant, à la *trattoria* plutôt. Don Carlo pénétra le premier, salué très bas, et montra le chemin vers une table, comme si cela avait été lui qui invitait. La salle n'était pas pleine. Il y avait un vieil homme qui faisait patiemment avaler sa soupe à une petite fille. Plus loin, une bande de jeunes hommes tapageurs, qui en étaient déjà au fromage et que le vin rendait bruyants. Notre nappe était propre, mais usée jusqu'à la trame ; les verres, ternes ; les fourchettes, tordues. On apporta un vin noir et froid dans deux pichets de terre cuite. Le garçon me regarda avec insistance, mais sans malice. Il savait. Don Carlo versa.

— Buvons, dit-il, à la fin de la guerre.

— Vous parlez de la guerre en général, demandai-je, ou seulement de celle pour laquelle on a signé l'armistice hier ?

Il but longuement et se resservit.

— Il y aura toujours des guerres, répondit-il. Raconter que celle-ci est « la der des der », c'est, pour employer un mot qui vous est cher, une stupidité. (C'était assez injuste : je ne m'étais jamais servi de l'expression.) Mon frère ici présent, poursuivit-il, en est très vite sorti. Il ne s'est pas accordé la chance d'apprendre certaines choses.

— Sorti comment ? demandai-je à Domenico. (Pour sodomie flagrante dans les tranchées. Non, je chassai violemment cette pensée indigne.)

— Les nerfs, répondit Domenico. Avant Caporetto.

Il n'en dit pas plus. Don Carlo reprit :

— Moi, j'étais aumônier. J'ai administré les consolations de l'Église aux Autrichiens comme aux Italiens. C'est un anarchiste italien qui m'a tiré dessus. Ça c'est de l'humour pour vous, ajouta-t-il sans sourire.

— On vous a tiré dessus ? En vous blessant ?

— Dans une partie charnue. Cela n'a pas fait mal. Ah !

Le potage arrivait dans une large soupière blanche rayée de bleu et ébréchée. Il sentait fort le chou, mais, ainsi que Don Carlo fut prompt à le démontrer avec une louche inquisitrice, contenait aussi des morceaux de céleri, de pomme de terre (un luxe à Cagliari), de brocoli et même de viande filandreuse. Il se servit et brisa du gros pain gris grossier dans son assiette. Il lampa bruyamment, soupira de contentement, pointa sa cuiller dégoulinante sur moi et dit :

— Ce que j'ai appris touchait moins à ce qu'il y a de mauvais dans la guerre qu'à ce qu'il y a de bon dans l'homme.

Pour je ne sais quelle raison, je ne m'attendais pas à cela. Je regardai Domenico pour voir s'il approuvait. Il absorbait son potage à petites cuillerées délicates.

— Pourtant, dis-je, pensez aux milliers et aux millions de morts et de mutilés, à la famine, aux atrocités, aux enfants broyés, aux mères violées.

— Vous dites que vous n'avez pas fait la guerre ? s'enquit Domenico.

— Le cœur ainsi que je l'ai expliqué. Non, je ne l'ai pas faite.

Don Carlo eut un reniflement de mépris au-dessus de sa cuiller de brouet levée. Il dit

— Mon frère était dans l'artillerie. Il sait que ce que je dis est vrai. La mort du corps. L'homme est une âme vivante qui doit être éprouvée par la souffrance et la mort. Lui aussi, il a vu ce qu'il y a de bon chez l'homme. Et puis il en est sorti très vite.

— Et vous, dis-je. Vous n'y étiez plus, à la fin.

— J'ai été appelé à Rome. (Don Carlo me foudroya du regard comme si, ce qui était la vérité, ce n'avait pas été mon affaire.) Il n'y avait pas que cela à faire. Et il y avait beaucoup d'autres aumôniers prêts à recevoir une balle.

— Certains hommes avaient du bon, dit prudemment Domenico. On en trouve toujours. Il y avait beaucoup d'hommes dans cette guerre, si bien que, forcément, dans le tas, il n'en manquait pas qui avaient du bon.

Je ruminai cette affirmation en même temps qu'un morceau de chou. Cela semblait d'assez bonne logique. Don Carlo reprit de la soupe, du pain, du vin. Il dit :

— *I fini e i mezzi*. La guerre était un moyen de faire ressortir ce qu'il y a de bon en l'homme. Sacrifice de soi, courage, amour des camarades.

— Alors, commençons donc une autre guerre tout de suite.

Il branla la tête avec bonne humeur :

— Non. Le diable a son travail à faire. Dieu lui permet de l'accomplir. Naturellement, vous, vous ne croyez pas au diable.

Le garçon, qui apportait du poisson d'une main, tenta de prendre la soupière de l'autre. Don Carlo tendit deux bras vigoureux et la saisit par le bord : il y restait encore une demi-assiettée de potage. Le poisson était un genre de maquereau, cuit avec la tête et la queue, baignant dans l'huile, décoré de tranches de citron. Don Carlo se hâta d'avaler sa soupe, de façon à ne pas être triché sur sa juste part de poisson. Se servant de plus que de sa juste part — mais il était le bienvenu — il eut loisir de dire :

— Tout cela est dans votre Bible anglaise. Dans la Genèse. Lucifer déchu reçut la permission d'implanter l'esprit du mal dans l'âme de l'homme. Où est le mal ? Pas dans la création de Dieu. Voilà un grand mystère, mais qui perd parfois un peu de son insondable. Car le diable amène la guerre et, de la guerre, sort le bien. Il faut croire en la bonté de l'homme, Monsieur, Monsieur...

— *Tuuuuumi*, dit le frère. Il est comme moi, reprit-il. Il n'a pas de temps pour la théologie. Nous te laissons cela, Carlo. Nous, nous travaillons à notre art.

Je ne pus m'empêcher de le gratifier d'un sourire d une complicité excessive. Il me le rendit. Don Carlo parut ravi de cette trêve qu'on lui accordait dans l'évangélisation des païens. Il finit son poisson, sauça son pain dans l'huile et réclama encore du pain quand arriva le plat de résistance. C'était un rôti mixte de chevreau, de poulet et peut-être de veau. Il y avait un gros chou-fleur bouilli et arrosé d'huile, que Don Carlo, aussitôt, avec la même autorité que s'il avait été à la sainte table, partagea en trois portions inégales. Suivit bientôt une miche grise entière, coupée en épaisses tranches. Don Carlo dévora à belles dents voraces qui eussent fait l'admiration de mon père. Pauvre père, ignorant tout de mes péchés, à la différence des femmes de la famille ! Je ne lui avais guère écrit de lettres ; je voyageais à l'étranger, avais-je dit, et serais inatteignable quelque temps. Il fallait maintenant commencer à penser à l'organisation de petites vacances dans la chaleur méridionale pour ma sœur Hortense, peut-être aussi pour mon frère Tom, lorsqu'il serait démobilisé. Je n'avais aucun désir de rentrer à la maison ni au pays, mais je pouvais importer des bribes éphémères de ce dernier, et cela où que je fusse et tout en jouissant abondamment du soleil et de mon argent. Car mes stupidités en musique faisaient de l'or, je le savais. Je projetais de passer l'hiver à Nice. La Sardaigne pouvait être, à ce que l'on disait, sans rien perdre de son bleu, assez sinistre et froide de décembre à mars.

Domenico opina du bonnet ; plutôt sinistre. Il était venu là pour le calme, dans la maison de Guglielmi, entre Cagliari et Mandas. Guglielmi était pour le moment à Naples, en train de jouer du violon ou de s'amuser. Je n'avais jamais entendu parler de Guglielmi.

— Il faut, précisa Domenico, que je sois à Catane pour *Natale*, Noël, je veux dire. Il doit y avoir un concert à l'opéra, où l'on jouera ma petite partita pour orchestre à cordes. J'avais dans l'idée d'essayer de finir mon opéra dans la maison de Pasi, en dehors de Taormina. Il a un Steinway. (C'est un fait que, musiciens, écrivains, nous tous, artistes, sommes toujours en mouvement.) Finir, reprit-il, ses grands yeux noirs fondant comme de la confiture de fruit en me regardant. Ou recommencer ? Vous avez dit que vous jetteriez un coup d'œil sur le livret.

— Je ne suis pas Da Ponte, fis-je observer. Je ne peux travailler qu'en anglais.

— Pourquoi pas ? dit-il, les yeux élargis sur de nouvelles perspectives. Je n'y avais pas pensé. Pourquoi pas en anglais ?

— Ah ! hommes libres que vous êtes, dit Don Carlo. Libres de dire oui ou non, libres d'aller où bon vous semble. Moi qui n'ai le droit de dire ni oui ni non, je dois retourner à Milan.

— Et l'enfant ? demanda Domenico.

— L'enfant n'aura plus d'ennuis. Les démons sont exorcisés.

— Les démons ? Qu'est-ce que c'est que cette histoire ? demandai-je.

Pour toute réponse, Don Carlo s'attaqua énergiquement au morceau, que l'on eût dit prégrignoté, de *pecorino sardo*, ce fromage fort qui, de tous ses frères méditerranéens, se rapproche le plus, par la saveur, d'un fromage anglais. Une nouvelle cruche de vin noir et froid fut posée sur la table. Je me demandai s'il fallait soulever le problème théologique de la gloutonnerie, mais je savais d'avance quelle serait la réponse. Manger son content n'est pas gloutonnerie ; c'est une bonne chose, mieux : une nécessité. Quant à manger plus que son content, c'est œuvre du diable, qui entraîne un genre de purgation pendant laquelle on souffre mort et passion, le tout étant parfaitement salutaire.

— Milan, oui, répéta-t-il. Mais seulement pour un bref séjour. Il faut que j'affûte mon français en prévision de Paris L Institut catholique, rue d'Assas. La Catho, comme on l'appelle L'Histoire de l'Église, précisa-t-il en pointant sur moi, comme une arme son nez protubérant Voilà ce que je dois enseigner

21

Le livret, autant que me permettait d'en juger mon maigre italien, était verbeux, mais sain. Il y a très peu d'intrigues qui s'offrent au librettiste — ou au romancier, d'ailleurs — et celle qu'avait retenue Ricciardelli a trouvé son expression suprême dans *Roméo et Juliette*. Le titre était à la Pirandello : *I poveri ricchi*. Les Corvi sont riches, les Gufi, pauvres. Gianni Gufo aime Rosalba Corvo. Les Corvi interdisent le mariage. Le vieux Corvo perd sa fortune tandis que le vieux Gufo hérite d'un oncle d'Amérique oublié. Maintenant, ce sont les Gufi qui interdisent le mariage. Le vieux Corvo s'enivre néanmoins avec le vieux Gufo et tous deux deviennent amis. Corvo s'offre à placer la fortune de Gufo pour ce dernier, qui accepte. Les beaux projets de Corvo échouent ; les deux familles se retrouvent pauvres. Le garçon et la fille peuvent se marier avec la bénédiction sans enthousiasme de tous. Mais Gianni et Rosalba sont maintenant si accoutumés aux rendez-vous clandestins qu'ils perdent toute passion l'un pour l'autre, dès lors qu'ils sont libres de s'embrasser ouvertement. Sur quoi les deux familles (ceci étant volé à Rostand) feignent une grande inimitié, qu'elles ne ressentent plus, et du même coup les amants se reprennent d'amour l'un pour l'autre. Arrivent des télégrammes annonçant le rétablissement de la fortune pour tout le monde. Embrassades, cloches, vin, rideau. Toute l'histoire devait se dérouler en soixante-dix minutes, dans le décor de la terrasse de la maison Corvo et en bas d'une piazza avec une foule de marchands en plein vent chantant en chœur. Les couplets et les récitatifs de Ricciardelli étaient beaucoup trop bavards et noyés sous le pittoresque poétique : à la musique de donner la couleur. Domenico avait besoin d'une plus grande variété de forme — trios, quatuors, quintettes, aussi bien que duos — et d'une concision qu'un admirateur de D'Annunzio avait du mal à lui fournir. En fait, il avait besoin de ce que je n'étais pas : un nouveau Da Ponte.

Je travaillais non pas à Nice, mais à Monaco, dans le quartier de la Condamine, rue Grimaldi. J'avais un appartement au sommet d'un immeuble, nu, spacieux, loué pour six mois à un certain M. Guizot en visite à Valparaiso. Quand j'eus terminé le premier jet, je télégraphiai à Domenico à Taormina, ou tout près. Il arriva. Je louai un piano, un Gaveau qui sonnait le fer-blanc. Il resta.

Nous nous retrouvâmes finalement avec deux versions du livret, une en toscan, l'autre dans une espèce d'américain et portant le titre *The Richer the Poorer* (Plus on est riche, plus on est pauvre). J appris beaucoup d'italien. Domenico apprit des rudiments de prosodie anglaise et se mit à rêver d'entreprendre une œuvre populaire pour la scène new-yorkaise. Il n'avait pas de style musical très personnel, mais pouvait imiter n'importe qui. Son opéra était surtout dans le goût de feu Puccini, avec des acidités volées à Stravinski. On y trouvait une séquence de ragtime et un duo d'ivrognes. Un quatuor de pochards ne cadrait pas avec le mode narratif, mais le finale était bruyant et aviné.

Pendant que Domenico vocalisait en tapant des accords sur le misérable Gaveau dans le long salon nu, je travaillais à mon roman, à deux pièces de là. C'était *Le blessé*, histoire d'un soldat qui revient de la guerre sans jambes (pauvre Rodney !), et qui tente noblement d'inciter sa fiancée à épouser un autre homme, entier. Mais la fiancée perd la vue dans un accident de voiture, et l'homme entier qui était épris d'elle ne l'est plus. Si bien que les deux infirmes se marient, vivent heureux et donnent le jour à des enfants ingambes et clairvoyants. Cela sonne pire que ce n'est en réalité, bien que (paix à Don Carlo Campanati !) ce soit tout de même assez stupide. Ce que je m'efforçais de faire à l'époque était, en un sens, shakespearien : je prenais une histoire qui ne pouvait manquer d'être populaire, surtout lorsqu'on l'adaptait à l'écran, comme ce fut le cas pour le *Le blessé*, en 1925, et je tentais d'élever le sujet par l'humour, l'allusion et l'ironie, jusqu'à quelque chose qui ressemblât à de l'art.

Et durant tout ce temps, je menais une vie dénuée d'amour Domenico, sans que je lui eusse rien dit, eut tôt fait de deviner le quoi et le comment de ma nature, tout en regrettant de ne pouvoir être d'aucun secours. Il prenait le train pour Vintimille une fois par semaine, parfois deux, et, au retour, avait l'air détendu. Pour ma part, je me masturbais amèrement, en voyant parfois, à l'approche de l'apogée, la silhouette de Don Carlo lampant sa soupe avec de tristes hochements de tête. J'essayais de purger un peu de la rage de ma solitude dans des travaux ménagers et en faisant la cuisine, bien que Domenico fût meilleur cuisinier que moi et qu'une vieille femme vînt nettoyer trois fois par semaine. Amis, nous étions amis, disait-il, aussi bien que frères en art, mais... ah ! cette autre sorte d'amour lui semblait, disait-il aussi, en me priant de lui pardonner un tel mot, une abomination.

Lorsque Don Carlo vint, de Paris, passer deux jours avec nous, je le regardai d'un air coupable, comme si son image était devenue présence réelle. Il voulait, expliqua-t-il, quand il eut fini de haleter après la longue escalade jusqu'au dernier palier de l'immeuble, jouer à la roulette.

— Est-ce, demandai-je, en lui préparant un whisky dilué d'un peu d'eau, chose permise ? Pour un prêtre, s'entend ?

— Les premiers actionnaires de ce casino, répondit-il, furent l'évêque de Monaco et le cardinal Pecci. Et vous n'ignorez pas ce que devint le cardinal Pecci.

— Le pape Léon XIII, dit Domenico

— Il va falloir exorciser le puritain en vous, dit Don Carlo en me menaçant espièglement de son whisky sans en répandre une goutte. Vous pensez qu'il y a quelque chose d'irréligieux dans le jeu, quand il s'agit uniquement de l'opposition d'un libre arbitre à un autre...

— A propos d'exorcisme, dis-je. Domenico m'a promis que vous me raconteriez tout, vous savez ? Ce jeune garçon, en Sardaigne, possédé des démons, ou de je ne sais quoi...

— Domenico n'a aucun droit de promettre quoi que ce soit en mon nom. Cela n'offre aucun intérêt pour vous, qui n'y croiriez pas, de toute façon.

— De quel droit prétendez-vous savoir ce à quoi je crois ou ne crois pas ? me rebiffai-je.

Cela lui arracha un grognement, comme quand on accuse un léger coup à un foie malade. Il répondit :

— C'est une chose que je fais. Comme n'importe quel prêtre, en vérité. Mais certains s'y prennent mieux que d'autres. Ils courent la chance.

— Qu'entendez-vous par... *la chance* ?

— Vous me ramenez à ce que j'essayais de vous expliquer. Un libre arbitre contre un autre... Celui du joueur et celui de la petite boule blanche sur la grande roue...

— C'est au figuré que vous parlez ? Entendez-vous par là qu'un objet inanimé peut véritablement avoir un libre arbitre ? Que *voulez*-vous dire ?

— Voilà que je me fais tancer. Vous devez adoucir la réprimande avec un autre whisky. (Je pris son verre vide.) Je voulais dire, reprit-il pendant que je versais, que l'imprévisible ressemble fort au libre arbitre. Je n'entendais pas autre chose que cela. J'ai besoin, ajouta-t-il à l'intention de son frère, d'une cravate. Je dois entrer là comme un membre de la communauté laïque. Je ne dois pas scandaliser les fidèles. C'est déjà assez mal, conclut-il avec un petit rire, de scandaliser les mécréants.

— Moi ? C'est de moi que vous parlez ? dis-je, lui tendant son nouveau whisky.

— Et pourquoi pas vous ? Vous n'appartenez pas à l'Église. Vous n'êtes pas de ses fidèles. *Ergo*, vous faites partie des mécréants. Cela vous ennuie ?

— Je serais, dis-je tristement, du nombre des fidèles, si je le pouvais. Si la foi elle-même était plus raisonnable. J'allais à l'église, je sais tout de la foi.

— Personne ne sait tout de la foi, dit Don Carlo.

— Facile à dire pour vous, répliquai-je en haussant quelque peu le ton. Vous avez mis en veilleuse les besoins de la chair. L'on vous a hongré pour l'amour de Dieu.

— *Hongré ?* Terme rare, je crois.

— Castré, coupé, privé de l'usage de vos *coglioni*.

— Pas privé, dit-il d'une voix nullement hongrée. En aucune façon pas privé. Nous choisissons ce que nous voulons, mais personne n'a le droit d'opter pour la privation Maintenant je vais prendre un bain.

Il prit un bain retentissant d'éclaboussements, tout en chantant ce qui ressemblait fort à des chansons hautement séculières écrites dans un patois assez vert. Il poussa, dans ce même patois, une sorte de plainte signalant l'absence de tout drap de bain.

— Je lui en apporte un, dis-je à Domenico qui était en train de noter une envolée de doubles croches pour des cordes, sur la table ronde au milieu de la pièce.

J'attrapai une serviette dans l'armoire du couloir. Je le trouvai debout dans la salle de bains transformée en piscine, occupé à presser un point noir sur son menton. A mon entrée, le miroir me renvoya la flamme noire de ses yeux. Il était nu, bien entendu, avec un gros ventre, mais aussi de gros pendentifs, des bras et des épaules de cantonnier, et très velu partout. Il saisit la serviette sans un remerciement, commença à se sécher, couilles et ventre d'abord, et dit :

— Si tout va bien, ce sera : dîner à l'Hôtel de Paris. Mais une légère collation est requise avant le départ. Pain, salami, fromage, vin.

— Certainement, père.

— Et qu'est-il votre père ? demanda-t-il sévèrement.

— Dentiste.

— En Angleterre ?

— Dans la ville de Battle, dans l'est du Sussex. Le nom est en l'honneur du désastre de Senlac, défaite des Anglo-Saxons devant l'envahisseur normand.

Il se sécha les épaules, exposant ses couilles et ce que les Romains appelent sans vergogne *dumpennente*.

— Et quand retournez-vous au pays ?

— Je n'ai pas la moindre intention de rentrer. Pas encore.

— Aujourd'hui, ce n'est plus l'envahisseur normand, dit-il. C'est ce que certains appellent l'impalpable calamité. Vous avez lu les journaux ?

— Vous voulez parler de l'influenza ?

— L'invasion est pire chez les Anglo-Saxons que presque partout ailleurs. C'est un pays froid. Février est un mois glacial là-bas. Une longue guerre se termine, un long hiver suit. Paris aussi est atteint. J'ai perdu trois étudiants cette semaine. J'espère que vous n'aurez pas à rentrer chez vous.

Je frissonnai, comme si l'esprit de l'influenza venait de s'incarner ici, en pleine douceur et sécurité de Monaco, dans ce prêtre nu.

— Pourquoi avez-vous fait allusion à mon père ? dis-je. L'auriez-vous vu, dans une vision occulte, succomber à...

— *Occulte !* vociféra-t-il. N'utilisez jamais ce mot devant moi ! (Et il me poussa hors de la salle de bains.)

— *Occulte*, vociférai-je en retour à travers la porte fermée, signifie « caché », un point c'est tout. Veut dire seulement « secret » !

Mais il s'était remis à chanter.

J'étais maussade et plein d'une vague appréhension, lorsque nous nous mîmes en route pour faire le trajet séparant la Condamine du Casino. Mais j'éprouvais un plaisir malicieux à voir Don Carlo souffler et s'époumoner à cause de la pente raide. En outre, le vent marin de février était intraitable et le père devait se cramponner ferme, en grommelant, à son chapeau mou noir, tandis que, Domenico et moi, nous portions des casquettes sportives qui ne pouvaient être emportées. Nous étions en tenue rustique, avec bien entendu, l'addition d'un col raide, Don Carlo, lui, était vêtu d'alpaga froissé et d'une chemise de son frère, trop étroite ; il portait une cravate riche, mais qui le criait. Il avait l'air d'un entrepreneur de pompes funèbres cynique. Il ahanait et grommelait lorsque nous atteignîmes le casino, cependant que, Domenico et moi, avec du souffle en réserve pour le crescendo, nous chantions un chœur de notre opéra :

Non, non, l'argent n'est pas tout,
Il paie le pain et le lit,
Il aide à boucher l'trou
Entre la mort et la vie
(Du moins c'est c' qu'on m'a dit).

Domenico aimait bien ces rimes en « *i* » et les avait soulignées dans son orchestration avec le triangle et le glockenspiel.

Mais les grommellements cessèrent dès que Don Carlo commença à jouer. Domenico et moi, nous risquâmes nos quelques francs à la roulette et les perdîmes promptement. Don Carlo était dans l'extase miraculeuse du gain. Nous nous tenions, cela va de soi, à la « cuisine » et non dans l'une des salles privées, réservées aux clients riches et distingués. C'était la crise économique de l'après-guerre ; les joueurs n'étaient pas nombreux. Nous avions entendu dire que la Société des Bains de Mer ne devait d'échapper a la banqueroute qu'au renflouage des milliers de livres prélevées par sir Basil Zaharoff sur ses millions de marchand de canon. Nous l'avions vu, avec sa maîtresse espagnole, la *Duquesa* de Marqueno y Villafranca, sortir d'une énorme automobile étincelante devant l'Hôtel de Paris. Il avait envie de s'annexer la principauté et de s'y installer souverainement : sa grosse maîtresse rêvait d'être élevée au rang de princesse. Il ne mettait jamais les pieds dans les salles de jeu ; il ne croyait pas au hasard.

— Messieurs, faites vos jeux !

Et voilà que Don Carlo jouait obstinément « à cheval », avide de toucher dix-sept fois sa mise. Et il y réussit, deux fois. Les plaques s'amoncelaient. Puis il se lança dans une anthologie d'autres possibilités de mises : « en plein », qui aurait dû lui rapporter trente-cinq fois son argent, mais ne le fit pas ; « transversale » — je crois que c'était 25, 26, 27 — et là il gagna, onze fois sa mise. « Carré » ? « Quatre premiers » ? Il perdit et haussa les épaules : bah ! cela ne faisait que huit fois la mise. Il revint à « à cheval » et misa entre le 19 et le 22. Dieu bon ! cela sortit. Il mit alors trois cents francs sur le 16, « en plein », et perdit Marmonnant tout seul, il tenta un

« sixain », posant sa plaque sur la ligne de séparation entre 7, 8, 9 et 10, 11, 12. Gagné ! Cinq fois la mise. Haussement d'épaules. Retour à ce diable d'intraitable d'« en plein » : 16. Il l'aborda prudemment, avec une mise de cinquante francs. Perdus. « *Basta, Carlo* », dit le frère. Don Carlo fronça les sourcils, grogna, parut sacrer *sotto voce*. Il revint à une mise de trois cents francs — maximum permis à la « cuisine » — sur le 16 une fois de plus . c'était contre sa timidité qu'il avait sacré. Le croupier lança le cylindre : « Les jeux sont faits, rien ne va plus ! » Il y avait une dizaine de personnes autour de la table. Domenico et moi, nous retenions, cela va de soi, notre souffle. Un homme d'âge mûr, qui n'avait plus que trois doigts à la main gauche et dont l'œil droit était recouvert d'un taffetas noir, ne quittait pas de son regard singulier le visage de Don Carlo — à croire que c'était lui qui étudiait les réactions des joueurs à l'enfer qu'ils s'imposent. Une vieille sorcière aux cheveux argentés semblait prête, le bleu aux lèvres, à succomber à un arrêt du cœur à la place de Don Carlo.

— O mon Dieu ! (Cela, c'était moi.)

Don Carlo me regarda sévèrement : je m'appropriais Dieu. Puis il considéra la roulette où la boule arrivait juste à bout de course. 16. Il fit : « Ah ! »

— La chance du diable, dis-je avec un à-propos malheureux.

Il ne parut pas avoir entendu. Serrant d'une main son gain sur sa grosse poitrine, de l'autre bras, du même geste ample dont il eût balancé l'encensoir à la grand-messe pour l'*Asperges me*, il lança une plaque au croupier. Cet homme qui à ma connaissance ne l'avait jamais vu de sa vie, dit : « Merci, mon père. » Don Carlo ébaucha, sans se décontenancer, une bénédiction et quitta la table.

— Voilà qui est sage, dis-je.

— Maintenant au trente-et-quarante ! répondit-il.

— Non, Carlo, non. *Basta*.

— La roulette, répliqua-t-il, n'est vraiment bonne que pour les enfants. Le trente-et-quarante est pour les hommes. Ce soir, je sens que j'ai, ajouta-t-il en fronçant les sourcils avec humour à mon adresse, la chance du diable.

Nous le regardâmes donc prendre place à la table du trente-et-quarante, avec des Milanais et des Génois à l'air louche qui avaient traversé la frontière pour cette fin de semaine. Il blagua avec eux en divers dialectes pendant que l'on brisait le sceau des six paquets de cartes neufs. Le trente-et-quarante est plus simple que la roulette, puisqu'il y est question non pas de nombres, mais de « pair », « impair » et « inverse ». En revanche, les enjeux y sont doubles de ceux de la roulette : c'est affaire de joueurs sérieux. Don Carlo misa « à cheval » la plupart du temps. Il semblait en savoir plus long que n'importe qui, y compris le « chef de partie » et, entassant en deux hautes piles ses plaques victorieuses, il fit une brève conférence ou une petite homélie sur le calcul de probabilité des séries — les rangées de cartes atteignant la valeur totale de 40 ne sortant que quatre fois, contre treize pour une rangée totalisant 31, et ainsi de suite. Il mania l'encensoir aux pourboires et aspergea les croupiers, puis se leva avec un soupir de contentement, comme à la sortie d'un gros repas. Mais le gros repas était encore à venir : il nous l'avait promis.

Avant d'échanger jetons et plaques, il hésita, jeta derrière lui un regard sur la salle de jeu, avec, dans les yeux, les signes d'une convoitise qui n'est pas encore tout à fait sûre d'être satisfaite.

— Il y a deux choses qui me manquent, dit-il. Les « finales sept » et le « tiers du cylindre sud-est ». « Par cent », dans les deux cas, penserais-je. Je crois que je vais m'en acquitter maintenant.

— *Basta, Carlo !*

— Que diable, au nom du ciel...

— Vous êtes trop prompt, me dit-il, à user à la légère du nom de Notre-Seigneur et d'autres invocations. Les « finales sept par cent » représentent cent francs sur le 7, le 17 et le 27. Quant à l'autre, on mise « à cheval » sur les numéros compris dans la portion sud-est du plateau...

— Où avez-vous appris tout cela ? demandai-je. Cela fait-il partie de l'enseignement régulier de la théologie, en Italie ?

— Avez-vous lu, contre-attaqua-t-il, mais d'avance je sais que non et la question ne rime donc à rien, les livres de Blaise Pascal ?

— Je connais les *Pensées*. J'ai lu un peu des *Provinciales*. Vous n'avez pas le droit de supposer, de soupçonner...

— Pascal, ce saint et cet érudit, fut le premier à utiliser le mot « roulette ». Il s'intéressait vivement aux mystères du hasard. Il inventa la machine à calculer, l'omnibus public à cheval et la montre au poignet. Le mystère des nombres et des cieux étoilés. De quel droit ricanez-vous, vous gaussez-vous et en remontrez-vous ?

— Je ne ricane, ni ne me gausse, ni... Je demandais seulement.

— Vous feriez mieux de méditer sur le besoin de consolations inoffensives dans un monde plein de tentations diaboliques. Je ne jouerai pas. Ni « finales », ni « tierces ».

Comme si j'avais été entièrement responsable de sa privation de consolations innocentes, il échangea ses plaques d'un air boudeur. Il reçut un paquet de gros billets, dont il laissa tomber quelques-uns que Domenico ramassa. Puis, de sa démarche dandinante, il prit le chemin de la sortie. Domenico haussa les épaules en me regardant. Nous suivîmes.

Malgré les pénuries de l'après-guerre, le restaurant de l'Hôtel de Paris, surchargé de pâtisseries ornementales, mais spacieux, était à même de nous offrir ceci :

Saumon Fumé de Hollande
Velouté de Homard au Paprika
Tourte de Ris de Veau Brillat-Savarin
Selle d'Agneau de Lait Polignac
Pommes Dauphine Petits Pois Fine-Fleur
Sorbet au Clicquot
Poularde Soufflée Impériale
Salade Aïda
Crêpes Flambées au Grand-Marnier
Coffret de Friandises
Corbeille de Fruits Café Liqueurs

Je ne m'étais guère attendu à beaucoup plus qu'à un choix de variations de luxe autour de la chair des volatiles qui, blessés par les maladresses hémiplégiques des clients du tir au pigeon de Monte Carlo, ou errant et picorant dans une naïve confiance à proximité immédiate des guéridons en terrasse du Café de Paris, en face, se laissaient ramasser aussi aisément que des chatons. Mais c'était là Cocagne en paradis, et je le dis. Don Carlo, apres deux secondes de réflexion, accepta la formule. Il y en avait pour les yeux de la tête, mais Don Carlo avait les moyens. Quant à la boisson, nous commençâmes par des champagne cocktails, passâmes par un bon chablis et un chambertin subtil, nous rafraîchîmes d'une blanquette de Limoux au dessert et finîmes par un armagnac passable, que nous bûmes dans des flûtes et non des ballons. Don Carlo mangea, tout transpirant de concentration, mais, parvenu au sorbet, prit le temps de contempler le charmant décor Belle Époque. Je lui dis :

— Ce décor de la Belle Époque, vous le trouvez charmant ?

— Il y a quelque chose de vague dans ce genre de mot, répondit-il comme je m'y attendais. Qui prétend que cette époque était belle ? La beauté est un attribut de la divinité. Et quant à « charmant », j'ignore ce que signifie ce terme.

— Attrayant. Joli. Oculairement séduisant. Superficiel, mais sensuellement satisfaisant. Plein de goût et de délicatesse. Comme cette dame derrière vous.

Il se retourna, grognant et mâchonnant le pain qui restait sur sa petite assiette et qu'il avait interdit au garçon d'enlever. Il vit une femme animée, vêtue d'une robe brodée au point de chaînette, en très belle mousseline de pure soie noire. Oculairement indifférent, il se retourna vers nous :

— Peuple frivole, dit-il.

— Les Français ? demandai-je joyeusement. Tous les Français. Celui qui est en moi ? Ma mère ? Et qu'entendez-vous par « frivole » ?

Il brandit sous mon nez son quignon de pain et répondit .

— Souvenez-vous que le langage est une de nos épreuves et de nos douleurs. Nous sommes contraints, par sa nature même, à généraliser. Sinon, nous n'aurions rien à dire excepté des choses comme... (continuant à brandir son croûton)... comme : « Ce pain est un bout de pain. »

— *Tautologia,* dit Domenico.

— Le langage serait-il donc, dis-je, de provenance diabolique ?

— Non, répliqua-t-il (cette fois, mastiquant). Lisez la Genèse ; vous y verrez que Dieu fit qu'Adam donnât un nom aux choses et ce fut la naissance du langage. Après la chute d'Adam et Ève, le langage se corrompit. Et en toute corruption, je dis que les Français sont peuple frivole.

Là-dessus, il avala son pain. Il n'y avait plus rien à manger sur la table. Il demanda l'addition. Elle était grosse La nappe fourmilla de papier monnaie.

— Ce décor de la Belle Époque, répétai-je Vous le trouvez charmant ?

La réaction fut inattendue. Il mugit, à tel point que des têtes se tournèrent.

— *Adiuro ergo te draco nequissime, in nomine Agni immaculati...*

— *Basta, Carlo !*

Don Carlo me sourit sans gaieté, mais en esquissant une menace appropriée aux paroles d'exorcisme qu'il venait de prononcer.

— C'est excessif, dit-il. Cela va trop loin. Je m'adresse seulement à un petit démon, que j'appellerai démon de frivolité. Un jour, nous l'expulserons de vous par le feu. Nous vous ramènerons au bercail avant votre fin. Nous vous ramènerons *à la maison, au pays.*

Pour la première fois de ma vie, à ce mot, les yeux me piquèrent, et le charmant décor se dilua momentanément en eau colorée.

— Et maintenant, reprit-il, posez-la-moi encore, votre question sur le décor de la Belle Époque.

Je ne dis rien, bien que sur les lèvres et la langue, j'eusse son *nous* suspendu à une interrogation. Il n'y avait pas de pain dans ma bouche, mais j'avalai ma salive comme pour faire passer une croûte. Don Carlo était, je commençais à m'en rendre compte, formidable. Il tira d'une poche de côté de sa veste une grosse montre sans valeur qui me jeta son tic-tac à la figure par-dessus la table.

— J'ai messe à 7 heures du matin, à Sainte-Dévote, dit-il. Tu connais le père Rougier ? demanda-t-il à son frère.

— *Lo conosco.*

— Je dirai la messe dans mon meilleur latin parisien, reprit-il à mon intention.

J'avais oublié que le lendemain était dimanche ; mais les jours de la semaine avaient depuis longtemps perdu pour moi toute saveur individuelle : ils avaient tous le même goût de solitude et de frivolité, que je qualifiais de travail. Bien, donc il était passé 10 heures et il nous fallait maintenant redescendre, du mont de Carlo jusqu'au logement de Carlo, pour permettre à ce dernier de se mettre au lit et de se bien reposer en prévision de sa messe matinale. Dans la grande entrée de l'Hôtel de Paris, il adressa un sourire à la statue équestre de Louis XIV, puis un autre, sans malice ni menace, à moi. L'effigie n'était là que depuis une douzaine d'années, mais le genou levé du cheval avait été si souvent touché pour porter bonheur qu'il luisait comme de l'or. Don Carlo le frictionna affectueusement. Puis il se tourna pour répondre au salut d'une voix britannique :

— Le *Don* et le *Monte* ! Je savais bien qu'un jour ou l'autre, vous vous rencontreriez tous les deux. Comment allez-vous, *caro Carlo, Carlo querido* ?

— *Muy bien.*

Et Don Carlo serra la main d'un Anglais amène, aux cheveux pâles et au corps de joueur de cricket, accoutré de l'uniforme d'évêque anglican, guêtres comprises. Domenico fut présenté. Moi aussi.

— L'écrivain ? Le dramaturge ? Eh bien ! mais quel honneur. Vu un de vos machins, au passage, à Londres. Désopilant.

C'était l'évêque de Gibraltar Ses cheveux pâles étaient partagés par une raie à droite — côté qui, en ce temps-là, était attribué aux femmes — et une boucle retombait aimablement jusqu'à l'œil gau che, très bleu. Quand je pense à lui aujourd'hui, je vois un amal game de MM. Auden et Isherwood, écrivains homosexuels comme moi-même. Presque toutes ses dents, fortes et brunes, restèrent à l'affiche pendant qu'il secouait virilement les mains. Le diocèse de l'évêque de Gibraltar s'étendait à la Côte d'Azur, et l'un des tout premiers devoirs épiscopaux, à l'origine, avait été d avertir les Britanniques, venus se dorer au soleil, des dangers du jeu pour leur âme. Comme je devais m'en apercevoir presque aussitôt, ces temps étaient révolus. Ce qui m'intriguait et me scandalisait un peu, c'était qu'il subsistât des relations amicales entre un prélat anglican et un prélat catholique.

— J'ai vu votre frère dans la Ville du Vent, dit l'évêque à Don Carlo. Nous avons dîné ensemble. Et joué.

— Aux dés ? demanda, à mon plus grand scandale encore, Don Carlo.

— A la mode de l'Idaho. *Craps*, oui.

— Quelle bonne idée. Tiens donc, ha ! *I dadi* ? (Et Don Carlo frictionna de nouveau le paturon de bronze levé.)

— *Los dados ? Cierto.*

— *Basta !*

Le repas avait visiblement fatigué Domenico. J'étais las aussi, mais n'osais, de crainte d'exorcisme, protester. Nous montâmes donc tous à la suite épiscopale, au troisième étage, et, dans son salon plein de charme Belle Époque, Sa Seigneurie servit du whisky et produisit les dés dans un godet de cuir florentin. Don Carlo tira lourdement sa grosse montre sans valeur et la posa sur la table, où elle tictaqua agressivement. L'évêque dit :

— Naturellement, minuit, c'est l'heure du jeûne ? Le saint marmonnement de je ne sais plus quoi, comme dit le poète. C'est bien Robert Browning, si je ne m'abuse ? me demanda-t-il.

— Chicago, dis-je tout en répondant oui de la tête à sa question. Pourquoi, si vous voulez bien me passer mon insolente curiosité d'écrivain professionnel, oui, pourquoi Chicago ?

— Affaires anglicanes, dit l'évêque en agitant les dés. Conférence épiscopale. Je n'en dis pas plus. Allons-y, sept, onze.

Il lança les dés : 12, perdu. Relança : 9 et le point. Puis 7, perdu. Don Carlo lança vigoureusement à son tour en marmottant une prière : 11, quinze à un. Tout se passait entre les deux clercs : Domenico et moi, nous ne valions rien. Mais, avec mes insatiables inquisitions de romancier, je restai, buvant, écoutant. L'évêque, qui veillait sur une enclave anglicane tout en bas d'une péninsule farouchement catholique, entretenait des relations particulières, sociales sinon théologiques, avec, ha-ha ! les fils de la Grande Putain (entendez l'Église catholique). Big Eight : even money. Hardways : sept à un. Seigneur, aux petits des oiseaux donnez la pâture. Poussez les bobs pour moi, mon Dieu. C'était de la démence pure. Ils parlaient entre eux de collègues : avec leur col sens devant derrière, ils appartenaient tous à la même entreprise malgré la barrière électrifiée de la Réforme Le troisième frère Campanati, Raffaele, était dans l'importation de produits alimentaires milanais aux États-Unis. Cela n'allait pas tout seul pour lui il y avait à Chicago une sorte de brigandage napolitain, différent de ce qui se passait dans les autres grandes villes américaines, où les Siciliens étaient les détenteurs des monopoles et de la violence. sous le prétexte de protection. Craps : sept à un. L'évêque dit :

— Le grand mot a été lâché, comme vous pouvez le supposer

— *Ecumenico* ? (Big Six : even money.)

— Prématuré, dit l'évêque.

Je n'y comprenais rien. Le mot était nouveau pour moi, qui avais fait peu de grec. Mais je commençais à percevoir à travers les allusions fragmentaires comment il se pouvait que Don Carlo et l'évêque de Gibraltar se connussent et fussent même, en quelque sorte, amis. Aucun rapport avec la religion ; mais avec Rome, oui. Sa Seigneurie aimait bien ses vacances d'automne dans cette ville. Don Carlo, lui-même à Rome pour un travail de traduction — il s'agissait d'un document très épineux intéressant le Saint-Père en personne (d'anglais en italien, plus précisément, sur le capital et le travail, plus ou moins) — en était venu à jouer au bridge avec Sa Seigneurie, qui n'était guère plus que doyen alors. Aux enchères, bien entendu, le contrat n'ayant pas encore fait son apparition. Sur quoi, l'évêque proposa une séance de contrat, justement, pour le lendemain, après qu'il aurait prêché aux Britanniques et que Don Carlo aurait avalé un long petit déjeuner, une fois expédiés ses saints marmottements à Sainte-Dévote. Le contrat était le bridge de l'avenir ; il supplanterait totalement le jeu aux enchères. Avais-je lu l'article du révérend Causley, docteur en théologie, dans le *Times* ? Moi-même, jouais-je, à propos ? Aux enchères, oui, un peu. Vous viendrez très vite au contrat, vous verrez. Non, dis-je, hélas j'avais mon travail d'écrivain.

A minuit moins une, Don Carlo eut droit à un whisky bien tassé. Il le finit alors que, sous nos yeux, sur le cadran de nos montres synchrones, les deux aiguilles se rejoignaient. Comme quand sonne l'heure de la bataille, dit l'évêque. En avant, les gars, à l'assaut du dimanche, et bonne chance à tous !

— C'est une bataille, oui, dit Don Carlo. Une sacrée bataille.

Et il me regarda comme si j'avais porté la marque infamante de l'embusqué. Je faillis invoquer l'excuse de mon cœur.

22

Non, ce ne fut pas mon père ; ce fut ma mère. Je lisais et relisais le télégramme dans le train de jour dominical qui se traînait comme une chenille vers Paris Don Carlo ne m accompagnait pas : il avait une couchette de wagon-lit dans le train du soir *Mère gravement malade reviens immédiatement.* Cet appel bref et impératif ne pouvait signifier qu'une chose : que ma mère serait morte lorsque j'arriverais à Battle. *Bataille,* c'est une *bataille,* une *sacrée* bataille, rythmait le brimbalement des roues. Je pris un dîner tardif au buffet de la gare de Lyon, entouré d'un charmant décor Belle Époque. Je m'efforçais de refouler mon sentiment de culpabilité au fond de ma gorge en l'enrobant de gigot tiède dont nulle sauce à la menthe ne relevait l'insipidité. Ma main tremblait et je renversai du café sur ma cravate. L'influenza était une force vitale neutre qui suivait simplement son cours meurtrier ou alors un instrument du diable de Don Carlo, ou encore, plus probablement, un châtiment envoyé par l'Autre, le concurrent, parce que nous ne nous étions pas assez punis tout seuls avec cette guerre punitive. Dans ces conditions, ce n'était pas ma faute si ma mère était mourante ou déjà morte. L'essentiel n'est pas la mort ; ce qui compte, c'est la tranquillité de la mort. Ma mère mourrait dans le chagrin de mon apostasie, d'une perversion qui relevait à ses yeux du domaine du libre arbitre, et de la honte d'un exil sans doute qualifié par elle de wildien ou, si elle connaissait l'existence de l'abominable Bosie, de douglasien. Je l'avais trahie. Elle laisserait un message à mon intention sur son lit de mort, une lettre peut-être, supplique d'une mère agonisante pour implorer une promesse qui ne pourrait jamais être tenue. Bien entendu, j'espérais qu'elle serait déjà morte. Je ne voulais pas des yeux d'une mourante posant sur moi leur fantôme de regard et leur prière, plaidant, puis passant au mode de l'effroi et de l'horreur, pour se figer en une image que je serais bien forcé d'épingler, en quelque sorte, au-dessus de mon lit de perversion.

Je pris un taxi jusqu'à la gare du Nord et, de là, le train de bateau pour Calais. Le seul autre occupant du compartiment était un vieil homme ivre au-delà de toute décence, qui marmonnait des allusions incompréhensibles à la culpabilité des intellectuels. Vous considérez-vous comme un intellectuel ? Non, monsieur, je suis dentiste. Les dentistes aussi, me rétorqua-t-il, étaient des espèces d'intellectuels. Il n'y avait d'espoir que dans les gens simples, incapables de guérir eux-mêmes leurs maux de dents. La France dégringolerait la pente avant même la fin des vingt prochaines années, et pourquoi ? A cause de la trahison des intellectuels. Foyer, patrie, loyauté : trois mots qui ne souffraient ni analyse ni doute. La foi du charbonnier, voilà ce qui manquait. Conspuez les intellectuels.

Le bar de la malle de Douvres était ouvert. J'avalai du cognac pour tenir tête aux soufflets et aux bourrades de la Manche par ce cruel mois de février. Près de moi, un homme buvait une bière blonde ; il se préparait, me dit-il, à écrire un petit livre sur les animaux domestiques des gens célèbres. Il ne me déclina pas son nom ; je ne lui donnai pas le mien, de peur qu'il ne le connût. Il y avait une majorité de chiens, me confia-t-il. Boy, par exemple.

celui du prince Rupert, neveu de Charles Ier, mort comme son maître à la bataille de Marston Moor, à la satisfaction des gens de Cromwell, convaincus qu'il était l'incarnation d'un esprit du mal. Et Dash, celui de Charles Lamb, qui avait appartenu d'abord au poète Thomas Hood. Ou Math, qui déserta son maître, le roi Richard II, au château de Flint, pour s'attacher à l'usurpateur Bolingbroke. Ou encore Flush, l'épagneul de Mme Browning, terrifié par les grosses araignées vivant sous le lit crasseux de la poétesse. Flush ! Tirez la chasse.

Il n'y avait aucun moyen de transport direct de Douvres à Hastings. Je pris donc le train pour Victoria. Quelqu'un avait abandonné un journal du dimanche sur la banquette. Au fil d'une chronique de potins imbéciles, dans l'esprit dominical, je lus un calembour idiot sur la Paix qui, faute d'avoir les nerfs solides, était sujette à l'influx Enza. Le bilan de cette grippe dite espagnole atteignait des proportions alarmantes. Orchestres de jazz nègres, lus-je aussi. Le porc, pivot de notre économie agricole. La jupe courte, ô ma chère, de rigueur dans les boîtes de nuit. Un article sur un certain Ernest Allworthy, grand patron du mouvement ouvrier néo-zélandais : *E.A. le vrai maître de la N.Z.*, proclamait le titre. Influence de la familiarité née du temps de guerre sur les rapports après guerre entre servantes et maîtresses. Influence de la pénurie du temps de guerre sur l'ingéniosité culinaire après guerre. Influence de Hugh Walpole sur la jeune génération de romanciers après guerre. *Dis-le, Cecil* tenait toujours l'affiche.

Un ciel noir pleurait des larmes amères sur Londres. J'avais oublié le climat anglais. Je ralliai la gare de Charing Cross et pris un train d'avant l'aube pour Hastings, s'arrêtant à Battle. Je dormis si lourdement que je faillis rater ma destination ; heureusement une voix de cheminot clama Battle sous la pluie et je m'éveillai en sursaut, les oreilles pleines de *Bataille !* Je pataugeai dans le lundi ténébreux et, solitaire, trempé, pris le chemin du cabinet paternel et de la maison qui nous avait été commune. Dans la grand-rue, j'eus une sensation physique très étrange, comme si mes souliers n'avaient renfermé que de l'air, mais que, à l'emplacement normal du cœur, il n'y eût même pas eu cela. J'exhalais le souffle, sans le reprendre du tout. Une plume de feu fulgura dans ma chair, tout le long du bras gauche, de l'épaule au poignet. Je titubai jusqu'à la vitrine d'une boutique close, une boucherie du coin, et m'y accotai. C'était donc cela, la faiblesse cardiaque qui m'avait tenu à l'écart de la guerre. Même au milieu de ma panique, je le sentais bien, ce me serait un solvant utile pour diverses sortes de remords. Puis mon cœur reprit ses battements vigoureux, tel un timbalier qui, mystérieusement suspendu un instant par la main du chef d'orchestre, reprendrait le cours de la partition. La griffe de la douleur dans le bras gauche s'estompa, comme si elle avait été apposée à l'encre sympathique. Mes souliers refirent leur plein de chair et d'os et reprirent péniblement conscience des orteils. L'air s'engouffra de nouveau dans mes poumons qui laissèrent échapper un gémissement de soulagement, pareil au sifflement d'une boîte de conserve que l'on perce. Le tremblement de mes doigts chercha une cigarette, une Gold Flake achetée au bar du bateau, et l'alluma avec une Swan Vesta. J'inhalai profondément la délicieuse fumée, avec le sentiment fou que la vie était bonne pour moi : j'avais vingt-neuf ans, j'étais un homme jeune, un écrivain reconnu et j'avais toute une existence devant moi. Je pataugeai allégrement jusqu'à la maison paternelle.

Les stores étaient baissés ; les rideaux, fermés ; mais de la lumière filtrait par les interstices. L'entrée était allumée ; les pièces de devant aussi, toutes, y compris le cabinet dentaire. Je frappai et refrappai. Mes coups, j'en étais sûr, étaient entendus, mais volontairement ignorés pour l'instant. Un événement plus urgent que tout se déroulait à l'intérieur. Ma mère se mourait, j'arrivais à l'article même de la mort et l'on me laissait attendre dehors sous la pluie. J'interrompais la mort en frappant. Je faillis m'enfuir pour revenir plus tard, à une heure qui conviendrait mieux. Puis j'entendis venir ma sœur ; elle sanglotait mon nom. La porte tâtonnée s'ouvrit, et je serrai Hortense en pleurs contre moi, dans mes bras conscients des manches trempées de mon imperméable.

— Ken, oh ! Ken, s'écria-t-elle. Il y a à peine un instant. Elle a entendu le coup à la porte et elle a compris que c'était toi. Elle a essayé de vivre une minute de plus, mais elle n'a pas pu. Oh ! c'était affreux.

— A peine un instant ?

— Pauvre, pauvre mère, elle a tant souffert, Ken, c'était atroce

Ainsi donc, tout était fini. Non, je n'avais pas envie de la voir : elle n'était plus là, il n'y avait plus qu'un cadavre. Oh ! Ken, Ken. Mon père descendit l'escalier, visage gris, pieds de plomb, yeux secs, sans un mot de bienvenue pour moi, rien qu'un regard amer, comme à un mauvais fils. Et mon frère Tom était là, démobilisé les cheveux encore courts, dans un costume trop grand. Son chagrin s'exprimait par une quinte de toux qui ne finissait pas. Je l'embrassai en lui tapant fort dans le dos. Tous trois étaient habillés de vêtements de tous les jours, froissés. Ils avaient passé la nuit debout. Elle avait souffert. Après l'extrême-onction à 7 heures du soir, elle avait paru (car cela peut aller jusqu'à restaurer la santé s'il plaît à Dieu) se remettre quelque peu. Et puis, finalement, la pente fatale. Brown, le médecin, avait fait le maximum. Dans toute l'Angleterre, les gens étaient frappés et tombaient comme des mouches. Juste au coin de la rue, demeurait une Mme Levenson qui s'occupait de la toilette des morts : elle ne chômait pas, par les temps qui couraient. Il était trop tôt pour aller sonner chez elle. Trop tôt pour n'importe quoi, sauf pour faire du thé Nous prîmes tous place à la table de la cuisine, devant des tasses Hortense, Tom et moi fumant mes Gold Flake du bateau. Tom toussait. Avec la venue de l'aube mouillée, déjà nous nous accoutumions à un avenir privé, selon le cas d'épouse ou de mère. Telle était du moins ma pensée. Il y avait une question qu'il me fallait poser :

— Non aucune lettre répondit durement mon père C'est arrive

trop vite pour qu'elle ait pu penser à écrire quoi que ce soit. Mais elle a été très claire quant à ce que je dois te dire.

— Comprenez-moi, je ne pouvais pas... Même pour elle. L'âme... notre âme... elle appartient à chacun de nous. Je n'aurais pu aller jusqu'au bout du mensonge. Même pour elle, non.

— L'âme ? Ce n'est pas seulement l'âme, que je sache ?

— Que voulez-vous dire ?

— Rien, ce n'est pas le moment. Pas en présence des enfants. Et avec elle là-haut, dans ce lit.

— Elle n'est plus là-haut dans ce lit, dit Tom. Elle est au purgatoire ou ailleurs. A peine débarrassé de sa charge de souffrance, on est bon pour tendre le dos à la suivante ! Seigneur, existe-t-il autre chose que la souffrance ?

— Toi aussi ? demandai-je.

— Lui aussi, oui, dit mon père, pour ce qui est de *cela* en tout cas. Je maintiens que c'est la guerre, je maintiens que cela passera. Nous attendions la paix, et voilà ce que nous avons ! Mais nous nous en remettrons, tous.

Hortense alla prendre des biscuits dans le placard.

— La haine de Dieu est chose courante en ce moment, dit-elle. (Mince, jolie, très femme maintenant, elle était vêtue de vert pâle qui restait élégant, même froissé, tombait jusqu'aux chevilles et offrait un décolleté bateau du dernier chic.) Je ne peux croire Dieu assez stupide pour en être surpris. Mais mère n'a jamais eu de haine, oh ! non. (Tout en sanglotant farouchement, elle enfourna la moitié d'un biscuit Garibaldi.)

— Ce n'est pas de l'incroyance, dit Tom. Il faut qu'il y ait un Dieu, cela tombe sous le sens. C'est de la haine, voilà tout. Mais on s'en remettra, comme *il* dit. (L'accent sur le *il* semblait hostile, fort peu filial en tout cas.) « Les enfants », comme il dit aussi, reprit-il. Un dont on a fait une sorte d'expert en gaz asphyxiants. L'autre, séduite par son prof de dessin !

— Non, non, non, protesta Hortense. Il a essayé, c'est tout. L'ironie du destin, tu sais, m'expliqua-t-elle. Comme mère n'aimait pas mes religieuses allemandes, elle m'avait mise à l'école française de Bexhill. Mais tout cela est fini à présent.

— Bref, dit Tom, les « enfants » savent tout sur ton compte, Ken. Nous ne sommes pas scandalisés. Nous appartenons à la génération nouvelle, imperméable au scandale.

— Tu veux dire qu'elle l'encourage, dit mon père. Tous des dénaturés, oui !

— C'est votre foutue génération de gens *normaux* qui nous a valu la guerre, dit Tom.

— Je t'interdis de me parler sur ce ton.

— Oh ! pour l'amour du ciel, dis-je. Ce n'est pas une façon de se conduire.

— Je crois que nous avons tous besoin de repos, dit mon père Je vais aller m'étendre une petite heure.

— Allons, allons, père, dit Hortense Pourquoi ne dites-vous pas la vérité à Ken, sur Mme Scott ?

— Lydia Scott répliqua mon père, s'est montrée une excellente amie

— Mme Scott, poursuivit Hortense, est destinée à devenir la seconde Mme Toomey.

— Je n'ai jamais dit cela, se défendit faiblement mon père.

— C'est une de vos patientes ? demandai-je. Est-ce vrai ? continuai-je sans attendre de réponse. Mère à peine froide dans son... Non, non, pas de clichés. Je vois. Cela dure depuis quelque temps, je pense ?

— Il est des choses dont un homme ne peut se passer, dit Tom. Visiblement il citait mon père, qui le foudroya du regard.

— L'intimité du cabinet dentaire, dit Hortense. « Chère madame, il va falloir extraire cette dent de sagesse barrée ; cela n'ira pas tout seul. »

— Comment osez-vous ? (Mon père était tout tremblant.) Vous n'avez pas le droit ; c'est...

— Veuve ? demandai-je.

— De guerre, compléta Hortense, serrant à deux mains sa tasse de thé. Le brave commandant Scott est tombé très tôt. Sur la Marne ou la Somme, je ne sais où.

— Je ne permettrai pas...

— Pourquoi non, pourquoi pas ? dis-je. Il y a des hommes qui ne peuvent se passer du mariage.

— La décence interdit certaines choses, dit Tom, guindé.

— Oh ! pour l'amour de Dieu, pas de cela, Tom, dis-je. La vie doit continuer, ou reprendre, je ne sais quel est le mot.

— Ni moi ce qu'est la vie.

— Je vais m'allonger dans la chambre d'ami, dit mon père se levant d'un air las. *Ta* chambre, amenda-t-il à mon intention. Du moins ce qui l'*était*.

— Je vois, dis-je de nouveau. Ainsi, c'est la fin de la famille ?

— Je n'ai jamais dit cela ! (Ton irrité.) Hortense, tu ferais mieux d'aller quérir Mme Levenson. Et toi, Tom, téléphone à Brown. Il faut obligatoirement un certificat de, de...

— Décès, décès, décès, décès, acheva Tom. (L'intonation évoquait plus ou moins le carillon de Westminster.)

— Vous avez tous le cœur comme de la glace, dit mon père.

— Oh ! comme de la glace, oui, s'écria soudain Hortense.

Et elle éclata bruyamment en sanglots. Mon père fit mine de tendre des bras consolateurs, puis secoua la tête et s'en alla d'un pas traînant.

— Excusez-moi, dit Hortense, s'essuyant les yeux avec une serviette à thé.

— Bon, eh bien, dis-je, ça ira de son côté, vous croyez ?

— Des choses dont un homme ne peut se passer, répéta amèrement Tom. C'est tout ce qu'il a trouvé à me dire, quand je les ai pris sur le fait.

— Sur le *fait* ?

— A s'embrasser, c'est tout. Je suis sûr que mère était parfaitement au courant. Elle n'était pas bien, tu sais. Il n'y avait pas que cette fichue épidémie

— Le sexe, dis-je, peut être une foutue source d'ennuis. J'en sais quelque chose. Et ce n'est pas fini. Bien. Et maintenant ?

— Je ne resterai pas, dit Hortense. Je ne veux pas d'une marâtre. Je trouverai du travail quelque part.

— Tu es mineure, dis-je. Et de quelle sorte de travail es-tu capable ?

— Oh ! je peux très bien suivre un de ces fameux cours, tu sais « secrétaire et dactylo en six semaines ». Ah, mais, reprit-elle aussitôt, tu n'as pas besoin d'une secrétaire ?

— M'est avis, dis-je, que je ferais mieux de vous ramener avec moi tous les deux. Histoire de vous changer de ce climat. De prendre le temps de la réflexion.

— Pour moi c'est tout réfléchi, dit Tom. C'est réglé. Cela s'est fait tout seul, pour ainsi dire. Par la magie de ton nom, en réalité ! « Seriez pas parent avec l'autre, celui qui écrit des pièces de théâtre ? » J'ai dit que si. Alors on m'a demandé de montrer un peu ce que je savais faire ; et comme ça, tout de go, je leur ai débité le premier truc qui m'est passé par la tête. Sur Henry VIII et ses femmes. Il paraît que c'était drôle.

— De quoi s'agit-il exactement ?

— D'un spectacle de variétés. Le titre est *Rencart Avec Mes Chéries.* Et il y en a un second : *Rempile Albert, Marie Cramponne.* Celui-ci est un peu une suite de l'autre, mais on peut aussi bien les jouer en même temps, avec deux troupes différentes.

— L'astuce, ce sont les initiales, m'expliqua Hortense. R.A.M.C. *Royal Army Medical Corps,* Services de Santé de l'Armée Royale traduisit-elle.

— Écoutez, j'ai peut-être été un sale embusqué de civil...

— Nous ne sommes pas les seuls à faire cela, dit Tom. Il y a les Coqs. Et aussi une troupe australienne : les Girls. L'idée, c'est que les embusqués n'auront rien de plus pressé que de courir voir un spectacle comme ceux qu'on donnait sur le front. Et les anciens combattants aussi. A condition que ce soit fait par des professionnels, bien sûr. Et de première qualité, autant que possible. Notre gars à nous, Jack Blades il s'appelle, nous l'avons eu comme sergent-major et il était déjà dans la partie avant la guerre. La tournée démarre le 21 mars. Pour l'été, nous sommes très demandés sur les plages à la mode.

— Et qu'est-ce que tu fais ? Tu t'avances sur la scène et tu débites tes trucs, c'est tout ?

— C'est-à-dire que non, il y a des sketches. Des numéros chantés. Je suis plutôt un comique, comme on dit, dans le genre léger.

Oui, c'était assez cela. Je le regardai : mince, blond, fragile, la voix légère et placée très en avant. Mon frère Tom, comique léger.

— Tom Toomey, Tommy Toomey, lequel préfères-tu ? demanda-t-il.

— Oh ! le second, sans hésiter.

— C'est aussi l'avis de tous les autres.

— Eh bien ! dis-je en tendant une fois de plus à la ronde mes Gold Flake. Qui l'eût cru ? Deux d'entre nous dans le théâtre. Mère eût aimé quelque chose d'un peu plus digne, dans le style français. J'ai toujours eu l'impression que, pour elle, l'extraction des dents n'était pas une profession très sérieuse. La médecine, oui, pour moi, et pour toi le droit. Et voilà où nous en sommes.

— Le mariage, dit Hortense. Ça, c'est une idée bien française. Tu ne le croiras pas, mais il y a tout ce qu'il faut pour cela, même une dot qui fait des petits, en attendant, à la District Bank de la Grand-rue. Mère a toujours été convaincue qu'une dot est un produit de première nécessité. Mlle Chaton, elle, dit que les temps de l'amour libre sont proches.

— A ta fameuse école de Bexhill ?

— Pauvre mère ! Dans son esprit, c'était forcément un endroit bien, du moment que c'était français. Et toutes nos profs étaient là, à nous expliquer que Dieu n'existe pas et que nous devions nous libérer. Est-ce que tu as lu des choses de D.H. Lawrence ?

— L'amour libre, dis-je avec force, est incompatible avec les réalités de la biologie. Je parle de l'amour hétérosexuel, naturellement.

— Au fait, dit Tom, et si tu nous parlais de l'amour homosexuel, maintenant ?

— Cela t'a fait un coup ?

— Et comment ! Évidemment. Et c'en a été un autre, d'apprendre que notre innocente sœur était déjà au courant et que, elle, cela ne lui faisait ni chaud ni froid.

Il y eut un gémissement à l'étage.

— Ah ! mon Dieu, dis-je, la Gold Flake s'échappant presque de mes doigts. Elle est... !

Puis je me souvins que notre père était là-haut, où il commençait à s'effacer de notre existence à tous les trois. Hortense dit :

— Je ferais mieux d'aller chercher Mme Levenson.

J'ai déjà raconté que Tom, de toute sa carrière, ne fuma que trois cigarettes. La première, dans les pissotières de l'école, à quatorze ans. Les deux autres, provenant de mon paquet de Gold Flake acheté au bar de la malle, à cette occasion — pour la mort de notre mère et l'éclatement de la famille.

23

Hortense revint à Monaco avec moi. Ce fut seulement alors que le train approchait de Nice et que l'excitation de la découverte de la Côte d'Azur lui dorait les joues, que je me pris à m'interroger sur la bienséance de sa présence permanente dans un appartement où un artiste italien, donc émotif, déambulait parfois nu en préparant notre café matinal et, de temps à autre, urinait sans fermer la porte des lieux d'aisance. J'avais envisagé la double visite de Tom et d'Hortense et, pour celle-ci, la protection de deux frères contre les concupiscences méridionales possibles, sans songer forcément à Domenico. D'ailleurs, Domenico était constamment sur le point de partir pour Milan, afin d'aller voir Merlini au sujet de *I poveri ricchi*. La partition vocale était achevée et déjà recopiée par un copiste professionnel de Cannes, du nom de Pécriaux, avec le texte anglais et toscan dûment en place sous les portées, en belle écriture typographique, l'exquise et patiente calligraphie s'étendant jusqu'au choix des liaisons et suppléments de notes nécessités par le bilinguisme. Et puis, Domenico n'avait pas besoin de rester là — sa participation aux frais courants était minime — pour terminer l'orchestration. Dans un jour ou deux, répétait-il sans cesse, il prendrait le chemin de Milan. Pourtant il différait, peut-être parce que, comme la plupart des artistes, il craignait d'abandonner son art aux mains et à la froideur d'un simple intermédiaire, peut-être aussi par peur d'une confirmation possible de ses propres doutes quant à la valeur de cet art et à son efficacité, dès lors qu'il se trouverait orphelin de père, déshabillé. ausculté par des mains étrangères dont l'indifférence est la fonction. Nous nous sentions bien ensemble, tous les deux, telles deux futures mères à différents stades de la gestation, avec nos progénitures artistiques non encore prêtes à affronter la lumière et l'air extérieurs. Une fois par semaine, ou même deux, il allait se divertir dans un *casino* de Vintimille ; mais, cependant que notre train entrait en gare de Monte Carlo, j'imaginais d'ici, avec une extrême lucidité, sa réaction à la présence, dans l'appartement, d'une ravissante petite Anglo-Française, à demeure, en vacances et aspirant également pour sa part à une diversion.

J'avais prévu juste. Tout y fut : les magnifiques yeux fondant d'admiration, prompts à se mouiller à l'audition de nos mauvaises nouvelles — mort d'une mère, mort de notre mère, *O Dio mio*, pour un Italien apprendre la mort de la mère d'un autre fait naître l'image terriblement vivace de la perte de sa propre mère, Dieu fasse que l'aube ne se lève jamais sur le jour d'une telle éventualité — et puis la caresse des mains sur les draps frais extraits de l'armoire à linge du couloir pour pavoiser le lit ; et ensuite le dîner au Vesuvio, c'est moi qui invite, j'ai reçu le chèque de ma mère (*madre, madre, O Dio mio*) : lasagno, steaks au poivre, cassata, bardolino, grappa.

— Votre frère, dit-il, les yeux humides et brillants à la lueur des bougies, est aussi le mien.

— C'est gentil, dit Hortense. (Elle souriait et rayonnait doucement la chaleur du vin, de son front très charmant avec sa légère étroitesse, jusqu'à son décolleté croisé en *V*.) Sœur Gertrude. poursuivit-elle, avait un mot pour cela : *Kunstbruder*. Frère en art, vous savez. Vous deux, les garçons, bossant ensemble à votre art.

Elle n'était qu'une jeune fille, mais elle avait ce dédain moqueur et affectueux dont témoignent souvent les femmes, procréatrices de vrais enfants, pour les hommes qui se donnent des airs à propos de leur subrogée progéniture : livres éreintés ou sonates boitillantes.

— Mes vrais frères, dit Domenico, rient de ma musique.

— Des Italiens rire de la musique ? Seigneur, moi qui croyais que ce peuple n'avait pas son pareil au monde pour l'aimer !

— Les Italiens, répondit Domenico, sont durs d'oreille.

— N'ont pas d'oreille, corrigea Hortense.

— C'est ce que j'ai dit.

— Non, vous avez dit : durs d'oreille.

— Bon, eh bien ! mettons les deux : durs de l'oreille qu'ils n'ont pas. Pour qu'ils entendent la musique, il faut qu'elle fasse beaucoup de bruit. Et elle ne leur plaît pas si elle n'est pas très sexuelle. (Énorme, l'audace de ce mot, en 1919, venant d'un homme qui s'adressait à une jeune fille dont il n'avait fait la connaissance que trois heures plus tôt.) Je parle des duos d'amour. *La Bohème. Butterfly.* (Et il y alla, assez lamentablement, d'une ou deux mesures de Pinkerton à la fin de l'acte I.)

— Les compositeurs sont incapables de chanter, déclara Hortense. A croire qu'ils n'ont même pas l'oreille dont ils sont durs. Sœur Agnès nous faisait souvent une imitation de Beethoven chantant *Küsse gab sie uns und Reber einen Freund geprüft im Tod.* (Mais, elle-même, elle le chanta de façon délicieuse, avant de passer à une sorte de grondement rauque et monocorde, les sourcils froncés et la lèvre faisant lippe.)

— Vous devriez entendre Carlo chanter la messe, dit Domenico. Il aboie.

Et il tourna vers Hortense un regard d'adoration canine — stratagème usé, mais qu'elle était trop jeune pour connaître, à moins que son prof de dessin... Il fallait vraiment que je l'interrogeasse sur ce professeur d'art.

— Vous savez danser ? demanda Hortense.

— Oh ! je connais toutes les danses les plus nouvelles, dit Domenico sur un ton de feinte vantardise. Le bunny hug, le turkey-trot, le castle walk...

— *Y a du jazz-band le jour la nuit, y a du jazz-band partout,* chanta Hortense, avec la même exquise douceur qu'elle eût mise à *L'ode à la joie.*

— *Le jour la nuit,* reprit Domenico. L'addition, s'il vous plaît. (Et il tira une liasse de billets, du geste machinal et blasé de l'homme qui est habitué à payer toutes les notes — ce qui était faux.)

On dansait au Louisiane, non loin du casino.

— Ah ! le fameux Casino, dit Hortense comme nous descendions de taxi.

— Ce mot, dit Domenico avec une ombre de sourire salace, n'est pas de ceux que l'on emploie poliment en Italie. Un *casino,* vous savez, c'est une petite maison.

— Par exemple, dis-je brutalement, une petite maison à Vintimille

Avertissement peut-être prémature — tout avertissement constituant en soi une forme d'encouragement — et auquel Domenico répondit par un autre, de son cru, étincelant de blancheur carnivore, et, puisque encouragement il y avait, d'une chaude lubricité.

— Vous voulez dire un bordel ? lança, claire, la voix innocente et juvénile d'Hortense. Je vois, ajouta-t-elle, les yeux sur la joliesse rococo de la façade. C'était donc cela, en réalité ? J'ai lu un article, je crois que c'était dans les *Illustrated London News*, sur Mata Hari qui venait ici avec l'autre, la Belle je ne sais plus quoi, celle qui était couverte de bijoux sans rien dessous. Alors, le jeu n'est jamais qu'un... aide-moi, voyons... !

— Prétexte ? dis-je. Non, erreur. C'est une des différences dans les usages, entre la France et l'Italie.

— Mon saint homme de frère a eu une chance folle dans cet établissement, dit Domenico. Le *casino* à la française n'est pas interdit aux saints hommes.

Je n'aimais pas ce genre de conversation. Il fallait absolument fourrer au plus vite Domenico dans son fichu train de Milan. Et ce ne serait pas du goût d'Hortense, livrée droit, à peine sortie de la froide Angleterre, au sourire de dents méridionales et courtisée à la mode latine par un musicien italien de belle mine et de bonne famille — encore heureux qu'il fût nanti d'un frère prêtre, sans doute au moins n'irait-il pas trop loin, et qu'elle aussi en eût un, de frère, et quel ! non seulement un rabat-joie, montant lugubrement la garde sur sa vertu, mais un homosexuel avec ça, alors je vous demande un peu de quel droit, etc., etc. Nous descendîmes l'escalier menant à la boîte de nuit.

— Bonté divine ! dit Hortense. Un vrai nègre pour faire Louisiane !

Mais le Noir du petit orchestre n'était, d'après ses traits, qu'authentiquement sénégalais : il jouait de son cornet à piston comme un clairon de la Coloniale de son instrument. Le saxophoniste, le pianiste, le banjoïste et le batteur étaient des Blancs. Ils avaient devant eux leur partition : c'était du ragtime commercial ou dilué, non du vrai jazz. Le banjoïste chantait, dans un américain francisé, un vieil air de W.C. Hand, *The Saint Louis Blues* :

I love that gal like a schoolboy loves his pie,
Like a Kentucky colonel loves his mint an' rye,
I'll love ma baby till the day I die.

— Dansons, dit Hortense à Domenico.

Et ce fut à moi que revint le soin de commander trois bières. Le décor de la boîte était blanc et noir, comme si l'artiste avait étudié les illustrations de la revue de Wyndham Lewis, *Conflagration*, en 1915. Le motif semblait inspiré de gratte-ciel de Manhattan stylisés, prêts à basculer. Age Moderne, Age du Jazz — nous nagions dedans, maintenant. Il y avait un Américain bruyant avec deux filles du cru. C'était un gaillard qui se proclamait natif de Cincinnati, dans l'Ohio, rond sur les bords et haut du ballon — O, hi, o — résidu, probablement, du corps expéditionnaire envoyé par sa nation en 1917 aujourd'hui branché sur un trafic quelconque peut-être les surplus de singe de l'armée, et dépensant libéralement. Il cria à l'orchestre de jouer *The Darktown Strutters' Ball* et les musiciens s'exécutèrent. Il chanta :

Remember when we get there honey
The twosteps I'm goin' to have 'em all.

Il décida de relayer Domenico auprès d'Hortense ; mais Domenico ne l'entendait pas de cette oreille et Hortense, tout en dansant, dit :

— Allez vous rasseoir gentiment comme un petit garçon bien sage.

— Youpi ! fit l'homme de Cincinnati. Pettite gââçon bieen saige.

— C'est bon, lui dis-je, suffit.

Il était à trois tables de la nôtre et feignit de ne pas avoir bien entendu la semonce. Il singea un vieillard sourd, grosse main rougeaude en cornet autour de l'oreille, et dit :

— Vous avez fait une remarque, mon ami ?

— Je vous ai prié de cesser ce jeu.

— Il me semblait bien, dit-il, s'avançant à petits pas chancelants. De la pisse de truie, reprit-il, penché sur nos verres de bière et faisant mine de les balayer du geste. Gââ-songue ! cria-t-il, Ouiski toutte souite pôour cette bôouche d'égôout. (Le garçon ne bougea pas.) Mangëeurs de grenôouilles, poursuivit l'homme à mon intention en renversant une chaise, mais en se posant sur une autre. Nôous avons versé dou bongue sangue rôouge pouur ces salâauds, chassé les Bôches dou foutou pays des Grenôouilles, et qu'est-ce qu'on nôous donne en échaange ?

— Surveillez votre langage, dis-je. Ma sœur n'est pas habituée à ce genre de mots.

— Votre sôour ? Vous avez sôour ?

Il pivota sur son siège pour considérer Hortense, puis revint à moi et, après une mimique qui était une imitation pénible d'un maître d'hôtel recommandant, doigts en grappe sur les lèvres et bruit de baiser, une spécialité de la maison, il reprit dans sa langue :

— Ah, ah ! compliments. Charmant petit cul. Fait pour le shimmy, hein ? Voyez-moi ça se trémousser, ouaouuu ! fit-il à la manière d'un chien. Anglais, hein ? continua-t-il. Dites donc, tout britanniques que vous êtes, vous en avez mis du temps, vous et vos compatriotes, à faire cavaler les Boches ; je le dis bien haut à la face du monde, ouaouuu ! Gâçongue, ouiski toutte souite.

Le débordement de son gros bras balaya un verre plein qui tomba et se brisa dans un éclaboussement de bière. Ce fut alors que Domenico, plantant là Hortense sur la piste, s'approcha, souriant de sa belle bouche italienne. L'instant d'après, il révélait un trait que je n'avais jamais soupçonné en lui, tout en sachant que c'était un aspect du protectionnisme cher aux gangsters italiens — savoir : la violence, pure, professionnelle, musicale en quelque sorte C'est-à-dire que, sur un rythme toute pureté, économie, rapidité, il zébra par trois fois, de sa dextre baguée, le visage du bovin de l'Ohio, battant une seule mesure de mazurka au ralenti. Surpris, le Cincinnatien (dont la ville doit son nom à Lucius Quinctius Cincinnatus, général romain de grande et simple vertu) leva vers Domenico un visage bouche bée, tandis qu'un éclatement de rouge lui dessinait un *H*, barrant sur la lèvre supérieure les jambages des joues.

— Et maintenant, dit Domenico, nous partons. Le monsieur américain paiera, ajouta-t-il à l'adresse du gérant moustachu, chauve et inquiet qui accourait pour mesurer l'importance de l'incident.

Et sur ce, nous nous retirâmes. Les yeux d'Hortense brillaient de bonheur et, pour Domenico, d'admiration. Qu'était la pauvre, glaciale et sinistre Angleterre à côté de cela — et il n'y avait guère plus d'une demi-journée qu'elle était là ! Elle avait envie de continuer à danser ailleurs, dans un endroit où il y aurait peut-être encore des Américains grossiers, bons à se faire balafrer par Domenico ; mais je dis non, à la maison. Là-dessus, juste devant un bar appelé le Palac (nom qui pouvait aussi bien être anglais, privé de son *e* muet par apocope accidentelle, que serbo-croate — et signifier dans ce cas : pouce), la chance m'offrit l'occasion de mettre un terme, à mon tour, à une entreprise de brutalité. Un jeune homme blond vomissait sur le trottoir, et deux agents de la police monégasque le bousculaient sans ménagement, lui enjoignant de cesser de vomir en public ou de les accompagner, avec ou sans vomissements, au poste et au violon. Le jeune homme répondait, très anglais :

— J'ai dit que j'étais désolé, bon Dieu, écoutez, ce n'est vraiment pas le genre de chose qu'on arrête à volonté, j'ai dû manger quelque chose, du poisson, je ne sais quoi, ô mon Dieu, voilà que cela recommence !

Et il recommença. Ce que faisant, il fut martelé de coups de poing à l'épaule par un des agents, tandis que l'autre riait. J'accourus aussitôt avec mon bon français maternel, à la stupéfaction des policiers. Comment osaient-ils, ils ne savaient donc pas qui était ce jeune homme, un ami personnel de Son Altesse Sérénissime et ainsi de suite.

— Où demeurez-vous ? demandai-je au jeune homme.

— Dans un village du Berkshire que vous ne connaissez probablement pas. Quant à ma résidence, ici je veux dire, c'est l'hôtel en haut de la colline, là, l'Immoral, non le Balmoral, mauvaise plaisanterie, tout ce qu'il y a de plus moral, en réalité, ô mon Dieu, ça y est, ça repart.

Ce qui fit que je lui soutins le front. Quant aux agents, ils signifièrent par gestes qu'ils me l'abandonnaient, à charge à moi d'en débarrasser la rue, regardez-moi un peu le gâchis sur le trottoir de ce lieu de distraction pour les riches, dégoûtant (ils firent le geste de retrousser une robe longue), mauvais pour la réputation de la ville : puis ils me saluèrent et s'en furent au pas.

— Toutes mes excuses pour l'ensemble, dit le jeune homme. Je m'appelle Curry, ajouta-t-il en tendant la main pour serrer la mienne, pendant que, peut-être sous le stimulus particulier de son nom, la pompe se réamorçait, et puis, plaf ! inondation.

– Écoute, dit Hortense, tant qu'à faire le bon Samaritain, tu ne crois pas que, Domenico et moi, nous pourrions aller danser quelque part, et tu nous rejoindrais ?

— Je vous retrouve au bar de l'Hôtel de Paris, répondis-je.

Pas à la maison, cette fois, ô Seigneur non, pas ces deux-là tout seuls à la maison, surtout pas ! Ils partirent donc, bras dessus bras dessous, beau couple, suprêmes.

— Comment vous sentez-vous ? demandai-je au jeune Curry. Mieux ? Capable d'essayer de grimper la colline ? Respirez fort, allez-y, vraiment fort.

— Vous savez, c'est terriblement chic, de votre part. C'est ce fichu poisson que j'ai mangé, du loup ou je ne sais quoi... « Loup y es-tu ? »... ô mon Dieu !

Mais il ne semblait plus y avoir grand-chose à restituer. Debout, très droit, il huma vivement l'air marin.

— Ça va mieux, je crois. Mais le loup est toujours là, voltigeant dans l'ozone, je le sens, ce sacré... euh, comment dit-on *werewolf* en français ?

— Loup-garou. Vous *savez*, les deux agents continuent à regarder. Vous pouvez marcher droit, plus ou moins ?

Je le pris par le coude gauche et me mis à trembler. La première chair mâle, le premier os en tout cas, que je touchais depuis, ah ! doux Jésus...

— Inutile d'accuser le loup expressément pour moi, dis-je. Vous n'avez pas ingéré que du loup, ce soir.

— Louuuuuu-garouuuuu. Ah ! parfait, ce mot. Très bien, donc demi-tour droite, au trot et magnez-vous le chose. (Et nous voilà partis.) Mon nom, reprit-il, est, mais mieux vaut ne pas le dire, fichument fâcheux parfois, déteste ça, une horreur, sale camelote indienne.

— Je le connais. Cela fait penser aussi à Rome, l'antique et la vaticane.

— Ah ! Vous savez, hein ? Intéressant. Connais pas le vôtre, moi.

Il était beau, d'une beauté fluette ; très blond, mince, souple ; élégant dans son costume de serge grise sans une tache de vomi ; le vomisseur propre, le contraire d'un citoyen de Glasgow la nuit du Nouvel An.

— Faudrait vraiment que je sache votre nom, reprit-il. (Je le lui dis.) Ah ! ça me plaît. Rime avec gourmé. Non, gourmet... mets, entremets. Oh juste ciel ! (Il eut un haut-le-cœur à vide.)

— Respirez. Fort. Vous voyez, nous y sommes.

Pas un chat dans la petite entrée-salon de l'hôtel. Il s'affala, fini, vidé, mol et délié, comestible dans un canapé mou. Je m'assis avec plus de raideur et dis :

— Vous êtes seul ici ?

— Orphelin, dit-il. Seul au monde, à part des tantes et des vieux machins qui se fichent de moi comme d'une guigne chinoise. Viens juste de décrocher ma majorité ; donc, sur le plan administratif, pas de problème. (Il fit un pied de nez ivre à un personnage invisible.)

— Moi, je suis à moitié orphelin, dis-je. Enterré ma mère il y a quelques jours. Grippe espagnole, vous savez.

— La mienne, dit-il fièrement, s'est fait occire dès le second mois de la guerre. Elle était infirmière dans les Volontaires du Secours aux Blessés. Une bombe sur l'hôpital à l'arrière des lignes, près de Maubeuge. Le paterfamilias a eu plus de chance. Une chance folle, même, jusqu'à Amiens, il y a moins d'une année. Sir James. Ce qui fait que je suis, humblement et sincèrement, votre sir Richard.

Il plastronna un instant, puis s'écroula de nouveau, mollesse fragile et lasse.

— Ah ! fis-je, baronnet.

— Sir Dick, baronnet. Nom à tiroir. Dites, j'ai la bouche comme, euh... une cage à perroquet mal tenue. Un peu de Perrier, d'Evian ou autre ne me ferait pas de mal. Eau minérale ! cria-t-il au personnage solitaire réapparu derrière le comptoir de la réception, et qui écrivait. Vous avez ?

L'homme haussa les épaules, montra du menton la pendule de l'entrée et, du bras, le bar fermé, les placards bouclés, puis revint à ses écritures.

— Oh ! bon, j'en ai là-haut, un fond, dit sir Richard Curry, baronnet. Dans ma sombre chambre.

La vue des griffonnages de l'homme, le souvenir de ses rimailleries, puis de mon nom, le fit se retourner soudain vers moi avec un petit regain de vigueur, pour lancer :

— Ah ! çà, vous avez bien dit : Toomey ? Vous êtes le Toomey qui écrit des trucs et des machins ? *Ce* Toomey-là ?

— J'ai écrit des trucs et des machins, oui. Kenneth M. Toomey, auteur dramatique, romancier et autres stupidités, oui.

— Ah ! *ce* Toomey-là, hein ? Et pas je ne sais quel poseur de Moâ-Je le bon Samaritain et autres calembredaines ? Dites, c'était chic de votre part ; je ne l'oublierai pas.

— Vous êtes ici pour longtemps ?

— Je songeais à partir pour Barcelone. Dites, j'ai lu un de vos trucs, vous savez, avec tout plein de lourdes chevelures, de seins opulents et de lèvres qui ne peuvent plus se détacher de, de, pouah ! Saleté de louuup-garouuu ! Je remâche encore le goût de cette infection.

— Pour moi aussi, ces choses ont mauvais goût, dis-je. C'est celui du public. La loi interdit à certains d'entre nous d'être sincères avec eux-mêmes, si vous voyez ce que je veux dire.

Il voyait parfaitement. Ses yeux verts, lumineux bien qu'un peu injectés de sang, me jaugèrent de dessous une boucle blonde retombée.

— ... « Qui n'ose pas dire son nom », si vous me comprenez. (Oh ! il comprenait parfaitement.)

— Vous vivez ici, vous ? demanda-t-il Villa au bord de l'eau chauffeur et apéritifs sur la terrasse ?

— Rien de tel. Absolument rien de tout cela Pas encore Dites, pourquoi ne faites-vous pas une bonne nuit ? Ensuite, peut-être pourrions-nous bavarder un peu demain, si vous vous en sentez Déjeuner, si cela vous chante. On peut déjeuner agréablement.

— Pas drôle, la salle à manger, là en bas. Mais tranquille. Vous retrouve vers 1 heure, si vous voulez, et nous déciderons. Pas de louuup-garouuu, en tout cas. Et, mis à part « M. Toomey », comment dois-je vous appeler ?

— Oh ! Ken fera très bien l'affaire. Tout le monde m'appelle ainsi.

— « Quand une nouvelle planète entra dans son... » Parfait, va pour Ken, Ken. J'ai un petit flacon de, là-haut... Bien, bien, je n'insiste pas, l'idée ne plaît guère, visiblement. « Allez, en route mauvaise troupe, au lit, monsieur ! » comme disait toujours mon pater. Il est dans le Berkshire, le lit. Sacrée fichue baraque : énorme, morne, gourmée. Devient une manie, la rime ; plus fort que moi. Gourmée, oui, pas si mal. A demain, alors.

Et il se leva. Nous nous serrâmes la main — moi, saisissant et retenant chaleureusement la sienne, lui, l'abandonnant, molle, comme désossée. Puis je me souvins que Domenico et Hortense étaient au bar de l'Hôtel de Paris et que, en m'attendant, mon Italien, sur la piste de la séduction, s'employait à soûler ma sœur. Je laissai donc sir Dick gagner seul l'ascenseur.

Hortense buvait une crème de menthe frappée et riait trop fort Domenico lui racontait je ne sais quoi de drôle. Or, à ma connaissance, il n'avait pas d'histoires drôles dans son sac. A mon approche de leur table, ils cessèrent de se regarder — ils étaient assis côte à côte sur la banquette de velours rouge — pour tourner vers moi un regard plein de ce que j'eusse, dans mes œuvres d'alors, qualifié d'affectueuse dérision. Ou si l'on préfère : plein de la dérision de l'hétérosexualité complice, celle de deux jeunes gens sensibles au charme qu'ils exercent l'un sur l'autre — bien que... non, *jeune* soit ici trop vague et dangereux : Hortense n'était encore qu'une gamine et Domenico, sans attaches, ne pouvait que courir la femme — tous deux étaient forcément encouragés aux hardiesses par leur connaissance partagée de ma déviation sexuelle, source courante de plaisanterie sale (et rien de tel que la plaisanterie grasse pour engendrer la privauté). Bien entendu, je savais aussi ce que je faisais et je voyais le côté désespéré de ma propre situation : proposer une aventure en chambre à l'hôtel, ce qui signifiait voler du temps à la garde que je devais monter pour empêcher la possibilité, non, la probabilité, non, la certitude de manœuvres importunes de Domenico visant Hortense.

— Une cuillerée d'huile, un verre de vin, dit-elle crûment à ce moment-là.

Puis elle hoqueta comme un personnage d'illustré comique français : *hick*. Domenico fut ravi de lui tapoter le dos, qu'elle écarta de la banquette pour lui permettre de mieux opérer.

— Tu n'as pas l'habitude, Hortense dis-je gentiment. Rentrons à la. (Impossible de dire *maison*.)

— Oh ! toi. Le bon, *hick*, Samarit.. *hick*. Le meilleur remède c'est de danser. Re *hick*, tournons à cet endroit.

— Au lit, ma chérie. Et moi aussi. La journée a été longue pour nous deux.

— La danse des draps, je vois, *hick*. Ils font *quoi* ensemble, les hommes ?

— Cela suffit, Hortense. Vide ton verre et nous partons. (Et puis, comme elle hoquetait à en perdre haleine :) Bois à petites gorgées, neuf petites gorgées, en retenant ta respiration.

Domenico battit gravement la mesure à neuf noires, en italien, et dit : « *Brava !* » quand elle releva le nez, à bout de souffle. Elle s'emplit les poumons à peu près au même rythme que sir Richard Curry, baronnet, peu auparavant.

— Gagné. Fini. *Hick*. Zut !

Néanmoins elle se leva, prête à partir, et Domenico m'obéit aussi avec une feinte docilité et des mines de cadet complice d'Hortense par l'âge et se pliant comme elle aux sévérités du grand frère. Cela avait quelque chose d'incestueux.

— *Hick*, crotte de hoquet !

— Hortense, ton langage !

Nous redescendîmes donc la colline à pied, cependant que balises et feux de port hoquetaient leurs lumières sur notre gauche. *Hick*. Elle se remit avec l'ascension des trois étages. Ma chambre était entre la sienne et celle de Domenico. Je veillai un moment, guettant un bruit feutré de pieds nus et des chuchotements. Je n'entendis rien que les légers ronflements de Domenico et la voix d'Hortense appelant « *Maman !* » une fois dans son sommeil et puis sanglotant.

24

Mes inquiétudes désuètes de parent putatif pour la vertu d'Hortense étaient, direz-vous d'après les lumières du présent qui est le vôtre mais qui restait alors à venir, aussi absurdes qu'hypocrites. Elles se révélèrent aussi — si l'on tenait Domenico pour le seul candidat ou ingrat susceptible de battre en brèche ladite vertu — momentanément du moins, pensai-je, vaines, à la suite de la réception d'une lettre de Merlini, timbrée de Milan. Lettre que je lui apportai avec son café le lendemain matin, m'étant levé tôt pour reprendre ma surveillance morale — ce qui était idiot, si l'on considère que je me proposais de déserter le poste sous le manteau de ma propre concupiscence, au moment le plus délicat de la journée. N'importe. Merlini réclamait d'urgence et du moins la partition de chant de *I poveri ricchi*. L'œuvre était proposée pour l'ouverture de la saison d'automne au théâtre de la Scala, avec les deux premiers petits opéras du *Trittico* de Puccini. L'on avait sérieusement envisagé de faire bon poids avec *Die Puppenfee* de Bayer, joué pour la dernière fois le 9 février 1893, après la *prima rappresentazione* du *Falstaff* de Verdi ; mais l'examen de la partition avait confirmé la légende de sa médiocrité. Aussi, et bien qu'il n'y eût pas de promesse formelle, cela pouvait-il représenter une chance unique pour Domenico. De fait, la lettre l'incita à danser, torse nu, le fandango dans tout l'appartement et à embrasser Hortense de joie et, avec moins de conviction cependant, moi également. Il se souvint à point nommé que j'étais colibrettiste et nous eûmes droit à son numéro du regard fondant à propos de ce que Hortense, en robe de chambre et dégrisée, qualifia de *Kunstbruderschaft*. Mais l'aube prometteuse de victoire ne tarda pas à redevenir totalement sienne.

Hortense et moi, nous l'accompagnâmes à la gare peu avant midi. Il reviendrait, il avait laissé presque toute sa garde-robe, son bagage se composant essentiellement de la partition de chant achevée et de la partition d'orchestre à demi terminée ; et il enverrait des nouvelles. Il nous embrassa de nouveau tous les deux selon la même hiérarchie que précédemment, avant de grimper dans l'omnibus de Vintimille. Extravagances toscanes de la main, de sa part ; signes pleins de réserve anglo-française, de la nôtre. Nous nous regardâmes, Hortense et moi, lorsqu'il eut disparu. Elle me dit :

— Tout va bien, tu sais. Je n'ai rien d'une héroïne d'Henry James, avide de succomber au charme méridional.

— Je vois. A quelle héroïne songes-tu en particulier ?

— Oh ! à celle de ce petit livre qu'il t'avait lui-même donné : Maisie, Tilly, je ne sais plus. Il est assommant, ce vieux barbon. Tu sais bien : le livre avec le long griffonnage affectueux de ton hélas ! temporairement infirme, mais toujours foncièrement leste ami et maître. Il est trop tôt pour aller déjeuner ?

— Justement, il faut que je te dise, répondis-je. Aujourd'hui, je suis pris à déjeuner. Cela t'ennuie beaucoup ? Avec un jeune acteur qui se trouve être en vacances ici. Pourquoi ne te prépares-tu pas un petit quelque chose à la maison, et ce soir nous nous paierons un bon dîner tous les deux, et nous parlerons d'avenir. A Eze, tiens. L'endroit où a vécu Nietzsche. Il y a écrit une partie de *Also sprach Zarathustra*.

— Et c'est pour cela que l'on y mange bien, n'est-ce pas ? Sœur Gertrude n'en finissait pas avec ses discours sur l'*Uebermensch*. Ton déjeuner, c'est le *Menschlein* que tu as rencontré hier soir, j'imagine ? Ce saule pleureur blond que tu as soulagé ?

— Qu'est-ce que c'est que ce mot ?

— Aidé, secouru dans ses tourments vomitoires. Dont tu as soutenu le front douloureux.

— Je l'ai reconnu, c'est cela l'histoire. Il devait jouer un de mes trucs et finalement cela ne s'est pas fait. Je connaissais aussi son père, ajoutai-je. Sir James Curry. Décédé, depuis. Pauvre garçon, il est maintenant doublement orphelin.

— Ne te donne pas tant de mal, dit-elle. Je voyais bien que tu brûlais littéralement d'étreindre son corps svelte contre le tien. C'est bon, vas-y. Mais je t'en prie, cesse une fois pour toutes de jouer les grands frères moralisateurs et désapprobateurs, c'est tout. Beuh !... Ils font *quoi* entre eux, les hommes ? reprit-elle.

— A peu de chose près, la même chose que les hommes et les femmes entre eux. Si tante il y a... si tant est, veux-je dire, qu'il y ait une différence, elle est évidemment dans... l'équipement, disons.

— Et c'est mal, n'est-ce pas ? C'est ce que sœur Magda appelait : pécher contre la biologie. C'est forcément mal, puisque ce n'est pas naturel. (Nous descendions la rue Grimaldi sous le soleil de mars.)

— Pour certains d'entre nous, répondis-je, c'est la chose naturelle qui semble être contre nature.

— Mais c'est mal, de toute évidence, n'est-ce pas ? C'est une maladie, n'est-ce pas ?

— Donc Michel-Ange était un malade, d'après toi ?

Je lui avais déjà dit cela. Non, ce n'était pas moi, la phrase était de ma mère. Cela dit, c'est un fait qu'il y a quelque chose de malsain dans les musculatures extravagantes du *David* et du *Jugement Dernier* de la Sixtine.

— Que veux-tu, c'est la manière d'être de certains d'entre nous, dis-je, me répétant sans nul doute. La façon dont nous sommes faits.

— Je n'en crois rien, personne n'est fait de cette façon-là. Dieu ne le permettrait pas.

— Ah ! je vois, Dieu remonte à la surface. On a dépassé le stade de la négation de Dieu ?

— Tu devrais voir un psychotruc, dit-elle.

— Je croyais que l'Église n'aimait guère l'amateurisme en matière de médecine ou de chirurgie de l'âme.

— Tu ne fais pas partie de l'Église. Seuls les êtres biologiquement purs peuvent lui appartenir. Très bien, n'en parlons plus.

Nous étions arrivés devant la porte de l'immeuble, en face de la Société Marseillaise de Crédit. Sur le vantail, il y avait une figure monacale — un calembour, peut-être, sur le nom de la Principauté — encapuchonnée et mignarde en guise de heurtoir. Je tendis les clefs à Hortense.

— Je serai de retour vers 3 ou 4 heures, dis-je. Tu trouveras du jambon froid, de la salade et des tas de choses dans l'espèce de glacière.

Elle me regarda d'un œil mauvais, et puis, avec un sourire triste, dit, posant la main droite sur ma joue gauche :

— Mon pauvre Kenny Penny !

Ce qui se passa cet après-midi-là, après le déjeuner, dans la chambre à un lit de l'Immoral ou Amoral, comme sir Dick Baronnet l'appelait indifféremment, n'a nul besoin d'être décrit ici Cela satisfit des glandes affamées et, en vérité, une soif d'émotions. Mais le terme d'*amour,* en dépit de l'avertissement sous-entendu dans le limerick sale de ce cochon de Norman Douglas (que Dick avait rencontré une fois — ce qui lui avait valu d'être brièvement tripoté par ses doigts ivres — et qu'il appelait Anormale Culasse), menaçait de signifier plus que la simple concupiscence et la gratitude pure. « Je t'aime, adorable enfant adoré » — sitôt dit, suit le désir de posséder comme le chien qui montre les dents en défendant son os (Qui est cet homme avec qui tu dois dîner ? Qui est cet individu à qui tu as souri, boulevard des Moulins ? Qui sont ces gens qui t'ont invité à bord de leur yacht ? Oui, oui, je le sais, j'emmène ma sœur à Eze, Antibes ou Cannes, mais c'est un devoir, pas un plaisir. J'ai le *droit* de *savoir* ce que tu fais, etc.). Et pourtant Dick était amusant aussi bien que capricieusement accommodant, bien qu'il fît trop de plaisanteries sur les connotations phalliques, en anglais, de son prénom. Arrivant à l'hôtel le troisième jour de notre liaison, j'y trouvai un mot exaspérant qui m'attendait : *Parti avec les Pettiman. Pas d'asperge sauce piquante au menu aujourd'hui.* Le quatrième après-midi, il fit la moue et dit : « J'espérais un petit cadeau, tu sais ? quelque chose de joli et d'inutile, tu sais ? de chez Cartier. » Et cependant, bien que j'eusse tout ce qu'il fallait maintenant, à la différence de cette petite putain de Val, il ne réclamait jamais d'argent pour l'édition confidentielle d'un recueil de poèmes. Dick avait lui-même beaucoup d'argent et n'écrivait pas de poèmes. Il ne faisait rien du tout. A un moment ou à un autre, au début de l'automne, disait-il, il cesserait d'errer à travers l'Europe pour retourner à sa demeure *gourmée* du Berkshire, songer à remettre en état les serres et, très cher, me décider à étudier — « Non, non, je ne plaisante pas, tu sais ? je suis très sérieux » — les orchidées, ces adorables fleurs en forme de bijoux de famille.

Hortense, comme je m'y étais à demi attendu, organisa ses propres routines. Il n'y avait guère de facilités pour se baigner en mer à Monaco, bien que l'organisme qui nous faisait la loi s'appelât la Société des Bains de Mer. Elle prit donc l'habitude de se rendre par le train un peu plus loin sur la côte, à Beaulieu ou à Menton, où il y avait du sable aussi bien que des rochers, et de déjeuner d'un *pan bagnat* et d'un « ballon de blanc » ; puis elle revenait jouer au tennis dans la principauté, sur le tard de l'après-midi, avec de gentils Anglais inoffensifs (je lifte trop mes balles, quoi ? je crois jouer au cricket, haha) qui avaient un fils de dix-sept ans, fort en thème et boutonneux ; enfin elle dînait avec moi le soir, ce qui était bien le moins de ma part, avec, parfois, en conclusion, un spectacle cinématographique au Prince : Lon Chaney, Charlot.

— Départ pour Barcelone, m'annonça Dick en montrant des bagages à demi faits. M'arrêterai en Avignon en chemin. (C'était le dixième ou onzième jour.)

— Tu avais dit que ce ne serait pas pour tout de suite. Pas avant avril.

— J'ai le droit de changer de chemise, non ? Privilège du gentleman. Rien ne t'empêche de venir, tu sais ? J'aimerais autant t'avoir pour compagnon de voyage que ce bouffi confit de Boogie.

— Qui est-ce, celui-là ? Qu'est-ce que tout cela veut dire ? Qu'est-ce que cette manigance ?

— Libre, dis-tu toujours, libre comme l'air pur et la source limpide, tu dis toujours. Sans entrave ni frein... comme quoi, déjà ? Pourvu que j'aie mes plumes, mon papier, mon, aha ! sacro-saint talent et une cellule monastique avec mon Dicktionnaire enchaîné. Je peux vivre n'importe où, dis-tu. Eh bien ! alors en route pour Barcelone, et arrêt à Avignon en passant. Sous les ponts de. On jouera à cache-cache dans le Palais des Papes.

— Mais il y a ma sœur, bon Dieu !

— C'est vrai, depuis le temps qu'on entend parler d'elle, n'est-ce pas ? J'y croirai quand je la verrai.

— Elle existe bel et bien, bon sang ! Je ne peux pas l'abandonner.

— Et ton gorgonezola, cette espèce d'escalope milanaise d'opéra dont tu m'as parlé ? Il s'occuperait d'elle, non ? Il lui chanterait la romance, d'une voix d'huile.

— Il n'est pas là, Dieu merci. Mais on n'a pas le droit de laisser une jeune fille de dix-huit ans livrée à elle-même.

— Il lui sauterait dessus, n'est-ce pas ? en moins de deux. Homme, femme, chien, il carambolerait n'importe quoi. Très bien, Avignon peut attendre. Aujourd'hui, j'ai envie de m'encanailler un peu. Nice, tu sais ? le vieux port. Drôle, je viens de lire ça en lettres de feu sur le mur : « Mignon, mignon, taquine-moi le phare. » Comme mon père, tu sais ? après le dîner : il lui fallait son *old port,* délicieux, *very nice.* Nice aussi pourrait être *very nice,* délicieux comme le vieux porto du pater.

— Qu'est-ce que c'est que cette histoire ? Où veux-tu en venir ? Tu as envie de marins ? De bagarre ? Envie de te faire battre, fouetter ?

— Terriblement archimélimélodramatique. Non, envie de voir seulement, de regarder. Tu sais ? les bouteilles qui basculent les types sur les tables et les envoient valser dans les airs, non, c'est l'inverse, encore que je me demande. Les vêtements arrachés, les mots sales. Ça me changerait.

— Je trouve que c'est une idée pourrie.

— O écoutez-le, qui transmue les choses de la vie en mots impérissables. J'ai lu cela quelque part, mais pas à propos de toi, très cher. Mlle Tata, qui met dans ses livres les choses qu'elle ne fera jamais et qui ne vit que par procucu procu-ra-tion, chantonna-t-il.

— Qui t'a parlé de moi ?

— Moi, moi, moi, toujours lui ! Aucun de mes *amis* n'a jamais entendu parler de toi, très cher. Allons-y ! teuf-teuf jusqu'à la gare, et ensuite tche-tche jusqu'à Nice.

– Il faut que je sois rentré avant 7 heures. Hortense s'attend à me trouver là.

— Hortense ? Voilà donc son nom. Mais voyons, bien sûr mi-mangeurs de grenouilles, tous les deux. Grâce à quoi monsieur peut mettre des effets de langue en patois local où que nous atterrissions. Argot rare. Monsieur le parle comme un indigène Monsieur est vraiment formidable. Allons, en route, mauvaise troupe !

Si bien que, malgré ma résistance, nous partîmes Sur le vieux port, nous bûmes modérément du cognac dans deux cafés décorés d'ancres et de mailles marines. L'heure était mal choisie pour le genre d'animation que Dick espérait ; c'était l'heure de la sieste après un solide déjeuner. Puis, dans un établissement nommé Le Crampon, la preuve du contraire me fut administrée, au ravissement de Dick. Il y avait des matelots en ribote, et non pas français, mais britanniques. Des culs goudronnés, très cher. Les bérets, rejetés en arrière en auréole, proclamaient *HMS BELLEROPHON*. Les Ballets Alphonse étaient au mouillage dans le port. Croisière de printemps. Il y avait un phonographe à pavillon sur le comptoir, protégé par une femme à la mine de bouledogue hargneux, aux cheveux carotte frisottés et aux bras grenus, gros comme des cuisses offertes. Quelques-uns des matelots dansaient sur un air du temps de guerre, un air de *Bing Boys :* Encore un petit coup, encore un petit coup, encore un petit coup, ça n'te fera pas d'mal. Le phonographe arrivait à bout de course. Cris et lamentations des marins. Le « petit coup » devint dégueulando. La patronne tourna la manivelle en force. Un mataf de Liverpool, tanné comme une noix, les cheveux noirs comme un roncier, entreprit de la palper en disant : « T'es un peu bath, mignonne. T'as les miches comme du bacon. Tu me files la dent. » Elle lui envoya une bourrade dénuée de colère. Il y avait un fort remugle de vomi et d'urine ; l'inondation qui rampait sous la porte des WC prouvait que l'installation était bouchée.

— Ce monsieur-ci, déclara Dick, avec une diction de gouvernante d'enfant, voudrait quelque chose à manger. Un petit sandwich, par exemple.

La patronne éructa une pleine gueulée de niçois enroué.

— J'essayais, expliqua en souriant Dick au marin, de m'occuper de votre dent creuse.

Un chauve à l'air crevé et nanti d'un tablier crasseux fit son entrée en bâillant, dents en or et langue chargée, à peine éveillé de sa sieste.

— Deux absinthes, commanda Dick.

— La mienne à l'eau, ajoutai-je.

— Absurde ! Sacrilège ! Absinthe comme absence fait le cœur tendre, minauda-t-il à l'adresse du marin. Et voilà, reprit-il en reposant son verre vide. Cul sec et hardi petit ! fais marner le mousse, c'est comme ça que ça s'enfile.

— On y a tous goûté, répondit le matelot, mais y en a qui veulent pas l'admettre. Alors, vous vivez ici, comme qui dirait, tous les deux.

Un premier maître solitaire était assis, l'œil vitreux, devant une table noyée.

— Pas volé, la vache, répéta-t-il plusieurs fois.

— Veux danser avec *çui-ci,* dit un autre matelot, propulsé vers nous par le tournoiement tumultueux de son cavalier.

Le cavalier alla s'écraser au pied du mur, sous une image d'un Pierrot et d'une Pierrette saupoudrés de poudre d'or artificiel. *Çui-ci* signifiait Dick.

— Enchanté, dit Dick tout en descendant son troisième verre.

— T'as raison, cul sec et tape-toi le mousse, y a que ça, faute de mieux.

— Attention, Dick, je t'en prie, dis-je, m'en tenant encore à ma première absinthe.

— Vieille chichiteuse, va.

Et dans les bras du matelot dansant, jeune homme au front simiesque, mais au regard honnête, il se lança dans un one step onduleux. On avait retourné le disque. « Si t'aîtais la seuuuule fille au monnnnnnnde. »

— Alors, comme ça, vous vivez par ici tous les deux ?

— Foutrement pas volé, la vache.

J'ai horreur de réveiller le passé — et pourquoi me souvenir de ceci, quand je suis incapable de me rappeler un miracle ? Il y a beau temps, déjà, que vous devriez vous méfier de moi. Mais Dick, cela je ne peux l'oublier, voulut à tout prix préparer un mélange à sa façon, un Hangman's Blood, revu et corrigé par lui, dans un pot de chambre en métal décroché du mur par ses soins et dont le fond était décoré d'une tête de sale Boche, sale bouche ouverte sur un cri muet, en attendant qu'on la lui emplît. Cognac, whisky d'Indochine (sur l'étiquette, bonne tête d'Écossais aux yeux bridés), rhum blanc, vieux rhum noir authentique (dit Sang de Nelson), gin, porto, un peu de cette bouillabaisse gluante qui ressemble à du jus de pruneau ; manque une fillette de Guinness, en vérité, mais tant pis, un canon ou deux de ce pissat roteux feront l'affaire.

— C'est vrai qu'il est sir comme il le dit, votre copain ? me demanda un matave répondant au nom de Tish en me soufflant au nez une haleine de rhum.

— Un nectar, dit le sir en distribuant de grands verres de sa mixture. Un velours, avouez-le.

La danse continuait ; un des danseurs rongeait délicatement la gorge de son partenaire, « oh, dis, refais-le-me-le, c'est si bon ! » L'air marin du soir s'engouffrait quand la brise de terre forçait la porte. Puis nous nous retrouvions baignant, toutes écoutilles fermées, au chaud de la pénombre et des odeurs sous le balancement des lampions bulbeux. Oh, pour un velours, c'en était un !

— Comme le tabac du prince de Galles, t' sais ? dit le gars de Liverpool qu'on appelait Cucul la Persille. (« N'empêche que c'est un dur, un vrai de vrai de voyou d'Irlandais du Dingle, sale quartier de là-bas, vont jamais se coucher tant qu'ils ont pas eu leur bagarre. ») Même que j'ai gagné je sais pas combien de paris là-dessus : Baby's Bottom, c'est la marque de ce tabac. Du doux, velouté comme des fesses de bébé, c'est pas de la blague. Tu le trouves dans tous les bureaux de tabac.

La patronne voulait savoir qui paierait. Le sir, pardi. Et le poing du sir se desserra pour lâcher une boule de billets froissés sur le zinc du comptoir transformé en baignoire.

— Doucement, bon Dieu attention, dis-je

Je raflai presque le tout, le fourrai dans la poche droite de ma veste réclamai chichement la monnaie.

— Ce serait meilleur, déclara Dick en oscillant comme un mât, avec un coup d'absinthe dedans ; ça donnerait du corps au tu sais quoi. La prochaine fois j'y penserai. Tout de même, tel quel, c'est un vrai velours.

— Absente, absente, non mais, tu veux que je te montre si je suis pas un peu là ?

— Hangman's Blood, sang de bourreau, traduisit Dick à l'intention de la patronne et du barman au tablier crasseux et à la cigarette caporal roulée main qui pendait. Vous pouvez l'ajouter sur la liste de vos authentiques délices étrangers.

— Étrangères, ne put s'empêcher de corriger le sot pédant que j'étais. Prend le féminin au pluriel.

— De quoi ? Prendre les femmes au kummel ? Qu'est-ce que tu racontes, t'es cinglé ou quoi, mon pote ?

Un matelot à la bouche en coup de sabre et aux yeux laiteux me guignait depuis un bon moment, à l'autre bout du bar en fer à cheval. Il s'avança soudain et me dit littéralement dans l'oreille, avec une franchise qui faisait mal :

— Tu m'as tout l'air d'une salope qui a envie de se faire casser le pot, baiseuse.

Je bus fébrilement.

— L'a pas une mauvaise descente, dit un garçon blond comme un angelot, que les autres appelaient le Gravos.

La classe ouvrière est toujours à son avantage en uniforme.

— La classe ouvrière..., tentai-je de dire.

Fureur froide :

— L'en veut vraiment, je l' connais ce genre de salope, avec sa putain de voix de galonné.

La sagesse est de partir, pensai-je. Je dis :

— Nous partons

— C'est à cause de sa sœur, proclama Dick. Faut qu'il saute sa sœur avant le dîner, sinon il n'a pas d'appétit.

— Ça alors, y a pas plus dégueulasse, dit Tish ou un autre. Papa et fifille, bon, c'est différent, ça tombe sous le sens. Mais le mec qui saute sa sœur, que c'est comme qui dirait sa chair et son sang, merde, ça non.

— C'est une plaisanterie, dis-je. Crue, mais une plaisanterie tout de même.

— Et mon cul, c'est une plaisanterie, salope, dit le matelot aux yeux de lait en grinçant des dents, les muscles du cou noués par la violence du discours. C'est pour ça qu'il faut qu'on te défonce.

— Oh, voyons, c'est absurde. Dick ! appelai-je. On s'en va.

Et, attrapant au hasard un verre entre tant d'autres, je bus. Non par soif, mais par nervosité. Dick, s'il avait entendu, n'écouta pas. Il dansait avec une sorte de taureau a la lippe boudeuse que ses camarades appelaient Técef et qui bourrait obscènement en cadence dans Dick. Faut que l' monde y tourne rond, grinçait le phonographe. Je me demandai si le moment n'était pas venu de piquer une crise cardiaque, mais l'organe concerné battait vigoureusement, bien alimenté par la saleté de carburant que j'imbibais, pompais ou je ne sais quoi. J sais seulement qu' moi j t' aime à la foliei-ë.

— Attends voir qu'on te défonce, fumier.

— Oh, bon Dieu de bon Dieu à la fin ! dis-je, serrant si fort mon verre qu'il se brisa, me mettant les doigts en sang. Et merde et foutre !

— L' Gravos va te sucer ça. C' t'un vrai petit vampire, not' Gravos, pas vrai ? dit Tish.

Mais le Gravos ressemblait plutôt à un ange en sueur et très pâle.

— Merde et merde.

Je suçai moi-même mon sang. Le phonographe recommença à faiblir ; personne ne le remonta. La grosse frisouillée me faisait une scène à propos du verre cassé. Personnn au moooonde commmmmmmmmeuuu tooooooâeuuuuu.

— J'ai envie de rendre, hoqueta le Gravos. Y a pas, y faut.

— Viens, mon coco, dit Dick. Papa te soutiendra le front. (Il passa tendrement un bras autour de la taille du Gravos, qui eut un haut-le-cœur baveux.) C'est bon, espèce de maquerelle et de grosse vache dégoûtante, poursuivit-il en s'adressant à la patronne. Tout sera réglé, ajouta-t-il en titubant avec le Gravos en direction de la porte.

— Çui-ci, au moins, j' vais vous dire, moi, dit Tish, c'est un gentleman. Ça tombe sous le sens, vu que c'est un sir.

La porte s'ouvrit sur le vent noir. Técef la referma d'une poussée de postérieur. Dick et le Gravos étaient là dehors. Je m'apprêtais à suivre.

— Toi, la baiseuse, tu restes ici, dit le marin aux yeux de lait Faut qu'on te défonce.

— La flotte entière n'y suffirait pas, répliquai-je en ayant le mauvais goût de citer une de mes imbécillités de pièces.

— De quoi, de quoi, qu'est-ce t'as à redire ? demanda un visage anonyme et empourpré, à un pouce du mien. Si t'as quéqu' chose à renâcler contre la bon Dieu de flotte, sors-le.

— Non, c'est moi-même qui sors.

Et à mon propre émerveillement je saisis sur le comptoir de zinc inondé le cul du verre que j'avais brisé un peu plus tôt et, telle une lampe électrique, le braquai rapidement à la ronde sur les cols bleus titubants.

— Ah ! on joue les durs. T'as gagné, ça va être ta fête.

Mais le poing avec sa devise tatouée, *AMOUR ET DEVOIR*, couronnée de fleurs bleues, n'avait guère de chance d'atteindre son but : l'alcool avait retiré toute force au bras qui le lançait. La porte se rouvrit et, dans un coup de vent noir plus violent, deux matelots d'une autre Royale, français ceux-ci, bérets à pompon au nom de MAZARIN, firent leur entrée.

— Parlây-voo, voui, voui. Giguegigouillette tray bon. (Inévitable. le titre de ma toute première pièce.)

Je laissai tomber le culot de verre sur le sol répugnant et visqueux et, du talon, pour je ne sais quelle raison, le broyai, en grommelant des mots furieux parmi des brasillements de mégots non éteints. Puis je jouai de l'épaule pour me frayer un chemin jusqu'à la porte.

— Reviens, baiseuse, qu'on te défonce !

— Dick ! criai-je à la ruelle.

Il n'y avait qu'un seul lampadaire, faiblard, près d'une affiche Byrrh. Je courus vers l'intérieur des terres et parvins à une venelle. J'entendis un geignement, puis un bruit d'éclaboussement. Une lune mince sortit des nuages pour me montrer Dick, lucide et vigoureux, soutenant à pleins bras par le milieu du corps le marin plié en deux. Le pantalon d'uniforme, baissé jusqu'en bas, entravait les chevilles, et Dick plantait à tout va, profondément, joyeusement, dans le style brutal de Norman Douglas.

— Une petite seconde, très cher, me dit-il en souriant. Ensuite, il sera tout à toi. Pas si étroit que ça ; étonnant, même, à ce point. Relâchement consécutif aux nausées et tout.

Et de continuer à besogner ferme. Puis il frémit tout entier, lèvres entrouvertes, comme s'il avait avalé un jus de citron pur, tandis qu'il giclait.

— Délicieux, dit-il. Si peu cérébral. Là, c'est ça, vas-y débagoule tout, mon gros bébé. Pour papa.

Les deux vidanges ne firent qu'une. J'avais une érection, et honte cruellement. Puis des voix appelèrent :

— Hé, le Gravos ! Qu'est-ce que tu fais ? T'encules le réverbère ?

— La voie passive serait plus exacte, dit Dick, lâchant le matelot dans son vomi. Voilà, très cher, reprit-il en se boutonnant. Il est à toi.

Et il s'enfuit à longues enjambées expertes pour se perdre dans les ténèbres de la venelle, juste comme la lune reboutonnait sa braguette de nuages. On eût dit qu'il connaissait cette saleté d'endroit comme sa poche. Le jeune marin gisait, secoué de nausées, couvert d'impuretés, les fesses nues au ciel. Un grand coup de vent, là-haut, effilocha les voiles de la lune. Puis, les camarades du Gravos arrivèrent.

25

L'important, expliquai-je autant que le permettait l'enflure de ma bouche, était de faire parvenir un message à ma sœur. Non, nous n'avions pas le téléphone. Mais un télégramme... Non, les bureaux de poste étaient fermés et il n'y avait pas de service téléphonique de nuit. Le policier en civil assis à mon chevet, à l'hôpital Saint-Roch, expliqua que l'on pouvait transmettre un message téléphonique à la police de Monaco, laquelle le ferait remettre en mains propres. Pour l'amour du ciel, s'il vous plaît, pas d'allusion à ce qui est arrivé, je ne voudrais pas que la pauvre enfant, orpheline depuis si peu et très nerveuse, soit prise de panique. Dire que j'ai rencontré par hasard mon éditeur sur son yacht et qu'il m'y a retenu pour discuter une idée de livre ; serai de retour samedi. La religieuse qui rôdait autour du lit secoua sombrement sa tête grise au mot *samedi.* Rectification : lundi. Ah ! fit le policier en civil, ainsi donc monsieur est homme de lettres aussi bien qu'étranger en visite. Cela aggravait encore l'affaire. Et que faisait monsieur, en particulier dans cette partie du vieux port notoirement malfamée et dangereuse, et qui n'est pas un endroit pour les visiteurs étrangers, surtout lettrés ? Ah ! fis-je, mais il n'y a sûrement là rien que de normal, pour un homme de lettres qui mène une enquête en profondeur en vue de l'analyse spectrale, culturelle et existentielle, d'une grande cité maritime méridionale. Monsieur préparerait-il un rapport sur la criminalité niçoise ? Dans ce cas, Monsieur se livre à une entreprise dangereuse ; il suffit de voir dans quoi Monsieur s'est laissé entraîner. Non, non, protestai-je, mon métier est le roman, je suis un auteur d'œuvres de fiction. Qui dit fiction, déclara sentencieusement le policier, dit imagination, invention et n'exige pas que l'on aille fourrer le nez dans les périls du monde extérieur. C'était un homme jeune, grassouillet, sentant la ratatouille trop aillée ; son faux-col en celluloïd le serrait et il tirait dessus d'un doigt irascible lorsqu'il n'écrivait pas au crayon dans son petit carnet. Monsieur pouvait-il se rappeler autre chose que ce dont il s'était déjà souvenu, et qui, sauf son respect, n'allait pas très loin ? Non, Monsieur en était incapable, répondit Monsieur. Il avait été assailli brutalement par des voleurs, en cherchant à repérer au son un chat qui semblait miauler de douleur — « Les Anglais, dont je suis, ont tendance à aimer les animaux » — et comme il se défendait, il avait été vindicativement malmené et frappé. Et aussi, rappela le policier, violé analement, mais sans gravité, plutôt de façon symbolique. Les assaillants de Monsieur parlaient-ils le français ? Oh ! oui, tout ce qu'il y a de plus, avec un fort accent algérien, cependant. Ah ! Monsieur connaît Alger ? Il a mené des enquêtes semblables sur les mœurs louches des bas quartiers de cette ville ? Non, pure hypothèse, en vérité.

Contusions, sans plus, hormis une dent branlante, mais comportement du cœur ne plaisant guère ni au Dr Durand et à ses palpations ni au Dr Castelli et à son stéthoscope. Trouvé sans connaissance et partiellement dévêtu près d'une mare de vomi, petite pluie commençant à piqueter les chairs déjà glacées. Une patrouille de police, à la suite d'un cri de douleur ne provenant pas de Monsieur, avait découvert celui-ci à la lueur investigatrice d'une lampe électrique. Absorption d'alcool évidente — à l'excès ou pas ? difficilement discernable, mais sans grande importance de toute façon. Police poursuivra enquête. Inutile, dis-je trop vivement ; vous ne retrouverez personne et d'ailleurs la leçon me suffit. Ah ! c'est donc que Monsieur a pris une bonne leçon, alors ? Monsieur ferait mieux de s'occuper de sa littérature que d'aller folâtrer dans les lieux de perdition malfamés du vieux port. Claquement du carnet refermé, dernier tripotement irascible du carcan de celluloïd, symbole des rigueurs du devoir. Le message sera transmis sur l'heure à la sœur de Monsieur. *Rentrerai si Dieu veut lundi prochain.*

Le cœur avait repris en rechignant un rythme assez régulier quand arriva le vendredi soir. Tout meurtri et misérable que j'étais, je n'avais qu'une idée : sortir de là. La salle d'hôpital était surtout pleine de vieilles gens brûlant de me traiter en représentant officiel de cette Grande-Bretagne dont la traîtrise envers la France dans une guerre tout juste gagnée, n'avait cessé de crever les yeux. Il n'y a qu'un seul ennemi, s'entêtait à répéter une de ces têtes grises et branlantes. Vous voulez dire, répliquais-je, que, traîtreusement, nous refusions de nous laisser faire quand vous vouliez nous vendre impunément trop cher la provende de nos chevaux et l'usage de transports ferroviaires infects, alors que nous venions chasser le Boche d'un sol qui n'était pas le nôtre ? Les Allemands sont au moins des Européens, eux, m'avait riposté un autre vieil imbécile... J'étais capable de marcher, et personne ne m'empêcherait de sortir d'ici. Le Dr Durand avait, découvris-je, un compte à la Banque Nationale de Paris, qui était aussi la mienne. Aurait-il la gentillesse de me céder une feuille de son chéquier ? Vous êtes aussi à la B.N.P., monsieur ? Il était prêt à m'en céder deux plutôt qu'une, ce qui me permettrait de le régler du même coup ; je n'aurais qu'à ajouter la commission pour les chèques à ladite note. On m'autorisa à confier à un garçon de salle, créature trapue aux cheveux d'Esquimau, un message pour le directeur de la succursale de Monte Carlo et, ainsi rassuré sur l'existence des fonds, de bien vouloir honorer le chèque ci inclus et renvoyer le montant, sous enveloppe scellée, par le porteur. Ce dernier me rapporta l'argent liquide, moyennant quoi je lui donnai un trop fort pourboire, puis lui demandai de m'acheter l'imperméable le meilleur marché possible dans la boutique de vêtements pour hommes la plus proche. Oui, oui, je sais, il ne pleut pas, mais cet habillement sale et loqueteux, voyez plutôt vous-même, doit être dissimulé aux yeux de tous.

Ce samedi-là était le 29 mars 1919, jour de l'éclipse totale du soleil prédite par Einstein. Je me souviens encore d'une obscurité brusque, sans que j'éprouvasse la moindre surprise, comme s'il avait été naturel pour le soleil d'être occulté par ma honte et mon remords. Je baignais tant dans l'un et l'autre que j'étais à peine capable d'aligner une idée. Dick ? Sir Richard Curry, baronnet ? Existait-il, avait-il jamais existé, une personne de ce nom ? Et cet affreux bistrot, comment s'appelait-il déjà ? L'écho intérieur sourd des coups de poing, la lacération des ongles, les crachats, les mots orduriers restaient assez clairs dans ma mémoire, mais non l'infliction même de la douleur. Je n'en voulais à personne, sauf à moi. Mais était-ce juste ou logique, si l'on considérait que j'étais fait comme je l'étais ? Et qui m'avait fait ainsi, puisque, comme le fameux Allemand d'Eze l'avait affirmé, Dieu n'existait plus ? Était-ce moi qui m'étais fait de la sorte ? Quand ? Comment ? De toute façon, quelle autre solution y avait-il que le hongrage ? Front couvert de bleus, œil gauche au beurre noir, lèvres tuméfiées, mains dans les poches du méchant caoutchouc, je boitillai de la gare à la rue Grimaldi, m'attirant de temps à autre un regard de curiosité. J'avais encore mes clés, attachées à une chaîne à la ceinture de mon pantalon ; c'était à peu près tout ce qui me restait. Je poussai le portail d'entrée et grimpai en haletant, près de tomber, jusqu'au dernier étage. J'ouvris sans bruit la porte de l'appartement et compris aussitôt que Domenico était de retour : son imperméable, nullement bon marché, pendait au portemanteau. Je devinai comme vous ce qui se passait.

Mais la chose semblait avoir déjà eu lieu. Ouvrant la porte de la chambre d'Hortense, je les trouvai tous les deux assis, nus, dans le lit, et fumant tranquillement. Ma première impulsion fut d'arracher la cigarette de la main de la perverse enfant. C'était de la voir fumer nue qui rendait la chose si intolérable. Cependant, je restai planté là, hochant la tête et battant ma coulpe. J'entendis un chien hurler horriblement dans la rue. Ce chien venait de passer sous une automobile, et cela aussi était ma faute. Quant aux deux autres dans le lit, mon apparition les avait d'abord trop secoués pour qu'ils eussent honte d'être pris *post flagrantem*.

— Qu'est-ce que l'on t'a fait ? s'écria Hortense.

— Et lui, qu'est-ce qu'il t'a... ? voulus-je dire (mais je connaissais la réponse). Pourceau, affreux salaud, dis-je à Domenico. Ma propre sœur !

— Je ne suis pas la seule, dit Hortense, ses seins impertinents encore pleins des ardeurs du lit, à être la sœur de quelqu'un. Dehors, vous deux, ordonna-t-elle. Je veux m'habiller.

— Mets tes vêtements, dis-je à Domenico. Tu vas prendre une volée.

— Tu ne serais même pas capable de battre une mayonnaise ratée, dit Hortense. Qui t'a fait cela ? Ton éditeur, qui n'existe pas, sur son yacht tout aussi inexistant ? Ou ta petite chandelle de pissenlit blonde qui ondule au vent ? Dehors, je vous ai dit.

Je passai au salon et me versai un whisky. Domenico ne tarda pas à me rejoindre, pieds nus, en chemise et pantalon, image de l'homme surpris dans la tenue du séducteur, ce qui était le cas.

— Je pleurais, dit-il. Elle m'a consolé.

— Tu as pleuré pour qu'elle te console, veux-tu dire, porc.

— C'était à cause des mauvaises nouvelles que je rapportais de Milan. La direction refuse de monter l'opéra.

— Bien fait pour ton sale nez, répugnant personnage, espèce de Don Giovanni lubrique au petit pied.

A cette allusion à un opéra si souvent représenté et qui le serait encore d'innombrables fois, et à Milan par-dessus le marché, il était prêt à trouver de nouvelles larmes.

– Emballe tes affaires, dis-je Et disparais ! Je ne veux plus jamais te revoir. Ni, ajoutai-je sans grand rapport, ton frère, ce glouton, ce joueur, cet hypocrite. Nous déshonorer, moi, ma mai son et ma sœur ! Va-t'en. Je te jetterais dehors si j'en avais la force, si je n'étais dans l'état où tu me vois. Le monde entier est pourri.

— Et si c'est de l'amour ? Si elle a dit *amor*, et moi aussi. Et autre chose encore ; ce sont les Anglais, les vrais hypocrites.

— Ne va pas me chanter que c'est de l'amour. (Je répandais mon whisky, tant je tremblais.) Je ne veux plus entendre ce mot, entends-tu ? Sur aucune lèvre d'homme et encore moins venant des tiennes. Va-t'en, je ne veux plus te voir. Tu n'existes plus, si ce n'est comme une ordure tout juste bonne pour la poubelle du monde. Hors de cet endroit dont moi, et moi seul, paie le loyer.

Là-dessus Hortense entra, ses cheveux couleur de miel retenus par un ruban bleu, et vêtue d'une robe en laine et soie, plissée sur les côtés, à manches pagode et bouquet de cerises artificielles au revers gauche. Elle dit :

— Moi aussi, je veux un verre.

Mais je lui barrai l'accès de la table aux alcools comme si elle avait voulu déshonorer un innocent, et je dis :

— C'est cela, naturellement : amour, cigarettes et whisky. Joue-nous la femme déchue, la seule, la vraie, la grande, toi, une gamine de dix-huit ans ! Dieu, quelle honte (Mais tout était, j'en avais de plus en plus conscience, ma faute.)

— Je refuse, dit-elle du ton aussi sec qu'un coup sur les doigts, de recevoir de toi la moindre leçon de morale. Tu n'es pas qualifié pour juger les autres, les êtres *normaux*.

Le romancier populaire que j'étais avait envie en un sens, d'oublier de juger pour poser des questions sur ce que c'est que d'être jeune, naïve et déflorée par un bouillant Toscan : après tout, autant tirer quelque avantage professionnel de ce qui était ma faute, ma très grande faute, et aussi bien entendu, celle de la Nature hétérosexuelle, sans oublier la leur, évidemment.

— C'est un genre de jalousie, dit Domenico. Quelle tristesse !

— Voleur de virginités ! essayai-je de tonner : *Defloratore !*

Le mot semblait encore trop gracieux. Domenico eut l'air de partager cet avis. Il suggéra :

— *Stupratore.*

Et puis, frères par l'art, nous nous regardâmes mutuellement, et il y avait dans nos yeux la promesse d'une chaude complicité plus forte que notre volonté : nous nous voyions déjà nous attelant de nouveau, comme aux jours de l'heureuse innocence, à l'opéra dont Milan ne voulait pas.

— Oh, vous, les hommes ! dit la voix douce et claire d'Hortense, du fond de sa déchéance. Vous et vos fichues histoires de dépucelages sanguinolents !

Elle se rendit compte que l'épithète, absolument involontaire encore que redondante, venait comme un adjectif descriptif, et elle en rougit.

— Traiter l'hymen comme si c'était un, je ne sais pas, moi, un produit ! De toute façon, c'est la faute de l'école française (J en restai bouche bée : la faute de la poésie ? de la peinture ? de la phénoménologie ?) Mère n'a pas voulu que j'aie pour professeurs des religieuses allemandes, et voilà le résultat ! Domenico, va t habiller. *Plus* que cela, j'entends.

— Et après, je m'en vais ?

— Oh ! oui, tu t'en vas, et foutrement, dis-je. C'est moi qui commande, ici.

— Et, dit-il en regardant Hortense avec des yeux de chien méfiant, tu viens avec moi ?

Je devinai, à la façon dont il se mordit la langue trop tard, qu'il venait de se mettre dans une situation parfaitement inaccoutumée de demi-aveu. Mais Hortense repartit vivement :

— Non, Domenico, moi *pas* suivre toi. Tu voudrais que je vive dans le péché, comme on dit ? Toi qui as un frère prêtre ? Est-ce que tu me demandes de t'épouser ? Non, évidemment non, espèce de petit Don Giovanni oléagineux...

— Exactement ce dont je l'ai traité, marmonnai-je inexactement dans mon verre de whisky.

— Non, je ne demande rien, marmotta de son côté Domenico. Le moment n'est pas... Mon art...

— Qu'attends-tu pour le chanter ? raillai-je. Avec flamme, comme Tosca.

— Je vais te frapper, cria Domenico en serrant les poings. J'en ai assez de ton hypocrisie anglaise.

— Oh ! fit Hortense avec une sorte de résignation, s'il n'y avait que lui. Le monde entier est hypocrite. Les Français aussi. Avec leurs inepties sur les beautés de Monet !

— Ainsi donc, le prof de dessin était bien passé par là, hein ? dis-je crûment, le whisky aidant en partie.

— Méchant drôle ! siffla la voix d'Hortense. C'est arrivé à cause d'un cheval. A cause de l'équitation qui était obligatoire. Il n'y a pas plus anglais que certains Français. Un cheval français, ajouta-t-elle. Pas allemand, pas *ein Pferd.* (Tout se fût bien passé, finissait-elle par m'induire à croire, si la démonstration était venue de sœur Gertrude, à califourchon, robe noire troussée, et hennissant comme une Walkyrie.) Quant à l'autre... oui et non. La porte s'est ouverte, si tu vois ce que je veux dire. Espèce d'homosexuel grossier et déplaisant, ajouta-t-elle tout à fait hors de propos, jugeai-je.

— Pauvre mère, dis-je.

— Mère ? s'écria Domenico, n'ayant pas très bien compris ou peut-être même ayant retenu l'image d'un cheval couvrant la malheureuse Hortense. Tu veux dire que tu es déjà, que ça, qu'il...

— La nôtre, de mère, imbécile ! lui jeta Hortense. Pour elle les Français étaient incapables de faire le mal. Elle n'avait pas d'opinion sur les Italiens. (Bravo.) Eh bien, qu'attends-tu. Va, Domenico. Va faire un petit tour, va te baigner ou séduire quelqu'un ou n'importe quoi. Mon frère et moi, nous avons à parler.

— Si tu entends par là qu'il doit revenir, protestai-je, tu es folle autant que perverse Je crois avoir été assez clair, non ? Dehors, et tout de suite, et pour toujours ! Et que nous ayons à parler, oui mais fichtre, c'est moi qui tiendrai le crachoir.

— Le cœur me saigne, dit Domenico, les mains pendantes et comme mortes. (L'intonation suggérait un grand air d'opéra, peut-être tiré du *Principe di Danamarca* d'Enrico Garitta, que je n'avais pas vu.) J'irai à l'hôpital. Je passerai prendre mes affaires demain. Je suis trop malade pour faire mes valises maintenant.

— Jamais de la vie, c'est tout de suite et tu emportes tout, dis-je. (Puis, n'ayant pas envie de voir Domenico transformer la cérémonie des valises en scène d'opéra :) Bon, demain matin, 9 heures. Hortense ne sera pas là.

— Ah ! parce que, moi aussi, tu me renvoies, c'est cela ? Retour à la maison, à papa et à la seconde Mme Toomey ? Eh bien ! c'est ce que nous allons voir, justement.

— Je voulais dire que tu ne serais pas là pour être vue, ni cajolée, ni peut-être même... Pouah !

— Quelle horreur, n'est-ce pas, qu'un homme et une femme ensemble ? Moi, au moins, je ne suis pas couverte de bleus. C'étaient des brutes de marins, j'imagine, n'est-ce pas ? Des petits amis de ta fichue tulipe blonde ? Et tu as vu l'état de tes vêtements ? Va te changer, immédiatement. Nous avons besoin de parler sérieusement. Papa a écrit.

— A toi ?

— A toi.

— Comment oses-tu fourrer le nez dans mon courrier ? Tu as ouvert d'autres lettres ? Hortense, je ne veux pas de cela. Tu es allée trop loin ; tu as vraiment besoin qu'on te tienne d'une main ferme. Plus tôt tu... (Plus tôt tu *quoi* ? Retourneras chez les religieuses allemandes ? Apprendras les disciplines d'une sténographie londonienne livrée à tous les séducteurs ? Te marieras ?)

— Finis tes idioties. La lettre est arrivée il y a trois jours. Je me doutais que ce serait urgent.

— Où est-elle ? J'exige de la voir.

— Eh bien ! va la chercher. Sur ta table de travail. En même temps que tu iras changer ces vêtements répugnants. Pouah ! du sang, et je ne parle pas du reste.

— Je ne te laisserai pas seule avec ce saligaud.

— Je ne veux pas être traité de saligaud, surtout par un Anglais hypocrite. (Et Domenico sortit de la pièce, nu-pieds, geignant, ressassant des injustices imaginaires.)

— Me serviras-tu ce verre à présent ? demanda tranquillement Hortense, en se laissant tomber dans le fauteuil aussi lourdement que le permettait sa fragilité. (Mais, non, n'en déplaise à Shakespeare, la femme n'est *pas* fragilité.)

— Whisky ? m'enquis-je presque humblement. Que dit père ? poursuivis-je en la servant (un doigt, pas plus). S'il s'agit de mauvaises nouvelles, je n'ai pas spécialement envie de lire cette lettre.

— Alors je t'ai rendu service, au fond ? Merci... (Elle but une gorgée, s'étrangla. Pas si adulte que cela.) La seconde Mme Toomey ne sera pas celle que je pensais. C'est une autre patiente Doris quelque chose, et qui n'a que vingt ans. Papa vend son cabinet. Il part pour le Canada. Tu vois d'ici ma situation ? Lui aussi il la voit parfaitement, à sa façon prolixe. Oh ! lis plutôt.

— Plus tard. Je comprends, dis-je en me servant à mon tour un second verre. C'est égal, tu dois le suivre. Tu es encore mineure.

— Je ne veux pas aller au Canada. Je ne veux pas d'une marâtre à peine plus vieille que moi. Je ne veux pas rester avec toi.

— Je peux concevoir, dis-je, que tu n'aies pas très envie de vivre avec moi. D'un côté, les agissements contre nature, de l'autre, les leçons de morale. Cela dit, je n'ai aucun devoir à ton égard, tu sais. Excepté les obligations que me dicte... l'affection fraternelle. (Je me refusais à dire *l'amour*.)

— Quel fichu raseur tu fais ! Et quel affreux hypocrite, vraiment !

Domenico, qui passait, invisible, dans le couloir longeant le grand salon, dut entendre ces mots et les approuver. Il chanta un « *Ciao Ortéensia !* » étranglé en tournant à gauche dans le vestibule, offert à notre vue, de la partie du salon où nous étions assis, par l'arcade aux colonnes torses. Puis il ouvrit la porte de l'appartement et sortit discrètement. En revanche, nous l'entendîmes descendre l'escalier de marbre à pas martelés.

— C'est l'opéra perpétuel, dit Hortense, en tout : le langage, la façon de vivre. L'amour, bien sûr. La religion, n'en parlons pas. L'Angleterre ne pourrait jamais s'y faire. N'importe, ajouta-t-elle. je l'épouse.

— Je vais me changer, dis-je.

J'eus beau tourner le commutateur des pensées et des sentiments, impossible de couper le courant de la douleur physique. Elle était là tandis que je dépouillais mes vêtements souillés pour passer une chemise de soie et un pantalon de flanelle. Ainsi transformé en sportsman, je revins prier ma sœur de répéter ce qu'elle venait de me dire. Elle s'exécuta.

— Si je comprends bien, dis-je calmement d'une voix lasse, tu l'aimes ? Tu lui as permis de faire ce qu'il a fait parce que tu l'aimes ? De ma vie, je n'ai entendu histoire aussi absurde, perverse et adolescente. Tu ne sais rien de l'amour. Tu ignores tout du monde. C'est pour ainsi dire le premier homme avec lequel tu aies jamais eu des rapports — sociaux, veux-je dire en dehors de cette autre malheureuse abomination.

Elle feignit de ne rien avoir entendu de ce discours. Elle avait croisé ses jambes gainées de soie blanche et en balançait une, vigoureusement. Elle dit :

— Cela ne vaut vraiment pas la peine, tu sais, d'essayer de t'expliquer les choses. Tu es aussi obtus qu'homosexuel. Le mariage et l'amour sont deux choses différentes. Mère m'expliquait cela très clairement au cours de nos petites conversations, autrefois. Comment veux-tu que l'on sache jamais reconnaître le seul, le grand, le, le — aide-moi donc ! — l'amour prédestiné, au milieu de ces millions et de ces millions de personnes de l'autre sexe dans le monde ? Voilà ce qu'elle disait, et c'est très sensé. On ne part pas plus à la recherche de cet amour-là qu'on ne l'attend. Le monde est trop vaste, et le temps, trop court. On prend ce que l'on peut, si l'on tient vraiment tant que cela au mariage. C'est-à-dire quelqu'un qui fasse l'affaire physiquement, qui soit assez doué et qui ait assez d'argent. Domenico m'a l'air de convenir. Enfin... je l'ai vu tout nu, ne serait-ce que cela.

— Mais c'est épouvantable !

— Oh ! oui, tu l'as dit. Il y a de l'argent dans cette famille. Avec la bonne sorte d'encouragement, Domenico peut se faire un nom. Son truc, là, cet opéra que vous avez fait ensemble, il m'en a joué un peu sur ce vieux piano pourri, et il pleurait tout en tapant. Là-dessus, je l'ai emmené au lit.

J'étais assis en face d'elle, sur un siège dur, les mains jointes entre les genoux, penché en avant, fixant du regard le tapis citron entre les touffes duquel reposait un minuscule cylindre, intact, de cendre de cigarette. Je dis d'une voix sans expression :

— Il est revenu triste. On avait refusé son opéra, qui est aussi le mien, soit dit en passant. Et voilà, *voilà* ce qu'ils ont rejeté ! a-t-il crié. Et il s'est mis au piano et il t'a chanté un de ses brillants grands airs. Alors, tu as eu de la peine pour lui, tu l'as embrassé et mené au lit. Il était consentant, je n'en doute pas, mais, je suppose, surpris aussi.

— Mon Dieu, oui, dit-elle, en souriant malgré elle d'admiration devant l'exactitude de la reconstitution. C'est exactement cela. Il est vrai que tu es un romancier, oui, oui, je l'oublie, parfois. Tu es si stupide la plupart du temps.

— Nous convergions vers toi. Lui et moi. Mais son train est arrivé le premier. Dommage.

— Non, non, non. Il est arrivé avant-hier. Et c'est ce jour-là que je l'ai mis au lit ; mais, depuis, c'est lui qui m'y met. Pour ce que cela y fait ! Peu importe le bout par lequel on le prend.

— On prend qui ou quoi ?

Un instant, je ne pus comprendre la raison de son invective :

— Tu n'es qu'un monstre d'obscénité, de vulgarité et de manque de goût ! Une horreur ! (Je la regardais, ahuri.) Pardon, dit-elle. Je ne te rends peut-être pas toujours justice. Peut-être ai-je trop tendance à croire que les hommes sont naturellement grossiers. Domenico ne l'est pas, lui. Il fera très bien l'affaire. Il a besoin qu'on le pousse et tout. Je vais faire barder son talent. Mère regrettait toujours, tu sais, de n'avoir pas épousé un homme de talent.

— Père était un dentiste de talent. De ma vie, poursuivis-je après m'être secoué, je n'ai entendu paroles aussi folles !

Naturellement, elle fit la sourde.

— Moi, je n'ai aucun talent, dit-elle. Sauf peut-être celui de choisir le père qu'il faut à mes enfants. C'est la responsabilité de la femme, aujourd'hui. Repeupler. Et des garçons, pas des filles. Il y a trop de femmes dans le monde.

— C'est très démodé. Et d'une stupidité toute biologique Comme si tu ne connaissais du mariage que ses, ses, ses

— Que sa fonction primaire, dit-elle d'un ton tranchant et impatient. Mettre au monde de beaux enfants. Tu n'as donc pas lu Bernard Shaw ?

— Ah ! retour à l'*Uebermensch*, raillai-je amèrement.

— Sœur Gertrude nous le faisait lire et étudier en allemand. Elle disait qu'il est bien meilleur en allemand, que l'anglais n'est pas sa vraie langue.

— Et quand, dis-je avec la même ironie amère, cette *Ehe* ou *Ehestand* ou *Eheschliessung* doit-elle prendre place ?

— La *Eheschliessung*, répondit-elle, aura lieu en Italie, je suppose. Dans la ville du fromage. Et c'est son frère qui officiera. Et c'est mon frère aîné qui me conduira à l'autel. En l'absence, conclut-elle, amertume pour amertume, d'un père.

— Et quand Domenico viendra demain matin rassembler ses effets, dis-je, et qu'il apprendra qu'il va t'épouser et engendrer des surhommes pour l'âge nouveau, il sera fou de joie, il sautera en l'air en criant *che miracolo,* ou *meraviglioso,* ou Dieu sait quoi.

— Non, dit-elle, indifférente à mon sarcasme, ce n'est pas tout à fait cela. Mais ce sera un soulagement pour lui, au fond. C'est toujours un soulagement pour un homme de ne plus avoir à chasser la femme. Pour un temps, du moins. De toute façon, il ne faut pas encore qu'il sache ce qui lui reste à faire. Il faut que je sois distante, tout juste amicale, comme si rien ne s'était passé ; et alors il se posera des questions, s'inquiétera et s'impatientera — les hommes sont tellement idiots ! Ensuite, il se mettra à deux genoux. tu verras. Ou plutôt, non, tu ne le verras pas.

— Tu connais si peu le monde, dis-je, si peu !

— J'en sais, repartit-elle comme l'éclair, un million de fois plus que tu n'en sauras jamais sur ce qui se passe entre un homme et une femme. (Elle eut un geste vulgaire des doigts, l'affreuse gamine, l'enfant de la race nouvelle, endurcie par la guerre.) Alors, enfonce-toi ça dans la pipe ou bien où tu voudras.

— Très bien, dis-je, prenant mon mal en patience. Je suis au courant de certaines données biologiques, même si ce n'est pas le fruit de l'expérience directe. Je sais que, lorsqu'un mâle et une femelle copulent, si ce mot te dit quelque chose...

— Oh ! toi et tes stupidités de vieille fille. C'est cela qui est si diabolique chez toi et chez ceux de ton espèce. Le plaisir, mais sans le danger de la conception, sans sa joie non plus, d'ailleurs. Je sais ce qu'elle signifie, *ta* fichue copulation, si tant est que l'on puisse l'appeler ainsi. *Pollution,* voilà comment sœur Berthe désignait tous les actes sexuels dans lesquels on répand sa semence. Répugnant, le péché d'Onan ! Entre homme et femme, c'est affaire de chance.

— Oh, non, ce n'est pas cela, pas cela du tout, de loin ni de près. Veux-tu dire que tu as pris un risque avec cet immonde comédien de Domenico ?

— Je me suis servie de pâte dentifrice si tu veux tout savoir C'était la recette d'une des filles à l'école. Domenico — et, soit dit en passant il est moins immonde que toi, espèce de pédé — Domenico a fait une remarque sur le goût de menthe

— Oh mon Dieu, ô Dieu bon, ô Seigneur Jésus, ô notre Père qui êtes aux cieux...

— Hypocrite ! Tu es un sale hypocrite, c'est lui qui a raison ; un fichu hypocrite, voilà ce que tu es, Ken Toomey.

— O mon Dieu de bon Dieu !

Là-dessus, on sonna. Nous nous regardâmes tous les deux.

— C'est la porte, dis-je.

— Eh bien ! vas-y, alors. C'est *ta* porte.

— Qui crois-tu que ce puisse être ?

— Le prince de Galles, Charlie Chaplin et le maréchal Foch. Idiot !

Et se levant élégamment, elle se dirigea vers la porte d'entrée. Elle n'avait de raison d'avoir peur de personne, pas plus d'une nouvelle bordée de marins vengeurs que de la visite d'inspecteurs en civil de la brigade des mœurs. Je l'entendis ouvrir la porte, puis elle eut la voix de quelqu'un de surpris, mais qui se remet vite et fait « Oh ! » deux fois. L'autre voix était virile et essoufflée, suppliante et effrayée. Je n'avais pas pensé, je n'avais sincèrement pas considéré une minute que Domenico l'immonde reviendrait si tôt. Hortense reparut dans le salon et dit, d'un air de ne pas y toucher :

— Il a reçu ce télégramme.

Elle me le tendait. Domenico, imaginai-je, était resté à l'abri de la porte. Le télégramme disait : *ARRIVO LUNEDI GIORNI CINQUE MISSIONE DELICATA NIZZA CARLO.* Typique, pensai-je ; il n'y a qu'un bon Dieu de prêtre pour considérer comme allant de soi que la vie des autres n'a pas le droit d'être bouleversée au point que leur demeure ne se prête pas à l'intrusion d'un foutu ecclésiastique. N'empêche que, en un sens... Oui. C'était plutôt.. Je dis :

— Bon, qu'il entre.

Je n'étais conscient d'aucune note acerbe dans ma voix — bien plutôt de l'effet, sur les voyelles, d'un début d'étirement des lèvres ébauchant un sourire. Ainsi donc Domenico fut-il réintégré. Yeux ronds chavirés, sueur aux joues, mains et bras à leur maximum d'éloquence, il débita tout un récitatif : J'étais au café d'en face quand le télégraphiste m'a vu et a dit que c'était pour moi, il me connaît bien et il était tout content de s'éviter de grimper l'escalier avec son petit bleu. J'étais à l'intérieur, non, à une table dehors, en train de prendre un petit cordial pour me remonter de mon chagrin, quand il me l'a tendu. Ça, le télégramme de mon frère. Mon frère Carlo a affaire à Nice. *Missione delicata*, je sais ce que cela signifie ; c'était la même chose, l'autre fois, en Sardaigne. Alors, comme d'habitude il s'attend à descendre chez nous, et que puis-je faire ? Il arrive lundi, après-demain, puisque demain c'est dimanche. Oui, que faire ?

Évidemment, il me faut éliminer de la scene toute connaissance ultérieure qui m'offrirait l'image du Très Saint-Père ronflant comme un sonneur et dormant comme une bûche, mais, par sa seule présence sacrée frustrant son frère de ses desseins fornicatoires. Non, ce ne serait jamais encore que le gros Carlo qui ronflerait ; cependant, même comme prêtre, il représentait une formidable entité spirituelle, et je savais que Domenico le redoutait.

— Pas de problème, dis-je. Il prendra ma chambre et je dormirai sur ce divan. Ou je peux aller à l'hôtel. Non, pas de problème.

Domenico et Hortense me dévisageaient avec prudence et suspicion : que diable mijotais-je ? Comme s'ils ne l'avaient pas su !

— Domenico, et toi, Hortense, dis-je, allant jusqu'à agiter deux doigts grondeurs, vous n'êtes que des enfants, et des enfants pas sages. Mais c'est ce que nous sommes tous aux yeux de Dieu.

— Hypocrite ! dit Hortense, sans emphase pourtant et cependant que Domenico avalait sa salive et lui adressait un très hypocrite regard de reproche.

— Tu restes mon frère, poursuivis-je à l'intention de Domenico, malgré tes errements. Tout comme Hortense demeure, malgré les siens, ma sœur. Don Carlo, je vous en fais solennellement serment, ne saura rien des faits répréhensibles qui se sont déroulés ici. Cependant, je suis sûr qu'il ne pourra manquer de remarquer l'évidence d'une certaine chaleur de sentiment entre vous. Il nous sera, je n'en doute pas, d'un grand secours à tous.

— Oh ! oui, chaleur, dit Domenico, n'ayant vraiment pas compris un traître mot de mon petit discours et se rapprochant de quelques centimètres d'Hortense.

Sur quoi, celle-ci, avec tout aussi peu, sinon encore moins d'emphase :

— Oh toi ! toi, toi. Avec tes fichus airs de sainte nitouche homosexuelle et ta façon de te monter sur ton pédé, piédestal !

— Ce n'est pas très généreux de ta part, Ortensia, dit Domenico, se rapprochant d'elle d'un autre pas.

26

— Jamais, me dit le Dr Henry Havelock Ellis, je ne prescris la castration. Mais il est vrai que je ne prescris plus rien du tout, ces temps-ci. Comme vous, je m'intitule homme de lettres.

C'était le dimanche 30 mars 1919. Le fait que j'ai avoué une grande imprécision concernant les événements passés et que je suis pourtant à même, si souvent, de jouer les chroniqueurs exacts, ne doit en aucune façon poser une énigme au lecteur qui cherche la logique chez l'auteur. Des photocopies de mon journal et de mes carnets sont arrivées des États-Unis quelque trois mois après mon quatre-vingt-unième anniversaire, et j'y ai trouvé des jours et des semaines de mon existence consignés de façon assez complète, malgré des lacunes considérables. Que les honteux événements commençant avec mon retour d'Angleterre à Monaco, en compagnie d'Hortense, et culminant le 29 mars 1919, aient été tels que je les ai couchés sur le papier, l'on peut l'admettre sans conteste, même si la vérité des dialogues est rarement mot pour mot. Sur ma rencontre avec Havelock Ellis à l'Hôtel de Paris, le lendemain 30, j'ai des doutes, mais elle eut lieu certainement cette année-là, et presque assurément dans la principauté. L'entretien et les paroles qu'il prononça présentent un rapport parfait avec cette phase de mon récit, pour ce qu'il vaut, et j'espère donc que le lecteur élargira sa conception de la vérité de façon à faire place à ce qui suit.

Ellis avait alors environ la soixantaine, le cheveu blanc et rare et une grande barbe de neige — le parfait prophète. Il avait exercé la médecine, mais abandonné cet art pour se consacrer à la littérature. Beaucoup d'entre nous lui avaient su gré de sa collection de la Sirène, dans laquelle il avait publié, vers la fin des années 1880, les dramaturges élisabéthains. C'est à la suite d'une déclaration erronée de sa part sur les origines de la division en actes des pièces élisabéthaines que j'étais d'abord entré en rapport personnel avec lui. J'ai oublié où il avait fait sa conférence publique sur Sackville et Norton, les quatre écoles de Droit de Londres, *Gorboduc* et *Locrine,* mais je garde le souvenir vivace d'une sorte de remugle prolétarien (bière, tabac noir et ineffaçable crasse) l'auréolant ; je suppose donc que cela faisait partie de tout un programme du conseil du Comté de Londres pour le développement de la culture populaire. Ellis affirmait que les dramaturges élisabéthains avaient pris l'idée des cinq actes à Sénèque, entre beaucoup d'autres choses, et j'affirmais au contraire qu'ils les devaient à Térence et à Plaute, les brèves tragédies de boudoir de Sénèque se conformant au modèle grec pour n'admettre aucune division en actes. Ellis avait dû reconnaître qu'il n'avait guère réfléchi au sujet et, plus tard, que j'avais raison ; mais l'erreur qu'il avait avancée à cette occasion fut reprise ensuite par T.S. Eliot et perpétuée dans l'une des critiques de revue qu'il réunit ensuite en livre en les qualifiant d'essais. (Je redressai les dires d'Eliot dans la grande salle de restaurant de l'hôtel Russell, vers, je crois, les années 1930, pendant qu'il se nourrissait de miettes d'un pâle fromage veiné de bleu ; mais l'erreur a survécu à sa mort. Il y avait beaucoup du dilettante en Eliot.) Le premier volume des *Études de psychologie sexuelle* d'Ellis (1897-1910), avait été l'occasion d'un scandale et de poursuites de l'État et, pour nombre de personnes de ma génération, il était un héros martyr.

Il devait, disait-il, son goût pour la bière à l'Australie du temps qu'il y enseignait, et c'était ce qu'il buvait au bar de l'Hôtel de Paris lorsque je l'y rencontrai, ce dimanche à midi. Il avait diverses manies curieuses. Il crispait le visage de manière à exclure le passage de l'air par les narines, tout en émettant un léger et bref ronflement ; il montrait ses dents, qui n'étaient point bonnes, en un rictus dissuasif, inattendu et sans rapport avec la réalité ; il se gonflait la bouche de bière avant d'avaler celle-ci à grand bruit ; et il se pinçait l'entrejambe, comme pour en extraire une musique de cordes.

— L'homosexualité ? me dit-il. Cet ami que j'ai à Roquebrune est un homosexuel de longue date. Je crois que l'on n'y peut pas grand-chose et je n'arrive pas à voir pourquoi l'on devrait considérer cela comme un état morbide. C'est la loi qui est morbide ; mais, le moment venu on la changera Qu'est-ce qui vous préoccupe ?

— L'étiologie de la chose.

— Vous ne pouvez guère employer ce mot. Ce cher Sigmund, à Vienne, a totalement rejeté les théories grossièrement physiques de Helmholtz, qui constituaient le fondement de toute la pensée de sa génération. Il tient absolument à ce que les névroses, les hystéries et ce que le monde appelle, quand il connaît ce genre de termes, les aberrations et inversions sexuelles et caetera, n'aient pas de cause physique, bien qu'elles puissent manifester des symptômes de cet ordre. La prétendue aberration de l'homosexualité n'a absolument rien à voir avec une dotation irrégulière d'hormones et caetera. Personne ne naît homosexuel. Non plus qu'hétérosexuel, d'ailleurs. Mais tout le monde naît sexuel. Cette sexualité se fixe, inévitablement d'abord, sur la mère, source de satisfactions orales et caetera.

C'était là un discours sec, glacé, fort peu élisabéthain et prononcé beaucoup trop fort. Il y avait là une famille anglaise, le père, la mère et deux fillettes pataudes, assis à une table voisine et qui n'en perdaient pas un mot. Ellis rugit brusquement de rire, pinça un ou deux accords de harpe sur le tweed de son entrejambe, et s'écria :

— Freud, le savant juif, finira dans la peau d'un savant chrétien s'il n'y prête garde. Eh ? Eh ? (Et puis, tournant un rictus marron et jaune vers la salle qui s'emplissait avec l'heure de l'apéritif, il reprit :) La plupart des gens, ici, sont des hétérosexuels. Bien que, naturellement, nous ne puissions omettre le fait que la Côte d'Azur sert de terre d'asile aux créatures de la conviction opposée. Par exemple, car je présume que c'est votre raison d'être ici, vous.

Sur quoi, considérant d'un regard en apparence supputateur le barman, il cria : « Encore un bock ! »

— Pardonnez-moi, dis-je. Tout cela est du plus haut intérêt, mais...

Il eut tôt fait de comprendre :

— Je parle trop fort, hein ? dit-il trop fort. Oui, je sais, odieux défaut. La cause en est que je deviens sourd. (Puis il se mit à chuchoter tout aussi distinctement qu'il avait déclamé jusque-là :) Tout le monde, disais-je, naît sexuel. Il y a des stades de développement infantile qui aboutissent, dans la majorité des cas, à la manifestation d'un tropisme hétérosexuel. Quant à l'homosexuel, il est le résultat d'une situation œdipale désordonnée. Mais son homosexualité n'est ni une névrose ni une psychose. Seule, son attitude devant la chose, autrement dit son comportement devant la réaction de la société, peut créer une condition dans laquelle il soit normal de parler d'étiologie. Suis-je assez clair ?

Trop beaucoup trop Il vida son bock et reprit à mon soulagement

— Allons marcher un peu. La journée semble être splendide

Nous nous contentâmes de déambuler dans le quadrilatère constitué par l'hôtel, le casino, le Café de Paris et le petit jardin public De fait, c'était une splendide journée de printemps, bien faite pour les flirts hétérosexuels dans la tradition littéraire. Je dis :

— Mon père... Mon père était l'homme le plus doux, le meilleur, autant qu'il m'en souvienne. Je n'ai jamais eu peur de lui. Je le méprisais peut-être un peu pour son manque de fermeté à mon égard, et parce qu'il en laissait la discipline à ma mère. Je le méprise aujourd'hui pour un autre motif, mais passons...

Puis soudain, un souvenir remonta, aigu comme le cri de la mouette qui battait des ailes au-dessus du casino : une image de moi hurlant, solidement maintenu, incapable de m'échapper, cependant que mon père s'approchait d'un air sévère, davier à la main. Non, je n'étais pas dans son fauteuil de dentiste. J'étais au lit avec ma mère, qui avait un bras autour de moi, et mon père entrait dans la chambre à coucher avec un sourire qui ne pouvait être que de fausse férocité, les pincettes du fourneau de la cuisine au poing (non, impossible) et, au bout des deux branches, une monstrueuse molaire brune et sanglante : « La plus grosse que j'aie jamais vue, disait-il avec un sourire qui semblait obscène, en avançant brusquement pincettes et dent vers mes parties génitales cachées sous les couvertures. Souviens-toi, mon garçon, souviens-toi bien de veiller sur tes quenottes. » Il y avait un feu (pourquoi ?) qui flambait dans la cheminée de la chambre et, ouvrant les pincettes, il laissait tomber la molaire parmi les charbons ardents. Puis il brandissait l'ustensile dans ma direction, avec un bruit de castagnettes mat et métallique, et sortait en chantant. Était-ce là ce que l'on appelle la scène primitive, ou quelque chose dans ce goût-là ?

— Du mépris ? dit Havelock Ellis. Aucun rapport. Dites donc ! (Les mains soudain nouées derrière lui, tout le corps pivotant pour mieux voir.) Cette fille est rudement jolie.

Et c'était vrai : dans les dix-huit ans, teint d'olive douce, revenant de la messe avec sa mère, missel couleur de blanc-manger dans la main. Comme s'il avait seulement voulu complaire à la convention du vieillard lubrique, il rengaina son admiration et se retourna vers moi en disant :

— Formulons la chose ainsi. Votre père considérait votre mère comme sa propriété ; il était tout prêt à vous castrer parce que vous étiez son rival en amour ; vous en avez conçu l'effrayante hypothèse que toutes les femmes étaient la propriété de votre père. Cela, c'est l'enseignement du cher Sigmund. Et il fera le compte, autant que n'importe quelle autre théorie. C'est comme les fausses étymologies, vous savez : vous racontez à un ignoramus que Mary Stuart, reine d'Écosse, aimait à manger de la compote quand elle était malade, d'où l'origine du mot marmelade : « Mary malade ». Ou qu'Alexandre adorait les légumes et que, lorsqu'il revenait de la bataille, ses soldats criaient « Vive le roi de la Macédoine », confirmant ainsi son titre historique Absurde, mais cela comble une sorte de lacune du cerveau. Comme la mythologie freudienne. Cela n'a pas *besoin* d'être rationnel, comprenez-vous ? Mieux, cela ne peut pas l'être. Il n'empêche que votre père vous a inspiré la peur de toutes les femmes. Et voilà pourquoi vous êtes ce que vous dites. Alors, n'y pensez plus. Jouissez de la vie : elle est brève. (Bien qu'il fût exposé à tous les regards d'un groupe de, à en juger par leur accent, protestants de la Nouvelle-Angleterre, il arpégea un accord sur son entrejambe.)

— Et quels sentiments, demandai-je, suis-je censé éprouver pour ma sœur ?

— Une sœur, eh ? Plus jeune que vous ? Voilà qui est intéressant : être un frère et avoir une sœur. Sigmund s'est payé une sacrée dispute avec un de ses disciples, un des fourvoyés, vous savez ? Celui qui s'est lancé avec sa propre théorie et qui voudrait que tout provienne du traumatisme de la naissance, cet Otto je ne sais qui. Il y a probablement une idée là-dedans, notez. Enfin, bref, la querelle portait sur l'homosexualité et l'inceste. La sœur, disait l'un des deux, j'oublie si c'était Otto machin ou le vieux bougre de grand homme lui-même, la sœur échappe au filet. Elle ne devient pas, comme la mère, la propriété du père. Elle n'est pas un objet sexuel, pas à ce stade, si vous voyez où le bougre, maître ou disciple n'importe, veut en venir. Avez-vous lu mon introduction à *Dommage qu'elle soit une P...* ?

— J'ai lu la pièce dans votre collection de la Sirène. Je ne me souviens pas d'une introduction.

— N'importe. Maintenant que j'y pense, non, je n'en ai pas écrit. L'intention y était sans doute. N'importe. En tout cas, il n'y a qu'une issue pour sortir de l'homosexualité : l'inceste.

— Ou la castration.

— Jamais je ne prescris la castration. Mais il est vrai que je ne prescris jamais rien, ces temps-ci. Comme vous, je m'intitule homme de lettres. (Il fit une terrible grimace autour d'un affreux rictus obscène.) Inceste sororal.

Nous étions debout à la périphérie de la terrasse du Café de Paris. Ellis considéra les buveurs d'apéritif comme s'il avait été au zoo, puis déclara distinctement à un garçon au plateau chargé : « L'inceste avec la sœur ! » Le garçon haussa les épaules, comme pour dire que cela ne figurait pas au tarif des consommations.

— Le seuil de la conscience en est tout zébré, comme un horizon marin par des éclairs diffus. A surveiller de près, même l'occasion de la chute évitée. Attention à ne pas sauter de la poêle à frire pour mieux tomber dans le feu. Bien que, oui, cela puisse conduire à rechercher des substituts de la sœur, des subrogés sororaux et caetera. Intéressant. Devriez écrire une pièce là-dessus. Non, cela a sûrement déjà été fait par Philip Massinger. Ou peut-être pas. Un roman, oui, la forme est plus ample ; manque de place dans une pièce, en vérité.

Le fait est que j'écrivis un roman, en 1934. La moitié d'un, du moins. Mais je savais qu'on ne me le passerait pas, surtout à une époque où un directeur de revue comme James Douglas, qui traitait Aldous Huxley d'*HOMME QUI HAIT DIEU* — pauvre Aldous, lui qui était ivre de Dieu ! — déclarait qu'il eût mieux aimé faire boire à ses enfants de l'acide prussique que de leur laisser lire *Le puits de solitude.* Mon titre provisoire était *La femme sans seins.*

— Quel est le plus grand péché des deux ? demandai-je à Ellis

Ma question se trompait d'adresse. L'homme à qui la poser arriverait de Paris le jour suivant. Il nierait probablement l'existence de l'un comme de l'autre péché, sauf comme articles participant de quelque liste hypothétique élaborée *a priori* par le Docteur Angélique, lequel était si gros que l'on avait dû découper un demi-cercle dans sa table à manger. *Copulatio cum aure porcelli,* la copulation avec une oreille de porc doit être placée exactement sur le même plan que l'acte analogue accompli *in natibus equi,* dans un cul de cheval (A, 3, XIV), les deux étant pollution et épanchement de semence contre la loi, puisque ladite semence est destinée à la génération et au peuplement du royaume céleste par des âmes sauvées. L'inceste, ne gaspillant pas de semence, peut être jugé moindre péché ; cf. cependant Ambrosius Fracastor, Bibellius, Virgilius Polydor Tuladanlecul, etc., etc.

— Péché ? Péché ? cria Ellis à un petit chien qui passait. Oh mon Dieu, péché, dit-il !

Cette conversation me revient clairement en mémoire aujourd'hui, sans que je parvienne à comprendre pourquoi je m'étais rendu péniblement à pied de la Condamine à Monte-Carlo, prêt à montrer mes ecchymoses à des inconnus qui penseraient : « Voilà ce que c'est que de traîner dans les bouges avec de joyeux matelots ; cochon de pédéraste, pas volé ! » Étais-je allé voir si Curry, le petit traître, se trouvait au Balmoral ? Certainement pas ; d'ailleurs, il était parti. Et Hortense et Domenico, les hypocrites, s'étaient rendus à la dernière messe à Sainte-Dévote. Pourquoi donc n'être pas resté dans ce lit que je devais, le lendemain, céder à Don Carlo, pour tenter de rattraper le sommeil perdu, toute une longue nuit, à guetter de sournois déplacements fornicatoires (attention, Toomey ! Non, au diable ces prudences perpétuelles) ? Avais-je voulu le déshonneur de ma sœur et souhaitais-je maintenant son mariage ? Masochisme, identification sexuelle à Domenico, mon frère par l'art ? Désirais-je susciter en eux un malaise devant un apparent changement de sentiment de ma part ? Que se passait-il dans ma tête ? J'ai beau avoir pratiqué l'art de la fiction pendant bien des années, j'en sais moins que jamais sur les tortuosités de l'âme humaine.

Havelock Ellis avait tourné son regard vers la petite rue pentue qui sépare le casino de l'Hôtel de Paris et, à la vue d'un homme qui la gravissait, il ouvrit yeux et bouche tout grands de joie. L'homme, âgé d'une cinquantaine d'années, vêtu de ce qui ressemblait à un costume d'alpaga frémissant de reflets pourpres sous la violence de la lumière, s'élançait maintenant au trot vers Ellis, lequel arborait un sourire grand et barré comme un soupirail. La rencontre eut lieu à mi-chemin, Ellis s'étant hâté aussi, mais avec plus de lenteur : « Très cher, très cher... » sans doute l'homosexuel de Roquebrune. (Je découvris plus tard que la femme d'Ellis était une lesbienne impénitente, lui-même étant parfaitement impuissant.) Les voilà donc, mes deux personnages, tombant dans les bras l'un de l'autre, l'arrivant répétant : « Quoi ? Quoi ? Hé ? » à la manière des patriciens anglais. Puis, se tenant par la taille, ils disparurent dans l'Hôtel de Paris. Ellis m'avait déjà oublié, le grossier personnage ? Je n'existais pas. Et c'était lui qui, après m'avoir traîné dans ce quadrilatère, me plantait maintenant là, désœuvré et tout idiot sous le soleil et les mouettes.

J'en étais là, lorsque... qui vois-je, gravissant la même rue pentue pour venir déjeuner avec moi à l'Hôtel de Paris, oui, qui, sinon Hortense — en coton blanc écru seyant, ceint d'un ruban fleuri noué sur le côté, large col châle, collier de perles de verre, chapeau cloche à bord étroit et généreux ruban de soie — et Domenico en gris très bourgeois, coiffé d'un chapeau de feutre ondulant du bord, de l'espèce que Puccini, un de ses maîtres, adorait. Tous deux arrivent de la messe et ont la mine grave et composée, les pécheurs ! Quelle est la nature de ce déjeuner ? Fête ou repentir ?

— La cérémonie, dis-je, au café, prendra place, je suppose, à Gorgonzola.

Domenico, tasse aux lèvres et qui venait d'avaler une gorgée, s'étrangla. Il ne s'y attendait pas. Durant le repas, je m'en étais délibérément tenu au sujet courant de notre petit opéra. Milan l'avait refusé, avais-je dit, bon, ce n'était pas la fin du monde. Mes relations londoniennes ne s'étendaient pas aux sphères de l'opéra, soit, je n'en étais pas moins sûr d'obtenir de mon agent qu'il amenât sir Hilary Beauclerk, le directeur de Covent Garden, à envisager de monter l'œuvre. D'abord méfiant, Domenico s'était laissé gagner par mon affabilité et mon charme, malgré mon œil à demi fermé et mes bleus ; je me comportais en *gentleman*, race dont Domenico avait entendu parler, s'il n'en avait pas rencontré jusqu'alors de représentant.

— La cérémonie de mariage, complétai-je.

— Tu sais, Domenico, dit Hortense, l'idée n'est pas de moi, tu t'en doutes. C'est tout lui, avec son côté pompeux et pénible, ses histoires d'*in loco parentis* et toute sa sale hypocrisie.

— Et ce sera ton frère, poursuivis-je à l'adresse de Domenico, qui la conduira. Hortense, j'imagine, devrait faire bientôt le voyage avec toi pour être présentée à ta famille. C'est un détail que nous pourrons mettre au point avec Don Carlo, à son arrivée demain. Je présume que ta famille vit avec son temps, idées modernes et libertés sociales comprises, tout comme toi. Je présume aussi qu'il ne sera pas question de dot, de douaire et autres absurdités démodées. Vous vous aimez tous les deux, ce qu'il faut, ni plus ni moins. Oui ou non, repris-je avec une brusque férocité, vous aimez-vous ?

— Tu n'es qu'une sale bête et un être répugnant, dit Hortense

— Ah ! non, grondai-je furieusement. Comment oses-tu me parler de la sorte ? Tu es encore en âge de recevoir une gifle. Et même la fessée, et cul nu, encore !

A une table à cinq ou six mètres de là, l'ami de Roquebrune récitait à Ellis, d'une voix flûtée, des vers du XVIIe siècle, que je reconnus :

Baise-moi. Si jamais un jour devait apprendre
Notre étroite affection, quand bien même peut-être
Les lois de la conscience et l'usage civil
Auraient le droit de nous blâmer, pourtant, sachant
Nos amours, cet amour-là vaincrait les rigueurs,
Qui serait en d'autres insectes abhorré.

Puis il gloussa comme une fille.

— Oui, oui, grogna trop haut Ellis, légèrement gris. Métathèse vocale. Peur du mot. Jamais je n'oublierai la circonstance. La fichue idiote. Vous vous rappelez : *Hamlet,* Acte Un, Scène Deux ? « Cher Hamlet, ôtez cette couleur de nuit qui n'est pas de mise » ? Eh bien, cela donnait : « Ôtez cette chemise de nuit qui n'est pas de couleur ». Heureusement, cela s'est limité aux répétitions ; elle a fini par se l'ôter du crâne, sa chemise.

— Cette pièce ! dis-je à Hortense. Je parle de l'autre. (Elle n'avait pas l'air de connaître le mot clé du titre, quel que fût le degré de raffinement de sa culture — ces deux mots étant en l'occurence synonymes de corruption.) Putain, anglais *whore,* même racine que l'allemand *Hure,* prononcé hhouré, voir *houri.* Qui sait si sœur Gertrude n'a pas utilisé le mot dans quelque contexte de remontrance ou autre ?

— Oui, déclara soudain Domenico, après avoir bu son café et s'être essuyé scrupuleusement les lèvres avec sa serviette. Nous nous aimons.

Et il tendit sa patte velue par-dessus la table, pour la poser sur le poignet gracile d'Hortense.

27

Le télégramme de Don Carlo annonçait qu'il venait pour cinq jours. En réalité, il resta bien plus d'une semaine. Il s'était fait une réputation, d'après ce que je compris, dans le domaine de l'exorcisme, et il y avait justement un cas de cette nature, et un cas difficile, à résoudre dans la banlieue immédiate de Nice. L'évêque de cette dernière ville avait requis ses services ; en conséquence, à la Catho de Paris, on lui avait accordé une semaine de congé. Ce n'était pas tout à fait régulier, apparemment, mais, à en croire Son Excellence, Don Carlo n'avait pas son pareil en Europe pour combattre le diable, et ce, très littéralement. Pour certains de ces hommes d'Église, le diable était non pas une métaphore, mais une entité palpable, ou plutôt une armée d'entités bien structurées (d'où le nom de Légion, comme dans Légion étrangère), ayant le Fils du Matin pour généralissime, avec, sous ses ordres Bélial, Belzébuth et Méphistophélès, aussi bien qu'une multitude de sous-officiers et de simples soldats, impatients de mener le mauvais combat et de gagner de l'avancement. A l'époque, je tenais cela pour un tissu d'absurdités ; mais Don Carlo était prêt à se lancer dans la bataille, armé du *Rituale Romanum* et, en quelque sorte, à renvoyer au diable tous ces petits démons campant dans le corps des innocents. Il n'éprouvait jamais le moindre doute sur l'extériorité du mal, et c'était ce qui le rendait si formidable. L'homme était créature de Dieu, par conséquent parfait. Le diable s'était introduit au Jardin d'Eden et y avait enseigné à l'homme le mal, et il ne désarmait pas. Pourquoi, alors, Dieu n'anéantissait-il pas le diable et toutes ses œuvres ? A cause du libre arbitre. Il avait permis la Révolte des Anges pour cette même raison. C'était là un présent divin, qui ne pouvait être à aucun prix ni d'aucune façon retranché. Mais écoutons la parole de Don Carlo lui-même. Le dur processus d'exorcisme qui était son labeur quotidien (je l'imaginais, ôtant sa veste et retroussant ses manches) avait trouvé un large écho jusque dans les colonnes de *Nice-Matin.* La victime des attentions de je ne sais quels démons infimes, mais crampons, et qui apparemment portaient des noms comme Chouchou, Ranran et Piquemonsieur, était un garçonnet de huit ans, fils d'un cheminot, lequel s'était confié à un reporter dans un bistrot. Don Carlo était convaincu, non sans fondement, que la presse elle-même avait grand besoin de ses exorcismes, et il refusait de parler à ses représentants. Au lieu de cela, il s'adressa au vaste monde ou du moins à ce qui le représentait, lors de la messe de 11 heures du matin, le dimanche suivant, à Sainte-Dévote. Il prononça un sermon dans un français très acceptable, bien que fortement empreint d'accent milanais, en s'inspirant du neuvième verset du cinquième chapitre de l'évangile selon saint Marc, celui où il est dit : *Légion est mon nom, car nous sommes beaucoup.* Il déclara :

— Il y a tout juste cinq mois, nous avons vu le terme d'une guerre atroce, débilitante, meurtrière, infiniment mauvaise. Quand j'emploie ce mot de *mauvaise,* ce n'est pas à la façon des politiciens ou des journalistes. Car ils l'utilisent à tort et à travers et confusément, comme un simple synonyme de douloureux ou d'indésirable. Nous avons tous entendu prononcer des expressions telles que « méfaits du capitalisme » ou « méfaits de la propriété qui entretient les taudis », et nous avons laissé ce terme prendre une signification purement séculière. Mais le mal, *male, evil,* signifie très proprement une force absolue, qui exerce ses ravages dans le monde, presque depuis le jour de la création, et ne sera écrasée que le Jour du Jugement. Cette force, étant absolue, ne peut être œuvre humaine. Elle est le monopole d'esprits créatures de Dieu, serviteurs de haut rang et d'une majestueuse beauté du Tout-Puissant et qui, sous les ordres d'un chef le plus beau de tous celui dont le nom était Porteur de Lumière, ont rejeté l'autorité de Dieu, conçu la rébellion, refusé de servir, et furent précipités du haut de l'empyrée dans les ténèbres et le vide de l'espace. Ils interrompirent ce qui eût été une chute sans fin — car l'espace ne connaît pas de limites — en imposant par leur volonté l'existence d'un nouveau séjour n'appartenant qu'à eux, que nous nommons Enfer, et en substituant au principe du bien éternel, son opposé : le mal éternel.

« Or, comment définissons-nous ce mal ? Très simplement. Comme un principe, une essence destinée à contrarier le bien de Dieu et, par une série d'actes de guerre, à le défaire à la fin. Principe ayant pour instruments des anges aveugles, égarés dans leur orgueil coupable et se dressant désespérément contre l'Éternelle Puissance qui les créa, contre Celui qui pourrait, d'un souffle méprisant de Ses divines narines, souffler leur existence comme la flamme d'une chandelle ! Mais Dieu est défini comme le Créateur et non l'Annihilateur, et il n'est pas non plus dans Sa nature de détruire ce qu'Il a créé. Pourquoi, alors, demandera peut-être l'ignorant, n'a-t-Il pas réprimé cet acte de rébellion dans sa première étincelle, n'a-t-Il pas renfoncé la déclaration de désobéissance dans la gorge de celui qui l'énonçait ? Parce qu'Il a donné à Ses créatures le don terrible et mystérieux de la liberté du choix. L'on peut dire que Dieu, étant omniscient aussi bien qu'omnipotent, avait la pré-connaissance, depuis tous temps, de ce que l'acte de rébellion angélique serait conçu et consommé, et que ladite préconnaissance ne peut être, nécessairement, qu'un déni de la liberté du choix. Mais ce n'est là que façon d'imposer à la nature de la Divinité une limite qui ne tient pas compte de la ferveur illimitée de Son amour. Son amour de Ses créatures va jusqu'à leur accorder le même don qu'à Sa propre essence : la liberté absolue. Préconnaître serait abroger ce don, car ce qui peut être prévu est prédestiné et, là où il y a prédestination, il n'y a plus libre volonté. Oui, Dieu, dans Son formidable amour, S'est dénié la préconnaissance, S'imposant une sorte d'humaine ignorance en laquelle nous pouvons voir la semence même de Son ultime incarnation dans la forme humaine. Avec l'effroyable cataclysme de la Chute des Anges, Dieu commence déjà à assumer toute la promesse du Rédempteur.

« Mais Rédempteur de qui ou de quoi ? Non pas de Lucifer et de son pouvoir maléfique : là, pas de retour possible. Il y a eu choix du mal et ce choix ne peut être défait. Mais, par le terrible mystère d'une nécessité divine, Dieu est entraîné à la création de l'homme. Quand je parle de création de l'homme, je ne vous invite pas obligatoirement à y voir l'idée de la confection, littéralement, d'un être de chair et d'os à partir de la poussière. Libre aux fondamentalistes d'Amérique de nier la possibilité d'un long processus de création, que l'on peut même qualifier d'évolution. Considérez en tout cas que, à un certain stade du long labeur du temps, la créature nommée homme paraît, chair, sang. os, et que Son Créateur lui insuffle une âme, l'essence de cette âme étant le don de libre choix, gage de l'amour divin. Et quelle est la nature de ce choix ? De décider entre les domaines du bien et du mal. En vérité, pouvons-nous dire, comme certains Pères de l'Église avant nous, Théodosius entre autres, que le mal est une nécessité, puisque, si le bien existait seul, le choix ne pourrait se porter que sur lui, c'est-à-dire qu'il n'y aurait plus choix. Ainsi donc, Dieu fait l'homme et lui donne le divin libre arbitre, *liberum arbitrium*. Et voici qu'il a alors le choix entre la lumière éternelle, œuvre du Divin Seigneur lui-même, et le puits de puanteur et de vacarme, de douleur et d'horreur qui est le séjour de l'Ennemi de Dieu.

« Qu'il me soit permis de vous dire très clairement, mes frères, que, de même que le bien échappe à l'invention de l'homme puisqu'il est une essence éternelle qui lui est révélée pour lui permettre de choisir, de même le mal, ce mortel contraire, ne peut être sa création. Il est l'œuvre d'un autre éternel, chef de la Légion des perdus et des damnés, qui cherche à atteindre le Tout-Puissant en frappant Sa créature la plus chère. Parler d'œuvre du mal à propos de l'homme n'est possible qu'à la faveur d'un extrême relâchement de la pensée et de la phraséologie. Pour user d'une image commode, l'on peut dire que l'homme joue sur un clavier la mélodie du mal, sans en être le compositeur. Non, il y a derrière lui un génie fatal, invisible, mais révélé dans ses œuvres, lesquelles ont un trait commun, une signature, une essence reconnaissable. De même que Dieu est le Créateur, ainsi l'Ennemi de Dieu — et de l'homme — est-il le Destructeur. Le mal est destruction, oui. Cependant, il nous faut à présent considérer brièvement la nature de cette destruction.

« Détruire, comme vous le savez, n'est pas inévitablement, dans l'administration des choses humaines, acte déplorable ou condamnable. Un immeuble menaçant ruine peut fort bien être rasé pour permettre à une plus belle construction de s'ériger à sa place. Une ère de tyrannie peut être renversée pour que lui succède une ère de liberté. Notez bien pourtant que ces modes de destruction sont d'un ordre spécial : ils détruisent ce qui est déjà reconnu comme destructeur. L'immeuble menaçant ruine est un danger pour ses habitants, outre sa laideur désagréable à l'œil, la laideur étant un attribut reconnaissable du mal. Un tyran est un destructeur, et détruire un destructeur et ses entreprises est le premier pas dans la construction d'une ère de bien, la beauté étant attribut reconnaissable de celui-ci. La nature de la destruction diabolique est tout autre. Elle cherche à atteindre le bien et le beau, car elle voit en eux le reflet de la divinité. Elle vise également le vrai, troisième élément de la sainte-trinité des attributs de Dieu. Les œuvres de destruction du diable sont reconnaissables à leur vanité, à leur caractère apparemment insensé. Elles ne servent aucune fin, autre que de cracher à la face du Créateur. Nous avons vu se déployer, avec cette guerre qui n'a pris fin que depuis cinq mois, un panorama sans exemple de destruction, avec la perte insensée de millions de vies, l'exercice de cruautés inutiles, l'ensemencement de la maladie et de la misère morale et physique, l'écrasement de grandes cités, l'empoisonnement de l'air et du sol Et il est des hommes pour parler de vain gaspillage, de folie, de démence humaine, de volonté de suicide inexplicable de l'homme. Mais a-t-on le droit de parler de gaspillage, lorsque tant d'hommes, et de femmes aussi bien, ont été conduits à des actes d'héroïsme, d'amour et de sacrifice de soi que nulle persuasion n'aurait jamais pu faire naître d'une ère de paix et de torpeur ? A-t-on le droit de parler de folie, quand le diable manifeste tant de soin et d'astuce pour élaborer les occasions d'accomplissement massif du mal, en faisant que la mauvaise cause apparaisse comme la bonne ? Avons-nous le droit de parler de l'inexplicable, quand les Saintes Écritures et les enseignements de la Sainte Église ne montrent que trop clairement que la prévalence du mal est l'un des deux faits rémanents de notre existence, l'autre étant la prévalence du bien ?

« Mes chers frères et sœurs dans le Christ, j'ai parlé d'un grand mal, et je ferai allusion maintenant brièvement à un autre, moins grand — bien que, si j'en avais le loisir, joint, en vérité, à l'habileté d'exposition et d'éloquence nécessaires, j'insisterais sur le fait qu'il n'est guère propre de porter des jugements quantitatifs sur les œuvres du diable, puisque tout acte, grand ou petit, qu'il perpètre est une abomination, une tentative pour avilir Dieu dans Sa bonté et Sa majesté. Qu'il assassine par millions la fleur de la jeunesse humaine, ou qu'il s'introduise dans l'être d'un jeune innocent, il doit susciter en nous une clameur égale de protestation au nom du Très Haut. Moi, le plus humble et le plus faible des serviteurs de Dieu, je m'emploie depuis quelques jours à remplir l'un des devoirs réguliers fixés à la prêtrise, commandé à Ses disciples par Notre Seigneur Jésus-Christ, c'est-à-dire l'expulsion des esprits du mal. J'ai entrepris d'écraser de petits et sordides instruments du Père des Mensonges, créatures ignobles, mais formidables, et pourtant lâches, frappant dans leur couardise les innocents et les êtres sans défense. Ces démons se sont installés, aussi arbitrairement qu'un essaim d'abeilles, dans la personne d'un jeune garçon, fils d'une bonne et humble famille catholique, et ont cherché, en poussant ce malheureux enfant à la folie, à détruire l'une des créatures parfaites de Dieu. Ils étaient là, voix innombrables, fidèles à leurs thèmes habituels et geignant le blasphème et l'obscénité, ricanant en réponse au ministre de Dieu, crachant sur la sainte croix, couvrant de leurs hurlements les saintes paroles d'exorcisme. Mais, à la fin, ils ont fui en criant d'épouvante et, loués soient Dieu et Son Saint Fils, l'innocent a été rendu à son innocence, et il y aura à jamais dans cette humble famille un sentiment vivace de la grandeur de Dieu et de l'impuissance, en définitive, du mal.

« Je vous dis ces choses, mes frères, en sorte que vous preniez de nouveau conscience de la lutte que Dieu, dans Son ineffable sagesse, a décrété devoir être le lot de nos jours. Elle prend bien des formes. cette lutte mais au fond, à nous de reconnaître l'ennemi unique, l'armée dont le nom est Légion parce qu'ils sont beaucoup. Puissé-je maintenant rendre claire à votre esprit la vraie signification d'un très terrible mot que vous employez et entendez employer chaque jour de votre vie, qui vous est crié par des prélats ou des prêtres tels que moi, mais que vous n'avez peut-être pas assez médité. Ce mot, c'est péché *peccato, sin.* Je vous prie de faire une distinction très attentive entre ce mot péché et l'autre : mal. Car le péché est une chose que peut commettre l'âme humaine, mais le mal est l'entité déjà existante que, par l'acte que nous appelons péché, l'âme humaine peut volontairement embrasser. La Sainte Église enseigne que la capacité de péché découle de la première faute commise par nos premiers parents, lorsqu'ils écoutèrent les paroles de séduction du Père du Mal et mangèrent du fruit défendu, au Jardin d'Eden. Nous tenons d'eux cette capacité de péché, comme nous avons hérité des autres traits de l'identité adamique ou humaine. Or, nous pouvons définir le péché comme une transgression rendue possible par notre capacité invétérée de confondre le bien véritable ou divin avec ce que l'ange déchu, Fils du Matin, représente comme un bien plus élevé encore. Il va de soi qu'il n'est pas de bien plus haut que celui de Dieu ; mais, dans notre aveuglement, pris au filet charnel qui n'exalte que les appétits, et dans la crédulité de notre déchéance — état dont nous devons rendre responsable le fait que le mal existait déjà, inventé par le diable — il n'est que trop souvent possible que nous succombions à l'habileté et à la ruse diaboliques en acceptant le laid pour beau, le faux pour vrai, le mal pour bien. Or je vous dis ceci : ne vous lamentez pas de ce qu'il en soit ainsi, réjouissez-vous plutôt de la lutte à mener pour percevoir le bien dans sa vérité et sa beauté, et du don magnifique et divin qui vous fut fait : celui de la liberté de poursuivre ce combat.

« Dieu a fait l'homme à Son image. Dieu a fait l'homme sans faille, mais libre de faillir. Toutefois, les failles peuvent se réparer, le retour à la perfection est possible. Si parfois, en toute justice, nous nous qualifions de « misérables pécheurs », à nous de nous souvenir que nous nous sommes voulus ainsi, que telle n'est pas la condition que le Divin Créateur nous aurait imposée, que c'est l'effet du libre arbitre. Mais ce libre arbitre qui nous permet de pécher est le don le plus glorieux que nous ait accordé le Père Céleste. A nous d'apprendre à unir notre volonté à la Sienne, et non à celle de l'Adversaire. Tel est, en un mot, le sens de notre vie humaine. L'incitation au péché est en nous, mais le péché présuppose l'existence antérieure du mal, et le mal est non pas en nous, mais dans les Puissances des Ténèbres qui nous harcèlent. Réjouissez-vous, car Dieu est en vous. Réjouissez-vous de la guerre ordonnée par Dieu. « Notre nom est Légion, car nous sommes beaucoup. » Oui, mais les armées de la divine grâce sont infiniment plus immenses, et leurs armures étincellent un million de fois de plus que le soleil, et les armes qu'elles brandissent sèment une indicible terreur. Ne craignez rien ! Même du mal le plus tumultueux peut jaillir le bien le plus radieux. Nous avons combattu la Bête à Ephèse et ailleurs ; nous la combattrons de nouveau, et avec elle toute sa progéniture, grande et petite. Elle ne triomphera pas. Dieu est bon et de même Son monde, de même Ses enfants. Réjouissez-vous, et qu'éclate votre immense allégresse au nom du Père, et du Fils et du Saint-Esprit. Amen. »

Don Carlo, qui occupait la chambre de maître, pendant que moi-même — sur ma propre insistance, qui n'avait d'ailleurs pas rencontré de résistance — je dormais sur un divan dans le salon, se considérait comme le chef de la maisonnée et m'avait commandé, ou presque, d'assister à la messe durant laquelle ce sermon fut prêché. En sorte que, avec une sorte de bonne humeur acide, je m'y étais rendu en compagnie de mon futur beau-frère. Hortense, que Don Carlo appréciait fort comme une jeune catholique, bonne, jolie et innocente, était allée à une messe plus matinale, de façon à avoir le temps de préparer, pour l'après-jeûne de Don Carlo, un solide déjeuner dominical anglais : roastbeef, Yorkshire pudding et moutarde Colman. Elle avait le coup de main pour le Yorkshire pudding : il leva très haut d'un côté du moule et se révéla croustillant et doré à l'extérieur, doré aussi et d'une légèreté de plume à l'intérieur. Don Carlo dévora, avec la délectation qu'il avait dû mettre à exorciser Chouchou, Ranran et Piquemonsieur.

28

— Il ne peut rien montrer de ses sentiments, dit la signora Campanati, mais je sais qu'il est heureux.

C'était une allusion à son mari assis dans un fauteuil roulant, paralysé depuis cinq ans. Il n'en demeurait pas moins le centre d'une réception de mariage animée, en plein air.

J'en suis arrivé maintenant à l'été de 1919, et bientôt c'en sera fait de cette première des années de l'après-guerre. Au cours de cet été-là, Alcock et Brown accomplirent la première traversée de l'Atlantique en avion sans escale et la flotte allemande internée se saborda à Scapa Flow. Le 28 juin, un traité de paix fut signé avec l'Allemagne à Versailles. Le jour suivant, Domenico et ma sœur furent unis par Don Carlo dans les liens sacrés du mariage, à la chapelle de la demeure familiale des Campanati, sise dans les abords immédiats de Gorgonzola, petite ville à l'est de Milan. Mon père — et celui d'Hortense — dont il avait fallu solliciter l'autorisation pour le mariage, avait envoyé un bref télégramme de Battle pour dire qu'il n'élevait pas d'objection. Il m'avait abandonné la tâche de mener la fiancée à l'autel

J'avais, à ce stade, quitté Monaco pour m'installer à Paris où j'avais un appartement rue Bonaparte. Hortense et Domenico, lui plus qu'elle, parlaient de venir habiter aussi Paris, après une lune de miel à Rome et un court retour à Gorgonzola où ils venaient de séjourner un peu plus de deux mois. Tous à Paris, donc : Carlo à la Catho ; moi, respirant l'oxygène du modernisme littéraire ; Domenico, à l'en croire, pour se faire un nom dans le style nouveau des jazzifications piquantes du Groupe des Six, travailler peut-être sous la férule de Nadia Boulanger ou de Martinu et, certainement, tant pour l'amusement que pour l'argent, taper le piano en jouant du jazz avec des saxophonistes nègres dans les boîtes de nuit. Paris était le seul endroit possible, disait-il.

Quant à Gorgonzola, cette petite ville, le lecteur ne peut manquer de le savoir, a donné naissance à un fameux fromage, et c'étaient la fabrication et la vente à l'étranger de ce produit qui avaient enrichi la famille Campanati. Tout le monde connaît le fromage, peu de gens sa ville, en sorte qu'en écrire le nom évoque aussitôt un oxymoron de goût savoureux et d'arôme ignoble, plutôt que la désignation d'une localité. Je voyageai en wagon-lit de la gare de Lyon à Milan ; déjeunai (*riso al burro, vitello,* bouteille de Vighinzano) en compagnie d'Elio Spagnol qui venait de publier deux de mes livres ; passai la nuit à l'Excelsior Gallia, piazza Duca d'Aosta, et me fis conduire dans un coupé de location décapotable, le lendemain matin, à la Casa Campanati, en passant par Cernusco sul Naviglio et Cassina de Pecchi. Le chauffeur, bien nourri et plein de mépris pour les paysans, parlait des tribulations de l'Italie d'après-guerre, dont il rejetait la responsabilité surtout sur les Britanniques, et ne voyait d'espoir que dans une révolution communiste. La journée était belle ; les alouettes, que l'on ne tirait plus, avaient tout loisir d'escalader le ciel. L'homme avait le « *r* » mou (on appelle cela rhotacisme), façon de parler particulière que l'on n'associe pas communément avec le peuple italien, mais qui est courante en Lombardie : *'Ivoluzione. 'Ibellione. Lo spi'ito 'ivoluzioa'io.* Cela faisait rouler le tombereau de son discours sur des roues assourdies. Oui, c'était une belle journée, grisante de magnolias et de cèdres. « Capitalistes ! dit-il, comme nous arrivions devant les hauts murs de la villa Campanati. Ces murs tomberont, vous verrez. » Les piliers du portail supportaient d'énormes boulets de pierre, à droite et à gauche, comparables à ces bornages de justice seigneuriale pour le jugement des voleurs dans l'Angleterre médiévale. « C'est là qu'on les plantera, leur tête à tous », me garantit le chauffeur. Il marchanda durement le prix de la course. C'était une belle journée, et la brise qui venait de la ville ne soufflait pas la moindre bouffée apportant l'odeur de la célèbre spécialité.

« Mais je sais qu'il est heureux »... Ma place, à la grande table rectangulaire dressée en plein air sur la vaste pelouse, me situait à côté de Mme Campanati mère. Derrière nous, la maison dressait son curieux mélange architectural. Fondamentalement, c'était un petit manoir, achevé, à ce que je compris, l'année où, à Bosworth Field, les Anglais avaient cessé d'avoir des rois anglais. Elle avait autrefois appartenu à une branche cadette de la famille Borromeo. L'excentrique *Principe* Dragone avait déliré en ces lieux, éperdu de syphilis, jusqu'à son suicide brutal dans les années 1880, à la suite de quoi la propriété avait été mise en vente. La famille Campanati avait repris la demeure au complet, y compris certains trésors artistiques, dont une *Venere e Cupido* d'Annibale Carracci, une *Annunciazione* de Bernardino de Conti, et une *Maddalena Penitente* d'Antonio Boltraffio. Une ample bibliothèque d'œuvres érotiques rares était, disait-on, murée de briques dans les caves, mais un satyre obscène en pierre, de (crois-je) Tallone, avait eu la permission de continuer à gambader parmi les cyprès. La chapelle familiale où l'on avait célébré le mariage de ma sœur était sise à l'arrière de la maison, au fond d'une large cour, et elle contenait quatre peintures sacrées de Lanzetti, de même qu'un Christ évanoui (qui a fini par être récupéré par la famille Borromeo : l'on peut le voir au Palazzo Borromeo sur le lac Majeur), attribué à Zenale. Les Campanati avaient ajouté deux espèces d'ailes à l'édifice original : énormes boîtes de stuc pleines de chambres à coucher dans le style hôtelier, assez américaines, annonciatrices, le fait est, de toutes les saveurs des Holiday Inns. Au rez-de-chaussée de l'aile gauche, ou orientale, se trouvait l'appartement du chef de famille paralysé, avec une sorte de sous-appartement pour l'infirmière à demeure, une certaine Miss Fordham, américaine.

« Heureux », dit la signora Campanati, dame de soixante ans quelque peu passés, italo-américaine, issue d'une famille originaire de Livourne, dotée d'un léger strabisme vénusien faisant que Hortense qui, comme on se le rappellera, a la même charmante anomalie oculaire, semblait être sa fille plus que sa toute nouvelle belle-fille. Elle était mince et élégante à la façon américaine. A strictement parler, il appartenait à la famille de la mariée de pourvoir au banquet de mariage ; mais, en dépit de mon offre de recourir à un traiteur (j'en avais les moyens ; mes droits d'auteur, que nous nommons *royalties*, ne portaient pas ce nom en vain cette année-là), la famille Campanati avait insisté pour prendre à sa charge tout. Il y avait une sorte de soulagement dans l'air, même parmi la domesticité, à la pensée que, enfin, Domenico se trouvait contraint de se ranger.

Hortense et lui avaient passé quelque temps avec moi à Paris, ma sœur pour s'occuper de sa robe de mariée et de son trousseau. La robe sortait des ateliers de Worth, en pleine ascension alors ; elle était très moderne, c'est-à-dire qu'elle présentait un corsage tubulaire, taille basse, jupe froncée couvrant à peine les genoux, manches chemisier à manchette de dentelle évasée, décolleté profond en U et fort joli voile en mousseline de soie, tout bordé de broderies. Ce fut à Paris et à ce moment-là qu'elle me dit, pendant que Domenico était à un rendez-vous quelque part avec le compositeur Germaine Tailleferre, qu'elle ne me pardonnerait jamais.

— Tu ne me pardonneras jamais quoi ? demandai-je avec le plus franc ahurissement.

Nous déjeunions dans un restaurant aujourd'hui disparu depuis longtemps, le Pelléas et Mélisande, rue Buffon, au sud du Jardin des Plantes, et je venais juste d'attaquer mon steak au poivre.

— Quoi, pour l'amour du ciel ? répétai-je.

— Ta vulgarité. C'était infect et vulgaire, de forcer les choses à ce point-là. Cela me donnait l'impression d'être sale, et à Domenico aussi. Ce n'était pas du tout à toi d'aller dire : « Alors, c'est pour quand ? Finissons-en, faites de ma sœur une honnête femme, espèce de goujat », et tout ce genre de choses.

— Mais tu avais déclaré toi-même vouloir l'épouser.

— A mon heure à moi. C'était à moi de lui faire prendre sa décision. Et, toi, tu arrives avec tes méchantes sales pattes d'hypocrite et tes simagrées, « Vous avez ma bénédiction, mes enfants », et autres dégoûtations.

— Je ne comprends pas, tout simplement pas. Je désirais seulement t'installer dans la vie avec l'homme que tu dis aimer et...

— Te débarrasser de moi, voilà ce que tu veux. Je te pèse. Tandis que, comme cela, tu pourras continuer ta vilaine vie de tantouse. D'ailleurs, je ne suis plus si sûre de l'aimer, maintenant.

— Oh ! c'est bien connu, juste avant le mariage, on prend conscience d'un seul coup de l'échéance : « Jusqu'à ce que la mort nous sépare », etc. Et puis, ajoutai-je, je t'interdis d'employer ce genre d'expression à propos de ma vie... comme celle dont tu viens de te servir. Ma vie ne regarde que moi.

— La mienne aussi. Ou plutôt ne *regardait*, jusqu'à ce que tu aies décidé de te substituer à moi.

— Tu es une fille, et une mineure.

— Ça, c'est seulement ce que la loi raconte, et la loi est une oie. A présent, je me sens prise au piège, ligotée, sans plus aucune liberté. Et tout cela par ta faute.

— Non, ce n'est pas ma faute. C'est toi qui as mis ce type dans ton lit ; ensuite, tu as raconté que tu le voulais et...

— Il y a des Anglais, là à cette table. Ils écoutent. Parle plus bas.

— C'est toi qui as tout commencé. Écoute, dis-je en posant couteau et fourchette, rien ne te force, tu sais. Ce ne serait pas le premier mariage décommandé, même au pied de l'autel.

— Oh ! j'irai jusqu'au bout, dit-elle en picorant sa salade d'endives. Et je serai très, très heureuse, ajouta-t-elle amèrement.

— Ce genre de sentiment que tu éprouves ou crois éprouver est assez courant, je t'assure.

— Tu le sais mieux que personne, bien entendu !

— Je connais un peu la vie. Il le faut bien. Je suis écrivain.

Elle repoussa la salade et joignit les mains comme si elle allait réciter les grâces.

— Il me fait peur, dit-elle.

— Domenico ? Oh ! c'est imposs...

— Pas Domenico. Carlo. Il a une façon de me regarder qui me fait froid dans le dos. Comme s'il pouvait voir ce qui se passe dans ma tête. Il me regarde, puis il fait une sorte de sourire et hoche la tête.

— Oui, je l'ai remarqué. Mais c'est de satisfaction qu'il hoche la tête. Il se félicite de toi. Domenico était un peu tête folle ainsi que tu le sais. Maintenant, il va se ranger.

— Oui, c'est bien cela : tout sera parfait pour Domenico ; chaque fois c'est la même chose : personne ne pense à moi. Là-dessus Carlo commence à parler des enfants que nous aurons, à croire qu'il les voit comme s'ils étaient déjà là. Toute bonne famille catholique, dit-il, donne quelque chose à Dieu. Qu'est-ce qu'il veut dire ? N'importe comment, je me sens complètement emprisonnée sans aucun moyen d'en sortir, à perpétuité ! Je ne te le pardonnerai jamais.

— C'est complètement insensé.

— Ce n'est pas vrai, et tu le sais très bien. Enfin, quoi, où en sommes-nous, où en est notre famille ? Nous n'existons plus, et tu n'as qu'à voir les Campanati : avec l'Église derrière eux, ils sont là, florissants comme un, comme une...

— Vigne ?

— Non. Si. Oh ! bien vivants et loin de s'en aller en morceaux, malgré le vieil homme qui a un pied dans la tombe. Et moi qui arrive là ! Ils ne feront qu'une bouchée de moi.

— Tu peux claquer la porte, dis-je, tout de suite.

— Tu sais très bien que ce n'est pas possible. Cet animal de Carlo ne le permettra pas. Oh ! peut-être toute l'histoire est-elle insensée, oui.

— C'est plus que certain, dis-je en revenant à mon steak au poivre, mais sans grand appétit.

Et voilà que, la signora Campanati à ma droite, je mangeais une tranche du gâteau de noces, très brillant édifice rococo aux nombreux étages, infesté, comme de mouches, de grassouillets *putti*, autrement dit chérubins, fessus, et conçu et exécuté par des confiseurs architecturaux de Milan. Je buvais aussi un verre de Dom Pérignon, qui aidait le gâteau à passer. L'infirmière, Miss Fordham, faisait avaler quelques miettes de la pièce montée au pater paralytique. Hortense était légèrement ivre — ce qui était dans l'ordre des choses — moins ivre, cependant, que Domenico dont les dents étincelaient d'une joie extravagante, au milieu d'un vague sourire figé de lubricité italienne, et semblaient illuminer à la ronde oncles, tantes, cousins, cousines, anciens camarades d'école, *monsignori*, serviteurs, ouvriers du *caseificio*, religieuses. Parmi ces dernières, l'unique fille de la famille : Luigia, *Suor Umiltà*, forte fille moustachue, de vingt-cinq ans environ, levant généreusement le coude sans prendre la peine de s'en cacher ni en être affectée le moins du monde. Carlo fit un long discours, leste et gaillard, en patois et engloutit un demi-litre de « roteur » pétillant, d'un seul trait fort applaudi. Le sourire forcé de la signora Campanati me disait assez que ce n'étaient pas là les manières de la famille : ils étaient gens posés qui « faisaient de l'argent », parlaient une langue nommée l'italien, c'est-à-dire une forme de neutralisation, à l'usage national, du dialecte toscan, avec toutes ses nuances de culture et de discipline, tandis que Carlo, comme une sorte de devoir pastoral, exécutait pour la galerie son numéro d'homme alliant le langage de la terre à celui du Ciel. Autre chose : physiquement, Carlo était grossier, comparé à cette famille élégante et policée. L'espace d'un éclair, je le vis sous les traits d'un enfant des fées, bébé gobelin fourré là, à la place du véritable enfant, dans un berceau Campanati. Il était certes très différent de son aîné, Raffaele.

Raffaele était en Italie non à cause du mariage, mais parce que, à cette époque de l'année, il revenait régulièrement au pays, de Chicago. Il avait l'air de ce qu'il était : un homme d'affaires international ; mais il dégageait une aura de pureté, voire de piété, comme si les impulsions qui avaient respectivement fait de Carlo un prêtre et, de Domenico, un musicien, s'étaient soudain enrayées et bloquées pour donner naissance en lui aux contradictions d'une personnalité qui, à ce que je comprenais, était de fer dans son obsession de la réussite commerciale. Il avait dans les trente-huit ans et était déjà veuf. Sa femme, catholique anglo-saxonne de Saint-Louis, aux États-Unis, était morte d'une septicémie après sa troisième tentative avortée pour donner le jour à un héritier Campanati. Il ne s'était pas remarié et déclarait qu'il vivrait et mourrait veuf. La lignée se continuerait par Domenico et ma sœur — d'où l'importance de la circonstance.

« Il ne peut rien montrer de ses sentiments, avait dit la signora Campanati, mais je sais qu'il est heureux. » Entendant par là, je le répète, son mari, parodie desséchée de Raffaele, muet, perdu, mais théoriquement astreint à se féliciter à la pensée que la famille ne s'éteindrait pas.

« Notre bonheur », proclamait Raffaele en italien aux invités. Richement doté d'une chevelure et d'une moustache dignes de celles de King C. Gillette sur les lames de ses rasoirs de sûreté, il était aussi beau, dans le style de raideur démodée du tournant du siècle : statuesque, sévère, sans aucune connotation du flirteur ou du gommeux. Il était chaste par nature, m'avait-on dit, et ses appétits, par comparaison avec ceux de Carlo, étaient la frugalité même. Il avait mangé peu, bu moins encore. Son père, lui et moi, nous étions les seuls mâles présents totalement non avinés. « *La nostra felicità* », disait-il gravement.

L'heureux couple devait partir pour Rome le soir même en wagon-lit. Il pourrait dîner dans le train, s'il avait encore faim, et aussi, vraisemblablement, tenter la consommation officielle sur une des étroites couchettes. Mais ils avaient déjà pris les devants, les deux hypocrites, et attendraient sans doute le lendemain après-midi, derrière les volets clos sur l'énorme canicule romaine, à l'hôtel Raphael, largo Febo, près de la piazza Navona. Ce n'était pas plus mon affaire que celle de personne. De même que, considérais-je, ayant fait mon devoir (ou celui de mon père), mes propres affaires ne regardaient que moi. Libre comme un écrivain, je me proposais de m'esquiver en même temps que les autres invités et de passer une autre nuit à l'Excelsior Gallia, à Milan. J'y avais laissé mes bagages. Un certain Dottore Magnago était tout prêt à m'offrir l'hospitalité de sa limousine avec chauffeur — cela ne posait aucun problème, ne l'écartait nullement de son itinéraire. Ensuite, le lendemain, je m'accorderais une brève visite aux îles du lago Maggiore, prenant de l'une à l'autre les bateaux de plaisance, puis j'irais attraper le train de Lyon à Ascona. Mais ce fut Raffaele qui me fit remarquer avec insistance que toute la famille serait peinée si je ne passais pas la nuit à la Villa Campanati : l'on avait préparé une chambre dans l'aile ouest, disposé les articles de toilette et, dit-il : « Il faut que nous ayons une conversation. »

— A quel propos ?

— Une conversation.

Nous étions tous allés jusqu'à la grande grille ouverte. Le soir commençait, délice de citron et de magnolia ; une lune pêche était suspendue très haut. L'automobile qui devait conduire l'heureux couple à la gare de chemin de fer était là. J'embrassai la mariée dans sa robe de voyage grise à bretelles croisées du cou jusqu'à la taille basse, assortie d'un léger manteau de satin ouvert sur l'air qui embaumait. Je lui dis tout bas :

— Tout ira très bien, tu verras. Rendez-vous à Paris. Suis-je pardonné, maintenant ?

Non que, bien sûr, il y eût quoi que ce fût à pardonner. De mes bras, elle passa aussitôt à ceux de Carlo, qui la pressa sur sa poitrine jusqu'à ce qu'elle poussât un cri ; et puis, je dus embrasser, mais sur les joues, un Domenico dont la barbe appelait déjà le rasoir matinal. Baisers, pleurs, bénédictions, rossignols dans les cyprès. On avait poussé le vieux Campanati dans son fauteuil roulant jusqu'à la grille. L'infirmière s'empara de son bras droit, inerte comme un bout de corde, et l'agita dans la direction du couple qui montait en voiture, en disant : « Les voilà qui partent, mon petit. » Ainsi d'un chien que l'on force à donner la patte. La signora Campanati tantôt s'essuyait le nez, tantôt brandissait son mouchoir de batiste. Des conseils gaillards à la mode milanaise étaient criés à Domenico par ses amis, gens de son âge ; l'un d'eux fit un geste vulgaire, le poing fermé. Signaux d'adieu, larmes, deux ou trois fragiles averses de pétales de fleurs, venant, à ma légère surprise, des nonnes : « Bonne chance à vous deux, *good luck to you both !* » redoubla en anglais sœur Humilité.

En Angleterre ou en Irlande, la noce eût continué toute la nuit pour se terminer, assurément dans le second de ces pays, par une bagarre générale. Ici, elle prenait fin sur le départ des jeunes mariés. Il y eut souper de famille, froid comme il se devait. Plat de restes de viandes et *insalata mista.* Vin rouge du domaine, en bouteilles sans étiquette. Nous mangeâmes, la Suor Umiltà, la signora Campanati, Carlo, Raffaele et moi-même, dans une salle à manger agressivement ancienne et qui sentait l'humidité. Au-dessus de la desserte pendait une *Ultima Cena,* de Giulio Procaccini. Le lustre électrique comptait nombre d'ampoules mortes. Carlo dévora comme s'il avait jeûné toute la journée. Quand on apporta le café, il réclama de la liqueur du domaine, une *grappa* aux relents puissants de chien de berger mal lavé. Pas une allusion à l absence de l'infirmière, Miss Fordham. Je supposai que, ayant nourri l'âme à sa charge d'un biberon de quelque chose, elle s'était fait un peu de cuisine américaine dans son coin à elle. Nous parlions tous l'anglais : ils y étaient aussi à l'aise qu en italien. Raffaele me dit

— Où, à Paris ?

— Qui cela, moi ou eux ?

Il me dévisagea sévèrement et silencieusement. A ses yeux, je me conduisais en esprit frivole.

— Le fait est, repris-je humblement, que j'ai promis mon aide. Promis de trouver un studio, quelque chose. Mais si Carlo, de son côté, entend parler d'une occasion... (Chose étrange, nous étions pour ainsi dire parents désormais.) J'ai une grande chambre à coucher supplémentaire qu'ils peuvent occuper, le temps de trouver mieux. A supposer, bien entendu, que nous n'ayons rien découvert de convenable d'ici là. Domenico parle d'un piano à queue. Certes, mais ce n'est pas le plus pressé, je pense ?

— Domenico, dit la mère, est impatient de commencer à gagner de l'argent. C'est difficile avec la musique, nous le savons tous.

— Rien ne presse là non plus, ce me semble ? dis-je, non sans insolence peut-être. Du moins, poursuivis-je tandis qu'ils me regardaient en silence, croyais-je comprendre que cela ne faisait aucun doute pour personne... la difficulté pour Domenico, veux-je dire, de gagner sa vie en composant de la musique sérieuse. Lui-même, il reconnaît en être encore à apprendre le métier. Il parle de prendre des leçons de composition. Il parle aussi de jouer du piano dans les boîtes de nuit. Pour l'expérience que cela représente, bien entendu. Il est convaincu que le ragtime, le jazz et le reste ont quelque chose à apporter à la grande musique. Ravel est aussi de cet avis, ajoutai-je par défi. De même que Stravinski.

— Joueur de musique de jazz dans les boîtes de nuit, dit Raffaele. Et marié avec la sœur d'un auteur de romans. Ah ! les choses changent, la vie change.

— A en juger par la façon dont vous parlez de ces deux métiers, dis-je hardiment, ils seraient peu convenables. Votre ton, pardonnez-moi de vous le dire, était tant soit peu désobligeant. Toute profession qui apporte une consolation innocente est respectable. Souvenez-vous aussi, je vous en prie, que, Domenico et moi, nous avons commencé par devenir, oui, amis, en collaborant à un opéra, et qui était destiné à la Scala. J'ose espérer que la Scala a grâce à vos yeux.

— La Scala l'a refusé, dit Raffaele (et son regard sous-entendait que c'était la faute du livret et d'une indécence qu'il contenait peut-être).

— Qui sait s'il en ira de même avec Covent Garden.

— L'endroit où l'on joue votre opéra anglais ? Je sais. (Raffaele eut ce haussement d'épaules habituel des Italiens et des Allemands, quand, d'un même souffle, on allie la musique à l'Angleterre.)

— Un théâtre environné de légumes, dit Suor Umiltà (toute

nonne qu'elle était, elle connaissait le vaste monde et les Halles de Londres).

— Voilà, dis-je au point où j'en étais, qui est tout aussi désobligeant.

— Salsifligeant et chouravant, dit Carlo entrant dans la danse. Allons, allons ! un peu moins de mélancolie et plus de réjouissance.

Il visait Raffaele, dont les beaux yeux semblaient déchiffrer un avenir sombre pour quelqu'un ou pour l'humanité parmi les oranges disposées en pyramide sur un lit de leurs feuilles et dans une coupe, au milieu de la table.

— Le changement, dit Carlo. Tu parles du *changement* comme si ce n'était pas le propre même des choses vivantes. Que serait cette famille si elle ne s'était ouverte au monde ? Tu crains que cette époque de jazz, de romans et d'Anglo-Saxons ne nous dévore ? Non, c'est nous qui la digérerons. Tu as peur que la famille n'y laisse de sa dignité ? Nous n'avons jamais eu de dignité ; j'entends par là que nous étions toujours du côté du changement et de la vie. Prends notre pauvre père : il a recueilli notre chère mère comme une orange qu'il aurait arrachée au passage à l'arbre de son East Nassau natal, à moins que ce ne fût ailleurs... ?

— Oui, c'était l'East Orange, dit la mère avec un sourire triste.

— Bon, très bien, alors comme un poisson nassau à son East Orange. C'est lui, notre père, qui a introduit l'Amérique dans la famille, et du même coup la langue américaine. Et voilà maintenant que le sang français et le sang anglais arrivent. Si Raffaele voulait bien épouser une jeune négresse...

— Assez, dit Raffaele. Il y a des plaisanteries qui ne sont pas de mise.

— Je dis : sang, continua Carlo. Tous les sangs sont pareils. Enfin, non, il y a le sang chaud et le sang froid. Le sang froid comme celui de Kenneth ici présent, et le sang chaud des Méditerranéens... (C'était la première fois qu'il m'appelait par mon prénom : j'étais vraiment de la famille désormais.) Enfin, non, nous sommes tous des septentrionaux ici, tous un peu froids. Mère, quelles sont ses racines ? Gênes et le Haut-Adige. Il n'y a pas plus froid.

— Moi qui m'imaginais, dis-je, que tous les Italo-Américains venaient du Sud. De Calabre et de Sicile. J'avais considéré la Sicile comme allant de soi.

— Nous ne voulons rien avoir à faire avec la Sicile, répliqua Raffaele. Les Siciliens sont la ruine des États-Unis. Chicago est presque entièrement aux mains des Napolitains, qui sont déjà suffisamment mauvais ; mais du moins les Siciliens restent-ils exclus. Quant à New York..., ajouta-t-il avec un grand frisson.

— Le changement, le changement ! s'écria Carlo. Regarde-toi, Raffaele : tu es devenu un vrai citoyen de Chicago, quand tu sais très bien que, de droit et de tradition, ta place serait ici, dans le fauteuil de notre pauvre père. Mais le changement t a dit que l'avenir appartenait aux grandes affaires d'Amérique

— J'ai beaucoup réfléchi à la question, dit Raffaele. Mais Zio Gianni réussit bien ici. D'ailleurs, notre produit traditionnel est en passe de ne plus représenter qu'une infime partie de l'ensemble : il y a les *pannatoni*, les conserves de *pomodori*...

— Zio Gianni ? demandai-je. Celui qui a chanté avec ce bégaiement comique ?

— Bégaiement ? Oh, *balbuzie*. Non, celui-là, c'était le vieux Sambon, répondit Carlo. Le directeur. Oncle Gianni, ou Jack, comme vous l'appelleriez peut-être, avait atrocement mal à l'estomac et n'a pas pu venir. Il a mangé quelque chose de mauvais à Padoue. Sorti de sa région, il ne peut rien avaler. Vous le verrez demain ou après-demain peut-être.

— Je vous quitte demain, dis-je. J'ai mon livre à terminer.

— Et moi je dois partir tout de suite, renchérit Suor Umiltà. L'on m'a donné permission seulement jusqu'à les 10 heures. (Son couvent, à ce que je comprenais, était à Melzo, pas très loin. Non, je prie, personne debout. (Hors des frontières de l'italien, son discours était moins idiomatique que celui des autres.) Vous avez donné femme à ce cher Domenico, reprit-elle en m'embrassant, après en avoir fait de même à sa mère et à ses frères, et en se trompant quelque peu. Quelqu'un se rappelle-t-il où l'on a rangé ma bicyclette ? poursuivit-elle plus couramment.

Carlo se le rappelait. Lorsqu'elle fut partie, il me demanda :

— Votre livre, c'est un roman ?

— Oui. Il me reste une vingtaine de pages à écrire. C'est l'histoire d'une fille aveugle et d'un estropié qui se marient et donnent naissance à de beaux enfants. Pas très bon ; ramassis de sottises en réalité, ajoutai-je imprudemment.

— Vous voilà reparti ! s'écria Carlo. Pourquoi écrire ces choses, si ce sont des ramassis de sottises ?

— Elles commencent, répondis-je, par être pleines de promesses, et même stimulantes. Et puis je prends conscience de ma propre ineptie, de cette veine de sentimentalité indéracinable en moi, de la pauvreté du style et de mon impuissance à faire mieux. Et pourtant je ne peux me résoudre à détruire mon travail : ce serait tuer ce qui demeure pour moi des créatures vivantes. En outre, je dois gagner ma vie et j'ai des lecteurs moins exigeants que moi. Alors, par une sorte de désespoir, je termine le livre, l'expédie et essaie d'oublier, en espérant qu'il y aura un progrès la prochaine fois.

— Et vous priez aussi, peut-être ? dit la mère.

— En un sens, répondis-je prudemment. En un sens, oui, je prie.

— Mais, dit Raffaele, si le livre était immoral et devait faire scandale, croiriez-vous encore possible de prier que le livre soit mieux écrit ?

— Oh ! fis-je avec un sourire, je ne saurais admettre qu'une œuvre de fiction puisse être immorale ou morale. Elle doit se contenter de montrer le monde tel qu'il est, sans aucun préjugé moral. Au lecteur de découvrir lui-même dans le livre la nature des mobiles des actions humaines, et d'apprendre aussi, peut-être, quelque chose des raisons dont s'inspirent les forces sociales pour juger ces actions, raisons qui constituent, je suppose ce que nous appelons le code des valeurs morales.

— Il y a une morale divine, dit Raffaele. C'est la seule qui compte. (Il pénétrait dans le domaine de Carlo, mais celui-ci était bien trop occupé à sucer une orange à la manière dont la fouine aspire une cervelle d'oiseau.) Je crois qu'il est possible, et pense même qu'il n'est en fait pas rare de voir des livres niant la morale divine, et donc dangereux à mettre entre toutes les mains.

— Je ne crois pas que mes livres soient de cette nature. Les romans que j'ai écrits sont plutôt conventionnels, du point de vue moral. Je veux dire que je présente des méchants, mais qu'ils sont toujours punis assez conventionnellement. Personne n'emporte ses crimes au paradis, dans mes romans. Parfois cela me tracasse. Il faut bien le dire, le monde n'est pas ainsi fait. Vous rappelez-vous le roman auquel travaille Mlle Prism, dans *L'importance d'être sérieux ?* Les bons finissent bien, dit-elle ; les mauvais, mal. D'où cette qualification de « fiction ».

— Je ne connais pas cette œuvre, dit Raffaele. De qui est-elle ?

— D'Oscar Wilde. C'est lui qui, soit dit en passant, a déclaré qu'il n'existe qu'une sorte d'immoralité en matière de fiction, et c'est d'écrire mal.

— Sottise ! dit Carlo en prenant une autre orange. On ne peut porter de jugements moraux sur des choses. Seulement sur des actes.

— Mais écrire est une forme d'acte, dis-je. Vous porteriez bien un jugement moral sur un menuisier qui fabriquerait de mauvais sièges ?

— Uniquement s'il les vendait comme de bons sièges.

— Oscar Wilde, répéta sombrement Raffaele. Vous diriez-vous disciple de cet homme ?

— Oh ! non, rétorquai-je en souriant. C'était avant tout un écrivain de l'ère victorienne. Notre rôle est d'écrire comme des auteurs du XXe siècle, et même, maintenant, comme des hommes qui ont vécu l'effroyable cataclysme de cette guerre. Impossible de revenir en arrière.

Carlo cessa ses succions et se leva en disant :

— Je vais emporter quelques oranges avec moi. (Il en rafla une brassée.) Au cas où je me réveillerais cette nuit. Mais la journée a été très remplie. Je crois que je vais dormir comme un chien.

— Oui, la journée a été très remplie, acquiesça la mère en se levant à son tour. Mais c'était aussi une journée de bonheur. (Elle embrassa ses fils et puis, sans que j'en fusse étonné, me donna un baiser.) Vous trouverez votre chambre prête, me dit-elle. Raffaele vous montrera laquelle. Votre sœur est la plus délicieuse des jeunes filles, ajouta-t-elle. Je suis très heureuse.

— Si vous voulez bien, dit Raffaele, me suivre à la bibliothèque un instant.

— Vous me regardez exactement comme mon père autrefois Lorsque j'avais un mauvais carnet de notes en classe.

— Il s'agit un peu d'une mauvaise note.

— Mon Dieu, mon Dieu, mon Dieu, vous me remplissez d'appréhension.

La bibliothèque était remarquable par le nombre des mauvais bustes d'auteurs italiens, Foscolo, Monti, Niccolini, Pindemonte, qui, tous, aveugles et comme tournant le nez pour flairer la lumière, semblaient interchangeables. Les livres étaient reliés en cuir, et tous, comme dans la bibliothèque d'une maison de campagne anglaise, illisibles ; mais il n'y en avait pas tant que cela, l'Italie ne possédant pas, au fond, une littérature si abondante. Toutefois, il y avait un très beau globe terrestre florentin, ou *mappamondo,* près duquel nous prîmes place dans des fauteuils club, moi faisant tourner le globe à rebours, et Raffaele versant du whisky, d'une carafe carrée qu'il avait extraite, à l'aide d'une clé, d'une cave à liqueurs anglaise. Je pris l'initiative de choquer les verres.

— A l'heureux couple, chantonnai-je dans le style du *brindisi* italien.

— Je l'espère. J'espère que cela tournera bien. Je ne connais pas votre sœur, voyez-vous. Ni votre famille. Mais Domenico a fait son choix.

— Hortense aussi.

— Oui, oui, je l'imagine aisément. Connaissez-vous un homme du nom de Liveright ?

— Ah ! mais oui, mon éditeur new-yorkais ? Enfin... nous correspondons. Je ne l'ai jamais rencontré.

— J'appartiens à un club à Chicago, le Mercury Club, pour hommes d'affaires, vous comprenez ? Mercure passe pour être le dieu des affaires.

— Et aussi des voleurs.

Il ne trouva pas cela drôle et reprit :

— Cet éditeur, Liveright, était l'invité d'un de mes amis d'affaires. A ce Mercury Club. Pardonnez-moi de le dire, puisqu'il est votre éditeur, mais il ne m'a pas paru être d'une grande moralité. Il ne pense qu'à l'argent. Tout lui est bon pour en ramasser : tant le scandale que la piété, la dévotion ou l'instruction vraie. Voilà ce qu'il appelle être un bon homme d'affaires. « *Bon ?* lui ai-je dit. Non. Prospère peut-être, mais pas bon. »

— Il a des antécédents calvinistes. Je doute fort qu'il mesure la différence.

— Vraiment ? Je lui ai parlé de votre œuvre ; il a eu l'air surpris que je la connaisse. J'ai seulement dit que j'avais vu un de vos livres sans le lire. Du moins avais-je lu la page de titre et la première page. Je me souvenais du nom Liveright, parce que la première page semblait être une discussion autour de ce que l'un des personnages entend par « vivre droit », *live right,* n'est-ce pas ?

— Ce doit être *Avant la ciguë,* dis-je. Non, attendez, le titre n'est pas le même en Amérique... *D'un trait, d'un seul, Socrate !* Pas fameux. Roman sur Socrate. Navré que vous l'ayez trouvé illisible.

— Non, non, non, je vous en prie. Je trouve presque tous les romans illisibles Je ne suis sans doute pas ce que l on appellerait un grand lecteur. Mais je connaissais votre nom, bien entendu, à cause de Domenico qui était tombé amoureux, selon les mots de ma mère dans sa lettre.

— A vous entendre, on croirait qu'il ne s'agit pas d'un sentiment très authentique. Ils sont parfaitement amoureux l'un de l'autre Mais, pardonnez-moi, j'aimerais que vous en veniez au fait.

— Liveright m'a aimablement envoyé un dossier d'articles sur votre œuvre. Il y en avait un qui parlait d'impureté, d'obscénité et, je crois bien que c'était le mot, de sensualité. J'ai ce dossier dans un tiroir de ce bureau, là-bas. Peut-être devrais-je le sortir. (Mais il semblait fatigué : journée bien remplie.)

— Cela, ce doit être à propos de mon premier roman, dis-je : *Le grand départ*. Les Américains ont appelé cela *Sans retour*. C'est assommant d'avoir tous ces titres différents.

— Liveright a mentionné aussi le fait que vous auriez été contraint de quitter l'Angleterre et que vous n'oseriez pas y rentrer. A cause d'un scandale ou un autre. Est-ce vrai ?

— Écoutez, Raffaele, si vous me permettez de vous appeler ainsi, ces histoires me regardent. Nier les allégations de Liveright serait reconnaître qu'elles sont aussi votre affaire. A ce que je vois, il me faudra changer d'éditeur américain.

— C'est l'affaire de la famille au sein de laquelle votre sœur s'est mariée. Vous devenez une sorte de parent. Permettez que je vous raconte quelque chose. Sur une scène de Broadway, jouait une actrice britannique, dont le nom est d'ailleurs dans le dossier. Veuve, apparemment ; mari mort de la grippe espagnole. Elle racontait que son mari s'était mis à mener une existence déréglée. peu de temps avant sa mort. Il y a eu une soirée à laquelle Liveright était présent — il était censé publier la pièce dans laquelle jouait la dame. Et ladite dame a parlé en termes véhéments et insultants du rôle qu'elle vous attribue dans l'éloignement de son mari. Elle a fait allusion à vos dérèglements sexuels. Quand j'ai demandé si vous étiez un disciple d'Oscar Wilde, je n'avais pas seulement en tête l'aspect littéraire de la question. Je pensais à ce que nous qualifions de maladie et même parfois de mal anglais. J'ai passé deux années en Angleterre dans une école, l'école Orpington. C'est dans ce genre d'établissement que ce mal fait souvent sa première apparition.

— Homosexualité est le terme exact, dis-je. Ce n'est pas une maladie. C'est l'attitude du monde qui est probablement morbide à cet égard. Il s'agit d'une condition extrêmement répandue et que l'on trouve souvent alliée à des dons artistiques. Parfois même au génie dans les arts. Voyez, par exemple, votre Michel-Ange.

— Michelangelo n'a causé aucun scandale.

— Et, pourriez-vous ajouter, il n'avait pas de sœur à marier au sein de la famille Campanati.

— Que l'on qualifie cela de maladie ou de caractéristique du tempérament artistique, c'est en tout cas un péché.

— Vous parlez de l'acte homosexuel ou de la condition elle-même ?

— L'un fait l'autre ; je ne vois donc pas de différence

— Alors, vous n'avez pas le droit de parler de péché. Le péché est le fruit du libre arbitre. Votre frère Carlo a clarifié le problème dans un sermon, à Sainte-Dévote, à Monaco, ce printemps dernier. Je n'ai pas choisi d'être homosexuel. Parce que c'est condamné par l'Église, illogiquement dirais-je, je me trouve rejeté de son sein. Mais tout cela est mon affaire.

— Je ne le pense pas. J'étais sérieusement prêt à déconseiller ce mariage à Domenico, même la semaine dernière quand tout était prêt ; et puis, j'ai craint une injustice possible. De plus, Domenico est en âge d'aller son chemin. Je n'avais pas le droit d'interdire ce mariage. Il n'empêche que la famille doit être protégée et que j'en suis devenu le chef. J'ai le devoir de vous prier de ne pas attirer le scandale sur elle.

Je bouillais, mais je me contins.

— Vous avez sans doute aussi le devoir de prier mon père de surveiller sa conduite à Toronto, en même temps que de lui contester le droit, en sa qualité de veuf tout récent, d'épouser une jeune fille dont nous ignorons les antécédents. Le devoir, également, pourquoi pas ? de vous rendre au théâtre, je ne sais lequel, où joue actuellement mon frère, Tom, pour le persuader de veiller à la rectitude morale de son numéro.

— Là, vous parlez stupidement. Vous êtes un écrivain et, à ce titre, vous avez l'occasion d'inciter publiquement au scandale. Ensuite, il y a la question de votre vie privée : elle est devenue publique, jusque dans une ville aussi éloignée que New York.

Je gardais toute ma froideur extérieure :

— Que dois-je donc faire pour répondre au désir du chef de la famille Campanati. Changer de carrière ? Masquer ma véritable nature ? Me jeter dans le lago Maggiore ? (Puis le couvercle de la marmite sauta.) Je n'ai jamais entendu, de toute ma vie, langage de cafard aussi insolent. Je suis un homme libre et j'agirai comme foutre il me plaît. Dans les limites... (Ceci, afin de ne pas apparaître comme un anarchiste complet et de justifier ainsi, dans une certaine mesure, son point de vue sur moi.)... les limites, oui, que m'imposent ma propre nature, les lois de la société et l'éthique littéraire. La famille Campanati, ajoutai-je avec un ricanement, est *una familia castissima, religiossima, santissima*... avec votre frère Domenico carambolant tout ce qui se présentait, et très probablement enclin à recommencer, malgré le sacro-saint état de mariage.

— Je ne connais pas ce mot, *cafard*, que vous avez prononcé, et je ne crois pas que je puisse supporter que vous me parliez ainsi.

— Ma sœur, permettez-moi de le préciser, souhaitait faire un homme de votre frère. Elle reconnaissait en lui un talent qui avait besoin d'encouragement. Et, oh ! oui, elle l'aime également, pour ce qu'*aimer* veut dire. Il est prêt à travailler pour gagner sa vie — du moins le dit-il — au lieu d'écrire sa musique pour passer le temps, aux frais du fromage. Mais, vous, vous froncez votre *naso raffinatissimo* à la perspective de le voir taper d'innocentes fadaises sur un piano délabré. Votre saint frère Carlo, qui a l'air de porter sa bedaine comme la bannière du péché mortel de goinfrerie. lui, au moins, il est réaliste et charitable et ne perd pas de temps avec le premier de tous les péchés capitaux à mes yeux. L'orgueil dis-je, d'un putréfacteur de lait solidifié ! Un orgueil qui pue autant que la denrée en question.

Il avala une goulée irritée de son whisky et se leva

— Peut-être n'était-ce pas le moment idéal pour un entretien de cette sorte ; la journée a été longue. Et peut-être aussi ne vous ai-je pas parlé avec le discernement nécessaire.

— Le thème est clair. (Je me levai aussi, mais sans finir mon whisky.) Clair comme le cristal. Je coucherai ce soir à Milan.

— Non, non, non et non. Votre chambre est prête. Je vais vous y conduire. Sans doute avons-nous besoin tous les deux d'une bonne nuit de sommeil. Vous êtes plus affecté que je ne m'y attendais. Je ne pense pas, néanmoins, que vous compreniez bien ma position. Je ne vois autour de moi que corruption, immoralité. Chicago est la cité du vice et cela ne peut qu'empirer. Je suis sensible à ces choses ; elles deviennent pour moi une forme de... d'oppression physique. Si vous êtes en colère, et que j'en sois la cause, veuillez m'en excuser.

— Je suppose qu'il me faudra rentrer à pied à Milan. Peut-être pourrai-je lever un petit Milanais crasseux en route, prêt à louer son *culo* pour deux ou trois *centesemi.*

— Il n'est nul besoin de vous salir vous-même.

— Ah ! mais si, Monsieur le Pharisien ! Merci à toi, mon Dieu, qui m'as fait pur. Je n'ai jamais eu grand goût pour les gens de votre espèce putride. Je ne resterai pas une seconde de plus ici !

Et je tins parole. Je partis à pied pour la ville sous une lune de miel et trouvai un garage nanti d'une Daimler probablement abandonnée là par la défaite autrichienne — capot cabossé, portière arrière gauche portant des traces, apparemment, de balles, chauffeur aux moustaches à la Kaiser et qui reprochait aux Britanniques d'avoir entraîné l'Italie dans la guerre et donc été l'instrument de sa détresse actuelle. Mais enfin, il me déposa à l'hôtel, tremblant de fureur et de mépris comme moi, et réclamant une somme exorbitante. Milan n'avait pas encore de métro.

Le lendemain, je ne donnai pas suite à mon projet de randonnée au lago Maggiore. Il me fallait emprunter un taxi, de l'hôtel à la Stazione Garibaldi, si je voulais prendre le train pour Ascona, sur la rive occidentale du lac. Mais il y avait des militants ouvriers dans les rues, avec des portraits de Lénine et des banderoles revendiquant la liberté. Un petit noyau de cinq ou six manifestants avaient jeté à terre un *carabiniere* et achevaient à coups de pied l'homme ensanglanté. Comme mon taxi approchait du groupe, on dut me prendre pour un industriel milanais qui s'engraissait du sang du peuple et qu'il fallait sortir de force du véhicule pour lui appliquer une justice révolutionnaire expéditive. Certains briseurs de vitres se joignirent à la petite bande pour me brocarder, toutes griffes dehors. C'étaient de braves têtes d'Italiens du Nord, aux traits affreusement déformés par la politique. Mon chauffeur n'était pas de leur camp. Il fonça droit sur ces gens, la voiture cahota sur le corps du carabinier et mon cœur se souleva ; les autres hurlèrent, trébuchèrent, tombèrent, se relevèrent pour nous donner la chasse Je sentais venir le genre de spasme cardiaque que je n'avais pas ressenti depuis le matin où j'avais remonté sous la pluie la grand-rue de Battle, pour me trouver confronté avec la nouvelle que ma mère était morte alors même que je cognais à la porte. Dans mon délire momentané, j'eus la sensation que la foudre ratait son coup et frappait la vitre derrière moi. Mais ce qui heurta en réalité le verre était un fort bout de tuyau de plomb. Sans que j'eusse à le lui dire, mon chauffeur nous précipita, mon bagage et moi, par tout un dédale jusqu'à la gare de chemin de fer centrale. Il savait que j'étais un étranger ; puissé-je regagner au plus vite mes contrées lointaines, sans plus être témoin de la honte italienne. Il y avait des soldats en armes dans la cour de la gare.

— Ils sont hypnotisés, c'est ça qu'ils sont, me dit le chauffeur pendant que je le payais. Mais que voulez-vous qu'on attende d'autre ? Les événements de Russie leur ont monté à la tête. Ils croient que le bolchévisme est la réponse à tout ce gâchis de merde. Les politiciens ? Des limaces. La police ? Des limaçons. Mais ils ne gagneront pas, ils ne pourront pas. Les patriotes du Trentin ne le permettront pas, et j'en suis un, moi, par la Sainte Mère de Dieu. Vous avez entendu parler de la Sansepolcrista ? Non, c'est vrai, vous êtes étranger. Ils s'en souviendront, de la piazza San Sepolcro, c'est moi qui vous le dis, et de ce qui s'y est décidé. En mars dernier c'était.

Le 10 mars, exactement. Dans une pièce prêtée par un juif milanais et dominant la place du Saint-Sépulcre. Empruntant aux *arditi* de D'Annunzio leur chemise noire et prenant le nom de *Fasci Italiani di Combattimento,* des hommes s'apprêtaient à empêcher les « bandits rouges » de tuer les *carabinieri* dans les rues.

29

— Cela ne te fera pas mal, tu aimeras ça, tu verras...

Robert haletait. Doucement, il déboutonna la chemise du jeune garçon, la fit passer par-dessus la tête aux boucles rêches et la jeta par terre, où elle s'affala, inerte et molle comme le corps de l'enfant. « Ralph, Ralph... », murmurait Robert en caressant la jeune chair chaude, sa main courant sans se lasser sur les bras minces, mais musclés, au duvet délicat, puis sur la plaine lisse et compacte du ventre, l'étendue soyeuse du dos, les fins contours mouvants de la poitrine, dont les minuscules bouts de seins avaient déjà commencé à répondre à la ferveur humide des baisers de Robert. Ce fut tandis que sa bouche se refusait passionnément à rendre leur liberté aux lèvres qu'elle retenait longuement prisonnières, que sa main fit sauter les boutons du pantalon de l'adolescent.

— Tu comprends, Ralph, mon chéri, il faut que nous soyons pareils : nus comme au jour de notre naissance. Et c'est d'autant plus justifié que ce moment même est pour nous deux celui d'une seconde naissance. Le monde entier ne semblera jamais plus le même, tu verras ; pour nous, c'est l'aube d'une nouvelle vie.

Le monde extérieur, le monde étranger de dégoût et de haine, envahit tout dans un fracas de cloche ; mais c'était la cloche de l'Annonciation, la venue de l'Ange du Seigneur, l'imminence du miracle. Dans sa quête, la main, consciente, en retour, de l'éveil naissant du jeune garçon, éprouvait le fourreau satiné autour de la dureté de fer de la tumescence, et les doigts tremblants caressaient la royauté du sceptre et les orbes jumeaux. Puis Robert dit dans un râle :

— Maintenant, tout de suite, c'est le moment, ne bouge plus, Ralph mon amour...

Et, refermé sur l'étreinte d'un nouveau baiser, il trouva l'*antrum amoris* et déplaça doucement son corps de façon à engager sa verge palpitante, maintenant portée aux dimensions grandioses de la majesté royale. Le jeune garçon poussa un cri, qui ne parut pas être à Robert une plainte douloureuse — bien plutôt un hymne ou un chant bref d'acquiescement. Encouragé, Robert enfonça son encombrant et vibrant appareillage dans la timidité brûlante de la fissure sacrée, tout en prodiguant les paroles apaisantes, les mots d'amour, et cependant que la cloche angélique martelait l'air de son pouls d'airain, dehors ! Et puis la promesse se précisa — la proclamation de l'Ange du Seigneur — et le rythme des antiques tambours battit, graduant imperceptiblement son accélération par-dessous une expression chorale jaillie des gosiers d'argent de tous les Anges du Seigneur, et emplissant l'univers jusqu'en ses recoins les plus reculés, où étaient tapies, tels des monstres marins pusillanimes, des étoiles non encore nommées, des galaxies non encore portées sur les cartes du ciel. Ensuite, ce fut la folie, la démence rauque et assoiffée d'incantations terribles et mystérieuses, l'âpreté des mots ineffables, les prières à des dieux depuis longtemps refoulés sous terre ou travaillant à recueillir la poussière d'éons, au fond de cavernes perdues et uniquement consacrées par des bouches depuis longtemps remplies de poussière ; car les hordes haineuses de ceux qui brandissaient les bannières de la Galilée avaient frappé, brisé, rasé l'antique empire de Faz et de Klaroth.

Et enfin, ô miracle des miracles ! la soif fut emportée par la rupture des digues ; l'inondation noya la terre toute déshydratée, et la voix de Robert s'éleva comme l'appel d'une trompette, dans l'extase de l'éjaculation. L'amour sans nom, l'amour inqualifiable, répétait sans fin un nom : « Ralph, Ralph mon bien-aimé ! » et les lèvres qui s'étaient ouvertes toutes grandes dans une prière de gratitude inarticulée, se refermaient maintenant autour de la fleur charnue qui couronnait le bâton de cet Aaron adolescent, la caressaient doucement comme les grains d'une grappe de raisin, pour provoquer et cependant retarder l'éclatement de la pulpe. Et Ralph se tordait en gémissant des mots étranges : « *Solitam... Minotauro... pro caris corpus* ». Du latin ! Réminiscence d'une vieille leçon, d'une très ancienne tentative de séduction dans cette bibliothèque d'école de jésuites dont il avait parlé : l'hypothèse traversa comme un éclair l'esprit de Robert qui retrouvait son calme. Puis, avec la furieuse incontinence de la jeunesse, Ralph se libéra violemment de sa charge, douce, âcre et copieuse, et Robert se gorgea avidement de cette laitance d'amour. Après quoi, ils restèrent étendus un espace de temps, muets tous deux, tandis que le tonnerre de leurs cœurs jumeaux s'apaisait — Robert, la tête reposant sur les reins de l'adolescent, Ralph, de sa main droite, lissant les cheveux mouillés et emmêlés de son amant.

Pourtant, lorsqu'ils se rendirent ensuite au café du coin, ils ne le firent pas en amants, se donnant ou même se frôlant la main. Ils allèrent discrètement, à une largeur de bras l'un de l'autre, comme pour laisser ostensiblement place à un tiers silencieux, invisible, dont ils eussent senti la présence tout en manquant des mots qui eussent permis de définir son identité. Puis ils s'assirent à une table en terrasse, Robert avec son absinthe et sa demi-bouteille de Perrier, Ralph devant son citron pressé. Le Paris de ce mois d'août exhalait son épuisement autour d'eux. Un franciscain barbu passa, balançant son bréviaire au rythme de son pas allègre.

— Péché, dit Ralph en souriant. Il dirait que c'est péché.

— En avais-tu le sentiment ?

— C'était suffisamment agréable pour être qualifié de péché. Non, agréable est un mot bête. C'est impossible à décrire. On ne peut que recommencer.

— Qu'aimerais-tu manger pour le déjeuner ?

— De la viande. De la viande rouge, dit Ralph avec un sourire entendu.

Il tendit une main pleine de taches de rousseur pour effleurer celle de Robert, brune, maigre, sans taches de rousseur, et puis la retira d'un air coupable.

— Les États aussi bien que les Églises, dit Robert, ne peuvent qu'interdire le plaisir. Le plaisir rend ses participants indifférents au pouvoir des premiers comme des seconds. J'aimerais que tu jettes un coup d'œil sur ceci, continua-t-il. Tu n'en aurais pas pour longtemps. C'est un petit texte que j'ai commencé.

Il avait tiré d'une poche intérieure de sa veste un ou deux feuillets couverts de son écriture ronde et nette, à l'encre violette, aux suppressions minutieusement faites à la règle aux additions incluses dans de délicats petits cadres anguleusement fléchés.

— Non, lis-le moi, dit Ralph. Il n'y a personne qui parle l'anglais autour de nous. En fait, il n'y a personne du tout

Robert lut donc, à voix lente, distincte

— « Au commencement, Dieu créa le ciel et la terre. Et les luminaires du ciel. Et la mer grondante. Et les animaux de la terre, de l'air et des eaux. Et il créa un homme nommé Adam et le mit dans un beau jardin et lui dit : « Adam, tu es le couronnement de Ma création. Ton devoir envers Moi est d'être heureux, mais tu devras travailler pour ton bonheur et découvrir que c'est dans le travail que réside le bonheur. Ton labeur sera plaisant ; il sera de soigner ce jardin où toute espèce de fruits et de racines délicieux poussent, par les soins de Ma Divine Main, pour ta délectation et ta subsistance. Et tu auras droit de garde sur la vie des animaux, afin que nul d'entre eux ne fasse gratuitement sa proie des autres. Et ainsi doit-il être que la mort ne vienne pas en ce jardin, car l'immortalité doit y fleurir comme la rose. » Et Adam dit : « Je ne connais pas ces mots de mort et d'immortalité. Quel est leur sens ? » Dieu répondit : « Immortalité signifie que chaque jour sera suivi d'un autre sans qu'il y ait jamais de fin. Et mort signifie que tu ne serais pas capable de dire : *Je ferai ceci demain,* car l'existence de la mort entraîne le doute de l'existence d'un lendemain. Comprends-tu ? » Dans son innocence, Adam avoua qu'il ne comprenait pas. A quoi Dieu répliqua que c'était sans importance : moins Adam comprenait, mieux c'était. « Il y a, reprit-Il, un arbre que j'ai planté au centre du jardin et qui a nom Arbre de la Connaissance. Manger du fruit de cet arbre est le plus sûr moyen de comprendre la mort, car ce fruit la donne. N'y touche pas. Tu sais, toi, qu'il est interdit d'y goûter ; les animaux ne le savent pas et Je ne peux en aucune façon leur faire comprendre que manger de ces fruits tombés est courtiser la mort et les voies de la mort. Mais il incombera à ton labeur d'éloigner les animaux des fruits de l'arbre. Toutefois, tu n'y parviendras pas entièrement, car il est des animaux plus subtils qu'Adam, et le plus subtil de tous est le serpent rampant de la prairie. Nulle barrière ne l'écartera de l'arbre ou de ses fruits, et Moi, ton Dieu et Créateur, Je m'en tiens à cela, puisque c'est Moi-même qui ai introduit la subtilité dans le cerveau du serpent. A l'œuvre maintenant, car le jour est né, et tu devras, quand descendra la nuit, cesser ton travail et manger des fruits permis et boire de l'eau au ruisseau cristallin qui traverse le jardin ; ensuite, tu pourras t'apprêter au repos. »

« Ainsi donc Adam peina-t-il, puis il mangea et but et dormit, et le jour succéda à la nuit, et la nuit succéda au jour, et Adam était content, hormis un détail : sa solitude. Car le Seigneur lui avait accordé le don béni de la parole, mais Il ne l'avait pas donné aux animaux. Pourtant, parfois, le serpent, qui se lovait en une sorte de manifestation d'amour autour du corps d'Adam, semblait comprendre sa parole tout en étant incapable d'y répondre lui-même. Un soir où Dieu se promenait dans la fraîcheur du jardin, Adam s'adressa à Lui hardiment : « Seigneur, je suis solitaire. » Dieu s'exclama à ces mots et dit : « Solitaire ? Comment peux-tu dire cela, toi qui as Mon Amour, qui fus créé pour soulager Ma propre solitude car en toi Je vois l'ébauche de

Moi-même, et en ta voix je reconnais un peu de Ma propre voix. » Mais Adam dit : « Seigneur, je voudrais que Tu créasses un être qui me soit pareil, doué comme moi de la parole, et qui soignerait le jardin avec moi et, à la fin du jour, mangerait et boirait et se reposerait en me tenant compagnie, en sorte que nous soyons de même espèce l'un comme l'autre. » Et Dieu dit : « Il est bon que Je t'aie fait, Adam, car tu conçois des choses que Je ne conçois pas, et en cela tu es devenu un de Mes bras, à Moi qui suis Seigneur de toute conception et création. Il en sera donc fait selon ton désir. Mange, bois, retire-toi dans le repos et, en t'éveillant avec le soleil, tu trouveras gisant près de toi une créature semblable à toi-même qui te servira de compagnon, et son nom sera Yedid, qui signifie ami. »

« Et il en fut ainsi que Dieu l'avait dit. Car, cependant qu'Adam dormait, Dieu prit de la poussière de la terre et y insuffla la vie et, quand Adam s'éveilla, gisait près de lui une créature pareille à lui-même, qui parlait son langage et répondait au nom de Yedid. Et de joie, Adam fut poussé par un élan d'amour à saisir son compagnon et à l'embrasser d'un baiser sur la bouche. Ce que voyant, Dieu s'interrogea, car Adam venait d'apprendre à ressentir pour un autre cette plénitude du cœur que Lui, le Seigneur Dieu, éprouvait pour Adam, mais que celui-ci, pressentant sans aucun doute que son amour pour Dieu devait demeurer à jamais l'amour de la créature pour le Créateur, ne pouvait concevoir comme plénitude. Quoi qu'il en fût, songea Dieu, par l'amour d'Adam pour Yedid et de Yedid pour Adam, tous deux pourraient être amenés, peut-être, à un plus grand amour de leur Créateur. Ainsi fut-Il très satisfait. Et, les voyant enlacés dans l'amour à la fin du jour ou au commencement du matin, Il leur accorda toute la joie qu'Il put dans leurs étreintes. Car l'étroitesse de leurs tendres embrassements exprima de leur corps une substance de joie, jaillissante comme fontaine et de la couleur de l'opale ; et là où la buvait la terre, des fleurs poussaient. Et tout cela, le serpent aussi le vit, d'un regard d'envie, car il était seul et n'avait aucune créature de son espèce pour converser ou partager les joies de l'amour. Ainsi fut-il que, en raison de cette envie, le serpent, un matin où Yedid gisait encore dans le sommeil tandis qu'Adam était frais éveillé, usa pour la première fois de mots. Et Adam entendit ces paroles dans l'émerveillement.

« Les paroles étaient celles-ci : "Tu n'as pu en aucune manière me tenir à l'écart du fruit de l'arbre interdit, tombé ou encore sur la branche, car je suis subtil et délié et nul chemin ne m'est barré. J'ai donc mangé du fruit ; délicieux en était le goût ; pourtant, plus délicieux encore était le fruit du fruit, car c'était celui de la Connaissance. Vois, je parle tout comme toi et ce don m'est venu de ma première morsure dans le fruit ; et de la dernière est née la plus amère des saveurs, et pourtant exquise, et je me suis réjoui en imagination de cette félicité. Mais l'amertume avait mon propre goût, de moi qui peux voir, mais non agir, concevoir, mais non créer, rêver du Pouvoir, mais non le consommer. Le Pouvoir est pour toi et pour ton compagnon Yedid. Pourquoi serais-tu mis en ce jardin comme simple journalier et réduit à te satisfaire de manger, de dormir et d'étreindre dans l'amour, quand Dieu, qui t'a créé, jubile dans l'abondance du Pouvoir et de la Connaissance ? La Connaissance, il ne tient qu'à toi d'y goûter, et avec elle au Pouvoir, et quel est donc cet amour de Dieu qui en est à te dénier un fruit gisant à ta portée ou se balançant à hauteur tentatrice de tes lèvres ? Tu vois une chose ; pourtant, cette chose t'est refusée. Oui, quelle sorte d'amour est-ce là ? J'ai mangé du fruit et me voici transformé et, tout subtil que j'étais, devenu plus subtil encore. Mange, à présent, déjeune de ce fruit et invite Yedid à faire de même." Puis le serpent glissa parmi les herbes, laissant Adam à ses pensées que, au réveil de Yedid, il s'empressa de partager avec lui.

« Ainsi advint-il que tous deux cueillirent le fruit de l'arbre, en mangèrent et furent aussitôt fournis en pensées et en moyens de les exprimer, et en mesure de voir Dieu comme une pensée et, en conséquence, de voir aussi comme une pensée ce qui n'était pas Dieu, c'est-à-dire Sa négation, Son ennemi. Et ceci, à leurs yeux, diminuait leur Seigneur et Créateur, et ils doutèrent de Son Pouvoir. Mais Celui-ci frappa. Dieu, omniscient, connut leur désobéissance et s'en courrouça, et la manifestation de Son courroux fut terrible à voir, à ressentir et à entendre. Car la terre fut ébranlée, si bien que les animaux couraient partout, affolés, grondant et criant de peur, pendant que le ciel éclatait en éclairs, en tonnerre et en torrents de pluie, et qu'Adam et Yedid se prosternaient dans leur terreur. Toutefois, Yedid parla d'une voix forte, car les tremblements du ciel et de la terre étaient assourdissants, et il cria dans l'oreille d'Adam : "Est-Il devenu l'autre ? Est-Il devenu celui qui est Son opposé ? S'est-Il transformé en l'ennemi ?"

« Mais alors la terreur se retira du ciel et de la terre, et Dieu apparut à Adam et à son ami, sous un soleil pâle ; et Il était déguisé en vieillard et Il prononça, bien que ce fût sur le ton hésitant d'un ancêtre, des paroles terribles : "Maudits soyez-vous tous deux ! Je me repens d'avoir fait l'homme." A quoi Adam, avec la hardiesse qui provenait d'avoir mangé du fruit de l'Arbre de la Connaissance, répliqua : "Le Créateur n'a pas loisir de se repentir de sa création. Le Créateur n'a pas loisir de souhaiter d'être un destructeur." Et Dieu dit : "Il est vrai ; cependant, j'ai loisir de détruire en même temps que je maintiens Ma création, mais d'une manière que nulle consommation du fruit de l'arbre ne peut vous révéler ; car hommes vous restez, et donc inférieurs à Dieu. A Adam et Yedid je retire le don d'immortalité, car, l'un et l'autre, vous mourrez quand vous serez devenus semblables à cette forme sous laquelle je vous apparais. Vous vieillirez et, allongés sans vie, vous serez la proie des bêtes aux crocs acérés et des oiseaux de l'air qui apprendront à se repaître de charogne. Mais, s'il sera fait qu'Adam et Yedid meurent, la race de l'homme ne s'en perpétuera pas moins, et le moyen en sera l'accouplement d'Adam et de Yedid. Et Yedid, dans sa curiosité demanda. "Comment, Seigneur ?"

« Le Seigneur répondit non par des paroles mais par l'acte de Sa main. Il toucha Yedid et celui-ci changea. Il cessa d'être pareil à son compagnon Adam ; ses seins grossirent et son ventre et ses hanches forcirent, et le sceptre qui était son orgueil se flétrit et fut réduit à rien, de même que les orbes jumeaux de sa virilité, et il cria très haut et couvrit ses lombes et protesta : "Une main m'a frappé, et voici que mon corps est fendu en deux !" Et Adam eut peur en entendant cette voix, car ce n'était pas celle qu'il connaissait : elle était plus haute, plus proche des roulades des oiseaux de l'air que des grognements des bêtes sauvages des bois. Et le Seigneur Dieu dit : "Désormais tu seras non plus homme, mais femme ; ton nom ne sera plus Yedid, il sera Hawwah, qui signifie vie, car de tes lombes naîtra la vie et par toi la race de l'homme sera maintenue. Là-dedans où Ma main t'a frappée coulera le lait de la passion, et de là où Ma main t'a fendue l'on verra sortir la nouvelle vie, car le lait de vos étreintes contiendra la semence de génération, tandis que de tes seins jailliront les eaux nourrissantes. Et cependant comptez cette transformation non comme miracle, mais comme malédiction. Car votre amour sera malédiction et l'enfantement de la nouvelle vie se fera dans la douleur. Et maintenant, hors d'ici, tous deux ! Et prenez sur vous le fardeau de la vie qui devient mort, et quittez le jardin d'immortalité. Les animaux de la terre, les oiseaux du ciel et les poissons des abîmes porteront le stigmate de votre malédiction, car l'immortalité sera désormais attribut du ciel de l'esprit et le corps déclinera pour retourner à la poussière à partir de quoi il fut façonné."

« Ainsi Adam et Hawwah quittèrent-ils le jardin dans le chagrin. Et la malédiction reste sur les générations de l'homme, à l'exception des bienheureux. Car ceux-ci recréent dans leur vie l'innocence d'Adam et de Yedid, et leurs étreintes ressuscitent les joies de l'Eden. »

Ralph resta silencieux un long moment, puis il hocha la tête et dit :

— Pourquoi cette histoire ne serait-elle pas aussi vraie que l'autre ?

— D'avoir écrit ceci, dit Robert, suffit pour établir sa vérité. Si nous mangions maintenant ?

Après avoir déjeuné de viande rouge et de vin plus rouge encore, les deux amants regagnèrent leur Eden, au cinquième étage du 15 bis, rue Saint-André-des-Arts. Au milieu de leurs étreintes laocoonesques et trempées de sueur. Ralph dit :

— Donc les animaux sauvages deviennent nos frères.

— Que veux-tu dire ?

— Ceci.

Et l'adolescent prit son amant comme une bête, plantant son grand bâton royal empourpré dans l'*antrum*, sans tendresse, sans roucoulement d'amour, plutôt avec des grognements et des cris inarticulés, ses ongles non rognés tirant le sang de la poitrine et du ventre de l'autre et le ciel s'ouvrit pour eux seuls, dévoilant dans un rayonnement aveuglant l'ébauche d'un *benedicent numen*

30

— *Benedicent numen* mon cul, laissa tomber la voix de Ford Madox Ford.

Il exhala, avec la fumée de sa cigarette Caporales, un relent méphitique à faire tourner à l'aigre le vin dans les verres. Cette haleine fétide méritait cependant le pardon, voire le respect : elle était l'équivalent olfactif d'une jambe amputée, car le capitaine Ford, fantassin engagé volontaire méprisé par une partie des littérateurs londoniens pour son patriotisme, honnête soldat parmi tant d'embusqués indignes, avait respiré à pleins poumons un gaz asphyxiant.

— Non, pas le mien, pas *mon* cul, dit-il ensuite. Ça ne fera pas l'affaire, c'est bien votre avis ?

— Vous voulez parler du contenu, ou du style ?

— Ils sont inséparables, comme vous devriez le savoir. La mer, chez Joseph Conrad, a des odeurs de lexique ; elle sent le *Thesaurus* de Roget ; je le lui ai toujours dit, mais il ne voulait rien entendre. Votre scène de pédérastie, là-dedans, pue le prêtre défroqué. Ou dépantalonné, si vous préférez. (Il émit une autre bouffée de pourriture au phosgène.) Si, par contenu, vous voulez dire le sujet en général, le fait de séduire un jeune garçon, puis de justifier cela en réécrivant le Livre de la Genèse, ma foi, ce n'est guère ragoûtant. Bon, mais, ce disant, c'est l'opinion de l'hétérosexuel que je vous donne, non celle du directeur de revue. A ce dernier titre, je trouve que votre style empeste la chemise sale et la chaussette confite dans la sueur. Vous avez tous les droits possibles de gagner votre vie en écrivant des livres ; mais ne venez pas parler de littérature à leur propos.

— Qu'est-ce donc que la littérature ?

— Ah ! mon bon ami... Demandez-le plutôt à Ezra, tenez. Il vous répondra que ce sont des mots chargés de sens. Faites-en du neuf, vous dira-t-il.

Ezra Pound dansait à cet instant sous mes yeux avec, je crois, Sylvia Beach, à moins que ce ne fût Adrienne Monnier. Et, tant qu'à faire, pourquoi ne pas nous payer Ernest Hemingway en train de boxer contre son ombre à la périphérie ? Ford lui-même venait tout juste de se trémousser laborieusement sur la piste, en compagnie d'une petite Irlandaise aux frisottes châtain qui lui arrivait à mi-poitrine et qui échappait presque entièrement, de ce fait, à ses effluves haletés. La petite Irlandaise s'intitulait peintre. L'orchestre était composé d'un cornettiste noir, du nom de Truc Vanderbilt, d'un batteur doté d'un bras gauche artificiel, originaire de Marseille, d'un violoniste phtisique et de mon beau-frère, Domenico. Et cela se passait au Bal Guizot, boulevard des Capucines.

L'extrait de ma longue nouvelle, *L'Eden retrouvé*, que Ford feignait d'avoir lu (il n'allait jamais jusqu'au bout de rien, sauf si c'était en français ; il se contentait de piquer au passage un trope ou un autre, la singularité, pour ne plus l'oublier : *Toomey ? Oui,*

oui je me rappelle « Benedicent numen ») et que vous venez de lire, peut sembler, du fait qu'il est placé ici, représenter une réaction de ressentiment farouche contre la cagoterie de Raffaele Mais j'avais écrit cela trois années après le jour des noces et c'était plutôt une tentative d'exploitation personnelle du nouveau franc-parler que la bande des expatriés à Paris, et notamment James Joyce, pratiquaient à tour de bras au nom sacré du modernisme. Ford Madox Ford lançait justement une nouvelle revue littéraire, la *transatlantic review* (les initiales en bas de casse étaient à la mode ; c'était la cravate de chez Charvet du modernisme), et j'étais tracassé par la démangeaison passagère d'être pris au sérieux par les littérateurs, par opposition à ma clientèle petite-bourgeoise de Camden Town. Je m'attendais à demi au verdict de Ford, mais j'en concevais de l'amertume et je dis :

— Vous avez l'air de sous-entendre qu'il n'est pas tout à fait bien de gagner sa vie en écrivant des livres. Personnellement, j'appelle littérature la communication par le verbe. Je communique verbalement avec pas mal de lecteurs. Vous donneriez les dents qui vous restent pour pouvoir en faire autant.

— Non, pas pour le prix qu'il en coûte, mon cher ami.

— Le prix de la clarté, de l'intelligibilité ?

— Celui du cliché, de la demi-vérité, du compromis, de la pusillanimité.

— Il n'y a rien de pusillanime là-dedans, dis-je en reprenant à sa main molle et boudinée les feuillets dactylographiés du Chapitre Trois de *L'Eden retrouvé* et en les brandissant sous son nez comme un commandement de saisie de ses biens. Rien de semblable n'a jamais été écrit. Et ne venez pas me parler de compromis. Je vous défie de mener à bien votre revue en vous passant de l'avis de vos bailleurs de fonds. Vous avez bonne mine à ricaner et parler de pusillanimité. Vous n'auriez pas le cran de publier ces pages, voilà tout.

— Mettez mon manque de courage sur le compte d'un excès de scrupules esthétiques. Non, c'est vrai : je n'aurais pas le cran de publier les pages fraîchement exhumées d'un chapitre de *La case de l'oncle Tom* supprimé par l'auteur. Ni une rhapsodie mannoise de Hall Caine. *Son grand bâton royal empourpré,* pas moins ! *Benedicent numen* !

— Qui parle de Newman ?

La musique s'était tue et Ezra Pound était de retour à notre table. Hemingway était lancé dans un autre petit tour de boxe contre son ombre. Les musiciens se levaient pour s'accorder une pause, et Domenico se faisait réprimander par le cornettiste pour je ne sais quel motif, probablement parce qu'il ne jouait pas en mesure. Poète barbu, mais fantasque, Pound fronçait les sourcils. Il avait substitué à l'accent de son Idaho natal une sorte d'intonation anglo-britannique où roulait le « *r* » écossais :

— Rrarres, dit-il, sont les écrrivains aussi bons prrosateurrs que Newman. (Et de boire un grand coup de vin.)

— Encore mieux, dit Ford, me foudroyant de son haleine. Peut-être est-ce là ce que vous aviez en tête. Le grand bâton royal empourpré de Sa Benedicent Eminence le cardinal Newman. (Il eut un rire qui se changea en crise d'asthme.) Il faut vraiment *penser* d'abord ces choses. Question d'harmoniques, d'ambiguïtés délibérées. Mesurez-vous maintenant toute l'absurdité que peut représenter un cardinal britannique canonisé bénissant de son sourire indulgent, du haut des cieux, un couple de tantouses ?

Il n'y avait pas de dames à notre table. Sylvia Beach et Adrienne Monnier étaient debout non loin de l'estrade de l'orchestre, absorbées dans une brûlante discussion avec, ce me semble, Valéry Larbaud. Je ruminai maussadement un instant, puis retrouvai mon moral : c'était de l'envie, ces gens n'étaient que des envieux — même Pound. J'avais gagné de l'argent avec mes écrits : *Les vergers de l'orage* en était à sa septième réimpression. Et puis, Domenico venait de s'adjoindre à la tablée. Il s'assit, très à l'aise avec ces gens de lettres : son beau-frère était un de leurs pairs. Pour lui, ce serait une eau minérale ; les boissons fortes étaient interdites aux musiciens avant la fermeture. Le patron gardait le souvenir vivace d'un trombone algérien ivre qui, le soir où on l'avait sacqué, s'était servi de son instrument comme d'une arme offensive. Domenico demanda à Pound :

— Avez-vous vu Antheil ?

— Il dit que cela entrera ; c'est la bonne longueur, répondit Pound.

Ford, qui avait l'esprit mal tourné, eut un bref rire asthmatique. Domenico s'épanouit. Depuis quelque temps, il avait toute l'allure du Parisien du quartier Latin : maigre, élimé, les cheveux trop longs ; le musicien de mansarde sorti droit de Murger. Hortense et lui avaient un appartement de deux pièces donnant sur un chantier de bois de charpente, dans le quartier des Gobelins. Ils se débattaient tous les deux : il n'arrivait plus d'argent de Gorgonzola ; mais c'était l'existence voulue par Hortense. Domenico jouait du piano et recopiait des partitions d'orchestre à la main, fort clairement. Il faisait des orchestrations pour Paul Trentini-Patetta, l'auteur d'opérettes. Il continuait aussi à composer lui-même. Il avait, je le savais, écrit une Fantaisie pour quatre pianos mécaniques, six gongs javanais de six tons différents et machine à vent. C'était une forme de futurisme attardé, du Marinetti rassis, et, dans le style cloche fêlée, cela s'accordait parfaitement avec ce que l'Américain George Antheil mettait à la mode à ce moment-là : symphonie de l'aéroplane, chaconne de l'usine et autres billevesées maximalistes. Les deux autres, Ford et Pound, tenaient Domenico en plus haute estime que moi. Domenico était *moderne.* Il jouait du jazz dans un véritable *jazz band,* avec un authentique cornettiste nègre. Cette Fantaisie aux dissonances laborieuses qu'il venait de composer était inscrite au programme d'un concert organisé par Antheil. Les affamés d'engouements — de riches affamés — seraient là : Harry et Caresse Crosby, lady Gertrude (Binky) Carfax, la *Principessa* Cacciaguerra. Aussi Domenico rayonnait-il. Le temps où nous mijotions un divertissement d'un seul acte, spirituel et enlevé, pour compléter Puccini était bien fini. Le fait que j'avais échoué à faire monter la chose à Covent Garden ne le déprimait pas le moins du monde. Il appartenait maintenant à l'avant-garde. Demander des leçons à Nadia Boulanger ? Elle ne pouvait rien lui enseigner sur les harmoniques du moteur à combustion interne. Martinù ? Il avait bel et bien vu une armature de clé sur une partition de Martinù — terriblement vieux jeu ! Il allait écrire un concerto pour locomotive et orchestre, l'orchestre devant jouer dans des wagons à charbon en mouvement. Harry Crosby financerait. Suivrait un quatuor pour paquebots de la Cunard Line, non financé par Nancy Cunard. Je lui dis :

— J'ai un mot à te dire. Au bar.

Il se leva en haussant les épaules. Le bar était occupé par deux ou trois poules qui s'ennuyaient ferme. Il était encore tôt. L'endroit s'emplirait d'Américains vers les 2 heures du matin. Le décor du bar se composait de mesures à martini en aluminium, rivées à un fond bleu acier sur lequel voguaient des nuages en authentique duvet de canard. Boris, le prince russe de service, me servit un cognac.

— Elle déclare qu'elle refuse de revenir, dis-je. Tant qu'elle n'aura pas reçu des excuses écrites. Et, à ta place, j'y ajouterais quelques fleurs.

— Des fleurs ! Je ne peux pas m'offrir ce luxe, tu le sais bien. Peau de vache !

— Tu parles de moi ou de ma sœur ? Si c'est d'elle, ne t'aventure pas à employer encore cette expression.

— Sa place est avec son mari. J'ai mes droits.

— Elle en a aussi. Y compris celui de ne pas être frappée à la figure gratuitement, cruellement, hargneusement et de façon répétée.

— Tu sais très bien ce qu'il en est.

— Oui, je le sais. Et aussi, ajoutai-je plus gentiment, que cela se reproduira, à moins que vous n'alliez tous les deux voir un médecin, un spécialiste en la matière. Il y a des analyses très simples. Il y a des remèdes.

Domenico gémit. Il regarda furtivement autour de lui. Le patron devait être dans son bureau à cette heure-là, en train de manger le souper apporté sur un plateau des Hespérides, un restaurant de la rue de Sèze.

— Vite, Boris, dit-il.

Boris lui servit sournoisement un cognac. Domenico but d'un trait, rendit le verre, qui fut lavé, ni vu ni connu. Le patron, peut-être parce qu'il s'était trouvé une fois dans la ligne de tir du capitaine Ford, ne s'amusait pas à renifler les haleines alentour. A la table de Ford et de Pound, je voyais maintenant que Hemingway s'était installé, suant énormément. Adrienne Monnier et Sylvia Beach étaient là. John Quinn, austère homme de loi américain accoutré comme tel, fit son entrée et promena autour de lui un regard dégoûté. Ford et Sylvia Beach lui firent bonjour de la main Quinn s'approcha. Pound claquait frénétiquement des doigts pour appeler un garçon. Je voyais bien ce qui se tramait. Quinn avait de l'argent et était grand acheteur d'olographes littéraires. On allait essayer de soûler Quinn.

— Ce ne peut pas être moi, protesta Domenico. Carlo dit que c'est impossible.

— Ça, c'est uniquement parce qu'il n'y a pas d'homme stérile dans la Bible, dis-je. Rien que des femmes brehaignes. Est-ce qu'il se propose de dire des prières sur Hortense pour chasser de son corps les démons de la stérilité ? Ce serait stérilité pour stérilité. Allez voir un médecin tous les deux.

Mais je savais que, si Domenico désirait un enfant — qui ne pouvait être qu'un fils, bien entendu — ce n'était pas pure reproductivitophilie : il y avait un gros morceau du gâteau fromager de Gorgonzola lié à la production d'un héritier.

— Je vais te donner cinquante francs, dis-je, pour acheter des fleurs. Tu devrais pouvoir en trouver de belles à ce prix-là. (Il fit la tête.) Écoute, ajoutai-je, j'écrirai le mot d'excuses pour toi. Tu n'auras plus qu'à le signer.

Il sourit des lèvres seulement :

— Tu es de mon côté. Comment cela se fait-il ?

— Solidarité masculine, mentis-je. Aucun homme n'aime être accusé de stérilité. Et puis, j'ai envie de la voir hors de chez moi. Du diable, je ne suis pas sa mère, la pauvre, paix à son âme. Mon établissement est strictement masculin.

— Que fait-elle, actuellement ?

— Elle est assise chez moi, en attendant ta lettre d'excuses.

Ce n'était pas absolument vrai. Elle était encore au lit, à se plaindre de sa gueule de bois. J'aurais dû être plus énergique et ne pas la laisser aller, la veille, au bal des Quat'Z-Arts à la porte d'Auteuil. Domenico l'en eût certainement empêchée. Mais que pouvais-je faire ? Elle avait maintenant vingt et un ans, elle était mariée, responsable d'elle-même. Harry et Caresse Crosby, ces deux viveurs américains, l'un et l'autre dotés d'une peau merveilleusement parcheminée et de lèvres frémissantes, l'avaient vue déjeuner avec moi le jour précédent à l'Alouette, rue du Faubourg-Saint-Antoine. Ils me connaissaient vaguement et me respectaient de même, comme un écrivain gagnant de l'argent. Ils ne connaissaient pas mes œuvres, mais considéraient comme allant de soi, puisque je vivais à Paris, qu'elles devaient être inintelligiblement à la mode, à part les scènes d'amour. Ils avaient roucoulé en s'extasiant sur la beauté d'Hortense, qui était alors considérable. Quelle peau ! avaient-ils déliré ; quelle chevelure ! Il fallait absolument qu'elle vînt au Bal des Quat'Z-Arts. Comment, m'étonnai-je, Harry Crosby se figurait-il qu'on le laisserait entrer : il n'était pas étudiant ? Il en allait différemment, ce qui était naturel, pour les jeunes filles et femmes. Harry Crosby répliqua qu'il entrerait bel et bien ; il poserait au peintre de nus concourant pour le Prix de Rome. Le thème du bal, cette année-là, était romain et sénatorial : toges en draps de lit, corps vermillonnés au sang de César, fantastiques coiffures à la Méduse pour les filles L'idée me déplaisait profondément, à l'inverse d'Hortense. Ses yeux s'étaient élargis ; j'y voyais se refléter doublement une grosse femme, tout près, qui se gorgeait de fraises de juin et de crème Chantilly. Que faire ?

On l'avait déposée comme un sac, ce lendemain à midi, devant la porte principale de mon immeuble, rue Bonaparte ; elle était peinte en rouge et nue, hormis une longue chemise d'homme bleu pâle, et portait une étiquette qui pendait à un collier de perles de pacotille de chez Woolworth à son cou, avec la mention : *POUR M. TOUMY.* La concierge avait caqueté longtemps et très fort, sur le ton du dégoût. J'avais soutenu Hortense jusqu'à l'appartement et lui avais fait avaler du café fort que non seulement elle ne garda pas, mais qui, la vague noire s'étant heurtée au brise-lame de la luette, déferla à rebours sans avoir eu le temps de franchir l'obstacle.

A 5 heures, heure de mon thé de Chine accompagné de petits fours, elle était aveugle, mais pouvait parler ; les sièges de la douleur renvoyaient de temps à autre l'aspirine en rots cruels, pareils à des petites balles de caoutchouc rebondissant chaque fois que les sels effervescents s'attaquaient aux acides. D'abord, expliqua-t-elle, souper au 19, rue de Lille, où vivaient les Crosby. Murs, sièges et bibliothèques tendus de jute. « Nus tel le destroyer s'apprêtant au combat », avait dit Crosby. Quatre-vingts invités, étudiants et filles. Punch au champagne : quarante bouteilles de brut, cinq de gin, autant de whisky et de Cointreau. Canapés de chez Rumpelmayer, pour la plupart foulés aux pieds dans la laine des tapis. Harry, Caresse, Mai de Geetere (*qui* ?), tous trois dans la même baignoire. Harry avait emporté un sac contenant dix serpents vivants à la porte d'Auteuil. Il avait ouvert le sac et lâché les reptiles du haut de la loge sur les danseurs et les danseuses nus. Hurlements ; mais, à la fin du tohu-bohu, l'on avait vu une jeune négresse obèse donner le sein à un des serpents. Il y avait eu des pigeons sacrifiés rituellement tandis que l'on psalmodiait les premières paroles de la messe, faute de latin païen approprié. Du vrai sang, même si ce n'était qu'un filet, avait dégouliné sur les contorsions d'un couple s'accouplant. Copulant ? Oh ! ça, oui. Et toi, qu'as-tu... ? Que te rappelles-tu d'autre ? O Seigneur, des tas de choses, mais pas tout. Elle se souvenait de s'être réveillée le matin même dans le lit des Crosby, en compagnie de cinq personnes. C'est un phonographe qui m'a réveillée. Un homme que personne ne semblait connaître, et seulement vêtu de cette espèce de chemise bleue, avait mis l'appareil en marche. Raconte encore, *je veux savoir ce qui s'est passé.* O Seigneur Dieu, laisse-moi dormir...

— Oui, répétai-je à Domenico, elle attend ta lettre d'excuses.

Il hocha la tête : « oui », puis la secoua comme pour chasser l'acquiescement, et regagna l'estrade où se rassemblaient les autres exécutants. Je le vis agiter de nouveau le chef, un deux trois quatre, au temps marqué par le batteur au bras artificiel, puis taper quatre mesures d'introduction, et tous attaquèrent *The Darktown Strutter's Ball* — ce qui me ramena un tantinet en arrière, de quatre années pleines, en fait, et à notre trio : Domenico, Hortense, moi, plus l'abominable petite frappe de Curry J'avais été sage, depuis, comparativement : créant des amants sur le papier · me payant de temps à autre les cuisses complaisantes d'un Sénégalais. Ni serments, ni fil à la patte, ni discours amoureux sauf dans mes livres. Seul comme Dieu ou le diable, hormis mon art, pour ce qu'il valait.

Adrienne Monnier tentait de persuader John Quinn de danser avec elle, mais il ne voulait ou ne pouvait pas. C'était une ronde et formidable blonde, vêtue de bleu roi.

— Elle a un frère, me confia Boris prêtre.

Je répondis que je le savais.

A supposer que Carlo eût jamais parlé à Domenico du divin mystère de la paternité, je serais prêt à parier que son cadet ne l'avait pas écouté ou, en tout cas, cru. Il y avait de cela juste une semaine, j'étais allé à la Catho (je songeais vaguement à prendre pour héros de mon prochain roman un prêtre défroqué) afin d'écouter Carlo faire un cours très lucide sur certaines hérésies qu'il avait fallu extirper de l'Église Primitive : « Procuste, Varius, Torquatus, d'autres, ne pouvaient accepter tout à fait le dogme de l'Immaculée Conception. Ils finassaient sur le sens exact de *parthenos* qui, selon eux, ne dénotait pas nécessairement l'absence d'expérience sexuelle. Saint Vitellius... (Ou un autre ; ils sont tant parmi les premiers saints, à être affublés de noms de sénateurs romains)... prononça un sermon à Antioche, au cours duquel il déclara que l'on compte des myriades et des myriades de mères, mais qu'il n'est qu'un seul père véritable : notre Père dans les Cieux. L'acte de génération est un acte créateur aussi miraculeux que la création du firmament : la semence divine passe de Dieu à la femme, mais, d'ordinaire, Dieu se sert du mâle humain comme d'intermédiaire séminifère. Mais pour Dieu ce n'est pas une nécessité et, par manière de manifester son monopole créateur, il féconda la Vierge Marie directement — en la personne du Saint Esprit, dont la fonction primordiale est de manifester le Divin Créateur dans l'histoire de l'Humanité — en sorte que la naissance de Son Fils Béni vînt exalter la vraie nature de la paternité. La loi humaine reflète sagement la vérité théologique, en ce qu'elle souligne l'impertinence frivole de toute revendication par l'homme de la paternité, celle-ci étant tenue pour un état qui ne peut être, par nature, prouvé. La terrible vérité, comme a dit Tertullien dans sa sagesse, n'est que trop souvent enchâssée dans la parole des gens les plus humbles. Bien avisé est l'enfant sûr de son père, la réciproque étant, cela va de soi, vraie. J'attends vos questions. »

Je me revois encore très nettement quittant le Bal Guizot, tandis que Hemingway m'adresse un geste ivre et inamical à la mode de Pavie (ou peut-être de sa ville natale, Oak Park), et que Quinn, nullement ivre, lui, détourne la tête pour éviter l'haleine de Ford et semble entendre celui-ci en confession. Et, presque aussitôt, je tombe sur James (Jim ou Jimmy) Joyce et Wyndham Lewis, à la terrasse d'un café non loin de la rue Auber. Joyce aimait parfois à boire dans le voisinage onomastique de compositeurs d'opéras mineurs. Pourtant, s'il s'agit de la fin de juin, qui est le mois du Bal des Quat'Z-Arts, et si l'année est bien 1923, Joyce devrait être à Bognor Regis, en train d'écouter le cri des mouettes : « *Three quarks for Muster Mark !* » (lequel *quark*, après avoir trouvé son écho dans *Finnegans Wake*, serait répercuté, bien plus tard, dans le nom donné par un physicien à l'une ou l'autre de trois particules subatomiques hypothétiques, dotées de charges électriques d'une puissance égale au tiers ou aux deux tiers de celle de l'électron, et proposées comme unités de matière fondamentales. Tant nous autres, écrivains, sommes loin de nous douter de l'ampleur de nos inventions !).

Mais enfin, je m'en tiendrai à mon souvenir (au défi des faits biographiques) et j'affirmerai donc que j'allai m'asseoir à cette table, dans l'air nocturne de juin tout picotant de l'électricité d'un orage imminent. Joyce était ivre. Il tenait à la main un paquet de cigarettes irlandaises Sweet Afton vide, les cigarettes elles-mêmes gisant sur le sol, virginales et en pure perte, et y dessinant plus ou moins une forme de quinconce. Les choses avaient toujours tendance à s'organiser en motifs pour Joyce ; mais il était incapable de distinguer les cigarettes tombées à ses pieds, non tant à cause de l'ivresse qu'en raison de la détérioration de sa condition ophtalmique, conséquence de malnutrition durant l'adolescence et de diverses sortes d'onanisme. Wyndham Lewis n'avait pas bu ; attifé dans l'idée de se donner des airs d'anarchiste, il ressemblait plutôt à un entrepreneur de pompes funèbres. Grand Dieu, le monde littéraire entier s'était-il donc donné rendez-vous à Paris, à l'époque ? Pourquoi ne pas faire entrer en scène Thomas Stearns Eliot, de façon que je puisse lui dire (fort de ma propre découverte dans les années 30) qu'il était impardonnable de s'être mépris par ignorance sur, et donc d'avoir mésusé de — dans son poème *La terre vaine* — la composition d'un jeu de tarots. Jamais on ne pardonnerait à un romancier ce genre d'insouciance du détail. Mais non, je n'ai fait la connaissance d'Eliot qu'au moment de la guerre d'Espagne. Serait-ce alors que j'aurais peut-être prié Lewis d'informer le poète qu'il avait fait une bêtise avec son allusion à l'Homme aux Trois Bâtons comme « authentique membre », mon œil oui ? Possible. Joyce, en tout cas, dit, de sa voix de ténor dolent :

— C'est bien Toomey qui est là ?

Il ne m'avait pas lu, mais avait sans nul doute entendu dire que je n'étais qu'un romancier populaire, donc rival littéraire peu redoutable. Je crois qu'il m'admirait plutôt parce que j'avais ramassé de l'argent avec un métier que, lui-même, il ne pouvait continuer à exercer sans de généreuses subventions. Et j'avais fait représenter des pièces à succès, tandis que ses *Exilés* avaient été un four ; il reconnaissait que la dramaturgie relevait plus de l'artisanat habile que de l'art inspiré. Il goûtait fort l'histoire de ma séduction par George Russell en 1904, bien qu'il m'eût fait jurer de la garder pour moi : il craignait toute atteinte, si légère fût-elle, à la structure d'un livre — son *Ulysse* — qui était censé présenter la vertu primordiale d'une stricte adhérence à la véracité historique Enfin, je pense qu'il m'enviait mon français maternel · il lui arriva plusieurs fois de tenter de me persuader de passer le reste de ma vie à présider au synode de traducteurs travaillant à la francification de l'œuvre joycéen.

— Oui, c'est bien Toomey. Serviteur, Lewis, dis-je.

Lewis rétorqua je ne sais quoi en grommelant. Je mis une cigarette dans la bouche de Joyce et ses lèvres la happèrent avec l'avidité d'un diabétique dans le coma se jetant sur un morceau de sucre. Je tendis du feu et il tira sur le tabac brasillant, comme si, seule, la sensation de brûlure labiale avait pu l'assurer qu'il fumait. Un garçon s'approcha : je commandai un café et un cognac. Lewis fronça les sourcils, fit au serveur une œillade accompagnée d'une lippe en désignant Joyce, pour bien montrer que celui-ci avait son compte de l'urine potable contenue dans la bouteille à demi vide devant lui. Le manuscrit du Chapitre Trois de mon *Eden retrouvé,* que ma brève marche avait fait remonter dans ma poche intérieure, sortait un peu de dessous le revers de ma veste. Lewis, comme s'il en avait connu le contenu, parut ricaner. Que diable ! malgré toutes ses crudités, c'était du roman, et du vrai : il s'y passait quelque chose, nom d'un chien ! Le *Tarr* de Lewis, sorti il y avait cinq ans, n'était que corps coulés dans le ciment : il eût fallu une grue pour les remuer. Et Joyce, lui, n'était qu'affluence verbale. J'éprouvais un certain mépris pour ces deux hommes ; je dis :

— Situation romanesque : un jeune homme, une jeune femme, mariés, désirent désespérément avoir un enfant, mais n'y parviennent pas. Est-ce lui qui est stérile ou bien elle ? Lui, pour qui la fertilité est un aspect de la virilité, répugne à se soumettre avec sa femme à toute analyse scientifique. Mieux vaut éviter la vérité et accuser l'épouse de stérilité. Elle, plus réaliste, résoud le problème en se faisant féconder par un inconnu, dans le noir, au cours d'une soirée, ce qui ne constitue nullement une viciation caractérisée de sa vertu, motivée par son amour pour son mari. Un enfant naît. Le mari n'ose soupçonner la vérité. A vous, messieurs, la suite !

— Très piquant, dit Lewis. Vous venez nous demander de vous aider à écrire un de vos petits romans ?

— *Och,* vous n'êtes qu'un triple snob, Lewis, dit Joyce d'une voix pâteuse. Comment, reprit-il à mon intention, tout mis, Toomey, diriez-vous perce-oreille ou forficule dans votre vraie langue maternelle ?

— Perce-irréel ou frotte-encul, dis-je.

— Le perce-auricule-Eire, repartit Joyce aveuglé de joie ivre, au milieu d'une cataracte de fumée. Ayez la bonté d'écrire cela sur ce paquet de cigarettes. Car le perce-auricule erre, torticule, et fuit. *Och,* dit-il, continuer une histoire n'a jamais été mon fort. Arrêtez-la à l'endroit que vous avez dit, Toomey. Le principal est de faire qu'un enfant naisse.

Joyce était, malgré toutes ses obsessions verbales, souvent fort direct, notamment en matière d'argent. Mais il avait l'esprit porté à la nouvelle, à l'histoire courte. Pis : il n'aimait pas le mouvement, s'il pouvait l'éviter · de sorte que Lewis et lui étaient sur le plan de l'art, plus cousins qu'ils ne voulaient l'admettre. Le roman était pour le premier une forme de nature morte ou de sculpture . pour l'autre, une succession de grands airs d'opéra massifs, avec un foisonnement d'ornementations.

— Stérilité, poursuivit Joyce avec une passion contenue. Un stertile baron ou bercelonnet de fruicfuiteuse condomunion Shaun. Notez cela, Lewis, vous serez un chic type.

Il ne vit pas le soudain dard lévigeant. Mais, un compte plus tard, il entendit le trafalgar.

— O Jésus ! dit-il. Je ne peux pas supporter ce sacré truc. Trouvez-moi un taxi, je veux rentrer chez moooooi ! O Jésus Marie Joseph ! reprit-il comme le grondement se renouvelait et que la pluie commençait à planter ses banderilles. Je me levai pour arrêter un taxi. Pauvre Joyce apeuré.

— O Cœur Sacré de Jésus, protégez-nous du mal...

Je persuaderais Harry Crosby, décidai-je, de publier mon *Eden retrouvé.* Il parlait sans cesse d'ouvrir sa propre maison d'édition, la *Black Sun Press.* Le stertile tonnerre tonitruait terriblement.

— Seigneur, pardonnez-nous nos sacrés péchés...

Il pleuvait maintenant des hallebardes. C'était le diable de trouver un taxi.

31

Je pénétrai dans la salle de bains et j'y trouvai ma sœur, Hortense, qui prenait, assez raisonnablement, un bain. L'ennui était que les vécés étaient aussi dans cet endroit et que je souhaitais désespérément les utiliser. Elle semblait rose et fraîche, mais un peu languide ; son regard d'un brun pur et net ne m'en poignarda pas moins, tandis qu'elle attrapait une serviette pour se couvrir les seins.

— Ridicule, dis-je. Tu es ma sœur, que je sache.

— Tu aurais dû frapper.

— Et toi tu aurais dû pousser le verrou. De toute façon, ton espèce de pudeur est totalement absurde. D'ailleurs, je veux pisser.

— Je sors tout de suite. Il n'y a plus d'eau chaude. Va-t'en, va !

C'était une vieille baignoire démodée, aux pieds à griffes de lion. La plomberie essayait, à la française, de dissimuler son inefficacité sous des bruits vantards. Je me vis dans la glace du lavabo : l'écrivain de trente-trois ans ; mêmes yeux qu'Hortense, ceux de notre mère, les miens cependant plus rapprochés et trop vigilants ; front un peu plissé sous l'effort douloureux pour contenir une vessie trop pleine ; chevelure paille lissée de brillantine Clovis ; moustache d'officier de la garde.

— Sors, j'ai dit ! répéta Hortense.

— Est-ce que je ne peux pas... ? Je te tournerai le dos... (Je lâchai mon torrent. tout en reprenant d'une voix forte :) Je veux savoir ce qui s'est passé la nuit dernière. Et ce matin. Je veux savoir qui t'a déposée comme un colis à ma porte dans cet état honteux.

— Dépêche-toi, l'eau devient glaciale.

— Alors sors-en, idiote. Enveloppe-toi dans une serviette. Je n'ai aucune envie de voir ta nudité. Je n'ai pas de desseins incestueux.

Peu après, je la retrouvai assise, les pieds roses, vêtue d'un de mes pyjamas noirs de chez Charvet, buvant à petites gorgées du lait chaud. C'était au salon, sur le canapé XVIIe, produit de Provence, garniture au point de tapisserie polychrome de l'époque. J'étais assis en face d'elle, dans un fauteuil assorti. J'avais pris l'appartement nu et l'avais habillé d'élégances : une commode à pieds arqués et à marqueterie d'époque Régence, richement décorée de bronzes dorés ; une crédence d'Italie septentrionale, en noyer sculpté de têtes d'ange, d'urnes fleuries, de roses, etc. Mes peintures du XXe siècle étaient dans la salle à manger. Dans ce décor, mes tableaux de l'École de Barbizon — Daubigny, Troyon, Veyrassat — n'étaient pas vraiment à leur place ; mais il y avait tout le temps, et il y aurait tout l'argent.

— Cela ne t'inquiète pas, demandai-je, de penser que ta tête chaude de Domenico pourrait entendre parler de ta participation au bal des Quat'Z-Arts ?

— Ne prends donc pas ce ton imbécile et pédant. Réserve-le à tes idiots de lecteurs. Il ne le saura que si tu le lui dis. D'ailleurs, je n'ai rien fait de mal.

— Ce matin, tu es arrivée ici dans le costume d'Eve et dans l'état de quelqu'un qui se moque bien qu'on la voie nue ou non. C'est ce qui rend ta pudeur d'il y a quelques instants si hypocrite.

— J'étais ivre. Tout le monde en a le droit. J'étais dégrisée au réveil, et puis ces gens se sont mis à préparer un mélange qu'ils appellent Sang du Bourreau. Ce qui a ramené l'ivresse. Et les deux espèces de Crosby ont dit : « Oh ! mais quelle adorable petite fille ! Et d'où venez-vous », et caetera. Donc, ils ne se souvenaient de rien. Personne ne savait qui j'étais. Ensuite, j'ai dit que je voulais un taxi et on m'a demandé pour aller où. J'ai répondu : ici. Alors quelqu'un a dit : « Toomey ?, Toomey ? Ça me rappelle quelque chose... Ah ! ce pédéraste pourvoyeur de bouillie à chat pour petites vendeuses de magasin ? »

— Tu inventes.

— Oh ! non. Je me souviens très clairement de cette phrase C'est d'hier soir que je n'ai aucun souvenir. Et si je ne me rappelle rien, alors, moi, je dis que c'est qu'il ne s'est rien passé. Donc, tu la boucles sur ce sujet et, moi, demain, je vais retrouver Domenico et je recommence à lui faire des *angelotti* ou *capelli d'angeli* ou je ne sais quoi. Je ne m'étais jamais rendu compte qu'il existât tant de sortes différentes de ces bon Dieu de pasta

— Je n'aime pas cette façon de jurer, Hortense. Et inutile de dire que, du moment que tu ne te rappelles rien, il ne s'est rien passé. Suppose que tu aies tué quelqu'un et que tu ne t'en souviennes plus, cela n'empêcherait pas la personne d'être morte.

On sonnait à la porte d'entrée.

— Oh ! zut, c'est Domenico, s'écria-t-elle.

— Il n'est que 11 heures du soir, fis-je observer. Il joue encore. Et puisque tu n'as rien fait de mal et que personne ne se souvient de rien, de quoi t'inquiètes-tu, petite folle ? Je sais qui a sonné.

Je me levai pour aller ouvrir. C'était Carlo, accompagné du père O'Shaughnessy et du père Leclercq, tous deux professeurs à la Catho à titre temporaire, l'un de droit moral, l'autre spécialisé dans l'étude des sacrements ou quelque chose de ce genre. Ils venaient jouer au bridge.

— Ah ! querelle de ménage ? dit Carlo en hochant la tête. Et toi ! poursuivit-il selon l'apostrophe à l'irlandaise et s'inspirant sans aucun doute du père O'Shaughnessy. Toi, dans ton vêtement de nuit, qui t'exhibes devant les saints prêtres de notre mère l'Église.

— Pas mal, concéda O'Shaughnessy.

C'était un petit homme sec, roux, originaire du comté d'Athlone, plus destiné, eût-on dit, à être desservant de pub que vicaire de paroisse. Carlo, Leclercq et lui venaient chez moi une fois par semaine depuis trois mois. Jamais ils n'y avaient été invités. Carlo, lui-même sans y être prié, les avait amenés un soir, avait fait circuler le whisky, puis tiré deux paquets de cartes neuves de la poche de son imperméable ecclésiastique. Il faisait toujours son affaire de tout, temps ou lieux aussi bien. Le père Leclercq, originaire du Midi, aimait bien le gin coupé d'un peu de vin de messe, ou de mess ou de masse, comme disait O'Shaughnessy, et, lui-même, il en avait fait cadeau d'une bouteille à mon placard à liqueurs (c'était une sorte de pseudo-porto britannique sucré, avec un Christ crucifié sur l'étiquette), à charge à moi de fournir le gin. Leclercq était trop beau pour un prêtre français ; il avait le genre de physique et de blondeur divine, chaude et dorée dus à quel ancêtre, dans son Midi natal ? Goth, Wisigoth, croisé de passage ?) que l'on verrait assez, disons, à un directeur de l'aumônerie de l'armée britannique. N'eût été son Église, il eût fait un bon évêque de Gibraltar. Il avait été très entiché de sport en son temps, tennis, rugby, boxe. Il était encore loin de courir à l'embonpoint (pourquoi faut-il que nous y courions ?) malgré le gin et le vin de mess. Tous trois étaient excellents bridgeurs.

— Sûr que je lui apprendrai le bon anglais, si Dieu veut, dit O'Shaughnessy, avec un clin d'œil de farfadet malicieux en me désignant Carlo de la tête. Alors, on s'y met ?

Et il tira de derrière la commode de l'époque Régence la table de bridge couverte de feutrine verte, pendant que Leclercq approchait des sièges Carlo dit à Hortense, en brandissant un gros doigt jovial :

— Orténsia, cela fait trop de ce genre de chipotages. Ce qu'il te faut, c'est que ton appartement grouille de bébés

A l'entendre, c'était fort peu ragoûtant. Hortense riposta du tac au tac :

— Est-ce le frère de Domenico qui parle ou un sacré crapaud de bénitier ?

Leclercq, qui parlait à peine l'anglais, réagit au ton de la réplique par un suave ébahissement, tout en humectant des lèvres un Monte Cristo qu'il venait de prendre (sans y être invité, cela va de soi) dans mon humidor. O'Shaughnessy, lui, était ravi :

— Voilà la bonne façon, ma fille. Servez-lui ça raide comme ça vient. Sacré crapaud, sacré crapaud !

Il était fin psychologue : elle rougit. Carlo gardait sa bonne humeur. Il était vraiment très laid, plus gras que lors de sa précédente apparition dans ces pages, avec son gros nez compliqué pareil à une corne d'abondance débordante de poils follets. En arrière du front, cependant, le poil de la tête, lui, se clairsemait. Et penser que c'étaient ces gros doigts frustes qui se saisissaient de l'hostie. Son vêtement ecclésiastique était tout froissé et taché Mais il restait formidable, toujours aussi formidable. Il dit :

— Mère envoie ses affections.

— Comment vont les choses, là-bas ? demandai-je. Comment tout le monde réagit-il à Mussolini ?

— En voilà un, dit Carlo à Hortense, à propos duquel vous pouvez sacrer tant que vous voulez. Parce que ça, c'est un sacré *farabutto* d'athée, avec ses sacrées chemises noires qui ne montrent pas la saleté. Il est bourré de démons, y compris peut-être le plus grand de tous. Et rien en lui pour les combattre ! C'est le diable qui prend possession de notre sacrée Italie.

— Au moins, dis-je, vous n'avez plus rien à craindre du sacré communisme athée.

— On ne se sert pas de Belzébuth, s'écria-t-il, pour chasser Belzébuth ! Prions, je veux dire, jouons, reprit-il plus doucement. Orténsia, tu as l'air très fatigué, *cara*. Ton frère t'aurait-il emmenée au bal des Quat'Z-Arts ?

C'était lancé comme une plaisanterie, mais le romancier en moi eut soudain la vision de Carlo déguisé en saxophoniste de l'un des deux orchestres de danse et voyant tout, sans oublier Hortense cédant (mais où diable allais-je prendre ce détail ?) à un jeune homme complètement rasé, Icare aux ailes lasses. Hortense, sans rougir, dit :

— J'ai été examinée sur toutes les coutures par le Dr Belmont A son centre gynécologique. C'est une expérience très éprouvante.

— Aaaah, fit Carlo. Aurez-vous de bonnes nouvelles pour nous tous ?

Il était déjà installé à la table de bridge et battait un paquet de cartes neuf, *flickkk, flickkk*, de ses doigts puissants de joueur. Il avait tout un stock de cartes, cadeau, pour quelque obscure raison, de la maison Rouach et Fils. A moins qu'il ne fût tout simplement entré de son pas dandinant en disant : « Vous me les donnez c'est un cadeau. »

— Il n'y a pas que cela dans la vie dit Hortense Une femme

n'est pas une machine à faire des enfants. Il y a tout le reste à vivre. Je vous quitte, messieurs, ajouta-t-elle d'un air moqueur. Je vous laisse à vos drôleries.

Et, se contentant d'ajouter : « Je n'oublierai pas mes prières du soir », elle s'enfuit sans autre forme d'adieu et sans bruit sur ses adorables pieds roses pour regagner la chambre d'amis.

— Quelle fille délicieuse et pleine de volonté, dit O'Shaughnessy. Et très proche du Tout-Puissant, penserais-je. N'y a-t-il pas un peu de sang irlandais dans la famille ?

Je lui servis de l'irlandais en hochant la tête : « Un rien, oui. » Gin et vin de masse. Scotch, scotch. O'Shaughnessy leva son verre d'irlandais à Carlo, avec une petite inclinaison goguenarde du chef :

— A votre santé, *Monsignore.*

— Monsignor ? m'étonnai-je.

— Pas encore, pas encore, grommela Carlo en faisant la donne. Dans l'avenir, avec le recul du temps, 1922 apparaîtrait assez comme une année capitale pour la littérature, entre des productions telles que l'*Ulysse* de Joyce et *La terre vaine* de T.S. Eliot, mais sans qu'il soit question, bien entendu, de mes *Vergers de l'orage.* Que ç'ait été une année importante dans le domaine du gouvernement des peuples, était pour certains déjà une évidence. Mussolini, ou plutôt ses séides, avaient marché sur Rome — lui-même fit son entrée à la gare Termini dans un wagon-lit. Le pape Benoît XV, ce grand prélat pacifique que ni les Allemands ni les Alliés ne voulaient écouter, Giacomo della Chiesa, Jacques de l'Église, homme de loi, diplomate, et aussi financier déplorable, dont l'aide prodigue aux nécessiteux avait mis les comptes du Vatican en rouge, était mort. Lui avait succédé Pie XI, Achille Ratti, né à Desio près Milan, archevêque de cette dernière ville durant une année, ami, à ce que je comprenais, de la famille Campanati. *Monsignore* ? J'aurais dû m'attendre que Carlo eût sa part des nouvelles nominations.

— Mission de superviser la diffusion de la bonne parole, annonça O'Shaughnessy, comme s'il s'était agi du titre d'un bref pontifical. D'imprimer un élan nouveau à la propagation de la foi. Trois carreaux. Peut-être, maintenant, va-t-il perdre un peu de poids.

— Quatre piques, dit Carlo. J'ai dit à tout le monde que la guerre ressemblerait à un souvenir d'excursion à la campagne pendant l'enfance, comparée à ce qui suivrait. Eh bien ! nous y voilà : les forces diaboliques sont plus vigoureuses que jamais. Ah ! jouons notre partie.

Mais nous ne la jouâmes pas, surtout parce que je bridgeais comme un imbécile.

— Vous simplifiez trop, dis-je en jetant mes cartes sur la table Votre histoire, là : Dieu et le diable. C'est puéril !

— Très bien, mugit Carlo en m'éventant de ses cartes comme si les flammes m'avaient menacé. Prenez l'année dernière : 1922. Staline élu au secrétariat général du comité central du parti communiste, et qui parle de faire nettoyer le pays par la commission centrale de contrôle Purges est le mot qu'il emploie. Regardez, poursuivit-il en se tournant vers O'Shaughnessy, à Dublin on fait sauter le palais de Justice, et partout c'est la tuerie. Les Grecs, continua-t-il en se tournant cette fois vers Leclercq pour respecter la symétrie, sont massacrés par les Turcs. (Nous parlions, soit dit en passant, en français, hormis pour certains noms propres.) Et voilà 1923 avec les méchants qui s'installent en ricanant ! Rien de plus simple que la méchanceté, Kenneth *caro*. Rien de plus simple non plus que les armes pour l'écraser. La première des choses est d'empêcher l'incendie de s'étendre. (Il m'éventa de nouveau.) Telle est ma tâche.

— Leur loi Volstead et leur prohibition, dit Leclercq. Autre forme de mal.

— Le mal engendre le mal, Carlo. (Puis à moi :) J'ai quelque chose pour toi. De Raffaele.

Il tira d'une poche un gros portefeuille dont le cuir avait été nourri, à l'exemple des cavaliers tartares, à la graisse de doigts. Il en explora en grommelant le contenu. O'Shaughnessy, très rouge, menaçait Leclercq d'un doigt jauni par la nicotine. Son français devint très irlandais :

— Ne parlez pas de mal à propos d'une chose qui sera l'occasion de moins d'actes damnables que ce qui est arrivé à ma sœur Eileen à Baltimore. Des nègres ivres de mauvais gin qui molestent les femmes blanches !

— Ils n'en continueront pas moins à en trouver, du mauvais gin, répliqua Leclercq. Du gin, ou du whisky, ou du cognac qui les rendra aveugles et paralytiques, à supposer même qu'il ne les tue pas.

— La loi Volstead était juste ; elle était nécessaire.

— Quelque chose de Raffaele pour moi ? Encore un sermon à propos de mes romans graveleux ?

— Il a lu le nouveau. Il dit qu'il est sain et n'a rien d'indécent. Il parle de transformation de l'âme. *Ecco*. (Il me tendit une coupure de presse pliée.)

— Eh bien ! dit Leclercq, qu'on la vote en Irlande aussi. Qu'on la vote ici. Et vidons ces bouteilles dans les vécés.

— Ce n'est pas la même chose pour nous. Nous sommes des civilisés. Nous savons nous tenir. Ce qui est arrivé à ma pauvre sœur Eileen ne se serait jamais passé dans ma campagne irlandaise du Westmeath.

— Les hommes sont tous les mêmes. Les hommes ont tous les mêmes droits. Droit de s'enivrer. De molester les femmes. De se repentir.

— Et le vin, vociféra Carlo. Vous êtes à côté du problème. Falsification du dogme ! Ces gens-là prétendent que le Christ a changé un jus de fruit non fermenté en Son propre et précieux sang...

Je lus. C'était un court article écrit par Raffaele et publié dans un journal dont j'ai oublié le nom. J'étais censé le lire afin, probablement, que mon orgueil d'écrivain professionnel fût tempéré par un rappel à l'ordre : après tout, n'importe qui est capable d'écrire, à condition d'avoir quelque chose à dire.

Cette loi est mauvaise et ne peut être appliquée dans sa rigueur aux grands centres urbains. Du whisky écossais, expédié par voie de mer des Iles Britanniques aux Antilles et aux îles françaises de Saint-Pierre et Miquelon, au large du territoire canadien, est introduit en contrebande aux États-Unis au moyen de vedettes rapides. La côte Est des États-Unis ne peut être surveillée en totalité par la police ; c'est impossible. Les inévitables rivalités entre les gangs qui se disputent dans les villes le monopole de la vente des alcools illicites se manifestent déjà par des assassinats, sur lesquels la police est bien trop corrompue pour désirer enquêter. Je condamne cette faillite de la légalité et cette anarchie. Mais les premiers coupables à mes yeux sont le gouvernement des États-Unis et l'aveuglement de tous les adeptes de la religion de l'abstinence, tels que le député Volstead...

— Oui, dis-je. Il a raison, mais il va s'attirer des ennuis. Pourquoi voulais-tu me faire lire cela ?

— Il écrit bien, non ?

— Pas trop mal. Il n'y a pas de faute de grammaire ; le style est clair. Et alors ?

— Il voudrait que tu écrives, toi. Tu as un nom, dit-il, aux États-Unis, tu es connu. Que tu écrives des articles, dit-il. Pour les ennuis, tu as raison : il détient des noms, des faits. Il s'est mis en rapport avec le FBI, mais sans grand résultat jusqu'ici. Il faudrait étaler le problème au grand jour. Faire honte au Congrès, au président, au peuple. Il faudrait des articles, peut-être même des reportages. Tu n'aurais rien à craindre, toi, comprends-tu ? Pour lui, c'est différent. Il n'osait pas t'écrire personnellement. Il me demande de te poser la question.

— Carlo, répondis-je, ce n'est pas mon métier. Je pratique un art, pour ce qu'il vaut. Je ne suis pas un technicien de la propagande. Et puis, il semble que ce soit le règne de la peur en Amérique. C'est le pays de la libre parole ; mais, me dit-on, les conséquences d'une telle liberté peuvent être fatales. On incendie des rédactions de journaux. On retrouve des journalistes, un couperet de boucher dans le ventre. Je pourrais écrire, oui, mais sans garantie d'être publié.

— La propagande, musa un instant Carlo, sa lippe pourpre faisant la moue. Qu'est-ce qu'on me raconte ? Que tu écrirais de la propagande en faveur des enfants de Sodome ? Domenico m'a vaguement parlé d'un texte de toi qu'il aurait vu sur ce bureau.

— Je n'écris rien de tel, répliquai-je en rougissant un peu. Je ne suis jamais qu'une sorte de conteur. Domenico n'avait pas le droit...

Quand cela avait-il pu se passer ? Mais la publication, l'acte par qui quelque chose devient public, commence à l'instant même où l'on introduit le papier dans la machine à écrire — j'avais abandonné pour celle-ci la plume, instrument plus privé. Un soir, Domenico était entré, disant qu'il tenait la solution d'un problème pour Joyce. En effet, Joyce m'avait touché deux mots d'une idée tournant autour d'*insecte* et d'*inceste*. Impossible de prononcer le mot abominable même en rêve, d'où la métathèse Mais ce n était là que jeu superficiel, caprice de mots, clin d'œil pour soi seul. Il devait y avoir une autre justification. De quel ordre ? Musicale, avais-je suggéré. Domenico, interrogé, m'avait répondu que oui, il y en avait une possible. Selon lui, HCE, le héros du *Finnegan's Wake* de Joyce, pouvait se résoudre en un thème musical, la note H étant, en allemand, l'équivalent du B anglais et du si français. Le SEC d'*insecte* donnait alors en anglais, toujours partant de l'allemand : E bémol, E naturel, C, et en français : mi bémol, mi naturel, do. Les deux thèmes, avec leurs trois notes chacun, formaient ensemble une harmonie parfaite. CES, non. (Joyce avait été ravi.) Et moi j'étais allé aux toilettes et pendant ce temps, Domenico avait lu une partie de mon Chapitre Deux.

— Tous les mots sont de la propagande, dit Carlo. Il suffit de les employer à de bonnes causes. Les sodomites sont toujours avec nous, heureux des diables qu'ils se sont choisis. (Il restait incurablement innocent.) Il est en ton pouvoir de faire entendre ta voix pour aider un homme qui est devenu ton frère. Lui, il doit se battre avec prudence. Il dit que la situation ne peut que s'aggraver.

— Qu'est-ce que Raffaele importe, à part des marchandises sèches ? demandai-je en le regardant droit dans les yeux. Chianti, Strega, Sambuca, grappa ?

— Le commerce des spiritueux a été liquidé. Mais ce n'est pas son souci principal. Veux-tu réfléchir à ce qu'il te prie de faire ?

— Il n'y a aucun mal à réfléchir, répondis-je, pensant déjà que l'imbécillité des lois américaines n'était pas mon affaire. (Ils avaient choisi l'indépendance un siècle et demi plus tôt et n'avaient qu'à mijoter dans leur jus de raisin californien. J'avais mes propres histoires à écrire.)

— Faisons, s'exclama Carlo, quelques tours de poker. Je n'arrive pas à me concentrer, au bridge. Ah ! ce phénomène au tournoi de Juan-les-Pins, dit-il brusquement en anglais à O'Shaughnessy.

Sur quoi, il se lança aussitôt dans un commentaire sur la défense appropriée face à un appel de sept cœurs du Nord, Ouest coupant la main classique à trèfle. Puis il fut surcoupé et perdit sa levée d'atout. Il fallait s'y attendre. C'était un homme formidable, que le nouveau *Monsignore*. « Formidable ! » dit en français le père Leclercq, pensant évidemment à quelque chose de très différent : la saveur du Roméo et Juliette que je venais de lui allumer. A moins que ce ne fût encore autre chose. On ne peut espérer que je me souvienne de tout.

32

Le premier jour du printemps 1924, ma sœur Hortense donna naissance, à la clinique des Petites Sœurs de la Passion, à des jumeaux, des *gemelli*, des *twins*. O joie et merveille ! D'autant plus que c'étaient, comme la paire de bébés de William et Anne Shakespeare, fille et garçon. Deux filles fussent apparues comme une insolence anglo-saxonne délibérée à la face de la famille Campanati. Deux garçons eussent pu entraîner des disputes à propos du droit d'aînesse. Garçon et fille : magnifique ! Tous deux se portaient bien, la mère aussi. C'était de grand art génétique, une perfection, comme un coffret cadeau de Pâques contenant une bouteille de rouge et une de blanc, du même cru. Les jumeaux me parurent, lorsque je les vis, plausiblement anglo-franco-italiens. Pas une goutte de sang noir ou jaune dans l'affaire, ce qui était un soulagement. Hortense, assise dans son lit et nimbée d'une lumière pluvieuse de printemps qui commence, dans sa liseuse turquoise, me regarda dans les yeux et je lui rendis ce regard.

— Suffit, dit-elle.

— Je croyais que tu étais décidée à repeupler la planète.

— Suffit, je te dis.

— Baptise-les Hamnet et Judith, comme les petits Shakespeare. Non, pourquoi pas Harry et Caresse ?

— Espèce de méchant pourceau stérile, tu me dégoûtes avec tes obscénités!

— Ma fécondité n'a jamais été ni ne sera jamais mise à l'épreuve. Cela ne me tracasse pas le moins du monde. Je ne suis pas Domenico.

— Va-t'en. Sors d'ici.

— Tu m'aimais bien autrefois, Hortense. Tu m'admirais. Il fut un temps où je pouvais sincèrement dire, du fond du cœur, que tu m'adorais.

— Tu tiens absolument à me faire rire, dit-elle furieusement. Sors d'ici, ou je te fais jeter dehors par les religieuses.

Je me demandai si je devais remporter avec moi l'énorme brassée de mimosa que je lui avais offerte et la donner à la première pauvresse que je rencontrerais rue des Minimes. Mais, après tout, Hortense était ma sœur.

Les jumeaux furent baptisés à la Madeleine, qui était l'église paroissiale d'Hortense et de Domenico, car ils avaient maintenant déménagé pour s'installer rue Tronchet. Les prénoms choisis furent John et Ann, qui étaient tout simples et ne perdaient rien de leur identité, traduits en français ou même en italien : Giovanni deviendrait très vite Gianni, ce qui ressemblait fort à l'oreille à Johnny en anglo-américain, la nasalité aidant. De fait, l'enfant était destiné à devenir Johnny Campanati, une fois transféré en Californie. Pauvres enfants, me dis-je aujourd'hui en regardant derrière moi : l'un d'eux devait souffrir, personnellement et terriblement ; l'autre, par procuration. Mais n'anticipons pas. Soyons comme Dieu : accordons-leur l'illusion du libre arbitre, permettons à leur avenir, en ce printemps de 1924, d'être un velours, un chèque aussi vierge que le beau lien que l'auteur ne s'emploiera que trop tôt à profaner de sa plume.

1924 fut un bon cru pour Domenico. Il fut porté par la vague du succès de la *Rhapsodie en bleu* de Gershwin, exécutée pour la première fois cette année-là ; il avait reçu commande de composer pour le pianiste Albert Poupon, qui avait entendu sa ridicule Fantaisie au mois d'octobre précédent, un concerto d'inspiration jazz, avec saxophones, trompettes ouah-ouah et toute la panoplie. Cette œuvre fut considérée par Vladimir Jankélévitch (*Ravel*, Éditions du Seuil, 1958) comme ayant exercé une influence à retardement sur Maurice Ravel, qui accoucha de son propre concerto puisant à la même source sept ans plus tard. Cette même année 1924, on présenta *L'enfant et les sortilèges* du même Ravel (livret de Colette Willy, femme qui griffait comme une chatte et qui était dotée d'appétits sensuels considérables), et il fut question de donner en ouverture du spectacle *Les pauvres riches*, notre œuvre commune à Domenico et à moi ; mais Ducrateron, l'ami du compositeur, nous vola la place avec son *Violon d'Ingres*, banal et maintenant oublié (lequel tournait en fait autour d'Ingres et de son violon, comme pour démontrer ce que l'on entend littéralement par « mettre tous ses œufs dans le même panier »). Domenico ne s'en chagrina pas, étant donné que, comme je l'ai déjà indiqué, il considérait avoir largement dépassé ce genre de galéjade de jeunesse. Je n'en notais pas moins pour ma part qu'il ne jugeait nullement indigne de lui de reprendre un ou deux thèmes de notre œuvre pour son concerto jazz. Hortense, *i gemelli* et lui habitaient un appartement beaucoup plus grand que le précédent, et il possédait maintenant un vieux piano à queue Broadwood, acheté à la vente aux enchères des biens du pauvre Edouard Hecquet.

Pour moi aussi, l'année débuta et se poursuivit bien, encore que (mon estomac frémit à la perspective de ne rien laisser dans l'ombre) elle se soit terminée dans les affres. C'était l'année de l'Exposition de l'Empire britannique de Wembley, placée sous le patronage du prince de Galles (dont l'effigie modelée dans du beurre de Nouvelle-Zélande fut une des attractions de l'événement) et inaugurée par son père, le jour anniversaire de la naissance de Shakespeare. Il y avait des palais de l'Art, de l'Industrie, de la Technique, ce dernier étant six fois plus vaste que Trafalgar Square. Il y avait une mine de charbon, une fabrique de cigarettes et une imprimerie modèles, ainsi que des pavillons consacrés aux réussites industrielles des dominions et des colonies. On pouvait également voir la Maison de Poupée de la Reine, qui contenait des livres en miniature dans sa bibliothèque, de distingués olographes d'auteurs (non compris les miens, faute de distinction suffisante à ce stade). Des rois et des reines vinrent visiter l'exposition. Je crois me rappeler que ce fut en juin que le gouvernant en titre de l'Italie et son épouse s'y rendirent et se trouvèrent ainsi absents de Rome au moment de l'assassinat brutal de Giacomo

Matteotti, le grand progressiste, ennemi juré du véritable nouveau maître de ce pays, par des bandits fascistes. Cet acte criminel, stupidement étalé au grand jour, aurait pu marquer la fin de Mussolini ; mais la Grande-Bretagne, avec d'autres nations redoutant comme elle le bolchevisme, lui firent montre d'une cordialité imbécile, et le ministre Austen Chamberlain, reçu dans la Ville Sainte plus tard dans le courant de l'année, chanta les louanges de l'exécrable régime.

Le 25 mai (jour de la déposition de George II, roi des Hellènes, et de la proclamation de la République grecque), ma nouvelle pièce, *Tumulte et clameurs,* fut jouée pour la première fois au Prince of Wales Theatre de Londres. C'était une pièce à sous-entendus ironiques, et Jimmy Joyce eût volontiers donné son œil gauche (qui, de son propre aveu, ne lui servait pas à grand-chose) pour en égaler le succès populaire. Elle s'accordait avec l'esprit d'enthousiasme impérial qui florissait alors et fut vue par bon nombre de visiteurs de l'Exposition mais on ne la trouvera pas dans les trois tomes publiés sous le titre : *Toomey - Œuvres dramatiques.* L'intrigue se noue autour d'un jeune brandon de l'anarchisme, fils unique d'un fonctionnaire colonial en retraite, lequel souffre de cruelles atteintes de fièvre à phlébotome. Le jeune homme entame l'Acte Un en vociférant contre la tyrannie de l'impérialisme britannique et en réclamant la proclamation nécessaire d'une République Universelle des Hommes. Le père, trémulant dans un accès de fièvre du meilleur effet scénique, lui intime d'avoir à quitter leur chalet, si tels sont bien ses sentiments. Je sors, de ce pas. Il claque la porte, et le père grelottant regrette le coup de chaleur de ce congédiement. Le jeune brandon pousse quelques cris en faveur de la Liberté de l'Homme dans une réunion publique et se fait rosser par des fascistes (je m'étais inspiré pour ceux-ci des chemises noires italiennes que j'avais vues dans les illustrés européens, anticipant ainsi de quelque sept années sur les traîne-savates de Sir Oswald Ernald Mosley). Relevé en morceaux et en sang par un médecin hindou plein de bonté, et rendu à la santé par lui, le jeune homme découvre peu à peu les vertus de l'impérialisme britannique et se rend compte que celui-ci prépare déjà la naissance de cette sorte de république internationale dont il rêve. Il tombe aussi amoureux d'une sombre beauté, une quarteronne de Trinidad, adoptée par le médecin indien, et déclare bien haut son désir de l'épouser. La belle a le dernier mot de la pièce, dans un discours où elle exprime, d'une part, le regret que l'époque du grand mélange des sangs ne soit pas encore venue, en dépit du précédent de sa propre naissance, et, d'autre part, l'espoir que l'heure sonnera un jour. Ce jour-là, la fraternité de tous ceux qui auront vécu à l'ombre du drapeau britannique sera plus qu'une pieuse (cagote, en fait) aspiration. Pour l'heure, conclut-elle, il est nécessaire de déférer aux préjugés des esprits non éclairés, mais sans jamais oublier, surtout, la croix que la stupidité et l'ignorance des autres font encore porter au fruit d'une union mixte comme elle-même Le brandon repenti hoche et branle la tête et, revêtant enfin l'aspect d'un homme assagi, mûri, tremblant comme son père de fièvre à phlébotome, embrasse doucement sur le front sa quarteronne pleine de bon sens, tandis que le rideau descend lentement et que commencent les applaudissements. Il est étrange aujourd'hui de songer que les deux personnages de couleur étaient joués par des acteurs blancs, coloriés pour l'occasion, c'est-à-dire Phil Kemble (toujours aussi désireux d'incarner Pitt, soit dit en passant) et Rosemary Fanshawe. Nous avons fait beaucoup de chemin depuis.

Rudyard Kipling et sa despote d'épouse américaine étaient présents le soir de la première. Après tout, le titre était puisé à son *Récessional* : il avait bien droit à deux billets de faveur et à un verre, également gratuit, pendant le premier entracte, dans le bureau de la direction. Sa femme surveilla étroitement Ferguson, le directeur du théâtre, pendant qu'il servait à Kipling un whisky : « Le plein d'eau », dit-elle. Et quand Ferguson s'offrit à remplir de nouveau le verre, elle intervint : « Non, Ruddy. » Sur quoi, Kipling se mit à chanter, de façon fort inattendue, je ne sais quel grand air d'opéra disant à peu près : « O rude et fier destin... »

— Vous voyez ce que je veux dire ? déclara sévèrement Mme Kipling, semblant s'adresser directement à un point particulier du mur entre son mari et moi.

— Vous autres, jeunes gens, me dit Kipling, vous ne comprenez jamais rien à ce qui se passe. Partout c'est le mensonge qui sort.

Il avait une intonation chantante qui suggérait des antécédents gallois ; on n'osait penser que ce pût être une affectation du parler, une imitation de ces fonctionnaires indiens, ces *babu*, qui savent un peu d'anglais, une sorte de simagrée, de geste, longuement étudié, de solidarité avec les Indiens anglophones. La moustache était grise, mais les gros sourcils gardaient leur noirceur. Il avait pris le soleil à Hastings peut-être et était plus hâlé qu'il n'est bienséant pour un Anglais. Les verres de ses lunettes étaient plus épais que des culs de bouteille ; les yeux y nageaient, féroces, énormes.

— Mauvaise pièce, décréta-t-il. Tout au moins pour ce que j'en ai vu jusqu'à maintenant. Mais cela ne vous troublera pas. Je ne serais pas venu si je ne m'étais déjà trouvé en ville. Avec leur sacré carrousel militaire ! s'écria-t-il.

— Allons, Ruddy.

— Vous n'y étiez pas, Toomey ? (Non.) C'était une grossière pantomime tirée de mon petit poème, *Gunga Din*, vous savez ? Et on voit un *bishti*, un porteur d'eau, passé au noir de bouchon, qui verse au compte-gouttes sa précieuse *pawnee*, c'est-à-dire eau, sous le feu de l'ennemi, aux blessés. Il finit par être abattu par des indigènes braillards. Ensuite il se redresse comme une lame de couteau à ressort pour faire le salut militaire avant de mourir. Et tous les *kuchnays*, les cornichons, applaudissent. Bon Dieu ! Et la musique ! C'était *quoi*, déjà, la musique, Carrie ?

— *Nemrod*, répondit Ferguson qui avait lu la presse. D'Elgar Sir Edward Elgar Tiré d'*Enigme et Variations*.

— Ah ! oui. Pauvre Elgar.

— Pauvre ? s'exclama Mme Kipling. Vous ne devriez pas avoir la moindre sympathie pour cet individu. Il a coulé vos grands paquebots. (Je ne compris pas et le montrai.) *Oh, vers où voguez-vous, grands paquebots !* expliqua Mme Kipling. Son poème, vous savez bien. Et cette orchestration. L'orchestration d'Elgar. La musique qu'il a faite sur les paroles.

— Nous étions dans la loge royale, me raconta Kipling. Il y avait là George, Mary et le jeune David qui tirait à tout-va sur sa cibiche. Et Elgar à une extrémité, ma moitié et moi à l'autre, et, entre nous, toute une jolie fricassée de, quoiquoiquoi... de nobiliaire !

— Assez, Ruddy.

— Des *kuchnays* à couronne ! Nous échangions des regards de honte. Il y a belle lurette que nous avons dépassé cet expansionnisme clinquant. Elgar et sa fichue musique sur ce poème détestable, *mon* poème ! *Pays d'espoir et de gloire*, hheu ! Grand urinoir et dépotoir, oui.

— Ruddy ! Vous n'êtes pas drôle.

— Je veux encore une goutte de ce truc.

— La fin de l'entracte a sonné, Ruddy. Nous devons regagner nos places.

— Vraiment ? Obligés ? Forcés ? Vous y tenez, Toomey ? Bien, bien. Elgar, dit-il soudain avec un petit rire. Hippisme et microscopie. Fini la musique : bon pour les gogos, dit-il. Et moi ?

— Remords, symbolisme et technologie, dis-je (ou ne dis-je peut-être pas ; en tout cas je le dis aujourd'hui).

— Pas mal, dit Kipling. Y a-t-il des toilettes quelque part dans les parages ? Ma vessie n'est plus ce qu'elle était.

— Conduisez M. Kipling, m'ordonna Mme Kipling, aux commodités les plus proches.

La seconde sonnerie grelotta tandis que le vieil homme lâchait les grandes eaux.

— Vu l'autre Toomey, pantela-t-il. (La miction semblait lui prendre beaucoup de sa vigueur.) Parent à vous ?

— Mon frère, oui.

Le public ne s'était pas encore fatigué de *Rencart avec Mes Chéries* au Cambridge Theatre ; mais l'élément kaki cédait le pas aux costumes bourgeois et, au second acte, la distribution au grand complet était en tenue de soirée. Il y avait aussi de vraies girls, au lieu de travestis aux jambes velues. Cela dit, le titre, *Rencontres Avec Mes Chéries*, avait changé pour se mettre au goût du jour et devenir d'abord *Rencart Avec Mes Camarades*, puis, à cause de la saveur bolchévique du dernier mot, *Amis rien qu'amis*, dans sa récente mouture. Le numéro de Tommy Toomey restait néanmoins plutôt militaire. Il jouait les caporaux nasillards et faisait à son escouade un sermon sur l'empire britannique. De temps à autre, il toussait et disait : « Mauvais. Faudrait que j'y renonce, quoi ? » Ce leitmotiv comique eut un succès fou auprès du million ou quelque de Britanniques qui grattaient le sulfure de pyrite lorsque Tom reprit ce numéro, parmi d'autres, à la radio, l'année d'après. Même le prince de Galles finit par le lui emprunter en goûtant à une cibiche argentine, à l'Exposition britannique de Buenos Aires. Le mot cessa d'être drôle quand il apparut que la toux de Tom était très nettement involontaire et ne pouvait plus être interprétée, pour recourir au nouveau jargon, comme un trope prosodique suprasegmentaire. Quelle fichue ironie ! — mais je crois l'avoir déjà dit. Cependant, Tom, pour l'heure, était en assez bonne forme et commençait à se tailler une réussite personnelle, en cette année 1924. Il était drôle dans son pot-pourri indien où il mêlait Robert Clive, la conquête de l'Inde et la révolte des Cipayes avec le fameux cul-de-basse-fosse de Calcutta, le Trou Noir où périrent tant de corps entassés (Soldat Dupont ! Non, pas Dupont 28, Dupont 69... Corvée de latrines. Et pas celles de la compagnie B, celles de la A, et que ça saute !). Ce genre de spectacle était bien au-dessous de lui.

Un soir nous soupâmes tard chez Scott, le restaurant à la mode de Haymarket. L'amie de Tom nous avait accompagnés ; c'était une fille aux cheveux d'un noir bleuté coupés à la Jeanne d'Arc et aux yeux faits au khôl, Estella Quelque-chose, petite actrice, modèle de peintre, tout ce que l'on voulait. Elle savait exactement ce qui lui faisait envie, lorsque nous prîmes place à notre table dans la salle bondée et enfumée : crevettes conservées dans le beurre, homard Mornay, carafe de chablis maison. Comme on fumait en ce temps-là ! Gold Flake, Black Cat, Three Castles, Crumbs of Comfort... Tout le monde fumait, oui, sauf Tommy, qui se contentait de tousser. Il prit une friture de goujons ; moi, un koulibiak de saumon. Estella avait de la lecture : elle avait lu un ou deux de mes romans, n'en pensait pas grand bien. Elle trouvait cela sentimental, dit-elle. Fabriqué. Démodé.

— C'est bon, suffit, Stell, dit Tom en souriant. C'est tout bonnement mordre la main qui te nourrit.

— Oh ! parce que c'est lui qui *régale*, alors ? Enfin, quoi, tout de même, si on compare cela à Huxley. *Cercle vicieux*, tenez, prodigieux ! Ne dis pas le contraire, Tommy.

— Moi, je ne lis que les journaux, me dit Tom en guise d'excuse. Toujours à la recherche d'idées drôles, tu sais ? Les sujets du jour. Je m'efforce d'actualiser tout le temps mon numéro. Tu vois ça d'ici ? « Et alors on a élevé un monument à Clive, en beurre de buffle ; mais ça n'a pas tenu... »

— « Il était un Anglais beau comme un zabaglion Aux lombes faits d'un entrelacs de ganglions », citai-je. C'est dans *Cercle vicieux*, et c'est merveilleux, oui.

— Donne-moi une autre rime à « ganglion », dit Tom.

— Il n'y en a pas, répondis-je. Pas d'aussi riche en tout cas. N'importe qui peut commencer un limerick...

— Ah-ha ! voyez-moi, ce gros jaloux. (Estella but de son chablis et laissa une trace de nourriture blanchâtre sur le bord du verre.) Prodigieux, je vous dis, Aldous !

— Vous le connaissez ?

— Qui de nous ne le connaît ! Il est notre voix à tous. Celle du désenchantement de l'après-guerre, vous savez ? Prodigieux

— Un grand déginganglé aux yeux de verre, languissant après Nancy Cunard. Prodigieux, oui.

— Mon Dieu, dit-elle, sans m'écouter, en voilà une coïncidence ! Un homme jeune, très droit, à la barbe d'or très soignée, et, juste derrière lui, une Estella en plus catin, surchargée de rouge avec quelque chose de sale, et qui vacillait sur des talons échasse venaient de faire leur entrée en riant très haut.

— C'est Heseltine, reprit Estella. Le compositeur de tangos, vous savez ? Ou Peter Warlock, si vous voulez. Son second moi. Il figure dans deux livres... prodigieux, non ? Dans *Femmes amoureuses* de Birkin et dans celui d'Huxley.

Il semblait y avoir encore d'autres personnes avec Heseltine. Il claqua des mains pour demander une table. La salle était, je l'ai dit, bondée. Il fredonna railleusement la coda du finale de la Première Symphonie de Brahms — il y avait eu concert promenade sous la baguette de Henry Wood au Queen's Hall. Tous les yeux étaient tournés vers lui ; il rayonnait. Parmi ses compagnons, il paraissait y avoir Val Wrigley, mon ex-amant. A sa vue, je faillis m'étrangler avec une arête. Ah ! ce que peuvent faire sept années. Il était devenu ce que l'on appelait alors une « reine », cheveux teints au henné et gestes empreints d'une élégante impatience. A mon horreur et à mon scandale, Estella lui adressa de grands signes en cliquetant de tous ses bracelets d'écaille :

— Val, Val, Val ! Par ici ! Il y a de la place !

— Oh ! ciel, non, murmurâmes-nous ensemble, Tom et moi.

— Le plus prodigieux poète ! poursuivit-elle avec enthousiasme à mon intention. Si vous ne le connaissez pas, c'est un tort. On a présenté son truc ce soir, vous savez ? Surtout n'oubliez pas de le féliciter.

— Quel truc ? demandai-je en fronçant les sourcils.

Mais Val était déjà là, un peu gris, l'œil vague, me reconnaissant parfaitement et s'inclinant avec dérision devant le « cher maître ». Estella dit, tout d'une haleine :

— Pas pu y aller Val comment ça a-t-il marché je suis sûre que c'était prodigieux.

— Le texte, dit Val, était inaudible. Il n'était là que pour véhiculer ses débordements torrentiels et ses fracas. Eh bien ! mon vieux. (Cela, à moi.) Désolé de ne pouvoir m'asseoir à ta table. Mais tu es florissant comme une rose, à ce que je vois. (Il accentuait si furieusement les sifflantes que ses postillons volaient dans l'air enfumé.) Ma place est avec... (L'outrance ridiculisa le nom :)... *Bernard* !

— Qu'est-ce que cela signifie ? Que s'est-il passé ?

— Bernard van Dieren. C'est lui là-bas, tu le vois ? Ce machin crépusculaire au teint gris soir, emballé dans du velours râpé. *Amoretto Two*, c'était le titre de ce truc, si tu veux tout savoir. Les paroles étaient de moi ; quant aux raclements, aux instruments à vent, aux barres à feu entrechoquées et aux couvercles de poubelle balancés à la volée, ça, c'était de *lui*, très cher C'est son heure de triomphe : admire cette modestie superbement assumée Passe donc me voir, veux-tu, mon vieux ?

— Où ?

Estella boudait devant l'évidence de rapports déjà anciens entre nous. Elle fit signe d'un doigt au très vieux serveur qui poussait le chariot des desserts entre les tables. Du même doigt, elle désigna ce qu'elle voulait, tandis que l'index correspondant à l'autre main tortillait une boucle noire. Le garçon marmotta d'un air qu'on eût dit dégoûté, en regardant les douceurs chromatiques sur lesquelles il avait la haute main, et entassa sur une assiette crème caramel, diplomate et mousse au chocolat et à la crème Chantilly, couronnant cette débâcle cloacale des fesses sucrées d'une meringue.

— Oh ! je serai au Neptune demain soir, répondit Val. Comme presque tous les soirs, d'ailleurs. Genre de club, disons. Dans Dean Street. Sur le tard.

Genre de club, disons — je devinais sans peine de quelle sorte.

— Sur le tard, bien. J'ai des *têtes couronnées* qui passent me voir demain dans la soirée. Les Clarence, si tu vois.

Val déteignait sur moi. J'en rajoutais, montant tout en épingle, tournant tout en ridicule.

— On a fait son chemin, eh ? Tu te souviens de Baron's Court et du ragoût de singe ? D'un *gris* ! Tout à fait comme ce cher Bernard qui me réclame là-bas, et tout aussi peu *ragoûtant*. A ce que je vois, ils ont vraiment un *siège* pour moi. Au revoir, très cher, il faut vraiment que j'aille me faire gronder.

Heseltine, alias Warlock, rugissait quelque chose d'obscène où il était question de rentrer dans le chou. Val s'en fut, ondulant, les mains modelant gracieusement dans l'air des figurines qui voulaient symboliser le regret et l'excuse, et multipliant les simagrées. Puis il se retourna délibérément pour dévisager Estella en fronçant le nez.

— Je ne vous connais pas, si ? Non, bien ce que je pensais ?

Et il repartit, ondulant et le reste. La pauvre bécasse rougit comme une fraise au-dessus de sa débâcle.

— Prodigieux poète, eh ? dis-je cruellement. C'est moi qui l'ai découvert, figurez-vous. Il avait écrit une espèce de machin sur une fauvette au cœur d'Ealing.

Je n'irais pas à ce club. Si, j'irais. Par curiosité. J'avais envie de voir ce monde au sein duquel, si je ne m'étais pas exilé, j'eusse pu tomber. Et j'avais aussi envie de me faire les dents sur Val, dont la désertion m'avait autrefois tiré des larmes. Je dis à Tom :

— Tu continues à lui écrire ? A père, je veux dire ? Moi, j'y ai renoncé ; Hortense également. Enfin, non, c'est vrai, je lui ai mis un mot pour lui annoncer qu'il est doublement grand-papa. Hortense refusait. Même cela. Depuis, pas de réponse.

— Tu sais, en fait c'est à elle que j'écris, pas à lui. A Doris, notre belle-mère. Je l'ai connue, figure-toi. Qui aurait jamais imaginé ? A vrai dire, je n'ai pas... tu sais ? Mais j'aurais pu, si je n'avais pas été aussi *chaste*. (Il avait mis une intonation à la Val dans le mot, et il fallait bien en convenir : Tom était devenu un vrai professionnel de la scène.) D'après elle, père n'aime pas particulièrement l'idée d'être grand-père et c'est à croire, dit-elle, qu'Hortense l a fait exprès pour le vexer. Elle dit aussi qu'il va bien, mais qu'il est fatigué. Nous savons à quoi nous en tenir sur les causes de cette fatigue, n'est-ce pas ? Elle raconte que, à l'entendre, lui, la dentisterie progresse à pas de géant, si tu vois cela. Il a dû se mettre à la page et c'est une fatigue de plus, explique-t-elle. Le style américain. Ils se bombardent tous stomachologistes ou quelque chose comme ça. Je ne vois pas le rapport.

— Stomatologistes. Du grec *stoma*, bouche. Tu ne te souviens pas du père Dwyer ? « Il y a trop de *stomulia* par ici, mes petits gars. »

— Il a quitté le collège juste après toi. On ne faisait plus de grec, de mon temps.

— Je veux un café, dit Estella tout à trac. Et une crème de menthe.

On entendait distinctement Warlock, alias Heseltine, réciter quelque chose qui ressemblait à un poème de D.H. Lawrence d'une voix haut perchée de pasteur.

— J'oubliais, reprit Estella. C'est vrai que vous êtes catholiques tous les deux.

— John Milton, ce grand poète protestant, lui dis-je, a écrit quelque part que les catholiques romains sont les bouledogues du pape, ou je ne sais quoi d'approchant. Particulier universel ou universel particulier. Vous me suivez ? Mais peut-être prendriez-vous un peu de café ? Et une liqueur ? Par exemple une crème de menthe ou... ce que vous voudrez ?

— Je viens de dire que c'était précisément ce que je voulais. Qui est-ce qui lit encore Milton ? C'est d'un vieux jeu ! (Ces derniers mots en français.)

— « Viouux jouu », répétai-je à sa façon en souriant. Vos voyelles françaises sont abominables. Comme, d'ailleurs, vos manières Les deux pourraient être redressées, vous savez.

— C'est bon, Ken, dit mon frère. Passons, veux-tu ? Ne gâchons pas la soirée.

— C'est la faute des prêtres, n'est-ce pas ? dit Estella. Ce sont eux qui vous inspirent cette peur affreuse de coucher avec une fille, parce que c'est péché de fornication. Alors, vous faites l'autre chose.

— Quelle autre chose ? demandai-je, toujours souriant.

— Ken, je t'en prie, dit Tom. Allons, Stell, suffit.

— Rien du tout ou bien ce que vous savez. Tommy lui-même devrait être prêtre. Quant à vous, on n'a pas de mal à voir ce que vous êtes.

Je regardai Tom, qui rougissait furieusement. Il semblait que notre famille fût dans un assez beau pétrin, sur le plan sexuel. Je dis à Estella :

— Voilà qui passionnerait le Dr Freud. Et aussi votre cher déginganglionné d'Aldous. Vous devriez écrire un article sur le sujet. Titre : Une théorie nouvelle de l'homosexualité.

— Je t'en *prie*, Ken. (Tom se mit à tousser. C'était une toux cruelle.) Saleté de tabac, haleta-t-il entre deux quintes avant d'avaler un verre d'eau. Demandons l'addition et sortons d'ici.

— Je veux mon café, proclama Estella d'une voix claire et impérieuse. Et, ajouta-t-elle avec un accent français d'une justesse exagérée, de la crème de menthe.

— Ailleurs, dit la voix essoufflée de Tom. Au Café Royal.

Je posai deux billets d'une livre sur la table et dis :

— Il faut que je rentre à l'hôtel. Je dois réécrire un passage. Rudyard Kipling m'a expliqué que j'ai commis quelques erreurs de fait à propos de l'Inde. (C'était un mensonge.)

— Kipling ? dit Estella, tirant un bout de langue blanche et faisant mine de vomir. Oh ! là là. « Suffit qu' t'entendes une fois l'appel ed l'Orient. » (Son imitation de la gouaille faubourienne était d'une parfaite exactitude. Elle se renversa un peu sur son siège, sa cuiller crémeuse se balançant comme un pendule entre pouce et index.) Le premier qui rira aura une tapette, dit-elle encore.

— Précisez votre pensée, dis-je.

— Ken, pour l'amour du ciel, va-t'en. (Tom, blême à force de tousser, brandissait mes deux billets d'une livre en essayant d'attirer l'attention d'un serveur lointain.)

— Je pars, répondis-je.

Et je m'en allai. Je ne pouvais éviter de passer devant la tablée de Warlock-Heseltine. De la purée, eût-on dit, sur la barbe, il se gaussait très haut du début de *L'arc-en-ciel* de Lawrence :

— « Car le ciel comme la terre foisonnait autour d'eux, et comment cesser cela ? »... Ah ! le style des mineurs de fond, mes mignons...

Val m'adressa un gigotement des doigts et modela exquisément des lèvres : *Demain.* L'idée me frappa que je n'avais pas d'amis.

Le lendemain, j'allai voir mon agent littéraire, Jack Birkbeck, qui avait son bureau dans Maddox Street. Le temps s'était mis au froid et Birkbeck avait allumé son radiateur à gaz.

— Je vous envie, me dit-il, de prendre vos distances par rapport à tout cela. Nous n'avons pas eu de vrai été depuis la guerre.

Je connaissais son goût pour la prolepse et compris qu'il ne faisait pas seulement allusion à mon retour vers un mois de juin tout aussi froid à Paris. Il avait une trentaine d'années et était entièrement, obscènement aurait-on pu dire, chauve. Il était parvenu à cet état, alors qu'il n'avait que vingt ans et que, encore étudiant à Cambridge, il rêvait de devenir un grand romancier. Il avait des lèvres charnues et gercées et un diastème très prononcé, les incisives supérieures s'inclinant de droite et de gauche, conséquence du sucement du pouce pendant l'enfance. L'espace entre ces deux dents admettait une cigarette, tel l'orifice d'un fume-cigarette panglossien. Il avait tendance, comme en ce moment, à oublier cette présence, et explosait en jurons quand ses lèvres grillaient. Il portait un costume marron poivré de bleu, bon pour la campagne J'attendis Il brassait des papiers sur son bureau

— Le fameux Lasky, dit-il enfin, celui des films Paramount vous savez ? veut acheter *La blessure.*

— Ah ? Combien ?

— Oh ! dans les mille et quelques... livres sterling, s'entend. Pour Gibson Gowland. Vous connaissez ? On donne un film de lui à Leicester Square actuellement, ou un endroit comme ça. Maintenant ce qu'il faut, c'est passer à un autre exercice : un livre de voyages. Promet de devenir très populaire comme genre, avec le monde qui recommence à s'ouvrir. Jeffreys, le type de chez Scribners, était ici ; nous avons déjeuné — lui qui a payé, bien sûr. Il était très chaud pour l'idée. Drôle et chouette, à l'entendre. Il a voulu à tout prix m'emmener au Lucullus, à Wembley. Ah ! l'empire britannique. Ça l'a terriblement impressionné, l'empire britannique. Les Indes, Ceylan, la Fédération des États Malais. Bon, enfin, voici mon idée. Vous faites ce truc, et en même temps des... appelons ça : des nouvelles exotiques. Des memsahibs qui trompent leur mari, des femmes de planteur qui assassinent leur amant chinois, des administrateurs coloniaux qui sombrent dans le delirium tremens...

— C'est une image assez limitée de l'empire britannique.

— Dites, tout de même, l'Orient, c'est loin, c'est vaste, non ? « L'appel ed l'Orient. » *Collier's*, ça vous dit quelque chose ? Rien à voir avec le collier de misère des gueules noires chères à D.H. Lawrence. Non, l'illustré américain, savez ? Croyais que vous connaissiez. Mille dollars pour une nouvelle. Ils vous mitonneront un contrat pour vingt nouvelles, moitié-moitié pour les droits étrangers, avec, peut-être, une autre série de vingt à la clé, si tout va bien. Mais des vraiment courtes, deux pages et demie de leur format y compris une énorme illustration... Voyez le genre ? Une memsahib en camisole qui menace un coolie musculeux et lubrique, en brandissant une bouteille de gin brisée. De toute façon, c'est coup double. Vous vous retrouvez avec deux livres, le premier jetant un jour tropical cru sur le second. L'Orient de Toomey. *Merde et merde !* (Cela, pour la cigarette.)

— Quinze cents dollars par nouvelle, dis-je. Cela demande beaucoup de travail, la nouvelle.

— N'oubliez pas que vous aurez le livre en plus. Quarante nouvelles, environ quatre-vingt-dix mille mots en tout, c'est une bonne mesure. N'importe comment, je ferai mon possible. Bref, procurez-vous un joli équipement colonial, y compris deux beaux smokings blancs... ça fait très américain, je sais, mais vous pourriez lancer la mode à l'est de je ne sais quoi ; et surtout ne vous encombrez pas d'un casque colonial, parce que, ça, c'est complètement dépassé. Je peux extorquer des frais à Scribners. A moins qu'ils ne partagent peut-être avec Secker. Payez-moi à déjeuner, je crois que je l'ai bien mérité.

Je le ramenai au Claridge, où j'étais descendu. Il y avait une tourte au steak et aux rognons au menu du jour, ce qui était assez bienvenu par ce mois de juin glacial ; ce n'était pas un temps à salade. Bouteille de pommard pourpre. Flan aux fraises à la crème du Devonshire. Cognac, café, assiettée de petits fours que Jack Birkbeck liquida. Comme la plupart des agents littéraires, il avait bon appétit.

— Je n'attends personne avant 5 heures, me dit-il. Nous devrions aller voir ce film avec Gibson Gowland. Il y a ZaSu Pitts dans le rôle féminin. Tourné par Stroheim, un Autrichien. S'appelle *Les rapaces*, précisa-t-il en raflant les deux derniers petits fours.

— Il faut que j'aille présenter mes devoirs au duc et à la duchesse de Clarence. Ce qui signifie petit somme, bain, puis changement de tenue à loisir en prenant un cocktail.

— Un somme, oui. Un peu lourd, non, cette tourte ? Bah ! tant qu'à faire, c'est vrai, autant vous habituer tout de suite au petit roupillon colonial comme on dit. Bien, bien, pas de film. Un Corona Corona, peut-être, avec un second café et encore une goutte de Rémy-Martin... Pourquoi Paris ? s'enquit-il, tout en essayant d'insérer le cigare dans le créneau interdentaire, mais en vain.

— Et pourquoi la question ?

— Parce que vous êtes le type même de l'écrivain qui devrait vivre ici. Paris est bon pour cette bande cosmopolite qui se moque des virgules et écrit les mots de trois ou cinq lettres sans points de suspension. Mais cela ne vous ressemble pas.

— Vous parlez d'or comme si vous citiez quelqu'un.

— Vous ne lisez pas la presse, on dirait ? Oh ! vous n'avez pas tort, au fond. Non, ma foi, ce n'était pas à proprement parler une citation. Mais il y a eu un long article dans le supplément littéraire du *Times*. Disons que c'était une paraphrase.

— Me concernant ?

— Nooooon, pas vous. Vous n'êtes pas le genre. Mais ce que l'auteur de l'article appelle l'École des Expatriés à Paris. Anonyme, l'article, bien sûr ; mais tout le monde se doute qu'il est de Robert Lynd, le directeur de la page littéraire du *News Chronicle*, ou de je ne sais quel autre c'est cé o enn de pantouflard forcené, si vous suivez mon regard. L'article chutait, en quelque sorte, sur une vanne contre le pauvre Toomey qui s'efforce pathétiquement de se mettre à la mode de Paris avec ses histoires de monologue intérieur et de paragraphe entier tout en majuscules et sans un signe de ponctuation.

— Eh bien ! le bonhomme m'a l'air d'avoir lu *Les vergers de l'orage*, au moins, c'est déjà quelque chose. Ce que j'en ai fait est purement parodique et très court. Le grand public des non-initiés n'a pas bronché.

— Vous avez besoin de voyager, je vous le répète. Besoin de grands vents pour vous fouetter Vous êtes allé à l'enterrement de Marcel Proust ?

— Je n'étais pas invité.

— Ça fait penser à un gros ongle incarné, son truc , une espece d'énorme machin incestueux. C'est tout ce qu'il laisse derrière lui

— Une sorte de ganglion ?

Étrange mot, signifiant à la fois un paquet de nerfs ou une lésion cystique, comme une tumeur. Mais être un paquet de nerfs, c'est être malade.

— Albion ou ganglion, il faut choisir, c'est ça l'idée ? Moi, je vous dis : souvenez-vous de l'héritage britannique et n'allez pas patauger dans la gadoue étrangère. Faites le tour de l'Empire, rentrez à Londres et on vous présentera à Arnold Bennett à un déjeuner de club.

— Je ne sais pas ce que je veux ni ce dont j'ai besoin, Jack.

— Ce dont vous avez besoin, c'est d'embarquer sur un paquebot de la P & O à Southampton. Je téléphonerai pour vous à l'agence de Cockspur Street, si vous voulez. Le plus tôt sera le mieux.

— Accordez-moi un jour ou deux de réflexion.

Je dormis plus pesamment qu'il ne sied à une sieste. Je rêvai que l'on donnait de moi une nouvelle pièce ayant pour titre quelque chose comme *Ail, épices et voluptés.* Il y avait des feuillages tropicaux authentiques sur scène, et j'étais là, nu, pendant qu'un grand Africain tout noir, nu aussi, me faisait l'amour sous des feux et des projecteurs brûlants. Le public sifflait et huait, et je croyais voir la petite amie de Tom, Estella, debout à l'orchestre et menant le chahut. Il y avait des membres de la famille royale dans la loge royale, et ces spectateurs princiers, dégoûtés, se levaient et partaient. Dans sa fosse, le petit orchestre attaquait l'hymne national. Je me réveillai la bouche sèche, en sueur, et sonnai aussitôt pour commander un thé.

Tumulte et clameur fut bien accueilli ce soir-là, et le duc et la duchesse de Clarence nous félicitèrent gracieusement tous — même s'il sembla que le duc me prît pour Jerry Comrie, qui jouait le père souffrant de fièvre au phlébotome : « Bravo, continuez, dit en revanche le prince à Jerry. Plein de moments forts. Bravo pour certaines répliques. Fameuses. » Puis, en habit et pardessus léger, je descendis Shaftesbury Avenue, tournai dans Dean Street et, parmi la crasse et la sordidité, cherchai le Neptune Club. Je le trouvai entre un dépôt de journaux du continent et une boutique de contraceptifs étalant en vitrine les œuvres d'Aristote (le moine accoucheur, non le Stagirite). Le club offrait une devanture de magasin banale, hormis des vitres mauves opaques. Une clochette boutiquière tinta quand je poussai la porte. Une manière d'ouvreur demanda : « Oui, mon ange ? — Je suis un invité de M. Wrigley. — Qui cela, mon ange ? Oh ! *lui.* Oui, oui, comme le chewing-gum, on ne connaît que lui, pas vrai ? »

L'intérieur était assez atroce. Il y avait une décoration marine de filets et de cordages en papier découpé appliqués sur des murs œuf de canard. Le bar, où présidait un homme très musclé, arborant une sorte de maquillage mortuaire, et qui n'était autre que le propriétaire — pas l'air commode, et répondant aux noms de Paul, Paulie ou Paulitrique — le bar, donc, était charpenté à la ressemblance d'un youyou peint en blanc pur. Un garçon aux cheveux noirs et plats tapait sans interruption sur un petit piano droit, tandis qu'un autre du même âge, lui allumait cigarette sur cigarette

Lady Be Good. Felix Kept on Walking. Stardust. Non, pas *Stardust*, pas cette année-là. Et, assis, Val regardait le bal. La quinte de toux de Tom, la veille m'avait rappelé que, à l époque où il était mon amant, Val était censé s'en aller des poumons. Il n'en avait plus l'air

— Comment, lui demandai-je, va la caisse ?

— Les finances, tu veux dire ? Curieuse façon de t'exprimer Ah ! non, l'autre chose ? La *poitrine* ? (Et il la pressa de cinq doigts écartés, tout en essayant, sans succès, de s'arracher une toux.) Oh ! ça, c'est le passé, mon vieux, le temps où j'étais une pauvre petite chose comme Keats. Il est vrai que c'était effrayant parfois Mais on m'a envoyé dans ce patelin en Suisse : Aargau, Argovie, tu ne connais que ça. Atrocement cher, mais quel air, mon vieux ! D'un froid, d'une pureté ! Plein les poumons. Fait un de ces biens

— Qui payait ?

— Oh ! nous savons en tout cas qui n'a pas payé, non, très cher Pas ta faute, bien sûr. C'est égal, nous revenons de loin, tous les deux.

— J'étais loin de me douter que la poésie pût être payante.

— Oh ! non, rassure-toi. Ce sont les à-côtés. La critique des livres. J'ai travaillé un petit bout de temps pour ce truc de Nancy Cunard, *Ivory and Ebony*, la revue, tu sais ? Puis elle m'a fichu à la porte pour me remplacer par un nègre du plus bel ébène. Le temps qu'elle arrête la publication, il ne restait plus beaucoup d'ivoire dans le coup. J'ai fait aussi deux ou trois livres pour enfants, tu sais ?

— Non, j'ignorais. Donc, tout va très bien pour toi ? Tu es indépendant et tout ?

— Si fait, dit-il en faisant siffler le « s » et le « f » et en me regardant sans excès de chaleur. Je ne suis pas *entretenu*, si c'est à cela que tu penses. On m'a félicité sur la virilité pleine d'autorité de ma poésie. Jack Squire... pardon, sir John, tu sais ? Adorable mais crétin et si mauvais poète, la chère vieille fesse. Vois, regarde, admire !

Il portait une veste de chasse à poches amples, sur une chemise de soie crème, avec un mouchoir de cou écarlate joliment noué et un pantalon de flanelle pois cassé. D'une de ses grandes poches, il sortit un petit livre mince. *Valentine Wrigley*. Publié chez Faber, maison de haute réputation. Titre : *Festin de cendres*.

— Ne me dis pas que c'est un livre pour enf...

— *Non*, absolument *pas*. *Rien* de commun avec Cendrillon et sa cicouille. Vois, admire, imprègne-toi.

Mire ou châsse, un seul clin de ce gandin danseur
Fou de Bassan volant voleur d'âme je dis,
Emballe dans l'iris des abîmes d'azur,
Pennons noirs repliés, rostre grossier happeur
De ganoïdées, gobe, et tout blanc plumetis
Jouit de son charme lisse et, plus que le roc, sûr.

— Nous voilà loin de la fauvette au cœur d'Ealing.

— Ah... *ça* ?

Un garçon s'était mis à chanter *Si j'étais la seule fille au monde et que tu sois le seul* ; deux autres, par jalousie, lui sabotaient son numéro :

— Que fait-*elle*, tu crois ?

— Elle... (Léger temps.)... gazouille, mon chou.

— Tu restes longtemps à Londres ? demanda Val. Ou irais-tu même jusqu'à envisager de... te rapatrier, en quelque sorte ?

— Ma foi, dis-je, je dois avouer que je me demande pourquoi je vis à Paris. Et si j'habitais Londres, j'en serais réduit à me demander ce que j'y fais.

— C'est ici que l'on parle ta langue, très cher. Ta langue maternelle.

Ma langue maternelle dans la bouche de Val, l'expression devenait curieusement, méchamment, physique. Mère tirant la langue à des fins plus ou moins obscènes.

— Non, paternelle, rectifiai-je. Ma mère était française.

Et puis, l'allusion à ma mère me ramenant à ce jour où, pleurant la désertion de Val, j'avais pris le train pour Battle, j'ajoutai :

— Tu ne suggérerais tout de même pas...

— Je ne suggère *rien*. Certainement pas de nous remettre en ménage, si c'est cela que tu as en tête. Je suis devenu le parfait petit Don Juan qui prend son plaisir ous'qu'il est, comme dirait cette chère vieille terreur de Kipling. Oh ! regarde, il avait juré qu'il le ferait, et il l'a fait ! Jamais je n'aurais pensé...

J'eus d'abord du mal à en croire mes yeux. Entrait dans ce club un archevêque ridiculement jeune, en grande tenue archiépiscopale, anneau étincelant offert en minaudant au baise-main, authentique crosse au poing. Le pianiste se mit à taper *Plus blanc qu' le lait d' chaux des murs.* Les membres du club admiraient ou daubaient, mais ne semblaient nullement surpris. Ils multipliaient génuflexions et osculations minaudières. Quel *superbe* tissu. Il y en a pour une *fortune*. Oh, *oui*, entendez-moi en confession. Comment est-ce qu'on vous dit ? *Monseigneur* ?

— Autocéphale, expliqua Val. Rien à voir avec céphalée ni syphilis. Tu as sûrement entendu déjà parler d'églises autocéphales, mais si, voyons. N'importe qui peut fonder la sienne, apparemment. Conséquence de notre rupture avec Rome, la faute d'Henry VIII ou est-ce que je sais. (Le *Rome* grasseyé, irrité, très nasal.)

Je dis, m'émerveillant du faux prélat, si jeune, une main tenant la crosse, l'autre une bouteille de vin d'orge Bass, mais pas de verre — je dis que, non, ça, jamais je n'aurais, je n'avais de ma vie, jamais vu, ah ! le monde est plein de surprises...

— Oh ! tu peux le dire, très cher. Et ne va surtout pas t'imaginer qu'il ne *croit* pas, parce que c'est juste le contraire. L'ennui est que tous ceux qui *croient* grillent d'impatience de revêtir le costume, et pas les oripeaux de théâtre, non, le vrai truc ; et alors ils deviennent chacun le chef de *leur* église, la tête et la queue, sans corps entre les deux. On parle beaucoup d'un congrès des églises autocéphales qui se tiendrait à Whitby, si je ne me trompe.

— Il faut que je t'envoie quelque chose que j'ai écrit, dis-je. Je me suis amusé à refaire en partie le Livre de la Genèse Peut-être cela plairait-il à Son Excellence ici présente.

— *Pas,* dit Val, si c'est de la *dérision.* Son Excellence est très dévote. Elle aimerait convertir tous ces méchants garçons que tu vois à ce qu'elle appelle la vraie voie, la vérité, la vie. On ne contrefait pas Dieu. On récolte ce qu'on a semencé, et béni soit qui mâle y pense.

L'archevêque éleva sa bouteille de vin d'orge Bass comme une petite trompette — en un sens, qu'il bût au goulot de cette bouteille avec son étiquette au triangle rouge semblait la seule chose à faire : un verre eût été d'une vulgarité séculière — et le pianiste, soufflant des bouffées de fumée neuve, se mit à jouer un cantique. *Reste avec nous, Seigneur, car il se fait tard.* On ne peut pas danser là-dessus, voyons, Cyril. Joue-nous encore *Felix.*

Felix
Il marchait marchait marchait toujours
Les mains derrièr' le dos
Vous l' trouv'rez à chaqu' tour.

Un homme en costume écossais de tous les jours — tartan aux couleurs des Stuart — entra, remorquant trois marins déjà ivres. Juste ciel ! des marins. Ils étaient tous les trois de Liverpool et réagirent de façon complexe au spectacle d'un haut prélat en grand apparat buvant à même une bouteille au bar. L'un d'eux, bourrelé de Dieu sait quel remords, ne voulait pas rester ; un autre dit *J'aime pas ce carnaval, j' va-t' l'arranger, moi, le salaud.* L'archevêque, prêt aux brutalités de ce monde, brandit une crosse menaçante. Ayant vidé sa bouteille il leva deux doigts pour donner sa bénédiction générale, puis sortit. Putain de carnaval. Putain non, Curly, c'est pas du toc, où qu' t' as vu qu'y a une loi qui lui défend d' boire un coup s'il a soif. Les trois marins, essayant de ne pas voir double, promenèrent un regard alentour et me repérèrent avec mon col cassé et mon nœud de cravate blanc. T'as maté le putain d' gandin qu'a mis sa queue d' morue. Je dis :

— C'était charmant de te revoir, Val. Mais cette fois il faut vraiment que je parte. J'ai deux ou trois pages à revoir.

Mon intention avait été de savourer une petite revanche où Val eût plus ou moins larmoyé pour se faire pardonner sa trahison, vieille de huit ans ou presque. Il était clair qu'il ne larmoierait pas.

— Kipling, pas moins, a relevé certaines erreurs dans mes allusions à l'Inde.

— Encore ? dit Val en me jetant un regard froid par-dessus sa bière blonde.

— Pourquoi encore ?

— Parce que c'était déjà ton excuse pour te sauver, hier soir, d'après cette petite garce d'Estella.

— Que tu prétendais ne pas connaître.

— Oh ! c'est tout ce qu'elle mérite, mon vieux, une vraie petite roulure pour bordels militaires en campagne. Cabotine cent pour cent et pas *ça* de cervelle, pas plus de talent que de cœur d'ailleurs. Je lui ai lu quelque chose de Felicia Dorothea Hemans en lui racontant que c'était de T.S. Eliot, oh ! mais c'est prodigieux. Bête comme un cruchon. Ce qui me rappelle... ton frère peut être plein d'esprit. Il a cité ce vers de Landor, tu sais : « Nature ô mon amour, et l'Art avec elle », et il enchaîne : Seulement c'est bien connu, qui dit l'art dit cochon. Tout est dans le ton et la manière, évidemment. La chute, très cher. On raconte, mais tu es bien placé pour le savoir, que c'est un vrai petit saint.

— *Tom* ?

— Écoute, cette espèce d'Estella, cette grue et rien d'autre, avait attrapé la vérole, les gonocoques et tous les écoulements de la terre avec le peintre, tu sais, Augustus John ; et maintenant, non seulement Tom l'a recueillie chez lui, dans cet appartement qu'il a à Earl's Court, mais il l'envoie chez le médecin — il se trouve qu'elle n'a rien finalement, mais elle aurait très bien pu avoir quelque chose — et il ne la touche même pas, tu sais. Il est chaste de nature. Et très généreux, ton Tommy, ton Tom. Non, pas *Tom*, j'aime moins ; cela fait tombeur, et nous savons tous de quoi, n'est-ce pas ? Bien, bien, vas-y, file, tu n'as guère changé ; j'ai failli te faire cadeau d'un exemplaire de mes poèmes, dédicacé sur place et sur l'heure, de ma blanche et élégante main, mais non. Ah ! il va y avoir des histoires.

Les marins en étaient la cause. L'homme au kilt Stuart s'efforçait de les contenir. Apparemment, ce n'était pas un vrai Écossais : il avait l'accès levantin : Vous allez finir, dis, les gars, vous êtes mes invités, dis, n'oublie pas. Alors t'as qu'à empêcher ce fumier de dire ce qu'y vient de dire, que j'ai le nez rouge, putain, dis-lui de la boucler, pas question qu'un merdeux comme lui ose toucher à mon nez sans demander la permission. Paul alias Paulitrique surgit de derrière son comptoir pour protéger son piano droit, que deux des matelots se proposaient de renverser. Des pieds broyaient du verre dans le tapis en fibre de cocotier. La plupart des membres du club regardaient, les yeux allumés — les histoires étaient leur élément.

— La police ne va pas tarder, commenta gaiement Val. Elle nous a à l'œil. Elle a déjà coincé une fois ce pauvre vieux Pauligonoc en l'accusant de tenir un établissement de débauche, pas celui-ci, non, un autre, quelque part du côté d'Edgware Road, l'innocence même, exactement comme cet endroit. Jamais tranquille, le malheureux, toujours en déménagement.

— A propos de déménager, dis-je en me levant et sans finir ma bière blonde.

Mais Val me saisit par la martingale de mon pardessus et me força à me rasseoir. Le fait était que l'on voyait mal où trouver une issue pour le moment. Paulitruc tenait solidement les deux matelots déménageurs de piano par les cols marins qui n'en faisaient plus qu'un dans sa poigne, détournant ainsi cet article de vêtement de son principe (qui est de protéger la veste, en dessous, de la traditionnelle « queue de cochon » plus ou moins goudronnée) et les trimbalait par saccades vers la porte, tout en déclarant au Levantin en kilt qu'il pouvait se considérer comme rayé des contrôles du club. Putain de merde de foutre. Le troisième marin s'était soulagé d'un volute blanchâtre de vomi sur le clavier du piano. Le pianiste et son distributeur de cigarettes le lui faisaient payer durement. Non mais, le vilain cochon.

— Oui, c'est naturel, surtout filer en cas d'histoires, n'est-ce pas, très cher ? me dit Val. Pas de *Ballade de la geôle de Reading* pour monsieur. « Respecté pour son talent, un romancier en tenue de soirée a maille à partir avec la police des mœurs. » Sous-titre : « Toomey arrêté avec des matelots crapuleux. » Pas supportable, n'est-ce pas, très cher ?

— Touché, tu es content ? dis-je. Et qui donc m'a laissé tomber pour aller courir le gros lot ? Qui n'avait rien à faire du jeune écrivain dans la dèche ? Tu peux jouer les garces, sale petit traître — pour ce que cela me fait, comme tu t'en doutes.

— Oh ! oui, je m'en doute. Rien que les bons numéros, et sur les deux tableaux, n'est-ce pas, très cher ? Ce n'est pas toi qui aurais signé la pétition que tu sais ; non, surtout pas. On y trouve cinq cents noms, mais pas le tien. Tu as détalé comme un rat ; tu n'aurais même pas permis au zéphyr de nous apporter ton précieux nom sans tache par-dessus la Manche, non, bien sûr.

— Qu'est-ce que c'est que cette histoire ? J'ignore tout de...

— Oh ! cesse, veux-tu ? Un flic déguisé en prostitué mâle, et ce pauvre innocent de Kevin l'emmène chez lui sans rien faire d'autre que de lui offrir un verre, et là-dessus la porte s'ouvre : paraît une deuxième salope d'argousin. Ne me raconte pas que tu n'es pas au courant, tout le monde l'est. Un vrai acharnement de bouledogue, avec l'exultation carnassière de la presse populaire bon teint bonne mœurs. Même le *Times* et sa bande d'hypocrites. Tu as reçu la lettre, ne le nie pas.

— Je reçois, dis-je, beaucoup de lettres. Je ne les lis pas toutes.

— Comment veux-tu que l'on arrive à changer les choses ? Tu as filé en rasant les murs, tu faisais dans ton pantalon, tout le monde le sait. N'importe comment, la veuve est en Australie, maintenant.

— Cela fait très longtemps. C'était pendant la guerre. D'ailleurs, nous sommes réduits à nous débrouiller tout seuls, tous tant que nous sommes. Toi-même, tu ne t'en es pas privé, et vite fait, le jour où tu m'as laissé, le cœur brisé...

Val me jeta un regard moqueur en imitant la plainte du chien éploré. Puis, sur un ton de maîtresse d'école, il répliqua :

— La règle est de se soutenir les uns sur les autres. Sauf, bien sûr, si l'on est un romancier prospère exilé de son plein gré dans un pays où les lois sont moins draconiennes. Nous avons besoin de quelques *vrais* martyrs, non pas de pauvres victimes piégées comme ce malheureux petit Kevin Rattigan avec son bégaiement et sa toux. Un martyr est un témoin.

— Je travaille, moi, là-bas. (Je n'aimais pas le tremblement d'excuse de ma voix, mais j'étais incapable de le maîtriser.) J'ai tout de même écrit ce truc. C'est vraiment la première fois que dans l'histoire du roman anglais.

— Publié à Paris, bien entendu. Dans *l'Emprose Internationale* ou je ne sais quel autre torchon de coterie. Et sous un pseudonyme, cela va de soi.

— Tu es injuste.

— Et toi, infect. Eh bien ! Vas-y, fous le camp ! Va trouver les flics, ils n'attendent que ça sur le trottoir d'en face, va leur raconter que tout le monde ici se vautre dans le stupre. Il y a des garçons qui dansent ensemble, là-dedans, monsieur l'agent. Je suis entré par erreur, sergent, persuadé que ce n'était pas ce genre d'endroit ; d'ailleurs, il y a quelques instants encore, je présentais mes devoirs à la famille royale, inspecteur ; je suis un auteur dramatique très connu ; allez y jeter un coup d'œil, c'est un devoir envers les gens sains et honnêtes... Reste de toi le souvenir d'un ancien sacrifice. Oh ! va-t'en, *fous le camp.*

33

Je n'étais pas le seul à faire mouvement vers l'Est. Il y avait aussi Carlo, Monsignor Campanati, commissaire itinérant de la foi en terre païenne. Mais son Orient à lui serait plus ouvert que le mien. Je me limitais à l'archipel de Malaisie et à des bouts, peut-être, de Polynésie. L'Inde était trop, et Kipling m'avait, pour le moment, dit tout le nécessaire — mais non, il y avait, ou plutôt il y aurait, Morgan Forster. Je devais ramasser de l'argent avec mon voyage ; Carlo, lui, devait, entre autres, expliquer à des prêtres et à des religieuses du bout du monde pourquoi il n'y avait pas d'argent frais dans les coffres du Vatican pour continuer à propager la foi. Écoles, hôpitaux et le reste. Catéchismes de quatre sous. Tout en faisant sauter son neveu, qui était aussi le mien, sur son gros genou, il me fit part, non sans exaspération, de l'état des finances vaticanes, pendant que, de mon côté, je faisais sauter sur mon genou maigre ma nièce, qui était aussi la sienne. C'était dans l'appartement de Domenico et d'Hortense. Hortense lisait André Gide ou je ne sais quelle autre sottise, et Domenico, papier à musique étalé sur le pupitre devant lui et crayon comme un couteau entre les dents, jouait indéfiniment les trois mêmes mesures de son andante, qui faisaient penser à de la menthe anglaise bleue et très forte. Carlo s'exprimait en français (pourquoi cette langue ? probablement parce que nous étions à Paris) :

— Benoît ne valait déjà pas grand-chose, mais Pie est le plus grand imbécile du monde en matière d'argent. Je vais t'expliquer..

Il énuméra point par point, en comptant sur la tête duveteuse de l'enfant, d'une oreille à l'autre et de l'occiput au front, pendant que le petit louchait comme un ivrogne devant le miracle de ses propres doigts

— Le lendemain de son entrée en fonctions, il a donné — traduit en monnaie américaine — 26 000 dollars aux cardinaux allemands parce qu'ils souffraient de la dévaluation du mark. Puis il en a remis 62 500 à un sanatorium français bien connu. Ensuite, 156 250 aux Russes. Et après, 9 375 aux pauvres de Rome, qui les ont probablement bus. Et, encore après, 50 000 aux victimes du grand incendie de Smyrne...

— Comment te rappelles-tu tous ces chiffres ? Avec autant d'exactitude, je veux dire.

Il écarquilla de grands yeux comme si j'avais été fou.

— Parce que ce sont les sommes exactes qu'il a distribuées. Chaque *centesimo* compte. Et il y a en outre 81 250 autres dollars pour les Allemands, 21 875 pour les Viennois, 20 000 pour le tremblement de terre du Japon. Il faut absolument faire quelque chose. Il faut forcer cet insensé à reprendre ses esprits.

— C'est de Pie que tu parles ?

— Non, non, non, non, non.

Il était irascible ce jour-là : tas de choses à faire, départ pour Rome avant l'Orient, mauvaises nouvelles de la famille. Il fit sauter plus fort le petit John-Gianni et l'enfant fronça brièvement les sourcils, comme au souvenir des soubresauts dans le sein maternel.

— Je parle de l'affreux rejeton de ce forgeron athée. Benito en l'honneur de Benito Juarez, Amilcare en l'honneur d'Amilcare Cipriani, Andrea en l'honneur d'Andrea Costa. Révolutionnaire, anarchiste et socialiste. Trois diables en un. (Avec le recul de l'expérience, je peux voir aujourd'hui toute l'affaire du Latran prendre forme au fond des yeux d'encre noire de Carlo.) Cet animal sans Dieu, il faut le mettre au travail comme le bœuf qu'il est. Transformer le mal en bien.

Il se tourna vers Domenico, dont les belles dents mordaient le crayon à le briser tandis qu'il vérifiait, penchant l'oreille comme un mécanicien sur un moteur de voiture, les sonorités antithétiques que ses doigts velus gardaient plaquées.

— Arrête ça une seconde ! cria Carlo, toujours en français. (Domenico lâcha l'accord, mais les harmoniques persistèrent comme le souvenir d'une rage de dents.) Toi aussi, tu as reçu une lettre de mère ?

— Non, pas de lettre, répondit Domenico. Tu sais bien que c'est à toi seulement qu'elle écrit.

— N'importe, il n'y en a plus pour longtemps, à l'en croire.

— *Povero babbo.*

— Pauvre, dis-tu ? Voilà six ans au moins qu'il est virtuellement mort. Lorsqu'il le sera vraiment, son âme ira en purgatoire avant de rejoindre Dieu. Pour l'heure, elle hurle en silence, son âme pour qu on la libère, dans les couloirs déserts de son cerveau (C'était bien dit, peut-être comme une phrase que Carlo polissait en prévision d'un panégyrique brusqué.) Tu ferais mieux de partir pour là-bas, de façon à être présent pour la fin et à prendre toutes les dispositions pour l'enterrement.

— Je suis le cadet. Normalement, cela revient à Raffaele. Et je ne suis pas prêtre. Ce devrait être toi.

— Le temps que Raffaele arrive, tout sera fini. Il ne peut quitter son travail pour attendre en se rongeant les ongles. Quant à moi, je suis forcé d'être ce soir dans le train de Rome, et à Tunis dans une semaine... Kuala Lumpur ? reprit-il en me regardant sévèrement.

— Kuala Lumpur ? répétai-je. C'est loin d'être près de Tunis. C'est dans la Fédération des États malais.

— Je sais, je sais. Tu y seras à Kuala Lumpur ?

— Je présume que oui. Exactement quand, je n'en ai pas idée pour le moment. Je n'ai pas établi d'emploi du temps. Je suis censé vagabonder, observer, méditer, écrire selon les mouvements de l'esprit.

— L'esprit ! (Carlo écarta d'un haussement d'épaules certaines implications théologiques et fit une fois de plus sauter vigoureusement le petit John.) Je célébrerai, dit-il, la messe de minuit en l'église de Saint-François Xavier, à Kuala Lumpur. C'est une promesse que j'ai faite au père Chang.

— Noël ? Cela laisse encore du temps.

— C'était le 4 août, dixième anniversaire du premier jour de la Grande Guerre. Mon travail avait différé mon départ, mais celui-ci ne tarderait plus. Londres, Southampton, cabine de première classe sur le *SS Cathay*, paquebot de 20 000 tonnes de la P & O, Gibraltar, Port-Saïd, Aden, Bombay, Colombo, Singapour...

— Qui... (Et aussi Hong Kong pour qui en voulait.)... oui, qui est le père Chang ?

— Son prénom est Anselme. Il s'appelait autrefois Chang Li Po. J'ai fait sa connaissance à Rome. Il est excellent joueur de bridge. Il tient la chronique de ce jeu dans, je crois que c'est le titre du journal : *The Straits Times*. Sous le pseudonyme de Philippe le Bel. Le Grand Inquisiteur de France. (Il me regarda comme si le médiocre joueur que j'étais eût mérité une pieuse torture.) Donc, reprit-il, nous nous verrons là-bas. Noël tropical. *A tropical Christmas*, traduisit-il.

— Alors, bien tropicalement à toi et joyeux Noël !

Ah ! Ce goût damnable pour la facétie. Il faisait très chaud dans notre froide Europe. Nous allions tous deux, même si c'était indépendamment, voyager vers la vraie grande chaleur, et je me demandais comment notre gros Carlo s'en trouverait. Très bien, probablement, et suant à pleins seaux.

— Et voilà que tu recommences ! dit Hortense, ravie de l'occasion de lever le nez de dessus Gide. Toi et tes petites plaisanteries stupides.

Pourtant, elle était très gentille pour moi, maintenant ; sinon, je n'aurais pas été là, à faire danser sur mes genoux une petite nièce qui suivait des yeux, avec une lente curiosité de la tête, le vol d'une mouche.

— Je n'ai aucune envie d'aller à Gorgonzola, reprit ma sœur à l'adresse de Domenico. Ce serait affreux d'avoir à voyager par une telle chaleur avec les *gemelli*.

— Ah ! mais tu dois y aller, dit gravement Carlo. Mère ne les a pas encore vus. Ce sera un réconfort pour elle, cette vie qui continue, et qui redouble, même, pourrait-on dire. La vie qui n'a pas peur de la mort et qui lui fait le *marameo.*

Solennellement, il exécuta une démonstration du *marameo,* le pied de nez double, et jongla du même coup, périlleusement, avec le petit Gianni sur son genou, le rattrapant d'un geste vif et de justesse comme il se mettait à pleurer. Sur quoi la sœurette, par manifestation de jumelage, se mit à pleurnicher de son côté. Tous deux étaient en train de souiller en chœur leurs couches, pointes ou autres. Hortense vint les prendre.

— Encore, dit Carlo sur le ton de l'exigence, tout en tendant son jumeau et se levant. Il t'en faut encore beaucoup comme ceux-ci.

A mon tour, je tendis la jumelle et me levai. Je remarquai que Carlo était resté assis tout ce temps sur *Le Figaro.*

— Oh ! mais non, dit Hortense, un bébé braillant sur chaque sein. Fini. J'ai fait mon devoir.

Elle sortit de la pièce en les emportant. La nurse, Sophie, était absente pour une semaine, en vacances quelque part.

— *A full quiver, a quiver full,* dit Carlo en anglais à son frère qui crayonnait ses croches. Un carquois plein, un plein carquois, tu sais ? Famille nombreuse, expliqua-t-il, revenant au français.

L'image du carquois lui plaisait. Arc, plusieurs cordes à son arc, faire flèche de tout bois, presto, gracioso, amoroso. De ma place, je lorgnais le journal, que le poids de Carlo avait modelé en forme de large vase peu profond. Je m'exclamai :

— Juste Ciel ! Joseph Conrad est mort.

Cela laissa froid les deux Campanati. Pour moi, j'eus la vision fugitive et complexe des austères souffrances d'une âme d'homme blanc agonisant parmi la canicule humide et les proliférations des Tropiques.

— L'Inde, Carlo. Est-ce que tu vas parler à ces gens des vertus de la multiplication de la race ? Un enfant par an et rien à se mettre sous la dent, ou presque. La jeune Tamil commence à mettre bas à neuf ans pour ne s'arrêter que le jour où elle s'écroule. Les femmes sont vieilles à trente ans et pondent comme des mouches ou meurent d'un accouchement septique.

J'avais lu des choses — pas de Conrad, celles-là — sur un monde plein d'une marmaille hurlante aux fesses mouillées et merdeuses. J'avais pris mes distances, je ne procréais pas, annonciateur d'un nouvel âge de raison où la perpétuation de la race ne serait plus une vertu.

— Cela fait des âmes pour le royaume de Dieu, répondit Carlo. Dieu veillera au rapport entre le peuplement de ce monde et les ressources alimentaires du globe. Nous célébrons aujourd'hui le dixième anniversaire de la déclaration d'une guerre qui a réduit de plusieurs millions d'êtres la population de l'Europe. Le mal engendre le bien. Pense aux famines, aux tremblements de terre. Venir au monde est le droit de tous. Vivre n'est celui de personne.

— C'est effroyable, dis-je (celui que j'étais ayant été fait pour choisir la stérilité et se trouvant, selon toute hypothèse, comptabilisé dans le système de contrôles et d'équilibres de Carlo avec les guerres et les séismes).

— Tu trouves cela effroyable ? A entendre les gens, il en va ainsi de beaucoup de choses qui, presque toutes, sont l'effet de lois de la nature — lesquelles sont lois de Dieu — ou de lois de l'Église — lesquelles aussi sont lois divines. Un enfant par an, dis-tu ? Dieu, qui prévoit tout, veille à ce que les enfants de l'homme ne naissent pas sur le modèle des chats, des fourmis ou des lapins. Hortense et Domenico ont dû attendre cinq ans. Dieu a pris soin que l'attente fût fructueuse. Maintenant, peut-être n'auront-ils plus à patienter aussi longtemps. La semence coule, bénie ou non, mais l'homme doit toujours se tenir pour béni. Et si elle ne coule pas, si elle est retenue par un pieux célibat, dans le mariage ou hors de lui, alors le terme de *béni* ou de *non béni* n'a plus d'application. Comprends-tu ?

— Pourquoi me dis-tu tout cela ? Je n'y vois, si je puis dire, aucun rapport avec ma propre situation.

— Parfois, je me fais du souci pour ta situation, dit Carlo en secouant la tête, penché sur une page de la partition de Domenico. Tu es sûr de vouloir ce diminuendo, là ? demanda-t-il au compositeur, qui haussa les épaules et fit oui tout à la fois.

Oh ! Seigneur, Seigneur, cet homme en savait beaucoup trop long sur tout, le sens commun excepté (qui est différent de la logique aristotélicienne) et l'homosexualité. Le bougre, me souviens-je d'avoir pensé déjà, il a beau être laid et glouton. qu'attend-on pour faire de lui un saint ?

— Oui, souvent, reprit-il en revenant à moi tout en continuant à interroger la partition, je me pose des questions sur ta situation. Pas toi, Domenico ?

— Il ne s'intéresse guère, répondit celui-ci (avec, dirai-je, la loyauté du remords), aux femmes, au mariage ni aux enfants. Dieu a voulu qu'il soit solitaire. Comme toi, Carlo. En un sens. Vous vous ressemblez, à certains égards, Kenneth et toi.

Cela ne me paraissait pas évident. Je me tus. Artiste moi-même. j'avais mieux à faire que de railler, même en mon for intérieur, la perspicacité d'un autre artiste.

— J'ai quelquefois l'impression, poursuivit Carlo en brandissant la partition sous mon nez et en créant de ce fait une petite brise agréable dans la suffocation bourdonnante de mouches de l'appartement, oui, l'impression que nous te ramènerons à nous quand tu seras prêt à te colleter avec la vie. Même si c'est dans le péché. Comprends-tu le sens de mes paroles ?

— J'ai, répondis-je, un mot à dire à Hortense.

Je la trouvai dans la pénombre de la chambre, où un petit ventilateur électrique chantonnait en décrivant sagement un constant arc de cercle comme les visages de la foule à Roland-Garros. Les jumeaux nus battaient l'air des poings et des pieds tout en recevant des couches fraîches.

— Je t'ai apporté un double de ma clé, dis-je. Au cas, tu comprends... Tout va bien ?

Elle me regarda froidement, mais sans hostilité, une épingle de nourrice entre les dents. Elle l'ôta pour répondre .

— Très bien. A cela près qu'il faut que je cherche une occupation. J'ai songé à apprendre la sculpture.

Je marquai ma sympathie par un hochement de tête

— Épouse et mère, oui, je sais. Apprendre avec qui ?

— Sidonie Rosenthal.

Je fis : « Ah. » Je la connaissais : une grande blonde, maigre, plus près de quarante ans que de trente, grosse fumeuse, mains irascibles mais intelligentes, atelier à deux pas de la rue de Babylone. Elle venait d'inaugurer sa période métallique : de grands hommes maigres façonnés dans l'acier boulonné.

— Sois prudente, dis-je. Enfin... ne te blesse pas. Tu sais, continuai-je soudain à mon grand étonnement, Hortense, tu es le seul être au monde que j'aime. Ne l'oublie jamais, je t'en prie. Ce n'est pas une parole en l'air.

Et je l'embrassai sur la joue, parmi la faible et délicate odeur de son eau de toilette, tandis qu'elle se courbait pour épingler une pointe. Puis, se redressant et posant les mains sur mes avant-bras, cette longue, mince et adorable jeune femme qui était ma sœur m'embrassa légèrement sur les lèvres. Une vague bienfaisante de fraîcheur me courut dans les veines et, je ne sais pourquoi, une brève vision d'un Moïse de cinéma descendant de la montagne en élevant haut les Tables de la Loi passa devant mes yeux.

— Je serai rentré, dis-je, pour le Nouvel An. Si jamais il veut te frapper, mets un des jumeaux entre vous.

Et ainsi donc, peu après cela : départ. Planteurs et fonctionnaires de l'administration coloniale avec leurs épouses retournant là-bas, congé fini, été européen abandonné à regret : le soleil qu'ils allaient retrouver n'avait rien d'un cadeau tenu au frais entre deux couches de froid ; non, il s'inscrivait dans l'ordre fastidieux des routines quotidiennes. Il y avait aussi des enfants, qui criaient impérieusement *Ayah !* ou *Amah !* Et puis il y avait Kenneth M. Toomey qui avait sa place à la table du commandant. Le menu de la salle à manger des premières classes affichait toujours, au déjeuner, pour commencer, un curry. Le passager assis à trois ou quatre places de moi commandait régulièrement ce curry, sans rien d'autre, sauf un carafon de lait et du sucre. Il mangeait son curry avec du pain, puis versait le lait et le sucre sur le riz et engloutissait le tout en guise de dessert : « C'est sir Albert Kenworthy, m'expliqua le steward. Plein aux as, inutile de le préciser. A chaque voyage c'est le même coup, et ça, depuis toujours. »

La question était pour moi : y avait-il là matière à nouvelle ? Probablement pas. Dès l'embarquement à Southampton, j'avais commencé à prendre des notes. J'avais même écrit des choses, que je frappais directement à la machine — une Corona portative — dans ma « Bibby » comme on appelait ces cabines en forme de « L », du nom de leur inventeur. Le premier texte était une fantaisie débridée prête à être jetée à la poste pour notre arrivée à Gibraltar, et inspirée par le couple qui occupait la cabine à deux lits à côté de la mienne. Le mari, planteur de thé près de Jaffna grosse éponge à bière ; l'épouse, grande blonde maigre assez semblable à Sidonie Rosenthal, en complètement desséché, et en blêmi par les Tropiques. L'homme ronflait, à réveiller toute la coursive. Sans doute faisaient-ils chambre, voire bungalow, à part, à la plantation. Mais ici, à bord, la femme ne pouvait pas fermer l'œil, et elle n'était pas la seule. Couché, les yeux ouverts, j'analysais le ronflement, je chronométrais la périodicité, distinguais les renâclements des couinements, notais les protestations des lèvres, les suffocations, les gémissements s'intercalant dans l'irrégularité des spasmes. Dans mon histoire, la femme se lève, une nuit de clair de lune dans le golfe de Gascogne, et se penche à la rambarde, dans sa robe estivale, pour méditer sur son mariage — si brave, son Philippe, si bon mari à part cette manie de ronfler, et pourtant on a tout essayé : rouleaux de coton attachés dans le dos, pour le tenir calé sur le côté, bande de taffetas gommé sur la bouche pour le forcer à respirer par le nez — rien à faire ! Ensuite, elle se retrouve avec leur voisin de cabine, insomniaque aussi à cause du pauvre Philippe, et ils commettent l'adultère sur l'étroite couchette de cet homme ; elle, c'est vraiment la première fois que cela lui arrive ; mais à qui la faute si ce n'est à Philippe, lequel ronfle pour l'heure à perdre haleine et à contretemps de leurs transports. De retour à Jaffna, elle insiste pour faire lit commun avec Philippe : c'est le remords ; obligation de souffrir. Mais cette fois, dans son insomnie, sortant vêtue de son seul négligé sous la lune cingalaise, elle commet l'adultère avec un grand gaillard de Tamil noir-bleu, qui tient les comptes de la plantation. Accablée par le sentiment de sa faute, se privant volontairement de sommeil, devant la situation impossible, à l'avenir, dans laquelle elle s'est mise, elle déclare à Philippe qu'elle doit rentrer en Angleterre, qu'elle ne peut plus supporter le climat. Il ne la reverra jamais. Il met dans son lit, sur les instances fraternelles, la sœur du comptable tamil, qui ronfle elle aussi, plus fort encore que lui, et ils vivent longtemps heureux. Peut-être avez-vous lu cette nouvelle : *La nuit inquiète.* (*Henry IV*, Deuxième Partie, Acte IV, Scène 5, Vers 22. Philip et Helen Biggin. Cherchez, un jour où vous en aurez le temps.)

Il y avait honnête abondance de fornication à bord — sans que j'y participasse. Sous les ponts, à ce que je comprenais, il y avait des fêtes de minuit tumultueuses, avec chauffeurs et soutiers en robe du soir. Le chef de l'orchestre du bord et le chef barman des premières étaient visiblement des pédérastes éprouvés. Les interdits déraisonnables en vigueur sur la terre ferme étaient, en mer, tous suspendus. La marine, de paix ou de guerre, est-elle phénomène de civilisation, produit de l'inversion sexuelle ? Je m'asseyais ici, là, mon gin rose à la main ; j'étais le preneur de notes. A l'heure de la sieste, on pouvait entendre ma machine à écrire. Certains passagers savaient qui j'étais. Est-ce que nous serons dans votre prochain livre, M. Toomey ? Ils ne croyaient pas si bien dire. Mme Killigrew, dont le mari passait son temps à jouer au bridge, se découvrit une passion pour un homme au visage mangé de verrues. Pourquoi ? Toute histoire que l'on écrit doit contenir sa raison ; mais la vie et la réalité se passent fort bien de motivations freudiennes. Je questionnai sir Albert Kenworthy sur son fameux riz — c'était plus fort que moi expliquai-je en le priant d'excuser ma curiosité pathologique d'écrivain. Il fut très amène derrière son gros cigare, répondit qu'il aimait bien le riz cuit de la sorte, salé, sans sucre, pour ajouter celui-ci après. N'avait jamais eu de goût pour le gâteau de riz. Et puis, comme cela, il avait tout à la fois d'une pierre deux coups : plat principal et dessert, pas d'attente, déjeuner expédié en cinq sec. Bien, mais quel besoin d'expédier son déjeuner en cinq sec ? Cette question-là, je ne l'ai pas posée.

J'avais un exemplaire du dictionnaire anglais-malais de R.O. Windstedt (2e édition, Singapour 1920) et m'efforçais d'apprendre cinq mots par jour, page ouverte au hasard. Démon. Esprit noir de la terre, *awang hitam, djinn hitam, hantou hitam.* Démons de l'islam. *Chaïtan, iblis, ifrit, djinn kafir.* Pas la bonne façon d'apprendre cette langue, m'affirma un employé des mines d'étain d'Ipoh. Vous vous voyez entrer dans un bar et demander un *hantou hitam* ? Bien que, après tout, pourquoi non, finalement ? Excellent nom pour un cocktail, un *black velvet* par exemple.

A Gibraltar, embarqua l'évêque dudit lieu. Il était au bar avant le dîner, tandis que nous nous décrochions doucement, à grands coups de ululements et de geignements, du môle avancé, avec le formidable roc à tribord sous un ciel somptueux, mauve, gomme-gutte et œufs brouillés, et le bord supérieur du disque solaire incendiant Willis's Farm. Il était élégamment vêtu de la tenue de soirée épiscopale d'été, le mollet guêtré de soie, les boucles de chaussures en argent étincelant.

— Toomey ! dit-il en me saluant. C'était à Monte, autant qu'il m'en souvienne, avec Carlo ? La partie de craps, eh ?

Un buveur laïque aux yeux larmoyants, suant encore de sa promenade à terre, écarquilla les yeux, point très sûr d'avoir bien entendu.

— L'on m'a raconté qu'il y avait eu alliance entre vos familles ? Bonne chose, on a besoin de ce genre d'union. Que prenez-vous ? Gin et quoi ?

— Avec votre permission, dis-je, une fois en possession de mon gin rose bien tassé, je citerai Shakespeare : *Dieu te bénisse, Bottom,* etc.

Le buveur aux yeux chassieux secoua tristement la tête tandis que l'évêque éclatait d'un rire adolescent.

— Formidable ! *Dieu te bénisse, quel changement,* eh ? Translation est le terme pour nous. Bon pour Bombay. Un coupe-gorge ce diocèse. Une vraie pullulation. Que pensera Carlo en voyant cela ? Quel homme remarquable. J'ai eu de ses nouvelles par Tanger. Les légendes ont tôt fait de se former autour de lui. On raconte qu'il a joué au poker avec Sa Majesté le Sultan et pu, de ce fait, remettre plus de dix mille francs aux Carmes déchaussés de Rabat ou d'ailleurs. Et à Colomb-Béchar, il a remporté le prix du plus gros mangeur de mouton. Naturellement, je ne crois pas un traître mot d'aucune de ces fables.

Sa Seigneurie devint le boute-en-train de la table du commandant. Il arrivait à surpasser le capitaine Ferguson et ses histoires de typhons avec des contes à frémir, repris à son compte, sans vergogne, de Joseph Conrad. Il parlait d'un ragoût de rat sur un cargo de Chine, assez délicieux tant que l'on ignorait sa nature — on aurait dit des petits lapins, et plutôt propres, à dire vrai, très différents de leurs congénères des égouts, gras, luisants, nourris du grain le plus fin. Il organisa un concert à bord, la veille de l'arrivée à Port-Saïd, et, y déployant ses propres talents de comique, il raconta ceci : « Une passagère, le premier soir en mer après le départ de Southampton, demande à un steward indien, au bar des premières classes, si ce qu'elle voit là est bien le petit coin pour les dames. Le steward répond : Non, pour Sahibs seulement, madame. Juste ciel ! s'exclame la passagère, pas avant Port-Saïd ? On ne fait donc plus escale à Gibraltar ?... Et maintenant, j'ai le plaisir de prier notre ami Kenneth Toomey, romancier et dramaturge de renom, de chanter pour nous *Une petite spécialité qu'on appelle l'amour.* » Je ne pouvais guère prétendre ne pas connaître cette chanson : j'étais le parolier. Il s'agissait d'un des refrains de mon abomination du temps de guerre, *Dis-le Cecil.* Et me voilà donc, susurrant, tandis qu'une Mlle Frisby tapotait un accompagnement improvisé.

Les moineaux de la ville
Pépient dans la lumière,
Étalages et charrettes
Chantent le matin neuf,
Un soleil de candi
Vient sucrer la journée
Tandis que tu sirotes ton café
Au lait.
Dépêche-toi de manger ton croissant
Et souriant à ton amour lève le nez
Pour écouter l'alouette en passant
Et son trille là-haut.
Paris est peut-être pervers,
Pourtant une chose y garde sa pureté :
Cette chose on la fait tous les jours
De très parisienne manière,
C'est une petite spécialité
Qu'on appelle l'amour.

Puis Mlle Pauline Higgins dont les chairs visibles faisaient penser à du pudding aux raisins secs mal bouilli, dansa aux accents de *Narcissus*, et un administrateur colonial asthmatique exécuta des tours de cartes. Ah ! les braves gens que voilà ! étais-je traîtreusement entraîné à penser par leurs applaudissements et quelques cocktails de trop — solides piliers de l'Empire aux joues rougeaudes, tous, eux et leurs dames, grands buveurs, grands conteurs, grands joueurs de palet et autres jeux de pont. Et cet évêque impérial, déplacé de trois diagonales sur l'immense échiquier du gigantesque jeu, était un sacré chic type, lui aussi, bon Dieu oui, ni plus ni moins que les autres.

Ah ! que je redoute cette inutile clarté de la mémoire, quand je revois aujourd'hui, presque aveuglant de netteté, le salon de jeux du bord. Il est 3 heures du matin. Sa Seigneurie attaque à trèfle avec le neuf et se défausse du six de cœur. Sur quoi, Collins le planteur abat un huit de cœur et j'affranchis le dix de carreau. Sa Seigneurie, point trop sûre de la position de la reine de cœur, attaque du mort avec la reine de pique. Je fais le pli avec le roi de cœur et attaque avec mon huit de carreau. Sa Seigneurie rafle la levée avec l'as de carreau du mort et continue à pique. Je ramasse le pli avec l'as de pique et repars à carreau avec le sept en réponse au neuf de Collins, *squeezant* Sa Seigneurie à pique et à cœur. Sa Seigneurie sait que Collins a encore le neuf de pique et doit donc se défausser du neuf de cœur. J'emporte le pli suivant avec l'as de cœur, mais Sa Seigneurie enlève le dernier avec le valet de cœur du mort. Quelle partie de contrat ! Sacrément bien jouée, bon Dieu.

A Port-Saïd, où la chaleur commençait vraiment à sévir, le *gullygullyman* monta à bord et exécuta un tour sorti droit de l'Ancien Testament. Il avait à la main un reptile drogué dormant d'un sommeil d'une rigidité absolue, telle une canne olivâtre à pommeau en forme de tête de serpent. Il jeta la chose sur le pont promenade et le reptile sortit de sa transe en déroulant ses anneaux et se tortillant. *Gullygullygullygullygully.* « Pour ce qui est des miracles, dit l'évêque ce soir-là (nous buvions une bière Stella dans un café du port où une Grecque bien en chair se livrait à la danse du ventre), lorsque nous en serons au stade que nous atteindrons inévitablement un jour, ils seront parmi les premières choses à mettre au rancart. Avec, cela va de soi, libre option aux superstitieux d'y croire. Un brin de superstition ne fait jamais de mal — par exemple, ce truc qui ressemble à du sang et qui se liquéfie à Naples, sous les auspices de saint Janvier. C'est comme l'Eucharistie... Carlo et moi, nous avons eu une longue dispute à ce sujet, à Rome, je crois, encore que... C'est le grand point de divergence entre Rome et Canterbury, et pourtant il doit bien y avoir une solution quelque part. » La danseuse du ventre s'infiltrait vers notre table. Elle avait un nombril qui ressemblait à des lèvres boudeuses faisant coupe. L'évêque de Gibraltar tenta gravement d'y glisser une pièce britannique de six pence, mais la fille s'en saisit vivement en disant : « *Efkharisto.* »

— Il se passe des choses, mais quoi exactement ? demandai-je Va-t-on à l'unification des églises chrétiennes ?

— Cela prendra longtemps. (Ce dialogue se situe, ne l'oublions pas, à la fin d'août 1924.) Diablement longtemps. Mais nous sommes quelques-uns. Enfin... j'ai pris moi-même l'initiative de proposer une sorte de doctrine destinée à cheminer souterrainement, et à quoi l'on pourrait attribuer le nom de substantiation tout court... Je me demande pourquoi je vous raconte tout cela Vous n'êtes pas tellement religieux, quoi ?

— Ou bien, répliquai-je, il s'agit réellement du corps et du sang, ou alors ce n'est plus rien. (La danseuse nous offrait maintenant un postérieur tourmenté par des exercices compliqués, au ravissement d'une tablée de rieurs rougeoyants et gênés.)

— Ce serait un genre de modification, dit vaguement l'évêque. D'ordre métaphysique, épistémologique... Il y faudra beaucoup de réflexion.

Le lendemain, dimanche, nous nous glissions dans le canal de Suez, et l'évêque de Gibraltar célébra un office du matin devant une forte assistance, sur le pont. L'hymne chantée à la fin, qui évoquait les âmes en péril sur les flots, fut braillée sans une ombre d'ironie ni de sourire, bien que notre seul péril parût être d'érafler les rives du canal. L'on pouvait voir une horloge municipale de part et d'autre de l'eau, toutes deux indiquant la même heure. A notre entrée dans la mer Rouge, la chaleur fit vraiment fureur. L'évêque, en maillot de sport et short, suait sous des cheveux aplatis et collés, pipe vide entre ses dents jaunissantes, et désignait de la main l'austère pentateuque des roches rouges et les textes arides du désert amer, couleur de poudre d'œuf. Il ôta sa pipe de sa bouche, et elle faillit tomber sur le pont en échappant à ses doigts de beurre moite. Il fourra l'objet dans sa poche et montra de nouveau du doigt la terrible aridité sous le broiement écrasant des meules de la chaleur. Les femmes qui passaient se flétrissaient littéralement sous nos yeux, les bretelles de leurs sous-vêtements visibles sous la robe que la transpiration rendait transparente. Ma chère, je fonds, il n'y a pas d'autre mot, ma chère. Nous serons bientôt à Aden, chérie, ce sera presque le paradis.

— L'islam, disait l'évêque de Djebel-el-Tarik, c'est la foi du désert, et aussi l'ennemi juré de la chrétienté, bien que ces gens mettent Jésus parmi leurs prophètes : le Nabi Isa ou Esa. Oui, l'adversaire invétéré, quoique... peut-on dire encore cela, aujourd'hui où une nouvelle hostilité s'est déclarée sous la forme du matérialisme soviétique ? Jadis la chrétienté a combattu les musulmans ; puis les chrétiens se sont battus entre eux. La foi, si elle doit rester vivante, a besoin d'être assiégée ou de se nourrir d'un rêve impérial. Quel est donc le combat que nous menons, aujourd'hui ? Ceux qui acceptent l'autorité de l'esprit, chrétiens, musulmans, bouddhistes, hindous, vont-ils s'unir contre ses spoliateurs ? Dieu contre Nondieu ? On m'attend pour la partie de fléchettes.

A mi-chemin entre Aden et Bombay, il y eut un bal, tenue de soirée et non déguisement (réservé à la veille de l'arrivée à Singapour). L'évêque, aux applaudissements de tous, exécuta une démonstration de tango avec une certaine Mme Foxe. Pendant que l'orchestre jouait *Felix*, un typhon s'abattit sur nous. Je me retrouvai grimpant péniblement une pente abrupte avec ma partenaire, une petite fille, Linda Quelque-chose, stupéfait comme elle du comportement du lustre qui, sonnant une alarme cristalline, agitait tous ses tentacules à tribord. Des gens, en soies éclatantes ou smoking, dévalaient la côte pendant que je l'escaladais ; une femme culbuta, montrant une combi-comiculotte pêche. Puis le parquet se remit de son inclinaison et, parmi les hurlements et les cris aigus, les danseurs interrompus se cramponnèrent aux séparations Art Nouveau, à l'estrade de l'orchestre, aux tables, avant que nous basculions de l'autre bord. Des gerbes d'écume, suivies de formidables knouts liquides, cinglaient les baies et les hublots, tels des mutins haineux attaquant la demeure de gens riches et frivoles. L'évêque de Gibraltar avait réussi, Dieu sait comment, à se hisser sur l'estrade et, agrippé comme à un roc au piano à queue vissé, clamait : « Courage, courage ! » ou l'équivalent. Le violoniste saxophoniste et le batteur remballaient leurs instruments ; le pianiste buvait au goulot d'une bouteille. Le bateau sembla labourer péniblement un espace sans tanguer, mais en roulant bord sur bord en un lent et bref mouvement ; puis il plongea comme une otarie pour émerger de nouveau en s'ébrouant, eût-on dit, et, la petite Linda et moi, nous nous assîmes sur le bord de l'estrade, moi, un bras autour d'un pied de piano, elle, les deux bras autour de moi. Le fait d'avoir entonné une hymne pour les âmes en péril sur les flots pouvait-il faire œuvre de prolepse, représenter une sorte d'acompte versé à la banque de la musique comme prémunition contre pareille éventualité ? Les officiers du bord participant au bal, prêts à remettre discipline et réconfort à l'homme de Dieu, puisqu'il s'agissait d'une volonté en action du Seigneur, serraient étroitement contre eux leur petite amie du moment (certaines étant déjà mariées) pour les rassurer. Puis tout se stabilisa, et l'évêque, tel un enfant à bicyclette qui lâche le guidon, leva au ciel des bras de supplication ou de louange. Là-dessus, le navire, sans crier gare, fit une nouvelle embardée, et l'ecclésiastique chavira, comme si, s'avançant, ivre, devant l'autel, il avait été pris d'une nausée irrésistible et fâcheuse, et se fendit le crâne sur le rebord coupant de l'estrade. Spectacle scandaleux : un haut fonctionnaire de Dieu frappé par des agents brutaux de son propre maître ! Il était évanoui et saignait. Le chef d'orchestre, qui avait, remarquai-je, une Craven-A aux lèvres, se pencha pour examiner les dégâts.

De prompts culs goudronnés surgirent, munis de cordes qu'ils nouèrent à des colonnes. C'étaient des hommes noueux et sans peur, fumés comme des harengs saurs ; leurs pieds nus et calleux adhéraient au pont, ou plutôt au parquet urf et délicat de la piste, comme des ventouses, sauf aux endroits où il y avait du verre brisé que leurs orteils, avec une sagesse qui leur était propre, évitaient sans que le cerveau eût à le leur souffler. Les passagers terrifiés furent encouragés à se relever et à se cramponner aux cordes comme pour un jeu de traction, en profitant de l'accalmie temporaire pour passer d'un jeu d'amarres à un autre, sortir et gagner les cabines. Le médecin du bord s'affairait ailleurs, mais deux infirmiers arrivèrent avec une civière à l'intention de l'évêque de Gibraltar : « Complètement KO, mon pote, dit le chef d'orchestre à travers la fumée de sa Craven-A. Le pauvre bougre est salement commotionné. »

Je passai à l'infirmerie le lendemain matin L océan Indien etait redevenu doux comme un agneau bleu et l'évêque de Gibraltar avait repris connaissance après une longue extinction des lumières de son cerveau, bien qu'il offrît tous les symptômes classiques de la commotion cérébrale : irascibilité, tendance à s'assoupir sans crier gare, mémoire en jachère par endroits.

— Qui diable êtes-vous ? me demanda-t-il.

— Peu importe. Comment allez-vous ? Comment va-t-on vous descendre à terre ? Jusqu'à quel point êtes-vous maître de vos mouvements et de vos membres ?

— Je suis incapable de me rappeler le Symbole de saint Athanase. (Et il se mit à pleurer.)

— Cela ne commence pas par *Quicunque vult* ?

— C'est du latin, et le sacré truc est en anglais. Pas moyen de m'en souvenir, je vais avoir l'air d'un sacré idiot devant mes Indiens.

— Ah ! en tout cas voilà quelque chose que vous n'avez pas oublié. Demain matin nous serons à Bombay. Le symbole de saint Athanase vous reviendra complètement à l'esprit, vous verrez, d'ici deux jours vous serez frais comme une rose après la pluie.

— Qu'est-ce que la pluie vient faire là-dedans ? Est-ce la saison ? Les pluies de la mousson ont-elles commencé ? *Elle tombe également sur le juste et l'injuste.* Pourquoi Dieu m'a-t-il frappé ?

— Ce n'était pas Dieu, c'était Mère Nature.

— Dieu guide la tempête. Il y a un cantique sur ce thème... Isaac. Quelque chose, je ne sais plus. Vous feriez mieux de m'entendre en confession.

— Non, non, vous savez bien que ce n'est pas possible. D'ailleurs chez vous, anglicans, la commoti... la confession, je veux dire, n'existe pas.

Sa tête entourée de pansements s'inclina sur le côté et il se mit à ronfler. Pauvre diable. Pauvre Église que la sienne. Parties de palet sur le pont et tangos. A notre arrivée à Bombay, par grande humidité et temps gris, tout un comité d'accueil monta à bord : ecclésiastiques au teint de pain d'épices, jeunes filles en sari, petits chanteurs déroulant un hymne aux paroles et à l'air méconnaissables, accompagnés d'un vieil homme blanc vêtu d'alpaga lustré et qui devait être l'évêque partant. Des couronnes de fleurs de frangipanier achevaient de se flétrir dans la grande chaleur moite. L'ancien évêque de Gibraltar chancelait un peu, mais allait beaucoup mieux. Des porteurs indiens descendirent à terre ses bagages, qui comprenaient, pour autant que je pusse le discerner dans cette presse, un crucifix géant (servant peut-être de porte-chapeaux). Notre homme lui-même s'affairait, bourdonnait, brandissait une canne. Un photographe dravidien anima la grisaille de ses éclairs de magnésium, et un Eurasien en casque colonial posa des questions au nom de l'*Indian Express* de Bombay. Mais l'évêque, qui avait l'air d'un hadji enturbanné, avec ses pansements, s'adressa à la ronde, avec des accents de baryton qui connaît son métier et sait placer sa voix dans le masque : « Frappé, dit-il, par la main de Dieu, mais aujourd'hui sur le chemin d'un prompt rétablissement, bien que je ne puisse plus me rappeler le symbole de saint Athanase je suis heureux d'être parmi vous... (Rires et applaudissements. Un des planteurs malais lança : "Un chic pour l'évêque !") Ensemble, reprit celui-ci, nous marcherons en avant, au combat contre le matérialisme pervers. (Applaudissements et rires.) Tous les croyants en Dieu, *quicunque vult*, sont un seul et même corps. Commençons par le commencement. Puissent les croyances effacer différences et différends pour s'unir devant la menace de l'ennemi commun ! » C'était là, en ce début de septembre 1924, la première déclaration publique, à ma connaissance, en faveur d'un mouvement œcuménique. Les voies de Dieu pour accomplir Ses miracles sont mystérieuses. Qui nanana a jamais connu nanana du Seigneur ? Qui en a jamais été le nanana ? Le moment méritait d'être historique. L'évêque partant hâta le plus possible le débarquement de son successeur. Rires et applaudissements. Deux moines bouddhistes en robe jonquille montèrent à bord un peu plus tard pour assurer la continuité de la pensée religieuse, mais ils voyageaient avec les émigrants de troisième classe, à destination de Colombo. L'évêque de Gibraltar, devenu celui de Bombay, nous manqua.

De Colombo je garde un seul souvenir. L'association des madrigalistes locaux donna un gala à l'hôtel Mount Lavinia, agrémenté de quelques solos d'un baryton du cru, entre autres le fameux grand air cher à Ruddy Kipling, *O rude et fier destin*, dont, étrangement le vers *O toi brillante étoile qui clignes au firmament* devint dans sa bouche *Kipling au firmament*. Personne ne parut s'en apercevoir. Était-ce une faute de copiste ? Avait-il appris d'oreille les paroles et l'air, ou bien acceptait-il tout naturellement de placer Kipling parmi les constellations ? Il y a là un point obscur qui m'a hanté toute ma vie. Colombo, avec le cauchemar collectiviste des freux menant leur carrousel dans le pithécolombium géant qui coiffait l'hôtel, et un grand air d'opéra plein du clin d'œil farceur d'un Kipling scintillant là-haut.

Et enfin Singapour émergea des eaux dans la nuit, salué de la rambarde par des fêtards costumés — j'étais un Jules César ambigu, tout aux hommes, disons, ma moustache ayant disparu par une distraction de la main du barbier du bord, pendant que je somnolais dans son fauteuil. Débarquement à midi le jour suivant. Quelle chaleur, cher ami ! Ne m'en parlez pas, on cuit comme dans un four à feu réduit. Quelqu'un avait dessiné à la craie, apparemment en signe de bienvenue, une grossière caricature de sodomisation sur le mur d'un entrepôt. Singapour sentait dûment la lavette à vaisselle gorgée d'eau bouillante et la pisse de chat. Je descendis à l'hôtel Raffles, que Willie Maugham chanterait un jour comme le symbole de tous les mystères de l'Orient fabuleux, griffonnant ses louanges sur le papier à lettres de l'établissement, dont l'en-tête, alors, aurait changé. (Peut-être l'essentiel des mystères tenait-il à l'origine de la viande utilisée pour les curries. Le grand hall était immense, nu comme un stade de football, et résonnait du cri des assoiffés frustrés : « *Boy !* Les boys ou serveurs étaient d'antiques

Chinois aigris errant, solitaires et indifférents sous les *kipas*, les ventilateurs, du plafond. Je recueillis une histoire de la bouche d'un directeur de banque. Forbes, son jeune adjoint, devait se rendre à son travail tous les matins en passant par les Jardins Botaniques, surpeuplés de singes. Il avait pris l'habitude d'emporter avec lui une miche de pain chinois pour leur en jeter des bribes ; ils cabriolaient et jacassaient autour de lui, puis s'enfuyaient sans un merci. Les singes s'habituèrent eux aussi à son passage et considérèrent bientôt sa générosité comme un dû. Une nuit, il ramena chez lui, du Parc du Bonheur, une prostituée malaise, lui fit une démonstration de vigueur à l'aube, puis oublia de se réveiller. Il n'eut pas le temps de se procurer la miche de pain des singes, qui, le voyant sans provende, furent pris de rage et le mirent en pièces. Littéralement. Oui, toute la population de singes du Jardin Botanique déchiqueta Forbes en petits morceaux. Peut-être certains connaissent-ils la nouvelle que j'ai tirée de l'anecdote : *Gratitude*.

Je pris le train de nuit pour Kuala Lumpur et son estuaire boueux et descendis à l'hôtel de la Gare où je restai trois jours. J'y amassai la matière d'autres nouvelles : *le Sikh fumeur, la Petite Éléonore* et *Faute de cravate* (histoire d'un homme qui voulut entrer au club de Selangor sans cravate). Puis je poussai jusqu'à Ipoh, la ville de l'étain, principale cité de l'État de Pérak (dont le nom signifie argent ou étain), et, là, l'on me recommanda une visite à Kuala Kangsar, ville royale au confluent des rivières Pérak et Kangsar. Pittoresque, m'affirmait-on ; belle mosquée et *istana*, palais du sultan où il me faudrait y aller de mon petit numéro, autrement dit signer mon livre. S'y trouvait aussi le Collège Malais, sorte d'école secondaire à l'anglaise pour les fils de l'aristocratie autochtone. Enfin, il y avait un club-hôtel de tout repos où l'on servait le meilleur thé de toute la Fédération des États Malais.

A partir de là et pour un temps, mon récit aura peut-être l'air d'un conte d'horreur fantastique. Pourtant, tout est vrai. Car, à Kuala Kangsar, je rencontrai, si l'on veut bien me passer cette locution de roman de quatre sous, mon seul amour.

34

— Full, dis-je, montrant deux rois et trois neuf.

Sur quoi, mon cœur eut un comportement étrange. Il se jeta contre mes côtes comme s'il s'était balancé au bout d'un fil, et mes bras s'emplirent rapidement d'air, lequel était à l'évidence prélevé sur mes poumons. Suffoquant, j'essayai de me mettre debout, puis basculai. Une seconde, je contemplai les entrelacs du rotin sous le siège de mon fauteuil renversé pareils à une sorte de page mystérieuse d'un livre des morts, après quoi je perdis connaissance. Je revins à moi au bout de — devait me dire ensuite le planteur Fothergill — trois minutes très exactement, me sentant bien de nouveau, quoique faible. Je tentai de me lever, mais on me dit : « Restez tranquille. » Greene le planteur annonça qu'il allait téléphoner à Shawcross le toubib. Le boy chinois dit : « Ça parce que très chaud très chaud pour nouveau *tuan.* » J'étais donc sur le sol de l'Idris Club et je disais : Donnez-moi au moins quelque chose à boire là où je suis. Alors Booth le planteur, me soutenant par les épaules comme Hardy soulevant Nelson mourant, m'accorda une ou deux petites gorgées de mon gin Booth *pahit* ou *merah,* c'est-à-dire amer ou rose (rouge en fait). Les *kipas* tournoyaient au-dessus de mes yeux ; le boy, Boo Eng, ne m'en éventait pas moins avec un très vieux numéro des *Illustrated London News.* Je vais très bien, vraiment. Non, toi attendre *tuan* docteur venir. Ça va, mon vieux ? Sûr ? Faut s'habituer à ce climat, c'est l'humidité qui est mauvaise, pas la chaleur. Bref on me permit de me mettre sur mon séant. C'est vrai que vous avez l'air vraiment mieux, maintenant ; tout de même, dites donc, c'était plutôt une rude alerte.

Le docteur Shawcross me trouva sirotant un brandy coupé de limonade au gingembre.

— Eh bien ! dit-il. Qu'est-ce que j'apprends ?

C'était un homme jeune en chemise blanche, short blanc, bas blancs, très brun et affiné, visiblement, par ses devoirs, la chaleur et un mode de vie athlétique ou certainement ascétique, à la différence des planteurs qui étaient tous pansus (l'œuf tropical, comme disent les Français).

— Toomey ? dit-il. Kenneth Toomey ? Mais je vous ai lu. J'ai quelques-uns de vos livres chez moi. Eh bien, eh bien ! nous ne saurions permettre qu'il arrivât quoi que ce fût à Kenneth Toomey, ajouta-t-il avec une sincérité manifeste.

— C'est le cœur, dis-je. Cela m'arrive très, très rarement. Il doit y avoir cinq ans, je crois, depuis la dernière fois. Je vais tout à fait bien maintenant.

— Attention à la boisson. Réduisez le tabac. (Ses yeux de médecin avaient repéré mon index jauni.) Pas d'excès de table. Les tout premiers mois sous les tropiques, on mange comme un cheval, je sais. Puis vient l'anorexie. Difficile de dire quel est le pire des deux. Où logez-vous ? Combien de temps restez-vous ?

— Au club-hôtel. J'ignore pour combien de temps. J'ai bien travaillé. C'est une ville qui me donne envie d'écrire. A cause du calme.

— Un verre, toubib ? proposa Fothergill.

— Un *suku.* Beaucoup d'eau.

Un *suku* est un whisky normal, et un *stengah,* un double. Le docteur Shawcross avait un visage d'honnête homme sans beauté, le front haut et étroit, les cheveux coupés court auxquels le soleil, en les décolorant, avait donné la couleur du froment. Les yeux étaient bleu moucheté. Nulle ardeur sexuelle ne se dégageait de lui. C'était un homme froid, aussi froid que sa profession. Dans les vingt-neuf ans.

— Il va falloir que je vous fasse quelques examens, n'est-ce pas ? Un peu primitif, notre club-hôtel. Je pensais que vous seriez peut-être descendu chez le CD (Le chef de district, fonctionnaire fort peu lettré et ayant, m'avait-on dit, une vie amoureuse secrète qui excluait toute hospitalité. Il avait presque achevé son temps, disait-on ; il ne reviendrait pas après son prochain congé.) Ou chez le sultan, pourquoi pas ? poursuivait Shawcross. Pearce aurait pu vous arranger cela. (Pearce était un très vieil Australien qui avait épousé une des princesses du Pérak et qui, aujourd'hui veuf, vivait dans une sorte de belvédère dans les jardins de l'*istana*.) Après tout, pourquoi ne pas vous installer chez moi ? La maison du médecin, vous savez ? sur le Bukit Chandan — la Colline de Santal, autrement dit. Elle a été conçue pour un homme marié qui aurait un plein carquois d'enfants... (Tiens, tiens !) Et le présent médecin est parti pour rester célibataire, tel que vous le voyez.

— C'est très aimable à vous.

— Bonne idée, toubib, dit Booth. Il pourrait prendre un pousse pour descendre jusqu'à notre club. N'a qu'à faire un arrangement hebdomadaire avec un de ces salopards. Même heure chaque jour.

Ils m'aimaient bien, tous, je pense, ou alors ils avaient envie de figurer dans un de mes livres, même si c'était diffamatoire, n'importe, tout pour être dans un livre !

— Venez, je vous emmène, si vous voulez. Mon boy peut aller chercher votre *barang* au club-hôtel. C'est l'heure du thé ou pas loin.

— C'est terriblement gentil à vous.

— 'xcellente idée, toubib, dit Fothergill, un maigreux aux gros genoux osseux et avec une panse qui avait l'air d'une maladie, bien que ce ne fût qu'une outre à bière sur bière, Ancre le soir, plus somnifère, et Tigre au réveil, plus mordante.

— C'est vraiment tout à fait gentil. Mais j'ai mes bagages à faire et la note à régler.

— Ne vous en faites donc pas pour tout ça, dit Greene le planteur qui avait une cascade de mentons caoutchouteux, comme il se devait. Tout cela peut s'arranger sans la moindre difficulté. Pour une fois que la bande d'empafés et de feignants de cet hôtel aura quelque chose à faire ! Et ils ne vous chiperont rien, ils y laisseraient trop de plumes avec leur place. Donc, partez tranquille, suivez le toubib et allez prendre un peu de repos ; peut-être pourrons-nous faire une partie ou deux de quelque chose ce soir.

Tous ces planteurs passaient à Kuala Kangsar la journée et le plus clair de la nuit ; ils retournaient en voiture à leur exploitation aux approches de l'aube — à Rambutan, Pisang, Gutta Percha, tous lieux de part et d'autre de la grand-route d'Ipoh.

— C'est vraiment tout à fait formidablement gentil de votre part..

Et c'est ainsi que je fus ramené en haut de la Bukit Chandan par le Dr Shawcross, dans sa petite Ford. Il avait un bungalow nouvellement repeint en vert et blanc par les Travaux publics, dans un jardin clôturé qui était une fraîcheur de bougainvillées, d'arbres de banian, d'ixorae coccineae (ou flammes des bois) et d'orchidées sauvages. Il avait un grand « arbre à pluie » (ou pithécolobium), un papayer et deux pamplemoussiers, outre trois poivriers rouges flamboyants, et le jardinier (ou *orang kebun*) était à l'œuvre avec une houe, ou *chungkol*, cependant qu'un oiseau dinandier s'affairait dans le lointain à ses rétamages. Le Dr Shawcross gara sa Ford sous l'auvent et nous gagnâmes la galerie d'où parvenait un tintement de tasses à thé. Non, d'une seule tasse à thé et de sa soucoupe, les deux du même bleu de rigueur dans la communauté britannique. Yusof, le *kuki*, Malais très musculeux aux manières douces, se fit un plaisir empressé d'aller chercher d'autre porcelaine et de préparer d'autres sandwiches (corned beef broyé au paprika, ce dernier n'ayant pas son pareil pour vous ressusciter en fin d'après-midi) et, « Doc » Shawcross et moi, nous prîmes place dans le grincement des fauteuils de rotin. Comme une couverture jetée sur une nudité pudique, des nuées pourpres étaient tirées en hâte sur le ciel couleur d'œuf de canard, et le panorama du terrain de golf, de la mosquée, de l'*istana* et de la jungle au loin était beau mais mélancolique : « Tous les jours à cette heure-ci, pile pour le thé, me prévint le médecin, nous avons droit à la douche. » Et le fait est qu'une pluie aimable se mit à tomber à l'instant où l'aimable Yusof réapparaissait avec des sandwiches et de la confiture de cerise Tiptree. « *Terima kaseh,* Yusof » — ce qui veut dire merci ou mieux, littéralement, reçu avec amour. Puis la pluie ralentit, s'arrêta, et les odeurs de la jungle rampèrent dans l'air pour mordre et griffer les senteurs de l'herbe rafraîchie, cependant que, nuages envolés, le ciel redevenait limpide.

— Que pourrait-on souhaiter de mieux ? dis-je. J'espère, ajoutai-je, que vous voudrez bien m'appeler Kenneth ou Ken.

— Alors, appelez-moi Philip. *Quand, neuve, une planète vogue dans son...* J'ai lu pas mal de poésie. Les romantiques, vous savez. On a besoin d'un peu de beauté dans ce métier. Pour ce qui est de la laideur... ah ! peut-être viendrez-vous jusqu'à l'hôpital, demain matin. Je vous examinerai rapidement. Tension, etc., vous connaissez le genre. Et je vous montrerai ce que j'entends par laideur, en espérant que vous pourrez l'endurer. Mais vous le pourrez sûrement puisque vous êtes écrivain. J'ai lu de vos choses, je crois vous l'avoir déjà dit, n'est-ce pas ? (Il me versa encore du thé.) Vous devriez vous sentir très bien pour écrire ici, je pense. C'est très calme.

On ne peut plus calme en effet, car les oiseaux de Malaisie ne chantent pas. Il y a des faibles pépiements de Noël anglais, provenant de minuscules moineaux à bec jaune ; les autres appels ne sont que des bruits conçus pour le seul bénéfice des Chinois, car l'oiseau dinandier est là pour évoquer leurs vertus de travailleurs acharnés et l'oiseau-fièvre flatte leur goût des paris, personne ne pouvant jamais prévoir si ses chromatiques descendantes totaliseront trois notes ou quatre. Il s'est joué, m'a-t-on dit, des milliers de dollars là-dessus.

— Yusof, dit Philip, *minta jalan sama Mat kebun ka-rest house dan bawa barang tuan ini kasini.* (Ce qui signifiait que Yusof et Mat le jardinier devaient aller chercher mes effets au club-hôtel.) Vous sentez-vous d'humeur à vous allonger un peu ? Je dois retourner à l'hôpital. De toute façon, je vais vous montrer votre chambre.

La chambre était à l'arrière de la maison, avec vue ininterrompue sur la jungle. Mobilier administratif très simple, lit à moustiquaire relevée, ventilateur au plafond, salle de bains adjacente. « C'est vraiment tout à fait formidablement... » Il y avait un simple bureau de bois blanc et, devant, prête à m'accueillir, une chaise Windsor à siège en forme de selle. Je voyais déjà Yusof entrer sans bruit, porteur de vulnéraires ou d'autres fleurs dans un pot de confiture.

— Je vais dire à Mas, l'*amah*, d'apporter des draps. Joli nom, vous ne trouvez pas, Mas ? Signifie : or. Je suis invité à dîner dehors ce soir ; je peux me décommander, si vous voulez ; nous passerions tranquillement la soirée à la maison. (*La maison.* Je sentis un picotement annonciateur de larmes à ce mot chargé de sentiment, de noblesse, de nostalgie et de regret brûlant — et pourquoi pas, que diable ?) A moins qu'il ne vous chante de m'accompagner ? Mon hôte tiendrait cela pour un honneur : deux blancs au lieu d'un ! Lui-même est tamil. Son nom est Mahalingam, c'est-à-dire grand, euh, organe génital...

— Cela va plus loin, non ? Sens religieux, symbole sacré de vie, et caetera. Ma foi, oui, pourquoi pas, merci, je suis ici pour m'instruire. Dîner chez un Tamil... je pensais que les Tamils faisaient les gros travaux, ici.

— Pas tous. J'en ai un au laboratoire, un garçon bien, diplômé de l'université de Madras. Mahalingam est nouveau ici ; il s'occupe des eaux ; on l'a envoyé de Penang. A la dernière réunion du club, on a discuté la question de son adhésion ; savoir si on l'inviterait ; mais le club est réservé aux blancs, c'est un *fait*, à l'exception des Malais, bien entendu, et par nature il est exclusif. Comprenez bien : nous n'avons pas, *nous*, droit d'entrée au club des Chinois ni à celui des Indiens. Au fond, cela paraît assez raisonnable. Bon, cette fois il faut vraiment que j'aille faire ma visite du soir à l'hôpital.

— Je me demande si je ne vais pas seulement rester assis sur la galerie un moment.

— Absolument. Rudement content de vous avoir, vous vous en doutez.

— Ah ! mais pas du tout, c'est moi qui suis parfaitement ravi, croyez-moi.

Je restai donc assis sur la galerie, me contentant de la vue du terrain de golf, semé de hasards naturels, de la mosquée bulbeuse et de l'*istana* couleur de miel, tandis que le soleil s'apprêtait prudemment à couler à pic derrière l'horizon et à laisser le champ libre à la ruée des étoiles et aux grandes enjambées de la nuit. Ravissant, et quelle paix ! J'entendis le grincement des roues des deux ou trois pousses qui apportaient mon *barang*, et les voix douces de Mat le jardinier et de Yusof le cuisinier. Puis ce dernier parut et me dit : « *Saya buka barang, tuan ?* » en faisant le geste d'ouvrir des valises. *Terima kaseh*, reçu avec amour, plus deux billets d'un dollar qu'il glissa sous la ceinture de son sarong.

Je pris une douche, passai un pantalon de flanelle grise, une chemise de soie blanche et nouai une cravate à raies bleu et or. Le living-room était long, avec une alcôve servant de salle à manger, de vigoureux fauteuils de bambou aux coussins primevère, des ventilateurs tournoyant doucement sur leur rotule au plafond, une bibliothèque basse supportant des photographies : les femmes de cette vie de toubib — une sœur plutôt laide, une mère belle — et aussi le père, médecin également de toute évidence, pris sur le fait d'un sourire alors qu'il montait en voiture, sacoche noire à la main. Les armes de l'université de Manchester sur un pot à tabac . le serpent de Virgile, *arduus ad solem*. Un groupe d'étudiants, avec Philip souriant d'un air contraint, au dernier rang, et un professeur grimaçant d'impatience au centre du premier. Livres très ordinaires, sans excepter un ou deux des miens dans le tas ; l'inévitable Robert Louis Stevenson, *Le livre de la jungle*, Hall Caine, Marie Corelli, Keats et Shelley, œuvres poétiques en un seul volume, prix d'anglais de la classe de 3e, textes médicaux y compris *La médecine tropicale* de Manson Barr. Bref, honnête et banal médecin colonial, fonctionnaire, travaillant dur, mais commodément, bien payé, mais sans trop, l'un de ces vampires blancs que traîneraient dans la boue, plus tard, les forces de désaffection, et dont l'existence se déroulait dans un bungalow colonial modèle standard qu'il appelait « la maison ».

Yusof alluma, ferma les rideaux crème et vert pré et me demanda : « *Tuan mahu minum ?* » Oui, une boisson serait la bienvenue. Il m'apporta un whisky et soda, froid mais sans glace. Reçu avec amour. « *Tuan datang* », dit-il encore, entendant bien avant moi la Ford. Ensuite, ce fut un cognac léger noyé dans la limonade de gingembre pour Philip, tandis que, dans notre fauteuil, nous accueillions la délicieuse langueur d'un début de soirée tropicale. Je demandai :

— Vous devriez trouver ce genre de vie plutôt solitaire, non ?

— Les malades ne manquent pas, me répondit-il. Je n'ai guère le temps de sentir la solitude, au fond. Les planteurs alentour sont d'assez braves types. Un verre par-ci, un *tiffin*, un déjeuner, curry de rigueur, par-là. Les épouses sont pour la plupart de vraies migraines. C'est bien Kipling qui a dit que la chute de l'Empire serait la faute des memsahibs ?

— On croirait que ce serait plutôt quelqu'un de l'extérieur, un Américain peut-être. Depuis combien de temps êtes-vous ici, et pourquoi ?

— J'arrive au bout de mon premier temps de service. Devrais partir en congé après Noël. Quant à savoir pourquoi je suis ici...

Ma foi je me le demande réellement. L'appel de l'Orient ? L'aventure ? (Cela dit avec une intention d'ironie.) Lu un livre de Conrad *Jeunesse.* Il doit être là quelque part.

— Conrad est mort, le saviez-vous ?

— Non, pas du tout. Les nouvelles nous arrivent avec deux mois de retard. Mort, alors ? Autrefois, je rêvais souvent que l'on m'appelait pour sauver la vie d'un grand homme. Je n'en ai sauvé que de petits... et encore, pas tellement ! J'imagine que vous allez écrire un livre sur l'Orient, maintenant. Et, un jour, un étudiant en médecine le lira et pensera : « Ah ! l'aventure... ! » et ira se présenter à Great Smith Street, au ministère des Colonies. Grosse responsabilité que vous prenez là.

— Autrement dit, cela ne ressemble pas à du Conrad ?

— Il a oublié de parler de l'ankylostome, de la malaria et du pian.

— Le pian ? Qu'est-ce encore que cela ?

— Les pians, devrait-on dire. Vous verrez, demain. Nous leur réservons une salle à part. Parlons-en, du paradis tropical, quelle absurdité ! Les bacilles et les spirochètes adorent la chaleur humide. Les moustiques sont haineux ; les serpents mordent. Quant aux Malais, ils sont fous : ils ne signalent pas les morsures de serpent, par superstition, et ils meurent avec le sourire, la morsure étant censée porter chance. Droit au paradis, qui sait ? Sorbet et houris jusqu'à la fin des temps. Et il y a l'*amok* et le *latha,* et cette maladie particulière aux Chinois, que l'on appelle *chook jong, koro* chez les Bouguinis. Oui, parlons-en, de l'Eden ! Et impossible de rien faire pour ces gens, pas moyen d'entrer dans leur cervelle. L'esprit oriental ? Il échappe à l'Occident. On dit que, seul, Karl Marx a pu pénétrer jusqu'au fond, parce qu'il va droit à l'élémentaire : « Du riz et mort aux patrons ! » Je ne sais pas, je ne sais rien de rien.

— Cela ressemble à quoi, ces maladies dont vous parliez : le *mah jong* et les autres, j'ai déjà oublié les noms ?

— *Chook jong,* et pas *mah.* Le patient se met dans la tête qu'il a le pénis qui se ratatine et qui veut rentrer dans l'abdomen. C'est la panique. Il s'attache le truc à la cuisse avec un bout de ficelle, quand il n'essaie pas de l'y agrafer avec une épingle ou un *li teng hok,* un de ces couteaux à double lame qui est un instrument de joaillier. Avez-vous jamais entendu rien de pareil, de toute votre vie ? A la fin, l'homme meurt d'angoisse. Et l'on est impuissant devant cela. Le tout est directement lié à la sexualité, mais il ne sert à rien de mêler Freud à ces histoires. Quant à l'*amok,* c'est une forme de folie furieuse, qui tombe presque toujours sur des Malais. L'homme a un grief, qu'il rumine. Il devient taciturne en diable. Il tue celui contre lequel il nourrissait le grief, ainsi que tous ceux que le hasard lui met sous la main — et plus il y en a, mieux cela vaut. Après quoi, avec un peu de chance, le malheureux bougre *amok* est tué à son tour. Le *latah,* c'est autre chose : une manière de se suggestionner à outrance. Le malade imite n'importe quoi. Il y avait à Taiping une vieille dame qui, entendant un jour une sonnette de bicyclette, s'est mise à imiter un cycliste en train de pédaler, mais cela, sans une seconde de relâche : elle est morte d'épuisement. Dites à un *oran latha* que son matelas est sa femme : il cherchera aussitôt à lui faire un enfant. Oui, Conrad est passé à côté de tout cela.

— Les voilà bien, les trois maladies de la littérature contemporaine, dis-je. D.H. Lawrence pour votre truc pénistique ; le *latha*, c'est bien cela ? pour James Joyce, et l'*amok* pour ce jeune énergumène : Hemingway — vlan ! boum ! pan ! vas-y que je te boxe, mais au fond ce n'est chez lui que l'instinct du suicide.

— Connais pas un seul de ces types. Il faudra que vous me disiez ce que je dois lire. On commande les livres à Singapour, du moins c'est ce que font certains ici. Dites, il serait temps de penser au départ. Je vais me doucher en vitesse, me changer. (Il portait encore son short de travail.) Vous avez l'air frais et élégant, s'il m'est permis de le dire. J'aime la cravate. J'en ai pour une seconde.

Nous nous mîmes en route sous une grosse pleine lune, plus grosse que celles de l'hémisphère nord. Le bungalow de Mahalingam, qui n'était pas loin de la route de Taiping, était facile à trouver, situé qu'il était sur le terrain même de son usine à eau. Il faisait chaud et humide et je devais me tortiller pour décoller ma chemise mouillée de mon dos en sueur. « Comment ça va ? » demanda Philip. Très bien, répondis-je. « Ne mangez pas trop de ce que l'on vous servira — la graisse froide, vous savez. Certaines choses ont l'air de crapauds baignant dans du sirop tiède. Les piments vous collent la courante. Et il y a les litres de cognac Beehive, histoire d'étaler sa richesse. Il s'offense si l'on refuse : vous devenez l'homme blanc qui dédaigne l'hospitalité des gens comme lui. Dites que vous avez été souffrant, après tout c'est la vérité, mais que vous n'avez pu résister à l'envie de venir, que vous avez connu des Tamils charmants, à Ceylan ou ailleurs. Ils sont susceptibles en diable, pas tous, mais certains. Les premiers temps que j'étais ici, j'ai essayé de faire copain copain, vous savez, de m'asseoir à leur table dans les bistrots, et de bavarder avec eux. Et puis un jour, l'un d'eux m'a dit, c'était un Bengali, vous savez : Dr Shawcross, je vous méprise. Cela m'a fait un coup, je vous jure ; j'ai demandé pourquoi ? Parce que, m'a-t-il répondu, vous vous abaissez en buvant avec des gens comme moi... Bon Dieu, quand j'y pense ! » Des coléoptères s'écrasaient sans répit sur le pare-brise, y laissant un dépôt pareil à de grosses virgules de crème et de confiture. « Regardez, une roussette ! » Un *burong hantu*, oiseau fantôme, effraie, plongea dans les faisceaux des phares, harponna du bec quelque chose de vert et de grouillant, puis remonta en chandelle pour disparaître dans le noir. Un animal qui ressemblait à un petit ours brun détala en travers de la route, d'un bord de la jungle à l'autre : « Oui, ce que l'on appelle un *beruang*. Fait penser à Brun, l'ours Martin. Pure coïncidence. Pays superbe pour la faune, sauf que les bêtes sauvages aussi tombent malades. Les vieux tigres ont la gale ; des cocotiers, il pleut comme des noix des singes morts. J'ai vu une fois un énorme python crevé, aussi long qu'une rue, gisant dans un fossé d'écoulement des pluies de la mousson, avec toute une ménagerie en train de se faire les dents sur lui. »

— Vous reviendrez après votre congé ?

— Oh ! oui, certainement. Il faut bien quelqu'un pour faire le boulot. Nous y voici.

Il prit à gauche, entre deux énormes vantaux grillagés grands ouverts. Les phares illuminèrent au passage un panneau géant pareil à un tableau de classe de langues vivantes : rien de moins que trois alphabets et un peloton d'idéogrammes chinois. *Pejabat Ayer*, Service des Eaux. L'usine se dressait à quelque distance, sous le clair de lune, grise comme une prison. Puis un jardin surgit au bout de nos pinceaux de lumière, une luxuriance indécente, semblable à une réclame tapageuse pour les vertus de l'eau. Mahalingam — ce devait être lui, supposai-je — était déjà dehors, prompt d'oreille, sous l'auvent du bungalow, prêt à nous accueillir :

— Plus on est de fous plus on rit, comme on dit. Trop de cuisiniers gâtent la sauce, mais beaucoup de bras font le travail léger. (Il semblait qu'un dicton en amorçât automatiquement un autre dans sa bouche sans que ce lien offrît aucun rapport entre eux.) Rappelez-moi donc votre nom ? M. Toomey, très agréable aux lèvres. Écrivain ? La plume est plus forte que l'épée, dites-vous. Il faudra que vous me donniez le titre de votre livre pour que je me le procure à la Bibliothèque de la ville.

Nous étions maintenant dans son living-room qui, ne relevant pas des résidences de fonction de première classe, n'avait pas de ventilateur au plafond. L'atmosphère était étouffante, chargée d'épices complexes. « Asseyez-vous ; il n'en coûte pas plus de s'asseoir que de rester debout. » Le mobilier administratif standard était un rappel nostalgique du *pays* ; en dehors de quoi je dérivais dans un monde non seulement exotique, mais d'une indifférence hostile dont je pouvais humer la richesse. Dans l'alcôve, la table du repas était déjà mise pour deux ; j'apercevais des assiettes à soupe bleues contenant des mets lourdement grevés de sauces aux couleurs gélatineuses et tendres. Un adolescent, pieds nus, en chemise et *dhoti*, debout près de la table, minaudait éperdument en multipliant les courbettes : « Mon fils aîné, dit Mahalingam. Un idiot. » Il lança en tamil l'ordre d'ajouter un couvert et frappa des deux mains le jeune garçon. Celui-ci courut jusqu'à une porte, qu'il ouvrit, et les jacassements d'une jungle femelle s'échappèrent, révélant toute une réclusion devant les fourneaux. Le fils revint, toujours courant, apportant une assiette et des couverts et oubliant de refermer la porte. Mahalingam claqua le battant, puis gifla l'adolescent et déborda à son adresse d'un bouillonnement de tamil qui me parut disproportionné.

A Ipoh, au bar de la Fédération des Etats Malais, un chauffeur de taxi sikh m'avait raconté, tout en fumant malgré l'interdit de sa religion, la fable de l'origine de la langue tamil. Un jour, le Seigneur Dieu créa toutes les langues du monde, travail épuisant à en transpirer. La tâche accomplie, le Seigneur Dieu ôta sa robe et entra dans un bain froid que son chef boy lui avait préparé. Tout en se purifiant, le Seigneur Dieu sentit une main timide lui tapoter l'omoplate. C'était un petit Tamil qui se plaignait par une mimique muette de ne pas avoir eu droit à un langage : « Il n'en reste plus, répondit le Seigneur Dieu. Tu ferais mieux de te débrouiller avec ça. » Et le Seigneur Dieu lâcha un grand pet subaquatique qui gazouilla : baillemoiunebouillottebienbouillante. Et, ô miracle ! le tamil était né.

Mahalingam devait avoir dans les quarante-cinq ans. En l'honneur de cette visite de blancs, il s'était vêtu comme pour le tennis et avait mis une cravate à rayures, très semblable à la mienne. Ce costume accusait singulièrement l'agressivité de sa noirceur, qui, en fait, tirait sur un pourpre sombre, avec des ombres d'or brûlé sous les yeux. Une fois atteint le maximum du noir, l'on prend d'autres couleurs. De carrure, il était assez proche de Carlo Campanati, mais avec plus d'ampleur dans la panse. Il avait les pieds nus et les orteils préhensiles qui semblaient toujours s'affairer de leur côté, s'efforçant de ramasser les miettes et les peluches et d'écraser délicatement les insectes égarés. De face, la matité du teint oblitérait tous les traits, hormis les yeux, qui paraissaient dénués d'iris, et les quarante et quelques formidables dents qui broyaient le tamil et l'anglais avec un égal délice. Sous l'éclairage d'une lampe de table ou vus de profil, les traits apparaissaient dans leur aryanisme pur, mais élargi, étalé, grossi, narines épatées et commissures des lèvres tentant désespérément de rejoindre la mâchoire. Une odeur rance et pourtant étrangement attirante sourdait de l'homme avec sa sueur, comme il me tendait un grand whisky où nageaient des glaçons. Il avait un réfrigérateur et non, comme Philip, une simple glacière de l'ancien temps : l'appareil était là dans le living-room, accroupi comme un parent dédaigné — la porte était entièrement tapissée de photographies de famille — et fredonnant ou hoquetant comme s'il avait souffert de sénilité, bien qu'il fût neuf.

— Il est comme vous l'aimez, M. Toomey, si tel est bien le nom ? Il est comme vous le voulez, sinon ce serait beaucoup de bruit pour rien ?

— Peut-être auriez-vous un peu d'eau de Seltz...

Quelle terrible chose j'avais dite ! Mahalingam se retourna contre l'adolescent, les bras fonctionnant comme des fléaux, et le garçon se fit tout petit et se mit à geindre. Ensuite, le père le chassa de la maison par la grande porte d'entrée sans cesser de vociférer sa fureur. Une fois expulsé, le jeune garçon dut, à en juger par des tintements, recevoir de l'argent qu'on lui jeta. Après un instant qui me parut d'une brièveté angoissante, nous entendîmes un bruit de moteur mis en marche, puis de voiture démarrant à une vitesse certainement insensée. Philip fronça les sourcils.

— Vous aussi, vous avez des fils, M. Toomey, ou bien vivez-vous dans les béatitudes du célibat ? (Je n'eus pas loisir de répondre.)

Et ainsi donc, vous avez écrit un livre ? Eh bien ! vous trouverez ici grandement matière à écrire : c'est un foyer de vice, d'intolérance et d'ignorance, sans parler des superstitions. Le docteur ici présent vous confirmera que je ne mens pas.

— Oh ! allons, dit Philip. Les gens sont partout les mêmes. En Inde comme ailleurs, sûrement, ajouta-t-il par prudence.

— En Inde, oui ; c'est bien pourquoi je l'ai quittée. Qu'attendez-vous de la vie, M. Toomey ? (Question on ne pouvait plus directe.)

— D'en jouir. De fixer dans les mots les phénomènes de la société humaine.

— Voilà qui est très intéressant. Et vous croyez que c'est possible avec des mots ?

— S'ils sont justes, oui. Si l'on peut trouver ceux qu'il faut.

— Croyez-vous à la vie après la mort, M. Toomey, ou bien êtes-vous, comme votre compatriote le prince Hamlet, dans le doute, puisque nul ne revient jamais de ces frontières inconnues ?

— Je ne suis pas danois, répondis-je. Cependant puisque la danoiserie d'Hamlet est des plus nominales, soit, j'accepterai... Non, pardon, le rapport n'est pas vraiment évident. Mais... ma foi, oui, on m'a élevé dans cette croyance ; cela dit, je n'en suis plus très sûr aujourd'hui.

— A votre avis, la personnalité du mort ne survit pas et n'est pas susceptible d'être rendue au monde des vivants par évocation expresse ?

Sur cette dernière phrase, le bruit d'une voiture ralentissant brusquement puis crissant de tous ses pneus pour s'arrêter, passa du ronronnement au grondement furieux. « Non, ce n'est pas possible », grommela Philip. Mais, là-dessus, l'adolescent en dhoti réapparut avec six bouteilles de soda, du Frazer and Neave, Singapour, sous les bras et aux poings. Mahalingam en attrapa une brutalement avec un rictus mauvais, la décapsula net, du tranchant de la main, sur le bras de son siège, puis la vida dans mon verre, presque aussi insolemment que s'il avait pissé dans celui-ci et tout en insultant son fils, pendant que les bulles débordaient jusque sur le sol. J'avais le sentiment qu'il fallait partir, tout de suite, filer, quitte peut-être à en être réduit à simuler une crise cardiaque. Mais la faute en eût été cruellement imputée au fils Mahalingam. Déjà l'adolescent ouvrait la porte pour cinq secondes aux glapissements de jungle femelle ; l'instant d'après, il était debout à côté de la table, tenant un grand bol de ce qui ressemblait à du riz au safran, et suppliant, minaudant, au supplice : il allait se faire insulter si le riz refroidissait.

— A table ! dit Mahalingam. Nous poursuivrons d'intéressantes conversations.

Il est toujours plus facile de manger les choses dont on connaît le nom ou, mieux encore, les ingrédients. Il n'y avait pas de structure cosmologique dans le repas de Mahalingam, aucune en tout cas qui pût avoir le moindre sens pour un esprit occidental. Commencer par ce qui avait l'air de rissoles de bœuf nageant dans une sauce noire, pour découvrir qu'il s'agissait de gâteaux, sucrés à hurler et arrosés de miel, était déconcertant. Je veux dire qu'un banquet occidental récapitule l'histoire de la terre, du brouet primitif aux créatures marines et aux prédateurs terrestres et habitants de l'air, pour terminer par les preuves de la civilisation humaine : fromages et artifices de la pâtisserie. Le dîner de Mahalingam n'était que surprises brutales. En un sens, il était heureux qu'il ne nommât rien et ne dît pas, par exemple : « Ce curry que vous mangez en ce moment, M. Toomey, vous le croyez fait de chauves-souris — mais pas de l'espèce dite "criquet", dont nous avons déjà goûté — et vous n'êtes pas loin de la vérité, car il s'agit bien de roussettes, amoureusement préparées, avec la substantifique addition de la vie parasitaire soigneusement préservée sur le corps. » Dès que Philip ou moi nous avions avalé une cuillerée de riz coloré, le malheureux adolescent surgissait avec son plat pour remplir l'assiette, en sorte que la torture n'eût jamais de fin. Nous ruisselions tous de sueur, et bien que la perte de liquide fût largement compensée par le cognac Beehive à l'eau, la perte de sel ne l'était pas : il n'y avait pas un seul mets du repas dans lequel entrât de ce condiment, pas plus qu'il n'y en avait trace sur la table.

— La mort, disait pendant ce temps Mahalingam, au sens de la disparition éternelle, n'existe pas. Ne mangeons-nous pas la mort ? Elle devient partie de nous-même et continue donc à vivre. Les âmes des défunts prennent d'autres formes de vie ; par exemple, ma pauvre mère, morte il y a bien longtemps à Madras de la fièvre tierce, vit peut-être dans cet insecte qui vole, là, si elle n'a pas été mangée déjà par son fils sous l'espèce du bœuf, du mouton ou du porc.

— Vous acceptez, demandai-je, la transmigration des âmes, et pourtant vous n'êtes pas un hindou et vous n'appartenez à, euh, hum, aucune orthodoxie connue, que je sache ? (C'était la faute du cognac Beehive.)

— Je suis ce que je suis, M. Toomey, répondit-il tel Dieu Lui-même, et j'ai diligemment étudié bien des mystères. Je puise à tout pour ce dont j'ai besoin, mais je dis que la religion n'est que mystères, au fond, et que ceux-ci ne sont jamais éclaircis, de par leur nature même, aux yeux des gens ordinaires. Il est des saints des saints que l'homme d'intelligence exceptionnelle doit passer sa vie à rechercher et à atteindre. Disons peut-être que ma religion est personnelle et éclectique.

— Vous entendez sûrement par là : « éclectique » ?

— J'entends ce que j'entends, répondit-il très fort. Vous avez beau être anglais, cela ne signifie pas que vous ayez le monopole de la langue.

— Je vous en demande bien pardon. Je me suis mépris. Je vois maintenant ce que vous entendez. J'avais cru que vous vouliez peut-être dire éclectique, qui vient du grec *eklegein*, c'est-à-dire choisir ou élire. Autrement dit, je pensais que vous aviez fait votre choix parmi les religions de l'Orient, ou peut-être du monde, en retenant les éléments qui vous plaisaient le mieux. Je vous présente mes excuses sincères.

— Vos excuses, répondit-il généreusement, sont acceptables. Et vos paroles sont un résumé acceptable aussi de ce que je crois. Votre mère est-elle en vie, M. Toomey ?

La question était posée sur le ton de la menace. Je fus heureux de pouvoir annoncer que ma mère était morte, comme celle de Mahalingam, tant il eût été capable de vitupérer l'injustice blanche.

— De la grippe espagnole, précisai-je. Il y a eu une épidémie terrible à la fin de la guerre, ainsi que vous le savez.

— Elle a emporté mon père et ma sœur, dit Philip. Dans la même semaine.

— Terrible, terrible, dit Mahalingam avec le sourire. La faute en est à la façon dont les êtres humains se mêlent du processus normal de la nature et bouleversent l'équilibre délicat de l'univers. M. Toomey, voyez-vous ce tableau, derrière moi, au mur, et qui doit se trouver, je pense, au-dessus de ma tête ?

Je le voyais, l'avais déjà vu : c'était, encadrée, une illustration dans les mêmes couleurs, souvent réservées aux chambres d'enfants, que les mets de notre festin, et qui offrait un échantillonnage détaillé des châtiments alloués à des pécheurs au teint de pain d'épices par, me parut-il, des dieux affectant les formes de créatures multibrachiales, à tête d'éléphant ou de tigre, et en caleçon rouge. Les châtiés aussi portaient caleçon rouge et ne semblaient nullement se plaindre d'être sciés par le milieu, décapités aux ciseaux ou contraints d'avaler de gros épieux enfoncés dans le gosier. On eût dit les bariolages du supplément de bandes dessinées d'un journal dominical américain — en plus grossier encore. Cela ne semblait présenter aucune signification iconique particulière dans le décor domestique de Mahalingam — rien de plus qu'une image de deux sous accrochée à ce mur parce qu'il fallait bien la mettre quelque part (qui ne gaspille pas ne manquera jamais de rien) et que les couleurs étaient jolies.

— Oui ? dis-je, abaissant mon regard sur le sourire plein de dents de Mahalingam — et ce, juste à temps pour voir notre hôte se changer à mes yeux, l'espace d'un quart de seconde, en une vision de ma mère affligée, avant de redevenir lui-même. (Je n'aimais pas du tout cela et jetai un coup d'œil sur ma montre-bracelet.)

— M. Toomey, vous pensez en ce moment que vous aimeriez bien aller retrouver la compagnie de messieurs européens comme vous, et que vous avez passé assez de temps dans la demeure de gens de race et de coutumes extérieures.

— Pas du tout ! protestai-je, plein de remords. Mais le Dr Shawcross m'a prescrit de me coucher tôt. Ma santé laisse un peu à désirer.

— Il a eu une syncope cet après-midi, confirma Philip. Une sorte de crise cardiaque. Je l'examinerai à fond demain. Il se peut évidemment que ce soit la chaleur, le manque d'habitude. Je lui avais déconseillé de se rendre ici ce soir, mais il y a tenu. N'est-ce pas, hum, Ken ?

— J'ai eu déjà droit, dis-je prudemment, à la charmante hospitalité d'honorables messieurs de l'Inde méridionale et j'avais très envie de venir. Je suis ravi de ma visite. Je crois que nous avons passé tous deux une soirée rafraîchissante. (Ce dernier mot, avec ses connotations lointaines d'eaux courantes ou de brusques cataractes en général torrentielles, agit sur mes organes internes.) Pourrais-je, dis-je, me servir de vos, euh...

Je me levai. Mahalingam se précipita vers son fils ; trop loin pour le frapper, il en fit la mimique, et l'adolescent m'adressa courbette sur courbette, en me donnant à entendre qu'il allait m'indiquer, m'accompagner, s'il vous plaît, monsieur, par ici, monsieur. Je le suivis hors de la pièce, puis dans un couloir obscur. Il poussa une porte et s'effaça en s'inclinant devant des commodités à la turque, autrement dit un horrible lieu d'accroupissement.

— Comment vous appelle-t-on ? demandai-je. *Siapa nama ?*

Il continua à multiplier les signes de révérence, tout en gesticulant : je vous en prie, dépêchez-vous pendant que c'est encore là, mon père pourrait très bien escamoter l'endroit brusquement et m'en accuser ensuite. Je m'accroupis donc et, comme il semblait prêt à m'observer, je le chassai d'un geste de la main. Il referma la porte sur moi, sans que j'entendisse pourtant le bruit de son pas s'éloignant. Il n'y avait pas d'éclairage électrique, mais ce que je supposais être un lampadaire à la périphérie de l'usine projetait, par une ouverture vitrée, haut perchée, une lueur renforcée par le clair de lune. Des litres s'échappèrent de mon anus et je mis la main sur un rouleau de papier brun, fourniture officielle standard. Du cylindre de carton, tomba quelque chose qui faisait penser à l'extrémité d'une bougie sans mèche ; c'était cireux, mais velu. Il y a un mot pour cela dans le Livre des Révélations. Je lâchai la chose comme si elle m'avait brûlé. *Et la lune devint aussi noire qu'une étoffe de crin et nulle lumière ne luirait plus jamais...* Sottises !

— Allons ! dit Mahalingam un peu plus tard, en souriant sur le seuil de sa maison. J'attends impatiemment la réciprocité de l'hospitalité. (Signifiant par là qu'il s'invitait en retour.) Les races doivent mélanger leurs différences et s'instruire mutuellement. Cela aussi fait partie de ma religion excentrique. (Sans aucune raison, il décocha un coup à son fils, qui se mit à sourire éperdument et se perdit en courbettes.)

— C'était assez atroce, me dit Philip alors que nous étions déjà a bonne distance sur la route. De la graisse de mouton rance. Des trucs roulés par des pattes sales. Où diable le fils s'est-il procuré ces bouteilles de soda ? Il a bien dû les acheter quelque part, mais où ? Il n'y a pas de *kedai* à moins de dix ou douze kilomètres d'ici. Il a disparu et réapparu comme une chauve-souris infernale. Je n'arrive pas à retrouver le mot, mais ce garçon me rappelle quelque chose : un de ces morts exhumés comme on en voit dans les Antilles et qui travaillent dans les plantations — comment les appelle-t-on ?

— Des zombis *Zumbi*, le mot vient du Congo et on le retrouve dans Conrad, je crois. (Je ne fis pas allusion à ma vision de Mahalingam prenant brièvement l'apparence de ma mère.) Avez-vous eu, comme médecin, à vous occuper d'un membre de cette famille jusqu'ici ?

— Non, mais cela viendra. Il saura rentrer dans son argent du côté des services médicaux, si vous voyez ce que je veux dire. Et largement. Il a payé d'avance avec cette horrible gadoue qu'il nous a fait ingurgiter.

— Le whisky était bon. Le soda aussi.

— Regardez !

Philip ralentit. Dans une clairière broussailleuse, au pied de la Bukit Chandan, deux vieilles Malaises, le sarong noué juste sous les aisselles, plantaient des chandelles dans des coupelles d'argile. L'une d'elles gratta une allumette. La flamme des chandelles ne vacilla pas : il n'y avait pas un rot de vent. L'autre femme plaça, avec un geste de profond respect, un régime de bananes cornues sur un petit tumulus de terre.

— C'est un *keramat*, un autel, dit Philip. Un frère et une sœur ont disparu non loin de cet endroit, il y a environ deux ans. Soit qu'ils se soient enfuis de chez eux, ou qu'ils aient été raflés et retenus comme esclaves pour prix d'une dette. Moche, très moche : le père ne peut pas rembourser, les enfants travaillent pour les créanciers. A en croire les gens du coin, ces deux-là sont montés au ciel comme le Prophète en personne ; mais ils reviennent pour les bananes et respirent au passage le fumet des supplications, en quelque sorte. Ce sont les singes qui mangent les bananes, mais une telle idée n'effleurerait jamais l'esprit de personne. Tout ce pays croule sous la superstition.

— C'est le colonialisme. L'extension forcée des lois de la raison dis-je sans conviction. (Il allait de soi que ces gens n'avaient pas tort d'être superstitieux.) Mais qui donc infusera ces mêmes lois aux colonisateurs ?

— J'ai encore dans la bouche le goût de ce miel, de cette graisse rance et de ce truc à la verge de taureau en rondelles. Ah ! la maison, la maison, dit Philip, fonçant vers le bungalow comme vers un asile de santé du corps et de l'esprit. Vivement la maison !

35

L'aube, et Yusof demi-nu qui apporte le plateau de thé et une petite grappe de *pisang mas*, de minuscules bananes dorées, semblables aux doigts d'un gant de cricket ; Yusof qui lève les bras (pas un poil aux aisselles) pour relever en tapons la moustiquaire sur son cadre. Yusof souriant qui dit « *Selamat pagi, tuan* » Le jour tropical qui telle une allégorie de la vie, débute dans la fraîcheur et la pureté d'une beauté édenique pour ne continuer que trop tôt dans la sueur et la sensation de malpropreté, chemise et short déjà souillés... Oui, comme il était bref l'innocent spectacle du soleil se haussant au-dessus du charmant paysage vert vu de la galerie, pendant que nous croquions nos toasts et buvions une nouvelle tasse de thé. Et puis, c'était un orchestre à la Berlioz, avec tous les cuivres de la chaleur donnant à plein, et l'humidité dans laquelle cavalcadaient et dansaient toutes sortes de spores hostiles, et le dur labeur colonial pour tenter vainement de transformer la sauvagerie naturelle en jardin jusqu'à la convalescence du soir. Il était 8 heures du matin quand, Philip et moi, nous arrivâmes à l'hôpital, à la *rumah sakit* (maison des malades), et l'on eût dit déjà midi. Il me titilla avec son stéthoscope, me prit le pouls, puis l'oblitéra avec le bracelet pneumatique de son sphygmomanomètre. Ensuite, il fit hum-hum et dit à la fin · « Tachycardie ».

— Oui, j'ai déjà entendu ce mot. Hyperactivité de la glande thyroïde ou je ne sais quoi. Mais cela n'explique pas l'évanouissement, si ?

— Je ne crois pas que ce soit sérieux. Il vous faudra vivre avec cela. Exactement comme vous devez vivre avec votre vocation d'écrivain. Les deux ont probablement un lien quelconque. Vous ne devriez ni fumer, ni boire, ni faire l'amour non plus ; mais cela ne vous arrêtera pas. C'est un état qui n'est pas mortel. Si vous évitez les surexcitations excessives, vous vivrez probablement jusqu'à un âge très avancé.

— Bonne chose, dis-je avec indifférence.

— Et maintenant, venez voir le pian. Vous feriez mieux de passer une de ces blouses blanches. *Tuan doktor* en visite.

Les malades atteints du pian étaient logés dans un long bungalow, de l'autre côté d'une pelouse.

— J'ai émis l'hypothèse que c'est un truc très moral, dit Philip pendant que nous traversions la pelouse. C'est-à-dire que l'on a un spirochète, exactement comme dans la syphilis, mais que le malade n'a pas à broyer du noir en se reprochant de s'être laissé entraîner à des amours infâmes, sales. Le virus s'attache à la saleté, oui, mais à n'importe quoi de sale, mur ou plancher. Faites-vous une plaie ouverte, une lésion quelconque de l'épiderme, et votre compte est bon. Le nom chic est framboesia. Vous verrez pourquoi.

— Comme framboise ?

— Vous verrez, je vous dis. Ici, le nom usité est *purru*. Il convient aussi. Voir purulent. Simple coïncidence, bien entendu.

Deux minuscules infirmières, l'une, malaise, la seconde, chinoise, d'un charme piquant dans leur blanc froufroutant, nous accueillirent à l'entrée du pavillon.

— *Tuan* Doktor Toomey, annonça Philip.

— Oh ! mon Dieu, fis-je doucement.

— Précisément Ou plutôt non Comment peut-on croire à un Dieu, à voir tous ces innocents ?

Des innocents, oui. Malais pour la plupart, ils souriaient presque tous, la main sur la poitrine en guise de salut courtois. *Tabek, tuan.* Une fraise monstrueuse poussait sur la cheville d'un jeune homme, luisante et suintante, chancre primitif. Un garçonnet de six ou sept ans avait le corps entier qui bourgeonnait de pian à l'état secondaire. Plus loin, ulcération tertiaire à l'avant-bras, pian crabe sur deux pieds chinois.

— Les femmes, dit Philip, sont derrière cette espèce de rideau.

— Oh ! Jésus-Christ.

— Gangosa : les tumeurs lui ont mangé les yeux ; l'os palatal est parti lui aussi. Lésions osseuses. Vous pouvez toucher si vous voulez : toute la peau est saine ; c'est seulement la difformité qui fait reculer. Il peut sortir, à présent, nous n'y pouvons plus rien. Mais personne ne veut de lui, il est maudit, il n'a plus d'yeux. Gangosa, ou rhinopharyngite ulcéreuse. L'odeur était intolérable, mais c'est fini maintenant. Dieu, dans Son infinie merci, en a terminé avec lui. Plus d'yeux, plus de palais, plus de nez. A part cela, il va très bien.

— Je crois que je vais devoir...

— Courage, monsieur, vous êtes un écrivain, chroniqueur sans peur de la création de Dieu. Celui-ci, tenez, n'est pas trop mal, qu'en pensez-vous ? Phalanges déformées, nodules du périoste tibial, ulcères secs. Personne n'en meurt, vous savez. Rien de comparable avec la grippe espagnole. Ça, c'est un pied de Madura, mycétome blanc. N'est pas vraiment à sa place ici, mais l'espace manque pour un pavillon réservé aux fongus. Ah ! voici un superbe mot pour vous, interminable : chromoblastomycose. On croirait une barque couverte de bernacles. Mais cela n'affecte pas le fond de l'homme, comme vous voyez.

— Je vous assure, il faut que je...

— Peux pas vous en vouloir. Allons prendre une tasse de café. Avec une goutte de Beehive, si cela vous chante. (Sur la pelouse, mon estomac se révulsa, à vide.) Je suppose que je n'aurais pas dû, reprit Philip. Ce n'est pas juste. Mais je ne pouvais supporter l'idée que vous puissiez raconter des inepties sur ce paradis à votre retour. « Dites bien à l'Angleterre », etc., pour parler comme ce cher Nelson.

— Qu'entendiez-vous, demandai-je quand nous fûmes revenus dans son bureau, par : cela n'affecte pas le fond de l'âme ?

— De l'â... ? Oh ! je vois, oui, je comprends. Mais je parlais de l'homme. C'est égal, va pour l'âme. Faute de pouvoir broyer notre essence spirituelle jusqu'à la faire pénétrer dans le sol, nous faisons ce que nous pouvons de mieux et de plus approchant. Nous la refoulons aussi bas que nous pouvons, nous marchons dessus.

— Je vois, oui, je comprends, dis-je.

Je bus d'un trait le café chinois sirupeux qu'un péon malais nous avait servi. Il y avait une aubette à café, tenue par un particulier, à l'intérieur des grilles de l'hôpital. Beignets au curry, *pao* cigarettes Rough Rider. Ce genre de modestes douceurs se retrouvait partout : cours d'école extérieurs de mosquée intérieurs de prison probablement.

— Ai-je vu le pire ? demandai je encore.

— Il y a moins sensationnel, répondit-il. Comme la dysenterie, l'ankylostome, la malaria et sa douloureuse séquelle d'abcès dus à la quinine, la trypanosomiase, le granulome ulcéreux des organes génitaux... non, ça, c'est assez spectaculaire ; vous ôte pour toujours l'envie de faire l'amour.

— C'est ce que cela vous a fait ? demandai-je.

— Je vais vous dire, répondit-il assez farouchement. Je n'ai pas couché avec une femme depuis mes années de carabin à Manchester. Oui, naturellement, c'est le grand truc pour les étudiants en médecine : rouler les mécaniques en jouant les grands dévoreurs de femmes, les costauds et les durs, les trancheurs d'os, qui sautent sur les filles dès que l'infirmière en chef tourne le dos, qui vont danser dans les dancings à bonniches et tirent des coups en vitesse dans l'ombre des portes cochères. J'en ai pris ma part. Mais, ensuite, j'ai vu dans l'acte sexuel le piège, une espèce de traquenard pileux. Une tricherie, en un sens. J'ai pris peur du corps. Oh ! non, pas en tant qu'organisme présentant un dysfonctionnement que l'on doit guérir, si c'est possible, mais comme un fichu attrapc-nigaud... Je m'explique très mal.

— Non, assez bien. Ce que vous voulez dire, c'est que vous avez vraiment été dégoûté de l'acte d'amour. Trucmachin ulcéreux des organes génitaux.

— Quand le besoin se fait trop impérieux, ce qui est rare, je vais jeter un coup d'œil sur les organes génitaux d'Asma binte Isamaïl, avec sa petite sœur qui est là à agiter un *kipas* en papier pour chasser les fourmis volantes. Mais je peux parfaitement m'en passer, et d'ailleurs il le faut bien. Toute cette vacherie d'Orient est prise au piège. Ils fabriquent des gosses pour que ceux ci attrapent le pian, avec ses framboises immangeables. Et la lèpre... Je vous présente, dit-il, comme la porte s'ouvrait sur un Chinois en blouse blanche, le Dr Lim. Monsieur Toomey, l'écrivain anglais, déguisé en médecin. Libre à vous d'ôter cela, maintenant, Ken.

Je serrai la main du Dr Lim, qui me dit :

— Mon cousin s'appelle aussi Ken, bien qu'il préfère le prénom entier : Kenneth. Moi, c'est John, ce qui n'est pas une bonne idée, car tous les Chinois sont des John pour les Blancs, et cela devient une sorte d'insulte. Mais comme les Anglais sont des John Bull, je ne me sens pas insulté. Nous venons juste d'admettre un cas de méningite, reprit-il à l'intention de Philip. Une jeune Malaise.

— Oh ! Seigneur, cela veut dire la sacristi de famille au grand complet. Ils vont s'entasser tous dans une hutte d'*atap*, de feuilles de palmier tressées. Il vaudrait mieux... Que voulez-vous faire, Ken ? En avez-vous assez vu ?

— Si j'ai une chance de trouver un pousse, je crois que je vais rentrer à la maison.

— A la maison ? (Il me regardait, surpris.) Ah, à la *rumah*, vous voulez dire ? Vous me flattez en la considérant de la sorte. Je pourrais vous faire ramener là-bas par l'ambulance, mais Yusof serait capable d'en perdre la tête de trouille. Les pousses ne manquent pas dans le secteur, s'il vous est égal d'emprunter le moyen de transport du pauvre.

Ainsi une paire de jambes malaises brunes et musclées me ramena-t-elle à force de pédales, moyennant cinquante *cents*, à la maison sur la Bukit Chandan. L'*amah* Mas balayait ma chambre à la mode malaise, d'une seule main ; c'était une jeune fille avec diverses sortes de sangs en elle, haute d'un mètre cinquante environ, charmante, probablement fière de son incisive en or : « Bientôt prêt, me dit-elle. Dois faire propreté. »

— Mais vous parlez très bien notre langue.

— Petit bout par ci, miette par là. Malais beaucoup langues.

Dieu, que j'écrivais mal ! Deux heures plus tard, j'arrachai du rouleau de ma machine la page achevée, la lus avec dégoût, puis fus traversé par la vision de toutes les pages mal écrites au monde depuis l'incendie de la bibliothèque d'Alexandrie, de tous les mauvais livres inutiles entassés sur les étagères du globe, livres malades, rongés par le pian, suppurant dans leurs parties honteuses, nés pour l'encombrement ou l'embûche, présentant une réalité irréelle, tous mensongers. Il y avait une réalité plus vraie et plus simple dans le seul fait d'être assis là, au frais sous le ventilateur du plafond, dans une chambre nue et bien balayée, aux fenêtres ouvertes sur le soleil, le vert, les oiseaux qui ne chantaient pas, et de savoir que Philip rentrerait bientôt pour le *tiffin* et que *la maison, home*, est le plus beau mot du monde, ni piège ni escroquerie, résistant à toute analyse ultime, aussi fondamental et élémentaire que le parfum d'une fleur anglaise.

— *Tuan mahu minum* ? (Yusof, chemise de sport et sarong.)

— *Minta stengah, Yusof.*

Minta, signifiant que je lui en serais reconnaissant, soyez assez bon pour me donner, je vous prie de me faire la faveur d'avoir la bonté de m'accorder le plaisir de. Suivi de : Reçu avec amour. Un grand whisky frais à l'eau et une cigarette. La page que j'avais écrite était tolérable — tous les lecteurs du monde n'en demandent pas plus. Ils ne prendraient pas plaisir à l'exactitude du langage : *mort* signifiant en anglais la note sonnée par la corne pour annoncer la mort du cerf ; main*morte* s'appliquant à un bien inaliénable à perpétuité, *mor*phallaxie et *mor*phose, *mor*ula et fauteuil *Mor*ris à dossier réglable. *Un Chinois entra dans la pièce*, un point c'est tout ; yeux obliques et teint bilieux vont de soi. Les lecteurs ne réclament pas tel Chinois bien précis et unique entre tous, atteint de gangosa ou avec un pied de Madura. Qui de nous a envie de faire peur au voisin à force d'exactitude ? Jusqu'à ce qu'il s'enfuie ?

— La matinée a été dure ?

Nous étions attablés sous la douceur du ventilateur. Soupe de tomates de conserve, poulet local froid et salade de pommes de terre tranche de papaye pour finir Bière, café amer

— Pas plus qu'autre chose. La petite Malaise méningiteuse en était au stade des boutons de fièvre, et le *bomoh* ou le *pawang* du coin a déclaré que le corps écrivait dans son langage à lui, tout en points rouges, pour expliquer qu'il n'y avait pas à s'inquiéter. Elle sera morte dans une semaine. Aveugle, sourde, puis morte. Cela n'aura pas grande importance : la mère est enceinte de six mois et, cette fois-ci, ce sera peut-être un garçon. Louanges à Allah !

— Vous n'aimez pas beaucoup Dieu, n'est-ce pas ?

— Quand j'emploie ce mot, je pense à l'autre salopard, le déchu. Ce n'est pas tombé qu'il est, jamais ! C'est monté, oui. Notre théologie est écrite à l'envers. Reprenez un peu de cette papaye. Non qu'elle ait beaucoup de goût...

— C'est délicieux. Croyez-vous que je pourrais avoir une goutte de Xérès dessus ?

— Bien sûr. (Il tendit le bras vers la bouteille d'Amontillado posée sur la desserte et rit.) Mon prédécesseur, O'Toole, avait un *kuki* chinois qui buvait comme un poisson, surtout du cognac ; O'Toole était forcé de garder ses bouteilles sous clé. Sauf le Xérès, qu'il mettait dans la glacière. Toujours est-il qu'il s'aperçut que le niveau baissait régulièrement tous les jours dans la bouteille. Alors il décida qu'il allait s'amuser un peu avec son *kuki*, et il pissa dans la bouteille, jour après jour, juste ce qu'il fallait pour compenser la perte. Mais celle-ci continuait. Tant et si bien que, à la fin, il a empoigné le *kuki* au collet en l'accusant de caresser le goulot. Le *kuki* a nié, protesté qu'il n'aimait pas le Xérès : pas assez fort, pas comparable à cet excellent vieux cognac. Bon, a demandé O'Toole, alors ça vient de quoi ? Oh ! a dit le *kuki*, tous les jours j'en mets juste deux ou trois larmes dans la soupe. (Avant que j'aie eu le temps de me fabriquer un vrai bon rire, il reprit :) Croyez-vous que nous devrions inviter Mahalingam à dîner ici ?

Je fus touché : si nous en étions déjà au *nous*...

— J'ai le sentiment que vous ne devriez pas permettre à Mahalingam de franchir votre seuil. Pourquoi ne pas l'inviter dans un restaurant chinois ou autre ?

— Ce ne serait pas du tout la même chose. Ce serait esquiver le devoir, qui est de rendre l'hospitalité. Nous serons forcés de l'inviter ici, mais pas tout de suite. Attendons un peu. C'est l'image de la vie. Enfin... en partie. Je dois opérer cet après-midi. Appendicite. Cela vous dirait d'y assister ? Très rudimentaire, naturellement. Le bon John Lim manie le tampon de chloroforme, et moi les couteaux, les fourchettes, le fil et l'aiguille.

— Merci, mais je crois que j'irai écrire. Je *peux* écrire ici, vous savez. J'ai l'impression que vous aurez du mal à vous débarrasser de moi.

— Restez aussi longtemps qu'il vous plaira. C'est agréable d'avoir quelqu'un auprès de qui revenir.

— Et quelqu'un qui revient auprès de vous... « Quelqu'un » me paraît un pronom bien indéfini, vous ne trouvez pas ? ajoutai-je.

— C'est vrai. Qu'aimeriez-vous faire ce soir ? J'ai mon *munshi* qui vient juste après le dîner, deux fois par semaine ; prévu dans le règlement, c'est l'administration qui paie. Mais cela ne prend pas plus d'une heure. Nous pourrions aller au Royal Electric Cinema.

— C'est quoi, un *munshi* ?

— Un gourou, un maître. Syed Osman me fait traduire le *Hikayat Abdullah*. En anglais, puis de là en malais ; après quoi, nous comparons. C'est une histoire d'examen, vous comprenez. Nous sommes forcés de le passer et, en cas d'échec, l'administration invoque le seuil de compétence. Autrement dit : pas d'augmentation de traitement. Je crains fort de tricher dans le cas de ce fichu *Hikayat*. Le *Journal of South East Asian Studies* en a publié la traduction intégrale. J'ai piqué le bon numéro à la bibliothèque du club. Je le remettrai en place, bien sûr, quand j'aurai fini, si ça finit un jour.

— Mais de quoi parlez-vous ? (Je me reconnaissais bien à cette question, non sans tristesse : le pédant livresque dont l'oreille se dresse à la seule mention d'un livre inconnu dans une langue inconnue, n'importe quel livre, n'importe quel idiome, pourvu que ce soit provende à roman ou à pièce de théâtre.)

— Oh ! c'est lié au *munshi* qui enseigna sir Stamford Raffles, notre grand colonisateur de ces parties du monde. L'histoire de la vie de ce maître contée par lui-même, bien qu'il y soit surtout question de Raffles. Un blanc, constructeur d'empire, vu par un autochtone. (Provende à roman — je sentais naître en moi une démangeaison familière.) Il pensait tout le bien du monde de Raffles, et il n'avait pas tort. C'est lui qui a bâti Singapour, de ses mains.

— Je peux voir ? Cette traduction, je veux dire ?

— Certainement.

Cet après-midi-là, je lus la brève autobiographie, allongé sur le lit sous le velours d'air du ventilateur. La démangeaison était prudente : un roman sur Raffles, petit employé de la Compagnie des Indes Orientales, qui arracha Java aux mains des Français durant les guerres napoléoniennes, régna sur elle comme un ange, puis saisit Sumatra pour négocier enfin l'achat d'un bout de terre marécageuse portant le nom de Singapour. Et qu'en tira-t-il pour lui-même ? Rien que les fièvres, le naufrage et une mort précoce. Je mettrais le récit dans la bouche de ce musulman hypocondriaque d'Abdullah. Je voyais d'ici mon roman achevé, imprimé, relié, gros d'une centaine de milliers de mots, étalé dans les vitrines, porté aux nues ou jalousement attaqué. *Roi de la cité lionne*, par Kenneth M. Toomey. Non, *L'homme des mers d'Orient*. Je le tenais entre les doigts de mon imagination, mon roman, je le feuilletais, je lisais : *La fièvre mordait cruellement, cette nuit-là. La flamme des bougies battait des ailes sous le premier souffle avant-coureur de la mousson. Sa main trembla tandis qu'il sablait la dernière page de son rapport à la Compagnie des Indes Orientales, à Londres. Un petit lézard domestique détala en grimpant au mur et émettant son petit cri.* Mon Dieu, quel génie j'avais, en ce temps-là – ou j'allais avoir ! Et en outre, bien évidemment cela crevait les yeux écrire un roman sur cette Malaisie de jadis exigeait un séjour ici, et un séjour tranquille. Un saut de temps en temps jusqu'à un musée ou un autre, à Penang, à Malacca ; mais toute l'écriture ici, dans cette pièce nue *tuan mahu minum*, curieux cas de propro ce matin au *rumah sakit*, la maison. Des nouvelles, on peut en écrire n'importe où ; le roman, lui, réclame une base fixe.. Non, *Flammes à l'orient du ciel*, non, *Le constructeur d'île... Moi, qui ai pour nom Abdullah et qui exerce la profession de* munshi, *c'est-à-dire de professeur de langue, suis assis là, plume à la main, parmi mes souvenirs. L'encre sèche au bec de la plume, mais mes larmes l'humectent de nouveau. Je me souviens de mon vieux maître, un* orang puteh, *un blanc venu d'une île lointaine, et qui fut un père et une mère tout à la fois pour moi, mais qui m'a abandonné à une solitude que, seule, la mémoire peut adoucir.* Par Dieu, oui, je ferais cela : matin, roman ; après-midi, nouvelles. Je prendrais sur moi la moitié du loyer et de l'approvisionnement — c'était bien le moins. *Cité Lionne*, cela, c'était bon. Je voyais la jaquette illustrée : un homme au beau visage las, en costume début XIXᵉ, gravement penché sur des plans en compagnie d'un contremaître chinois, avec, à l'arrière-plan, des coolies attaquant à la hache des palétuviers. Bon sang ! le livre était prêt, ne restait qu'à l'écrire. Je n'avais pas volé un petit somme en attendant le retour de Philip et l'heure du thé.

36

— Le fait est, dit le chef de district, que l'on jase.

Il était debout dans l'angle de la pièce, près de la table des illustrés repoussée contre le mur pour faire de la place aux danseurs. Le ventilateur, qui ronflait furieusement au-dessus de nous, feuilletait rapidement un vieux numéro de la revue *The Tatler*. Le phonographe jouait une valse :

Qu'est-ce que j' ferai
Quand vous
S'rez partie loin
Si j'ai l' cafard
Qu'est-ce que j'ferai ?

Il y avait des tas de disques injouables : la chaleur avait transformé ceux qui n'étaient pas mis à l'abri dans la glacière en assiettes à soupe demi-plates. Le secrétaire du club, sur qui l'on avait rejeté de grand cœur la responsabilité de l'accident, avait démissionné. Il avait protesté que le chef boy, Ah Wong, avait reçu des ordres, mais fait le sourd ou compris de travers. Cela dit, bon, il restait un tango, *La paloma*, et deux ou trois one-steps (dont *Felix*), ainsi que quelques valses d'Irving Berlin. Et Greene le planteur pouvait en plus marteler de temps à autre un air sur le piano tropicalisé. Toutes les épouses étaient présentes ce soir-là, uniformément coiffées à la garçonne par le coiffeur de la ville, Fook Onn, et vêtues de robes à fleurs neuves venant de chez Whiteaway, à Ipoh Elles tourbillonnaient dans les bras d'hommes en sueur et cravatés de noir, parmi lesquels le Dr Philip Shawcross, impeccable, sérieux et la peau sèche. Il nous adressa un sourire grave en passant, et le chef de district fronça les sourcils. Ce haut fonctionnaire n'était pas un passionné de la danse, mais buvait assez pour étancher une soif de danseur : Boo Eng venait de lui tendre son dixième gin rose pur.

— Qui, demandai-je, jase ? Et à quel propos, précisément ?

— Disons que la chose est pour le moins inhabituelle. En principe, vous ne devriez pas être ici. Kuala Kangsar est un endroit pour visiteurs, hum, en visite. Je ne voulais pas vous convoquer à mon bureau à ce sujet ; vous n'êtes pas fonctionnaire colonial, donc vous ne tombez pas sous ma juridiction. Il n'empêche que vous partagez un logement administratif avec le fonctionnaire médical de mon district, ce qui vous met un peu dans le, hum, vous me suivez, quoi ? Quand je dis que l'on jase, j'entends que les gens font des, hum, remarques sous cape parce que deux hommes vivent ensemble.

— Le cas n'est pas unique, ce me semble ? Il y a Symes et Warrington au Collège Malais, et les deux autres, comment s'appellent-ils ? Ceux du service des Canaux et de l'Irrigation de l'Irrit. Un logement partagé entre célibataires n'a rien d'exceptionnel.

— Bon, mais, pour parler franc, il y a la question de votre réputation...

— Ma réputation littéraire ? dis-je en avalant ma salive.

— Ma foi, écoutez, je ne connais pas grand-chose au genre de monde dans lequel vous vivez, là-bas, au pays, hormis le fait qu'il est un peu, vous savez quoi ? C'est que, hum, on est assez conventionnel par ici, forcément. Vous êtes un auteur très connu, à ce qu'on dit. Doit être vrai : trouvé votre nom dans le *Who's Who*, entre autres. Crains de n'avoir rien lu de vous. Pas le temps. Toujours est-il que, hum, ce type qui était de passage, comment s'appelle-t-il ? Le député, vous savez ?

— Colin Garside ?

— C'est cela. A raconté des choses. Hum, plutôt embarrassantes, vous savez...

— C'est vous qui l'avez voulu. Qu'avez-vous à dire ?

Porson, le chef de district, ou CD, était un homme dans la cinquantaine, sans une ombre de charme, avec un seul œil mobile, l'autre étant peut-être de verre, des incisives brunes et déjetées qui mordaient sur la lèvre inférieure, même quand la bouche était fermée, et des pellicules sur le col.

— Vous êtes ici depuis deux bons mois au moins ; cela fait fichtrement longtemps pour un simple visiteur distingué. Quand pensez-vous changer de quartier, dirons-nous ?

— C'est ce qu'on appelle ne pas prendre de gants. J'écris un roman. Sur sir Stamford Raffles. Et la Malaisie est l'endroit idéal pour cela. Philip Shawcross a eu la bonté de m'offrir un endroit tranquille où travailler. Ce que le club-hôtel n'est nullement. Je paie ma pension. Si vous le désirez, j'écrirai au ministre des Colonies, je le connais un peu, pour solliciter une autorisation officielle. Le sultan est enchanté de ma présence, du moins le dit-il. Une de ses filles est à la faculté des Sciences économiques de Londres. Elle a vu une de mes pièces de théâtre.

— Connaissez-vous l'expression malaise *kaum nabi Lot ?*

— Oui. Chose assez curieuse, je l'ai entendue employer à votre propos. La tribu du prophète Loth ? En réalité, elle devrait servir à désigner ceux qui sont *contre* la sodomie ; le Coran a dû comprendre de travers. Je pense que vous devriez dire cela en face à Philip Shawcross. Il n'a rien à perdre. Il a presque fini son tour de service. Il vous découpera en rondelles avec son scalpel.

— J'ai dit ce que j'avais à dire... Boy, un gin *merah* ! cria-t-il très haut.

— Vous avez fait plus que l'exprimer. J'ai fortement l'impression que vous avez porté une accusation diffamatoire, enveloppée dans le manteau d'une périphrase malaise.

— Et moi, j'ai fortement l'impression, répliqua-t-il, la voix déraillant vers le grave en un trille pareil à un gargouillis de sang, que vous vous êtes mis à peu près dans le même cas en prétendant, comme vous l'avez fait, avoir entendu employer cette périphrase d'abord à mon propos.

— La diffamation n'est pas de mon fait, à supposer qu'il y ait bien diffamation. Le mot est d'une fille, à Taiping. Dans cette boîte qui s'appelle les Portes du Paradis. Une fille de Kelantan, du nom de Mek Hitam.

— Pour ma part, je me borne à répéter des on-dit, exactement comme vous. Je propose donc que nous ne parlions plus de toute cette histoire.

— C'est vous qui avez commencé.

— Je ne faisais que mon devoir. (Boo Eng lui apportait son gin *merah.* Reçu avec amour. La valse se termina et les danseurs applaudirent l'orchestre enregistré.) Je vous informais d'un sentiment général.

— Que vous allez exacerber de votre mieux, maintenant. Cela me laisse une sensation de sale, avec l'envie de partir. En emportant un livre inachevé, un livre qui ne sera plus dédié à la petite communauté d'amis de Kuala Kangsar. A cause de l'attitude inamicale de son chef de district.

Greene s'installait devant le piano droit tropicalisé, parmi les claques dans le dos et les « Chic type ! ». Il attaqua *Si tu étais la seule.* Je traversai la pièce jusqu'à Mme Renshaw, la femme du directeur du Collège Malais, et l'invitai à danser. Elle avait le dos moite et nos mains jointes étaient humides aussi. Ce genre de bal était une fête des humidités. Le talc dont on avait saupoudré le parquet s'était changé en une fine et légère boue grise.

— Quand venez-vous dîner à la maison ? me demanda ma cavalière. (C'était une femme petite, jolie, venant de notre Pays Noir, elle avait une verrue transparente sur le front, que ses cheveux amollis par la sueur ne masquaient plus.)

— Quand vous nous inviterez.

— Vous êtes inséparables, alors ? J'ai déjà posé la question à Phil Shawcross : il a laissé entendre que vous travaillez comme un forcené.

— C'est la vérité. A un roman sur Raffles.

Le CD avait rejoint le bar ; il parlait, d'un air qui n'augurait rien de bon, à Grieves, le professeur d'éducation physique du collège, qui me regarda. Que complotait-on ? Une sérénade sur la Bukit Chandan, avec le mot *pédé* scandé sur le rythme de Big Ben ? Une mêlée où de solides rugbymen étrilleraient un riche visiteur installé ici à peu de frais et membre du *Kaum nabi Oskar*, la tribu du prophète Oscar Wilde ? Les yeux de ma cavalière trahissaient les oscillations de son cerveau, d'un Raffles à l'autre — du héros romanesque, gentleman escroc cambrioleur, père de l'Arsène Lupin français, au héros de l'Empire, père de Singapour.

— Oh ! le *grand* Raffles ? C'est remonter bien loin, vous ne trouvez pas ? Aucun d'entre nous n'y figurera, alors ?

— Pourquoi pas ? Vous seriez très belle en robe de bal du début du XIXe siècle. Et j'ai un personnage, un Malais, un vrai grand méchant, qui ressemble un peu à votre CD.

— Oh ! M. Toomey, vous autres écrivains... !

Combien en avait-elle rencontré, d'écrivains ? Notre tour dansant de la pièce nous avait conduits jusqu'à la porte sur la rue, ouverte à cause de la chaleur. Bon nombre d'habitants de la ville étaient là, observant avec indulgence notre divertissement et mâchonnant une chique de *sireh*, de bétel. Mahalingam aussi se trouvait là, fort agité. Il me tira par la manche. *Si tu étais la seule* se termina sur des harmonies chorales de rugbymen. Applaudissements et vivats.

— Bonsoir, M. Mahalingam, dit Mme Renshaw d'un air de reine.

Le ton de condescendance n'était pas voulu, ne l'était jamais, n'était que le fruit inconscient d'une longue tradition de civilisation, à jamais inextirpable. Mahalingam eut l'air de se tirailler distraitement une mèche de cheveux sur le front et dit :

— C'est le Dr Shawcross que je veux. Où est le Dr Shawcross ?

Il était à l'autre bout de la salle. Un gros planteur lui faisait une démonstration des douleurs atroces provoquées par une maladie des articulations. Mme Renshaw fut empoignée par Symes, le professeur de lettres, sur l'air de *Felix*.

— Vous avez des ennuis, M. Mahalingam ? m'enquis-je.

— Pas moi, mon fils. Il ne veut pas se réveiller. Nous avons tout essayé.

Je me faufilai parmi les danseurs jusqu'à Philip. Comme nous revenions entre les couples, j'entendis quelqu'un dire tout bas : *Vive la mariée !*

— Votre fils ? dit Philip. Celui que nous avons vu ? Celui que vous traitez d'idiot ? (C'était méchant, mais comme une simple émanation naturelle de sa position d'autorité.) J'arrive.

— Est-ce que je viens, moi aussi ? demandai-je.

— Vous ne pouvez rien. Je vous retrouverai à la maison. De toute façon, j'en ai assez de cette imbécillité de soirée.

J'allai donc au bar. Encore un verre et je prendrais un pousse. Le CD avait disparu — peut-être mictionnait-il son plein de gin *merah* — mais Grieves m'accueillit gaiement, malgré des yeux qui me fuyaient.

— Alors, on pousse toujours la plume ? Naissance d'un chef-d'œuvre immortel dans les faubourgs de Kuala Kangsar ? Prenez un verre.

— C'est moi qui vous invite. Rien d'immortel. Je fais seulement mon métier. Et pas à la plume, non, à la machine à écrire. *Dua stengah*, commandai-je à Ah Wong.

— Tiens, on parle le jargon ? Bonne chose. Rien de tel que de connaître le patois indigène.

— Quelques mots, sans plus. Juste de quoi me débrouiller. A votre santé !

— A veutre sainté.

Il y avait une certaine différence entre son accent et le mien mais il était certainement messéant de sa part, à lui qui était originaire de Liverpool, à ce que je comprenais, de railler cette dissemblance. Il pivota sur son tabouret de bar pour sourire à la vue de Mme Hardcastle (dont le mari avait mal au ventre ou autre chose et gardait le lit) qui chuchotait des mots brûlants à l'oreille du collègue de Grieves, Warrington, tandis qu'ils parcouraient tous deux le parquet à pas désaccordés.

— On dirait que Jack Warrington est en train de se placer, reprit Grieves. Il y a mis le temps. Il aurait pu l'avoir il y a un an.

— Ah ! les épouses coloniales insatisfaites, dis-je. Oui, on m'a parlé de ce phénomène.

— On vous en a parlé, hein ? Je reconnais bien là l'observateur qui ne perd rien du jeu, ou presque. Évidemment, cela dépend beaucoup du genre de jeu auquel on joue.

Je fis celui qui n'avait pas entendu et souris même aimablement. Le planteur Fothergill s'approcha ; il avait ôté sa veste et aussi son nœud de cravate noir ; il s'épongeait le visage, le cou et un bon bout de poitrine avec un essuie-verres pris derrière le bar. Il commanda un demi-litre de jus de citron vert avec un quadruple gin, en ajoutant :

— Je ne comprends pas comment nous pouvons être aussi fichtrement idiots. Des mouille-la-chemise et des pue-la-sueur, comme on dit dans votre partie minière du globe. (Cela, à Grieves. Puis à moi :) On ne vous voit plus guère ; je n'ai même pas eu droit à ma revanche.

— Votre revanche ? Ah ! au poker ? J'ai beaucoup travaillé. Les soirs où je suis passé ici, vous n'y étiez pas ; c'est aussi bête que ça

— Cela dépend de beaucoup de choses, répéta Grieves

Le CD réapparut, revenant de la cour arrière où se trouvaient les lieux, le *jamban.* Il leva deux doigts en guise de bénédiction sévère et ès qualités, puis s'en fut.

— Il a bien fait, dit Grieves. Il a évité l'éclat.

— L'éclat ? A propos de quoi ? demanda Fothergill. Ah ! ça ? C'est le va-et-vient perpétuel chez lui. Un dollar les plus grands, cinquante cents les tout jeunes. Un bon coup sans bavure avant le dîner, histoire de lui ouvrir l'appétit.

— Comme à Norman Douglas, dis-je, manquant peut-être de discernement.

— Crois pas le connaître, celui-là, dit Fothergill. Si c'est du vieux Potch Douglas que vous parlez, il a mené une vie très correcte, c'est un fait et je le sais. (Il descendit la moitié de son gin rose au citron vert, à grandes goulées qui ressemblaient aux contractions d'une femme en travail.)

— Un peu de chair brune, dit Grieves. Pas de mal, du moment qu'il opère discrètement. Mais foutu soit l'homme qui se met en ménage avec un de ses semblables. Ça, c'est de la trahison pure et simple.

— Si je comprends bien, dis-je hardiment, vous faites allusion aux relations homosexuelles ? Par opposition, dirais-je, aux petits accès impersonnels de sodomie ?

— Homo, dit Grieves, signifiant homme, bien entendu. Homme et homme. Dans le merveilleux patois malais, on dirait homo homo. Oui, quelque chose comme cela. Deux autres du même, dit-il à Ah Wong. *Dua stengah lagi.*

— Erreur courante, dis-je. Le préfixe homo ne signifie pas homme. C'est du grec et non du latin, et le sens est : « même ». Amour entre membres du même sexe. (Très ineptement exprimé.)

— Ma foi, nous n'avons pas tous bénéficié d'une telle instruction classique, dit Grieves en me souriant aimablement et en signant sans regarder la note pour les deux *stengahs*, dans le registre du club. Pas comme Norman Douglas et autres Grecs. Prenez ce verre dans la main droite et rappelez-vous la vieille sagesse hellène qui veut qu'un oiseau ne vole jamais d'une seule aile.

Le phonographe jouait une fois de plus *What'll I do*, mais il n'y avait plus beaucoup de danseurs. L'épuisement gagnait vite, ici : les épouses blêmes, souffrant d'anorexie et d'insatisfaction tropicale, ramenaient les maris à la maison, comme elles appelaient cela. Je bus à petits coups mon *stengah*, le dernier, sans rémission, dois rentrer à la maison moi aussi.

— Vous connaissez Norman Douglas ? dis-je.

— Je suis allé voir cette île, Capri, dans ma belle ignorance. Lors de mon dernier retour au Royaume-Uni, j'ai pris un bateau macaroni à Suez. Très instructif.

— Mais, dis-je, le fait est que Douglas est du genre un dollar la visite, tout comme votre CD.

— Écoutez, dit Symes, le professeur de lettres du Collège Malais, on ne doit jamais parler de quelqu'un derrière son dos. (Symes était plutôt gras, pâle, sans sourcils. Je remarquai qu'il y avait maintenant pas mal de monde autour du bar, et que j'étais cerné.) Surtout, ajouta-t-il en mettant les points sur les « i », quand on est l'hôte de cette communauté. Si, reprit-il en mouchetant le fleuret, vous ne voyez pas d'objection majeure à cette remarque.

Il avait probablement lu certains de mes livres et ne les aimait guère. Après tout, il enseignait la littérature anglaise.

— M. Toomey, dit Grieves, nous faisait un cours de classicisme. Il expliquait la différence entre le cri de l'exilé *home oh* ! et *homo*.

— Compris, dis-je, vidant mon verre. Je sais quand ma présence est indésirable.

— Ah ! mais non, protesta Symes. Votre présence est on ne peut plus désirée au contraire ; je veux dire que notre classe de seconde supérieure serait très honorée si vous vouliez bien lui faire une petite causerie sur *Le moulin sur la Floss*. Très simple, bien entendu. George Eliot, un des maîtres de l'ère victorienne... ou devrait-on dire maîtresse ? Peur d'avouer son sexe. Sale époque pour les femmes, que ce temps-là.

— Tous les écrivains, dis-je, sont comme les joyeux fusiliers marins de Kipling ou comme les demoiselles au pompon rouge des Français : de gais hommophrodites en fleurs.

— J'aime la formule, dit Grieves sincèrement. Beaucoup, beaucoup.

Personne ne s'occupait du phonographe. Il arrivait à bout de course : *Wokkle aaah douuuuuuu.*

— Moitié soldats moitié marins, expliquai-je. Il faut vraiment que je m'en aille.

— Ah ! bah, dit Fothergill. La dernière bordée, puisqu'on parle de marins. *Satu empat jalan !*

— Littéralement : « Un quatre route », traduisit Symes à mon intention. En malais, « quatre » et « pour » se disent de la même façon. Donc : un pour la route, le coup de l'étrier. Comme *daftar dua bintang papan* ; littéralement aussi : liste deux à tribord — comprenne qui pourra, mais puisqu'on parle de marins. *Stengah* pour moi, très grand.

— A propos de marins, dit Greene, où étiez-vous pendant la guerre, Toomey ?

— J'affrontais les terreurs de l'Europe, répliquai-je sur le mode badin.

— Si je vous entends bien, poursuivit Greene, vous n'étiez pas coincé dans l'Orient enchanteur, à bouffer des bananes. Pas bien, ça, pas bien du tout.

— Le cœur, dis-je. Troubles cardiaques, comme vous l'avez vu.

— Pas besoin de vous défendre, dit Symes d'une voix d'huile. Personne ne vous fait de procès ni rien.

— Comme nous l'avons vu, oui, convint Greene. Avec Doc Shawcross à la rescousse. Messieurs, buvons à une belle amitié !

— Est-ce que les médecins doivent apprendre le grec ? demanda Grieves en affichant un air outrancièrement intrigué. Ou est-ce seulement le latin ? (Il haussa trop les épaules, puis but. D'autres en firent autant. J'achevai mon verre, signai, bien le salut.)

— Grand merci pour l'agréable soirée. (Ils refusaient de me laisser passer.) S'il vous plaît, dis-je.

— Les dames ont disparu, toutes, sans exception, dit Grieves avec une feinte surprise. Reste plus que des hommes seuls. Normal plus ou moins. Vous, dit-il au planteur Booth, qui êtes en passe de devenir notre nouveau secrétaire, expliquez-vous : y a-t-il un article du règlement de ce club qui interdise le déculottage ?

— Laissez tomber, dit Fothergill. Nous ne sommes plus des écoliers.

— C'est vrai, pas devant les indigènes, dit Symes en jouant les collets montés. Le CD n'aimerait pas ça. (Fini la comédie.)

— Oh ! allons donc, traîna l'accent liverpoolien de Grieves, je le connais mieux que vous, notre CD. Cela signifie seulement que M. Toomey paradera en caleçon. Il n'y a là rien d'indécent.

J'éprouvais de la satisfaction à ressentir du mépris. Surtout quand celui-ci se changea en fureur.

— Foutez-moi la paix avec vos jeux infantiles, dis-je à Grieves.

Je fus le premier surpris de me voir saisir par le fond le grand verre vide de Fothergill pour le brandir et menacer de son orifice silencieux la bouche de Grieves. Mais, minute ! il fallait d'abord briser l'objet, le denter pour promettre de tirer le sang. La main sévère du planteur Booth empoigna le verre, me l'arracha avant que j'aie pu me servir du bord du comptoir. Le chef boy Ah Wong, qui ne devait pas avoir loin de soixante-dix ans, psalmodia je ne sais quoi — l'accomplissement d'une prophétie taoïste, j'imagine. Booth dit :

— Le règlement du club interdit sans nul doute toute violence ou tentative de violence entre ou envers les membres de l'association, ou de leur part, les temporaires comme les autres. Je crois que nous constituons un quorum. Y a-t-il quelqu'un prêt à soutenir la motion et à la mettre aux voix ?

— Je suis libre de m'en aller, ce me semble ? dis-je, tremblant d'indignation.

— Non seulement libre, mais..., dit Symes.

Impossible de trouver un pousse. Je partis à pied, pour retrouver mon sang-froid ou m'échauffer les sangs en escaladant la Bukit Chandan. Philip n'était pas encore rentré. Yusof était couché. Je me servis une grande rasade de cognac Beehive pur, toujours frémissant de colère. J'étais en train de vider d'une main tremblante mon second verre, lorsque la Ford brimbala et s'arrêta en hoquetant sous l'auvent.

— Saleté de club, dis-je à Philip comme il entrait. Tas de salauds.

— Que s'est-il passé ? Donnez-moi un peu de ce truc. Non, c'est trop. Bon Dieu, vous avez la fièvre, ma parole ?

— Avec leurs insinuations et leurs ricanements obscènes... Et ce salaud de CD qui l'a quasiment crié sur les toits. Ils se sont mis dans la tête que nous entretenons des rapports homosexuels, tous les deux. Les porcs, ça chatouille leur esprit sale, ça donne un petit frisson à leur fatuité bourgeoise.

— Oh ! non... (Il s'assit dans un fauteuil, tandis que j'arpentais d'un pas incertain le tapis siamois.) Ah ! bien, j'imagine que cela devait arriver tôt ou tard. Je n'y avais pas pensé, c'est tout. Mais le chef de district ferait mieux de se taire, à ce que je comprends. Des rapports homosexuels, hein ? Eh bien eh bien eh bien ! Nous qui sommes purs comme l'agneau. Nous aurions dû importer deux putains du bazar, cela les aurait fait taire. J'ai bien l'impression que je n'aurai pas envie de revenir ici.

— L'ennui, c'est que... Vous vous rappelez ce député de passage, l'autre fois, Garside, et le cocktail à l'*istana* ? Il a remué un peu de boue, apparemment. L'écrivain célibataire qui vit à l'étranger, les potins, les histoires d'acteurs, Oscar Wilde...

— Parce que vous êtes... ? (Philip, tout pâle, me regardait.) Vous avez ? Seigneur Dieu, moi et ma sainte innocence !

— La nôtre, la nôtre. Tous les mots que je pourrais employer ne seraient sans doute pas les bons. Nous étions ici ensemble, voilà tout. Nous n'avions pas besoin de mots pour traduire cela. Je n'ai jamais été aussi heureux de ma vie. Et il est hors de question que je vous quitte, hors de question que je vous perde.

— Non, dit Philip sans une seconde d'hésitation, nous n'avions pas besoin de mots pour le traduire. Et nous n'avons jamais parlé de l'avenir. Qu'allons-nous faire ?

— Quand commence votre congé ?

— Au début de janvier. J'ai droit à trois mois avec traitement complet. Puis retour ici pour retrouver tout intact ; Yusof, à plein salaire aussi pendant ce temps, est là pour y veiller. Dommage. Les choses tournaient rond, gentiment. Thèse définitive sur le pian, pensais-je, pendant mon second temps ici ; création d'un hôpital fédéral pour les patients atteints de ce mal. Oh ! bah, Ipoh, Penang, Kota Bharu et la Plage des Amours Passionnées, comme on l'appelle. (Il rit, la bouche sèche.) Les amours passionnées, eh bien eh bien !

— Il faut que nous soyons ensemble, dis-je. Mais d'abord je dois sortir d'ici. C'est nécessaire, d'ailleurs. J'ai besoin de voir Malacca. Et j'envisageais de pousser jusqu'à Bangkok. Ensuite, retour à la maison.

— La maison ? Où ?

— Vous savez fichtrement bien laquelle. Il n'y en aura plus jamais d'autre. Où comptiez-vous passer votre passion, non, votre congé, je veux dire ?

— Dans une ville où je ne suis encore jamais allé : Adelaïde, dans le sud de l'Australie. Ma mère et mon beau-père y vivent. Je n'ai pas encore fait la connaissance de mon beau-père. C'est un type qui a pris un associé pour fonder un gros magasin d'articles de sport ; les Australiens sont très portés sur le sport. Il s'appelle Black, ce qui est une bonne sorte de nom, incolore si je puis dire, tout bête, sans histoire, sans équivoque, parfaitement neutre, et c'est celui de ma mère aujourd'hui ; elle est blonde, elle, belle, admirable... admirable pour elle-même, pourquoi pas pourquoi languir toute sa vie sous des voiles de veuve ?

— Vous n'êtes pas d'accord ?

– Oh ! il ne m'appartient pas de juger De toute façon, je n ai pas d'autre endroit où aller

— J'envisageais la même direction générale pour moi-même, en allant plus loin, toutefois. J'ai pareillement un père remarié et une belle-mère que je ne connais pas, quelque part dans l'Empire, au Canada, en fait. Nul n'a jamais pu tout prévoir d'avance en ce monde. Pour l'heure, il nous faut penser à un bateau, mais pour où ?

— Le paquebot *Lord Howe*, de Singapour à Fremantle. Début janvier. Oui, nous partons ensemble. Nous irons partout ensemble désormais. De cela au moins nous sommes sûrs, n'est-ce pas ? Est-ce un tort, je me le demande ? Allons-nous priver des partenaires sexuels en puissance de leur droit à des béatitudes moins, quel est le terme déjà ? platoniques ?

— Non ce n'est pas un tort, à aucun point de vue. De cela je ne doute pas. Je peux partir maintenant, je crois, dans un sentiment, vous savez, pour la première fois, de...

— Sécurité, oui, de sécurité, oui, c'est bien cela, dit Philip. Et il devrait y avoir là de quoi nous faire peur à tous deux. Il est dangereux de se sentir sûr des choses, avec l'autre grand salopard là-haut, le Seigneur de l'Insécurité. N'allez pas trop loin. Pas sans moi. Vous avez vraiment besoin de Malacca pour ce livre sur Raffles ?

— Besoin de voir, oui, de *sentir* Malacca. Oh ! j'imagine que quelques bouquins et un peu d'imagination me suffiraient. Mais j'ai le sentiment que je dois aller voir Malacca.

— Bon, va pour Malacca. Prenez une chambre au club-hôtel. J'ai besoin de savoir exactement où vous êtes.

— Je pensais que demain...

— Non, pas demain. Mahalingam vient dîner ici, demain.

— Pourquoi, bon Dieu, quelle idée ?

— Il était malheureux comme un chien ; rien d'étonnant : ce n'est pas son zombi de fils qui est malade, c'est le plus jeune, huit ans, le benjamin, Djaganathan, comme Djaggernauth, vous savez ? Un Djaggernauth l'écrase sous son char, le pauvre petit malheureux. (Philip avait la voix de quelqu'un qui a bu ; c'était l'ivresse d'une exaltation à froid s'exprimant pour la première fois.) Méningite tuberculeuse. Mauvaise hygiène, mauvaise alimentation, s'ajoutant à un précédent de rougeole et de coqueluche. Ils ont laissé traîner les choses, en essayant de guérir les vomissements avec je ne sais quelle saleté de concoction indienne, et la constipation avec de l'huile de ricin. A ce stade je ne peux plus grand-chose. Mahalingam dit qu'il paiera ce que je voudrai, n'importe quoi, qu'il vendra ses filles en concubinage ; il est prêt à tout. Je lui ai répondu que je ne pouvais pas faire plus que mon possible. « Mon ami, me disait-il, mon cher, cher ami. » Bref, il vient dîner. Et nous maintenant, crevés, vidés que nous sommes, et moqués, calomniés, diffamés, traînés dans la boue pour tout, allons nous coucher

— En tout cas, nous savons

— Oui, oui, désormais nous savons, Dieu merci, oui.

Mahalingam, costume blanc cassé et cravate blanche, l'air du négatif d'une photo d'Européen, arriva une heure en avance, conduit par son zombi de fils dans la voiture fantôme : nous entendîmes des objurgations en tamil et des gifles métalliques avant que l'automobile repartît follement, trop vite pour que ce fût normal.

— J'ai ordonné à cet idiot, nous déclara Mahalingam, de revenir me prendre dans quatre heures. (Oh ! Seigneur.) Beaucoup de classe, vos quartiers, admira-t-il à contrecœur. Ventilateurs au plafond et décorations que je pense être personnelles ? Voici votre père défunt, je vois, et une de ces deux dames européennes est votre feue sœur, la plus jeune des deux, à ce que j'en déduis forcément, l'autre est votre mère toujours en vie. Elle est bien en vie, n'est-ce pas ? Mais oui, c'est votre mère à *vous* qui est morte, M. Tombey.

Vrai début nécrologique pour la soirée.

— Toomey, rectifiai-je.

— C'est bien le nom que j'ai dit. Et là, c'est vous, Dr Shawcross, debout devant le guichet avec la batte de cricket, attendant l'envoi de la balle. C'est bien ; cela vous donne un air jeune, en forme et content de la vie.

— J'ai un peu changé depuis.

— Mourir, dit Mahalingam, dormir, c'est tout. Shakespeare. (Ayant pris un siège, il accepta un whisky noyé, envoya promener ses chaussures et laissa ses énormes orteils pourpres pianoter à l'aise sur le tapis de coco.) Mon cher enfant semblait mieux aujourd'hui ; il paraissait souffrir moins. C'est aussi votre avis, Dr Shawcross, je le sais. Nous pouvons espérer, maintenant.

— On peut toujours espérer, dit Philip.

— Si jamais il lui arrivait quelque chose, si jamais... !

Nous attendîmes.

— Oui, M. Mahalingam ? dit Philip.

— Je ne sais pas exactement ce que je ferais. Parce qu'il est le plus jeune, le meilleur et aussi le dernier ; parce qu'il n'y en aura plus d'autre après lui, à moins que je ne me débarrasse de ma présente femme pour en épouser une plus jeune, ce qui n'est pas conforme à ma religion éclectique — vous aviez tort, M. Toomey, de dire « électrique », je crois que vous plaisantiez avec moi — et parce que le fils qui est au milieu n'est pas intelligent et que l'aîné est un grand imbécile. Je mets donc toutes mes espérances dans le petit Djaganathan ; voilà pourquoi nous devons espérer. Et aussi prier, ajouta-t-il farouchement à mon intention particulière. Prier, prier !

— Je vous promets de le faire, dis-je. Et non seulement pour votre enfant, mais pour tous ceux qui souffrent et sont en danger. Y compris la fille de M. Lee, l'épicier, qui, si je comprends bien, a été admise aussi à l'hôpital hier soir.

— Pour quelle maladie ? demanda jalousement Mahalingam à Philip.

— Une affection de l'intestin grêle Le diagnostic est favorable répondit étourdiment Philip.

— Les intestins ! ricana Mahalingam. Une fille. Une Chinoise Une race de gens qui se croient très habiles. (Yusof, venant de la cuisine, fit son entrée dans l'alcôve-salle à manger, porteur d'un grand plat cloisonné de *sambals*, ces sauces et condiments complexes allant avec le curry de volaille que nous devions manger. C'est votre boy, nous confirma Mahalingam. Combien le payez-vous ?

— Le salaire habituel, répondit Philip. Il n'a pas à se plaindre. Sur quoi, Mahalingam entreprit très haut Yusof, dans le malais particulier aux Tamils — le morphème possessif *punya* y servant mystérieusement à renforcer les substantifs — sur ses devoirs de bon boy, de loyauté à l'égard de son bon maître, de sobriété, de zèle, d'honnêteté, et surtout, défense de ramener du bazar dans ses quartiers des filles impures, sinon lui, Mahalingam, fils de Sundralingam *punya*, le poursuivrait de châtiments *punya* en le remettant aux mains d'esprits malins *punya* de ceci et de cela, y compris le *hantu hitam*, le démon *punya* noir. Yusof ne dit rien, mais regarda Philip, de l'air de demander dans quelle mesure il fallait prendre ces menaces au sérieux, et Philip lui fit en retour un léger haussement d'épaules d'excuses.

— Ces gens sont pleins de superstitions. La peur des fantômes et des esprits aux intestins grêles flottants les pousse à faire leur travail. Ils sont stupides de croire que de telles choses peuvent être visibles, quand ce n'est pas possible. Car tout esprit ne peut être, du fait de sa nature spirituelle, qu'invisible. C'est affaire d'étude sérieuse et non matière à superstition.

— Vous êtes très fort sur le sujet, M. Mahalingam ? dis-je.

— C'est une chose très curieuse, M. Toomey, et qui en dit peut-être long sur la constitution ultime de l'univers, que les puissances invisibles peuvent rarement être employées à faire le bien. Impossible d'appeler sur terre les esprits pour guérir mon pauvre petit Djaganathan ; il doit être laissé à la merci des talents humains du Dr Shawcross. Mais les esprits de destruction sont, eux, toujours impatients de répondre à l'appel de l'invocateur même le moins expert. Il y a là un grand mystère.

— Vous voulez dire que ce monde est mauvais ? lui demandai-je.

— Je n'ai pas dit cela, M. Toomey. J'ai parlé de mystère. Dans la mythologie hindoue, destruction et création sont réunies en Siva et en sa femme Kali. Mal et bien ne sont pas des mots dont on doit user à la légère. Quand nous parlons du bien, nous parlons de choses bonnes pour nous-mêmes et qui ne le sont peut-être pas pour des créatures éternelles. Mais nous sommes faibles et ignorants et nous devons vivre notre existence humaine, et même s'il se peut que l'amour des êtres de notre chair et de notre sang soit stupidité et sottise dans le monde des créatures éternelles, pour nous il reste très réel. Il faut, il faut, répéta-t-il avec violence, que mon fils soit rendu à la santé et à la joie, dans la sécurité et l'intégrité de son corps.

– Je sais dit Philip que vous avez une religion excentrique non, pardon, éclectique ou n'importe : mais il se trouve des hindous orthodoxes pour dire que toute forme de vie est sacrée. Ce qui vaut aussi bien pour le bacille de Koch et le spirochète que pour les vers et les insectes que les travailleurs agricoles indiens d'ici prennent tant de mal à épargner au bout de leur bêche. La médecine occidentale, elle, cherche à tuer ces organismes-là. Est-ce un acte sacrilège ?

— Il faut bien, dis-je, tirer un trait quelque part.

Mahalingam secoua longuement et tristement la tête.

— Je ne peux parler que d'amour, de deuil et de misère humaine, dit-il. Mon cher fils est entre vos mains, Dr Shawcross, et je me demande pourquoi, en ce moment, nous restons assis ici avec notre whisky et dans l'attente, si j'en juge par l'arôme, d'un curry, alors que nous — et j'entends par là surtout l'homme de bien que vous êtes — devrions veiller sur lui avec les yeux de l'aigle. Même si je reconnais la nécessité d'une brève récréation au milieu du travail et du chagrin, oui, oui, il n'empêche que je m'interroge. Mais enfin, je suis à présent dans votre maison et c'est une bénédiction en soi. Cela fait équilibre et permet de contrôler, ajouta-t-il obscurément.

— Votre fils dort, dit Philip d'un ton las. J'ai téléphoné au Dr Lim il y a très peu de temps. (C'était un mensonge.) Il dort paisiblement. Le pouls est presque normal, bien que la température reste élevée. On ne peut rien de plus pour le moment.

— Oui, oui, oui, je vois très bien cela. Dans ma maison, messieurs, vous avez observé beaucoup de photographies d'amis et de collègues fixées à la porte de mon électrique et aussi M. Toomey, excentrique glacière. Comme je sais maintenant que vous êtes un ami, Dr Shawcross, je vous prie de m'accorder une toute petite faveur : une photographie de vous pour l'ajouter aux autres. Celle où vous êtes en position avec la batte, devant le guichet, ferait très bien l'affaire et serait profondément chérie. Je demande la photo seulement, pas le cadre.

— Hummm, marmonna Philip, embarrassé. C'est le genre de requête que... Bon, euh, j'imagine que... Si j'ai envie de voir la tête que j'ai, j'imagine que je peux toujours me regarder dans le miroir.

— *Makan sudah siap*, annonça Yusof.

Le curry et le riz fumaient sur la table.

— Il faut manger, oui, manger, soupira Mahalingam en se levant vivement le premier. Mes profonds remerciements, dit-il en se dirigeant vers le petit étalage de photographies, puis en libérant, avec des doigts d'une agilité remarquable pour des mains grosses comme des puddings, l'image du cricketeur Philip des taquets de maintien derrière le cadre. Maintenant, dit-il encore, je sais que je vous aurai tout le temps avec moi.

C'était le genre de geste et de phrase que, moi-même, j'aurais dû avoir, puisque j'avais devant moi la perspective d'une période d'éloignement de « la maison ». Mais Philip et moi nous étions des Britanniques, et donc peu portés, sauf à l'égard des animaux, à la sentimentalité.

37

Le lendemain matin, nous étions tous deux encore épuisés de nos quatre heures et plus de Mahalingam. L'angoisse de ce dernier au sujet de son benjamin s'était traduite par un énorme appétit et un étalage de manières ataviques à table : séance de pleurs sans honte ; phase de dyspepsie profonde et anxieuse, que Philip dut traiter à l'aide d'une solution de bicarbonate de soude entraînant un soulagement retentissant ; requête que nous allions tous passer la nuit au chevet du petit Djaganathan ; accès de colère momentané devant notre mauvaise volonté à y complaire ; assurance larmoyante que, en dépit de tout, nous serions toujours pour lui des amis, à moins que nous ne lui fassions du mal, auquel cas il nous démontrerait qu'il pouvait être un vrai pourceau ; furieuse envie de menacer par téléphone le personnel infirmier des pires conséquences, en cas de détérioration de l'état du patient ; longue dissertation pseudo-philosophique sur les joies et les supplices de la paternité ; nombreuses régurgitations de Shakespeare scolaire mal digéré ; cadenza de proverbes très anciens ; récit détaillé de sa carrière au service du public ; diatribe à la Timon d'Athènes contre Madras l'ingrate ; catalogue embarrassant et des plus explicites de positions copulatoires...

Rien d'étonnant si Mahalingam continuait à peser lourdement sur l'esprit de Philip : le premier acte de celui-ci en se réveillant fut de téléphoner à l'hôpital pour s'enquérir de l'état du benjamin. Le Djaggernauth avait apparemment été détourné de son cours fatal, car Philip dit : « Bon » et eut même un sourire las avant d'ajouter : « Téléphonez au père, voulez-vous ? Oui, à l'usine des eaux. Merci. » Il s'assit dans la galerie devant le thé, des toasts et un pamplemousse, et reprit : « C'est à croire que le diagnostic était faux. Lim pense que c'est une sorte de colite, exactement comme pour la petite Lee. C'est simple : l'enfant souffre de constipation, alors la mère le bourre de laxatifs. Résultat : il a mal. Cette fois, en avant le laudanum. Pas étonnant qu'on n'ait pu parvenir à réveiller celui-ci. Je me suis laissé un peu trop obséder par la méningite, ces derniers temps, peut-être. En tout cas, la fièvre a baissé et le pouls est quasi normal. Quel poids en moins ! N'aime pas beaucoup la mine du ciel ce matin. (Des rouleaux de nuages que l'on eût dit chargés d'huile de vidange semblaient se traîner douloureusement. On eût presque pu tordre l'air pour en expri mer l'humidité.) Le temps de la mousson approche, c'est vrai, il fallait s'y attendre. Le bas de la ville en prend un rude coup quand les pluies commencent. Le fleuve déborde et il y a des gens qui doivent remorquer leur literie, leur *kualis* et leur parapluie jusque sur le toit. Les crocodiles claquent des mâchoires au-dessous d'eux. Il y a deux ans, j'ai soigné un vieux Chinois dont le bras avait été arraché au coude. Les serpents nichent dans les arbres. L'année dernière, cela n'a pas été trop mauvais. Peut-être aurons-nous encore de la chance cette fois-ci. De toute façon, Dieu merci, nous sommes sur une colline. (Il me regarda ; c'était un regard nouveau, en harmonie avec l'aveu mutuel que Mahalingam avait momentanément oblitéré de sa masse.) Alors, c'est aujourd'hui que tu pars ?

— Oui. Le train de midi pour Kuala Lumpur. Ensuite Malacca.

— Pour combien de temps, crois-tu ?

— Si tu veux bien, voyons la chose autrement. J'ai écrit mon roman en commençant plus ou moins par la fin, ce qui est une façon comme une autre. Il me faut environ deux chapitres où Raffles se lamente sur l'envasement du port de Malacca et la décrépitude générale de la ville. J'ai besoin d'expressions typiques en portugais de Malacca. Je veux *sentir* l'endroit. Une semaine, tout au plus.

— Fais attention à ces fichues pluies. Les voies du chemin de fer sont inondées. (Il cracha des pépins de pamplemousse.) Je dois avouer, reprit-il, que c'est un peu un soulagement... le gamin de Mahalingam, je veux dire.

— Je sais très bien ce qui t'inquiétait, dis-je. Mahalingam est capable d'être un très méchant client. Méchant à la manière orientale, tout ce qu'il y a de plus.

— Cinq dollars pour un assassinat discret. L'*orang kapak kechi*, tu sais : un Malais avec une petite hache. Ces types-là liquideront n'importe qui sans même poser de question. Ce sera mensonge et compagnie, et pas de témoins. Note bien, ce serait plus probablement son zombi de fils aîné qui s'en chargerait. Je suis fichtrement sûr qu'il est drogué en permanence à je ne sais quoi. Le Vieux des Montagnes et les mangeurs de haschisch. *Assassinus*, assassin. Centre de la parole inhibé, réflexes moteurs exaspérés, rapidité extrême. A moins qu'il ne s'agisse d'un autre narcotique. Jamais nous ne pourrons aller au fond de ce foutu Orient... (Yusof parut : *Telefon, tuan.*) Ce doit être notre homme en personne ; il doit suer la gratitude et il va baver dans le téléphone — rien que d'y penser j'en ai plein l'oreille.

Il disparut. Le temps pour moi de finir ma première cigarette du matin, il revenait déjà en faisant la grimace :

— Il veut m'offrir un grand dîner. Il va remplir tout le *rumah sakit* de fleurs. Il raconte qu'il embrasse ma photographie. J'ai bonne envie que tu ne partes pas, Ken. Mes ennemis sont les siens, à ce qu'il dit, et je n'ai qu'à lui désigner celui qu'il faut expédier le premier.

— Le chef de district

— Oh ! sois sérieux. Ce type me fait peur, le diable l'emporte. J'ai essayé d'esquiver l'invitation à dîner, mais il a répondu que ce n'était pas un signe d'amitié que de vouloir répudier la gratitude ou je ne sais quoi de ce genre.

— Je n'en serai pas.

— Il sait que tu pars, je le lui ai dit. Il s'offre à te conduire à la gare dans une Daimler de location, avec la fanfare de la police pour t'accompagner et des fleurs, des fleurs, encore des fleurs !

— Cette fois, c'est toi qui n'es pas sérieux.

— Il estime que ta présence bénéfique a été une aide aussi puissante que mes talents scientifiques. Oh ! il retrouvera son sang-froid en même temps que la chaleur du jour montera. Peut-être devais-je lui prêter un de tes livres et lui dire que tu lui feras subir un examen oral sur sa lecture à ton retour. Peut-être cela le calmerait-il un peu. Mais, bon, oui, je sais, il faut que tu partes. Je peux facilement remettre ce dîner à la semaine prochaine. Je blaguais seulement.

A midi moins vingt, Philip s'absenta de l'hôpital pour me conduire à la gare. Mahalingam n'avait pas envoyé de Daimler fleurie. Lorsque le train de Kuala Lumpur entra en gare, nous découvrîmes, Philip et moi, qu'il n'existait pas de répertoire de gestes d'adieu convenant à nos relations. Ni poignée de main ni embrassades italiennes (italiénantes) à la Domenico Campanati. Rien que froides banalités amicales. Ne travaille pas trop dur, laisse-toi un peu vivre, jouis de l'existence, à bientôt. Signes de la main pendant que le train commence à rouler, au revoir, au revoir. Le ciel bouillonnait comme un nid de serpents au-dessus de la jungle, dont l'odeur forte venait par bouffées, portées par ce qui semblait pourtant être une absence de respiration de l'air. Je sonnai longuement avant qu'un Chinois en veste blanche se présentât dans le compartiment. Je commandai un whisky à l'eau. Un voyageur descendu du train avait abandonné un exemplaire du *Straits Times* de la veille. Chronique de bridge de Philippe le Bel. Qui donc était-ce ? Le père Chan, Chang ? Coupe et perd sa levée d'atout... Prendre contact par téléphone peut-être, bon souvenir anticipé à Carlo Campanati en attendant Noël. Aucune urgence. Les pages du milieu contenaient une curieuse nouvelle en provenance du Negri Sembilan : Mohamed Noo, un Malais, était tombé amoureux d'une certaine Aminah binte Lot. Elle l'avait repoussé au profit d'un autre, nommé Hadji Redzwan. Mohamed Noor avait voulu se venger en recourant aux services d'un *pawang* local, un sorcier qui usait de magie sympathique. Mohamed Noor avait tracé un dessin grossier du visage de la jeune fille. On avait pendu ce dessin à une corde à linge dans une clairière broussailleuse, puis prononcé des charmes sur le portrait, battu les tambours de jungle tandis que les senteurs d'un feu d'herbes nocives montaient, épaississant l'air sous le dessin suspendu. La jeune fille tomba malade, dépérit. Hadji Redzwan découvrit la sorcellerie, mais, en dépit de la faveur spéciale (ce qui était la traduction de son nom, d'après le reporter) que lui valait un pèlerinage à La Mecque, il restait frappé d'impuissance, comme les invocations islamiques face aux charmes païens. Toutefois, il intervint durant la huitième nuit d'ensorcellement, s'empara du portrait et, par un acte héroïque de volonté, détourna sur lui les incantations. La jeune fille se remit et ce fut lui qui dépérit. Son oncle appela la police. Nulle poursuite ne put être entreprise contre le *pawang* ni contre l'amant rejeté, aucun délit ne pouvant être retenu ni prouvé en vertu d'une législation séculière et prosaïque qui n'avait pas à connaître de tentatives d'homicide par le moyen de la sorcellerie. Lorsque les autorités musulmanes s'en mêlèrent, il y eut pléthore de témoins subornés pour jurer que le *pawang* incriminé n'était pas un sorcier et que la jeune fille avait seulement besoin de fortifiants au fer et de quantité de concentré de bouillon de poule, pour se guérir de la chlorose ou de ce qu'elle avait. Tout avait très bien fini : maintenant rétabli, Hadji avait épousé sa bien-aimée et vivait dans le *kampong* de celle-ci selon la loi matriarcale, ou *adat perpatuan*, du Negri Sembilan, tout en enseignant le Coran à l'école du village... J'utiliserais cette histoire. Je la battrais en neige, je lui ajouterais toute la broderie littéraire désirable, lorsque je serais revenu près de Philip. Du cousu or, du tout cuit.

Traînant ma solitude dans les États du Détroit de Malacca (qui, comme Singapour et le Penang, relevaient alors directement de la Couronne britannique tandis que les autres États fédérés jouissaient d'un simulacre d'autonomie, sous l'autorité de souverains autochtones entourés de conseillers britanniques), je mesurai clairement combien j'étais désormais incapable de me passer de Philip et je m'émerveillai du mystère de cet amour singulier, nullement charnel et qui, même, apparemment, excluait le désir physique en général. La pensée de tenir Philip dans mes bras était abominable. Mais j'avais considéré comme allant de soi que, tels les mouvements intestinaux et la soif, qui sont sans rapport avec l'âme, la libido s'éveillerait de façon tout impersonnelle, à mesure que les cellules protégées par la *tunica albuginea*, l'albuginée du testicule, sécréteraient inexorablement la semence. Pourtant, tout le temps que, chaque matin, Yusof, avec son beau corps demi-nu, avait exécuté sous mes yeux sa danse du bottelage de la moustiquaire, pas une fois je n'avais senti un élan naître malgré moi, aucune corde durcir, ancun engorgement sanguin se former. Peut-être le spectacle du pian m'avait-il traumatisé. Et à Malacca, maintenant, l'ambiance de convalescence prolongée, au sortir des atteintes d'une turbulence historique, favorisait le maintien de la paix sexuelle.

Errer à travers la ville, franchir le pont sur la rivière Malacca qui séparait les quartiers indigène et européen (ou n'est-ce pas plutôt les moitiés que l'on devrait dire), explorer les ruines de l'ancienne cathédrale, lire, au cimetière, des inscriptions comme HIC JACET DOMINUS PETRUS SOCIETATIS JESU SECUNDUS EPISCOPUS JAPONENSIS OBIIT AD FRETUM SINGAPURAE MENSE FEBRUARIS ANNO 1598, m'enfonçait plus encore dans la torpeur qui sourdait de tout ce métissage de portugais et de malais, et je savais que, Philip eût-il été avec moi, il ne m'eût apporté l'illumination ni de la vivacité d'esprit ni de la justesse de l'image. Il n'y avait pas plus de scintillement venant de son intellect que de son discours. Je ne me souvenais d'aucune circonstance où, à Kuala Kangsar, à table ou après le dîner, flânant dans le bazar, marchant le long de la rivière, faisant un saut en voiture jusqu'à Ipoh, Sungei Siput ou Taiping, ou nous aventurant timidement dans les faubourgs de la jungle, il se fût montré capable de happer au passage une image, un fait, et de les prendre aux rets subtils, et comme en filigrane, d'une nature personnelle, d'une vision individuelle. Son esprit pas plus que son corps n'avaient rien de remarquable ; il me fallait ressusciter et épousseter un concept depuis longtemps écarté par les humanistes dont je croyais avoir rejoint les rangs, à savoir le *spiritus* des théologiens, l'entité que l'on ne peut définir que négativement tout en étant forcé de l'aimer positivement, non, plus encore : ardemment, en brûlant, jusqu'à consomption, de la sublime flamme. Par cette voie, même à contrecœur, l'on peut être ramené à Dieu. Il n'est pas de libre arbitre ; l'on doit accepter, avec amour, le modèle imposé.

« Descendez au club-hôtel, j'ai besoin de savoir exactement où vous serez. » Pourquoi ? Pour que le téléphone pût nous relier — le crépitement malhabile des câbles coloniaux de l'époque, le récitatif chinois, du central de Kuala Kangsar, avec l'opératrice appelant sa consœur d'Ipoh, puis celle de Kuala Lumpur, et enfin de Malacca ? Pas vraiment, puisqu'il n'y aurait rien d'autre à dire que : « Tu me manques » — sur quoi nous rougirions tous les deux de cette sentimentalité. Il suffisait à Philip de m'imaginer dans un décor connu, même ne l'ayant jamais vu — tous ces clubs-hôtels se ressemblaient : thé dans la tasse bleue le matin et, le soir, fantôme de la moustiquaire cent fois reprisée. Et moi, suivant de mémoire ses routines quotidiennes, je pouvais me faire de lui une image plus claire que lui, de moi. Cependant, je tentai, un soir, de lui téléphoner à la maison. La voix d'opéra chinois répondit que la ligne était coupée aux portes d'Ipoh, ouragan et fortes pluies, on s'efforçait à grande peine de réparer les dommages, il y en avait peut-être pour quarante-huit heures. Ainsi donc, la mousson elle-même me censurait pour ma sentimentalité, en même temps qu'elle approchait de Malacca.

Au bout de cinq jours, je tenais mon Stamford Raffles. Il était là, contemplant le port envasé et rêvant de nouvelles installations. Il déchiffrait l'inscription sur la tombe du père Peter, SJ, second évêque du Japon, mort sur la terre des Détroits de Singapour en 1598. Singapour, qu'était-ce à dire ? Une île de palétuviers dont personne ne voulait. Mon personnage notait, avec la curiosité caractéristique du savant, que les Portugais avaient montré aux Malais comment numéroter, et non pas nommer, les jours de la semaine, à l'exception du dimanche, *domingo, hari minggu.* Il méditait sur saint François Xavier, qui avait changé des demi-convertis à l'islam en catholiques rudimentaires, mais aussi dirigé personnellement l'incendie de la flotte des Atjihnis musulmans envahisseurs, venus de Sumatra. Le sens du passé malais, voilà ce qui manquait à mon roman, et il s'étalait sous mes yeux dans la torpeur de Malacca, que les millionnaires chinois avaient élu pour lieu de retraite.

Je fus réveillé par les premières grosses pluies en pleine nuit et je sus tout de suite que le mieux, pour moi, était de rentrer. Je rouvris brutalement les yeux sur une aube liquide, redressé en sursaut sur l'inconfort de mon matelas par un coup — un seul, violent — au cœur. Philip criant très fort mon nom : *Ken* ! Il y avait un ennui, des ennuis, de très gros ennuis. Avant le petit déjeuner, je demandai au chef boy de tâcher d'avoir le numéro là-bas, à Kuala Kangsar. Il essaya. Li pas possib'. Ligne touillou' coupée. Je piaffai d'impatience en faisant mes bagages, à la pensée de l'interminable trajet, avec le ciel déchaîné et les arbres abattus barrant la voie ferrée. Dans le *jamban* du club-hôtel, régnait une odeur qui n'était pas seulement celle des gaz de mon prédécesseur et qui était pire que fécale, inorganique et malveillante. Quelqu'un avait, depuis le dernier usage que j'avais fait du lieu, crayonné sur le mur crépi à la chaux l'image grossière d'une bête dont la tête bourgeonnait de doigts et d'orteils humains. L'effluve ne le cédait en rien au dessin. J'essayai de chasser de ma tête les visions qui l'obscurcissaient. Celles d'un foyer virulent de vice, d'intolérance et d'ignorance ainsi que de superstition — « Notre docteur ici présent vous le confirmera ». Saint François Xavier commandant l'incendie des navires de l'envahisseur Atjihni. Je le voyais, longue robe blanche, ceint du rosaire, taille surhumaine, seul au sommet du mont Ophir, les bras tendus comme pour la bénédiction, mais en réalité prêts à donner le signal convenu de l'incendie.

J'étais presque seul dans mon compartiment du train de Kuala Lumpur. Aux brèves haltes qui portaient des noms de rivières (elle-mêmes baptisées de noms d'animaux), des Chinois cancanant comme les canards dans les paniers qu'ils transportaient, des Bengalis en dhoti trimbalant leur coffre-fort portatif, des Malais sans rien d'autre que leur chique de *sireh* montaient, descendaient. Un Anglais rouquin d'une vingtaine d'années, fonctionnaire jeune et subalterne à en juger par son dédain, partagea avec moi les derniers kilomètres, sans un mot, sans un geste de fraternité nationale, plongé dans la lecture des *Quatre justes* d'Edgar Wallace. La pluie était une démence, le train vacillait sous la tempête ; mais, déchirant, tel un navire qui laboure la mer, une interminable toile d'eau, il poursuivait, peinant, têtu, sa marche vers la capitale fédérale. La gare de Kuala Lumpur était aux couleurs de tous les visages de l'Orient, mais, quand on baissait les yeux, c'était toujours la même paire de pieds, en sandales ou nus, multipliée à l'infini, et le quai était semblable à une plage de pierre grise, grouillante de tous ces crabes détalant dont le remugle humide montait pour s'allier à l'odeur de brûlé, également puissante, des cheveux enduits de goudron détrempé. Je pénétrai dans la longue salle aux rafraîchissements, fumante de fétidité. et me frayai un chemin jusqu'au comptoir La pluie, rabattue vers le sud-ouest, martelait sans merci le toit, assourdissante. Le téléphone (appels locaux gratuits) était au bout du bar, sous un calendrier commercial où minaudait une geisha et qui affichait l'année chinoise et l'année islamique avec leurs mois lunaires indéchiffrables, en même temps que, inflexible et fragile à la fois comme la raison, cette date : *Décembre 1924.* Je commandai un cognac et demandai l'annuaire du téléphone. Deux planteurs au teint maladif buvaient de la bière Tigre et parlaient d'un match de cricket à l'Oval de Londres : « Il s'est payé un coup impossible : il a coupé la balle pour le chasseur à gauche et il s'en est fallu d'un poil qu'il baise l'œil de l'arbitre dans le coin. » L'annuaire était plein de Chang. Je cherchai à Batu Road, église Saint-François-Xavier. Il y avait un numéro pour le presbytère... Un instant, s'il vous plaît : « Le père Chang ? — Lui-même. (La voix n'avait rien de chinois ; c'était le ton de dédain mol et mourant d'un recteur anglican.) — Mon nom est Toomey. Je suis un ami... enfin, un parent plutôt, à vrai dire, par alliance en réalité, de... — Quel nom ? Cette pluie, vous savez, est très décourageante... »

Dans le train qui roulait vers le nord, je me retrouvai seul jusqu'à Kampar. Mon message avait eu un certain effet de catharsis sur l'angoisse de l'amant Wordsworth galopant vers Lucy. Je sortis le manuscrit du premier tiers de *Cité lionne* et corrigeai et améliorai à l'encre le texte dactylographié, bien que le cylindre de bakélite glissât entre mes doigts mouillés de sueur. Les pages sur le grand dîner à Penang : les bougies qui vacillaient parfois jusqu'à l'extinction sous le vent des *punkahs* ; la sauce du curry qui rougissait les lèvres pâles de Mlle Drury ; un fin ruisselet de transpiration sourdant à l'oreille gauche de Mlle Denham et courant jusqu'au décolleté ; les robes Directoire... J'ajoutai à la plume une verrue sur la joue du major Farquhar aux prises avec son asthme et ombrai de quelques rides les yeux de la vieille Mme Saunderson, qui savait le sanskrit. *Les lueurs dansantes des éclairages se noyaient dans les grands verres de bordeaux dilué.* Un peu de vie, espèce d'animal, réveille-moi ça. « *Je remarque, à en croire le numéro récemment arrivé du* Times, *et foutre diable on comprend ce titre pluriel quand on pense à tout le temps qu'il met à arriver ici, bref il semblerait que l'ami de M. Raffles, Tom Moore, ait publié un nouveau livre. — Sans doute un récit de l'Orient fabuleux ? Ah ! que j'avais adoré* Lalla Rookh *!* » A Kampar, un ingénieur des mines écossais monta. Très loquace. Plus de vingt années dans ce pays et pas moyen de toucher le fond de la mentalité de ces gens. Il avait une superbe calvitie parfaitement brunie. Après un début d'un rationalisme apaisant avec ses mécaniques calvinistes, il termina par le mystère de la divine élection et l'inscrutabilité des volontés de Dieu : « Ouais, j'ai vu ici des choses que je n'aurais pas escomptées possibles ; la foi que j'avais dans les déterminismes de la cause et de l'effet, je l'ai perdue dans ce pays. Un mécanicien malais commencera par prier la *semangat*, l'âme divine de la machine qui refuse de fonctionner ; ensuite, il la menacera et, pour finir seulement, il sortira sa clé anglaise. Il faut commencer par le commencement. Bon, nous voici à Ipoh ; mais notre vraie destination, c'est la pluie, c'est elle la seule réalité, tout le reste n'est que ballet d'ombres. Bonsoir, j'ai eu plaisir à converser avec vous. »

Kuala Kangsar était un lac qui ruissela jusque dans le compartiment lorsque j'ouvris la portière ; mais le ciel semblait méditer une amélioration ou une rémission temporaire : les nuages étaient moins oppressants et l'on marchait dans des flaques de pleine lune. Je pataugeai jusqu'à une barque à rames malaise et, moyennant un dollar local, fus conduit à force de bras vers une autre rive, où la quille de l'embarcation laboura une pente de terre. Pas de pousse alentour ; je dus suer, les pieds trempés, pour grimper jusqu'au sommet de la Bukit Chandan. La Ford de Philip était sous l'auvent, et je remerciai stupidement Dieu. Yusof sortit en nouant son sarong : *Tuan sakit, tuan. Tuan di-rumah sakit.* Je ne pouvais pas respirer ; mon cœur cogna trois fois comme pour sauter hors de sa cage. Yusof était grave — bon signe, espoir. S'il avait ri, j'eusse été sûr du pire, car le rire est la réaction de sagesse de l'Oriental à l'inhumanité de la mort. Je changeai de chaussettes, de chaussures, de pantalon ; à mon retour dans le living-room, je vis que Yusof m'avait préparé un whisky à l'eau. Je me reposai, bus, fumai une cigarette. J'en offris une à Yusof, sur laquelle il tira avec grâce. Je ne connaissais pas assez de malais pour lui arracher rien qui ressemblât à un récit. *Anak orang Tamil mati ?* Oui, *mati*, l'enfant de l'homme tamil était mort. *Tahi Adam*, ricana Yusof, enhardi par la cigarette ; puis il regarda vivement derrière lui, comme si l'obscénité avait pu, sait-on jamais ? évoquer son destinataire. Merde d'Adam, le mépris de l'homme à peau brune pour le noir. Et le maître, *tuan* ? *Tuan*, d'après ce que je parvins à comprendre, était très fatigué et dormait à l'hôpital. La mort de l'enfant l'avait frappé au *hati*, au foie. Peut-être, après tout, m'exagérais-je la situation. *Tuan* travaillé trop dur. *Tuan* homme bon. C'est vrai, Yusof. Je pouvais maintenant affronter la marche jusqu'à l'hôpital.

Je m'affalai dans le fauteuil de rotin du bureau de Philip. Le Dr Lim, qui somnolait sur le divan d'auscultation, se réveilla en sursaut. J'ajoutai la lumière du plafonnier à celle, tamisée, de la lampe de bureau et pris la bouteille de cognac dans l'armoire aux médicaments : par extension, j'étais chez moi ici. Je bus une rasade au goulot en me rasseyant.

— Personne, me dit le Dr Lim, n'a pu parvenir à vous joindre. Il vous a réclamé jusqu'à ce qu'il soit incapable de continuer. Aujourd'hui un télégramme est parti ; je doute qu'il arrive. Mais puisque vous êtes là.

— J'ai deviné que cela n'allait pas. L'enfant est mort, si je comprends bien ?

— L'enfant était déjà très mal. Ce qui ressemblait à un mieux n'était qu'une amélioration, pardon, je veux dire une rémission temporaire. Le genre d'état qui est fréquent avant l'issue fatale de la maladie. Les infirmières auraient dû le savoir. J'aurais dû m'en souvenir. M. Mahalingam était très en colère et a menacé. Le Dr Shawcross lui a reproché de ne lui avoir pas amené son fils plus tôt. Il a fallu expulser de l'hôpital M. Mahalingam.

— Et Philip ? (J'avalai deux fois ma salive, puis du cognac.)

— Il était déprimé. En plus de la fatigue. Il a souffert durant une heure de dyspepsie très douloureuse, accompagnée de symptômes de coliques. Puis est venue une forte diarrhée. Ensuite, la prostration. La diarrhée ne s'est pas arrêtée pendant le coma. Elle ne pourra plus durer longtemps : il ne reste presque rien dans les intestins, bien que j'aie installé un goutte à goutte oral d'une solution de glucose.

— Vous le soignez ? Comment ? (J'avais du mal à m'arracher les mots.)

— J'attends le Dr Howes, d'Ipoh. C'est un coma. Tout ce que l'on peut faire, c'est espérer qu'il sortira de cet état. Mais je n'ai encore jamais rien vu de tel. C'est le visage qui est très étrange.

— Le visage ?

— Êtes-vous prêt à venir voir ? (Il avait prononcé ces deux derniers mots avec la même intonation, exactement, qu'il eût mise à l'expression chinoise *lan i lan*, jeter un regard. Cela ne sonnait pas comme une question.)

— Il le faut bien.

Mais je n'en avais pas envie. Ce que j'aurais voulu, c'était voir Philip entrer dans la pièce, les cheveux ébouriffés, bâillant — ma parole, ai l'impression d'avoir dormi des jours durant, mais me sens foutrement mieux ; tiens, tiens ! il y a un mot de Mahalingam, il avoue sa négligence coupable ; et alors, comment cela s'est-il passé à Malacca, Ken ?

Philip était dans une chambre individuelle pour fonctionnaire de première classe. La lumière du plafonnier lui tombait droit dessus. Vêtu d'un pyjama gris laid, il gisait sous un seul drap, à part les bras et les mains plus ou moins jointes sur le bas-ventre. Une canule était fixée à sa bouche et reliée à un tube en caoutchouc, lequel rejoignait à son tour une bouteille pleine d'un fluide incolore et tenant au chevet du lit par des pinces à ressort.

— Vous voyez ?

— Oh ! mon Dieu.

Le visage était figé dans un rictus amusé, sardonique, comparable soit à celui du chien qui montre les dents, soit à la grimace acide que l'on fait après avoir mâché une de ces herbes astringentes comme il en pousse en Sardaigne — le genre de sourire que les historiens de l'art qualifient d'« archaïque » — c'est-à-dire que les lèvres manifestent une gaieté dont les yeux sont très éloignés. Ils étaient ouverts, les yeux, la paupière supérieure très relevée, mais ils ne regardaient rien.

— Philip, appelai-je, Phil. C'est moi, c'est Ken. Je suis rentré.

Pas de réaction.

— Le pouls est très lent, mais parfaitement régulier, dit le Dr Lim. La température est très au-dessous de la normale La respiration aussi est régulière, mais faible

Une infirmière chinoise entra, me montra des dents tristes, adressa quelques mots rapides en hokkien au Dr Lim.

— Que pensez-vous vraiment ? demandai-je à celui-ci.

— Il n'est pas aux portes de la mort, si c'est à cela que vous faites allusion. Il s'agit seulement d'un sommeil très profond ; mais le déconcertant est le spectacle du visage. Nos infirmières malaises refusent de s'approcher de lui. Si l'on essaie de recomposer les traits pour leur donner quelque chose de, de...

— De plus ressemblant aux symptômes d'une maladie ? suggérai-je amèrement.

— C'est une façon de l'exprimer, oui. Le visage reste immuable. Ah ! (Il renifla l'air autour de Philip.) Je crois que les intestins viennent de fonctionner encore. (Il ajouta autre chose en hokkien à l'intention de l'infirmière, pour lui ordonner sans doute de changer les couches, comme si Philip était redevenu le bébé Philip.)

— On ne le laisse jamais seul ? demandai-je.

— Non, non, il y a toujours quelqu'un à proximité. Moi-même, je dors dans le bureau. Retournons-y. Il ne sert à rien de rester ici planté sans rien faire à côté du lit.

— Il pourrait entendre ma voix, avoir une réaction.

— Non, il est incapable de l'un comme de l'autre. Le Dr Howes est un médecin de grande expérience. Très vieux. Il donnera un nom à la maladie. Il saura que faire.

— Pourquoi ne rentrez-vous pas chez vous, John, si vous me permettez cette familiarité ? Vous êtes à bout. Offrez-vous une bonne nuit de sommeil. (Bien que la nuit fût déjà très avancée.) Je resterai ici pour jeter un coup d'œil toutes les demi-heures et demander de l'aide si je le juge nécessaire. Vous pouvez me faire confiance. Je suis l'ami de Philip.

— Il est aussi le mien... Trop consciencieux, trop consciencieux, reprit-il. (Ce long mot, si peu chinois, l'assaillait, devenait un envahisseur étrange.) Consciencieux, répéta-t-il.

Nous étions revenus dans le bureau. Il s'assit sur le divan des auscultations et s'abandonna à des sanglots sans larmes. Insondable Orient. Non, ce sont les Britanniques qui demeurent insondables. Qui aurait pu lire mes sentiments ? Même vous, lecteur, ne le pouvez pas. Je demandai, m'asseyant moi aussi :

— Dites-moi, John. Pensez-vous que ce soit l'œuvre de Mahalingam ?

Il releva la tête ; une mèche noire, retombée sur ses yeux, semblait tracer un idéogramme de ses sentiments.

— Je sais ce que vous avez dans l'esprit. Je suis né à Penang. Je suis un Chinois britannique des États des Détroits. On m'a raconté bien des fables dans mon enfance et j'ai aussi vu d'étranges choses. Ensuite, j'ai reçu une éducation très occidentale. J'ai passé mes examens de médecine en Écosse, à Edimbourg. L'Écosse surtout a chassé de mon esprit ce genre d'idées. On m'a expliqué qu'il n'y a pas d'effet sans cause, et également que la maladie est un dysfonctionnement que l'on peut analyser et corriger. J'ai fait de brèves études de psychiatrie et appris des rudiments sur l'hystérie et ses manifestations morbides. J'essaie de penser que tel est peut-être le cas de Philip et qu'il existe, qui sait ? une chance de s'adresser à son inconscient. Je me refuse à croire à l'hypothèse à laquelle vous pensez. Mais il se peut que j'y sois contraint.

— Je ne suis, dis-je, nullement adonné comme vous à la science Je suis un simple romancier, prêt à croire à tout. Du jour où je cesserais de considérer ce monde comme un abîme de mystère, je perdrais tout désir d'écrire. Beaucoup d'idées me sont venues à l'esprit durant le trajet de retour. J'ai lu naguère dans un livre qu'il est certaines gens que l'on doit éviter. A qui l'on ne doit confier aucun de ses biens, même celui qui a le moins de valeur. A qui l'on doit interdire jusqu'à l'entrée de sa maison. Leur offrir ne serait-ce qu'un verre d'eau peut être dangereux. Ils soustraient un cheveu sur votre peigne, une rognure d'ongle s'ils en trouvent une. Ils chercheront un moyen de s'assurer un pouvoir sur vous. Autrefois, je trouvais cela passionnant et absurde. Aujourd'hui j'ai complètement changé d'avis. J'ai le sentiment, à la fois, d'avancer dans le monde d'un livre d'enfants et d'être soumis aux lois de la littérature fantastique. Peut-être est-ce mon châtiment indirect et c'est de l'égoïsme, de ma part, de le mentionner. Car je n'ai rien d'un innocent et c'est toujours sur l'innocence que tombe la foudre. Ce médecin d'Ipoh ne fera rien de bon. Ce qu'il faut à Philip, c'est un prêtre.

Le Dr Lim me regarda avec de grands yeux, des yeux noirs de Chinois, pupille et iris confondus, léger strabisme de l'épuisement, assez semblable à celui d'Hortense quand il devenait la caricature de lui-même parce qu'elle était... fatiguée ? irritée ?

— Philip n'est pas catholique. Il n'est rien. Vous voulez parler des derniers sacrements ?

— Nous avons été nourris du même catéchisme, vous et moi. *Et même restaurer la santé, si Dieu le juge bon.* Ma foi, oui, je m'accrocherais même à cela. Mais ce n'est pas ce que j'avais en tête.

— Je sais, dit le Dr Lim, ce que vous avez en tête.

La route d'Ipoh à Kuala Kangsar était presque entièrement recouverte par les eaux. La pluie avait repris ; les livres de médecine dans le bureau de Philip étaient gagnés par une légère moisissure. A son arrivée, le Dr Howes nous raconta une histoire de voiture embourbée à sept ou huit kilomètres d'Ipoh, et de *sais* — le sien — qui avait dû aller à la nage jusqu'à un poste de police, lequel avait fourni une vedette à moteur — manquerait plus que vous m'ayez dérangé pour rien. Il avait plus de soixante-dix ans ; son visage était une carte de cours d'eau ; il était maigre, hormis l'œuf colonial. Comme si Ipoh n'avait pas suffi, il était débordé ; pourquoi diable Kuala Kangsar ne se débrouillait-il pas tout seul de ses maladies ; nom de foutre, à Ipoh c'étaient de *vrais* malades qu'il y avait. Il n'en fut pas moins impressionné par le masque sardonique de Philip, le coma sans trauma excitateur, la continuation des mouvements intestinaux, si maigre qu'en fût l'effet. Il renifla un spécimen des selles

— Crédié ! dit-il. Que s'est-il passé ici ?

Lim et moi, nous échangeâmes un coup d'œil, gardant pour nous l'inadmissible étiologie. Howes reprit :

— Quelqu'un aurait-il cherché à l'atteindre ?

— Vous voulez dire, demanda prudemment Lim, quelqu'un d'ici... un des... ?

— Écoutez, Lim, vous êtes né dans ce pays, vous savez ce qui s'y passe. Nous autres, nous sommes loin de tout connaître et nous n'y arriverons jamais. Si Manson-Barr n'est pas foutu d'expliquer l'*amok* ni le *latah*, ou l'autre truc, le ratatinement du pénis, il y a peu de chances pour qu'il puisse tirer au clair ce genre de cas. Ces messieurs ont peur de l'inclure dans leurs sacrés bouquins . ce n'est pas scientifique. Vous ne trouvez pas frappant que certains expatriés comme nous n'osent pas rentrer au pays ? Moi, par exemple, je crèverai ici sans prendre de retraite — à quoi bon ? Sitôt qu'on se met à ressasser, les tendres chérubins roses se tapotent le front derrière notre dos. Ensorcelé par l'Arabie lointaine il est devenu fou, on lui a tourné sa putain de tête, comme dirait le poète. Que s'est-il passé ici ? répéta-t-il.

Je le lui dis. Il me dévisagea et m'observa de pied en cap pendant que je parlais ; l'on eût dit un chien me flairant : qui diable étais-je ? que foutre fabriquais-je dans ce trou d'enfer du bout du monde, en Orient, nom de Dieu ?

— Donc, conclus-je, il faut tirer l'affaire au clair avec cet homme.

— Vous êtes complètement fou, ou quoi ? Il n'avouera pas, les gens comme lui n'avouent jamais. Il se paiera votre fiole un bon coup, puis se plaindra de voies de fait ou autres. Je vais vous le dire, moi, comment cela finira. Notre jeune ami ici présent se réveillera demain ou après-demain en réclamant furieusement des œufs au bacon et un bonne tranche de papaye glacée. Suffisamment puni, vous me suivez ? Ce long repos ne lui aura pas fait de mal. Voilà comment il faut prendre la chose. Continuez le glucose, et attention à la déshydratation. Rien d'autre à me montrer pendant que j'y suis ?

Philip ne se réveilla pas plus le lendemain, ni le surlendemain, ni dans les huit, puis quinze jours qui suivirent. Les infirmières chinoises élevèrent dans le hall du bâtiment principal de l'hôpital un véritable monument à Noël, à grand renfort de feuillages barbares vert olive, méchamment hérissés et couverts de baies sanglantes, parodie de houx entourée de petites bougies de cire, *lilin-lilin* comme les appelaient joliment les jeunes femmes. Elles s'éteignaient chaque fois que la porte s'ouvrait sur la mousson ; avec une patience tout orientale, les infirmières les rallumaient aussitôt. Sur la porte de Philip, émacié sous son éternel sourire, se multipliaient d'étranges hiéroglyphes et idéogrammes griffonnés à la hâte, par des patients furtifs et boitillants. Le secrétaire du club me rendit visite pour exprimer ses regrets du stupide malentendu qui — tout le monde avait bu, il n'y avait pas d'autre raison, j'étais le bienvenu quand je voudrais, à l'unanimité des votants on avait décidé d'inviter M. Toomey à se déguiser en saint Nicolas pour le Noël des enfants, ah ! Noël, saison de bonne volonté et d'aimable abondance. Les membres du club, ajouta-t-il, pleuraient infiniment le Dr Shawcross. Il fallait espérer que son successeur le vaudrait. Aux yeux de ces gens, s'il n'était pas mort c'était tout comme, et cela jetait une ombre sinistre sur les beuveries en perspective. Puis, l'avant-veille de Noël, Monsignor Carlo Campanati arriva.

38

Il entra, portant un petit sac et habillé de blanc tropical sale, un bandeau noir au bras. Oh ! mon Dieu, non, pas cela ; préconnaissance diabolique : à peine débarqué de là-bas, il a sorti cette chose qu'il tenait toute prête à portée et l'a mise dans le pousse. Il vit l'horreur dans mes yeux braqués sur le brassard et dit :

— Mon père. Mort. Enfin. Il est un temps de se réjouir. Le voilà libéré de ce machin ridicule appelé cerveau humain, et son âme a commencé le pèlerinage vers le Très-Haut.

Yusof qui arrivait regarda bouche bée ce gros homme en jupe blanche.

— *Ni hau ma ?* le salua Carlo. Non, j'oubliais, c'est un Malais. *Selamat pagi. Minta stengah.*

Toujours bouche bée, Yusof se dirigea vers les bouteilles, tel un somnambule.

— Comment se peut-il ? Comment avez-vous fait ? Dieu merci, veux-je dire, vous voici... !

— Tu es dans l'ennui, c'est cela ? Tu as l'air très, très malade.

— Moi, non. Mais par quel ?... Avec les routes inondées, les trains qui ne fonctionnent plus ? J'avais abandonné tout espoir.

— Désespoir et présomption, dit Carlo en s'asseyant, sont les deux péchés contre le Saint-Esprit. Il est difficile de naviguer entre eux, mais la vie entière n'est rien d'autre. Exiter Scylla et Charybde. Depuis Kuala Lumpur, poursuivit-il fièrement, c'est la première fois que je touche terre. J'ai pris à Kampar un caboteur qui remonte la côte vers le nord jusqu'à Terong et, de là, une vedette de la police a descendu ta rivière, ou plutôt ton confluent, puisque tu es un estuaire. Il soufflait de grands vents et les vagues étaient dévastatrices, mais je crois que la pluie va se calmer, ajouta-t-il, sur le ton d'un organisateur de fête paroissiale.

Il prit le *stengah* de la main de Yusof en lui adressant un *terima kaseh* italianisé. Yusof écarquilla de nouveau des yeux incrédules : jamais visiblement, il n'avait entendu un Blanc rouler ainsi un « r ».

— *Siapa nama* ? lui demanda Carlo
Yusof le lui dit.
— *Nama yang chantek sa-kali*, commenta Carlo Joli nom *Nama bapa nabi Isa.*
Le nom du père du prophète Jésus ou presque — n'importe, cela irait, dirent le sourire et le haussement d'épaules de Carlo. Il était plus laid que jamais, semblait ne pas avoir perdu un gramme et était évidemment aussi à son aise en Orient britannique qu à Gorgonzola. Il vida son verre et dit :
— Raconte ce que tu attends de moi ici. Non que, bien entendu, ce ne soit fort agréable de te revoir en toute circonstance.
Je lui expliquai la situation.
— Je vois, dit-il. Allons-y.
La voiture de Philip était restée dehors. Moi-même, je ne conduisais pas, le lecteur l'aura sûrement pressenti ; mais Carlo demanda à Yusof de lancer le moteur à la manivelle et, l'étincelle ayant jailli et la mécanique ronronnant, il démarra avec l'assurance qui sera toujours l'apanage des prêtres, moi le guidant. Assis à côté de lui, je serrais sur ma poitrine le livre qu'il m'avait tendu : *Rituale Romanum Pauli V Pontificis Maximi Jussu Editum et a Benedicto XIV auctum et castigatum.* Publié à *Ratisbonae, Neo Eboraci et Cincinnatii*, MDCCCLXXXI. Cincinnati ? Qu'il était loin déjà le temps où Domenico avait fait couler le sang dans une boîte de nuit. Tout finit par se rejoindre. Signatures du réel. Étrange de voir New York ramené dans les filets d'un empire défunt — pardon, erreur, que disais-je ? bien vivant. Jamais encore je n'avais été frappé par le fait que l'empire de Rome existait encore, organisé, dirigé des lieux mêmes qu'avait exorcisés et sanctifiés le sang des martyrs romains. Et un fonctionnaire de cet empire était là, prêt à exterminer les sorcelleries païennes. Pour la première fois depuis des jours, je m'effondrai soudain en balbutiant : Atroce, terrible mal, un être si bon, un ami si cher, penser à ce que ce gros pourceau lui a fait, il faut que vous le sauviez, il le faut. Et Carlo, les yeux sur la route coloniale, répétait : Courage, courage, courage.
John Lim était là, point très sûr du rang de Carlo, lui prenant la main, cherchant en vain des yeux l'anneau à baiser. Les infirmières chinoises esquissèrent de charmantes génuflexions, leurs consœurs malaises croisèrent les doigts derrière le dos.
— Où est-il ? demanda Carlo.
Puis il le vit et je m'enfouis le visage dans les mains pendant que John Lim me tapotait l'épaule : Courage, courage. Il avait suffi des bras graciles d'une seule infirmière chinoise pour soulever Philip et le transporter jusqu'à un lit à seau. Il avait le dos et les reins à vif, je le savais, et couverts d'escarres suppurantes. Carlo considéra le rictus sardonique et lui fit un petit hochement de tête, comme à une vieille connaissance. Il renifla furieusement, puis dessina dans l'air une passe d'illusionniste ou de conjurateur au-dessus des yeux ouverts sur le vide. Un souffle à peine perceptible s'échappa des lèvres grises, et il le remarqua.

— Baptisé ? me demanda-t-il.

— Dans le sein de l Église d'Angleterre

— Communion chrétienne authentique, bien qu'il s agisse d une Église égarée, concéda Carlo. Comment se porte ton latin ? As-tu jamais été enfant de chœur ? Peux-tu réciter ces répons ?

— J'essaierai.

Il traça des signes de croix partout dans l'air tout en grommelant des phrases du *Rituale Romanum*, pendant que nous regardions, John Lim et moi, espérant à demi que le rictus allait se relâcher au moins un peu. Les vagues du latin déferlaient sur le corps mais la pauvre chair érodée résistait comme un roc.

— *Omnipotens Domine, Verborum Dei Patris, Christe Jesu Deus et Dominus universae creaturae...*

Je savais que c'était sans espoir. Que diable les esprits malins de l'Orient savaient-ils de *Christe Jesu.* et que leur importait ? Carlo prononça son amen, puis me donna un violent coup de coude et je récitai mes répons par-dessus son épaule massive, en respirant l'odeur de nos sueurs conjointes. Il fit le signe de la croix sur le front indifférent de Philip en prononçant d'une voix ferme : « *Ecce crucem Domini, fugite partes adversae.* »

— *Vicit leo de tribu Juda*, dis-je, *radix David.*

— *Domine, exaudi orationem meam.*

— *Et clamor meus*, dis-je (pensant en moi-même : ils ne comprennent pas le latin, c'est du jargon pour eux) *ad te veniat.*

— *Dominus vobiscum.*

— *Et cum spiritu tuo.*

Puis Carlo dit :

— Laisse-moi maintenant. Va te reposer. J'en ai pour quelque temps.

Je refermai donc doucement la porte tandis qu'il tonnait. « *Exorcizo te, immundissime spiritus, omnis incursio adversarii, omne phantasma, omnis legio...* » J'avais déjà entendu ce genre de paroles : au restaurant de l'hôtel de Paris à Monte Carlo. Gros gains au Casino, puis gros repas, puis paroles d'exorcisme — comment pouvais-je prendre ces mômeries au sérieux ? John Lim et moi, nous nous regardâmes devant la porte fermée. Il haussa les épaules : « Cela ne peut pas faire de mal. » La lumière du soleil faiblissait ; c'était la fin du jour. Il n'avait pas plu depuis midi. Le couchant, vert, orange et magenta mouillés, semblait administrer une bénédiction diffuse, telle une parodie de *Parsifal.*

— Il faut que je rentre chez moi, dit John Lim. Je n'y ai pas mis les pieds depuis trois jours. Téléphonez-moi si...

Quand Carlo revint dans la pièce, plus de deux heures avaient passé. Je somnolais sur le divan d'auscultation ; la lampe de bureau brûlait. Il dit, avec sa vigueur habituelle que rien n'abattait :

— Il faut aller voir cet homme.

— Comment va Philip ?

— Même chose, pas de changement apparent. Mais ce que tu vois en lui, ce ne sont que les effets de l'action démoniaque. Le visage garde son rictus, l'homme est très faible. Ce soir, nous affronterons le démon lui-même. Comment dit-on sorcier en anglais : *warlock*, non ? (Warlock ? Oui, oui, ce dîner avec Tom chez Scott, et Val et l'homme à la barbe blonde, Warlock, c'était cela : tout se préparait déjà ce soir-là.) Et sorcellerie ? *Witchcraft*, hein ? poursuivait Carlo, clappant des lèvres et se régalant du mot. On ne peut plus anglo-saxon ; il faut se violenter les lèvres pour prononcer le mot. En italien, c'est *stregoneria*. Il nous reste à rendre visite au *stregone*.

— C'est un... (Je faillis dire : un jeu, un amusement d'enfant, un mauvais roman fantastique.) Il feindra l'ignorance, nous menacera de la police, nous jettera dehors. Il sera malveillant parce qu'il a perdu son fils. Vous ne pourrez pas prendre d'assaut cette malveillance. Il faudra que je m'offre en...

Mais les mots n'étaient pas les bons. Je n'avais rien d'un Malais s'apprêtant à supplier un *pawang* de village de détourner ses sorts. J'appartenais à un monde de raison. Cette magie d'abracadabra pouvait s'expliquer entièrement par la suggestion mentale. Carlo n'appartenait pas au monde de la raison. Finalement, je n'avais pas la moindre confiance en lui. Il dit :

— Voilà bien des heures que je n'ai pas mangé. Y a-t-il quelque chose à se mettre sous la dent ?

— Il faut sortir pour cela, répondis-je.

Dehors, les petits éventaires avaient repris leur place en plein air et offraient du *mee* et du *sateh* brûlants. Les marchands n'avaient pas abdiqué même au plus fort de la mousson : ils avaient continué à vendre du *pau* froid et des bananes sous le péristyle de l'hôpital et dans le garage des ambulances. Maintenant leurs feux allaient bon train sous les nuages bas et la lune qui buvait ; la marchandise avait un goût de fumée et de pétrole. Carlo engloutit dix ou douze grosses brochettes de kébab de chèvre trempé dans une sauce au piment et, d'une main experte dans le maniement des baguettes, deux bols de *mee*, faisant descendre le tout avec du jus d'orange pressée tiédi en bouteille. « *Mo-liao hai yao ho chia-fei* », dit-il au vendeur ; mais le vieil homme ne comprenait que le hokkien. Son fils, qui apprenait le kuoyü à l'école, traduisit et, Carlo et moi, nous eûmes droit à un café de bivouac, boueux et au lait condensé.

— Où avez-vous appris toutes ces langues ? demandai-je.

— C'est une nécessité d'apprendre, répondit-il. On doit toujours être capable de parler aux gens. Certains prétendent que c'est la malédiction de Dieu qui a voulu la confusion des langues, mais ce n'est pas mon avis. Qu'il existe tant d'espèces différentes de fleurs n'est pas une malédiction ; pourquoi toute la diversité des langues en serait-elle une ? Finis de boire cette lie, puis nous irons.

Je me sentais très mal en approchant de l'usine des eaux. La vie nocturne était intense ; de lourdes créatures volantes se jetaient contre le pare-brise, y laissant des traînées de matière gluante et de sang brun. Un *burong hantu* resta un long instant en équilibre sur le bouchon du radiateur, une chauve-souris lui grouillant dans le bec. Carlo conduisait hardiment à travers des lacs d'eau plus ou moins profonds noyant la route.

— Tu es dans l'équivoque, dit-il. Tu as été corrompu par la règle de raison. La raison, tu ne dois pas l'oublier, est une invention humaine. Or, nous ne traitons pas d'affaires humaines en ce moment. Pour moi, tout est très simple, ce qui ne signifie pas que je croie en une victoire facile. Pour ta part, il va falloir que tu entres dans cette demeure avec défiance et humilité. Tu t'apercevras que tu sauras trouver les mots nécessaires. J'attendrai dehors. Tu diras, entre autres, que tu as un ami italien désireux de comprendre la signification d'un texte tamil qu'on lui a remis. Il me fera entrer. Sinon, il te mettra dehors, auquel cas, moi, j'entrerai.

— A condition qu'il commence par me laisser franchir le seuil.

Mais la grande grille de l'usine des eaux était ouverte et la maison était éclairée à l'intérieur. Carlo arrêta la voiture un peu après la grille, dans une flaque au bord du chemin. Nous sortîmes tous les deux, Carlo armé de son *Rituale Romanum*, et moi, malade de faiblesse et de doute. J'allai en tremblant jusqu'à la porte et frappai. J'entendis des pieds nus se précipiter aussitôt, comme si l'on m'avait attendu. Me retournant un instant, je vis la blancheur sale de Carlo disparaître derrière la masse d'un arbre à pluie. La porte s'ouvrit et l'aîné des fils — l'aîné de deux, désormais — fut devant moi, s'inclinant avec un sourire crispé.

— Votre père, dis-je. Je désire voir votre...

Sur quoi, Mahalingam apparut, buste de nudité noire et fruste et, plus bas, sarong malais noué à la taille :

— M. Toomey, dit-il sans élever la voix et comme constatant simplement mon identité. Je suppose que vous souhaiteriez entrer, reprit-il.

— J'étais en voyage, dis-je volubilement, tout en pénétrant dans cette odeur de malveillance lourde d'épices que je n'avais pas oubliée. J'ai été horrifié d'apprendre la mort de votre... Je ne doute pas une seconde que tout le possible ait été fait. Je pense que ce doit être aussi votre sentiment. Il n'y a de reproche à adresser à personne. Il est un temps de pleurer, et un autre, de cesser de pleurer et de commencer à oublier, car la vie doit continuer.

Il ne me pria pas de m'asseoir, mais demanda :

— Qui vous envoie ?

— Personne. Je viens à vous après avoir vu les conséquences effroyables du désespoir du Dr Shawcross à la suite de ce qu'il n'a pu éviter. Il est très malade. Peut-être l'ignoriez-vous. (Mahalingam resta silencieux.) Peut-être vous êtes-vous demandé pourquoi le Dr Shawcross ne vous a pas rendu visite. Au nom de cette amitié que vous paraissiez tant désirer vous-même à un moment.

J'étais conscient de la présence du jeune idiot derrière moi ; il respirait par la bouche avec un léger bruit de râpe.

— Laissons de côté les mots qui parlent d'amitié, dit enfin Mahalingam. Le discours que m'a tenu le Dr Shawcross après la mort de mon enfant n'était pas d'un ami. Il m'a accusé de négligence. D'après lui, c'était entièrement ma faute. Il n'a pas reconnu sa propre faute ni celle de ses gens, avoué que c'était de la stupidité, de l'incurie ou pire. La fille de ce Chinois ignorant est allée mieux ; elle est rendue maintenant à son père. Mon enfant à moi est mort à cause de la stupidité, de l'incurie ou pire. Pour l'enfant d'un Indien noir, rien. Un coup de téléphone cruel pour me donner espoir, toute cette maison remplie de joie, et puis tout ce bonheur et ce soulagement d'un père assassinés soudain atrocement. Ne venez pas me parler d'amitié, M. Toomey. Si vous êtes malheureux aujourd'hui, j'en suis désolé pour vous, puisque vous n'avez pas fait de mal, que je sache. Mais si votre ami est un homme malade, c'est uniquement sa faute. Qu'il soit tombé malade est signe de justice et, lui-même, il savait que justice serait faite. C'est tout ce qu'il y a à dire.

— Il va mourir, dis-je, et je dois m'habituer à cette idée. Par nécessité, la vie continue. J'aurai de tristes devoirs à accomplir . ceux d'une amitié que vous comprenez. Ses effets personnels devront être renvoyés à sa mère en Australie. Il y a une certaine photographie où on le voit jouer au cricket qu'elle réclamera. (Carlo avait raison en disant que je saurais trouver les mots.) Cette photographie, vous l'aviez prise en gage d'un sentiment qui n'existe plus ; autrement dit, vous n'avez plus qu'en faire. Je serais heureux que vous me la rendiez, pour que je puisse la retourner avec ses autres affaires à sa mère.

— Je n'ai pas cette photographie, répondit Mahalingam. Dans ma colère je l'ai détruite.

— Comment cela ? demandai-je, cette fois m'enhardissant, peut-être même trop. Ou bien est-ce : comment achevez-vous de la détruire, qu'il faudrait dire ?

Le souffle de l'idiot semblait s'être rapproché, derrière moi.

— Je ne comprends pas le sens de vos paroles. Si vous avez dit tout ce que vous souhaitiez dire, alors il est temps de vous retirer. Vous comprendrez que je ne me sente nulle obligation de vous faire les honneurs de l'hospitalité, comme par le passé.

— Je le comprends, répondis-je. Mais il y a une petite requête, une seule, que vous serez à même de satisfaire. Elle ne me concerne pas plus moi-même qu'elle n'a trait à mon malheureux ami. J'ai avec moi un visiteur italien qui aimerait obtenir votre aide à propos d'un petit problème de langage tamil. C'est lui qui m'a conduit ici ce soir, avec sa voiture. Il attend dehors. Je sais que, dans votre chagrin, peut-être n'êtes-vous pas enclin à accorder ce menu service qu'il sollicite : la traduction en anglais de quelques mots de tamil, dans une lettre qu'il a reçue. Mais il s'agit d'un homme bon, aimant votre peuple, et qui vous serait reconnaissant. Par nécessité, la vie continue, répétai-je.

— Un Italien ? Que vient faire un Italien dans l'État malais de Pérak ?

— Il est dans le commerce du caoutchouc.

Mahalingam eut l'air légèrement amusé.

— Eh bien ! voyons-le, cet Italien qui est dans le commerce du caoutchouc Allez lui dire qu'il peut entrer dans ma maison.

L'idiot derrière moi, je revins sur le seuil et hélai la nuit. La blancheur sale de Carlo fendit rapidement l'obscurité pour pénétrer dans la zone des rectangles découpés par les projections de lumière.

— Carlo, dis-je, comme il arrivait tout sourire, je vous présente M. Mahalingam, voici mon ami, Monsignor Campanati.

— Qui n'est, ricana Mahalingam, pas dans le commerce du caoutchouc.

— Hé, mais non ! sourit en retour Carlo.

Et il saisit —

Ici l'on verra ma difficulte. S'il s'agissait de fiction, je n'aurais pas de mal à vous imposer un moratoire d'incrédulité. Mais il ne s'agit pas de fiction et j'ai besoin d'être cru. Et pourtant, en un sens, toute réminiscence est fiction, bien que la fonction créatrice de la mémoire ne soit pas au service de l'art, lequel sert lui-même une vérité qui va plus loin et plus profond que la surface des faits. La mémoire ment jusqu'à quel point ? L'on n'en est jamais sûr. Je ne peux faire mieux que la transcrire.

Il saisit donc, sous le haut à demi déboutonné de sa soutane, une croix en métal finement ouvragée et manifestement de poids, et dit :

— Non, mais ce commerce-ci !

Mahalingam aboya un ordre à l'adresse de l'idiot. Carlo paraissait s'attendre à la réaction de l'adolescent : un feulement de félin et l'éclair d'un corps lancé contre la masse blanchâtre de mon compagnon. En retour, celui-ci brandit sa croix et en abattit le plat sur le crâne du garçon ; après quoi, d une rapide torsion du poignet, il frappa de nouveau, latéralement cette fois, avec le tranchant de la barre transversale, juste sous l'oreille. Jamais je n'aurais cru voir utiliser de la sorte cet instrument de châtiment barbare. Tout s'était passé très vite et Mahalingam en resta ahuri. Carlo utilisa encore sa croix, à la manière d'un pic à glace et avec une certaine vigueur, sur le crâne de l'adolescent qui s'écroula pour le compte, l'écume aux lèvres. « Ah ! » fit Carlo lorsque l'idiot fut étendu à ses pieds. Là-dessus, ce fut à Mahalingam de se précipiter sur Carlo, en gargouillant en tamil des mots rauques et orduriers.

— Si, lui dit alors Carlo, je pose ma croix à plat sur ton front, elle le brûlera et ce feu te percera ensuite la cervelle. Et tu le sais !

Son *Rituale Romanum* d'une main, sa croix de l'autre, il me souffla vivement :

— Dans cette poche-ci, à gauche, tu vas trouver une petite vessie. Le commerce du caoutchouc n'était pas entièrement un mensonge. Cette vessie contient de l'eau bénite. Prends et asperges-en le visage de ce monsieur. De l'eau bénite ne peut pas lui faire de mal.

Je fourrageai selon l'indication et trouvai une sorte d'ampoule de caoutchouc en forme de poire et munie d'un embout. J'envoyai une giclée dans les yeux de Mahalingam — non sans mal, car il rugissait et moulinait de ses bras en menaçant Carlo lequel plaçait parfois entre les moulinets un coup fulgurant de sa croix. tant et si bien que je dus danser autour d'eux pour placer mon jet d'eau. Quand le fluide jaillit en direction de l'œil gauche de Mahalingam et l'atteignit, une odeur, violente et fort impie, d'ammoniaque s'arrondit dans l'air. Mahalingam poussa un hurlement et, sans cesser de crier, s'appliqua la main sur l'œil. Il y avait, j'en étais sûr, tout un sérail derrière la porte de la cuisine, mais la porte ne s'ouvrit pas : c'étaient des histoires d'hommes, et puis ce genre de vacarme n'avait peut-être rien d'inhabituel. Pour ma part, je trouvais que cela ne ressemblait guère aux exorcismes de mes lectures, bien que la technique de Carlo parût assez rationnelle : après tout, il fallait bien obtenir une certaine dose d'attention du sujet. Pendant ce temps, Carlo, troussant sa soutane comme une femme, expédiait à Mahalingam un grand coup de pied dans le ventre. Le Tamil roula à terre.

— Bon ! dit Carlo. C'est du garçon qu'il faut que je m'occupe.

Se signant et resignant de la dextre, livre dans la sénestre, il grommela férocement la liturgie :

— ... *audi ergo, et time, satana, inimice fidei, hostis generis humani, mortis adductor, vitae raptor, justitiae declinator, malorum radix, fomes vitiorum, seductor hominum, proditor gentium, incitator invidiae, origo avaritiae, causa discordiae, excitator dolorum...*

Cela n'avait rien de si étranger apres tout. Le tamil compte un fort contingent de vocabulaire sanskrit, et le sanskrit lui-même est le frère aîné du latin.

— *Qui stas, et risistis, cum scias, Christum Dominum vias tuas perdere ?*

Du corps de l'adolescent s'échappa un chapelet d'effroyables odeurs — viande putrescente, durion trop mûr, égout bouché. Sa bouche s'ouvrit pour lâcher un cri aigu, qui écorcha l'air comme un crissement de pneus. Il péta à petits coups lents. Suivit un gargouillis de boyaux se relâchant. « Peu agréable », commenta Carlo. Les membres du garçon battaient sans relâche comme des pistons et, sur le même rythme, un long filet d'une substance ressemblant à du porridge s'écoulait de la bouche.

— *Recede ergo in nomine Patris + et Filii + et Spiritus + sancti...*

Le porridge s'amoncela sur la chemise et le dhoti du garçon, puis se répandit, diminuant d'épaisseur : « Ces vêtements, commenta Carlo. Il faudra les brûler. » Le garçon gisait maintenant dans une immobilité parfaite, comme épuisé.

— Maintenant, à vous, monsieur, dit Carlo à Mahalingam, qui gémissait, aveugle, en essayant de se relever. Vous connaissez la situation. Nous ne parlerons pas plus de Jésus-Christ que du diable. Nous dirons seulement que, vous et moi, nous sommes dans deux camps différents, comme dans une partie de football, à cela près que c'est vous qui avez tapé dans le ballon et que celui-ci était une âme humaine. Vous devez cesser d'agir ainsi, comprenez-vous ?

Pour empêcher Mahalingam de se relever, il retroussa de nouveau ses cottes d'un geste de femme et lui dépêcha un autre coup de pied dans le ventre. Mahalingam geignit et resta sur le carreau. Carlo leva les yeux et vit au mur l'espèce de prospectus encadré montrant les supplices de l'enfer hindou dans des couleurs de livres d'enfants. Il dit : « Très rudimentaire », détacha en partie l'image, du pouce et de l'index, en tirant sur le coin inférieur droit, et quelque chose glissa de derrière le cadre pour voltiger jusqu'au sol.

— Regarde, me dit Carlo. Bien que tu n'en aies peut-être pas envie.

C'était un morceau de carton mince, de bonne taille. On y avait reproduit avec soin, en agrandissement, la photographie de Philip devant le guichet de cricket. La pose, du moins, était identique ; hormis quoi, il y avait d'effrayantes modifications. Le visage de Philip arborait un rictus sardonique sous la casquette de sport. Ses mains gantées étaient crispées sur son pénis, grotesquement grossi, et qu'elles contraignaient à projeter vers le bas un fluide ambigu. Le pantalon de flanelle blanche était tombé sur les chevilles ; les jambes étaient maigres et glabres. Un humanoïde noir, agrippé aux cuisses de Philip, paraissait le sodomiser.

— N'essaie pas de détruire cela ! me cria Carlo. Si jamais tu as besoin de preuves...

Mahalingam, cessant de gémir douloureusement, se remit à jurer et se releva péniblement pour se traîner jusqu'à une chaise de salle à manger modèle administratif standard.

— Quel est ton rang ? lui demanda Carlo.

— Maître de temple... Ouille ! Qu'avez-vous fait à mon garçon ? Il ne vous suffit pas d'en avoir déjà, ouille ! tué un ? (Il louchait de souffrance.)

— Nous n'avons pas le temps pour l'instant, dit Carlo, de déterminer la nature exacte de celui ou de ce que tu appelles ton garçon. A son réveil, nous le saurons, si nous sommes ici pour le savoir. Ou si tu lui permets de se réveiller. Rappelle tes chiens, ceux que tu as lâchés contre cet homme — tel est l'ordre des puissances d'en haut.

— *Uccidiamolo*, dis-je.

Carlo secoua la tête plusieurs fois avec infiniment de tristesse.

— On ne peut pas faire cela. Ce n'est pas la façon de le combattre. Ce n'est que vivant qu'il rappellera ses chiens.

Mahalingam tituba jusqu'à la desserte proche de la table, saisit la bouteille de whisky, la déboucha d'une main tremblante, but, puis dit :

— Trop tard, *padre*, puisque tel est le nom que je dois vous donner. La nature suivra son cours. Sortez de ma maison avant que je vous fasse du mal à tous les deux.

— Tu ne nous feras rien ni à l'un ni à l'autre, riposta Carlo en lui décochant un coup de pied très précis dans le tibia. (Mahalingam hurla.) *Magister templi, magistrum verissimum cognosces.* (Carlo lui tendit sa croix sur laquelle l'autre s'empressa de cracher, ce qui parut ravir Carlo.) Parfait, pas d'hypocrisie Au moins tu ne dissimules pas ta haine. Souviens-toi de moi. Sous d'autres formes, nous nous reverrons. Ah !

Par terre, l'adolescent revenait à lui. Il observa avec horreur et stupéfaction son corps et ses vêtements souillés. Ses yeux battirent, son regard étonné se promena sur nous ; non sans mal, il se souleva, puis se mit debout. Mahalingam lui hurla du tamil. Le garçon ne parut pas comprendre. Mahalingam eut les gestes violents qui allaient avec sa vigueur recouvrée. L'adolescent réagit avec une sorte d'étonnement animal. Puis il eut conscience de la douleur physique : il porta la main au sommet de son crâne, la ramena et vit des traces de sang caillé, sans paraître comprendre ce que c'était.

— Donne-lui l'argent que tu as sur toi, me dit Carlo. Il saura où aller, il se rappellera. Peu importe l'endroit, il y sera mieux qu'ici.

J'avais en poche soixante-dix et quelques dollars locaux, soit l'équivalent de quatre-vingts livres sterling ou presque. L'adolescent prit les billets à contrecœur, mais eut l'air, cette fois, de comprendre ce que c'était. « *Pergi-lah !* » lui ordonna Carlo. Sans salamalecs, le garçon sortit en hâte, vêtu de son dhoti souillé. Mahalingam le suivit du regard en louchant de fureur, mais se tut.

— C'est un garçon comme tant d'autres, dit Carlo. Peut-être même gentil.

— Et Philip ? dis-je. (Carlo secoua la tête, mais sans tristesse.) Allons-nous laisser ce salaud le tuer ?

— Je vous défends de me traiter de salaud ! cria Mahalingam.

— C'est vrai, salaud n'est pas le mot, acquiesça Carlo. Il y a eu de bons salauds. Quelques-uns. Disons plutôt : serviteur du père des abominations, du séducteur des hommes et du traître envers les nations, du fauteur de discorde et de douleur. Et immonde, aussi, vautré dans les abjections, tirant gloire de l'ordure et de la maladie. Laissons-le mijoter et bouillir dans le jus de sa méchanceté.

— C'est tout ce que vous pouvez faire ?

— Si tu sais où se trouve son *gabinetto*, répondit Carlo, ce dessin obscène que tu tiens entre tes doigts, tu peux l'y jeter et le purifier par les eaux. Elles n'en seront pas corrompues. Cet homme a fait le pire qui était en son pouvoir.

Je me mis à sangloter. Mahalingam me considéra avec curiosité.

Sur le chemin du retour, Carlo me dit :

— Il va mourir et tu ne vas pas tarder à me maudire parce que je n'aurai pas pu opérer de miracle. Notre ami le *stregone* avait raison en disant que la nature suivrait son cours. Il est trop tard. C'est plus tôt, bien plus tôt que l'on aurait eu besoin de moi. Prends-t'en aux circonstances, à la mauvaise saison ; ce n'est la faute de personne.

— C'est lui qui gagne. La noire canaille, il gagne !

— *Gagne* ? Que veux-tu dire ? C'est une longue guerre. Nous savons qui gagnera à la fin. Qu'attendait-on de moi ? Que je réduise le *stregone* à l'état de peau vide et de squelette, pour pomper ensuite l'Esprit-Saint dedans ? Voilà qui serait une longue bataille, et savoir, même, si je ne la perdrais pas. Dieu a fait don à ses créatures du libre arbitre. A toutes ses créatures. Ce soir, c'est à une petite victoire que tu as assisté, sans l'ombre d'un doute

— Mais Philip y perd la vie !

— Tu sembles le chérir, cet homme. Et qu'est-ce que tu aimes en lui ? Tu connais la réponse. Ce que tu aimes en lui ne mourra pas. Tu es devant une âme pure et lavée, déjà je l'ai traité avec le souci que j'aurais eu pour un fils de l'Église. Ce que je dis de lui en ce moment, je l'ai dit auparavant de mon père. Mieux vaut qu'il meure pour s'en aller rejoindre la vie éternelle. Tu crois le perdre. Qu'auras-tu perdu ? Rien. Une présence physique, une voix, les gestes de l'amitié. (Il jeta un regard sur son bras droit et s'aperçut que le brassard noir n'y était plus.) J'ai dû le perdre dans mes agitations, dit-il. Peu importe : c'était une marque d'hypocrisie. Écoute : tu vas te rendre à la maison ; je vais t'y reconduire si tu peux me rappeler le chemin. Et, moi, j'irai à l'hôpital. Je ne pense pas que cela puisse être bien long maintenant. (Je fis des bruits de rage, de haine, laissant libre cours à mon sentiment d'impuissance et de deuil.) Assez ! cria-t-il. Réjouis-toi. Pour l'amour de Dieu tâche de te réjouir.

39

Le cimetière de Kuala Kangsar est presque entièrement occupé par les tombes des soldats britanniques tombés dans les guerres du Pérak. Philip y fut enterré, mais en l'absence de Carlo et en la mienne. Avec la baisse des eaux et la fin des pluies, Carlo avait repris le train pour Kuala Lumpur, deux jours trop tard pour sa messe de minuit. Quant à moi, je partis pour Singapour, insensible à tout, très amaigri, laissant aux services du chef de district le soin d'empaqueter les affaires de Philip. Sur les instructions de Carlo je devais refuser de m'attacher aux accessoires sentimentaux de la vie terrestre : livres, photographies, pot à tabac aux armes de l'université de Manchester. La présence réelle était maintenant au purgatoire, de pair avec d'autres tenants de l'irréductible ignorance (encore que tout cela dût changer, disait Carlo . il n'y a qu'une seule communion, ainsi qu'il serait enseigné en temps voulu). C'était une âme que j'aimais, ne cessa-t-il de répéter alors même que son train s'ébranlait. Et l'âme est immortelle, il ne saurait en être autrement de l'amour. Tout était pour le mieux, je verrais. Je n'en ai jamais vu la queue du tiers d'une tiare, comme dirait l'autre.

Je fis la traversée avec onze co-passagers sur le *SS Archippu,* navire marchand qui fit escale dans d'innombrables ports des Indes Orientales Néerlandaises, avant d'accoster pour de bon à Darwin. Enfermé dans ma cabine, je tapais pendant des heures sur ma machine et avançais le plus possible *Cité lionne*, arrivais en retard aux repas, posais, pour me protéger, à celui qui se réfugie dans son chagrin. La ville de Darwin se révéla misérablement morne, tout en seyant à mon état. La vie, lourde du postérieur comme le kangourou, était surtout concentrée dans les territoires du sud ; ici, dans le nord, seul, le bureau du télégraphe transmettait sèchement quelques signes de l'existence d'un monde d'action. Nous tapotions, le télégraphe et moi ; je m'installais sur ma galerie, à l'auberge qui s'intitulait hôtel, et je renvoyais mes beefsteaks graisseux presque sans y toucher. Je me baignais dans la glu tiède de la mer d'Arafura, où patrouillait une armada de vaisseaux de guerre portugais. Sur la côte, fougères arborescentes et palmiers pandanus. A l'intérieur des terres, termitières menhirs de cinq ou six mètres de haut. Les oiseaux koukaburras ne riaient pas, car, disait-on, il n'y avait pas de quoi rire. (A Perth et à Adelaïde, ils riaient comme des fous.) Je ne voulais pas m'arrêter à Adélaïde : je n'avais pas envie de m'effondrer sous les yeux de l'épouse du propriétaire d'un certain magasin d'articles de sport. Au sud de Darwin, je marchai jusqu'à l'orée de la forêt et vis des cycas, des baobabs et un arbre qui n'était qu'une masse de fleurs roses et blanches. Je m'en approchai ; aussitôt, il explosa en fusées vrombissantes qui étaient autant d'oiseaux galah — cent et plus — au ventre blanc, à la crête orange, aux ailes couleur de rose thé. La nature prédatrice commençait à rendre un peu de ce qu'elle avait pris.

Je découvris qu'un homme du nom de Ted Collins s'apprêtait à émigrer à Alice Springs. Il avait acheté un vieux camion Ford, qu'il entendait charger principalement de bidons d'essence. Je fis sa connaissance et lui déclarai que je souhaitais aller vers le sud, ajoutant pour moi-même : comme un moyen de renaître à la vie. Moitié moitié pour la bectance et l'essence, me dit-il ; cela représentait plus de quinze cents kilomètres, une semaine sans relâche avec de la chance. C'était un taciturne, brûlé par le soleil, en deuil de lui-même à cause de Darwin et de la menuiserie qu'il avait exercée dans cette ville. Il semblait prévoir des lendemains lumineux à Alice Springs. Il ne tarda pas à se montrer d'une froide obstination dans l'art d'allumer un feu en plein désert, sur les vastes étendues d'élevage abandonnées et devenues territoire termite, comme dans celui de cuire en le jetant sur la braise, en guise de pain, un magma de fleurs pétries en boule, qu'il servait accompagné d'une gamelle de thé puissant. Il parlait peu. Trois heures après avoir quitté Darwin, il me dit :

— Sacré pays coupé de tout. A croire que Dieu a pris une paire de ciseaux pour le trancher du reste.

— Il y a deux cents millions d'années que l'amputation s'est faite, dis-je. Il faut venir ici pour voir des mammifères qui pondent encore des œufs, des marsupiaux.

— Regardez-moi cette saloperie, là-bas, dit-il.

C'étaient des mélopsittes, une armée de perruches qui, tel un nuage de sauterelles, faisait mouvement vers les forêts du Sud pour en dévorer les bourgeons, après avoir dévasté les espaces boisés du Nord. Elle se déplaçait à la même vitesse que nous : cinquante-cinq ou soixante kilomètres à l'heure. Collins accéléra.

— Saloperies d'oiseaux, dit-il. Saloperies de bestioles qui sautent partout. Sans parler des natifs.

— Si cela vous déplaît tant, pourquoi restez-vous ?

— Peux plus me défaire d'ici, mon gars. La faute à mon grand-père. Australien je suis, non ? A chacun son lot. C'est pas moi qui le dis, c'est la putain de Bible.

— On l'emmerde, la putain de Bible.

Il se scandalisa :

— Faut jamais dire ça, mon gars. J'avais un oncle qui l'a dit, et il s'en est pas remis. Mort sur le coup. Regardez un peu cette saloperie !

Cette fois, c'était une horde de chauves-souris frugivores, un escadron de petits anges de la mort noire en route pour les vergers du Sud et se moquant bien de la distance.

— Y a-t-il une chose au monde que vous aimiez ? demandai-je à mon compagnon, alors que nous étions assis, au coucher du soleil, près du camion qui refroidissait, et qu'il regardait bouillir la gamelle pour le thé.

Il leva sur moi des yeux soupçonneux, vit ma sincérité et répondit :

— J'aime les choses bien faites. J'aime quand un truc est bien mortaisé et chevillé, avec un bon coup de cire dessus. Seulement, après, les putains de fourmis blanches s'y mettent et le bouffent. Elles s'y prennent par l'intérieur, si bien que tout a l'air correct, vu du dehors, jusqu'au moment où vous posez les mains dessus. C'est le faux-semblant que je peux foutrement pas encaisser... Qu'est-ce que vous faites, pour gagner votre vie ? reprit-il après m'avoir jeté un regard plutôt sagace et rusé.

— Personne ne vous l'a dit, à Darwin ? répondis-je en insérant la languette d'une boîte de corned beef dans la clé à ouvrir, puis en tournant doucement d'abord et, ensuite — après avoir entendu le soupir d'agonie du vide, pareil au souffle d'un farfadet s'échappant — avec plus de vigueur. J'écris des livres, M. Collins. Des livres, en guise de gagne-pain. Je suis écrivain.

— Quelles sortes de livres ? Des détec, des buffalobill, des dézabil ?

— Qu'appelez-vous des dézabil ?

— Ceux où on voit des filles déshabillées et où le gars y pose des mains brûlantes sur leur corps en tremblant tout de passion. Des livres cochons, comme qui dirait.

— Mes livres sont très purs, je le crains. Oui, je n'écris que de bonnes histoires très pures.

— Et vous allez en écrire une sur cette saloperie de ville de Darwin ? Il ne se passe rien à Darwin, mon gars, ni de propre ni de cochon. Vous devez être dingue. Et qu'est-ce que vous faites pour l'argent, vous en gagnez avec ça ? Vous en portez sur vous, là ?

— J'ai sur moi ce que l'on appelle une lettre de crédit. Je la remets à une banque, qui me donne du liquide en échange. (Le corned beef fit floc ! sur l'assiette de fer-blanc et resta là, tassé sous sa mince robe de graisse.) Pourquoi ? Cela vous intéresse, M. Collins ?

— Je ne vous prends rien, sauf pour la croûte et le jus dans le moteur. N'empêche que c'est moi qui m'appuie la conduite jusqu'à cette putain de ville d'Alice.

— Vous l'auriez fait de toute façon. Vous voulez encore de l'argent ? Je n'en ai pas beaucoup sur moi, et il faut que j'aille d'Alice à Adélaïde, souvenez-vous. Et d'ailleurs, il n'a jamais été question de supplément avant notre départ.

— Si vous écrivez des histoires pour gagner votre vie, alors il va falloir que vous m'en racontiez, bon Dieu. C'est que justice.

— Vous parlez sérieusement ?

— Foutre alors, et comment, mon gars ! Vous commencerez demain. Ça vous laisse le temps de les fabriquer.

— Des dézabil ? (La Croix-du-Sud télégraphiait au-dessus de nous son céleste signal.)

— Tout le toutime. Des détec, des nedkelly. Et aussi des dézabil.

Et ce fut ainsi que, de Birdum à Daly Waters, je lui contai l'histoire de Lancelot et de Guenièvre, qu'il jugea bonne pour les mômes. De Daly à Newcastle Waters, il eut droit au *Conte du meunier* de Chaucer, puis, d'Elliot à Powell Creek, à l'histoire du démon que l'on met en enfer, empruntée au *Décaméron*. De Powell Creek à Tennant Creek, Chaucer encore : *le Conte du marchand d'indulgences*. Celui-ci l'impressionna : « Pas volé pour ces fumiers ! » tel fut son verdict et je dus lui répéter le récit. Tout cela me faisait le plus grand bien. De Tennant Creek au Devil's Marbles, juste avant Wauchope, je lui débitai l'intrigue du *Docteur Faustus* de Thomas Mann, et il déclara que l'on avait bougrement tort de vouloir bougrifier avec ce qui va contre nature. De Wauchope à Barrow Creek, je résumai *Hamlet*, qu'il trouva un peu trop foutrement tiré par les cheveux. De Barrow Creek à Tea Tree Well Store, ce fut le *Paradis perdu* de Milton. Là, il eut des doutes sur ma prétendue qualité d'inventeur : son vieux papa lui avait raconté un truc semblable, dans le temps où il avait encore la morve au nez. De Tea Tree Well Store à Aileron, je lui servis *Robinson Crusoé*. Cette fois, il arrêta le camion dans la chaleur de fournaise et m'adressa un honnête avertissement : il avait lu cette histoire dans les journaux quelque part, dit-il, même qu'y avait eu un natif qu'on avait trouvé errant en Terre d'Arnhem et qu'on disait qu'un gars l'avait baptisé Vendredi. La fauche, c'est la fauche, m'expliqua-t-il ; qu'on fauche une histoire ou de l'argent, c'est du pareil au même ; peut-être pouvais-je m'en tirer avec les ignorants, mais y avait des gens à qui on ne pouvait pas la faire sans un minimum de protocole Si bien que, d'Aileron aux contreforts des monts Macdonnell et aux fumées d'Alice Springs à l'horizon, je l'apaisai avec *Le tour d'écrou* de Henry James. Comme le camion entrait dans Alice, il résuma mes dons et mes lacunes de conteur en disant qu'une histoire ressemble à une table, que c'est affaire de bonne menuiserie, et que si je continuais avec des trucs comme celui sur les trois rigolos qui rencontrent la mort sous un arbre, peut-être ferais-je mon chemin et me taillerais-je même un petit nom. Nous nous serrâmes la main et célébrâmes notre séparation devant une dernière chope de bière forte, dite « oreille de cochon », après un steak chevauché par deux œufs frits. Je le quittai parmi la poussière d'Alice pour emprunter la ligne Port Augusta-Adélaïde, où il n'était question que de la terrible sécheresse et de l'incendie qui avait pris d'un seul coup au nord de la ville : des eucalyptus avaient éclaté comme un volcan nauséabond dans une fabrique de pastilles contre la toux, et la falaise en face avait renvoyé le souffle brûlant sur un petit bois en déclenchant un phénomène de combustion spontanée.

La chose la plus réconfortante, et en même temps la plus propre à inspirer l'humilité, que je vis en Nouvelle-Galles du Sud, fut, dans la volière du Professeur Hocksly, le spectacle d'un oiseau à berceau et du tunnel de brindilles qu'il avait construit afin d'y attirer jusqu'à lui une compagne, si possible ; il avait décoré cette architecture à la Gaudi de fleurs, de plumes bleues et pourpres et de sacs à linge bleus volés ; de plus, je le vis peindre ce fichu système à l'aide d'une brindille tenue dans le bec et qu'il plongeait dans un jus de baies, bleues et pourpres aussi. Et pan pour les prétentions de l'art à la spiritualité ! En une semaine de séjour à Sydney, à l'hôtel Phillips de King's Cross, je pris du poids et une petite panse de buveur de bière. Je parvins même à me convaincre d'assister à un match de cricket. Le mal ne pouvait exister dans tout ce bleu, pensais-je ; et puis, je lus dans le *Bulletin* l'histoire d'un joyeux fou qui, entré par effraction dans le petit zoo de kangourous et de koalas d'un faubourg, y avait massacré sept sauteurs adultes et trois bébés kangourous. Je pris le bateau pour Auckland et, là, dans une librairie, fus reconnu. On me persuada de faire une causerie aux dames lettrées du coin sur la vie du romancier. J'acceptai. Les voyages sont utiles, on y rencontre des gens, y apprend des choses, y trouve des idées. Et votre vie amoureuse, M. Toomey ? demanda une corpulente dame à demi maori. Là-dessus, je dus sortir.

D'Auckland, je pris le *SS Celsus*, paquebot de la Pacific Line qui rejoignait San Francisco, avec escale aux Fidji, à Tonga, aux Marquises ; puis, cap au nord pour traverser une immensité morte, humanisée par deux tropiques et un équateur, jusqu'à Hawaii ; et, après deux jours à Honolulu, parcours final jusqu'au continent américain Vingt-quatre heures avant d'atteindre Honolulu, je terminai *Cité lionne* et fêtai cela en nageant dans une tiédeur d'eau sirupeuse, surveillée par la haute masse de Diamond Head ; après quoi, repas chinois, verre sur verre de rhum au jus d'ananas et de fruit de la passion, et ensuite au lit pour continuer à pleurer sur moi-même. Je ferais taper mon roman par une professionnelle, avec deux copies carbone, à San Francisco, et j'en remettrais un exemplaire à Joe Phelps, mon agent de Madison Avenue, à New York. Je rapportais aussi une honnête moisson de nouvelles pour le magazine *Collier's*. La vie continuait ; à preuve, mes écrits. Dans la petite bibliothèque du navire, je fis une découverte remarquable : celle d'un auteur autrichien du nom de Jakob Strehler — à travers son œuvre traduite, naturellement. La série complète des sept volumes de son roman paru sous le titre général *La fête du père* (Vatertag) se trouvait là. Ce fut l'excitation de cette découverte, avec la conviction que je tenais là peut-être le plus grand romancier de l'époque, qui me conduisit peu après à acheter les livres en allemand. J'y ajoutai le gros dictionnaire Cassell et, utilisant seulement comme auxiliaire la version anglaise (car nulle traduction ne possède, hélas ! jamais le pouvoir de faire passer la force complète de l'original), je finis ainsi par acquérir la connaissance, qui est la mienne aujourd'hui, d'une langue que je considérais alors de haut comme ressortissant aux efforts d'une glotte aux prises avec une arête de poisson ou aux sanglots hoquetants et poignants d'une machine à fabriquer les saucisses. Aussi, même lorsque je me souviens, comme maintenant, de ma première lecture de l'œuvre dans le rendu quelque peu prosaïque qu'en a donné William Meldrum, ce sont les titres allemands de chacun des volumes qui me viennent le plus spontanément à l'esprit : *Dreimal Schweinekohl ; Nur Töchter ; Wir sassen zu Dritt ; Hinter den Bergen ; Wie er sich sah ; Arbeit geteilt ; Woran sie sich nicht erinnern will.* Pourquoi ces romans (*Trois portions de porc aux choux, Par-delà les montagnes*, et ainsi de suite) trônaient-ils dans cette bibliothèque, sous la reliure raide et marron de la compagnie de navigation, une ancre d'or frappant la couverture ? Parce que, d'après ce que m'expliqua l'officier subalterne promu bibliothécaire, la femme de l'auteur avait un jour navigué sur la ligne et, à San Francisco, acheté l'édition de l'œuvre traduit chez Scribners pour en faire cadeau au navire en remerciement d'une traversée agréable. Ce que l'épouse d'un écrivain viennois était venue faire dans cette partie du monde était une question qui aura réponse à son heure.

Le lecteur ne manquera pas de connaître au moins l'existence de Jakob Strehler, puisqu'il reçut en 1935 le prix Nobel de Littérature, et sera donc enclin à un ricanement de supériorité devant ma surexcitation naïve une dizaine d'années auparavant (nous sommes en mars 1925). Mais Strehler était peu connu en ce temps-là en dehors des cercles littéraires de Vienne et de Berlin, et la difficile originalité de ses constructions et de son style ne le recommandaient pas au type d'esprit qui choisissait chez le libraire, disons, un Toomey, dans l'attente d'émotions faciles, d'une chronologie élémentaire et d'un langage se prêtant à un aimable confort intellectuel. Le lecteur me pardonnera donc, je l'espère, si je résume le contenu et la valeur de l'œuvre de Strehler. Le *Vater* du *Vatertag* est l'empereur d'Autriche-Hongrie, présidant à une

Europe centrale fort peu démocratique et infestée d'espions de la police, mais également charmante, comique et féconde. La famille Bürger se situe à la périphérie du monde des arts — dans la zone des contrebassistes de music-hall, des chanteurs de caf'conc', des illusionnistes de rue, des copistes de partitions, des figurants d'opéra — et elle essaime de Vienne à Trieste dans un souci désespéré de gagner sa vie. Sa bohème loqueteuse s'accommode aisément de petites activités délictueuses — recel de marchandises volées, contrefaçon, pillage de cierges dans les églises et prostitution. Elle n'a pas le moindre sens moral, mais elle survit en suivant sans génie son bonhomme de chemin et en jouissant de l'existence. Elle fait la connaissance de la plupart des grands artistes de l'empire austro-hongrois, de Métastase à Richard Strauss, mais toujours par un biais louche. On perçoit les grondements avant-coureurs de la chute de l'édifice branlant qui réunit plutôt mal que bien Magyars, Teutons et Slaves ; mais les grands discours sur l'avènement des temps modernes et l'anachronisme des empires engendrent chez l'auteur une réaction de cynisme. Si l'œuvre a une morale, on peut la faire tenir dans la formule : *Pour l'amour du ciel, fichez-nous la paix.* Elle dénie toute possibilité de progrès. La vie de l'individu est brève, à nous d'en tirer le meilleur parti. Le vin est toujours bon ; mais, si le *Wienerschnitzel* est mal cuit, n'hésitez pas à le lancer à la figure du serveur. La famille Bürger est bruyante, querelleuse, toujours *sympatisch.* L'oncle Otto est un *Ueberfalstaff*, un super-Falstaff, et la brune Gretel, une sirène mal embouchée capable de faire éjaculer spontanément l'empereur François-Joseph en personne. Le livre est dédié à la plus grande gloire de la vie.

Le narrateur est un membre de la famille, Fritz, rescapé de la Grande Guerre (Strehler écrivit les sept volumes de son roman à Hainburg an der Donau, entre 1915 et 1920), qui a découvert une cache à vin dans un château abandonné près de Bratislava ou de Pressburg, et qui rapporte, dans un état d'ivresse croissante, les annales des Bürger. Sa mémoire est défaillante ; il n'a aucun sens de l'histoire et laisse toutes les époques se mêler et se fondre en une seule journée impériale, qu'il appelle le *Vatertag.* A ses yeux, les gens sont plus solides que les institutions, voire que l'architecture : si un membre de la famille Bürger s'appuie trop fort au mur d'un musée, la paroi a toutes chances de s'effondrer. Les bourgades, les cités sont fluides, on les prendrait pour du vin ; les frontières du temps comme de l'espace sont des tracés tremblants, dessinés d'un doigt trempé dans le vin. On rencontre Mozart et Rilke à un concert où l'on joue une nouvelle valse de Strauss (Johann, Josef ou Richard ? On n'en est pas sûr, bien que l'orchestre soit certainement richardien) à l'occasion du Congrès de Vienne ; Mozart tourne de l'œil, ses nerfs ne pouvant soutenir les harmoniques des cuivres. Sigmund Freud combat à cheval, un cigare planté dans sa bouche non encore cancéreuse, à la bataille de Poysdorf. Toutes les batailles sont hilarantes. Le langage du narrateur est farci d'argot rare, de mots empruntés au slave et de néologismes On se trouve en face d un chef-d œuvre comique gran diose, mais ardu, à la fois aussi fol et raisonnable que les livres de Rabelais, et qui s'inscrit en contraste violent avec la délicate simplicité des autres romans de Strehler fables d'amours douces-amères dans le décor des villages autrichiens, hormis la formidable tétralogie de Moïse (1930-35), qui applique la technique de *Vatertag* à l'histoire juive. Je n'en dirai pas plus long, pour le moment, de Strehler ; j'ajouterai seulement que la découverte que je fis de lui par hasard, dans le Pacifique, agit comme un puissant tonique et accéléra ma convalescence. Ce grand amplificateur de vie me réconcilia avec le monde.

Ce fut à San Francisco, alors que j'étais debout au terminus du funiculaire, non loin de l'appontement des pêcheurs où je venais de déjeuner d'huîtres, et que je regardais Alcatraz au bout de la baie, que j'eus une vision de l'ordre de celles que j'inventais constamment pour mes romans et que les directeurs littéraires me persuadaient souvent de couper, comme étant d'un symbolisme rudimentaire et naïf et d'un effet trop sentimental. Un papillon se posa un instant sur ma main droite et, bien que l'air fût suffisamment humide, but ma sueur, comme si nous avions été dans le désert d'Australie. Les ailes, qui frémissaient à peine sous la brise de printemps venant de la mer, étaient décorées de la lettre grecque *phi.* L'on m'annonçait par là que tout allait bien, que la mort n'existe pas, et caetera.

Je traversai le continent en train, en partant de San Francisco. Dominante mâle, cigares à bon marché, crachoirs. Les affaires vont plutôt mal dans le Sud. Tiens donc, plutôt mal, hein ? Ouais, pas de quoi se vanter. Le type, là, dit que les affaires sont plutôt mauvaises dans le Sud. Ah, ouais ? L'immense milieu de ce continent prodigue et volontaire défilait majestueusement et l'âme de Walt Whitman (*nananana engloutis par le fond, honorant leur devoir*) voleta dans le compartiment, déguisé en coléoptère qu'un homme mâchouillant un cigare noir et âcre écrase entre ses énormes pattes. Non, pas très bonnes, je dirais, ouais, pour ça, non, pas d'erreur. Va pour le plat du jour, d'accord, l'assiette bleue pour tout le monde. Gnôle infâme dans les flasques, pousse-au-crime de poche.

Dans un Manhattan printanier, je m'installai à l'hôtel Plaza. Manhattan était un déferlement mousseux de magnificence verte Les fleurs avaient l'air de s'inventer des noms : Cullen ! Bryant ! The natopsis ! en l'honneur de celui qui avait dessiné ces jardins et tressé à la mort la couronne florale d'un poème. Boum, boum, faisait la ville, autour, telle une artillerie lourde. On pouvait flairer la prospérité comme une pyorrhée, en même temps que le mauvais whisky et le clou de girofle. Appeler mon père à Toronto, absolument, mais j'avais le temps. Rien à lui dire, au fond. Je passai chez Joe Phelps, à son bureau de Madison Avenue. Américain du Nord type, aigu, courtois, qui avait fait des études comme spécialiste d'histoire de l'Europe à l'université de Princeton. Anglophile, costumes coupés à Londres ; avait été officier en second ou en troisième auprès de Pershing. Coiffé avec la raie juste au milieu ; cheveux plaqués à la brillantine, la même que celle de Valentino. Yeux couleur de l'alcool de prunelle. Entre Jack Birkbeck, à Londres et lui, à New York, la commission d'agent était partagée selon un gentlemen's agreement tenu secret, mais tournant à leur plus grande satisfaction. Jack m'avait décroché le contrat avec *Collier's*, pour les nouvelles, à Londres, bien que *Collier's* fût un illustré new-yorkais ; Joe serrerait la pile de feuillets dans un tiroir en métal et alimenterait parcimonieusement, au coup par coup, la rédaction en chef, comme on donne de l'argent de poche à un enfant ou à un alcoolique. Je lui tendis le carton contenant *Cité lionne*. Il le soupesa d'une paume, comme s'il s'était agi d'un bloc de métal non encore titré. Il était persuadé que les gens ne lisent pas *vraiment* les livres, bien qu'il leur arrive souvent de parcourir d'un œil froid la littérature des illustrés, jusqu'à l'endroit où il est indiqué *suite page 176*. D'un autre côté, disait-il, les gens iront jusqu'à acheter un livre à condition qu'il soit assez long pour avoir l'air d'un investissement en loisirs, en prévision de la retraite. Il avait étudié un peu la littérature et en connaissait les limites. Le cinéma et le théâtre l'intéressaient beaucoup plus. Sa passion pour l'argent primait tout. Il me demanda :

— Dans combien de temps pouvez-vous avoir une pièce prête pour les Keeper ?

— Les... pardon ?

— Tim, Rod et Alice Keeper, l'insupportable trio.

— Ah ! ceux-là.

Deux authentiques frères et leur authentique sœur, issus d'une authentique famille originaire de New Amsterdam, tous trois spécialisés dans le drame triangulaire ou la comédie de même nature, faits sur mesure. Noel Coward avait écrit pour eux *Liberty Measles* et Somerset Maugham *A Pig in a Poke*. Pour le public, savoir que les Keeper étaient du même sang prêtait à leurs cabrioles adultères sur scène un caractère à la fois salubre et inquiétant. Tout de la famille comme de leur trio donnait à entendre que c'était vraiment du théâtre, qu'il ne se passait rien d'équivoque en coulisses, bien qu'il se dégageât aussi un délicieux parfum d'inceste de l'association.

— C'est drôle, mais j'avais justement une idée, sans penser particulièrement à eux. Bon, oui, je vais y songer.

— Ne réfléchissez pas trop longtemps. J'ai promis ferme — vous savez ce que c'est ? zéro pour les demi-promesses, mauvais — de leur amener un truc à la fin avril. Pas forcément vous, un autre, peut-être. Pas moyen de vous joindre sur le moment ; où diable étiez-vous passé depuis Noël ? N'importe, puisque vous voici, au boulot ! Les Keeper finissent à Chicago en mai : *Fric à vue* de Lonsdale ; allez voir ça, fou rire assuré. Fabriquez-leur quelque chose qui ait du style, très britannique, savez ? avec plein d'esprit, et c'est gagné d'avance. Tonnes de fric

— A propos d'argent, dis-je.

Tous mes gains américains étaient entre les mains de Joe je n'y avais pas touché jusqu'alors. Il veillait sur mon compte spécial à sa banque, qui s'engraissait maigrement à raison de cinq pour cent. Je soupçonnais Joe de s'en servir pour jouer prudemment à la Bourse. Je vivais suffisamment à l'aise des droits que me rapportaient l'Europe et l'empire britannique. Il me répondit, sans avoir besoin de consulter ses livres :

— Soixante-cinq mille trois cent quatre-vingt-douze dollars et quarante et un cents. Un vrai scandale.

— Qu'est-ce qui est un scandale ?

— Laissez-moi mettre ça entre les mains de Haig Purdue. C'est un vieux requin comme moi. Bureau à Wall Street, Gillespie Spurr and Purdue. Il vous triplera ça en un an. Tenez : la radio, par exemple, ça grimpe ! Un vrai feu d'artifice. Et encore : on vient à peine d'allumer les fusées.

— C'est très joli à voir, les feux d'artifice, Joe, mais ça ne dure pas. Non, je n'aime pas l'odeur de votre prospérité. C'est de l'hystérie, exactement comme la prohibition. Prospérité et alcool de contrebande : deux aspects de la même maladie. Et puis, ces histoires d'actions, de valeurs, c'est trop abstrait pour mon cerveau d'innocent. Laissez cet argent où il est.

— L'immobilier ! dit-il. L'immobilier, voilà qui ne ment pas. Que diriez-vous d'un chouette morceau de gâteau dans Manhattan, même pas à trois minutes à pied d'ici ? Dans l'Upper East Side, 76e rue ? Vingt mille.

— Un appartement ?

— Trois chambres à coucher, deux salles de bain, un living-room long comme une patinoire. Dixième étage, vue spectaculaire. Appartient à Bernard Lamaria, connaissez ? L'écrivain : *Amis et ennemis* et l'autre chose, j'oublie. Déménagé jeudi dernier. N'a pas encore confié l'affaire à une agence. Tout meublé, bonne camelote ; lâcherait ça pour, disons, trois mille de plus. Sa femme voulait déménager, s'installer à Great Neck, à Long Island, sa mère lui a légué une maison, là, genre Babbitt, un peu trop, à mon goût, mais pas si mal tout de même. N'y en a que pour Great Neck, en ce moment : Lilian Russell, George M. Coha, même Flo Ziegfeld. Qu'est-ce qu'on y donne comme raouts ! Vois pas quelle sorte de grande littérature pourrait sortir de là. N'importe. Demi-heure de Broadway par l'express de Long Island. Non que je veuille à toute force vous placer Great Neck, cela dit. Pas la moindre envie de vous vendre quoi que ce soit. Simplement, je dis que ce serait chouette pour vous d'avoir un petit coin où descendre quand vous venez.

— Je ne viens pas souvent. (Je me demandais combien ce Lamaria pouvait en demander, de son appartement, en réalité. Vite fait, vite pris, l'argent, dans ce pays.) Le Plaza fait très bien mon affaire.

— Achetez, vous pouvez toujours revendre ; pourquoi laisser moisir tout ce capital ? L'immobilier, ça grimpe, ça grimpe. Ah ! bah, n'importe comment, vous avez cette pièce à écrire, pas vrai ?

Sacré Lamaria, chouette petit bar qu'il a fait, dans cet appartement, de ses propres mains, bois d'érable, tabourets de vrai cuir... Tiens, au fait, vu chez Stolz, 43e rue, série de vieilles gravures, boxe à poings nus, une douzaine, pour une bouchée de pain. Seraient chouette au mur, derrière le petit bar. Ah ! et peux vous mettre en rapport avec une très bonne source d'alcool de contrebande, la meilleure. (Je voyais bien aux yeux couleur liqueur de prunelle de Joe qu'il imaginait déjà le fameux bar amplement fourni et moi-même installé, « gaz » comme on disait alors, et écrivant. L'innocent était convaincu que les écrivains ne peuvent créer que dans l'ivresse.)

— Je pourrais en tout cas jeter un coup d'œil.

— Et comment donc ! Allons déjeuner tout de suite. Chez Baxter, vraie tourte au steak et aux rognons, vous vous croirez revenu au pays. Ensuite, nous pourrons faire un saut jusque-là, j'ai les clés. Je vous arrange ça sans problème et dans les formes avec Max Lorimer, juste à l'angle de la rue. C'est à vous dans les dix minutes et vous emménagez demain. Vous ne le regretterez pas, Ken, croyez-moi. (Combien de dollars cela ferait-il tomber dans la poche de Joe ? On n'a jamais assez de dollars.)

Je ne le regrettai pas. Pas vraiment. Ce ne serait pas une mince affaire que de se débarrasser de l'odeur de ce Lamaria, homme de lettres — papiers muraux tape-à-l'œil, imitations de meubles anciens, tapis cloué où l'on croyait marcher dans un lac de porridge. Odeur de sa femme, à vrai dire, plutôt, et littéralement, même : terpinol, aldéhyde cinnamique et chlorostyrolène laissant leurs forts relents dans l'air, après la mort du parfum floral synthétique. J'ôtai le capot de ma machine à écrire et attaquai la pièce de théâtre, me soutenant grâce aux œufs au jambon que je me cuisais moi-même, à de l'authentique gin Booth, à mes provisions de cigarettes Chesterfield et au spectacle de la ville verticale. L'on trouvera la comédie en question dans la partie de mes œuvres complètes intitulée *Toomey - Théâtre* ; elle s'appelle *Camisole de farce*. C'est ma première pièce véritablement expérimentale, mais les appels du pied et les mots d'auteur enveloppaient la chose d'une sauce suffisamment au goût du public pour qu'il avalât le tout, ficelles comprises, et s'en gobergeât. Trois personnes, pas plus : Richard et Marion Trelawney, le mari et la femme, et l'intrus, l'amant, John Strode. Quatre scènes et deux actes. Scène I — style élisabéthain : les tourments du cocuage. Scène II — style XVIIe : le cocuage complaisant, le cocu se livrant lui-même à des entreprises de cocufication plus ambitieuses. Long entracte. Scène III — style Shaw-Belle Époque : les personnages sont finalement prêts à se mettre en ménage à trois, et ce, sur une base purement rationnelle, rendue possible uniquement, découvrent-ils à la longue, parce que, tous les trois, par un rationalisme tout shawien, ils sont devenus asexués. La scène finale — Manhattan, 1925 — les présente vivant ensemble, la femme étant cependant absente pour le moment et apparemment en visite chez sa mère Là-dessus, Trelawney et Strove reçoivent un télégramme *Marion tuée accident voiture.* Mari et amant pleurent sur l'épaule l'un de l'autre, unis dans une dévotion commune qui, commencent-ils à découvrir, était pourtant depuis toujours assez conventionnelle, pour ne pas dire peu sincère. Ils découvrent aussi que, en réalité, si amour il y a, c'est entre eux, sans rien d'homosexuel, bien entendu : comme la simple résultante d'une compatibilité de nature et d'un partage des mêmes goûts, celui que leur inspirait Marion étant peut-être, après tant d'années, le moins important de tous. Il va de soi que le télégramme était finalement une erreur : autre voiture, autres gens, même accident (collision). Marion revient, très vivante. Et, secouée, pleine de repentir après être passée si près de la mort, elle avoue qu'elle était avec un amant et que la liaison est vieille de trois ans déjà. Mais c'est fini, dit-elle ; plus jamais ! Elle sera fidèle à Richard et à Jack jusqu'à la fin de ses jours. Ce sont alors eux qui lui disent : Dehors ! Pas de pardon ! Rideau sur confrérie de la pipe à deux.

Vers la fin de mai, j'arrivai à Chicago avec quatre exemplaires dactylographiés de ma comédie, premier jet. Il y avait dans cette ville, ainsi que je l'ai déjà signalé, une exposition des Monet, Manet et Renoir de Mme Potter Palmer ; mais le principal but de ma visite n'était pas cela. Je descendis, c'est un fait, au Palmer House, hôtel dont le hall était pareil à une cathédrale, sauf sur un point (du moins à l'époque) : l'on y avait licence de boire. Les Keeper m'attendaient ; notre rencontre eut lieu un dimanche. C'étaient des personnes énergiques qui faisaient plus jeunes que leur âge et se ressemblaient tous trois de façon saisissante. Leur sexualité, j'en aurais presque juré, était entièrement tournée sur leur trio. Ils étaient d'un blond hollandais, et fantastiquement assoiffés du meilleur scotch de contrebande. Je leur lus ma pièce ; ils l'approuvèrent avec quelques réserves. Dans le salon où nous étions, les yeux d'Alice, bleu de poupée comme ceux de ses frères, promenaient parmi les frises du plafond des visions d'elle-même vêtue d'une série de décolletés époustouflants. Mais Trelawney, non, ils n'aimaient guère ce nom pour le mari et la femme. Trop typé : cornouaillais, non ? Brin de couleur locale inutile et nullement désirable. Déjà pris, par-dessus le marché : n'y avait-il pas un titre de roman ou de biographie sur un acteur de ce nom qui fit la gloire du Saddler Wells ? Tim Keeper se plongea dans les dernières pages de la *Chicago Tribune* : nécrologies, messes anniversaire, vous êtes priés de vous unir en prière avec (les journaux de Chicago étaient presque tous envahis par la nécrologie, en ces temps de gangsters), en quête d'un nom plus plausible.

— Allenby, Aubry, Bertorelli, Boehme, Brancati, Bucer, Caliente, Campanati, Campion, Ciano... Pourquoi pas Campion ? Cela rappelle quelque chose et cela sonne bien.

— Vous avez dit Campanati ? demandai-je.

— Campion. Poète, prêtre, musicien, martyr, je ne sais quoi. (A force de chercher des portemanteaux adéquats, ils avaient fini par acquérir tous trois une certaine érudition.)

— Montrez-moi ce journal, s'il vous plaît

Vous êtes priés de vous unir en prière pour le rétablissement de... état critique, au Chisholm General Hospital, Michigan Avenue...

A ce stade, où je me suis déjà souvenu de tant de choses, souvent avec exactitude — mais la mémoire, en tant que faculté humaine, est sujette aux limites humaines, et nous sommes condamnés à inventer, pour une bien grande part, le passé — je dois me préparer à me rappeler, avec toute la précision qui est humainement possible, ce que m'enjoignit de ne pas oublier Son Excellence l'évêque de Malte.

40

— Comment, demandai-je à Carlo, y êtes-vous parvenu ? Car enfin, vous êtes ici.

— Toi aussi.

Avec son faux-col d'ecclésiastique en celluloïd, son plastron noir en soie artificielle et son costume, noir aussi, coupe Saint Louis, il avait l'air du parfait prêtre américain arrivant de la métropole catholique du Missouri. Nous étions debout dans la chambre individuelle de l'hôpital Chisholm, contemplant tous deux, de part et d'autre du lit et les yeux pleins de pitié et de colère, Raffaele sans connaissance sous les pansements. Il ne restait pas grand-chose de visible, tant du visage que du corps. Les signes de respiration étaient à peine perceptibles. Grâce à un certain capitaine Robertson et aux docteurs Rous et Turner, du sang, allié à une solution de citrate de sodium à 3,8 pour 100 afin de prévenir la coagulation, avait été pompé dans les artères de Raffaele — la Grande Guerre avait, comme Carlo était toujours prêt à l'affirmer, apporté ses bienfaits. Mais.

— Moi, dit Carlo, j'étais déjà ici. A New York du moins. (Pour la première fois, j'entendais dans sa voix une note de reproche à soi-même.) Peut-être eût-il mieux valu que je ne fusse pas en Amérique. Nous nous sommes parlé au téléphone. Peut-être ai-je eu des paroles que je n'aurais pas dû prononcer.

— Qu'est-il arrivé ? (Je le voyais bien, que quelque chose de terrible s'était produit : tête, poitrine, ventre, une jambe certainement plus courte que.) Qui a fait cela ?

— La police de Chicago déclare qu'on l'a trouvé suspendu, dans un endroit où l'on garde la viande au froid, par un crochet de boucher, sous le menton. Et cela, après qu'on l'eut frappé à maintes reprises sur la tête et qu'on l'eut sorti de son évanouissement. Il a été blessé au corps avec une hachette à casser la glace. La cheville et le pied gauche ont été tranchés à l'aide d'une autre sorte de hache. C'est plus sanglant que ce qui était arrivé à ton ami de Malaisie, mais ce sont les mêmes démons. Je ne suis, vois-tu, pas plus en mesure de faire quoi que ce soit pour mon frère que je ne le fus pour ton ami.

— Bon Dieu ! dis-je, imaginant tout. compatriotes italiens, vocabulaire de mépris italien, bien qu'exprimé en dialecte du Sud, en napolitain, langue des *guapi*, des Ritals ; belles dents et yeux de fauve, muscles d'immigrants sans cervelle, instruments d'un cerveau au-dessus d'eux, le Grand Chef.

— Tu dis bon Dieu, mais tu ne le penses pas. Tu crois que nous avons un mauvais Dieu, qui permet que l'on fasse des choses de ce genre aux innocents.

— Où l'a-t-on retrouvé ?

— A l'angle d'une rue où il y avait un grand dépôt de viande gelée. Il y a beaucoup de viande gelée, dans cette ville, avec le vent et les abattoirs. Il a fait ce qu'il jugeait bon. Tu n'as pas accordé ton aide et, moi, j'ai voulu faire de lui un héros. Mais ce serait arrivé de toute façon.

— Je n'ai pas... (Oui, c'était vrai, je n'avais pas utilisé mon modeste talent et le peu d'autorité que j'avais sur le public pour dénoncer le mal, même à distance et sans risque. Mais c'était la faute de Raffaele si je m'étais dérobé : sa vertueuse droiture avait trouvé en moi une cible trop facile, j'y avais flairé une odeur de cagoterie.) Vous avez voulu faire de lui...

— Oh ! Raffaele hésitait à donner au FBI certains renseignements en sa possession. Je lui ai dit qu'il ne devait jamais avoir peur. Un des hommes du FBI était corrompu, c'est certain, mais lequel ? Il sera difficile de le découvrir. Il a détruit les renseignements contre de l'argent de gangster ; il a donné la source des informations. Cela concernait la mort d'une mère et d'un enfant. Même Chicago la pourrie et le FBI corrompu devraient tenir compte de ce genre d'indication ; du moins le penserait-on. Raffaele dînait avec quelqu'un dans un restaurant. On l'a traîné dehors ; personne ne s'est interposé ; tous, ils ont dû continuer à manger, je suppose. J'ai très envie d'aller voir le Grand Chef ou le Poulet Castré, le *Capone*, pour lui dire les paroles de commination. Que j'y aille ou non, il est difficile à trouver, mais les paroles lui parviendront. Ils sont tous très superstitieux.

— Cela ne sera d'aucun secours pour Raffaele, dis-je avec amertume (et Carlo voyait bien que ce n'était pas à son frère que je pensais). Que disent les médecins ?

— Il y a un état de dégâts au cerveau, et il y a un état de *cancrena*.

— De gangrène ? (L'un des mots les plus effroyables, avais-je souvent pensé, de tant de langues ; il contient une connotation insolente de vie foisonnante.)

— On ne lui accorde plus guère de temps. J'ai prié ; hier je lui ai administré l'extrême-onction. Nous pouvons continuer à prier, mais ce ne peut être que pour son âme.

Ses puissantes épaules bougèrent comme s'il allait sangloter, mais ses yeux étaient secs et durs. Son corps semblait essayer d'amorcer un acte humain que sa tête refusait. Il ne voulait pas pleurer à la perspective d'un deuil ; il se contenterait de se raidir pour continuer la lutte contre les instruments des ténèbres. Mais il dit :

— Pauvre mère. En moins de six mois. D'abord le père, puis le fils aîné. Il faut que tu ailles la voir. Je crois qu'elle a confiance en toi. Tu trouveras à lui dire des choses auxquelles Domenico est bien trop égoïste ou stupide pour penser. Il n'est qu'un musicien.

Carlo était toujours plein de surprises. Il m'enracinait avec assurance dans la famille. Et dire qu'il n'y avait même pas un terme, dans les langues de l'Occident, pour exprimer mes liens avec les Campanati. Hormis Domenico, je n'étais le beau-frère de personne. Carlo faisait de moi un fils de sa mère, acte qui était parfaitement dans l'esprit du Christ.

— Je ne peux pas retourner tout de suite en Italie, reprit-il. Il y a à faire en Amérique.

— Vous n'allez pas me dire que vous avez fini votre tour du monde ?

— Oh ! c'est uniquement affaire d'argent. On ne peut pas propager la foi sans argent. Le Vatican a beaucoup à apprendre sur le pouvoir de l'argent. (Je le regardai, stupéfait : en était-il, lui, le joueur chanceux, à jouer maintenant à la Bourse avec les maigres fonds pontificaux ?) Et il y a d'autres choses, une surtout. J'ai des entrevues, des réunions, ici même, à Boston, à Saint Louis. Un jour, tu en entendras parler ; cela ne presse pas.

Il ne semblait pas s'étonner de ma présence à Chicago. Ce n'était qu'un des aspects de ma liberté d'écrivain. Je dis :

— Je rentre en Europe la semaine prochaine. J'ai terminé une pièce. On m'a demandé de rester pour discuter de quelques modifications. Je crois que le mieux est de rentrer à Paris et de se tenir à l'écart des acteurs et des directeurs de théâtre. Une seule version et c'est la bonne, à prendre ou à laisser. *Quod scripsi scripsi.*

— As-tu jamais remarqué, me demanda-t-il, que les paroles de Pilate sont celles dont les gens se souviennent le plus ? Il faudra que tu écrives une pièce sur lui, un jour. Tout ce qu'il dit et fait est bon pour le théâtre. Il y a une secte de l'Église d'Orient qui reste convaincue qu'il se convertit au Christ, et qui le révère comme un saint. Passionnant personnage. N'oublie pas de rendre visite à ma mère dès ton arrivée en Europe. Je devrais écrire, mais je ne sais vraiment pas comment m'y prendre. Il faut que tu lui parles, que tu lui dises tout. Pauvre mère. Je ne pense pas qu'elle reste bien longtemps encore dans cette grande maison. Il y a beaucoup à vendre. Il faut que j'y veille.

Durant ce dialogue, nos yeux n'avaient guère quitté Raffaele étendu sous ses bandages sur le petit lit étroit de métal dont l'émail, écaillé çà et là, laissait voir du noir, comme si les doigts des précédents occupants avaient griffé le vernis dans les tourments de la souffrance. Entra une infirmière, solide jeune fille au teint d'épi mûr des vastes plaines de l'Illinois.

— Il faut vous en aller, mon père. J'ai des soins à donner au patient.

— La seule chose que vous puissiez encore faire, les uns comme les autres, c'est de lutter pour votre ville et votre pays, afin d'exterminer cette folie. Il ne sert plus à rien de nettoyer cet homme ni de changer ses pansements. Merci tout de même pour ce que vous avez fait.

— Je vous en prie. (Folie ? Ville ? Pays ? Elle plissait le front, intriguée.)

— Ce soir, dit Carlo. Nous reviendrons ce soir.

Nous sortîmes de la petite chambre comme l'infirmière écartait déjà le drap qui recouvrait Raffaele. L'oreille de Carlo avait attrapé un son dans l'instant où nous ouvrions la porte ; il me dit :

— Entends-tu ce cri ? C'est la douleur. N'en fais pas reproche à Dieu.

Nous étions dans l'espèce de vestibule sans gaieté menant à l'entrée d'une grande salle, dont la chambre de Raffaele était une annexe. Deux battants s'ouvrirent, poussés par le genou d'une infirmière ; elle portait un bassin et soufflait en même temps sur une mèche de cheveux blonds qui lui retombait sur les yeux. La plainte s'échappa, plus forte tout à coup. Carlo repoussa à son tour les battants et franchit le seuil de la salle, nez en avant, comme sur la piste de la souffrance. Je le suivis en hésitant, prêt à dire : « Carlo, allons-nous-en ; ce n'est pas notre affaire. » Les malades anonymes dont la salle était pleine écarquillèrent les yeux à la vue de ce prêtre massif fonçant à grands pas décidés, les sourcils menaçants, suivi d'un laïc vêtu d'élégance estivale gris perle et qui souriait, en s'empêtrant dans des excuses. Ils regardaient, dans l'espoir morne d'une diversion ou bien en proie à une crainte chétive (peut-être d'une fin proche qu'on leur aurait cachée), quand ce n'était pas de la méfiance et de la haine pour notre santé ou pour une apparence de statut officiel mal défini et suspect. Il y avait un paravent à fleurs à l'extrémité de la salle. De derrière cet écran, la plainte s'élança de nouveau, perçante. Carlo pénétra d'autorité dans l'espace protégé, par l'intervalle entre le paravent et le mur. Je l'imitai à contrecœur, tout en y voyant un moyen de disparaître aux yeux de la salle et des malades aux aguets.

L'enfant avait environ six ans. Sexe mâle. Caucasien, comme on disait ici. Les yeux étaient ouverts, les pupilles, dilatées ; mais il semblait ne rien voir ni même percevoir la lumière qui filtrait, en même temps qu'une brise, sous les bords palpitants du store marron tiré sur la fenêtre entrouverte derrière lui. La tête aux cheveux noirs ébouriffés roulait sur l'oreiller trempé de sueur, et le petit malade se griffait le visage avec des doigts idiots. Me souvenant de Kuala Kangsar, je reconnus la phrase dépressive de la méningite tuberculeuse. L'enfant cria de nouveau, mais ce cri n'avait pas de sens puisqu'il n'y a plus de souffrance à ce stade de la maladie : les poumons et le larynx gardaient seulement le souvenir des paroxysmes des premiers maux de tête, atroces à hurler, et continuaient à protester machinalement contre le fait, en vérité, qu'une telle douleur, même passée maintenant, fût possible. Le troisième stade apporterait le coma, les convulsions, la cécité, la surdité, l'émaciation, la mort au cours d'un accès, ou bien d'épuisement, mais la mort à coup sûr.

— *Poverino* murmura Carlo en effleurant des doigts le front de l enfant.

Ensuite, il toucha une tempe, puis l'autre, sur une sorte de rythme correspondant à la pulsation des mots que ses lèvres formaient presque en silence. Les yeux de l'enfant se fermèrent, cédant à une grande lassitude, et ses bras s'abandonnèrent le long du corps, dans la langueur molle d'une extrême fatigue. Carlo toucha encore d'un doigt mouillé de salive le front, le sternum et les épaules du petit malade. La plainte cessa. Carlo me regarda d'un œil farouche mais me dit d'une voix douce :

— On doit faire ce que l'on peut, là où on le peut... *Poverino*, répéta-t-il.

Je fus l'unique témoin de cet acte qui, sur le moment, ne signifiait rien. Carlo avait semblé apporter le sommeil à un enfant souffrant, par la brûlante douceur de sa présence compatissante, sa compassion n'étant peut-être elle-même que la réaction nerveuse désespérée à deux épiphanies d'impuissance sacerdotale : des démons n'avaient pas été chassés, des démons avaient le droit de consommer la mort de deux innocents. On doit faire ce que l'on peut, là où on le peut. Il avait donné le sommeil à qui ne l'avait plus. La souffrance avait cessé son bruit.

Nous sortîmes de l'espace clos, à l'instant où une infirmière en chef arrivait, plus ou moins en proie à ce genre d'irritation qui va avec le sentiment d'être en faute : la salle était restée sans garde tout un temps, et elle le savait. Des patients avaient dit : Il y a deux types qui se promènent par là, dont un prêtre, vous feriez mieux d'aller voir ce qu'ils fabriquent, madame ou mademoiselle. Derrière elle, brimbalaient les chariots à pitance, poussés par des filles de salle, avec deux ou trois infirmières vérifiant des feuilles de régime — ce qui expliquait l'absence momentanée de garde. L'infirmière en chef avait une cinquantaine d'années — trapue. joues scandinaves, pas commode.

— Vous faites partie de la famille de ce malade ? me demanda-t-elle.

Carlo ne me laissa pas la moindre chance de répondre ; il dit

— Je suis, comme vous le voyez, prêtre. J'étais venu voir mon frère, M. Campanati, dans la chambre du bout. J'ai entendu des cris de souffrance. Je suis venu dire une prière. Ce monsieur, ajouta-t-il en simplifiant à l'extrême, est un autre frère. Nous partons tout de suite.

Elle défronça quelque peu son visage, mais pas totalement — luthérienne probablement.

— Pas de la famille, dit-elle, concentrant son attention sur moi. Bien ce que je pensais. Le pauvre enfant n'a pas de famille. Oh, la prière ne peut pas faire de mal, j'imagine ; mais le règlement ici est de ne rien faire sans ma permission.

— C'est une méningite tuberculeuse, dis-je à défaut d'autre chose.

Elle me jeta ce petit regard de ressentiment qu'ont toujours les infirmières, sinon les médecins, devant une preuve de connaissances médicales venant d'un non-initié.

— Seconde phase, ajoutai-je hardiment. Pauvre petit, dis-je encore.

— On ne peut pas en dire autant des parents rétorqua-t-elle. Heureusement, il y a de petites grâces. C'est un des jeunes pensionnaires de l'orphelinat Saint-Nicolas. Puisqu'il y a un saint dans l'affaire, une prière catholique était oké, je suppose. Bon, oké, mais passez d'abord me voir, la prochaine fois, oké ?

— Oké, répondit Carlo. (Mais dans sa bouche, cela sonnait comme *amen.*)

Nous nous retrouvâmes dans Michigan Avenue. Vendredi midi · soleil, mais, comme si souvent dans cette ville, vent.

— Si nous allions, demandai-je, manger du poisson quelque part ?

— Les poissons du lac sont bons, répondit Carlo. Le lac, les Indiens l'appelaient Gitchee Gumee, ajouta-t-il en me considérant de pied en cap avec le regard d'un tailleur supputant mes mesures. Tu as meilleure mine. Tu as repris un peu. Non, j'ai un repas avec d'autres gens, maintenant. Cuisine de religieuses, tu sais ; jamais très fameux. Mais ce soir nous dînerons tous les deux, puis nous reviendrons assister à la fin du pauvre Raffaele. (Pour un peu, l'on eût dit une petite sortie, comme d'aller au cinéma.) Les porcs, reprit-il, mais sur le ton de l'ecclésiastique sans aucune rancœur. Les salauds, pour parler comme toi là-bas cette autre fois. Mais ils verront, ils verront. A la grâce de Dieu... Où cela ?

— Au Palmer House. Rendez-vous dans le hall, sept heures.

— Bon.

Et il s'en fut avec l'indifférence tranquille de celui qui connaît bien sa ville. Pour moi, j'arrêtai un taxi.

Je dormis, cet après-midi-là, après avoir pris un steak grillé et un verre d'eau glacée. Je m'éveillai, tremblant, au sortir d'un mauvais rêve où j'étais debout près du lit de mort de Philip, au *rumah sakit* de Kuala Kangsar. Les paupières de Philip battaient soudain ; il émergeait de son coma, me regardait avec un ricanement obscène et un visage qui ne lui ressemblaient pas. *Je vous aurai tous au tournant*, disait-il. *A un de ces jours, mon vieux.* Ensuite, ses traits se pétrifiaient, comme sous l'effort de sa volonté, le changeant en gargouille, expression même de la plus horrible cautèle, et il mourait, rictus tourné vers moi. Je me débattais furieusement en hurlant, pour échapper à l'inondation de la mousson... Ma chemise et mon caleçon, que j'avais gardés pour cette sieste, étaient trempés de sueur et mes muscles de civilisé avaient refréné, à l'instant de l'éveil, un relâchement intestinal, comme quand on a mangé trop de piment. J'allai me vider, puis je pris un bain. Je savais que ma réaction à la mort de Philip, longtemps retardée, ne tarderait plus à déborder et à me jeter bas d'un coup de masse. J'avais pensé à la catharsis de l'écriture : tout raconter dans un livre ou une nouvelle, une confession qui se substituerait à la maladie. Mais je savais que c'était impossible, que ce le serait toujours. La facilité de mon talent n'irait jamais assez profond.

Carlo arriva au Palmer House en tenant solidement dans les mains deux bouteilles, de — à en juger par leur même étiquette au Christ en Croix — vin de messe. Il les emporta dans la salle à manger et les planta fermement sur la table que l'on nous alloua. Le maître d'hôtel manifesta une certaine inquiétude. D'après son accent, il semblait être suisse allemand.

— Ces bouteilles contiennent-elles une boisson forte, monsieur ? La loi l'interdit.

— Voulez-vous dire, s'étonna Carlo, que la loi ne permet pas à un prêtre d'être en possession du vin dont il a besoin à la Sainte Table ? Il me semble que c'est une bien mauvaise loi.

— Tout le monde la juge insensée, monsieur, mais nous devons lui obéir. Vous avez le droit d'avoir ces bouteilles en votre possession, c'est vrai, mais non de les consommer ici. Nous sommes dans un hôtel, non dans une église. Je sais bien, ajouta-t-il avec un humour triste, que, dans le hall, on se croirait dans une cathédrale...

— Un prêtre fait son travail là où il le faut. Au sommet d'une montagne, en pleins champs, dans les catacombes, même à une table de restaurant. Si je me propose de dire la messe maintenant, allez-vous m'expliquer que le règlement de l'hôtel le défend ? S'il existe une telle règle, je prie que l'on veuille bien m'en administrer la preuve.

Le maître d'hôtel était malheureux et cherchait des yeux le directeur, qui n'était pas là. C'était un petit homme d'âge mûr, surmonté d'une crête de cheveux roux et trop sanguin. Les autres dîneurs, qui buvaient du Coca-Cola, des jus de fruits et, Dieu les ait en aide, du lait de ferme avec toute sa crème riche et grasse, contemplaient avec un intérêt soutenu notre table. Carlo se radoucit et eut recours à une de ses fables faciles :

— Ce n'est que du jus de la grappe, pur. Je suis un ministre baptiste. Le jus de la grappe aussi est-il défendu ? Sinon, ayez la bonté d'aller me chercher un tire-bouchon et faites en sorte que l'on prenne notre commande.

Et ce fut ainsi que nous mangeâmes du homard, de la truite du lac et une tartelette aux fraises. Et nous bûmes ce qui, sous la protection de l'image du Christ en Croix, se révéla être d'excellent chablis, même un peu tiède. Et Carlo me dit au cours du dîner, ce que j'avais déclaré moi-même, sous une forme plus concise, à mon agent .

— Ce pays se dénie en principe la consolation du vin ; en fait il s'ivrogne. Sang et gnôle, comme disent ces gens. Et prospérité, oui, grande prospérité, mais cela ne peut durer. Si tu achètes, dépêche-toi et revends encore plus vite. Ce pays porte en lui le diable.

Quand vint le café il tira d'une poche intérieure un objet ressemblant à un missel, mais qui était une fiole à alcool. Sans vergogne, il versa un grand coup de cognac dans nos tasses, puis m'offrit un horrible petit cigare birman, que je refusai. Il souffla de la fumée en disant au Suisse allemand qui rôdait alentour .

— Cela aussi est-il défendu ? La loi interdit-elle tous les plaisirs innocents ? Et maintenant, allons voir le pauvre Raffaele, poursuivit-il à mon adresse et d'un ton fort allègre.

Nous y allâmes donc. Le visage de Raffaele était recouvert d'un drap. Un médecin en blouse blanche était là, avec une infirmière, apparemment espagnole celle-ci, et un garçon de salle mâchant de la gomme. Le médecin, un Anglo-Saxon à peu près de mon âge et au visage honnête, achevait de remplir un formulaire agrafé à une tablette de bois.

— Quand ? lui demanda Carlo.

— Vous êtes... ? Je lis ici *Monsi*, épela presque le médecin, *gnore* Campaneïtè. Son frère, c'est bien cela ? Il y a environ quinze minutes. Nous avons fait tout notre possible. Maintenant nous l'emmenons à la morgue. C'est à vous de faire enregistrer le décès à l'hôtel de ville. Mlle Cavafy qui est au bureau central vous donnera, si vous le désirez, une liste de thanaticiens. (C'était la première fois que j'entendais ce genre de terme, aussi large que digne.) Neuf heures, demain matin.

— Toi, me dit Carlo, tu peux te charger de ces histoires ?

J'inclinai la tête en signe d'acceptation de la punition.

— Oké, Ted, Larry est là, dit le mâcheur de gomme.

Un autre homme de peine, ne mâchouillant pas et le visage composé d'honnête gravité, venait d'entrer. Le médecin tendit un bout de papier officiel que le dénommé Larry fourra dans la poche de poitrine de sa blouse blanche souillée, en acquiesçant de la tête. Carlo dit :

— Un instant.

Il marmonna au-dessus du corps de son frère mort et le bénit. Je courbai de nouveau la tête et la gardai baissée.

— Maintenant il peut aller.

Le lit, poussé, roula en grinçant tandis que l'infirmière à l'air espagnol tenait la porte ouverte. Fin de Raffaele, brutalement assassiné par des bandits de la Camorra. Puis :

— L'enfant tout au bout de la grande salle, dit Carlo.

— Oui, eh bien ?

— Celui qui a ce que mon autre frère ici présent appelle une méningite.

— Ah ! parce que vous êtes aussi un M. Campaneïtè ? Comment allez-vous, monsieur, et mes sincères condoléances pour ce deuil. Vous aviez raison : c'est bien une méningite tuberculeuse. Ah, ah. C'était donc vous, les deux messieurs de ce matin ? L'infirmière en chef avait vaguement parlé d'un prêtre. Ma foi, il va bien, très bien, ce petit. Il s'alimente. Il voit, il entend. La paralysie s'en va des membres inférieurs. Il y a toujours un facteur inconnu quelconque. Le mal suit son cours, on s'attend qu'il aille jusqu'au bout, et puis on ne sait quoi le dévie Surtout chez les enfants, on ne sait jamais avec certains d'entre eux. Excusez-moi maintenant, c'est l'heure de ma visite. Ravis de vous avoir vus, messieurs. Nous avons fait tout ce que nous pouvions, mais vous savez ce qu'il en est. Il a eu de la chance d'être amené ici encore en vie. Enfin... vous me comprenez ?

Et il sortit, hochant aimablement la tête et nous laissant dans une chambre entièrement vide.

— Tu vois, dit Carlo. (J'ignorais ce que j'étais censé voir.) Tu te demanderas sûrement . pourquoi lui ? Pourquoi un enfant dont je ne connais même pas le nom ? D'ailleurs, je n'ai pas envie de le connaître. Les mystères de la volonté divine nous dépassent.

Voilà. Tel fut le miracle.

Raffaele Campanati, sur qui ne put être fait merveille, avait été un citoyen éminent et respecté de Chicago et un catholique dévot, méritant bien la messe de requiem qui fut célébrée pour son âme en la cathédrale, le jeudi suivant. L'archevêque en personne présidait. Carlo prononça un sermon qui, commencé en panégyrique, se termina en anathème. L'église était comble ; l'assistance comptait une forte concentration, aux derniers rangs, d'Italiens du Sud qui ne s'étaient pas rasés ce jour-là en signe de deuil. Carlo garda les yeux presque constamment braqués sur eux, cependant que résonnaient, comme un son de cloche profond montant du diaphragme, des paroles de bronze coulées dans la langue anglaise. Son frère était un homme dont le dévouement à la vertu et à la justice, pour être exemplaire, n'en avait pas moins été tenu par les imbéciles et les méchants pour une sorte de faiblesse et de crétinisme, une forme d'infantilisme impuissant à transiger avec le monde subtil et complexe des affaires. Parce que c'était un juste, il était condamné à apparaître comme un Don Quichotte fou ; parce qu'il était vertueux, on ne pouvait que le prendre pour un eunuque ; parce qu'il était magnanime, il était destiné à être mystifié et tourné en dérision ; parce qu'il était dans l'esprit du Christ, il fallait qu'il fût torturé barbarement, mutilé, jeté à la mort comme un chien dans un fossé.

— Et pourtant, dit Carlo, lorsque la valeur de l'héritage qu'il laisse, la masse des biens meubles et immeubles, viendra à être estimée, l'on verra que l'édification d'une fortune n'est pas incompatible avec la poursuite des vertus chrétiennes. Nombreux sont ceux qui présents en ce jour dans ce grand temple moderne du Seigneur, sont venus non pour obéir au culte de l'amitié ou par respect, mais pour complaire à d'écœurantes formes de conformisme hypocrite, et il en est parmi eux qui sont souillés, couverts des excréments puants d'une fortune injustement amassée, d'une richesse bâtie sur la torture, le meurtre et l'exploitation de la faiblesse humaine, richesse précaire aussi immatérielle que le rayonnement féerique, que dis-je ! diabolique de l'or, et qui s'émiettera en poussière, dès l'aube même qui verra le retour au bon sens et à la vertu d'une grande nation prise momentanément de démence, d'un pays naguère angélique pour ses immigrants et devenu à présent la proie des démons de la cupidité de la stupidité et de la folie. Il y a dans cette ville des hommes convaincus aujourd'hui d'être puissants et prospères et qui se retrouveront cherchant désespérément quelques croûtes dans le ruisseau, alors que la richesse de Raffaele Campanati survivra, juste récompense de la justice.

« Il amassa sa fortune sur une terre qu'il aimait, dans une ville qu'il adorait, et son amour ne s'est pas démenti, alors même que ce pays comme cette cité devenaient détestables. Il réclama justice bien haut, quand la justice était broyée sous le talon de ceux dont le devoir était de la maintenir. Il vit s'accomplir de grands torts et s'efforça de les exposer au grand jour, pour que tout le monde pût les voir en pleine lumière. Mais les forces de la justice civique furent intimidées par les menaces de traîne-cul et de voyous hissés jusqu'à la puissance. La loi est devenue ce que nous voyons : une amère plaisanterie qui ne fait rire que le diable. Vous avez ici une grande ville livrée à la bourbe, à la cruauté, à la corruption. Vous avez un pays qui a fermé son esprit à la parole de la Nouvelle Loi du Christ venu pour sauver les hommes, et qui a accepté aveuglément les règles d'abstinence insanes de la secte de Recab. Bien que le Christ notre Sauveur se manifeste dans le vin, l'on a chargé de tous les maux et défoncé les fûts, et l'élixir solaire s'est écoulé dans les égouts. Mais la loi de l'horreur du vide est humaine autant que naturelle, et c'est uniquement en enfreignant les législations de l'État que les hommes ont pu retrouver la consolation que Dieu avait toujours jugée saine et sainte, depuis le jour où Noé échoua son arche sur le mont Ararat. Et pourtant, enfreignez une loi de l'État parce que, à juste titre, vous la considérez comme insensée, et inévitablement vous serez entraîné à en enfreindre d'autres, lesquelles ne sont peut-être pas insensées. Aujourd'hui, il n'y a plus de légalité, rien qu'anarchie. Tous, vous buvez du sang en même temps que vos alcools.

« Les paroles que je vais prononcer maintenant, je les dirai en un langage familier à beaucoup, ici. Ce n'est pas le mien, bien qu'il ne me soit pas inconnu. Il est devenu dans cette ville l'idiome du mal, de la violence, de la pourriture, de la mort. Une malédiction pèse sur lui. Écoutez !

Et Carlo fulmina dans un dialecte en quoi je reconnus le napolitain, parler caractérisé par des sons en *eu* provenant du fond de la bouche et qui, pour l'oreille anglaise, lui prêtent quelque chose de vaguement aristocratique, bien que ce soit la langue de la misère et du crime. En écoutant, je reconnus le ton de la malédiction et il me sembla entendre défiler une litanie de noms propres. Les malrasés du fond, attentifs, comprenaient tout, mais cette compréhension ne s'exprimait par aucune réaction discernable de honte, de crainte ou de ressentiment. Les lourdes paupières s'abaissaient sur les yeux d'un noir d'encre, puis se relevaient Les porteurs des noms propres, s'ils étaient présents, n'avaient même pas le tressaillement mécanique du chien qui dort, lorsqu'on l'appelle. Puis Carlo reprit dans la langue du pays :

— J'ai reçu l'autorisation archiépiscopale de terminer par la liturgie qui somme les démons dont sont infestés les méchants d'obéir à la parole du Seigneur en décampant. Dans cette liturgie, j ai choisi ceci..

Sur quoi, dans un latin où semblait encore sonner l'accent napolitain il vociféra les mots que j'avais entendus à Kuala Kangsar pour ordonner au plus immonde des esprits, à tout envahisseur ennemi, à tout fantôme, à toute légion, de s'extirper, au nom de Notre Seigneur Jésus-Christ, et de quitter la création de Dieu *Recede ergo in nomine Patris et Filii et Spiritus sancti · da locum Spiritui sancio* — cela dit en traçant une, deux et trois fois le signe de la croix dans l'air. Il était impossible que cela n'arrachât pas une réaction à la bande silencieuse et fermée des mal-rasés au teint basané ; il ne pouvait en être autrement, et cela se produisit. Un petit homme replet, à l'énorme carrure, se dressa en gargouillant, une main à la gorge, une autre levée vers la voûte de la nef. Puis les deux mains s'affairèrent à arracher le col raide et à dénuder la poitrine qui cherchait la respiration. Le bruit de râpe des bronches était perceptible partout ; de nombreuses têtes se tournèrent pour regarder, légèrement scandalisées. Les voisins de l'homme, comme dans la peur de la contagion, se gardaient du moindre geste, le fessier collé à leur banc, les paupières battant selon des rythmes divers sur l'indifférence noire des yeux. Soudain, l'homme ploya les jambes et il y eut un bruit sourd d'agenouilloir de chêne heurté, tandis que le haut du corps s'affalait mollement contre le dossier du banc de devant, lequel était, à cet instant, commodément vide. La posture était celle d'une pénitence terrible, mais elle signifiait seulement que l'homme avait perdu connaissance. Un évanouissement, après tout, n'avait rien d'insolite durant une messe aussi longue. Il revint à quatre marguilliers, probablement irlandais, d'emporter l'homme, yeux clos, bouche affamée d'air. Carlo en finit avec son latin, promena sur l'assistance entière un regard courroucé, traça un dernier signe de la croix, puis descendit massivement. La messe pour l'âme de Raffaele Campanati reprit son cours.

41

Nous étions sur la pelouse où, six ans plus tôt, s'était tenu un festin de noce. Un *ombrellone* contre le soleil farouche battait langoureusement de sa frange de cils décoratifs et flirtait avec une brise presque inexistante. Le piquet de l'*ombrellone* était planté dans l'orifice central d'une table ronde en fer émaillé, sur laquelle étaient posées une bouteille de sambuca, une autre de grappa et des tasses de café vides. La veuve Campanati, pâle mais ne paraissant pas sa soixantaine était assise, vêtue de soie noire, sur un siège assorti à la table, en chemise de soie blanche et pantalon de flanelle grise, j'en occupais un autre. Elle avait absorbé un déjeuner solide, comme par défi en quelque sorte ; j'avais peu touché à la nourriture. Ce n'était pas le chagrin du deuil qu'elle défiait, c'étaient les séquelles émotives de la visite d'un trio de chemises noires. Les trois hommes étaient passés le matin même, alors que j'étais encore en route, venant de Milan. Ils avaient entendu dire que le professeur Gaeteno Salvemini logeait dans la maison, et Salvemini était un ennemi du régime : il avait écrit que Mussolini n'était qu'un crapaud qui veut se faire plus gros que le bœuf, et que l'unique haut fait du fascisme, pour l'heure, était l'invention d'une cure brutale contre la constipation, et bien d'autres choses de même esprit. Le fait était que Salvemini avait rendu visite à la veuve Campanati la semaine précédente, mais ne se trouvait plus là. Les chemises noires, sans posséder de mandat, avaient insisté pour perquisitionner, à la recherche de documents accusateurs. Ils n'avaient rien découvert, mais avaient témoigné de l'insolence ; l'un d'eux avait, avec ostentation, pissé contre le mur. La veuve Campanati se disait heureuse de quitter l'Italie : elle allait louer une petite maison à Chiasso, en Suisse, à courte distance par le train. Ce serait comme de vivre dans une bourgade italienne, mais loin des chemises noires.

— Au fait, dis-je, comment dois-je vous appeler ?

— Concetta, répondit-elle. Très italien, très catholique. Je ne pense pas qu'il y ait l'équivalent en anglais. Autrefois, les garçons m'appelaient toujours Connie, ce qui fait infiniment plus américain.

Les tonalités américaines étaient beaucoup plus évidentes dans sa voix, maintenant, que cinq ans plus tôt. L'allure américaine était aussi plus marquée. Qu'était-ce donc, qu'est-ce que l'allure américaine ? La bouche plus généreuse, moins prudente que chez les Européens ; les yeux aussi. Ses cheveux blancs étaient joliment coupés à la garçonne, comme le voulait la mode. La peau était bien nourrie : régime lacté, peut-être. Le menton, ferme.

— Concetta Auronzo, c'était mon nom de fille. Il figure toujours sur mon passeport américain, que j'ai gardé ; je le fais renouveler régulièrement. C'est de la triche, aux yeux du gouvernement italien, même s'il l'ignore. Ma mère disait : « Concetta, nous sommes sorties du Vieux Monde pour entrer dans le Nouveau. Ne perds jamais cet avantage. Ne te laisse jamais avaler ni reprendre par le Vieux Monde. »

— Qu'allez-vous faire dans un endroit comme Chiasso ? demandai-je.

— Y finir mes jours. Peut-être voyagerai-je un peu. Une petite visite aux États-Unis pour déposer des fleurs sur la tombe du pauvre Raffaele. (Elle avait dit cela sur un ton désinvolte, à croire que Raffaele était un chien qu'elle avait connu jadis dans le New Jersey. Cependant, comme si elle avait entendu cette note dans sa voix et qu'elle eût voulu réparer, elle ajouta :) Pauvre garçon. Pauvre *brave* garçon. Vous ne vous entendiez pas trop bien avec ce malheureux Raffaele. Mais je suis contente que vous ayez été présent, à la fin. Peut-être en a-t-il eu conscience.

— Je l'admirais. L'ennui était qu'il ne pût accepter qu'un écrivain comme moi remue inévitablement la boue et risque donc les éclaboussures. Écrire lui semblait un métier plutôt coupable. C'était un homme d'une grande rectitude.

— Oh ! oui, très droit. Et voyez où cette droiture l'a conduit, pauvre garçon. (On ne lui avait pas fourni tous les détails ni dit exactement où cela l'avait mené. On avait tout fait pour qu'elle eût l'impression d'une mort propre.) J'imagine qu'ils étaient tous là, tous en noir avec des montagnes de lis. Quelle hypocrisie ! Mon propre peuple, des Italo-Américains. Des catholiques, de bons fils de la Sainte Église catholique, apostolique et romaine.

Elle avait prononcé ces mots avec amertume en paraissant reculer devant une image intérieure, celle d'une énorme araignée noire descendant lentement d'un *ombrellone*. Je dis :

— Carlo m'a prédit que vous vous détourneriez de Dieu un certain temps. Que c'était inévitable, selon lui. Il a parlé de divins mystères et autres.

— Divins mystères ? Sottises que tout cela, dit-elle. Il y a les bons et les méchants, c'est aussi simple que cela. La cupidité et la malveillance, face à la modération et à l'honnêteté. Carlo a toujours besoin de fourrer de la théologie dans tout, de tout rejeter sur le dos du diable.

— C'est son métier.

— Oui, son métier. Le mal est nécessaire à ce métier-là. Sans lui, il n'aurait rien à faire. Alors, bon, va pour encore plus de mal !

Je lui offris une Gold Flake et l'allumai avec le cadeau d'Ali à la croix maltaise... non, avec une allumette Swan Vesta. Comme une jeune fille coiffée de frais et se piquant d'audace à son premier bal, elle souffla la fumée sans l'avaler et en humectant le bout de la cigarette, en sorte que, le papier lui collant aux lèvres, elle dut la jeter après trois bouffées et l'écrasa dans l'herbe brune d'un haut talon résolu.

— Ce n'est pas vous que cela scandalise, dit-elle. Dans votre catholicisme en tout cas, ajouta-t-elle.

— Comment cela ?

— Carlo dit que vous avez perdu la foi et qu'il vous ramènera au bercail un de ces jours. Lorsqu'il aura le temps de s'y atteler. Pour le moment, il a l'air très affairé à ramasser de l'argent. Pour son histoire apostolique et je ne sais quoi.

— Pour la propagation de la foi parmi les hindous, les musulmans et les taoïstes. Sans compter les Noirs de l'Afrique obscurantiste. Carlo, vous le savez mieux que personne, est un homme très remarquable. Mais jamais il ne me ramènera dans le sein de l'Église. Peut-être quand nous aurons tous deux atteint la vieillesse. Mais pas *nel mezzo del cammin.*

Je venais juste de célébrer mon trente-cinquième anniversaire. Petit dîner au Fouquet's avec Hortense et Domenico. Joue gauche d'Hortense lourdement maquillée pour cacher la pourpre d'une gifle, à la suite d'une furieuse dispute avec Domenico pour un motif inconnu de moi.

— « Dieu, accorde-moi la pureté, cita Concetta, mais pas tout de suite. » Saint Augustin, apôtre des Napolitains de Chicago ! (Je comprenais maintenant pourquoi elle pouvait être le genre de personne donnant envie à un homme comme Gaetano Salvemini de venir la voir.) Puissent-ils pourrir en enfer, tous ! (Très américain : les « r » sonnant sombrement.) Les statues qui saignent, l'ignorance, la superstition, la violence, la traîtrise. Et la peur du tonnerre. L'Église catholique s'arrange de n'importe quoi.

Passage d'amertume, mais comme un trait dans une aria, comme l'obéissance à un mode obligatoire. J'attendis la fin. Elle dit, avec une tendresse à peine encore amère :

— Carlo est convaincu que le bien l'emporte toujours. A la longue. Eh bien ! moi, cela me paraît un tantinet trop long. (Un *long* américain, très étiré.) Optimisme du désespoir, ai-je entendu appeler cela. (Puis, avec un brin de provocation, comme si j'avais été susceptible de refuser de la croire :) J'ai lu des livres, vous savez, pour essayer d'être à la hauteur de la piété de mes deux enfants. Et je continue. J'ai lu les vôtres. J'ai même confronté les traductions italiennes avec les originaux. Ce n'est pas très bon en italien.

— Ni en anglais non plus. Mais je continue, en m'efforçant de faire mieux.

— Il y a, dit-elle, une limite à la dose de progrès possible en tout. Quoi que puisse croire Carlo. Je pense que les convictions de Carlo ne sont peut-être pas très orthodoxes. Mais il se peut que l'orthodoxie soit une question de force de volonté. Et il est convaincu que la volonté peut tout. Oh ! avec trois grains de grâce et de prière en hors-d'œuvre, bien entendu. De toute évidence, poursuivit-elle sur le ton de la taquinerie, vous n'avez pas voulu être Shakespeare.

— Pas plus que Shakespeare lui même ne s'est voulu Shakespeare, répliquai-je. Vous avez touché le fond du problème, pour ce qui touche ma foi. Je devrais vous suivre en Suisse. L'argent y prolifère, les montres y tictaquent, en dehors de tout libre arbitre. J'étais prédestiné à devenir Kenneth M. Toomey, scribouilleur médiocre et trop comblé.

— Et prédestiné aussi à perdre la foi ? demanda-t-elle en souriant. C'est un peu fort, non ? Dieu voulant que vous ne croyiez pas en lui.

— Oh ! mais je crois bel et bien en lui, quel qu'il soit. Le Jehovah énigmatique de l'Ancien Testament... On ne sait s'il est bon ou mauvais, mais pas de doute : il est là. Et il nous en fait voir de toutes les couleurs, chaque fois qu'il se soucie le moins du monde de nous.

— Il s'agit de la sexualité, n'est-ce pas ? dit-elle en me regardant droit dans les yeux. J'ai lu ce roman d'Aldous Huxley, vous voyez lequel ? Ce qu'il y a de mieux dedans, c'est la citation de... comment dit-on ?

— L'épigraphe ?

— C'est cela. *Created sick, commanded to be sound.* Créé malade, avec ordre d'être sain. Vous savez, cela ne veut pas dire que je vous croie malade. Le pauvre Raffaele parlait de maladie, lui, bien que le pauvre Carlo refuse de croire que cela existe vraiment.

— Cela existe parfaitement. S'il n'y a qu'une seule sorte de santé, alors, oui, je suppose que je suis un malade. Pourtant je n'ai pas le sentiment d'en être un. Notre monde de l'après-guerre apprend à distinguer l'acte sexuel de l'acte de génération. L'Église prétend que c'est péché. Mais c'est un choix délibéré, un acte salubre de libre arbitre pervers. Si c'est péché, disons que j'y suis prédisposé. L'Église et moi, nous ne pouvons tomber d'accord là-dessus. Je suis donc sorti de l'Église. C'est très simple et très injuste.

— Vous en avez parlé à Carlo ?

— Il se contenterait de me brandir le péché de Sodome. *Kaum nabi Lot.* (Les larmes montaient ; je les forçai à rentrer dans leurs canaux.)

— Carlo a parlé dans une lettre... Non, je me tairai. L'amour entre hommes... il voyait très bien cela. C'est du malais, de l'arabe ou quoi, ce que vous venez de dire ? Oui, il en parlait dans sa lettre. Affliction, affliction... Ah ! quel monde. Voulez-vous faire la sieste ?

Refoulées, les larmes se révoltaient et étaient les plus fortes.

— Pardon ! Pardon, pardon, pardon...

Et les sanglots me secouèrent sur mon siège en fer laqué de blanc. Les mains sur les yeux, je sentais ses doigts me tapoter l'épaule de leur sympathie sèche. Après tout, elle aussi avait besoin de compassion. Elle dit :

— L'agence de Milan a été assez prompte à procurer quelqu'un. Une espèce de grand professeur d'art de Philadelphie, qui a pris ce qu'il appelle une année sabbatique, vous savez ? un dimanche qui dure toute une année. Marié, sept enfants, et il doit venir s'installer ici à la fin du mois. Ensuite, nous ne savons quoi. Vendre la maison ? L'Italie est bourrée de *palazzi* invendables. Y a-t-il ici un ou deux tableaux que vous aimeriez garder pour moi à Paris ? Je ne peux me résoudre à les confier à une salle des ventes. Je suppose que Londres serait l'endroit rêvé : Christie's, je crois ? Il faut que j'attende le retour de Carlo, j'imagine.

— Pardon, pardon, pardon...

— Mais non, il vaut mieux vous ôter ce poids du cœur. (Je voyais bien que mon chagrin l'ennuyait, et pouvais-je le lui reprocher ?) Faites donc cette sieste. J'ai des lettres à écrire.

Dans la fraîcheur de la chambre, tous volets clos, minces couteaux d'air et de lumière pénétrant par les fentes, je finis par m'endormir, ivre et épuisé de pleurer bruyamment sur moi-même J'entendis brièvement deux ou trois voix de domestiques commenter bas la chose dans le couloir, point mécontents, sans doute d'une manifestation enfin audible de chagrin, la *vedova* Campa nati s'étant montrée d'un calme anormal face à ses deux deuils si rapprochés l'un de l'autre. Je fis le rêve auquel je devais m'attendre : Raffaele et Philip confondus, dévorés par une forme indistincte dans les déserts d'Australie. M'éveillant en proie à la terreur, je fus épouvanté de me découvrir grotesquement tumescent et dégorgeant ma semence sur la blancheur du drap de dessus. J'eus la vision, dans l'instant précédant le réveil, des lettres métalliques sur la façade blême de l'hôtel de King's Cross, en même temps qu'une voix disait : *O hommes de peu de foi.* Et puis, inondation de sperme.

Nous nous retrouvâmes tous deux seuls à dîner. *Zuppa di verdura,* rouelle de veau, *zabaglione,* l'ensemble arrosé d'un *spumante* très froid.

— Celui-ci, tenez, par exemple, dit-elle.

Elle parlait du Tommaso Rodari accroché au-dessus de la desserte (y était-il la dernière fois ? Non, pensai-je) représentant Lot et ses filles. *Nabi Lot,* ayant fui les Sodomites réduits en cendres et prêt maintenant à se laisser enivrer et à commettre l'inceste. Fallait-il y voir une délicate malice ? Je ne le crus pas, à en juger par ses yeux, graves, mais non tristes.

— Ou un autre, vous n'avez qu'à choisir.

— C'est une trop grosse responsabilité, répondis-je. Merci tout de même. Mais est-ce que votre professeur sabbatique ne s'attend pas à être entouré de grand art italien, sans supplément ?

Puis, saisi d'épouvante, je sentis renaître une tumescence, cachée pour le moment sous le damas blanc. Que diable m'arrivait-il ? Je dis vivement :

— Le 17 octobre, j'y pense. Le concerto de Domenico. Ce sera un événement. Viendrez-vous à Paris ? Vous pourriez descendre chez moi ; la place ne manque pas.

— Ce concerto... (Le léger strabisme qu'elle partageait avec sa belle-fille s'alluma d'une étincelle, analogue aussi, de fine moquerie.) Il a mis tout ce gribouillage comme un mur entre les funérailles de son propre père et lui. Gommant par-ci, rajoutant là des choses avec son crayon, et frappant cette pauvre Hortense. Le grand artiste qu'on ne doit à aucun prix distraire de son grand art, même s'il y a une mort dans la famille. Est-il bon au moins, ce concerto ?

— Je n'en ai entendu que des fragments. Et d'ailleurs, je suis mauvais juge. Viendrez-vous jouir du triomphe ?

Question et mot dangereux, avec mon engorgement palpitant sous la nappe. Heureusement, sur ce, la vieille Rosetta, qui n'avait pas encore paru dans la salle à manger, entra en apportant le café et en me jetant un regard sans tendresse, ayant peut-être déjà découvert les effets de mon incontinence pendant la sieste. Gênée, la tumescence se résorba.

— Très bien, j'y serai. Mais je suis mauvais juge, moi aussi. Il n'y a pas de fibre musicale dans la famille, ni d'un côté ni de l'autre. Quoique, non, ce ne soit pas tout à fait vrai. Son père était un grand habitué des coulisses de la Scala. Quand on y donnait un opéra avec ballets. Il n'a jamais beaucoup aimé Puccini ni Wagner : ça manque de mollets. (Je ne pus retenir un sourire devant sa causticité : elle ne jouait pas plus les veuves que les mères dans la bonne tradition méditerranéenne.) Raffaele... c'est de l'autre que je parle, de mon mari, non de mon fils, Raffaele, oui, devait sa paralysie à un état syphilitique, dit-elle d'une voix ferme.

— Seigneur Dieu ! je ne l'aurais pas imaginé. (J'en renversai même mon café.)

— Oh ! la réputation des *belle ballerine* de la Scala n'est pas en cause. Bonnes filles bien saines, pour la plupart. Mais Milan compte d'autres créatures, moins bonnes, moins saines, sans parler des villes où un homme actif se rend pour affaires. Raffaele a eu la délicatesse d'attendre d'avoir un âge assez avancé pour contracter cette affection, si bien qu'il ne pouvait plus faire grand mal à la maison. Il allait à la messe tous les dimanches, comme il sied. Il n'avait pas commis de péché. Il avait seulement fait ce que l'on attend d'un bon fils de l'Église. Peut-être vous demandez-vous pourquoi je vous raconte tout cela.

— Je vois bien, dis-je, conscient d'une flaccidité totale à présent, que vous aviez besoin de le dire un jour à quelqu'un.

— Domenico a beaucoup du tempérament de son père. Mais je crois qu'il a montré plus de... comment dire ? Prudence ? (Elle sourit, sans une ombre d'amertume.) *Prudenza.* C'était, soit dit en passant, le nom d'une des maîtresses de Raffaele, une des plus... durables — c'est de mon mari, bien sûr, que je parle. Au moins, Domenico n'a pas semé des *bastardini* dans les villages des alentours. Pour autant que nous le sachions. Votre chère sœur, poursuivit-elle en buvant son café d'une main qui ne tremblait pas, s'est mis sur les bras un joli paquet de fil à retordre. Mais je suis contente des jumeaux. Les jumeaux sont adorables. Domenico n'en a pas l'air convaincu. Il trouve qu'Hortense devrait modérer leurs pleurs et leurs cris d'une main plus efficace : ils le dérangent dans la composition de ses *concerti* et autres. Les jumeaux, reprit-elle, ont beaucoup de leur mère, mais assez peu de leur père. D'aspect, je veux dire. Je crois, conclut-elle en me regardant bien en face, qu'Hortense est une très bonne fille, mais sans trop.

— Je crains, dis-je, de ne pas comprendre tout à fait le sens de vos paroles.

— Oh ! allons, allons. Une fille comme elle, pleine de feu, de caractère et peut-être de talent ? A ce que je comprends, elle a pris goût aux arts, à la sculpture, je crois. Elle ne veut pas s'en laisser imposer par le grand musicien Domenico. J'ai l'impression qu'elle rend coup pour coup. Tout cela est excellent pour mon fils. Si nous allions faire un petit tour au jardin ? La lune est belle et nous entendrons peut-être le rossignol.

Elle avait mis sur ce dernier mot la même intonation de légère moquerie que, plus tôt, sur *concerto :* une note de bravade virile et un peu érotique, à quoi manquaient le fond et la substance qui eussent prêté un caractère nourricier à la chose. Croustillant et doré, mais sans beurre. Le sujet d'Hortense avait réveillé

— encore que sans honte, cette fois, car il s'agissait évidemment d'un état pathologique — mon engorgement. Je songeai à de l'eau glacée et en tirai un amollissement suffisant pour me permettre de me lever de table.

La lune était pareille à une rondelle de beurre breton veinée de moisi comme un fromage. D'un rossignol, jaillissaient de ridicules improvisations. Les figuiers tendaient leurs mitaines molles et les oléandres foisonnaient de marguerites sans cœur.

— Vous ne regretterez pas de quitter tout ceci ? demandai-je.

Elle ne répondit pas à la question. Elle dit :

— Hortense a pleuré en me parlant de sa mère. Et encore plus en évoquant son père. Elle a prononcé le mot de trahison, ce qui est une sottise, à mon avis. On ne peut être fidèle aux morts.

— C'est la rapidité de la chose qui l'a bouleversée. *Avant même que ces chaussures aient vieilli,* vous savez ? comme dit le poète. Les viandes du repas funèbre n'ont même pas eu le temps de refroidir. Des deux, c'est lui qui est vraiment mort, je suppose. Je lui ai téléphoné de New York. Sa voix, ses paroles étaient celles d'un parfait étranger. Il n'avait rien à dire. Il y avait du désappointement dans le ton parce que je n'étais pas un patient en puissance. La paternité est probablement une belle ineptie.

— Sauf, dit-elle (toujours prête, comme Carlo, à vous assener sa petite vérité), s'il s'agit d'un lien voulu. Je suis heureuse d'avoir Hortense pour fille. Rien n'est plus stupide que cette étiquette de parenté *par alliance* que l'on colle sur les gens. C'est d'un froid. On croirait quelqu'un qui vous serait imposé par l'État. En italien c'est mieux : *nuora.* Et vous-même, il va de soi que vous devriez être mon fils, puisque vous êtes son frère. Mais je ne pense pas que vous ayez besoin de personne.

— Si, j'ai besoin de quelqu'un, m'écriai-je avec véhémence. Non, repris-je aussitôt, je n'ai rien dit. L'image que vous en tireriez serait fausse. Une amitié féminine, poursuivis-je. Cela a quelque chose d'antique et de noble à l'oreille. Cela sonne mieux qu'un lien de famille, qu'un rapport sexuel. Souvenez-vous de Cyrano, de ses paroles à Roxane, juste avant de rendre l'âme. Je ne me rappelle pas les mots exacts, mais le sens en est . J'aurai eu dans ma vie une seule amitié, et elle portait robe de soie... Considérez, si vous le voulez, continuai-je sur mon élan, que vous êtes chez vous dans mon appartement de Paris. La place n'y manque pas, répétai-je. Et, ajoutai-je, vous n'y trouverez pas de petits bergers nus à la Thorvaldsen s'y ébattant, pour ce que cela veut dire. Est-ce que l'on s'attend à voir les hétérosexuels perpétuellement en action ? Alors, pourquoi nous ?

Elle sourit tandis que nous allions à pas lents sous le *querco*, le grand chêne baigné de lune — à moins que ce n'ait été qu'un cyprès. Je dis encore, avec la même impétuosité que plus tôt :

— Oui, j'ai besoin de quelqu'un. Je l'avais trouvé, je l'ai perdu Nous ne sommes pas différents de ceux qui ont la bénédiction de l'Église et de la biologie. Cela ne vous paraît pas évident ? Non ? (Et par dérision, le démon logé dans le bas de mon ventre recommença a se cabrer)

— Carlo, dit-elle, m'a raconté tout ce qui s'est passé en Malaisie. Vous attendiez de lui un miracle, m'a-t-il expliqué

— Vous a-t-il vraiment tout dit ?

— Ses lettres ressemblent à des notes préliminaires à la vraie lettre qui suivra. Il avait mis une phrase disant que Dieu seul dispose. Avec une allusion à un enfant inconnu dans cet hôpital, à Chicago. Personnellement, dit-elle, je ne crois pas aux miracles J'aurai maintenant tout loisir de décider à quoi, très précisément, je crois. Mais la face restera sauve. J'ai deux enfants très pieux. (Comme elle s'apprêtait à revenir vers la maison, je fis aussi demi-tour.) Je prends votre gentille offre au mot, dit-elle. Merci. Il se peut que Chiasso se révèle juste un tantinet trop ennuyeux.

J'enveloppai mon ithyphallus de serviettes de toilette, cette nuit-là, après avoir remarqué que les draps avaient été, de façon ostentatoire, changés et étroitement bordés aux quatre coins, dans le style hospitalier Je m'éveillai six fois pour découvrir que ma semence jaillissait de source, non moins généreusement la sixième fois que la première. Ébranlé, sans me sentir pourtant notablement affaibli, j'allai voir un médecin de Milan, Ennio Einaudi, cousin germain de mon éditeur italien. Car autant dire ici que je n'étais pas venu dans ces régions uniquement pour rendre visite à la veuve Campanati. Avec les restrictions mises par le fascisme à l'exportation de la lire, il me fallait percevoir mes droits d'auteur en liquide et les dépenser à l'intérieur des frontières du territoire italien (le nouvel empire restait encore à édifier). C'est à dater de cette époque que j'ai commencé à recourir aux services d'un dentiste romain, à l'exception, s'entend, de la durée de la guerre dont nous séparaient encore quatorze années. Ce Dr Einaudi, barbu dans la cinquantaine, m'expliqua que je souffrais de spermatorrhée, affliction assez rare en Italie, liée, à en croire les manuels en tout cas, à un sentiment de culpabilité, ou au surmenage, à une dépression nerveuse et, si j'ai bien compris ce praticien, à la solitude. Lorsque l'appel de la chair se faisait entendre, m'expliqua-t-il aussi, je devais sauter dessus. Lui-même, à en juger par les nombreuses et bruyantes voix d'enfants qui s'engouffraient, avec l'odeur fromagère d'un *riso al burro*, lorsque la porte s'ouvrait sur ses quartiers d'habitation, était un homme qui n'avait jamais manqué d'y répondre. Je ne soufflai mot de mon homosexualité, mais, obéissant à sa prescription, ramassai dans l'ombre du Duomo un immigrant sicilien, maigre, basané, complaisant, et me laissai conduire par lui jusqu'à un *albergo* crasseux et arrangeant où nous passâmes le reste de l'après-midi. Ainsi me retrouvai-je une fois de plus en compagnie de bestioles, avec tout le programme de sueur, de voyelles ouvertes et de coups de boutoir brutaux. Je n'eus droit à aucune vision réprobatrice de Carlo, ni de son cadet Raffaele, ni du pauvre Philip tant aimé. Seul, le visage de ma mère se montra, le temps d'un éclair, à la fenêtre, mais sans qu'elle parût me reconnaître. Ce fut un acte thérapeutique, accompli dans un cadre fort loin d'être aseptique. Mon état ne tarda pas à s'améliorer à Paris, grâce au secours d'Algériens ou au souvenir réfrigérant qu'ils me laissaient – tout au moins certains d'entre eux. Je coupai à la crise de dépression attendue.

Nous voici au 17 octobre, salle Gaveau. Honnête assistance, surtout venue entendre Albert Poupon. Mais à Hortense, à Concetta Campanati et à moi-même, s'étaient joints Antheil et Pound ainsi que, pour je ne sais quelle raison, Mlles Gertrude Stein et Alice Toklas, à l'apaisement et à l'encouragement d'un Domenico en eau. L'orchestre du Conservatoire, sous la baguette de Gabriel Pierné (dont on se souvient surtout aujourd'hui pour son petit ballet autour d'un petit faune), débuta avec deux des *Nocturnes* de Debussy, *Nuages* et *Fêtes, Sirènes,* exigeant une chorale féminine dont les répétitions sont toujours restées une source d'ennuis et qui, de toute façon, eût augmenté les frais. Puis Poupon entra en se dandinant sous les applaudissements, qu'il reçut avec d'extravagantes manifestations de gratitude. Il ressemblait à un épicier de province prospère dont le passe-temps eût été la danse ; il était chauve, avec une moustache de phoque désuète et un œillet branlant le chef à la boutonnière. Il passa deux minutes exaspérantes à ajuster son siège devant le piano, à faire craquer tous ses doigts sur un rythme qui semblait vouloir indiquer le tempo à Pierné, puis écrasa les deux mesures d'ouverture en solo. L'orchestre, machines à vent, cymbales à frire, xylophone et tout, cogna, couina et beugla simultanément cinq thèmes dans cinq clés différentes, tous, pris séparément, aussi banals les uns que les autres. Nous y sommes donc : Concerto pour piano et orchestre de Domenico Campanati, premier mouvement, *allegro con anima*, polytonalement à la mode et pourtant étrangement dépassé, avec ses brefs motifs de jazz rebattus à la trompette oua-oua et ses glissandos de trombones. Domenico écoutait, regardait, comme frappé d'épouvante religieuse et n'en croyant pas ses yeux ni ses oreilles : Dieu, quel génie inattendu il avait ! Le second thème exposé par le piano solo sur fond d'instruments à cordes jouant tous leurs accords séparés et évoquant, en quelque sorte, le courage dans la souffrance, ressemblait plus ou moins à un air de blues, tierce et septième bémolisées : j'étais sûr que Domenico n'eût jamais pu vendre un tel machin à aucun éditeur de musique populaire de Tin Pan Alley, à New York. Le développement du thème était bref, parce que Domenico ne savait pas développer, et la coda, quand elle arriva enfin, offrait une ressemblance gênante avec le cantique *En avant soldats du Christ*, mais poivré et vinaigré à souhait de discordances. Le mouvement lent paraissait fagoté avec certains thèmes pucciniens de notre *I Poveri Ricchi*, tout en étant surtout remarquable pour ses arabesques de la main gauche, imitations grotesques, tant Domenico avait manifestement honte du seul don qui lui fût réellement propre : un romantisme lyrique démodé. Le *moto perpetuo* qui concluait n'était que trucs et feux d'artifice, pets et ululements, plus un *fugato* dont l'habileté insuffisante de Domenico dans l'art du contrepoint semblait n'avoir fait rien moins qu'une mauvaise caricature d'un compositeur insuffisamment habile dans l'art du contrepoint. Coups sourds, soufflets de forge et mugissements, mélodie voisine de *Some of These Days* crescendo de caisse claire, glissandos contrariés sur les touches noires et blanches, dissonances haut tenues des trompettes et des cors tremolando, gamme chromatique jouée synchroniquement fortissimo, et point final. Acclamation (ça, c'est ce que j'appelle de la musique moderne, mon vieux), Poupon désignant gracieusement Domenico parmi l'assistance, l'obligeant à se lever, à s'incliner, à suer, à prendre l'air modeste, à minauder avant de se rasseoir. Nous claquâmes tous vigoureusement des mains, sauf la mère de Domenico, qui tapota doucement sa paume droite de trois doigts de la main gauche. Entracte. La seconde moitié du concert comprenait la Septième de Beethoven. Les amis de Domenico, ne désirant pas voir leur loyauté compromise, se proposaient de ne pas rester. Je dois répéter ici les paroles que je me suis déjà mises dans la bouche, à savoir que j'étais, que je suis, mauvais juge en musique. D'un autre côté, j'étais convaincu que Domenico avait un avenir musical, même s'il n'était pas encore possible de déceler dans quelle direction s'ouvrirait la perspective, puisque l'on n'était qu'en 1925.

— Et voilà ! dis-je à Concetta, comme nous prenions un dernier verre de cognac à l'eau de Seltz sous la bénédiction rosée de mes lampadaires. Le triomphe de Domenico. Vous aussi, vous devez être très fière.

— Ne vous moquez pas. (Elle était élégante : robe en lainage noire de chez Worth et rang de perles.) Laissez-le à Domenico. Vous a-t-il parlé de sa nouvelle idée ?

— Non, il ne m'a rien dit.

— L'argent que Raffaele lui a légué. Il raconte qu'il va en consacrer une partie à s'acheter le temps d'écrire un Requiem. In memoriam de son *caro fratello*. Genre negro spiritual, Dieu sait pourquoi. Avec, pour le *Dies Irae*, sifflets à roulette de la police et machines à poinçonner de Chicago, comme on appelle ces engins de mort dans cette ville.

— Vraiment ?

— Il m'a expliqué que cela devait combiner le moderne à outrance et l'austérité de la tradition. Grand orchestre avec saxophones. Double chorus et petits garçons dans la tribune des orgues. Pour l'amour du ciel, tâchez de l'en dissuader.

— Carlo est l'homme qu'il vous faut. Il réunit en une seule personne toutes les sortes d'autorité nécessaires : spirituelle, familiale, artistique. Il a aussi le poing solide. Mais je ne crois pas que nous ayons à nous inquiéter. Domenico n'a rien de Verdi. L'énergie de l'œuvre donnée ce soir m'avait l'air factice. Plus de bruit que de vraie vigueur.

— Dommage qu'il ait reçu tant de louanges. En particulier de cette espèce de sauvage... Comment s'appelle-t-il, Anthill ?

— George Antheil. C'est un Américain. Il s'intitule lui-même le mauvais garçon de la musique.

— Et cette grosse juive ! Avec son espèce de satellite ! J'ai grand peur pour la pauvre Hortense quand ils se retrouveront au lit cette nuit. Si elle montre la moindre tiédeur il ira de son gros poing, lui aussi.

— Elle peut toujours lui fendre le crâne avec son buste d'André Gide. C'est de l'art très compact.

— J'ignorais, dit Concetta en ramassant un exemplaire de *Woran sie sich nicht erinnern will* qui gisait sur le tapis à côté de son fauteuil, que vous lussiez l'allemand.

— J'apprends. Il le faut. Strehler dépasse tout. J'ai fait une chose dont je ne me serais pas imaginé capable — enfin, pas depuis ma période Henry James. Je lui ai écrit une lettre de lycéenne exaltée ; en anglais, bien entendu. Pas de réponse jusqu'à présent. Peut-être en reçoit-il des tas. Connaissez-vous son œuvre ? Sinon, n'y manquez pas. Il est absolument...

— *Doch als uns der Fliegenpilz seine Wirkung entzog, als kein Glück mehr nachdämmern wollte,* lut-elle avec un accent légèrement saillant, fort peu évocateur du septentrion teuton, *als wir uns...*

— Mais, dis-je, stupéfait, c'est extraordinaire, vous ne cessez pas de...

— C'est mon héritage du Haut-Adige, dit-elle. Cela a l'air bon

42

L'on était en 1928 et les deux seuls enfants d'Hortense étaient devenus de petites créatures humaines bavardes, dégoisant à leur *uncle*, tonton ou *zio* Ken le genre de langage macaronique que l'on peut attendre d'enfants trilingues, disant « accrocher » pour « arracher », appelant l'astre des nuits tantôt *moon*, tantôt *luna*, ou *lune* et les robinets des *robinettes*. On leur avait imposé les différenciations sexuelles conventionnelles dans le costume et la coiffure, sans quoi, sortis de la baignoire. ils eussent été le même enfant en deux exemplaires.

— Soyez sages, leur intima Hortense, habillée pour le voyage, tandis que déjà le taxi, comme T.S. Eliot nous avait appris à le dire, palpitait d'attente.

Nous allions tous les deux à Londres, pour le mariage de notre frère Tom. Il épousait la fille que nous avons déjà brièvement rencontrée, la pintade qui s'était montrée grossière envers moi quatre années plus tôt, chez Scott : Estella. La gouvernante des jumeaux, nouvelle venue de Gattières dans le Var, la quarantaine, les yeux sans illusion et le teint couleur de la boue du Var, jaunâtre, les bas toujours en vrille autour de chevilles rustiques, grande suceuse de cachous, malencontreusement baptisée Désirée, assura à sa maîtresse que les petits anges seraient sages. Domenico aussi le serait, du moins au sein de sa propre maisonnée. Il semblait sincèrement désolé de voir partir Hortense, fût-ce pour un jour ou deux. Il avait l'œil humide en l'embrassant. Il était beau comme d'habitude, tout en grisonnant de la façon que l'on déclare distinguée ; mais une certaine rondeur à l'italienne commençait à le gagner. Moi aussi, je grisonnais, mais je gardais ma minceur comme si j'avais été constamment rongé par les vers de diverses sortes de remords — de mon aberration sexuelle, de la médiocrité de ma prose lucrative, de ma perte de la foi. Hortense, à l'approche de la trentaine, n'avait jamais paru plus belle ni plus élégante. Elle était vêtue d'un ensemble court de lin vert pâle à parements contrastés à pois (vert plus soutenu et blanc), jupe en forme et manches de jaquette à petits plis horizontaux, blouse boutonnée jusqu'à la taille, et portait un chapeau à larges bords, ceint de soie à pois formant nœud à frange, et d'un manteau en lainage moelleux à col bordé d'une fourrure que l'on retrouvait en double bande sur les manches évasées. Ses talons étaient hauts, lui donnant presque ma taille. J'étais, comme d'habitude, fier de me montrer avec elle.

Bien entendu, Domenico n'avait pas exécuté sa menace de composition d'un Requiem. Il avait gagné de l'argent grâce à une suite d'exercices progressifs pour le piano, destinée à la jeunesse, dans le style du *Mikrokosmos* de Bartok, sous le titre allègre de : *C'est notre monde, les enfants !* Il avait également écrit d'autres choses et travaillait à une série de quatuors polytonaux pour diverses combinaisons instrumentales. Il était tout tracassé d'avoir atteint les limites de la discordance. Après tout, on ne pouvait aller plus loin que l'accord utilisant la gamme chromatique en son entier, à moins d'employer les microtons de Haba, préfigurés déjà dans une chanson de Gerard Manley Hopkins. Il était loin de se douter que son vrai monde était près de s'ouvrir à lui.

— *Tesoro, tesoro !*

Le buste de Domenico, qu'Hortense avait sculpté et qui faisait ressortir le fond chagrin de l'homme sous le charme milanais, contemplait de ses yeux aveugles et maussades les adieux. Nous partîmes aux accents des jumeaux réclamant des *gifts* cadeaux de Londres, *London*, où que se trouvât cette ville. L'on nous conduisit au Bourget, où nous montâmes à bord du biplan des Imperial Airways qui assurait une fois par jour la liaison avec Croydon et l'Angleterre. C'était la belle époque de l'aviation, où la terre et l'eau défilaient à vue, à croire que l'on allait les toucher, où l'on baignait dans le froid naturel des couches inférieures de l'atmosphère, assis dans des sièges de rotin inconfortables et qui grinçaient antiphonalement, sur vrombissements de moteur à la basse, et où le café était tenu au chaud dans des bouteilles isothermiques. Un petit autobus de la compagnie aérienne nous conduisit de Croydon au terminus dans le West End. De là, bref trajet en taxi jusqu'au Claridge. Pendant que, des fauteuils du salon de notre suite, Hortense et moi, tout en buvant tranquillement notre Martini dry nous contemplions, dehors, les façades hollandaises de Brook Street, un souvenir ancien nous revint : Londres en temps de guerre, mon premier succès au théâtre, le cacao du soir avant le coucher, une jambe artificielle, une écolière radieuse innocemment fascinée par le grand livre interdit de la sexualité. A propos de livres interdits, il suffisait d'ouvrir l'*Evening Standard* du jour ; c'était là, étalé : le procès fait à Radclyffe Hall pour son *Puits de solitude*. Hortense me lut les attendus du magistrat qui présidait :

— « Le plus grand crime de ce livre est le défaut de toute suggestion indiquant que les hideuses propensions décrites dans ces pages soient le moins du monde blâmables. Tous les personnages sont présentés comme des êtres séduisants, et mis en avant avec admiration. » (Elle leva les yeux.) L'article dit qu'il y a une quarantaine de témoins et que le juge refuse d'en entendre même un seul. Pourquoi n'es-tu pas parmi ces témoins, Ken ?

— Je n'en vois pas l'utilité, ce me semble, puisque ce juge refuse d'écouter. (Hortense fronça les sourcils.) Non, pardon... oui, l'on m'a sollicité. Comme beaucoup d'écrivains. Mais je n'ai pas pu lire ce sacré bouquin : il est vraiment trop mal écrit. Et toi, tu l'as lu ?

— Il y en avait un exemplaire qui traînait à l'atelier. J'ignorais de quoi il s'agissait, sinon je l'aurais lu.

— C'est sur le lesbianisme.

— Idiot, je le sais maintenant. Qu'est-ce qu'elles *font* ?

Je ne pus retenir un sourire. Elle avait posé exactement la même question, il y avait bien des années, dans un salon de Londres assez semblable à celui-ci, bien qu'il s'agît alors de frères, et non de sœurs, en déviance.

— Pas grand-chose, apparemment, en dehors du fait qu'elles sont amoureuses l'une de l'autre, répondis-je. Pas la moindre description brûlante de cunnilingus ni d'estocades au godemiché, si c'est cela que tu espères.

— Pourquoi as-tu toujours besoin de montrer les choses sous un jour si glacé et affreux ? Je vois ici le nom d'une femme : Rebecca West, reprit-elle. Tu la connais ?

— C'est un excellent écrivain. Elle a été autrefois la maîtresse de H.G. Wells. Ce n'est pas son vrai nom ; elle a pris celui-ci à un personnage d'Ibsen. Elle a été actrice, c'est pour cela. Et que dit-elle ?

— « Tous ceux qui connaissent Mlle Radclyffe Hall ont envie de prendre son parti. Mais ces mêmes gens ont du mal à défendre *Le puits de solitude*, pour la simple raison que, si singulièrement malencontreux que ce soit dans les circonstances présentes, ce n'est pas un très bon livre. »

— C'est exactement ce que j'eusse dit. J'ai préféré me taire.

— Et si un homme avait écrit un mauvais livre sur d'autres hommes faisant ça, aurais-tu jugé préférable de t'abstenir aussi ?

— La seule défense que l'on puisse invoquer devant la loi, c'est la valeur littéraire, que l'on confond, à tort, bien entendu, avec la valeur morale Tu sais, même coup que pour le *Paradis perdu*. Je trouve qu il n est pas bien de prétendre qu un livre est bon quand il ne l'est pas.

— Mais là n'est pas la question, si ? Le problème est certainement que l'on devrait écrire ce que l'on a envie d écrire. Tout comme sculpter ce que l'on a envie de sculpter. Suppose que je veuille sculpter ce que ta froideur méchante appellerait les organes sexuels mâles...

— Libre à toi, tant que tu ne l'exposes pas en public. Mais je penserais qu'il y a des choses plus aimables à sculpter. Écoute, je ne vois pas pourquoi de mauvais artistes — je parle d'artistes qui sont de toute évidence incompétents, telle Radclyffe Hall —, oui, je ne vois pas pourquoi on présenterait hypocritement ces gens comme de bons artistes, simplement parce qu'ils sont censés reculer les frontières de la liberté d'expression ou — et tu me comprends fort bien — démontrer qu'il n'y a pas de limite au choix des sujets. Je n'ai pas voulu me mettre dans une position fausse : Rebecca West non plus.

— Et moi je trouve que tu t'es conduit comme le dernier des lâches.

— Hortense ! Tu n'as pas le droit de me parler ainsi.

— Dis-moi : est-ce parce que, au tribunal, on aurait pu te demander : « M. Toomey, êtes-vous aussi homosexuel, comme l'auteur de ce livre ? »

— On n'ose jamais poser cette sorte de question. Elle serait rayée des minutes du procès. La vie sexuelle d'un homme ne regarde que lui.

— Sauf aux yeux de la loi, tu le sais parfaitement. Que ferais-tu si quelqu'un écrivait un chef-d'œuvre étincelant sur le fait d'être homme et homosexuel, et que la loi s'en emparât pour déclarer que c'est un crime abominable, horrible et tout ?

— Je ferais un foin du diable en invoquant le droit à la libre parole imprimée. Et beaucoup d'autres en feraient autant, sans tenir compte de leurs options sexuelles. A la suite de quoi il y aurait une telle levée de boucliers dans la presse et au Parlement que l'on modifierait la législation sur l'obscénité.

— Mais tu n'irais pas dire : « Je suis moi-même un homosexuel et à ce titre je peux, quel est le mot ? confirmer ? affirmer ? peu importe, nananana la vérité de la description de l'homosexualité faite par cet auteur. »

— Non. Pas dans l'état présent de l'opinion publique.

— Sous-entendu : tu as un gentil public bourgeois et tu aurais bien trop peur de le perdre ?

— Il y a des limites à ce qu'un homme ou une femme aussi bien doit consentir à subir.

— Oh ! Seigneur, tu m'écœures. Tu es vraiment à vomir. Et le Christ ? A-t-il pensé à une limite, lui ?

— Le Christ était un être exceptionnel à tous les égards, Hortense. Ton beau-frère Carlo dirait que tu viens de blasphémer.

— Oh ! au diable Carlo. Il est gras comme un cochon, plus gras que jamais depuis qu'il vit dans Rome la grasse, ce gros voraceur de spaghetti. Quelle différence y a-t-il entre défendre ta conviction du droit de faire l'amour à qui tu veux et l'autre chose ?

— Quelle autre chose ?

— Être le Fils de Dieu et fonder sur terre le Royaume du Ciel et tout ce qui s'ensuit. Pour la bande des vieux Juifs qui perchaient sur le Hédron ou je ne sais où, c'était un sacré blasphème et une drôle d'obscénité, dis donc !

— Tu veux parler du Sanhédrin ? Le Christ prêchait une doctrine supranaturelle. Un homosexuel est censé être infranaturel.

— Très bien, ce qui signifie que les deux choses sont contraires à la nature, pour ce que veut dire ce mot. Tu vas sur tes quarante ans, Ken Toomey, et plus tu vas, plus tu en installes. Tu devrais être dehors, dans les rues de Londres, à défendre les droits de ce qui n'est pas naturel. (Elle vit le comique de la chose et ne put s'empêcher de sourire.)

— J'ai écrit un livre, dis-je, et tu le sais. Un livre court. Que je voulais faire publier par Ford Madox Ford. Sous un pseudonyme, bien entendu.

— Comment donc, bien entendu ! Pas question de perdre ce bon gros public bourgeois confit en lui-même, n'est-ce pas ? Verse-moi encore un peu de ça.

Je me levai et emportai nos deux verres jusqu'à la desserte et à la cruche givrée, puis dis :

— Ce qui compte, c'est la chose, pas le nom. Ce sera imprimé l'an prochain sur une presse privée. En partie, du moins. Tes amis, les Crosby...

— Ce ne sont pas mes amis. Ils ne me connaissent pas plus que je ne les connais.

— Bien, ce ne sont pas tes amis. Ce sont tout de même eux qui vont le faire. Ce sera un début. Un truc noir sur blanc, qui donnera aux magistrats un os à ronger. Alors, cesse de me jeter à la tête tes histoires d'installation et de bourgeois.

— Naturellement. Tu es libre d'aller à ta guise à Paris, cette capitale de la luxure. Ici, à Londres, tu n'oserais pas t'y risquer sous ton propre nom.

— On ne me le passerait pas. En tout cas actuellement. L'heure viendra. (Puis, lui tendant son verre et sa recharge de gin avec une touche de vermouth, je dis :) Et l'adultère, par exemple ? Défendrais-tu un livre sur les joies de l'adultère ?

Elle prit le verre et but une gorgée.

— L'adultère, dit-elle, ce n'est jamais que coucher avec des gens sans être marié ou marié-*e* avec eux. C'est peut-être un tort, mais ce n'est pas contre nature. Pourquoi dis-tu cela ? Qu'est-ce que tu as encore d'ignoble et de froid derrière la tête ?

— Oh ! rien de précis. Simple question. C'est d'avoir parlé des Crosby qui m'en a donné l'idée.

— Je ne connais pas les Crosby, je te dis. Ou plus exactement, je les ai connus l'espace de quelques heures où ils étaient soûls et révoltants. En réalité, ce que tu voudrais me demander, c'est : « Où en es-tu avec Domenico ? » Et, moi, je te réponds que cela ne te regarde pas, Ken Toomey

— Excuse moi Pur intérêt fraternel, sans plus Tout va bien ? repris-je Vraiment très bien ? Enfin... à part son affreux caractère, qu'il excuse au nom de sa nature d'artiste, le foutu imbécile, et sa propension à perpétrer des actes de violence sur sa propre femme, sans parler de ses coucheries assez peu discrètes.

Hortense pinça les lèvres et me jeta un regard mauvais, serrant son verre de Martini comme si elle allait m'en lancer le contenu à la figure ; mais il n'y restait guère de liquide, et elle eut le bon sens de le vider simplement. Puis elle se leva pour aller le remplir elle-même. Je le lui pris des mains comme la première fois et nous servis tous deux sans laisser une goutte dans la carafe. Elle dit, assez raisonnablement :

— La plupart des mariages se ressemblent. Le tout est de savoir sur quoi fermer les yeux.

— Pour lui aussi, tu veux dire ?

— De mon côté, dit-elle d'un ton adorablement glacé, j'ai été fidèle. Ces cinq dernières années, j'ai été totalement et absolument fidèle. Fidélité, fidélité conjugale, si ces mots ont un sens pour toi.

— Il y a cinq ans, tu ne l'as pas été, fidèle.

— Tu sais très bien pourquoi, même si cela ne te regarde pas du tout.

— Je vois. Cette histoire de bal des Quat'Z-arts n'a pas été la seule défaillance ?

— Défaillance, qu'est-ce que tu veux dire par défaillance ? C'était un genre de, il y avait un nom autrefois pour cela.

— Saturnale. Rite de débauche. Je vois. Mais les autres fois, c'était la tête froide, la perpétration délibérée en pleine lucidité ?

— Je te déteste quand tu parles de cette façon, espèce de sale poseur ; tu es pire qu'un vieux juge ou qu'un sale jésuite. N'importe comment, c'est du passé maintenant.

— Domenico ne se doute toujours pas que sa semence est stérile ?

— Horrible, tout devient horrible dans ta bouche. Bien sûr que non, imbécile ! Nous sommes convenus tous deux de ne plus vouloir d'enfants, et le gros Carlo peut bien aller au diable. Domenico est persuadé que je me suis fait poser un de ces machins.

— Domenico n'est qu'un sacré imbécile.

— Quoi qu'il soit ou ne soit pas, il se trouve que c'est lui que j'ai épousé. Cela clôt la question. Donc, plus un mot sur Domenico. Je t'en ai déjà dit plus que je ne l'aurais dû. Ne t'occupe donc plus de tout cela, s'il te plaît. Je veux dîner et, après, il faut que nous allions voir cette idiotie de film.

— Rien ne t'y force. Pas plus que moi, d'ailleurs.

— Ne dis pas d'âneries, il *faut* que je le voie. Il faut que je voie de mes yeux à quel point il est mauvais.

— Comment sais-tu qu'il n'est pas bon ?

— Le livre ne vaut rien, sauf erreur ?

— Pauvre petite fille environnée d'art médiocre, dis-je avec un soupir. Mes livres, la musique de Domenico...

— Fiche-moi la paix avec Domenico.

Le film, le troisième tiré d'une de mes œuvres, était une adaptation du roman *Les déserts du désespoir.* Il était l'œuvre des studios allemands de l'Universum-Film-Aktiengesellschaft, en abrégé UFA, l'une des troncations de mots les moins sinistres de toutes celles qui n'allaient pas tarder à devenir une spécialité du langage de l'État allemand. Metteur en scène : Arnold Fanck ; vedette féminine : Leni (Helene Bertha Amalie) Riefenstahl, future égérie d'Adolf Hitler. Fanck raffolait de la montagne ; il fut l'auteur, parfois avec la collaboration de Pabst, d'un nombre considérable de films alpestres. Leni Riefenstahl était meilleure danseuse qu'actrice. Mon roman contait l'histoire d'un jeune homme qui tombe amoureux d'une ballerine et qui, repoussé par elle, part pour les Alpes suisses afin de chercher l'oubli dans le ski. L'intrigue était, est, peut-être ridicule. La ballerine réapparaît avec la compagnie de ballet à Zurich ; il y a l'inévitable rencontre, les dernières supplications de l'amoureux, l'intention qu'il exprime de s'enfoncer à skis dans une effroyable tempête de neige ou autre, dans l'espoir d'y laisser la vie. Elle, de son côté, attendrie, folle d'inquiétude, le suit et se révèle skieuse consommée. Tourbillons de neige, vent, avalanches, amour enflammé sur une corniche rocheuse glacée, heureux dénouement. En allemand, le titre était devenu, je crois, *Bergensliebe* (Amour de montagne), et en anglais, j'en suis sûr, *Mountain of love* (Montagne d'amour). Ce fut l'un des derniers films muets. Le taxi qui nous emmenait, Hortense et moi, à Leicester Square passa devant les affiches d'Al Johnson dans *Le chanteur de jazz* : visage d'idiot passé au noir de bouchon, avec des yeux d'enfant vicieux, des narines dilatées et la minauderie des lèvres au blanc d'Espagne. Les musiciens des salles de cinéma montaient la garde en piquet de grève devant l'établissement qui donnait le film — s'il y avait peu de parlote sur le disque géant du son (procédé Vitaphone), en revanche il y avait un luxe de musique.

Bergensliebe fut, lorsque les nazis prirent en main le cinéma allemand, converti en sonore, ce qui ne posa pas de problème, tant les dialogues étaient maigres. Les séquences dansées exigeaient une synchronisation précise entre musique et chorégraphie, et les scènes de montagne appelaient quelque chose à la Wagner, rien de commun en tout cas avec les deux violons trémolotants et le piano malmené, qui était tout ce que nous offrit Leicester Square ce soir-là. *Montagne d'amour* n'était pas, même Hortense devait l'admettre, un film totalement stupide. La psychologie en était grossière, mais la technique experte, et il y avait une fascination singulière dans les passages expressionnistes qui pimentaient l'intrigue un peu kitsch et tendaient à suggérer qu'il y avait là, peut-être, une allégorie d'une autre nature, une allusion par exemple, à la république de Weimar malade. Le maquillage était blanc, d'un blanc de mort ; les gestes ressemblaient à des mouvements de piston au ralenti ; un maître d'hôtel rôdait tel un Wotan mécontent ; il y avait un cauchemar très Fritz Lang, avec le mot *SCHICKSAL* (destin) éclatant en caractères gothiques au milieu d'un décor

Art Nouveau. Tout le temps, j eus conscience de l'insuffisance de l'accompagnement musical (les nazis y remédieraient, le moment venu, mieux que bien) : le *Pizzicato* de Delibes pour chaque apparition du ballet, mais attaquant et finissant trop tard ; l'ouverture du *Songe d'une nuit d'été* pour la montagne ; *Salut d'amour* d'Elgar pour l'amour *die Liebe*. Et puis, il faut bien le dire, je savais où gîtait le *Schicksal* musical de Domenico. Mais comment l'amener à le découvrir lui-même ? Il y avait le temps.

Hortense et moi nous prîmes un verre dans un pub de Leicester Square, après la séance. Cognac et eau de Seltz sans glace, celle-ci étant alors une manière d'exotisme dans le commerce d'alimentation et des boissons britanniques.

— C'est là que gîte la destinée musicale de Domenico, dis-je à Hortense. Dans la fourniture de musique au parlant.

Elle me dévisagea longuement, comme à la recherche d'une acné de sarcasme sur mes traits. Elle dut découvrir une trace de ricanement aux commissures des lèvres, car elle répondit :

— C'est cela ! Pour mieux le rabattre au niveau des frères Toomey. Romans pour bonniches, monologues de music-hall et musique pour films parlants.

— Je vois plus loin que toi, Hortense, dis-je (ou me fais-je dire après coup avec la sagesse du recul). Cet art tout neuf en est à ses balbutiements. *Le chanteur de jazz* n'est rien.

Nous avions vu le film, séparément, sur les Champs-Élysées. La partition musicale était, à mon avis, parfaitement ajustée à l'action, mais n'était rien de plus qu'un pot-pourri d'airs d'opéra populaires, empruntés essentiellement à *Paillasse*, sans un brin d'originalité. Bientôt, certainement, l'on ressentirait le besoin d'une musique composée tout exprès, plastique, anonyme, humble mobilier de l'action. Le pauvre Erik Satie avait conçu une *musique d'ameublement*, selon ses propres termes, pour servir de fond neutre et négligeable au bavardage d'une réception matinale avec buffet de champagne. Les hôtes s'étaient tus pour écouter la musique quand elle avait commencé. Et Satie de danser autour d'eux en criant : « Parlez, parlez ! » Le père de tant de modernismes présents ou à venir, le petit homme tiré à quatre épingles et sans caleçon, dans sa mansarde crasseuse...

— Tu verras : de grands compositeurs seront heureux de créer des musiques pour le cinéma. Gaumont ou Pathé, à moins que ce ne soit d'autres, travaillent déjà aux premiers parlants français. Il faut que nous fassions entrer Domenico là-dedans.

— Il criera au sacrilège.

— Il serait temps que vous en finissiez tous les deux avec vos histoires d'art réservé aux intellectuels. Les artistes doivent se mettre au service du grand public le plus vaste possible, et le plus qu'ils peuvent. Qu'y a-t-il de mal dans le genre que Tom a choisi ? Il fait rire les gens. Je donnerais n'importe quoi pour y parvenir.

— Tes livres me font rire, *moi*, dit-elle sombrement.

Le mariage de Tom prit place le lendemain après-midi dans une église de Soho, fréquentée depuis toujours par les gens de théâtre catholiques. La jambe de bois de Sarah Bernhardt avait retenti sous ses voûtes, alors que la grande comédienne passait par une phase de superstition, et Coquelin aîné y avait tendu à l'hostie une langue tragique. La dernière messe dominicale était dite à midi, les acteurs, avaleurs de sabres et cyclistes acrobates catholiques ayant besoin, comme les autres, d'un long repos, après les exigences du samedi soir. Beaucoup de gens de scène britanniques appartenaient à des familles catholiques — des familles qui n'avaient pas cédé à la Réforme et qui, lorsqu'on ne les avait pas brûlées, pendues ou décapitées, s'étaient vues privées de toute chance d'avancement professionnel et social, celui-ci étant réservé par droit de naissance aux protestants britanniques. Faute de pouvoir devenir avocats, chirurgiens ou professeurs de grec, nombre de vieux catholiques avaient embrassé la seule profession pour laquelle nulle qualification diplômée n'était nécessaire : le théâtre, et instauré ainsi une tradition familiale, notamment dans le Nord réfractaire. Les catholiques étaient maintenant émancipés, bien que la hiérarchie de leur Église ne fût pas représentée à la Chambre des Lords ; mais la tradition demeurait. Peut-être s'était-elle même infiltrée à la faveur des transfusions de sang catholique. Ce qui eût expliqué Tom et — car après tout, j'écrivais par à-coups pour la scène — mon propre cas. La plupart des homosexuels du théâtre appartenaient, pensais-je, à l'Église réformée.

Je n'étais pas garçon d'honneur. Cette fonction revenait à un petit comédien, collègue de Tom, Ernie Callaghan, qui visiblement était fort tenté, devant l'autel, d'y aller du vieux numéro : l'alliance-où-est-l'alliance-pas-ici-pas-là-je-suis-pourtant-sûr-de-l'avoir-mise-dans-ma-poche. Je reconnaissais beaucoup de visages assez célèbres dans l'assistance, et quelqu'un était venu avec un couple de chiens savants parfaitement policés. Le prêtre semblait idéal pour le rôle ; c'était un homme qui, m'apprit-on par la suite, n'avait jamais dépassé les troisièmes couteaux et s'était découvert une vocation cléricale tardive. Antiennes et répons de la cérémonie sonnaient clair ; la chronométrie était parfaite. Estella portait une robe de mariée courte, à manches chemisier recouvertes de surmanches de dentelle évasées ; décolleté profond, en U ; voile de mousseline rebrodée sur les bords ; chaussures de chevreau souple à barrette sur le cou-de-pied. Vers la fin de la célébration, le peintre Augustus John et Peter Warlock (alias Philip Heseltine) entrèrent, ivres, mais furent expulsés par deux costauds, dont l'identité me fut jovialement révélée plus tard sous les noms de Tousse et Crache, les Jumeaux Flamands. On put entendre Warlock pleurnicher qu'il voulait jouer une vieille chanson de bord, *Rumbelow* — y a du rhum en bas — à l'orgue. Il y avait tout juste le temps d'une coupe de champagne dans un salon loué en haut du Wheatsheaf ; Tom, comme certains autres, jouait ce soir-là : la *vraie* réception aurait lieu sur la scène du Palladium après la seconde séance. Tom passait en dernier dans la première partie du spectacle.

Estella, notre belle-sœur, prit place avec Hortense et moi dans une des avant-scènes, côté cour. « C'est vraiment *superbe* ! » nous déclara-t-elle à propos de mon cadeau (un service à café en argent Framboise) et de celui d'Hortense (des assiettes géantes en Sèvres d'origine) — à l'époque, on pouvait expédier des choses de Paris sans danger de casse ni de pillage. « J'adore ce genre de *truc* ! » dit Estella. Elle semblait ne m'avoir jamais connu ; et pour Hortense, naturellement, elle ne l'avait encore jamais rencontrée. Elle avait transféré ses vieux enthousiasmes esthètes sur l'Église catholique ; sa conversion avait donné lieu à une longue préparation confiée, entre tous, à ce frère Frobisher, de Farm Street, qui m'avait voué au diable. Elle voulait qu'on l'appelât Stella Maris ; elle était toute dévouée à la Petite Fleur ; elle observait les premiers vendredis du mois ; elle priait saint Antoine de Padoue de lui faire retrouver les objets perdus ; elle *adorait* jeûner — formidable pour la ligne ! — et jeûnait au mépris des ordonnances de l'Église, pour un oui ou un non. Lorsque l'orchestre du Palladium tonitrua, trop fort et trop vite, les premières mesures de *L'entrée des gladiateurs*, elle tira de son sac un chapelet et, avec un léger sourire de supériorité, entama une dizaine. J'avais entendu parler de Joe Framley, le chef d'orchestre, éponge à bière. Lors des répétitions, l'orchestre avait attaqué le morceau sur un bon tempo bien enlevé ; mais il avait frappé violemment le pupitre de sa baguette en vociférant : « Qu'est-ce que c'est que ça ? Ce n'est pas une putain de marche funèbre ! » D'où la galopade effrénée et frénétique qui en résultait à présent.

Lorsque, la quinzième ou vingtième dizaine d'Estella dite, Tommy Toomey entra en scène, impeccable et fragile sous l'habit, le public applaudit affectueusement. On savait qu'il s'était marié l'après-midi même : il y avait un court article dans l'*Evening Standard*, et une photographie où la mariée avait l'air adorable et religieusement recueillie. Au lieu de se jeter dans les félicités du mariage, il était venu s'accoupler à son public. Fidélité. Devoir. Tommy était en forme et souriait. Il avait un peu engraissé ; la vieille toux, fruit d'une faiblesse innée des bronches exacerbée par son service de « caporal aux gaz » à la caserne Boyce, se remarquait à peine. Sa voix légère, habilement placée un peu haut, emplissait le bel auditorium plébéien de la mélodie d'une parodie de parler patricien. L'actualité était beaucoup à l'accord commercial récemment conclu entre la Grande-Bretagne et le Danemark, et Tom réinventait l'histoire d'*Hamlet* avec des mots d'exportateur de produits laitiers. Hamlet, disait-il, s'appelait en réalité Homlette. Claudius, le roi son méchant oncle, avait une sale tête d'œuf danois. Il devait son nom au fait que sa femme l'empêchait constamment de parler : « Elle lui clôt tout le temps le bec, disaient leurs sujets. Tais-toi, Claudi ! Ça fait partie de leurs us » Bref, Claudi-us. Quant à la reine, elle s'appelait d'abord Gert. Mais le jour du couronnement, au petit déjeuner, Claudius avait mangé tout le bacon en lui laissant les œufs, et elle s'était récriée : « Elle est rude, celle-là ! » Et cela lui était resté — Gertrude. Rosencrantz et Guildenstern étaient, eux, des prêteurs sur gages ruinés, réduits à se gager et à se laisser manipuler par le roi et la reine comme de vulgaires bagages. Et pour Polonius, grosse saucisse d'importation polono-anglaise, Homlette, par chauvinisme de la saucisse danoise, le découpait en rondelles pour le jeter aux chiens, mais, surpris par la reine sa mère, le cachait derrière une tenture, où il pourrissait, tandis que la cour entière se bouchait le nez en répétant : « Il y a quelque chose de pourri au royaume de Danemark. » Enfin Ophélie était une nymphomane qui s'ignorait ; très fière de sa peau, lisse comme une coquille d'œuf, elle était toujours prête à se déshabiller pour inviter à la tâter : « O fais lit avec moi », disait-elle. Homlette, après en avoir tâté, la jugeait croquignole et était prêt à en redemander ; mais le traître Claudius révélait à Ophélie la vérité sur la mort de son père, Polonius. Elle devenait folle et se suicidait dans le mitan du lit, où la rivière est profonde, comme dit la chanson. Le cœur brouillé, l'âme baveuse, Homlette songeait à se flamber dans les flammes du désespoir pour la suivre dans la mort. Cependant, il ne voulait pas partir sans avoir vengé la mort de son propre père et d'Ophélie. Il monte donc le subterfuge d'une pièce de théâtre qui dévoilera le traître Claudius. Hélas ! c'est pour mieux frire sur le gril d'un atroce dilemme — à qui donner le premier rôle masculin : « Toomey or not Toomey ? » Et ainsi de suite. Puéril comme une revue de collégiens ; mais tout l'art de Tom était de ne pas cacher que, lui-même, il le savait. La faiblesse constante des plaisanteries ne pouvait pas tourner à son ridicule, parce que, devançant le public, il était le premier à rire de lui-même. Pour finir, il chanta — et j'eus droit à ma petite part d'applaudissements, comme frère parolier — ma vieille chanson sur l'amour à Paris :

Trouver une bonn' table
Dans un bon restaurant,
Un endroit formidable
Où l'on soit très content.
Fair' savoir à sa dame
Qu'on ne brill' qu'à sa flamme,
L'échauffer au Pernod puis au Clos-
Vougeot,
La regarder qui d'attaque concasse
D'une langouste la carcasse
Comme un petit boxeur —
Bonheur !
Car il suffit ensuite d'une liqueur pour
Qu'on termine toujours
Par cett' petit' spécialité qu'on appelle l'amour.

Prolongeant « l'amour » final, il fit un signal élégant, sur quoi les lumières baissèrent et le faisceau d'un projecteur auréola d'une intimité rose la jeune épousée. Royale comme Vénus sortant des ondes, elle se leva sous les applaudissements, cramponnée à son chapelet. Puis le rideau tomba sur l'indicatif musical de Tom (*Tommy par-ci, Tommy par-là*), paroles du vieux Ruddy Kipling, musique de Sir Charles Villiers Stanford), les lumières revinrent et le public sortit pour se battre avec humeur autour du bar.

La fête qui nous réunit après le spectacle fut, d'abord, de la meilleure qualité qui se puisse imaginer. La scène dénudée fut talquée, l'orchestre y monta pour jouer les derniers charlestons et fox-trots. Et il y avait le black bottom :

They say that when that river bottom's covered with ooze
They start to squirm
Couples dance and that's the rhythm they use
Just like a worm.

La danse était animée à cause du grand nombre de danseurs professionnels, telles les girls de la troupe du Palladium, probablement infiniment plus séduisantes en jupe courte et jarretières fantaisie que sur scène dans leur demi-nudité scintillante. Des comédiens de caf'conc' déclamèrent *Othello* et *Mesure pour mesure*, un vieux comique troupier au visage ravagé et dantesque exécuta un cakewalk. Il y avait des bouteilles de bière aussi bien que du whisky et du champagne, et de solides pâtés de porc plébéiens à l'épaisse croûte sombre. Ernie Callaghan récita *Annie la petite orpheline* et tira des larmes à la petite orpheline Estella. Mais elle se ressaisit pour chanter, très mal, l'*Ave Maria* de Bach-Gounod, ce qui n'empêcha pas la compagnie d'applaudir avec l'admirable insincérité des gens de la balle. Tom lui-même nous dit, de façon émouvante, les stances finales de l'*Epithalame* de Spenser. Et Dick Bradshaw m'entraîna dans un coin, près du jeu d'orgues, pour me déclarer que le moment était mûr pour une grande comédie musicale patriotique, tant le pays avait besoin de reprendre confiance en son *Schicksal*, entre la grande grève générale encore présente à toutes les mémoires et le commerce maltraité par le *dumping* japonais. Il y avait beaucoup de chômeurs dans la profession et la situation ne pouvait que s'aggraver : on n'avait aucun mal à remplir une scène, à craquer, de types à trente shillings la tête de pipe, et bien contents, les pauvres ! Oui, une comédie musicale qui raconterait tout ce quart de siècle en chansons et en rires, avec juste ce qu'il fallait de bonnes larme-à-l'œilleries. Allez raconter cela à Noel Coward, lui dis-je ; c'est à lui qu'il faut le demander. A temps pour le découpage du gâteau, un Palladium en sucre sommé d'un couple enlacé, également en sucre, mon ancien amant, Val, arriva.

Val était maintenant le poète ivrogne favori de tout Soho et la graisse le gagnait au pas de course. Il remorquait un homme jeune, trop beau, en costume d'apparat royal, qu'il présenta comme le roi de Bohême en exil. L'homme portait une épée de théâtre dans son fourreau de théâtre et, pour cinq shillings ou un triple whisky, il adoubait volontiers dame ou chevalier n'importe qui. Val était déjà maintes fois *sire* Valentine. Il reconnut aussitôt Hortense.

— Tout ce temps passé, ma chère, dit-il, pendant cette guerre *destructrice* où nous nous battions pour défendre notre honneur, je me disais ah ! voilà une vraie beauté qui bourgeonnera et s'épanouira, et je ne me *trompais pas*. Et dire, reprit-il en louchant sans aménité de mon côté, que, vous et cette mauvaise herbe infecte vous êtes issus du même terreau (Il mâchouillait du gâteau)

— Tu aurais dû amener ton copain l'archevêque, dis-je, pendant que tu y étais. Des rois en exil, on en a dix pour un sou. (Je grignotai un peu de glaçage au sucre.)

— Très cher, dit Val en me postillonnant au nez, je connais ton cynisme. Le ricaneur sentimental qui trempe son acier dans la pusillanimité. Mon *copain archevêque*, pour parler vulgairement comme toi, *est mort*. Il a été jeté à terre à coups de pied, puis travaillé aux brodequins dans une flaque d'eau. Par, ajouterai-je, des Irlandais ivres, un samedi soir. Il avait une côte cassée, et il a attrapé une pneumonie dans sa flaque. Il ne s'en est pas remis. (Il avala sa bouchée de gâteau.)

— Nous voilà donc débarrassés d'une église autocéphale, dis-je. Il n'en manque pas d'autres, j'imagine. Les costumiers de théâtre abondent dans Charing Cross Road.

— Il est ignoble, n'est-ce pas ? dit Val à Hortense, en me regardant de ses yeux réduits à deux fentes démoniaques. Toute cette lie de sentiment qui mousse en surface pour le public et, par-dessous, la sécheresse de cœur la plus minérale.

— Vous parlez de mon frère, fit observer Hortense.

— Oui, répliqua Val, les narines palpitant comiquement et une lueur insensée dans le regard, c'est bien de qui je parle, ma chère. La mort de l'amour, et Toomey est sa tombe.

— La mort de l'amour, épargne-moi cette comédie ! dis-je.

— Corned beef et pleurniche, dit Val avec une mémoire impitoyable. Rogatons aux oignons. Ah ! voici Jenny.

Une femme d'un mètre quarante, en costume couleur foie de veau et chapeau cloche enfoncé jusqu'aux yeux comme un bonnet à poils de grenadier de la garde, quelque peu bossue et environ de mon âge, mais avec des rides comme des gorges à sauce courant de la bouche au menton, s'était plantée et me regardait, tout en buvant à petits coups ce qui me parut être du whisky pur.

— Je te présente, dit Val, le fameux Toomey. Et voici son exquise sœur.

— Ah ! exquise, oui, dit la créature avec une sorte d'avidité. Je suis Jenny Tarleton, annonça-t-elle en emprisonnant trop longtemps la main d'Hortense. Agent littéraire, précisa-t-elle. Val ici présent est tout à moi. (Elle ne mangeait pas de gâteau, n'ayant manifestement pas la dent sucrée.)

— Vous voulez dire, commentai-je, que vous vendez la poésie de Val au plus offrant ? Les actions remontent.

— Le vers, dit-elle lâchant à contrecœur la main d'Hortense, revient en force au théâtre. C'en est fait des pièces bien léchées.

— Donc, maintenant, vous allez nous en faire de mal léchées ? Tarleton, poursuivis-je, voilà un grand nom de théâtre. Dick Tarleton, chef cirrhotique des Partisans de la Reine. Il y a un tableau de lui quelque part, caracolant avec son petit tambour. Vous êtes parents ?

— Jamais entendu parler de lui. Vous ne vous êtes guère mis en avant dans l'affaire du *Puits de solitude*.

— Mauvais livre

— Qu'est-ce que la qualité vient faire là-dedans ?

— Quand je te disais ! renchérit Hortense. Le problème c'est le droit de dire ce que l'on a envie de dire, bien ou mal.

— Pas d'accord, répondis-je. Des pièces en vers, hein ? poursuivis-je tourné vers Val. Retour aux splendeurs de Stephen Philips et du prolixe et noble tutoiement à l'antique. O dis-moi, quel projet nourris-tu dans ton esprit ? Un Empédocle ? Un Cyrus le Grand ? Un Tintinnabulus le Tyran ? (J'avais mouillé mes « t » avec des afféteries de persilleuse.)

— Oui, oui, quelle façon exquise de dire la chose ! s'extasiait Jenny Tarleton devant Hortense. Le droit, absolument, de dire, de faire. Oui, exquis !

— Ou bien, continuai-je, inspiré, pourquoi pas une charmante falsification de l'histoire d'Angleterre ? Un archevêque martyrisé pour son église homocéphale, avec quatre chevaliers de fer l'enfifrant.

— Tu es si abominable, rétorqua Val avec indulgence, qu'on ne peut pas te prendre comme on le devrait. Gros taquin, *tellement* dépassé en tout et partout ! Brecht, par exemple, tu ne connais pas, hein ? Englué dans ton Paris où tout est à bout de course. Berlin, voilà la ville de l'avenir, vieux pet refroidi que tu es Brecht, Wystan Auden et moi, nous étions transportés.

— Qui est-ce ?

— Et voilà, que te disais-je ? Le nez toujours en l'air parmi les cumuli en sucre rose filé de tes romans affligeants, et jamais collé au sol pour relever la voie.

— Je croyais que c'était de l'oreille, non du nez, qu'il fallait avoir. Pardon, dis-je à deux danseurs qui m'avaient heurté dans le dos.

— Être au moins honnête envers soi-même, poursuivait Hortense.

— On ne saurait être plus d'accord avec vous que je ne le suis. Sans honnêteté, où allons-nous ? Il y a des choses que l'on doit défendre, c'est vrai. Exquis, absolument.

Je surpris la voix d'Estella, alourdie par le gin et disant à quelqu'un :

— Ah ! que n'ai-je découvert la virginité quand j'étais, enfin oui, encore vierge. Mais nous sommes chastes, vous savez, nous allons l'être beaucoup. *J'adore* la chasteté.

— Elle fera une bonne épouse, dit Val. Elle ne baisantera pas. En tout cas pas tant qu'elle ne se sera pas purgée de toute cette ordure.

— Les bonnes épouses, qu'est-ce que tu y connais, *toi*, dis-je, en dehors de Louisa M. Alcott ? Et à la chasteté, donc ? (Des larmes me montèrent aux yeux, puis rentrèrent.)

— Tout de même, tu aurais pu élever la voix en faveur de cette gentille et *sincère* petite bonne femme, reprit Val sur un ton gourmandeur. Il est encore *temps* de le faire. Regarde : là-bas, c'est Bascombe de l'*Evening Standard*. Dis-lui quelque chose *tout de suite*, pendant qu'il a les yeux encore en face des trous. C'est un homme qui ne déforme pas les paroles Pauvre chère petite Radclyffe. (De toute évidence, il ne la connaissait pas . sinon il ne l'eût jamais appelée ainsi.) En tout cas, *nous*, nous allons nous battre, faire donner toutes nos relations. Et nous pouvons nous passer de l'aide de cette grande salope de Toomey.

— Qu'est-ce que c'est ? De quoi parlez-vous ?

— Notre Hortense, dit Jenny Tarleton, si je puis me permettre de l'appeler ainsi, ce dont je suis sûre, quel exquis prénom, je le *savais bien* qu'il y avait là du sang français, dès que je vous ai vue, ce je ne sais quoi dans la tournure du poignet et, oui, des chevilles, Hortense sera ravie d'en être, n'est-ce pas, cher ange ?

— Être de quoi ? demanda Hortense, plus très heureuse du droit de libre expression lesbique.

— Tous à Westminster, siffla la voix de Jenny Tarleton, comme s'il s'était agi d'une fosse aux serpents. Cet endroit où les gens sont censés veiller sur nos libertés, mais n'en font jamais rien. L'heure exquise est venue. Demain, deux heures de l'après-midi, sous nos bannières.

— Et qu'allez-vous engrossoyer sur vos bannières ? demandai-je.

— Elles sont déjà *engrossoyées*, comme tu dis, répliqua Val, avec ton petit esprit de transcripteur d'actes de propriété. Nous serons au moins trois cents. Londres apprendra ce que veut dire *gay* au masculin et au féminin. Ce mot entrera dans le vocabulaire de tout le monde.

— Seigneur ! dis-je. Mais c'est un mot de l'argot des prisons.

— Oui, dit Val, justement. Tandis que les autres mots appartiennent à la terminologie des Krafft-Ebing et de leurs semblables. Il faut choisir.

— Martyre de masse, je vois, dis-je. Les nouveaux martyrs anglais.

— On ne peut nous martyriser tous, dit Jenny Tarleton. Pas plus qu'on ne peut rejeter notre pétition. Cinq cents signatures !

— Quel est exactement, demanda Hortense, l'objet de votre pétition ?

— Eh bien ! mais, répondit Jenny Tarleton, frustrée dans sa quête des mains d'Hortense (lesquelles étaient maintenant cachées derrière le dos de celle-ci) et haussant la voix par-dessus le *Galop du postillon*, les clameurs forestières et les taïaut. Mais nous exigeons *toutes* les libertés : d'association, d'action, d'expression ! Nous ne sommes *pas* des criminels.

— Comment, dit Val, a commencé le christianisme ? Nous aussi, nous avons déjà eu nos crucifixions et nous avons nos saints.

— Cela n'a rien à voir, protestai-je.

— Vraiment ? Ne proclamons-nous pas, s'écria Val, une nouvelle image de Dieu ? Dieu nous a faits ce que nous sommes, et à cela il avait ses raisons. Je ne vois pas de différence.

Je souris à Hortense, mais sans une ombre de triomphe :

— Est-ce que tu ne disais pas quelque chose d'analogue, cet après-midi même ?

— Cela ne m'étonne pas d'elle, roucoula Jenny Tarleton. Elle a des antennes. J'ai senti leurs exquises vibrations dès que je l'ai vue. Vous viendrez, cher ange, n'est-ce pas ? Nous serons tous là pour veiller sur vous.

— Nous reprenons l'avion demain, n'est-il pas vrai, Ken ?

— Après-demain, répondis-je. J'ai des gens à voir demain. Voulez-vous avoir la bonté de m'excuser maintenant ? ajoutai-je à la ronde. Il faut que je dise un mot à mon frère.

Ceux qui avaient encore leurs esprits en étaient à présent au tango ; les autres tourbillonnaient comme des derviches. Tom avait passé un bras autour des épaules de sa femme ; tous deux étaient adossés, côté jardin, à la colonne noueuse et torse soutenant l'arche du proscenium. Tom hochait la tête et Estella répondait par un regard absent aux discours qu'une vieille femme en noir, l'habilleuse de quelqu'un peut-être, leur tenait.

— Tout ce dont elle rêvait, c'était un peu de tendresse et d'amour ; mais lui, tous les soirs, quand il rentrait, on devait le porter jusqu'à son lit comme un sac. Y a de quoi donner à penser à tout le monde, dans une histoire pareille. A tout le monde, répéta-t-elle en me voyant approcher et avant d'aller remplir son verre.

— Encore tous mes vœux de bonheur, mon cher frère, dis-je d'une voix de théâtre. Et à vous aussi, chère Estella.

— Je ne crois pas que l'on nous ait présentés.

— Oh ! arrête cette comédie, Stell. Bonheur... si elle peut se faire à ce genre de vie, dit Tom. Elle a déjà commencé, il est vrai. La semaine prochaine, Manchester et le bon vieux Palace. Plutôt maigre comme lune de miel, hein, Stell ?

— Tu as l'air en forme, dis-je. La toux semble avoir disparu.

— Stell m'a déniché un formidable remède : le sirop du Dr Gregg. Elle m'en a administré toute une bouteille alors que j'étais à demi mort de bronchite. Je suis resté dans le cirage pendant trois jours, avec des rêves superbes. Je me suis réveillé frais comme un pinson. Quelle étonnante petite fille tu fais, tout de même ! Qui est donc cette femme qui essaie de prendre Hortense dans ses bras ? Ah ! ça lui a coupé net ses élans.

Hortense venait de taper sec. Jenny Tarleton paraissait tout interloquée. Sur ce, Ernie Callaghan empoigna Hortense et l'entraîna dans un tango avec de longues glissades de ses pieds plats. L'orchestre jouait *Jalousie*.

— Hortense, dis-je, s'est mise à la sculpture.

— A quel propos dites-vous cela ? demanda Estella. Je ne vois pas le rapport.

— Les muscles, dis-je. Elle fait merveille avec le marteau et le ciseau.

— Je crois vous reconnaître, dit Estella. Vous êtes un ami de Peter Warlock.

— Beaucoup de bonheur, répétai-je. Il n'y a pas grand-chose d'autre à dire, au fond, n'est-ce pas ? Je suis heureux que vous ayez fait le plongeon.

— Quelle horreur, dire ça ! répliqua-t-elle. Est-ce qu'elle fait des sculptures religieuses et tout ?

— Elle va entreprendre une Madone à l'Enfant à ce qu'elle di'
— Vous croyez à la chasteté ? Moi, je trouve cela merveilleux
— Point trop n'en faut, dit Tom.
— Et trop c'est trop, dis-je sincèrement.

Le roi de Bohême zigzaguait dans notre direction, épée prête à l'adoubement.

— Alors ? dis-je à Hortense, comme nous vidions, tard, un grand pot de thé dans le salon, ayant tous deux tant bu que nous étions morts de soif. Irons-nous grossir les rangs des pétitionnaires ?

— Quelle horrible petite bonne femme ! Il a fallu que je lui tape dessus, tu sais. Cette façon de planter ses griffes et de vous tripoter. C'est égal, je ne peux m'empêcher de la plaindre un peu.

— Les lesbiennes, dis-je en allongeant les jambes sur un pouf couleur de citron vert, passent pour en savoir infiniment plus long que les hommes sur l'art de combler les appétits sexuels. Ne serait-ce que cela : elles sont patientes. Elles ne sont jamais pressées d'en finir. Pas comme Domenico, dis-je à l'estime.

— Tu as vraiment un don extraordinaire pour que tout devienne atroce dans ta bouche. Et d'abord, que sais-tu de Domenico ?

— Les hommes sont comme cela. Avec les femmes en tout cas. Pauvre Tom. Je doute qu'il soit un foudre du sexe... C'est ce que l'on appelle un mariage blanc. Eh bien, y allons-nous demain ?

— Tu me mets dans une situation impossible, tu ne crois pas ? Avec ces histoires de liberté et tout, je veux dire. Toi, c'est ton *devoir* d'y aller, cela va de soi. Il faut que tu sois au premier rang, et au diable les conséquences.

— Même si les conséquences sont un coup de matraque ou de sabot de cheval ? Je n'ai pas vraiment la foi, Hortense, dis-je, me levant énergiquement pour aller me verser encore du thé. Au fond, je ne crois pas que ce soit bien d'être comme nous sommes... ceux d'entre nous qui en sont, veux je dire. Je ne m'en glorifie pas. Ce n'est pas bien et c'est contre nature. C'est une malédiction. Cette espèce d'idiote avec ses jacasseries sur la chasteté, ce soir... Je l'ai découverte, moi, la chasteté et je n'en ai conçu aucun sentiment de frustration. J'ai trouvé l'issue.

— Je suis au courant de tout cela, de ce qui s'est passé en Malaisie. (Elle prononçait ce nom en étirant le « ai » de la seconde syllabe et en abrégeant la troisième.) *Voilà* qui me semble peu naturel.

— Et Jésus-Christ, donc ? Et les prêtres ?

— Cette fois, c'est toi qui blasphèmes. Décroche le téléphone et appelle le Vatican ou je ne sais quoi, l'endroit où se trouve Carlo. Lui, il te dira que faire. Il te parlera de libre arbitre et de la défense de tes frères dans l'adversité.

— Il parlera du libre arbitre utilisé pour le mal, comme tu le sais fort bien. Ce dont je parle, moi, c'est de prédestination et du fait de ne pas aimer ce qui a été prédestiné. Mais je suis d'accord sur un point : cela n'a rien à voir avec l'État ou les lois séculières.

Bon Dieu ! nous irons à ce truc tous les deux. A condition de ficher le camp ensemble si cela tourne mal. Ces histoires de martyrs sont complètement absurdes.

— Ficher le camp ? Sûrement pas.

— Ficher le camp ou alors y laisser un œil et te faire arracher ta glorieuse chevelure et la peau avec. Toi et moi, nos devoirs sont ailleurs.

— Moi, oui. Toi...

— Il est possible, répliquai-je, que je sorte un jour un bon livre. Peut-être toute cette camelote que j'écris sert-elle de préparation à cela. *Schicksal.*

— Sœur Gertrude, Rude Gert — quelle bête, ce Tom, vraiment ! mais on ne peut pas s'empêcher de rire — sœur Gertrude nous faisait toujours des discours sur le *Schicksal.* On ne peut rien m'apprendre sur le *Schicksal.* Cela ne rime à rien. Et maintenant, je vais me coucher.

Elle sortit sans un bonsoir ni un baiser à son frère aîné, fermant a clé la porte de sa chambre et poussant vigoureusement le verrou. La sotte, que croyait-elle ? Que j'allais me précipiter pour la regarder nue par le trou de la serrure ? S'attendait-elle que je commisse un viol incestueux et somnambulique ?

Les rêves sont pour moi trop souvent des substituts d'experience. Je sombrai dans le sommeil avant d'avoir pu achever ma dernière cigarette. Presque aussitôt, j'entendis les treize tonnes de Big Ben marteler les 2 heures et puis le son se répercuter et se réverbérer, avec une sorte de petit rire grinçant entre la répétition du message, comme s'il y avait eu quelque chose de détraqué dans les rouages. J'étais debout, nu, face à l'entrée publique de la Cour du Vieux Palais : la porte était ouverte, mais il n'y avait personne à l'intérieur. La meulière magnésienne du Yorkshire avec laquelle sont bâties les Maisons du Parlement se corrodait à vue d'œil sous la pluie acide de Londres : des morceaux et des billes de concrétions pierreuses noires se détachaient et tombaient, soulevant de faibles éclaboussures dans les flaques. « C'est l'heure ! » criai-je et je me retournai. Je me retrouvai devant une horde d'aberrants sexuels déchaînés, sifflant, mignardant, minaudant ; mais pas de Val, nulle part. Oh ! allez chercher les flics, ces petits chéris ; nous aimerions tant qu'ils nous prennent ! Des bouts de pierre corrodée étaient ramassés et lancés contre moi avec des gestes faibles et contraints de fille. Hortense apparaissait en sous-vêtements ; elle sortait du bâtiment, passait sous le porche normand et dévalait les marches dans un fracas de hauts talons. Domenico, en uniforme fasciste, lui criait « *Disgraziata* » en lui jetant un lourd projectile, du plomb gris torturé en forme de balle de cricket, qui la frappait à l'œil droit. Le sang jaillissait, puis l'œil lui-même, exorbité, balançait son regard mort au bout de son pédoncule. Il y avait des cris de joie. Ça lui gâchera sa jolie beauté, la petite garce, l'éhontée ! Le grand cri d'Hortense semblait appartenir au monde de la veille et non du rêve. Il m'éveilla comme s'il avait retenti dans mon lit. Je me redressai sur mon séant, tremblant et en sueur La pluie tombait à verse ; Brook Street était pleine de lumières tremblotantes et noyées. Je rallumai la cigarette abandonnée.

Et puis, comme tant de fois déjà, mon cerveau en fièvre s'empara des données du rêve pour les enrichir et les développer. Norman Douglas parlait doctoralement au nom des pédérastes . « C'est, voyez-vous, notre droit, d'encaldosser. A Capri, j'ai rencontré un jour sur mon chemin un facteur tombé de sa bicyclette et qui avait, voyez-vous, perdu connaissance, quelque peu commotionné, qu'il était. Il gisait exactement dans la bonne position. Je l'ai sodomisé avec une agilité d'athlète : en reprenant ses esprits, il ne s'en trouverait pas plus mal. » Le ministre de l'Intérieur branlait le chef avec sympathie cependant que la pluie l'inondait de larmes dans la Cour du Vieux Palais. « Les mineurs, reprenait Norman. C'est à eux que je pense. J'entends qu'il ne nous resterait plus grand-chose si vous restreigniez l'acte aux mâles consentants ayant dépassé, disons, dix-huit ans. Les petits garçons sont si malléables, si exquisément sodomisables. Vous comprenez cela, n'est-ce pas, mon vieux ? » Le ministre de l'Intérieur secouait de nouveau la tête comme pour dire : « Bien sûr, je suis moi-même un vieux produit de pensionnat, mon cher. » Je voyais quantité de visages connus, Pearson, Tyrwit, Lewis, Charlton, James, tous des plus rassis, qui réclamaient le droit légal de malmener, sucer, sodomiser. Je me joignais à l'assistance et disais, moi aussi très raisonnablement, que cela n'avait rien à voir avec la légalité : on ne s'en trouverait pas moins face à l'éthique et à la théologie de la chose. Ce que nous avions le droit de désirer, c'était l'amour, et, ce droit-là, rien ne pouvait l'entraver. Oh ! la barbe, il est ennuyeux comme la pluie, celui-ci. Et quant à la théologie, n'y a-t-il pas ce livre apocryphe de la Bible dans lequel l'hétérosexualité est représentée comme la malédiction première.

Cela, c'était ma propre invention, qui devait paraître l'année suivante, sous forme d'une petite brochure superbement imprimée par la *Black Sun Press*. Serais-je en ce moment, sachant ce qu'il est advenu de cette publication et connaissant l'usage que l'on en fait à l'heure actuelle, puisqu'on le lit à voix haute dans les mariages homosexuels — serais-je, oui, en train de me complaire dans les fausses perspicacités d'un prétendu pouvoir prophétique ? J'ai déjà, en reproduisant ce texte plus haut dans ces mémoires, avoué ma qualité d'auteur, et ce, pour la première fois, noir sur blanc. J'ai fourni une sorte de justification théologique aux homosexuels pour lesquels l'instinct ne suffit pas. Pourquoi ai-je fait cela ? En partie par réaction contre les reproches cagots de Raffaele Campanati ; par compensation pour des rages inassouvies de la chair ; pour l'exercice du droit, même pour le mauvais artiste, de voir jusqu'où son imagination peut l'entraîner ; par soumission à un démon de raison. Shakespeare eût pu s'en charger, et beaucoup mieux, si on l'y avait invité. Écris-nous, ô écrivain ! une justification de la persécution des Juifs et des camps de la mort ; mets-la dans la bouche imaginaire d'un zélote tout aussi imaginaire et tâche qu'elle soit convaincante. L'orgueil de l'artiste est de devoir vérifier s'il est capable de. A quoi rime la dialectique du roman ou du drame, si le mal n'est pas aussi irrésistible que le bien ? « Il y a, me disait Norman Douglas en roulant des "r" écossais, le problème de la semence stérile. Sa dispensation dans le *vas naturale mulieris* est autant une pollution que son jaillissement dans une bouche mâle et sur des cuisses et des fesses viriles. C'est-à-dire, mon vieux, si l'on s'en tient à un strict point de vue aristotélicien. Oui, je sais, à condition de savoir qu'on est stérile, ce qui est peut-être une bonne raison pour désirer l'ignorer. Vous dites vrai, dans votre espèce de truc pseudo-biblique : la fonction première du flux était d'exprimer la joie, et cela n'a pas changé. Eh quoi ! allons-nous rester enchaînés, comme des bêtes, à la biologie ? »

Il pleuvait encore des hallebardes, quand, Hortense et moi, nous nous retrouvâmes face à face pour le petit déjeuner, servi dans notre suite : harengs fumés, rognons, œufs, toasts, thé du Claridge très fort. Je dis :

— Ce truc n'aura pas lieu. Ce n'est pas la sorte de gens à affronter la pluie.

— Cela va s'arrêter, répondit-elle. La pluie est trop forte pour continuer.

La flamme froide et inflexible de ses yeux ne me quittait pas. Mon rêve n'avait pas été la mélodramatisation d'un coup d'air qu'elle eût attrapé à l'œil ou d'une bosse qu'elle se fût faite au front au cours d'une visite nocturne à la salle de bains. Mais la pluie persévérait, lorsque nous sortîmes pour courir le West End et remplir nos missions respectives : elle, pour acheter des jouets destinés aux jumeaux, moi, pour passer chez mon agent diastématique. Non, *ils* n'affronteraient pas la pluie, qui chuinta tout le jour. L'*Evening Standard* prouva mon erreur. Un cortège d'hommes, jeunes peu ou prou, brandissant des slogans trempés — *Nous sommes ce que Dieu nous a faits — Justice pour les Gais* — s'était retrouvé mélangé dans Bridge Street à une centaine ou quelque de chômeurs venus du Nord, les deux groupes ayant pour destination la Chambre des Communes. Les chômeurs, indignés par la frivolité et, oui, l'indécence de ces manifestants dévoyés, avaient pris l'initiative de violences auxquelles certains des autres avaient riposté, nombre d'entre eux, toutefois, s'enfuyant. La police, apparemment, avait regardé quelque temps avant d'intervenir. Il n'y avait pas eu de blessé grave, sauf un jeune homme aveuglé par une pierre qui l'atteignit à l'œil gauche. Des représentants des deux groupes avaient reçu l'autorisation d'aller, sous escorte de la police, présenter des pétitions signées, l'une au député de Warrington (Lancashire), la seconde au ministre de l'Intérieur. Ayant remis son document, le chef de la manifestation des aberrants, poète très connu dans Soho, Valentine Wrigley, avait clamé des slogans obscènes dans les couloirs extérieurs de la Chambre des Communes. La police lui avait adressé d'indulgentes remontrances ; mais, comme il avait fait sauter le casque à visière d'un représentant de l'ordre. on l'avait embarqué. Je dis à Hortense devant nos tasses de thé

— Ils n'ont pas vraiment envie de frapper un grand coup. Pas vraiment envie de changement. Ils veulent jouer les affreux et les affranchis qui se font remarquer, sans plus. Le fait que la loi proscrit leurs activités, c'est le pain et le vin pour eux. Et ils se comparent aux premiers chrétiens ! Ce qu'ils cherchent, c'est la titillation de la reconnaissance publique de leur perversité. Il n'y a pas la moindre allusion à la présence d'une seule femme. Autant pour ta Mlle Tarleton.

— Elle n'est pas à moi.

Le puits de solitude ne devait pas être réimprimé en Grande-Bretagne avant vingt et un ans. Il resta et reste un mauvais livre. Au cours du procès qui lui fut fait aux États-Unis en 1929, le juge new-yorkais rendit le même jugement que le magistrat londonien ; mais son verdict fut révisé du tout au tout par une instance supérieure. On ne pouvait plus poursuivre un livre sur la seule foi du sujet. L'activisme moral n'a jamais rimé à grand-chose en Grande-Bretagne : chaque fois, on comptait sur les Américains pour prendre l'initiative. Les colonies continuaient à faire le travail pour leur vieille garce de mère.

43

Une décennie se termine par zéro, non par neuf, et le xx• siècle suivra encore son cours (ou, si ce livre survit à son temps, le suivait encore), mais à l'extrémité de la lassitude, en l'an 2000. Il n'empêche que le déclic sur lequel on passe à une nouvelle dizaine a quelque chose de théâtral et donne le sentiment d'un commencement. En 1929, dix ans nous séparaient encore d'une nouvelle guerre, et onze années, de la fin de l'ancienne. En un sens, une ère s'ouvrait ; d'un autre côté, elle se terminait de façon spectaculaire. Il y avait, par exemple, ce traité du Latran auquel Monsignor Carlo Campanati, collaborant dans les coulisses avec le cardinal Pietro Gasparri, s'était tant employé.

C'était le 11 février, jour de pluie à Rome ; l'angélus résonnait et faisait vibrer l'air. Le canon saluant midi tonna sur le Janicule, tandis que le cardinal Gasparri, accompagné de Monsignor Campanati, arrivait en voiture sur la Piazza Laterana. Au palais du Latran, Benito Mussolini et sa suite pénétrèrent d'un pas martial. Sur une longue table, présent du bon peuple des Philippines à la papauté, les documents étalés attendaient, ainsi que des encriers d'argent poli, des buvards, immaculés comme une âme d'enfant baptisé, et un magnifique porte-plume en or. En accueillant le Duce, le Cardinal Gasparri eut ces mots

— C'est aujourd'hui la fête de Notre-Dame de Lourdes Bon augure, bon augure

— Cette Notre-Dame de Lourdes est-elle la même que toutes les autres ? demanda le crapaud-buffle athée.

— C'est une indignité de votre part, dit Monsignor Campanati.

— J'en ai par-dessus la tête de vous, riposta hargneusement le Duce. Je serai content quand tout ceci sera fini.

— C'est aussi, reprit le cardinal Gasparri, le septième anniversaire de l'intronisation de Sa Sainteté.

— Oui, oui, dit le Duce. Par suite de l'effet rétroactif, cette intronisation devient une cérémonie purement spirituelle. La participation financière de l'État italien s'arrête là.

— Je lisais l'autre jour, dit Monsignor Campanati, votre pamphlet intitulé *Dieu n'existe pas.* Est-ce toujours le fond de votre pensée ?

— Rien à voir avec notre affaire, gronda le Duce. J'ai dit que j'en avais assez de vous. Je veux que l'on vous expédie en Amérique ou ailleurs. Votre Eminence, reprit-il en se tournant vers le cardinal Gasparri, votre assistant ici présent est parfaitement au courant de mon mariage religieux et du baptême de mes enfants. Il sait très bien que j'ai réparé vos églises endommagées par la guerre et que j'ai fait poser, en vertu d'une loi, des crucifix aux murs des écoles et des bâtiments administratifs et publics. Sauf le respect dû à sa robe ecclésiastique, ce sous-fifre m'a assez tyrannisé comme cela. Je me permets de vous inviter à bien vouloir lui rappeler que je suis le chef séculier de l'État italien.

— Vous ne devez pas, dit d'une voix pleine de bénignité le cardinal Gasparri à Monsignor Campanati, tyranniser le chef séculier de l'État italien.

— Je vous prie de m'excuser, dit humblement Monsignor Campanati. Ce n'était et ce n'est rien d'autre que l'affectueuse tyrannie d'un père. Je suis enchanté que le Duce, selon le titre qu'il se donne lui-même, ait au moins donné de lui l'image d'un homme qui a vu la lumière, bien que mon devoir en Dieu soit de persévérer à mettre en doute sa sincérité. Il m'est revenu qu'il continue à dire que son peuple est opprimé par les prêtres et qu'il fait allusion au mariage de convenance célébré entre l'Église et l'État. Voyez où il vient de mettre sa main gauche : c'est la superstition d'un impie. Nous n'avons nulle intention de tarir sa virilité par les pouvoirs de la magie.

Le Duce se hâta de retirer sa main gauche de dessus son basventre pour la fourrer sous le revers de sa jaquette de cérémonie. D'instinct, il avait eu le geste apotropaïque contre le mauvais œil sacerdotal.

— Finissons-en, grommela-t-il. Où dois-je signer ?

— Ici, répondit le cardinal Gasparri en désignant l'endroit de son annulaire chargé d'un lourd anneau. Et également ici, et là.

Le Duce s'attaqua aux documents comme s'il s'était agi d'ennemis et qu'il les eût foulés aux pieds avec sa signature. Puis se redressant, il dit :

— Rien d autre ?
— C'est tout. Dieu soit loué, le traité du Latran est conclu
— Disons que les bases sont jetées, pour être plus précis, dit Monsignor Campanati. Le Duce ne dira-t-il pas avec nous · *Loué soit Dieu ?*
— Je dirai . Dieu merci, c'est fait, répliqua le Duce. Écoutez-moi, messeigneurs. Je désire maintenant que l'on me foute la paix. J'entends aller mon chemin. Je ne veux pas que l'on me brandisse sous le nez le catéchisme ni que des espions aillent rapporter si je vais ou non à la messe. L'âme d'un homme lui appartient, et à lui seul.
— Elle appartient à Dieu, dit Monsignor Campanati. A Dieu, oui. Mais enfin, du moins parlez-vous de l'âme ; c'est mieux que rien.
— Servira-t-on le champagne ? s'enquit le cardinal Gasparri. Soit, soit, pas de champagne. Non, non, ce porte-plume est pour vous. Il est de pur or vierge. Cadeau de Sa Sainteté.
Le Duce, sourcils toujours froncés, tendit le porte-plume à un homme de sa suite, lequel, après avoir essuyé l'encre au coin d'un buvard, agrafa l'objet à sa poche de poitrine.
— N'oubliez jamais, dit le Duce, et priez instamment Sa Sainteté de bien s'en souvenir, que c'était mon idée. Et dites-le à vos ouailles. Nous ne voulons pas d'une falsification de l'Histoire.
— C'est moi, dit Monsignor Campanati, qui ai d'abord exposé l'idée à Moscon et celui-ci en a parlé à Dragone. De là le projet a gravi la longue échelle jusqu'à vous. Comme vous le dites, pas de falsification.
— Eh bien ! donc, dit le Duce.
— Eh bien ! donc, dit le cardinal Gasparri en tendant la main.
Le Duce la prit, mais non pas celle de Monsignor Campanati, pour la raison qu'elle ne se proposa pas. Puis le Duce fit demi-tour et repartit martialement, avec sa suite. Monsignor Campanati et le cardinal Gasparri se regardèrent.
— Il est trop bête, dit Monsignor Campanati, pour mesurer ce que cela va signifier pour lui. Cela le pose sur un socle solide. Le peuple va faire de lui un petit dieu ; il adorera comme de saintes reliques même la morve de ses mouchoirs. Les femmes s'offriront telles des vierges sacrificielles. Son image sera partout. L'Église, Dieu nous ait tous en aide ! vient de sanctifier l'huile de ricin et les matraques de ses séides.
— Vous êtes le premier à répéter sans cesse que le bien a le droit d'utiliser le mal. Le fait est qu'il ne durera pas. Nous, si. Allons déjeuner.
J'ai reconstitué l'événement ci-dessus d'après le récit que m'en fit Carlo plus tard. Le sens de la circonstance, telle qu'elle se déroula à Rome par un jour mouillé de février, appelle peut-être un éclaircissement. Durant le *Risorgimento* — le mouvement pour l'unité italienne, au XIXe siècle — les États pontificaux, riches territoires séculiers couvrant quelque quarante ou quarante-cinq mille kilomètres carrés et comprenant la totalité de la ville de Rome,

beaucoup de terres au nord du Tibre, beaucoup aussi au sud du Pô, campagnes, cours d'eau et municipes sur une étendue allant de la mer Tyrrhénienne à l'Adriatique, le tout habité par plus de trois millions d'âmes sous gouvernement du Saint-Siège, avaient été brutalement arrachés à ce dernier par les forces du changement. L'ordre nouveau de Mussolini, dans son besoin sinon du soutien de la voix de l'Église, du moins d'un silence qui pût s'interpréter comme complice, avait offert un règlement de compensation pour la perte de ce pouvoir temporel. Le traité du Latran stipulait l'instauration de la Cité du Vatican comme État souverain indépendant. Trois basiliques, Saint-Jean-de-Latran, Sainte-Marie Majeure et Saint-Paul, ainsi que toutes leurs dépendances, étaient déclarées jouissant de l'exterritorialité et de l'exemption des impôts de l'État sur la propriété. Même chose pour la résidence pontificale de Castelgandolfo et un certain nombre d'autres édifices éparpillés dans Rome. En retour, le Vatican reconnaissait l'existence du nouvel État italien et l'occupation séculière en permanence de ce que l'on continuait, ineptement, à appeler la Ville Sainte. Mais il exigeait que, si l'État ne se mêlait pas de l'Église, en revanche le droit canon imprégnât obligatoirement l'esprit des lois de la communauté séculière. Ainsi l'État ne pouvait-il pas admettre le divorce et, du moment que l'on était marié à l'église, ce sacrement devait suffire aux yeux des autorités civiles.

Il y avait en réalité trois accords séparés réunis dans le traité du Latran. D'abord le pacte du Latran qui créait le nouvel État de la Cité du Vatican. Ensuite, une convention financière aux termes de laquelle l'Italie versait au Vatican l'équivalent de quelque quatre-vingt-dix millions de dollars, en partie en fonds liquides et pour une autre part en bons d'État, et convenait de payer le salaire des prêtres de paroisse. Enfin, un concordat qui exemptait d'impôt le clergé et reconnaissait au Vatican le contrôle financier d'un certain nombre d'organismes dits ecclésiastiques, dans toute l'Italie. Le concordat interdisait aussi la Bible protestante et la tenue de réunions évangéliques, même dans les demeures privées. Le catholicisme était religion officielle de l'État italien. La religion devait être enseignée dans les écoles et les établissements d'enseignement placés sous une égide catholique obtenaient la préférence sur les institutions laïques ou même d'État. Le 11 février, date de la signature du traité, devenait fête nationale. Et le 7 juin 1929, jour de la ratification, le pape créa une administration spéciale du Saint-Siège, à la tête de laquelle il plaça Bernardino Nogara, patent de l'archevêque d'Udine. Ce qui ne remplit pas de joie Carlo, convaincu qu'il était de pouvoir administrer tous ces millions infiniment mieux que Nogara, lequel, à l'en croire, n'était pas un saint homme — rien qu'un menteur et un tartufe : en laïc qu'il était, il manquait du scrupule ecclésiastique. De fait, il tomba dans le piège de permettre au trésor du Vatican de servir à de douteuses entreprises séculières. « L'argent est l'argent, expliquai-je à Carlo. Peu importe qui l'administre. Il n'est pas plus impur que pur. Même les deniers de la trahison. L'argent est une espèce d'animal. Et comme un animal il faut lui permettre de faire des petits. Telle est la loi de la nature. »

Nogara fit faire des petits à la compagnie Italgas, après l'avoir achetée à Rinaldo Panzarasa au moment où le groupe de sociétés que contrôlait celui-ci s'apprêtait à sombrer. Bientôt Italgas, la majorité de ses actions aux mains du Vatican, siffla et flamba dans les immeubles de trente-six grandes villes italiennes. Y compris des bordels. Et le Vatican mit la main sur la Società Italiana della Viscosa, la Supertessile, la Società Meridionale Industrie Tessili, la Cisarion, pour les placer toutes sous l'étiquette CISA-Viscosa et le contrôle d'un autre impie, le baron Francesco Maria Odesso. Mais Nogara était le cerveau, habile à persuader le Duce, qui ne connaissait rien à l'économie ni à vrai dire à grand-chose, en dehors des flatulences de l'éloquence verbeuse et de la gestion de l'assassinat (bien qu'il ait écrit un roman valant bien au moins n'importe lequel des miens : *La maîtresse du cardinal*). Aussi se laissa-t-il convaincre de ce qu'une banque appartenant au Vatican était, au fond, une sorte d'église, que le Paraclet ne pouvait que bénir ses transactions et qu'elle constituait un de ces organismes ecclésiastiques auxquels, en vertu des clauses 29, 30 et 31 du concordat, l'on devait accorder des avantages fiscaux. Après le krach financier et économique qui balaya le monde à la fin de 1929, Nogara alla jusqu'à faire accepter à Mussolini le transfert des portefeuilles, fortement dépréciés, détenus par trois banques dans lesquelles le Vatican avait investi libéralement — la Banco di Roma, la Banco dello Spirito Santo et le Crédit Foncier Sarde — au holding d'État chargé du sauvetage des entreprises en perdition, l'Instituto di Ricostruzione Industriale, et ce, non au taux du marché courant, mais au taux d'émission des valeurs en question. L'opération rapporta au Vatican 632 millions de dollars de l'époque et le Trésor italien passa la chose par profits et pertes.

Mais c'était, en un sens, Carlo qui avait raison. En 1935, l'Italie envahit l'Éthiopie, et une usine de munitions sous le contrôle de Nogara fournit des armes aux envahisseurs. L'argent pouvait donc, après tout, devenir impur. Et cependant, tout compte fait et d'un point de vue général, sans trop entrer dans les subtilités, la première inquiétude de Carlo — la crainte que le Vatican ne fût impuissant à financer la propagation de la Bonne Parole — avait été l'allumette dont la flamme, après avoir longtemps couvé, avait flambé soudain en une fantastique illumination d'affluence. La rapidité avec laquelle le Vatican s'était enrichi avait quelque chose de réellement obscène et d'aussi contraire à la nature qu'un de ces films où l'on voit, en mouvement accéléré, une graine de moutarde, par exemple, se changer en arbre sous nos yeux, y compris les petits oiseaux perchés sur les branches d'icelui. Carlo voulait de l'argent pour apporter la lumière aux païens — eh bien ! pardieu, il en avait. Non que, lui-même, il fût maintenant chargé des mécanismes ou de l'entretien de la diffusion de la foi : les paroles de Mussolini exprimant son désir de le voir expédié en Amérique, tout en n'ayant aucune influence à l'intérieur des murs du Vatican, n'en avaient pas moins porté leur fruit, peut-être du seul fait qu'elles eussent été prononcées. Le Saint-Siège se devait de dépêcher des ambassadeurs à l'étranger, comme tout État indépendant, et, quoique Carlo ne fût pas encore prêt à diriger une légation, l'on reconnut qu'il serait d'une extrême utilité comme second dans un pays dont l'idiome était littéralement pour lui une langue maternelle. Aussi, au début des années 30, l'envoya-t-on à Washington sous les ordres d'un archevêque qui parlait l'américain comme un joueur d'orgue de Barbarie. (Il arriva parfois que, méchamment, l'on appelât Carlo son singe.)

Il faut bien dire que, alors qu'il se trouvait encore en Italie, Carlo refusa de laisser en paix Mussolini. Son inimitié n'était nullement en harmonie avec les dispositions amicales du Vatican. Mussolini était qualifié, par les membres les plus naïfs du clergé, d'envoyé de Dieu. Sa Sainteté elle-même parla un jour, alors qu'elle ne surveillait pas sa langue, de la divine provenance du Duce. Carlo — Monsignor Campanati, comme il était encore et resterait longtemps — ne manquait jamais une occasion de parler en termes discourtois de l'athée trapu ou pyknique, selon son expression favorite. Le traité du Latran était bel et bien signé et ne pouvait être dénoncé (le Duce, désormais sanctifié, n'en avait aucune envie). L'Église était à l'abri des fascistes, et Carlo appartenait à l'Église : il était intouchable — ce qui ne l'empêcha pas de me confier précieusement un document à ouvrir au cas où il viendrait à mourir subitement, et dans lequel, que sa mort résultât d'une double pneumonie ou d'excès alimentaires, les chemises noires en étaient accusées sans équivoque.

Lors d'une de mes visites à mon dentiste romain, je dînai avec lui au da Piperno, restaurant juif proche de la maison des Cenci et bien connu pour ses artichauts et son dessert baptisé « couilles du grand-père ». A une table voisine, se trouvaient deux fascistes de rang moyen, qui reconnurent Carlo. Le da Piperno avait une grosse clientèle fasciste : les Allemands n'avaient pas encore enseigné aux chemises noires la nécessité de persécuter les juifs. De vrai, on comptait des fascistes jusque parmi ceux-ci. Les juifs avaient tué le Christ et gagné beaucoup d'argent, mais ils étaient en Italie depuis plus longtemps que les chrétiens ; s'ils toléraient le pape dans la mesure où il est romain, le Christ était pour eux une sorte d'étranger. Au sommet du Janicule, les petits marchands juifs vendaient des répliques en métal de Saint-Pierre autant que de Romulus et Rémus et à côté d'images de la mâchoire protubérante du Duce. Rien à redire contre eux, et le da Piperno était un des meilleurs restaurants de la ville. L'un de nos deux fascistes de rang moyen dit à Carlo, avec un rictus de chien méchant :

— Vous feriez mieux de la boucler, ce serait plus sage.

— Je ne crois pas que l'on nous ait présentés l'un à l'autre ? répondit Carlo en posant dans son assiette le squelette de sa sole grillée, qu'il achevait de suçoter, et en se tournant aimablement vers nos voisins

— Ne dites pas de bêtises. Vous savez très bien qui nous sommes et nous savons qui vous êtes. Nous savons ce que vous racontez et nous vous avertissons d'avoir à vous taire.

— Pour ce que j'ai dit du Duce et de votre régime pourri ? Avec votre permission en tant que votre père en Dieu, je vous prierai de ne pas vous mêler de questions que vous n'avez pas qualité pour comprendre. Peut-être êtes-vous maîtres dans l'art d'administrer la matraque et l'huile de ricin — excellent laxatif, cela dit, pris avec modération — mais vous êtes ignares en théologie. Puis-je maintenant poursuivre mon dîner ?

Et il se remit à sucer ses arêtes de sole. Celui des deux fascistes qui n'avait pas parlé l'empoigna brutalement par l'épaule pour le forcer à se retourner et à écouter ses injures. Carlo soupira, reposa le squelette de poisson, s'essuya les doigts à sa serviette, puis, avec une souplesse et une vigueur d'athlète surprenantes pour un homme aussi gros, se libéra, d'une torsion du buste, de l'emprise fasciste. Ensuite, saisissant au poignet l'empoigneur, il le maintint jusqu'à ce qu'il lui eût arraché un petit jappement de douleur. Alors il lâcha prise et leur dit à tous deux :

— J'aime Benito Mussolini probablement plus que vous. Que dis-je ! vous lui couperiez la gorge, demain, si vous pouviez en tirer un millier de lires. Je l'aime parce qu'il est une âme humaine, et je regrette que sa pure essence, qui lui fut donnée par la main d'un Dieu en qui il ne croit pas, ait été souillée de façon aussi immonde par les démons de l'avarice et de la puissance dont il est très évidemment possédé. J'aimerais le purger de ses diables, mais, dans sa perversité, il se réjouit de cette possession.

— Les démons ! ricana celui qui avait parlé, bel homme aux cheveux huileux, dans la quarantaine. Retourne à tes livres poussiéreux, prêtre, et fiche la paix à notre monde moderne. Les démons, tu parles ! C'en est fini avec vos superstitions.

L'autre, qui avait une tache de vin sur sa chemise noire, rit idiotement. Carlo prit un air scandalisé.

— Qu'entends-je ? Vous qualifiez de superstitions les stricts enseignements de la religion catholique ? Quand, vous et votre chef, vous brûlez de vous mettre bien avec l'Église et vous accrochez des crucifix jusque dans les bordels ? Peut-être, évidemment, poursuivit-il plus haut, n'êtes-vous pas toujours d'accord avec les actes du Duce.

Un homme, la serviette en bavette, suspendit l'acheminement de sa fourchettée pour dévisager les fascistes. Le plus jeune des deux, l'empoigneur d'épaule, dit : « *Mussolini ha sempre ragione !* » C'était l'un des slogans rassurants du régime. Carlo fut ravi de l'entendre. Il dit :

— Tout à fait d'accord. Par exemple, quand il paye les salaires des prêtres de l'Église pour leur permettre de s'acquitter de leurs devoirs sacerdotaux... parmi lesquels, me permettrai-je de préciser, il y a l'exorcisme des démons.

— *Mussolini ha sempre ragione !* (La chemise noire aux cheveux huileux claquait des doigts pour réclamer l'addition.) Nous en avons assez de vos stupides boniments de prêtre

— Cerveaux grossiers, dit Carlo avec pitié. Vous vous cachez derrière les amphigouris partisans pour vous garder du devoir humain de penser par vous-mêmes. Votre ignoble régime est la honte d'un grand pays : votre patrie, mère des arts et de l'intelligence. Allez-y, trouvez réponse à cela. Il ne suffit pas de répéter que Mussolini a toujours raison.

— Écoutez, lui dis-je, passant à l'anglais, il va y avoir du grabuge. Taisez-vous, Carlo, assez.

Depuis toujours et sous tous les régimes, les Italiens — signe d'une sagesse naturelle qu'aucun grand mot, tel que patriotisme et devoir, n'a pas pu réussir, à travers les siècles, à extirper — sont soucieux de ne s'attirer jamais qu'un minimum d'ennuis. Carlo, il est vrai, n'était pas entièrement italien. En tout cas, le fasciste aux cheveux huileux se contenta de ricaner encore une fois et de dire :

— Vous aimeriez peut-être mieux avoir les bolcheviks ici ? Ils auraient tôt fait de vous renfoncer dans la gorge vos histoires merdeuses de diables.

— Oh ! mais, riposta Carlo sur le ton le plus raisonnable du monde, il y a plus de bon sens chez Marx que chez Mussolini. Au moins, Marx s'est donné la peine de penser un grand coup. Et le processus dialectique implique mouvement et progression vers un objectif idéal, ce que, la charité aidant, l'on pourrait interpréter comme une forme de pensée chrétienne. Vous n'y comprenez rien, n'est-ce pas ? Pas un traître mot.

Les deux hommes étaient debout à présent, addition payée, et leur laïcité noire menaçait de son haut le noir ecclésiastique de Carlo. Noir, pensai-je : la saleté ne s'y voit pas.

— Je sais bien, reprit Carlo, que nous sommes tous censés nous réjouir du grand dessein impérial. La résurrection de l'Empire romain, ce qui signifie presser comme des citrons d'innocents Africains. Parodie, comme tous les rêves de ce crapaud-buffle sans Dieu dont vous avez fait votre roi. Et maintenant dehors ! Laissez-moi continuer mon dîner.

— Vous entendrez reparler de nous ! gronda l'homme aux cheveux huileux.

— J'y compte bien, répliqua Carlo.

Le second, avant de partir, heurta violemment de la hanche le bord de la table, ce qui fit tituber notre seconde bouteille d'Acidrezza. Je tendis vivement le bras pour la rattraper, mais elle bascula, tomba et se mit à glouglouter par terre. L'instant d'avant, elle était presque pleine : c'était d'excellent vin, et cher. Je dis, en bon anglais :

— Oh, *really... Rovinoso*, ajoutai-je, *è molto scortese*

— *Non mi frega un cazzo !*

Et ils s'en furent, faisant des lèvres un bruit de pet et y ajoutant un salut ironique. Carlo les suivit aimablement des yeux, puis dit « Un instant », et se leva.

— Ne faites pas de bêtise ! lançai-je, alarmé.

— Un instant, répéta-t-il.

Il sortit. La minuscule place qui servait aux clients de parc a voitures, était fermée par (en dehors du restaurant) la façade de la demeure désaffectée des Cenci et de sa chapelle sécularisée. Lorsque j'y arrivai, ce fut pour voir le fasciste aux cheveux huileux plié en deux, à la suite, supposai-je, d'un coup de pied que Carlo lui avait dépêché dans les testicules. Quant à l'autre, Carlo était en train de le boxer vigoureusement. C'était un petit homme mou qui n'avait d'autre courage que sa chemise noire. En voyant survenir un renfort — l'Anglais à l'air encore assez leste dont il venait de renverser le vin — il dévala la ruelle en pente en excrétant de vilains mots. L'homme plié en deux proféra nombre de menaces gémissantes, dans une posture qui ressemblait à une attitude de dévotion pour l'habit de Carlo ; puis, toujours courbé, les mains en cage sur le scrotum, il suivit son ami en jurant.

— Ils ne feront rien, me dit Carlo. Personne ne croira qu'ils aient pu être attaqués par un prélat. Ou, s'ils font quelque chose ce sera tenu pour une grande honte. (Je commençais à comprendre pourquoi Mussolini recommandait de se protéger les testicules en présence d'un ecclésiastique.) Et maintenant, reprit Carlo fort à point, allons manger nos couilles du grand-père.

C'était un mets sucré : une pâte légère, fourrée de crème et trempée brièvement dans la graisse brûlante ; des sortes de pets-de-nonne, aux allures d'orchidées et servis avec de la confiture de prune. Il était clair, à voir ce genre de conduite, que Carlo se trouverait beaucoup mieux d'être en Amérique.

Mais nous étions tous destinés à l'Amérique. Domenico, comme je l'avais prédit, devait trouver sa véritable voie dans la composition de musique pour le cinéma parlant, lequel devait me débaucher comme scénariste. Nous étions tous deux des artistes mineurs, et voilà que nous trouvions un art mineur *in excelsis* ou *in mediocre*. En 1929, Paris semblait plein de films américains tout-parlants, tout-chantants, tout-dansants, lancés à grands renforts d'affiches où s'étalaient des filles stylisées, chapeau claque et jambe haute, le tout bien tempéré par l'exquis sorbet exotique du drame à l'état pur, et copieusement nasillard (ces toutes premières techniques sonores paraissaient favoriser le gémissement nasal). Mais le drame à l'état pur avait toujours besoin d'un thème musical central, même s'il n'était pas possible d'y adjoindre des paroles : les disques de phonographe aidaient à la promotion, et les films poussaient la vente des disques — cette symbiose commença très tôt. Et c'était ainsi qu'*Une demi-heure* de J.M. Barrie devenait à l'écran *Le secret du Docteur* avec Ruth Chatterton (« La femme en question, c'était moi — Ah ! motus et bouche cousue, chère madame »), mais que la chanson sans paroles était intitulée *Une demi-heure*. Le film chantant était considéré à l'époque comme la forme primordiale, et ni le dramaturge ni le romancier ne se sentaient sollicités, pour le moment, par un moyen d'expression essentiellement frivole.

Sur les Champs-Élysées, cet automne-là, juste a la veille du Grand Krach de Wall Street, les *Fox Movietone Follies* de 1929 étaient données à une porte ou presque de *La fille du pendu*, film

Pathé avec Jean-Luc Carel et Claudine Pellegrin, mise en scène de Georges Legras, musique de Domenico Campanati. Je n'ai pour ainsi dire aucun souvenir de cette œuvre, hormis une vague image résiduelle de la qualité de la musique : brouillée, déformée dans les *tutti*, avec un excès (mais c'était obligatoire à l'époque) de saxophoneries oléagineuses. J'avais recommandé Domenico pour ce travail et, après le rite des premiers refus péremptoires, il s'était montré ravi des exigences brutales imposées à la partition par l'art du montage : n'importe quelle mesure devait être à même de se fondre dans une autre ; toute phrase musicale, si tronquée qu'elle fût par les ciseaux, devait avoir un sens. On pouvait se payer des dissonances à la Stravinski aussi bien que de la lavasse postpuccinienne. En réalité tout était bon, du moment que cela cadrait plus ou moins. La chanson qui servait de thème au film — lequel était une assez sinistre histoire de fille démolie par l'exécution d'un père condamné pour meurtre — était un air chanté dans une boîte de nuit et revenant sans relâche dans des contextes d'ironie. Cela s'appelait *Il était une fois*, paroles de Roger le Coq, et Domenico gagna beaucoup d'argent.

Je me rappelle le pendant américain de ce film ou du moins ce que l'on y chantait Par exemple, *Breakaway* :

Write a little note
On your toes
Don't forget to dot the ı
Look at what you wrote
Goodness knows
It's easy as pie
Let's do the Breakaway
Get hot and shake away...

Et caetera. A quoi joue donc la mémoire humaine, pour être capable de retenir de telles inanités et d'oublier la grande poésie de Goethe ?

Je parlerai peu du Grand Krach de Wall Street que Carlo, alors qu'il jouait à la Bourse pour l'Église en usant de grand cœur d'une partie de l'héritage de Raffaele, avait eu la perspicacité de prévoir Cet effondrement fut la conséquence d'un excès d'assurance, d'un manque de prescience et d'intelligence. Les expatriés américains à Paris, qui se nourrissaient de dividendes américains, n'avaient plus qu'à racler leurs fonds de tiroirs pour pouvoir rentrer chez eux. Les lumières de l'expérimentation littéraire faiblirent, sauf pour James Joyce, qui poursuivit laborieusement la folle entreprise de son « Œuvre en cours ». Les Américains geignards, mendiant maintenant à boire dans les bars où ils claquaient naguère généreusement leurs dollars, finissaient par agacer un peu. Franklin Dowd se tua d'une balle de revolver dans la chambre du George V qu'il ne pouvait plus payer. Hastin Newson, l'homme aux tempes argentées qui avait vendu sa banque pour mener l'existence de Riley (qui que fût Riley — lui aussi probablement avait culbuté avec Wall Street), se jeta du haut de la troisième plate-forme de la Tour Eiffel L'on finit par poster là-haut des policiers à l'affût de tout accent américain. Joe, mon agent new-yorkais, découvrit-on, avait, comme je l'en avais soupçonné, investi à quitte ou double les fonds de ses clients et tout perdu, principalement dans la Radio. Il avait quitté son bureau à midi, alors que sa secrétaire tapait encore sur la machine à écrire et avait filé à Nuevo Laredo, au Mexique. Ramenant, sur les conseils de Carlo, mes avoirs américains à Paris, je gagnai de vitesse mon petit krach personnel et n'y laissai que quinze mille dollars environ. Harry Crosby, qui avait publié mon pastiche biblique en février, sous le titre *La chute des amants*, auteur anonyme, se tua avec sa petite amie Joséphine dans une chambre d'hôtel de Boston, le 10 décembre, parfaisant ainsi, en identifiant à l'époque sa propre extravagance tapageuse et sans talent, l'œuvre d'art qu'il savait, en dépit de toutes les évidences contraires, porter en lui. E.E. Cummings, donc, écrivit une élégie :

2 Poupées de
boston ; trouvées
avec
trous dans 1
mutuel dos à dos et
autre dodo l'enfaçon InViolée
DODOlalaDIO
la Elle-en-lui avec
le Lui-en-elle (&
tous deux dopés à
bloc) joliment
alors qui oui vrai
ment
alité, franchement qui
maintenant y va (BANG (BANG

Au milieu du grand bing-bang de la dégringolade générale, le film parlant tint bon. Domenico écrivit une musique très prolétarienne pour *Bourrée italienne*, mandolines, ténors et tarantelles, et fit grosse impression sur Wouk et Heilbutt de la MGM, qui découvrirent le film par hasard à Montréal. Les quatre années suivantes devaient voir naître quantité d'œuvres cinématographiques d'une gaieté désespérée, dont quelques-unes tournées dans les décors ensoleillés de la péninsule-*It*, selon le mot de Wouk, laquelle devait passer à jamais pour un pays désespérément gai. Domenico fut pris sous contrat, et ses deux premières partitions furent pour *Le Kid de Naples* (tourné dans un décor romain) et *Mamma Mia*, histoire d'une pauvre famille de Mulberry Street, à New York, qui gagnait à la loterie et s'en retournait dans la péninsule-*It* pour épater la galerie. Pour ma part, je restai à Paris qui, sans expatriés américains, était plus morne qu'auparavant. Puis je fus convoqué à Hollywood pour y écrire le scénario de *Singapour* !, adaptation de mon roman sur sir Stamford Raffles. Le Pacifique, l'océan Indien et la mer de Chine étaient considérés aussi comme des décors naturels de bonne diversion, et un film à gros budget avait été tiré de *Clive seigneur des Indes*, avec Ronald Colman.

44

— C'est, dit Carlo, une espèce de blasphème. Je ne comprends pas comment les musulmans le permettent.

— Il n'y a pas de musulmans ici, répondis-je. Rien que des juifs.

— Eh bien ! que diraient-ils si cela s'appelait le Jardin de Jéhovah ?

Il parlait du Jardin d'Allah, l'hôtel où je vivais, sur Sunset Boulevard, et qui avait été autrefois la résidence d'Alla Nazimova, l'actrice de cinéma — d'où, comme je l'expliquai à Carlo, le nom, le « h » final représentant une addition légitime pour des gens qui tenaient le Dieu de Mahomet pour un élément du décor oriental, tel le sorbet.

— Cette piscine, là-dehors, dit Carlo, me rappelle quelque chose.

— Elle a la forme de la mer Noire. Alla Nazimova était originaire de Yalta.

Carlo hocha la tête, à juste titre, devant le côté insensé de l'endroit. C'était loin de Washington, dont la folie, parce qu'elle était politique, avait ses excuses. Il se cala précautionneusement dans un fauteuil en rotin moulé, comme s'il avait craint que ce ne fût peut-être une illusion. L'établissement était divisé en bungalows, eux-mêmes divisés en appartements meublés. Mon voisin était un ancien humoriste du *New Yorker* qui passait le gros de ses nuits à rire amèrement. Je gagnais quinze cents dollars par semaine pour écrire des scénarios le plus lentement possible. On ne traînait pas pour tourner les films, mais, en dehors des plateaux, la vertu capitale était l'indolence. Carlo ouvrit son porte-documents, frappé aux clés et à la tiare dorées de la Cité du Vatican, et en sortit ce qui, à première vue pour des yeux conditionnés par Hollywood, ressemblait au plus long scénario de film que l'on eût jamais écrit.

— Non ! m'écriai-je. Ce n'est pas possible !

Puis je tins l'objet dans les mains et vis ce que c'était.

— Ne le lis pas maintenant, dit Carlo. Attends d'avoir beaucoup de loisirs. Ceci est le fruit de maintes longues années de labeur et de discussions. D'une part, c'est complet ; d'un autre côté, ce n'est qu'un brouillon d'une simplicité honteuse. L'important est de semer largement les idées. Ensuite, venu le moment de les transformer en actes, le monde des croyants sera prêt.

Je lus la page de titre : *La Véritable Réforme : Projet de Réorganisation des Institutions du Christianisme, Accompagné de quelques Notes sur les Techniques d'Association avec les Confessions Apparentées.* Carlo poursuivit :

— C'est ma propre frappe à la machine. On ne pouvait confier ce travail à aucune de nos sténographes de Washington. Elles eussent jaboté, et il ne doit pas y avoir de jabotage. Il ne faut pas que l'on puisse y lier mon nom, pas plus que celui d'aucune des personnes qui y ont collaboré. C'est hautement confidentiel

— Et pourtant vous me l'apportez ?

— Tu n'es pas comme les autres. Tu n'as personne avec qui jaboter. Ou plutôt tu n'as aucun intérêt à jaboter. (Il semblait s'être toqué de ce mot.) Jaboter à propos de la religion n'est pas ton affaire. Que me donnes-tu à boire ?

Il le savait, ce qu'il y avait à boire ; toutes les bouteilles étaient à la parade sur le petit bar, mais fort peu de ces étiquettes lui étaient familières : *Southern Comfort, Old Grandad, Malone's Sour Mash.* Je m'étais mis aux breuvages indigènes. La prohibition était, bien entendu, finie : que de morts vaines, y compris celle de Raffaele. Carlo dénicha une bouteille d'*Old Mortality,* scotch très rare, et s'en versa une solide rasade. « Il y a de la glace dans la glacière », dis-je par pléonasme. Il but son *Old Mortality* sec et pur. Tout en feuilletant le manuscrit, je repris :

— Ce n'est pas vraiment ma marque de thé, dirais-je.

Il ne comprit pas tout de suite et me regarda un instant avec de grands yeux, comme si j'avais fini par être tout imprégné d'*Alice au pays des merveilles*, que je travaillais à adapter au cinéma. Puis son visage s'éclaira :

— Il faut que ce soit publié, dit-il. Et il faut que ce soit l'œuvre d'un laïc, sous l'anonymat ou sous un pseudonyme. Pas question de *nihil obstat* ou d'*imprimatur.* Peut-être pourrais-tu le publier sous ton propre nom. Peu importe le nom de l'auteur. Le tien est connu et ton éditeur imprimera cela. Tu pourras garder l'argent ou le donner aux pauvres. L'important est de semer les idées. Tu pourrais même en faire une espèce de roman, avec des gens assis autour d'une table de jardin et discutant de religion. Ce que tu en feras m'est égal, pourvu que les idées soient semées. Oui, pourquoi pas autour d'une table de jardin, en buvant une tasse de thé ? ajouta-t-il. Du thé de ta marque, bien entendu.

Je mis la bouilloire à chauffer. Il n'était pas loin de 5 heures de l'après-midi.

— Une tasse de thé ? Mais il y en a des litres et des litres là-dedans, dis-je en continuant à feuilleter l'opus.

Cela devait représenter, estimais-je, environ cent cinquante mille mots, et c'était, contrairement aux conventions du métier, frappé à interligne simple. Le tout tenu ensemble, assez comme un scénario, sous deux pages de couverture bleues sans dos et par trois attaches d'une longueur que je n'avais encore jamais vue, pareilles à des stylets fourchus et dorés, spécialité du Saint-Siège peut-être, qui embrochaient les marges. Je mis les cuillerées d'Orange Pekoe dans la théière ébouillantée et dis .

— L'évêque de Bombay, ex-titulaire du siège de Gibraltar, est sûrement mêlé à cela ?

— On ne pouvait plus guère se fier à lui. Cela dit confidentiellement. Il finissait par être obsédé par l'interprétation du Credo d'Athanase, ce qui montre bien son anglicanisme. Tout de même, il y a un peu de sa terminologie là-dedans. Et le docteur MacKendrick, un calviniste qui, cela me revient maintenant, aimait bien le thé très noir sans sucre ni citron a beaucoup aidé a la structuration du travail. Presque comme un ingénieur. Il y a eu de nombreux collaborateurs. Aucun d'eux ne jabotera. Dans l'état présent des affaires, ils n'oseraient pas. Ils auraient des ennuis avec leurs propres chefs de leurs confessions respectives. Leurs *Duci*, en quelque sorte. (Ses yeux s'adoucirent comme voilés par la nostalgie de la bataille.)

— Et je le publierais sous mon nom ?

— Cela ne fera pas de mal à ta réputation. Cela t'en vaudra même une nouvelle : de sérieux. Tu peux commencer à lire dès ce soir. Je passerai la soirée tranquillement avec Domenico et Hortense et mes, nos, chers neveu et nièce. Ils grandissent, mais disproportionnellement entre eux, maintenant, à cause de la différence de sexe. Il y a une émission de radio que j'aime bien écouter et qui raconte l'histoire de deux Noirs, Amos et Andy. Ils ne sont pas vraiment noirs, mais ils se maquillent tout exprès, même pour la radio. Voilà ce qui s'appelle du sérieux.

— Êtes-vous déjà passé là-bas ? (Je voulais parler du 151 South Doheny Drive, à Beverly Hills, où vivaient Domenico, Hortense et les jumeaux.) Parce que, ce soir, il y a une réception à Bel Air où nous allons tous, et peut-être aimeriez-vous...

Le thé était prêt. Je me servis. Carlo fronça les sourcils, façon de montrer sa préférence pour le scotch.

— Il n'y avait personne. Les enfants étaient à une leçon d'équitation ; les parents, à leurs occupations.

Hortense avait reçu commande d'un buste en plusieurs exemplaires, ou plutôt à diverses phases d'exécution, pour le nouveau film de Marlène Dietrich, qui tournait autour d'un sculpteur tombant amoureux de son modèle.

— Il n'y avait que leur domestique noire, qui est baptiste. J'y ai déposé ma *saccroche*, ainsi nommée parce qu'on s'y accroche. Pratique, ce mot. Une réception, dis-tu ? De quelle sorte ? Avec des stars de cinéma ? (Il avait vu des films de Hollywood sur les réceptions à Hollywood : ce genre d'inceste avait commencé très tôt ; le narcissisme est-il une forme d'inceste ?)

— Oh ! oui, des quantités, répondis-je. C'est l'anniversaire de Daisy Apfelbaum, que vous connaissez sûrement mieux sous le nom d'Astrid Storm.

— Ah ! fit-il en passant la langue sur ses lèvres humides. Celle qui était dans *L'ours des mers* ?

— Elle aime la religion, toutes les religions. Vous pourrez l'entretenir de ce sujet. (Je bus une gorgée de thé et soupirai. Quant à cette chose-ci...) Quant à cette chose-là, dis-je, vous me demandez l'impossible et vous le savez.

— Peuh ! fit-il avec le geste de chasser une mouche, je n'ai jamais vu que l'impossible pose de gros problèmes. Dès lors qu'on s'y attelle, il devient une feuille blanche sur laquelle il est loisible d'écrire le possible. Quand les gens parlent de facilité ou même de difficulté, alors, oui, les ennuis commencent. Mais cette chose est si impossible que tu la feras.

— Sous mon propre nom ? répétai-je.

— Sous n importe quel nom. Ou pas de nom du tout C est la chose en soi qui compte. (Comme mon morceau de sodomie biblique.) Seulement, quand il n'y a pas de nom d'auteur, les lecteurs cherchent à deviner. Mon Duce personnel de Washington est très capable de soupçonner plus ou moins qu'il s'agit de moi. Un pseudonyme, alors. Comme cette star que nous allons voir ce soir ? Je n'étais pas au courant, dans son cas, soit dit en passant. Cette solution aussi pourrait inciter à jouer aux devinettes. Ton vrai nom est probablement ce qu'il y a de mieux, et tu peux mettre en tête une préface disant que, vu l'état présent du monde, tu as été forcé de réfléchir beaucoup à ces questions et que, dans ces pages, humblement, le laïc que tu es présente, à titre de suggestions, les résultats de ses méditations. Quelque chose dans ce goût. *La Vraie Réforme*, par Kenneth M. Toomey. Je le vois très bien, ce livre, reprit-il (et il le voyait vraiment ; cela ne faisait jamais qu'un esprit de plus corrompu en toute innocence par l'Amérique). Oui, je le vois sur la liste des best-sellers. Avec une croix de feu peut-être sur la couverture.

— Comme le Ku Klux Klan ? Non, offrons-nous plutôt une jolie femme aux yeux graves, très décolletée — peut-être Daisy Apfelbaum accepterait-elle de poser — et, pour titre, quelque chose comme *Donnez-moi Dieu*. Ou *Dieu nous aide !*

— Là, tu vas trop loin. Là, je crois que tu plaisantes. Mais, bon, je vois que tu es prêt à y réfléchir. A quelle heure est ce cocktail d'anniversaire ?

— N'importe quand à partir de 8 heures.

— J'y vais comme je suis ? Je n'ai pas apporté d'autre vêtement.

Je l'examinai pendant qu'il allait se servir au bar un autre verre d'Old Mortality pur. Pour autant que je pusse en juger, il portait la même tenue ecclésiastique qu'à l'époque de la mort de son frère : toute déformée et tachée ; atroce — à croire qu'elle venait d'un studio où une équipe de magasiniers spécialistes s'était fait un point d'honneur de l'avachir pour le rôle. Elle convenait à la laideur de Carlo, qui serait tout particulièrement appréciée ici, à Hollywood et dans ses environs. C'était cinématique en diable, comme le résultat d'un travail en finesse d'experts en maquillage depuis longtemps dans le métier.

— Vous êtes parfait, dis-je.

Il hocha la tête, s'assit pesamment, avala son whisky pur sans broncher, puis eut l'air inquiet et dit : « Mère. »

— Pardon ?

— As-tu reçu un mot de notre mère ? (Le *notre* était très certainement censé m'inclure.)

— Deux ou trois cartes postales, répondis-je. Une de Salzbourg. Une de Chiasso, pour montrer qu'elle était bien rentrée de Paris. Elle considère de plus en plus mon appartement parisien comme un chez-soi, mais elle a l'air d'éprouver un sentiment de culpabilité à prendre tant de plaisir à cette ville. Chiasso est sa pénitence.

— Elle a de l'argent, dit Carlo avec un sombre contentement. Il y a Cartier, Maxim's. Le luxe, la bonne chère. Elle peut rendre visite à Luigia, de Chiasso ce n'est rien en chemin de fer Luigia m'écrit, à sa façon aiguë – elle sera bientôt à la tête de ce couvent, tu verras — que mère perd la foi

— Tiens.

— Elle s'est mis dans la tête que les fascistes sont foncièrement des catholiques. Elle a lu quelque part que cet Hitler est un catholique autrichien qui persécute les luthériens aussi bien que les juifs. Elle dit que le christianisme est une sorte d'hérésie juive. Elle s'est liée d'amitié avec le directeur de sa banque à Chiasso, qui est juif. Elle lit l'Ancien Testament.

— Qu'est-ce que cela a de mal ?

— Elle dit que c'est dans l'Ancien Testament que l'on découvre les rapports réels entre Dieu et l'homme. Que le Nouveau Testament est d'une lecture très ennuyeuse. D'évidence, on ne devrait jamais mettre les saintes écritures entre les mains des laïcs. C'est de là que naissent tous les ennuis : laisser des esprits non préparés se nourrir de la Bible, peuh !

— Votre mère a la tête bien faite. A votre place, je ne m'inquiéterais pas pour elle.

— Je prie. Je prie pour toi aussi. (Il vida son verre d'Old Mortality.) Je prie pour tout ce satané monde. Puis-je m'allonger quelque part ?

— Vous priez allongé ?

— Je prie dans toutes les positions. Dieu se moque bien de nos postures physiques. Pour le moment, je voudrais dormir une petite heure. Où cela ?

— Ici.

Je lui montrai de la main la chambre d'ami. Il la gagna d'un pas pesant et referma la porte. J'entendis sa masse s'échouer sur le lit. Puis ses ronflements montèrent, comme l'appel du shofar dans les synagogues.

Il y avait au moins deux mois que je travaillais, avec l'aide inutile d'un jeune scénariste du nom d'Al Greenfield, au scénario de *Singapour* ! J'avais atteint un stade d'impasse onomastique dans mes rapports avec le producteur et le patron du studio. Ils voulaient me faire changer le nom du fondateur de Singapour. Et ce, parce qu'il y avait un autre Raffles, beaucoup mieux connu, un gentilhomme cambrioleur, et qu'un studio rival préparait un film sur le Raffles en question. Pourquoi ne pas appeler le mien sir Thomas Stamford ? Mais, bonté divine ! mon vieux, avais-je dit, on ne falsifie pas l'histoire comme cela ; c'est comme si, disons, je voulais changer le nom de Jefferson ou de Benjamin Franklin parce qu'il y aurait un Franklin ou un Jefferson dans les journaux, accusé de vol d'enfant ou de viol. Ce n'est pas tout faux, ce que vous dites là, Ken : c'est le même bonhomme sauf qu'on lui change seulement les voyelles de son nom. Mais bon Dieu de bon Dieu, mon vieux ! Je refusais de céder. Riffles ferait très bien, et d'ailleurs ça sonne très angliche comme prononciation, dit une brute, un cigare tout mâchonné planté dans la bouche. Reffle, Roffle, Riffold. Riffold, Schmiffold, rien à faire ; Raffles ou rien. Quoi qu'il en fût, le projet avait dû être mis sous le coude gauche pour quelque temps, Loretta Young n'étant pas immédiatement disponible pour jouer lady Raffles, ou Riffles, le diable les emportât. Je prévoyais déjà que l'on allait me retirer le scénario, que mon nom ne figurerait pas au générique, mais je m'en fichais, ce n'était pas mon métier et, si je le voulais, je pouvais m'offrir en long et en large n'importe lequel de ces salopards. On me mit sur autre chose : le roi Arthur et ses chevaliers. Mes employeurs avaient des idées vagues sur le sujet, mais savaient qu'il était superchouette pour un film à costumes. A cela près que j'allais recommencer à causer des ennuis, parce que je ne voulais absolument pas de leurs histoires de crétins sur Lancelot et Guenièvre ; je voulais un *dux*, un général celto-chrétien à la tête de son ost, inutile défenseur de la foi contre la barbarie de l'envahisseur teuton. Et je tenais à ce que ce fût tourné en Angleterre, parmi l'odeur de la verdure mouillée. Dans l'Ouest. Foi. Devoir. J'en étais au point où les yeux commençaient à me picoter à ces mots : le scénario, je le savais d'avance, abonderait en ce genre de termes. Je lisais Geoffrey de Monmouth que j'avais emprunté à la bibliothèque publique de Los Angeles, et non pas ces *Idylles du roi* trempées dans l'eau de rose de Tennyson. Je n'étais pas dans le bâtiment des scénaristes, ce jour-là ; je n'écrivais pas, bien que l'on m'eût solennellement déclaré que c'était là mon boulot : prière d'user un crayon entier par jour, jusqu'au trognon et avant 17 heures pile, oké ? Décors, action, tout était prêt à rouler dans ma tête comme dans une cabine de projection, et je voyais, j'entendais *foi, devoir*.

Mais voici que la corne de bélier des ronflements de Carlo m'invitait à parcourir au moins son manuscrit, lequel n'était pas totalement dénué de rapport avec le travail pour lequel on me payait : la chrétienté sur le pied de guerre. Que ce texte semblait curieux ! Il tâchait d'être impersonnel, et pourtant il restait plein de voix diverses qui paraissaient s'échapper d'un corps assailli par des démons s'appelant Légion. Il y avait un théologien allemand qui dissertait sur l'*Abendmahl*, le repas du soir, mot quasi familial et chargé d'odeurs de douillettes choucroutes pour désigner l'eucharistie. L'évêque de Bombay, précédemment de Gibraltar, jonglait avec des termes comme substantiation, consubstantiation, insubstantiation. Il y avait une rude bataille entre libre arbitre et prédestination, Carlo lui-même affrontant un quidam écossais ou suisse. Et ce que je trouvais, à l'époque, moi, le renégat, hétérodoxe et scandaleux (personne ne se scandalisant plus aisément qu'un renégat), finirait par devenir l'orthodoxie et la suavité mêmes. J'avais sous les yeux la formidable stratégie de l'oecuménisme : elle s'étalait là, en caractères gauchement frappés à interligne simple, et moi, qui me considérais comme ayant perdu la foi, j'étais consterné !

Le pape de Rome était destiné, selon ce plan, à devenir plus un frère aîné qu'un père, l'aimable président de la commission interconfessionnelle de la foi, tenant son poste de droit historique, mais sans revendiquer aucune autorité divine. La foi devait tout ensemble s'élargir et perdre de sa rigidité, et il semblait que l'on proposât une technique de ce que je ne pouvais qualifier autrement que de manigances sémantiques, par quoi des diversités de croyances fondamentales et vieilles comme le monde pourraient être réunies. La doctrine de l'*Abendmahl*, de la cène, de l'eucharistie, par exemple, avec les uns croyant à la Présence Réelle, d'autres à une sorte de présence plus ou moins réelle, d'autres encore à un acte de commémoration pure et simple. N'oubliez pas, disait une voix ou une autre, que le Christ, Fils du Père, n'est pas absolument tenu de descendre sous les espèces du pain et du vin à l'instant de la consécration, malgré la promesse qu'il en fit la veille de sa crucifixion, et en dépit du fait que le prêtre qui consacre assume mystiquement la fonction du Christ même. Le libre arbitre de la divinité est imprévisible, puisqu'il est libre. En outre, de quelle manière le Christ est-il, selon la croyance de l'Église non réformée, réellement présent dans les péripéties de la cérémonie ? Non dans le sens de la possibilité de l'analyse physique, non dans le sens d'un contenu spatial et temporel. La cérémonie de l'eucharistie, quelle qu'en soit l'interprétation confessionnelle prise en considération, se préoccupe de faire descendre la présence du Christ dans un contexte essentiellement physique, le pain et le vin étant — en leur qualité de présents modestes et communs du Dieu de la nature — des éléments physiques susceptibles de servir parfaitement d'analogues de la chair et du sang humains, comme l'entendait l'ordinant du sacrement lorsque, fidèle à sa pratique de l'expression divinement poétique, il revendiquait non pas l'analogie, mais l'identité. Le contact personnel avec l'essence divinement humaine du Seigneur s'effectue lorsque certaines entités sont rassemblées : le prêtre officiant, le fidèle, et les éléments physiques qui les relient. Avec l'énonciation des mots : « Ceci est mon corps, ceci est mon sang », celui qui reçoit ces espèces connaît une expérience par trop écrasante pour qu'elle ne puisse pas être seulement temporaire, peut-être même instantanée. Cette expérience, c'est la communion imaginaire, et donc spirituellement valide, avec la personnalité du Christ. D'où le fait que ce sacrement soit jugé excellent et peut-être nécessaire au salut.

La cérémonie de la cène est le noyau d'une plus vaste cérémonie, lisais-je, mais qui n'aurait que peu de sens si ce noyau n'était là. Ce que les catholiques appellent la messe, et d'autres, la célébration de la communion, est un rituel extensible ou réductible selon le goût esthétique ou religieux : le noyau sacramentel du rituel demeure son essence irréfutable. Les éléments extérieurs ou décoratifs ne doivent obéir à aucun rite central consacré par l'usage, et doivent en fait se développer librement à partir des traditions culturelles, ou servir les besoins culturels, de la communauté en dévotion. Suivait, comme un exemple de cette libre adaptation, tout un long passage sur la messe africaine, où la danse et le chant seraient plus appropriés, et sans doute infiniment plus agréables au Seigneur, que l'obligation de petits couplets à l'orgue ou que des hymnes et cantiques occidentaux

Les cérémonies de la Vraie Église Réformée devaient être, poursuivait le document, plus proches des besoins des gens qu'il ne l'avait été possible avec les formes hiératiques élaborées et imposées par les plus hautes autorités. Il allait sans dire que les langages populaires devaient remplacer le latin, et ce, en outre, non seulement au niveau de la langue nationale, mais en descendant aussi bas que possible, jusqu'aux degrés du langage régional, voire du patois. Ce serait affaire de décision diocésaine, là où ce serait applicable, ou même de consensus paroissial, la forme de la messe ou Sacrement de la Venue du Christ étant, en définitive, hormis le noyau central et sacré dont il a été question, l'authentique émanation de la culture locale et de la volonté des gens.

Et ainsi de suite. Il manquait encore un index, mais je tournai rapidement les pages à la recherche du point de vue Vraiment Réformé sur le péché. L'accent paraissait mis moins sur ce qui est mauvais que sur ce qui est bien, ou bon, ou sacré. Thèmes dominants : l'Amour, la Charité. L'Amour homosexuel ? Non-sens, l'amour est au-dessus du sexe. Le mariage et les enfants ? L'acte sexuel consacré par le mariage est ce qu'il a toujours été : source de plaisir sanctifiée par sa fin, qui est de peupler d'âmes le royaume du ciel. Tout le monde semblait d'accord sur ce point ; il ne paraissait pas y avoir eu de solution de compromis sur des dissonances confessionnelles. Le contrôle des naissances ? L'avortement ? L'avortement est un assassinat ; mais il existe des cas d'exception hautement caractérisés où la décision peut être prise après examen de conscience impitoyable et ample prière, au niveau épiscopal ou à son équivalent. Quant au contrôle des naissances, il reste, du fait qu'il détourne l'acte de copulation de sa fin biologique et spirituelle, éternellement répréhensible. Toute intention d'émettre la semence doit toujours correspondre à l'acte de conception, bien que la frustration de l'intention par les hasards de la nature échappe à la volonté humaine et, par conséquent à la sphère du jugement moral. Mais le gaspillage de ladite semence à l'unique fin du plaisir est une abomination.

A ce point de ma lecture, Carlo poussa un ronflement d'une singulière véhémence. Je jetai un regard amer sur sa porte fermée.

En dépit de sévères interdits, le traité mettait constamment l'accent sur le principe du *liberum arbitrium*. L'homme se définit par sa capacité de choix moral, et l'existence du mal par opposition au bien est une garantie de cette capacité de libre élection. Mais, si le bien, en tant qu'il est l'un des attributs du Créateur, a été placé dans l'homme comme le couronnement de Son œuvre, le mal est essentiellement extérieur. C'est lorsque, par les stratagèmes d'une force destructrice qu'il est logique d'incarner dans la personne du Malin, être éternel que Dieu ne pourrait anéantir Lui-même qu'aux dépens de la dénégation du droit, pour toutes ses créatures, d'agir selon le libre arbitre (car, avec le rejet de l'hérésie manichéenne, le Malin doit être accepté comme création de Dieu), c'est lorsque, donc, le mal est présenté, ainsi qu'il l'est toujours, comme bon que l'homme tombe dans le péché. La responsa bilité du péché ne peut être rejetée entièrement sur le dos du pécheur humain, et Dieu, connaissant la force de son ennemi, se montre plein d'une infinie merci pour les dupes dudit ennemi : mais l'homme n'en est pas libéré pour autant de l'obligation d'étendre son jugement jusqu'à la capacité de reconnaître le mal, même quand il se déguise sous les apparences du bien suprême. Pourquoi Dieu permet-il au mal d'exister ? Question à ne pas poser. Sans le mal, il n'y aurait pas de liberté de choix. Mais si pénétrant est le bien originel qu'il peut s'insinuer jusque dans le mal, comme effet en puissance. Paroles dangereuses, ô combien, ô combien !

Dangereuse, cette négation du péché originel, bien qu'elle ne fût pas littéralement exprimée. L'on pouvait s'accuser de manquer de jugement moral, non de posséder la dynamique animant les actes mauvais. Le péché originel est faiblesse originelle, est le fait de ne pas être assez intelligent ou semblable à Dieu pour déceler les machinations du diable. Je n'étais pas surpris de découvrir, dans l'un des nombreux appendices, une réhabilitation de Pélage, l'hérétique.

Quelqu'un probablement Carlo lui-même, cet expert en histoire de l'Église, étalait tout l'épisode. Pélage, moine britannique venu à Rome au début du ve siècle, fut profondément troublé en entendant un évêque citer ce passage des *Confessions* d'Augustin : « Tu ordonnes la continence ; accorde ce que tu ordonnes et ordonne ce que tu veux. » Cette phrase parut être à Pélage un déni de toute responsabilité morale. A la même époque, un commentateur des épîtres de saint Paul, habituellement connu sous le nom d'Ambrosiaster, ou Ambroise, semblait affirmer que la transmission du péché d'Adam se fait par voie biologique, l'âme humaine étant héritée, comme le corps, des parents : « En Adam, tous péchèrent comme d'un seul ensemble. » Pélage, bouleversé par ces mots, rédigea ses propres commentaires pauliniens et affirma vigoureusement qu'il n'est pas de transmission héréditaire du péché, sinon il y aurait déni du libre arbitre. L'homme pèche par élection et imitation du péché d'Adam, non par défaut inhérent à la nature humaine. En tout péché, disait Pélage, il doit y avoir consentement personnel. La conséquence du péché d'Adam n'est qu'un mauvais exemple que les descendants du premier homme ont volontairement suivi. Les petits enfants doivent être baptisés dans la foi, mais le baptême n'est nullement un moyen d'absolution du péché transmis. Tout cela déchaîna une infernale dispute. Jérôme traita Pélage de chien engraissé au porridge écossais, de cervelle épaisse et brouillée, de négateur stupide, plutôt que coupable, des vérités élémentaires : nécessité du baptême du nouveau-né comme moyen d'effacer la tache originelle ; pouvoir salutaire de la grâce divine ; impuissance relative de l'homme comme instrument libre et se croyant capable, sans ladite grâce, d'embrasser délibérément le bien. Augustin, comme on pouvait s'y attendre, devint fou furieux.

Le pape Innocent Ier prononça . hérésie ! Bonheur d'Augustin Puis vint le pape Zosime (417-419), lequel fut plutôt satisfait de l'insistance mise par Pélage, dans un nouvel ouvrage, sur le libre arbitre, autant que de son opinion élevée de la morale et de l'autorité pontificale. Il déclara à Augustin et aux autres Africains que Pélage devait être tenu pour orthodoxe. Augustin, comme on pouvait s'y attendre, écuma de rage. Mais Pélage avait, en Sicile (incroyable comme ces gens se déplaçaient !), rédigé un pamphlet à tendance socialiste, dénonçant l'irresponsabilité des riches vis-à-vis des pauvres et le caractère coupable du maintien du pouvoir gouvernemental par les moyens de la torture et des exécutions aveugles. A Ravenne, Augustin attira l'attention de l'empereur sur ces prédications du même Pélage en faveur d'une révolution sociale. Le 30 avril 418, un édit impérial bannissait de Rome Pélage et ses disciples, sous le prétexte qu'ils menaçaient la paix. Zosime dut s'incliner devant l'autorité séculière suprême. Il condamna formellement Pélage comme hérésiarque, et l'Église, depuis lors, avait toujours endossé cette condamnation. Mais Carlo (ce ne pouvait être que lui) semblait dire que la sentence, prononcée sous la contrainte, était sans validité véritable et que l'on était fondé à accepter (là, il se montrait discret et prudent) la thèse pélagienne comme étant plus en harmonie avec la prémisse, selon la Vraie Réforme, de la bonté et de la dignité de l'homme, que la doctrine augustinienne qui prône sa dépravation naturelle.

J'en étais à *dépravation*, quand Carlo exhala un ronflement que l'on eût dit conçu par son inconscient pour le réveiller. Il surgit une minute plus tard, en chemise, tout froissé, mais manifestement revigoré, clappant des lèvres, l'œil vif, d'attaque. Je refermai le manuscrit ; je continuerais ma lecture plus tard. Mais je me sentais déjà obligé de lui dire que c'était une entreprise impossible pour moi, qu'il valait mieux la confier à un autre, que ce n'était pas dans mes cordes. Carlo hocha la tête sans déplaisir, souleva le couvercle de la théière pour découvrir qu'il y avait encore du thé, bien que froid, et s'abreuva du fluide amer et ambré à même le bec du récipient. Les lèvres mouillées, il dit :

— Rien ne presse. Ne prends pas de décision précipitée. Lis attentivement.

— Je crois, me risquai-je à dire, qu'il s'agit là d'un document extrêmement dangereux.

Cela l'enchanta.

— *Exactement* ! La religion est la chose la plus dangereuse du monde. Elle n'a rien à voir avec les petites filles en robe de communiante, l'idiotie des images pieuses et les Enfants de Marie. C'est, poursuivit-il, un explosif puissant, de la dynamite, quelque chose comme, conclut-il en souriant à la suffisance de l'allégation, comme la fission de l'atome !

45

Je ne conduisais pas ; je n'ai jamais conduit. A Los Angeles, j'utilisais une voiture du studio pour me mener à Culver City et m'en ramener, et des taxis pour mes sorties de plaisir. Carlo et moi, nous nous rendîmes donc en taxi à la soirée et, en raison de la loquacité du chauffeur, nous ne fûmes pas en mesure de continuer pour le moment à parler de son projet, pie ou impie : « J'ai chargé ce type, disait le chauffeur. Un Angliche, Cary Grant, radin comme pas un, vous voyez ce que je veux dire ? M'a filé une minable pièce de dix cents pour un compteur de cinq dollars. Pas comme Ginger Rogers. Elle, c'est une dame, ouais monsieur ; bien que ça soit pas son vrai nom — vous le saviez, oui ? » Et puis : « Vous z'êtes dans les films tous les deux ? » Et ainsi de suite. Carlo semblait contempler le monde d'après la chute dans ces interminables faubourgs qui passaient pour une grande ville — un mastroquet bâti en forme de Sphinx (porte entre les pattes de devant) ; un autre débitant des laits maltés géants, si épais qu'on ne pouvait les boire au chalumeau, et offrant la forme d'un éléphant agenouillé sur l'ordre de son cornac ; des temples de pacotille dédiés à diverses croyances ; les auvents en chaume d'étals de frangipane ornés de colonnes corinthiennes ; des prêteurs sur gages, en veux-tu en voilà ; des boutiques bourrées de postes de radio démarqués ; une dégustation de beignets ; des maisons d'habitation pareilles à des chalets suisses, à des châteaux bavarois, à des Trianon en miniature, à des palais de Dame Tartine, à des Taj Mahal ; une banque ressemblant à un petit transatlantique ; des arbres poussiéreux faisant la haie sur les avenues, palmiers-dattiers, orangers, lauriers-roses ; des bars ornés de bouteilles en néon intarissables ; des écoles de cascadeurs ; des instituts de beauté ; des entreprises de pompes funèbres ; des établissements délivrant des certificats de tambour-majorette... C'était mieux de nuit, même à la lumière morbide des éclairages ; l'exposition chirurgicale au soleil califor nien piquait les yeux de honte et de pitié. Nous arrivâmes dans un univers de résidences exclusives : temples aztèques, Parthénons, châteaux de la Loire. Je donnai un pourboire d'un dollar au chauffeur. Chargé ce type, un Angliche, radin comme une bique, m'a laissé un malheureux dollar.

La résidence de Storm était précédée d'une longue allée bordée, des deux côtés, de parkings en gravier qui se remplissaient déjà rapidement, puis d'une avenue gardée par des patriarches de pierre ou de plâtre en longue robe, toge ou autre, et diffusant de la musique douce, de l'orgue, par leur bouche ouverte. Cela jusqu'à une façade s'inspirant grossièrement de Borromini et de son (ha !) San Carlo alle Quattro Fontane. A l'intérieur, je le savais pour l'avoir déjà vue, la grande entrée était la reproduction à petite échelle de l'église de pèlerinage de Vierzehnheiligen, œuvre de Balthasar Neumann, et l'on pouvait y dérouler un écran de cinéma recouvrant le retable. Des ascenseurs dissimulés desservaient des pièces de style chinois, byzantin, colonial espagnol ou Regency Si l'on regardait la façade de derrière, on croyait découvrir plus ou moins l'église des saints Vincent et Anastase, de Martino Lunghi le Jeune. Cette façade était ce soir-là éclairée par des projecteurs installés sur les vastes pelouses où se déroulait la réception, laquelle n'empêchait pas que, à l'intérieur, on dût jouer aux cartes et à la roulette, projeter un nouveau film et forniquer. Au-dessus des gazons, brillaient sept lunes artificielles ; la vraie, plus modeste, se levait sur les collines lointaines. Un orchestre de danse jouait sur une estrade surélevée et sous un plafond découpé à la Pier Luigi Nervi. Un chanteur roucoulait dans un microphone :

J'broierai la lune
Pour ram'ner de ses dunes
Un' cuillerée de sa précieuse poudre.
J' vol'rai si haut
Que mêm' le ciel me perdra d' vue.
Et que je meure frappé par la foudre
S'il le faut...

A cette époque, la chanson populaire passait par une brève phase d'alphabétisation. Les invités s'affairaient déjà à boire, tournoyer, rire, dire des méchancetés, manger : hommes en blanc, argent ou or ; femmes vêtues de feu, de pourpre royale, de bleu céruléen, de blanc faussement virginal, seins pigeonnant artificiellement et dents de fausse neige éternelle ; célèbres pour beaucoup, tous vulgaires. Il régnait une odeur de viande grillée, de sauce au gingembre et au soja. Des flammes éphémères jaillissaient lorsqu'on arrosait de cognac un porc rôti à la hawaiienne. La piste de danse ressemblait à un disque d'argent poli, non loin de la piscine en forme de cœur. Des projecteurs jouaient comme de gros doigts libidineux sur de ravissantes filles qui plongeaient et labouraient l'eau, d'où montait une forte senteur de patchouli. Telles des Lorelei, ces filles aux dents parfaites provoquaient de gros hommes chauves tout vêtus, les invitant à sauter dans l'eau tels quels. Carlo paraissait terriblement impressionné. Des visages qu'il ne connaissait que sous l'aspect d'agrandissements surnaturels, se trouvaient maintenant réduits à une échelle accessible ; c'était comme un paradis à l'envers. Il n'en murmurait pas moins : « Là, c'est sûrement Joan Blondell. Et celui-ci, c'est Clark Gable. Et voici Norma Shearer. Tu vois ce léger strabisme vénusien ? Ah ! et voilà Domenico. Mais où est Hortense ? »

Impossible de commencer par saluer l'hôtesse. Impossible de trouver l'hôtesse. Nous poussâmes jusqu'au bar où Domenico, qui maintenant portait un corset pour les grandes occasions, buvait, à en juger par les particules blanches ourlant ses lèvres, un Ramos fizz. Il était encore beau, et le recul de ses cheveux était masqué par un soigneux gonflage au peigne soufflant. Il n'y avait pas un poil gris et le tout luisait sous les clairs de lune comme un steak grillé. Une petite starlette mexicaine, du nom de, je crois, Rita Morelos, chevelure d'encre, silhouette sans une ligne droite, robe écarlate subtilement fendue jusqu'à la cuisse, yeux pervers et lèvres humides et boudeuses, lui tenait compagnie avec un verre Domenico, que l'on appelait maintenant Nicky, ne parut pas ravi de voir son frère.

— Jamais je n'aurais cru, dit-il. Enfin, tout de même, un prêtre...

— Y a-t-il une loi ? dit Carlo en fronçant les sourcils. Où est ta femme ?

— Hortense, dit Domenico (il prononçait le nom comme s'il avait voulu le faire rimer avec Mercedes-Benz) est restée avec Johnny. Il est tombé de son poney. Il s'est tordu la cheville. Il a un peu mal. Il s'est réveillé en pleurant. Elle est à son chevet. De toute façon, elle n'aime pas beaucoup les réceptions.

— Toi, si, à ce que je vois. Que buvez-vous, mon enfant ? demanda Carlo avec bonté à Rita Morelos.

Elle avait à la main un verre long comme une bouteille, débordant de mousse dans laquelle était piqué un parasol en miniature — elle buvait un Maï-Taï. Carlo demanda du whisky.

Pour toi je f'rai
Tout ce que tu voudras.
Le merveilleux amour dont tu rêvais
Tu le tiendras.
Le grand Hercule et ses travaux
Ne seront rien pour moi que jeux d'enfant,
Demand'-moi le soleil et dans l'instant
Ce sera fait...

Muni d'un très grand verre de scotch, Carlo était maintenant prêt à être présenté aux grands du cinéma. Ma situation à Hollywood était confortable. J'étais content de tirer de l'argent de cette industrie, sans en avoir réellement besoin. Je n'étais pas forcé de courber la tête, de dire oui à tout ou de ramper. Il y avait là un auteur que je reconnus et dont l'étoile déclinait : Godfrey (God) Thurston. Il essayait de se glisser dans les faveurs de deux mogols au visage de pierre. Pour ma part, j'étais Kenneth M. Toomey, romancier britannique distingué, dans sa jeune maturité élégante, visage familier à cause des jaquettes de ses livres, penchants sexuels non déclarés (bien que tous les Britanniques fussent censés être des pédérastes, tant ils étaient imbuvables avec leur accent patricien et leur élégance européenne), connu d'autant de gens qu'il en connaissait, et Dieu sait ! mais de toute façon il s'en fichait. Donc, très à mon aise, j'entraînai Carlo de groupe en groupe en le présentant, pour la commodité, comme mon beau-frère, haut fonctionnaire de la délégation apostolique à Washington. Certains croyaient qu'il s'agissait d'une nouvelle secte religieuse ; une grande gueule de comédien, du nom de Joe E. Brown, jura connaître un type qui y avait adhéré : pas de carambole, pas de gnôle, pas question d'avaler la moindre viande morte, c'est ça, hein ? Mais Edward G. Robinson, acteur à peu près de la taille de Carlo, moins laid toutefois, était parfaitement au courant ; il pouvait réciter de mémoire le catalogue des trésors artistiques du Vatican et nous fournit, pour la bonne bouche, un résumé croustillant de l'hérésie de Sabellius. A la longue, nous finîmes par rencontrer la maîtresse de maison. Quoi que l'on pût dire de l'art cynique de fabriquer des stars, il fallait bien qu'il y eût un point de départ, et Astrid Storm possédait réellement un charme qui dévora Carlo comme un piège de Vénus. Transpercé par les immenses yeux violets, même lorsqu'ils se détournaient de lui, il avalait toutes crues, avec de grands hochements de tête, les sornettes qu'elle débitait sur le besoin pour les églises chrétiennes d'être, vous savez ? spiritualisées par les techniques de la respiration ombilicale selon les Mayas.

Au bout d'une heure, j'en avais déjà mon soûl. Quelqu'un dit à Domenico : « Mon petit Nick, j'ai adoré ta dernière musique, c'était la plus formidable de toutes ! » Et Domenico, qui avait l'air d'être pressé d'aller faire quelque chose ailleurs, répondit : « Heu. merci, merci bien, Dave. » Une femme d'une beauté céleste restait plantée devant son interlocuteur en poussant, pour toute réponse à ses propos, des « Voui. E, e, e. Voui. » Un jeune blond dont le corps magnifique éclatait sous le carcan du smoking et qui était manifestement réduit aux extrémités du désespoir par la quête de l'emploi, sauta tout habillé du haut du grand plongeoir et pénétra dans l'eau de la piscine presque sans faire de ride. Personne ne parut le remarquer. Un metteur en boîte appointé faisait le tour de l'assistance en se payant la fiole des gens. Carlo me dit :

— On me raconte que l'on joue au poker là-dedans. (Il montrait du pouce derrière lui les saints Vincent et Anastase.)

— Oui, mais on joue très gros, Carlo. Pouvez-vous vous le permettre ?

— Je ne vois pas une seule tête de joueur sérieux autour de nous. Viens donc, et tu me diras quand tu penseras que nous devons partir.

— Mais c'est avec Domenico que vous rentrez.

— Réflexion faite, je ne crois pas. Il me semble que nous devrions reparler de notre livre.

— Carlo, il faut que j'aille au travail demain matin.

— Quatre ou cinq heures de discussion, et ensuite au lit. Nous en débattrons d'autant mieux après cette petite détente que nous nous offrons. La maîtresse de maison est une femme charmante. Je regrette, ajouta-t-il d'un air coquin, mon vœu de chasteté.

— Elle est quatre fois divorcée.

— Le divorce américain, répliqua-t-il, n'est que de la polygamie sérielle. Le Jardin d'Allah.

Et il s'en fut en se dandinant. Je retournai au bar. Un homme au crâne en pain de sucre, ivre, me regarda sous le nez et dit :

— C'est vous qui vous faites appeler Toomey ?

— Oui, c'est mon nom.

— C'est faux. Vous me l'avez volé, salaud.

— Ah ! vous êtes un Toomey, vous aussi ? Nous ne sommes pas si nombreux. D'où vient votre famille ?

— Y a qu'un sacré bon Dieu de Toomey au monde, et c'est moi. Vous, vous n'êtes qu'un salaud, une sacrée pédale anglaise et un voleur.

Il avait saisi une bouteille de Southern Comfort au bar et s'apprêtait à cogner. Quel ennui. Deux hommes aux mâchoires bleues et en smoking noir sur un mètre cinquante de tour de poitrine surgirent comme deux bouffées d'odeur montant de l'herbe sèche et emportèrent cet autre Toomey, ou pseudotoomey, sans faire de détail, insultes et bouteille de Southern Comfort comprises. Puis mon regard fut attiré par le kiosque à musique style Pier Luigi Nervi. Les musiciens venaient d'attaquer *Joyeux anniversaire* et le chanteur, un éphèbe onduleux comme une algue, boucle filasse lui dessinant une croche sur l'œil droit, chanta : « Joyeux anniversaire, chère Astrid. » Les projecteurs se braquèrent sur la chère Astrid, qui sourit comme un piano de concerto (pas celui de Domenico). Les cuivres saluèrent en fanfare l'entrée d'un gâteau monumental sur roues, apparemment autoporté, à en juger par les pets bleuâtres qu'il laissait échapper derrière lui. L'édifice était beaucoup trop beau pour qu'on le ravageât au couteau ; pourtant des chefs en toque lui tombèrent dessus pour le dépecer comme une baleine blanche. Le champagne coula à flots des mathusalems et l'on porta des toasts à la beauté et à la jeunesse de la chère Astrid, que n'avait pas entamées cette année de plus. On servit le gâteau à la ronde en menus morceaux. *Joyeux anniversaire* fut joué sur un rythme de valse crémeuse, et les hommes firent la queue pour célébrer la circonstance en tournoyant chacun deux ou trois fois avec Astrid. Très charmant et inoffensif. Mais, dans les recoins sombres et derrière les buissons des rendez-vous galants étaient pris et des querelles couvaient. Les dents éclairaient, plus de rictus que de sourire. Puis une fille inconnue et joyeuse piqua une tête dans la piscine et ressortit, robe Directoire collée à son corps succulent, tandis qu'un danseur de claquettes s'emparait de la piste de danse et faisait une exhibition — sans une once de chair en trop, masque de sourire aux lèvres, il dansait aux accents de *Sweet Sue.*

Tout à coup, jaillit de la façade des saints Vincent et Anastase ce que beaucoup de gens prirent d'abord pour un numéro de duettistes comiques. C'était Carlo traînant derrière lui Domenico, tout deux s'injuriant en milanais du ruisseau, langage inconnu des gorilles siciliens en smoking qui, dressant l'oreille à des sons qui auraient dû être familiers et ne l'étaient pas, s'apprêtaient à faire mouvement. Mais le gros videur en noir se révélait de toute évidence un prêtre, donc un individu qui devait savoir ce qu'il faisait. La coiffure de Domenico était dérangée ; la récession des cheveux était visible. Il était en chaussettes, mais sans chaussures et, sous le smoking, sa poitrine velue tremblotait. *In flagrante* était le terme exact. Carlo, le visage tordu de honte et de fureur, n'eut de bonsoir pour personne. Il remorqua Domenico, en le frappant de temps à autre, sur les pelouses et vers le devant de la maison. Il me fallut bien, même discrètement, suivre. Direction : le parking. Je connaissais la voiture de Domenico, une Studebaker citron et pomme ; je savais aussi que Domenico feindrait de ne pas la reconnaître. Ramené de force à la maison, non mais ! et par son prélat de frère, quand il se contentait (supposais-je ; qu'imaginer d'autre ?) de se livrer à la fornication de rigueur.

— Si c'est cela que vous cherchez, c'est ici ! criai-je en désignant l'objet du doigt. Au nom du ciel, que s'est-il passé ?

Domenico se tordit pour cracher dans ma direction pendant que Carlo se servait de sa main libre pour essayer d'ouvrir la portiere, du côté du volant. On ne fermait pas à clé les voitures sur ce parking privé surveillé par des Noirs, probablement armés. Et l'on laissait les clés de contact en place, de façon que ces mêmes gardiens pussent redistribuer les emplacements et faciliter les sorties. Comme à présent. Une Plymouth énorme comme un rocher fut déblayée pour laisser le chemin libre à la Studebaker.

— Derrière ! commanda Carlo. Tous les deux. (Et il fit entrer Domenico d'une bourrade, et moi ensuite.)

— Écoutez, protestai-je, je n'ai rien fait de mal. Je suis blanc comme neige pélagienne. (Cela n'amusa pas Carlo.) Enfin, quoi, poursuivis-je, je n'ai rien à voir là-dedans, moi. Je retourne à cette soirée. (Mais Carlo avait claqué la portière et s'installait à la place du conducteur.) Toi, oui, dis-je à Domenico, tu as probablement commis quelque méfait.

— Tu ferais mieux de dire cela à ta putain de sœur, gronda Domenico.

Je ne pouvais lui en vouloir de cette locution : les maris ont plus de droits que les frères. De dos, Carlo dit :

— Toi, Kenneth, rappelle-moi le chemin. Nous retournons au Jardin d'Allah. Et toi, *fratello*, pas un mot de plus. Ce que tu as à dire, je désire te le voir dire ; j'ai besoin d'avoir en face de moi l'insolence de ton visage adultère.

C'était très italien. Les Italiens, comme les femmes, ont besoin de voir la signification vraie derrière les paroles prononcées. Ou écrites. Les Italiens n'écrivent pas de lettres, parce que les lettres sont sans visage.

— Ce n'était pas de l'adultère, dit Domenico avec une pédanterie boudeuse. Elle n'est pas mariée.

— Ta *puttana* mexicaine, le reprit Carlo, est une femme mariée. Je me tiens au courant de ces choses. Tu me raconteras qu'elle est divorcée. Le divorce n'existe pas, ce n'est pas moi qui vais te l'apprendre. Et maintenant, silence ! Tu auras tout le temps de parler. Non de ta fornication, sur laquelle il n'y a plus rien à dire. Mais sur ce que tu as dit et ensuite prétendu ne pas m'avoir dit. *Stai zitto* ! cria-t-il, bien que Domenico ne reprît haleine que pour respirer.

Tant et si bien qu'il s'établit une sorte de silence grognon tandis que nous passions devant de facétieuses demeures et de grandiloquentes gargotes, bien que Carlo grommelât à ce décor comme si on lui avait mis sous le nez la longue signature griffue de la dépravation humaine.

— A gauche ici, dis-je.

Il obéit parfaitement à son aise avec la voiture d'un autre, de n'importe qui, en fait. Nous arrivâmes *La ilah illa'lah* railla-t-il Il se gara près de la mer Noire, entre Constanta et Cetatea. Nous descendîmes et Carlo eut alors loisir de pousser brutalement Domenico vers mon appartement. J'ouvris et allumai. Deux frères furieux apparurent en pleine lumière — sueur, vêtements fripés et tout.

— Un verre ? demandai-je.

— Pour moi, oui, répondit Carlo. Pour lui, rien. Et maintenant, somma-t-il férocement Domenico, répète ce que tu as dit.

— Je n'ai rien dit, si ce n'est que tu n'as pas le droit. (Tout ceci, dois-je préciser, se déroulant en anglais.) Tu appelles cela pécher, et moi j'affirme que tout le monde le fait. C'est dans les mœurs ici. Et je dis que peu importe comment tu appelles cela, un homme est libre de faire ce qu'il veut. Tu n'avais pas le droit, tu m'as déshonoré, tu m'as fait passer pour un imbécile !

— Tu avais l'air d'un imbécile, et aussi d'un animal, couché sur cette femme. *Nu* ! (On eût dit que c'était péché pire que la fornication.) Avec ton stupide *culo* besognant tant que ça pouvait. (Carlo prit son verre d'Old Mortality pur, sans un remerciement, et mima sombrement le mouvement.)

— Tu n'avais pas le droit de faire irruption, tu savais très bien que ce n'était pas le *gabinetto.* J'étais sur le point de jouir, bon sang de bonsoir ! *Sur le point*, et tu as la stupidité sordide de venir parler de péché !

Là-dessus, il éructa des mots obscènes en italien. Carlo but d'une main et, de l'autre, lui envoya une gifle qui le rata.

— Heureux hasard, petit frère, que je sois tombé sur toi et ta *puttana*, au lieu du *gabinetto.* Je t'ai pris en état de péché et ta honte te conduira peut-être au repentir sincère. Je veux savoir ce que tu as dit.

— J'ai dit que tu n'avais pas le droit.

— Pas le droit à quel titre ? En tant que prêtre de ton Église ? En tant que frère ?

— J'ai dit que tu n'avais pas le droit.

— Et moi, plaçai-je, j'exige de savoir de quel droit tu traites ma sœur de putain.

— Ça, dit Carlo, c'est une autre paire de manches. Chaque chose en son temps.

— J'ai dit que tu n'avais pas le droit.

— Pourquoi, répétai-je plus fort, ma sœur est-elle une putain ?

— Je ne dirai plus un mot tant que je n'aurai pas, moi aussi, un whisky comme cet ivrogne de prêtre ici présent.

Naturellement, cela déclencha le poing de Carlo ; mais Domenico se déroba. Je fis cascader une rasade de whisky moins cher dans un grand verre à eau, que je tendis à Domenico. Il but avidement, sans cesser d'esquiver Carlo qui essayait de lui faire sauter le verre des doigts, puis il cria :

— Tu vas m'écouter !

Il était moins essoufflé par l'émotion que par le liquide qu'il venait d'avaler d'un seul trait furieux. Du même coup, Carlo ne pouvait plus l'empêcher de boire faute de liquide et il se cramponnait solidement à son verre vide, les jointures de ses doigts en blanchissaient — que Carlo levât encore la main sur lui, et il riposterait avec cette arme.

— Il n'est pas dans mes habitudes, dit-il enfin, de forniquer et de commettre l'adultère. Je ne ressemble pas aux gens d'ici. (Carlo poussa un cri de guerre et de mépris à la fois.) Si tu veux écouter, écoute. Sinon, je retourne à la maison.

— La maison ! dit Carlo d'une voix funèbre. Je t'interdis de dormir dans son lit ou même dans sa chambre. Ta seule présence souille sa pureté. Tu te tiendras éloigné d'elle tant que tu n'auras pas reçu l'absolution ni fait pénitence. Et, par Dieu, promit farouchement Carlo, la pénitence sera longue et dure. Des dizaines et des dizaines et des dizaines et des dizaines de chapelets. Tu n'en finiras pas de les réciter.

— Tu n'as pas le droit ! J'ai le droit d'aller voir mon prêtre à moi.

— Je le connais. Je lui dirai tout. Je lui dirai quelle pénitence t'infliger.

— Tu n'as pas le droit et tu le sais très bien. Pureté, reprit Domenico en ricanant, chasteté, fidélité. Superbe ! De grands mots qui ne veulent rien dire. Moi, ce que j'ai à dire maintenant, c'est ceci : de qui sont ces enfants ? Qui est le père de ces deux petits qui m'appellent papa ? (Ah !) C'est à la suite des *orecchioni* que j'ai commencé à me douter de la vérité.

— Les *orecchioni* ? demandai-je, car j'ignorais ce mot.

Machinalement, Carlo et Domenico mimèrent de grosses oreilles et de grosses joues.

— Les glandes gonflées ? Ah ! les oreillons.

Je me souvins. Johnny et Ann avaient eu les oreillons. Domenico les avait attrapés. C'est une maladie douloureuse et anodine, mais présentant tout de même un danger pour l'homme adulte qui en est atteint. Hortense les avait eus aussi ; mais le danger n'existe pas dans le cas de la femme adulte.

— Oui, les *orecchioni*. Et qu'est-ce que je fais ? dit Domenico. Je vais voir le médecin du studio, parce que je n'aime pas la façon dont mes couilles se ratatinent, même si lui aussi avec ses grands mots, il appelle cela une atrophie partielle des testicules. Lui, ça le laisse indifférent. Il dit que c'est fréquent dans trente pour cent des cas. Moi, je lui dis que je me fous que ça le laisse indifférent ; ce ne sont pas ses couilles, ce sont les miennes. Et moi, je n'aime pas. Alors, il me demande de lui donner un peu de ma semence. Bon, je passe dans une autre pièce pour faire ça. J'ai du mal. Il me passe un album de photos cochonnes et ça va mieux...

— Dégoûtant ! tonna Carlo. Pollution ! Masturbation !

— Ah ! *cazzo*, s'écria Domenico avec dégoût. Tu ne connais rien à rien, prêtre stupide. (Très fasciste.) Il prend mon sperme et il le met sous un microscope. Cet après-midi, il m'a donné les résultats. Il a dit : Zéro. Il a dit... (Crescendo)... qu'il n'y avait rien, pas l'ombre de la queue d'un. Il m'a dit que c'était l'exemple d'infertilité le plus parfait qu'il ait jamais vu. *Parfait*, voilà le mot qu'il a employé. Et il a dit autre chose. Il a ajouté qu'il est très, très, très rare que la maladie des *orecchioni* rende un homme stérile. Il a dit qu'il était presque certain que j'étais né ainsi. Alors, je lui ai annoncé que j'avais deux enfants, des jumeaux. Du coup, il a dit très vite, *trop* vite : « Ah ! très bien ; dans ce cas, manifestement ce doivent être les *orecchioni* la cause ; c'est très rare, mais cela arrive parfois. » Seulement moi, je n'ai pas de mal à deviner qu'il dit cela pour me tranquilliser l'esprit. Mais je n'ai pas l'esprit tranquille, loin de là ! Maintenant, tu le vois, le doute qui me ronge la tête ?

— Le doute ne doit pas exister, rugit Carlo. (Dans l'appartement voisin, l'humoriste de Manhattan rit.) Qu'un homme doute de son épouse, surtout quand celle-ci est une femme comme Hortense, est hors de question. Comment oses-tu demander qui est le père de tes enfants ?

— Elle prétend avoir passé la nuit chez toi, dit Domenico en me jetant un regard noir. Comment le sais-je, moi, où elle a passé la nuit ? Et comment savoir où elle allait vraiment, les après-midi où elle prétendait visiter le Louvre ? Je l'ai prise à sourire à des hommes, à Paris. Tu es son frère, c'est naturel que tu la défendes, non ?

— Il n'y a rien à défendre, protestai-je furieusement. Hortense a toujours été une bonne et fidèle épouse, et non seulement cela, mais tu l'as poussée à bout, terriblement, si tu tiens à savoir la vérité. Ce n'est pas moi qui t'apprendrai que tu as mauvais caractère — un mauvais caractère que tu prendrais volontiers pour du caractère tout court, en te croyant Verdi ou Puccini — et que tu n'es qu'un lâche qui n'hésite pas à battre les femmes, cela aussi tu le sais.

— Ah ! mais non, se récria Domenico. C'est elle qui les donne, les coups, maintenant. Dès que je lui ai parlé de ce docteur avec son sacré microscope et sa fichue façon de raconter qu'il n'y a pas de spermatozoïdes qui nagent dans ce truc. Pourtant je parlais raisonnablement ; j'étais prêt à pardonner si elle avait mal agi, puisque tout compte fait c'est de l'histoire ancienne, ça. Mais elle répétait : « Comment oses-tu, comment oses-tu ? » en criant encore plus fort que Carlo tout à l'heure. Je lui expliquai : Ne mens pas, sois honnête, chère Ortensia, et je te pardonnerai, j'aime ces enfants, peu importe qui est le père, même s'il y en a plusieurs. Et là-dessus j'entends : « Comment oses-tu ? » Et pan ! pan ! des deux poings. Ensuite, elle m'a dit : « Va ! Va-t'en demander à ton frère Carlo quel est l'objet de l'acte de mariage... »

— De la consommation du mariage, dis-je.

« ... de la consommation de l'acte de mariage. C'est de procréer des enfants. Et combien d'enfants peux-tu procréer, maintenant, fils de rien, figue stérile ? Je te défends de me toucher à l'avenir ! »

— Elle a tort, dit Carlo, sans grande conviction toutefois. L'Église n'a jamais pénalisé personne pour les manquements de la nature. Si l'on accepte de bonne foi le sacrement du mariage, alors les plaisirs de ce dernier sont légitimes

— Ah ! fit Domenico. Mais elle, ce sont des plaisirs différents qu elle recherche. Nous autres. Italiens, nous ne sommes que des innocents et des idiots, pas comme les Français ni les Anglais. Je me suis posé des questions sur cette amitié entre elle et mon *fagotto*, mon basson, si tu préfères, me dit-il. Dans l'orchestre du studio. Toutes ces amitiés et ces mimis, « Comment vas-tu mon chou ? » et les petits bécots chaque fois qu'elles se rencontrent.

— Un basson mâle ?

— Non, non, non, non, non, non, *stolto*, une ! (Comme si c'était de toute évidence une occupation de dame que de souffler dans ce long et lourd machin.) Elle a beau avoir un nom ridicule ! Fran Lilienthal, c'est une bonne *fagottista* ; elle peut monter très haut, jusqu'au *mi bemolle, E flat*, tu dirais en anglais. Mais là n'est pas la question. (Cela dit furieusement, comme si quelqu'un d'autre l'avait écarté de son sujet.) Hortense m'a répété plusieurs fois que les hommes ne connaissent rien à l'art de faire l'amour aux femmes. Surtout les Italiens. Je lui ai demandé ce qu'elle savait des autres hommes ; elle m'a répondu qu'elle en avait assez causé avec d'autres femmes et qu'elle s'était énormément instruite de cette façon. Elle lit aussi des livres. Elle affirme qu'il n'y a que les femmes pour se comprendre entre elles. Tu imagines si cela me donne à penser. Chez les femmes de Hollywood, c'est courant, ce genre de chose.

Nous étions tous trois encore debout ; mais, pour le coup, Carlo s'assit. Dans son verre, le whisky essaya bien de ne pas trop s'émouvoir, il n'en éclaboussa pas moins la veste noire. Carlo n'en tint pas compte. Il leva un regard et des sourcils charbonneux vers son frère.

— Tu connais mieux que moi le mot juste, me dit Domenico. Je crois qu'il y a un défaut quelque part dans ta famille.

— Je n'ai jamais rien entendu d'aussi stupide et cruel ! répliquai-je avec emportement. Rétracte ces paroles, ou je te les renfonce dans le gosier avec tes idioties de dents couronnées de vil séducteur latin et de fornicateur.

Mon voisin l'humoriste applaudit et cria « Hourra ! ».

— Tu dis des sornettes, intervint Carlo, comme cela t'arrive trop souvent. Tu pousses le manque de sincérité jusqu'au péché, ce qui n'est pas rare non plus chez toi. Tu désires commettre l'adultère ou au moins la fornication ; alors, tu t'inventes toutes les excuses possibles. Ta femme t'envoie promener — en tout cas tu aimes à le penser — et du coup tu fabriques la fable de cette chose abominable et perverse. Les femmes, déclara-t-il sagement, ne ressemblent pas aux hommes. Elles s'enlacent et s'embrassent entre elles ; j'ai vu cela même chez de jeunes nonnes, des novices. Amitié, sans plus. La femme est plus émotive et démonstrative que l'homme ; c'est sa nature. La femme est incapable, en raison de sa constitution physique, de commettre le péché d'Onan. Et voilà maintenant que tu construis cette infâme calomnie et que, à cause d'un malheureux amour frustré et cruellement brisé de notre Kenneth ici présent — amour dont tu sais tout, absolument tout — tu prononces des paroles qu'il a raison de vouloir te faire ravaler avec tes dents. Tout cela pour justifier ton péché de ce soir. Et tu continueras à vouloir en justifier d'autres, tout pareils. Je connais ta nature. A genoux, maintenant. Allons. *A genoux !* (Il désignait du doigt un endroit adéquat sur le tapis rouille élimé.) Demande pardon à Dieu. *Tout de suite !*

— Ah ! *merda*, dit Domenico sans s'agenouiller. Tu ne connais rien aux réalités du monde ni du sexe, pas plus qu'aux différentes sortes de sexualités ni à ce que l'amour physique fait aux gens. En revanche, tu sais maintenant pourquoi je me suis conduit comme je l'ai fait ce soir. Et tu m'as interrompu. Oui, nom de foutre, bel et bien interrompu ! Et il n'y a pas pire crime dans une vie, pire péché, pis que de tuer. Interrompre un homme qui va jouir ! (Il frémissait d'horreur sincère.) A ce stade, c'est un péché terrible, terrible ! C'est toi qui devrais te mettre à genoux.

— Ce n'est pas à toi de m'expliquer ce qui est un péché et ce qui n'en est pas un, dit Carlo en se levant de nouveau. Et je te prie de ne pas me dire d'obscénités, à moi qui suis un prêtre et un monsignore. Bon. Donc, nous connaissons ton péché, péché, je dis bien : péché, tu m'entends ? et tes faibles excuses pour ton comportement. (A l'entendre, il me rappelait un peu le chef du bureau des scénarios de la MGM.) Mais tu n'as toujours pas répété ce que je t'ai demandé de répéter : ce que tu as dit quand je t'ai remis de force dans ton pantalon, dans cette répugnante chambre à coucher, pendant que ta *puttana* nue riait et exhibait son insolente nudité. Je veux te l'entendre dire encore. Je peux soutenir le choc. C'était une chose abominable à dire à un frère. Un reniement. Mais j'ai la force de le supporter.

— J'ai dit que tu n'avais pas le droit.

— Pas le droit comme prêtre, ou comme frère aîné ?

— Pas le droit dans les deux cas. Tu racontes toujours que nous avons notre libre arbitre avec le droit de choisir nos actes.

— Oui, et le droit d'interrompre un homme qui choisit de se faire du mal. Nous l'avons, ce droit, et je l'ai utilisé. Qu'as-tu dit ?

— C'est toi, répondit Domenico sur un ton accusateur, toi qui as voulu que je retourne à la maison pour voir mourir mon père et m'occuper des dispositions à prendre. Toi, tu avais des affaires d'Église importantes à régler, et Raffaele, lui, il devait rester à Chicago pour se faire assassiner par Al Capone.

— Ce n'est pas bien, ce que tu dis là. Parle de façon sensée.

— Je ne dis que la vérité. J'ai dû regarder mourir mon père et ensuite tout régler pour ma mère. Tu m'avais carillonné les oreilles avec mes devoirs de fils.

— Qu'est-ce que cette manie singulière de t'approprier les êtres ? Il s'agissait de *notre* père, comme il s'agit de *notre* mère. Ce n'était pas ma faute si je n'ai pu me rendre là-bas. Tu as rempli tous nos devoirs pour nous, parfait, merci ; tu as été un bon fils, un bon frère et le reste. Je ne vois pas où est le rapport.

— J'ai dû trier des documents, en brûler certains, la plupart, même, en garder d'autres, tout lire. Mère m'en a chargé ; elle ne voulait pas s'en mêler « Laisse-moi à mon chagrin », disait-elle Pourtant, elle n'avait pas l'air de pleurer beaucoup , mais c est une autre histoire. Ce qui compte pour le moment c'est que j ai mis la main sur un vieux *certificato di adozione*.

L'attention brusque de Carlo fut pareille au bruit d'un bâton que l'on casse d'un coup sec sur le genou. Il dit d'une voix presque imperceptible :

— *Tu ?*

— *No, tu.*

Je n'avais encore jamais vu Carlo, et je n'étais probablement pas seul dans ce cas, paraître si brusquement ratatiné et nu. Lui, l'homme formidable et toujours surprenant, venait de recevoir le coup de masse d'une surprise d'une gravité si monstrueuse que cette unique pépite pesait à elle seule plus que tout son arsenal de foi, de science et de confiance surhumaine dans sa capacité de résoudre les affaires de ce monde. Les deux frères s'en tenaient à l'italien, et non au milanais. Carlo demanda :

— Tu as lu ce papier ? C'est notre mère qui l'a ? Il est resté là-bas ?

— Il fait partie des documents brûlés. Elle a dit qu'il aurait dû l'être depuis longtemps. Elle ignorait qu'il se trouvât encore parmi les papiers de famille. Elle a dit que tu ne devais jamais jamais l'apprendre. Elle était très contrariée que je l'aie vu.

— Avec raison, avec raison, car tu me l'aurais forcément dit un jour, même si tu avais dû attendre un siècle. Tu as mis dix ans. Plus. Mais tu n'as pas pu t'empêcher de me le dire. Elle avait raison d'être contrariée.

Mon voisin l'humoriste s'était remis à rire. Carlo cogna au mur des deux poings avec un sérieux terrible. L'humoriste poussa un petit rire hennissant, puis se tut et alla sans doute se coucher. Domenico dit :

— Je te l'ai raconté parce que j'étais en colère. Rien au monde ne peut rendre un homme plus furieux que la situation dans laquelle tu m'as mis, sinon, jamais je n'aurais pu. Maintenant que c'est fait, oublions tout. Il y a des droits que tu n'as pas. Mais tu es toujours mon frère aîné.

— Que sait-on ? Qui suis-je ?

Question terrifiante. Celle même qu'Œdipe avait posée. Domenico répondit :

— Tu es Carlo Campanati. Le certificat d'adoption parle de parents inconnus. Mère a dit que cela date de l'époque où l'Italie s'emparait de l'Éthiopie. L'homme était mobilisé et n'est pas revenu. La femme travaillait au domaine, au pressage du raisin. Elle t'a mis au monde et puis elle est partie. Mon père, notre père a eu une sorte de rêve. En reprenant ses esprits, il a fait venir l'avoué pour dresser les papiers d'adoption. Il a déclaré que tu devais faire partie de la famille. C'était au moment, m'a raconté mère, où les médecins venaient de diagnostiquer qu'il ne serait plus sage pour elle d'avoir encore des enfants : elle avait eu beaucoup de problèmes avec la naissance de Raffaele. Bien qu'elle n'en ait pas eu du tout avec moi, cela dit. D'après mère, tu étais un don de Dieu.

Carlo gémit affreusement. Je me risquai à dire (en anglais).

— Je ne vois aucune raison pour personne de se tourmenter, dans cette histoire. Ni pourquoi ce genre de secret devrait être gardé, pourquoi il devrait causer tant de souci.

— Tu as connu ta mère, dit Carlo d'une voix plaintive. Tous les hommes connaissent leur mère. Même Jésus-Christ. Mais ne pas la connaître ! Ignorer qui est son père n'a pas tant d'importance. Je suis très profondément atteint.

— Peut-être étais-tu destiné, dit Domenico avec la stupidité qui le caractérisait, à choisir ta mère. C'est donné à peu d'hommes. C'est de ta mère l'Église que je parle. Mais notre mère demeure aussi la tienne.

— Ce n'est pas la même chose, dit Carlo d'une voix morte. Je ne suis pas sorti de ses entrailles. Je ne suis pas chair de sa chair. Je me tourmenterai désormais, je me désespérerai en pensant à ma vraie mère que je ne connaîtrai jamais. Tes deux enfants connaissent la leur, ils n'en demandent pas plus. Et toi, tu viens nous trouver avec tes doutes coupables sur ta paternité. Comme si cela comptait ! Je n'ai pas de mère, se plaignit-il de nouveau.

— L'Église, dit Domenico, l'Église. Tu as ta mère l'Église.

— La vérité est une bonne chose, dis-je sur un ton consolant et vague à la fois. Quelle qu'elle soit. Oui, il est toujours bon, précisai-je, de connaître la vérité. Vous êtes ce que vous êtes, il n'y a rien de changé en vous. Vos talents ! Ils viennent de Dieu, et leur transmission par le canal des parents est sans aucune importance.

— Là, Kenneth a raison, dit Domenico. C'est comme mon don. Pas plus mon père que ma mère ne l'avaient. Cela nous vient d'une source inconnue. Je ne dirais pas de Dieu, car j'ai mes doutes sur Dieu. Le talent comme le génie est un grand mystère.

— Que veux-tu dire, demanda Carlo, par tes doutes sur Dieu ? (Il relevait le museau au bêlement de la brebis égarée, tout chien de berger malade qu'il était.) On dirait que cette soirée est vouée à tes doutes sur tout. Sauf sur le fait que je n'ai pas de mère. Qu'entends-tu par tes doutes sur Dieu ?

— Va donc parler de lui aux *mafiosi*, répliqua hardiment Domenico. Ce sont eux qui gouvernent le prolétariat des studios. Eux qui disent qui fera partie ou non de mon orchestre. Tu me tires d'un lit où je ne commets que la fornication, mais ces gens-là, eux, ils tuent. Comment se fait-il que tous les catholiques soient des méchants, peux-tu me le dire ? Voilà six mois que je ne suis pas allé à la messe. Je saurai me débrouiller tout seul. Celle-là, c'est *ta* mère, pas la mienne.

— Jamais tu ne parlerais de la sorte, si j'étais vraiment ton frère aîné, dit Carlo en secouant la tête.

— Il y a plus de dix ans que j'étais au courant, rétorqua Domenico

— Oui, mais c'est ce soir que tu le sais *vraiment*. Ce soir que tu le dis Va va-t en Je te verrai demain

— Tu ne me verras pas demain. J'enregistre de la musique toute la journée. A condition que les *mafiosi* me le permettent. Et maintenant, je crois que je vais retourner à ce que tu as interrompu.

Il sortit insolemment, sans même un bonsoir. Carlo dit :

— La bouteille est finie. Qu'est-ce que tu as d'autre comme whisky ?

— Comme scotch, tu veux dire ? White Label, Haig, Claymore...

— Très bien. Cela fait des années et des années que cela ne m'est arrivé. (Il prit un verre à bière, l'emplit à demi de Claymore et me regarda d'un air tragique avant de boire.) Tu dois te joindre à moi, dit-il. Un homme ne peut pas boire seul. (On entendait la Studebaker quitter les bords de la mer Noire à toute allure.) Bon, tant pis. Qu'il soit damné, s'il en a envie. Que les démons de l'orgueil, de la luxure et de la stupidité le dévorent. Il a toujours été un imbécile. Allons, bois avec moi.

— Vodka pour moi, dis-je.

Je n'avais aucune intention d'être inapte au travail le lendemain matin : j'avais une conférence d'idées à 10 heures. Dans la glacière, je gardais un certain nombre de bouteilles d'alcool vides que je remplissais d'eau. J'allai me choisir un flacon de Kavkaz bien frais. Puis je revins m'asseoir avec Carlo, prêt, par solidarité, à bafouiller et bavocher, tout en simulant des grimaces de dégoût de l'alcool pur, alors que je sirotais une fraîcheur d'une bienheureuse neutralité.

Carlo mit une heure à venir à bout du Claymore. La moitié du temps il resta silencieux, hormis des sons de commisération pour son sort et, de temps à autre, des jurons aboyés en patois. Enfin il dit :

— Est-ce vrai, ce que suspecte Domenico ?

— Nous sommes, dis-je, au confessional. Me fais-je clairement comprendre ?

Un instant il resta perplexe, puis la lumière se fit et il hocha affirmativement la tête.

— Sous le sceau, dit-il. Le sceau, oui, le sceau.

— Il est possible de commettre un péché par amour. Si ma sœur a péché, c'était pour l'amour de Domenico. Comprenez-vous cela ? Elle a mis son âme en péril pour protéger l'amour-propre de son mari. N'oubliez pas toutefois que c'est vous qui aviez dit à Domenico que la stérilité vient toujours de la femme. Encore une stupidité de l'Ancien Testament. Hortense a uni contrainte et poussée. Il n'y a pas motif à repentir. Alors ? Est-elle vouée à l'enfer ?

— Hortense, dit-il avec une tendre sollicitude, n'ira pas en enfer. Si elle y allait, je ne désirerais pas d'autre séjour pour moi-même. J'aime Hortense. Elle est trop bien pour cet imbécile qui était autrefois mon frère.

— Dites-moi, lui demandai-je, comment vous en sortez-vous ? Enfin... pour ce qui est de votre vœu de chasteté ? Pour l'amour ? *Eros*, et non pas *agapê* ?

— Je m'en sors, répondit-il dans son innocence comme toi Tu

avais trouvé l'amour dans la chasteté ; il n'y a pas mieux. Et tu l'as perdu. J'ai fait tout ce que j'ai pu. Ah ! le mal en ce monde, le mal. Je n'ai personne. Même le Christ avait Jean. Je souffre, poursuivit-il, des affres du désir. Je suis un homme comme n'importe quel autre, à part peut-être toi. Certains hommes trouvent la chasteté facile. Pas moi. Parfois je me demande si, le moment venu, il ne sera pas sage d'autoriser le mariage des prêtres. Mieux vaut cela que de se consumer, de prendre du bromure ou de la quinine et de crier à la chair de retourner au chenil.

— Le moment venu ? Quel moment ?

— Quand on aura refait l'Église.

Ensuite, Carlo se mit sérieusement en devoir de boire. En entamant le grand flacon de Haig, il commença à jurer et à cracher le blasphème. Tel Luther, il semblait voir le diable dans l'angle du salon, même si, faute d'encrier, il ne gâcha pas de bon whisky pour le lui lancer dessus. Le diable se métamorphosa en énorme rat dont la fourrure lisse et les dents luisantes provoquèrent l'admiration extravagante de Carlo en diverses langues, y compris, je crois bien, l'araméen. Avec les intonations d'un Anglais de la haute société, il lui déclara :

— Pour le moment, tu es en pleine ascension, mon vieux, quoi ? plutôt, oui. Je vois tes grands crocs blancs rire de ma défaite momentanée. Salut, mon prince, Votre sacrée *bloody* altesse, mon vieux. Nous nous ressemblons tous les deux en ce que nous n'avons pas de mère. Même Dieu s'est astreint à la condition de fils. Mais la volonté finit toujours par être la plus forte, ne le sais-tu pas ? La volonté ne connaît jamais de défaite. Nous sommes ce que nous nous faisons, mon vieux. Montre-toi donc un peu sous ta première forme, serpent ! Excellent, voilà vraiment un capuchon de cobra des plus remarquables, mon vieux. Les serpents ne m'ont jamais beaucoup effrayé, tu devrais le savoir. C'est l'expérience coloniale, disons, qui fait cela, mon brave. Mais tu m'ennuies plutôt, tu me fatigues tant soit peu. Un petit somme me paraît tout indiqué, qu'en penses-tu ? Plutôt, oui.

Il était certainement temps. Carlo finit de vider son verre, puis le lança dans l'angle du mur, où il ne se brisa pas. Après quoi, m'adressant un signe de tête dénotant une parfaite maîtrise de soi, il s'en fut se coucher, en esquissant une bénédiction. Il ne tarda pas à ronfler comme un moteur. Le matin venu, il était debout avant moi ; en fait, ce fut l'arôme du café qu'il passait qui me réveilla. Il se souvenait de tout, notamment de sa nouvelle et stoïque solitude.

46

Le roi Arthur et sire Bedivere mettaient le Saint Graal en sûreté sous les gravats de la chapelle en ruine de la forêt, et avec lui la lance rouillée qui perça le flanc du Christ. Puis à cheval, las, ils regagnaient la colline où les vestiges de leur armée en loques se rassemblaient pour l'ultime bataille. Le ciel bouillonnait de volutes de nuées tourmentées que le vent chassait vers l'est ; la bannière du dragon flottait, dépenaillée ; l'on eût dit de frêles doigts de marbre désignant l'ennemi qui approchait. Arthur harangua son ost ; sa grande fatigue transparaissait dans le manque de fermeté de ses cordes vocales, mais le vent portait ses paroles jusqu'aux hommes de l'arrière-garde, qui convoyaient ce qui restait de leur équipage ; et tous, avec désespoir, écoutaient ses paroles : « Nous qui sommes rachetés par le sang du Christ ; nous qui, aux talents civilisateurs du Romain, avons ajouté la gloire de la bonne nouvelle venue de Galilée ; nous, les anciens Celtes, à qui fut remise la foi vivante pour la porter parmi les peuples du sombre Septentrion, voici que nous devons affronter l'anéantissement, des mains d'un ennemi impitoyable et sans Dieu. Et cependant, même si nous mourons, la foi ne saurait en aucune façon périr. Notre sang fumera sous le soleil et cette vapeur montera comme l'encens vers le Père de toutes choses. Du sol que nous allons nourrir de notre sang, une nouvelle race de chrétiens naîtra. Espoir et courage, car la foi ne peut mourir. Hommes, faites votre devoir, comme l'Oint du Seigneur fit le sien. Entendez-vous le tumulte des hordes saxonnes ? Elles arrivent, avides de chair et de sang chrétiens dans leur paganisme sans merci. Affrontez-les sans peur, soutenus par la vision de la divine croix et dans l'espoir du Ciel. Le Christ est mort et ressuscité, il ne peut plus mourir. Allons à la bataille dans la foi et le devoir. Trompette, sonne la charge ! » Et, uni dans un seul et même cri, ce qui restait de cette armée infortunée brandit la lance à la louange de Dieu et du roi Arthur...

Tout cela déplut fort à Al Birnbaum. Et pareillement à Joe Svenson. Ni l'un ni l'autre ne l'aimaient, il en alla de même de Chuck Gottlieb, Dick Rothenstein et Ed Kingfish. Nous siégions, réunis en conférence dans le bureau d'Al Birnbaum, autour d'une table de travail en acajou, immense, belle et dont la nudité était uniquement défigurée par des gobelets à café en carton. Aux murs, des photographies dédicacées de superstars, qui n'en étaient pas moins toutes esclaves, par contrat, du studio. Leurs minauderies dédaigneuses servaient de contrepoint céleste au désappointement désabusé de l'ashkenazim Birnbaum et à la moue nordique de Joe Svenson.

— Je vous avais prévenus, dis-je, que je ne voulais à aucun prix de vos imbécillités sur Lancelot et Guenièvre. Ce que je vous donne, moi, c'est la légende même.

Que pouvaient bien voir dans la légende ces enfants de la diaspora et ce luthérien déchu du Minnesota ? Al Birnbaum dit

— Ça sent trop son école du dimanche (Qu en savait-il, de l'école du dimanche ?) Il y a trop de blabla sur la religion. Ce qu il faut, c'est une histoire humaine. Votre roi Arthur parle comme un prédicateur.

— Exactement ce que j'allais dire, Al, renchérit Ed Kingfish.

— C'est censé se passer quand, votre truc ? s'enquit Joe Svenson. Du temps de Shakespeare ?

— Beaucoup plus tôt, répondis-je. Avant même le Moyen Age C'est la naissance de l'Age des Ténèbres. Environ cinq cents ans après Jésus-Christ. La chrétienté celte luttait à mort contre les Anglo-Saxons. Les Anglo-Saxons, expliquai-je, c'est ce que vous appelleriez les Britanniques. Mais les Britanniques sont en réalité des Celtes. Le roi Arthur est le dernier des grands chefs celtes de Grande-Bretagne. Ensuite, il y eut les Anglo-Saxons.

Personne ne semblait rien y comprendre. Celtes *schmeltz*, oui — ce que ces gens voulaient, ce n'était pas un truc éducatif à l'eau de rose, c'était de l'intérêt humain. Dick Rothenstein dit :

— Je me suis fait passer toute la pellicule sur le Roi Arthur qu'on a pu me trouver. Ça n'a rien de commun avec ce que vous racontez, Ken. Ça parle d'un type, sire je ne sais plus quoi, qui se barre avec la reine ; alors ça fait que le roi Arthur dit à ce sire Machin : « T'as emmené ma femme pour la foutre... »

— Ça se disait, *foutre*, en ce temps-là ? s'enquit Joe Svenson.

— C'est un mot très ancien dans nombre de langues, répondis-je. Latin *futuere*. Anglo-saxon *fuck*, cousin de l'allemand *ficken*, qui se retrouve en yiddish, je suppose.

Cette démonstration linguistique ne me valut rien de bon. Tous me regardaient avec méfiance et avec encore plus de suspicion qu'auparavant. Al Birnbaum chassa la fumée de son cigare avec les feuillets de mon scénario — c'était tout ce que valait celui-ci.

— Mon contrat expire dans une quinzaine, fis-je observer.

— Une quoi ? demanda Chuck Gottlieb.

— Dans deux semaines. Il me semble que nous n'avons cessé d'aller de malentendu en malentendu. Perte de temps et d'argent, dirais-je.

— Je ne veux pas vous entendre dire des choses pareilles, Ken, intervint vivement Al Birnbaum. Il n'y a rien de perdu. C'est parfait, votre boulot. Simplement, il n'y a pas moyen de s'en servir. Pas encore. Ce n'est pas le moment. Un jour viendra où on dira *foutre* et où on le fera sur l'écran. Et votre chnoquerie religieuse, le public l'avalera toute crue. Mais, actuellement il n'y en a que pour l'intérêt humain, la censure et la Ligue catholique de défense de la Décence. Apportez-nous encore du café, Lydia, dit-il au laideron choisi par sa femme pour lui servir de secrétaire, qui venait de passer la tête par l'entrebâillement de la porte.

— Bref, dis-je, je ne vois guère l'intérêt qu'il y a pour moi à travailler ici cette dernière quinzaine ou ces deux dernières semaines. Quinzaine, à propos, signifie quinze nuits aussi bien que quinze jours, naturellement. Il y a aussi le septénaire, qui compte sept jours et sept nuits, et qui est l'équivalent d'une semaine. Cela dit à titre d'information gratuite.

Ils hochèrent la tête en signe d'appréciation de ma générosité Joe Svenson dit .

— C'est comme ça qu'on dit dans Shakespeare

— Arrangez ça avec le service des contrats, Ken, pas de problème. Je crois que vous verrez qu'il y a une clause de préjudice ou je ne sais fichtre quoi, dédommagement pour rupture de contrat, Rob Schoenheit vous expliquera. Mais il n'y a pas le feu. A votre place je reprendrais encore un coup ce truc pour faire sauter toute la salade religieuse. On n'en a rien à faire.

— Pas plus que d'un dentier dans le potage, acquiesça Ed Kingfish.

— Je suis invité en Allemagne, dis-je. A un festival de cinéma. On est en train de sonoriser là-bas un vieux film adapté d'un de mes livres. Et j'ai des droits à toucher... Je me demande pourquoi je vous raconte cela, ajoutai-je.

— On ne brûle pas vos livres en Allemagne ? demanda Dick Rothenstein. Comme ceux qu'ils ont détruits dans un grand feu, un quelque chose des fées.

J'eus honte. On ne brûlait pas mes livres là-bas. Ils étaient même plutôt populaires en Allemagne nazie, et j'avais une assez jolie quantité de marks inexportables à ramasser pour les investir sur place en achats : culottes de cuir, alpenstocks et le reste.

— Eh bien, voilà, dis-je humblement. Jeudi prochain. J'ai une place à bord du *Hindenburg*, départ de Lakehurst, New Jersey. Donc je romps mon contrat. J'imagine que l'on devrait toujours lire attentivement ce genre de document.

— Toujours, dit Joe Svenson. Si on ne lit pas tout ce qui est écrit en petit, on y perd sa culotte.

— A votre place, je me méfierai, de cette grosse saucisse, me dit Ed Kingfish. Ce n'est pas seulement sa culotte qu'on perd dans ces bouillottes à gaz. Rappelez-vous le *Shenandoah* et l'*Akron*. Une cousine de ma femme s'était mariée avec un petit gars de la marine américaine ; il était sur l'*Akron* quand il s'est écrasé. Ça perd son gaz, ces machins, quand ça chahute là-haut. C'est ce qui est arrivé à l'Anglais, le *R*-cent-quelque-chose. Là, c'était pas beau à voir, soit dit sans vous offenser, Ken. Ça s'est produit en France. Il est rentré pile dans une bon Dieu d'église.

On avait rapporté du café. Al Birnbaum téta bruyamment son gobelet. Chuck Gottlieb dit :

— C'est ça qui ferait un chouette film : un dirigeable en feu au milieu de l'Atlantique, des milliers de gens plongeant vers leur destin aveugle...

— Ces dirigeables ne transportent qu'une centaine de passagers, fis-je observer.

— Une collision ! poursuivit Chuck Gottlieb qui voyait déjà toute la scène. Une collision multiple !

— Bref, messieurs, dis-je, je réitère mon regret que les choses n'aient pas tourné comme elles l'auraient pu. Collisions multiples d'opinions et divergences sans issue. Donc, avec votre permission...

— Le seul jugement, c'est celui du box-office, dit Joe Svenson Souvenez-vous bien de cela, Ken Le reste est de la bouillie pour les chats.

— Oui, bon pour les gogues, Kenneth, c'est vrai, dit Al Birnbaum. Passez voir Rob Schoenheit il vous expliquera tous les petits caractères dans le contrat.

Je quittai le grand building de l'administration et traversai deux ou trois pelouses dont les tourniquets d'arrosage mouillèrent les revers de mon pantalon. « Sors d'ici, sors de là, mon gars ! » me cria un vieil homme en casquette de toile à longue visière. Je marchai sous le soleil cuivré de Culver City jusqu'au studio d'enregistrement où, à l'heure qu'il était, Domenico devait adapter de la musique d'ambiance à un film. La lumière bleue interdisant l'entrée était mise ; mais elle ne tarda pas à s'éteindre et je franchis le seuil. Les musiciens observaient la pause cigarette obligatoire — cinq minutes par heure. Cornettistes et violonistes étaient assis au repos. Une sorte de contremaître à bajoues, délégué syndical ou mafioso, boudiné dans un costume bleu trop étroit, surveillait de son siège la scène en mâchonnant un talon d'allumette. Domenico, en manches de chemise, griffonnait au crayon des choses sur une partition d'orchestre. Un petit homme aux doigts déformés de copiste professionnel corrigeait la partie pour trompette. Le producteur du film, habillé comme pour la plage de Waïkiki, rôdait alentour. Je dis à Domenico :

— Statu quo, alors ?

Il nota au crayon *pp cresc f* et répondit :

— Pourquoi voudrais-tu qu'il y eût quelque chose de changé ? Nous avons tout essayé. L'argent sera versé, elle le sait parfaitement. Je suis ce que je suis, mais sûrement pas ce qu'elle dit.

— C'est une catastrophe.

— Il y a bien d'autres choses qui sont des catastrophes. C'est le destin.

— C'est un désastre pour la carrière de Carlo, y as-tu pensé ? Son frère aîné assassiné par des gangsters à Chicago. Son frère cadet qui veut divorcer. Sa mère qui a disparu. (Trois mois et quelque s'étaient écoulés depuis la soirée d'anniversaire d'Astrid Storm.) Il lui reste la ressource d'être un champi.

— Un quoi ?

— Comme François le Champi : un petit bâtard empaqueté abandonné devant une porte. Rien de tout cela n'a de quoi réjouir le Vatican.

— A chacun sa vie, dit Domenico.

— Oké, on reprend, dit le producteur.

Les musiciens écrasèrent leur cigarette et se rassemblèrent. Les lumières s'éteignirent, à part les vers luisants du pupitre. L'écran de projection fut envahi par l'océan. Sur les flots, dans un canot, des hommes mal rasés, dans une situation désespérée. Grisaille d'avant l'aube ; puis soleil commençant à poindre. Entrée d'une mouette battant des ailes et provoquant une lente expression d'ébahissement suivi de joie sur le visage piqueté de barbe de

Clark Gable. manifestement doué d'une comprenette plus vive que celle de ses compagnons de détresse. Barre verticale se déplaçant sur l'écran — repère pour le minutage, probablement. Il s'agissait d'une boucle de pellicule qui revenait. Voix de Gable : « Terre ? » Puis la séquence recommençait. Domenico venait de regarder le premier passage. Au second, il leva sa baguette. Friselis de cordes. La gravité discordante des cuivres symbolisait la situation des hommes dans le bateau. Avec le lever du soleil, trois trompettes bouchées et deux hautbois ébauchèrent une timide fanfare. Quand la mouette battit des ailes, une flûte exécuta une arabesque. Elle était décalée d'une fraction de seconde, et l'erreur de chronométrage était, bien entendu, le fait du compositeur. Domenico dit « *Merda !* » Les lumières revinrent. Les chronomètres cliquetèrent. Ordre à la flûte de ne pas tenir compte de son indication d'entrée sur la partition et d'obéir uniquement à la baguette.

— Nick, dit le producteur, il faut absolument trouver quelque chose pour ce mouvement de bras.

Il parlait de l'un des hommes épuisés dans le canot, dont la main droite glissait le long du cou dans un ultime geste de lassitude. Qu'est-ce qu'elle fiche là, sa main, d'abord ? Il a l'impression d'étouffer, Nick. Suivit une nouvelle pause cigarette, et Domenico dut introduire dans la partition un dégueulando de clarinette, assorti d'un battement sourd à la grosse caisse.

— Même pas un dernier message pour elle ? lui demandai-je.

— Non, rien, répondit-il en fronçant les sourcils et en notant des doubles croches.

— Dans ce cas, dis-je, il vaut mieux que, moi aussi, je te dise au revoir.

Je tendis la main. Domenico la prit distraitement et mollement. Pourtant, il ne manquait pas de fermeté au pupitre. c'était incontestable.

— Nous nous reverrons, dit-il. Le monde est petit.

— Trop petit, parfois.

Et, avec un geste d'adieu démotique assez peu différent du salut militaire américain, j'ajoutai : « *Addio !* » Je ne pensais pas le revoir jamais. Je le laissai à sa musique plastique et à ses naufragés et sortis pour trouver une voiture du studio qui me ramenât au Jardin d'Allah.

Hortense, les jumeaux et moi, nous prîmes l'avion de Los Angeles à New York, quelques jours plus tard. Tout était fini entre eux, après plus de quinze années de mariage, il faut bien le dire, ce qui n'est pas un mauvais record selon les normes hollywoodiennes. Quoi que pût faire Domenico pour obtenir le divorce en invoquant l'incompatibilité d'humeur, parfaitement reconnue par Hortense, ma sœur demeurerait mariée. Elle ne voulait pas plus renoncer à sa foi qu'à son passeport britannique et, pour ce qui était des jumeaux, l'oreille ne pouvait s'y méprendre. Assis dans l'avion, de l'autre côté du passage par rapport à Hortense et à moi, ils se chamaillaient comme tous les enfants, tout en travaillant à un puzzle que leur avait donné l'hôtesse. Non, çui-là, gourde. Le v'la, andouille. Dis donc, gourde, qui c'est que t'appelles andouille ? L'hôtesse, californienne, blonde, splendide, sans cervelle, nous avait servi un repas de poulet en sauce avec des haricots de Lima et une salade de tomates insipides, coupées en rondelles grosses comme des soucoupes. J'avais emporté une bouteille de Mumm que nous dégustâmes lentement, pensivement, dans des gobelets de carton, en traversant la nuit au-dessus du Nouveau-Mexique. Les transports aériens transcontinentaux étaient tout nouveaux et peu rapides : nous n'atteindrions pas New York avant le matin. Hortense et les jumeaux devaient s'installer dans mon appartement de Manhattan. Ma sœur louerait un atelier à Greenwich Village où les loyers étaient assez bas, pour y poursuivre sa sculpture. Quant aux jumeaux, ils iraient dans une école très sélecte de Park Avenue, fondée par un théoricien de la pédagogie, auteur d'un livre intitulé : *Toi qui vois parmi les aveugles.* Il appliquait les principes du *Menon* de Platon. Les jumeaux n'apprendraient pas grand-chose. Vous avez déjà fini ce puzzle ? Ouaou, vous êtes *drôlement* futés ! Ouais, donnes-en un autre.

— Alors ? dis-je à Hortense.

— Alors quoi ?

Dans sa mi-trentaine, elle était plus adorable que jamais, élégante en tailleur cannelle, jupe à panneau de plis creux sur le devant et simplement indiqués derrière, large col et revers, large ceinture de même tissu, blouse à cravate, petit chapeau melon stylisé à rebord en aile et à ruban. L'Amérique n'avait guère affecté son parler. Jamais elle ne cadrerait vraiment avec ce pays, alors que Domenico, Nick Campaneïté, était devenu le Californien parfaitement acclimaté. Je l'avais entendu dire au téléphone : « Qu'est-ce que ça te chanterait d'un petit coup de golf ? » et à un chanteur : « C'était très bath, mon coco. » Hortense estimait avoir une chance d'avenir à New York, ville qui regorgeait d'artistes et de galeries pour exposer leurs œuvres. Elle comptait travailler dur aux compositions en métal dont Sidonie Rosenthal avait été la pionnière à Paris. Quant à sa vie amoureuse, quoi ? Serait-ce la fidélité à une chasteté imposée par un mariage qui, pour brisé qu'il fût, demeurait un sacrement indissoluble ? Je n'en discutai pas avec elle. Si, comme il me paraissait possible, elle avait découvert les plaisirs de Lesbos, elle n'y gaspillait pas de semence et le péché, si péché il y avait, était véniel : sa représentation romanesque eût été proscrite par l'État britannique, mais la réalité n'offrait rien d'offensant, à moins que la chose ne fût pratiquée par des créatures comme cette abominable dame Tarleton. L'idée de deux jolies femmes tirant plaisir mutuel de leur nudité m'excitait assez.

— Donc, rien, dis-je.

D'ailleurs, Carlo, tout ivre qu'il était cette nuit-là, s'en était porté garant pour lui-même : Hortense n'irait pas en enfer, jamais. Et je suis, à ce point de mes réminiscences, soucieux de confirmer la sainteté de Carlo. Or, un saint doit savoir.

Elle eut un léger sourire Retour aux puérilités les jumeaux

jouaient à un petit jeu de mains, jeu de vilains. L'un tenait un doigt en l'air, que l'autre devait frapper de l'index s'il le pouvait, si elle le pouvait. Tout était dans la rapidité de réaction. Mais leurs réflexes mollissaient : ils commençaient à avoir sommeil.

— Montre-moi encore cette lettre, me dit Hortense.

Je la lui tendis. Il y avait un timbre-poste du IIIe Reich sur l'enveloppe, mais la lettre elle-même ne portait pas d'adresse. C'était un mot bref où il était dit que, comme le mal passait pour incurable, elle était résolue, au besoin, à se servir de sa mort pour aider autrui. L'important était que, n'ayant plus rien à craindre désormais, elle emploierait le temps qui lui restait, en dépit d'une fatigue croissante, à porter secours là où l'on en avait le plus besoin. Personne ne devait s'inquiéter d'elle. Elle avait eu sa part de vie.

— Quel courage ! dit Hortense, ses beaux yeux tout humides. C'est elle qui a raison, ô combien. Mais elle doit souffrir terriblement.

— Dans une lettre à Carlo, elle parle vaguement d'un anus artificiel. Ce qui empêche l'irritation de la tumeur. Carlo ne lui a pas dit un mot de l'affaire de l'*adozione*. Cela n'en vaut plus la peine maintenant. « Ma bien chère mère, votre fils aimant. » As-tu pensé au fait que, elle partie, Carlo n'aura plus que nous ?

— Il y a la sœur religieuse. Qui continuera à se croire vraiment sa sœur.

— Elle a tant de sœurs elle-même ! Non, j'oubliais, elle est mère supérieure à présent. Carlo, lui, est dans le siècle ; nous aussi, avec lui. Il n'a vraiment plus que nous. Voilà ce que c'est que le mariage : il crée de nouvelles constellations. Et il peut mourir, les constellations, elles, demeurent.

— N'empêche, je persiste à ne pas aimer beaucoup Carlo.

— Même si c'est lui qui t'a conseillé cette séparation ? Il ne t'a pas jeté à la figure le mariage, ses devoirs et son caractère sacré. Bien au contraire. Carlo te met plus haut que n'importe qui au monde.

— Tu parles de lui comme s'il avait une importance extraordinaire.

Ai-je inventé ce jugement depuis ? Non, je pense avoir vraiment dit :

— Carlo transformera la chrétienté.

— Et tu crois que c'est important ?

— Pour ceux qui peuvent y croire, oui. Et ils sont des millions et des millions. Qui sait même si ce ne le sera pas pour moi.

— Comment cela ?

— Suppose que les deux Dieux se fondent en un seul ? Celui qui m'a créé malade, et l'autre, qui me commande d'être sain. (J'eus une vision lumineuse de Concetta Campanati naguère, dans son jardin, non loin de la ville consacrée à la putrescence du lait solidifié.) Le Dieu de ma nature et le Dieu de la morale orthodoxe. Oui, suppose que Dieu — l'un ou l autre ou les deux ensemble — parvienne à prouver qu'il sortira vraiment vainqueur à la fin, de son combat avec le Prince Rat

— Le quoi ?

— Le Père des Mensonges. Carlo l'a vu sous la forme d'un rat dans l'angle du salon, au Jardin d'Allah. Il s'est adressé à lui en l'appelant mon prince, et aussi en le qualifiant d'orphelin comme lui.

— Je ne crois pas à lui.

— Rien ne t'y oblige. Mais, moi, je l'ai vu. Dans un autre Jardin d'Allah.

La splendide et divine écervelée de Californie se pencha sur nous avec un sourire d'une grâce exquise et parfaitement vide de sens, pour susurrer :

— Eh bien ! les deux oiseaux de nuit, vous n'allez pas dormir un peu ?

Visiblement, elle nous prenait, Hortense et moi, pour mari et femme. Pour nos enfants, le marchand de sable était déjà passé. Nous ne devions plus être loin de la pointe nord-est du Kansas. La plupart des gens faisaient leur nuit : deux directeurs chauves des Artistes Associés, un représentant de commerce gras et jovial, un jeune premier récent qui, mâchoire tombante, avait l'air demeuré, les reins visiblement en rut sous la couverture, et les autres, les obscurs. Hortense retourna à l'hôtesse un sourire plein de sens et lui dit :

— Vous êtes une très jolie fille.

— Oh, ouaou, merci. Z'êtes des découvreurs de talents, tous les deux ?

Elle se passa un doigt sur la langue et fit comiquement mine de se lisser un sourcil. Impossible de laisser aux femmes américaines le soin de gérer leur propre beauté. Elles ont contribué à créer une civilisation où tout doit être exploité. La beauté de cette hôtesse était pareille à la mallette d'échantillons posée sur les genoux du représentant de commerce qui ronflait. Elle nous tendit des couvertures, comme si elle avait joué le rôle de l'hôtesse de l'air distribuant des couvertures. Hortense murmura la prière du soir que notre mère nous avait enseignée dans notre enfance et demanda la protection de Dieu et de son ange gardien, puis ferma les paupières. C'était fou comme ils pouvaient se ressembler tous trois à cet instant, les jumeaux endormis et elle, avec leurs longs cils noirs sur cette transparence de peau qui est le présent des climats humides et tempérés, et leurs cheveux de miel. Je ne trouvais pas le sommeil. J'avais un Dante sur moi ; il s'ouvrit sur l'*Inferno*, Chant Seize. Guido Guerra, Tegghiaio Aldobrandi, Jacopo Rusticucci y brûlent pour péché de sodomie. Ce n'était pas le meilleur des somnifères. Je fermai le livre et les yeux et me laissai emporter par la vague d'un accès de nostalgie : la prière vespérale d'Hortense, le rejet de mon scénario sur la légende d'Arthur. Le combat continuait, Carlo, l'orphelin de mère, était au cœur de la mêlée ; et moi-même, délibérément, par nature, je me retrouvai poussé à la lisière de la lice, qui englobait tout l'univers. J'avais envie de me battre ; il me manquait une cause. Et pourtant, peut-être par pitié pour l'orphelin, j'avais endossé l'armure de la cause qui était en propre la sienne : le livre sur la réforme de la chrétienté paraîtrait le printemps prochain sous mon nom et sous le titre que je lui avais choisi : *Nouvelles Voies vers Dieu,* par Kenneth M. Toomey, aux éditions Scribners, précédé d'un avant-propos qui était pour une part un reniement de ma signature :

> *On trouvera ici les idées de chrétiens réfléchis en quête d'une foi universelle, d'une définition du bien divin, à opposer à la poussée du mal à notre époque. On pourra dire de moi que j'ai été l'oreille, le crayon du sténographe, la plume du metteur en forme, bien d'autres choses encore ; mais je prie que l'on ne m'attribue pas l'initiative de cet essai de schéma. Je me contenterai d'avancer que j'ai conscience de la puissance du mal, conscience également de la nécessité d'une nouvelle sommation des forces du bien. C'est dans l'espoir que ce livre pourra clarifier les idées des hommes et des femmes de bonne volonté aspirant à une foi, mais désorientés et incapables de la trouver, que je dépose momentanément la défroque du romancier pour passer la robe du théologien.*

Ernest Hemingway se trouvait chez Scribners — il était passé dans l'intention de corriger une espèce de sale fumier qui avait prétendu que ses *cojones* étaient des prothèses — lorsque moi-même j'avais apporté mon manuscrit à Perkins, le directeur littéraire. Gorgé d'Espagne et de baroque, converti au catholicisme (à l'en croire) pendant la guerre, à Milan, Hemingway se déclara prêt à griffonner quelques lignes élogieuses, sans avoir lu même une seule page du texte : « Voici un livre capital. Qui croit en l'homme, ne peut que croire aussi en Dieu. Cet ouvrage montrera comment croire en Dieu. C'est un sacré bon Dieu de bon livre. » Cette dernière phrase sauta finalement : il l'avait déjà utilisée pour l'*Ulysse* de James Joyce.

Ce qui m'occupait l'esprit, en attendant le sommeil et pendant que les moteurs tonitruaient leur vaine berceuse, c'était le court chapitre sur les juifs. En un certain sens, y était-il dit, les chrétiens sont aussi des juifs, puisqu'ils partagent avec ceux-ci le même livre de divine provenance, parlent d'Abraham comme d'un père, révèrent les prophètes, exaltent l'héroïsme des guerriers, voient en Moïse le fondateur de l'alliance, reconnaissent que les enseignements du Christ reposent sur ceux de la Torah, et ainsi de suite. Que les chrétiens aient poussé plus loin en reconnaissant la venue du Messie dans une obscure province romaine, alors que les juifs l'ont niée, n'invalide nullement leurs anciennes croyances. Les chrétiens, coupables d'une longue et honteuse persécution des juifs, doivent apprendre à admettre que ceux-ci ont le droit de persister, comme tant d'îlots exotiques au sein de la communauté chrétienne, qu'ils doivent leurs talents particuliers au don que leur en a fait Dieu, et que leur exclusivisme parfois bigot est justifié par une histoire qui est aussi la nôtre. Il faut serrer les coudes au temps des progromes athées ; dans l'idéal, les chrétiens doivent être prêts à se battre pour et avec, à mourir avec et pour les enfants d'Israël. C'était parler franc et, pour autant que je pouvais en juger par ses lettres, la conduite présente de Concetta Campanati souscrivait à ces principes. Mais moi, qui ne souscrivais à rien, qui étais un spectateur marginal, qu allais-je faire devant l'abaissement, l'expropriation, la réduction à l'esclavage et l'annihilation des juifs ?

Ce que j'allais faire, si possible, c'était d'oublier que les événements d'Allemagne n'avaient guère touché mes maîtres de Culver City et de Hollywood. La censure et la Ligue catholique de défense de la Décence interdisaient l'exploitation cinématique des traitements infligés par les nazis aux juifs, dans toute leur indécence. Il me fallait oublier aussi qu'Ed Kingfish, Chuck Gottlieb, Al Birnbaum et les autres avaient rejeté mon adaptation de la défense désespérée de la chrétienté celte lors de la ruée des hordes païennes vers le royaume d'Arthur. Il me fallait oublier que Rob Schoenheit s'était montré inflexible à propos d'une rupture de contrat qui n'était jamais qu'une légère et innocente anticipation sur le terme dudit contrat, et m'avait piqué dix mille dollars au titre d'une amende parfaitement gratuite. Ce sont les juifs qui lisent les choses écrites en tout petits caractères ; la lecture des inscriptions en grand sur les murs est strictement réservée aux Babyloniens. Pensée indigne, que je me hâtai de fuir dans le sommeil.

Nous nous réveillâmes tous misérables et moulus, devant un jus d'orange, du café dans un gobelet en carton et une aube de début d'automne sur les gratte-ciel de Manhattan. « J'ai rêvé de papa », dit la petite Ann — mauvais augure pour la journée qui se levait. « Moi, j'ai rêvé de chevaux », dit Johnny. Hortense : « Et moi, de rien du tout. » Chœur des jumeaux : « Oncle Ken, tu as rêvé de quoi, toi ? » Les gratte-ciel étaient en crème glacée polychrome ; et le soleil était la langue de Dieu les léchant. « J'ai rêvé, répondis-je, de dindons. Ils parlaient et ils disaient : gla glou gli glu gle gloc. Comme à Hollywood quand on se met autour d'une table pour discuter de choses sérieuses. » Sur quoi, les jumeaux se mirent à parler le **dindon**. Quelle magnificence que cette ville surnommée parfois Jew York, Juif York, et faite pour être contemplée par Dieu. Jérusalem la dorée, Babylone la grande. Notre avion se posa sur le minuscule terrain où détalaient des lièvres. « Tu as vu, Johnny ? Un lapin ! » Bientôt, nous nous retrouvâmes dans le petit car de la compagnie aérienne, enfilant le Holland Tunnel et ses éblouissements de céramique blanche. Ensuite, taxi carrossé en damier, jusqu'à mon appartement qui allait devenir le foyer de ma sœur.

— Pas mal du tout, dit Hortense en faisant le tour des pièces. Un bon coup de plumeau et cela ira.

Dis, oncle Ken, c'est quoi, la grande maison, là ? Pourquoi on voit pas l'Empire State Building ? Mais parce que vous habitez dedans, mes enfants. Vrai ? Oui, vous voilà devenus de vrais New-Yorkais à présent. Vous verrez comme c'est mieux que la Californie ; c'est tout mou, là-bas ; ça se perd dans l'indolence, les oranges et une industrie qui a le culte de la médiocrité. Ici, c'est le nombril du monde, le bastion de la libre entreprise. Demain, nous monterons tout en haut de la statue de la Liberté. Et puis, en moi-même, je me dis : Ce sont mes aimés et tout ce que j'ai au monde. Ils sont en sûreté ici ; je leur ai donné un foyer. Et des larmes de diverses provenances se mêlèrent dans mes yeux.

47

Personne ne m'attendait à Francfort ; mais, à Berlin, un jeune homme en veston croisé, nu-tête, guettait à la barrière de sortie en tenant en évidence un carton où était écrit : *HERR TOOMEY !* Ce point d'exclamation offrait tout un éventail de nuances : j'étais bien arrivé, j'étais *Herr* et non plus monsieur, j'étais important. Le jeune homme se présenta : Toni Quadflieg, de la *Reichsfilmkammer*, l'Office national du Cinéma. Son anglais n'était pas très bon ; mon allemand l'enchanta. Où avais-je appris à parler si bien sa langue ? En lisant les romans de Jakob Strehler, le grand écrivain autrichien, lauréat récent du prix Nobel. Toni Quadflieg eut une réaction incertaine. C'est un juif, dis-je ; il est donc sans nul doute condamné aux flammes par votre régime sans juifs ; il n'en est pas moins un grand écrivain. Peut-être l'allemand que je parle porte-t-il la tare du fait que je l'ai appris dans les œuvres d'un auteur juif ? Non, non, ça est bon allemand, que par vous chez quel écrivain appris peu importe. Pour vous une voiture il y a, qui à l'hôtel Adlon vous conduire va.

Il ne faisait aucun doute que, surtout sous les couleurs de miel et de pomme du soleil automnal, Berlin avait bonne mine sous la férule de ses maîtres nazis. Que de propreté, que de gens bien nourris ! Même les porteurs de gare se réjouissaient de leur prospérité non syndiquée. Les sifflets argentés de la *Schutzpolizei* étincelaient ; les cheveux dorés des purs (*echt*) aryens, dont je ne voyais que de rares représentants, semblaient frais lavés au shampooing en l'honneur de mon arrivée. Le long du trottoir, la carrosserie de la Daimler, luisante comme un miroir, prêtait de joviales rotondités aux citoyens arrivant au *Bahnhof* ou en sortant. Le chauffeur me salua, avec un formalisme militaire que confirmaient la coupe et la netteté impeccables de son uniforme. Je montai en voiture avec Toni Quadflieg, qui me demanda : « Vous bon vol avez fait ? »

— Excellent. Je puis recommander en tous points le *Hindenburg*. C'est la seule façon de voyager par les airs. Avez-vous déjà pris ce dirigeable ? C'est un chef-d'œuvre de l'industrie aéronautique allemande.

— Malheureusement n'ai-je pas encore le *Hindenburg* pris. Il compte quinze traverses principales, chacune desquelles un poly gone régulier de trente-six côtés est. L'aménagement pour les passagers organisé sur deux ponts à l'intérieur de l'enveloppe extérieure est. Une cabine de commandes et quatre nacelles pour les moteurs par des équipages occupées à l'extérieur sont. L'enveloppe extérieure est de célon, de poudre d'aluminium en surface mélangé pour accroître la réflexion de la chaleur, enduite. Sous le ventre est l'enveloppe poreuse, pour la ventilation favoriser

— Que de science ! Je suis très impressionné.

Nulle part dans les rues, si propres que l'on aurait pu y mettre le couvert, je ne voyais de malheureux arborant l'étoile jaune de David brutalement poussés dans des camions. Cela devait se passer entièrement en coulisse. J'aperçus trois hommes à tête sympathique, vêtus de noir avec brassard au svastika, taquinant deux jolies filles dont l'une poussait une voiture d'enfant chargée d'un cadeau tout neuf pour le Führer. Un caramel de la marque TILL ! était vanté sur des affiches comme étant miam-miam très bon, assertion par l'image d'un jeune garçon blond, souriant et à la joue distendue, confirmée.

— Je suis par toutes sortes de machines passionné, dit Toni Quadflieg. C'est pourquoi je dans le cinéma suis. Caméra, son lumière. Je suis à la perfection technique profondément attaché.

— On peut, dis-je sans une once de tact, faire d'excellents films avec des ressources techniques très médiocres. Ne croyez-vous pas que presque tout dépend de la sincérité, de la sensibilité, de l'originalité de la vision ?

— Une part en dépend, oui.

— Quel est le programme ?

— Le programme, bon. Demain il y aura, au studio de la UFA à Tempelhof, aux studios de Tobis, Johannisthal et Grünewald, aux installations de Neubabelsberg, aux studios Froelich, visite. Dans la soirée ce sera *Hitlerjunge Quex*, présentation du film à l'Astoria Ufa-Palast, Windmühlenstrasse. Ce sera le vrai début du festival. Les jours suivants, on verra beaucoup de films, avec une journée consacrée à tous les films de montagne, dont le vôtre.

— Et que dois-je faire ? Tout voir ?

— Vous trouverez beaucoup de feuillets d'information vous attendant à l'hôtel, pour vous dire tout ce que vous savoir devez. C'est votre présence vraiment qui requise est.

— Et ce soir même ?

— Ce soir, réception au ministère de la Propagande. Nourriture et boissons et quelques mots du *Reichsminister* Dr Goebbels. Cette voiture passera vous à 19 heures prendre.

Dans le salon de ma suite à l'hôtel Adlon, des journalistes étaient déjà assemblés et vidaient des verres. Ils appartenaient au *Völkische Beobachter*, au *Film-Kurier* et à *Jugendfilm*. Le *Stürmer* n'était pas, si j'ai bonne mémoire, représenté. Il y avait une interprète fournie par le service de presse, belle, en veste rouille à parements de fourrure ouverte sur un gilet croisé, longues manches étroites à poignets de fourrure, jupe à doubles plis, chapeau de feutre rouille à revers courbe, chaussures rouille boutonnées sur empiècement de tissu. Mais j'étais capable de répondre aux questions en allemand. Où avais-je appris à parler un si bon allemand ? Je le dis. Il y eut un bref silence, que l'interprète, Fraülein Dahlke, rompit par une indication intéressante : par la force des choses, une doctrine ne pouvait s'appliquer avec effet rétroactif ; elle-même, elle avait appris le piano en jouant les *Chansons sans paroles* de Mendelssohn ; fallait-il qu'elle oubliât la maîtrise de doigté qu'elle avait acquise grâce au *Frühlingslied* ?

Que pensais-je des réalisations cinématographiques du Troisième Reich ? J'en connaissais peu de chose : elles ne semblaient pas s'exporter très bien. Quelle était mon opinion de la production de Hollywood ? Je la tenais pour médiocre. J'avais travaillé là-bas : à quoi ? A une adaptation de la légende du Roi Arthur, refusée par le studio ; MM. Birnbaum, Gottlieb, Rothenstein, Kingfish et Svenson n'avaient pas jugé bon de présenter l'aspect foncièrement tragique de la légende ; ils préféraient se concentrer sur l'amour et l'adultère. Considérais-je le cinéma américain comme décadent ? Certes non ; avant d'atteindre la décadence, il fallait commencer par être civilisé, bien qu'Oscar Wilde eût fait là-dessus certaine épigramme... (Dieu me pardonnât, je leur fournissais exactement ce qu'ils voulaient.) Quelle impression avais-je de l'Allemagne nouvelle ? Propreté, efficacité, ingéniosité. Ce dernier trait s'appliquait uniquement, jusqu'à présent, à la boîte d'allumettes déposée sur la table à côté d'un coffret en métal de cigarettes *Wahnfreud*, avec les compliments de la direction. Pour économiser le bois, ces allumettes consistaient uniquement en têtes de phosphore que l'on devait saisir avec de minuscules pincettes : *Streich*, mais sans *Holz*. Avais-je un nouveau livre en train ? Un ouvrage devait sortir en Grande-Bretagne et en Amérique au printemps prochain, sur la nécessité de trouver une foi en ce siècle en proie à de grands maux. Le bolchevisme, par exemple ? Oui, celui-là et d'autres. Les journalistes semblaient enchantés de l'interview.

La voiture passa me prendre à 19 heures précises : le fait est que je remis ma montre à l'heure d'après son arrivée. En cravate blanche et queue-de-pie, je roulai majestueusement vers le *Propagandaministerium* à travers les rues nocturnes brillamment éclairées. Des drapeaux au svastika faseyaient doucement, illuminés, dans l'air tranquille. L'ennui, dans le cas de ce satané svastika, était qu'il correspondait à un symbole très ancien et très satisfaisant : svastika signifie : de bon augure, en sanskrit (de *svasti*, salut). Kipling faisait mettre le svastika sur toutes les pages de titre de ses livres. Les scribes du Moyen Age en remplissaient les espacements entre les mots ; les copistes anglais l'appelaient aussi *fylfot* (qui remplit les bas de page). Que l'on approuvât ou non le régime qu'il représentait, on ne pouvait s'empêcher d'avoir le cœur gonflé à la vue de cette arrogance sur la ligne de faîte berlinoise.

L'arrogance ne manquait pas non plus à l'intérieur, mais elle n'était pas totalement dénuée de goût. L'énorme vestibule célébrait par la statuaire et le bas-relief les arts nazis : nazis dans leur nudité classique aveugle, avec lyres et trompettes de Bach ; Cicéron (à moins que ce ne fût Démosthène) nazi, en toge ou longue tunique antique, déclamant la vérité nazie ; Athéniens nazis figés dans une sarabande de pierre. Et partout des svastikas tournant, eût-on dit, à contresens. Je me joignis aux hommes en habits et aux femmes diamantées qui gravissaient la belle courbe de l'escalier jusqu'à la mezzanine, sous le regard constant et moins dédaigneux que distrait, yeux perdus dans un monde de *Ding an sich*, d'un Führer en peinture éclairé par des projecteurs. En haut de l'escalier, le docteur Paul Joseph Goebbels, *Reichsleiter* et président de la *Reichskulturkammer*, en habit, et sa dame, en robe blanche et bijoux, nous accueillaient. J'avais déjà rencontré Mme Goebbels et m'en souvenais, ce qui n'était manifestement pas le cas pour elle. Elle était alors la femme d'un certain Herr Friedländer, riche juif forcé par le Parti de la doter, pour son nouveau mariage, d'un demi-million de marks, ainsi que d'offrir, en cadeau de noces au second mari, son château, le *Schloss* Friedländer, à Schwannwerder.

Goebbels me salua avec l'accent rhénan. Je savais qu'il était l'auteur de pièces jouées sans succès, ce dont il accusait les juifs. Et il savait que j'étais moi-même un auteur dramatique à succès.

— Votre Führer, demandai-je, assistera-t-il au festival ?

— Hélas ! non.

— Lui qui aime tant le cinéma.

— Il préfère ses projections privées. *Les Mutinés du Bounty* et *Le chien des Baskerville*. (Les noms anglais prenaient dans sa bouche le nasillement rhénan.) Ce sont toujours ses préférés.

— Il faudra lui réformer le goût.

— Il sera réformé.

Puis l'aboyeur annonça le Dr Veit Harlan. Je poursuivis mon chemin jusqu'à l'immense salon de réception tout flamboyant de lustres. Les seuls uniformes étaient ceux de membres de la *Hitlerjugend*, jeunes garçons délectables aux cheveux raides, sans doute acteurs ou figurants de *Hitlerjunge Quex*. Ils faisaient circuler les plateaux de canapés ; des aînés, gantés et vêtus de blanc, servaient du Sekt frappé, vin que j'ai toujours préféré au champagne. Une dame qui mangeait me dit :

— Monsieur Toumi ?

— Madame Durand, n'est-ce pas ? Que faites-vous dans cette galère, si je puis me permettre cette question ? (Elle avait, je m'en souvenais, quelque chose à voir avec la Gaumont.)

— Ah ! que ne faut-il pas apprendre ? (Elle avait une silhouette voluptueuse et des cheveux blonds pareils à des copeaux de métal.) Et pas seulement dans le cadre du cinéma, ajouta-t-elle.

— Sympathisez-vous avec le régime ?

— Comment pourrait-il en être autrement ? Avec des jeunes gens, regardez ! si minces, si droits. C'est du Wagner incarné. (Elle me fit un clin d'œil insolent.) Vos propres penchants aussi, crois-je comprendre, verraient sans aversion la perspective d'étreintes musclées que ce spectacle laisse augurer

J'eus une sensation d'écœurement. Je tenais encore dans la main droite un vol-au-vent à je ne sais quoi et cherchais en vain où m'en débarrasser. Hardiment, je le fourrai dans la bouche de Mme Durand. Elle eut un geste imbécile de ravissement. Je dis :

— Mes goûts ne regardent que moi. Mais, si vous désirez le savoir, ils se satisfont mieux du monde des bruns basanés.

Du diable si je me rappelle la langue dont je suis censé présenter ici la traduction. J'ai l'illusion démente d'une sorte d'allemand gallicisé ou de français teutonisé. Je repris incontinent :

— Je parle du monde méditerranéen. Juifs, Arabes, Phéniciens, Siciliens. Vin, ail et olives. Le berceau de toutes civilisations. Où veulent-ils en venir, ces Nordiques ? Ont-ils jamais fait autre chose que d'écraser les civilisations de la mer du Milieu ?

J'avais dû parler fort. Un homme gris et long, aux cheveux partagés par une raie à droite, scandinave à en juger par son français sanglotant, dit :

— L'heure du Nord a sonné. Du Nord l'heure a sonné.

Un Américain, de culture délicate et donc dangereuse, intervint.

— Vous êtes Toomey, n'est-ce pas ? Bien sûr. (Il parlait l'anglais de Philadelphie la patricienne.) Ah ! ces lignes de partage. Je garde l'image d'une toison pubique d'un noir de goudron et que la sueur faisait luire comme du bitume. (D'après son allure il était *Deutsch* d'origine ou comme on dit à Philadelphie : *Dutch*, hollandais.) Et ensuite, acheva-t-il, de lombes d'une minceur épurée, sous un soleil auquel le Nord à droit en toute égalité, avec une crinière comme de la feuille d'or.

— Que diable sommes-nous en train de raconter ?

M'avait-on administré subrepticement une drogue douce ou bien ce Sekt possédait-il des vertus sans précédent ? Un serviteur en veste blanche remplit mon verre. J'acceptai. Mme Durand, dont l'anglais était restreint, gloussait comme une petite folle.

— Sommes-nous ici pour célébrer la mort de la Méditerranée ?

— Nos amis italiens que vous voyez là, dit le Philadelphien, ne seraient pas de cet avis. N'est-ce pas plutôt pour célébrer un esprit nouveau, une Europe refaite à neuf, le nain Alberich refoulé sous terre et Siegfried phallique déchaîné ? (Il était certainement ivre.)

— Que diable avez-vous à voir avec l'Europe ?

— Demain, dit-il, le monde !

Mme Durand gloussa. Je dis :

— *Gaumont Gauleiterin*. Ou bien Pathé pathologue, ajoutai-je.

— Dingue, dingue, tintinnabula-t-elle.

Des hommes en toque de chef déposaient de formidables plats fumants sur une table blanche : « Du goulache ! » saliva Mme Durand en obliquant vers la table. Et non seulement du goulash, mais une sorte de généreux ragoût militaire où nageaient des saucisses, des côtes de porc aux champignons et aux radis, du bœuf en sauce épicée et parfumée à l'armoise, des pyramides de gelée rose et branlante baignant dans la crème au lait safran, un gâteau à la crème en forme de *fylfot*, un édifice en chocolat babélien empestant le rhum comme une boutique de barbier des baies de la forêt allemande, des fromages couleur de citron ou de lèpre et, tel un présage de temps héroïques à venir, d'énormes triangles de pain noir opiniâtre. Je ne mangeai rien, mais bus avidement à la source inépuisable de Sekt, tandis que les quelque deux cents autres invités travaillaient ferme de la cuiller, d'aucuns en transpirant. Un jeune dieu en civil, membre, je n'en doutais pas, du contingent spécial de la SS qui n'avait même pas le droit d'afficher une dent plombée, me fit observer avec une rare justesse : « Vous ne mangez pas. »

— Non, je ne mange pas. Mais je bois. (Ce que je fis, pour voir mon verre aussitôt rempli.) *Danke sehr.*

— Moi aussi, je bois.

— Voilà qui est bon. Boire est très bon. Du sang avez-vous déjà bu ?

— C'est un anglais d'une étrange sorte que vous parlez. Du sang, non. Ce sont les juifs qui mangent le sang séché. Il est à leurs gâteaux religieux mêlé.

Il avait l'air sérieux. Je poursuivis en allemand.

— On dit que, au microscope, on peut distinguer une différence de composition entre le sang juif et celui des gentils.

— Celui des Aryens, oui, certainement.

— Le mot aryen a une signification purement philologique. Il ne peut s'appliquer qu'au langage. En fait, il n'y a pas la moindre différence entre le sang juif et les autres. Moi, je le sais. Vous, vous avez interdiction de le savoir.

— Vous vous trompez.

— En disant que vous avez interdiction de le savoir ?

— Dans ce que vous dites du sang. Silence, maintenant. Le *Reichsminister* va parler.

Goebbels, qui s'était éclipsé pendant que l'on festoyait, venait de réapparaître, très applaudi. Il n'était pas homme à improviser deux ou trois phrases de bienvenue ; il tenait une liasse de feuillets dactylographiés, dont on avait sûrement déjà distribué copie à la presse. Il nous salua avec son accent rhénan encore mal débarrassé des tonalités paysannes. Il nous qualifia d'amis à double titre : amis de l'art cinématographique, amis de l'Allemagne nouvelle. Que disait-il ! à triple titre : il fallait y ajouter amis de l'art cinématographique de l'Allemagne nouvelle ! Mais je ne sais quelle grâce intérieure incita ses yeux simiesques à manifester un instant de doute sur la justesse logique de cette conclusion. Il parla ensuite du cinéma comme voix populaire de l'État, atteignant des publics jusqu'alors inéduqués dans la compréhension des arts traditionnels. Il semblait considérer que les invités de la *Reichsfilmkammer* devaient payer l'hospitalité qui leur était offerte en exaltant, dans leurs pays respectifs, l'excellence de la production cinématographique allemande dont ils allaient voir des échantillons. Bien mieux : en persuadant les distributeurs de films de leur patrie de présenter ladite production, qui devait constituer elle-même un moyen d'expurger par sa pureté et sa perfection, le marché mondial du film des regrettables ordures décadentes excrétées par la juiverie internationale. Car le Troisième Reich prônait la salubrité partout. La philosophie nationale-socialiste, à en croire le *Reichsminister*, avait purifié et revigoré une Allemagne longtemps corrompue par les excréteurs d'ordures internationaux ; par son exemple, l'Allemagne sauverait le monde.

Le Sekt m'avait sauvé tout à l'heure de la nausée ; maintenant, je finissais par avoir la nausée du Sekt. J'en serais réduit bientôt, j'en étais sûr, à vomir. Le *Reichsminister* semblait avoir encore trois ou quatre pages de discours, d'une dactylographie serrée, à déclamer. Doucement, je fis mouvement vers l'une des fenêtres ouvertes. Les objectifs de la politique artistique énoncés par l'Office national du Cinéma pouvaient, disait Goebbels, se répartir entre sept grandes têtes de chapitre. Juste Dieu ! Premièrement, l'expression du sentiment de fierté raciale, que l'on pouvait interpréter, sans arrogance répréhensible, comme un sens juste de la supériorité raciale. Dans ce cas, pensai-je, continuant à me rapprocher de l'haleine de la nuit automnale, les juifs aussi, et pourquoi pas les... ? Cela signifiait, poursuivait Goebbels, non pas un chauvinisme allemand étroit, mais l'orgueil d'appartenir à la grande race aryenne originelle, maîtresse du cœur stratégique du monde et destinée à le redevenir. La destinée aryenne était enracinée dans les mythes aryens immémoriaux, préservés sans nul doute sous leur forme la plus pure dans la langue antique de la vieille nation centrale. Deuxièmement... Mais je venais d'atteindre la fenêtre ouverte. Dans un élan libérateur, le Sekt qui bouillonnait en moi se précipita vers la sortie buccale par vagues péristaltiques inversées. Au-dessous de moi, un gigantesque drapeau au svastika palpitait doucement sous la brise nocturne d'automne. Mais, cette fois, haut les cœurs devenait un singulier. La bouche en gargouille, je rendis au drapeau les honneurs d'un litre ou quelque de Sekt non digéré, plus quelques filets de salive. Peut-être de pisser dessus m'eût-il fait plus de bien ; mais, rétrospectivement, ce rendu pour un prêté prend une petite allure de défi symbolique. Lorsque je fus de nouveau à même d'écouter Goebbels, il en était à son septième point, qui ne semblait pas très différent du premier.

Je dormis pesamment cette nuit-là et fus réveillé par des aigreurs d'estomac vers 8 heures et demie du matin. Je décidai de ne pas participer ce jour-là à la visite des studios de la Tobis, de Johannisthal et de Grünewald, de Froelich et de Neubabelsberg. Si l'on voulait me faire rembourser mon voyage par air et l'hôtel, je le ferais, en *Mensch* libre. Je passerais voir Fritz Kalbus au Wehmayr Verlag pour toucher mes droits d'auteur et je rentrerais à Paris. Je sonnai le service d'étage et réclamai du bicarbonate de soude, un pot de moka et des toasts nature. Pendant que je rotais de grand cœur, la réception téléphona pour m'annoncer qu'une dame me demandait, dans le hall. Supposant que c'était une accompagnatrice avec une voiture envoyée par Toni Quadflieg, je fis transmettre mes regrets : trop malade pour prendre part au programme de la journée. Non, non, c'était une dame, là en bas, qui désirait monter chez moi, une amie, du nom de Fräulein

Auronzo *Auronzo* n'agita aucune sonnette dans ma mémoire puis déclencha soudain tout un carillon. Bien sûr ! J'aurais pu m'en douter. Faites monter, s'il vous plaît.

Concetta Campanati, née Auronzo, paraissait très amaigrie, très vieillie, mais animée d'une grande force. C'était l'énergie de la volonté, nullement du corps, à l'intérieur duquel, je le devinais sans peine, le mal qui la rongeait monopolisait toutes les ressources de vigueur. Nous nous embrassâmes. Café ? Volontiers, oui. Elle s'assit, non plus élégante, mais vêtue comme pour de rudes travaux : tweed moutarde et bas de fil.

— Je pensais, dis-je, qu'il y aurait une chance que vous fussiez à Berlin.

— Il y a tout juste une semaine que je suis arrivée. Dresde, Leipzig, Magdebourg. Partie de Munich, j'ai continué vers le nord. Ici, je crois, sera le terme.

— Comment avez-vous... ?

— Par le *Völkische Beobachter.* Vous ne l'avez pas encore vu ? (Elle sortit le journal roulé en forme de bâton, d'une sacoche brune d'allure prolétarienne.) On y parle d'une interview accordée par vous, au débotté ici. Apparemment, vous auriez attaqué les juifs d'Amérique. Bien entendu, je n'en crois rien. Tout est déformé. Tenez, lisez.

— Non, je ne crois pas que j'en aie envie. Je suis déjà suffisamment écœuré.

— Écœuré ? Mais vous n'avez encore rien vu. Rien du tout.

— Qu'étiez-vous devenue, exactement ? Vous rendez-vous compte que nous étions tous très inquiets ? Voyons, ce n'est pas une façon, de partir comme cela, sans laisser d'adresse, dans le vague. Ne croyez pas que nous ne... Enfin, oui, je veux dire : courage. C'est à peu de chose près le dernier mot d'Hortense à votre intention, avant que je la quitte, à New York. Elle est séparée de Domenico, soit dit en passant. Elle en avait assez. Même Carlo n'a pas invoqué les liens sacrés du mariage. Mais ne parlons pas de cela. Dites-moi exactement...

Elle but un peu de café. C'était le plus souvent de vrai café à cette époque, avec juste un léger relent de gland pilé.

— Ils me paraissent tellement loin, tous. N'oubliez pas de leur transmettre tout mon amour. Même à cette grosse bête de Domenico. Il n'est pas méchant, il est seulement stupide. Le temps manque pour tout vous raconter, poursuivit-elle. Cela a commencé à Chiasso avec le directeur de ma banque, un juif. A propos d'une discussion sur des placements. Nous sommes devenus amis ; il est veuf. Il m'a expliqué que ce n'était plus le moment de parler d'investissement *sûrs*, pas au train où allaient les choses. S'il y avait quelque part de l'argent à mettre dans une entreprise, me dit-il, il y en avait une qui le méritait : aider les juifs à sortir d'Allemagne. Les têtes juives, les écrivains, les savants. Les nazis commencent par la confiscation ; ensuite, ils entrouvent gentiment la porte pour quelques individus. Mais à la seule condition qu'ils paient une contribution spéciale à l'État. C'est monstrueux comme une sorte de plaisanterie obscène. Ces gens ont déjà donné tout ce qu'ils avaient. Il leur faut maintenant trouver de l'argent pour cette taxe, puis pour une autre. Et tous ces impôts ont d'horribles noms qui n'en finissent pas, des noms pareils à des ricanements. C'est là qu'intervient le *Davidsbündler*.

— Le... (Le mot m'était familier. L'image de Domenico jouant quelque chose sur son piano, à Paris, me traversa la mémoire. Mais jouant quoi ? Ah ! Schumann. David et sa troupe marchant contre les Philistins. Mais, en ce temps-là, ce n'était que de l'art.) Oui, oui, j'y suis. L'organisation qui opère de Suisse ?

— L'ennui est qu'il faut bien que ces malheureux trouvent où aller. Et personne ne veut d'eux. A moins qu'ils ne soient très, très importants. Ou qu'ils n'aient de la famille dans un pays ou un autre. Personne n'a l'air d'aimer les juifs. Je ne sais qui a dit que Hitler s'est contenté de mettre à exécution ce que les autres ne font qu'en parole. Quelqu'un lance à la légère : « Moi, les juifs, ce que j'aimerais, c'est les forcer à ramper par terre », et cela ne va pas plus loin. Hitler, lui, va réellement jusqu'au bout. A cela près qu'il ne s'agit pas seulement de ramper, avec lui : c'est le camp de travail et pire. Les camions qui arrivent devant d'honnêtes et respectables demeures juives en pleine nuit et qui embarquent les gens. Et motus dans la presse. Tout le monde s'en moque. Il n'y a pas de justice pour les juifs ; autant dire qu'ils sont, à la lettre, hors la loi. Et cela va s'aggraver. A Dresde, j'ai vu des juifs, le crâne défoncé. Que faire pour les petits, les humbles sans renom international, les employés de bureau ou de magasin, les horlogers ? (Son visage se crispa un instant, comme sous l'effet de ces douleurs étrangères, alors que, évidemment, c'était sous le coup de la sienne. Elle fouilla dans sa sacoche et en tira un petit cylindre en verre de comprimés.) Pourrais-je avoir un peu d'eau ?

— Bien sûr. Comment cela va-t-il ? Enfin... vous, comment allez-vous ?

— L'heure approche, dit-elle après avoir avalé le comprimé, de mettre le point final. Non, non, se hâta-t-elle de reprendre en voyant mon ahurissement, je demeure plus ou moins une fille de l'Église. Je ne voudrais pas, poursuivit-elle en retrouvant sa vieille ironie, mettre en péril mon âme immortelle. Je ne suis pas, ajouta-t-elle, du ton dont elle eût repoussé une proposition de ma part, décidée à mourir dans un de leurs camps de travail, qui sont en réalité des camps de la mort. Il n'y a pas de mal à une mort spectaculaire. Voyez le Christ.

— Personne, répliquai-je, n'a la moindre raison de vous toucher. J'imagine que vous êtes armée d'un passeport américain. Après tout, vous avez donné le nom d'Auronzo. Et personne ne pourrait non plus s'en prendre à votre qualité d'Italienne. Sûrement, le nom de Campanati dit quelque chose aux gens. Qu'entendez-vous par : une fin spectac...

— Campanati, m'interrompit-elle, n'est pas un nom très populaire dans ces nouveaux territoires où brille le soleil de l'oppression. Carlo, crois-je comprendre, a fait preuve de ce que ces gens qualifient d'imprudence.

— Carlo, répliquai-je (et je faillis ajouter : *qui est au courant de tout, à présent*), a dit tout haut ce qu'il pense, sans plus. C'est ce qu il appelle son devoir de prêtre, sa propre voix n'étant pas celle des porte-parole officiels du Saint-Siège. Mais le pape non plus n'a pas caché le fond de sa pensée.

— Le pape reste dans le vague et les généralités. Carlo, lui, parle de chair et de sang et aussi d'exorciser le démon.

— Qu'en savez-vous ?

— On trouve la presse américaine dans les consulats. Une de ses causeries à la radio a été reprise par le *Washington Post*. Vous ne l'avez jamais entendu ?

— Si, et il était excellent. Il était invité à cette émission hebdomadaire du père... j'ai oublié le nom. Cela n'a pas été long. Le Père MacQuelquechose n'a pas eu le temps de sortir ses foudres. Écoutez, repris-je, je n'aime pas du tout vous entendre parler de mort.

— On ne compte plus ceux qui meurent. J'ai vu une fillette juive de dix ans, la tête réduite en bouillie. C'était dans les faubourgs de Leipzig. Ces gens sont des assassins. Et cela ne fait que commencer. A peine.

— Il n'y a pas que les juifs, n'est-ce pas ?

— Non, il n'y a pas qu'eux. Avez-vous connaissance des Maisons Brunes ? Non, bien sûr. Dans la Hedemanstrasse et la Papenstrasse, l'Ulap. Dieu, quelle hypocrisie ! Goebbels expliquant en long et en large au congrès les régimes pénitentiaires et les prisons, les principes humains du redressement — et ici même, à Berlin !

— Vous paraissez très bien informée, Concetta.

— Je le suis. Et vous allez l'être aussi. Et, à votre tour, vous informerez quiconque sera prêt à vous écouter. C'est vous l'écrivain de la famille.

Je gémis intérieurement.

— Je me suis conduit en lâcheur avec Raffaele, n'est-ce pas ? Au lieu de m'en prendre aux gangsters, j'ai scribouillé mes romans pour midinettes. Mais quel bien aurais-je pu faire ?

— Les gens n'ont pas envie de savoir. Il faut les y forcer. Qu'ils agissent ou non, ensuite à partir de ce qu'ils savent, c'est leur affaire. Mais il faut qu'ils sachent.

Le téléphone bourdonna. C'était un son discret, très Adlon, plus Venusberg que Walkyrie. Voix de Toni Quadflieg, ton plutôt récriminateur. Toni Quadflieg, plutôt chagrin. Bien reçu mon message sur ma *Krankheit*. *Krankheit* ? Oui, *krank*, malade, et *heit*, ie. Ah ! Mais on comptait sur moi pour, dit-il, à la visite des studios participer. Je lui aurais crié des obscénités ; cependant je gardai mon calme. Malade, répliquai-je, *krank, krank*. Mais vous, pour la projection de *Hitlerjunge Quex* ce soir, rétabli serez ? *Krank, krank*. répétai-je en raccrochant brutalement.

— Pourquoi êtes-vous venu ? demanda Concetta.

— Je suis invité. Tous frais payés. On doit présenter un film adapté d'un de mes livres. J'ai des droits à toucher et à dépenser. Et puis, la curiosité.

— Qui avez-vous rencontré ?

— Goebbels. Des admirateurs — français, américains, vikings — du régime. Des gens de cinéma. Mme Goebbels.

— Il y aura beaucoup de grosses légumes à cette première de *Horst Wessel*, dit-elle après avoir hoché la tête.

Elle se leva péniblement et alla jusqu'au secrétaire où était posé le téléphone. A côté de l'appareil, il y avait un volumineux dossier dont la couverture représentait un appareil de projection envoyant l'image d'un svastika sur un écran. Programme. Liste des personnalités. Synopsis et distribution. Très consciencieux. exhaustif. Elle emporta le dossier jusqu'à un fauteuil : la station debout semblait lui coûter beaucoup.

— Ah ! voilà. Jeudi soir, 8 heures. Dieu ! quelle indécence.

Die Fahne hoch! Die Reihen dicht geschlossen
SA marschiert mit mutig festem Schritt.

Un petit barbeau et un voyou de ruisseau qui meurt en criant « *Deutschland* ! » Ken, n'allez pas voir cette abomination.

— Ne dois-je pas voir le pire ?

— N'y allez pas ! Partez d'ici. Mais emportez ceci avec vous

Elle jeta le dossier sur le tapis, qui était rouge d'Andrinople, et les feuillets de papier glacé non reliés s'étalèrent en éventail. « Ceci » désignait ce qu'elle sortait maintenant de sa sacoche : une enveloppe de grand format en papier bulle, d'aspect juridique et solide, paraissant renfermer l'épaisseur d'un manuscrit de quatre cents à cinq cents mille signes prêt à être mis à la poste.

— Tout est là-dedans, dit-elle.

— C'est-à-dire quoi ? demandai-je en prenant l'enveloppe.

— Les dispositions concernant les choses, répondit-elle vaguement. Domenico sera déçu : pas un sou pour lui, mais un fidéicommis, oh ! pas grand-chose, pour les jumeaux. Le *Davidsbündler* héritera du plus gros du domaine ; le Dr Nussbaum, à Chiasso, a tout mis au point. Quant au reste, il s'agit de documents. Une ou deux photographies, des histoires personnelles. Si vous ne vous sentez pas bien, n'ouvrez pas cela tout de suite, attendez d'être rentré. Où rentrez-vous ?

— A Paris. Mais pas pour l'instant. J'ai songé à m'installer en meublé à Albany. C'est quoi, tout cela ?

— Peu importe, publiez-le. J'ai assez d'égoïsme pour vouloir que l'on se souvienne de moi. Les autres ? D'autres noms que le mien ? Non, il n'y en a pas, bien qu'il y ait quelques âmes secourables, et même plus nombreuses que l'on ne pense. Il faut que, pour ces gens, la vie continue. Je pense que l'on peut se fier à vous.

— Concetta ! Comment pouvez-vous dire une chose pareille ? (La blessure faisait mal.)

— A cause de votre métier. Vous vous occupez de trop de choses sans rapport avec la réalité. N'en faites surtout pas un roman.

— Les romans sont parfois plus vrais que...

— Nous vivons une triste, triste époque. Notre siècle est le pire qu'ait connu l'humanité. Et nous n'en sommes encore qu'au tiers. Il faut qu'il y ait des martyrs et des témoins.

— Martyrs et témoins, c'est la même chose, vous savez.

— Quand je vous le disais ! me remontra-t-elle avec bonté. Vous voyez bien que vous êtes enclin à la frivolité. Je le sais, que *martyr* signifie témoin. Vous avez trop l'habitude de jongler avec les mots.

Elle se crispa toute, soudain, et pour la première fois je vis ce qu'il y a de démoniaque dans la douleur : le charme de ce visage, attrayant encore malgré l'âge et la maladie, se défaisait sous mes yeux.

— J'ai besoin d'utiliser votre... Il y en a peut-être pour un... Seigneur !

Secoué, je l'aidai à gagner l'*Abort.* Il était clair qu'elle n'était plus maîtresse de ses muscles.

48

Si l'on me permet d'anticiper, je dirais que je fis ce qu'il fallait, à Londres, en 1937, pour les documents que m'avait laissés Concetta. J'avais repris l'appartement F-2 d'Aldous et Maria Huxley dans Albany, à Piccadilly ; avec leur fils Matthew et en compagnie de Gerald Heard, ils étaient partis sur le *Normandie*, le 7 avril de cette année-là, pour l'Amérique et l'exil. J'en avais fini avec Paris, dont l'atmosphère n'était que tumultes politiques et sentait la corruption de tous genres. La grosse enveloppe brune de Concetta renfermait des photographies d'hommes et de femmes récemment sortis des locaux de torture et d'interrogatoire de la Hedemannstrasse et de la Papenstrasse, ainsi que d'autres lieux de détention et de redressement ; elle contenait aussi des renseignements sur Buchenwald, près de Weimar, qui était un camp de concentration installé dès 1934, de même que d'autres preuves, dûment attestées, d'atrocités commises pour la plupart par la *Schutzstaffel* ou SS, comme l'appelaient affectueusement ses membres. En comparaison de ce que l'on devait découvrir plus tard, les révélations de Concetta sur les inventions diaboliques des nazis étaient relativement peu de chose ; mais, comme Carlo devait me le faire remarquer, on ne doit jamais mesurer quantitativement le mal : fourrer le visage d'un rabbin dans ses propres excréments et l'y maintenir jusqu'à suffocation est assez démoniaque en soi. Les millions d'êtres dont nous devions entendre parler par la suite, juifs, Slaves, gitans, Aryens félons, continuent à former une armée de fantômes trop immense pour que l'horreur tangible de leur fin puisse se graver dans l'imagination, et l'une des photographies que s'était procurées Concetta resta et reste toujours pour moi un témoignage suffisant du faustianisme allemand ou du peu de prix des âmes aux yeux du pouvoir séculier Il s'agit du visage d'une maîtresse hétérodoxe, et qui, trahie par des garçons de sa classe appartenant à la *Hitlerjugend*, avait été soumise à un bref stage de rééducation. C'était un visage virtuellement privé de bouche . cette pulpe noire et édentée, sous le nez brisé, ne pourrait jamais plus réciter Goethe ; un œil manquait ; une oreille avait été coupée. Et cela s'arrêtait à ce qui avait été un visage. Quant au corps — la photographie restait sans mots.

Concetta savait que la persécution des juifs par les nazis n'était qu'un aspect de l'infâme philosophie de ce régime satanique ; mais elle avait eu la prescience d'y voir l'aspect le plus spectaculaire de ses exploits. La Nuit de Cristal, nuit du grand saccage, qui inaugura rétroactivement le pogrome de masse officiel, n'eut pas lieu avant le 9 novembre 1938 (deux jours après que Herschel Grynszpan eût tué un fonctionnaire de l'ambassade d'Allemagne à Paris), et la solution en triptyque du problème juif — (a) saisie des biens et propriétés, (b) exploitation des individus comme esclaves, (c) abattage, récupération, traitement — n'avait pas encore été présentée sous figure de formule, pas plus qu'elle n'était encore entrée en contradiction avec l'orgie de gaspillage de la Solution Finale dont Heinrich Himmler (Dieu me pardonne ! Attendez d'avoir lu le prochain chapitre) rêvait déjà. Concetta, autant comme Aryenne, pour employer la tartuferie écœurante et pseudo-scientifique de ces gens, que comme chrétienne, était déjà suffisamment qualifiée pour s'identifier aux millions de malheureux en conflit purement idéologique avec le régime (conflit résolu très expéditivement) ; mais elle choisit d'être considérée comme une juive et de s'employer pour les juifs, à la façon d'une sœur ou d'une mère adoptive.

Sa tentative pour se faire admettre comme juive par les fonctionnaires mêmes qui persécutaient les juifs était, à en juger par le journal qui constituait la majeure partie des documents remis par elle entre mes mains, plus comique qu'héroïque. A Hanovre, à force de réclamations dans un allemand bruyant, de passeport italien brandi, de sous-entendus et d'allusions à des messages urgents en provenance de Rome, elle avait persuadé des sous-fifres du quartier-général de la SS de lui obtenir une audience d'un certain *Oberbannführer* Hummel. D'abord poli, comme il convenait à l'égard d'une personne se présentant comme un haut personnage de la mafia des bandits frères, Hummel sentit sa mâchoire béer d'ahurissement au fur et à mesure que ses oreilles lui transmettaient, de la part de ladite personne, un discours trahissant, à son avis, une forme de folie ou, plus probablement, une supercherie dangereuse se dissimulant sous le masque de la folie. Car cette femme lui expliquait que le judaïsme n'est pas affaire de race, puisqu'il n'existe pas d'indices physiognomoniques ni hématiques susceptibles de distinguer les juifs des Allemands, disons ; non, le judaïsme est affaire de religion, et elle, qui était pourtant italo-américaine et catholique de naissance, avait décidé d'opter pour la foi d'Abraham et de Moïse. Qu'est-ce qu'un *Oberbannführer* comme lui se proposait de faire à ce propos ? Rien, répondit l'autre : il n'avait pas autorité, comme tel, pour persécuter tout citoyen étranger de religion juive. Ah ! riposta-t-elle, donc c'était uniquement les juifs allemands qui avaient péché contre les lumières de la nouvelle doctrine ? Non, non, les ethnologues nazis admettaient que les juifs de la diaspora mondiale en son entier forment un corps homogène infiniment dangereux pour la cause de la civilisation aryenne ; mais l'Allemagne devait reconnaître, hélas ! les malencontreuses limites de son autorité purificatrice ou punitive. Limites, s'enquit-elle, qui ne dureraient pas éternellement ? Non, non, on l'espérait bien. Autrement dit, l'Allemagne déclarerait en temps voulu la guerre aux juifs des autres nations, ce qui signifierait, bien entendu, la totalité desdites nations, puisqu'il était inconcevable que l'on pût séparer, dans les peuples les plus civilisés, les juifs des gentils ? Puis-je dire à mes amis d'Amérique que l'Allemagne envisage déjà cette guerre ? Non, non, non. (C'était un *Oberbannführer* fort stupide.) Parfait, dit-elle ; dans ce cas je devrai signaler l'imperfection de votre antisémitisme aux autorités concernées à Berlin. Non, non, non. Très bien, alors persécutez-moi. En tant que juive, j'exige d'être persécutée. Je m'assoirai dans ce couloir qui sent le phénol SS, et je n'en bougerai plus en attendant la persécution. J'ai, cela va de soi, prévenu d'avance les correspondants de la grande presse américaine à Berlin de ma conversion. Ils apprendront avec un vif intérêt ce que vous vous proposez de faire... Concetta n'avait pas été à proprement parler jetée dehors, mais on l'avait persuadée de partir, en la menaçant de poursuites pour violation de locaux privés ou de propriété appartenant à la SS.

Il était triste de devoir constater que Concetta n'avait pas rencontré, auprès des juifs avec lesquels elle était entrée en rapport en Allemagne Orientale, la coopération qu'elle était en droit d'attendre, en sa qualité d'aide bénévole. Car nombre de juifs se méfièrent de sa position de convertie, certains même considérant sa décision comme un blasphème frivole. Tels les théoriciens nazis eux-même, ils estimaient que les juifs sont une race différente des autres et, qui plus est, très unique, une race élue sur laquelle Dieu, en témoignage d'affection exclusive, fait volontairement pleuvoir les souffrances. Elle avait parfois l'impression que, en un sens, juifs et nazis avaient été faits les uns pour les autres : pas de noix sans casse-noix, et inversement. Vieille petite dame dont les bagages étaient trop inoffensifs pour mériter inspection, lorsqu'elle traversait la frontière à Bâle, elle avait eu la chance que le *Zoll* n'ouvrît sa valise que deux fois et alors que, par exception, elle ne transportait pas d'armes. Elle fit passer de Suisse en Allemagne, au total, environ une trentaine de Webley-Wilkinson et de Smith and Wesson de calibre léger, munitions comprises. Son point de vue était que, lorsque les sans-grade de la SS, dans l'euphorie de l'ivresse, tentaient de pénétrer par effraction, le samedi soir, dans d'honnêtes foyers juifs, il fallait leur résister de temps à autre et leur loger une bonne balle dans la tête afin de leur refroidir les esprits. Pour les juifs d'âge mûr ou plus cet appel à la violence était détestable ; mais certains des plus jeunes blessèrent et même tuèrent plusieurs de leurs oppresseurs (un *Sturmbannführer* fut trouvé abattu d'une balle sur un tas d'ordures de Finsterwalde) — encore que les représailles fussent terribles. Les autres plans de Concetta comprenaient l'importation d'uniformes SS avec insignes de hauts grades (œuvre d'un tailleur de Zug), destinés à être portés par de jeunes juifs courageux, prêts à se présenter comme des huiles en tournée d'inspection et à détourner arrogamment les mesures de persécution en prétextant un changement de politique de Berlin. Tout cela, hélas ! n'était que jeu, et jeu dangereux. Totalement inefficaces, à un point pathétique, étaient les petits pamphlets qu'elle avait fait établir (l'un d'eux avait été rédigé, bâclé serait plutôt le mot, par Hermann Hesse, depuis longtemps déjà en exil) et imprimer à Genève : une brochure sur les ancêtres juifs d'Hitler, arbre généalogique à l'appui ; une supplique de la mère juive de Himmler, implorant sur son lit de mort que l'on mît fin à tant d'insanité ; une lettre ouverte, au monde entier, d'un enfant juif aux portes de la mort. Le plus de bien que fit Concetta, ce fut avec son argent, tant l'argent triomphe même des idéologies les plus perverses. Qui sait si ce n'est pas lui qui sauvera encore ce monde ? Mais nulle homme, nulle femme n'étaient alors en mesure d'arrêter un processus qui semblait autant voulu par les victimes que par ceux qui les broyaient.

Je rassemblai la matière d'un petit livre intitulé *Une héroïne de notre temps*, exposant qui était Concetta (sans souffler mot du secret que Domenico avait lâché tout à trac autrefois, une nuit, aux Jardins d'Allah), ce qu'elle avait fait et quelle avait été sa mort. De part et d'autre de l'Atlantique, mes éditeurs reculèrent quand le manuscrit et les photographies qui l'accompagnaient leur furent présentés. A quoi diable, moi, romancier et auteur dramatique populaire, voulais-je jouer ? J'avais déjà sorti un énorme tome sur la religion, et voilà que j'arrivais maintenant avec un morceau d'hagiographie qui plairait à une minorité et irriterait bon nombre d'esprits. L'Allemagne était une nation amie ; aucune des allégations présentées ne pouvait être prouvée ; les photographies (qui pouvaient en tout cas être truquées et dont la provenance déclarée ne pouvait être d'aucune façon authentifiée) étaient choquantes et impubliables. Ce n'est, on se le rappellera, qu'à la déclaration de guerre que le gouvernement britannique eut le cran d'imprimer, sur les presses officielles de Sa Majesté, un livre blanc concernant les traitements infligés par les nazis aux citoyens allemands. Et, à ce stade, on considéra qu'il était trop tard pour éditer mon livre sur Concetta — d'ailleurs on ne trouvait plus de papier : il était entièrement réquisitionné pour imprimer en masse des certificats de décès pour la nation britannique tout entière, vouée à une proche destruction, à l'exception vraisemblablement, de ses bureaucrates, sous les bombes de la Luftwaffe. Je publiai donc moi-même, à compte d'auteur, chez un petit éditeur de Loughborough, *Une héroïne de notre temps*, à une cinquantaine d exemplaires Ce livre n'est pas, de nos jours, comme vous le savez peut-être, un objet de collection.

Soit dit en passant, le gros tome de théologie remua peu les foules et se vendit moins encore. Il eut droit à des comptes rendus d'une égale férocité dans le *Tablet* et le *Church Times*, et fut brûlé en public pour athéisme dans la bourgade de Branchville, en Caroline du Sud. *Non importa*, dit Carlo : la graine était semée ; personne à l'avenir ne pourrait dire que le monde chrétien n'avait pas été prévenu. A l'entendre le message de salut semblait étrangement menaçant.

49

J'arrivai tard, mais j'y arrivai. Sur l'écran, un adolescent du nom de Heini distribuait des tracts (titre en gros plan : *Hunger und Not in Sowjetrussland*). Puis, intérieur de café : un jeune communiste, louchon, en train de lire la dernière édition du *Vorwärts*. Changement de décor ; rue : des communistes, dont le louchon, qui ont arraché ses tracts à Heini, les jettent dans l'eau d'un canal. Puis, autre rue : communistes lacérant de leurs ongles des affiches nazies. Vient alors une longue séquence de poursuite. Heini, pourchassé par des communistes, à la tête desquels le louchon, se réfugie au milieu d'une fête foraine pleine des beuglements d'un orgue à vapeur. Il cherche une cachette, la trouve derrière un groupe électrogène trépidant et hoquetant. Les communistes le découvrent et, nazistiquement, le frappent des poings et des pieds jusqu'à ce que mort s'ensuive, pendant que la musique de fond dévide ses banalités de foire. C'est le louchon qui, d'un coup de brodequin, administre le coup de grâce. Avant de mourir, Heini murmure les premières paroles de la *Marsch der Hitlerjugend*, reprise, crescendo, par un chœur céleste. Série de plans en montage final : nazis en marche, bannières au svastika, Hitler montrant les dents, tandis que s'élève le chant :

Unsre Fahne flattert uns voran
In die Zukunft zieh'n wir Mann für Mann.
Wir marschieren für Hitler durch Nacht und durch Rot,
Mit der Fahne der Jugend für Freiheit und Brot...

Je sortis *schnell*, pendant que *ENDE* apparaissait sur l'écran et que le public commençait à applaudir. Ignoble camelote, tendancieuse, écœurante. Loups entre eux. J'avais affreusement besoin d'un verre de quelque chose.

Juste à l'angle de la Windmühlenstrasse et, si ma mémoire est bonne, de la Korngoldstrasse, rougeoyait l'enseigne d'une boîte de nuit : *Die rote Gans*. Un jars de néon rouge marchait indéfiniment au pas de l'oie sur des palmes à roulettes. Je descendis les marches vers une atmosphère étouffante et une musique de jazz germanique, très kurtweillienne ; déjà je me sentais étrangement bourré de *Heimweh*, de nostalgie. Un serveur triste et âgé me conduisit à une table ; je lui commandai une bière blonde et du schnaps. La boîte n'avait pas commencé à se remplir. Un petit homme ressemblant assez à Goebbels chantait *Wenn die Elisabeth nicht so schöne Beine hätt.* Tandis que je buvais, une poignée d'hommes en uniforme entra — de simples SS en noir, sortant peut-être comme moi de la projection de cette abomination. La direction fit donner toute la kaléidoscopie des projecteurs tournants, et l'assistance fut transformée en figuration d'une fantasmagorie à la Fritz Lang, couleur en plus. Je pensais à Concetta et j'étais inquiet. En sortant ce matin-là de ma salle de bains, épuisée, cocon vide, chancelante, elle avait refusé de me laisser téléphoner au médecin de l'hôtel ou appeler une ambulance : elle ne voulait rien, sauf deux grands doigts de cognac, après quoi elle s'en irait ; un taxi, oui, je pouvais demander un taxi. Mais où était-elle descendue ? J'avais besoin de savoir au moins cela. Elle refusa aussi de me le dire. Brutalement, j'insistai : « Il faudra bien que quelqu'un le sache, un jour, où vous vous nichez. Il faudra bien que quelqu'un vous emmène. » Elle persista dans son refus : on eût dit qu'elle avait pris toutes dispositions pour que, le moment venu, l'on n'eût pas de difficultés à la retrouver. Cela ne me plaisait pas du tout. Pas plus que, pour être franc, je n'avais envie d'être mêlé à ces choses. Je n'étais déjà que trop engagé avec la famille Campanati. J'avais ma propre existence à mener, mes livres à écrire... L'esprit troublé, je contemplais la petite piste de danse. L'orchestre jouait *Eine kleine Reise im Frühling.* Trois couples guindés fox-trottaient. Les SS réclamaient Willi : « Willi Willi ! » criaient-ils.

A la fin du fox-trot, Willi parut parmi les applaudissements. C'était le petit homme ressemblant assez à Goebbels, déguisé maintenant en religieuse. Il attaqua d'une voix de fausset en dialecte berlinois un numéro salace et usé, où il était censé repousser les avances d'un prêtre dépravé, il-elle minaudant et prétendant que c'était du *Blutschande*, de l'inceste, puisque il-elle était « sœur », et l'autre, « père ». Pour finir, il chanta *Auf Wiedersehn* :

Und wenn du einsam bist,
Einsam und alleine,
O süsse denk' an mich,
Dass ich auch einsam bin und weine...

Après quoi, présentant le dos au public, il révéla une robe de religieuse fendue du haut en bas et montrant ses fesses nues, le temps pour le trombone de l'orchestre de lâcher un pet. Grand noir et délire SS. Pour moi, je savais à présent avec qui je devais entrer en rapport ; mais j'attendrais le lendemain matin : tout le monde était sûrement au lit, à Melzo.

Je m'éveillai en assez bonne forme et commandai du café et des œufs à la coque ; on me monta ceux-ci vidés dans un verre. Les yeux fermés et tâtonnant d'une main, j emportai cette obscénité aux toilettes, où je tirai sur elle la chasse d'eau. Le traitement similaire infligé à l'exemplaire du journal *Der Stürmer*. que l'on m'avait aussi servi, avec les compliments de la rédaction en chef (voir p. 3, *Dritte Seite* !) prit un peu plus longtemps. En page trois, je découvris une détestable caricature de juifs de Hollywood s'efforçant d'arracher un roi Arthur parsifalien à la vision du Saint Graal, pour le forcer à rejoindre au lit une putain juive manifestement syphilitique. En légende, mes paroles sur la décadence de l'industrie cinématographique américaine étaient citées en caractères gothiques. Je respirai profondément plusieurs fois, pendant quelques minutes, avant de me mettre en devoir de parler à la *Suor* Umiltà, alias Luigia Campanati, maintenant *Madre Superiore* du couvent de Melzo. Je savais que le couvent avait le téléphone, mais j'ignorais le numéro. Il suffisait d'entrer en communication avec un sous-ordre des bureaux de l'archevêché de Milan ; ce personnage s'absorba dans la lecture du saint *elenco telefonico* local, mais, après un temps infini, remonta de sa plongée avec le numéro. Ensuite, vint la tâche fastidieuse de l'obtenir. Enfin je me retrouvai parlant à sœur Humilité. Elle ne comprit d'abord pas qui j'étais. Puis elle descendit des hauteurs de l'administration conventuelle et consentit à mettre la sainteté entre parenthèses pour m'écouter, en émettant de temps à autre de pieuses interjections explétives.

— Donc, conclus-je, mon avis est que vous devez venir immédiatement. Et je pense que la sagesse serait de porter, comment dire ? des *vestiti laici*. (Le numéro grotesque de Willi encore en tête, j'imaginais que, vêtue en religieuse, elle courrait le risque d'être souillée par ce régime sans Dieu, robe fendue par-derrière d'un coup de ciseaux.

— Mais où se trouve-t-elle ?

— Cela, je n'en sais rien, mais j'ai le sentiment que, très bientôt, nous n'aurons plus aucun doute à ce sujet et qu'il faudra prendre toutes dispositions pour la ramener en Italie.

— Vous entendez par là, demanda-t-elle, qu'elle ne sera plus de ce monde ?

— J'entends en effet qu'elle sera on ne peut plus ce que vous dites. Si le voyage pose une question d'argent...

— Là n'est pas le problème. Le tout est d'obtenir l'autorisation.

— C'est votre mère, bon sang ! pas la mienne.

— Si vous pouvez régler la difficulté de l'hôtel...

— Vous descendrez ici, à l'Adlon. Notez le nom. Je m'occupe tout de suite de la chambre.

— Je viendrai, dit-elle fermement, comme je suis. Je me refuse à jouer la comédie de ce que je ne suis pas. Mais il se peut que je ne puisse partir avant deux ou trois jours.

— Du moment que vous venez. Vous êtes le seul membre de la famille que je puisse alerter.

Après un échange de bénédictions, nous mîmes fin à la conversation, laquelle dut se dérouler en italien, je pense. Il ne faisait pas de doute pour moi que Concetta eût dans la tête un stratagème quelconque pour saboter la première du film *Horst Wessel* au cinéma Capitole. Une bombe ? Elle m'avait conseillé de m'abstenir d'aller à la séance, mais sous la forme d'un avertissement très général, d'ordre plus moral que physique : Ce pays est horrible, laissez-le à ses abominations. Manifestement, elle ne voulait pas mon martyre ; sinon, elle ne m'eût pas confié les documents de son témoignage contre l'ordre hitlérien. Par conséquent, pas de bombe, probablement. Et même à coup sûr et en tout cas, puisque, avec l'annonce de la présence de nombreuses hautes personnalités nazies (à part Hitler qui, sans nul doute, serait, lui, en train de se régaler des *Mutinés du Bounty*, agrémentés de choux à la crème et de thé, dans son nid d'aigle, à moins que ce ne fût — même décor, mêmes agréments — du *Chien des Baskerville*), des mesures de sécurité exhaustives seraient prises pour passer au peigne fin les alentours de la salle. Alors, quoi ? Les faibles cris d'une vieille dame ridicule clamant des slogans hostiles ? Le feu à la salle ? Des juifs armés de revolvers ? Il était clair que je devais à tout prix aller voir, pour reprendre son terme et bien qu'elle-même parlât de ce qu'elle n'avait pas vu, l'abomination, qui ne pouvait qu'en être une.

Il y avait eu déjà, en 1933, un *Urfilm*, un prototype, sur Horst Wessel, avec une première à laquelle avaient assisté Goering, Wilhelm Furtwängler, des membres de la SA (la *Sturmabteilung*) et le gros du corps diplomatique. Une semaine après, le film avait été interdit comme ambigu autant qu'insuffisant sur le plan idéologique. Ambigu, apparemment, en ce que l'ennemi communiste, dès lors qu'on lui bottait la gueule, inspirait dans une certaine mesure la sympathie. Insuffisant sur le plan de l'idéologie, parce que le héros avait les cheveux très bruns et n'était que de taille médiocre. Déjà, au montage, l'on avait commencé à se méfier et à craindre que l'œuvre ne servît pas réellement la fin prévue, et l'on avait changé le nom du héros en Hans Westmar, ce qui ne posait pas de vrais problèmes de post-synchronisation. Néanmoins, tous ceux qui avaient vu l'œuvre considéraient comme allant de soi qu'il s'agissait bien de Horst Wessel. D'où l'interdiction. Trois semaines plus tard, un communiqué, paru dans la *Hanoverische Volkszeitung* et probablement rédigé par Goebbels en personne, affirmait que le film était inoffensif, à condition qu'il fût bien entendu que Hans Westmar n'avait rien de commun avec Horst Wessel et n'était autre que le susnommé Hans Westmar. Le film n'en restait pas moins considéré comme un produit inférieur, et Goebbels s'était attelé de tout cœur à la production, sous son patronage, d'un chef-d'œuvre à la mémoire de l'auteur de l'hymne officiel du national-socialisme. Et le titre retenu avait été *Horst Wessel*.

J'étais certain de ne pouvoir supporter la totalité de ce chef-d'œuvre ; je me présentai donc aussi tard que le permettaient les lois de la civilité au Capitole, autour duquel rôdaient, comme dans les parages d'une forteresse, des patrouilles en armes de *Schutzpolizei* et de *Schutzstaffel* (*Schutz* signifiant protection, mais sonnant tel, en anglais, *shoots*, qui sent son peloton d'exécution). Il y avait aussi d'inoffensifs badauds attendant d'évidence la sortie des grands du régime. Concetta n'était pas parmi eux. J'avais revêtu un costume de ville sans éclat, Toni Quadflieg m'ayant déclaré qu'il s'agissait, en quelque sorte, d'un film de combat et que toute tenue de soirée eût été malvenue. Le gratin serait en uniforme : le docteur Goebbels avait même suggéré que l'on se ferait un plaisir, si je le voulais, de me fournir un uniforme, dans lequel on pourrait me photographier ensuite. Ah ! non. Ah ! non, non et non. Ah ! certes, foutre non. Pas de leur fichu uniforme. Un triste costume de ville. Je montrai mon carton à l'entrée, pénétrai dans la salle où un petit homme me fit gentiment de la place dans un des derniers rangs et m'offrit un bonbon à la menthe anglaise. *Danke sehr. Bitte sehr.* Lorsque, sur l'écran, la violence explosa dans une rue baignée de soleil, je pus, grâce au ricochet de la lumière, distinguer à côté de moi un honnête visage sans beauté, au nez chevauché d'un pince-nez et, plus bas, l'uniforme de la SS. Mon voisin me sourit timidement. *Noch ein Stück Pfefferminze ? Danke, nein.*

Le film ressemblait à une sorte de version adulte et expurgée de *Hitlerjunge Quex*. Expurgée, en ce sens qu'il ne présentait pas d'équivoque dangereuse : tous les Allemands y étaient grands, blonds, chevaleresques ; tous les communistes, petits, très bruns, violents. Horst Wessel, rossé avec une brutalité inouïe par les immondes pourceaux, gît dans un lit d'hôpital. Plan suivant : quartier-général du parti communiste, où de petits noirauds complotent d'aller achever criminellement Horst Wessel à l'hôpital. Autre séquence au QG de la SA : arrivée d'une lettre avertissant du complot. Retour à l'hôpital : irruption de petits communistes noirauds ou bruns, attendus par de grands nazis blonds, lesquels estourbissent chevaleresquement les communistes. Deux SA montent la garde à la porte de la chambre où dort Horst. Sa mère veille fièrement à son chevet. Horst ouvre les yeux et dit : « L'heure est venue ! » Entrent des SA, prématurément, pourrait-on croire, puisqu'ils sont porteurs de fleurs. Peu après, seul avec sa mère, le héros rend l'âme. Sa dernière parole est : « Deutschland ! » Ce n'est pas la fin. Procession silencieuse des camarades en pleurs dans les couloirs de l'hôpital. Grand cortège funèbre avec drapeau nazi sur le cercueil. La police proteste (l'on est, après tout, en 1929) : « *Diese Fahne ist verboten !* » Le drapeau interdit n'en reste pas moins là où il est. Cérémonie funéraire, violences entre foule et police. Oraison funèbre : « Levez haut vos drapeaux ! Pour le Reich allemand ! » Vision de Horst Wessel sur fond de lourdes nuées noires levant dûment son drapeau. Nuit, retraite aux flambeaux. On entend l'*Internationale*, d'abord très fort, puis decrescendo, de plus en plus dominée par le *Horst Wessel Lied*

> *Zum letzten Mal wird nun Appell geblasen,*
> *Zum Kampfe steh'n wir alle schon bereit.*
> *Bald flattern Hitlerfahnen über allen Strassen.*
> *Die Knechtschaft dauert nur noch kurze Zeit !*

On voit des travailleurs brandir le poing, mais, par un miracle inspiré par Horst Wessel, maintenant au ciel, ils desserrent les doigts et tendent le bras pour faire le salut nazi. Le beau-père d'Agnès (la fiancée de Horst), qui ressemble étonnamment à Staline, tend aussi le bras dans le même salut. Immense foule enthousiaste. Fin. Mon voisin m'offrit un autre bonbon à la menthe anglaise. *Danke sehr, nein.*

Dans le grand hall du cinéma, je vis, j'imagine, presque tout le gratin du parti nazi. Goebbels était noyé sous les félicitations, mais le metteur en scène restait invisible. Hess, Heydrich, Streicher, le gros Goering, l'acteur, Paul Hörbiger, qui incarnait Horst Wessel et qui me parut très évidemment homosexuel : des influx passèrent comme l'éclair entre nous, dans le hall d'un mauvais goût fastueux avec ses drapeaux au svastika et ses vapeurs d'eau de Cologne. Notre film vous a-t-il plu ? s'enquit l'homme à la menthe anglaise et au pince-nez. J'en apprécie le haut niveau technique, mais, comme Anglais, je n'en ressens pas le contenu de la même façon que vous, messieurs. Comme bien notre langue vous parlez. Je en lisant les romans de Strehler appris l'ai. Le ne connais je pas. Il est juif. Ah ! alors le ne connais je pas, mais je déjà connaître devrais. Nous nous dirigions vers l'air libre. Des limousines étincelantes attendaient en file. On devait servir un bon repas à la mode solide et fruste du parti, dans un salon au premier étage du Friedrich Schiller Hotel ; rien de compliqué, notez bien, mais boissons à gogo. Des foules étaient contenues par des SS et des Schupos (*Weisst du Was ein Schupo ist ? Ein Schupo ist ein Polizist,* disait un poème pour enfants dans un des livres de Strehler). Applaudissements et *Heil Hitler !* pour les dignitaires qui sortaient. La lune brillait sur eux comme jadis sur Charlie Chaplin, mais les projecteurs bravaient victorieusement l'astre dans sa blême dignité. Et puis, je vis Concetta Campanati dans son rôle de minuscule vieille dame, inoffensive, très malade et donc héroïque, venue là pour honorer les grands chefs de la nation. Elle était debout au premier rang à ma droite, entre deux grands gaillards de SS. Elle tenait sa sacoche et elle la leva à hauteur de poitrine et, dans l'ouverture soudain béante de ce grand sac parut le museau d'un pistolet trop gros pour la vieille dame, mais qu'elle braqua sur le sympathique petit bonhomme mâcheur de menthe anglaise, dont les yeux, derrière son pince-nez, étaient tournés vers les cris et les applaudissements de la foule, à sa gauche et à la mienne. « *Achtung !* » criai-je en le poussant violemment. (Pere, pardonnez-leur, car ils ne savent pas ce qu'ils font.) Le petit homme bascula contre le dos du petit Goebbels qui, à son tour, alla donner dans celui du gros Goering, trop pesant pour tomber comme un domino. Goering se retourna pour aboyer des mots, et Goebbels aussi, pour en japper d'autres. La balle, si balle il y avait, n'atteignit rien ni personne. Je jurerais que cette fichue arme n'était pas chargée, mais la vérité n'en resterait pas moins à jamais un mystère pour moi. Il y eut détonation, oui, comme d'une pièce d'artifice. La vieille dame minuscule souriait, au milieu du vide creusé autour d'elle par la foule qui vociférait en *Sprechgesang*, en récitatif, comme un chœur d'opéra de Schoenberg. Puis elle pointa son revolver sur les schupos et les SS et fit mine de les arroser, d'un geste ô combien pathétique, avec une mitraillette. Un vaillant jeune SS, qui aurait pu être son petit-fils, dégaina son Mauser et l'abattit. Cette fois la balle ne faisait pas de doute, et il y en eut une autre, puis une troisième, le tout à grand fracas. Il y eut aussi de la fumée et une odeur de *Speck* frit. La vieille dame tomba plus ou moins en souriant. Je me tins à l'écart de son corps ; je n'avais rien à voir avec ce corps ; c'était un cadavre bon maintenant pour la morgue SS. Heinrich Himmler, le suceur de menthe anglaise, commençait lentement à percevoir qu'il devait la vie à quelqu'un, non pas à un camarade en uniforme, mais à un Anglais en visite, vêtu d'un triste costume de ville. La dépouille de Concetta Campanati fut emportée par un seul SS, qui la souleva avec l'aisance d'un pompier-secouriste, sans chanceler d'un pas. Un autre ramassa la sacoche. L'on y trouverait des passeports, délivrés par deux gouvernements, l'un et l'autre amis. Je devrais entrer en rapport avec deux ambassades. Et *Suor* Umiltà aurait à faire autant. Pour ma part, j'entendais en rester là. Je voulais partir. Le *Reichsfilmkammer* ne pousserait certainement pas la bassesse, après un tel service rendu à l'État, jusqu'à me réclamer un remboursement. Le cancer, songeais-je en regardant la dépouille disparaître dans un fourgon de la police, continuerait à ronger comme si de rien n'était, tout en s'étonnant de perdre peu à peu l'appétit, ainsi que du changement survenu dans la qualité de la nourriture. Je me sentis très mal. « *Wie kann ich*, disait Heinrich Himmler (il me tenait par les coudes et me soufflait au visage, en guise d'action de grâces, une bouffée d'haleine à la menthe), *meine Dankbarkeit aussprechen ?* » — Comment vous exprimer ma gratitude ? ou quelque chose comme cela ; je ne me rappelle que le rejet de l'infinitif à la fin. Kenneth M. Toomey, romancier britannique et sauveur du *Reichsführer* Heinrich Himmler. Il allait falloir me débrouiller pour obtenir d'eux que ce ne fût pas crié sur les toits.

50

La ville de Moneta est située en Lombardie, non loin de la frontière suisse ni de celle du Trentin. Elle regarde au nord les Alpes de Rhétie : Saint-Moritz n'est qu'à un bref trajet de chemin de fer. Elle comptait, dans cette année de ma visite avant guerre, une population de soixante-dix mille âmes environ, se livrant en partie au commerce des produits de l'agriculture et de la viticulture, en partie aussi à des industries légères, telles que la fabrication de corsets orthopédiques. Il y avait aussi le travail du fer et des fours à céramique. Le gros de la ville gît à l'ouest du *Torrente* Melaro, vigoureusement enjambé en trois points sous les invocations de Garibaldi, de Cavour et de Cesare Battisti — ces ponts rejoignant, à l'est de la rivière, les belles Viale Milano et Via de Guicciardi, lesquelles encadrent la Piazzale Mottalini. On y pouvait voir une noble *Preffetura* et le meilleur *Ospedale Civile* de la région. L'on n'y trouvait qu'un seul restaurant de première classe, l'Oca d'Oro, mais abondance d'admirables *trattorie* — la cuisine régionale que l'on y présentait étant le plus typique en hiver, où des vents affreux tombent comme des guillotines du haut des Alpes de Rhétie : épaisse soupe de haricots, ragoût de tripes aux gnocchis, saucisses grasses grillées, et un vin noir, orgueil de Moneta. C'est un siège épiscopal, et le Duomo comme l'évêché se dressent entre la Via Trieste et la Via Trento, toutes deux posées exactement sur deux parallèles géographiques. Les fondations du Duomo furent jetées en 1397 ; l'architecture est gothique, mais diverses interruptions — guerres civiles, invasions, famines, peste — différèrent l'achèvement de l'œuvre jusqu'aux environs de 1530. A coup de pots de vin ou de chantage, Jacopo della Quercia fut incité à venir de Sienne pour décorer le portail central d'un saint Ambroise présentant au monde, les bras ouverts comme un maître de cérémonie, les dernières souffrances du Christ. Les pilastres de ce portail sont ornés de bas-reliefs contant l'histoire de la foi, d'Adam et Ève à la conversion d'Augustin par Ambroise. L'intérieur renferme des fresques de Giovanni da Madena (saint Laurent sur son gril) et (la Vierge donnant le sein) de Lorenzo Costa. L'évêché est une construction de la Renaissance, glacée en hiver. J'y dînai avec Carlo au début du printemps, où le froid se relâchait. Il était, faut-il le dire ? évêque de Moneta.

— Washington vous manque-t-il ? lui demandai-je tout en mangeant une friture de menu fretin de toute espèce.

Sa tenue n'avait rien d'épiscopal. Il était encore sensible au froid, après le chauffage central de Washington, et portait un lourd chandail de pêcheur. Dans l'âtre, avec son proscenium très ornementé (dames nues tendant les bras vers le foyer ou *fuoco*), des bûches de bois vert crachotaient et leur résine flambait parfois comme une mauvaise humeur. Il fronça les sourcils en considérant les froides splendeurs de la pièce, avec ses fresques où s'écaillaient l'inévitable poursuite cynégétique et ses chasseurs puissamment braguettés.

— J'étais sûr que cela ne durerait pas, me dit-il. Surtout avec ce salopard, jaloux de mon anglais. (Il désignait ainsi le nonce apostolique auprès du gouvernement américain.) Et je savais, reprit-il, ce qui se passerait quand le gros Bertoli est mort d'apoplexie. (Cette fois, il s'agissait du précédent tenant du diocèse de Moneta.) On a dit : « Renvoyons-le au pays, qu'il acquière un peu d'expérience pastorale. » Non que cela m'ennuie, ajouta-t-il. Il faut que je sois sur place si je veux décrocher la tiare

C était d une brutalité très américaine C'était aussi la première fois qu'il faisait allusion à cette ambition, bien qu'elle eût toujours été sous-entendue dans ses références voilées à des réunions secrètes visant à changer la chrétienté, et qu'il l'eût presque ouvertement exprimée le jour où il m'avait tendu son manuscrit, au Jardin d'Allah.

— Quand je serai pape, reprit-il, je n'aurai pas à me soucier du nom que l on m'a donné. Je serai à même de m'en choisir un, bien à moi.

— Ce n'est pas à Carlo que vous pensez, je suppose, c'est à Campanati ?

Il rumina sombrement pendant que Mario, son maître d'hôtel, emportait le poisson.

— Ne pas connaître sa mère... J'ai essayé, j'ai demandé autour de moi. Ce n'est pas le père qui compte, il n'y en a qu'un : Dieu. Mais ne pas savoir qui est ou était sa mère ! Était. Elle ne peut qu'être morte.

— Au fond, dis-je, cela vaut mieux, étant donné la façon dont les choses ont évolué. Vous avez reçu une éducation. Vous avez l'anglais pour langue maternelle. Cela comptera quand les temps viendront.

— Certains de ces salopards croient que le catholicisme n'existe pas hors d'Italie.

— Pourquoi parlez-vous tout le temps de salopards ?

— Eh ? (Mario revenait avec du veau très blême, qu'il servit. C'était un vieil homme, terriblement voûté, expert dans l'art d'escamoter les gouttes au nez sur le point de tomber. Lui aussi était sensible au froid.) Oh ! c'est un mot que l'on emploie beaucoup à Washington, surtout en politique. Un mot neutre, comme bougre en français, ou *bugger* dans ton anglais britannique. D'ailleurs les salopards sont des moins que rien, et je suis moi-même un moins que rien puisque je ne suis qu'un bâtard.

— Comment pouvez-vous en être sûr ?

— Oh ! que si, j'en suis sûr. C'est la seule chose que j'ai découverte en flairant tout autour de Gorgonzola. (La formule était adéquate, et il s'en aperçut.) Oui, les mites des ragots, la moisissure verte du scandale. Il reste quelques vieilles femmes dont on avait acheté l'oubli il y avait bien des années, mais dont certaines gardent le souvenir. Sauf celui des patronymes. Un nom de famille est une sorte de luxe moderne dans certaines parties de ce monde. (Puis, tout en mastiquant sans plaisir :) Rappelle-moi donc ces fameux vers d'*Oedipe roi*.

Je savais auxquels il pensait. Et qu'il avait en tête non pas l'original, mais ma propre traduction, que j'avais faite en m'aidant de la version de Loeb. C'était une commande d'Ernest Milton, plus une adaptation qu'une traduction. Plus dans la manière du nouveau drame poétique inauguré par Auden et Eliot (cette garce de Tarleton avait raison) que dans le vieux style classique et académique d'un Gilbert Murray. Carlo l'avait vue au théâtre, à New York, en compagnie de l'ex-évêque de Bombay, devenu archevêque de l'autre York (l ancien) et qui revenait d'une visite à sa sœur à Toronto, où, soit dit en passant, il avait eu recours, pour une urgence dentaire, aux soins tremblotants d'un vieil homme du nom de Toomey. Je citai .

Allons, il faut ouvrir l'ultime porte de l'ultime chambre
Au fond de quoi je suis. Il faut qu'en face je me voie
Au pis, disons que ma mère a pour nom Fortune
Qui donc ne serait fier d'être fils de déesse ?
Je suis le parent des saisons — printemps le quadrupède,
Fière droiture de l'été, hiver à petits pas.
Je me lève puis tombe et me relève et puis retombe,
Pareil à l'an qui, se levant, trébuche, tombe et se redresse
Telle est ma race et je n'en veux pas d'autre...

— C'est bien cela, dit-il. Mais pourquoi tant d'élévations et de chutes ?

— C'est l'énigme du Sphinx, expliquai-je, intégrée dans le système des images. Quatre pattes, deux pattes, puis trois, l'homme à la canne 4, 2, 3 : modèle de retour, en rond. Vous voyez ce que je veux dire ?

— Je ne crois pas, dit-il sans rapport apparent, à la tragédie. Ce n'est pas un concept chrétien.

— Vous ne pouvez reprocher à Sophocle de n'avoir pas été chrétien.

— Ce *vitello*, dit-il, est atroce. Il va falloir que cela change un peu, ici. Il n'y a que le vin qui soit bon.

— Excellent, oui, dis-je pendant que nous levions sombrement notre verre à la santé l'un de l'autre.

— Victime de la tragédie, reprit-il. On emploie ce terme à tort et à travers. Surtout dans la presse. Victime d'une tragédie de la route. Victime sacrificielle. Le Christ est cela, oui, mais il est aussi le vainqueur. Voilà la grande différence entre ton *Oedipe* et la messe, Les victimes chrétiennes ne peuvent être que victorieuses également.

Il y avait à côté de son assiette une grosse clochette de cuivre, autour de laquelle se tordait le lion de Saint-Marc, tel un dragon chinois. Il la souleva haut comme un crieur de ville et l'agita avec vigueur. Quand Mario entra en reniflant, tel, pensai-je, l'hiver en personne, Carlo lui demanda ce qu'il y avait encore à manger. *Pollo alla diavola. Patate arrosto.* Apporte-nous cela et enlève-moi toute cette gargote. Puis à moi, Carlo dit :

— Je n'aime pas les ratages.

— Nous sommes tous des ratés.

— Foutaise ! Tu n'es pas un raté. (Il savait bien peu de chose !) Moi non plus. Vois-tu, je suis heureux d'être sorti de cette famille. Ce sont tous des ratés.

Scandalisé, je dis :

— Votre sœur est une sorte de sainte Thérèse. Votre frère Raffaele est mort pour la cause de la vertu civique et de la justice. Votre mère a témoigné pour les victimes des persécutions nazies. Domenico... (Je m'arrêtai là.)

— Domenico est un imbécile. Un crétin sans-Dieu et fornicateur, avec un petit talent pour tourner de la musique idiote pour films idiots. Oh ! peut-être pas tous idiots. Celui où il y avait Astrid Storm, *La passion et la pitié*, était une exception, mais il a bien failli être gâché par la musique débile de Domenico. Et je sais tout de mon père adoptif, autre fornicateur, et syphilitique en plus, qui a abandonné la gestion d'une affaire de fromage ancestrale à son frère, celui qui se disait mon oncle Gianni. Quant à Luigia, elle s'est faite nonne parce qu'elle a un glaçon au lieu de sexe elle ne pouvait supporter l'idée qu'un homme pût la toucher Vocation négative. La femme que j'appelais ma mère, elle, a commis le suicide...

— Écoutez, j'étais présent...

— C'est exactement le même cas que les amoks de Malaisie. Tuer pour pouvoir être tué à son tour. Mais elle n'a même pas tué !

— Elle n'y était pour rien, dis-je, bourrelé de contrition. C'est vraiment ma faute.

— Où est sa victoire ? Les SS l'ont réduite en cendres — à peine une cuillerée. Luigia l'a rapportée à la maison dans un bocal. Rayée de l'histoire, comme si elle n'avait jamais existé.

— Il y a ce livre que je prépare.

— Et que, répliqua-t-il avec une exactitude prophétique, personne ne lira. Quant à Raffaele, il s'est laissé hacher menu par ces bandits de Chicago. Encore un ratage.

— Dans ce cas, tous les martyrs chrétiens étaient des ratés, non ?

— C'est différent. Ils y allaient en chantant, les bougres ! Ils ont ébranlé l'empire romain. Nom d'un démon ! Raffaele a été assassiné par des catholiques, il a seulement porté témoignage pour une foi traditionnelle brute, pour l'expression de laquelle il lui manquait même l'éloquence. Il a été idiot de te prendre à rebrousse-poil, tu aurais pu devenir sa voix.

— *Mea culpa, mea maxima culpa.*

— Ne te moque pas ! s'écria-t-il, comme le poulet calciné faisait son entrée avec les patates. La femme que j'appelais ma mère a dit qu'elle était juive, et les juifs n'ont pas voulu d'elle. Elle savait que le cancer finirait par la tuer, et elle a triché avec lui, ce qui n'était sans nul doute pas dans les intentions de Dieu.

— Je vois. Donc le cancer était l'idée de Dieu ?

— Ah ! non. Ah ! mais non. Cela vient de l'autre camp. Mais on doit le subir jusqu'au bout. Le Christ aurait pu frapper et se faire planter un glaive dans les tripes à Gethseemani. Mais non, il n'a pas triché. Il est allé jusqu'au bout, jusqu'à la limite, comme c'est notre devoir à tous. Et il a eu sa victoire.

— Concetta et Raffaele auront la leur. Leur récompense au ciel sera grande.

— Oh ! que non pas. (Il grattait la peau brûlée de son *pollo alla diavola*. Ils auront de la chance s'ils y entrent, au ciel. Ils ont commis le suicide tous les deux.

— Vous êtes plus dur qu autrefois. Naguère encore, vous étiez plein de compassion.
— J'en déborde, répondit-il en mastiquant, les lèvres barbouillées de graisse. Je suis plein de désespoir et de tristesse pour ma mère et mon frère. Mais ma compassion ne signifie rien. C'est celle de Dieu qui compte. Ce poulet est assez atroce. (Il embrocha de la fourchette un cube de pomme de terre, doré sur quatre faces, noir sur deux.) Je sais ce que tu as dans la tête : tu penses que, moi aussi, je courtise le suicide.
— Non pas. Vous vous taisez sur le fascisme.
— Je dis tout haut ce que je pense, mais je ne suis pas un politique. Je ne condamne pas leur infamie en tant qu'infamie politique. Je dis seulement que l'autre espèce de crapaud cornu ferait mieux de se souvenir de ses devoirs de chrétien. Et les autres bandits aussi. Il n'y a rien de politique là-dedans.
— Et la guerre d'Espagne ?
— Il y a du tort des deux côtés. Libre à vous, Anglais, de qualifier Franco de gentleman chrétien. L'Église d'Espagne est dans l'erreur, quand elle prend le parti des phalangistes pour la seule raison qu'ils ont fait la Vierge Marie capitaine-général de leur fichue armée d'assassins. L'Église devrait s'en tenir à sa tâche qui est, entre autres, d'être persécutée. L'Église n'est jamais une victime, n'oublie pas cela. L'Église survit. Et moi, ajouta-t-il en mâchant bienheureusement, j'ai l'intention de survivre aussi. Crois-tu franchement que je pourrais me permettre de mourir avant cet athée trapu, ce pyknique ? Je vivrai jusqu'à ce que je les voie tous pendus ou agonisant dans les tourments sur leur lit coupable, comme Hérode le Grand. Moi, conclut-il, découvrant ses grandes belles dents pour déchiqueter sa viande, je ne serai pas une victime.
Sa laideur se parait d'une sorte de beauté tandis qu'il avançait à grands pas dans la maturité. Sa corpulence était une solidité, non une mollesse. Rien en lui ne suggérait la victime.
— Gare, dis-je, à la démesure.
Il cracha un petit os et la démesure du même coup.
— Je ne me dresse pas contre Dieu. Il connaît ses serviteurs. Écoute, reprit-il. A propos de la famille Campanati. Je peux en avoir besoin, ou pas. Tout dépendra de l'ambiance générale, quand les temps seront venus.
— C'est-à-dire ?
— Après le prochain, qui sera probablement Pacelli. Je ne crois pas que Ratti en ait encore pour longtemps. Pacelli abat une grosse partie de la besogne à sa place. *Mit brennender Sorge*, c'est lui, j'en suis certain. Et peut-être aussi *Divini Redemptoris*. Un poing dans le nez des nazis, l'autre dans l'estomac des Russes. Mais je pense qu'il est un moyen de battre les communistes à leur propre jeu. Ils essaieront de prendre la suite ici, quand Mussolini aura eu la gorge tranchée. Je les attendrai de pied ferme.
— J'ai déjà lu tout cela. C'est dans ce livre sur lequel j'ai eu la sottise de mettre mon fichu nom. Qu'entendez-vous par « l'ambiance générale » ?

— Eh ? Oh ! ça ? Il se peut que ce soit une bonne chose d'avoir eu une mère qui ait lutté pour les juifs et qui ait été tuée par les SS. Et un frère qui ait incarné la vertu et le civisme à Chicago. Plus une sœur mère supérieure.

— Et un autre frère qui est un fornicateur, qui ne va pas à la messe et qui veut divorcer.

— Le salopard ! dit-il. Je l'amènerai à récipiscence, s'il le faut. Au besoin, je le forcerai à revenir à la pauvre Hortense et que la lumière de Dieu brille sur le pécheur repenti !

— Et si la pauvre Hortense ne veut pas le reprendre ?

— Le mariage est un sacrement indissoluble.

— C'est vous, le salopard, Carlo. Un sacré opportuniste, voilà ce que vous êtes.

Cela lui plut bien. Il rayonna tout luisant de graisse, puis effaça le tout avec sa serviette et dit :

— A moins qu'il ne vaille mieux être comme Oedipe. Enfant de la déesse Fortune. Tout dépend de la façon dont les choses auront tourné à l'époque.

— C'est-à-dire, répétai-je, quand ?

— Après Pacelli. Je te parie mille dollars que Pacelli prendra le nom de Pie XII. Je lui donne, oh ! mettons, jusqu'au milieu des années cinquante.

— Après quoi vous serez Pie XIII ?

— Ah ! non. Treize porte guigne. Je serai quelque chose d'autre.

— Et quoi donc ?

— Ah ! fit-il, comme Mario, ayant commencé par oublier d'ôter la viande et les pommes de terre, apportait le fromage (pas une miette de gorgonzola, mais presque tout le reste : une anthologie des puanteurs de la caséation italienne). Cela doit demeurer secret.

Et puis, se taillant un gros morceau de putrescence lactique, il dit avec beaucoup de gravité :

— La mort.

— Oui, c'est vrai que cela a une odeur de mort. Le cadavre du lait, comme disait James Joyce.

— Non, non, non. Je veux dire que nous passons par une époque de mort. Il court le monde, le cavalier à la faulx. Nous devons veiller sur notre santé à tous : toi, Hortense, moi. Il y aura de mauvais jours, nous devrons leur survivre. Ma famille, c'est toi et Hortense, tu le sais.

— Oui, c'est vrai. Pauvre Tom, ajoutai-je.

— Je suis désolé, dit Carlo, la bouche gaillarde de fromage. Je ne l'ai pas connu, mais je ne pense pas que nous eussions...

— Fait bon ménage ?

— Tu m'as raconté certaines de ses plaisanteries, je ne leur ai jamais trouvé beaucoup d'humour. Celle sur Hamlet et Omelette, ainsi de suite.

— Tom, dis-je, était un saint. (Le mot était de Val Wrigley, et Val avait raison.)

— A quoi crois-tu penser en employant ce mot ?

— Tom était un homme qui n'a jamais fait de mal à personne. Il a mis beaucoup de gaieté dans la vie de tas de gens ; il était chaste et charitable ; il a enduré la douleur sans se plaindre, et il est mort en disant : « Que la volonté de Dieu soit faite ! »

— C'est vraiment ce qu'il a dit ?

— Non, il a blagué jusqu'au bout. Il faisait rire les médecins et pleurer les infirmières — d'admiration pour son courage. Il a tenu à mourir sans prendre aucune drogue. Il disait qu'il voulait comparaître devant Dieu, tel qu'il avait toujours affronté son public : souriant, mais faisant dans son pantalon, de trac. Peut-être était-ce un homme trop bien. Sa femme l'a quitté à cause de cela. Les femmes ne peuvent pas supporter les hommes trop bien. Il y avait des gens pour dire que c'était elle, la sainte. Elle passait son temps à aller à la messe et à confesse et à égrener son fichu chapelet. Elle se gargarisait des délices de la chasteté. Pour finir, elle a déguerpi avec un cabot de bas étage. (Carlo fronça les sourcils, intrigué par la connotation de hiérarchie.) Tom, lui, expliquai-je, était ce que l'on appelle un comique léger. Sans le nez rouge. Et pas sale. Pas comme George Robey, qui défait la peau d'une banane en comptant ostensiblement : « Une, deux, trois, cinq... on ne prend jamais assez de précautions. »

Le visage muré de Carlo me rappela l'abîme de culture et de nature qui nous séparait. Il ferait un souverain pontife sans humour.

— Un saint, dit-il, est quelque peu différent de ce que tu sembles imaginer. J'ai connu des chats et des chiens qui étaient des saints selon ta définition. Un saint doit infléchir le monde pour l'amener à une plus grande conscience de la présence en lui de Dieu.

— C'est-à-dire nourrir une illusion, fis-je observer non sans amertume. Dieu s'est retiré de ce monde. Comme nous le verrons. Et de plus en plus.

Mario entra, dans une main une casserole noircie contenant un *zabaglione*, dans l'autre deux assiettes et deux cuillers. Il renifla très fort la goutte menaçante. Carlo cria *No !* Mario posa précipitamment casserole et assiette et s'éclipsa. Plus doucement, Carlo me dit :

— Tu n'es pas prêt. Tu le seras peut-être pour la *noche oscura*. As-tu lu San Juan de la Cruz ?

— Nous sommes tous prêts pour la *noche oscura*. (Puis, tout en piochant à la cuiller dans mon *zabaglione*, je pensai que le moment était venu de tout déballer.) Carlo, poursuivis-je donc, je ne sais pourquoi vous refusez de comprendre ma situation... la façon dont je suis fait. Quant au sexe.

— Je n'ai jamais vu de preuve de cette façon d'être que tu dis, en dépit de tout ce que l'on m'a raconté. Tu ne te comportes pas comme un *finocchio*, tu ne cherches pas du coin de l'œil les jeunes garçons à séduire. J'en connais, des sodomites, qui sont d'immondes pécheurs pervertis. Tout ce que j'ai vu en toi, c'est un trait qui te rapproche du Christ le besoin instinctif d'aimer un autre être et, par là, de t'élever vers cette sphère plus haute de l'amour qui plane au-dessus du commerce de la nature. Un instinct si sacré que le diable ne pouvait que le frustrer. Je suis conscient de ma défaite en l'occurrence, et je la regrette ; mais on ne peut me la reprocher. Peut-être la route qui mène à cet amour devait-elle être nécessairement semée des embûches de la tentation physique ; toutefois je n'y vois rien, non, absolument rien de comparable aux ignobles luxures qui devinrent la nature d'élection de Sodome. Je pense que tu trouveras de nouveau cet amour. Je ne crois pas, poursuivit-il en raclant les restes de *zabaglione* attachés au fond de la casserole, que ce soit ensemble — toi et moi — que nous le découvrions. Nos liens sont fraternels, ce qui est très différent. Tu ne dois jamais hésiter à dire aux autres que telles sont bien nos relations : « L'évêque de Moneta est mon frère ; l'archevêque de Milan est mon frère ; le Saint-Père des fidèles est mon frère. » (Tout cela était calculé, résolu.) L'amour que tu cherches ne sera peut-être satisfait que dans la personne du Christ. Qui sait si ce n'est pas toi qui es destiné à la sainteté ?

Il lâcha sa cuiller dans la casserole, où elle tinta comme une promesse de cloches futures, puis il s'essuya les doigts à son chandail de marin.

— Carlo, dis-je non sans lassitude, *fratello*, Dieu a fait de moi un être désireux de répandre sa semence en des lieux défendus. Dieu m'a fait incapable d'éprouver les désirs philoprocréateurs de l'homme normal.

— Ce n'est pas Dieu qui t'a fait ainsi. Nous laissons ce genre d'implantation au diable. Cela ne vous vient pas à la naissance — même de l'avis du Dr Freud, cet homme qui pourrait devenir un excellent théologien juif, s'il cessait d'inventer des termes comme son *id* et le reste. Si le diable t'a fait ce coup, alors, ainsi que je te l'ai dit, ton devoir et ta gloire sont de transformer le désir charnel de ceux de ton sexe en un appétit purement spirituel. Tu ne dois pas céder.

— Je n'ai pas votre sens de la vocation. Il me faut le soulagement et la consolation de la chair. J'avais espoir que ce livre que j'ai publié en votre nom — et quelle ironie, entre nous ! prendre sous mon bonnet un point de vue que ma nature m'interdit... Un de ces jours, il faudra que vous changiez ce dogme. Le monde regorge de semence à ne plus savoir qu'en faire. Onan ne commettait pas un vrai péché. Il était en avance sur son temps, c'est tout.

— Ah ! le diable, tu vois bien, dit-il en souriant. Le diable qui bat de la queue comme un chat. Le royaume de Dieu a été bâti pour une infinité d'âmes. L'amour de Dieu pour chaque âme humaine est insatiable. En frustrant ta semence, tu accomplis un péché mortel : tu frustres l'appétit divin de sa satisfaction.

— Moloch, Moloch, soupirai-je. Et quoi ? Le nourrir de nouveau-nés sur une terre privée même de pain et d'eau, et ou il reste a peine assez de salive pour un rite de baptême sans lendemain ? Non, non, non, Carlo, cela ne va pas. Votre logique devrait être d'avoir des prêtres et des nonnes ouvrant la voie au développement d'une copulation sans préservatifs

— Nous sommes, répliqua-t-il non sans satisfaction, différents Nous témoignons du divin paradoxe. Nous ne sommes stériles que pour être plus féconds. Nous proclamons la réalité primordiale du monde de l'esprit, qui dispose d'une infinité de demeures pour une infinité d'âmes humaines. Et toi aussi, tu es différent. Ta destinée est de l'espèce la plus rare. Tu vivras pour proclamer l'amour du Christ pour l'homme et de l'homme pour le Christ, sous les traits de l'amour terrestre.

Rhétorique de prédicateur ; c'eût été meilleur en italien, qui se plaît aux phrases mélodieuses et vides de sens. Je dis, avec la même lassitude qu'un peu plus tôt :

— Ma destinée est de vivre dans un état de désir que l'Église comme l'État condamnent, et d'accumuler une amère richesse en fournissant une marchandise de bas étage. Je viens de terminer un roman qui, lorsque j'en ai relu la frappe à la machine, m'a rendu malade à m'en soulever le cœur. Et pourtant, c'est ce que veulent les gens : l'évocation d'un âge d'or passé, où il n'y avait pas de Mussolini, de Hitler ni de Franco, où l'on payait les marchands en souverains et en louis d'or, où la Symphonie Numéro Un en La bémol d'Elgar claironnait *nobilmente* un formidable espoir en l'avenir, et où l'amour romantique d'une petite vendeuse et d un jeune cadet de l'aristocratie présageait une inflexion salubre des mœurs et non la destruction d'un modèle social traditionnel. Servantes de comédie et duchesses impérieuses, fiacres et courses à Ascot. De quoi plaire aux fascistes autant qu'aux démocrates. Ma destinée est de créer une sorte de sous-littérature sans la moindre odeur de subversion.

— Ne te sous-estime pas, dit Carlo.

Mario apporta le café et une boîte de Partagas. Carlo lui parla longuement en dialecte milanais — assez proche, me sembla-t-il, de celui de Moneta — pour lui expliquer que le dîner qu'il nous avait servi était tout juste bon pour la chasse d'eau du *gabinetto* et que, lui, Carlo, trancherait les couilles à tout le monde, et de ses propres dents, si l'on ne se décidait pas à améliorer rapidement la *cucina*, et nombre d'autres choses de même style. Mario sorti, il me tendit la boîte de cigares et les *fiammiferi* de cire, puis me dit :

— Je suis capable de me conduire en paysan, si et quand cela est nécessaire. Je peux être tout ce qu'on veut à la demande.

Je me retrouvai tôt dans mon lit glacé, ce soir-là. Je devais prendre le train de bon matin pour Genève, où j'allais ouvrir un compte en banque, tant me déplaisaient les perspectives offertes par le reste de l'Europe en ce printemps de 1938. Hitler venait d'entrer en Autriche, à pied (et non en voiture : tous les transports motorisés étaient tombés en panne sur la route de Vienne), et sa ville natale de Linz lui avait réservé un accueil débordant de fruits et de fleurs. Mais Carlo regardait bien au-delà d'Hitler et des autres salopards prédateurs.

51

Le pape Pie XI mourut le 10 février 1939, et Eugenio Pacelli accomplit la prophétie de Carlo en étant intronisé, un peu plus d'un mois après, sous le nom de Pie XII. Il semblait que, telle une fumée de cigarette, traînât dans les salles de rédaction londoniennes le vague sentiment que j'entretenais plus ou moins des rapports avec le Vatican, et le *Daily Mail* me demanda de couvrir les obsèques, l'attente de la fumée blanche et les cérémonies de l'intronisation. Je refusai : je n'avais nulle envie de piétiner à Rome avec sir Hugh Walpole, qui remplissait la même mission pour la chaîne des journaux américains de Hearst, non, nulle envie d'être entraîné par lui à la poursuite de *pedicabile*, le temps que le Conclave eût fait son tri entre les titres des divers *papabili* ; car en dépit des pronostics de Carlo, tout n'allait pas si facilement pour Pacelli.

Je restai donc chez moi et vis la Grande-Bretagne reconnaître le gouvernement du général Franco, Hitler annexer la Bohême et la Moravie et les proclamer protectorats allemands, la Lituanie céder Memel au Reich, et l'Italie s'emparer de l'Albanie une semaine après la fin de la guerre d'Espagne. Qu'un second conflit mondial fût proche, peu de gens en acceptaient alors l'augure : nous avions eu terriblement peur, le mois de septembre précédent, et Chamberlain et Daladier ne manqueraient pas de réitérer leur attitude dans l'affaire des Sudètes, face au problème du Corridor de Dantzig, assorti des ultimes exigences territoriales de Hitler. Nous apprenions tous à vivre avec notre honte comme avec un aspect, entre autres, de la condition humaine.

Le jour où la Grande-Bretagne signa un traité de défense mutuelle avec la Turquie, j'étais assis dans mon salon du E-2, à Albany, en train d'étudier la photographie d'art que Hirsch venait de faire de moi. Grâce à de soigneux éclairages par en dessous et à quelques retouches au pinceau, je paraissais, sur ce portrait, plus jeune que je ne l'étais. Face à mon miroir à barbe, tous les matins, je voyais un homme de quarante-huit années indubitables, mal dans sa peau, mal aimé, sauf de ses lecteurs, las, marqué par la bonne chère, menton avachi, cheveux grisonnants et se clairsemant, mais superbement sculptés par mon artiste capillaire habituel, chez Trumper à Mayfair. La créature de la photographie était l'image du romancier populairement vôtre, sans une ride, gardant les yeux pleins de rêve de la jeunesse, mais mûri par une sagesse durement acquise : un homme en qui l'on pouvait se fier, mais sans trop, connaissant le monde, d'un goût artistique sûr, n'ayant rien de l'hyperintellectuel à faire peur, et cependant cultivé et suffisamment habile, aigu ou compatissant selon les exigences de la situation, lorsqu'il confiait à la grande presse son point de vue sur les femmes, les intentions des dictateurs, l'amitié, l'importance de la Foi, la place de William Somerset Maugham dans la littérature, la décadence française, les beautés de l'Angleterre rurale. Le portrait servirait peut-être toute une dizaine d'années à la promotion de mes livres. Mon agent veillerait à ce qu'il parvînt à l'Amérique isolationniste, à l'Espagne phalangiste, à l'Allemagne nazie, à l'Italie fasciste, au Japon impérialiste et aux autres pays où j'assouvissais les appétits de romans sédatifs. Mon dernier produit sédatif à ce jour (entendez, avec la dose d'excitation nécessaire sans l'ombre de subversion) devait être mis prochainement sur le marché ; cela s'appelait : *le Temps des pommes.* J'avais déjà raconté le sujet à Carlo.

Je posai le portrait en soupirant et relus la lettre de la seconde épouse de mon père. Il était très malade, m'annonçait-elle, avec tous les maux qui accompagnent un âge avancé — près de quatre-vingts ans — c'est-à-dire congestion pulmonaire, tumeur à la prostate, cataracte, maladie de Bürger ou thromboangéite oblitérante, ulcères de la bouche, dyspepsie chronique, menace de ramollissement cérébral. Ce second mariage n'avait pas connu la bénédiction d'une descendance ; mon père parlait beaucoup, en radotant parfois, des enfants qu'il n'avait pas vus depuis la fin de la guerre mondiale et qu'il ne reverrait pas, à moins que tous (tous !) nous ne nous hâtions de gagner Toronto, en raison de l'imminence d'une nouvelle conflagration mondiale. Il ne semblait pas avoir compris que Tom était mort, mais il avait la vague idée que, grâce à quelqu'un, il était maintenant grand-père. Il avait lu un ou deux de mes livres et s'imaginait que je vivais avec mon éditeur britannique. Il ignorait en revanche que sa fille n'était qu'à un bref coup d'aile de lui et était en passe de se faire un nom comme sculpteur.

« Non, » dis-je tout haut à mes livres, à mes tableaux, à mes bibelots et à mes tapis de Boukhara. « Non, » répétai-je au soleil de mai anglais et au bourdonnement lointain et réconfortant de la circulation londonienne. Carlo m'avait enseigné que la paternité est une fiction et que la piété filiale n'est due qu'à Dieu et à la sainte mère qui vous a mis au monde, à condition de savoir qui elle est ; et Carlo devait avoir raison, puisqu'il serait le prochain pape. Père et fils : sottise ! Là-dessus, la sonnette de l'appartement résonna discrètement et Jack, le vieux concierge couvert de verrues, fit entrer le fils d'un père très distingué.

Ledit fils s'inclina brièvement, claqua les talons ironiquement et dit : « *Ein Brief für Sie* », tout en posant ses valises et ses raquettes de tennis. Il plongea la main gauche dans la poche intérieure de sa veste, en tira la lettre en question et la tendit à bout de bras, le corps incliné en avant comme dans une posture de garde-à-vous tant soit peu caricaturale. Le message était de Jakob Strehler, l'en-tête imprimée indiquait : « Albrechtsgasse 21, Wien. » La missive était en allemand, écrite à la plume dans une sorte de parodie de calligraphie d'écolier. L'ironie était donc dans le sang. « Asseyez-vous, je vous en prie », dis-je en anglais au fils. Ce qu'il fit, toujours avec une dérision de raideur militaire, sur l'un de mes sièges Louis XV. Je pris place en face de lui dans un fauteuil et lus.

Le grand Strehler s'adressait à moi comme à son cher ami en disant que je ne devais pas croire à de l'ingratitude de sa part devant l'expression fréquente de mon admiration, à la fois dans les critiques que j'avais eu la bonté de lui envoyer, qu'il avait bien reçues, mais dont, il en était conscient, il n'avait jamais accusé réception, et dans mes lettres, semblablement laissées sans réponse. Il était, il le craignait, mauvais épistolier. Il n'écrivait que pour la renommée et l'argent, et surtout pour ce dernier. La situation en Autriche devenue simple province du Troisième Reich, était sans nul doute dangereuse pour les gens de son espèce, juifs, intellectuels supposés, démocrates, adeptes de la liberté d'expression. Il se proposait néanmoins de demeurer, en se cachant plus ou moins, aidé par la réputation internationale (à défaut de l'argent, hélas ! dépensé) à lui conférée par « la munificence suédoise », pour reprendre le mot du poète Yeats, aidé aussi par sa propre et relative indifférence devant l'avenir. Sa femme, comme je ne le savais peut-être pas, avait regagné depuis quelques années sa Nouvelle-Zélande natale, emmenant avec elle leur fille, mais abandonnant leur fils à son malhabile ministère à lui, Strehler. Pour ce fils, il avait des craintes, et il le confiait donc à telle sollicitude que moi, Toomey, je pourrais lui témoigner. Il me priait de l'excuser de ce cadeau inattendu, mais il ne doutait pas que l'hospitalité traditionnelle des Britanniques pour les réfugiés de l'oppression fût parfaitement illustrée en moi. Il regrettait maintenant de ne pas avoir lu quelques-uns de mes livres, mais il était probablement trop tard. D'ailleurs, il n'avait pas coutume de lire ses contemporains.

Heinz, c'était son nom, était, ajoutait la lettre, peu doué, sauf pour le plaisir, ce qui incluait un empressement débonnaire ou peut-être, pour être cynique, intéressé, à complaire à autrui, du moment qu'il ne lui en coûtait rien. C'était grâce aux bons offices de quelqu'un qu'il avait gratifié de ce genre de faveur — un haut fonctionnaire du parti nazi autrichien — que Heinz avait pu effectuer sa sortie du Reich, cette entité affamée de juif (*Judenshungrige Einrichtung*). Prière à moi de faire de lui ce qui me paraîtrait le mieux. A moi aussi d'expliquer au monde littéraire anglo-saxon de ne pas avoir à s'inquiéter du sort de Jakob Strehler. Son œuvre survivrait au Reich millénaire annoncé par Hitler. *Es ist* — comme l'affirmait déjà Bach, dans un choral aimablement pillé par Berg, un des amis de Strehler, pour en tirer un concerto pour violon — *genug.* J'étais prié de recevoir Heinz comme, en quelque sorte, un morceau d'un père brisé et comme un gage de l'appréciation de mes bontés passées. *Ich danke Ihnen herzlich. Jakob Strehler.*

Je pris cette lettre avec respect et la plaçai dans un tiroir de mon bureau, au-dessus d'une autre lettre d'appréciation en allemand, mais celle-ci brève comme un aboiement et venant du *Reischsführer* Heinrich Himmler. Puis je me retournai pour regarder sans enthousiasme ce cadeau que l'on me faisait, et je dis :

— Soyez le bienvenu, Heinz. Quel âge avez-vous ?

— Vingt-trois ans.

— Que vous proposez-vous de faire en Angleterre ?

— *Bitte ?*

— Que en Angleterre faire désirez-vous ?

— Ah ! fit-il avec un sourire fondant, tandis que sa pseudo-raideur se dégelait à vue d'œil, qu'il enroulait une jambe autour de l'autre à la manière désossée de James Joyce, se renversait en arrière pour prendre une pose d'odalisque et fouillait ses poches à la recherche de cigarettes.

Il exhuma des Chesterfield ; il en fit voler une jusqu'à ses lèvres d'une chiquenaude de l'ongle sur le fond du paquet, et dit « Donnez-moi de la flamme. »

— Du feu, voulez-vous dire. Donnez-moi du feu.

Je lui en offris avec mon briquet Dunhill en or et, durant l'opération, il posa légèrement la main sur mon poignet ignifère. La cigarette — trop de nitrate dans le papier — grésilla. Il dit, soufflant comme un phoque la fumée, par les narines :

— Je fais ce que vous désirez que je fais.

Il me troublait. Il était hermaphrodite, terriblement, de façon criante, presque commerciale. Beau, très, en dépit de la minceur mesquine de la bouche. Il est difficile de dire à quoi ressemble un juif, mais Heinz eût servi magnifiquement de pièce maîtresse dans n'importe quelle *Ausstellung* de beauté nordique mâle. C'était probablement le côté néo-zélandais ; mais peut-être fallait-il y ajouter le coup de fouet à retardement du sang d'un croisé, les sauveteurs des Lieux Saints ayant dispensé généreusement leur semence nordique à la Palestine. J'allumai de mon côté une cigarette et nous nous contemplâmes, assis face à face, nous envoyant mutuellement des bouffées de fumée comme autant de signaux sans équivoque. C'était bien une petite putain. Je grésillais comme sa Chesterfield d'un désir conventionnel entaché d'un avant-goût d'écœurement. J'avais envie de le remballer, raquettes de tennis et tout, et de le réexpédier séance tenante, mais j'avais un devoir à remplir envers un grand homme.

— Ce grand homme qu'est votre père, dis-je, il faudra qu'il quitte aussi l'Autriche. A-t-on tiré des plans ? A-t-il des amis, et lesquels ? Sigmund Freud est déjà à Londres, mais il a fallu du temps pour organiser le paiement du *Reichsfluchtsteuer* et autres taxes grotesques. Je ne puis croire que votre père désire rester là-bas. Je vous en prie, mettez-moi exactement au courant de sa situation présente.

Je m'étais exprimé en allemand. Son anglais, pour un garçon dont le sang était à demi anglophone, était atroce. En allemand, il m'expliqua que son père avait eu de la chance à cause de son prix Nobel, mais que cela ne pouvait durer. Le lendemain de *die Kristallnacht* de novembre dernier, son père avait fait graver une plaque de métal, pour l'apposer à un endroit de la façade de son immeuble qui fût hors de portée des mains des SA et de leurs inscriptions à la peinture : *Jude !* La plaque portait ces mots : « Jakob Strehler, romancier autrichien, Honoré au Nom du Monde par l'Académie de Suède qui lui Attribua le Prix Nobel de Littérature. » Le Reich se gardait de vouloir offenser la Suède ; en outre, l'on n'était pas encore totalement convaincu que Jakob

Strehler fût pur (*echt*) juif. Strehler n'était pas un nom juif, et il y avait la preuve de son propre fils. Sur quoi, Heinz s'étira avec un sourire complaisant, parfait modèle de virilité aryenne s'il en fut jamais, et bien de nature à contredire les imputations grossières. Et cependant, viendrait l'heure — mais cela ne semblait guère inquiéter Heinz. Je dis :

— Venez que je vous montre votre chambre

— *Bitte ?*

— Votre anglais n'est pas très bon. Peut-être n'aviez-vous personne avec, *à* qui parler l'anglais.

— Mon père, un peu. Autrefois, je parlais bon.

— Vous voulez dire : bien. Vous le parliez bien.

— Autrefois, je le parlais très bien.

— Bon, voilà qui est bien.

Je pris ses bagages, ce qui ne parut pas le surprendre, mais lui laissai ses raquettes. Il se mira lui-même avant de jeter un coup d'œil sur la pièce : il y avait, juste en entrant, une psyché, belle, ancienne, tavelée, qui m'avait sauté aux yeux à la vente des meubles de Lady Huntingdon, lorsqu'elle avait liquidé son appartement de Belgravia. Puis il essaya le lit, dont on venait de changer les draps après une visite du producteur de cinéma américain Jack Rappaport, et en éprouva l'élasticité et le rebond, du postérieur : « Bon, très bon, dit-il. Donc, ici je dors. » Du moins ne me fit-il pas de l'œil, de la position qu'il occupait. Ce fut plutôt lui-même qu'il guigna de nouveau dans la glace de la coiffeuse, admirant le tombant de sa veste fauve, à la coupe balkanique étriquée, et sa cravate bleue, horriblement agrémentée de lièvres d'or bondissants.

— Nous irons boire un cocktail au Café Royal , après quoi, nous déjeunerons pour discuter de votre avenir.

— *Bitte ?* S'il vous plaît ?

— *Deine Zukunft.*

Il minauda à mon emploi irréfléchi du tutoiement familier. Puis, se relevant d'un saut, il ouvrit une de ses valises et entreprit de se changer. Pas une ombre de pudeur, bien entendu, pas un brin de *Schamhaftigkeit.* On s'attendait que je regardasse ; je regardai donc. Il m'encouragea à bien remarquer qu'il n'était pas circoncis. Le reste du corps était un modèle doré, compact, presque sorti droit d'un manuel, de grâce aryenne mâle. Il passa ce qu'il devait prendre pour sa tenue britannique : un costume gris, terne, mais tout aussi étriqué. Il fredonnait tout en se rhabillant *Trink, trink, Brüderlein, trink,* air qui était, à l'époque de leur massacre en 1934, une scie des SA.

On nous regarda avec des airs entendus, au bar, au premier étage du Café Royal. Toomey le presque quinquagénaire, aux goûts souvent conjecturés et maintenant ouvertement affichés Heinz but trois Martini en clappant des lèvres après chaque gorgée. Nous descendîmes ensuite déjeuner et il dévora à belles dents de copieux hors-d'œuvre, un turbot poché, du rôti de bœuf à la sauce au raifort, du fromage de Stilton et une double portion de mousse au chocolat. « *Das schmeckt gut* », répéta-t-il à plusieurs reprises, et il parla une fois de : « *Die gute Englische Kochkunst* ». Nous vidâmes deux bouteilles de Wachauer Schluck frappé, en mémoire de la défunte Autriche. Nous bavardâmes. Mon père a dit que vous pourvoiriez à tout, que vous deviendriez mon *Pflegevater* et il a parlé de papiers britanniques d'*Annahme* ou *Adoption*. Votre père serait-il fou ? Ce n'est que trop possible, personnellement, je l'ai toujours trouvé fou. Vous n'aimez pas votre père ? Si, quand il est loin, dans sa maison près de Gerasdorf, et que je suis à Vienne, ou inversement, bien que je n'aime pas la maison près de Gerasdorf, elle est trop loin du patelin, et d'ailleurs il n'y a rien à faire quand on est là, même à Gerasdorf ; je serais bien content d'avoir un autre père. Dieu me garde ! Non, non, je ne peux pas être votre père. Si vous arrivez à trouver une occupation en Angleterre, alors il sera possible de vous obtenir un permis de travail, en sorte que vous puissiez être votre propre maître ; je peux m'occuper de cela, mais il est impossible, le Ciel nous en préserve ! que j'assume une responsabilité légale aussi sérieuse et contraignante que l'adoption. Par dévotion pour l'œuvre de votre père, je ferai de mon mieux pour vous aider ; mais il y a, vous devez le comprendre, des limites. Il semblait considérer la dévotion pour l'œuvre de son père comme un signe de faiblesse d'esprit et de démence ; qu'il eût vu souvent des preuves de cette dévotion et qu'elle eût été consacrée par les Suédois n'y changeait rien ; il jugeait l'œuvre de son père démodée, assommante, prétentieuse. Il préférait de beaucoup un bon Jack London ou un *Kriminalroman*. Ou alors le cinéma, il raffolait de cinéma. Combien de cinémas donnait-on à Londres ?

Un sodomite bien connu, James Agate, le critique dramatique, entra et regarda longuement Heinz, envoyant des signaux incandescents avec l'extrémité rougeoyante du cigare sur lequel il tirait. Heinz lui lança en retour un regard scintillant et remua les épaules. Je lui expliquai que la situation de l'emploi avait une chance de se détendre à brève échéance pour les réfugiés juifs, car les syndicats assouplissaient leurs rigueurs. Les juifs ? Les juifs ? Heinz répondit qu'il n'avait que faire d'eux et de leur race avide et gonflée d'elle-même. Tous ces youtres, ces youpins, Mais, bon sang ! mon garçon, vous êtes vous-même juif. Ah ! non, car ma mère ne l'est pas ; la chose m'a été clairement précisée par un rabbin qui était venu voir mon père ; mais les nazis s'y perdent parfois dans les définitions de qui est juif ou ne l'est pas. Bon Dieu ! mon garçon, votre père est un juif, et des plus distingués, cela ne suffit-il pas pour que vous le soyez aussi ? Est-ce que le fait que vous étiez passible de persécutions à ce titre ne suffit pas pour vous emplir d'un sentiment de solidarité avec cette race souffrante ? Jamais ! moi, on ne me persécuterait pas ; moi, on voulait me mettre sur une affiche pour persuader les jeunes hommes de s'engager dans l'armée au service de la mère patrie. Les juifs écopent maintenant de ce qui les guettait depuis longtemps. O juste ciel !

Quels métiers avez-vous faits ? A quel emploi, à quelle profession vous a-t-on préparé ? J'ai fait beaucoup de choses sans en aimer une seule. A un moment, j'ai travaillé dans les bureaux d'une compagnie d'assurances, mais on m'a renvoyé sur une fausse accusation de détournement de fonds. J'ai tenu la batterie pendant une semaine dans l'orchestre du *Gestiefelte Kater*, le Chat Botté, une boîte de nuit. J'ai joué un soldat silencieux dans une pièce de Schiller ou Schilling, j'oublie. J'ai eu des amis, hommes et femmes, qui se sont occupés de moi ; mais l'association ne durait jamais, parce qu'ils devenaient déraisonnables. Tantôt mon père me donne de l'argent, tantôt pas. Il m'en a donné pour ce voyage, mais pas assez ; je l'ai presque tout dépensé à Paris, et le reste à Douvres où j'ai passé la nuit dernière. Il n'y avait pas grand motif à dépenser de l'argent dans cette ville, mais je l'ai dépensé tout de même. Je crois qu'un type dans une *Bierstube* m'en a volé une partie, sans que je puisse me rappeler très bien. Le fait est que, maintenant, je n'ai plus un sou.

Nous prîmes du café et du cognac. Heinz réclama de la crème fouettée avec son café, sybaritisme viennois — œdipien, à en croire Freud dans son autobiographie. Lorsque je tirai mon portefeuille pour payer, il émit des sifflements et me signifia de la main *par ici la bonne soupe*, comme à un chien. Il voulait dire qu'il avait besoin de quelques-uns des billets de ce portefeuille. En soupirant, je lui tendis cinq livres. Son impatience de courir les dépenser faisait penser au tortillement de quelqu'un qui meurt simplement d'envie d'aller aux toilettes. Vous me donnez aussi la clé ? Ah ! non, non, pas la clé. Vous n'aurez qu'à sonner comme tout le monde. Il fit la moue, le *schiefes Gesicht*. Je sortis avec lui sous les regards appuyés des lubriques et le regardai filer comme un lièvre vers Piccadilly Circus.

J'avais un article à écrire pour le *Daily Express* sur les femmes qui se vernissent les ongles de pieds et sur le sens de cette mode, du point de vue du déclin de notre civilisation. Je sortis dîner en compagnie de John Boynton Priestley, le romancier du Yorkshire. De retour à Albany, peu après 10 heures du soir, je constatai que Heinz n'était pas rentré. Je passai pyjama et robe de chambre et attendis. Je tentai de lire les essais littéraires de son célèbre père et m'aperçus pour la première fois que leur emphase était un pastiche de l'emphase. Je devais éviter de me montrer pompeux dans mes rapports avec le jeune Heinz.

Il rentra bien après minuit, point trop ivre, bien que sans cravate. Deux jeunes filles gloussantes l'accompagnaient, vulgaires et la bouche trop humide, sans être pour autant des prostituées — pas encore, du moins : elles avaient débarqué le soir même du pays de Jack Priestley, avaient rencontré Heinz, qu'elles avaient surnommé « Haricot Blond », dans un pub de Leicester Square ; il leur avait payé du porto au citron et déclaré qu'elles n'avaient pas à s'inquiéter d'un endroit où passer la nuit. Il avait beau parler d'une drôle de façon parce qu'il était étranger, elles arrivaient à saisir tout ce qu'il racontait, et elles avaient très bien compris qu'il y avait un vieux type qui était son ami et qui avait de la place à en revendre dans son chouette appartement. Moi, je m'appelle Elsie, et elle, c'est Doreen ; enchantée de vous connaître. Elles portaient des robes d'été très décolletées et des bas de soie artificielle, étaient maladroitement fardées (rouge à lèvres gras luisant, plaques de poudre de riz séchée) et avaient des poitrines trop grosses. Dehors, dis-je, dehors, ouste ! mesdames, vous n'êtes pas dans un asile de nuit. Ça, alors, qu'est-ce que j'étais moche, vrai ! Ousque j'voulais qu'elles aillent à cette heure de la nuit. Et Heinz protesta qu'elles étaient ses amies : elles avaient commencé à lui donner des leçons d'anglais. Ça c'est vrai, renchérit Elsie ou Doreen, on a mangé des saucisses et des frites dans un de ces grands machins à service rapide, et il a dit qu'il voulait qu'on lui apprenne à parler convenablement. Sortez, toutes les deux ! Et je traînai ma sévérité et mes pantoufles jusqu'au téléphone. Oh ! bon, très bien, si c'est comme ça ; mais vous êtes rien moche. Et Doreen, à moins que ce ne fût Elsie, esquissa un coup de poing en direction de mes testicules, cependant que je leur tenais la porte ouverte. Salut, Haricot Blond ! à demain. Puis j'affrontai Heinz, qui marmonnait des choses ou revenait à mon intention le mot *Scheiss*.

Ce qu'il semblait avoir en tête, à la vue de ma colère, était de l'attiser encore plus pour la transformer en désir physique. Je le prendrais de force, chose à laquelle, visiblement, il était accoutumé. En fait, il avait besoin d'une bonne sodomisation punitive ; mais ce ne serait pas moi qui la lui infligerais, au moins pas tout de suite. Je lui ordonnai de gagner sa chambre. Il répondit qu'il voulait aller dans une boîte de nuit et réclama encore un peu de *Pinke*. Il avait dépensé la totalité des cinq livres, ce qui représentait beaucoup d'argent en ce temps-là. Au lit, monsieur ! et nous aurons une conversation sérieuse demain matin. Il s'en alla en *scheiss*ant et grognant. Au milieu de la nuit, je m'éveillai à demi pour le découvrir, brûlant, nu, s'offrant à entrer dans mon lit. Je lui expédiai des claques et il répondit par des mots que je ne pouvais comprendre, qui avaient dû être du haut allemand primitif, et qui étaient devenus de l'obscénité de ruisseau. Il repartit pour sa chambre, boudant et jurant, et je l'entendis boxer son lit comme un adversaire, avant de s'y recoucher. A ce train-là, cela n'irait pas.

Le lendemain, il était onze heures passees quand il se leva. Il arriva bâillant, ébouriffé, nu, dans mon bureau, en réclamant son petit déjeuner. Préparez-le vous-même : la cuisine est, comme vous pouvez le voir, là. Puis : Oh ! bon, je vais m'occuper de cela ; vous briseriez sûrement la vaisselle. Il prit donc place devant du café et des œufs frits, en pantalon et chemise, mais pieds nus, cependant que je lui parlais avec sévérité. Il fallait qu'il apprît à se tenir. Ces appartements, qui formaient jadis une seule demeure, propriété du duc d'York dont le second titre était Albany, avaient été aménagés en garçonnières à la fin du XVIIIe siècle et avaient logé de grands hommes tels que lord Byron, Macaulay, George Canning et

Bulwer Lytton. Les locataires étaient triés sur le volet l'on devait y observer des règles de bienséance très rigoureuses. Comprenait-il cela ? *Ja, ja.* Défense de ramener des guenipes aux petites heures de la nuit. Il devait apprendre à se conduire en gentleman. *Ja, ja, ja.* Je l'enverrais parfaire son anglais à l'institut Berlitz. Puis je verrais à lui chercher du travail quelque part. Il fit la moue. Le temps nous était compté à tous, répliqua-t-il prophétiquement ; il fallait se dépêcher de profiter un peu de la vie avant la pluie de bombes et les nuages de gaz asphyxiants. Sottises, dis-je ; il n'y aura pas de guerre. Tenez, voici un billet de dix shillings ; cela représente pas mal d'argent : de quoi vous payer à déjeuner et à dîner. Moi-même, je dois prendre ces deux repas avec des amis. Allez admirer les merveilles de la National Gallery et du British Museum ; prenez le bateau jusqu'à Greenwich ; amusez-vous gentiment, sans boire. Et ne rentrez pas plus tard que onze heures ce soir. Et surtout, sans compagnie.

Il rentra, mais accompagné. Il arriva, quelque peu assagi, escorté de deux inspecteurs en civil, l'un et l'autre à moustache.

— C'est l'adresse qu'il nous a donnée, monsieur, me dit celui qui était le chef. Et le nom est celui-ci, monsieur. Est-ce exact ? Est-ce bien votre nom, monsieur ? (Il tenait un bout de papier avec ces renseignements de base.)

— Vous feriez mieux de vous asseoir, dis-je. Je suppose que vous êtes en service, mais j'imagine que vous ne diriez pas non à un verre. Pour ma part, je vais sûrement en prendre un. (J'entrepris aussitôt de verser du whisky, et très généreusement, dans les verres Heinrich Wilhelm Stiegel que j'avais ramenés d'Amérique.)

— Eau de Seltz pour lui, sec pour moi, dit le chef tandis qu'ils s'asseyaient tous deux. Je pense que vous devinez ce qu'il faisait, monsieur ?

— Sans peine. Ne me posez plus de questions pour l'instant. Attendez que je vous aie tout expliqué.

Ce que je fis.

— Il ne m'a pas l'air très juif, monsieur, fit observer le subalterne. Il a plutôt le vrai type nazzy. On dirait un de ces gars des troupes d'assaut comme on en voit aux actualités.

— Ça s'est vraiment passé comme ça ? demanda l'autre. On vous l'a vraiment collé comme ça sur les bras ?

— Nous allons nous retrouver avec beaucoup d'autres réfugiés comme lui sur le dos, dis-je. Hitler va massacrer tous les juifs sur lesquels il pourra mettre la main. Il va bien falloir que nous composions. Moralement, socialement et autrement.

— Le fait est, monsieur, reprit le chef, que nous l'avons ramassé dans Goodge Street où il faisait ouvertement la retape. La loi est la loi, et nous ne pouvons pas composer, comme vous dites, avec ceux qui ignorent la loi. Il faut qu'ils l'apprennent, même si c'est peut-être de dure façon. Pour celui-ci, il est possible que cela signifie l'expulsion, monsieur. S'il recommence, c'est-à-dire, et il m'a tout l'air du type à ça.

Heinz, enfoncé dans un fauteuil, fumait, d'un air boudeur et à grand bruit, je ne sais quelle abominable marque de cigarettes qu'il avait découverte je ne sais où et qui sentait le feu d'herbes mexicaines

— Vous entendez par là retour au Troisième Reich et à ses camps de concentration ?

— La propreté de nos rues d abord, monsieur. dit le subalterne

— C'est aussi l'idée de Hitler.

— Ce n'est pas à nous de le défendre, celui-là, monsieur, dit le chef, bien qu'il y a peut-être du bon dans ce qu'il fait. Nous, on n'est là que pour défendre notre boulot, qui est le maintien de l'ordre. Sermonnez ce jeune homme un bon coup dans son patois ; il dit que vous le parlez comme quelqu'un du pays. Comment ça se fait-il, d'ailleurs, monsieur ?

— Vous êtes bien soupçonneux, ce me semble ? Existe-t-il une loi interdisant à un Anglais de prendre sa grammaire allemande et de s'y plonger ?

— C'était dit sans vous offenser, monsieur. Simple curiosité. Je pensais qu'il y aurait peut-être un lien dont vous n'auriez pas parlé.

— Je vous ai exposé la situation aussi clairement que possible. J'imagine que vous n'avez jamais entendu parler de Strehler, qui a eu le Prix Nobel de Littérature ? Pas plus que de moi, je pense.

— Nous n'avons pas grand temps de lire, monsieur. Vous avez eu de la chance, ce soir, jeune homme, reprit-il à l'intention de Heinz. Vous en aurez moins, la prochaine fois. Voulez-vous lui répéter cela dans sa langue, s'il vous plaît, monsieur ? (Ce que je fis, l'un et l'autre m'écoutant comme des phonéticiens.) Très joliment dit, si je puis me permettre, monsieur, même si je n'y ai compris goutte.

— Merci pour votre patience et votre discrétion. Je veillerai à ce que cela ne se reproduise pas. Encore un peu de whisky ?

— Un petit pour la route, monsieur. Beaucoup d'eau gazeuse dans le sien.

Il semblait bien inutile d'entrer en fureur contre Heinz cette nuit-là. D'ailleurs, il était assez ébranlé à la perspective d'être réexpédié aux nazis avec une étiquette portant le mot *Jude*. Le lendemain matin, je l'emmenai chez Harrod et, au rayon approprié, lui achetai un sac à dos à cadre d'acier, un short, des brodequins, un sac de couchage et une carte d'adhérent aux auberges de la jeunesse. Puisque c'était comme cela, je ferais de lui un *Wandervogel*, bon Dieu ! Au comptoir des voyages de Harrod, je lui pris un billet simple de seconde classe pour Glasgow. Il y avait un train direct au départ de la gare King's Cross, le lendemain à 7 heures 40 du matin. Il pourrait à loisir admirer les beautés de la douce Écosse, dormir dans la bruyère, prendre froid et crever. Je lui offris à déjeuner au restaurant de Harrod — tourte au steak et aux rognons et pudding aux raisins, de quoi l'abrutir de bien-être — puis je lui achetai un repas froid au rayon d'alimentation pour son dîner : poulet rôti, moitié de jambon, salade de pommes de terre, cake aux cerises de Mrs Goodber, authentique *Schlagobers* pour son café Ensuite je le ramenai à la maison et surveillai la préparation des valises. Il se montrait encore docile. Il me déclara même qu'il était impatient de voir les beautés du *Schottland.* Et combien d'argent allais-je lui donner ? Dix livres, répondis-je, dix bon Dieu de livres, pas un sou de plus ; à lui de voir combien de temps il pourrait tenir avec dix sacs. S'il tenait six semaines, alors il aurait droit à une prime de cinq sacs. Je le fourrai au lit à 10 heures du soir et bouclai discrètement sa porte à clé, après m'être assuré qu'il s'était vidé le corps à fond. J'avais mis mon réveille-matin à 6 heures 15 et l'arrachai à son lit pour l'emballer dans un taxi, direction la gare. Il avait l'air fort délectable en *Wandervogel* blond, sac au dos. Je l'accompagnai jusqu'au train et lui fis mes adieux avec joie. *Gute Reise !*

J'eus la paix pendant une semaine, une paix si pure qu'elle en était presque palpable. Puis je reçus un coup de téléphone de Falkirk. Voix d'un inspecteur de police presbytérien, s'exprimant fort bien, malgré les roulements de « r », et très solennel. Un jeune homme, disant s'appeler Straîneur ou quelque chose comme cela, s'était fait ramasser alors qu'il essayait de voler une bicyclette. Il a donné vos nom et adresse, monsieur. Pour le moment, il est au violon. Il passera devant le juge demain matin. Il n'a pas de moyens de subsistance visibles. Il prétend qu'on lui a tout volé, argent, sac à dos et même, ce qui est évident à en juger par son apparence, rasoir. Il s'en tirera demain avec un avertissement, puisqu'il semble que ce soit son premier délit et qu'il n'est qu'un étranger ignorant. Mais que vous proposez-vous de faire à son sujet, monsieur ? Je répondis que j'enverrais un mandat télégraphique pour payer le billet de retour à Londres. En attendant, gardez-le bouclé, au pain sec et à l'eau. Et battez-le s'il crée des ennuis. Des ennuis ? Dites, vous ne l'entendez pas, monsieur ? Je percevais des vociférations teutonnes et un vacarme dans le lointain. Ça, je ne le nie pas, cela nous plairait assez de lui administrer un brin de châtiment corporel, monsieur, ce serait même avec joie ; mais ici c'est l'Écosse, non pas l'Allemagne nazie. Il me donna l'adresse du commissariat.

Je gémis du fond de mon être. Qu'allais-je faire de Heinz ? La seule solution était d'amener Strehler à plier dans sa résolution de rester en Autriche nazie, indifférent à l'avenir et prêt à affronter le pire. Dieu nous pardonne ! aucun d'entre nous, dans l'innocence générale, ne mesurait ce que serait ce pire. Si Strehler père n'avait pas encore eu droit aux menottes ni été expédié dans un camp, troussé comme un poulet, c'était que rien ne pressait : il y avait quantité de juifs sans qualité à persécuter, avant que l'on en vînt à insulter l'Académie de Suède. Oui, je ne voyais qu'une solution : réunir père et fils sur un sol libre, mais loin d'Albany. Était-ce désormais à moi d'assumer la lourde tâche d'organiser un asile temporaire pour Strehler en Grande-Bretagne ? Le courrier du matin m'apporta une lettre d'un certain professeur Waldheim, de l'université d'État du Colorado, m'invitant à venir faire là-bas une série de conférences et diriger des séminaires sur le roman européen contemporain. Qui était mieux qualifié à cet effet que le plus distingué de tous les romanciers européens vivants ? Soit j'écrirais à Waldheim. Il n'y aurait pas de difficulté à organiser un asile temporaire pour Strehler en Grande-Bretagne, si épouvantables que dussent être les difficultés à surmonter, pour arriver à payer le *Reichsfluchtsteuer* et autres taxes punitives et à convaincre l'homme lui-même que l'avenir, pour lui, était de se retrouver avec son fils. Puisque difficultés épouvantables il devait y avoir, autant les partager : il appartenait au Pen Club d'apporter son aide, tout comme à l'éditeur britannique de Strehler.

J'allai voir Charlie Evans, chez Messieurs William Heinemann et débattis la situation avec lui. L'on m'expliqua, devant un verre d'Amontillado tiédasse, que Strehler était, bien entendu, un auteur hautement prestigieux et que Heinemann s'honorait de l'avoir à son catalogue ; malheureusement, il était très loin de se vendre aussi bien que Willie Maugham ou Jack Priestley. On lui devait probablement dans les trente-cinq livres de droits d'auteur. Je me rendis ensuite auprès du secrétaire, fort urbain, du Pen Club qui, devant un verre de Xérès sud-africain tiédasse (le Xérès espagnol était hors de question, définitivement hors de question : il sentait trop fort le sang républicain), m'exprima son admiration pour l'œuvre de Strehler et déclara trouver excellente l'idée de l'arracher aux griffes de l'horrible Allemagne fasciste — Hitler ne vaut pas mieux que Franco, le diable leur crève les yeux à tous les deux ! La prochaine assemblée générale du Pen examinerait ce que l'on pourrait faire. Je regagnai Albany, nettement convaincu que ce serait à moi seul de jouer.

Heinz revint avec un air de chien battu, chemise et short crasseux, menton couvert de duvet doré. Les concierges d'Albany secouèrent la tête en le revoyant. Ils la hochèrent à ma vue : mon bail serait résilié sans tarder, nul doute là-dessus ; cet établissement jouissait, malgré lord Byron, d'une réputation d'honorabilité cultivée et choyée depuis trop longtemps pour qu'il en allât autrement. Le moral de Heinz remonta dans le bain. Avec un léger accent écossais, il chanta *Le marchand de parapluies :*

Tra deri deri dera
Tra deri deri dera
Tra deri deri delle
Y a-t'y des parapluies
Y a-t'y des omber-elles
A réparer aujourd'hui ?

Il sortit de la salle de bains, rasé, costumé, affamé.

— Comment diable, lui demandai-je, vous êtes-vous débrouillé pour dépenser si vite tant d'argent ?

Volé par des hommes qu'il avait crus bons et honnêtes.

— Pourquoi avoir essayé de dérober une bicyclette ?

C'était le seul moyen de revenir à Londres. Je flirtai avec l'idée délirante de lui acheter une petite reine et de l'expédier au bout du monde dessus. Il était fou de joie de se retrouver à Londres avec moi, disait-il. Il avait désespérément envie de voir le film de Walt Disney, *Blanche-Neige et les sept nains.* De guerre lasse, je l'y conduisis le soir même. Il y avait une queue interminable. A une ou deux longueurs devant nous, se trouvaient Val Wrigley avec un jeune garçon très quelconque. Val agita les doigts et remonta la file pour se joindre à nous, en disant d'abord à son compagnon : « Tu es bien sûr que l'argent est en sûreté, Charles ? C'est *deux* billets que tu dois demander. Je ne te déserte pas *du tout.* » Puis à moi .

— Eh bien ! mais qui vois-je là ? Que de beauté ! Aussi revigorante qu'un bain à l'essence de pin. Elle sort tout droit, j'imagine, de quelque camp de santé par la joie au milieu de conifères ?

Val était toujours aussi aigu et rapide. Il avait même deviné, j'en étais sûr, à quelque chose dans les yeux et la bouche, et à l'indifférence de l'écoute, que Heinz comprenait probablement assez mal l'anglais.

— Morceau de choix, je dois dire, ajouta-t-il.

— Je te présente le fils du grand Jakob Strehler. Heinz, *darf ich einen grossen Dichter vorstellen :* Valentine Wrigley. (Et puis, l'espoir et la ruse se prenant à bouillir en moi :) Au fait, Val, voici l'occasion rêvée pour toi de te dépenser pour la cause des opprimés.

— Il est juif ? On ne l'imaginerait jamais. Si aryennement délicieux. (Ah ! le mésusage de ce fichu mot !)

— Je ne suis pas juif, dit Heinz.

— Très bien, mon cher, personne ne vous y *force.* (Et à moi :) Je connais ton hypocrisie, Kenneth Toomey, je n'ai pas oublié. La cause des opprimés, tu parles ! Il n'y a pas une once d'altruisme dans ta carcasse vieillissante. Je te connais depuis trop belle lurette.

— Ta propre carcasse n'a pas l'air très fraîche non plus.

— Non ? Aussi beau que bien fait. Je t'en *prie,* demande-lui de nous le dire en allemand. Quelle sinistre langue c'est devenu, n'est-ce pas ? J'en ai des frissons jusqu'à la moelle.

La queue avançait. Heinz semblait très conquis par l'admiration débordante de Val. *Ein grosser Dichter,* un grand poète. Aussi beau que bien fait... Je dis grossièrement :

— Intact, je puis te l'assurer. Et parfaitement domestiqué.

— Serait-ce la mort de la libido ? Mon cher, j'ai vu Sigmund Freud et sa fille dans un pub, le croirais-tu ? Cette bouche malade, quelle horreur ! Il était tout remonté d'entendre quelqu'un parler du complexe d'Oedipe. Son anglais est très beau, très argotique. Il nous arrive de magnifiques spécimens de réfugiés, tu ne trouves pas ? demanda-t-il tout sémillant, en donnant un léger coup de coude à Heinz.

Je me débarrassai quelque temps de Heinz en lui donnant l'adresse de Val et en l'y expédiant avec ses raquettes et ses valises. Mais, auparavant, je lui allouai de l'argent quotidiennement pour lui permettre de passer la plus grande partie de son temps à aller revoir *Blanche-Neige,* qu'il adorait. Il y fut dix-sept fois et y améliora son anglais . « Miroir magique, miroir magique, dis-moi, récitait-il à la psyché, qui est la plus belle de toutes ? » Il connais sait la réponse. Il pouvait dévider à toute vitesse les noms des nains. Et il modulait en fausset : *Chanter en travaillant*, dont il raffolait. Sans parvenir à l'apprivoiser entièrement, Walt Disney le tempéra du moins. Momentanément.

52

Ce ne fut pas avant la troisième semaine d'août que le mode d'action pour extraire Jakob Strehler de l'Autriche nazie se présenta. Je n'incommoderai pas le lecteur par le récit de ma vie de ménage avec Heinz durant le mois de juillet, dans une villa louée aux abords de la baie de Herne. Au cours de cette période, Heinz se montra complaisant, bien que souvent irascible, même si l'admiration des filles, sur la plage, le calmait quelque peu. Il y avait aussi un dancing où il se rendait toutes les nuits. Il ne tomba que deux fois dans les mains de la police, et ce, pour ivresse et tapage. On ne parlait guère alors d'expulsion de réfugiés délinquants ; le ministère de l'Intérieur s'adaptait au flot régulier des persécutés qui débarquaient. Heinz semblait comprendre à présent le mode de vie britannique et se ranger quelque peu. Val Wrigley, refusant tout un mois de m'avouer son impuissance à tenir en main son hôte forcé, l'envoya se faire inviter ailleurs. Heinz fut même, pendant quelque temps, prisonnier en quelque sorte d'un genre de camp de concentration : un *Ferienslager*, c'était le nom, géré par la *Freie deutsche Jugend* ; situé non loin de Scunthorpe, cet établissement dispensait des plaisirs imposés de façon draconienne. Il était, disait Heinz en frissonnant, plein de juifs. Les gardes à l'entrée étaient juifs aussi, et coriaces. Ils frappaient quiconque tentait de sortir sans permis. Tout le monde devait rester à l'intérieur et apprendre la force par la joie. Une seule fois, Heinz essaya de s'enfuir à la nage : deux solides sauveteurs le remorquèrent de force jusqu'à la rive.

Au cours des deux premières semaines d'août, que nous passâmes à la maison, à Albany (je venais de commencer un nouveau roman), Heinz fut bien élevé, mais furtif. Je redoutais le pire. Il ne demandait pas d'argent. Il restait enfermé toute la matinée, et lisait des bandes dessinées pour enfants, de l'ordre de *Rainbow* et de *Chick's Own*, où les mots de deux syllabes étaient coupés en deux, avec un trait d'union entre les tronçons, pour faciliter la compréhension. Je lui achetai un gramophone portatif et des cours d'anglais sur disques. Mais il préférait écouter des chansons populaires pour en apprendre les mots. Il chantait dans son bain .

Deux amoureux en lacets
Tendrement dans le noir
Se faisaient mille baizets
Sans pouvoir se dire bonsoir

Il chantait aussi *Orchidées bleues* et *Alouette* et *Reste dans mes bras, Cendrillon.* Nous déjeunions ensemble, assez amicalement, et puis il sortait discrètement. Où allait-il ? A Hampton Court, au bord de la Tamise. Au cinéma. Saucisses et chips je au Corner Haus Lyon's mangerai. Avez-vous dépensé tout l'argent que je vous ai donné ? Non, cela donne un peu de reste, merci, peut-être demain vous redonnerez. Et il rentrait, l'air un peu en dessous, mais calme et n'ayant point trop bu, sur le coup de onze heures du soir.

Mme Ollerenshaw, qui faisait mon ménage, me dit un jour :

— Vous êtes bien sûr que ça va, si je ne fais pas sa chambre, M. Toomey ?

— Comment, si vous ne faites pas... ?

— Sa porte est toujours fermée à clé. Il dit que c'était toujours lui qui s'occupait de ça et de changer ses draps, quand il vivait là où il était avant. Au moins, c'est ce que j'ai cru comprendre. Il ne parle pas l'anglais comme vous et moi.

— Excusez-moi, je n'y avais jamais pensé. Je suis plongé dans mon... La porte est-elle fermée à clé, en ce moment ?

— Comme toujours, oui, M. Toomey. On ne peut jamais savoir ce que ça fricote, un jeune. J'en ai connu un qui élevait des souris blanches dans sa chambre ; il voulait que personne n'y entre. Peut-être que si vous aviez un double de la clé, on pourrait jeter un œil sur ce qu'il fabrique là-dedans.

— Je n'ai pas de double. Il n'y a jamais eu qu'une clé, qui restait toujours sur la porte.

— Eh bien ! dans ce cas elle est dans sa poche, je parie.

Elle avait sur le visage trois ou quatre grosses verrues hérissées de filaments gris frémissants. C'était une honnête femme qui travaillait dur, terne comme ses chiffons à poussière, heureuse des vêtements usés que je lui donnais pour son mari chômeur.

— Je lui en toucherai un mot quand il rentrera, Mme Ollerenshaw.

Il ne reparut pas ce jour-là. Je reçus un coup de téléphone du commissariat de police de Savile Row. Il s'était fait ramasser en essayant de voler une montre-bracelet chez un bijoutier de Regent Street. Très en colère, je me rendis à pied au commissariat et trouvai Heinz s'adonnant à un bruyant et plaintif *Sprechgesang*, à quoi personne ne comprenait rien, sauf le bijoutier, qui parlait le yiddish et attrapait parfois un ou deux mots : « C'est l'accent, m'expliqua-t-il. Je ne comprends pas son accent. » M'adressant au sergent de service, je lui dis :

— Je tiens à ce que vous sachiez que je suis dégagé de toute responsabilité légale. Ce jeune homme est un réfugié, qui m'a été envoyé par un juif autrichien que je n'ai même jamais rencontré. Par pure charité, j'ai fait tout mon possible pour lui ; mais ma charité s'arrête là. La loi n'a qu'à suivre son cours.

— Il n'a pas pris la fuite avec l'objet, monsieur. Il s'en tirera avec une amende ou un avertissement. Mais du moment que vous l'avez pris à charge, sous votre protection, vous êtes forcé de continuer. Certains de ces gens qui arrivent ici, d'Allemagne et autres, se mettent à avoir comme ça des idées folles dans la tête. C'est le sentiment d'être libre, pour ainsi dire, qui leur fait ça. Celui-ci regrette son acte, ça se voit. Personne n'a envie d'être trop dur pour lui. Peut-être M. Goldfarb serait-il prêt à passer l'éponge.

— Cela recommencera sûrement, gémis-je du fond de mon être.

— Parce que c'est déjà arrivé, monsieur ?

— Euh... (Non, je n'en avais pas le courage.)... presque.

— Comme dit le sergent, intervint M. Goldfarb, brave homme avisé dont le nez semblait sortir d'une caricature du *Stürmer*, passons l'éponge. Mais pas avant demain matin. Demain matin, peut-être, je téléphone pour retirer la plainte. Laissons-le passer la nuit à réfléchir à ce que subissent les nôtres, là-bas, et à remercier le peuple britannique de se montrer si gentil.

— Il est juif lui-même, fis-je observer.

— Il y en a de toutes sortes, dit M. Goldfarb.

Heinz avait dû vider toutes ses poches sur le bureau du sergent. Il y avait, parmi les pièces de monnaie, le mouchoir et la boîte de capotes anglaises, une seule et unique clé. Je m'en saisis.

— Cet homme a raison. Rien de tel que de lui faire peur, sans excès, dis-je au sergent. La grosse voix, et au pain sec et à l'eau.

— Ce n'est pas l'Allemagne nazie, ici, monsieur.

La chambre de Heinz était dans un état remarquable. Les fenêtres étaient hermétiquement closes contre les nocivités de l'air frais et la puanteur accumulée des fumées de diverses marques de cigarettes était à vomir ; le lit n'était pas fait ; les draps étaient crasseux. Partout des marchandises volées. Comment il avait réussi à les introduire subrepticement à mon insu, j'étais incapable de le comprendre ; car nombre des articles n'auraient pas tenu dans une poche. Il y avait, par exemple, deux valises, une mallette, une pendule en or moulu, une radio portative et un gâteau de noce entamé. Un tiroir renfermait de l'argent très proprement rangé — je ne fis pas le compte, cela eût pris trop longtemps — et un autre vibrait et résonnait de montres Ingersoll, qu'il avait dû scrupuleusement et régulièrement remonter, toutes. Un troisième tiroir renfermait trois passeports britanniques. Je m'assis pesamment sur le lit sale pour les examiner. Et, soudain, l'idée folle se fit jour dans ma tête. Heinz avait mis la main sur l'unique moyen de faire sortir son père d'Autriche. Malheureusement, les trois passeports avaient été volés en même temps que des sacs de dame, le tout provenant probablement de la gare Victoria : Mme Hilda Riceyman, Mlle Flora Alberta Stokes, le Dr Manning-Brown. Docteur ! Le titre hermaphrodite par excellence. Le Dr Manning-Brown était une femme médecin née à Leicester, le 9 avril 1881. Un mètre soixante-huit, yeux noisette, signes particuliers : néant. Elle me regardait avec autant de gentillesse que le permettait la photographie du passeport. Sans beauté, mais le nez noble et le menton haut, comme relevé dans la fierté de sa profession ou peut-être, de son sexe. Le passeport avait été délivré par le consul général de Sa Majesté à Nice, et le tampon officiel, apposé par une main cavalière au bas du portrait le bord de sa circonférence semblait escalader le rectangle, tel le soleil levant, l'horizon. Jakob Strehler était, je le savais, dans sa jeune soixantaine il avait mis du temps à concevoir Heinrich Mordecai Strehler, noms sous lesquels était défini le traître sur son propre titre d'identité, niché dans le même tiroir et tout bardé d'aigles, de svastikas et de mots composés interminables. Apparemment, il avait fallu un lent suintement de la semence dans le conduit de la dépravation familiale, laquelle, dans le cas du pire, n'avait été catharsisée que grâce à l'imagination créatrice. La taille exacte de Jakob Strehler m'était inconnue, mais si le Reich observait le système métrique, nous comptions, nous en pouces et en pieds, et nul fonctionnaire allemand, si inquisiteur fût-il, ne se donnerait la peine d'aller chercher une table de conversion. Yeux noisette ? Tout le monde a les yeux noisette, sauf ma très chère sœur, Hortense. Une noisette est une petite noix, et non une couleur. Le nouveau nom de Strehler serait Julian Manning-Brown : il y avait juste la place pour ajouter la lettre « *n* ». Le problème serait la photographie.

J'avais écrit des nouvelles sur les mille et un moyens magiques de faire évader les bons, prisonniers des méchants. Tout romancier devrait être, au moins une fois dans sa vie, contraint d'accomplir dans la réalité ce qu'il a fignolé en imagination. J'allais entreprendre un exploit qui ferait bonne figure dans ma biographie. Et j'allais aussi me débarrasser de ce satané Heinz. Je regardai ma montre : 5 h 05. Toutes les montres Ingersoll volées concordaient aussi. A cette heure de l'après-midi, les bureaux de William Heinemann Ltd, mon éditeur, seraient encore ouverts. Je voulais consulter le service de publicité de la maison.

Toutes les photographies de Strehler que Fred Holden parvint à me sortir, devant un verre de Tio Pepe tiédasse, montraient le prix Nobel sous les traits flagrants du prophète biblique type : les nazis n'auraient jamais la subtilité de déceler la supercherie. Je mis Fred Holden dans la confidence. Il se récria : Mazette ! c'est terriblement risqué, mon vieux. Je répliquai : Franchement, que faire d'autre pour sauver un grand homme, quand l'instant critique est pour lui imminent, s'il n'a pas déjà sonné ? Surtout, pas un mot à la presse, à votre retour, dit Holden ; je veux l'exclusivité de cette histoire. Bien, voyons un peu. Et il fouilla parmi les photographies prises à Stockholm en 1935. Ma parole ! celle-ci devrait aller, avec un peu de chance. Strehler au milieu d'autres Nobel, C. von Ossjetzky (Paix), H. Spemann (Médecine et physiologie), F. Joliot et son épouse Irène Curie (Chimie). Strehler regardait lugubrement l'objectif droit dans l'œil, un grand verre de schnaps à la main. Il y avait le problème de la dimension. J'ouvris le passeport du pauvre Dr Julia Manning-Brown. Fred Holden appela son assistante, Christine, qui était dans son élément avec les ciseaux et la colle. La photographie de la titulaire de droit fut décollée ; elle nous servit de gabarit pour découper à la lame de rasoir l'effigie de Strehler. Dites, qu'est-ce que c'est illégal ! gloussait Christine. Oui, dis-je, mais ô combien moral ! Reste la question de ce bout de tampon du Foreign Office qui manque, dit Fred Holden ; voyons un peu Sur le portrait maintenant collé de Strehler, il fit des essais de dimension avec le bord de différents petits verres à liqueur (le service de publicité de la maison avait un assez joli budget pour régaler son monde). L'ennui est que ces machins sont ronds alors que leur saleté de truc est ovale. Christine alla jusqu'à la boîte à fusibles dans le couloir et revint avec l'astuce. Je vous bénis, jeune fille, vous avez du génie. Nous parachevâmes l'œuvre avec l'empreinte — littéralement martelée dans le papier avec le talon d'une chaussure de Fred — de douze millimètres de gros fil de plomb. Peut-être l'œil vigilant d'un inspecteur de l'immigration britannique ne s'y fût-il pas trompé ; mais c'était d'émigration qu'il retournait. L'important serait de fourrer notre homme dans un avion de la Lufthansa assurant le vol Vienne-Milan. Ensuite, tout irait pour le mieux.

Le lendemain matin, sur le coup de onze heures, Heinz rentra furtivement, courbé en deux, les bras prêts à protéger sa beauté contre mes coups. De me trouver lisant le *Times*, détendu, aimable au fond d'un fauteuil, l'effraya. « Asseyez-vous, mon garçon, dis-je. Mettez-vous à l'aise et écoutez-moi attentivement. (Il demanda humblement la permission de fumer.) Prenez une des miennes, dis-je, battant mon briquet Dunhill en or et me rendant compte que j'avais de la chance de l'avoir encore. Vous allez, repris-je, séjourner un petit bout de temps à l'hôtel Marmion, dans Coventry Street. J'ai pris toutes dispositions par téléphone. On m'enverra la note. J'ai pris également d'autres mesures : la prochaine fois que vous serez tenté de vous livrer à une activité délictuelle quelle qu'elle soit, l'on vous réexpédiera promptement au Reich, où mon ami Heinrich Himmler, *Reichsführer* et le chef de la SS et de la Gestapo, aura tout prévu, avec une efficacité bien teutonique, pour vous accueillir comme il se doit. Me comprenez-vous ? » *Ja, ich versteh.* « Moi-même, poursuivis-je, je dois m'absenter pour une semaine ou quelque, et je vais fermer à clé cet appartement. Je serai de retour au début de septembre. Je vous rapporterai un cadeau. » Il va de soi que je ne spécifiai pas lequel : Heinz eût été parfaitement capable, s'il avait su que je projetais de faire évader son père, de détaler jusqu'à l'ambassade d'Allemagne pour l'alerter. Puis, avec la ruse du romancier, je continuai : « Peut-être vous ennuyez-vous ici ? Et trouvez-vous que cela ressemble un peu à cet endroit dont vous me parliez, près de Vienne, vous savez ? J'ai oublié le nom. » Gerasdorf ? Est-ce que j'étais fou, ou est-ce que je plaisantais ? Gerasdorf lui sortait par les trous de *Nase* : Londres était chouette, bien que semé de tentations. Mais Gerasdorf ! De toute façon, la maison de campagne de son père était à des kilomètres de Gerasdorf, la distance d'une bonne marche à travers bois. « Vous n'auriez pas des photographies de cette maison de votre père, et de vous-même et de lui debout devant elle ? Étant donné ma vieille dévotion pour ce grand homme et celle, toute fraîche, que j'éprouve pour son fils, je suis sûr que vous mesurerez combien de tels gages d'une époque heureuse pour vous deux me seraient chers. » Époque heureuse ? *Scheiss.* Mais oui j'ai de ces photos-là dans ma chambre. Il en prit le chemin, tâtant ses poches en y cherchant la clé, puis se souvint que je l'avais prise. Il me regarda avec une double horreur, puis avec une agressivité redoublée : Ma chambre est à moi, *scheiss* de merde ! Vous n'avez pas le droit... « Cela va, Heinz, je sais tout. Mes félicitations pour votre très joli butin. Ne vous inquiétez pas, je ne dirai rien. Un jour, je vous mettrai dans un de mes livres. J'admire sincèrement vos talents de voleur. » Du coup, le jeune idiot finit par sourire, puis par faire des mines complices, non sans fondement, d'ailleurs : après tout, la sodomie n'est-elle pas un péché plus mortel que le vol ? « Alors, ces photos, Heinz ? »

La plupart de ses instantanés Kodak le représentaient lui-même dans des poses narcissiques. Il y en avait pourtant une ou deux où on le voyait, radieux, se balancer à une branche de pommier ou voltiger par-dessus une clôture, à quelques kilomètres de Gerasdorf, avec la maison derrière lui. Je me gravai rapidement dans la mémoire les détails de la demeure : triple pignon, perron de devant couvert d'un toit conique et à balustres en bois, mur de jardin bas, à mâchicoulis, noyer, groseillier d'Amérique. « Adorable, dis-je. Et quelle paix ! Au sud de Gerasdorf ? Pas trop loin de Vienne ? » Non, non, nord-est de Gerasdorf, à mi-chemin de Seyring, encore un troudukummel de bled ! « Ah, mon bon, un jour vous les reverrez, ces lieux et, qui sait ? peut-être même serai-je avec vous. » Non, non, plus jamais il ne voulait revoir ces troudukummel scheisseux de patelins. de toute sa fichue vie !... Remarquable garçon.

Quelques jours avant qu'il me fût possible de partir pour Vienne, via Paris et Berlin, les Allemands signèrent un pacte de non-agression avec l'URSS. Ce n'était pas un pacte d'amitié. Staline devait dire par la suite : « Le gouvernement soviétique n'eût jamais pu faire avaler au peuple des protestations d'amitié (*droujhba*) germano-soviétique, après avoir été couvert d'ordure, à pleins seaux, par le gouvernement nazi pendant six ans. » Ce pacte n'était pas une mauvaise chose, m'assura une de mes relations au Foreign Office, avec qui je pris rapidement un Pernod au Bourget : cela limitait les activités allemandes en Pologne, qui était sphère d'influence russe. La guerre ? Non, il n'y aurait pas de guerre ; le gouvernement britannique ne pouvait prendre au sérieux une alliance avec un pays perdu dans ses steppes tout à l'est là-bas, et si enfermé à l'intérieur des terres qu'il était encore moins accessible que la Chine ; non, les choses se tasseraient. Chamberlain parlait de créer une commission internationale spéciale pour débattre le problème du Corridor de Dantzig. On allait à un autre Munich, seule issue. Ne vous en faites pas. Quel temps splendide vous avez pour votre voyage en avion.

Je photographiai un peu du panorama de nuages duveteux, à travers le hublot de la Lufthansa, à l'approche de Vienne. J'avais prélevé un petit Kodak sur l'ample stock d'appareils photographiques volés que Heinz m'avait fièrement montré, au fond de son placard à vêtements. A l'aéroport de Vienne, d'aimables fonctionnaires SS prêtaient un peu de lustre au processus habituellement fastidieux du passage par le contrôle de l'immigration. M. Toomey, M. Toomey ? Il me semble connaître ce nom. Quel est l'objet de votre visite au Reich, M. Toomey ? Je suis écrivain et j ai un livre qui doit paraître bientôt, sous le titre de, je crois, *Es herbstet.* Quel excellent allemand vous parlez, M. Toomey. Mais naturellement, je savais bien que je connaissais votre nom ! Écrivain, oui. Et à quel hôtel descendrez-vous, à Vienne ? Je n'en suis pas encore sûr : je songeais à prendre un peu l'air de la campagne, dans une auberge à courte distance de Vienne par le chemin de fer, peut-être à Bad Vosläu. Et combien de temps resterez-vous chez nous, M. Toomey ? Je n'en suis pas sûr non plus. Mon vieil ami le *Reichsführer* Himmler a parlé de sa venue possible à Vienne, auquel cas il pourrait faire coïncider quelques aimables soirées avec les rigueurs d'une inspection du *Schützstaffel* local. Je vous demande pardon, M. Toomey, auriez-vous la bonté de répéter cette phrase ; peut-être votre allemand laisse-t-il parfois à désirer, malgré tout. Je sortis de mon portefeuille, bougre d'idiot que j'étais avec mon besoin d'aller toujours trop loin, ma précieuse lettre de Himmler et la tendis. Elle fut lue avec un effroi respectueux par le personnel présent au grand complet et entraîna le blocage temporaire des mécanismes de l'immigration. Le fonctionnaire de la SS me la rendit avec déférence et un brin de peur. C'était un jeune homme beau, très brun, avec cette rare distinction que confèrent des iris de différente couleur : un seul était noisette. Il avait un visage plein de compassion, sentiment qu'il ne manquerait pas de témoigner en surveillant la liquidation d'êtres humains : « Des deux, c'est encore moi qui souffre le plus. » Il y eut des *Heil Hitler !* et des claquements de talons pour m'ouvrir la barrière sur une Vienne libre et couverte de drapeaux. Plus bougre d'idiot que jamais, je rendis machinalement le *Heil Hitler !*

Il était trop tard pour pousser jusqu'à Gerasdorf ce jour même. Je pris un taxi pour l'hôtel Messepalast, dans la Mariahilferstrasse, et y retins une chambre pour la nuit. Avant le dîner, je remontai la Neubaugasse, tournai dans la Burggasse puis, non loin de la Thaliastrasse, trouvai l'Albrechtsgasse. Devant le numéro 21, je vis une inscription en rouge, *Jude* ! à demi effacée ; mais plus trace de la fière plaque hors de portée des mains armées du pinceau. Des drapeaux au svastika pendaient, inertes, dans la chaleur immobile du soir, aux fenêtres des deux étages supérieurs. Le rez-de-chaussée, où devait être, supposais-je, l'appartement de Strehler, présentait des fenêtres brisées et, autant que je pus en juger en sautant lourdement en l'air deux ou trois fois, les pièces étaient désertes. Un chat évita délicatement des débris de verre et grimpa sur un rebord de fenêtre pour me regarder, étonné, avec des yeux de pierre précieuse. Je rentrai à l'hôtel et, dans la salle de restaurant presque vide, pris un peu de *Bouillon mit Ei*, du *Tafelspitz* avec des beignets de pâte frite, suivi d'une *Sachertorte* et d'un café qui sentait l'orge brûlée et avait un goût d'Ovomaltine amère. Puis, je flânai jusqu'à un café en plein air de la Michaelerplatz, où je bus une *Gösser Bier.* Un orchestre jouait du Waldteufel et aussi, en l'honneur du pacte tout frais, *Les bateliers de la Volga.* Les consommateurs rieurs, jolies femmes, solides bourgeois et hommes minces en uniforme, détendus, civilisés, certains reprenant facétieusement en chœur les *Ho-là hisse-ho*, semblaient offrir toute garantie qu'il n'y aurait pas de guerre.

Une brise fraîche soufflait du Danube. *Clairs sont tes flots dans leur cours éternel.* Le lendemain matin, je pris un taxi pour aller à Gerasdorf. Le chauffeur, maigre, regard en-dessous, beaucoup trop curieux, remarqua ma valise et tint à savoir où je pensais descendre à Gerasdorf : il n'y avait pas d'hôtel. Vous êtes sûr que ce n'est pas à Gänserndorf que vous voulez aller ? Vu que vous êtes étranger — Anglais, non ? — vous pourriez confondre les noms. Ça fait un bout pour aller à Gänserndorf, mais je veux bien vous y emmener. Déposez-moi à Gerasdorf, j'ai des photographies à y prendre. Ah ! et pourquoi là ? C'est mon affaire, bon Dieu ! Bien, bien, y a pas de quoi vous offenser, je voulais seulement rendre service. Il faisait un temps magnifique de fin d'été ; ce n'étaient que prunes, pommes, champs de haricots et petits enfants agitant des brins de cerfeuil sauvage. Déposez-moi ici, dis-je. Il y avait un *Stüberl*, avec de la vigne vierge au-dessus du linteau de la porte. Je payai mon chauffeur, qui me remercia maussadement. Il prit tout son temps pour faire demi-tour avec son véhicule et repartir, et m'observa pendant que je m'asseyais à une table, dehors. On eût dit qu'il souhaitait voir si j'étais satisfait de ma première gorgée de vin blanc du cru. Je lui fis un signe de tête. Il répondit de même et s'en fut.

Le propriétaire du *Stüberl* voulut savoir ce que je venais chercher dans cet endroit. C'était un homme robuste, au ventre compact comme un chou blanc et à la bouche pleine de dents gâtées. Je répondis que j'avais envie de prendre quelques photographies, et je tapotai ma valise : mon fourniment est là-dedans. Ah ! les beautés de l'Autriche rurale. On m'avait conseillé Gerasdorf. Hé ! dit l'homme, pourquoi ne pas commencer par nous photographier, ma femme et moi, sous la vigne vierge ? Il appela Lise, Lise ! ou un nom de ce genre. Une grosse femme aux belles dents saines sortit. *Küss' die Hand, mein Herr.* Je fis clic-clac. Je reviendrai boire de votre excellent vin après m'être un peu promené à l'aventure. Il me regarda partir au hasard, en secouant la tête. Un facteur à bicyclette, portant une corne en bandoulière et une maigre sacoche, salua de la main le *Stüberl.* Tous deux me suivirent des yeux.

Je pris la direction du nord et la route de Seyring. Un idiot de village surgit de derrière une haie et me gargouilla des mots, tout en arrachant des gratterons de son pantalon crasseux. Au bout d'un kilomètre et demi environ de champs vides, je parvins à un bois sur ma gauche. Je pénétrai dans sa mélancolie violette moirée de brusques taches de soleil et me tordis les pieds sur des glands et des brindilles craquantes, tandis que me pleuvaient de temps à autre, sur les épaules, des noisettes, comme une sorte de timide souhait de bienvenue dans la campagne autrichienne. Il y avait un nid de corbeau très haut perché, et l'oiseau noir croassa *gare, gare*. Des écureuils partaient comme des flèches ; sur un arbre tombé, un lézard palpitant et irascible se gonfla et me tira la langue. Libéré de l'ombre et suant terriblement, je débouchai sur une étendue de chaume, et la maison fut là, tout au bout, derrière trois ormes: trois pignons, un cône et un mur bas à mâchicoulis. J'étais surpris autant que soulagé de la voir : même les photos de Heinz, normalement, auraient dû être aussi menteuses que leur auteur. Je fis, à pied, près de deux kilomètres parmi des crépitements de chaume. La maison avait besoin d'un coup de jointoiement et de peinture. La grille, qui pendait à un seul gond, geignit quand je la poussai. Deux ou trois pommes, superbes et idéales pour le four, s'écrasèrent avec un bruit sourd sur le sol. Comme je tendais la main vers le heurtoir terni, qui semblait être l'effigie de l'empereur François-Joseph, la porte s'ouvrit. Strehler m'avait entendu arriver. Il tenait un fusil de chasse. Il dit : « *Ja ?* » Il ressemblait à la photo de Stockholm. Il mesurait environ un mètre soixante-treize — il pourrait toujours se voûter un peu. Il portait un pantalon déformé et déchiré, une chemise de flanelle avec des taches de nourriture, un gilet auquel manquaient deux boutons, des pantoufles en tapisserie. Je dis en anglais :

— Toomey. L'écrivain britannique. A qui vous avez envoyé votre fils.

— Vous ne devriez pas être ici, répondit-il en anglais. Vous devriez être en train de vous occuper de ce pauvre Heinz.

— Vous serez bientôt réunis, Heinz et vous. Puis-je entrer ?

— Réunis ? Vous êtes fou. Mais oui, entrez.

Un corridor transperçait la maison, de l'avant à l'arrière. Il était bourré de vieilles malles et de valises usagées, d'un grand cheval à bascule d'enfant, de livres et encore de livres, de lourds manteaux jetés n'importe comment, ici et là, et la poussière dansait dans la lumière venant de la porte d'entrée — que Strehler refermait à clé, maintenant, et verrouillait. Il me conduisit jusqu'à une pièce à main droite ; à l'intérieur, le long du mur du fond, un escalier de fer montait en spirale à l'étage suivant. Une large baie fêlée découvrait des champs, le ciel et des hirondelles se livrant à une répétition de leur exode proche. Devant la fenêtre, une vaste table en teck, couverte de livres ouverts et de papiers. Strehler travaillait à quelque chose. C'était donc là son bureau, plein du bric-à-brac de ses voyages, ivoires et ébènes, poussière hérissant les surfaces planes comme une limaille de fer grise. Aux murs, photographies encadrées : une femme au grand sourire sous un chapeau cloche, dans un parc plein de kiwis ; Strehler jeune, célébrité montante ; Heinz en petit garçon tirant la queue d'un matou ; Sigmund Freud, Hermann Hesse, Stefan Zweig, Rainer Maria Rilke...

— Ah ! Rilke, dis-je. La dernière fois que je l'ai vu, c'était dans un café de Trieste. Il a pleuré.

— Cela lui arrivait souvent. Mais personne ne l'entendait parmi les bataillons des anges. Prenez donc ce siège là Je ne pense pas qu'il s'effondre. (Lui-même s'assit à sa table de travail et me regarda, les sourcils froncés.) Quel mot avez-vous employé : *réunis* ?

— J'ai le moyen de vous faire passer en Angleterre sans grande difficulté. J'ai un passeport pour vous. Et, Dieu merci ! vous parlez l'anglais. Il faudra que vous voyagiez sous l'identité d'un médecin britannique.

— Pourquoi un médecin ?

— Parce que le passeport qui convenait le mieux, parmi tous ceux qu'avait volés votre fils Heinz, appartient à un médecin. C'est aussi simple que cela.

— Il a beaucoup volé ?

— Oh ! oui. Il a aussi racolé dans les rues. Mais il n'est pas en prison, pour le moment. A part une ou deux nuits au violon, il a mené une vie très libre et très sybarite. C'est un jeune homme remarquable. J'espère que vous serez heureux de le revoir.

— Peut-être, répondit-il avec un large sourire, aurais-je dû lire un ou deux de vos livres, après tout. Vous avez cette vertu bien anglaise... comment l'appeler ? Sens de l'humour, tolérance, endurance ? Il doit bien exister un seul mot pour le dire, mais j'ignore lequel. Il est évident que je ne serai pas le moins du monde heureux de revoir ce garçon. J'espérais que, depuis le temps, vous l'auriez peut-être expédié à sa mère, en Nouvelle-Zélande.

— C'est assez étrange, mais je n'y ai pas pensé une seconde. Je n'avais qu'une idée : réunir père et fils. J'attends impatiemment le moment d'assister aux premières embrassades et aux premières larmes de *Gott sei dank !*

— Il n'y aura ni embrassades ni larmes. Je ne bougerai pas d'ici. Jusqu'à ce que les autres viennent me chercher. Mais je commencerai par en tuer quelques-uns. (Il caressa la culasse de son fusil : autrichien, Mannlicher-Schoenauer, calibre 6 mm 5, comme il devait me l'expliquer plus tard.)

— Je vois. Et quand pensez-vous qu'ils vont venir ?

— Bientôt, bientôt. Avez-vous entendu parler d'un petit homme de lettres réactionnaire, du nom de Johannes Braunthal ? Non, bien sûr, quelle question ! Un genre de critique et une espèce de romancier. Il a trouvé sa véritable... *Beruf*. Comment dit-on cela ?

— Carrière, vocation, métier. Quel excellent anglais vous parlez, soit dit en passant.

— Merci. Il est dans la SS. C'est un petit homme cruel, comme tant de critiques littéraires. Il veillera à ce que l'on m'affecte au nettoyage des tinettes ou aux tâches que l'on assigne aux intellectuels juifs, dans leurs camps.

— A mon avis, dis-je, vous sous-estimez les intentions de ces gens pour ce qui concerne les juifs. D'après ce que je comprends, il est sérieusement question, à Berlin, d'exterminer la race entière

— On en a beaucoup parlé à Vienne aussi. Et depuis toujours. La haine du juif n'est pas le monopole des nazis. N'importe, si reconnaissant que je sois pour la peine que vous semblez vous donner pour moi mon sentiment est que je dois rester ici pour attendre le pire. Mais je commencerai par tuer Johannes Braunthal. Depuis le temps que j'en ai envie, de toute façon !

— Il le sait probablement. Donc il ne viendra pas lui-même. D'ailleurs, en général, ces gens vous tombent dessus en pleine nuit : ils forcent les portes et vous réveillent en vous braquant un revolver sous le nez.

— Je les entendrai forcer l'entrée. Au reste, je dors la plupart du temps dans la pièce de devant, sur un siège dur, face à la fenêtre, l'arme bandée — est-ce bien le mot ? — et prêt.

— Sait-on où vous êtes ?

— Oh ! ils le découvriront. Qui sait même si je ne les enverrai pas chercher ? Vous seriez... aha ! un émissaire très utile. Voyez-vous, j'arrive au terme d'un travail. Là aussi, vous pourriez servir. En ramenant cela au monde libre.

— De quoi s'agit-il ?

— D'une chose curieuse. Avez-vous entendu parler d'un auteur latin du nom de Frambosius ? Non, bien sûr, c'est un écrivain très mineur, comme Braunthal. Et autrichien aussi : le nom n'est qu'un *Deckname*, un pseudonyme ; le vrai nom est Wilhelm Fahlrot de Klagenfurt. Mort en 1427. Écrivait en latin. Tenez, voici son livre ; vous n'avez qu'à voir par vous-même.

Et il me tendit, avec le même respect profond que le SS me rendant ma lettre de Himmler, un petit ouvrage sous couverture brune moisie, un in-duodecimo, supposai-je, aux pages tachées comme par une maladie de foie, et dont le contenu était un poème d'un millier de vers environ — des hexamètres latins — et le titre, *Vindobona*.

— *Vindobona ?*

— C'est-à-dire Vienne. J'ignore ce que vaut votre latin. Le mien n'a pas manqué de faire des progrès, depuis que j'ai commencé à traduire ceci en allemand. Et en vers rimés ! Il s'agit d'une prophétie remarquable. Des hordes de rats de taille humaine déferlent sur l'Autriche, venant du septentrion, et installent leur gouvernement et leur culture dans la capitale. Leur régal de gourmets, ce sont les ordures ménagères ; leur musique est faite de couinements et leur passe-temps principal est de sauter sur les doux et les infirmes pour leur ouvrir la gorge. Leur drapeau a pour emblème quatre pattes stylisées sur fond noir. Les humains qui se laisseront pousser de longues moustaches, se colleront une longue queue au derrière et marcheront comme des bêtes, seront acceptés dans la communauté des rats. Le roi des rats s'appelle Adolphus.

— Seigneur Dieu !

— Il me reste à peu près une centaine de lignes à traduire, et j'ai déjà rédigé une longue préface. Je crois avoir le temps de finir avant que Braunthal et ses séides viennent me chercher.

— Rien ne vous empêche de le terminer à Londres, dans mon bureau. Je pense que vous devez absolument vous décider. Je ne repartirai pas sans vous.

— Ah ! fit-il en souriant. Et comment me ramènerez-vous si je n'y consens pas ? J'ai un fusil ; vous, non que je sache. Mais je vais conclure un marché avec vous. Restez ici, à l'air de la campagne, le temps que j'achève mon travail. J'ai du vin au cellier et du whisky dans cette cave à liqueurs que vous voyez là, coiffée d'un vieux tricorne de velours. L'eau de mon puits est un vrai nectar. Il y a un sac de haricots secs et j'en ai mis toute une casserolée à tremper. Il y a aussi deux jambons, dont un de Westphalie. J'ai appris à faire le pain, ce qui est un art infiniment plus satisfaisant que la fabrication des romans. Il y a un lit pour vous en haut de cet escalier, avec des couvertures. Accordez-moi trois ou quatre jours. Ensuite, nous pourrons reparler de votre affaire. Mais comprenez bien que, au fond du cœur, j'ai décidé, si telle est la bonne expression, de tuer Johannes Braunthal.

Ah ! le petit monde étroit de l'écrivain, la mesquinerie de ses inimitiés. Pour Strehler, l'*Anschluss* n'était guère plus qu'une bonne occasion de tuer un censeur de son œuvre. Je dis :

— Il y a des critiques britanniques et américains que, moi-même, j'aimerais bien supprimer. Mais c'est un luxe. Nécessité commande, et le plus urgent est de vous tirer d'ici. Si prétentieux que cela puisse sembler, j'ai le sentiment d'une responsabilité devant la littérature.

— Sans compter le désir de vous débarrasser du pauvre Heinz. Je ne peux vous le reprocher entièrement. Envoyez-le à Christchurch, en Nouvelle-Zélande, vous dis-je ; c'est une ville austère qui calmera son exubérance. Et maintenant, allez nous faire du café à la cuisine. J'en ai du vrai, que m'envoie un admirateur brésilien. Vous n'auriez pas, par hasard, apporté de vrai thé britannique ? Du Twinings ? Ou de celui de chez Jackson, à Piccadilly ? C'est en entrant là pour en acheter que j'ai rencontré pour la première fois Amelia, ma future femme. Elle essayait de s'imposer à John Middleton Murry et à Katherine Mansfield, néo-zélandaise comme elle. C'est à elle que je dois tout mon anglais. *Box of birds*, cela vous dit quelque chose ? Non ? En Australie, quand quelqu'un vous demande comment ça va, c'est ce que vous répondez : *Box of birds* — comme une pleine caisse d'oiseaux.

— Désolé, mais je n'ai rien apporté d'autre qu'un passeport. Vous comprenez, j'avais une seule idée en tête : j'espérais que, demain, nous aurions pu prendre l'avion de Milan, sortir du Reich en toute hâte. Peut-être même ce soir...

— Non, il ne faut rien précipiter.

C'était un fait, il y avait un soupçon d'accent océanien dans son parler. La voix était rude tout en gardant l'inflexion chantante du viennois. De temps en temps, il toussait et avalait le mucus. Les yeux étaient noirs, hardis et fuyants à la fois. Les cheveux, gris et sales, partaient en éventail ou en épis. La peau était roussâtre ; le nez, énorme ; la bouche, pleine de dents brunes et plantées de travers. Il y avait une pipe à la Sherlock Holmes sur son bureau ; il l'alluma en bavant un peu. L'odeur était celle d'un feu de mauvaises herbes.

— Faites-nous, dit-il d'une voix mouillée de salive, du café et des sandwiches au jambon. Et laissez-moi à mon travail. Adolphus le rat roi impose l enseignement de la langue rat dans les écoles de l espèce humaine C'est une langue au vocabulaire très limité

53

Le rouge s'alluma, tout à fait comme à la Maison de la BBC à Portland Place, Londres W1, et l'aimable jeune fonctionnaire du ministère de la Propagande me dit :

— Bienvenue dans le Troisième Reich, monsieur Toomey.

— A vous entendre, on croirait que c'est ma première visite.

— Non, non, nous savons bien évidemment qu'il n'en est rien. Nous savons aussi que vous êtes un vieil ami et, de plus, un homme dont les livres sont très aimés du peuple allemand. Quel grand dommage, n'est-ce pas, que ce malentendu survenu entre nos deux grandes nations !

— Les malentendus sont toujours très regrettables, surtout quand ils tournent à la guerre.

Le lecteur aura déjà deviné le déroulement des événements. J'avais passé la première semaine de septembre, à la fois détendu et stimulé, dans la maison et le jardin de Jakob Strehler. Le temps était magnifique, les pommes tombaient. Nous étions très à l'écart du monde extérieur et de ses terribles décrets, et rien ne me manquait, à part mes cigarettes de Burlington Arcades. Mais Strehler avait une livre de tabac blond et fin en vrac et des carnets de papier à cigarette *Pferd* ; il m'enseigna même l'art d'en rouler une d'une seule main. Avant lui, à part les cowboys des films, je n'avais connu qu'un seul homme aussi doué que lui : le jeune Eric Blair, rencontré à une réunion du Pen Club, et qui, bizarrement, perdit le coup après avoir réussi sous le pseudonyme de George Orwell. Strehler exerçait ce don distraitement, tout en relisant ce qu'il venait d'écrire. Pour lui comme pour la plupart des fumeurs de pipe, la cigarette n'était qu'un moyen de se nettoyer le palais entre deux bouffardes.

Il était presque au bout de sa traduction de *Vindobona*, lorque les forces de l'État nazi se présentèrent. C'était le matin, très tôt, et je dormais sur mon lit sans draps, dans le grenier au-dessus du bureau, lorsque Strehler entra et, me soufflant doucement au nez une haleine au café noir et au jambon, me secoua sans brutalité et me dit : « Il y a des hommes qui arrivent par le bois. » Je fus réveillé dans la seconde. Avec sollicitude, il me roula une entre-deux-pipes.

— Pour l'amour du ciel, rappelez-vous qui vous êtes, dis-je, Avez-vous le passeport en poche ?

— Cela ne marchera pas.

— Si, il le faut. Nous sommes deux Anglais en vacances dans la maison de campagne de Strehler. « Et Strehler ? » Parti : nous ne savons pas où il est. Vous verrez, cela ira tout seul.

— Ces gens-là me reconnaîtront. Malheureusement, Braunthal ne semble pas être du nombre. J'en serai réduit à exiger que ce soit Braunthal lui-même qui procède à l'arrestation. Tout, ou plutôt ce qu'il faut, est prêt pour le recevoir.

Je toussai ma fumée de cigarettes en enfilant mon pantalon — j'avais dormi en chemise et sous-vêtements. Je glissai mes pieds nus dans mes brodequins, toujours toussant.

— Je vous dis que cela marchera, il le faut. Laissez-moi la parole. Quand je vous disais qu'il y a des jours que nous aurions dû prendre l'avion !

— Vous n'aviez pas perdu un peu de votre sens de l'urgence ?

— Par votre faute, oui. Nous sommes tous les deux de fichus idiots. N'importe, tout ira bien.

Nous étions au rez-de-chaussée maintenant. Nous passâmes dans la pièce de devant et vîmes par la fenêtre six hommes qui faisaient à présent crépiter les chaumes.

— Vous voyez, dit Strehler. Pas de Braunthal. Je veux absolument qu'il soit là.

— Fichez-nous la paix avec votre Braunthal !

Il y avait deux civils trapus en chapeau mou et imperméable, deux Schupos armés de revolvers, un *Unteroffizier* et un simple soldat de la Wehrmacht, chacun avec leur fusil.

— La SS ne semble pas du tout représentée, fis-je observer.

— Je crois connaître l'autre, là, qui a les mains dans les poches. Je l'ai vu dans les bureaux de la Gestapo, quand j'essayais d'arranger les choses pour le pauvre Heinz. Celui-là me connaît. *Verflucht, Scheiss* et la suite ! Je ferais aussi bien d'aller ouvrir la porte. Peut-être aimeraient-ils une tasse de café.

Les six hommes parurent déconcertés lorsque la porte s'ouvrit et qu'ils nous découvrirent debout sur le seuil et les attendant, dans la fraîcheur du matin. Ils avaient l'air d'avoir été invités à prendre le petit déjeuner et d'arriver en retard. Strehler tira de la poche de son gilet sa montre oignon : 7 heures 51. Les quatre uniformes du groupe commencèrent par accélérer le pas, puis firent halte pour attendre les deux civils.

— Entrez donc, dit Strehler.

Tout se déroula dès lors en allemand. A ma grande surprise, c'était moi que l'on venait arrêter. Pas plus Strehler que moi, nous ne nous doutions que la Grande-Bretagne et la France avaient déclaré la guerre à l'Allemagne le dimanche précédent. Apparemment, nous en étions au dimanche suivant. La guerre était déjà solidement engagée, selon les règles. Nous apprîmes tout cela en prenant le café à la cuisine. La nouvelle qu'un Anglais muni d'un appareil photographique rôdait dans le voisinage avait mis du temps à parvenir jusqu'à la police viennoise. Mais, maintenant, j'étais placé sous mandat d'arrêt. Ainsi, naturellement, que

Strehler Tant la police que l'armée appréciaient cette preuve tangible de la déloyauté de Strehler envers le Reich : abriter sous son toit un étranger ennemi, équipé avec un appareil photographique ! En outre, bien entendu, il était juif, et il y avait belle lurette qu'il aurait dû être dans un camp de travail : mais les juifs étaient bons à être embarqués par troupeaux dans des camions vers des ghettos, non pour se faire ramasser, à la faveur d'expéditions spéciales, dans des maisons perdues dans la campagne.

— Je pensais, dit Strehler aux autres, que l'on enverrait Braunthal me quérir.

— Vraiment, lui dis-je en allemand, je suis absolument désolé de cette histoire. C'est fichu pour la traduction de ce sacré poème, vous ne pourrez pas l'achever.

Les deux hommes de la Gestapo, assis sur le bord de la table de cuisine, sirotaient le bon café brésilien. L'*Unteroffizier* et le simple soldat nous tenaient, Strehler et moi, sous la menace de leur fusil. Les Schupos étaient au repos, étui à revolver toujours fermé. Des deux hommes de la Gestapo, celui qui semblait être le chef, qui connaissait Strehler et était connu de lui, s'efforça de s'ériger en parangon de patriotisme philosophique et gronda, son café dûment absorbé : « Espèce de merde juive, il n'y a que les salopards comme vous, dans notre Reich, pour se taper du vrai café pendant que, nous autres, nous buvons de la pisse de gland. »

— Ah ! fit doucement Strehler. Mais c'est parce que vous préférez les canons. Apparemment, on ne peut se payer des canons et du vrai café à la fois. Moi qui n'ai pas de canons, j'ai droit à de l'authentique café. Normalement, vous devriez vous planter les doigts au fond de la gorge et vomir ce poison antipatriotique.

— Espèce de sale étron juif, dit l'homme de la Gestapo. Ferme ta gueule de porc avant qu'on te la cloue.

C'était un homme à l'aspect très ordinaire, luisant comme une brioche passée à l'œuf ; forcé de se raser plus tôt que d'habitude, et probablement à mauvaise lumière, il avait le visage piqueté de petites croûtes de sang séché. Son compagnon avait le teint gris et sans doute un ulcère ; le café brûlant l'avait fait tiquer ; il ne l'en avait pas moins bu jusqu'à la dernière goutte. Tous deux gardaient le chapeau sur la tête. Je demandai :

— Que va-t-il m'arriver, croyez-vous ?

— On vous fusillera comme espion et on en fera autant à ce salaud de juif. Autre chose : il n'est pas normal qu'un cochon d'Anglais parle aussi bien l'allemand que vous.

— Il faut bien qu'il parle en bon allemand, si c'est un espion, fit remarquer l'autre.

— J'ai appris l'allemand, dis-je, en lisant les œuvres de Herr Doktor Strehler ici présent, le plus grand de tous les romanciers vivants. Et je ne suis pas un espion, soit dit en passant. J'étais venu ici en vacances et j'ai perdu la notion du temps. Comment va la guerre, si vraiment guerre il y a ?

— Londres a été bombardé ; ce n'est plus qu'un énorme tas de merde de chat. Et comment, que c'est la guerre ! Vous ne tarderez pas à vous en apercevoir. Le Führer sera à Piccadilly Platz avant la Noël. En route, il est temps de se magner.

— J'exige, dit Strehler, de voir mon vieil ennemi Braunthal. Faute de pouvoir le tuer, je veux au moins cracher sur son horrible visage. (L'expression sortait droit du premier *Faust : shrecklisches Gesicht.*)

— Ferme ton sale clapet ! s'écria le second homme de la Gestapo, dans les affres de la dyspepsie. C'est sur toi qu'on crachera, et pire encore.

— C'est *Circus*, protestai-je. Piccadilly *Circus* et non *Platz*. (Et l'idée se fit soudain jour en moi que je ne reverrais peut-être plus Piccadilly.)

Sous la menace d'un fusil de l'armée et d'un pistolet de Schupo, on m'autorisa à me vêtir convenablement et à faire ma valise. Strehler eut le droit de se servir des vécés, mais en laissant la porte ouverte. Il y siégea un long moment, lisant un des vieux numéros de *Punch* qu'il y stockait en pile pour tromper les attentes de la constipation. La Gestapo continua à aboyer après lui et à le traiter de merde juive, à quoi il répliqua fort courtoisement que c'était le mot juste, en l'occurrence, mais qu'il n'y pouvait rien. Puis il me fit un clin d'œil et je compris qu'il dissimulait le passeport britannique à l'intérieur du *Punch* du 20 juin 1934 ; du moins cette pièce à conviction ne viendrait-elle pas grossir le ou les chefs d'accusation formulés contre nous. L'on nous fit marcher à travers champs et bois, encadrés chacun par un élément de la Reichswehr, un autre de la Schupo et un de la Gestapo, les chefs des trois armes m'étant réservés, mais Strehler et son escorte nous précédant, très en avant-garde. J'avais le cœur on ne peut plus léger. Tel est souvent le cas, lorsqu'on se trouve déchargé par force de toute responsabilité personnelle : pas plus le sentiment d'innocence lésée que celui de culpabilité justifiée ne peuvent alors sérieusement affecter la sensation de liberté que l'on éprouve. Que Strehler eût aussi le cœur léger, je le voyais bien à la façon dont il chantonnait la vieille chanson de l'Archipoète — *Mihi est propositum* — venue de ce Moyen Age sans nations où l'Allemagne était le Saint Empire romain germanique. Je le voyais pour la dernière fois ; il avait créé une grande œuvre qui survivrait aux nazis ; il avait toutes raisons d'être content, en dépit des bourrades et des exécrations. Il avait même *Vindobona* dans sa valise ; mais je doutais qu'on lui laissât parachever la traduction. Pour ma part, j'avais usé du peu de talent dont j'étais doté pour le mettre au service du divertissement populaire ; j'avais bien mangé, bien bu, j'avais tenté une action méritoire, même si je l'avais salopée. Si l'on me fusillait, peut-être me dresserait-on une statue dans un square de Londres, comme à Edith Cavell.

Attendant sur la route, il y avait un camion Opel Medium Modèle S et une Porsche *Kübel*. Une poignée de villageois curieux était contenue par trois ou quatre soldats, commandés par un *Feldwebel*. Tout cela me parut singulièrement vain ; mais sans doute ces gens savaient-ils mieux que moi ce qu'ils faisaient Le dangereux espion anglais que j'étais fut environné d'hommes en armes sur la plate-forme du camion non bâché, tandis que Strehler était poussé à l'arrière de la *Kübel*. La Gestapo comme les deux Schupos voyageaient grâce à l'aimable concours de l'armée : le système nazi présentait une fluidité, ou un redoublement, une redondance de l'autorité que je n'ai jamais très bien comprise. Strehler et moi, nous nous fîmes adieu de la main, et il disparut. Il rejoignit, probablement, cette armée juive anonyme qui allait être exploitée jusqu'à l'extrême limite de la brutalité, et puis qui, dans une Allemagne purifiée, fertiliserait ces grosses asperges blanches que l'on voit encore aujourd'hui en vente, en mai, dans les deux Berlin. Mais Strehler vit toujours, comme Heine et Mendelssohn, tandis que les nazis ne sont que prétexte à feuilletons télévisés.

Au moment de notre séparation, Strehler négligea de faire allusion au pauvre Heinz, destiné désormais à être à la fois orphelin de père et de père adoptif. Je ne le mentionnai pas non plus, et pourtant il occupait fort mon esprit, comme étant la cause de mes ennuis présents. D'ailleurs, j'étais cerné par des sortes de Heinz, sur la plate-forme de mon camion Opel Medium Modèle S, tous à prépuce et baïonnette au canon, leur posture de qui-vive militaire n'étant, cela dit, nullement parodique.

Pour abréger, disons qu'une combinaison d'autorités diverses s'employa efficacement, à Vienne, à établir que je n'étais pas un espion. Mon rouleau de pellicule, développé, se révéla vierge, hormis le portrait d'un aubergiste aux dents gâtées et de sa femme. L'Abwehr, la SS et un personnage d'allure professorale, assez charmant, fumant à la chaîne, vêtu d'une tunique croisée gris tourterelle, et à qui tous manifestaient une grande déférence, dressèrent en long et en large et tapèrent à la machine un état de ma situation, le répertorièrent et télégraphièrent rapidement le tout à Berlin. J'étais Kenneth M. Toomey, romancier britannique distingué qui, convaincu qu'il n'y aurait pas la guerre, était venu innocemment prendre des vacances dans la campagne autrichienne et était descendu, en toute pureté de cœur, chez un autre romancier encore plus distingué, dont la juiverie criminelle avait mystérieusement échappé à toute vigilance, de même qu'à l'Académie suédoise. Pas de quoi fouetter un chat. A regret l'on devrait m'envoyer finalement dans un camp pour étrangers ennemis, aussi infortunés et innocents que moi : en attendant, je logerais, sous bonne garde, dans ce qui avait été une petite clinique pour épileptiques, dans la Stromstrasse.

Mes compagnons d'internement étaient, entre autres, deux Polonais qui, ayant eu l'occasion de goûter à la doctrine nazie sur le peu de valeur des vies slaves, exprimaient en mauvais allemand leurs craintes pour leur peau. Il y avait aussi une équipe d'actualités cinématographiques françaises, cameras confisquées, qui s'était fait ramasser d'un coup de filet dans les Alpes de Zillertaler, et qui me montrait très fort les dents, comme il convenait à un citoyen d'une nation perfide par laquelle la France se trouvait entraînée dans une guerre inutile. Leur opérateur aux mains vides était musculeux et agressif. Il n'y avait aucun représentant de ma propre nation pour me soutenir, à part un très vieux fabricant de jouets de Lancaster, qui avait travaillé toute sa vie à Graz et avait considéré comme allant de soi, mais à tort, qu'il était naturalisé Autrichien : « Sales *Frenchies*, disait-il. On ne pouvait déjà pas se fier à ces bougres-là le coup d'avant ; ce sera du pareil au même ce coup-ci. Tant qu'il est vivant, y a pas pire qu'un Français. » Au bout de quinze jours, un des gardiens m'intima bruyamment d'avoir à faire promptement ma valise pour déménager. C'était un matin pluvieux et, dans ce qui nous servait de salle de récréation, les Français se disputaient à grands cris en jouant au poker. Ils me lancèrent des lazzi et me firent signe qu'on allait me couper la gorge. « Sacristi de grenouilles, dit le fabricant de jouets. Fais attention où tu mets les pieds, mon pote. T'en laisse pas conter. »

On me conduisit au quartier général du *Reichspropagandaministerium* à Vienne et, dans un bureau rutilant de cire d'abeille avec svastikas et portrait du Führer en Parsifal, je fus mis en présence du Doktor Franz Eggenberger. C'était un petit homme basané, avec du poil sur le dos de la main — on eût dit une ébauche de gant de fourrure — et qui parlait un excellent anglais, dont les cadences s'étaient réglées une fois pour toutes sur le niveau des petites classes d'un cours secondaire de bon ton. Il avait été éduqué, m'expliqua-t-il, dans un endroit appelé Hyderabad House, près de Bridport, dans le Dorset, son père croyant dur comme fer aux vertus du système éducatif des classes dirigeantes anglaises, bains glacés, nourriture fruste et latin.

— Bref, voilà, mon vieux, dit-il en me tendant une boîte de cigarettes Stolz. J'ai lu un ou deux de vos trucs. Pas mal, pas mal, j'ai trouvé. Je viens juste de raccrocher d'avec le grand Joe Goebbels en personne.

— Vraiment ?

— M'a l'air de penser tout le bien du monde de vous. Je suppose que vous aurez déjà deviné ce qu'il attend. Un bout d'interview à la radio. Deux minutes. En anglais, va de soi, puisque c'est destiné à des auditeurs britanniques. Rien qui ressemble à une trahison... de votre point de vue, s'entend. Et, de notre côté, rien de trop méchant. Un petit marché, disons.

— Est-ce à dire que vous me laisseriez partir ?

— L'idée est simple : tout le monde a le dos tourné, comme par enchantement. Et vous avez un permis de sortie spécial pour un pays neutre. On a suggéré l'avion jusqu'à Milan ; ensuite vous volez de vos propres ailes. Cela m'a l'air d'une idée tout ce qu'il y a de plus civilisée.

— L'on n'est pas censé marchander avec l'ennemi, ce me semble ?

— Personne ne vous y force, bien entendu.

— La question est : que dira-t-on là-bas, au pays ?

— Tout de même, vous ne vous attendez pas à ce que, de ce côté-ci, cela nous tourmente beaucoup ? Voyons, un peu de bon sens Nous *sommes* en guerre, figurez-vous.

— Bien. D'accord. A la grâce de Dieu.
— Bravo, mon vieux, j'en étais sûr. Joe Goebbels sera ravi.
On m'installa donc au Josefstadt, dans la Lederergasse, où l'on me dépêcha un jeune et aimable fonctionnaire pour me préparer à l'interview. Il me pria de l'excuser s'il n'aimait pas mes œuvres : il avait eu comme directeur d'études Herr Doktor L. C. Knights, pendant son année à Cambridge, lequel lui avait enseigné une approche assez rigoureuse de la littérature. Bref, le soir pluvieux du 29 septembre, je me retrouvai en train de dire :
— Les malentendus sont toujours grand dommage, surtout quand ils tournent à la guerre.
— Comment, M. Toomey, définiriez-vous le terme *nation* ?
— Mon Dieu, ainsi que je l'ai déjà exprimé au cours de certains de nos entretiens privés, en fonction, dirais-je, d'une certaine continuité de culture... de littérature, bien entendu, surtout...
— Et qui dit littérature dit langage, n'est-ce pas ?
— Ma foi, oui. En un sens, l'on pourrait dire que l'Angleterre, c'est la langue anglaise, et l'Allemagne, la langue allemande. On pourrait, certes, dire aussi que Luther a été le créateur de l'Allemagne en même temps que de la langue allemande moderne.
— Et l'Allemagne se trouve partout où l'on parle l'allemand, que ce soit l'Autriche, Dantzig ou les Sudètes ?
— Cela pourrait se défendre, oui.
— Pendant que vous étiez en vacances ici, dans le Reich, vous avez été surpris d'apprendre que la guerre avait éclaté entre nos deux pays ?
— Ma surprise a été de découvrir que, après avoir cédé sur l'Anschluss et la Tchécoslovaquie, la Grande-Bretagne comme la France aient réagi aussi vigoureusement au sujet de la Pologne, pays qu'elles n'étaient nullement en mesure de soutenir ou de secourir...
— Quand vous parlez de l'Angleterre et de la France, M. Toomey, vous pensez, je suppose, aux gouvernants politiques de ces deux pays ?
— Mais, bien entendu. Par loyauté envers le système démocratique, sinon envers les chefs élus et actuellement au pouvoir, je me sens contraint d'accorder un vote de confiance plein de réserves à M. Chamberlain. Je tiens à souligner qu'il n'y a là nulle déloyauté. A la différence de votre peuple, nous autres Britanniques, nous avons le privilège de pouvoir changer de dirigeants.
— Peut-être est-ce parce que vous n'avez pas de véritables dirigeants, M. Toomey. Si vous en aviez un, vous ne parleriez pas d'en changer.
— Il est possible qu'il y ait du vrai là-dedans. Il faut bien payer le prix de la démocratie. Comme celui de la dictature, naturellement.
— Donc vous regrettez cette guerre, M. Toomey ?
— Je déplore toutes les guerres, avec leur inutile gâchis de jeunes vies. Sang jeune et sang chaud, ainsi que disait naguère Ezra Pound, joues fraîches et corps harmonieux. Pour une vieille garce édentée

— Pour une civilisation cochonnée Je connais ce poème Il servait de texte aux exercices pratiques de critique, quand j'étais à Cambridge. Dans votre livre sur la religion, vous dites, M. Toomey : « Il s'insinue quelque chose en l'homme, une force échappant à son contrôle, et que nous devons bien qualifier de diabolique et apprendre à chasser... » Persistez-vous dans cette conviction ?

— Oui, certes, je reste convaincu que ces forces destructrices peuvent être défaites, si nous nous en donnons suffisamment la peine. *Exorcizo te, immundissime spiritus, omnis incursio adversarii, omne phantasma, omnis legio...*

— Qu'est-ce donc que vous citez là, M. Toomey ? Cela semble fort impressionnant.

— Oh ! c'est le vieux *Rituale Romanum.* Je pensais à mon ami, presque mon frère, Monsignor Campanati, évêque de Moneta en Italie. Il a toujours énergiquement soutenu que l'homme a été fait bon et que le mal vient du diable. Je l'ai vu un jour à l'œuvre, exorcisant les démons. Je suis certain qu'il s'emploie plus que jamais aujourd'hui à chasser les démons de la guerre dont notre monde est infesté. Pendant ce temps, du moins pouvons-nous tous prier pour un proche retour de la paix.

— Je dis amen à vos paroles, M. Toomey. Me permettrez-vous de vous poser une question d'ordre plus général : selon vous, qu'y a-t-il de plus beau dans la vie ?

— Marc-Aurèle l'a, je crois, assez bien formulé lorsqu'il dit : « Même en raison, démence existe. Parfois, on unit règle, lumière et sainteté : seul acte lumineux ouvrant passage aux revanches du sage... »

— C'est très beau, M. Toomey.

— ... « demain, ensemble, noblesse, ardeur, zèle inviteront sapience. »

— Est-il un message que vous aimeriez adresser à nos deux peuples ?

— Oui... Tous unis, lorsque, avec une réelle allégresse, sublimement d'accord, nous saluerons l'espoir, chœur unanime, l'amour destitué osera...

— Oui, M. Toomey ?

— ... parler haut enfin.

— Merci, M. Toomey.

Le rouge s'éteignit.

Le lendemain matin, le Doktor Eggenberger m'accompagna à l'aéroport dans une Daimler luisante : « Quel temps magnifique ! me dit-il. L'Angleterre doit être adorable en ce moment. » Dans la zone de départ, il aboya après les employés de la Lufthansa dans une langue ressemblant à un allemand très théâtral. Ainsi, probablement, eût-il joué les Prussiens bottés de carton dans une représentation de fin d'année, à Hyderabad House, près de Bridport. Tout juste si je ne m'attendais pas à le voir me cligner de l'œil pour me signifier que ces aboiements grossiers n'étaient qu'un numéro de cabot. Mais non. Le cabotinage, c'était l'anglais.

— Vous avez tout ce qu'il vous faut ? Passeport, argent liquide traveller checks ?

— Rien ne manque. Et merci pour tout.

— Eh bien ! dit-il, allons-y. Hors de ce sacré Reich, mon vieux !

Et, avec un sérieux effrayant, il recula vivement d'un pas, leva le bras droit pour faire l'antique salut européen et cria : « Heil Hitler ! » Bridport était bien loin.

Dans l'avion, je pris place à côté d'un journaliste américain : « L'Europe, ricana-t-il. La voilà qui recommence avec ses petits jeux de vilains, jeux de mort. Cette fois, vous irez vraiment au tapis pour le compte. » Je ne pouvais être qu'Européen, puisque je n'étais pas Américain ; mais peu lui importait quelle sorte d'Européen : Islandais, Letton, Attique ou Spartiate, tout cela ne faisait qu'un pour lui.

— L'Europe n'est pas une entité, répliquai-je. Voilà l'erreur que vous ne cessez de commettre, vous autres Américains. Et elle continuera à refuser d'être une entité. C'est la raison pour laquelle Hitler ne gagnera pas.

— Nous entrerons dans le coup à la fin, comme la dernière fois, pour vous sauver la peau du cul à tous.

Là-dessus, il s'englua dans un numéro du magazine *Time*, dont la couverture présentait un sénateur américain, inconnu de l'Europe : George F. Schlitz ou je ne sais qui, de l'Idaho. Tout en bas, je voyais des édifices montagneux pareils à des pièces montées effondrées. Nous nous posâmes à Graz, puis à Klagenfurt la lacustre. L'Américain descendit : « A un de ces jours, vieux. Ou peut-être pas. » Ensuite nous franchîmes haut la frontière à Tarvisio : j'étais sauvé. Je fêtai cela en somnolant jusqu'à Milan.

Un jour, dans la Fédération des États Malais, comme je visitais, en compagnie de Philip, un Chinois malade, vieux et cloué au lit, et que je traversais l'arrière-boutique de bijoutier au-dessus de laquelle logeait cet ancêtre pareil à un poisson séché, j'aperçus dans une bibliothèque, vide hormis cela, un exemplaire d'un ouvrage mystique du XVIe siècle anglais, *Les nuées de l'ignorance.* Je demandai aux joueurs de mah-jong : « *Bagamaina kitab ini datang di-sini ?* — comment diable ce truc est-il parvenu ici ? » Ils n'en savaient rien et s'en moquaient bien. Et voici que, dans le taxi qui me conduisait de l'aéroport de Milan à la gare centrale de la même ville, je trouvais, chose tout aussi déroutante, un exemplaire du *Léviathan* de Hobbes. C'était, qui plus est, l'édition Molesworth de 1839-45, la seule complète qui fût disponible au monde, m'a-t-on récemment dit, avant que le Professeur Howard Warrender se mît au travail, ces toutes dernières années. Je demandai au chauffeur ce que ce livre faisait là. Il haussa les épaules et répondit : *Ta' tahu* — non, je veux dire : *Non lo so.* J'ouvris le volume, corné aux pages, crayonné de notes, acheté à la librairie Brentano à New York — mais par qui ? La page de garde était muette. Je me pris à parcourir la quatrième partie : *Du Royaume des ténèbres*, et j'y lus :

> *Outre ces Puissances Souveraines,* Divines *et* Humaines, *desquelles j'ai discouru jusqu'ici il est fait mention dans les Écritures d'une autre, nommément. celle des* Maîtres des Ténèbres de ce monde. du Royaume de Satan, *et de* la Principauté de Belzébuth sur les Démons, *c'est-à-dire, sur les Phantasmes qui apparaissent dans les Airs : Raison pour laquelle Satan est aussi appelé* le Prince des Puissances de l'Air *: et (parce qu'il règne sur les ténèbres de ce monde)* le Prince de ce Monde *: Et en conséquence de quoi, ceux qui sont sous sa Domination, par opposition aux fidèles (qui sont* Enfants de la Lumière*) sont appelés* Enfants des Ténèbres...

Et plus loin :

> *... une Confédération d'Imposteurs, laquelle pour s'assurer domination sur les hommes en ce monde présent, tentent par Doctrines obscures et erronées d'éteindre en eux la Lumière, tant Naturelle qu'Évangélique · et par là de différer l'Avènement du Royaume de Dieu.*

Levant le nez de dessus le volume, comme nous approchions de la gare, je vis une affiche publicitaire pour les ampoules électriques Mercurio. Mercure, nu, casqué ou coiffé de son chapeau melon de combat, ailes aux talons, y faisait diligence à travers l'éther azuré, à la main une ampoule flamboyante alimentée, selon toute hypothèse, par l'énergie puisée au corps même du dieu. L'image chrétienne du diable s'était-elle façonnée à partir d'un mélange d'Hermès et de son fils ongulé, Pan ? Le Prince des Puissances de l'Air — que de noblesse dans ce titre ! Lucifer, le porte-lumière. Les maîtres de l'air ne pouvaient être aussi ceux des ténèbres. L'air, c'est de là que tombe la lumière. (Oui, Toomey, laissant derrière elle les ténèbres.) C'est Dieu qui trône parmi celles-ci en caressant Sa barbe, vieux laveur de linge sale du genre humain. Lui-même assez douteux, pas très lavé. (Indigne, Toomey : une lumière au-delà de la lumière frappant l'âme humaine, comme si elle était ténèbres.) Il n'a même pas été capable de veiller sur Son premier élu. Allons, Toomey, paie-toi William Blake : l'enfer comme énergie, et l'énergie comme délices éternelles ; John Milton, du parti du diable sans le savoir. N'importe quoi pour vider certains mots de tout sens — par exemple : *Angleterre, pays, maison, devoir.*

Naturellement, j'avais très peur de rentrer au pays. J'avais manqué à mon devoir envers l'Angleterre. J'aurais dû attendre que le rouge s'allumât et crier alors : *Dieu maudisse l'Allemagne.* A la suite de quoi, l'on se fût saisi de moi pour m'emprisonner jusqu'à la fin de la guerre, héros, patriote, auteur à succès dont les livres ne se fussent que mieux vendus encore. Je m'arrachai à mon taxi à la gare centrale de Milan : j'allais retrouver mon *fratello,* dans son palais épiscopal de Moneta. Le chauffeur ne vit pas d'objection à me laisser emporter un livre qui ne lui appartenait pas et qui, de plus, était écrit dans une langue inintelligible. Je fis cliqueter la serrure de ma valise et y rangeai Hobbes. Je laissai un pourboire extravagant. J'achetai un billet pour Moneta et, dans le train, calmai mon tremblement en méditant sur la mystique, à moins que ce ne fût la métaphysique ou la théologie, de la guerre. Celle-ci est-elle le produit naturel de torts historiques, ou bien l'allégorie de certaine opposition éternelle ? Il me semblait que bien et mal sont probablement aussi indéfinissables que justice et tort, et qu'il n'est d'autre réalité que l'électricité de l'opposition. Alpha contre omega, l'un et l'autre en repos et en paix en un Créateur qui a dit être les deux. Créateur du Prince des Puissances de l'Air, il ne peut qu'être aussi le Créateur d'un prince opposant que, par blasphème, nous appelons Dieu. L'on est peut-être condamné à prendre parti, mais le camp choisi est-il si important ? Là-dessus, les mots *pays* et *devoir* explosèrent dans les cris d'un bébé, venant du compartiment voisin.

Je racontai mon histoire à Carlo, assis en sa compagnie devant un *fiasco* de vin du cru, dans son *salone*. Mais j'avais dû commencer par être introduit par Mario le renifleur et par attendre debout, pendant que Carlo — d'une laideur formidable, que dis-je ! magnifique, dans sa soutane noire tachée de sauce — adressait de dures paroles à deux hommes d'âge mûr en uniforme fasciste. Apparemment, il avait dit dans un sermon quelque chose qui avait déplu aux représentants locaux du régime. Quelque chose sur la guerre et la nécessité pour l'Italie de rester en dehors, afin d'allumer dans l'âme italienne, à défaut d'ailleurs, la flamme du combat pour la liberté : « Tenez, dit sa grosse voix comme je pénétrais dans le grand vestibule aux images pieuses, voici un Anglais ! Il n'est pas loin d'être mon frère. Eh bien ! allez-y, faites votre devoir envers la cause de l'opposition, de la presse, de la parole. Qu'attendez-vous pour lui tomber dessus et le mettre en pièces ou pour en charger vos séides assassins ? Qu'ils viennent, ils nous trouveront ! » Les autres m'avaient lancé un regard noir, tout en esquissant de vagues salutations. Mario tenait la porte ouverte et reniflait. Les deux hommes s'en allèrent en marmonnant et avec des saluts qui semblaient plus communistes que fascistes. Carlo me dit :

— Que fais-tu ici ? J'avais cru comprendre que l'Angleterre avait fermé ses portes.

Il écouta mon récit, puis reprit :

— Tu as fait ce que tu devais. Quel que soit le traitement qu'on te réserve, tu as la conscience nette. En comparaison avec Domenico, tu es pur comme neige.

— Qu'a-t-il fait ?

— Domenico ? Il a obtenu le divorce civil, à Reno ou ailleurs, et s'est remarié. Il a noué je ne sais quelle sorte de liens maritaux avec une star de cinéma dont je n'ai jamais entendu parler. Je l'ai appris incidemment par une lettre de notre neveu. Voilà un garçon de quinze ans entaché et couvert de honte par l'immonde luxure et la défection de son père. Et sa sœur comme lui. Et Hortense, qui doit passer par des hommes de loi pour arracher ce qu'ils appellent une pension alimentaire. Le nom des Campanati colle à moi comme la puanteur d'un vieux graillon.

— Ne crois-tu pas qu'il colle aussi à Hortense ?

— Avec la foi donnée, la foi, oui, fidèle jusqu'à la mort. (Et soudain, se projeta devant moi l'image du Romain au garde-à-vous et les yeux élargis cependant que Pompéi s'écroule, et avec elle le souvenir du cabinet dentaire paternel et de la mauvaise dent que j'avais arrachée, un matin de Noël.) Les enfants eux-mêmes auront une foi vigoureuse, Dieu merci, mais ils ont besoin d'un père et ils ne peuvent en avoir un. C'est toi, Kenneth, qu'il leur faut.

Je gémis au fond de moi-même, en me rappelant que Heinz attendait le retour de Londres de son *Pflegevater.* Je me mis à maudire les nazis, tout bas, mais sans contrainte. Carlo m'écouta d'une oreille compatissante et en hochant la tête. Il dit :

— C'est probablement la dernière fois que nous nous voyons pour quelques années. Plus tôt tu rentreras en Angleterre, mieux cela vaudra. Fais ta paix. Utilise tes talents à la propagande. Il y a de plus grands bandits en liberté, en ce moment, qu'il n'y en eut jamais à Chicago. Je vais te dire ce qui se passera, selon moi. Les Français craqueront devant les Allemands, qui domineront l'Europe. Mussolini entrera en guerre pour ramasser toutes les miettes qu'il pourra, tombées de la table de Hitler. Ensuite, l'Italie s'effondrera ; les Britanniques l'envahiront, et l'Allemagne prendra encore pour un temps les rênes dans ce malheureux pays perdu d'ignorance. L'Amérique s'en mêlera à la fin, comme dans la précédente guerre. Mais, auparavant, nous connaîtrons des jours terribles. (Les prophéties de Carlo étaient toujours assez exactes.) Il est possible que je ne survive pas. Par nature, je ne suis pas un homme discret, bien que j'aie essayé de pratiquer cette vertu. Te souviens-tu de cette soirée, au Jardin d'Allah — quel blasphème ridicule que ce nom ! — où nous nous sommes enivrés ensemble ? Eh bien ! nous ferons de même ce soir, mais avec du vin. Demain, tu auras besoin de temps pour te remettre ; moi, non. Ensuite, après-demain, tu prendras le train à Milan pour Vintimiglia, puis à Vintimiglia pour Paris. Après quoi, tu traverseras la Manche. Les aménités de la paix sont encore avec nous, mais cela ne saurait durer bien longtemps. Il faudra des années et des années avant que nous nous revoyions, si tel est jamais le cas.

54

Le collège d'hommes austères face auquel je me trouvais, dans une pièce nue d'Ebury Street, n'était pas tout à fait un tribunal, non plus qu'une commission d'enquête. Tous étaient en civil mais leurs manières étaient militaires ; un seul faisait exception : il avait des façons policières Étaient représentés là, supposais-je la

Special Branch de Scotland Yard, un des nombreux départements du service des Renseignements de l'armée, et probablement le ministère de l'Intérieur. Le président était le commandant de la Warr, homme aux traits menus et comme découpés dans de larges plages de chair ; il avait aussi deux mentons et la voix grasse et onctueuse. Il existait alors une marque de jambon de conserve portant le nom de « Plumrose », et le souvenir de cet homme évoque volontiers en moi l'image de cette boîte en forme de cercueil à l'effigie d'un cochon rose. En d'autres mots, sa voix tenait à la fois du plum-pudding et du jambon d'York. Tous ces hommes avaient en main ce que je pensais être des doubles de mon dossier ou plutôt une version abrégée, car l'un des représentants de la police, qui devait avoir le grade d'officier, semblait posséder la version définitive et non abrégée, laquelle, remarquai-je, comprenait des coupures de presse et même des photographies. Le commandant de la Warr dit :

— Vous avez pris votre temps pour regagner notre pays.

— C'est encore une chance que j'aie pu rentrer.

— Nous y reviendrons plus tard. Que faisiez-vous en Italie ?

— Je rendais visite à Monsignor Campanati, évêque de Moneta. Nous sommes apparentés par un mariage.

Tout le monde le savait déjà ou aurait dû le savoir, mais cela ne plut à personne. Un homme maigre, à col raide et cravate noire, griffonna des notes rapides au crayon.

— Oui, dit le commandant de la Warr. D'où ce déluge de latin. Un d'imbécillités où il est question de chasser les démons.

— Il semble que vous ne doutiez pas qu'il s'agisse d'imbécillités, dis-je. Certains prélats de l'Église pensent différemment.

— L'Église de Rome !

— A laquelle j'appartiens. (Ce qui ne devenait vrai que lorsque j'étais confronté avec l'Église anglicane.)

— Et, à Paris, que faisiez-vous ? demanda le commandant de la Warr.

— Je voyais James Joyce. L'écrivain irlandais. (J'y allai de tout le paquet :) Il s'est entêté dans sa neutralité durant la dernière guerre, en dépit de son passeport britannique. Ancien élève des Jésuites. Auteur d'*Ulysse*, longtemps interdit chez nous pour obscénité. Il m'avait promis un exemplaire de son nouveau livre, *Finnegans Wake*. Dédicacé. Il s'agit d'un immense chef-d'œuvre expérimental. Il m'a été confisqué par la douane de Sa Majesté, pour examen et enquête. Pourtant j'ai certifié qu'il ne s'agissait pas d'un code. Après tout, bon sang ! il a pour éditeur Faber and Faber, honorable s'il en est. (Tout le monde prenait des notes.)

— Mais d'abord, que faisiez-vous en Autriche ? demanda le maigre.

— J'ai déjà expliqué clairement par écrit que je m'efforçais d'organiser l'exode, l'évasion de Jakob Strehler. L'auteur. Le Prix Nobel. (Personne ne semblait avoir entendu parler de lui.) Je me rends compte, repris-je furieux, que la littérature ne tombe pas dans votre domaine, messieurs ; toutefois, je me permets de faire remarquer que le nom de Jakob Strehler ne devrait pas être totalement inconnu de vous. J'essayais de remplir un devoir envers les lettres internationales.

— Pourquoi, dit d'une voix de canard un petit homme qui faisait pivoter sans relâche ses lunettes sur son poing gauche (lequel maintenait négligemment en même temps un appareil acoustique), oui, pourquoi n'avez-vous pas essayé de le faire évader plus tôt ? Après tout, nous étions au bord de la guerre.

— Son fils m'avait été envoyé. J'ai décidé que le fils avait besoin du père.

— Donc... (Tournoiement de lunettes.)... ce n'était pas entièrement par dévouement à ce que vous appelez les lettres internationales. (Très perspicace, très méchant.) Et comment vous proposiez-vous de « passer » ce Strehler ?

— J'avais un faux passeport tout prêt pour lui.

— Britannique ? demanda le commandant de la Warr.

— J'en ai peur. Il faut bien dire que c'était le seul moyen.

— Qu'est devenu ce passeport ? (C'était l'homme au col raide.)

— Il est resté caché, je crois, au milieu d'une pile de vieux numéros de *Punch*, que Strehler avait coutume de lire, aux toilettes.

— Laissé là pour qu'un agent nazi s'en serve ? Je vois. (Venant du même homme.) Et comment vous étiez-vous procuré ce document, à l'origine ?

— Il avait été volé. Par le fils de Strehler. Qui volait. Il avait grand besoin d'un père pour le guider.

Abondance de notes au crayon. Un homme qui souriait d'un seul côté de la bouche, le gauche, et dont les doigts joints formaient cage, dit :

— Où se trouve ce Herr Strehler fils, actuellement ?

— Interné, à ce que je comprends. Je l'avais laissé à l'hôtel quand je suis parti pour aller chercher son père. Il s'est attiré des ennuis, je ne sais lesquels : les deux inspecteurs qui sont venus m'en prévenir n'étaient pas très communicatifs. Cela dit, Dieu merci ! je suis débarrassé de lui.

— Nous avons, dit le commandant de la Warr, copie de la transcription de votre, hum, interview. Elle a été captée dans le cadre d'une émission de ce qui a l'insolence de s'intituler « Radio Britannique Libre ». Cela venait de Berlin. Pourtant, à vous entendre, vous étiez à Vienne.

— A Vienne, oui, parfaitement et sans conteste. Ah ! frontières frontières !

Pourquoi chantonnai-je ces mots ? Je ne l'ai jamais compris, pas plus sur l'instant même que depuis. Les crayons s'étaient enfiévrés de nouveau.

— Mesurez-vous toute la gravité du soutien apporté par là à l'ennemi ? dit le commandant de la Warr. Soutien considérable. Et le tout, d'une cordialité ! En vieil ami du régime. Vous avez, hum, vilipendé le premier ministre Regretté la guerre. Parlé du besoin, euh, hum, d'amour

— Vos analystes sont manifestement passés à côté de deux acrostiches, médités d'avance et ne manquant pas d'astuce, dis-je. Regardez vos transcriptions. Sur l'une d'elles, vous trouverez, caché dans un soi-disant aphorisme de Marc-Aurèle, le premier, qui dit : MERDE POUR LES SALOPARDS DE NAZIS. L'autre est contenu dans ma déclaration finale. Celle qui commence par « Tous unis lorsque » et se termine par « haut enfin ». Je vous laisse le soin de les déchiffrer, messieurs.

Ils s'y employèrent. Le policier nanti du gros dossier fut le plus rapide : « Tu l'auras dans le cul, Adolphe. »

— Amen, dis-je.

Le conseil, le tribunal, la cour — tous ces hommes entamaient probablement la journée avec les mots croisés du *Times* — ne put retenir un petit sourire devant tant d'ingéniosité. Je repris :

— Je ne serais pas surpris que les nazis l'aient probablement découvert aussi. Ils ne sont pas plus bêtes que vous, messieurs. (Je n'aurais jamais dû dire cela !) Et vous venez me raconter que je prête main-forte à l'ennemi.

— Le fait est, dit un chauve à tête de brute, mais à la voix exquise, que vous avez prononcé là des obscénités. Vous eussiez pu exprimer votre, euh, euh, euh, haine cryptique des nazis sans recourir à des mots ramassés dans le ruisseau.

— Vous venez seulement de vous apercevoir, fis-je observer, que c'est du langage qui ressortit à l'abjection. Il n'en reste pas moins que c'est le seul qui convienne aux nazis.

— Je songeais, persista le chauve, à la brave ménagère anglaise qui, vous entendant sur les ondes, aurait décelé votre message codé : avez-vous pensé à son sentiment de pudeur outragée ?

Il était sérieux, d'une gravité totale, absolue. L'officier de police dit :

— Ce n'était pas votre premier voyage en Allemagne nazie.

— Je suis allé, comme vous ne manquerez certes pas de le savoir, à Berlin, pour un festival de cinéma où l'on présentait un film tiré d'un de mes romans.

— Vous avez sauvé la vie de Heinrich Himmler, à en croire l'un des rapports en notre possession. (Il y eut des marques de respect malgré tout et non pas d'aversion.) Grâce à vous, il a échappé à la balle d'une meurtrière supposée.

— La belle-mère de ma sœur, oui, c'est un fait. Elle était au dernier stade d'un cancer et souhaitait mourir en entraînant Heinrich Himmler dans la mort. Mon geste salvateur a été instinctif et je ne pense pas que j'aie à m'en excuser. Nous tenions alors l'Allemagne pour une puissance amie.

— Qu'est-ce que cette histoire de belle-mère ? s'enquit le maigre au col raide, d'un ton incrédule.

— Il s'agit en réalité de la mère de Monsignor Campanati, évêque de Moneta. (Ils se renversèrent tous sur leur siège pour me considérer un bon coup.) Elle a fait beaucoup, et à ses risques et périls, pour les juifs allemands.

— Cet Ezra Pound, dit l'officier de police parle a la radio de

Rome pour prôner Mussolini. Il ne trouve à dire que du mal à propos de la Grande-Bretagne. Vous l'avez cité.

— Il passe pour un grand poète. Le poème de lui que je cite fut écrit juste après la Grande Guerre.

— Estimez-vous, demanda le commandant de la Warr, que la Grande-Bretagne soit une, euh, vieille garce édentée ? Et que notre civilisation soit, euh, hum, cochonnée ?

— Dans une certaine mesure, oui. Si la Grande-Bretagne avait eu des dents à montrer à Hitler, elle l'eût fait plus tôt. Et, oui, notre civilisation n'a pas de quoi être fière. Songez à l'Empire et à ses masses d'ilotes noirs ou café-au-lait, songez au gouffre infranchissable entre gouvernants et gouvernés. Certaines civilisations, dirons-nous, sont plus cochonnées que d'autres. La nôtre l'est, mais j'en connais de plus mal en point. Prenez actuellement notre alliée, la France, par exemple...

— La France n'a rien à voir ici, trancha le chauve. A vrai dire, poursuivit-il en consultant de l'œil l'alignement de ses collègues, je crois qu'il suffit, nous en avons assez entendu en général. (Grognements d'approbation.)

— Je me suis contenté de répondre à vos questions, fis-je remarquer. Puis-je maintenant en poser une, à mon tour : que comptez-vous faire de moi ?

— D'après ce que je comprends, répondit le commandant de la Warr, vous avez été assez prompt à poser votre candidature auprès de divers services gouvernementaux, pour participer à l'effort de guerre selon vos capacités. Quelles sont-elles ?

— D'après ce que je crois, je ne suis pas bon pour le service armé. Déjà je ne l'étais pas lors du conflit précédent. En raison d'un certain état cardiaque. De plus, j'approche aujourd'hui de la cinquantaine. Mais je puis écrire. J'ai une certaine expérience du cinéma. Je peux faire entendre ma voix, je sais polir les mots.

— Nous avons l'expérience du résultat, quand vous vous mettez à polir les phrases, dit l'homme qui faisait tournoyer ses lunettes. (Elles reposaient maintenant sur son nez.)

— Vous-même, vous jugez-vous digne de confiance ? s'enquit le commandant de la Warr. Êtes-vous sûr de ne pas vous laisser aller à toutes sortes d'acrostiches, d'anagrammes et autres jeux subversifs ?

— Vous avez l'air d'insinuer, ripostai-je en m'échauffant, que je serais vraiment capable de chercher à prêter main-forte à l'ennemi. Il me semble flairer dans l'air la mauvaise odeur du mot trahison. Dans ce cas, je crois que je devrais exiger des excuses.

— Vous n'êtes pas un traître, dit le chauve à l'air de brute. Vous n'avez pas la trahison dans le ventre, je le vois bien. Mais votre naïveté serait pain blanc pour de vrais traîtres. Et vous avez aussi fait passer le salut de votre peau avant le devoir envers votre pays.

— Autrement dit, j'aurais dû refuser cet interview, répliquai-je, m'échauffant de plus en plus, et donc être interné pour la durée de la guerre ? Cinq ans, dix ans, aussi longtemps qu'elle durera ? Qu'auriez-vous fait, vous, messieurs ?

— Nous aurions commencé par ne pas nous fourrer dans ce pétrin, répondit l'homme au col raide, approuvé par des grognements.

— Évidemment, *vous* n'avez pas de devoir envers la littérature mondiale. Encore une fois, que vous proposez-vous de faire de moi, exactement ? M'interner, non pas à proprement parler comme traître possible, mais comme un naïf dangereux ? Me trancher la tête à la Tour de Londres, pour vous débarrasser de moi ?

Celui qui prit alors la parole, et qui était un homme d'une beauté remarquable, mais tant soit peu vaine et perdue, semblait représenter le ministère de l'Intérieur.

— Nous n'avons encore mis en route aucune disposition pour l'internement de ressortissants britanniques. Ce genre de chose demande du temps. Quant à votre autre suggestion, elle est, vous le savez bien, frivole ; c'est celle d'un irresponsable. Quoi qu'il en soit, vous avez sans doute assez d'intelligence adulte pour mesurer le mal que vous avez fait.

— A cause d'un acte d'audace qui échoue, voulez-vous dire ? Et parce que j'ai conclu un marché parfaitement inoffensif avec le ministère de la Propagande nazie ?

— Aucun marché conclu avec l'ennemi n'est inoffensif, riposta le commandant de la Warr.

— C'est affaire d'antécédents en général, dit l'homme du ministère de l'Intérieur. Je ne comprends pas très bien ce qui vous force à avoir tant de liens avec l'Italie.

Je le regardai un long instant, bouche bée, puis je dis :

— Ma famille est catholique. L'Église catholique, à la différence de celle d'Angleterre, a des fondations internationales. Il n'est pas inhabituel de voir les mariages catholiques transcender les barrières nationales. En outre, l'Italie est neutre.

— Plus pour bien longtemps, dit le commandant de la Warr. Même à l'heure actuelle, elle ne l'est pas tellement. Il y a un autre point, n'est-ce pas, Fletcher ? (La question s'adressait à l'officier de police détenteur du dossier définitif.)

— Vous voulez dire, euh... ? Oui. Non, on peut laisser courir. Il n'a pas de casier judiciaire à cet égard. Dans l'ensemble, il s'est montré assez discret dans ce domaine. Nous n'aurions pas eu la moindre indication s'il n'y avait pas eu étalage purement gratuit de la chose. Mais c'est un phénomène assez courant dans le domaine de l'art, des lettres et autres. Le seul problème est que des gens au courant peuvent, sait-on jamais ? chercher à l'exploiter contre lui. Mais, là, il connaît son devoir.

Je le dévisageai, puis tournai des yeux interrogateurs vers l'ex-tourmenteur de lunettes, qui me dit :

— Prêter le flanc au chantage, vous savez. Tomber dans le panneau d'un coup monté, vous voyez ce que je veux dire ?

— O mon Dieu ! dis-je. Au nom du ciel ! qu'est-ce que ma... ? Comment avez-vous obtenu... ? J'exige de voir ces photographies.

— Vous n'êtes pas dessus, répondit l'officier de police.

— Le problème, comment ne le voyez-vous pas ? dit le commandant de la Warr. Le problème est : comment vous employer ? Je ne vous crois pas utilisable. Nous serions contraints d'opposer notre veto dans tous les services où vous avez pu faire acte de candidature. Le mieux pour vous est de continuer tel quel ; mais ce ne sera pas sans mal, à cause de la pénurie de papier. Oui, continuez à distraire le public, peut-on dire, j'imagine, pour aider à soutenir le moral de la nation. Quant à votre situation sur le plan de la sûreté de l'État, ma foi, mieux vaudra que la police sache où vous trouver. Si vous songez à changer d'adresse, signalez-le. Si vous vous éloignez, même pour une semaine ou deux, informez-en votre commissariat. Bien entendu, on vous retire votre passeport pour la durée des hostilités. Et peut-être aussi pour quelque temps après.

— Je vois. Vous me croyez susceptible de bondir à Berlin, via Dublin, pour aller prêter main-forte à l'ennemi.

— On a vu plus surprenant, dit l'homme au col raide. On verra, veux-je dire, corrigea-t-il (la guerre n'était déclenchée que depuis deux mois). L'Eire est censée être neutre, mais c'est une neutralité très équivoque. Il va de soi que nous regrettons beaucoup toute cette histoire, Toomey, ajouta-t-il assez aimablement. Ma femme lit vos romans et paraît les goûter. Encore qu'ils semblent avoir été retirés de la bibliothèque de prêt locale, ces derniers temps. L'article de ce poète dans le *Daily Express* n'a pas fait de bien à votre réputation.

— J'y ai répondu. Je me suis disculpé.

— Oui, je sais, mais il vaut toujours mieux s'arranger pour ne pas avoir à produire de défense. Écrivez-nous des pièces de théâtre, tel est mon conseil. Pour nous sortir de nous-mêmes. Faites-nous rire un peu.

— Tout cela n'aurait pas dû arriver, Toomey, dit le commandant de la Warr avec une égale amabilité. Vous avez manqué de discrétion, voilà tout. Et, en temps de guerre, l'indiscrétion peut être aussi funeste que la plus franche trahison. Le premier ministre, je puis vous le dire maintenant en confidence, a été bouleversé par votre accusation calomnieuse. Je ne pense pas qu'il en ait encore pour bien longtemps.

— Voudriez-vous dire que la défiance que je me suis démocratiquement permis d'exprimer devant sa politique va le tuer ?

— Oh ! non, ce n'est pas à ce point. Mais entendre ce genre d'histoire sur les ondes allemandes dans les premières semaines de la guerre, et dans la bouche d'un auteur pour lequel il professe de l'admiration...

— Chamberlain admire mes œuvres ?

— Plus maintenant, non, mon vieux, dit un homme simiesque, au crâne orné de trois larges mèches de cheveux teints en noir (il n'avait pas ouvert la bouche jusqu'alors, mais avait pris d'abondantes notes). Vous avez perdu beaucoup de vos admirateurs. Mais faites-vous petit, tenez-vous coi, continuez votre travail, et vous les retrouverez. L'important est de ne plus vous attirer d'ennuis.

— Quelqu'un a-t-il une remarque à ajouter ? s'enquit le commandant de la Warr

Non, personne. Les dossiers furent refermés, sauf celui de la police, naturellement. Comme j'étais libre d'aller, je m'en fus

Je retournai à Albany, dans le blackout des rues et sous les faisceaux des projecteurs dans le ciel, m'apprêtant à passer la guerre au fond de mon fauteuil d'opprobre. Dorénavant et jusqu'au bout, je ne cesserais de me sentir filé, surveillé. Ce type en imperméable, à l'extrémité du bar, qui sirotait discrètement une bière amère — méfiance ! L'individu à la table voisine de la mienne, au Café Royal, qui déjeunait d'une garbure et d'un petit pain en m'écoutant converser avec mon agent littéraire — chut ! Le célibat total s'imposait : si je ramenais chez moi un gai matelot, qui pouvait dire s'il n'était pas à la solde de l'ennemi ? Mais l'abominable mécanique des services de sécurité ne pouvait me dénier le droit à mon patriotisme personnel, et rien ni personne ne m'empêcha d'écrire la pièce la plus populaire de 1942 : *Lignes brisées*, chaque brisure étant celle d'une vie et d'un cœur, les cœurs appartenant à trois sœurs, respectivement une fiancée, une épouse, une mère, toutes endeuillées, l'une d'un aviateur, la seconde de son marin de mari, la troisième d'un fils dans l'armée, et l'ensemble, très Tennyson, symbolisant les vagues du temps et du chagrin déferlant en vain sur le roc de l'intrépidité britannique. Honteusement schématique, grossièrement sentimentale, la pièce était ce que voulait le public. Comme il voulait aussi du rire, je lui donnai *Les Dieux en leur jardin*, où l'on voyait les statues de dieux grecs s'animer au cours d'un raid aérien et se mêler des affaires d'une famille de l'aristocratie. Suivit une grosse comédie troupière : *En avant 'harche !* Coupé comme je l'étais des réalités de la vie de soldat, je devais m'assurer de la plausibilité des situations et des dialogues en écoutant parler les tommies dans les bistrots et en notant parfois un trope prometteur, comme : « Fous un fayot de plus dans la soupe et mets-le sur mon compte », ou : « Direction la mort, qu'on se paie un peu les anges », ou encore : « L'armée peut te baiser, mais elle peut pas te faire d'enfant et, même si elle y arrivait, elle pourrait jamais te forcer à l'aimer. »

Un samedi soir où je prenais discrètement des notes au Fitzroy, je fus tout aussi discrètement abordé par deux hommes en feutre et imperméable. Dans l'obscurité totale de la rue, on me pria, toujours discrètement, d'expliquer ma conduite. Je prends des notes pour une pièce que j'écris. Pourrions-nous voir, M. Toomey ? Tiens, tiens ! mon nom ne vous est pas inconnu. Non, monsieur, nous le connaissons. Pour finir, les notes ayant été examinées à la lueur absente, ou presque, d'une torche électrique passée au bleu, l'on me dit que cela semblait aller, mais « attention, monsieur ». Attention à quoi ?

C'étaient elles, les forces de sécurité, qui étaient pleines d'attentions. Pas un instant leur rigueur ne fléchit. On me réclama à Los Angeles en 1941, pour rédiger le scénario d'un film sur la Bataille d'Angleterre, ayant pour star Errol Flynn ; mais interdiction absolue de me restituer, même momentanément, mon passeport. Lorsque, en 1943, je publiai mon anthologie commentée *Un peu de bon air anglais*, dont le général Horrocks déclara qu'elle méritait d'avoir sa place dans la poche de pantalon de tout tommy sachant lire, la BBC me jugea apte à donner un coup de pouce au moral de la nation tous les dimanches, après les informations de 9 heures du soir ; mais je restais suspect officiellement, et l'émission fut attribuée à Jack Priestley. Même Val Wrigley qui avait brandi l'étendard de l'homosexualité à la barbe de la Chambre des Communes, cette mère de tous les parlements, fait de la prison pour avoir frappé un agent de police, maudit publiquement la Grande-Bretagne pour sa législation sur l'amour et répété souvent qu'aucun citoyen *gay* ne pouvait vraiment planter sa tente dans le sol du patriotisme, oui, même Val avait un poste au ministère de l'Information, un vague poste de rédacteur de brochures sur la faune britannique. C'était lui, naturellement, l'auteur du fameux article du *Daily Express*, que voici :

> Qu'eussiez-vous fait, si vous vous étiez trouvé en petites vacances en Allemagne nazie et si, coupé de toute information par suite de votre amour de la nature, vous aviez soudain découvert que vous étiez en plein milieu d'une guerre entre l'Allemagne et votre pays bien-aimé ?
>
> Votre première réponse serait, à l'évidence : « Je n'eusse pas été assez idiot pour aller me jeter dans la gueule du loup. » Mais supposons que vous ayez été bête à ce point ? Manifestement, la réponse serait alors : « Je n'eusse pas *pu* faire grand-chose. On m'eût interné, que je sache ? Collé dans un camp jusqu'à la fin de la guerre, où j'eusse rêvé de l'Angleterre lointaine. Manque de chance, eussé-je pensé, et voilà tout. »
>
> Mais, ah ! cher lecteur, s'il se trouvait que vous fussiez un romancier célèbre comme Kenneth Toomey, les choses eussent tourné tout autrement. Et tel fut bien le cas, en l'occurrence. Les nazis traitèrent M. Toomey comme un prince et se montrèrent d'une extraordinaire prévenance, lui permettant même de regagner l'Angleterre.
>
> D'abord, cela va de soi, il dut leur faire une gentillesse. Il prit la parole à la radio nazie. Ou plutôt au micro de cette infâme station de propagande qui porte le nom nauséeux de « Radio Britannique Libre ». Et les paroles de M. Toomey furent captées, haut et clair, dans son pays natal en guerre.
>
> Et que disait donc M. Toomey ? Que la guerre était grand dommage, qu'Allemands et Britanniques devaient apprendre à s'aimer les uns les autres et que M. Chamberlain est un peu demeuré. Langage d'un patriote, n'est-il pas vrai ? Après quoi, l'on mit M. Toomey à bord d'un avion, pour quelle destination ? On ne sait. Jusqu'au jour où voilà M. Toomey qui débarque sur le rivage natal, tout content et guilleret et ne se portant pas plus mal de son escapade. En tout cas, ne manifestant pas le moindre repentir.
>
> Le vrai patriote britannique eût dit, lui : « Allez au diable, tous tant que vous êtes, tueurs de juifs tortionnaires de

nonnes et de prêtres, incendiaires de livres ! Je me moque bien de vos menaces, je ne signerai pas de marché immonde avec vous. La main que vous tendez est rouge du sang de l'innocence. Je ne la prendrai pas pour la serrer. »

Mais M. Toomey est un écrivain que l'Allemagne nazie a beaucoup admiré ; il devait penser à son public de Heil-Hitlériens autant qu'à sa peau.

Eh bien ! puisqu'il a son public en Allemagne, qu'il se passe de ses lecteurs britanniques. Que ses livres soient balayés des rayons de nos bibliothèques publiques et consumés dans les feux de mauvaises herbes et de feuilles mortes de l'automne. Que les patriotes britanniques réagissent devant ses œuvres comme devant ses actes : par le silence du mépris.

M. Kenneth Toomey, romancier à succès, vous avez serré des mains pleines de sang ; vous avez rapporté de là-bas la puanteur des abattoirs nazis. Même les couvertures de vos livres méprisables paraîtront forcément, à l'avenir, gluantes du sang des innocents immolés.

Vous et moi, cher lecteur, n'avons que faire de Toomey le Judas. Pour nous exalter dans notre juste combat, nous avons, Dieu merci ! de meilleurs écrivains et des chantres plus stimulants. A la tombe, les œuvres de Toomey ! Et sans leur rendre le moindre honneur.

Le titre était : L'ODEUR DE TOOMEY, et une caricature me montrait serrant la patte du Dr Goebbels.

En 1940, quand Plum Woodehouse fut capturé par les Allemands dans sa villa de France et persuadé de parler, très librement et indiscrètement, mais non sans humour, à la radio de Berlin, l'on commença à oublier mon cas dans le public, sinon dans les services secrets britanniques. George Orwell réhabilita Plum et sa pure naïveté politique ; mais, tout un temps, il y eut force cagoterie déplaisante, par exemple dans le *New Statesman*, qui ouvrit un concours à qui ferait le meilleur pastiche nazi du ton littéraire de Woodehouse — l'un des concurrents fit bêler *Cheeriheil* au lieu de *Cheerio* par Bertie Wooster. Et dans le *Spectator*, Val Wrigley publia les vers de mirliton ci-dessous :

Notre cher Woodehouse est doué pour les ris
Qui font de lui l'enfant très chéri des nazis.
Tous ses livres devraient, s'il n'est pas un ingrat,
Être signés Adolphe avec le svastika.

Idiot. Val Wrigley se tenait très prudemment hors de mon chemin, mais semblait en quête d'un nouveau public de philistins. Il publiait en abondance des poèmes rudimentaires et tendancieux, et avait même une rubrique régulière de poésie dans le *Sunday Pictorial*. Un poème de lui qui parut dans le *Times — Wir Danken Unserem Führer* — fut tenu pour le genre de lyrisme auquel eût dû s'adonner le Poète Lauréat :

La croix cramponnée, danse macabre, fureur,
Noircit d'horreur les bas de page de l'histoire
Au sang de tous nos fils tendant notre ciboire.
Buvons, criant : Merci notre Fuehrer !

C'était moi qui lui avais fait cadeau de cette croix cramponnée, naguère, en 1935. Ces quatre vers, qui concluent le poème, sont assez typiques de la veine cultivée alors par Val : une amertume non dénuée d'ironie majestueuse. Son éloge sarcastique du Führer n'en fut pas moins pris au pied de la lettre par la Radio Britannique Libre de Goebbels, qui fit dire l'œuvre sur les ondes par une voix riche et caverneuse. Il en résulta plus de bien que de mal pour Val Wrigley : il démontrait quels fichus imbéciles étaient ces nazis, outre leur goût démoniaque du sang.

Ma propre indignité fut très certainement corroborée aux yeux de nos services secrets par l'entrée de William Joyce, plus connu sous le nom de lord Haw Haw, sur la scène de la propagande nazie à la radio. L'on prenait pour allant de soi que le nom de Joyce était marque de félonie, et il était bien connu que j'avais été lié d'amitié avec un Joyce, doté de deux ou trois sortes de mauvaise réputation. Les émissions ridicules d'Ezra Pound à Rome étaient aussi une fort jolie touche au tableau. D'un autre côté, dans les milieux intellectuels, on commençait à me considérer comme une sorte de héros raté : le long essai de Herzog, dans la revue *Horizon*, sur la grandeur de Strehler — tout le monde tenant désormais le grand homme pour mort — y fut pour beaucoup. Je pouvais fréquenter des pubs comme le Yorkminster et la Fitzroy Tavern et me permettre de payer des demis à des individus onctueux et lécheurs, en imperméable sale et aux poches gonflées de littérature, qui avaient échappé à la conscription. Je restai à Londres pendant toute la guerre, jouant les pompiers bénévoles, alimentant les ventes de la Croix-Rouge en bric-à-brac (les larcins de Heinz se révélèrent très utiles), mangeant des horreurs dans les restaurants de Soho, et me trouvant parfois, mais assez rarement, en situation dangereuse. La sécurité de la campagne m'était ouverte, mais je me refusais à me présenter aux commissariats de police, tel un délinquant en liberté surveillée ou un étranger ennemi. Je préférais les bombes et mon abri d'Albany. Hortense m'envoya deux colis de provisions, l'un et l'autre plus ou moins pillés en transit. Elle m'expédia également le catalogue raisonné de son exposition à New York en 1943 : pierre, bronze et énormément d'aluminium découpé et torturé. Aucune de ses œuvres ne semblait exalter la vie. En 1944, j'appris que mon neveu Johnny se trouvait en Italie avec la 5e armée américaine, comme cameraman dans une unité des services cinématographiques de ce corps. En 1945, ma nièce Ann épousa un chargé de cours de littérature comparée à l'université Columbia. Je me sentais vieillir.

Chose étrange, mon plus grand réconfort, dans ma solitude, venait de mon frère Tom, dont la voix continuait à vivre dans la cire des disques de phonographe. C'était la voix d'un honnête homme, ripostant aux horreurs de notre monde par un humour aimable. Sa présence devenait très réelle lorsque j'écoutais ses monologues (Columbia, étiquette prune), et je pleurais chaque fois que je réentendais l'héroïsme tranquille de celui qui est intitulé : *Vas-y crache-le ce qui t'étouffe*, et qui, dépeignant un homme éloigné de son travail par une mauvaise grippe, tourne en risée la souffrance. J'étais sûr que le ciel devait exister, ne fût-ce que pour accueillir les gens comme Tom. On en a dit autant, je le sais, à propos des ânes mal nourris et maltraités d'Afrique du Nord.

J'en ai momentanément soupé de ma propre voix. Je vais passer la parole à Howard Tucker, auteur d'un des premiers ouvrages traitant de Carlo. J'ai son autorisation de reproduire le chapitre qui suit. Nous nous sommes entendus sur un droit de reproduction ; il sera payé.

55

Le 26 avril, la ville de Vérone, longtemps romantiquement associée à Roméo et Juliette, tomba aux mains des Américains. Elle n'avait rien de romantique à l'époque : nombre de ses édifices historiques avaient succombé sous les bombardements alliés, et les Allemands avaient achevé le chaos en faisant sauter tous les ponts sur l'Adige, au nombre de sept, et ce, avant que les Américains aient pu atteindre le fleuve. Le peu d'archives photographiques que nous possédons sur le triste état de cette belle ville, nous le devons aux caméras intrépides du caporal Johnny Campanati et de ses camarades. Malheureusement, ils ne purent se trouver à Gênes le 27 avril, pour y enregistrer la libération triomphale, par les Américains, de ce magnifique port ancien — libération préparée par l'héroïsme des partisans italiens, qui s'étaient déjà emparés d'une grande partie de la cité. Ils ne réussirent pas non plus à arriver à temps pour assister à la fin ignominieuse de Benito Mussolini et la filmer pour la postérité. La jeep de la petite équipe cinématographique, conduite par l'impavide mâcheur de chewing-gum Frank Schlitz, de Brooklyn, et montée par Johnny l'opérateur, le lieutenant Mayer (scion de la dynastie hollywoodienne qui a donné son dernier volet au fameux triptyque *MGM*), et du sergent McCreery (sans parenté avec le rude et énergique chef de la 8e armée), progressait alors, de conserve avec les forces blindées de la 5e armée, par la Via Emilia, pour aller prendre Plaisance, à mi-chemin entre Parme et Milan.

Mussolini avait été arrêté à Lecco, dans les monts accidentés qui dominent Côme, alors qu'il tentait de s'échapper en Suisse. Le lendemain de son arrestation, l'ex-Duce, avec douze membres de son cabinet fasciste, fut sommairement exécuté par des *partigiani* italiens, et les corps furent convoyés en toute hâte jusqu'à Milan, peu avant l'entrée de la 5e armée dans la grande cité industrielle, avec son Duomo célèbre à juste titre, le 29 avril. Le corps de Mussolini et celui de sa maîtresse furent pendus par les talons comme de la volaille, un citoyen plein de pudeur ayant au préalable assujetti la jupe de l'infortunée maîtresse du Duce, de façon que la pudeur publique ne fût point outragée. Cela se passait sur une piazza où l'on avait fusillé quinze partisans l'année précédente. Johnny Campanati, manipulant vigoureusement son appareil parmi la jubilation milanaise, pensa, peut-être avec un sourire gamin, au moment de triomphe que cette fin devait représenter en particulier pour son révérend oncle, Monsignor Carlo, évêque de Moneta. Mais une telle hypothèse eût été fausse, et un tel sourire, déplacé, car Carlo Campanati n'avait jamais pris plaisir à la mort sans repentir d'un ennemi de la foi. Rien ne l'eût plus enchanté que la vision d'un Benito Mussolini, pardonné par ceux qu'il avait lésés, sincèrement navré de ses péchés et, réintégré dans le sein de l'Église, mourant dans son lit et dans la paix d'un âge avancé, avec la perspective du paradis ouverte devant lui. Carlo ne connaissait d'autres ennemis que ceux de l'humanité et du Créateur de celle-ci. Pour lui, l'homme était essentiellement bon, parce qu'il était d'abord et avant tout créature de Dieu : le mal est en quelque sorte un caractère acquis, imposé par la légion des anges déchus. C'est là chose que j'ai déjà mentionnée et que je dirai encore, car jamais je ne la répéterai assez.

Les forces alliées continuèrent à déferler vers le nord, les caméras des unités des services photographiques de l'armée roulant avec elles. Les troupes de la 56ᵉ division (de Londoniens) pénétra dans Venise le 29 avril, alors qu'un beau coucher de soleil dorait les lagunes historiques et que les pigeons de la Piazza San Marco, inconscients des prodigieux événements qui se déroulaient autour d'eux, se posaient en troupeau pour la nuit. L'offensive balaya à vive allure les plaines du Nord ; Bergame, Brescia, Vicenze et Padoue sonnèrent les cloches en l'honneur des libérateurs. Les 5ᵉ et 8ᵉ armées forcèrent les fortifications imposantes de la Ligne de l'Adige, refoulant les Allemands, sous leur dure pression, sur la rive orientale de la Brenta. Le corps expéditionnaire brésilien contraignit toute une division d'infanterie allemande à déposer les armes. Vers la fin d'avril, la libération de l'Italie entière était presque achevée. Les forces allemandes étaient brisées et désorganisées. Vingt-cinq divisions, les meilleures de la Reichswehr, taillées en pièces, ne pouvaient plus offrir de résistance. Cet anéantissement dévastateur était l'œuvre de semaines, et non de mois. La 8ᵉ armée avait accompli sa mission en vingt jours ; la 5ᵉ, en quinze seulement. Dans sa jeep, Johnny n'était plus loin des frontières septentrionales de la péninsule : il fonçait vers un Moneta déjà libéré par de rudes partisans sous l'inspiration de son oncle. Neveu et oncle n'allaient plus tarder à se retrouver parmi le fracas victorieux des cloches de l'antique cathédrale.

Voyons donc un peu mieux qui est ce jeune homme, tout juste âgé de vingt et un ans en cette année triomphale et offrant l'aspect d'un sous-officier américain, sympathique, courageux bien bâtı — maıs encore ? Il est le fils de Domenico Campanati, frère cadet de Carlo et compositeur célèbre, dont le monde entier connaissait les œuvres musicales, même sans savoir toujours qu'il en était l'auteur. Le grand public des cinémas ne fait guère attention aux génériques Plus d'un grand film s'était ennobli d'une création Campanati, et Domenico devait, quelques années après la guerre, recevoir l'accolade suprême qui accompagne un Oscar, en récompense de sa musique pour *Les frères Karamazov* d'Otto Preminger, film qui avait porté à l'écran le fameux roman de Dostoïevski. Dans les années 50, Domenico reviendrait à ses premières amours, l'opéra, et assouvirait une ambition de jeunesse : voir et entendre une de ses œuvres représentée dans le grand théâtre de la Scala de Milan. Quant à la mère de Johnny, elle est le sculpteur bien connu Hortense Campanati, femme d'une grande beauté, malheureusement défigurée dans un accident et infortunément séparée de Domenico durant l'adolescence de Johnny, mais qui menait alors une vie très active et créatrice à New York. Mme Campanati est la sœur de Kenneth Marshal Toomey, le distingué romancier britannique. Le jeune Johnny porte donc dans le sang les corpuscules bouillonnants de trois nations, les Toomey étant à demi français, et c'est un sang illustre, tant du côté mâle que du côté maternel. Qu'il eût hérité la beauté de sa mère était en général reconnu. En 1945, l'orientation de ses talents était encore hésitante. Il avait dû se battre à la guerre et ne pouvait encore penser clairement à l'avenir.

Johnny avait été éduqué dans une école privée, très sélecte, de Park Avenue, à Manhattan, puis à la fameuse Choate School, dans le Connecticut, qui se targue de justifier l'ambition de son nom, lequel signifie « complète ». Il s'était porté engagé volontaire peu après Pearl Harbor, avait fait ses classes dans l'infanterie pendant une année, sans montrer d'aptitude remarquable à se soumettre aux ordres, mais en témoignant, en revanche, d'une certaine inaptitude au maniement d'armes. Il avait été muté, parmi les premiers, aux services cinématographiques de l'armée, lorsque, à l'échelon suprême du commandement, l'on avait reconnu l'utilité d'enregistrer sur la pellicule les progrès de la guerre. Il avait été élevé dans la capitale mondiale du cinéma, et la carrière de son père dans l'industrie du film fut prise, curieusement, pour une garantie de la qualification du fils. Ce fut ainsi qu'il suivit la 5ᵉ armée dans sa marche victorieuse, à travers les privations et les dangers qui sont le privilège habituel du soldat de première ligne, tout en fixant sur la pellicule, pour la postérité, les atrocités, les triomphes et la victoire finale, de la campagne d'Italie. En un sens, cette aventure le ramenait à ses sources, à son héritage de Latin du Nord, et sans nul doute l'apogée des grandes journées de la libération de l'Italie fut-il pour lui sa rencontre, pour la première fois de sa vie d'adulte, avec le formidable prélat destiné à devenir le souverain pontife le plus remarquable de notre temps.

L'oncle rencontra le neveu dans l'ombre de la cathédrale

par un glorieux temps de printemps. Le propre sergent de Johnny enregistra l'événement à la caméra, et j'ai assisté non sans émotion, à la projection de cette séquence en noir et blanc granuleux, où l'on voit le puissant évêque, dans sa maturité musculeuse et bien en chair, serrant dans ses bras le grand gaillard d'un mètre quatre-vingt-dix, blond et athlétique. Ce que la pellicule n'a pu noter et ce que l'on ne peut reconstituer entièrement d'après les archives officielles, c'est la carrière stupéfiante, sous l'occupation nazie, de l'homme de Dieu qui ne redoutait que son Seigneur et pour lequel le fasciste jusqu'au-boutiste comme l'intrus allemand n'étaient que de pauvres âmes dans l'erreur, qui s'étaient remises au pouvoir du Père des Mensonges.

Carlo Campanati répugnait toujours à parler beaucoup du rôle ambigu du pape Pie XII durant la Seconde Guerre mondiale. Voilà un souverain pontife qui, en décembre 1939, dénonce « l'agression préméditée » et « le mépris de la liberté et de la vie humaine, fauteur d'actes criant bien haut à la vengeance de Dieu », et qui s'efforce d'user de toute son autorité pontificale ainsi que de ses dons de persuasion personnels pour empêcher Mussolini d'entraîner l'Italie dans le conflit européen. Et pourtant, l'attitude du Vatican à l'égard de la persécution des juifs par le régime nazi demeure une chose honteuse. Pie XII apparaît non seulement comme n'étant d'aucun secours, mais comme fermant les yeux sur les traitements démoniaques infligés aux fils et filles d'Israël. La carrière de Carlo sous ce rapport est entièrement différente et tout à fait héroïque. Il fut l'organisateur de ce réseau de sauvetage qui conduisait les juifs italiens en sûreté en Suisse — au moins trois cents d'entre eux s'évadèrent ainsi de la région industrielle du Nord — et le protecteur de la vie de ceux qui ne purent s'échapper ; il utilisa à ce dernier effet les sanctuaires du monastère franciscain proche de Borimo et le couvent des Carmes déchaussés de Sondrio. La crypte de la cathédrale de Moneta servit pour un temps de dépôt d'armes aux partisans. Les autorités nazies de la ville suspectaient Carlo d'être activement engagé dans la subversion. Ses sermons dominicaux étaient prétextes, sous la guise de parallèles presque transparents avec la Bible, à fournir des nouvelles sur les progrès de la guerre, de source alliée, que les nazis essayaient de cacher au peuple. A l'époque où le chef partisan Gianfranco de Bosio fut escamoté des caves de la Gestapo, à la *Prefettura* de la Via de Guicciardi, et ce, à grands renforts de grenades partisanes, ce fut Carlo que l'on arrêta pour interrogatoire. Il est possible — bien que manque le témoignage sans l'aide de Carlo Campanati lui-même, qui répugna toujours à en parler — de reconstituer les instants dramatiques de cet événement. Et aussi, le triomphe final.

Le lieu ? Une cave, brillamment éclairée, blanchie à la chaux, très froide, sentant la terre humide. Le temps ? Le plus beau de tous les plus beaux jours d'une année : Noël. L'évêque de Moneta, empêché de chanter la grand-messe et de prononcer le sermon d'espoir et d'amour qu'appelle l'occasion, est assis sur une méchante chaise. En face de lui, un vieux fauteuil de dentiste. Fraises et daviers alignés, prêts à jouer leur rôle, sur un étal de boucher taché de sang. L'inquisiteur, chaudement vêtu de fourrures volées, et un exécuteur de basses œuvres aux gros bras et aux manches de chemise retroussées, qui n'a pas l'air de sentir le froid. L'inquisiteur s'exprime en un italien guttural. mais courant.

— De Bosio a rejoint le groupe Fedele, n'est-ce pas ?

— Je n'en sais rien.

— Où est le point B-5 ?

— Je l'ignore.

— Écoutez, *Monsignore*, nous avons nos propres sources de renseignements. Nous attendons seulement de vous une confirmation, qui épargnera à vos ouailles beaucoup d'ennuis et de souffrances.

— Pour que vous puissiez m'arracher ces renseignements, il faudrait que je les aie. De plus, il y a en moi l'habitude d'un long entraînement à ne pas mentir, à dire la vérité quand on me la demande. Je ne vous cache rien. Non, en toute sincérité, je ne sais rien.

— Vous avez une fort belle dentition, *Monsignore*.

— Ah ! je vois. Vous avez l'intention de m'extraire les dents sans anesthésie. Pour me contraindre à parler. Je n'aime pas la douleur, surtout lorsqu'elle est inutile. Extrayez donc, allez-y, commencez ; très vite, je vous dirai d'arrêter, puis je vous fournirai le premier nom de lieu qui me passera par la tête. Vous gaspillerez du temps à vérifier ; après quoi, la fastidieuse besogne devra recommencer. Votre technique est, il va de soi, brutale. Elle est aussi très désuète, très lente, très stérile.

— Il ne s'agit pas de *vos* dents, *Monsignore*.

L'inquisiteur fit un signe de tête à l'exécuteur en manches de chemise. Celui-ci alla jusqu'à la porte, l'ouvrit sur un collègue qui poussa devant lui une jeune fille en larmes, terrorisée. Carlo la connaissait bien ; c'était Annamaria Garzanti, quatorze ans, fille d'un boulanger de la Via Leopardi. Elle hurla, quand on l'installa de force dans le fauteuil de dentiste. Des courroies de cuir graisseuses étaient fixées au siège, et les deux exécuteurs entreprirent d'immobiliser le corps et les bras de la malheureuse innocente. Carlo dit :

— Très bien. Le point B-5 est dans les collines au-dessus d'Olivone.

— C'est ridicule, *Monsignore*, et vous le savez.

— Vous avez raison. Va pour la vérité, donc. Le groupe se reconstitue à Cevio. Sur place, vous demanderez un électricien du nom de Belluomo.

L'inquisiteur poussa un soupir de lassitude et fit signe aux exécuteurs de se mettre à l'ouvrage. On ouvrit grande la bouche de la jeune fille, et un coin de bois qui, à en juger par son aspect sanglant, avait déjà servi à cette fin, y fut enfoncé. L'exécuteur en manches de chemise saisit la fraise. Elle était actionnée par une pédale. L'homme y posa son gros brodequin maladroit et commença le mouvement. La fraise ronronna.

— Une minute ! dit Carlo Campanati. Annamaria, reprit-il tandis que les autres attendaient, il faut que tu comprennes bien ce qui se passe. Ces hommes veulent obtenir de moi des renseignements, que je n'ai pas. Voilà pourquoi tu dois souffrir. La douleur sera terrible, mais ne te tuera pas. Offre-la à Dieu ; rappelle-toi que le Christ a souffert, et ta propre souffrance te rapprochera de Lui. Je regrette de ne pouvoir rien faire, sauf prier que le diable quitte ces malheureux. Plains-les si tu le peux. Tu as plus de chance qu'eux.

— Comment nous avez-vous appelés ? demanda l'inquisiteur.

— Des malheureux, répondit Carlo. *Arme Leute*. Vous êtes la proie des forces du mal. Il est impossible que vous ne le voyiez pas. Réfléchissez à ce qui peut inspirer à des hommes le désir d'infliger la torture à un enfant innocent. L'amour de la Patrie ? D'une abstraction appelée Adolf Hitler ? Non. Le diable a pris possession de votre nation tout entière. Il ne peut en être autrement.

— La fraise, ordonna l'inquisiteur.

L'exécuteur obéit. La fraise dérapa, ensanglanta la lèvre de la jeune fille, puis attaqua la dent et fora vers le nerf. Quand elle l'atteignit, la jeune fille hurla. Carlo priait tout haut, mais non pour elle : « O Dieu de merci ! éclaire tes trois serviteurs ici présents, qui sont les esclaves d'une foi diabolique. Chasse d'eux le démon et rends-leur le sens humain qu'ils ont perdu. Pardonne-leur, car ils ne savent pas ce qu'ils font. »

— Arrête, commanda l'inquisiteur.

Le miaulement de la fraise suivit une gamme descendante, puis interrompit sa sinistre mélodie. La jeune fille pleurait avec de petits cris.

— Parlez maintenant, dit l'inquisiteur à Carlo. C'est vous qui avez le diable en vous ; c'est vous le véritable instrument de la souffrance de cette fille.

— Écoutez, dit Carlo. Je répète que je n'ai rien à dire. Déclarer encore que vous perdrez votre temps en recommençant cette torture ne serait pas entièrement vrai. Par la force des choses, vous êtes voués à la brutalité comme à une fin en soi, même si votre logique en fait une technique d'interrogatoire ou l'expression du sentiment de frustration d'une puissance occupante qui ne peut que se heurter à l'opposition des enfants de la lumière. La brutalité pour la brutalité est la marque du démon. Les cris de cette pauvre enfant ne seront que ceux de ses nerfs torturés. Son âme, elle, demeure intacte. Je répète donc qu'elle est en meilleure posture que vous.

— Le davier, dit l'inquisiteur. Arrache une dent. Une incisive.

— Pauvres hommes, gémit Carlo. Pauvres, pauvres hommes. Dieu ! mets-toi à l'œuvre sur eux. Chasse d'eux le mal ! (Il vit le davier saisir la blancheur laiteuse de la dent Les cheveux de la jeune fille, d'un riche noir de jais étaient déjà collés par la sueur de la souffrance.) Tu vas être forcée d'endurer cela, Annamaria, reprit-il. Je ne peux pas leur dire ce qu'ils voudraient savoir. Souviens-toi du Christ ; sois aussi courageuse que lui.

Il entendit la dent crisser dans l'alvéole, tandis que le davier la tordait, car la jeune fille s'était évanouie et, Dieu merci ! la douleur avait tu ses bruits atroces. La dent fut arrachée dans un jet de sang et jetée sur les dalles de pierre où elle fit un minuscule toc, roula une fois sur elle-même, puis s'immobilisa. A l'homme au davier, Carlo dit :

— Quel est ton nom, mon fils ?

L'homme regarda l'inquisiteur, qui eut un très léger haussement d'épaules.

— Lenbach, répondit-il.

— Non, non, celui par lequel ta mère t'appelle ?

— Hans.

Carlo Campanati leva les yeux au plafond humide et décoloré et pria : « O Dieu ! abaisse les yeux de Ta pitié sur Ton serviteur Hans. C'est un brave homme, que la méchanceté de l'ennemi a égaré. Il déteste ce qu'il fait. Il voit que cet enfant innocent pourrait être sa propre fille. Il ne comprend pas comment la souffrance qu'il inflige peut servir la cause de son pays. Aie pitié de lui, ô Dieu ! Purifie son âme et ramène-le à la fraternité humaine. » L'inquisiteur dit :

— Va chercher un baquet d'eau froide et ranime-la.

— *Es ist genug*, dit Hans Lenbach.

L'inquisiteur n'en put croire ses oreilles et demanda :

— Qu'est-ce que cela signifie ? Qu'as-tu dit ?

— Que j'en ai assez. Je ne vois pas le rapport entre cela et la guerre et le fait de se battre. (Il lâcha le davier qui tomba sur l'étal. Son camarade le regardait avec de grands yeux, bouche bée.) Comme dit le prêtre, *elle* n'a rien fait de mal, la pauvre gosse. J'en ai marre de ce truc, marre.

— As-tu mesuré la portée de tes paroles, Lenbach ?

— Oui. *Assez*, ça je sais le mesurer. Pas vous ? Non, sans doute pas. Trouvez un remplaçant pour ce boulot.

Il sortit d'un pas pesant. Comme la porte s'ouvrait, Carlo put voir un soldat casqué, dans sa longue capote grise et armé d'un fusil, qui battait la semelle sur les dalles du couloir, et dont l'haleine avait la densité d'une fumée. La porte claqua en se refermant. L'inquisiteur ne cria pas d'arrêter Lenbach. Il tourna un regard meurtrier vers Carlo et dit :

— Et vous, mesurez-vous ce que nous pouvons vous faire ?

— Oh ! oui, répondit Carlo. Me torturer, me tuer, me clouer au portail de la cathédrale comme les quatre-vingt-douze thèses de Luther. Allez-y ! Le démon ne peut pas gagner. Luther le savait, tout schismatique qu'il était. Mais vous, *arme Leute*, vous avez oublié Luther, comme vous avez oublié Goethe, Schiller, Jean-Sébastien Bach et tous les autres vrais Allemands. Seigneur, que te reste-t-il, mon pauvre ami ? Pourquoi, au nom de Dieu, vous battez-vous ?

Ces paroles, si elles furent prononcées véritablement, durent l'être, je crois, en bon et vigoureux allemand La jeune fille reprit ses esprits, promena autour d'elle de grands yeux égarés, puis terrifiés, et cracha du sang avant de hurler. Carlo se leva, s'approcha d'elle pour la réconforter, défit les courroies qui l'attachaient au fauteuil de dentiste, après avoir écarté d'un grand coup de coude la brute qui les avait bouclées.

— *Stimmt !* dit l'inquisiteur. *Genug* jusqu'à cet après-midi. Nous vous laisserons, *Monsignore*, le temps de réfléchir et de retrouver la mémoire.

— C'est l'heure du *Mittagessen*, répliqua Carlo. Repas de fête pour le *Herrenvolk*, puisque nous célébrons aujourd'hui la naissance d'un juif célèbre pour son esprit subversif. Avouez-le : votre Adolf est un assez pauvre substitut de Jésus. Dieu vous aide ! Dieu, dans Son infinie merci, vous rende à la communauté des êtres vivants !

Il serra contre lui la jeune fille qui frissonnait et gémissait.

— Tu vois, dit à celle-ci l'inquisiteur, ce que t'a fait ton saint homme d'évêque. Prends-t'en à Jésus-Christ et à son serviteur pour la souffrance que tu as subie, en attendant celle qui reste à venir. Lorsque nous en aurons fini avec toi, tu seras aussi édentée que ta grand-mère.

— Je connais ses deux grand-mères, rétorqua Carlo. L'une et l'autre ont des dents capables de ronger les os jusqu'à la moelle.

Il demanda d'un grognement au second exécuteur de lui ouvrir la porte, serrant toujours la jeune fille contre sa chaleur, que le froid de la cave n'avait pu entamer. Puis, se tournant vers l'inquisiteur, il lui sourit. Et à Annamaria il dit :

— Explique-lui que tu lui pardonnes tout ce qu'il t'a fait et, d'avance, ce qu'il te fera. Allons, ma fille.

Et la jeune fille, autant que le lui permettaient sa gencive déchirée et sa lèvre enflée, prononça, se souvenant des leçons d'instruction religieuse : « *I vostri peccati vi saranno perdonati.* » On aimerait à conclure l'épisode sur une scène où la brutalité teutonne du séide fondrait en larmes grossières, tandis que l'inquisieur de la Gestapo rendrait son tablier. Mais nous savons seulement que la voix douce d'une jeune fille dont on avait assassiné la bouche prononça des paroles de pardon dans le froid glacial d'une chambre de torture nazie, en ce jour de Noël. Et il faut bien se le dire : c'est une victoire.

Carlo connaissait parfaitement le lieu où se trouvaient Gianfranco de Bosio et le groupe Fedele.

Un autre épisode plus complexe de la carrière, pendant la guerre, de l'évêque de Moneta a trait au *Gruppenführer* SS à qui le Reichsführer avait assigné la tâche d'organiser le transfert dans le Reich, pour en disposer, sous forme de main-d'œuvre serve, destinée à la liquidation totale, de la population juive de l'Italie du nord. Ce fonctionnaire avait pour nom Helmut Liebeneiner. C'était un ancien maître d'école de Westphalie, maigre, exsangue, dyspeptique. Il avait été pour un temps commandant du camp d'Oranienburg et l'on portait à son crédit l'invention d'une forme plus perverse de *Stahlruten* que celle dont les SA, ses premiers utilisateurs, s'étaient servis. Il était bien noté et promis à de l'avancement. Cet homme fort occupé entendait que son séjour à Moneta fût de courte durée, mais productif. Toutes les forces allemandes disponibles devaient s'employer avec zèle non seulement au ramassage des juifs, mais à l'humiliation publique, en attendant leur propre déportation dans les camps d'esclaves du Reich, des prêtres, des nonnes et des moines. L'ordre à toute la communauté d'un certain monastère de franciscains de se ranger, nus, sur une place par un froid de loup (c'était le début de janvier) ne manquerait pas de dénoncer à l'évidence des circoncisions rituelles. On n'était pas encore sûr de ce que l'on ferait de l'évêque de Moneta. A diverses reprises, il s'était offert en victime, lors de pendaisons par représailles contre le terrorisme ; mais cette offre n'avait jamais été acceptée jusqu'ici. Peut-être en irait-il bientôt autrement.

Les bombardements alliés ayant gravement endommagé la ligne de chemin de fer Trente-Moneta, le *Gruppenführer* Liebeneiner était contraint à faire le trajet d'une ville à l'autre dans une conduite intérieure Opel. Ces randonnées en voiture ne l'enchantaient pas, car il était de constitution délicate et avait aisément mal au cœur. Un jour, aux abords de Mezzolombardo, il se vit forcé d'ordonner au chauffeur de s'arrêter pour lui permettre de vomir sur le bas-côté de la route. Alors qu'il continuait à être secoué de haut-le-cœur inutiles, des partisans du groupe Fedele lui tombèrent dessus. Le chauffeur reçut plusieurs coups de poignard, puis fut jeté dans un fossé plein d'eau, non sans avoir été, au préalable, dépouillé de son uniforme. Cette tenue, comme celle du *Gruppenführer* Liebeneiner, allaient assez bien à deux partisans de Bolzano, dont la langue maternelle était l'allemand. Une conduite intérieure Opel déboucha donc, à la tombée de la nuit, devant le palais épiscopal de Moneta. Parmi des cris de brutes gutturales, un homme ensanglanté, en sous-vêtements gris, fut extirpé de la voiture à coups de pied et poussé dans le palais. Il y était attendu. Quant au faux *Gruppenführer* Liebeneiner, il se rendit au QG des SS de la ville, exhiba ses papiers, déclara qu'il n'y avait pas de projets immédiats pour le ramassage de la *Judenscheiss* de Moneta, puis s'en fut au milieu des *Heil Hitler!* Ironie du sort : le faux *Gruppenführer* et son chauffeur furent réduits en miettes par les grenades du groupe Diligenza, alors qu'ils roulaient non loin de Campolasta. Les papiers de Liebeneiner furent trouvés sur le corps, méconnaissable d'autre part, et Liebeneiner fut rayé des contrôles de la SS. Il y eut de sanglantes représailles mais l'innocent de Moneta n'en souffrit pas.

Le vrai Liebeneiner logeait maintenant dans une salle de la véritable garenne qui s'enfonçait, taillée au plus profond du roc, sous le palais épiscopal. Il n'avait pas froid. Il était vêtu de six ensembles de sous-vêtements de laine américains appartenant à l'évêque, de plusieurs paires de bas de montagne épais, de bottes fourrées et d'un manteau de castor avec toque assortie Il disposait d'un matelas et de huit couvertures, d'un seau d'aisance, d'une cuvette et de serviettes de toilette. Il était doté de la lumière électrique et d'une bibliothèque allemande soigneusement triée et ramenée à quelques-uns des plus grands auteurs proscrits par les nazis. On y trouvait les poèmes de Heine, ainsi que les romans du célèbre Autrichien Jakob Strehler, prix Nobel de littérature en 1935. Liebeneiner n'avait pas droit au chauffage à l'électricité ou au gaz : il aurait pu s'en servir comme d'une arme contre ses visiteurs ou contre lui-même ; mais Carlo apportait un radiateur électrique, chaque fois qu'il venait lui parler, c'est-à-dire au total environ trois heures par jour. C'était lui-même qui servait aussi à Liebeneiner ses repas, aussi bons que le permettaient ces temps de privation : épaisse soupe aux légumes, rôti de sanglier ou ragoût de lapin ou de lièvre, vin réconfortant de la région, grappa, mais pas de café, puisqu'il n'y en avait plus. L'on est contraint de deviner ce que pouvait être leur conversation, bien que les intentions de Carlo fussent de toute évidence très claires : il désirait convertir à la liberté humaine un nazi convaincu.

Sa tâche était plus difficile qu'il ne l'eût jamais cru possible. Il avait l'impression que l'Allemagne nazie avait réussi à créer un nouveau type d'êtres humains : des êtres qui, ayant abdiqué les droits et les devoirs du libre choix moral, étaient capables de faire passer l'abstraction d'un système politique avant les réalités de l'existence humaine, d'obéir sans poser de question et, sur ordre, de perpétrer les plus épouvantables monstruosités, sans remords ; des êtres dont les plaisirs étaient conditionnés au collectif, dont la croyance était mystique et fermée à toute modération de la raison. Et pourtant ce Liebeneiner, cet homme qui, après tout, avait enseigné la langue anglaise, analysé les poèmes de Shelley et les tirades de Shakespeare, qui adorait la musique, avait pleuré à la mort de son chien Bruno et avait une femme et une fille qu'il prétendait aimer et qui, disait-il, lui manquaient amèrement, oui, cet homme pouvait-il être considéré autrement que comme une créature de Dieu, capable de rédemption chrétienne ? Carlo et lui conversaient en anglais.

— Tu dis aimer ta femme.

— Oui, je l'adore.

— S'il venait à être établi qu'elle appartient à ce que l'on appelle la race juive, continuerais-tu à l'aimer et à la chérir ?

— Non, naturellement.

— Ainsi donc, tout un ensemble complexe de sentiments humains, profonds et que, même toi, tu serais prêt à qualifier d'état d'âme spirituel, peut être immédiatement gommé à la requête d'une orthodoxie grotesque ?

— Je ne comprends pas toutes vos paroles. Vous parlez trop vite.

— Il y a un vers de Shakespeare que tu devrais connaître : « Amour qui change quand changement rencontre n'est pas amour. » Crois-tu que ce soit vrai ?

— J'aime ma femme. Elle n'est pas juive. Jamais personne ne pourrait prouver qu elle l'est Donc je l'aimerai toujours.

— Que signifie . être juif ?

— Appartenir à une race qui se considère comme élue par son dieu tribal pour être supérieure aux autres peuples. Une race qui a des traits physiques et mentaux distincts. Dont le sang est différent du sang aryen. Qui a déclaré la guerre à la culture aryenne. Qui doit, par conséquent, être détruite.

— Beaucoup d'ethnologues. d'ethnologues libres, de savants qui ne sont pas liés à telle ou telle orthodoxie politique, affirment que les différences raciales sont très superficielles. Par exemple, il n'existe pas de particularité du sang juif. Sous le microscope, tous les sangs se ressemblent.

— Ce n'est pas vrai !

— Tu en as eu la preuve visuelle ?

— L'ethnologie du parti le proclame.

— Le parti a toujours raison ?

— Toujours !

Et ainsi de suite. Et, régulièrement, cette question de Liebeneiner : qu'allait-on faire de lui ? Quand allait-on le jeter aux partisans pour être mis en pièces en criant *Heil Hitler* ? Pourquoi ne le libérait-on pas de sa misère tout de suite ? Que signifiait ce vilain tour de l'évêque ?

— Il n'y a pas de vilain tour. Je suis convaincu que l'humanité est bien au-dessus de toute idéologie politique. Mon vœu est que tu rejoignes le reste de tes frères humains. Tu n'as rien à craindre. La guerre sera bientôt finie. L'Allemagne ne sera plus que ruines ; mais une nouvelle Allemagne naîtra. Tu seras citoyen d'un État libre, que n'animera nulle doctrine mensongère. Ta carrière de fonctionnaire nazi touche à son terme. C'est la fin des nazis. Pardieu, mon bon ami, le monde entier serait-il dans l'erreur, hormis le Reich de Hitler ? N'est-il pas au moins concevable qu'un régime bâti sur la suppression de la liberté de pensée et de parole, le racisme, le génocide et le culte de la force, soit peut-être un système invivable ? Peux-tu au moins accepter cette possibilité ?

— Vous parlez trop vite, mais je crois comprendre. Et vous, pouvez-vous admettre que votre Église chrétienne soit dans l'erreur ?

— Il n'est pas de jour où je n'affronte cette possibilite Pas de jour où je ne prie pour garder la foi.

— Moi aussi, j'ai une foi. Et je n'ai pas besoin de prier pour la conserver.

— Celle que je représente a souffert plus longtemps que la tienne. De plus, elle croit à une essence spirituelle, et non à un chef mortel.

— Adolf Hitler est aussi immortel que votre Christus selon votre croyance. Lorsqu'il mourra dans sa chair comme votre Christus, il continuera à vivre en esprit. Si l'Allemagne est détruite par vos chrétiens, ce ne sera que dans son sol, ses campagnes, ses cités et son peuple. Mais l'Allemagne comme grande vérité du monde ne peut pas mourir. La vérité aryenne est immortelle !

Etc, etc, etc. *Undsoweiter.* Entre-temps, le remplaçant de Helmut Liebeneiner était arrivé dans la région. C'était un certain *Gruppenführer* Ernst Lamprecht. Lamprecht était parfaitement au courant de la tournure prise par la guerre et ne s'acquittait que pour la forme du ramassage des juifs et des cénobites. La mauvaise réputation de Moneta dans le domaine du terrorisme grandissait. Le maire fasciste avait été abattu par les partisans. Une bombe, lancée dans le poste de garde d'une caserne occupée par les vestiges d'un bataillon de la Wehrmacht, avait tué un sergent, deux caporaux et trois hommes du contingent. Un peloton d'exécution de la SS, se rendant au pas cadencé à son rendez-vous avec les innocentes victimes de représailles, sur la Piazza Clementi, fut fauché par une mitrailleuse dissimulée dans les ruines d'une villa bombardée. Les partisans étaient maîtres de la situation. Des renforts étaient nécessaires pour redresser la Ligne gothique, qui flanchait plus au sud. La garnison d'occupation était au courant de rumeurs d'évacuation totale, par les Allemands, de Moneta et du secteur. Les hautes bottes luisantes de Lamprecht lancèrent quelques gros clins d'œil lorsque leur propriétaire trotta jusqu'à son Opel pour prendre la route, direction nord-ouest. Il avait envie de tirer son épingle du jeu. Comme tous les Allemands. Un seul demeurait, bien en sécurité, bien au chaud, bien nourri et campé sur ses positions.

— Franchement, lui dit Carlo en toute sincérité, je ne sais que faire de toi. (Liebeneiner eut un faible ricanement de triomphe.) Mais, reprit Carlo, il y a du vrai dans l'opinion selon laquelle il faut qu'un homme soit en danger grave ou dans la plus extrême souffrance pour que l'on puisse arracher son cerveau à la torpeur de convictions aveugles. As-tu jamais, mon fils, participé en personne à l administration de la torture ?

— Je l'ai ordonnée, j'y ai assisté.

— Et aussi au massacre, ou à la liquidation, à l'élimination de masse, quel que soit le nom que tes gens donnent à la chose ?

— C'était un devoir.

— Tu n'as pas éprouvé le choc de l'horreur ni aucune sympathie, aucun remords ?

— C'était un devoir.

— Alors Dieu m'aide ! Il faut que j'accomplisse aussi le mien.

Cette fois, Liebeneiner ne ricanait plus. Il dit :

— Je le savais, que vous y viendrez. Vous prêchez la merci la bonté, la tolérance et autres vertus judéo-chrétiennes, mais c'est pour découvrir à la fin le recours à la cruauté. C'est inscrit dans l'histoire de votre Église, avec l'Inquisition espagnole, le massacre de la Saint-Barthélemy et les millions de martyrs brûlés au nom de votre Christus.

Il s'était exprimé en allemand, et Carlo en fit autant, à ce stade.

— Eh bien ! tu devrais approuver. C'est la manière nazie.

— C'est normal quand on l applique aux ennemis du Reich. Pas quand c'est employé par des races inférieures contre celle des seigneurs.

— Entends-tu par là, demanda Carlo, que j'appartiens à une race inférieure à la tienne ? Je parle une langue indo-européenne ou aryenne comme tu dirais, plus ancienne que la tienne. J'ai, aux yeux de l'histoire, beaucoup plus que toi, le droit d'appartenir à une civilisation supérieure. Mon peuple est celui de Virgile, d'Horace et de Lucrèce. De Dante Alighieri, de Léonard, de Michel-Ange... est-il besoin de continuer ?

— Votre civilisation a été corrompue par le christianisme.

— Ma civilisation est un produit du christianisme. Qu'avez-vous à mettre en face, vous autres nazis ? Rien que des aboiements, des jappements, des chansons de marche. Ce que vous deviez au Saint Empire romain germanique, vous l'avez stupidement extirpé de vous-mêmes. Mais il n'y a pas grand sens à en appeler à ta raison. C'est ton âme que je veux.

Pour arriver jusqu'à l'âme de Liebeneiner, Carlo Campanati eut recours à deux partisans, dont l'un, Giuseppe Chinol, avait travaillé aux abattoirs, et l'autre, Enrico Tramontana, fabriquait des cercueils. C'étaient deux forts gaillards, mais nullement adonnés à la cruauté par nature. Carlo dit à Liebeneiner :

— Tout cela devrait être assez simple. On va te tordre le bras, presque à le rompre, derrière le dos. Quand la douleur deviendra intolérable, je te demanderai d'insulter, de maudire, de renier ta foi nazie et les monstres qui l'incarnent. Alors, la douleur cessera. Je saurai, et toi aussi, que tu ne penseras pas ce que tu diras, ce que tu hurleras, plutôt : ce ne sera pour toi qu'un moyen de mettre terme à la souffrance. Mais ce ne sera tout de même pas rien, d'entendre tes paroles d'abjuration. Pour toi autant que pour moi. Ce sera la première fois qu'elles sortiront de ta bouche.

— Je ne les prononcerai pas. Vous êtes un imbécile.

— Oh ! que si, tu les diras.

Et c'est ce qu'il fit. Vomissant son petit déjeuner dans le seau d'aisance, suant la douleur et l'humiliation, Liebeneiner sembla gémir une antique prière allemande pour implorer pardon. Carlo écouta, plein de bonté et d'intérêt.

— Tu pries, dit-il. Qui ? Adolf Hitler ? Une déité wagnérienne ? Je ne connais pas de divinité sylvestre teutonique du nom de *Scheiss*. Mais je ne serais pas surpris qu'elle existât.

Les nazis n'avaient qu'une faible expérience du martyre. Le quatrième jour de son traitement de rééducation, alors que Giuseppe Chinol était prêt à reprendre la torsion inoffensive, mais infiniment douloureuse, du bras, Liebeneiner déclara que la torture n'avait aucune utilité, qu'il était tout à fait disposé à traîner dans la boue sa foi, sa race et ses maîtres sans cette aide. Ce que voulait l'évêque après tout, c'étaient les formules d'apostasie, et non la souffrance. Il n'était pas dans ses devoirs de chrétien de vouloir celle-ci. Carlo secoua tristement la tête et dit :

— Si l'on t'administre la douleur régulièrement, ainsi qu'il en sera fait tant que je le jugerai nécessaire, tu découvriras de plus en plus le besoin de t'identifier à une figure, réelle ou mythique, qui aura souffert encore plus que toi. Une identification de cet ordre a toujours été nécessaire dans la longue histoire des persécutions religieuses : elle exalte et soulage à la fois la souffrance. Malheureusement, vous autres nazis, vous n'avez pas de vraie mythologie de la persécution. Horst Wessel ? Zéro. Vos hommes de main se faisant casser la figure dans les bagarres de rues entre nazis et communistes ? Hitler en prison ? Zéro. Le nazi qui souffre est dans une situation à laquelle sa foi ne l'a pas préparé. Vois-tu la difficulté dans laquelle tu es ? *Bene, Giuseppe. Adesso comincia la tortura.*

— Je hais Hitler, le credo nazi est inhumain, les Allemands ne sont pas une race de seigneurs, pour l'amour du Christ, arrêtez ! hurla Liebeneiner.

Giuseppe Chinol cessa. Carlo demanda :

— Que disais-tu donc ?

— Salaud. Barbare immonde, porc. Ignoble salaud, infâme barbare décadent.

— Des mots ! dit Carlo. Tu as dû les entendre de la bouche d'opposants à ton régime, que vous battiez. Tu vois comme il est possible de s'instruire, même grâce à des gens que l'on méprise. J'ai noté que, dans tes transports, tu as crié le nom de Christus.

— Ce n'était qu'un son. Cela n'avait pas de. Il faut que je vomisse.

— Vomis, mon fils.

Et tandis que Liebeneiner se livrait à ses nausées, Carlo se pencha pour examiner, pâle et lui-même au bord de l'écœurement, une série de photographies tirées en grand format sur papier glacé. Elles faisaient partie des archives des ignominies nazies dont les camps de travail et les camps de la mort avaient été le théâtre. C'étaient les nazis eux-mêmes qui avaient compilé ces archives. Leur philosophie leur expliquait qu'il n'y avait là nulle infamie : périssent ainsi tous les ennemis des bienfaisantes ténèbres ! Ce paquet de photographies avait été abandonné dans la maison de la Via Giuseppe Verdi qui avait servi de QG aux SS. C'était une documentation exprimant l'esprit de quelque chose. On l'avait donc remise aux mains du chef spirituel de la communauté, qui, maintenant, tirait furieusement sur la puanteur d'un des derniers cigares toscans de sa réserve.

— Je te laisse ceci pour que tu puisses l'examiner, dit Carlo, lorsque Liebeneiner pâle et suant se fut rassis sur le bord de son petit lit de fer. Tu vas éprouver un sentiment tout nouveau pour toi : une certaine parenté avec certaines de ces victimes. Naturellement, tes souffrances n'ont rien été en comparaison des leurs. Soit dit en passant, la guerre est presque finie. La 5e armée américaine est à Milan. Les Russes sont aux portes de Berlin. Peut-être n'as-tu pas envie de me croire. Mais si je te libérais maintenant, tu serais certainement mis en pièces par les citoyens italiens qui se sont délivrés de votre joug répugnant. Veux-tu que je te libère ? Ah ! ainsi donc, tu me crois. Tiens-toi pour heureux d'être ici sous ma garde. Je te promets que tu y resteras tant que tu n'auras pas changé. Je repasserai te voir cet après-midi. J'amènerai avec moi le bon Enrico. C'est un brave et solide garçon qui, normalement, ne toucherait pas à une mouche. Ah ! vous nous en aurez fait faire de belles.

Ou autres paroles en ce sens. Ce ne fut qu'après un plein

mois de torture bénéfique que Liebeneiner commença à entrevoir qu'il appartenait à l'espèce des victimes et qu'une philosophie de domination brutale et absolue ne lui servait à rien dans ses souffrances. Il eut une vision d'Adolf Hitler crucifié : nu, la bedaine bouffie comme un chou à la crème, la mèche et la moustache intactes, criant *Eli, Eli, lama sabacthani !* Image, de toute évidence, absurde : Hitler, par définition, n'appartenait pas aux crucifiables. Pourtant, lui, Liebeneiner, fidèle serviteur du Führer, n'avait reçu de lui nul moyen de défense métaphysique ou théologique contre la torture physique et l'humiliation de l'âme. Le Führer l'avait abandonné. Par accident, Giuseppe Chinol rompit le bras du prisonnier, qui s'évanouit. L'évêque manifesta une contrition extravagante. On fit venir le Dr Praz pour remettre le membre et l'immobiliser. Il n'y eut plus de torture pour quelque temps. Carlo attendit patiemment que Liebeneiner eût un rêve libérateur. Il savait que toute métamorphose de l'âme est souvent signalée par une série de cauchemars, culminant souvent aussi dans une vision de l'enfer pendant le sommeil, laquelle se mue en révélation apportant la lumière. L'ennui, pour ce qui était de l'âme de Liebeneiner, était qu'elle manquait de qualité. C'était une petite âme, faite pour une philosophie aussi simpliste que celle des nazis. Pourtant c'était une âme humaine, issue de la main de Dieu. Et Dieu aime sa création. Donc, il aimait Liebeneiner. Tout ce qu'Il lui demandait, c'était de rendre tout l'amour (d'autant qu'il y avait le mot amour, *Liebe*, dans son nom) qu'il pouvait, sous forme d'une certaine gratitude pour le don de liberté morale, d'un minimum de charité envers autrui et d'un peu d'humilité. Tous les matins, Carlo, en apportant le petit déjeuner du prisonnier — lait de chèvre, eau minérale, pain, confiture — s'enquérait de ses rêves. Un matin, Liebeneiner lui déclara qu'il avait rêvé qu'il était mort.

— Ah. C'est un fait que tu l'es officiellement.

— Je voyais mon cadavre. Il y avait un immense champ de bataille. D'en haut, je voyais mon cadavre avec des milliers d'autres. Je pleurais.

— Sur ton corps ou sur ceux des autres ?

— Je ne sais pas. Je pleurais. Les cadavres étaient ceux de mes camarades tombés au combat.

— Tu ne pouvais pas le voir, qu'il s'agissait de tes camarades. C'étaient seulement des corps d'hommes morts. Et pourtant, tu étais sûr que c'étaient bien tes camarades.

— Il y avait aussi des femmes. Nues. Tout le monde était nu. Je ne pouvais plus m'arrêter de pleurer. Au réveil, mes yeux étaient baignés de larmes.

Carlo le regarda avec mansuétude. Liebeneiner n'avait pas eu l'autorisation de se raser depuis son arrivée dans les caves épiscopales. Pas plus que ses cheveux n'avaient été coupés. Mais on lui avait régulièrement fourni de l'eau chaude pour sa toilette ; il ne sentait pas mauvais, hormis une sorte de puanteur spirituelle qui, trouvait Carlo, émanait de tous les nazis qu'il avait connus, même lorsqu'ils étaient méticuleusement étrillés et parfumés à l'eau de

Cologne. Le mal et la stupidité ont chacun leur odeur sui generis ; mais il est parfois difficile de distinguer l'une de l'autre. A ce stade, Libeneiner ne puait pas trop. Avec sa tignasse et sa barbe châtain foncé semé de gris, il aurait pu passer pour l'image même de l'intellectuel juif, aux yeux des nazis.

— Tu ne tarderas plus à rentrer à la maison, lui dit Carlo. De toute façon. Münster est très loin d'ici. Et il n'en reste plus grand-chose. Je prie pour que ta femme et ta fille soient encore en vie. Pense à la joie qu'elles auront, de revoir un mari et un père ressuscité de la tombe.

— La guerre est finie ?

— Il s'en faut de peu. Ton Hitler n'était pas un bien grand prophète, tu ne trouves pas ? Un Reich de mille ans, mon œil ! Quel rêve imbécile ! Au fait, as-tu d'autres cauchemars à me raconter ?

— Oui. C'était Noël et j'étais un petit garçon. Et il y avait l'enfant Christus dans la mangeoire.

— Ah ! Quels sacrés sentimentaux vous faites, vous autres Allemands. Pleins de cruauté et de sentiment, mais rien entre. Fichtre ! il en a fallu du temps pour vous christianiser, et vous n'y comprenez toujours rien.

Mit blankem Eis und weissem Schnee
Weihnachten kommt — juchhe ! juchhe !

Il est l'heure d'une autre leçon. Je vais aller chercher mon chat noir et je lui trancherai la gorge ici même avec un couteau de cuisine. C'est un chat méchant qui ne cesse de manger des oiseaux. Cela te fera plaisir de voir couler le sang, hein ?

— Non, non, non, non, non.

— Satanés Allemands ! Alors, tu veux quoi ? Que je ramène un juif ? Ce serait moins terrible, pas vrai ? Un juif avec une barbe exactement comme la tienne, et nous lui fourrerons la tête dans ton seau hygiénique et nous le laisserons suffoquer à mort dans de bons excréments de pur aryen nazi. Tu ferais mieux de te préparer à retrouver le vaste monde, Herr Liebeneiner. J'en ai soupé de toi.

Liebeneiner avait un air de suspicion. Son visage, au cours de son incarcération bénigne, avait appris peu à peu les vertus de la méfiance du renard sur le qui-vive perpétuel : c'était devenu un visage de prisonnier, presque humain.

— Je sortirai, dit-il, quand je pourrai partir en sûreté. Pas avant.

— Oui, oui, dit Carlo. Naturellement. Tu aimerais bien t'acagnarder ici, dans ta garenne, avec tes couvertures et tes trois repas par jour. Cela vaut presque le parti nazi, hein ? Pas besoin d'affronter la méchanceté du grand désert du monde, où les vents ont balayé les panneaux indicateurs. Ce monde où il faut prendre des décisions morales. Tu sais, je n'ai pas spécialement envie de faire de toi un chrétien. Je voudrais seulement te rappeler ce que c'est que d'appartenir à la race humaine — la seule qui soit, car il n'existe pas, il n'a jamais existé de race de maîtres. Le diable est entré dans le cœur de ton peuple, et ce n'est pas une métaphore. Une force du mal colossal s'est nichée là, et vous étiez tous trop fichtrement idiots pour reconnaître son vrai visage. Ne t'y trompe pas : votre Adolf Hitler était un personnage de taille. Je dis *était*, car il paraît certain qu'il est mort aujourd'hui. C'était une véritable incarnation du mal, une rareté dans l'histoire du monde. Si j'avais pu le tenir ici, dans cette cave, comme toi, dans quel programme d'exorcisme épuisant j'aurais dû me lancer ! Peut-être n'en serais-je pas sorti vainqueur ; du moins aurais-je dû me battre. Qui sait si, dans le processus, je n'aurais pas été moi-même précipité dans les flammes de l'enfer ? Pour ce qui te concerne, tu auras été un matériau médiocre. Il n'y a pas grand-chose là-dedans, Herr Liebeneiner. Tu as toujours été une espèce de vide que le parti nazi a eu la bonté de combler pour toi. Je serais plus heureux si tu obéissais à de vraies convictions et non pas seulement à des mots d'ordre. Mais, pardieu ! j'ai bonne idée que tu as fait beaucoup de mal en ton temps. Demain matin, je veux tout entendre, de ta bouche même. Ce sera une sorte de purge. Ensuite, tu pourras te faire couper les cheveux ; mais à ta place, je garderais la barbe : elle n'a rien d'un attribut du *Herrenvolk*. Je te procurerai de vieux vêtements, j'en trouverai bien, et des brodequins de l'armée. Ensuite, tu pourras te mettre en route pour rentrer chez toi, à pied. Tu auras des tas de décisions intéressantes à prendre en chemin : savoir si tu dois voler ou non, par exemple, et qui ; si tu dois venir en aide aux vagabonds moins chanceux que toi ; et quels mensonges raconter aux divers soldats alliés que tu rencontreras. Tu auras une chance de devenir un être humain. Plus tard, peut-être, tu pourras m'écrire une lettre. Sincèrement, cela me passionnerait d'avoir de tes nouvelles.

— Alors, tous, on s'est fait avoir, dit Liebeneiner sur un ton maussade.

— Dieu soit loué ! tu commences à comprendre.

— La prochaine fois, on ne nous possédera pas.

— O Christ souffrant sur la croix ! on ne pourra jamais rien faire de vous, tous tant que vous êtes. Ce n'est pas péché, c'est pure stupidité. O Dieu bon qui es aux cieux !

— Puisse votre Dieu, dit Liebeneiner, expédier à jamais Adolf Hitler au plus noir de l'enfer éternel. Dieu les maudisse tous ! Et vous n'avez pas besoin de me tordre le bras pour me le faire dire. Ce sont les juifs qui ont gagné, n'est-ce pas ? Et les bolcheviks. Le capitalisme international, avec l'internationale communiste et libérale et l'internationale de la libre pensée décadente.

Carlo avait maintenant l'impression d'avoir parlé trop vite, en clamant à la stupidité nazie.

— Tu pourrais dire, repartit-il, que votre philosophie de la puissance et de l'intolérance n'a pas opéré. Elle a été défaite. Donc elle était fausse. Si vous autres, Allemands, vous tenez à tout prix à être la race des races, il vous faudra inventer autre chose. Vous avez exterminé une très grande partie du peuple juif. Peut-être vous appartiendra-t-il de remplir ce vide. Les Allemands devront devenir les nouveaux juifs La force par la souffrance *Kraft durch Leid*. A demain !

Le lendemain, Carlo Campanati entendit Liebeneiner de bout en bout. Ce fut une confession sans absolution. Mais il faut dire qu'elle était terriblement statistique, horriblement abstraite. Ni orgueil des boucheries, ni remords, certes. Mais une certaine dose de pitié de soi, car la pitié fait partie intégrante de l'âme humaine, et il lui faut bien trouver un objet quelque part : l'astreinte angoissante de la règle, les problèmes d'organisation, les hurlements et les puanteurs qui offensaient la délicate sensibilité de Liebeneiner. Et, pour finir, l'inutile gâchis. Au cœur de la nuit suivante, Liebeneiner, bien chaussé, chaudement vêtu d'un gros manteau et d'un costume de rebut, don de l'aumônier de Carlo, mais sans un sou et sans aucun papier d'identité, fut mis sur la route. Il prit le nom de sa mère : Waschneck. Deux années plus tard, Carlo Campanati reçut une lettre, en anglais, de Helmut Waschneck. Il enseignait dans un lycée de Lippstadt, en zone d'occupation britannique. Sa femme, sa fille et lui-même se portaient bien. Tous trois se rendaient régulièrement aux offices de l'église luthérienne locale. Martin Luther, tenez, en voilà un grand Allemand ! Et il y en a un autre : Johann Sebastian Bach. Les Allemands ont devant eux une destinée immense : civiliser le monde. Le communisme, voilà l'ennemi. On ne peut lutter contre lui qu'en lui opposant l'exemple des libertés démocratiques. Pardieu ! il reste au monde à découvrir que le seul espoir réside dans la démocratie systématique et le libre choix moral systématique. L'Allemagne le prouvera au monde entier, *Deutschland über alles !* Il ne lui manque qu'un chef.

56

Le lecteur perspicace n'aura pas manqué de reconnaître la main de Toomey dans les pages ci-dessus. L'angoisse de l'invention est moins ardue que la contrainte de l'imitation mot pour mot. Je suis peut-être un mauvais écrivain, mais je vaux mieux que Howard Tucker quand on en vient à la fabrication ou au mensonge. N'étant pas tenu aux faits vérifiables, à la différence des écrivains de son genre, je puis me laisser aller librement à la fantaisie, qui finit souvent par être la vérité. L'intérêt de ma chronique est que Carlo mena le bon combat, et moi, non.

Que je n'eusse pas mené le bon combat et que j'eusse quelque chose à expier, qui ne fût pas tout à fait de la trahison, mais qui ressemblât fort à un manque honteux de patriotisme, l'ordre que je reçus du cabinet du premier ministre d'avoir à me joindre à une délégation parlementaire pour aller visiter Buchenwald, le 21 avril 1945, m'en apporta la preuve officielle. Le chef du pouvoir exécutif avait-il réellement le droit de donner un tel ordre ? Oui, sans doute : la paix n'était pas revenue et nous restions tous soumis à son autorité. Pourquoi ce mandement de la part de notre Grand Chef de Guerre, comme on l'appelait souvent ? Brendan Bracken, ministre de l'Information, personnage aux cheveux roux, aux dents gâtées, encore jeune et effervescent, et qui passait communément pour être le fils naturel du premier ministre, me le signifia clairement. Il me téléphona le 18 avril pour m'annoncer que le premier ministre avait fait observer, dans une conversation privée après un dîner, que l'infamie des camps « natzis », comme il disait, méritait d'être consignée dans un livre et que c'était probablement à un écrivain comme Kenneth M. Toomey, enrichi dans la fourniture de littérature populaire, mais qui ne se faisait guère remarquer par le moindre penchant à payer de retour ses lecteurs britanniques en servant son pays, qu'il revenait d'écrire sur les camps le livre que les Presses Officielles de Sa Majesté se devaient, de leur côté, de publier. Bracken ajouta qu'il allait m'envoyer toute la documentation disponible, accompagnée de photographies qui me retourneraient l'estomac, et que je devrais prendre un avion de transport de la RAF pour Weimar en même temps qu'une élite de parlementaires, pour aller constater de visu les preuves de l'infamie « natzie » avant que les Américains procédassent au grand nettoyage. Le général Eisenhower, pouvait-il ajouter — ce qu'il ne manqua pas de faire — considérait avec le premier ministre qu'il fallait un écrivain à la hauteur pour le boulot et que j'étais probablement l'homme adéquat.

— Je suis incapable d'écrire sur ordre, protestai-je.

— Oh ! cela va de soi, mon vieux, répliqua Bracken. Mais le sentiment général est que, tout bien considéré, l'envie vous en viendrait. Vous n'êtes pas précisément en odeur de sainteté, tout compte fait. Du moins, c'est l'opinion du premier ministre. Je vous envoie ces trucs. Quelqu'un prendra contact avec vous pour les horaires, les rendez-vous et le reste. Bon voyage !

Je ne connaissais aucun des parlementaires qui prenaient l'avion avec moi. A Weimar, le mess des officiers de l'armée américaine nous offrit un déjeuner de porc de conserve grillé, accompagné de gelée de fruits et de boissons sucrées au choix. Tandis que nous mangions, un officier du service de Santé de cette même armée nous fit la leçon avec une sélection des statistiques qui ne risquaient pas de nous couper l'appétit. Camp ouvert en 1934. Prévu pour environ cent mille internés. Ils étaient 80 813 le 1er avril 1945. Juste avant l'arrivée des forces américaines, le 11 avril, les Allemands en avaient retiré plus de 20 000, pour dissimuler en partie la réalité. Les internés s'étaient composés d'abord de condamnés politiques allemands et de juifs ; par la suite, avec l'expansion du Reich, s'y étaient ajoutés des prisonniers de toute espèce, à dominante juive toutefois, venus de Tchécoslovaquie, de Pologne, etc. Camp mal conçu, mal tenu. Grossières huttes de bois, sol de terre battue, pas de fenêtres, pas d'installations sanitaires. Jusqu'au 1er avril 1945, total des exterminations : 51 572. Archives détaillées du camp, y compris listes d'appel[1], abandonnées par les nazis. Malpropreté et odeur persistantes et révoltantes, malgré nettoyage en cours avec vigueur et efficacité américaines bien connues. Quant au reste, nous verrions par nous-mêmes.

Nous vîmes. De même qu'un groupe de civils allemands de la région de Weimar. C'était la règle d'amener sur les lieux, chaque jour, un groupe de cette sorte. Les membres de celui-ci étaient vêtus de vêtements râpés, mais chauds ; aucun d'eux ne semblait mal nourri ; aucun d'eux non plus n'était très différent des hommes et des femmes que l'on rencontrait dans l'autobus 57. Ils disaient *schrecklich* et *entsetzlich* ou *grauenhaft* et autres épithètes ; c'étaient d'honnêtes Allemands moyens réagissant aux preuves d'horreurs passées perpétrées par d'autres qu'eux. Une femme cacha sa nausée dans un mouchoir. Ils étaient conduits par un sergent-chef, qui mastiquait un produit médicinal et parlait l'allemand du Milwaukee avec, de temps à autre, des interpolations d'anglais telles que *you goddam krauts* (salauds de Fridolins) et *you murdering bastards* (fumiers d'assassins), etc. Parmi nos parlementaires, se trouvait un conservateur endurci et suralimenté, très gros, très grand, ancien international de rugby, qui répétait constamment « Oh, bon Dieu ! » comme si on l'avait forcé à déguster un mauvais porto. De fait, il n'y avait pas grand-chose d'autre à dire. « Ce que vous voyez là, disait le colonel qui nous servait de guide, était un bordel pour prisonniers non sémites de haut rang. Nous y avons trouvé quinze femmes à notre arrivée. Des internées, prises dans les camps de femmes avec promesse de meilleurs traitements si elles acceptaient ce travail. Elles ont eu la chance de ne pas être liquidées ; toutes les autres l'ont été. L'endroit nous sert actuellement d'hôpital de transit pour les cas vraiment graves de malnutrition. Comme ceux-ci... » Le député conservateur rugbyman fit « Oh, bon Dieu ! (C'étaient des enfants aux yeux immenses, au ventre ballonné, aux jambes et aux bras pareils à des allumettes.) Il y a encore plus de huit cents enfants dans ce camp, poursuivit le colonel. Vous les verrez. » Nous les vîmes. Nous vîmes aussi les huttes dortoir, où six hommes devaient, contre toute possibilité, s'efforcer de s'entasser pour dormir ensemble sur une sorte d'étagère en bois profonde de deux mètres, large de un mètre trente et haute de soixante centimètres. La baraque de vingt-cinq mètres de long, qui servait d'infirmerie pour les internés atteints de tuberculose et de dysenterie, abritait constamment treize cents personnes. On devait opérer sans anesthésie et sous les yeux des autres patients. Les cadavres étaient jetés à une extrémité de la baraque et ramassés par des charrettes, le matin ; les uns étaient livrés au four crématoire, d'autres, aux laboratoires de pathologie. Dans un de ces laboratoires, nous vîmes d'interminables enfilades de rayonnages surchargés de bocaux de verre poussiéreux, contenant des foies, des rates, des reins, des testicules, des yeux. « Ici, expliqua le colonel, les médecins injectaient le typhus aux juifs pour obtenir du sérum. Ils expérimentaient de nouvelles techniques de stérilisation : la castration leur paraissait la meilleure formule. Et cela, c'était à l'époque relativement humaine, avant l'entrée en vigueur de la politique d'extermination. Remarquez les murs décorés de masques mortuaires, comme si l'on avait essayé de classifier les physiognomonies juives. » J osais à peine promener mes yeux sur ces nobles visages de martyrs, tant je craignais d'y reconnaître Strehler. Puis, on nous montra la trappe et la glissière desservant le dépôt mortuaire en sous-sol. C'était par là que l'on jetait les rebelles et les malades mortellement atteints, bons pour l'exécution. On nous montra aussi les quarante gibets et leurs quarante crochets. Il y avait une massue herculéenne tachée de sang pour achever ceux qui étaient lents à mourir. Fours crématoires. Côtes, crânes, colonnes vertébrales calcinés. « Ceci, dit le colonel, quand nous fûmes parvenus au QG du commandant du camp, Koch, qui sentait maintenant le lysol de la victoire et était occupé par une escouade de dactylographes. Ceci est un abat-jour. Il a l'air très banal. On l'a pris sur la lampe de chevet de *Frau* Koch. C'est de l'authentique peau humaine. » Le mot *skin*, peau, prononcé avec le fort accent du Sud du colonel rendait un écho plus sinistre encore. Il reprit : « Cette bonne Frau Koch s'était fait fabriquer un certain nombre d'objets domestiques dans le même matériau. » Un parlementaire socialiste, député de Coventry Sud, sortit pour vomir.

Je m'étais préparé à supporter tout et même plus. Y compris l'odeur tenace que les équipes de désinfection n'étaient toujours pas parvenues à chasser. Quelle était-elle, cette odeur ? Trop humaine, ne contenant nul effluve de source diabolique. Mélange d'urine croupie, d'excréments malades, de graisse rance, de vieilles loques, de gencives ravagées par le scorbut, de fromage. De fromage de Gorgonzola. Oui, je pouvais supporter tout cela. C'était ma propre odeur, celle de l'humanité entière. Mais quels mots trouver ? Quels mots eût employés un maître du langage comme le Dr Samuel Johnson ou Voltaire ? Johnson qui, passant devant un étal de poissonnier dans Fleet Street, avait vu une anguille que l'on écorchait vive et entendu l'écorcheur la maudire parce qu'elle ne voulait pas se tenir tranquille. Je la voyais distinctement, cette anguille : elle avait la tête d'Olivier Goldsmith écorché par Johnson. Il me semblait saisir au passage une autre vision : de savants personnages, doux et aimables, en longue robe doctorale, nazis tous, et tous aussi confirmant que l'homme est né, ainsi que l'a enseigné je ne sais plus quel Père de l'Église (Tertullien ? Origène ?), *inter urinam et faeces*. Une de mes chaussures, un peu lâche, se prit dans une boue pareille à de la glu rouge. La tenant à la main, je sautai à cloche-pied jusqu'à un coin de sol sec, près d'une paroi de bois. On avait allumé là un feu et il y avait encore un bout de papier imprimé à demi-brûlé. Adossé à cette paroi, j'essuyai ma chaussure avec ce papier, qui paraissait avoir été arraché à un livre de textes latins. Je lus : *Solitam... Minotauro... pro caris corpus...* Je lançai loin ce débris. J'entendais derrière moi la voix aux sonorités sudistes du colonel porter un jugement que les parlementaires de la délégation auraient été capables de porter sans son aide : dégradant, plus bas que tout dans l'histoire de l'humanité. Et, ajouta le colonel, ce n'est qu'un camp parmi beaucoup d'autres et c'est loin d'être le pire.

Je regardai le ciel lavé par la pluie, pur. Il y avait un nuage rose effilé tel un ange à trompette peint par Picasso. Le prince des puissances de l'air. Non. Ce n'était pas là l'œuvre luciférienne. L'intelligence rebellée contre Dieu ne pouvait s'abaisser à cela. C'était l'homme tout craché, c'était moi. Un nabot bossu, au crâne rasé, vêtu de frusques grises et informes, passa en marmonnant. C'était Dahlke, que l'on nous avait déjà présenté : un communiste qui comptait dix années de camp et qui avait eu droit à la planque de l'allumage des fours. Il attendait maintenant son tour de réaffectation au monde des vivants — un monde où il pourrait allumer des fours au nom d'une autre orthodoxie. Il tenait plus de l'homme que du David de Michel-Ange (juif disponible en tout cas). Il m'offrait un modèle d'une image de l'homme : plus petit que nature, bossu, laid, se pleurnichant à lui-même de petites chansons, tout en fouillant du groin dans l'immonde innommable. Non, l'homme n'était pas corrompu de l'extérieur par le prince des puissances de l'air : le mal était tout entier en lui, et sans qu'il eût aucun espoir de rédemption. Ma récente solitude avait-elle nourri des imaginations de pur amour viril, libéré des instincts biologiques ? Non, bien plutôt de corps manipulables, souvent sans visage, utilisables aux fins d'orgasmes indifférents. Et parfois, quand le spasme est difficile à atteindre, il faut bien que soit forcée l'entrée du corps, qu'éclate l'*antrum amoris* et qu'il dégorge sa réserve impure. Tous, que nous déambulions ou restions cois, oui, tous nous dissimulons un bois de hêtres, un *Buchenwald*, dans notre tête.

Je n'aurais nul besoin de me pencher sur les photographies contenues dans le paquet du ministère de l'Information que je n'avais pas encore ouvert : il n'est pas d'horreur perpétrée dans le monde réel que l'on ne connaisse déjà à travers ses rêves. Christ en croix, un trou au flanc, et l'orifice utilisé *penetrationis causa membrorum virilium centurionum Romanorum.* Femme éventrée jusqu'à la matrice, et le slogan ignoble formé avec des bouts d'entrailles. Il n'y a pas de limite. La graine est dans la tête. Attirail sexuel arraché à la racine et fourré par dérision dans l'anus. Les nazis avaient, à notre ère quantitative, cultivé l'horreur jusqu'à satiété de la nausée : c'était leur seule nouveauté, leur unique réussite. Mais entre-temps — et cela, je l'ignorais encore bien que notre Grand Chef de Guerre le sût — on graissait les armes pour les placer entre les mains d'enfants qui tueraient de pleines cargaisons de Russes rentrant dans leur patrie — victimes de Yalta, comme on dirait plus tard. La chair humaine ne coûte rien : il y en a en pagaille à la source. Des hommes, juchés sur des tracteurs et un masque sur le nez, vous retourneraient tout le tas pour l'enfouir et engraisser le sol. Cela ferait un ballet de supplications aveugles, le temps que des membres étiques, animés un instant par la progression des machines, s'enfonçassent au plus profond de la lente économie de la nature. J'aurais voulu avoir Carlo près de moi, à cet instant, pour qu'il sentît l'odeur de Gorgonzola bien à point que rend la méchanceté innée de l'homme, et qu'il osât dire que l'humanité est création de Dieu, donc bonne. Bon, oui, monsieur, je suis bon, monsieur, je vous jure, c'est le diable qui m'a poussé à faire ça. L'homme n'est pas création de Dieu, de cela j'étais sûr. Dieu seul sait de quel tas de fumier suppurant son purin est sorti l'homme.

57

Le passeport que l'on m'avait retiré était en tout cas, depuis le temps, j'en étais sûr, expiré. Et, peu après le jour de la victoire en Europe, j'eus besoin de partir pour New York. J'avais reçu de ma nièce Ann une lettre qui contenait de terribles nouvelles. Humblement, dédaignant de m'adresser au sommet, je téléphonai au service des passeports, sis dans cette rue qui a nom Petty France — petite France, disons — et j'eus au bout du fil un petit fonctionnaire, une femme à l'accent geignard du Middlesex. Elle tint à savoir où je voulais me rendre, et pourquoi. Je le lui dis.

— Auprès de ma sœur. Elle est terriblement malade. Elle a eu un effroyable accident.

— Vous aviez déjà un passeport ?

— Oui, mais il a été détruit au cours d'un raid aérien. Avec d'autres documents et effets personnels.

— Vous ne l'avez pas signalé à l'époque ?

— Mon Dieu, non, je ne l'ai pas jugé nécessaire. Et puis il y avait d'autres sujets de préoccupation. Qu'est-ce que je fais ? Je remplis un formulaire ? Puis-je passer vous voir ?

— On doit toujours signaler la perte d'un passeport. Il est propriété du gouvernement de Sa Majesté. C'est un document précieux.

— Il y a urgence, comprenez-vous ? Ma sœur, vous ai-je dit. J'ai devant moi une lettre. De ma nièce. Je peux vous la lire, si vous le désirez.

— Même si nous vous délivrions un passeport, resterait le problème de l'autorisation spéciale de voyager. Tous les moyens de transport sont sous le contrôle des autorités militaires L'on n'est pas censé voyager sans motif officiel exprès.

— Précisément. J'ai un travail officiel. J'écris un livre pour les Presses de Sa Majesté. D'ordre du premier ministre

— Sur quel sujet ?

— Les camps de concentration nazis

— Il n'existe pas, fit-elle observer avec justesse, de camps de concentration en Amérique. Du moins pas à ma connaissance.

— Bien, mais, revenons-en à ce passeport.

— L'usage du passeport reste interdit pour un certain temps encore. Nous étions en guerre, vous savez. Et nous le sommes toujours avec les Japonais.

— Je le sais, bon Dieu ! Je la lis comme vous, votre fichue presse.

— Il n'y a pas de raison de vous montrer agressif. Vous parlez à une fonctionnaire, je vous prie de ne pas l'oublier.

— Enfin, bon Dieu ! à ma place, vous ne le seriez pas, vous, agressive ? Ma sœur a eu un accident épouvantable. Pour l'amour du ciel, songez qu'elle est peut-être en train de mourir.

— Le mieux serait d'écrire une lettre pour réclamer une formule de demande officielle. Ensuite, la requête suivra son cours normal. Vous aurez des nouvelles en temps voulu.

— Merci pour votre inefficacité.

— Inutile d'être agressif.

Je téléphonai au Foreign Office en donnant mon nom et en exposant que mon passeport m'avait été retiré pour la durée des hostilités, mais qu'il semblait bien que celles-ci fussent terminées. On me passa à une femme à l'accent geignard du Middlesex. Merci tout de même. Je téléphonai à Brendan Bracken et insistai sur la nécessité immédiate où je me trouvais d'interviewer certains réfugiés allemands de marque installés aux États-Unis. Pour le fameux livre. Bon, très bien, alors dans ce cas, pour faire une conférence aux Américains casaniers sur les horreurs de Buchenwald. Rien à faire, mon vieux. Prétendant m'appeler Marchal, je me rendis au consulat de l'ambassade de France et, dans mon français le plus exquis, expliquai que, à mon grand regret, je n'avais pas de passeport parce que j'avais traversé la Manche à bord d'une petite embarcation, en 1940, pour rallier la France libre et que... Il fallait faire une demande écrite, accompagnée de témoignages au plus haut niveau pour certifier mon identité. Je me rendis à l'ambassade des États-Unis, en m'entraînant en chemin à prendre une sorte d'accent bostonien : le consulat était bourré de fiancées de GI réclamant leur visa. J'en pleurai.

Dans mon angoisse, je m'assis sur le lit désormais désert de la chambre qui avait été celle de Heinz. Le passeport de Mme Hilda Riceymann et celui de Mlle Flora Alberta Stokes tremblaient entre mes doigts. Impossible de masculiniser ces prénoms. En outre, les deux validités étaient expirées. Vers la fin de juillet, j'eus droit à des visiteurs : l'unité cinématographique de mon neveu John ou Gianni, au grand complet, jeep sans doute comprise et garée en bas. Jake Schlitz, le sergent McCreery, le lieutenant Mayer, les bras chargés de cadeaux provenant du PX, tous. Et mon grand gaillard blond de caporal Campanati, un mètre quatre-vingt-quinze en uniforme. Bon Dieu, c'est bon de te revoir !

— John ô mon Dieu, John connais-tu la nouvelle à propos de ta mère ?

— Je l'ai reçue, oui, mais ça date déjà. Il y avait une pile de courrier en attente à Gênes. Et toi, tu as eu de nouvelles nouvelles ?

J'allai prendre sur ma table de travail la toute dernière lettre d'Ann.

— Il a fallu enlever l'œil. Une chance que cela n'ait pas pénétré jusqu'au cerveau ! Seigneur ! elle va avoir l'air d'un pirate. Mais enfin elle est en vie. C'est l'important ; oui, elle est vivante.

Et certes, quoi de plus vrai ? En sortir en vie, que voulait-on de mieux ? Et elle ne faisait même pas partie des victimes de la guerre. Leur petite équipe avait dû filmer la mort à satiété. J'aimais bien leur allure d'Américains honnêtes et débraillés, fleurant la riche odeur d'un sol généreux et la liberté de manières : Schlitz le basané mastiquant la gomme dans une puissante rotation des mâchoires ; McCreery, avec ses cheveux de flamme, sa forte ossature et ses grandes mains nerveuses qui avaient toujours besoin de s'occuper (à tailler un bout de bois par exemple) pour s'empêcher de faire des bêtises ; et Mayer le maigre, au teint hépatique et aux yeux bruns pleins de chaleur humide derrière ses lunettes de l'armée aux montures d'acier. Je n'avais rien à leur offrir, mais ils avaient apporté des bouteilles de whisky Haig et de gin Beefeater. Je fournis la glace et mes meilleurs verres. Ils se renversèrent sur les sièges, tous bras et jambes abandonnés au laisser-aller américain, parfaitement chez eux. C'est rudement chouette, ici. Le lieutenant Mayer dit :

— Je vous ai vu à la Metro, M. Toomey. Vous sortiez du bâtiment des écrivains et vous parliez plus ou moins tout seul. J'étais avec mon paternel ; il m'a dit : « Tu vois, ce monsieur ? C'est Toomey, le grand écrivain britannique. » Naturellement j'étais encore tout môme et je ne savais pas qui vous étiez.

— Je ne me sens pas particulièrement grand, dis-je. Je me sens plutôt ratatiné, d'être resté coincé sous les bombes à ne rien faire. Méprisé, rejeté.

— Maman m'a mis au courant, dit John. Mon oncle Ken, raconta-t-il aux autres, était allé en Autriche nazie afin d'en faire sortir un grand écrivain juif avant qu'on le transforme en savon à laver le cul d'Hitler. Là-dessus, la guerre a éclaté et mon oncle n'a pu se tirer qu'en échange d'un petit discours à la radio nazie. A la suite de quoi, Churchill ou je ne sais qui s'est foutu en pétard parce qu'il avait parlé à l'ennemi ; depuis, il est comme qui dirait en disgrâce.

Tous semblaient trouver que c'était une histoire formidable. Le sergent McCreery dit :

— On a un bout de pellicule sur un mec, un vrai traître, celui-là. On l'avait mis dans une sorte de cage, pas loin de cet endroit où il y a une tour qui en a un coup dans l'aile.

— Il est sûrement bon pour la chaise électrique, dit John. Il passait son temps à raconter que Roosevelt avait trahi la civilisation et qu'il était bien content qu'il soit crevé.

– Y en a des tas d'autres aussi ravis que lui, dit McCreery

— Et vous, qu'allez-vous faire, maintenant ? demandai-je.
— Pour l'instant, répondit le lieutenant Mayer, nous avons un bout de perme. Nous sommes arrivés sur un rafiot français qui ne tient plus ensemble, venant de Gibraltar. Un truc plein de rats, avec un équipage chinois. On a mangé du rat en sauce tous les jours.
— Du lapin, nous expliquait-on, précisa John.
— C'était trop petit pour être du lapin. Tu peux être sûr que c'était du rat, très propre, et drôlement gras aussi.
— Après la perme, dit John, ce sera le bateau pour New York, direction Manhattan, 42ᵉ rue pour moi. Le *Queen Mary*. Jeudi. A Southampton.
— Vous serez réunis tous les deux, dis-je amèrement. Moi, je n'ai pas le droit de sortir. Ni passeport ni permis de voyager. Et c'est ma propre sœur ! Un frère devrait avoir au moins ce droit.
— Ah ! les gouvernements, dit Schlitz en mâchonnant. Tous de la merde.
— Venez avec nous, dit McCreery en étranglant un coussin de velours de ses mains impatientes. Le *Queen Mary*, c'est un bateau britannique, pas vrai ? C'est grand, y a plein de place. N'avez qu'à monter à bord en uniforme en parlant américain. Le lieut'nant 'ci présent peut vous fournir une défroque. Vous faudrait peut-être plus de galon que simple lieut'nant ; col'nel d'aviation, ça serait parfait pour un gars de vot' âge, vu que vous êtes un peu vieux. On va vous arranger ça vite fait. Y a rien qu'on puisse pas bricoler.
C'était toute l'Amérique : une bouffée d'air frais pénétrant dans l'appartement, comme si les fenêtres avaient été grandes ouvertes.
— Je n'y arriverai pas, dis-je avec une ombre d'accent de la Nouvelle-Angleterre. L'idée me paraît magnifique, mais je n'y arriverai jamais.
— Y a un autre moyen, dit McCreery. Pourquoi vous prendriez pas ma place, dites ? J'aimerais bien aller faire une petite visite au pays des ancêtres, figurez-vous. Mettons que je rate le bateau, et alors ? La guerre est finie et j'ai de la famille dans le comté de Wicklow, près de Dublin. Y a rien qui me presse de rentrer aux États-Unis pour le moment. La guerre est finie, je vous dis, on peut pas m'empêcher.
— On te casserait et on te rétrograderait simple soldat, dit Mayer. On t'enverra finir de nettoyer les Japs.
— Merde, c'est comme si c'était tout terminé, dit McCreery. Oké, on en reparlera plus tard. Si on allait se chercher des chambres, hein ? Et puis on irait voir les lumières de Piccadilly Square.
— Vous n'avez qu'à rester ici, dis-je. Il y a un grand lit qui ne fait rien et autant de place que l'on veut par terre.
— On voudrait pas vous causer de dérangement, mâchonna Schlitz.
— Lord Byron a couché ici, dis-je avec un sens très relatif de la vérité. C'est censé être un lieu historique.
— Bon, oké alors. J'ai jamais dormi dans le plume d'un lord. Ça fera quelque chose à raconter à la maison, dans mon bled de Flatbush.

— Tu as déjà dormı dans la chambre d'un duc. dit John Dans ce palazzo juste à la sortie de Moneta

— Ouais, mais c'était qu'un duc rıtal Ici, c'était un vrai lord. comme dit ton oncle.

— Moneta ? dis-je.

— Oui, répondit John. J'y ai vu mon autre oncle. Il allait très bien. Il t'envoie le bonjour. Il va bientôt passer archevêque, à ce qu'il pense. L'archevêque de Milan a eu une crise cardiaque, la troisième. On lui a annoncé ça au téléphone pendant que nous étions là-bas. Oncle Carlo est le prochain sur la liste pour l'emploi. Tu sais, dit-il à Schlitz, c'est encore plus haut que lord. Et s'il arrive jusqu'à cardinal, il sera prince.

Londres était devenu un peu territoire américain. Les GI avaient tout pour eux : l'argent, le prestige, les bas de nylon, les cartouches de Lucky, le chewing-gum pour les enfants, le triple du compteur pour les taxis. La petite équipe n'avait probablement pas envie de ma compagnie ce soir-là, bien que tous fussent trop courtois pour l'avouer. Mais John dit, comme nous étions plantés en bas d'Albany en attendant un taxi :

— Écoutez, les gars, mon oncle Ken et moi, nous devons parler d'affaires de famille, oké ? Alors, allez de votre côté, et à tout à l'heure !

Ils furent poliment soulagés : après tout, j'étais « un peu vieux » pour la fête. Des filles, ils chercheraient des filles. Je leur expliquai que Piccadilly Circus était à deux pas — juste là, vous voyez ? A pied, ce n'est rien, pas besoin de taxi. Merde, ça fait rien, on se prend un taxi ; pas de raison de marcher quand on peut rouler ; tenez, en voilà justement un, il vient de débarquer la vieille dame aux fourrures et au petit chien. Schlitz siffla comme une bombe. Le lieutenant Mayer avait tout l'air de respirer déjà l'atmosphère d'une société qui ne mélangeait pas donneurs d'ordres et exécutants ; manifestement, il estimait qu'il aurait dû aller de son côté : club d'officiers, dames de la haute, son genre, quoi. Toutefois, ils s'entassèrent tous dans le taxi, pendant que John et moi, nous agitions la main comme à une noce.

C'était l'heure du dîner. Ils avaient apporté une énorme boîte de porc et une autre de farine de sarrasin pour faire des crêpes, ainsi que des barres de chocolat Hershey, des Chesterfield, et un carton de boîtes, plus petites, de cacahuètes salées. Je fis frire le porc et reconstituai de l'œuf à partir de poudre lyophilisée. John mangeait des cacahuètes à pleines poignées, libéralement, à califourchon sur une chaise de cuisine. Que savait de moi l'adulte et le soldat qu'il était ? La dernière fois que je l'avais vu, c'était un jeune garçon poli, réservé, anglicisé par la Choate School. Hortense lui avait-elle dit que son oncle britannique, le pendant de son oncle italien, était une folle déchaînée ? Ce fut moi qui posai la plupart des questions.

— Que vas-tu faire maintenant, John ?

— De l'anthropologie.

— De l'anthro...

Bizarrement, j'avais entendu *anthropophagie* et m'étais demandé s'il se moquait cruellement, car, ayant eu vent de la toute dernière et monstrueuse énormité, en Europe, de créatures affamées et abandonnées, j'avais vu, dans la tranche de viande rose et flasque grésillant dans la poêle, une sorte d'ultime fabrication du désespoir, d'origine inavouable, mais d'aspect porcin.

— ... pologie, pologie, corrigea John. C'est drôle, on se figure parfois qu'une chose est entrée par une oreille et ressortie par l'autre, alors que, tout ce temps, elle est restée là, à germer et à pousser, bien tranquille dans l'ombre. A Choate, un prof était venu nous faire un amphi sur le sujet, et voilà que, aujourd'hui, c'est devenu mon ambition.

— Une licence d'anthropologie ? Où cela ?

— J'ai pensé à Liverpool ; c'est là que c'est né. Frazer, l'auteur du *Rameau d'or*, y enseignait. Mais la recherche est beaucoup plus avancée aux États-Unis. Chicago, peut-être.

Je posai la parodie de nourriture sur la table de cuisine. Il me restait deux ou trois bouteilles de Montrachet ; j'en débouchai une. John, à l'américaine, vida son premier verre d'un trait, sans cérémonie et l'œil un peu vague et fixe, déçu : le vin, célébré dans la littérature et la liturgie, devrait être magique et ne l'est jamais. Nous mangeâmes tous deux en tenant la fourchette dans la main droite, aussi à l'américaine : le porc en boîte se passait de couteau ; il ne méritait pas les égards dus à la vraie viande.

— Pas Columbia ? Ni New York ?

— Si tu entends par là que je devrais vivre avec maman, elle peut très bien se passer de moi. Enfin... j'imagine. Évidemment, nous ne savons pas comment elle va. Peut-être devrais-je téléphoner à Ann.

— Il te faudrait des heures pour l'avoir. A condition même que tu y arrives. Il n'y en a que pour les priorités les plus strictes.

— Mais, bon Dieu ! la guerre est finie. En tout cas avec Hitler.

— Parfois, John, j'ai le sentiment que cette guerre n'aura jamais de fin. Hitler a seulement montré la voie à l'avenir. Montré jusqu'où les gouvernements peuvent aller en toute impunité. Nous n'avons même pas l'ombre de la plus petite idée sur ce qu'ont pu être les raisons profondes de ce conflit.

— Mais, dit John, est-ce que ce n'est pas une bonne raison, justement, pour avoir envie de faire de l'anthropologie ?

— Plutôt que de la psychologie ?

— La psycho ne touche qu'à la conscience individuelle, bon Dieu ! Ce ne sont pas les individus qui font les guerres. Il nous reste à comprendre les principes fondamentaux de la société humaine. Les raisons pour lesquelles les sociétés font la guerre entre autres choses. Je n'en sais rien. Donc il faut que j'apprenne.

— Bien. Tu décroches ton diplôme, et ensuite ?

— Eh bien ! mais j'imagine que, une fois entré à l'akadêmia, l'accademia, l'université, appelle cela comme tu veux, je n'aurai plus qu'à y rester. Si l'on veut bien de moi. C'est l'étude la plus importante du monde, et le monde ne la soutient ni ne la rétribue.

Enfin. quoi ! As-tu vu la General Motors prendre des pages d'annonces dans la presse pour recruter des anthropologues confirmés ? C'est un domaine strictement réservé aux savants. Mais ce n'est pas un travail de bibliothèque. Plus maintenant.

— *Le Rameau d'or* était travail de bibliothèque. On a recueilli les faits nécessaires à l'ouvrage et Frazer a collationné le tout. On collationne, on compile, et on invente des théories sur la magie, la religion, etc. En bibliothèque. Ce n'est pas ainsi que cela se passe ?

— Non, c'est fini. On va sur le terrain, maintenant. Les professeurs se font bouffer par les moustiques. Ils parlent des langues primitives.

— On t'a solidement préparé le terrain pour l'étude des langues.

— Pas pour celle des langues primitives, non. N'importe comment, c'est ce qui me fait envie. J'ai découvert cela en traversant l'Italie. Je voyais, étalés devant moi dans leur gloire, le savoir, la foi, l'art. (Le « *r* », roulé sur lui-même, à l'américaine, donnait un écho dérisoire au mot.) Bon, mais résultat de la course, quoi ? On se retrouvait en train d'essayer d'escalader des montagnes et de traverser des rivières, et pourquoi ? A seule fin de tuer. Non que j'aie tué moi-même. J'ai seulement mitraillé avec ma caméra. Inoffensif. N'importe, tu vois sûrement où je veux en venir : je veux découvrir les modèles universels cachés derrière le Vatican, le palais des Offices, le Ponte Vecchio et tout le bric-à-brac. Ce qui fait bouger les sociétés.

— As-tu dit à ton oncle Carlo, demandai-je en souriant, que le Vatican n'est que du bric-à-brac ?

— Non, je lui ai dit que la religion devait être étudiée comme phénomène social. *Toutes* les religions. Naturellement, il a répondu qu'il n'y en a qu'une. Ensuite, il a sorti l'encre.

— L'encre ?

— Le vin du cru. Il avait l'air de vouloir connaître mon comportement quand je suis saoul. Le coup de la *toga virilis*, plus ou moins. Encore de l'anthropologie.

— Ainsi donc, dis-je, nous aurons un érudit dans la famille. Je suppose qu'il serait grand temps. (Et je levai mon verre aux ambitions de John avec la fin de la bouteille de Montrachet.) Excès de talents et manque d'érudition, le voilà bien le problème de la famille.

— Y compris Oncle Carlo, dit John. Chaman et charlatan. Si les savants arrivaient à prouver que le Christ n'est pas ressuscité d'entre les morts, Oncle Carlo les bouclerait dans sa cave, comme ce type, ce SS.

— Qu'est-ce que c'est que cette histoire ? Je ne suis pas au courant.

— Il te le racontera lui-même. C'est une bonne histoire. Ou alors, il les ferait tranquillement fusiller. La foi et la science s'entendent très mal.

— Aurais-tu perdu la foi, John ?

— Pas en public, non, répondit-il avec un grand sourire et en allumant une Lucky Strike grésillante. Disons que je crois à la nécessité de croire. La foi n'existerait pas si elle n'était pas nécessaire. Mais je la juge dangereuse. Les nazis croyaient au grand destin de l'Allemagne.

— Ton oncle Carlo est-il dangereux ?

— Pour les types qui ne croient pas aux mêmes choses que lui, oui. Pourquoi maman ne l'aime-t-elle pas ?

— Je n'ai jamais très bien compris pourquoi. Lui, il trouve qu'elle est un ange.

— Un ange borgne. Oh ! bon Dieu, quelle stupidité ! Quelle foutue stupidité ! Où ai-je la tête ? Quel sale con je fais, je me foutrais des gifles... ! Je me demande s'il le sait, lui. Non que cela puisse y changer quelque chose. Mais il n'accourrait pas au galop : il a trop de responsabilités nouvelles. Nous faisons comme si le passé n'avait pas existé, ou alors comme s'il n'avait jamais rien valu. Je n'aurais pas dû dire *sale con.* Excuse-moi. Ça, c'est l'armée.

— Et l'autre, tu l'as revu ? demandai-je. Avant de quitter les États-Unis.

— Je me passe très bien de lui, répondit John.

Sa personnalité confirmait cette affirmation. Rien de Domenico n'y transparaissait, même après une vingtaine d'années de germination possible. J'avais devant moi l'Anglo-Saxon au visage ouvert, à la franchise maladroite et brutale. Pas de panoplie de charme bien huilée ; pas de temps à perdre avec l'art (mais comment pouvait-il en être autrement, avec ce « *a* » américain prolongé et ce roulement du « *r* » au fond de la glotte, phonèmes des paysans pionniers d'antan ?). Et cette musculature lâche et aisée, parfaitement américaine, cette blondeur anéphèbe, plus les oreilles d'Hortense, le menton et le nez n'appartenant à personne, les yeux d'Hortense.

— Oncle Carlo m'a fait tout un discours pour m'expliquer que Dieu est notre seul père. L'idée se défend. Qu'est-ce que Dieu ? Dieu est le père de tout le monde. Ça tient même drôlement debout... J'ai songé à changer de nom, ajouta-t-il.

— Campion ? C'est cela ?

— Comment le sais-tu ? dit-il, stupéfait. Je parie que maman...

Simplement, il m'était revenu une certaine lecture à haute voix de la rubrique nécrologique d'un journal, dans une chambre d'hôtel à Chicago.

— C'est ce qu'il y a de plus proche, et c'est un excellent nom. Inséparable de *lychnis coronaria* ; le feuillage dont on couronnait les champions. Il y a eu un jésuite anglais martyr, de ce nom, et un poète et musicien anglais, tous deux au XVIe siècle. Je me demande si Thomas le poète a assisté à la pendaison d'Edmond le Jésuite ? John Campion, oui, parfait. Tu n'as rien d'un Campanati.

— Cela veut dire quoi, Campanati ?

— Je n'y ai jamais réfléchi. Cela vient probablement de cloche, dirais-je.

— Tout à fait ça. Maman est toujours Mme Campanati et le restera jusqu'à la fin, à l'en croire Elle prétend qu'on ne plaisante pas avec le mariage chrétien. Elle porte ce nom comme un carcan de pilori.

— C'est elle qui dit cela ?

— Ce sont ses propres paroles, oui. Bon Dieu ! j'espère qu'elle s'en tirera bien. Cette Dotty, Dorothy, je veux dire, s'occupera d'elle, si elle est encore là.

— Qui est cette Dotty Dorothy ?

— Une dame noire. Elle chantait dans les boîtes de nuit. Elle est très belle, cette dame noire. Un jour, elle a dit : Au diable, il serait temps que je fasse mon éducation. Comme elle avait mis de l'argent de côté, elle a suivi des cours à l'université de New York. Elle s'est toquée du français, Dieu sait pourquoi. A présent, elle lit Flaubert et Anatole France. C'est une dame noire pleine de scepticisme.

— A propos, dis-je, de mariage chrétien...

— Je n'y ai pas songé, répondit John, si c'est à ça que tu penses. Non que je n'aie..., reprit-il en rougissant. Enfin, oui, c'est dans la ligne normale des choses. Qu'est-ce que tu crois qu'ils font en ce moment, les autres gars, si ce n'est d'essayer de coucher ?

J'étais très satisfait de lui ; je dis :

— Pour l'argent, je voudrais te dire... Il est ridicule d'attendre ma mort. Si tu as besoin d'une aide... Ta mère, ta sœur et toi, vous êtes tout ce que j'ai. N'hésite pas, dis-je.

— Oh ! tu sais, il y a une loi sur les droits des GI. Merci tout de même. (Il bâilla.) Pardon. Ce n'est pas ça qui me fait bâiller. Je suis le genre de gars qui a besoin de beaucoup de sommeil. Les autres se moquent de moi. Inutile que tu restes debout à les attendre. Ce sont de chics types. Mayer est un ballot, mais il le sait. Tim McCreery sue le cinéma jusque par les oreilles : il voulait faire des truquages à la caméra, mais Mayer a dit qu'on était là uniquement pour les archives historiques de la postérité. Un rien pompeux. C'est McCreery qui m'a appris tout ce que je sais du travail d'opérateur. (Il bâilla de nouveau.) Pardon. Un jour ou l'autre, nous tournerons un classique de l'anthropologie. Sur l'excision des femmes dans le Haut-Ouangtarara. On a vu plus étrange. Rien ne se perd.

Je l'envoyai se coucher. Le lendemain matin, à 8 heures, en m'éveillant, j'entendis des chuchotements et des piétinements en chaussettes, pleins d'égards. Mais il y avait une odeur impossible à étouffer : œufs frais et jambon à la poêle, et café. Je passai ma robe de chambre à dragons d'or et allai à la cuisine, où Mayer, McCreery et Schlitz, habillés, mais non rasés et plutôt défaits, mettaient la table. « Ouaou ! » firent-ils à la vue de la robe de chambre. John dormait encore. Faut le laisser dormir, ce petit. La bouffe est prête, M. Toomey. McCreery me fournit de vigoureuses informations, tout en mangeant de la main dextre et en émiettant un morceau de toast de sa sénestre inquiète. On a rencontré ce mec dans un pub, un col'nel d'aviation US qui ramène un bombardier au pays d'main. Oké, il a dit, l'a qu'à monter à bord, pas la place qui manque, décollage à zéro six zéro zéro heure, rendez-vous à la base d'Oxford, dans le comté de Suffolk, suffit de d'mander Jake Lyman, et pas de question, oké. Bon, bon, c'est pas les solutions qui manquent : vous voulez des passeports ? McCreery en extirpa trois de sa poche revolver, tous de couleurs qui m'étaient inconnues.

— Où, si je puis me permettre de le demander, avez-vous réussi à... ?

— Celui-ci, il est de l'État libre d'Irlande. Je me suis bagarré avec une espèce de gros Irlandais dans la petite rue à côté de ce pub, où c'était donc, Frank ?

— J'étais pas là, répondit Schlitz en mâchonnant. Ça s'est passé pendant que j'étais parti avec la poupée qui se disait Polonaise libre.

— A propos de Pologne, tenez, justement, en v'là un autre qui est polonais. Faut s'entraîner pour dire le nom, regardez ça, bon Dieu de bon Dieu ! C'est ce mec qui racontait qu'il était un je ne sais foutre quoi de diplomatique. Quant à celui-ci, j'avais encore jamais vu son pareil, il vient d'une république des bananes quelconque. Vous avez le choix, M. Toomey. Cette poupée avec laquelle j'étais, au Baron-Secours, Baron Qui Court ou un truc tordu comme ça, qu'on y entend le train toute la nuit, et qu'elle m'a dit que c'est le métropolitain — merde, que je lui ai dit, le métropolitain ! tu peux pas dire métro comme tout le monde ? Elle se prétendait fiancée avec un GI, en attente de passage, et elle avait ce passeport britannique, tenez, dans son tiroir, avec le visa US dessus, que je me suis dit merde, ça risque de faire plus d'ennuis que ça n'en vaut la peine, n'empêche, voilà, monsieur Toomey, au choix.

— C'est infiniment gentil à vous, vraiment, dis-je, mais je crains de devoir m'y prendre de façon plus régulière. Je n'ai pas la chance d'être jeune comme vous. Ni libre. Cependant, ne croyez pas que je ne vous sois pas reconnaissant. A ce que je comprends, vous vous êtes tous offerts ce que l'on appelle une nuit fort raisonnable.

— Fort déraisonnable ! me reprit le lieutenant Mayer, qui était un peu un intellectuel. Une vraie fête de déraison. Nous sommes partis chacun de notre côté en nous donnant rendez-vous à l'aube dans une cafeteria.

— Le jus était infect, dit Schlitz. Pas comme celui-ci.

— Londres est oké, dit sentencieusement McCreery, du moment qu'on sait se dépatouiller. Ça regorge de tout. Ces œufs, tenez, et le jambon... j'ai suivi un espèce de petit noiraud, lituanien qu'il se disait, jusqu'à un garage quelque part. Y avait que ça jusqu'au plafond. Affamé de dollars, il était ce mec. Je vous le dis, qu'on peut tout acheter.

— Lady Bloomfield, me dit Mayer. Avez-vous jamais entendu parler d'une certaine lady Bloomfield, M. Toomey ? Quelle femme !

Là-dessus, John entra, ébouriffé et bâillant à se décrocher la mâchoire. Il n'était vêtu que de sa chemise de l'armée. Il but son café comme un baiser de vie, sans un mot. John Campion, prédestiné au martyre.

58

Ce fut seulement après le jour de la victoire sur le Japon que je fus en mesure de partir pour New York. A Burbank, la Warner Brothers, par la voix d'un homme du nom de Buzz Dragon, m'avait proposé de tirer trois ou quatre petits films de nouvelles que j'avais écrites, en les reliant pour faire un tout, intitulé *Troïka, Quadrige* ou autre, selon le nombre, avec ma collaboration non seulement pour le scénario, mais pour faire les liaisons, en quelques mots bien sentis. La Grande-Bretagne avait changé de gouvernement. La vieille équipe, sous la direction de Churchill, était mise à la porte. Le monde nouveau appartenait aux travailleurs, dont, ainsi que je le proclamai bruyamment dans les couloirs de la bureaucratie, j'étais : j'avais le droit de sortir pour aller aux États-Unis et me mettre à gagner des dollars ; je faisais partie de l'effort de la nation pour exporter plus. Le monde nouveau était aussi celui de la bombe atomique, et la perspective de voir tout sauter dans un proche avenir semblait agir comme un calmant sur les puissances officielles qui, en d'autres circonstances et par principe, se seraient peut-être opposées à l'obtention, pour moi, d'un passeport neuf, d'un visa américain et d'un passage à bord de *l'Aquitania*, en partance de Liverpool pour New York.

Je trouvai à bord foule de fiancées de GI. Et aussi l'archevêque d'York, ex-évêque de Gibraltar, puis de Bombay. Il n'avait guère changé. Mince, avec son allure de gamin et ses cheveux argentés toujours aussi fournis, pareils à un allochrome de blond plutôt que de gris, il m'accueillit gaiement au bar en disant : « J'imagine que vous avez été le premier à connaître la nouvelle ? »

— Non, laquelle ?

— Milan a un nouvel archevêque.

— Ah !

— La radio l'a annoncé ce matin. Elle était branchée, au petit déjeuner, dans la salle à manger de ce fichu hôtel crasseux. Pourquoi tout est-il si fichtrement sale, par ici ? Regardez-moi cette monstruosité de Liver Building. Oh ! bien sûr, la nouvelle n'était pas aussi importante que les supputations sur le nombre des morts à Hiroshima et à Nagasaki, et comme de juste, on en a remis un peu. L'évêque Campanati, solide fumeur de cigares, combattant de la liberté qui crachait sur les fascistes et faisait la nique aux nazis. C'est un choix très populaire, à ce qu'il semble. Je ne serais pas surpris de voir le chapeau rouge sortir pour lui du prochain consistoire.

— Je ferais bien d'envoyer un télégramme de félicitations par la radio du bord. Comment allez-vous, à propos ?

— Comment je vais ?

— Avez-vous toujours du mal à vous rappeler le Credo d'Athanase ?

— Quelle mémoire, Toomey ! Cela fait au moins une vingtaine d'années. Il s'en est passé des choses depuis, oh ! oui. Elles sont mignonnes, n'est-ce pas ? (Il parlait de la congrégation des petites alliées, les fiancées de GI, chewing-gum, nylon et tout.) C'est une des fonctions de la guerre que de promouvoir l'exogamie. La biologie suit des voies mystérieuses. Qu'allez-vous faire aux States ? Conférences ? Film ?

— Un film, oui.

— Et moi, je vais participer à un congrès international à Washington. Sur le contrôle des naissances. Et dire que ces petites créatures d'une délicieuse vulgarité voyagent au service de la prolifération naturelle de l'espèce. Leurs entrailles sont déjà à l'œuvre pour nous fabriquer la génération de l'après-guerre. Tenez, regardez celle-ci, là-bas, elle a six mois dans le ventre ou j'y perds mon latin. Malvenu, ce congrès, quand on considère la rigueur avec laquelle le grand contrôle de Malthus a opéré. ces dernières années. Des millions de morts, Toomey. des dizaines de millions !

Il rayonnait. J'avais dans la poche de ma veste de tweed une édition populaire du *Walden* de Thoreau. Je la sortis et la feuilletai, puis dis : « Écoutez ceci », et lus :

> Il y avait un cheval mort dans le trou. contre le chemin de ma maison, et cela me contraignait parfois à m'écarter de ma route, surtout la nuit, quand l'air était lourd ; mais l'assurance que me donnait cette carne, du fort appétit et de l'inviolable santé de la Nature m'apportait une compensation. J'aime à voir que la Nature foisonne de vie à ce point qu'elle peut s'offrir le luxe de sacrifier des myriades de créatures en souffrant qu'elles soient la proie les unes des autres ; que de tendres organismes peuvent être aussi sereinement écrasés et expulsés de la vie comme pulpe, — têtards que gobe le héron, tortues et crapauds broyés sur la route ; et que parfois même il a plu de la chair et du sang.

L'archevêque ne rayonnait plus.

— Il a plu de la chair et du sang, eh ? Fort appétit et na-na-na santé, hum. Un peu trop eupeptique à mon goût, votre Thoreau. A propos de pluie de chair et de sang, j'ai vaguement entendu dire dans les hautes sphères que ce serait vous qui écririez le grand livre définitif sur les camps de concentration ?

— C'était l'idée de Churchill. Mais je suis débarrassé de ce souci. Le vieux salopard a perdu sa situation.

— Il passe son temps à pleurer sur l'ingratitude du peuple britannique, à ce que l'on me raconte Ah ! ne me parlez pas de la sensiblerie des vieillards, Toomey. Rien de plus gênant.

— A partir de maintenant, dis-je avec une brusque colère qu me surprit, je n'écrirai plus que pour moi. Vous souvenez-vous d'un certain ouvrage sur le Nouveau Christianisme que j'avais dû mettre en forme sous la menace de la trique ou presque ? Vous étiez là-dedans, j'ai reconnu votre voix — toute autre ressemblance avec le rossignol mise à part — et celle de Carlo aussi, qui ripostait de sa basse de crapaud-buffle.

— Ah ! la grande synthèse, dit-il avec une sincérité à la mesure de l'idée. Nous y marchons tout droit, Toomey.

Il eut encore un regard de bonté pour les jeunes et jolies plébéiennes qui, cependant que la sirène du navire beuglait son premier signal de départ, se préparaient à leur insertion dans l'aimable cocktail social sans classes du Nouveau Monde. Leur accent était un éclectisme d'américain de cinéma : une d'elles semblait croire que le zézaiement à la Bogart faisait partie de l'inventaire général des phénomènes ; une autre s'était muée en vieille mégère du Sud à la Bette Davis. Elles feraient très bien dans le tableau là-bas : « Pensez, dit l'archevêque, à la génération que ces dames et leurs consœurs du même âge qu'elles, partout en Occident, vont porter ! Ce seront les adolescents des jeunes années soixante. La foi nouvelle sera pour eux. » (J'ignorais à l'époque que ma nièce Ann, dans un appartement de West End Avenue, était déjà enceinte d'un de ces adolescents, et à un stade avancé.)

A mon arrivée à New York, sitôt la douane passée, je filai droit à l'hôtel Algonquin. Je n'allais pas arguer de mon droit à une chambre dans mon appartement, puisque Hortense devait maintenant le considérer comme sien. Après deux ou trois whisky sours au Bar Bleu de l'hôtel, je remontai la 5e Avenue. La chaleur de septembre était violente ; l'air collait au corps comme une chemise de laine trempée dans l'eau bouillante. La ville n'était que steaks géants et crème glacée ; les boutiques suppliaient que l'on achetât des bricoles inutiles. Ce n'était pas l'Europe ; il s'en fallait même de très loin. La victoire en Europe et en Asie confirmait l'excellence du mode de vie américain. Fort appétit et inviolable santé. Le soleil de l'après-midi était plus haut ici qu'en n'importe quelle ville d'Europe, forcé à grimper par-dessus les gratte-ciel. C'était un grouillement de vie général. Une question me frappa au cœur, alors que j'attendais l'instant de traverser à un feu et que je regardais les voitures démesurées et gorgées d'essence à bon marché se ruer vers l'East River ou l'Hudson : oui, où allais-je vivre désormais ? Pas en Angleterre, non ; plus jamais. Heureux que nous soyons passés à travers, oui. Le monde s'offrait à moi et je reculais devant ce gigantesque plateau de riches pâtisseries. J'avais cinquante-cinq ans, ce qui me laissait encore de la marge ; une vie de travail raisonnable s'étendait devant moi ; mais je me sentais pris de timidité, poussiéreux, raté, non-aimé et non-aimant. Et maintenant, pénétrant dans le grand immeuble d'habitation et annonçant au concierge en uniforme que je venais voir Mme Campanati, voici que je me mettais à trembler.

— Mme Campeur Neïtè Oui, m'sieur Dixième étage Numéro un zéro cinq.

Je pressai le bouton de la sonnette tremblant plus que jamais La porte s'ouvrit sur une Noire rayonnant la cordialité comme un poêle la chaleur. Prudemment, je demandai · « Dorothy ? Dotty ? Je suis le frère. »

— Inutile de le dire, Ken. C'est formidable de vous voir, formidable ! Entrez donc.

C'était une très jolie femme tirant vers la quarantaine, vêtue d'une robe de soie, d'un écarlate tapageur qui eût donné à une Blanche l'air étiolé d'une viande de veau exsangue. Les cheveux étaient défrisés, mais laqués de façon à former une sorte d'assemblage complexe d'ondulations, de bouffants et de bouclettes. Le noir n'est pas une couleur ; il n'y faut voir qu'une grossière abstraction politico-raciste. Et, chez Dorothy, c'était la texture de la peau qui frappait, avant même sa nuance indéfinissable, ou plutôt qui en était inséparable, le plaisir qu'en procurait la vue ne pouvant être complété, c'était certain, que par la plus délicate palpation : comme si le miel et le satin s'étaient fondus en une même substance, dont chaque élément eût été infiniment vivant, et pourtant sculpté dans l'or le plus précieux. Hortense, me disais-je, aurait dû se mettre à la peinture et consacrer sa vie à rendre exactement la beauté de cette magnifique créature. Et maintenant, dans le salon qui ne ressemblait pas à celui que j'avais connu avant la guerre, voici — c'était Hortense.

Elle était vêtue simplement d'un ensemble beige, jupe à godets s'arrêtant au genou, veste à basques aux hanches, avec manches jusqu'au coude, ceinture de même tissu fermée par une longue boucle dorée, poches passepoilées, col et revers tailleur. Ses jambes élégantes étaient gainées de nylon bronze. J'osai regarder son visage. C'était l'œil gauche qu'elle avait perdu. Elle portait sur cette absence un cache, assorti à son ensemble. Elle portait aussi une perruque qui était un miel de lumière et dont une tresse ruisselait le long de la joue. Je tendis les bras, les yeux inondés de larmes. Je la saisis, la serrai contre moi, baisai ses lèvres froides, sanglotai « Ma chérie, ma chérie... »

— Bon, je vous laisse un instant seuls tous les deux, dit Dorothy. Je reviendrai avec un peu de thé, du vrai, à l'anglaise, brûlant et très fort, dans disons, dix minutes, oké ?

Oké, oké. L'étreinte d'Hortense était lâche. Elle dégageait une légère odeur de patchouli, mais aussi de gin pur.

— J'ai tout essayé, dès que j'ai reçu la lettre d'Ann. Et je n'ai pas cessé depuis. Même la fin de la guerre devenait pour ces gens une excuse pour ne pas me laisser partir. Et toi, ma douce, ma chérie, mon exquise petite fille, que t'a-t-on fait ?

— *On ?* Pourquoi *on* ? C'est ma faute, à moi seule, non ? Vraiment, tu n'as jamais dit que des sottises, Ken Toomey.

Et non seulement elle subit mon embrassade, mais elle me la rendit chaleureusement et je ressentis ma première réaction sexuelle depuis bien des années, une solidité répondant à un stimulus qui ne fût pas seulement imaginaire. Elle m'entraîna vers un long canapé roux, semé au hasard de coussins aux motifs amusants. Nous nous assîmes tout près l'un de l'autre, moi, un bras négligemment passé autour de sa taille. Je remarquai distraitement une moquette vert pré foncé, des mobiles de Calder tournant paresseusement sous une brise climatisée et les sculptures métalliques d'Hortense représentant des corps hermaphrodites atténués. La lumière dure des après-midi de Manhattan l'éclairait en plein. Ce n'était plus une jeune femme : la quarantaine et demie, le menton légèrement plus fort, ce qui le rendait encore plus charmant, la peau boudeuse au-dessus et au-dessous du cache-œil. Elle avait subi les atteintes de la vie et de l'âge, elle avait besoin de protection — voilà ce que me chantaient mes glandes. Elle dit :

— Et à *toi*, qu'est-ce qu'on t'a fait ? Tu es tout gris.

— C'est le souci que je me suis fait pour toi.

Distraitement aussi : photographies de John en uniforme, sur un piano crapaud blanc — celui de Dorothy probablement ; bruits de tasses à la cuisine ; bouteilles de gin Beefeater sur le bar.

— Mon Dieu ! tu es tout ce qui me reste.

J'avais une méchante envie de voir l'horreur morte sous le cache beige, les paupières flétries refermées sur l'absence. Mes glandes exprimaient ce désir. Millions de juifs brûlés dans les fours d'Europe, millions de cadavres aux membres pareils à des allumettes ensevelis à la pelle mécanique, et maintenant ceci ! C'était du même ordre, et je sentais monter la même colère désespérée.

— Mon cher ange... et je ne sais toujours pas comment c'est arrivé. Les lettres d'Ann parlaient seulement d'un accident, très vaguement. (Sous ma main, je sentis un frémissement.)

— Il ne sert à rien de ressasser, dit-elle. C'est arrivé, voilà tout. D'autres ont subi pire. Disons que c'est ma contribution à la guerre.

La voix avait une dureté que je ne lui avais jamais connue, et ce n'était pas seulement la réaction minérale à de longs épanchements d'apitoiement, pleinement justifiés, sur soi ; il y avait aussi la griffure du gin et du tabac, peut-être également l'assimilation à l'induration new-yorkaise, à l'âpreté de la culture autant que de la souffrance. Il ne restait plus de douceur en elle ; mon bras qui l'enlaçait en fut découragé. Elle se pencha vers le coffret à cigarettes en onyx posé sur la table basse, un marbre supporté par une pile d'épaisses dalles de verre noir. J'allumai sa Chesterfield avec mon Rocher en or.

— Il faut que je sache. Tu sais très bien qu'il le faut.

— C'était à l'atelier, dit-elle. (Elle toussa, décolla de sa lèvre inférieure un brin de tabac.) Au Village, tu sais. Je taillais de l'aluminium... de l'aluminum, comme on dit ici. Un lion héraldique, une commande. Et la fille qui travaillait d'habitude avec moi est entrée en courant. Elle habitait l'appartement d'au-dessus, où il n'y a que l'eau froide. En sortant pour aller déjeuner, elle avait rencontré le porteur de télégrammes dans la rue. Elle s'est précipitée en hurlant : *Il est mort, John est mort !* Ma main a dérapé. Je n'ai rien senti, il n'y a eu que le sang. Et, avant de m'évanouir, j'ai compris qu'il s'agissait de son mari, et non de mon fils.

Dorothy, Dotty entra, rayonnante, dans le tintement du plateau chargé, qu'elle posa avec infiniment de grâce sur la plaque de marbre.

— Dorothy, dis-je, veuillez accepter les remerciements reconnaissants d'un frère.

— Écoute-le, Dot ! gémit Hortense. Il parle comme Shakespeare. Dommage qu'il n'écrive pas comme lui. Les remerciements reconnaisants d'un frère — et ayant dit, ou par ma foi, palsambleu ou je ne sais quoi.

— C'est agréable, de s'entendre appeler de nouveau Dorothy, dit Dotty. J'en ai assez d'être Dotty ou Dot. Trop pauvre pour être dotée, trop vieille pour me constituer une dot. J'espère que ce thé est à votre goût, Ken.

Et elle versa le breuvage très noir dans de grandes tasses — rien de commun avec ces sottes fragilités de porcelaine. Elle avait confectionné de minuscules sandwiches, à l'anglaise aussi. Et il y avait un plat de ce cake d'aspect roussi, nommé « gâteau du diable ».

— Délectable, parfait, dis-je après avoir goûté. Si ineptement que j'aie tourné le compliment, c'était le fond de ma pensée.

Dorothy s'était assise sur le tapis, de l'autre côté de la table de marbre, dévoilant de longues jambes nues d'un galbe vigoureux, mais exquis.

— Hortense, dit-elle, s'est occupée de moi en des temps difficiles ; elle continue maintenant qu'ils sont heureux.

Et elle lança à Hortense un regard enflammé d'amour, avec une franchise que l'on n'eût jamais trouvée chez une Blanche, formée aux tortuosités de la longue tradition européenne. Ses lèvres pourpres, luisantes de thé, brillaient de passion autant que ses yeux magnifiques, et ses fines et larges narines en étaient dilatées. Je sentis le dard d'émotions complexes. Il était clair qu'elles couchaient ensemble. Un instant, je les vis se tordre sur des draps écarlates et j'en éprouvai une joie esthétique aiguë, pareille à celle que pourrait procurer l'imagination de l'inceste. Toute beauté renferme en soi une étrangeté ou une part d'interdit. En un sens, mon amour plus que fraternel pour Hortense se sanctifiait de cette vision. Et, bien entendu, une autre de ces émotions était la jalousie. Il y avait aussi de la rage et un sentiment de frustration, même amorti ou bâillonné. Dorothy dit :

— Il y a une chambre toute prête pour vous, Ken. J'espère que vous allez rester un grand bon bout de temps.

— Hélas ! je dois prendre l'avion pour Los Angeles après demain. Et je ne voulais pas, euh, m'imposer. J'ai pris une chambre à l'Algonquin.

— Mais pourquoi ? (Dorothy temoignait une surprise peinée digne de Puccini, dernière syllabe prolongée dans le pur style de la diva.) C'est chez vous, ici.

— Non chez vous, chez vous Ou vais-je vous emmener dîner ?

— Nous ne sortons pas le soir, dit vivement Hortense. (Oui, mon Dieu. Les imbéciles pleins d'alcool devaient faire *hou-hou* ! à la vue du bandeau de pirate.) D'ailleurs, ajouta-t-elle, il faut que tu voies Ann. Mme Breslow, plus exactement. Et le professeur. Dot a acheté une énorme dinde. Avec tout ce qu'il faut. Comme pour le Thanksgiving.

Jour d'action de grâces... Elle avala sa salive et Dorothy se hâta de dire :

— Ah ! mais c'est que cela en fait, des actions de grâce à rendre, n'est-il pas vrai ? La guerre est finie, tout le monde est en vie et les familles sont enfin réunies. Alors, vive le Thanksgiving, pourquoi pas ?

— Je crois que j'aimerais bien prendre un verre maintenant, dit Hortense.

— Oh ! chérie, non. (Je sentais que c'était là un cri de détresse régulier, presque rituel.) Pourquoi pas du thé, quand il est bien bon, bien fort, bien chaud, bourré de tanin bien stimulant, comme celui-ci ? (C'était la parodie désespérée de l'onctuosité des voix publicitaires à la radio.) Attends encore une petite heure, oké ? Dès que j'aurai mis la dinde au four, on s'assiéra tous au bar et on s'offrira tranquillement un grand verre bien frais, oké ?

— Pas trop grand, pas trop froid, dit Hortense. Chante-nous quelque chose, Dot. Ken ne t'a jamais entendue.

— Mais oui, je vais chanter !

Et Dorothy me jeta un regard qui semblait signifier : « Ne la laissez pas se faufiler jusqu'au bar pendant que je suis au piano et que je tourne le dos ; elle est très forte pour en siffler un en douce. » Puis elle se leva avec une grâce merveilleuse, alla prendre place, frappa quelques accords bleu blues, et se mit à chanter :

Ich nehm ein Zigarett
Und ich fühl du liebst mich nicht mehr
Und ich weiss es ist aus
Und da macht mein Herz so schwer.

Elle se tut pour m'adresser un sourire, attendant le commentaire. Je connaissais cette chanson : je l'avais entendue à Berlin en 1935. Je dis :

— Où diable avez-vous... ? Enfin... votre accent allemand est si parfait ! (Et quelle voix aussi, riche comme le flammé d'une terre cuite, comme un fumet de viande qui serait aussi un aphrodisiaque.)

— J'ai roulé ma bosse, dit Dorothy. Ça, c'est mon style Dietrich. Maintenant, je vais vous le donner en anglais.

Ce qu'elle fit, de bout en bout :

Yet
With my cigarette
Though I give no more than I get
There's no sigh of regret
At the end of my cigarette

Pendant qu'elle chantait, Hortense fit mine de se lever, mais je lui serrai très fort la main. Ensuite, je dis à Dorothy :

— Vous m'enflammez du désir de revenir à la comédie musicale. Il y a bien longtemps que je n'ai pas écrit de livret ni de couplets. Seigneur ! (Et tout d'un coup, je vis : Cléopâtre !) Cléopâtre ! m'écriai-je. Avec vous dans le rôle principal.

— Cléopâtre était blanche, non ? Et grecque. Je suis noire, mon frère, toute noire.

— Cléopâtre, c'était vous ! Au diable les faits historiques.

— Je vais mettre la dinde en route, dit Dorothy. La bonne petite *Hausfrau*, c'est moi... pas vrai, Hortense chérie ? Avec un peu de littérature française pour décorer le plat, tout autour.

— Vous êtes merveilleuse, dis-je. Vous avez fait du théâtre, sûrement ?

Elle ébaucha une petite révérence, moqueuse ou vraie, en réponse à mon compliment.

— J'ai chanté dans *Porgy and Bess*, à Atlanta, mais ce n'est pas vraiment mon style. Je suis faite pour être une grande fille toute seule, rien que moi et mon 'tit piano. Je passais dans des boîtes de nuit. Maintenant, la nuit, c'est dodo maison. Je vais m'occuper du dîner.

Avec infiniment d'humour, elle se dirigea en dansant vers la cuisine et fit une autre révérence avant de disparaître. J'applaudis.

— Cette fois, je vais prendre mon verre, dit Hortense.

— Non. Tu as entendu ? Nous en prendrons tous un, bien grand, bien frais, bien tranquillement ensemble, tout à l'heure.

— Et, moi, je veux un gin pur, bien raide et en vitesse. Et tout de suite.

Elle fut prompte à se lever. Je le fus moi-même assez pour la rattraper et la retenir à mi-chemin du bar.

— Lâche-moi, chameau de Ken Toomey !

— Combien de verres bois-tu ?

— Occupe-toi de tes sacristi d'oignons !

Nous étions là, dans la posture conventionnelle de la femme qui se débat contre les importunités d'un homme.

— Possible, mais apparemment ce sont ceux de Dorothy. Considère que je la remplace.

Elle se détendit sous ma prise. Je la lâchai. Il y avait probablement une autre raison pour qu'elles ne sortissent pas toutes deux le soir : difficile de contrôler la ration d'alcool d'Hortense en public ; les gens voyaient sûrement tout de suite pourquoi elle buvait et devaient dire : « Pauvre fille, pas étonnant ! »

— Peut-être devrions-nous aller l'aider à mettre la dinde au four dis-je.

59

Ma nièce Ann, que son mari appelait Annie, Annikins ou Roo, à cause de la vieille scie américaine *Little Annie Rooney*, était devenue une jeune femme assez stupide, mais inspirant sans conteste la volupté. Elle avait été conduite au lit conjugal, sans conteste non plus, prématurément. Les yeux bruns, débordants d'une chaleur humide, du professeur Michael Breslow ne pouvaient la laisser en paix, même à la table du dîner. Il était de dix ans au moins son aîné. Ils ne s'étaient rencontrés dans aucun contexte d'éducation supérieure, à moins que le terme ne pût s'étendre aux lectures et conférences d'écrivains distingués qui avaient lieu au Centre de Poésie de Lexington Avenue. Une de ses camarades avait emmené Ann écouter un poète américain, appartenant à l'école de la Montagne Noire américaine, et qui, très ivre, bafouillait des vers inintelligibles. En prenant une tasse de café, ensuite, elle avait fait la connaissance du Professeur Breslow. Celui-ci l'avait entraînée dans les cinémas qui, autour de l'université Columbia, se faisaient une spécialité des films classiques étrangers ou américains. Tel le poète Samuel Taylor Coleridge, il avait surtout poursuivi le rêve élémentaire de l'assouvissement du désir dans la personne d'une jeune épouse possible, plutôt que la perspective d'un compagnonnage intellectuel. D'un autre côté, la petite Ann Campanati était fort bien introduite dans le domaine des arts. Breslow connaissait mon nom et même certains de mes livres, tout en ne faisant figurer aucun d'eux au programme de ses cours de littérature comparée. Il connaissait aussi l'œuvre artistique d'Hortense et son oreille subliminale avait capté les roucoulades mélodiques et les fracas inventés par le père d'Ann pour des films qui passaient parfois au cinéma Thalia. A ce qu'il comprenait, il y avait aussi une parenté éminente du côté de l'Église catholique romaine ; mais il y avait plus près, et notamment moins loin de sa ligne d'intérêt. Il était libre penseur et reniait autant que possible ses ancêtres ashkenazim ; cependant, il avait souffert, en quelque sorte par procuration, avec les victimes de Hitler. Il n'avait pas servi lui-même dans les forces armées contre les tueurs de juifs : il avait été disqualifié pour un certain nombre de menues invalidités physiques, d'espèces mal définies ou qui, si on les connaissait, devaient être prises avec un juste sérieux clinique en Europe. Il avait obtenu ses premiers diplômes à l'université de New York, puis passé son doctorat à l'université Columbia. Sa thèse portait sur « les Symboles de Décadence dans *Bleak House*. »

La gémellité d'Ann avec John s'affichait dans l'éclat, le physique admirable (bien que déformé maintenant par la grossesse) et la forme du nez et du menton, deux coups de maître. Son visage, cependant, n'avait pas la gravité de celui de John : elle en utilisait mal les traits en discourant. Elle tordait sa jolie bouche pour en tirer des grimaces comiques puisées aux films d'Abbott et Costello, louchait exprès et roulait les yeux. Elle siffla d'admiration devant la robe du soir pourpre foncé de Dorothy. Elle fit un numéro de double claquement de langue zoulou, pour exprimer son plaisir à la vue du dessert : un flanc aux fraises. Elle avait hérité du léger strabisme vénusien que sa pauvre mère avait maintenant perdu ; mais, sur elle, on eût dit moins un attrait qu'un défaut. Elle recourait à des expressions d'enthousiasme telles que « ouaou ! » et « ça j'aime ». Après tant d'années, elle m'avait accueilli par un : « Salut ! » Elle voulait un garçon ; son mari, une fille. Ils échangèrent un feu croisé épuisant de prénoms possibles. La blondeur d'Ann était striée de mèches, comme si elle avait essayé de se teindre en gris souris et, pour en finir n'en avait pas eu le cœur. Elle avait fait son éducation dans le Connecticut, à l'école Bodmer, où les professeurs mâles ne prenaient pas les jeunes âmes qu'on leur confiait au sérieux, sauf quand elles atteignaient le stade de la séduction possible. On y donnait des cours de sorcellerie et d'astrologie. On y étudiait deux ou trois pièces de Shakespeare dans une version modernisée, conçue par un certain Con Roebuck, jeune pédagogue puissamment barbu, apparemment jeté en prison, depuis, selon la rumeur, bien que ce ne fût pas pour avoir trafiqué le grand monologue de Hamlet et en avoir fait : « Vivre ou mourir... c'est peut-être ça, le dilemme » et le reste à l'avenant. L'intelligence des filles était jugée en privé à la mesure de leur aptitude à éviter de se laisser séduire par les membres de la faculté ou, à défaut, à s'en servir à des fins de chantage ou de mariage. A s'en tenir au premier terme de cette règle, Ann devait avoir cette intelligence, à l'exclusion de toute autre. A table, il y eut des plaisanteries sur les dindes crues d'Ann et ses côtelettes carbonisées. Le festin de Dorothy était, selon toute attente, exquis. Ann, avant son mariage précoce, avait apporté à l'effort de guerre la participation que l'on pouvait attendre d'une fille de son âge et de son niveau de connaissances ; elle s'était signalée par l'explosion d'un percolateur à café dans une cantine militaire et son renvoi d'une usine d'aviation pour s'être révélée un danger public en pliant les parachutes de façon à assurer un pourcentage de mortalité, fort heureusement très vite décelé par un contremaître. C'était une fille gaie, heureuse. Son mari aussi était heureux. Il me dit devant la dinde et sa garniture de saucisses, de farce aux marrons et de confiture d'airelles :

— On m'a raconté ce que vous avez fait, monsieur, pour Jakob Strehler. Nous avons inscrit Strehler pour la première fois au programme, ce semestre. Les cours viennent juste de commencer : Mann, Strehler, Hesse. Oui, c'était héroïque de votre part.

— Mon geste n'a pas été très goûté en Grande-Bretagne ; c'était la guerre, dis-je. Croyez que je vous sais infiniment gré de votre appréciation.

— *Dixit*, ironisa Hortense.

— Peut-être aurez-vous plaisir à apprendre, monsieur, que l'on a envisagé la possibilité d'inclure votre nom dans le programme des cours sur le Roman Britannique Contemporain. Avec celui de Somerset Maugham et de Compton Mackenzie.

— Tous trois ayant été rejetés, j'imagine ?

— Franchement, oui, monsieur. Ce n'est pas une question de lisibilité ou d'agrément, a déclaré le professeur Eckhart, directeur de notre faculté ; le tout est d'avoir matière où planter les dents de la critique.

— Le défaut dans la cuirasse de la grandeur, voulez-vous dire ?

— Ma foi, oui, monsieur, il n'y a que les grands hommes pour avoir des défauts intéressants ; c'est presque mot pour mot ce qu'a dit Eckhart.

— Oh ! mais je n'ai jamais eu de prétention à la grandeur.

— J'ai lu un de tes livres, oncle Ken, dit Ann (il y avait une airelle, pareille à une cloque, sur sa lèvre). Moi, j'ai trouvé ça grandiose. Celui où il y a cette fille, tu sais, qui tombe amoureuse d'un type plus âgé qu'elle.

— C'est un thème fréquent dans mes livres, dis-je. Le syndrome du Papa Faucheux.

— Encore un peu de dinde, Ken ? demanda Dorothy.

— Ce n'est pas de la flatterie, ma chère, dis-je en tendant mon assiette, mais voilà bien six ans que je n'ai pas savouré pareil repas. Dieu bénisse l'Amérique, et vous avec elle.

— Dieu nous bénisse tout un chacun ! lança Hortense.

Elle était en bleu nuit, cache-œil de même couleur. Elle avait vidé une bouteille et demie de Chambertin à elle seule et à peine picoré.

— Petit Tom, dit Ann dans un soudain retour au jeu des prénoms.

— Tim, la reprit Breslow. (Silence respectueux. Honneur au spécialiste de Dickens.) Tom fait trop rebondi. Tim est plus mignon.

— Timothy Breslow, dit Ann, dégustant le tout.

— Félicia Breslow !

— Nathaniel Breslow !

— Pénélope Antigone Perséphone Breslow !

— Oh ! taisez-vous, trancha Hortense. Ne jouez donc pas les Perrette et le pot au lait. Priez Dieu qu'il vous donne un enfant que vous n'aurez pas envie de voir étouffé par le médecin à sa naissance. A Hiroshima, la prochaine génération aura trois jambes et quatre bras ou point de membres du tout. C'est du moins ce que raconte le magazine *Time*. On verra des enfants avec un œil au milieu du front. De vrais petits cyclones ou je ne sais comment diable on appelle ça.

— Cyclopes, rectifia le professeur. A mon avis, un grand nombre de ces spéculations sont exagérées.

— *Dixit*. Pour l'amour du Christ, Ann, reprit Hortense, lèche ce truc sur ta lèvre. Non, de l'autre côté. Ah ! cela va mieux.

— Tu sembles un peu grognon, m'man.

— Je vais chercher le dessert, dit Dorothy en se levant. Le préféré d'Annie, ajouta-t-elle sur le seuil de la cuisine.

— Oh ! miam-miam-miam. Je sais ce que c'est.

— Gloutonne, dit Hortense. Tu es censée manger pour deux et non pour trois. Je t ai vue faire, espèce de vorace et de goinfre

— Locution très européenne, dit Breslow.

— Et alors, quel mal y a-t-il à votre je-ne-sais-quoi d'européenne ? Je *suis* une Européenne, et même une Britannique. Je peux vous montrer mon passeport, si vous le désirez.

Dorothy apporta le flan aux fraises. Ann fit son double claquement de langue zoulou. « Oh, là là ! » murmura avec déférence le mari. Hortense souffla de la fumée de cigarette sur le dessert. Ann dit : « Ce n'est pas propre ce que tu fais là, maman. » Je ne sentais pas que l'odeur du tabac d'Hortense. Elle dit :

— Je veux mon cognac tout de suite. Ma gloutonne de fille en a encore pour une heure à se goinfrer.

— Chérie ! se lamenta Dorothy.

Mais elle ne protesta pas quand Hortense se dirigea d'une démarche aérienne vers le bar et s'y versa une grande mesure de Martell Cordon Bleu dans son verre à vin. Ann et son mari commencèrent tous deux une phrase en même temps. J'entendis le mot *Hollywood* dans la bouche de Breslow et dis trop vite :

— Hollywood veut prendre plusieurs de mes nouvelles pour en faire une sorte d'anthologie filmée. Et je prononcerais quelques phrases pour lier l'ensemble. Ce devrait être assez amusant.

— Follement amusant, railla Hortense en revenant s'asseoir avec son verre débordant de cognac. (Elle souffla encore de la fumée sur le dessert.) « Ce n'est pas propre, m'man », singea-t-elle. Vas-y, empiffre-toi, petite goulue. Je ne serais pas surprise si tu donnais le jour à un gâteau à la crème pour dimanche bostonien.

— Ce n'est pas gentil, ce que tu dis là, c'est même méchant. C'est vrai, tu te conduis comme une gronchon, maman, je te jure. C'est n'est pas juste pour Oncle Ken. (Manifestement, à contrecœur, elle repoussa son assiette encore à demi pleine.)

— Mais mange, mon chou ! s'écria Dorothy. N'écoute pas ta mère. Tu sais très bien qu'elle plaisante seulement.

— Je suis lasse de ses petites plaisanteries, Dotty. Ce n'est pas ma faute si... (Elle s'interrompit net, avala sa salive, puis se hâta de ramener son assiette devant elle.)

— Si quoi, Ann ? dit doucement Hortense.

— Oh ! tu le sais bien, répondit Ann en mangeant une bouchée de flan d'un air boudeur.

— Qu'est-ce je sais ? Que si ce télégramme avait mentionné un autre prénom, un certain événement ne se fût pas produit ? *Dixit*. reprit-elle en se tournant vers moi. A moins que tu ne préfères palsambleu, par ma foi ?

— *Dixit*, expliqua Breslow, signifie littéralement : dit-il ou elle. *Palsambleu*, par le sang de Dieu, et *par ma foi*, que la personne qui parle engage sa foi.

— Hortense, dis-je, je t'en prie.

Et, à cet instant, survint ce qui ne m'était pas arrivé depuis très longtemps. J'eus la sensation que ma poitrine, brusquement, se vidait de mon cœur. Mes pieds et mon bras gauche étaient insensibles. Je m'inclinai malgré moi en avant comme pour prier, et j'eus conscience du comique de mon visage piquant droit sur la part presque intacte de flan aux fraises dans mon assiette. Avant l'écrasement final, je perdis connaissance. Je revins à moi, parmi une brume de voix inquiètes autour de l'image d'Hortense vidant son verre de cognac. Dorothy essuyait sur moi un gâchis gluant en s'aidant d'une serviette. Je répétais : « Ça va, ça va vraiment, je vous assure. » Mais Dorothy et Ann, pendant que Breslow se multipliait en niaiseries professorales, m'entraînaient doucement vers un lit. « Cela me prend parfois, protestais-je. C'est comme un plomb qui saute. Je me sens toujours merveilleusement bien, après. » Mais on ne m'en conduisit pas moins au lit. Ann dégageait une odeur fade et poisseuse ; Dorothy, un arôme subtil, parisien. Au bar, Hortense se servait un second Cordon Bleu.

La chambre à coucher était, supposai-je, celle de John. Elle respirait une austérité choisie de propos délibéré par un jeune homme qui ne plaisante pas. Debout là-dedans et à la soupe.

— Au lit ! commanda Dorothy qui entreprit de me déshabiller, du moins jusqu'à la chemise et au caleçon. Ce sont les séquelles, je sais. Le guerre. Et bien d'autres choses.

— Je vous adore, chère Dorothy, dis-je. Mais je vous jure que je me sens bien. Et mon appartement m'attend à l'Algonquin.

— Dépêchez-vous de vous mettre là-dedans, dit-elle en s'affairant. Vous avez de jolis draps propres. (Ils étaient primevère et fleuraient bon la lavande.) J'irai moi-même chercher vos affaires à l'Algonquin. Vous allez rester ici, Ken. A la maison. Je suppose que vous connaissez ce mot ?

Le temps de dire : « Je vous adore, Dorothy », et je m'évanouis de nouveau. Je repris connaissance avec la sensation d'une fatigue qui n'était pas malsaine, et dis : « Je vais dormir un peu. » Autant être au lit qu'ailleurs. Autant dormir qu'autre chose. Dorothy, de ses lèvres fraîches, sèches, mais généreuses, me mit un baiser sur le front. Ann, après avoir hésité, posa les siennes, qui étaient minces et humides, sur ma joue. La climatisation mit du temps à effacer leur marque. Je sombrai. Lorsque je me réveillai, une lampe tamisée brûlait sur la table où étaient disposés les livres de John, retenus par des presse-livres d'acajou, en forme de bisons. La lumière était filtrée par un abat-jour sévère : un cylindre de parchemin sur lequel les lettres *J, o, h, n,* étaient disposées dans un ordre arbitraire et imprimées ou peintes dans des caractères de corps divers. Hortense était assise à mon chevet ; en robe de chambre cerise, elle fumait une cigarette et me regardait.

— Seigneur Dieu ! dis-je. Tu l'as ôté.

— Tu as bien dit que tu voulais voir, non ?

La fumée de la cigarette s'enroulait devant l'absence refermée et plate, avec la griffe des cicatrices, puis s'enfuyait, happée par la boîte à climatisation. Hortense avait ôté sa perruque : ses cheveux de miel mêlé de gris n'avaient pas encore entièrement repoussé depuis la tonsure préopératoire et, plus bas, la difformité était visible dans l'ombre. Elle approcha sa tête de la lampe : « Horrible, non ? » Puis elle s'assit sur le bord du lit et insista : « Vas-y, regarde un bon coup. » Débordant de pitié et d'amour, je me soulevai et mis un baiser sur la blessure. J'entourai Hortense dans mes bras. Elle subit cette étreinte, non sans raideur. Je gardai mes lèvres pressées sur le vide inhabité ; il n'y avait pas de battements de cils.

— Allonge-toi près de moi, dis-je, juste un petit moment. (Je parlais à la joue tailladée et recousue.) Allonge-toi. Que je te garde dans mes bras.

— Qu'est-ce qui te prend ? (Elle était amusée, mais sa voix coupait, pénétrante.) Tu essaies de revenir à la normale ? Par une autre sorte d'anormalité. Dot serait affreusement scandalisée.

— *Dixit* me paraît tout indiqué, dis-je, puisque nous voici en pleine tragédie noble. Offre-moi une de tes cigarettes.

Le charme n'était pas rompu ; l'humeur restait à la tendresse. Elle me tendit une Player anglaise qu'elle tira d'un paquet froissé dans la poche de sa robe de chambre ; elle alla jusqu'à l'allumer avec un vieux Zippo tout bête.

— Qu'est-ce que tu racontes ?

— Oh ! mon esprit était retourné à Monte-Carlo, aux années vingt et au grand homme de la sexualité, Havelock Ellis l'impuissant. Il venait de me raconter je ne sais plus quoi sur les origines de l'homosexualité. Et ensuite, à la table voisine de la mienne à l'hôtel de Paris, je l'ai entendu parler de la fameuse pièce de John Ford sur l'inceste. Pur XVIIe siècle. Classique. Tu te souviens de ce jour-là ? C'est celui où ton mariage fut décidé.

— Je ne me rappelle pas.

— Tu as bien raison. Mon homosexualité me tracassait à l'époque. Qui n'a pas envie de ressembler à tout le monde ? Et il y avait l'Église et notre pauvre mère. Ensuite j'ai cru découvrir un mode de transcendance. C'était en Malaisie. Carlo prétend qu'une sorte d'instinct me pousse vers l'amour du Christ. Quelle famille de saints ! Je suis sûr que Tom, lui, en est un. Carlo est convaincu que tu es un ange.

— Comment se fait-il que nous ne puissions jamais parler de quoi que ce soit sans que ce fichu Carlo y soit mêlé ?

— Pourquoi le détestes-tu ?

— Il est néfaste.

— Lui qui est prince de l'Église, qui est son porte-voix, le porte-parole de ses multiples messages ? Allonge-toi ici, près de moi. Quand j'avais quinze ans, et toi, six, tu faisais souvent cela.

— J'étais innocente en ce temps-là.

— Tandis que maintenant, tes deux yeux sont ouverts. Oh ! bon Dieu, quelle stupidité, quelle indicible ineptie, quelle brutalité de ma part...

— Mais oui, mais oui, mais oui. Hier, Dot a bien dit que je n'ai pas les yeux dans ma poche, à propos de je ne sais quoi. Et elle ne s'est aperçue de rien. Carlo est néfaste, je te dis. Carlo est l'innocence incarnée. Il mettrait un enfant de six ans dans le lit d'un maniaque sexuel en jurant qu'il n'existe pas de folie sexuelle

L'innocence est un luxe que personne ne peut plus s'offrir aujourd'hui. L'Église de Carlo n'est pas la mienne.

— C'est quoi, ton Église, alors ?

— Un truc qui expliquerait pourquoi il est obligatoire de souffrir. Le Christ triomphant, ça n'existe pas. Le Christ ne s'est pas levé d'entre les morts.

— Autrement dit, tu n'es pas chrétienne. Tout repose sur la résurrection. Ma parole, ou tu as lu quelque chose à ce sujet ou tu as parlé à quelqu'un.

— C'est Dot. Son père était prédicateur. Dans un coin perdu de Georgie. Un de ces vieux bonzes, tu sais ? qui tonnent en tapant sur la Bible du poing. Et il l'a fait entrer dans la tête de sa fille de la même façon, la Bible. Et dans celle de son petit frère Ralph, à tel point qu'il a failli le rendre fou. Dot s'en est sortie avec des idées assez sensées sur la religion. Très sceptique sur le chapitre du paradis tout pain bénit. Elle est d'accord avec moi. A moins que ce ne soit l'inverse, peut-être bien, je suppose. Souffrir, voilà tout, on n'en sort pas.

— Dorothy ne m'a pas l'air d'une telle championne de la souffrance. (Mais il m'apparut que je me trompais.) Si, c'est vrai, elle souffre. Pour toi.

— Je renoncerai à l'alcool, vrai, je te jure. Ce ne sont que les séquelles. (Le même mot que Dorothy pour moi.) Elle a d'autres raisons d'être malheureuse. Qui diable peut être préservé de la douleur, de nos jours ? Et cela ne fait que commencer ! Les Allemands ont tenté de supprimer une race entière. Depuis nous avons trouvé une manière encore plus expéditive que le four à gaz. Où est l'ennemi ? En vois-tu un autre que le grand méchant Père auquel on ne peut pas rendre les coups ? Le Christ était bel et bien Son fils, et regarde comme Il l'a traité. Et la Terre Promise de l'autre côté du Jourdain, dis ? Le père de Dot qui brava la cavalerie nocturne du Ku Klux Klan y croyait encore plus fort, à la Terre Promise, après que ces bandits l'eurent fouetté. A condition d'avoir assez souffert ici-bas, nous aurons droit par faveur à la permission de dormir. Le Christ a au moins arraché cette concession au Père.

— Tu dis des bêtises grosses comme toi, ma chérie.

— Moins que Carlo. C'est un chose affreuse que d'être jeté aux mains du Dieu vivant, comme a dit plus ou moins je ne sais qui. Carlo, lui, serre la main à Dieu, avec l'innocence de l'enfant qui voudrait caresser le tigre. Je te parie que je crois infiniment plus que lui à ce qui se passe derrière et devant l'autel. Je le reçois, le Christ, oh ! oui, fais-moi confiance — il me geint dans la bouche, mais me dit : « Ne t'inquiète pas, je suis là avec toi. » N'est-ce pas lui l'inventeur de l'amour ?

— Dorothy va à la messe avec toi ?

— Non, jamais ! l'Église de Rome reste pour elle la grande Putain de Babylone. Elle est baptiste jusqu'à la moelle. Souffrance et amour. La grande consolation que l'on doit toujours redouter de perdre quand on la tient. Et nous la tenons, je crois. Je ferais mieux de retourner près d'elle. Elle tend la main dans son sommeil et, si je ne suis pas là, elle se réveille et crie et pleure. Elle me croit partie pour de bon, chaque fois. Mais je reviens et tout est parfait de nouveau. Libre à toi de ne pas me croire, je m'étais levée pour prendre un alcalinisant. L'alcool me donne des brûlures d'estomac. Ensuite j'ai eu un coup de remords et je suis venue voir comment allait mon frère. Après tout, il avait eu quelque chose qui ressemblait à une crise cardiaque pendant le dîner, et je n'avais pas bougé sauf pour boire.

— Tu ôtes toujours cette chose quand tu dors ?

— Oui. Et Dot est plus à l'aise pour embrasser le stigmate. Elle non plus, cela ne la dégoûte pas. Il y a bien eu un saint qui se promenait en léchant les plaies, que je sache ? On aime qui l'on veut, comme on veut, reprit-elle. Dieu est le grand professeur de biologie. Le Christ n'a enseigné que l'amour... Tu n'as pas d'attache en ce moment ?

— Non, je suis seul sur l'immensité d'un océan désert.

— J'aimerais que tu fasses quelque chose pour Ralph. Le frère de Dot, tu sais ? Il n'est que le jeune fruit de lombes vieillissants, *dixit*, par ma foi. Comme Jean le Baptiste. Élevé en baptiste, bien sûr, en même temps que Dot, avec la Bible à chaque repas, encore que les repas fussent rares. Il a dans les vingt-cinq ans. Il lit beaucoup. Il essaie d'écrire. Il voudrait être le grand poète de sa race : T.S. Eliot noir, mais il n'a pas de talent. Il n'est pas assez bête pour tout mettre sur le dos de l'oppresseur blanc. En mi-secrétaire mi-compagnon, il serait très acceptable. Il adorerait voyager.

— Il parle beaucoup des oppresseurs blancs ?

— Le tout est de savoir quelle est vraiment la minorité opprimée. Ses amis dans l'adversité étaient noirs, café-au-lait, blancs, jaunes, héliotrope, autant que je sache. Les flics disent « sale tantouse » avant de dire « sale nègre ». Tu comprends ?

— Où est-il en ce moment ?

— Il vient tout juste de renoncer à tenter de faire vivre un théâtre des minorités, comme il appelle cela, à Brownsville. C'est un coin de Brooklyn, dont on dit qu'il est le trou du cul immonde et infesté de vermine de cette municipalité. Il y avait là un magasin abandonné qu'il a essayé de transformer en salle de spectacle. On ne s'écrasait pas pour venir voir les pièces sur les souffrances des noirs, des café-au-lait, des héliotropes et des tantouses. C'est du gin que veulent les gens. Ou, à la rigueur du travail. Actuellement, Ralph doit crécher quelque part chez un ami, dans un taudis, où il essaie d'écrire un grand poème, une sorte de *Terre vaine* pédérastique. Il n'est pas trop à plaindre. Nous le gardons à dîner tous les dimanches.

— J'y songerai. S'il a la moindre des qualités de Dorothy, il est forcément très bien.

— Dot a pris un taxi et t'a ramené tes bagages. Elle les a défaits sans bruit comme une petite souris. Tu trouveras tes affaires dans le placard là. Ta trousse à raser est ouverte dans la salle de bain C'est tout Dot

— J'aimerais beaucoup rester.

— Reviens-nous quand tu en auras terminé avec ton stupide pensum à Hollywood.

— Tu parles sérieusement ?

— Et tâche de savoir comment Domenico s'entend avec sa quatrième ou cinquième femme. Pure curiosité féminine. Oh ! je le sais, que j'ai la dent dure pour les gens ; mais ce n'est qu'une façade. En fait, je ne reproche rien à personne. Toute la faute du monde retombe sur un seul dos.

— Alors, il n'y a pas de liberté, pour personne ?

— A l'école, sœur Gertrude nous citait souvent *Les maîtres chanteurs*. Tu sais, la petite phrase de Hans Sachs : *Wir sind ein wenig frei*, nous sommes un petit peu libres. Je suis libre en cet instant de retourner au lit pour y retrouver Dot. Mais va-t'en jurer que, entre-temps, le grand sagouin éternel ne l'aura pas escamotée et dissipée en vapeur dans la nuit ?

Elle se pencha et m'embrassa droit sur les lèvres. Puis elle sortit. J'eus du mal à m'endormir. L'aube n'était plus loin. Parmi les quelques livres de John, je découvris un volume d'Anatole France. Il portait sur la page de garde la signature de Dorothy Alethea Pembroke — aristocratique, comme ne pouvaient que l'être les noms d'esclaves. J'y lus la nouvelle qui conte comment saint Nicolas ressuscite trois jeunes gaillards du saloir de l'aubergiste. Après quoi, il les adopte et les élève dans la sainteté, mais tous se conduisent comme d'affreux méchants. L'un d'eux va jusqu'à le dénoncer au Vatican pour toutes sortes de péchés inventés. Saint Nicolas reconnaît la grandeur de Dieu, mais a du mal à croire en sa bonté. Le cas de Jésus-Christ est, naturellement, une tout autre affaire.

60

Il s'écoula une année avant que Ralph Pembroke entrât à mon service, ou moi au sien, ou nous au nôtre. Lorsque j'écris aujourd'hui que je me revois distinctement au lit avec lui, un dimanche matin, dans notre appartement de l'hôtel Beverly Wilshire, je suis aussitôt saisi d'un doute : était-ce le commencement ou la fin de nos rapports ? Comme dans toutes mes rares liaisons, à partir de l'âge mûr et ensuite, avec des hommes plus jeunes que moi, engagés à titre ou non de secrétaires, il y avait une légère odeur de rupture même dans les ardeurs et les enthousiasmes du début. Je me revois aussi sous l'aspect d'un homme bronzé, dans la soixantaine, sans un pouce de graisse, dispos, mais accusant malgré tout quelques ravages. L'impulsion sexuelle — les hommes de mon âge ne manquent pas de le savoir — ne meurt pas avec les ans : elle devient seulement intermittente, tout en n'abdiquant presque rien de ses anciennes fureurs lors de ses résurgences. Elle a besoin, cependant, d'être stimulée par la jeunesse et la beauté, ce qui implique une certaine unilatéralité de passion. Car est-il jeunesse, est-il beauté qui — exception faite des cas de gérontophilie perverse — puissent être stimulées en retour par des rides et des cheveux gris ? Il est vrai que, au fur et à mesure que j'approchais des dernières infirmités, c'était de compagnie que j'avais besoin plutôt que d'un partenaire en amour, mais sans que ce fût, comme dans le mariage, la compagnie de quelqu'un de ma génération. Ce que je voulais, c'était une amitié avec les connotations de l'excitation amoureuse, c'est-à-dire l'électricité du toucher, de l'enlacement, des mots tendres, et tout ce qu'avait de rassurant, dans la nuit, la présence d'un corps, du moment qu'il était jeune et charmant, respirant à côté de moi. J'étais reconnaissant s'il s'y ajoutait le don de l'intelligence, d'autant plus piquant qu'il y manquait un expérience relative du monde.

Disons donc que, par ce matin de mai californien, nos rapports étaient plus proches de leur fin que de leur début ; mais que l'on me permette de rapporter des paroles plus appropriées à celui-ci qu'à celle-là. J'étais vêtu de mon pyjama héliotrope, alors que Ralph était étendu, nu. Il était beau, comme, seuls, ceux de sa race peuvent l'être, surtout lorsqu'ils sont nourris des bienfaits de la civilisation américaine. Mais la sérénité de ces muscles au repos et le luisant somptueux de cette peau exquise ne trouvaient pas d'équivalent dans le visage, où ressortaient les caractères acquis de l'insatisfaction de l'homme blanc : front souvent plissé, bouche boudeuse, yeux fuyants, inquiets, malheureux. Comme à cet instant où je déclarais :

— Je refuse, très cher Ralph, de dire ce qui n'est pas.

C'était là un trope swiftien que nous partagions. Ralph adorait les chevaux : il voyait en eux le genre de noblesse qu'il croyait attachée à son propre peuple dans son habitat d'origine. Quelques années plus tôt, à une école d'équitation près de Sitges, j'avais ressenti de la joie à le regarder acquérir une habileté équestre. Le cheval et lui ne faisaient qu'un, centaurisés à un degré que je n'avais jamais encore vu, même chez des champions de concours hippique. Il appelait les chevaux des Houyhnhnms, à la manière de Swift, et leur parlait par renâclements et hennissements. Il avait — nous étions alors à Hollywood et je travaillais à l'adaptation d'un roman de H.G. Wells, *La nourriture des dieux*, pour Max Fleischer qui voulait en faire un dessin animé — il avait, dis-je, pu déployer ses talents de cavalier dans un western. Il servait de doublure au shérif qui chevauchait à la tête d'une troupe vengeresse — mais, en raison de l'invraisemblance de sa noirceur, on ne l'employait que dans les plans très éloignés. Les Houyhnhnms, on se le rappelle, n'ont pas de mot pour dire *mentir*.

— C'est le sujet le plus important, dit Ralph. Oké, bon, qu'est-ce ça fout si ça boite, si les rythmes sont dingues et si c'est comme tu dis : si ça dérive, dérive, je ne sais plus...

Les vibrations de son discours se transmettaient comme une sensation physique à travers le lit, probablement en vertu des ressorts du matelas. Sa parole était aussi exaltante que le chant de sa sœur. Le phrasé du noir cultivé est probablement la plus belle sonorité humaine de toute l'Amérique du Nord.

— Non, très cher Ralph, non, non et non. Si tu veux écrire un pamphlet, de genre polémique et violent, soit. Dénonce à la face du monde les souffrances du nègre américain, mais n'essaye pas d'en faire de l'art. C'est impossible, et tu le sais.

— Nous n'aimons pas ce mot de nègre. Nous préférons l'autre : noir.

— Qui est nous ?

— Les Noirs.

— C'est-à-dire les descendants des esclaves amenés de la côte occidentale de l'Afrique, et aujourd'hui citoyens de plein droit des États-Unis d'Amérique, mais formidablement conscients de torts persistants à leur égard. Il y a, tu le sais, d'autres peuples noirs. (Je revis un instant le sourire du sorcier à la peau couleur d'aubergine et frémis.) Les Tamils, par exemple. Ce que je t'en dis, très cher Ralph — je parle de ton poème, s'entend —, c'est pour t'expliquer que, à force de vouloir faire à la fois de l'art et de la propagande, tu rates l'un et l'autre buts. Vois-tu, je doute qu'il soit possible d'exprimer des sentiments de classe par le truchement de l'art poétique. Disons, si tu veux, que la couleur d'Othello n'est pas ce qui compte, au fond. L'important, dans son cas, c'est la jalousie. Dans un lycée de Malaisie, j'ai assisté à une très intéressante interprétation d'*Othello*. Il n'y avait qu'un seul petit Blanc dans la classe, et il jouait le rôle d'un agent de police irlandais jaloux, du nom de O'Tallow. Yi Ah Goh était chinois ; Desdémone, tamile et noire comme l'as de pique, et Michael Casio, eurasien. C'était très réussi.

— Ah ! la chiotte, dit Ralph. Moi, je le trouve pas si mal, ce truc. Je vais l'envoyer à *Wakati*. (*Wakati* — qui signifie *Time* ou *le Temps* en swahili — étaient, à la lettre, un magazine noir, imprimé blanc sur noir, à l'allure de négatif photographique, et financé en partie par le groupe *Time-Life*.)

— Je ne doute pas qu'on te le publiera, dis-je. Mais il n'en sera pas meilleur. Autre chose. Ta découverte du militantisme noir... Vient-elle à point pour remplacer ton militantisme précédent en faveur du tropisme sexuel que nous représentons tous deux, ou bien est-ce une façon de chercher à combiner deux griefs sociaux très distincts ? Comprends-moi : supposons que les Noirs dirigent les États-Unis d'Amérique au lieu des Blancs — la situation d'un homosexuel blanc s'en trouverait-elle automatiquement améliorée ?

— Les minorités, répondit Ralph en plissant le front, parlent le même langage.

— Eh bien ! alors, tu devrais te mettre en quête de symboles poétiques pour exprimer cette constatation, ne crois-tu pas ? Non que tu en sois capable, tu sais très bien à quoi t'en tenir, à ce propos Je vais me lever et sonner pour que l'on monte le petit déjeuner : après quoi, je prendrai un bain. Que veux-tu manger ? Quelque chose de *noir* : du gruau de sarrasin, de l'andouille, du melon d'eau ?

— Non, la culture blanche m'a corrompu : je veux un steak, à point, et deux œufs frits, ronds comme des soleils. Écoute ça, il est *impossible* que ce ne soit pas bon !

J'étais au dernier rang où tout le monde est blanc
De soleil et je suivais amèrement leurs jeux blêmes
Quand le nuage noir allongea sa menace
Et changea la lumière. Mais eux, ils gardaient les yeux
Sur la balle frappée qui semblait peupler l'air
De têtes noires volant, tous incapables de voir
Que le nuage allait crever et que jamais,
Non, rien, plus jamais, ne pourrait arrêter la pluie noire.

— Non, Ralph mon amour, dis-je, non et non.

— Mais, par le Christ Jésus, qu'est-ce qui t'autorise à dire ça ?

Il était sorti du lit, maintenant, nu à part sa montre-bracelet Longines et le manuscrit qu'il brandissait au-dessus de moi. Il n'y avait de beauté qu'en lui, jamais il ne pourrait en créer : Dieu, à défaut d'autre mot, n'accorde pas ces deux pouvoirs à la fois.

— De toute ta foutue vie, reprit-il, tu n'as rien écrit, absolument rien qui puisse avoir la moindre prétention à passer pour de l'art.

— Prétention est le mot juste. Je n'en ai jamais eu. Mais je reconnais l'art à vue d'œil. Je pleure sur moi-même, quand je vois du véritable art. En ce moment, j'ai les yeux secs.

— Fumier ! Sale fumier de *Blanc !*

— Ah ! tiens donc, nous en voici à « sale Blanc » ? Attention, Ralph. Tu finiras par dire que, seuls, les Noirs ont le monopole d'un authentique sens des valeurs morales, politiques, spirituelles et esthétiques. Et sais-tu ce que c'est ? La philosophie nazie masquée de noir, voilà tout.

— Regarde-toi, ricana-t-il, cependant que j'ôtais mon pyjama. (Cette scène peut fort bien, cela va de soi, s'être déroulée ailleurs et en une autre circonstance.) Avec ta petite berloque blanche, tes guibolles de guignol et ta bedaine en brioche ! Tu peux parler de valeurs esthétiques.

— Berloque bleuâtre, le repris-je. Violacée. Petite, oui, je te le concède. Quant au reste des attributs, ce sont les fruits secs — les mendiants, dirons-nous ? — de la sénescence. Et pour la brioche... mon Dieu, l'on a vu plus mûre, non ? Sans commune mesure avec le produit d'un sybaritisme falstaffien. Nous y passons tous. Albert Einstein en avait une, tu sais : j'ai vu cela quand je lui ai rendu visite à Princeton. (Aujourd'hui, j'ai du mal à croire que j'aie pu rester debout, nu, à bavarder et à subir les ricanements de ce garçon beau comme un merveilleux bois poli ; mais le passé est si incroyable, pour une grande part !) Je te laisse le soin, poursuivis-je, de commander le petit déjeuner. Toasts très secs pour moi, et confiture d'orange Oxford. Jus d'orange frais et café.

Sur quoi, j'allai prendre mon bain. Ralph et moi, nous étions, à l'époque, plus ou moins domiciliés à Barcelone. dans un assez vaste appartement non loin du Barrio Gótico. Pourquoi l'Espagne — ou plutôt la Catalogne, laquelle n'est pas tout à fait l'Espagne ? Parce qu'un fascisme modéré me semblait valoir mieux, à l'époque, qu'un socialisme confiscateur. Et à cause de l'architecture de Gaudí, et aussi de la cuisine du Los Caracoles. Ralph, au passage de qui l'on avait d'abord grommelé des choses et même craché parce qu'on le prenait pour un Maure, avait fini par aimer assez l'endroit, du jour où l'on avait reconnu en lui, au premier chef, un Américain. Il s'était mis au catalan en y prenant la même délectation que, un peu plus tard, au dialecte d'Afrique orientale qui s'appelle l'oma. La vérité est, cependant, que nous étions plus souvent hors de la Catalogne qu'à l'intérieur de ses frontières. On m'invitait dans des villes comme Helsinki, Stockholm, Rio de Janeiro, pour y faire des conférences littéraires qui versaient plus dans la politique que dans la littérature.

Je cédais à la tentation d'être l'Écrivain devenu Figure Internationale, c'est-à-dire quelqu'un qui parle plus qu'il n'écrit. Je vivais sur ma graisse littéraire d'avant-guerre ; rien ne me pressait de créer de nouveaux livres ou de nouvelles pièces. La télévision offrait ses moyens et ses facilités pour aider à la projection d'idées élémentaires et à la vulgarisation d'une personnalité, disons, ma foi, assez conforme. Elle était raisonnablement aimée des publics de la télévision, cette personnalité. Ses traits étaient reconnaissables et se prêtaient à la caricature : cigarette au bout du fume-cigarette Dunhill, manié avec autant de grâce qu'un éventail au temps de la reine Anne ; garde-robe venant des meilleurs faiseurs de Saville Row et dont l'élégance conservatrice était contredite par les chemises de toile de Kuala Lumpur, portées le col ouvert, ou les polos crème ; profil aigu et ravagé, adorés des caméras ; léger zézaiement ; jugements dogmatiques sur les mœurs du monde d'après-guerre ; férocité d'emprunt intermittente. La télévision française me connaissait aussi bien que les télévisions anglophones. J'étais capable de modifier l'image du Britannique volontairement compassé en y ajoutant la gesticulation des mains et les patois. Les Allemands n'allaient plus tarder à me voir sur leurs écrans et à m'entendre aboyer.

Hollywood me réservait aussi énormément de travail. *La nourriture des dieux* ne devait jamais atteindre le stade du film, non plus que le projet de comédie musicale sur la vie de Shakespeare, intitulée *Will* ! et que le colossal *Middlemarch* d'après George Eliot, ou autres chimères auxquelles je fus mêlé ; mais j'étais payé, surpayé et logé avec mon compagnon-secrétaire dans des suites Regency aux innombrables téléphones. J'avais, ce dimanche matin à l'hôtel Beverly Wilshire, la satisfaction de savoir que mon travail sur *La nourriture des dieux* était virtuellement achevé. J'avais eu de l'amusement à exercer ma pensée en images de dessins animés très Belle Époque britannique, et à réduire les dialogues de Wells à quelques « Quoi ? Quoi ? » Le lendemain, lundi, je devais prendre l'avion à Los Angeles pour aller faire une conférence dans une université de l'Indiana, tandis que les récriveurs rogneraient et taquineraient mon découpage définitif. Dans cette université, qui portait le nom de son fondateur : Oswald Wisbech, mon neveu John Campion était chargé de cours au département d'anthropologie, alors en pleine expansion.

— Je file, dit Ralph après avoir expédié son steak, ses œufs frits et son litre de café.

Assis, vêtu de ma robe de chambre citron et or, et fumant, je le regardai aimablement. Il avait passé un costume gris de coupe vaguement militaire, des mocassins havane de chez Gucci, une chemise de soie indigo, boutonnée jusqu'au cou et enjolivée d'une main de fathma en argent qui se balançait au bout d'une chaîne de même métal. Je lui payais un salaire qu'il ne méritait guère, je l'habillais, le protégeais, lui donnais mon affection. Je dis :

— Il y a un très gros courrier à dépouiller. Ce soir, quand tu rentreras de ta séance tardive avec Nat Fergana Junior et ses amis, tu seras trop fatigué pour t'en occuper. Demain et après-demain, je ne serai pas ici pour t'aiguillonner au travail. Je ne me plains pas. Simplement, je signale qu'il y a beaucoup de pain sur la planche.

— Oui, f'est fertain, railla Ralph. Mais même les efclaves ont droit à leur dimanfe.

— Autre chose, et je te prie de croire qu'il ne s'agit nullement d'une accusation. En tout cas, elle n'est pas dirigée contre toi. Elle peut fort bien ne viser que ma distraction, pour ne pas dire la stupidité innée qui me pousse à tant d'insouciance. Tu me conseilles toujours de ne pas porter trop d'argent liquide sur moi ; mais je n'y peux rien : je suis né à une époque où l'on avait de l'argent dans ses poches et où l'on s'en servait pour payer rubis sur l'ongle.

— Oh ! allons, Ken, accouche. (Il regarda sa Longines d'un air agacé.)

— J'avais mille dollars, en images, comme on dit. Ils étaient dans la poche intérieure de la veste de mon costume fauve. J'ai regardé en sortant de mon bain : ils n'y sont plus. Inutile de me plaindre à la direction de l'hôtel : elle a affiché une notice sur le danger qu'il y a à garder des objets de valeur dans sa chambre. Et si jamais j'accuse le personnel mexicain, je me réveillerai avec un couteau dans le ventre. J'espère seulement que c'est toi qui as pris cet argent pour me protéger malgré moi, ou me donner une leçon, ou quelque motif bienveillant de cette espèce. Je peux m'offrir le luxe de perdre de l'argent, j'imagine. Mais je déteste être volé. Dis-moi que ce n'est pas le cas.

— Oh ! que si, mon vieux, que si, mon pauvre vieux, c'est sûrement le cas. Je ne les ai pas, tes jolies images. Tu le sais très bien. Ta générosité confine à la bêtise, comme on dit, et je n'ai pas besoin de faire de la fauche dans le noir. Mais je suis désolé des paroles que tu viens de prononcer. Elles créent entre nous une ambiance qui n'est pas trop jolie.

— Je voulais simplement savoir, Ralph, voilà tout. Mettons que j'aurai reçu une leçon précieuse pour m enseigner à prendre garde à mon argent ; désormais je me servirai de chèques, de cartes de crédit ou autres. J'aurai droit à des têtes de Mexicains hilares sur le seuil des chambres que l'on sera en train de faire, lorsque je passerai dans le couloir ; mais, bah ! tant pis. De toute façon nous ne sommes plus ici pour longtemps.

— Oh ! non, ce n'est pas si simple. (Il n'affectait plus de zézayer.) Dans un recoin de ta petite cervelle, tu te joueras des petits sketches. Tu sais bien. Genre : c'est encore ce vilain nègre de Ralph ; il a eu besoin d'un paquet plus gros que d'habitude pour étouffer un chantage ou des dettes de jeu, ou pour aider un pauvre petit garçon nécessiteux comme ceux qu'il rencontre chez ce Nat Fergana. Et dans ma petite cervelle, j'aurai aussi mon petit coin où je te verrais assis comme devant une petite scène de théâtre, en train de regarder un de tes petits sketches. Tôt ou tard, ça devait arriver, j'imagine.

— Ralph, très cher, non, ce n'est pas cela. J'ai déjà oublié cette affaire. Je suis absurdement surpayé par le studio et je peux très bien me permettre de perdre un millier de dollars au bénéfice d'une famille indigente mexicaine, ou autre. Oublie ce que j'ai dit, s'il te plaît.

— Allons donc ! Tu ne pouvais pas t'en empêcher. Tôt ou tard, ce serait sorti. Es-tu sûr d'avoir bien regardé partout, tu sais ? Dans les autres poches, sous le tapis, sous le matelas ? Ne te gêne pas pour fouiller dans ma chambre. Et même sur moi, tout de suite. Puisque je te dis que je ne les ai pas, tes mille dollars ! Tu crois que je ne le sais pas, ce que tu espères ? Tu aimerais voir ma grosse gueule noire se fendre d'un grand sourire plein de dents, tandis que je le sortirais, ton fric, et que je dirais : « Tiens ! mais que ce soit une leçon, mon pote, et cesse d'induire en tentation les mecs sans le sou et sans scrupule. » Mais, ça, y en a pas possible, non, gourance, pas mèche, missié massah. Bon, je peux filer, maintenant ?

— Que fais-tu exactement, demandai-je, chez ce Nat Fergana Junior ? Il danse pour toi ? Il te passe ses vieux films ? Ou bien est-ce de bon et solide *agapê* noir qu'il s'agit ?

— Non, pas *agapê,* dit Ralph, Cherche à *agapes* dans le dictionnaire, un jour où tu auras le temps. Festin communautaire, jeux et ris, mon vieux. Rien d'immatériel. Mais pour ce qui est d'être noir, ça, oui, on ne peut plus noir. Amuse-toi à chercher tes biffetons, en m'attendant. Et tiens, je te fais cadeau d'un beau pet noir pour la gueule de Nick Campanati.

Lequel venait déjeuner avec moi. Le téléphone sonne — trente-six téléphones, c'est-à-dire. J'étais à coté du plus proche et je répondis. C'était une jeune femme qui avait un nom comme Randy Reinhart, était rédactrice littéraire au *Los Angeles Times* et, ô prodige, travaillait ou du moins avait des idées de travail par ce dimanche californien. Elle voulait une interview. Pas ce jour même, non, pas question, bien sûr, mais n'importe quand dans la semaine. Je restai vague, suivant des yeux Ralph qui partait avec de grandes mimiques d'esclave, où il tendait les poings joints comme par des menottes. « Jeudi, à l'heure des cocktails, ici, à l'hôtel ? Épatant ! » Ralph sortait de notre immense salon, traversait le vestibule menant à ma chambre, semblait mettre vingt longues secondes pour atteindre l'entrée, puis la porte claquait très audiblement, et — parti !

C'était une hypothèse que j'avais envisagée, et elle se vérifia : je retrouvai la liasse de billets de cent dollars, entourée d'un élastique, par terre, dans l'obscurité du placard à vêtements de ma chambre. J'entendis aussi la citerne de ma chasse d'eau achever de se remplir. Impossible d'épingler véritablement Ralph : il ne ressemblait pas à Heinz. Je l'avais revu, Heinz, il y avait de cela quelques années : il travaillait dans un bar de la petite station estivale de Sitges, au bord de la mer. Le bar était tenu par un Anglais du nom de Bill Gay, s'appelait le SS, initiales qui pouvaient signifier à volonté Sans Souci, *Stars and Stripes*, tout ce que l'imagination désinvolte du Gay en question était capable d'inventer en réponse aux questions indiscrètes. Gay avait été un agent de renseignement, torturé, comme le Lapin Blanc, par la Gestapo parisienne. Les brassards au svastika et les matraques renforcées d'acier qui décoraient son bar devaient être considérées comme des trophées plutôt que comme des symboles de perversion. Un jour où je me trouvais là avec Ralph, un client britannique ivre avait crié : « Amène-toi, Gay ! » et Gay avait répliqué, en bonne joyeuse : « *Ich habe ein Handel zu mein Nahme,* c'est bien comme cela qu'on dit, Heinz, mon canard ? » Sur quoi un jeune homme blond, outrancièrement bronzé, debout, de dos, près du jeu de fléchettes, s'était retourné après avoir dit à un joueur : « C'est dans la boche, Alf. » Heinz. On l'avait attelé aux travaux agricoles dans le Nord de l'Angleterre, et il parlait maintenant, couramment, un patois anglais. Ralph et lui, avais-je noté non sans un pincement de cœur, par la suite, formaient un adorable couple. « Brillantes étoiles qui clignent au firmament. » Heinz semblait avoir transcendé son racisme. Celui de Ralph n'était pas encore né.

61

Nick, ou Domenico, avait maintenant la soixantaine et la paraissait. Il avait des bajoues, une panse, mais restait assez italien pour s'en moquer. Pas question de fromage blanc maigre et de laitue pour lui. Je demandai que l'on nous montât, dans le salon de ma suite, des spaghetti et des boulettes de viande, suivis d'un énorme steak puis d'une pêche Melba, avec une bouteille de Valpolicella pour faire descendre le tout. Cela, pour Domenico. Pour moi : fromage blanc maigre et laitue. Nous bûmes à loisir des Martini très secs en attendant la consistance. Domenico déroula un magazine, après en avoir tapoté le dessus de verre de la table, tel un chef d'orchestre irascible.

— Tu as vu cela ? me dit-il.

Je pris l'illustré. C'était un exemplaire de *Life* avec le portrait de Carlo Campanati en couverture : en grande tenue de cardinal et tounant son énorme dos au Duomo de Milan, un sourire sardonique aux lèvres, il bénissait le lecteur éventuel. La légende disait : MIRACLES A MILAN. Ces mots, je le savais, ne se rapportaient pas à de vrais miracles, de l'ordre de celui qui avait eu lieu à l'hôpital de Chicago. Ils signifiaient que Carlo s'attachait à prouver l'actualité du christianisme aux ouvriers turbulents des usines milanaises. Il avait joué un très grand rôle dans le règlement de certaines grèves. L'Église, disait-il, en dépit des évidences du passé, avait été fondée pour les travailleurs, non pour les patrons. Il avait rempli le Duomo de prolétaires et leur avait enseigné le message catholique du marxisme. Je dis :

— Je m'en procurerai un exemplaire au stand, en bas.

— Garde celui-ci, garde-le, garde. Je n'en ai rien à foutre.

— Tu lui en veux toujours, Domenico. Tu n'as pas oublié ton *coïtus interruptus*. Tu as dû t'en payer beaucoup d'ininterrompus, depuis, pour compenser, non ?

— J'ai ma claque des femmes. Sindy a filé avec son salopard de Mexicain, tu le savais ?

Sindy était Cynthia, née Forkner, starlette de Caroline du Nord et troisième femme de Domenico. Peut-être vou'ait-elle des enfants.

— Non, je l'ignorais, répondis-je. Dois-je te plaindre ?

— Le temps est venu pour moi de dire adieu à beaucoup de choses. Terminé, Hollywood. Fini de barbouiller de merde auditive des kilomètres de bande de son. Je veux recommencer à écrire de la vraie musique. (Ce *recommencer* n'était peut-être guère le mot propre.)

— Tu as eu, dis-je, un Oscar pour ce film adpaté de Dostoïevski. Tu composes une des meilleures musiques de cette fichue industrie. Que veux-tu de plus ? Écrire une symphonie ?

— Non, un opéra, quoi d'autre ? Milan a déjà ce jean-foutre de Carlo. Il est grand temps que Milan m'ait aussi. Le livret sera de toi.

Je ne dis rien sur l'instant. J'allai ouvrir la porte au garçon letton et à sa table roulante chargée de plats couverts. Je ne dis rien non plus pendant qu'il disposait le tout et tirait des sièges devant la table. Je signai la note et donnai deux dollars de pourboire. « Bon déjauné, messieurs », dit le garçon, avant de sortir en traînant les pieds. Domenico se mit aussitôt, férocement, à l'œuvre. Une rosée d'intense application perla sur le dôme brun et chauve de son crâne.

— J'ai déjà écrit un livret, répondis-je enfin tout en picorant avec ma fourchette. L'entreprise s'est révélée un gâchis de temps pour moi. J'imagine que tu as en tête un grand *opera seria*, en trois actes et tout le bataclan ? Un grand machin d'une magistralité archiépiscopale ?

— Ce premier truc était un pari ; nous étions jeunes tous les deux, en ce temps-là. Cette fois, c'est du cousu main. J'ai vu Giulio Orecchia, au Met de New York, il y a six ou sept semaines. Il m'a dit : « Oui, trois fois oui, tu aurais dû commencer hier. » Tu as bien une idée, non ? Je veux un livret au début de l'automne, dernier délai.

— Tu n'as pas profité de ton séjour à New York pour faire quelques visites familiales ? As-tu au moins vu ta petite-fille ? Elle pousse, tu sais. (Il s'agissait d'Ève, une jolie petite espiègle blonde qui me disait « toncle », pour grand-oncle.)

— Écoute, Ken, j'ai épousé trois familles et je les ai évitées toutes les trois comme la peste. C'est le seul moyen d'y résister.

— Cette famille-ci est quelque peu différente, Domenico. C'était la première. L'Église dirait même que c'est la seule. Donc, tu n'es pas allé voir Hortense ?

— Non, je ne suis pas allé voir Hortense. Je suis désolé de ce qui est arrivé à Hortense, mais je ne suis pas allé la voir. Ce qui est fini est fini.

— Elle s'appelle toujours Mme Campanati. C'est sous ce nom qu'elle achève son œuvre d'art magistrale pour Milan. C'était bien, de la part de Carlo, de lui obtenir cette commande. Elle avait besoin de cela pour cesser de ruminer.

— Qu'est-ce que c'est que cette histoire ? (Il me fixait d'un regard noir, plein de suspicion et de peur à la fois. Ses lèvres, qui restaient indifférentes, aspirèrent des spaghetti.) Qu'est-ce qui se mitonne ?

— Il s'agit d'un bas-relief représentant la carrière de saint Ambroise, patron de Milan, distingué et lointain prédécesseur de Carlo à son présent poste. Elle y travaille dans son nouvel atelier plus grand, au Village, et cela promet d'être très impressionnant. On y voit l'enfançon Ambroise, les lèvres environnées d'abeilles ; on le voit, évêque, excommunier l'empereur Théodose ; on le voit bouter les ariens ; on le voit, formidable, musclé, nu...

— Nu ?

— Plus ou moins. Je crois me souvenir de la mitre et de la crosse en même temps que d'une nudité musculaire. Il semble bien que ce soit ce qu'elle ait fait de meilleur. Le nom de Campanati va devenir très célèbre à Milan. Un grand archevêque, un grand sculpeur, et ensuite toi. Si tu y parviens.

— C'est mon nom avant d'être le leur. Bon Dieu ! Qu'ont-ils donc à m'en vouloir, tous ? C'est pour quand ça ? Elle doit le livrer quand, son sacré bazar blasphématoire, cette *puttana* qui s'appelait ma femme ?

— Comment sais-tu que c'est blasphématoire ? Et qu'est-ce qui t'autorise, toi, le spécialiste de la polygamie sérielle, à te poser en moralisateur ?

— Elle vit avec cette garce noire, non ? Quand est-ce censé être prêt, son truc ?

— L'inauguration officielle est prévue pour le jour de la Saint-Ambroise, dans deux ans. Le 7 décembre, si j'ai bonne mémoire, lendemain de la Sain*-Nicolas. L ensemble devra être expédié par bateau et monté. Bon Dieu, ajoutai-je. car l'idée d'un livret venait de me frapper. Quelle absurdité as-tu en tête, Domenico ? Est-ce que tu te proposerais d'essayer de te faufiler avant celle qui fut ta femme — et qui le demeure, incidemment, même si elle a été la première, mais passons. Est-ce que tu rêverais d'entrer en fanfare à la Scala pendant que saint Ambroise voguerait encore en haute mer, le nez tourné vers Gênes ? Tu sais bien le temps qu'il faut pour mettre en scène un opéra.

— Il y a des moyens de gagner du temps. J'emmène avec moi ce garçon, Vern Verola.

— Qui, dis-tu ?

— Vern Verola.

— C'est un nom d'emprunt ou quoi ?

— Vern est le diminutif de Vernon. Il peut me donner un coup de main pour l'orchestration. (Domenico en était à la pêche Melba, qu'il engouffrait rapidement, le temps étant compté.)

— Tu l'emmènes, c'est-à-dire ? Tu quittes l'Amérique ?

— Et comment ! J'ai tiré de ce pays tout ce qu'il pouvait me donner, et d'abord de l'argent. Je vais m'installer à Menton, Nice ou ailleurs, pour travailler en paix. Bon, alors ce livret ?

— Saint Nicolas, dis-je.

Il me regarda plusieurs secondes avec de grands yeux, sans cesser de mâcher, puis dit :

— Un opéra sur un saint ? Ça ne se fait pas. Les saints, c'est bon pour des oratorios. Tu n'as qu'à voir : Mendelssohn, Haendel et autres tas de merde.

Il avala une énorme cuillerée de crème glacée comme s'il s'était agi de quelque chose de brûlant ou d'acide. Je lui expliquai l'idée. Il écouta.

— Tu comprends, dis-je, tu pourrais partir de la légende de la résurrection des trois jeunes hommes dans le lardoir, pour en faire une sorte de prologue hautement stylisé. Ensuite, tu passes au réalisme pour la vraie histoire. Le premier des fils adoptifs essaie de transformer la maison de Nicolas en bordel et Nicolas cède aux tentations de la chair. Après quoi, bien entendu, il se flagelle, se sanctifie et se prépare au concile de Nicée, pour y dénoncer l'hérésie arienne.

— Oh là là, Jésus !

— Jésus, le Père et le Saint-Esprit, pour être exact. La négation du dogme de la Trinité. Arius prétendait que le Fils n'était pas coéternel du Père.

— Comment veux-tu mettre ça dans un opéra ? Où es-tu allé chercher toutes ces foutaises ?

— L'idée de base vient d'une nouvelle d'Anatole France... Le second fils adoptif falsifie des documents pour prouver que Nicolas est au moins aussi hérétique qu'Arius, et même plus, et l'acte se termine sur une grande dénonciation chorale. Le troisième acte ouvre sur Nicolas vêtu de toile de sac et couvert de cendre — tu le vois ? Il est contraint au repentir. On lui rend son évêché ; mais le troisième fils adoptif, devenu chef militaire entre-temps, va procéder à un grand carnage de femmes et d'enfants, au nom de Dieu. Les ennemis sont les ariens, et Nicolas est censé être un partisan acharné de leur extermination. Mais, à la fin, on lui apporte le cadavre mutilé d'un enfant et tendant ce jeune corps sur ses bras, il lève les yeux vers le Dieu invisible et dit : « Que signifie tout ceci ? Que se passe-t-il ? Pourquoi m'avoir laissé ressusciter des misérables, si Tu savais ce qu'ils allaient faire ? » Et rideau. Non, mieux : pour mettre toutes les chances de notre côté, épilogue, stylisé comme le prologue, où Dieu déclare — je vois très bien cela à la manière des illustrations de Blake pour le Livre de Job — qu'il ne s'agissait que de justes tentations pour éprouver un homme destiné à la sainteté. Et comme Nicolas a traversé l'épreuve sans maudire Dieu, il gagne. Apothéose.

— C'est quoi, ce mot ?

— Il monte au ciel... Naturellement, ce n'est qu'une première ébauche. Qu'en penses-tu ?

Domenico nous servit du café — il y en avait un grand pot d'étain — et se renversa dans son fauteuil pour mieux se caresser la bedaine. Visiblement, il réfléchissait en musicien, par grosses séquences sonores, plutôt qu'en fonction de l'intrigue, de la psychologie des personnages et autres réalités ennuyeuses que l'on laisse volontiers à l'humble enfileur de mots. A la fin, il rendit son verdict :

— Ça manque d'un grand rôle pour un soprano.

— Peut-être, mais pas pour un grand ténor, foutre.

— Il y a trop de bonshommes, au total.

— Que fais-tu des putains et des mères en larmes ? Sans compter des tas d'anges, si tu veux.

— Pourquoi est-ce que, dans le trio, il n'y aurait pas une fille ? Elle s'est déguisée en garçon, et les deux autres pourraient être des moines en rupture de monastère, et ils ramassent la fille, qui s'est elle-même enfuie d'un couvent. Nicolas ne le découvre qu'au premier acte, après ton truc, là, ton prologue. Et rien n'empêche que la fille soit une vraie garce. Un garce noire, même.

— Tu y es, Domenico, tu es dans le vif du sujet. Alors, qu'en dis-tu ?

— Fais un essai. Fournis-moi un découpage.

— Qui paie ?

— Allons, bon Dieu ! Comme si tu ne connaissais pas le show-business ! C'est le public qui paie. Surtout pas trop de bla-bla, n'oublie pas. Des morceaux de bravoure, oui. Des solos, des quatuors, des chœurs. Vas-y, fonce, c'est parti.

— Et *toi*, donc ! Tu peux te coller au prologue tout de suite : il n'y a pas de paroles. Je vois assez cela comme une petite suite de ballet, que tu pourrais faire jouer, tiens ! en plein air, au Bowl de Hollywood, d'ici une semaine ou deux. Il faut quelque chose de tempéré, de préraphaélite, du Debussy jeune. J'entends déjà cela.

Domenico s'essuya la bouche, le visage et enfin le crâne, avec sa serviette. Il se leva comme s'il avait été prêt à commencer tout de suite. Il dit :

— Et qu est-ce qu on met comme titre ?
— *Le miracle du très saint Nicolas*
— On a l'air de leur annoncer le contraire de ce qu ils verront
— L'intention est ironique
— Bon, vas-y, au travail, Ken. Merci pour le déjeuner
— Remercie mes employeurs.

Cet après-midi-là, je lus le long article de *Life* sur Carlo. Il était écrit par un journaliste dont le nom aurait pu être celui d'un *mafioso* : Turiddu Genovese. Et il regorgeait des Bons Mots, des Adages et Aphorismes de l'archevêque de Milan. J'avais le sentiment que c'était fini, que Carlo n'avait plus une seule chance de — selon sa propre expression — décrocher la tiare. *Life* faisait de lui, prématurément, une personnalité mondiale sans la caution du statut afférent : après tout, il n'était qu'un prélat de province. Il serait sorti de l'actualité lors de la prochaine élection pontificale : sa valeur de gros titre était brûlée, à cet égard, bien avant terme. Et ses collègues cardinaux ne seraient pas enthousiasmés non plus de le voir hissé à des sommets stellaires. Si *Life* le célébrait, *Stern*, *Paris-Match*, *Hosch* et *Kochav* devaient également être prêts, eux aussi, à « sortir » en couverture sa grosse trogne laide et bénisseuse, si ce n'était déjà fait. Bien que le début de l'article montât en épingle le rôle joué par Carlo en 1929, à l'époque où le Vatican s'était transformé en un formidable instrument de capitalisme, il était impossible que le grand patronat turinois et milanais prît aimablement la façon dont il épousait à présent le parti des travailleurs, dans les querelles qui les opposaient aux industriels. Voici ce que disait Carlo Campanati de Carlo Marx :

> La plupart de ceux qui se disent marxistes n'ont jamais lu les œuvres de ce réformateur remarquable. J'ai consacré beaucoup de temps à l'étude de ses œuvres dans le texte original allemand, sans y trouver rien de ce matérialisme athée que l'on a si stupidement loué. La pensée de Marx a été défigurée par les chefs politiques de l'Union soviétique, notamment par Joseph Staline. Songez à cet homme qui, ramenant à la maison, à Soho, à Londres, sa femme et ses enfants après un pique-nique sur la lande de Hampstead, récitait chant après chant du divin Dante et trouvait en ce poète la sublime vérité dont se nourrit l'âme humaine, alors que les réformes économiques et les révolutions sociales ne profitent qu'au corps. Marx savait que l'homme ne vit pas seulement de pain.
>
> Marx souhaitait que l'humanité, en général, les travailleurs, non les capitalistes, découvrissent le pouvoir moral et se vissent accorder la justice sociale. Telle a toujours été l'aspiration de l'Église du Christ, qui enseigne qu'un chameau ne saurait passer par, etc., etc. Marx prônait le principe dynamique du changement social, la longue lutte nécessaire à l'amélioration de la condition matérielle du peuple, auquel doit être donné loisir de songer à des choses plus élevées que sa seule subsistance. L'Église enseigne que la grâce de Dieu œuvre lentement, comme un levain dans l'épaisse pâte de l'histoire de l'humanité, laquelle pâte a

> été, dans l'ensemble, jusqu'ici fort indigeste. Plus que tout, Marx a mis l'accent sur la bonté foncière de l'homme, bonté trop souvent obscurcie par la misérable obligation du besoin de survivre qu'impose le capitalisme. L'Église nous dit que l'homme est créature de Dieu, donc parfait, et que ses imperfections sont l'œuvre de l'ennemi de Dieu. Quant à la société sans classes, je la vois comme l'analogue de la communion des saints. La Russie blasphème en prétendant être l'Église Triomphante. Nous avançons lentement vers le triomphe final, mais il n'est pas donné à l'homme mortel d'y atteindre.

Les apophtegmes attribués à Carlo étaient spécieux, dignes du *Reader's Digest*. Exemple : « Le Christ considérait l'alcool comme aussi nécessaire que le pain. Il s'est changé lui-même en l'un comme en l'autre, et il continue. » Ou bien : « Le whisky et Dieu ont beaucoup en commun : tous deux sont esprit. » Ou encore : « L'acte sexuel trouve son accomplissement dans un miracle de neuf mois, non dans un frisson et un éternuement de deux secondes. » Et, à propos des déesses du cinéma italien : « Dieu a fait les seins de la femme. Il a aussi fait le soleil dans le ciel. Les uns comme l'autre obligent à fermer les yeux. » Et aussi : « Hollywood proclame, à l'égal de Belsen, le peu de valeur de la chair humaine » (mais le mot n'était-il pas de moi ?) Et puis : « On a besoin de bien manger avant d'écouter un mauvais sermon... La vie simple ne l'est que trop... On ne s'essouffle pas à descendre... Un bon repas, c'est Dieu le Père. Un bon vin, Dieu le Fils. Un bon cigare, le Saint-Esprit. A l'heure des repas comme à toutes autres, je crois en la Sainte-Trinité... Il est des gens qui voient rouge en me regardant : j'étais destiné au cardinalat... Le bien et le mal ont chacun leur odeur. Le bien fleure bon la chair de l'enfant ; le mal sent mauvais comme ses couches... Le mal vient de l'inattention plus que de l'attention. Les Allemands ayant fermé les yeux un instant, Hitler se faufila... La chute de l'homme, comme celle des feuilles, a été suivie d'un long hiver. Mais je crois que nous arrivons au joli mai... Le premier devoir d'un gouvernement est non pas de gouverner, mais d'exister. On peut dire la même chose de l'amibe... Nous avons besoin de prêtres, hélas ! D'éboueurs, hélas ! Les deux sont la conséquence de la Chute... Les gens demandent pourquoi le Rédempteur est né en Palestine, sous le règne de César Auguste. S'il était né dans le Wisconsin, sous le règne du président Truman, ils en demanderaient aussi la raison. Moi je dis : Pourquoi pas ?... Un juif n'est jamais qu'un chrétien sans Christ. » Et ainsi de suite. Ces maigres petites épigrammes étaient présentées dans des encadrés et parsemaient l'article.

Il y avait un paragraphe sur la famille de Carlo — la mère qui était morte en essayant d'abattre Himmler (pas d'allusion à mon rôle honteux dans l'événement), le frère assassiné par des gangsters de Chicago, l'autre frère compositeur et lauréat d'un Oscar à Hollywood, et, comme un oubli mollement réparé, la sœur mère supérieure Trop de lustre d'un coup. Sans compter les applica tions pratiques de la charité de Carlo : les trois quarts de l'archevêché abritant des sans-foyer. Rien de cela n'allait, ou plutôt, c'était aller trop vite. A croire — mais c'était impossible, bien entendu — que Carlo employait un attaché de presse. En réalité, il se passait du nouveau dans l'Église, et la nouveauté fait les nouvelles. Je l'ignorais à l'époque, mais le vrai terme était : *aggiorna mento.*

Je me couchai tôt, après avoir mangé un steak et bu une bouteille de mauvais rosé de Californie. Ralph rentra très tard, en proie à une colère noire, et me secoua jusqu'à ce qu'il m'eût réveillé. Il semblait sentir le sperme de toute une diversité d'hommes, ainsi que la fumée d'une herbe douceâtre.

— Espèce de salaud ! me cria-t-il. Bande de salauds que vous êtes, ajouta-t-il, passant tout à trac au pluriel collectif. Vous nous avez privés de passé et d'histoire. Tu te rends compte, mec ? Nous n'avons même pas de bon Dieu d'histoire. (Son discours s'était beaucoup encanaillé au contact de ses amis du dimanche, y compris le grand chanteur et danseur noir Nat Fergana Jr.) Tas de dégueulasses, vous nous avez tout pris, même notre sacrée foutue putain d'histoire. Les esclaves sont sans histoire, tu n'y avais pas pensé, hein, à ça, mon salaud ?

— Ralph, dis-je avec lassitude, je refuse d'endosser la responsabilité des méfaits perpétrés par une poignée de propriétaires d'esclaves anglo-saxons. Ceux que tu devrais accuser reposent en paix, au fond de tombes luxueuses. Laisse-moi aussi reposer en paix. Mets-toi au lit et dors.

— Non, je coucherai tout seul, dans mon lit à moi. J'en ai rien à foutre, de toi et de tes couilles blanches, salaud ! Rien que de voir ta saloperie de peau, j'ai envie de vomir.

— A ta guise, très cher Ralph. Souviens-toi seulement, s'il te plaît, que j'ai un avion à prendre très tôt demain matin. Et, ajoutai-je, fais quelque chose pour toute cette correspondance en souffrance veux-tu ? J'ai griffonné des éléments de réponse. Il ne te reste plus qu'à les développer, en bon anglais froid et correct.

— Je l'emmerde, ton bon anglais ! Vous nous avez volé jusqu'à notre putain de langue. J'y répondrai quand je m'en sentirai, à tes lettres, sale cochon de Blanc, et je leur dirai d'aller se faire foutre, à tous ces salauds.

— Entre parenthèses, dis-je, merci d'avoir rendu les dix, euh, images. Le geste était honnête, bien qu'un peu furtif.

Il dansa, mais de fureur et sans le sourire éclatant de gentillesse de Nat Fergana Junior.

— Salaud, fumier, porc ! Je n'y ai jamais touché à ta saleté de fric, tu entends ? espèce de puanteur blanche. Écoute-moi bien, face de craie, je me tire d'ici, j'en ai ras le cul, tu n'as qu'à y répondre toi-même, à ton courrier de merde !

— Entends-tu par là que tu désires mettre un terme à ton emploi ?

— Hâ, hâ, hâ ! laisse-moi rire, vieux pet quinteux, antiquité moisie. Oui, c'est exactement ce que je veux et ce que je vais faire, espèce de crevure décadente et d'étiolé moribond. Salaud de fils de pute blanche !

J'avais déjà eu droit à ce genre de franches insultes et de rébellion moins sincère de la part de Ralph, et je savais que j'y aurais encore droit. Fatigué, je lui répétai de se coucher et de ne pas faire l'imbécile ; mais, après avoir bombardé avec mes brosses à cheveux la boîte à climatisation, aspergé le tapis de lotion capillaire et arraché mes draps, il sortit en tapant des pieds et en hurlant. J'entendis une lampe chavirer dans le salon. Puis, ce qu'il avait encore à me crier de sa chambre devint inaudible avec la distance

62

Le garçon susceptible qui refusait de faire l'amour parmi les faibles relents de bœuf à l'oignon de l'appartement de Baron's Court, s'était métamorphosé en une sorte de Walt Whitman, de poète prophète tout barbe et cheveux gris insoumis. Il était assis au premier rang des fauteuils de l'auditorium Agnes Watson et, comme j'entrais par une porte latérale en compagnie du Professeur Korzeniowski, il me lança un « Salut, ma vieille ! » dans le plus pur style poilu de la Première Guerre mondiale. Fronçant les sourcils, j'arrêtai mon regard en même temps que mes pas.

— Val, poursuivit-il. Wrigley. Poète résident. Hardi ! Monte là-dessus, vas-y, fonce, et pour l'amour du ciel tâche de ne pas être ennuyeux comme la fumée.

De même qu'il fallait bien que Jésus fût né quelque part, il fallait bien que Val Wrigley vécût quelque part, et pourquoi pas, dans ce cas, au campus de l'université Wisbech, dans l'Indiana ? Ce n'en était pas moins une surprise.

— Je n'ai pas oublié, dis-je. Tu m'as salement trahi alors.

— Oh ! ça va. Grimpe sur cette estrade.

J'y grimpai donc et j'attendis, avec le Professeur Korzeniowski à côté de moi, que le carillon de l'université, installé très haut au-dessus de l'auditorium Agnes Watson, célébrât la quatrième heure, dans une envolée où les nobles accents de *Mon pays c'est toi que je chante* flottaient comme une substantifique moelle dans une épaisse ragougnasse d'harmoniques. Je contemplai les cinq cents étudiants et étudiantes et la faculté. Ma mémoire a tendance à se représenter tous les étudiants des deux sexes en jeans et les cheveux à l'afro ; mais nous en sommes encore pour le moment aux années 50 : ils étaient costumés en jeunes gens bien. Le professeur Korzeniowski, spécialiste de Spenser (le seul homme, à ma connaissance, qui ait jamais lu *La Reine des fées* de bout en bout), n'était apparemment nullement qualifié pour présider à ma conférence : il ne lisait pas de romans, devais-je apprendre par la suite. Il est vrai que comme Spenser j'étais un écrivain britannique

Peut-être Val Wrigley avait-il suggéré, en vraie folle du logis, un certain rapport entre le titre du long poème de Spenser et ma propre condition. Toujours est-il que Korzeniowski, avec sa calvitie et son accent des grandes plaines à maïs du Middle West, me présenta comme un romancier britannique distingué qui allait disserter sur ce qu'il en est d'être ce qu'il était — mais le voici en personne ; mes amis, je vous présente Kenneth, Marchal, Toomey !... Je parlai sur un ton familier de la fiction comme métier plutôt que comme art. Engagement politique ? Engagement social ?

— Je me souviens d'avoir entendu ces mots surgir dans une conversation à laquelle participait Ernest Hemingway, lors d'un séjour que je fis dans son espèce de baraque délabrée, parmi la chaleur humide de sa petite jungle personnelle, à Key West. Un auteur, disait-il, à sa façon brutale, ne devrait envisager d'autre engagement que celui de son fond de culotte envers le cul de son fauteuil. Thomas Mann, lui — c'était, cette fois, à Hollywood — prétendait que l'écrivain est essentiellement un être humain qui aligne des mots sur le papier sans être très sûr de leur sens. Tout ce qu'écrit un auteur est allégorie d'autre chose, et c'est la tâche du critique de débattre de ce qu'est cette autre chose. Ceux d'entre vous ici présents qui aspirent à devenir des romanciers ne doivent pas oublier, je les en prie, que les mécanismes de cet artisanat sont plus importants que le fait d'aller à la pêche des vérités ultimes ou que la volonté de changer le monde. Si votre œuvre change le monde, ma foi, ce ne sera pas à cause d'un propos délibéré de votre part. Quant à la vérité, Ponce Pilate a posé à son sujet une excellente question, bien que le choix de l'heure et du lieu ait été malencontreux. Je me souviens de l'actuel archevêque de Milan me disant quelque chose en ce sens, à Chicago, je crois bien...

Je truffais libéralement mon discours de noms, et j'ajoutais, en prime, des bons mots de mon cru, destinés à rappeler à mes auditeurs que tout auteur est, au premier chef, un être humain, faillible et imparfait. T.S. Eliot conservait des morceaux de fromage dans le tiroir de sa table de travail, dans les bureaux des éditions Faber and Faber à Russel Square, Londres. H.G. Wells était porté au satyrisme. James Joyce qualifiait son vin blanc préféré d'« urine d'archiduchesse »... Je parlai jusqu'à ce que le carillon martelât, sur un *Yankee Doodle* triste, mais incrusté des brillants de scintillantes harmoniques, les cinq coups de l'heure du thé. Y a-t-il des questions ?

— Qu'est-ce qu'il a dit, votre gars, là, Poncho Quelque-chose, sur la vérité ? (Cela venait d'une grande fille aux cheveux roux frisottés, assise non loin des premiers rangs.)

— Juste ciel ! dis-je. Vous ne connaissez donc pas votre Nouveau Testament ?

— Mon nouveau quoi ?

— N'importe. Quelqu'un aurait-il la gentillesse d'éclairer cette jeune personne ?

Après un temps, un volontaire se décida. Un jeune homme qui avait l'air mélanésien se leva ensuite pour déclarer :

— Je ne suis pas d'accord avec vous, monsieur. Surtout quand vous prétendez qu'un écrivain ne sait pas ce qu'il écrit. Tout de même, les écrivains importants disent des choses importantes, et savent qu'elles le sont, sinon ils ne les écriraient pas. Exemple God Manning.

— Qui ?

Il y eut de l'amusement et un brin d'irritation devant mon ignorance, au centre droit de l'assistance. Plusieurs voix jeunes répétèrent le nom. Une grosse fille au teint blême, vêtue d'un violet qui ne lui allait pas, se dressa pour m'éclairer :

— Celui qui a écrit *Appelle et je répondrai.* Godfrey Manning. Mais on dit « God » tout court, comme Dieu.

— Je vois, dis-je, déconcerté. Il s'agit d'un théologien, si je ne m'abuse ? Il proclame sa qualité dans son petit nom. Je crains que la théologie ne soit pas mon fort.

— La voie et la vérité sont la providence de chacun et de tous, reprit la jeune fille. Je n'ai pas lu vos livres, mais vous me semblez être plutôt frivole, je dirais.

— Peut-être, répliquai-je en souriant (mais non sans une sourde colère), oui, peut-être est-ce parce que je suis plutôt vieux, *je dirais.* Je laisse le sérieux à la jeunesse.

— Ça aussi, riposta-t-elle, c'est plutôt frivole, je dirais.

— Restons-en au roman, rappela avec une certaine justesse mon président de séance.

Un membre de la faculté se dressa, lunettes jetant des éclairs à la lumière électrique, et demanda :

— Avez-vous des informations précises sur ce qu'il est advenu en définitive de Jakob Strehler ?

— Strehler, répondis-je, a rejoint les millions de juifs de l'holocauste. Je l'ai vu prendre le chemin de la prison et, je n'en doute pas, de la chambre à gaz finale. Il est parti d'un cœur assez léger. Il savait que son œuvre était achevée et qu'il survivrait aux bouchers nazis. (Une âpre allégresse montait en moi.) J'ai tenté de faire évader Strehler du Reich. Il répugnait à l'idée d'être ainsi passé en contrebande. Nous étions tous deux coupés du vaste et terrible monde de l'actualité et des événements, loin de nous douter que la guerre avait éclaté, lorsque les forces de l'ordre sont venues nous arrêter, lui, comme juif, moi, comme Britannique et ennemi. J'ai parlé à la radio nazie, pour prix du droit de sortir du Reich. Je n'ai rien dit contre ma patrie. Votre poète résident ici présent, mon vieil ami Valentine Wrigley, fit grand bruit à l'époque, dans la presse britannique, de cet acte de raison, en le qualifiant d'acte de trahison. Je suis heureux d'avoir ici l'occasion de l'inviter à retirer cette insulte pernicieuse et inamicale.

Il y eut un frisson dans l'assistance devant cette prime inattendue : l'irruption du scandale. Val resta assis, les bras croisés sur le ventre, un large sourire illuminant sa formidable barbe grise de poète. Sans se lever, il dit d'une voix qui articulait chaque mot :

— Je ne retire jamais mes paroles. M. Toomey aurait dû défier l'ennemi et souffrir joyeusement l'internement. M. Toomey, mon vieil, ou devrais-je dire ancien ami, fit preuve, en l'occurrence des qualités qui ont entaché toute sa vie comme son talent — je n'emploierai pas le mot art, pas plus qu'il ne le ferait, d'ailleurs, rendons-lui cet hommage. J'entends par là qu'il a choisi l'issue de la facilité : la voie du compromis.

— Est-ce que, raillai-je, comprenant trop tard que je n'aurais pas dû provoquer une telle situation (pas ici, en tout cas, en présence de cinq cents inconnus), est-ce que votre carrière a été si différente ?

— J'ai, répliqua Val, exercé un art rigoureux avec le minimum de bénéfice financier. J'ai écrit ce que je voulais, non pas ce que demandait le public. Je me suis dressé contre l'Etat oppresseur des opinions et des pratiques de certaines minorités. J'ai passé en prison un temps — bref, il est vrai, j'en conviens — parce que je suis ce que je suis et non ce que les dieux de la norme voudraient que je fusse. M. Toomey est devenu prospère grâce à ses ventes. Une de nos étudiantes a trouvé pour lui le mot juste : *frivole.* Je n'eusse jamais prononcé aucune de ces paroles, si M. Toomey ne m'y avait expressément invité. Il désirait une rétractation. J'estime avoir le droit de déclarer pourquoi je me sens incapable de la lui accorder.

Quelques mains applaudirent. J éprouvai ce froid terrible bien connu de l'orateur qui découvre que son public se retourne contre lui. Il fallait hisser les grandes voiles de la rhétorique.

— J'ai consacré ma vie, m'écriai-je, à la production d'objets conçus pour plaire, pour embellir la vie et soulager le chagrin. Qu'y a-t-il donc de si terrible à vouloir distraire ? Est-ce une récompense si abominable que de voir son œuvre lue et aimée, profondément, comme c'est le cas pour la mienne ? J'ai été le serviteur loyal du public. Je lui ai apporté pendant plus de quarante ans une part de divertissement, de réconfort et, je crois pouvoir le dire, de joie. Si j'ai reconnu qu'il ne m'était pas donné d'atteindre les sommets les plus sublimes de l'art, je sais du moins où gît la véritable excellence, et j'ai risqué gros pour sauver la vie de l'un des plus éblouissants exemples de l'exigence littéraire. En échange de quoi, j'ai été vilipendé, et ce, par un camarade et compagnon de métier, œuvrant comme moi dans les carrières laborieuses où l'on extrait du langage le marbre de la vérité.

— C'est quoi, la vérité ? demanda une voix qui, d'après sa résonance, devait appartenir à un membre de la faculté.

Val se leva et clama — et quelle surprise étrange pour moi, qui ne l'avais jamais vu témoigner de la moindre connaissance des œuvres de Shakespeare, d'entendre des mots du grand Will tomber de ses lèvres (et la barbe n'y faisait rien) :

— Ceci d'abord et par-dessus tout : « Sois fidèle à toi-même ! »

Et il fit une sortie imposante, terrible comme un prophète, par la grande allée centrale, applaudi et même acclamé.

— Nous sortirons par la porte de derrière, me dit le professeur

Korzeniowski. (Ce que nous fîmes, en passant par les coulisses.) La séance, reprit-il, ne s'est pas tout à fait achevée, disons, de la façon que nous aurions, n'est-ce pas, souhaitée. (Je notai les césures de la circonlocution spensérienne.) Wrigley, poursuivit-il comme nous trébuchions sur des câbles électriques dans la pénombre des coulisses, a presque terminé son année chez nous Comme une chaire permanente ne l'intéresse pas, il se sent libre de scandaliser. Il l'a déjà fait, et il recommencera avant son départ. La suite de poèmes qu'il écrit actuellement, et qu'il déclame très fort à sa classe de création littéraire, est proprement scandaleuse. Comme sa conduite à l'instant. Naturellement, il est populaire auprès des étudiants. La popularité est une sirène qui chante sur un écueil. On ne doit jamais chercher à l'atteindre, du moins à mon avis.

Et puis, comme nous débouchions au soleil après avoir franchi une porte, je le vis et il me parut la proie d'une foule de sentiments : confusion, regret, embarras, reproche. J'avais revendiqué la popularité, et voilà que c'était devenu un péché. Et c'était Val, l'impopulaire, qui était maintenant populaire. Le professeur Korzeniowski s'était laissé arracher à son Séjour de Béatitude pour présider à mon impopularité ; mieux valait pour lui se débarrasser de moi.

— Vous trouverez votre neveu, me dit-il en pointant le doigt, là-bas au Pavillon Wilmore Wertmueller. Il est assez aimé.

Par-delà les petites congères des bâtiments bas qui constituaient l'université, la platitude infinie de l'Indiana étalait au soleil l'hypermétropie de son paysage. Il y avait une faible odeur de ketchup dans la brise douce de mai. Une usine de traitement des tomates se dressait à quinze cents mètres de là. Un garçon contrefait, lunettes et bouche ouverte par le désir de bien faire, boitilla vers nous. Sous son bras, il portait des livres de linguistes américains distingués, Sapir et Bloomfield entre autres.

— Je vous demande pardon, monsieur, dit-il, ma curiosité a été éveillée par la présence d'une sorte de sigmatisme caractérisé, commune à vous-même et au professeur Wrigley. Vous avez dit *fagrin*, et lui, *fois fidèle*. Est-ce là une façon de parler typique du Britannique cultivé ?

— Espèce de sot, ôtez-vous de mon horizon, dis-je avec une parfaite sibilance. (Il ne parut pas comprendre. Je me radoucis.) Lisez l'ouvrage du professeur Sotov sur ce phénomène.

Il me remercia.

John, le professeur John Campion, faisait un cours à un petit groupe d'étudiants sur, me parut-il, certains aspects de l'anthropologie linguistique ou de la linguistique anthropologique.

— Le spécialiste de la linguistique, disait-il, se méfie de l'élément sémantique de son sujet. Phonèmes et morphèmes ne lui posent pas de problèmes ; mais, dès lors que l'on aborde l'étude de la signification, l'on est en pleine culture. Et qu'est-ce que la culture ? Selon A.L. Kroeber, c'est : « Ce plus grand tout qui est la propriété commune de tous les groupes humains et qui distingue très nettement l'espèce humaine des autres espèces animales. » L'on ne saurait mieux définir l'objet des études anthropologiques. Les linguistes, déclare Kroeber, établissent un parallèle entre la culture et l'élément lexique de leur sujet, mais, ainsi que le fait remarquer le professeur Borghese, ils préfèrent l'étude des formes parce que, dès qu'ils ouvrent à la signification la porte du laboratoire, elle est arrachée à ses gonds et la vie se rue à l'intérieur comme une bande de butors en folie.

« Le problème de la signification ne nous devient évident que lorsqu'il nous apparaît sous l'éclairage d'un contexte anthropologique. Considérons ce que disait récemment le professeur Eugene A. Nida dans son ouvrage *Linguistique et Ethnologie*, dans lequel il examine le travail de traduction du missionnaire armé de sa bible, pionnier traditionnel de l'enquête anthropologique. Prenons le cas particulier avec lequel s'est trouvé aux prises un missionnaire, justement : il désirait traduire l'expression *lettre de divorce*, telle qu'on la rencontre dans l'Evangile selon saint Marc, 10, 4, dans le langage des Totonacs du Mexique. Or, lorsque le Totonac veut divorcer, il paie le secrétaire de mairie pour qu'il raie son nom des registres de l'état civil. Si le divorce a lieu par consentement mutuel, le tarif est bas ; s'il est réclamé par une seule des parties, le tarif augmente très sensiblement. Mais toute l'opération est considérée comme légale et le mot, en totonac, pour dire *divorce* est étymologiquement : *suppression de nom.* Si l'on traduisait *lettre de divorce* littéralement, c'est-à-dire : *lettre déclarant qu'un homme quitte sa femme*, le Totonac serait dégoûté à la seule idée qu'une religion permette pareille abomination. Après lecture aux Totonacs d'un autre passage de Marc — 14, 3 — où il est question d'un homme qui porte une cruche d'eau, eh bien ! ils furent à la fois amusés et horrifiés. Porter de l'eau est pour eux travail de femme. Pour citer Nida, « ils étaient stupéfaits de l'ignorance de cet homme en matière de bienséance ». Pour ce qui est de certaines langues africaines, les problèmes posés sont à vous faire dresser les cheveux sur la tête. Un homme a traduit dans un dialecte d'Afrique Orientale le terme *Saint-Esprit* par un autre signifiant quelque chose comme, je cite : « un esprit, probablement malin, qui a acquis un tabou par le contact avec un autre esprit, sans nul doute malin ».

« Ce n'est pas seulement affaire de vocabulaire. Les structures linguistiques nous renseignent abondamment sur ce que l'on appelle risiblement la mentalité primitive, laquelle d'ordinaire se révèle moins primitive que celle de plus d'un Américain pur sang moyen. J'ai le grand plaisir d'accueillir ici aujourd'hui mon oncle, le distingué romancier Kenneth Toomey... (Toutes les têtes se retournèrent pour me regarder avec une aimable curiosité ; aucun de ces étudiants, Dieu merci, n'avait assisté à ma conférence.) Lui qui a passé quelque temps en Malaisie, vous confirmera l'existence, dans la langue malaise, comme aussi dans le chinois, d'un trait particulier connu sous le nom de coefficient numérique. Le mot malais pour un est *satu*, et pour maison, *rumah.* Mais on ne traduit pas *une maison* par *satu rumah*. La formule correcte est *sa-buah rumah*, où *buah* désigne littéralement un fruit, mais sert ici à donner la connotation de volumineux. *Biji* veut dire littéralement graine ou semence, mais *un œuf* est traduit par *sa-biji telor*, *biji* étant le coefficient numérique approprié à un petit objet lisse. A en croire Benjamin Lee Whorf, les Indiens navajos ont un système de classification encore plus subtil. Leurs univers d'objets inanimés est partagé entre choses longues et choses rondes, chaque catégorie affectant les racines verbales du langage. La racine verbale dont on a besoin pour une chose ronde n'est pas la même que pour une chose longue.

« Vient ensuite la question des tours que servent à jouer les structures linguistiques en harmonie avec les rites et autres traditions culturelles. Puisque l'un de mes oncles est déjà présent dans cette pièce, il me semble normal d'évoquer l'esprit d'un autre parent, hélas ! aujourd'hui mort, pour démontrer comment, même dans l'anglais britannique, l'élément ludique, comme on peut l'appeler, peut être utilisé à des fins parfaitement sérieuses...

Je n'avais pas remarqué la boîte noire qui, je m'en apercevais maintenant, renfermait un tourne-disque. John mit la platine en marche, y posa un disque et, du haut-parleur installé au-dessus du tableau noir, s'échappa la voix égratignée de mon frère Tom parlant le verlan des cockneys de Londres. Je me rappelais parfaitement ce numéro : Tom incarnait un zigue astucieux et blagueur, qui tient une épicerie et qui crie à son employé de servir « un xieuv nocab ecnar à la elliev echav » et lui recommande de « al retobiar rus al edanossac ». Étrange moment qui me fit monter les larmes aux yeux. John expliqua :

— Dans le cas présent, vous avez une inversion de lettres plutôt que de phonèmes, avec volonté de mystifier, mais uniquement la cliente dans la boutique, que les vendeurs désirent rouler. Le *xieuv nocab ecnar* est du vieux bacon rance, la *elliev echav* est la vieille vache qu'il faut rabioter sur la cassonade. Et ainsi de suite. Et maintenant, considérons ce qui se passe aux Philippines, dans le sud de Mindoro. Là, les habitants de la jungle connus sous le nom de Hanunoos ont pour règle d'apprendre la substitution phonémique comme un art expressément recommandé pour faire la cour à une jeune fille. Si le jeune homme est d'un certain niveau social, il y a un certain relâchement du tabou sur l'endogamie. La courtisée est proche parente du courtiseur, mais celui-ci doit faire comme si elle en ignorait tout. D'où un modèle type de déguisement : couverture sur la tête, mode d'expression insolite. *Barang* devient *rabang*, et *katagbuq* est déformé en *kabuqtag*.

Et ainsi de suite. C'était du beau travail. J'avais devant moi un garçon jeune, brillant, blond, grand, fort, d'une belle simplicité de manières, mais possédant son sujet et le maîtrisant rigoureusement, le tout avec une élégance et une grâce en quoi je reconnaissais infiniment Hortense, à peine altérée par cet égarement du regard qui est le propre de l'universitaire. Après son cours, nous gagnâmes ensemble le bureau qu'il partageait avec un professeur du nom de Bucolo, spécialiste de l'Afrique, en congé ce jour-là. Nous bûmes du café parmi les étagères surchargées de livres et de petits trophées rapportés d'explorations anthropologiques. John n'avait guère voyagé jusqu'alors, à part un séjour dans une réserve de Nipissing et l'étude des costumes des habitants de l'isthme de Tehuantepec. Son poste était encore provisoire ; il n'aurait pas de chaire fixe avant quelque temps : sa thèse de doctorat n'était pas encore achevée.

— C'était étrange et émouvant, lui dis-je, d'entendre la voix de notre pauvre Tom, non seulement ici, dans l'Indiana, mais au milieu d'un cours et parmi ces étudiants.

— Oh ! tu sais comme on est à la Choate School. Très anglophile. Un des professeurs avait l'album complet des disques de Tom. Il est censé être typique d'une grande culture disparue.

— Oui, dis-je. La comédie sans cruauté. La voix d'une sorte d'urbanisation inoffensive. Tout un empire perdu. Ce salopard de Val Wrigley a dit un jour que Tom était un saint. Pourquoi ne m'avoir pas prévenu de la présence de Wrigley ici ?

— Je ne me doutais pas que vous vous connaissiez. En quel sens est-il un salopard ?

— Il m'a vilipendé en me reprochant mon manque de loyauté et de fidélité envers toutes sortes de choses. Après ma conférence, comprends-tu ? Les étudiants l'ont applaudi. Je crois, dis-je, que je ne serai pas à la réception de ce soir en mon honneur.

— Je t'en prie, ne fais pas cela. On trouvera le moyen de m'en tenir responsable. C'est moi qui avais suggéré ton nom pour la conférence annuelle de la Fondation du Souvenir de Berger.

— C'est du népotisme à rebours. Y a-t-il un mot pour dire cela ?

J'allai donc à la soirée. Il y avait des boissons et un buffet à la maison du président de l'université, le Dr Ovid F. Pargeter. La maison était terriblement neuve, terriblement propre. Des gravures de sujets de l'antiquité grecque étaient accrochées aux murs rose saumon, à distance comme tirée à la règle les unes des autres. Le mobilier était scandinave. De l'autre côté des fenêtres ouvertes à l'air chaud du soir, s'étirait partout la platitude effrayante de l'Indiana. J'ai le souvenir d'un scintillement de verre, où que se tournât le regard : dans les mains, sur les nez. Les épouses des membres de la faculté connaissaient pour la plupart mes œuvres : là, le verre scintillait d'admiration flirteuse. J'étais assez âgé pour être devenu une sorte de classique, sans appartenir cependant à la catégorie du Dr Ovid F. Pargeter. Il existe un mot pour le genre de dévotion qui conduit presque droit, des fonts baptismaux, à une vie adulte d'étroite spécialisation. Le Dr Pargeter devait son prénom à celui de l'obstétricien qui avait présidé à sa naissance difficile, à Dayton, dans l'Ohio. Pargeter père n'avait même jamais entendu parler de Publius Ovidius Naso (43 avant J.-C. - 17 après J.-C. ?), et voici que son fils s'était hissé au sommet de la carrière universitaire, grâce à sa célèbre édition commentée des *Amores* dudit Ovidius.

— Quel serait le mot exact, lui demandai-je Éponymie ?

— En propre, cela fait référence à la dérivation d'un nom de lieu sur une personne, dirais-je, M. Toomey.

Mon neveu John m'amena le professeur Bucolo pour me le présenter. C'était un petit homme noiraud qui, lui aussi, s'était élevé : dans son cas, c'était de Mulberry Street, à Manhattan, jusqu'à l'étude des tabous primitifs d'Afrique. Il tenait deux livres à la main, dont un de moi : *Nouvelles voies vers Dieu.* Il désirait un autographe.

— Juste ciel, dis-je, je croyais cet ouvrage mort et enterré depuis longtemps.

— On en trouve des exemplaires qui circulent, répondit le professeur Bucolo. Merci, reprit-il comme je signais. Je n'ai rien d'un poids comparable à offrir en échange, mais j'espère que vous accepterez ceci en gage de mon estime.

Et il me tendit, déjà empourprée de sa signature fleurie, une petite brochure intitulée *Langage et culture parmi le peuple Oma : Notes préliminaires à une étude.*

— Qui, demandai-je, sont les Oma ?

— Un jour, répondit le professeur, j'espère établir un contact plus direct et plus prolongé qu'il n'a été possible jusqu'ici. Le problème est d'obtenir une dotation suffisante. Ce petit livre est fondé principalement sur ce que j'ai appris lors d'une brève visite à Kilwa Kivinje, au Mexique. Il y avait là cinq membres de la tribu oma qui se remettaient d'une maladie tant soit peu comparable au pian, à l'hôpital de la mission, dirigé par un certain père Alessandri, français malgré son nom. Vous pourrez trouver là-dedans, ajouta-t-il avec une intuition aiguë, des choses utiles pour épicer vos romans. Tel le fait que ces Oma sont incapables de compter au-delà de deux. *Ok, fa, rup.* Un, deux, beaucoup.

— Nous en faisons autant, dit John, quand nous comptons en latin : unilatéral, bilatéral, multilatéral.

— Votre livre, dit le professeur Bucolo en le soupesant de la main droite, contient un chapitre intéressant sur l'adaptation du christianisme aux besoins des sociétés dites primitives. Pour ma part, je considère le genre d'idées qu'il expose comme quelque peu invraisemblables. Le christianisme ne peut s'adapter sans courir le danger d'y laisser une partie de ses principes essentiels.

— Ainsi que je le dis dans l'introduction, fis-je remarquer, ces idées ne sont pas les miennes. Je me présente comme une sorte de metteur en forme et de vulgarisateur.

Un membre de la faculté, qui buvait, interrompit son geste et me lança un éclair de ses lunettes en entendant le mot *vulgarisateur.* Je fus bien heureux de voir que Val Wrigley n'était pas dans les parages. J'avais cru comprendre qu'il avait organisé une soirée, arrosée de bière et sans cérémonie, de lecture de poésie dans ses appartements.

— Mais, poursuivis-je, les idées proposées avaient été formulées par d'authentiques ecclésiastiques chrétiens.

— Y compris essentiellement, dit John, mon oncle Carlo. Je crois entendre sa voix derrière ces lignes. Tu as lu l'article de *Life* ?

— Oui, dis-je.

— Quand, reprit John, j'ai eu l'occasion de revoir Oncle Carlo, il y a bien des années déjà, il m'a mis une idée de livre dans la tête. Il semble doué pour ce genre de chose.

— Sa mère, ta grand-mère, y excellait aussi, paix à son âme. Et quel livre ?

— Lorsque je lui ai raconté que mon ambition était d'étudier l'anthropologie, il m'a déclaré que l'œuvre de ma vie devrait être un gros ouvrage sur l'instinct religieux. Une sorte de *Rameau d'or* ? lui ai-je dit. Aussi bien écrit, oui, m'a-t-il répondu. Sottement, j'ai été surpris, car je ne pensais pas qu'un évêque aurait lu ce livre ; mais lui, si. Il savait tout du Dieu Pendu et d'Atys et d'Osiris. Son idée était que je devrais montrer l'impuissance universelle de l'homme privé de rédempteur. L'anthropologie comme propagande chrétienne, alors ? lui ai-je demandé. Du coup, il s'est mis à vociférer — tu le connais. Cherche uniquement la vérité ! m'a-t-il crié. Ensuite, il a disparu pour réapparaître avec une bonbonne de quinze litres de vin du cru. Trouve-nous un homme qui ait été vraiment Dieu ! m'a-t-il encore crié.

— A propos, dis-je, qui est God Manning ?

— Un pauvre être, répondit le professeur Bucolo. Un prédicateur dément et errant. Il se mêle aux étudiants dans les cafés et leur vend une brochure délirante, dont il est l'auteur, sur la Voie et je ne sais quel autre truc. Certains de nos jeunes ne jurent que par lui pendant quelque temps. Puis ils l'oublient : il suffit qu'un yogi en tournée ou qu'un faux bouddhiste tondu passe par là. L'instinct religieux peut être très dangereux. Il peut faire des ravages, parfois irrémédiables. Mais la plupart de ces jeunes sont sains, pleins de sève et païens.

John consulta sa montre-bracelet. Bucolo sourit :

— Elle est en retard, dit John.

— Qui ? demandai-je.

— La belle Laura, répondit Bucolo, toujours souriant. Elle a séance avec son groupe : création littéraire et art de la nouvelle.

John rougit de façon charmante, ce qui me plut. Il avait hérité (de qui et d'où ?) la normalité. Un serviteur philippin en veste blanche et qui n'appartenait pas, présumais-je, à la tribu Honunoo, adressa un sourire à Mme Gloria Pargeter, de l'arche ouvrant sur l'alcôve salle à manger. On nous pria tous de venir nous servir au buffet. La jeune Laura entra précipitamment, juste comme je chargeais mon assiette d'asperges à la vinaigrette. Elle embrassa John qui rougit de nouveau. Belle, oui, je le vis bien lorsqu'on me la présenta. Son adorable et longue silhouette américaine était vêtue d'une robe de crêpe de laine orange, à manches courtes, corsage près du corps, jupe large. Les cheveux étaient d'un noir bleuté, exempts de toute torture à la mode : ils étaient séparés par une raie au milieu, à la madone, et retombaient lourdement sur les épaules. Les yeux étaient bleu de lac de montagne, mais chaleureux. Il devait y avoir là du sang irlandais. Elle se montra ravie de faire ma connaissance et dit :

— Savez-vous que vous êtes le seul maître de la nouvelle vivant ? Nous disséquions l'une des vôtres ce soir en votre honneur.

Tiens donc. Peut-être, pensai-je, est-ce là que réside la maîtrise dans ces choses que l'on pond en s'en moquant, pour un peu d'argent rapide.

— Vous m'honorez en effet. Et de laquelle s'agissait-il ?

— Celle sur la nonne au couvent, qui voudrait bien dormir et que la chair retient éveillée. Alors, elle se concentre sur la crucifixion ; mais son esprit se heurte à l'image d'un corps de centurion, dur et musclé. *Enfants d'Eve.*

— Quel honneur ! répétai-je. (J'avais complètement oublié cette nouvelle.)

— Accepteriez-vous de venir faire une causerie demain, pour mon groupe ?

— J'en serais flatté. Du moment que cela se situe dans la matinée. J'ai mon avion à prendre après le déjeuner.

— Ce sera le matin. Johnny pourrait passer vous prendre. Parfait, dit-elle. Formidable. Mes étudiants vont être rudement contents. Merci un million de fois, M. Toomey.

J'éprouvais beaucoup d'affection pour ces deux-là. Ils semblaient sincèrement amoureux l'un de l'autre. Comme ils prenaient le rang ensemble dans la file des dîneurs, en piochant dans les plats avec l'appétit de la jeunesse, leurs poignets actifs semblaient incapables de se quitter et la hanche, belle et pleine, de la jeune fille ondulait pour venir s'appuyer au hanchement osseux de John. Ils ennoblissaient le buffet d'une aura amoureuse et sacramentelle : le ragoût de bœuf épicé élevait ses fumées vers le ciel, l'agneau devenait celui de la Cène, le « syllaboum estival » (spécialité de Gloria, précisa le professeur Bucolo) était richement fruité. Pas le moindre relent de ketchup dans l'air nocturne. Ils se marieraient, j'en étais sûr ; il fallait les aider. Pourquoi mon argent resterait-il là à s'entasser bêtement, et à quelles fins stériles ? Laura me posa un baiser mouillé sur la joue, lorsque je me retirai.

De retour au Pavillon des Invités du président, je découvris que le jeune licencié qui logeait au-dessus de moi et avait pour mission de veiller aux menus besoins des conférenciers en visite, avait disposé sur la table de la cuisine une cruche de lait, du sucre, une grande tasse ornée d'un Mickey Mouse et un énorme pot d'une substance dénommée Molto : l'étiquette portait un croissant de lune souriant d'un air endormi. Il y avait aussi un mot tapé à la machine : *Ceci vous aidera à trouver le sommeil. A mélanger avec du lait. Peut se boire froid, mais est meilleur chaud. Il y a des allumettes à côté du réchaud à gaz. Le Pr. Wrigley est passé et a déposé cette enveloppe. Bonne nuit, je l'espère. Cordialement vôtre, Jed Bezwada.* L'enveloppe contenait des photocopies de ce qui ressemblait à des vers. Il y avait une page de titre qui portait : *Les chants d'amour de J. Christ.* O Seigneur ! ce n'était pas ravages, c'était carnages parfois irrémédiables, qu'il fallait dire. Je lus au hasard :

« Ta lance était en moi et non pas dans mon flanc. » O Seigneur Dieu ! Une note griffonnée à la main disait : *On a toujours une seconde chance Voyons ce que tu en feras, cette fois. Val*

63

— Tu es maintenant, dis-je à Ralph, en Afrique. (J'ajoutai une nasale sucrée au A, mettant l'emphase sur la voyelle et la faisant précéder d'une exhalaison comique à la Henry James, destinée à réduire l'Afrique à l'état d'une absurdité minuscule.) Ce gros globe brillant et brûlant qui pend là-haut, au grand plafond bleu, c'est le soleil afro.

Nous marchions, tout suants, sur le tarmac, de l'avion d'Air Maroc au bâtiment de l'aéroport de Marrakech.

— Ce n'est pas ça, l'Afrique. Pas la vraie Afrique.

— C'est-à-dire que tu ne vois personne de ta couleur ? Il n'empêche que c'est bien le continent dont rêvent tes phantasmes. La grande mère aux tétons de laquelle l'homme blanc t'a arraché, nourrisson en pleurs et hurlant. Avec l'aide d'affairistes noirs cupides. C'est fichtrement grand, l'Afrique, très cher Ralph. Regarde : là-bas, ce que tu vois, c'est la chaîne du Grand Atlas. Derrière ces montagnes, le cœur de la négritude commence tout juste à battre. Mais, ici, ce que nous avons c'est l'Islam, un vieil empire fondé jadis sur l'esclavage. Comme n'importe quel autre saleté d'empire. Et il y a eu aussi des Blancs esclaves. Par exemple mon confrère, le romancier Cervantès. (A l'intérieur de l'aérogare, une carte de l'Afrique couvrait un mur entier.) Tu as vu les dimensions qu'elle a, ta fichue Afrique ?

Il regarda et dit :

— Comment va-t-on à Nairobi, d'ici ?

— Pourquoi Nairobi ? La côte occidentale est ta partie ancestrale.

— Je veux aller à Nairobi.

— Le mieux, Ralph, est, pour commencer, de partir de quelque part d'autre. De Rome, par exemple. Évidemment, tu pourrais marcher jusque là-bas. Pas de méchante étendue d'eau salée pour barrer la route. Mais le désert, tout de même, et la forêt vierge, avec de méchants petits hommes armés de lances.

Ralph frémit comme un Européen. Dehors, devant l'aérogare dont le bas des murs était strié de traces d'urine berbère, la puissante odeur de la menthe sauvage me frappa les narines. Les tizras et les palmiers nains rendaient à une brise de l'ouest ses salutations fatiguées. Un chauffeur de taxi maure en chemise sale demanda :

— Où tu vas, Charlie ?
— A l'hôtel Maghreb.
– Ti es amerloque, Charlie ?
– Ce monsieur. oui. dis-je. Cent pour cent Moi je suis ce que je suis. Allons-y.

Nos bagages chargés dans le coffre, Ralph, dans le taxi, renifla avec appréhension l'effluve du chauffeur : sueur confite, kif douceâtre (*kayf* signifie en arabe plaisir), urine de bouc rance. Un âne surchargé se mit en travers du chemin. Le chauffeur se retourna · la lumière dure et crue semblait jaillir de ses globes oculaires.

— Ti veux pitit garçon, Charlie ? Moi, ji t'y trouve beaucoup pitits garçons.

— Chaque chose en son temps.

Ralph descendit, avec les bagages à l'hôtel, de direction française.

— Maintenant, dis-je au chauffeur, villa el Filfil. Près de la Djemaa el Fna.

Nous ne tardâmes pas à côtoyer la périphérie du vaste marché. Charmeurs de serpents et conteurs étaient à l'œuvre. D'un trampolin, un jeune garçon rebondissait vers le ciel. Une sorte de chalumeau poussait ses sons aigrelets par-dessus les tambours fessés par des mains nonchalantes. Désœuvrés, leur visage brun grêlé par la petite vérole, des Maures, dans leur long vêtement crasseux, flânaient en crachant une salive sèche. Mon chauffeur ne parvenait pas à trouver la villa el Filfil, ainsi nommée à cause des poivriers de ses jardins. Je crus reconnaître l'écrasement d'un accord sur le clavier d'un piano, assourdi par le feuillage des cèdres, des figuiers et des abricotiers : « C'est ici, dis-je. Tenez. » Je donnai au chauffeur trop de dirhams, puis franchis le portail ouvert, m'avançai parmi la verdure luxuriante, grouillante de lézards, et pénétrai dans le fracas pianistique de Domenico.

Domenico était venu là de Menton, cédant à un rêve de chaleur sèche. Son assistant, Vern Verola, cigarette de kif au coin de la bouche, était debout devant une table haute, où il tirait des barres de mesure sur une partition. Il me dit : « Salut! » A son piano à queue de location, Domenico, assis, chantait mes paroles :

Toi que les pêcheurs de Myra croient
Capable de régner sur la mer
Devant moi Vénus incline-toi
Car même l'océan me vénère.

Et puis, avec l'inévitable addition de notes, la traduction de Bevilacqua :

O tu che a Mira ogni pescatore
Venera pel potere che hai sul mare
Conoscer devi la potenza arcana
Di Vener, dea del mar, me, sovrumana.

— L'anglais est meilleur, fis-je observer.

La pièce était énorme, vide, volets fermés face au soleil, mais ouverts de l'autre côté, sur la pénombre lumineuse de l'arrière-jardin. Le mobilier était réduit à un minimum fonctionnel : tables, piano, pupitre, papier à musique Pas trace de pédérastie plutôt une faible odeur de femme maure, dont la présence devait être assez récente.

— Terminé ? demanda Domenico. (Il avait tout l'air d un Italien des bas quartiers, chaume de barbe, bedaine velue palpitante, chemise déboutonnée, pieds nus dans des sandales.) Tu veux un verre ?

— Whisky et Vittel. Glace.

Domenico se dirigea lui-même vers un espace d'ombre, derrière une arche.

— Pas de domestique, dit-il. Bande de fieffés voleurs, tous.

— Bevilacqua est-il ici ? demandai-je à Vern Verola.

— Au lit, avec la courante, répondit-il. Il a mangé des fruits sans les laver. (Il écrivait des notes au crayon, les sourcils froncés, penché sur le bout de partition de Domenico.)

— Oui, répondis-je à Domenico, qui me tendait un grand verre sale, plein à ras bord et tintant de glaçons. Entièrement terminé. Épilogue compris. Apothéose de saint Nick le tant éprouvé.

— Pas question, dit Nick le compositeur. On chute sur lui, qui porte sur ses bras l'enfant mort, et qui maudit Dieu en le traitant de salopard et de sans-cœur.

— Impossible !

— C'est le seul moyen. La guerre fait rage hors de scène ; il engueule Dieu par-dessus le vacarme et le rideau tombe sur ses gueulantes. Ça va faire un malheur.

— Pour être un malheur, ce le sera. Je te vois d'ici proclamer dans l'archidiocèse de ton propre frère que Dieu n'est qu'un salopard et un sans-cœur.

— Exactement, comme je dis. Par-dessus le marché, c'est la vérité vraie.

— Rappelle-toi, dis-je après avoir poussé un profond soupir, que Nicolas est un saint. Il s'agit d'un opéra sur un saint homme, et non sur un individu qui termine en beuglant que Dieu n'est qu'un salopard et un sans-cœur.

— Puisque c'est ce qu'il est, je te répète. Pense à tous les juifs morts et à la bombe atomique. Notre dernier acte doit dire tout cela, à condition que tu l'aies écrit comme il faut.

— L'épilogue, dis-je, devrait durer une dizaine de minutes. Il n'a pas besoin de constituer une scène distincte. Les bruits de la guerre se perdent dans le lointain. Musique céleste et chœur des anges. Subtil changement de lumière. La voix de Dieu amplifiée s'élève, *basso profondo*. Nicolas, dans un halo lumineux, s'agenouille. Crescendo de voix angéliques. Accord en ut majeur. Rideau.

— Et l'enfant mort qu'il tend, qu'en fais-tu ?

— Il le pose quelque part. D'angéliques mains l'emportent. Non, il continue à le tendre. Mais l'enfant n'est plus mort. Nicolas est le saint patron des enfants. Tous deux sont inondés de lumière.

— Et, dit Vern Verola, l'orchestre joue *Jinglebells*.

— Ça ne colle pas, dit Domenico.

— Oh ! mais si, ça collera, dit Vern Verola à travers sa fumée de kif. Ken a parfaitement raison. Évidemment, vous pourriez vous payer deux chutes au choix. Une pour Moscou, l'autre pour Milan.
— Nous y réfléchirons, dit Domenico, l'air furieux. Tu veux écouter la première scène en entier ?
— C'est toi qui chanteras tous les rôles ?
— Ça te donnera l'idée générale.
— Non, répondis-je. Merci tout de même. Je livre la marchandise, un point, c'est tout. Telle qu'elle est. (Je pris dans le mince porte-documents Gucci les quelques feuillets destinés à nourrir une heure de musique de Domenico et les calai sur le pupitre poussiéreux du couvercle relevé du piano.) Il faut que je retourne à l'hôtel pour m'assurer que Ralph ne s'est pas fait enlever par des trafiquants maghrébins. Peut-être pourrions-nous dîner tous ensemble quelque part.
— Il est toujours avec toi, ce vaurien noir ? (Domenico avait l'air encore plus furieux.) Tout ça est un peu trop copie conforme, tu ne trouves pas ? J'ai vu Hortense, je ne sais dans quel magazine ni où. En train de travailler à la massette son évêque couilles au vent. Quant à sa garce noire, elle a sorti un album, comme on dit.
— Que de talent nous avons, tous ! dis-je. A part Ralph. Il n'en a pas un brin, le pauvre garçon, et il en tient rigueur au monde entier. Disons vers les sept heures, au bar du Maimounia.
— C'est cet endroit où tous les murs sont couverts de photos de Churchill ? demanda Vern Verola.
— Oui, dis-je, celui où votre défunt président et lui décidèrent d'envoyer les cosaques à la mort. Ou était-ce à Yalta ?
— Oké, dit Domenico. Bevilacqua a besoin de se sortir du lit et de manger quelque chose, de la semoule ou du riz, pour se colmater les tripes. L'imbécile ! Cueillir des putains d'abricots sur l'arbre, dans le jardin, pour les manger sans les laver ! Nous l'amènerons, de gré ou de force.
— C'est le hautbois solo que tu veux, ici ? s'enquit Vern Verola. Ou bien est-ce en duo avec la flûte une octave au-dessus ?
Domenico traîna ses sandales jusqu'à lui. Je m'esquivai. J'arrêtai un « petit taxi », près d'une baraque qui débitait des boissons jaunâtres d'aspect tiédasse, et retournai à l'hôtel. Au bar, je trouvai Ralph assis à une petite table et sirotant un Pernod. A une autre table, il y avait un homme ressemblant à Frederick Delius, cécité comprise. Il était vêtu d'une chemise de soie à col ouvert et d'un costume blanc. C'était l'ex-archevêque d'York, aujourd'hui retiré, ou démissionnaire, ou ce qui peut arriver à un dignitaire épiscopal qui voit sa santé chanceler.
— Toomey, dis-je en prenant la main longue maigre, froide et a présent sans anneau du vieillard.
— Ah ! Toomey. Vous ici ? J'expliquais justement à ce jeune Américain combien ceux de sa race traitent mal les Nègres.
Aveugle, oui, comme une chauve-souris.
— Il préfère être appelé un Noir, dis-je
— Quelle que soit sa préférence, cela ne les empêche pas, ceux

de sa race et lui, de traiter honteusement la population noire. Donc, vous aussi, vous voilà ici, Toomey ? Je suis incapable de vous voir, j'en ai peur. Hélas ! je suis forcé de me rabattre sur la lumière intérieure, maintenant. J'ai un glaucome, vous savez. Bref, tout va bien ? J'ai eu la visite de notre cher Carlo. Quel réconfort ! Toujours aussi robuste et plein de santé. Je sentais ses radiations.

— Vous l'avez vu ici ?

— A Rome, à Rome, berceau de la foi. Non, pas vraiment, à y bien réfléchir. Pourquoi pas Jérusalem ? La Mecque ? Il n'y a qu'un seul Dieu, Toomey.

— Je n'en ai jamais douté.

— Avez-vous jamais pensé que nos amis musulmans sont beaucoup plus près d'une appellation raisonnable de la déité que les catholiques ou les juifs ? Dieu est Allah, mais le radical tient dans la seule consonne *L*. C'est là un son mystérieux, Toomey, une sorte de chant qui jaillit des minarets pour baigner les matins africains, Toomey. Très impressionnant. Gibbon a dit, vous savez, que, si les musulmans avaient poussé juste un peu plus loin, de la Loire jusqu'à la Tamise, le, euh, voyons si je peux me rappeler la phrase exacte, oui, voyons un peu. Ah ! voici : « Peut-être l'interprétation du Coran serait-elle enseignée de nos jours dans les classes d'Oxford et les chaires de cet enseignement démontreraient-elles alors, à un peuple circoncis, la sainteté et la vérité de la foi révélée de Mahomet. » Très élégamment tourné, Toomey. Ce monsieur, poursuivit-il à l'adresse de Ralph, est M. Toomey, l'auteur britannique bien connu. Nous sommes de vieux amis. Toomey, à mon âge, et avec tous ces loisirs forcés, je me trouve dans une position intéressante. J'ai voué ma vie à l'Église d'Angleterre et consacré une grande part de ma pensée, en secret, par la force des choses, ainsi que vous devez le savoir, à ce rêve d'une chrétienté réunie que caresse notre cher Carlo. Et maintenant, après avoir passé six mois à portée d'oreille des *Allah* ! et *illah* ! de la mosquée de Sidi Bel Abbès, je me sens attiré par la simplicité, tranchante comme un cimeterre, de l'antique ennemi de la chrétienté. Je crois qu'il doit y avoir en tout Anglais un rien du sang noir de l'Islam. Songez à Doughty et à son poème de *L'Arabie désertée*, à Burton et à sa traduction des *Mille et une Nuits*, à Lawrence. Nos grands voyageurs ne représentent que quelques-uns des noms qui nous viennent à l'esprit, dans ce domaine. Pensez-y, Toomey : le Dieu unique, le prophète sans visage, la nourriture pure, les cinq prières quotidiennes, l'authentique Carême du Ramadan.

Ralph sortit, de la poche de sa veste indienne fauve, le petit livre sur le peuple Oma et son langage, que je lui avais donné. Se dissociant des deux vieilles pédales blanches, il se mit à réciter tout bas des mots primitifs.

— Ainsi donc, dis-je au prélat à la retraite pour finir, tous les chemins mènent à La Mecque ?

— Ah ! mais non, que non pas, Toomey. La voie ultime, c'est le retour à la mentalité, non encore formée, de l'enfance Foi, loyauté, devoir. La petite eglise sur la colline, les noms familiers sur les tombes du cimetière. Notre cher Carlo se trompe. La foi ne peut pas passer soudain à de nouvelles loyautés ni à de nouveaux devoirs. Si Carlo est capable de l'accomplir, alors il sera exceptionnel dans sa solitude. (Très sagace, on ne peut plus, même.) Notre seule loyauté va à la mère. Nous aspirons de toutes nos forces à la nouveauté, mais sans pouvoir l'atteindre. Notre voyage est circulaire. Notre rêve, de retourner.

— Pour revenir à quoi ? demanda brusquement Ralph.

— Ah ! vous êtes donc toujours là, ami américain ? Pour vous, c'est le retour à Boston ou à Milwaukee ; j'ignore quelle est votre ville natale, je n'ai jamais été très expert en accents américains : ils sonnent tous pareils à mon oreille. Le retour à votre enfance en ce lieu qui vous vit naître, et à tout ce dont elle a hérité.

— Mes ancêtres étaient des esclaves.

— Des esclaves ? Vraiment ? Vos ancêtres ? Mais alors, vous devez être un Nègre américain. Jamais je ne l'aurais cru.

— Mon peuple préfère le mot *noir*. J'ai hérité de la culture blanche et je n'en veux plus. Jusqu'où me faut-il remonter pour retrouver la foi, la loyauté et toutes ces... (Il allait dire *merdes*, mais, après tout, il avait à faire à un homme d'église, comme l'avait été son père, qui interdisait tout langage grossier dans la case familiale.)... ces sottises ?

— Cela dépend du degré auquel vous vous sentez nègre, pardon, noir. (Que de sagacité encore ! Mais, cette fois, c'était trop.)

— Je me sens assez noir pour avoir envie de m'éloigner des Blancs.

— C'est impossible, vous savez. Vous êtes beaucoup trop imprégné d'eux. Vous pourriez vous faire musulman, évidemment ; mais, de votre point de vue, cela reviendrait seulement à échanger une abomination étrangère pour une autre. Quoi que vous deveniez, mon garçon, ne vous perdez pas de nostalgie à la recherche d'un vague tabou enseveli depuis longtemps. Et ne ressentez jamais d'amertume en pensant à l'esclavage. Toutes les races ont, à une époque de leur vie, été asservies par une autre race. L'esclavage est un mode de transmission culturelle.

— Ne m'appelez pas *mon garçon*. Et ne m'assommez pas avec vos grands mots à la gomme. C'est dé... dégueulasse !

Le mot avait fini par lui échapper malgré lui ; mais l'ex-archevêque en fut ravi.

— Les dés, s'exclama-t-il. Vous rappelez-vous, Toomey ? « Ma petite famille a besoin de chaussures. Hardi les bobs, il me faut un sept onze. » Ah ! mon Dieu. Enfin... on me dit qu'il y a des cartes à jouer Braille. Quant à vous, monsieur, poursuivit-il sévèrement à l'intention de Ralph, peut-être chérissez-vous je ne sais quel rêve romantico-rousseauiste de bonne sauvagerie rationnelle, mais permettez-moi de vous en avertir : attention, danger ! Il vous faudra vous débarrasser de talents durement acquis, notamment pour ce qui est du langage. Quand j'étais jeune pasteur en Afrique — pas dans ces contrées-ci, bien entendu — j'ai vu à quoi elle res semble, la sauvagerie. Croyez-moi : ce serait remonter *trop loin*. Vous, tout comme notre ecclésiastique ami Carlo — pas le vôtre, bien sûr, mais celui de Toomey et le mien — vous êtes forcés d'aller de l'avant. Pas de nostalgie du passé, ni pour lui ni pour vous... Où est mon compagnon, comme il me faut bien l'appeler ? reprit-il soudain avec humeur. Il cueille le sommeil, pour parler comme Virgile ; la fleur de la sieste. Je désirerais monter dans ma chambre. Auriez-vous la bonté de lui téléphoner, Toomey ? Il est au 81. Il s'appelle Gordon. C'est un jeune Écossais. Il préfère que l'on dise un *Scot*. Ah ! que de tabous.

— Je vais vous accompagner, proposai-je.

— Accepteriez-vous, vraiment, Toomey ? Geste très chrétien... non, non, quelle sottise, quelle étroitesse de ma part ! Mon bâton d'aveugle doit être par ici.

Ralph qui, parfois, était capable de pitié pour d'autres que lui-même, prit l'ex-évêque par le bras droit, tandis que je le prenais par le gauche. Nous le conduisîmes à sa chambre en passant par diverses arches mauresques et de larges et frais corridors aux murs décorés de boucliers de bronze, et nous nous retrouvâmes tout près de nos chambres communicantes. J'aurais aimé tenir Ralph nu dans mes bras un moment : la chaleur et l'ambiance de libre abandon bien connue y incitaient. Mais Ralph était irascible et non consentant. Soit, parfait. J'avais des choses à lui dire, et qui ne touchaient pas directement à l'amour. Je parlai donc, allongé sur le rugueux jeté de lit mauresque et sous le ventilateur de plafond, tandis qu'il écoutait, froncé et écroulé dans un fauteuil d'osier :

— Ralph, je crains que nous n'ayons à quitter Barcelone. Pour de bon.

— Et pour venir ici ? (Il avait l'esprit assez prompt, quand il le voulait bien.)

— Ici même, dans cette ville, non, je ne le pense pas, malgré l'impatience que j'avais de la voir. Mais peut-être à Tanger, que je connais assez bien et que je trouve sympathique. Le fait est que j'ai reçu la visite du directeur adjoint de la police pendant que, à t'en croire, tu passais la journée au musée de l'Art Catalan.

— Tu m'avais caché cette visite, pourquoi ?

— Parce que tu aurais pu réagir à ce que je t'en aurais rapporté par un comportement inconvenant, voire peut-être criminel. Tu es ce que l'on appelle *persona non grata* là-bas, très cher Ralph. C'est sans aucun rapport avec ta race, je te l'assure, bien qu'elle te rende d'autant plus remarquable. C'est seulement lié à ta conduite quand je ne suis pas là pour te refréner. En fait, la police s'est montrée extrêmement indulgente. Il n'empêche que, dans plusieurs bars, l'on t'a entendu proférer des paroles péjoratives pour le général Franco et l'on allègue que, dans une circonstance, tu voulais uriner sur son portrait — chose ardue, car il était accroché haut au mur. Tu as aussi donné une petite réception très bruyante dans notre appartement, pendant que j'étais allé voir Gomez à Madrid. Tu as joué du jazz sur le clavecin que je t'ai offert, après quoi tu as voulu le jeter dans la cage de l'escalier Des marins noirs assistaient à la soirée. Deux d'entre eux ont mimé une scène de sodomie sur le palier, sous les yeux du Dr Borges. Quand les voisins ont appelé la police, vous vous êtes tous montrés insultants, toi notamment, d'autant plus que tes injures étaient débitées dans le plus pur catalan. Au total, cela fait beaucoup. Le chef de la police et son adjoint connaissent mon œuvre et ma réputation. Ils ne veulent pas de scandale. Leur point de vue est que nous serions peut-être plus heureux ailleurs.

— Je suis le seul concerné, si je comprends bien ? dit Ralph après avoir longuement ruminé la chose. Toi, tu es le gentleman anglais discret, le pédéraste tranquille, quoi, quoi ? D'accord. Tu restes et moi je m'en vais.

— Nous sommes censés vivre ensemble, très cher Ralph. Je crois à l'antique vertu de loyauté fidèle. J'avais envie de revenir faire un tour au Maroc, pour voir quelle était la situation. Marrakech m'a l'air un peu morne et délabré. A Tanger, l'on trouve des écrivains expatriés comme moi. Et aussi énormément de tolérance pour, disons, les aberrations. Pas mal de pauvreté, toutefois, et même une sorte d'esclavage, et de la filouterie. Mes biens les plus précieux s'accommoderaient d'un garde-meuble quelque part ; je les ai assez vus. Nous louerions une petite maison, avec les services de domestiques maures souriants. Et un petit jardin. Et puis, il y a les charmes du *souk*. Nous pourrions du moins essayer.

— Non, dit Ralph. Tu m'as amené ici, dans cette Afrique pourrie. Maintenant, j'ai envie de voir la vraie. Qui sait même si je ne trouverais pas à m'employer en Afrique noire ?

— Est-ce à dire que tu voudrais *retourner en arrière* ? Tu as entendu les paroles de l'ancien archevêque d'York. Ce qu'il a dit du rêve romantique à la Rousseau, Jean-Jacques et le Douanier réunis. Ce n'est pas raisonnable.

— Oké. C'est toi qui as dit que l'échec en art ne peut être compensé que par une vie d'action.

— Moi, j'aurais dit cela ? Tu m'étonnes. J'ai probablement déclaré, oui, que des gens comme Hitler, Goebbels et Mussolini, pris de colère en voyant leurs ambitions artistiques frustrées, n'ont alors trouvé d'exutoire que dans une politique révolutionnaire. Toi, très cher Ralph, tu es incapable d'écrire, mais tu peux faire autre chose. Tu jouais très joliment Mozart, jusqu'au jour où tu as décidé qu'il n'était qu'une chochotte et un réactionnaire blanc esclavagiste. Tu es capable de mettre en scène des pièces. Pour l'amour du ciel, ne va pas commencer à t'imaginer que ta place est dans un de ces maudits mouvements révolutionnaires qui se fomentent en Afrique postcoloniale. Reste avec moi. Ne rêve pas de t'en aller trop loin de l'Atlantique ou de la Méditerranée. Nous allons nous lancer à la recherche d'une villa à Tanger. Dès après-demain, si tu le veux bien.

Ralph boudait ; je lui aurais arraché ses vêtements, de colère.

— Inutile de te fourrer dans la tête que nous allons nous installer ensemble à Tanger. L'heure est venue pour toi de te ranger, je vois très bien cela. Pour moi, c'est différent.

— Ralph, dis-je, sentant ma glotte se serrer, tu n'as donc ni amour ni fidélité ? Faut-il que tout vienne de moi ?

— Tu me paies un salaire. Je suis un genre d'employé. Les deux choses dont tu parles n'ont pas à entrer en ligne de compte.

— Non, dis-je (les larmes commençaient à monter). Et n'étaient mon propre amour et ma propre loyauté, je dirais que tu es un fichtrement mauvais employé.

— Tu veux dire que je ne tends pas le cul sous le bon angle ?

— Voilà une parole bien cruelle ! Non, j'entends par là que tu as envoyé une lettre à mon éditeur britannique, portant les mots *allez vous faire foutre*, accompagnés d'une signature imitée que l'on a prise pour la mienne. Sans compter d'autres choses. Par exemple, que mon amour pour toi, lequel réclame, implore un assouvissement physique que tu supportes comme une bête, entraîne ma cécité devant ton inefficacité et ta mauvaise conduite. Je refuse de penser à toi comme à un employé. Tu reçois tout l'argent dont tu as besoin, et cela en représente beaucoup plus que je ne t'en donnerais si tu étais à mon service. Je ne veux voir en toi qu'un ami aimant.

— Oh là là, Seigneur ! grinça Ralph. Amis aimants. Comme dans ta nouvelle où il y a ce salaud qui s'appelle aussi Ralph. *Laisse-moi défaire ton pantalon, mon chéri.*

— Là aussi, tu es cruel. Si tu étais un *vrai* écrivain, au lieu d'un amateur et d'un gâcheur, tu saurais que les noms que l'on met dans un roman ou une nouvelle peuvent prendre une vertu magique, peuvent assumer quelque chose qui ressemble à une tare, non, lapsus, une rare vertu prophétique, je veux dire. Je dois avouer que, le jour où ma sœur a suggéré que tu devinsses mon secrétaire et compagnon, ton prénom a beaucoup joué en ta faveur. Maintenant, je t'en prie, efforçons-nous d'éviter d'être déplaisants l'un envers l'autre. Peut-être pourrions-nous nous organiser un petit tour en Afrique orientale. Le British Council m'a très souvent proposé de me produire dans ses, euh, circuits culturels africains.

— Ah ! merde, dit Ralph le beau monstre. Tu t'entêtes à te fourrer le doigt dans l'œil. Les charmantes universités genre case de l'Oncle Tom, hein ? Moi, ce que je veux, c'est voir le pays d'où je viens.

— Comme je te l'ai répété je ne sais combien de fois, tu viens de la côte occidentale d'Afrique, où un peuple doux et aimant les arts s'est laissé exploiter par des prédateurs de diverses couleurs. Tu verras sur cette côte ouest d'authentiques Africains Noirs, aussi bien que des Arabes et des Asiatiques, mais ils n'auront rien à te dire, pas plus que toi à moi. Ta petite histoire relève de la pire sorte d'ignorance romantique.

— Écoute bien, dit Ralph d'une voix sifflante. Les Noirs n'ont pas la moindre chance d'en sortir, aux États-Unis ; même un cube de glace en enfer est mieux loti qu'eux. Je vais te le dire, moi, ce qu'elle avait dans la tête, l'histoire, avec l'esclavage des Noirs : elle a voulu préparer la revanche de tout un continent, en lui fournissant l'équipement idéologique et technologique de l'Occident, afin que ce continent naisse à la puissance à l'autorité et à la dignité et fasse trembler votre putain de race blanche Et tu viens me parler de ton foutu British Council !

— J ignore quelles sont tes lectures, dis-je. Mais ce ne peut être seulement la petite brochure sur le peuple des Oma et son incapacité de compter au-delà de deux. Tu as lu la rhétorique pleine de vent des nouveaux politiciens africains Cela ne me plaît pas du tout, Ralph.

— Oké, libre à toi. Mais fiche-moi la paix avec tes histoires de balades touristiques. La vie est brève, et j'ai faim.

— Faim de quoi ?

— De nourriture. Redescends sur terre, bon Dieu ! Ce qu on nous a donné à manger à bord de ce coucou de malheur n'aurait même pas suffi à un canari. Sortons, allons manger quelque part.

— Nous devons retrouver le, euh, contingent de l'opéra dans une heure ou quelque. Nous mangerons à ce moment-là.

— Écoute, je ne dînerai pas avec Nick Campanati. Téléphone-lui pour annuler.

— Nous avons à parler travail très cher Ralph. C'est le premier objet de mon voyage ici.

— Alors, donne-moi de l'argent. Puisque tu m'as amené en Afrique, comme tu dis, oké, j'ai envie d'aller voir ce qu'elle a à m'offrir. Passe la monnaie.

— Je t en ai donné.

— Je l'ai dépensée pour acheter ces chemises, à l'aéroport. L'avoine, envoie !

Je soupirai généreusement.

— Regarde dans la poche intérieure de cette veste, là ; tu y trouveras une provision de dirhams, puisque tel est le nom de la devise. Sers-toi, mais laisse-m'en assez pour payer le dîner.

Hélas ! L'ingrat, le peu aimable garçon... Je dînai donc avec Domenico et ses présents collaborateurs, non pas au Maimounia où nous prîmes seulement un verre, mais dans un restaurant sombre, sentant fort l'huile et l'ail et plus napolitain que marocain, bien qu'il s'appelât le Shiva, nom sardonique s'il en est puisqu'il signifie rôti de bœuf en arabe et qu'il n'en figurait pas au menu. Bevilacqua, pâle et grelottant, piocha dans une montagne de riz au naturel, arrosé de jus de citron pressé. Domenico, Vern Verola et moi, nous prîmes un couscous insipide, que nous enflammâmes de harissa. Domenico en était au stade où il avait la tête pleine de voix : « Moi, disait-il, j'entends Mazzotta dans le rôle de Nick, et Gregoretti dans celui de Vénus. » Nous avions décidé que l'un des trois personnages rescapés de la saumure et ressuscités par le saint serait non seulement une femme, mais la personnification de la déesse de l'amour, et que la Scène Un de l'Acte Un serait une sorte de Vénusberg.

— Gregoretti est tout à fait ça, dit Vern Verola. Sauf ses aigus qui sont faibles. Il se cramponne, le riz ? demanda-t-il à Bevilacqua.

— Ça va mieux. Je crois qu'il se tiendra tranquille

— *Controllo muscolare* dit Domenico, *è quello il segretto* Je crois, reprit-il à mon intention. qu'on chutera comme j'ai dit : le gosse mort sur le bras de Nick. Hiroshima. Les camps de la mort.

— Le Maroc, dit Vern Verola. Le Bronx. N'importe quelle saloperie d'endroit au monde.

— A propos de contrôle musculaire, dis-je à Domenico, ne permets jamais à l'art de se laisser aller jusqu'à tomber dans la propagande.

— Ce n'est pas de la propagande, dit Domenico. C'est la réalité. Dieu se fout éperdument des hommes, des femmes et des enfants.

— Tu n'as pas le droit d'écrire cet opéra dans ce sens.

— Ken a raison ; je me répète, mais c'est vrai, intervint Vern Verola. Terminons sur le chœur céleste.

— Le fait est, dis-je à Domenico, que, si la musique t'incombe, les paroles sont de moi. Et de lui, ajoutai-je en désignant de la tête Bevilacqua qui se bourrait sombrement de riz. Si nous reprenions un peu de ce vin du cru ?

— On croirait boire un écoulement catarrheux, dit Vern Verola.

— Ne dégoûte pas Renato de son riz, dit Domenico. (Et à moi :) C'est la musique qui parle, dans un opéra, et ça depuis toujours. Le livret n'est qu'une sorte de... quel est le mot, déjà ?

— D'excuse ? De prétexte ? De subterfuge ? Non, je ne marche pas.

— Tu me fournis les paroles, dit Domenico. Ensuite, moi, je fais ce que j'ai à faire.

— Ça, dit Vern Verola très justement, ça vient de ce que tu as été trop longtemps habitué à recevoir des ordres : « Ce qu'on veut, c'est une musique pour dire que Cary Grant a de l'indigestion. » Ou : « Fabriquez-nous quelque chose, qu'on sache tout de suite que ça ressemble à Lauren Bacall ». Tu prends ça trop à cœur, mon petit Nick. Ken a raison. L'histoire est de lui et non de toi.

— Tu préférerais peut-être qu'il n'y ait pas de musique du tout ? dit Domenico (il avait l'air de cracher les flammes du harissa). Peut-être aimerais-tu mieux une petite pièce où Dieu te chierait dessus tout en restant le grand bon papa gâteau ? C'est ça qui ferait plaisir à notre bon gros cardinal.

— Les histoires de famille n'ont rien à voir là-dedans, dis-je. Tu as tort, Domenico. L'art, l'art, l'art, il n'y a que cela. Une alliance d'arts. Wagner ne faisait pas passer la musique en premier.

— Oui, mais, lui, il écrivait aussi les paroles, dit Domenico.

— Eh bien ! tu n'as qu'à essayer, dis-je. Écris donc. De la sorte, tu auras ce que tu voudras. Tu veux que je reprenne mon livret ?

— Quand j'ai fini le premier tableau et que j'en suis déjà à la moitié du second ? Tu es complètement fou. Et par-dessus le marché, c'est méchant, Ken. C'est digne d'une prima donna.

— *Devo per forza tornare a cas, non mi fido dei gabinetti di qua,* dit Bevilacqua.

— Qu'est-ce qu'il raconte ? demanda Vern Verola.

— Il dit, traduisit Domenico, qu'il faut qu'il rentre. L'idée d'avoir à se servir des toilettes ici ne l'enchante pas. Oké, qui paie ? Toi, Ken ? Parfait. C'était dégueulasse, de toute façon. D'accord, on fait à ton idée ; on verra bien ce que dira la critique et on pourra toujours couper.

— A condition que tu coupes aussi mon nom à l'affiche.

— On verra. Commence donc par accoucher de l'Acte Deux. Et ensuite, réfléchis.

— Ken a raison, dit Vern Verola.

— *Devo andare. Subito.*

Ils s'engouffrèrent dans un « petit taxi ». Débarrassé d'eux, je me promenai un peu dans la chaleur de l'air de mars. Un vieux Maure odorant tenta de me vendre d'abord du kif, puis un jeune garçon. Il avait aussi une chèvre, me dit-il, si j'avais des goûts normaux d'Américain. Je retournai à l'hôtel et à Ralph, que je trouvai sanglotant dans sa chambre.

— Ralph, très cher, mon ange, au nom du ciel qu'est-ce que...

Il cessa de pleurer et se leva du lit, découvrant un visage baigné de larmes Il sécha ses pleurs avec la manche de sa chemise.

— Oké, dit-il. Oké, oké, oké. Je veux rentrer à la maison.

La syllabe *on* menaça de se prolonger en hurlement animal ; mais il la trancha net, d'autant plus facilement que les larmes lui avaient dénasalisé la voix.

— Que s'est-il passé ? Où cela est-ce arrivé ? Que t'a-t-on fait ?

— Au moins, à la maison, les Blancs libéraux sont gentils pour nous autres nègres, c'est vrai, du moment que nous ne gueulons pas en revendiquant nos droits. J'ai envie de Coca-Cola, de hamburger et de flan. Je veux rentrer.

— J'ai le droit de savoir ce qui s'est passé.

— Oh ! j'aurais pu m'en douter. Je suis allé me balader dans un tas de petites rues sombres, et il y avait une voix de femme qui chantait un de ces airs arabes, tu sais, si tristes. Alors, je suis entré par la porte : c'était ouvert, j'ai cru qu'il s'agissait d'une boîte maure. Et quatre types, des Noirs, m'ont sauté dessus et m'ont tout pris. Des Noirs, mon vieux, tu entends ? Des Noirs ! Ma montre, mon argent, tout !

— Pour eux, tu n'es jamais qu'un riche Américain, Ralph. Noirs, dis-tu ? Ce devait être des Berbères.

— Et après, ils ont voulu baisser mon froc et me le mettre.

— Oh ! non.

— Je veux partir. Je veux rentrer à la maison.

— La maison, c'est moi, Ralph. Je n'ai qu'un désir au monde, c'est de veiller sur toi. Seigneur Dieu ! ils t'ont fait cela.

— Ils ont essayé. Ça n'a pas été très loin. Une voiture de police est passée par là, et ils ont foutu le camp. Les policiers ont commencé à me parler en français ; je leur ai demandé de répéter en espagnol ; alors, ils m'ont dit en espagnol de ne surtout plus mettre les pieds dans ce genre d'endroit : « Ce n'est pas fait pour les touristes. Retourne à ton hôtel de riches, pigeon d'Americano. » Ils ne m'ont même pas ramené en voiture. Oké, vu · c'est ça Marrakech C'est ça, le Maroc

— Tanger est très différent, tu verras. Un viol collectif, oh ! mon Dieu.

— Je m'en fous, de ton Tanger. Ce que je veux, c'est New York.

— Viens dans mon lit, Ralph. Pleure ; après, tu dormiras. A partir de maintenant, je ne te quitterai plus d'une seule minute. C'est le genre de chose qui nous arrive à tous.

— Et tout ça pour se moquer ! L'humiliation, tu connais ça ? Tu connais ce grand mot ?

— Je l'ai inventé, presque.

— Pour se moquer, les salauds !

64

— Ce n'est pas gentil, dit le gros homme en blanc, lord Machintruc. Non, pas gentil. Sans raffiner sur les mots.

— Il va écoper, c'est sûr.

— *Oser* une chose pareille !

Ainsi donc, adieu à Barcelone. Adieu à Gaudí et à son église de la Sagrada Familia, presque comestible avec ses baguettes de pain brûlé aspirant au paradis. Adieu au parc Güell, féerie de décadence, et aux éventaires des Ramblas, aux brises du Tibidabo, aux soupers de chipirons cuits dans leur encre, à 10 heures du soir. Dire que je passai la décennie et demie suivante de ma vie à Tanger ne serait pas stricte vérité ; car ma soixantaine et ma septantaine furent aussi agitées que les années cinquante et soixante du siècle, et je sillonnai le globe en *jet* comme toute personnalité qui se respecte, passai six mois en Australie, une année à New York, deux autres à travers l'Amérique Latine en vue d'un livre possible, et des effilochures de temps dans les capitales européennes. Néanmoins, le 21 Calle Mozart, non loin du Teatro Lope de Vega, devint ma résidence officielle jusqu'à ma fuite à Malte. La maison, bâtie dans les années 30, était composée de deux étages ; c'était une boîte de peu d'élégance, mais riche en aménités et entourée d'un jardin : deux cèdres, un noyer, orangers, citronniers, le tout enceint d'un haut mur épais et surmonté de chevaux de frise en verre brisé. Pendant le temps que Ralph, capricieux, mais momentanément assagi, fut encore avec moi, je m'arrangeai pour bien travailler à un long roman, intitulé *Walter Dunnett* et quelque peu autobiographique hormis l'hétérosexualité du héros. Du point de vue technique, on ne l'eût pas particulièrement remarqué au temps de l'enfance d'Arnold Bennett, dans les années 70 du siècle dernier, avec son intrigue solidement bâtie, ses dialogues indigestes et aussi sa scène d'amour fort peu explicite. J'avais conservé mon public, large mais vieillissant, et les scoliastes américains commençaient à découvrir dans mon œuvre des éléments d'ironie et des modèles de symbolisme qui, à ma connaissance, n'y étaient pas vraiment présents. Entre-temps, en France, une nouvelle génération d'écrivains inventait le « nouveau roman », fondé sur le refus de l'intrigue et des personnages et, en vérité, de tout ce que j'avais toujours défendu pour ma part. Peut-être était-ce avec un soulagement secret que, tout en admirant ces novateurs, les professeurs de fiction lisaient mes œuvres au lit, y prenaient grand plaisir et en étaient réduits à ratiociner sur ce plaisir en l'expliquant par un retour délibéré de ma part — en quelque sorte par manière de me révolter contre le postmodernisme — (quel terme ridicule !) à une tradition ancienne. Il va de soi que je ne retournais à rien du tout.

— Je le sais, pourquoi on *ose*. Parce qu'on veut créer un précédent, monter l'affaire en épingle. Depuis le temps !

Je buvais du Xérès avec Ralph au Al-Djenina, un bar non loin de l'hôtel Rif, en compagnie d'un certain nombre d'écrivains expatriés, chacun avec son jeune Tangérois en costume très élégant et nanti d'un porte-documents. Et tous parlant des *Chants d'amour de J. Christ*, de Valentine Wrigley, tout juste publié à Londres chez Macduff and Tannenbaum.

— Le processus est déjà en route, ou presque, dis-je.

— Vous l'avez lu, ce livre, Toomey ? demanda un homme d'âge mûr, surtout connu pour sa tendre biographie du compagnon d'Oscar Wilde, lord Alfred Douglas.

— Oui, répondis-je. En manuscrit, aux États-Unis. Et je viens de recevoir une requête des avocats de l'éditeur, me priant de bien vouloir témoigner comme expert, quand l'affaire viendra. Cela ne va pas tarder. Le magistrat instructeur s'est vu contraint de donner suite.

— Et vous irez ? s'enquit le lord (c'était un jeune vicomte, très exactement, qui se vautrait, à la faveur de subventions familiales, dans la pire fange de la pédérastie maure).

— Je crains de ne pouvoir faire autrement. Dieu merci, la loi m'interdit de formuler un jugement esthétique sur l'œuvre.

Le patio du bar était plein d'oiseaux apprivoisés, au plumage criard, et qui, sans chanter vraiment, se rengorgeaient avec de petits gazouillements irrités, en commençant à s'installer sur leurs perchoirs pour la nuit.

— Ce sera devant la cour d'enquête, dit le biographe d'Alfred Douglas, (il avait l'air d'un ascète et, même, d'un ecclésiastique de la Haute Église anglicane). Le tribunal de Malborough Street. Je me rappelle l'affaire du *Puits de solitude*. J'y étais. Épouvantablement écrit, ce bouquin. Mais on se devait d'élever la voix, vous savez autant que possible. Je n'ai jamais beaucoup aimé les lesbiennes, même si ce n'est pas très logique de ma part. Mais Tiggy Hall ne m'intéressait guère.

— C'est de Radclyffe Hall que vous parlez ? Je ne savais pas qu'on l'appelait ainsi. Je croyais que c'était Boopsy ou quelque chose de ce genre

Celui qui venait de parler était un romancier agité de tics, qui se débrouillait pour vivre à Tanger à raison de deux romans par an, vendus à trois mille exemplaires chacun. Pas d'impôts, cigares relativement bon marché. Il en mâchonnait un en ce moment.

— On m'a culpabilisé, dis-je, pour n'avoir pas placé mon mot, en l'occurrence. (J'avais l'impression que mon frère Tom — avec cette sotte d'Estella, qui avait fini par le tromper, louchant par-dessus son épaule — me contemplait tristement et d'un air de reproche rétrospectif. Étrange, comme fonctionne le cerveau !) Je suppose que c'est une façon de me racheter, ajoutai-je.

— Ce n'est pas véritablement un procès, à ce stade, dit le biographe de Bosie Douglas. D'une part, il y a un magistrat, du genre qui tient Marie Corelli et George Sand pour des auteurs osés, et Hall Caine et Pierre Loti pour des pornographes. Et d'autre part, un avocat qui se contente de poser des questions polies. Le tout pour essayer de mesurer la valeur de la défense possible, en réalité. Ou à peu près. Il s'agit d'une juridiction d'enquête, oui. Et, sauf si la défense apparaît trop faible, c'est en général le non-lieu.

— La question est, je crois, dis-je, que Macduff et Tannenbaum voudraient passer une sorte de marché avec la justice. Ils ont payé très cher le gros roman de ce compatriote de Ralph...

— Très *cher* Ralph, dit un petit homme que l'on appelait Pissy, (il ne semblait pas avoir d'autre nom) et qui maintenant battait de la paupière et frétillait du buste redressé en une attitude qui voulait être de séduction.

— C'est de Foulds que vous parlez ? dit l'homme aux deux romans par an, sans dissimuler sa cruelle envie. *L'appel des nuages ?* Très cochon. Et long, par-dessus le marché. Aussi long que *Guerre et paix*. J'ai vu au Miramar une Américaine qui en avait un exemplaire. Tout passe, de l'autre côté de l'Atlantique.

— La situation me paraît claire, dis-je. Supposons que ce volume de Val Wrigley soit interdit. On n'entamera pas immédiatement d'autres poursuites. Si l'on dit, comme il est fort possible, qu'il s'agit seulement de pseudo-poèmes s'adressant à un public limité, va pour cette fois, alors ce sera une grande victoire pour la liberté de la parole et le reste. On a pour ainsi dire forcé la main au juge.

— C'est un Noir, ce Foulds, non ? dit le vicomte. J'ai vu une photographie de lui quelque part.

— Ouais, c'est un Noir, répondit Ralph d'une voix traînante. Tout noir, mon vieux. Vous avez quelque chose contre ?

— C'est fou comme vous pouvez être susceptibles, tous, dit le spécialiste de Bosie. Et nous qui adorons le velours noir frémissant de vos chairs, vous le savez bien !

— Mais pas le velours noir frémissant de notre esprit.

— C'est bon, Ralph, dis-je en vidant mon verre d'Amontillado Ne commence pas.

— Foulds vous en fout plein la vue, bande de sales petits littérateurs ! dit Ralph. C'est un gros morceau, ce livre et qui a rapporté gros. Mais son argent, Foulds l'a ramené chez lui, vrai ou faux ?

— Faux. Il n'est *pas* chez lui en Afrique orientale, dis-je Pas plus que tu n'y serais. Viens, je t'emmène, il est temps de regagner notre *vrai* chez nous. Ali s'inquiète quand nous sommes en retard pour le dîner.

Le ciel marin était tout prune, pomme et miel, avec une très légère touche de reine-claude. Nous eûmes droit aux au revoir désuets des autres, qui ne semblaient pas se proposer de rentrer chez eux tant que leurs jeunes Maures ne les y porteraient pas — « Tutti frutti », ou : « Sois sage, vieille pute », etc. Nous partîmes tous deux à pied, moi, soufflant un peu plus que lui lorsque nous attaquâmes la brève montée. Ali, que l'on a déjà rencontré, sourit, de nous voir si exacts. Il nous servit des avocats, suivis d'un coq au vin, de fromage et d'un flan à l'abricot de provenance extérieure, pour finir. Nous mangions dans une pièce nue, hormis son mobilier de salle à manger monastique, ses tapis maures sur le parquet et aux murs. Après le dîner, Ralph travailla sérieusement son clavecin : il était question qu'il jouât du Mozart à un petit concert que méditait Gus Jameson, compositeur écossais expatrié, à la fin de décembre. Je gagnai mon bureau et, en soupirant, numérotai, 140, une feuille neuve de grand papier tellière, puis tirai certains de mes personnages de leur court sommeil et leur rendis la voix. Ils se mirent à parler, à ma surprise, du roman même à l'intérieur duquel ils étaient. Cela faisait assez penser à un de ces dessins animés où des animaux anthropomorphes jaillissent hors du cadre pour insulter leur créateur.

« Un romancier de mes amis, disait Diana Cartwright, affirme qu'un roman, pour être satisfaisant, devrait être un trompe-l'œil qui tomberait sous le sens, et auquel le lecteur pourrait accommoder à volonté le degré de sa crédulité.

« Un trompe-l'œil, eh ? répondait Walter Dunnett. Même s'il y entre des personnages historiques prêtant à vérifications ? Tels que Havelock Ellis, Percy Wyndham Lewis et Jim Joyce ?

« Ils n'y sont pas exactement tels qu'ils seraient dans la réalité. Le tout est de la triche, répliquait Diana Cartwright. Y compris nous. *Il* nous fait dire ce qu'*il* veut. Ce Degas que vous voyez, là-bas, pourrait devenir un Monet — suffit d'un trait de plume. Et cette coupe : qu'est-ce qui empêche qu'elle ne contienne plus que trois oranges au lieu de huit, tout d'un coup ? Et moi, je pourrais fort bien mourir d'une crise cardiaque à l'instant même... »

Tout juste si je n'écrivis pas : *Elle mourut d'une brusque crise cardiaque*. Cela n'allait pas du tout. Je me levai et fis le tour de la pièce. Pour la première fois, j'étais forcé de mesurer combien ténu était, quoi qu'il valût, mon art. C'était l'impact de l'époque, où l'on abandonnait peu à peu le suspense de l'incrédulité. Les jeunes, assurément, en avaient assez de l'art. Je m'assis en tremblant à la petite table où Ralph, quand il avait envie de travailler, dactylographiait mes lettres et, parfois, mes manuscrits. A gauche de sa machine à écrire, il y avait une petite pile de magazines, y compris cinq ou six numéros de *Nywele*, nouvel hebdomadaire international consacré à ce qui s'intitulait le Mouvement Noir International et publié à Kampala. Ainsi que le veut la vie et non la fiction, l'exemplaire que je saisis s'ouvrit à un article, en anglais, sur le romancier noir Randolph Foulds, y compris la photographie dudit, sombre et au cou épais. Il avait gagné plusieurs millions de dollars avec son *Appel des nuages* et investi le tout dans le renforcement du régime militaire d'Abubakar Mansanga, qui était en passe d'édifier un État moderne au Rukwa et de convertir un magma tribal en unité totalitaire. Le pays était destiné à devenir une nation africaine modèle, où pas plus les experts technologiques importés d'Occident que les spécialistes asiatiques du commerce n'auraient bien longtemps encore le droit de diluer la négritude pure (*echt*) d'un territoire dont les frontières restaient encore à fixer. Ici, l'Avenir Africain était déjà proclamé... J'entendais Ralph répéter interminablement le même trait d'élégance rococo de la main droite sur son clavecin, et je frissonnai. Je revins à mon roman, froissai la feuille que j'avais commencé à noircir et forçai les personnages à retomber sous l'entière servitude de ma volonté. Esclaves, en quelque sorte, avec uniquement l'illusion de la liberté. Comme chacun de nous. Non, la forme romanesque n'était pas un trompe-l'œil.

La lettre que je reçus de Lightbody & Creek, d'Essex Court, près le Strand, à Londres, m'apprit que l'audition de l'affaire commencerait, devant le tribunal de Marlborough Street, le 5 décembre. J'étais instamment prié de me tenir à disposition à 9 heures du matin, ce jour-là. C'était un ennui. La première de l'opéra *Una Leggenda su San Nicola*, à La Scala, était prévue pour la fête de son protagoniste, le 6 décembre, et je souhaitais être présent à la répétition générale. Les lecteurs au courant du calendrier de l'opéra de Milan ne manqueront pas de savoir que la saison ne commence pas normalement avant le jour suivant, fête de saint Ambroise (c'est là, dans l'hiver milanais, une semaine d'une consistante sainteté, si l'on y ajoute la fête de l'Immaculée Conception qui arrive le 8 décembre), mais plusieurs séances de comité avaient permis un arrangement concédant à contrecœur l'opportunité de faire coïncider les deux célébrations. Parole ! tout arrivait en même temps, comme dans un roman à l'intrigue mécanique ou bien ajustée, puisque Hortense m'avait annoncé de New York que, si elle ne serait pas présente à Milan, le bas-relief, lui, avait touché Gênes avec le *Michelangelo* depuis le 11 novembre déjà. Je dis à Ralph :

— Ralph, il faut que je prenne l'avion pour Londres le 4. Pour le procès de *J. Christ.* Te proposes-tu de m'accompagner ?

— Oh ! moi, je suis oké ici.

— Tu es sûr que tu seras, euh, vraiment oké ici ? Tout à fait sûr qu'il ne t'arrivera pas de malheur dans la Casbah ou ailleurs ?

— Je veux aller à Rabat, pour voir les chevaux. Les pur-sang arabes, mon vieux. Et je pourrais en profiter pour visiter les tombeaux des sultans mérinides et autres foutaises. Oui, je serai oké.

— Et pour la première à Milan, viendras-tu avec moi ?

— La première de quoi ?

— Ralph, tu es terriblement distrait, ces temps-ci. Tu sais très bien de quoi.

— Oh ! merde, ce truc ? J'aurai les disques, plus tard.

— Soit, parfait. Je reprendrai l'avion à Londres pour Milan et serai de retour ici, si Dieu le veut, le 8 ou le 9. Je suis enchanté, cela va de soi, que tu désires aller à Rabat. Je peux te donner une lettre d'introduction pour l'écuyer du roi, si tu veux.

— Donne-moi de l'argent, je n'en demande pas plus.

— Je te trouve bien morose depuis quelque temps, Ralph. Je préfère de beaucoup tes éclats de colère et de méchanceté... Non, non, je plaisantais seulement. Tu l'auras, ton argent.

Je pris l'avion d'Air Maroc pour Gibraltar et j'attendis deux heures au bar de l'aéroport, au pied de l'ombre menaçante de la face nord du formidable roc, le vol de la BEA pour Londres. J'étais l'unique passager de première classe ; l'hôtesse passa son temps à me combler des menus cadeaux de la compagnie : flacons d'alcool en miniature, lotions après rasage, échantillons de fromages britanniques et, pour finir, une minuscule fiole de parfum de Givenchy « pour mon épouse ». A Heathrow, je trouvai un message affiché à mon nom, près du carrousel aux bagages. Que dis-je ! deux messages, mais le premier n'était pas pour moi : *T'ATTENDS MAISON TENDRESSES TOM* — destiné à une Mme Timpson. A mon nom, il y avait un bref avertissement signé Wrigley : *SURTOUT NE T'AVISE PLUS JAMAIS LAISSER TOMBER LE BON CÔTÉ*. Je pris un taxi pour le Claridges.

Le tribunal de Marlborough Street se révéla, le lendemain, dans le matin de bruine londonienne, comme un local sentant le renfermé, sombre, dickensien, mais (ou ? et ?) offrant un petit air de fête. Des aberrants vêtus de couleurs vives, ainsi qu'un certain nombre de gens de presse vulgaires, étaient venus dans l'attente de l'amusement. Le couloir qui longeait la petite salle en pitchpin était couvert, par terre, d'une fine pellicule de boue et planté de mégots écrasés sous des talons et épanouis comme des pâquerettes. Je m'en tins à moi-même, près d'une fenêtre ouverte aux carreaux sales, qui donnait sur un espace trop petit pour être une cour, et inaccessible, sauf par la fenêtre en question. Il était jonché de détritus, vieux de décennies sordides : débris d'une bouteille qui avait contenu une bière brassée par les successeurs de Thrale, l'ami du Docteur Johnson ; fragment bruni d'un exemplaire de *Police Gazette* annonçant peut-être l'arrestation de Landru ; bouts de cigarette Crumbs of Comfort (Miettes de Bien-être) et Mermaid Whiffs (Zéphyrs de Sirène) ; et jusqu'à des préservatifs. Je restai là, debout, à regarder en fumant, ne désirant nullement être associé aux fouille-merde, aux littérateurs loufoques ou aux reporters. Tout le monde savait qui j'étais. Les lumières s'allumèrent d'un coup et il y eut des bravos. Je vis, dans une sorte d'accalmie, entrer le magistrat, sir Arnold Wetherby. Il était accompagné d'un homme bronzé, aux cheveux bouclés, d'une beauté exotique, avocat bien connu, du nom de George Pyle. Sir Arnold fumait une pipe Dunhill courbe qu'il éteignit à loisir, mais continua à serrer dans son poing comme une sorte de maillet. Les deux hommes riaient.

On m'appela, je dus prêter serment, après que l'on eut mis à ma disposition un assortiment de bibles. J'avais choisi la version de Douai. Suivit une séance d'une extrême affabilité, sans une ombre de cérémonie, avec des pauses pour fumer une cigarette, toutes les quinze ou quelque minutes

— Je ne crois pas qu'il soit nécessaire de vous présenter, qu'en pensez-vous ? Vous êtes M. Kenneth M. Toomey, romancier, auteur dramatique, vivant actuellement à l'étranger. La cour, je crois pouvoir le dire, n'ignore pas l'incommodité à laquelle vous vous êtes volontairement soumis afin d'être présent ici ; elle vous en exprime ses remerciements.

Sir Arnold acquiesça pour signifier son approbation aux paroles prononcées par Pyle en son nom et dit :

— Heureux de vous voir ici, Toomey. Vous avez eu sacrément sale temps pour venir jusqu'ici, mais nous n'y pouvons rien. J'ai lu pas mal de choses de vous. M'ont bien plu, dans l'ensemble. Rien de commun avec ce truc-là, eh ?

Et il brandit devant moi un exemplaire du livre de Val. C'était un petit ouvrage mince, au titre dessiné en caractères plus ou moins celtiques, très noirs, et très gros sur fond blanc pur.

— Non, monsieur le juge.

— A quoi, demanda Pyle, correspond l'initiale *M* ? Dans votre nom, s'entend.

— A Marchal. C'est français. Le nom de ma mère. Elle était française.

— On sent très fort l'influence de Guy de Maupassant dans votre littérature, reprit sir Arnold. Un genre de Maupassant épousseté. Non que j'aie beaucoup lu cet auteur. Vous êtes d'accord ?

— Sur le fait que vous n'ayez pas lu beaucoup de Maupassant, monsieur le juge ?

Il y eut des rires. Quel masochisme, quelle irrévérence foncière et cynique pour les institutions et les principes peuvent bien nous pousser, nous, Britanniques, à nous prendre mutuellement pour têtes de Turcs, en des circonstances où la comédie n'a absolument pas place ? L'on a connu chez nous des procès pour meurtre qui furent de folles orgies d'hilarité.

— Je vous demande pardon, monsieur le juge. La première partie de votre déclaration, oui, me paraît constituer un jugement littéraire des plus subtils.

— Formidable ! dit sir Arnold.

— Comme vous le savez, M. Toomey, dit Pyle, ce volume de prétendue poésie — l'auteur est-il présent ? non, à ce que je vois — quand je dis *prétendue*, c'est sans intention péjorative : l'ouvrage est publié comme poésie, bien que, pour une bonne part, le texte m'ait des airs de prose hachée...

— Ce sont des vers libres, dit sir Arnold avec un regard qui semblait quêter mon approbation. (Je l'accordai de la tête.)

— Ce livre est soumis à notre examen en raison des possibilités de corruption morale qu'il présenterait. L'avez-vous lu ?

— Naturellement.

— Vous l'avez lu, naturellement. Qu'y trouvez-vous ?

— Vous parlez du contenu ?

— Oui, du contenu, mettons. Veuillez le dire à la cour.

— Il s'agit d'une série de douze poèmes plutôt longuets, tous dans le style de l'œuvre de T.S. Eliot intitulée *Chant d'amour de J. Alfred Prufrock*, titre que veut probablement évoquer celui de l'ouvrage en question. Ce qui expliquerait le *J. Christ* qui, en soi et rapproché du contexte d'Eliot, n'a rien de blasphématoire, au fond.

— Ce sont bien des vers libres ?

— Tout à fait, monsieur le juge. Apparemment, c'est écrit sous la forme d'une lettre du Christ à chacun de ses douze disciples après sa mort, sa résurrection et son ultime disparition. Il affirme la continuité de son amour pour eux, y compris pour le traître Judas. Comme le genre littéraire choisi est la poésie, laquelle est un instrument d'une grande intensité physique, le Christ exprime son amour en termes charnels.

— Pour être exact, dit Pyle, en termes d'homosexualité.

— Nécessairement, puisque les disciples sont des hommes. Il insiste sur l'amour physique comme moyen, au premier chef, d'exprimer l'affection, comme reflet de l'amour intense de Dieu pour l'humanité, et non comme moyen de procréation. La fin du monde est proche et les fins biologiques du sexe ont perdu toute pertinence par rapport à la vie humaine. Historiquement, si je puis dire, il y avait en Palestine, sous le règne d'Auguste et sous celui de Tibère, des juifs qui étaient convaincus que le monde touchait à son terme et que les gens devaient apprendre l'importance d'aimer le voisin en attendant le Jugement dernier. D'où l'urgence du message de saint Jean-Baptiste, puis de celui du Christ.

— Je ne vois pas, dit Pyle, la, pour employer votre propre terme, pertinence de ces idées par rapport à la question qui nous intéresse. Le Christ est présenté comme un homosexuel. Le chrétien moyen ne peut que tenir cette notion pour un blasphème. C'est bien votre avis ?

— J'en conviens, répondis-je. Mais il se peut que le chrétien moyen se trompe. De même que le pharisien moyen de Palestine semble bien s'être trompé en considérant les enseignements du Christ comme blasphématoires. Il se peut fort bien aussi que la mission d'un certain type d'écrivain soit d'amener le chrétien moyen à regarder le Christ d'un œil neuf. Le Christ était, pour une part, divin, pour l'autre, humain, nous enseigne-t-on. L'aspect humain devrait embrasser la sexualité. Il me semble très probable que le Christ n'observa pas entièrement le célibat. J'entends par là que le célibat n'était pas plus essentiel à sa mission qu'il ne l'est au pastorat de l'Église d'Angleterre. Si l'on présentait le Christ comme écrivant une lettre d'amour à, mettons, Marie-Madeleine, faudrait-il regarder la chose comme blasphématoire ?

— C'est à nous qu'il appartient de poser les questions, Toomey, intervint sir Arnold. Désolé, mon vieux.

— Je comprends, monsieur le juge. Mais je suppose que, au fond, je cherche conseil ou gouverne. D.H. Lawrence a écrit une nouvelle sur le Christ ressuscité : *L'Homme qui était mort.* On y voit le Christ reconnaître l'importance de la sexualité. Nombre de gens ont jugé cette œuvre comme extrêmement respectueuse. Je ne crois pas qu'on l'ait interdite.

— Quel rude travail c'eût été, dit sir Arnold, que d'interdire tous les livres de ce bonhomme. Il y en a au moins un qui l'est, cependant, et qui a une bonne chance de le rester. Le truc de *Lady Chatterley.* Qu'il s'agisse d'amours ordinaires ou de l'autre espèce, la loi permet d'aller jusqu'au point *X*, mais pas plus loin. Notre poète en question présente assez de descriptions de, euh, euh, choses sexuelles pour mériter l'interdiction. Enfin, quoi, est-ce que Thackeray ou Alexandre Dumas auraient envie d'écrire cela ? Et Dickens ou Balzac ? Et vous-même, Toomey ?

— Je vous suis reconnaissant d'associer mon nom à ceux de ces auteurs distingués, monsieur le juge. Si je vous répondais par la négative, ce serait peut-être l'aveu d'une limitation indigne de mon tempérament. Par nature, j'éprouve une timidité à la description explicite de l'amour, bien que j'aie tendance à applaudir à l'explicitation quand je la rencontre chez les autres : Joyce et Henry Miller, par exemple. J'y vois une marque de courage littéraire.

— Ces poèmes, dit Pyle, si je puis les appeler ainsi, cherchent à établir un rapport d'homosexualité entre Jésus-Christ et chacun des douze disciples. Ce rapport s'exprime parfois en des termes que, je suppose, l'auteur doit tenir pour ingénieusement appropriés à la personne à laquelle ils s'adressent. L'expression de, euh, l'extase de Judas est comparée au tintement de trente pièces d'argent. Et saint Pierre est complimenté pour la gaillardise de sa gaule de pêcheur.

Il y eut un bourdonnement de gaieté et, de la part d'un reporter, un éclat de rire vulgaire aussitôt étouffé. Sir Arnold lui-même sourit, puis planta dans sa bouche le tuyau de sa pipe éteinte, transformant un étalage de dents jaunes en un rictus agrippé à la bouffarde.

— Évidemment, dis-je, ces symboles ne manquent pas d'esprit, lequel était considéré autrefois comme un élément légitime, même dans la littérature religieuse la plus dévote. Je pense à Donne, à Crashaw, à Jeremy Taylor. Crashaw, faisant allusion à l'enfant Jésus qui tète la Vierge Marie, parle de cet autre tétin qui lui sera donné. Et quel sacré téton, dit-il en ajoutant : « Or donc, la mère doit sucer le fils. » C'est de l'esprit qui a sens d'ironie, sans être destiné à provoquer le rire. Cela peut passer pour de la perversion sexuelle, mais c'est mortellement sérieux et dévotement voulu. Je soumets l'idée que ces poèmes de Wrigley offrent, pour une part, cette même qualité. M. Eliot, bon anglican et même marguillier, a aidé la poésie anglaise à recouvrer cette vertu. Autre chose : l'imagerie sexuelle, perverse ou autre, a constitué un aspect d'une grande partie de la poésie religieuse, sans jamais, à ma connaissance, être entrée auparavant en conflit avec la justice séculière Les poèmes de saint Jean de la Croix, qui dépeignent le mariage de l'âme avec son fiancé le Christ, sont furieusement érotiques. La statue de sainte Thérèse, de Bernini, si l'on me permet de passer à un autre art, montre la sainte en proie, manifestement, à une sorte d'orgasme. La Bible elle-même, avec le Cantique des Cantiques, nous a donné le poème le plus sensuel du monde ; pourtant, les chrétiens le prennent pour une allégorie de l'amour du Christ pour son Église. Les poèmes de Wrigley doivent être examinés dans le contexte d'une tradition artistique longue et distinguée.

— La question est, dit Pyle, que ces poèmes sont homosexuels, et ce, pour en revenir à votre propre expression, de façon explicite. La description du Christ sous les traits d'un homosexuel actif constitue, que je sache, une manière très offensante et scandaleuse de railler une autre tradition : celle à laquelle souscrit tout honnête chrétien.

— Mais, dis-je, il n'y a rien de nouveau dans le fait de présenter le Christ comme un homosexuel. Christopher Marlowe, notre plus grand auteur dramatique après Shakespeare, a dit que Jésus-Christ était le brimborion de son bien-aimé disciple Jean.

— Était le quoi ? s'enquit sir Arnold. Était quoi ?

— Le brimborion, répétai-je, monsieur le juge. C'est un terme de l'époque signifiant : petit bréviaire... d'amour, entre parenthèses. Les Élisabéthains disaient aussi *nought*, zéro, celui-ci étant représenté par un cercle et venant à signifier l'organe pénétré. C'était d'usage très commun. Me permettra-t-on d'ajouter que dans la *Vie de Jésus* de Renan...

— C'est bon, Toomey, dit sir Arnold. Nous en arrivons au fait, je crois. Ceci est de la poésie homosexuelle pour homosexuels. Exprimant un point de vue homosexuel profondément offensant pour les gens normaux, ne trouvez-vous pas ?

— Il se peut que les homosexuels soient en minorité, monsieur le juge, bien que je suggère qu'il y a beaucoup moins d'hétérosexualité sans mélange, dans notre société, que l'orthodoxie ne voudrait nous le donner à croire. Néanmoins, les homosexuels ont le droit de faire connaître leur conception de la vie et de l'amour. Notre littérature a gravement souffert de la suppression de ce droit. Tout autant, Dieu nous aide, que la société en général. Nul, homme ou femme, ne peut rien au fait d'être homosexuel. Moi-même, je n'y puis rien.

La chose était dite, ou presque. La déclaration, publiée, ou tout comme. Sir Arnold dit :

— Rien ne vous forçait à cet aveu, Toomey, vous savez.

— Puisque c'est fait, monsieur le juge, autant le proclamer haut et clair. Mon œuvre personnelle de créateur de fiction a durement souffert du tabou qui frappe la description de l'acte d'amour homosexuel. Ma propre vie s'est passée principalement en exil, à cause du rejet draconien, par les Britanniques, de la sensibilité homosexuelle comme caractère inné légitime. En ma qualité d'homosexuel, j'élève aujourd'hui la voix au nom de mes pareils. Et au nom de l'art homosexuel. Ce recueil de poèmes est la sincère expression d'une image du Christ très réconfortante pour nous mais absolument interdite par une Église chrétienne hostile, parfois hypocritement, à ce qu'elle considère comme une aberration volontaire. Il n'en est rien. C'est un tropisme aussi naturel que l'autre.

Des murmures d'approbation et, même, quelques applaudissements timides furent promptement étouffés par la pipe maillet de sir Arnold.

— Très bien, dit-il, vous avez parlé, Toomey. Merci de votre, euh, contribution. Pas d'autres questions, M. Pyle ?

— Non, monsieur le juge.

— Parfait, nous allons marquer une pause, voulez-vous ?

65

Je ne pus obtenir une place d'avion pour Milan ce jour-là, du moins pas en première classe, à quoi mon âge et mon aisance relative, ainsi que, pouvais-je ajouter désormais, mon courage moral, paraissaient me donner droit. Je supposais qu'un certain nombre de délégations commerciales britanniques distinctes avaient réservé séparément toutes les premières à bord de tous les avions pour Milan. Tant pis, je me contenterais d'être là-bas pour la représentation — au diable les modifications de texte de la dernière minute ! Alitalia m'offrait une carlingue presque vide pour le lendemain matin, à 9 heures 50. Ce qui fit que, dînant seul dans ma suite, d'endives braisées et d'une assiette anglaise, je fus à même de déguster à loisir les comptes rendus de la première journée d'audiences préliminaires de l'affaire *J. Christ*. Avec ma confession, j'avais retenu le plus gros de l'attention des journalistes : l'homosexualité d'un écrivain célèbre fournissait ses manchettes à l'actualité. Les témoins qui m'avaient succédé — j'étais resté pour écouter certains d'entre eux — semblaient avoir puisé leur argumentation à la mienne. Mais aucun d'eux n'avait prononcé de déclaration similaire. Qu'eût donc fait la justice, si l'*establishment* littéraire britannique en entier avait reconnu — chose parfaitement possible — son homosexualité ? Mon cœur s'était préparé à se dilater, lorque Jack Priestley s'était avancé à la barre des témoins ; pourtant, il avait seulement parlé avec austérité de la tradition sacrée de la liberté d'expression, en citant l'*Areopagitica* de John Milton. Il y avait eu aussi quelques poétaillons maniérés, de l'école Wrigley, qui n'avaient pas fait de bien à la cause, laquelle, pensais-je, était perdue d'avance.

Et voilà, j'étais dans cette chambre, moi qui m'étais proclamé amoureux à vie de chair mâle, et le téléphone me bombardait de demandes d'interviews que je rejetais toutes : j'avais dit tout ce que j'avais à dire. Je dormis paisiblement, à part deux rêves brefs.

Dans l'un je voyais mon frère Tom, hissé ruisselant hors d'un puits profond. Dans l'autre, Carlo tonnait dans un latin inintelligible, à moins que ce ne fût du tamil : à en croire ses gestes, il semblait déplorer l'absence de poils à un balai...

J'y étais toujours, dans cette chambre, le lendemain matin, par temps de brouillard et de froidure, tous avions retardés. Installé dans un fauteuil de la salle des départs à Heathrow, je lus ce qui me concernait dans le *Times* et le *Daily Telegraph*. Le *Daily Mirror*, plus populaire, avait déterré une photographie : en chemise à fleurs, je gesticulais dans un étincellement de bagues. Je ne doutais pas que beaucoup des voyageurs autour de moi me connussent : Regarde, Mildred, c'est lui, il n'a pas honte d'être traité de pédé. L'idée me frappa soudain que j'étais en route pour la ville de Carlo, que celui-ci ne tarderait pas à être au courant de mes déclarations et n'en serait pas ravi. De plus, j'avais pris publiquement la défense d'un blasphème évident. Non que je m'en souciasse véritablement. J'avais perdu le contact avec Carlo, à part une courte rencontre à Rome, lors d'une de mes visites dentaires, et deux ou trois lettres à propos de la pauvre Hortense et de la commande de la sculpture, qui n'était pas allée sans opposition de la part de patriotes italiens (« Pourquoi l'Amérique ferait-elle mieux que le pays de Michelangelo ? »). Cela dit, je n'avais pas le sentiment de l'avoir vraiment perdu, le contact. Si son élévation l'avait placé hors de portée des rapports sociaux et même familiaux, il n'en restait pas moins hautement visible et audible. Je n'avais pas à chercher ce qu'il pouvait bien fabriquer, ce bon Carlo, par les temps qui couraient : il se dressait pour la défense des grèves et pour s'attirer l'inimitié des capitalistes turinois et milanais. Il sermonnait en citant Karl Marx à bouche que veux-tu. Pie XII souffrait de maux intermittents, et la presse séculière non italienne lui donnait sans conteste Carlo pour successeur. L'ennui était — et Carlo ne manquait sûrement pas d'en avoir conscience — que la voix de la presse populaire n'est pas celle du Saint-Esprit.

Je pris un taxi de l'aéroport de Linate à l'hôtel Excelsior et, installé dans ma chambre, un verre de gin devant moi, je téléphonai à la Scala pour m'assurer qu'il y eût bien un billet de paradis à mon nom au contrôle. Je préférais absorber l'opéra moderne de très haut : souvent le vrai drame se déroulait dans la fosse de l'orchestre, invisible des loges. Puis j'hésitai. Devais-je au moins, par politesse, informer le cardinal archevêque de ma présence ? Je ne savais que trop que les évêques et aumôniers auxiliaires feraient écran. Finalement, je décidai de téléphoner à Luigia Campanati, mère supérieure du couvent de Melzo. Je l'obtins sans grande difficulté. Elle commença par ne pas se souvenir de moi. Sa voix était vieille, sèche et pointue.

— Kenneth. Kenneth Toomey. Le frère d'Hortense qui a épousé votre frère, Domenico. (Le tout en anglais.)

— Kenneth, oui, Ah ! oui, Kenneth. Que faites-vous ici ?

— Je suis venu pour une histoire d'opéra. La première est ce soir. Bonne et pieuse Saint-Nicolas pour vous et les vôtres.

— Je prie chaque jour pour Domenico. Il nous a brisé le cœur à tous. Oui, j'ai entendu parler de cet opéra sur saint Nicolas. Je veux croire que cela signifie que la lumière de l'esprit divin éclaire de nouveau mon jeune frère. Non, je ne serai pas là ce soir. Nous n'allons pas au théâtre.

— Comment va... comment va le, euh, cardinal ?

— Lui non plus, il ne va pas au théâtre. Lui ferez-vous une visite ?

— Est-il très difficile de le voir ?

— Oui, très. Demain est un grand jour pour nous.

— La Saint-Ambroise, je sais.

— Assisterez-vous à la messe à la basilique ? Et à la bénédiction de la nouvelle statue ?

— Ce n'est pas une statue, c'est un *bassorilievo*. Œuvre de ma sœur Hortense. Enfin l'Église reconnaît les dons artistiques de ses filles ! Dieu soit loué, dirai-je avec votre permission.

— Il n'en viendra rien de bon. Tout changement ne peut être que pour le pire. Il est toujours suivi de troubles. Je viens apporter non pas la paix, mais l'épée. Nous devons nous préparer à de grandes manifestations de l'esprit du mal. Dites à Domenico que je ne souhaite pas le voir.

— Est-il déjà entré en rapport avec vous ?

— Non. Peut-être a-t-il honte. Espérons que c'est cela. Carlo affirme que votre sœur est une sainte. J'ai essayé de la voir dans mes visions. Des temps très durs nous menacent, je vous le dis. Je ne suis pas bien. Je souffre beaucoup. Je dois garder le lit. La volonté de Dieu soit faite.

— Qu'avez-vous ? De quoi souffrez-vous ? Puis-je vous rendre visite ?

— Cela ferait peu de bien. Priez pour moi. Priez pour Carlo. Priez pour ma défunte mère et mon défunt frère qui sont en purgatoire. Mon père, je le crains, ne peut être secouru par aucune prière. Priez pour le monde entier.

Et, sur ces mots, elle raccrocha. Vertu cloîtrée — pas plus John Milton que Jack Priestley ne la portaient dans leur cœur. Et quelle en était la récompense ? Vieillesse et infirmités. Carlo non plus n'avait jamais approuvé les nonneries. Il voulait que les femmes vouées à Dieu affrontassent le monde et ce pour quoi sa sœur venait de me demander de prier, en combattantes en jupe courte, armées de leurs capacités, sans peur du viol. Luigia avait parlé autrefois de partir pour l'Afrique ; pour finir, elle n'avait pas bougé, toute son énergie érotique pervertie en hystérie visionnaire, en autorité sadique, en austérité impossible — toute une existence gâchée. Mais de quel droit parlais-je ?

Tant soit peu assombri, je dînai légèrement et me rendis en temps voulu au grand théâtre historique. *In Prima Mondiale*, annonçaient affiches et programmes. Les noms : Campanati, Bevilacqua, Lanuzza, Cechetti, Focchi, Perlini, Nascimbeni, Sudasassi, Sancristoforo, Castelli, Castaldi, Giuffrida, Mangano, Pautasso, Ronfana, Kristeva, Verdiglione et la suite. et Toomey dans sa solitude exotique. Solitaire je l'étais aussi, debout dans l'humble *ridotto*, tandis que le Tout-Milan, en bas, exhibait ses bijoux et ses bedaines. Je n'étais pas connu dans cette ville. Je bus un champagne cocktail au bar. Seul, lugubre, priant pour le monde entier. La sonnette retentit et je grimpai jusqu'à ma place dans la *galleria*. J'avais pour voisine une mince colonne structurelle. Derrière moi, une femme, aux cheveux striés de mèches décolorées, fredonnait déjà de grands airs du genre. Nous avions trente-cinq minutes de retard, mais c'était là, selon la règle italienne, de l'avance. La salle était presque pleine et achevait de se combler, lorsque les lumières baissèrent. Domenico, un projecteur braqué sur sa calvitie — queue-de-pie et chemise à col lâche pour plus d'aise — fit son entrée à petits pas jusqu'au pupitre, serrant sa baguette comme l'arme du crime. La claque applaudit ; il n'y eut pas d'enthousiasme. Il promena son regard sur l'orchestre, gonflé d'éléments de percussion, y compris vibraphone et tambours bongo — la *sonorita di Hollywood*, plaisanta méchamment une voix d'homme, près de moi. La rampe diffusait sa chaude lueur. Les lampes des pupitres piquetaient la fosse de l'orchestre. Domenico leva sa baguette. Accords pianissimo des cors et des trombones en sourdine, roulement mou à la timbale grave. Suivirent des quartes debussistes aux clarinettes et aux hautbois. Le rideau se leva.

Verdiglione avait bien fait son travail de producteur et de décorateur. Le décor, montrant l'intérieur d'une taverne d'antan, prenait ses distances par rapport au réalisme : nous étions dans la fable. A pas de ballet ou presque, trois formes humaines en longue robe et capuche firent leur entrée, accueillies par les gesticulations d'un aubergiste rebondi, que les cuivres désignèrent comme un traître. Le trio prend place à une table — simple panneau où sont peints des tranchoirs, sans raccourci, comme dans une toile de primitif avant la découverte de la perspective. Selon un mouvement stylisé, les trois sont occis, et la femme de l'aubergiste leur subtilise à chacun leur bourse, supposée pleine de pièces d'argent. Pas une parole chantée. Entre, poussé, un élément figurant un lardoir. Les trois cadavres, aidant de façon tangible l'acteur qui les tire, sont remorqués jusque derrière ledit lardoir. La musique de Domenico s'efforçait de dépeindre l'action acide de la saumure. Friselis d'amusement dans l'assistance : ce n'était pas un opéra, c'était Mickey Mouse. Les lumières baissèrent brièvement sur le trio dans sa saumure, tête baissée et encapuchonnée, mains croisées sur la poitrine. Un coup de claquette répété trois fois fut repris en leitmotiv par les bois. Les lumières revinrent pour l'entrée de Nicolas, portant des vêtements de voyage, mais aussi la crosse : Mario Cechetti, très applaudi pendant que l'orchestre tient une *fermata*. Début du chant. Nicolas veut manger de la viande. Du poulet ? Non. Du bœuf ? Non. Du veau ? Non. De celle qui est au saloir, lequel, il en est sûr, est derrière ce rideau, là, qu'il tire. Il fait le geste de la bénédiction, tandis que les trois cadavres encapuchonnés apparaissent. L'aubergiste et sa femme tombent sur leurs genoux tremblotants. Des chœurs invisibles entonnent un alléluia en antiphonaire, tandis que s'opère le miracle de la résurrection. Trio de voix mâles : Nicolas, plus les deux ressuscités de part et d'autre du troisième qui, bien entendu, est la coloratura Julia Kristeva, connue pour être la Salomé la plus voluptueuse du monde de l'opéra. L'instant de la révélation de son sexe et de sa mission n'a pas encore sonné...

... pas avant le premier acte à proprement parler, qui suit sans interruption le prologue. Le décor change au vu et au su du public : il devient, avec le franc lever ou baisser des fermes, l'intérieur du palais de Nicolas. La musique tourne à la pieuse grisaille. Nicolas et les trois ressuscités n'ont pas quitté leur posture précédente. Intervient un grand air de Nicolas pour exprimer ses intentions, cependant que le trio, tels des chats renifleurs, inspecte son nouveau logis, avant d'être invité à se planter devant trois lutrins pour commencer l'étude des Écritures. Nicolas vient sur le devant de la scène jusqu'à un prie-Dieu. Dos au trio, il s'agenouille et rend grâces à Dieu pour le miracle, en priant que ses fils adoptifs — Fra Marco, Fra Matteo, et Fra Giovanni — s'en montrent dignes. Entre-temps, les trois ont indiqué leur provenance diabolique en faisant jaillir des flammes de la Bible des Septante. Marco et Giovanni ricanent d'un air satanique en regardant Matteo, puis s'esquivent subrepticement. Nicolas se retourne pour s'apercevoir que Matteo déchire sa longue robe, découvrant un corps de femme au charme terrible, à peine vêtu : Vénus en personne. La musique s'enfle peu à peu, comme pour accompagner un lever de soleil sur le désert dans un film... Non, non, non, Domenico n'avait rien dans le ventre. Derrière moi, la femme se mit à fredonner le thème, comme si, et c'était vrai en un sens, il lui avait été déjà familier. Julia Kristeva, native de la côte dalmate, dispensait un sirop aphrodisiaque qui me remuait jusque dans le scrotum. La tentation des sens de Nicolas commençait : elle devait un petit rien à *La tentation de saint Antoine* de Flaubert, avec visions fantasmagoriques de vins, de mets et de copulations à l'appui. Nicolas invoque désespérément la figure du Christ souffrant. Apparition du Christ, mais qui se révèle sous les traits du dieu Pan nu. Ballet d'hétaïres et de houris, sur une chorégraphie d'Italo Castaldi. Nicolas succombe. Grand amour ou duo érotique entre Vénus et lui. La musique mimait un coït. Une femme à ma droite claqua très haut la langue. Le coït s'interrompit au milieu d'un accord. Était-ce Domenico se rappelant le terrible événement, lors de la fameuse réception à Hollywood, il y avait tant d'années ? Dans un glissando descendant de cordes à la *Tannhaüser* mis au goût du jour la scène de débauche s'évanouit, laissant Nicolas demi-nu à son repentir, et qui se flagelle avec un faisceau de tiges de bouleau pour sauna. Le trio, en robe de moine pudique, reprend son attitude précédente devant les lutrins et chante saintement à trois voix, la partie de Vénus ou de Fra Matteo étant nettement détachée. Ébahissement de Nicolas : tout cela s'est-il déroulé, en vérité, ou bien n'était-ce qu'un rêve impie ? Mon Dieu, mon Dieu, que m'arrive-t-il ?

Fin de la scène, non de l'acte. Murmures dans l'assistance.

durant l'interlude de contrepoint ecclésiastique, exécuté par les cuivres. Pour la première fois, l'idée me vint que j'avais oublié de consulter les exécuteurs testamentaires d'Anatole François Thibaut, dit Anatole France, pour leur demander s'il n'y avait pas d'objection à adapter la nouvelle dudit à la scène. Je sentis courir le frisson d'un péril imminent de ce côté-là. Non qu'il restât rien de l'histoire, à vrai dire. Au lever du rideau, le décor avait changé : colonnade classique, panorama de palmes, fauteuils et trônes pour l'assemblée des évêques du premier concile œcuménique de Nicée. Gianni Pellicani, basse profonde romaine, était Athanase ; Arius l'hérétique, vieil homme dans l'histoire, était joué par le jeune et séduisant ténor Tito Sudasassi. Nicolas, en grand apparat d'évêque. A l'arrière-plan, humble porteur de documents, Fra Marco. Sudasassi proclame avec infiniment de charme son hérésie. Le Fils n'est pas coéternel au Père. Le Fils fut fait homme, même s'Il surpassait tous les autres humains. Annoncer au monde que le Père et le Fils sont de même substance, c'est l'encourager à croire en deux Dieux. *Homoousis, homoousis*, psalmodiaient les évêques, consubstantiel, consubstantiel. Trop d'ensembles mâles, pensai-je, et tout le monde le penserait comme moi. L'on eût eu besoin de la lumière jaune clair de voix féminines. Domenico avait dû y songer aussi, car, maintenant, un chœur de femmes et de fiancées de marins faisait irruption au milieu de l'assemblée, implorant Nicolas, comme une sorte de Poséidon chrétien, d'apaiser les flots turbulents de la Méditerranée : les malheureuses avaient aperçu, faisant voile vers le port, le navire monté par leurs hommes, secoué et ballotté à l'horizon et poussé vers les récifs redoutés de Macheri. Dehors, dehors, femmes, criaient les évêques : nous avons à régler une affaire de la plus sainte importance ; nous écrasons dans l'œuf une hérésie qui serait plus destructrice qu'un simple bout de roc. Nicolas, lui, acceptait d'intervenir ; mais, pour hâter la conclusion de la procédure et pouvoir accomplir sa mission salvatrice, il se lançait dans une cavatine qui résumait l'argumentation contre Arius puis, enflammé, portait à l'hérésiarque un coup qui le terrassait. Consternation, condamnation d'un comportement indigne d'un évêque. Fra Marco, maintenant, dominait le concile de son ténor aigu. C'était Nicolas, le vrai hérésiarque : voici les documents qui le prouvaient. Il avait proclamé qu'il n'est d'autre divinité authentique que Vénus, et ce, au milieu de transports érotiques. Incapable de prononcer un mot de dénégation, Nicolas étouffait, gargouillait, tombait à genoux. Des doigts épiscopaux, tremblants d'horreur, le désignaient. La voix d'Athanase entraînait tous les autres. Arius, remis du choc, se relevait pour ajouter son séduisant ténor à l'ensemble. Les femmes de marins réapparaissaient, cette fois en chœur de pleureuses : trop tard, trop tard ! Le navire avait naufragé, Nicolas avait laissé tomber tout le monde. Rideau. Fin du premier acte Entracte prolongé.

Ma foi, il y avait un peu de moi dans cette scène turbulente, mais surtout du Bevilacqua. A lui de prendre sur les doigts, le cas échéant, de la part des exécuteurs testamentaires d'Anatole France. Sur le plan dramatique, rien de cela n'était mauvais ; mais la musique était de l'espèce qui rapporte au compositeur un Oscar. Je rencontrai Vern Verola au bar de l'étage.

— Faut dire, dit-il avant d'avaler un long trait de gin Bosford pur. C'est pas du Wagner. Ni du Puccini. Ni de l'Alban Berg.

— Je remarque que l'on a réécrit mon livret en plus d'un endroit. On se croirait vraiment à Hollywood.

— Vous trouverez, répondit-il, encore plus de changement au second acte. Ce Bevilacqua est un sacré bonhomme. Vous auriez mieux fait de rester dans les parages. Si vous vouliez protéger votre bien.

— J'avais des obligations.

— Ouais, j'ai lu quelque chose dans la presse. Dans le *Daily American* d'aujourd'hui. Tout un plat : « L'heure de la justice pour les déviants va bientôt sonner. » Quelle phrase, dites ! Ça ferait rudement chouette en musique !

J'entendais une voix, que je pensai être celle d'un critique musical, prononcer derrière moi des mots comme *banalità*. Et une autre de femme, cria *bestemmia* !

— Qu'est devenue, dis-je, la Voix de Dieu ? Elle n'est pas sur le programme.

— C'est un chœur d'hommes qui la fait, répondit Vern Verola en prenant un air vague.

La sonnette résonnait. Le second et dernier acte commençait par la pénitence de Nicolas, vêtu de bure. De Rome, parvenait la nouvelle que fonctions et privilèges épiscopaux lui étaient rendus en entier. Le pape se déclarait très satisfait du traité de Nicolas sur la Sainte-Trinité et de sa dénonciation éloquente d'Arius. Malheureusement, force tribus germaniques avaient été converties au christianisme par les ariens, et l'hérésie s'était profondément enracinée chez ces barbares. Apparition de Fra Giovanni pour annoncer qu'il a reçu, par rescrit impérial, mission extraordinaire d'extirper par l'épée et le feu la démoniaque aberration. Toi, mon fils. Oui, moi. Et le jeune moine ôte son habit pour découvrir son armure. A mort tous. Torture d'abord. Purification par les flammes avant de plonger le glaive. Non, non, non, notre foi est fondée sur l'amour, se récrie Nicolas. Hé quoi ! devrions-nous aimer ces abominables hérétiques qui ne veulent pas croire le Christ coéternel au Père ? Sottises ! Guerre, guerre ! Le décor plus ou moins religieux, colonnes et meneaux, s'envolait vers les cintres et la scène suivante représentait une sorte de lande brûlée et déserte, où Nicolas criait comme le roi Lear parmi les rugissements de la tempête, celle-ci étant en réalité une bataille menée à l'orchestre selon les bons principes d'Hollywood, et plagiant pour le plus gros le *Mars* de Holst. Le producteur, avec l'aide, supposai-je, de Bevilacqua, et les encouragements de Domenico, avait introduit des épisodes dans le style de l'inquisition nazie dans les scènes de massacre et, tout ce temps-là, Nicolas protestait ou assistait, impuissant. « *Dovo sono i carri armati ?* » demanda une voix derrière moi. La réponse lui vint sous la forme de bouts de films de guerre moderne projetée sur le cyclorama. A un moment donné, Nicolas suppliait le ciel d'envoyer sur terre l'Amour, et Vénus apparaissait en personne, sous les traits d'une déesse de bordel aux armées. Des mères en deuil et en prière réclamaient à Nicolas un miracle. L'une d'elles lui déposait dans les bras le corps ensanglanté d'un enfant. Après quoi, Nicolas se retrouvait seul avec le petit cadavre, les yeux de nouveau levés vers le ciel. Le tapage de la guerre diminuait pour lui permettre de demander à Dieu pourquoi, pourquoi, pourquoi ? Pas de réponse. « Tu es un Dieu de haine ! criait Nicolas. Un Dieu qui assassine l'innocence. Pourquoi as-tu permis autrefois ce miracle ? Vois ce qui en est résulté pour le monde. Dis-moi pourquoi tu as placé ce pouvoir entre mes mains. » J'attendis que le tohu-bohu se modulât en accords plaisants et aériens des cordes, que des nuages rosés se rassemblassent pour planer, que la lande déserte devînt un paysage édénique, que les voix d'anges entonnassent un hymne, et que la voix de Dieu annonçât en chœur que toute l'affaire n'était que tentation pour inciter Nicolas à maudire son Créateur. Or, voici qu'il était passé à travers sans blasphémer : Prépare-toi à la sainteté ! Mais, loin de cela, Nicolas poussait un contre-si bémol : *Maledico, maledico !* Et, cependant que le rideau descendait lentement, il était noyé sous le tintamarre guerrier reparti de plus belle, l'enfant pendant toujours inerte sur ses bras.

Il y eut assez d'applaudissements, mais aussi des cris divers. Les spectateurs de mon balcon se pressèrent contre le garde-fou pour regarder ce qui se passait dans les loges, car le vacarme de la bataille semblait s'être transféré là, des coulisses. Les musiciens conservateurs se dressaient pour dénoncer l'œuvre comme une honte pour La Scala et s'accuser mutuellement de ne pas être assez conservateurs ou Dieu sait quoi. Les jeunes acclamaient : le Seigneur auquel s'adressait Nicolas était en réalité l'*establishment* italien. Les moins jeunes envoyaient des coups de poing aux jeunes, qui leur en renvoyaient. Les chanteurs revenaient saluer ; les bravos l'emportaient. De petits pugilats feutrés se poursuivirent au foyer. Une bagarre maladroite éclata non loin de moi. Domenico apparut sur la scène avec les chanteurs, parmi les huées et les acclamations. Je sortis.

66

Le bas-relief représentant la naissance, la vie et la mort de saint Ambroise, patron de Milan, resta en vue, jusqu'à ce que le successeur de Carlo l'eût fait ôter, au Duomo di Maria Nascente, fixé sur un pan de mur non loin de l'autel de marbre, œuvre de Martino Bassi, et de la statue de saint Ambroise de Giulio Cesare Procaccini. L'on aurait dû, à condition que les Milanais eussent eu vraiment envie d'un monument moderne à leur saint, le dresser dans la Basilica di San Ambrogio ; mais elle a toujours constitué un temple autonome ou presque, doté de son propre rite (ambrosien), et d'une confiance absolue en ses principes exclusifs d'art sacré, lesquels n'embrassent pas plus le moderne que l'exotique. Le marbre taillé par Hortense était de bonne pierre de l'Etat de New York, aussi ferme et belle que celle de Carrare, et bien meilleure que celle de Sanpietro. Elle y avait sculpté la tête d'Ambroise enfant, essaim d'abeilles autour des lèvres, en signe de la faveur céleste ; Ambroise jeune, revêtu de la toge de préfet de Milan ; Ambroise nu, jetant ses vêtements et sa fortune aux orties ; Ambroise en grand tralala d'évêque, de taille en cap, et tout couilles et jambes musclées plus bas, maudissant Arius ; Ambroise qui brandit une tête de Zeus pour la fracasser, tout en anathémisant Aurélius Symmachus ; Ambroise, nu sur son lit de mort, qui chante un de ses hymnes. Le style, qui mélangeait l'Art Nouveau d'Éric Gill et l'abstraction cubiste d'Epstein, ne fut guère goûté des Italiens, et il y eut de vigoureuses plaintes visant la virilité explicite du saint. On compara le bas-relief à une bande dessinée du *Daily American* : il n'y manquait que les *fumetti* — les bulles avec leurs *ZOOOUM !* et leurs *BEURK !* Un critique le qualifia de SUPERSANTO. Carlo le défendit énergiquement, comme un hommage du Nouveau Monde catholique à l'Ancien — il était grand temps que les Milanais apprissent le vrai sens du mot catholique, déclara-t-il.

Je n'assistai pas à l'inauguration et à la bénédiction de l'œuvre (pour laquelle Hortense reçut cinq mille dollars), le 7 décembre. Au lieu de quoi, après avoir écrit à Domenico une lettre pour déplorer les altérations infligées à mon livret, notamment l'amputation blasphématoire, et pour exiger que mon nom fût retiré du programme et des affiches, je regagnai Tanger par avion, via Rome et Madrid. J'étais en colère ; mais cette colère fut tant soit peu apaisée par les comptes rendus de la presse italienne. Le critique du *Corriere della Sera* assurait que l'opéra était un affront au cardinal, au saint et à tous les vrais croyants ; sa perversion de la vérité hagiographique, ajoutait-il, eût pu passer, à condition d'être arrosée copieusement d'une musique dotée, à défaut d'originalité, d'un certain caractère. *La Stampa* de Turin parlait de comédie musicale de Broadway, moins les couplets, et insinuait l'hypothèse d'une vendetta au sein de la famille Campanati. Selon *Il Messaggero*, le véritable blasphème résidait non dans la déformation cynique d'une légende sacrée, mais dans la pollution d'un noble temple de l'art par une fabrication qui était du pur Hollywood. En revanche, la presse communiste louangea l'œuvre comme une gifle à la figure des forces de la réaction, mais passa sous silence la musique.

De retour à la maison de la Calle Mozart, je découvris que Ralph était resté à Rabat. Ali m'expliqua, avec toute la déférence du monde, que j'avais négligé de lui payer ses gages échus à la fin de novembre · le *señor* avait beaucoup à penser, sans nul doute, et une vétille aussi insignifiante qu'un salaire s'oublie facilement ; mais si le *señor* voulait bien avoir la bonté... Je le priai de m'excuser et passai à mon agence de la Banque du Maroc, rue Spinoza je n'avais plus un sou sur moi après mon voyage. Je remplis un chèque ; l'employé le prit et disparut. Il revint, perplexe et se confondit en regrets pour me rappeler que, à part quelques dirhams, j'avais entièrement vidé mon compte courant, le 5 décembre. Impossible : j'étais à Londres ce jour-là. Il apporta le chèque en question : il était bon pour un million quatre mille deux cent cinquante dirhams ; la date était bien celle qu'il m'avait donnée ; la signature, mienne. Non pas, nullement : c'était un faux de la main de Ralph. Il avait déjà témoigné de ce talent mineur auparavant, au bas de lettres d'insultes, censées venir de moi, à des éditeurs et autres destinataires.

— C'est mon secrétaire qui est passé ? demandai-je. Le monsieur américain ?

— Oui, le monsieur nègre.

Il était déjà venu encaisser des chèques signés de moi, jamais aucun, pourtant, d'un montant aussi énorme. Je gardai mon calme devant tous ces sous-ordres aux grands yeux bruns pleins de questions. Même, je souris, en maudissant doucement à leur usage ma distraction : j'allais télégraphier à Genève pour arranger un virement de fonds. En attendant, j'avais besoin d'argent liquide. Mais bien sûr, monsieur.

Je rentrai à la maison, payai ses gages à Ali et lui donnai de l'argent pour le marché. Puis, j'allai jeter un coup d'œil sur la chambre de Ralph. Tout était parti et je cherchai en vain un message d'adieu. Il n'est point besoin de transcrire ici mon émotion. D'ailleurs, tout ce qui est sentiment est toujours chose singulièrement difficile à traduire. J'enrage, je fonds, je brûle, etc., comme le Polyphème d'*Acis et Galatée*. Et cependant, j'eusse dû m'y attendre depuis toujours : oui, depuis le début c'était inscrit dans la nature de nos rapports — comme de tous les rapports de cet ordre. La prescience faisait partie des meubles. Cela ne m'empêchait pas de me sentir écorché vif, étrillé, abominablement maltraité. N, i, ni, fini, bon débarras, oublie-le — et pourtant, impossible. Les effluves musqués de sa peau étaient imprimés dans mon épithélium ; je voyais courir ses doigts sur le clavecin et luire ses dents tachées de jus de figue ; j'entendais les échos d'une voix qui avait les tonalités de sa chair.

Je guettai le courrier, tout un mois, dans l'espoir d'une lettre où il annoncerait lamentablement qu'il avait échoué à Mombassa ou sur l'île d'Aldabra, qu'il était sans un sou, désabusé, à bout, et qu'il me suppliait de le reprendre. Je ne doutais pas qu'il eût visé l'Afrique orientale en partant, dans l'idée de retrouver sa patrie. Me voici à Mogadishu et c'est l'enfer, mon vieux ; très cher Ken, je t'en prie, prends l'avion pour Arusha et viens me chercher pour me ramener la leçon suffit. Et puis, en février, alors que je commençais à ressentir des affres exquises en constatant que je pouvais m'accommoder de son absence, je reçus une lettre, portant une adresse à la machine avec un timbre aux couleurs impérieusement tapageuses d'un nouvel État africain, et où le nom *RUKWA* couronnait un profil de Mussolini noir, sur fond criard de flore équatoriale. *Cher Ken* lus-je,

> Je sais que, à tes yeux, le fait que j'ai vidé ton compte est le moindre de mes crimes. Un de tes bons côtés est le mépris de l'argent. Si tu veux que je te rende ce fric, c'est d'accord, bien que cela ne puisse se faire sans exiger pas mal de tracasseries, étant donné les limitations qui viennent juste d'être imposées à l'exportation légale de capitaux du Rukwa. Comme tu peux le voir à l'en-tête de ce papier, j'ai un poste au ministère de l'Information. La langue officielle reste l'anglais, pour le moment, avant qu'il devienne seconde langue, quand le rukwayi aura été modernisé et sera entré en usage comme il faut, ce qui n'est pas pour demain. Je savais bien que j'avais raison de venir en Afrique. Randy Foulds est ici ; officiellement, c'est lui le ministre de l'Éducation, mais il passe le plus gros de son temps à écrire son nouveau livre ; ce sera, dit-il, le premier vrai roman africain. La grande affaire, c'est l'africanisation totale. Tu as beau détester qu'on te raconte qu'on ne fait pas d'omelette sans casser des œufs, n'empêche qu'il nous faut bien briser les cœurs des Asiatiques. A Tukinga, dont nous sommes en passe de faire une capitale moderne, tout le commerce était entre leurs mains, depuis des temps immémoriaux. Aujourd'hui, nous sommes forcés d'exproprier ces gens, de les rapatrier dans leur pays d'origine et tout. Même chose pour les Blancs, y compris les missionnaires qui dirigent les hôpitaux et les techniciens amenés sous le fort peu regretté feu Hossan Zambolu. « Unité dans la paix » est un autre de nos slogans. Cela signifie qu'il faut s'attaquer à l'esprit tribal, comme dit mon patron, et inspirer aux gens l'idée d'un patriotisme plus large. Mais pas question de violence, ni de méthodes d'état policier. Le fait que je sais un peu d'oma a surpris mon patron et lui a prouvé mon sérieux. J'ai énormément à faire. Mais je suis heureux, très heureux. Pour la première fois. Peut-être ne me reconnaîtrais-tu pas dans ma longue robe rouge tissée à la main. Je continue à signer du même nom ; toutefois, je dois me mettre dans la tête que je suis maintenant Kasam Ekuri. Crois-le si tu veux, le nom de Kentumi existe ici. Je dis à ces gens qu'il n'y a qu'un Ken Toomey.

Il y en avait plus long — mais pas follement plus. Mon cœur se serrait à chaque ligne que je lisais. L'innocence de ce garçon ! Et quelle ignorance politique, quel optimisme damnable ! Il me faisait la part belle pour me permettre de l'effacer de mon esprit. Non, Ralph n'existait plus. Adieu à ce fonctionnaire noir d'un état nouveau-né qui ne tarderait pas à apprendre l'art de la répression policière. Il portait maintenant une longue robe rouge et s'appelait Kasam Ekuri. Je ne connaissais pas cet homme.

Le jour même où je reçus cette lettre, parut l'effroyable article de *La Domenica Ambrosiana*. Sous le titre *Peccati Cardinali* et la signature de Massimo Fioroni, et sur plusieurs pages, s'y étalait la dénonciation d'un autre innocent : Carlo Campanati. L'exemplaire ne tomba sous mes yeux que quinze jours après sa publication. Je buvais ce jour-là un triste cocktail au bar du Rif, quand j'aperçus un touriste italien qui bâillait en lisant ce magazine. Carlo était en couverture, surpris par un photographe dans une posture malencontreuse. Sa main levée tenait un verre d'un liquide qui eût pu être du sang ; ses lèvres, serrées sur un cigare toscan, laissaient échapper un nuage de fumée aussi abondant que ces vapeurs que recrachent, la nuit, les bouches grillagées des rues de Manhattan. Je demandai à cet homme si je pouvais lui emprunter son journal. Il répondit que je n'avais qu'à le garder : il avait fini de le lire. Mais, faisant allusion à la photographie de la couverture, il montra des belles dents cruelles et tourna un pouce vers le bas. L'on ne pouvait mieux résumer l'article. Je lus : *I membri del regno si possono riconoscere sempre : dai loro frutti...* Soit :

> Ceux qui appartiennent au royaume se reconnaissent aisément : à leur fruit, vous le saurez. Qu'il nous soit permis de demander : quel royaume ? Et qu'il nous soit permis aussi d'adjoindre aux fruits la verdure qui les entoure. Avec la santé défaillante du Saint-Père, la question de sa succession se pose inévitablement, et parmi tous les *papabili*, le nom de Carlo Campanati, cardinal archevêque de Milan brille depuis quelques temps, surtout dans la presse de bas étage, d'un nimbe d'élection, disons par figure de prolepse. Et il serait grand temps de considérer non seulement les fruits de son règne sur l'archidiocèse de Milan, mais aussi l'odeur de ses alliances. (*Que l'on me pardonne ce style qui n'est pas le mien : le journalisme italien a des solennités qui se traduisent mal.*) La lignée des Campanati est riche en fascinations bizarres, pour qui a la curiosité d'étudier la famille et les antécédents des prélats italiens. La branche commerciale des Campanati débuta assez humblement par la production et la vente au détail, sur le marché national, de l'un des plus fameux et certainement des plus odorants de nos fromages. Par la suite, elle grandit et donna le jour à une succursale américaine. Le père de l'actuel cardinal archevêque de Milan épousa une Américaine de bonne famille, qui charriait dans ses veines un mélange de sangs d'Italie du Nord et qui lui donna trois fils italo-américains et une fille de même, avant qu'il disparût totalement de la vie commerciale et sociale en attendant l'issue mortelle d'une maladie dont la nature implacable peut aisément se deviner, à défaut d'être, par considération pour la décence, nommée. La fille devint religieuse de l'ordre contemplatif de saint Jean de la Croix et atteignit le rang vénérable et éminent de mère supérieure. Le plus jeune des trois fils est devenu un musicien de médiocre talent, qui a trouvé sa vocation dans la composition de musiques médiocres pour de médiocres productions de Hollywood. L'aîné émigra à Chicago pour y prendre la

direction d un organisme destiné à l'importation aux États-Unis de produits alimentaires italiens. Quant au troisième fils, on connaît sa carrière.

Toutefois, avant d'examiner celle-ci, voyons ce qui est advenu des membres de la famille demeurés dans le siècle. La mère se consacra courageusement à la cause des juifs persécutés, à l'époque du régime nazi ; ayant contracté un mal mortel, elle chercha une issue à ses souffrances dans un acte que l'on pourrait considérer, techniquement en quelque sorte, comme suicidaire, mais que les âmes charitables élèveront au rang du martyre volontaire : tentant d'assassiner Heinrich Himmler devant un cinéma berlinois, elle fut frustrée de la réussite de ce geste par la prompte réaction d'un compagnon du Reichsführer, et ce fut elle qui trouva une fin non moins prompte, des mains de gardes du corps SS.

Le fils aîné, de son côté, était entré, peu de temps auparavant, en conflit avec des gangsters de Chicago. Apparemment insuffisamment équipé pour lutter contre Al Capone et ses gladiateurs avec les armes du bon droit, de la morale et de la légalité, et encore moins pour leur tenir tête avec un armement plus convaincant, il rencontra la mutilation et la mort dans des circonstances sordides, inséparables d'une guerre des gangs de Chicago dont la plupart de mes lecteurs ne se seront fait une idée que par l'exploitation éclatante et charmeuse qu'en a tiré le cinéma.

Ce qui nous ramène au plus jeune des fils, dont l'association avec ce même cinéma, nouée dès l'aube du film parlant, n'a pris fin récemment qu'avec une incursion malavisée dans un domaine de l'art dépassant quelque peu même les plus ambitieux efforts de son talent. Compositeur de musique de film et citoyen de la capitale mondiale de la pellicule, il succomba à l'ambiance immorale d'une civilisation vouée à l'argent et au plaisir, renia à grand fracas la foi de ses ancêtres pour se perdre dans les délices islamiques d'une polygamie sérielle qu'encouragent les lois du divorce en Amérique. Il avait, il est bon de le souligner, contracté un mariage catholique avec une jeune fille appartenant à une famille britannique ; mais, soupçonnant, à juste titre comme il apparut par la suite, que les deux enfants nés de ce mariage n'étaient pas de lui, il recourut à la séparation qui devait, peu après, se métamorphoser en divorce devant l'état civil.

Sa famille par alliance portait le nom de Toomey, et le membre le plus distingué en est Kennet Toomey. le romancier et auteur dramatique dont l'œuvre est bien connue en Italie pour appartenir à un genre de divertissement superficiel acceptable comme tel, mais difficilement compatible avec la littérature pure. Ce même Kennet Toomey a récemment proclamé dans la presse britannique, avec témérité plutôt qu'avec courage, sa conviction homosexuelle. Sa sœur, dans une interview accordée à la presse américaine peu de temps avant la déclaration de Kennet Toomey. avait avoué, en réponse à une question, vivre dans un état non déguisé de pseudo-mariage lesbien avec une Noire. Tant

Kennet Toomey que sa sœur, laquelle complaît encore aux règles de principe du mariage catholique en continuant à porter le nom de Campanati, ont fait récemment une brève irruption dans les sphères milanaises avec ce que l'un et l'autre considèrent sans nul doute comme des apports à la culture italienne. La bande dessinée taillée dans la pierre par Mme Campanati pour représenter la carrière du saint patron de notre ville a été solennellement apposée à l'intérieur du Duomo. On est en droit de se poser des questions sur les motifs qui ont poussé son Eminence le cardinal à commander cette œuvre et à la payer, malgré une opposition laïque et cléricale par-dessus laquelle son autorité n'eut pas de peine à passer, plusieurs millions de lires prélevés sur les fonds de l'archidiocèse. L'œuvre est assurément dénuée de toute qualité, sinon blasphématoire, et elle constitue une insulte à l'art italien authentique et sincèrement religieux qui fait la gloire du Duomo. Son Éminence le cardinal a défendu l'œuvre de sa belle-sœur en prônant son élévation et sa sainteté et en allant jusqu'à parler de sainteté à propos de la vie de cette artiste supposée. C'est là une interprétation quelque peu hétérodoxe du sens à donner à un ménage lesbien. La médiocrité de la sculpture pourrait, à la rigueur, s'abriter derrière l'excuse des inconvénients d'une vision monoculaire, la dame en question s'étant vue transformée en effet et en des circonstances assez peu claires, quoique peut-être suffisamment romantiques, en Cyclope femelle.

Kennet Toomey, pour sa part, a contribué à l'accroissement de l'art milanais avec le livret de l'opéra *Una Leggenda su San Nicola*, dont la première a eu lieu à La Scala le 6 décembre dernier, mais qui a été retiré avant même d'avoir atteint le nombre de représentations prévues. Ce livret, vaguement fondé (sans, comme il s'est révélé, la permission des héritiers détenteurs du copyright) sur une nouvelle d'Anatole France, utilise une version travestie d'une légende du grand saint pour tenter de faire entrer dans la tête du public, à grand renfort de mots grossiers et de musique encore plus grossière, une thèse passionnante — savoir : que Dieu est mauvais et que même les miracles divins peuvent devenir des moyens de propager le mal en ce monde. Il est vrai qu'il n'y eut pas consultation, de la part du librettiste homosexuel comme du compositeur renégat et maintes fois divorcé, de la plus haute autorité religieuse de la ville, touchant le bien-fondé du projet, et notre grand prélat lui-même, en l'occurrence, s'est lavé les mains, tel Ponce Pilate, de toute responsabilité quant aux activités séculières au sein de son archidiocèse. Pourtant, on était en droit de supposer que le titre (annoncé longtemps à l'avance) de l'œuvre, piquerait la curiosité de Son Éminence, d'autant que le compositeur est son propre frère, et le librettiste, son ami.

L'amitié qui unit Kennet Toomey et le pasteur des âmes qui, de simple Don Carlo, devint Monsignore et qui, si ses admirateurs parviennent à étouffer les opérations du Saint-Esprit, a encore une chance d'être candidat authentique au trône de saint Pierre — cette amitié, dis-je, est de longue date. Elle atteignit en pratique à son sommet lors d'une étrange comédie qu'ils montèrent ensemble et qui, à l'époque de sa perpétration, fit fort peu de bruit. Kennet Toomey se présente mystérieusement, dans un ouvrage intitulé en italien *Cerchiamo Iddio* et publié par Einaudi, comme le porte-parole séculier de nombreuses voix religieuses, c'est-à-dire comme se chargeant de présenter, dans un style populaire et même amusant, les délibérations d'un certain nombre de théologiens et de pasteurs progressistes sur l'avenir que le christianisme évangélique devrait, selon leur opinion collective, embrasser. Certaines de ces propositions sont stupéfiantes. Le grand mot est : *œcuménisme*. La vision ultime semble être celle d'un déisme unifié, à l'intérieur duquel les principes d'un christianisme traditionnellement ferme et solide sont modifiés et finissent par se dissoudre dans une nébulosité commode, quand ils ne sont pas entièrement supprimés. Et cette nébulosité est particulièrement utile à certain type d'intelligence désordonnée, capable de réconcilier christianisme et matérialisme marxiste. Les auditeurs attentifs des sermons de Son Éminence au Duomo, aussi bien que de ses fréquentes homélies du week-end à la radio-télévision italienne, tout comme les lecteurs attentifs de ses lettres pastorales, seront déjà abondamment habitués à la proclamation, sous une forme, certes, plus rhétorique que rationnelle, de certaines des nouvelles doctrines, fort bizarres, dont Kennet Toomey consentit en son temps à se faire le promoteur nominal. L'on remarquera, chose assez étrange, que le livre en question ne prévoit pas que les pratiques homosexuelles puissent se réconcilier avec l'enseignement de l'Église la plus oniriquement laxiste qui soit, c'est-à-dire telle que l'envisage l'œuvre qui, quels qu'en aient pu être les autres coauteurs anonymes, porte le sceau indubitable de la personnalité de celui qui n'avait pas encore atteint à l'éminence.

Mais ce grand prélat ne pousse pas encore la démence jusqu'à donner sa caution à la perversion sexuelle. C'est à Kennet Toomey qu'il a appartenu de combiner, en une occasion qui ne fut que trop publique, c'est-à-dire au cours de poursuites criminelles contre un de ses propres amis, poète britannique homosexuel notoire, une déclaration de sa propre position en la matière avec la défense enflammée d'un livre publié par ledit poète, et où Notre Seigneur et Rédempteur est présenté comme un pervers du même cru que ces messieurs. Les mots manquent pour exprimer le choc, l'horreur et l'authentique nausée physique que même l'expression la plus générale d'une idée aussi blasphématoire provoque inévitablement jusque dans l'âme du non-croyant. Quant au vrai croyant, il aura du mal à admettre que l'ignominie du pot-pourri que représente ce livre puisse affecter l'esprit du public, si basse opinion qu'il puisse avoir de ce dont est capable une culture protestante. Que le livre en question n'ait été interdit qu'après de longs débats et que la décision d'un premier tribunal puisse fort bien être cassée par une seconde juridiction, voilà qui fait assez ressortir les périls qui menacent une telle culture.

> Le cardinal archevêque a d'étranges amis. Il a aussi une étrange famille et d'étranges idées sur la doctrine chrétienne. Il a proclamé, il y a bien des années, son aversion pour le dogme le plus fondamental de la foi : celui du péché originel, lequel, bien avant que le Verbe fût fait chair et descendît parmi nous, présupposait la nécessité de la rédemption divine. L'homme est créature de Dieu, prêche Son Éminence, et donc bon. Le mal est purement extérieur, entièrement monopole du diable. Et il peut être exorcisé. En dépit des preuves de la dépravation humaine, des malheureuses années d'histoire honteuse que le monde a récemment traversées, des monstruosités à peine croyables auxquelles ont été soumises les hommes, mais qu'ils ont aussi, car tel est le terrible paradoxe de notre humanité, voulues, le cardinal se cramponne à la croyance erronée en une pureté spirituelle qui, comme nous l'enseigne la Sainte Église, fut accordée par Dieu à une seule et unique créature humaine : la mère même de Dieu.
>
> Dans le monde séculier, le cardinal témoigne d'une excentricité analogue. L'esprit de l'homme de notre temps trouve, à l'en croire, sa manifestation la plus noble dans le prolétariat. Les aspirations de celui-ci, telles que les expriment les syndicats, sont, du point de vue de Son Éminence, entièrement conciliables avec la vision augustinienne de la Cité de Dieu. Ce que voulait Marx, Dieu le veut aussi. Dans son obscure logique, notre homme d'église situe l'équivalent séculier du mal selon la théologie dans le seul capitalisme et ne peut trouver la moindre trace de reproche moral à faire même aux actes les plus irresponsables du syndicalisme. Si l'on appliquait le canon de sa théologie pervertie au schème de son anarchisme philosophique, on découvrirait que le Père des Mensonges se cache douillettement dans les citadelles de l'entreprise capitaliste.
>
> J'en ai dit assez pour l'instant ; mais c'est uniquement au nom de la décence, de la raison et de l'orthodoxie que j'élève ici la voix. Peut-on douter un instant de la nécessité que d'autres se fassent entendre, où l'on reconnaîtrait notamment l'écho d'une autorité plus grande — dirai-je même vaticane ? Mais le Vatican garde le silence sur les errements de l'un de ses princes. L'on veut croire que ce mutisme est l'effet de la violence prolongée et pathologique du choc, plutôt que de la complicité. Il nous reste à espérer d'entendre tonner le Pêcheur du lac de Tibériade et tinter les clés toutes-puissantes.

Et voilà ! *Il tintinnio delle chiavi omnipotenti.* Ce *tintinnio* était assez inepte : il sonnait comme un trousseau de clés de voiture. Le reste éveillait assez d'échos. Matière à procès ? J'en doutais. J'avais, dans ma carrière de romancier, appris à connaître les lois sur la diffamation. La méchanceté en soi n'est pas un préjudice. Ce journaliste, dont le nom ne m'était pas familier, avait pris soin de vérifier ses faits Derrière lui, l'on sentait les bureaux de la presse étrangère. Et encore plus, l'argent. C'était le capital, bien plus que la foi, que Carlo avait offensé. Quelque temps, je rêvai de commanditer un mercenaire de la Casbah avec mission d'aller à

Milan et de régler son compte à ce Massimo Fioroni, pour l'amour d'Hortense et de ses enfants. Mais c'était assurément à Carlo qu'il appartenait d'écrabouiller ce misérable lâche sous des foudres autrement plus terribles qu'un poignard de quatre sous.

Quelque riposte que Carlo ait méditée, elle ne vint jamais. Montant en chaire dans sa cathédrale, le second dimanche de Carême, il poussa soudain un beuglement, tel le taureau qui sent les ciseaux du hongreur, et s'effondra. D'aucuns dirent que la main de Dieu l'avait frappé ; d'autres, que c'était le sabot du diable. Arrêt du cœur, supposèrent les plus rationnels. Comme il gisait immobile sur le dos, il lâcha une série de ronflements falstaffiens, de quoi faire frémir, mieux que n'eût pu le faire un tuyau d'orgue de dix mètres, un saint édifice moins massif. Il fallut six serviteurs pour l'emporter.

67

J'avais assez de mes propres affaires. Néanmoins, j'écrivis une lettre pleine de commisération à Carlo, que l'on avait envoyé se reposer dans une clinique tenue par des religieuses à Bellagio, sur le lac de Côme. Je ne reçus pas de réponse. Je voyageai, homme vieillissant et rendu, bien que le monde entier le sût homosexuel, à sa solitude coutumière. Au début d'octobre 1958, Carlo, ayant repris des fonctions fort réduites, m'adressa un télégramme : il me mandait d'avoir à passer un jour ouvrable avec lui, à l'hôtel de Paris dans la ville de Monte-Précité. Son secrétaire avait pris toutes les dispositions. J'étais prêt à désobéir, ayant déjà une invitation de Sa Majesté le roi du Maroc à un banquet et à une réception en l'honneur du secrétaire d'État américain. Mais la curiosité, la honte, l'affection, même, l'emportèrent. Je pris l'avion pour Barcelone et, de là, pour Nice. Je fis le reste du chemin en taxi par la Corniche. La mer était calme ; le ciel, clair ; l'air, plein de douceur. A l'hôtel, on m'informa que Son Éminence était déjà arrivée. L'on me montra ma chambre, puis m'amena à son appartement.

Carlo avait maintenant soixante-dix ans. D'une corpulence noble, d'une laideur merveilleuse, il semblait remis. Il était tout vêtu de rouge, comme le veut le rang. Personne, crus-je comprendre, ne l'accompagnait. Il m'offrit un whisky, de l'*Old Mortality*, cette rareté, et me dit :

— On m'a d'abord raconté que le casino était fermé, réservé uniquement à des émirs du pétrole en visite. Je n'ai rien voulu entendre. J'ai dit : "Vous ne feriez tout de même pas passer des infidèles avant un prince de votre Église ?" La direction a rappelé pour annoncer que Son Altesse Hussein ibn El Hadji Youssof ou je ne sais qui d'autre me priait de lui faire l'honneur de me joindre à lui et à ses amis. Bref, d'abord le jeu et, ensuite, souper — cela te va ?

— Il y a combien d'années que cela ne nous est pas arrivé ? Quarante ?

— Oui, quarante. Nous étions trois, alors.

— Trois, oui. (Je sentais que le nom du troisième était tabou.) Comment vas-tu, Carlo ?

— Pas trop mal. Tu as compris que la minute de vérité est proche ?

— Tu veux parler de l'imminence d'une certaine mort à Rome ?

— Oui, oui, oui. Te rappelles-tu le soir, à Moneta, où nous avons longuement parlé de la tragédie grecque ? Je n'arrive pas à me souvenir... Le mot *démesure* est-il venu dans la conversation ?

— Non, je ne crois pas.

— Reprends du whisky. (Il me jaugeait, du fond de son fauteuil de velours.) Allons, sers-toi. Tu as maigri. Tu as l'air d'un vieux. Quel âge as-tu ?

— Soixante-huit ans.

— Tu es un vieux, et tu n'en es pas encore là où je disais. (Tout cela était très mystérieux.) La révélation se fait attendre.

— J'ai eu celle de la bassesse humaine. A en revendre.

— La bouillabaisse humaine, dit-il dans un accès de brusque jovialité. Bassesse oblige. Sais-tu pourquoi j'ai été malade ?

— J'ai supposé que...

— Tu n'es pas le seul, tant s'en faut. En réalité, c'était d'épuisement. Après le plus rude combat de toute ma carrière.

Son accent anglais était plus britannique que je n'en avais souvenir : il se rapprochait assez, pour la longueur et l'intonation vocaliques, de celui de l'ex-archevêque d'York, moins les sonorités flûtées — la résonance montait toujours du coffre ventral. Il reprit :

— Il y avait un enfant de famille pauvre à Novara, tout taraudé de présences infernales : un vrai fromage. Tu en écrasais ou tu en étouffais une, peu importe le mot, tout de suite une autre prenait sa place. Toujours les mêmes petits noms idiots : Popo, Cazzo, Stronzetto. Les mêmes petits blasphèmes que d'habitude. Et puis un jour, silence sur tous les fronts, comme dans l'attente d'un maître d'école tyrannique, dont on entend déjà le pas dans le couloir. Moi aussi, j'attendais. Et alors, a retenti la résonance, la vraie, celle du grand patron lui-même. Quel polyglotte ! Remarquable. Et d'une courtoisie ! Il cita le fameux article de l'abominable journal, tu sais ? Tu aurais dû entendre l'exactitude, la minutie. Il exécuta quelques petits tours de passe-passe avec une nonchalance ennuyée. Il coupa et rétablit l'électricité, projeta au plafond une sorte de film de ma jeunesse, émit d'ignobles odeurs en priant qu'on l'en excusât et en les faisant suivre des senteurs de notre jardin de Gorgonzola. Il dit très dévotement l'ordinaire de la messe. Mais, en même temps, il dévorait le corps de l'enfant, sur le visage duquel s'installa une sorte de rictus comique.

— Il dévorait, dis-tu ?

— Les membres dépérissaient à vue d'œil, pendant que le ventre se gonflait comme un ballon : je savais qu'il allait exploser comme celui d'un chien empoisonné. Je me sentais impuissant. L'autre connaissait le *Rituale Romanum* beaucoup mieux que moi. La tension m'usait affreusement, d'autant que j'observais le jeûne. Et ce, des jours et des jours durant, sans rien que quelques heures de repos. Je n'ai pas suivi l'ordre prescrit pour l'exorcisme. J'ai prié, prié, et j'ai échoué. Il a dit *vale sancte pater*, et puis il a rompu le cou de l'enfant. Rompu comme tu briserais le col d'un lapin. Tout était terminé et j'avais failli. Étonne-toi que je sois tombé malade !

— Il a parlé le latin ?

— Le latin, oui. Ensuite, le cou du pauvre enfant s'est rompu net, et silence.

— Il n'y a qu'un homme au monde que l'on puisse appeler "saint-père". Le diable peut-il dire la vérité ?

— Le Père des Mensonges ? (Il haussa ses énormes épaules.) A force de mentir tout le temps, il doit bien dire la vérité. Le diable est qu'il ne ment pas tout le temps ; voilà pourquoi c'est un si grand menteur. Démesure, démesure, reprit-il. Bien, maintenant allons jouer, veux-tu ?

Dans le hall de l'hôtel, Carlo se prêta à de nombreux baisements d'anneau et distribua sa bénédiction. Deux ou trois Américains au col de chemise ouvert se contentèrent d'écarquiller les yeux ; l'un d'eux dit : « Ça, alors ! Un pasteur coco ! » Carlo n'entendit pas. Il était allé droit à la statue de Louis XIV et caressait l'antérieur levé du cheval, qui luisait d'un or plus riche après ces quarante années.

— Ce que j'ai l'air de solliciter, dit-il, n'est pas du tout le genre de chance que tu crois. Non que je demande rien, d'ailleurs, ajouta-t-il, toujours aussi mystérieux.

Nous sortîmes dans la douceur du soir et marchâmes jusqu'au casino, tandis que Carlo multipliait les bénédictions sur son passage.

La petite principauté du jeu, après une période de crise où elle avait vu Nice, Antibes et Cannes éclipser sa popularité, reprenait le dessus à ce moment-là, surtout grâce à son souverain. Le récent mariage de celui-ci avec une jeune dame de bonne famille philadelphienne, parvenue à une renommée mondiale comme actrice de cinéma ; l'association du petit État, si éphémère qu'elle dût être, avec un armateur grec, gros manitou vulgaire, mais chanceux, qui avait voulu ajouter Monaco à son pavillon ; la promotion de l'océanographie et l'encouragement des arts — tous ces éléments apportaient un regain de célébrité et de séduction au minuscule État, dont la prospérité et l'indépendance suscitaient rancœurs et grognements de la part de sa grande voisine, la France. Le casino, d'ordinaire bondé, offrait, ce soir-là, la paix d'une église ou d'une mosquée. Les visiteurs arabes avaient apparemment insisté pour d'obscures raisons de sécurité, à moins que ce ne fût par pur étalage de richesse insolente, pour que l'on fermât tous les salons, à l exception de la seule salle privée, réservée à leur usage. On nous conduisit avec force courbettes à cette chapelle rococo du jeu. Le prince avait, dans sa sage bonté, réinstauré l'antique coutume qui voulait que l'on fournît des rafraîchissements gratuits aux joueurs sérieux, et Carlo accepta allégrement la flûte de Mumm embuée qui lui était tendue avec révérence. Étaient là, debout, sirotant de l'orange pressée, les magnats du désert, en longue robe blanche, une dizaine au total. Trois d'entre eux portaient des lunettes de soleil pour se protéger de la lumière, pourtant assez tamisée, des lustres. Un fonctionnaire au verbe onctueux, costume de Savile Row et cravate des anciens d'Eton, nous présenta les émirs, à Carlo et à moi-même : Leurs Altesses les cheiks Fazal ibn Sayed, Mohamed ibn Al-Marhoum Yousoff, Abdul Khadir ibn al-Hadji Younous Redzwan. Ce dernier nom, la Malaisie me l'avait appris, avait la même signification que le prénom de la princesse de Monaco — laquelle était présente en peinture, au mur, doucement illuminée. Un thème romantique banal du pauvre Domenico flotta dans ma mémoire : c'était lui, l'auteur de la partition de *Route sans issue*, où, dans une précédente incarnation, elle apparaissait au côté de Cary Grant. Carlo établit avec un porte-plume en or, un chèque sur la banque du Saint-Esprit et reçut, accompagnés des inévitables courbettes, des jetons et des plaques pour de gros chiffres.

— Roulette ?

La suggestion venait de Son Altesse le cheik Abdul Khadir Le prince de la Sainte Église apostolique et romaine répliqua :

— D'accord, pour commencer.

Nous avions droit au nombre requis de croupiers, malgré l'exiguïté de notre groupe : un à chaque bout de la table, deux tout près l'un de l'autre à chacune des incurvations et le chef de partie sur son trône surélevé.

« Messieurs, faites vos jeux »... La roulette tourna ; la bille d'ivoire sautilla dans la cuvette de bois, à contresens. Carlo tendit trois jetons et demanda : « Finales sept par dix. » Le croupier plaça docilement les jetons sur le 7, le 17 et le 27. Les princes jouèrent le maximum : soixante mille anciens francs chacun, en plein, à cheval, carré. Je courus une humble chance simple et fis un geste de modestie outrée : je n'étais pas vraiment là pour jouer. « Les jeux sont faits, rien ne va plus. » La bille perdit de sa vitesse, heurta les losanges de métal à tête taillée en diamant de la cuvette, tituba, comme ivre, suivit une démarche arbitraire, toucha la roulette, se battit contre les bords métalliques en saillie des compartiments numérotés, et finit par s'immobiliser. Le croupier annonça : « Dix-sept, noir, impair et manque. » Le râteau poussa plaques et jetons vers Carlo, qui ne parut pas déborder de joie.

Pas plus qu'il ne parut enchanté lorsque, essayant toutes les chances multiples — transversale, carré, à cheval, quatre premiers, sixain, colonne, douzaine — il gagna beaucoup plus qu'il ne perdit. L'un des princes parmi les moins importants, dont nous ignorions le nom, dit en excellent anglais

— Cet argent ira-t-il aux pauvres, Votre Éminence ?
Et Carlo répliqua, plus mystérieux que jamais ce soir-là
— On est toujours entouré de pauvres.
« Trente-et-quarante ? » proposa le cheik Fazal ibn Sayed. Va pour trente-et-quarante, le jeu des riches. Nous nous transportâmes à la table en forme de bouclier, sans autre blason que ses losanges noir et rouge, sa flèche de couleur et le chevron pour « inverse ». Deux des croupiers se retirèrent pour aller se rafraîchir : l'on se passait d'eux à cette table. Le tailleur sortit ses six paquets de cartes, dont il rompit les sceaux. Il battit chaque jeu séparément, puis les six ensemble. Avec une sorte de génuflexion, il invita Carlo à couper. Ce que fit celui-ci. Les cartes furent poussées dans le sabot : « Messieurs, faites vos jeux. » De grosses sommes furent misées sur rouge et noir, couleur et inverse étant pour le moment dédaignés. Le tailleur étala ses deux rangées, la plus haute signifiant noir, la plus basse, rouge. Nous observions avec une impassibilité ennuyée. Carlo fumait un Roméo et Juliette. La rangée du haut donna 37, celle du bas, 32 : « Rouge gagne. » Autrement dit, Carlo. Il continua à gagner. Noir-couleur, noir-inverse, rouge-couleur, rouge-inverse. Il avait beau perdre un peu, les plaques s'empilaient. Le cheik Fazal dit :
— La chance du diable, comme nous disons dans notre langue.
— Seul, le diable a de la chance, dit Carlo, ajoutant un bon mot et un aphorisme à sa collection. Dieu n'en a pas besoin. Ferons-nous une brève pause pour prendre quelques rafraîchissements ?
Entracte. Nous bûmes du champagne et mangeâmes des canapés exquisément préparés, mais dénués de toute valeur nutritive. Le cheik Abdul Khadir raconta, en français, la plaisanterie sur Moïse qui, en se trompant de tournant dans le désert, rata le pétrole.
— Y a-t-il, demanda Carlo, un rapport mystique entre le pétrole et Allah ? (Offense manifeste, exprimée sur le ton de la plus grande cordialité.)
Le chef de partie, qui avait fait le compte des plaques de Carlo, s'approcha de lui pour lui glisser à l'oreille le montant de ses gains. Carlo hocha la tête et dit :
— Les gains mal acquis de l'Église affrontent ceux des Fils du Prophète. Je suis prêt à tout miser sur une seule carte retournée. Qui de vous, messieurs, désire jouer ?
— Quelle est la somme en question ? s'enquit le cheik Fazal.
Carlo le lui dit. Le cheik reprit :
— C'est gros, très gros. Mais ce n est pas trop. Les richesses du sol qu'Allah bénit sont sans limites. Votre Église a été fondée sur un roc peu riche en gisements minéraux.
— *Tu es Petrus*, cita Carlo, *non Petroleum*. Vous pouvez opposer à ma petite somme dix ou vingt fois son montant. Si je gagne, l'argent ira aux pauvres.
— Aux chrétiens pauvres, repartit le cheik Fazal.
— Ou aux pauvres musulmans, si vous le désirez. Pauvreté n'a d'autre religion qu'elle-même.

— Très bien. Tout de suite ?

Carlo vida sa flûte et fit un minuscule rot.

- M. Toomey ici présent peut présider à la cérémonie

- Il est chrétien.

— Oh ! il y a pire, dit Carlo en me décochant un regard. de brève malice, me sembla-t-il.

— Je propose à sa place monsieur le chef de partie. Il a sa religion à lui. Il convient de respecter aussi le métier avec l'homme

— Parfait.

Nous passâmes à une table recouverte d'un tapis vert uni, sous l'éclairage surplombant d'une lampe à abat-jour. Carlo s'assit, puis le cheik Fazal. Le chef de partie s'inclina légèrement et prit place à son tour. Un croupier apporta, avec une courbette, un jeu neuf. D'une main cérémonieuse, le chef déchira le sceau.

— Je joue, dit Carlo, la somme de un million six cent soixante-quinze mille francs.

— Pour arrondir, je dirai vingt-six millions. L'as est le plus fort ?

— Certes.

Les cartes furent battues, coupées. Tout le monde retint son souffle, sauf Carlo qui expira de la fumée. Le cheik Fazal tira le premier : dix de trèfle. Carlo riposta avec la reine de cœur.

— Mes félicitations, Votre Éminence. Buvons aux pauvres.

— Un instant, dit Carlo. La plus forte de trois. Acceptez-vous ?

— A votre guise.

Carlo sortit le trois de pique ; le cheik, le sept de trèfle. On battit de nouveau. Le cheik tira le roi de cœur ; Carlo, le huit de la même couleur.

— *Deo gratias*. dit-il tout bas. Boirons-nous toujours aux pauvres ? ajouta-t-il tout haut.

— Votre Éminence l'a dit : on est toujours entouré de pauvres.

Salutations sur salutations. Comme nous regagnions à pied l'hôtel de Paris, je dis :

— Personnellement, j'y vois de la superstition. Peut-être la croyance au Schicksal, le destin, le *kismet*, comme disent les Arabes. Que signifiait cette séance ?

— Que j'ai joué pour la dernière fois. Au reste, non, nous sommes des créatures libres.

— Je n'y crois plus. Nous ne sommes pas libres, nous sommes damnés.

— Il y a pire, ainsi que je disais tout à l'heure. Comme chrétien, je veux dire. Allons dîner.

Courbettes en série. Cristaux et lumières. Moins de dames élégantes que quarante ans plus tôt. Une rousse sans grâce mastiquait, bouche ouverte. A une table, on apporta une bouteille de Coca-Cola dans un magnifique seau d'argent embué. Tous les regards se posèrent un moment sur Carlo. Il avait faim et ne cachait pas son avidité. On eût dit qu'il jouait les prélats sybarites du répertoire. Son formidable anneau lançait des éclairs aux lustres de la Belle Époque, tandis qu'il buvait ses vins avec volupté, comme pour un dernier régal Dom Pérignon avec les fruits de mer et les poissons, Corton Bressandes avec la viande. Blanquette de Limoux pour le dessert.

— C'est un festin d'adieu, en quelque sorte, dis-je. Tu as devant toi la perspective d'un enterrement, puis d'un conclave. Quelles nouvelles ?

— Il sera mort demain. Je vais de funérailles en funérailles.

Une douzaine de praires farcies, puis des rougets barbets ensuite, l'appétit marin continuant, des barbues à l'oseille. J'avalai ma sixième et dernière huître.

— De quelles funérailles parles-tu ? demandai-je.

— Ma sœur. Tu n'étais pas au courant ? Non, c'est vrai, on ne pouvait pas te joindre. Ma sœur, oui. Elle est morte, convaincue que nous étions du même sang. Maintenant, fini le mensonge.

— Je lui avais parlé au téléphone. Le jour de cette infernale première à La Scala. Ses dernières paroles à cette occasion concernaient Domenico et l'espoir qu'il voyait enfin la lumière. Crois-moi : je n'étais pour rien dans toute cette histoire.

— Fini le mensonge ! répéta-t-il. Elle a beaucoup déliré avant de mourir. Oui, la mère supérieure a tenu au plafond de grands discours sur les péchés de la chair. Elle a pleuré.

— Elle n'a pas commis les péchés de la chair.

— C'est probablement pourquoi elle pleurait. Tu ne manges rien.

— J'ai perdu presque tous mes appétits. D'après ce que je comprends, la nourriture servie à ces conclaves est des plus atroces. On dit même que la longueur ou la brièveté du conclave donne la mesure de la pauvreté de la cuisine.

Rognons de veau entiers flambés. Carlo regarda avec bonté monter les flammes du cognac.

— En enfer, dit-il, on mange. Au paradis, on est mangé. Qui a dit cela ?

— Je l'ignore. Cela m'a l'air d'un aphorisme tout ce qu'il y a de plus stupide.

Il approuva de la tête, comme pour l'exclure du même coup de ses Bons Mots et Apophtegmes.

— Crois-tu, repris-je, que ce sera toi ?

— L'élu, répondit-il en mastiquant un rognon, est censé témoigner d'une grande humilité et se proclamer indigne du saint fardeau. L'Esprit-Saint choisit. Mais son choix s'opère par l'entremise d'hommes faillibles. Peut-être suis-je indigne de la charge, mais j'ai des choses à faire. Est-ce de la démesure ?

— Tu veux dire que tu entends faire souffler un grand vent à travers l'Église. Le Saint-Esprit se manifeste bien sous la forme d'un vent, que je sache. Et quant aux hommes faillibles... tu as des ennemis.

— Oh ! qui n'en a ? Heureusement, l'inimitié des ennemis a des foules de raisons. Ce ne sont pas des adversaires unis frappant d'estoc et de taille ensemble et à la même cadence. J'ai des ennemis capitalistes ; j'en ai de marxistes. La spiritualisation du Manifeste Communiste ? Non, inconcevable. L'unification des Églises, oui. La liturgie passant dans les vernaculaires. Ceux qui désapprouvent l'innovation dans certains secteurs, l'approuvent dans d'autres. Les ennemis s'annulent entre eux. Peut-être l'essentiel est-il de ne pas avoir d'amis.

— C'est-à-dire ?

Il attendit, pour répondre, l'apparition des prunes à l'eau-de-vie accompagnées d'une glace meringue Chantilly. Encore parut-il éluder ma question.

— Le temps, dit-il, est assez compté. Les médicastres n'aiment pas l'état de mes artères. Je dois surveiller mon régime. Que l'on me donne cinq ans, ou même quatre...

— Qu'entendais-tu il y a un instant par : ne pas avoir d'amis ?

— Pas d'amis, c'est tout. Pas de frères, pas de sœurs, pas de père, pas de mère. Comme Œdipe, rappelle-toi. (Il cracha un noyau dans sa cuiller. Si Dieu peut accepter la solitude, son serviteur aussi. Je ne veux aucun de vous.

— Peux-tu répéter, s'il te plaît ?

— Je ne veux pas de vous. Vous êtes une entrave. Peux-tu le comprendre ? Je choisis la solitude. Quoi qu'il arrive, je ne retournerai pas à Milan. Si l'Esprit-Saint me rejette, j'entrerai dans une demeure de contemplation. A défaut du plus haut, le plus bas. Mais, en tout cas, la solitude.

— Donc, il s'agit bien d'un repas d'adieu. D'une cérémonie de rejet. Il fut un temps où tu m'appelais ton *fratello*.

— Dieu me préserve de mes frères.

— Et de tes sœurs ?

— Je ne veux pas de vous. D'aucun de vous.

Je le regardai engloutir sa crème Chantilly, qui laissait une mince écume blanche autour de ses lèvres. J'étais pris de désespoir.

— Eh bien ! donc, dis-je stupidement, *nunc dimittis*. Puis-je te souhaiter... non, le mot chance n'est pas de mise ici, n'est-ce pas ? Il est tout juste bon pour le casino.

Je pliai ma serviette avec une précision guindée, me levai et dis :

— *Vale, sancte pater.*

Il eut l'air de montrer les dents — mais peut-être était-ce seulement la mastication. Je me retirai au bar, lui laissant l'addition.

68

Connaissant comme lors de la precedente occasion, mes liens avec la prélature italienne et, dans le cas présent, notamment, mes liens avec un des *papabili* la presse londonnienne me pressa d'accepter de me rendre à Rome pour « couvrir » les funérailles, le conclave, l'élection. Il y eut même un appel du *Times*, le matin qui suivit, à l'instant même où je quittais l'hôtel de Paris. Non. Rien a faire. J'étais vieux, fatigué ; cela ne m'intéressait pas.

Et pourtant, de retour à Tanger, je suivis, dans les journaux de quatre langues différentes, les comptes rendus et reportages vides, toute quadrichromie, sans une nouvelle, fruits secs des journées d'attente de la première aigrette de fumée blanche. Plus tard, dans des livres comme celui de Peter Hebblethwaite, *L'Église ressuscitée*, ou comme *Les yeux de l'aube* de Conor Cruise O'Brien, l'on a eu droit à l'histoire complète du conclave de 1958. Cela débuta par le rassemblement de cent vingt cardinaux dans la chapelle Pauline, parmi les fresques du génial homosexuel, représentant saint Pierre qui voit le monde à l'envers et saint Pierre pétrifié de stupéfaction sur le chemin de Damas. Soutane rouge, barrette et mosette de même couleur, surplis de neige, Leurs Éminences furent guidées par Monsignor Pierluigi Bocca, maître des cérémonies du Saint-Siège, à travers la Sala Ducale, jusqu'à la Chapelle Sixtine, dont les chœurs les précédaient en chantant le *Veni Creator Spiritus*. Deux longues et étroites tables se faisaient face, pourvues de sièges à dos droit dont l'extrême inconfort se masquait cyniquement de velours rouge. Les cardinaux grognèrent, hennirent, louchèrent, tout en interrogeant les bristols à leur nom pour découvrir leur place. Il y eut des prières, puis Monsignor Bocca cria : « *Extra omnes !* » Chœurs, serviteurs, ouvriers sortirent. Les issues furent condamnées au moyen de doubles planches de bois épais. Après quoi, l'assemblée jura de se conformer à la constitution apostolique, les têtes dodelinèrent durant un interminable et morne discours du camerlingue, le Cardinal Percini, et tout le monde s'en fut prendre un repas, mauvais, mais non toxique, à la Sala Borgia. Ensuite, on se retira dans les cellules, lesquelles étaient fréquemment des salons Renaissance de quinze mètres sous plafond, bourrés de canapés et de chiffonniers, et nantis de commutateurs qui forçaient l'occupant à se livrer à une longue course d'obstacles à partir du lit et retour. Là, vraisemblablement, Carlo pria qu'on le fît pape.

Le matin suivant, au petit déjeuner, le cardinal Casorati, patriarche de Venise vieillissant (c'était leur cas à tous, mais plus particulièrement le sien), avait l'air malade. Il se remit après une rasade de Brandy Stock, de Cognac italien, (*con il gusto morbido*), et tous s'ébranlèrent pour regagner la Chapelle Sixtine et procéder au premier vote. Sur les deux tables étaient disposés des papiers portant la formule imprimée *Eligo in Summum Pontificem*. Les cardinaux écrivaient le nom de leur choix, en déguisant le mieux possible leur écriture de façon que personne ne sût officiellement qui votait pour qui ; puis, le bulletin plié en deux, ils se rendaient un à un à l'autel, s'agenouillaient en prières et disaient : « Je prends à témoin le Seigneur Jésus-Christ, qui sera juge que mon vote va à celui que je considère devant Dieu comme digne d'être élu. » Le terrible Christ aux muscles bandés du *Jugement*

Dernier semblait surveiller l'opération, cependant que les bulletins tombaient dans le calice. Puis on brassait les bouts de papier, et trois scrutateurs les dépouillaient. Les noms étaient lus à voix haute et les cardinaux faisaient leurs comptes chacun de leur côté. Manfredini : 25. Casorati : 23. Campanati : 21. Giustolisi : 10. Schneider : 8. Parenti : 6. De Neuter-Strickmann : 4. Trione : 2. Geblesco : 2. Le reste s'éparpillait en voix isolées sur des noms comme Chin, Ngoloma, Sacharov, Lang, Prado, Willoughby, Rasy, et (homonyme injuste, mais impossible) Papa. Que le pape dût être italien allait, en ce temps-là, de soi. Manfredini, Florentin régnant sur Florence, favori du défunt pontife, d'une sainteté anémique et d'un conservatisme forcené, venait en tête, par une pure marque de respect et d'affection de la part de ses collègues. Il n'avait pas le plus petit bonheur de chance de rallier à lui les deux tiers des votants requis. Voilà pourquoi, au second tour, il tomba à 10 voix. Mais Giustolisi, que venait de pousser une cabale de la Curie, s'envola jusqu'à 30, avec Casorati sur les talons, à 28. Campanati était descendu à 19. Le troisième scrutin, qui suivit le déjeuner et, vraisemblablement, bon nombre de chaudes discussions dans les coins, propulsa Casorati très en tête avec 56 voix, tandis que Giustolisi retombait à 27. Campanati, lui, remontait à 31. A la fin du jour, un projecteur installé sur le Janicule montra de son doigt lumineux une fumée noire sortant du tuyau de poêle. A refaire. Deux fois.

Le lendemain matin, le Français Chassagny eut droit, après Dieu seul sait quelles pressions nocturnes, à 5 voix. Le cardinal archevêque de Chicago, F.X. Murphy, recueillit, ô surprise ! 2 votes. Casorati, peut-être parce qu'il avait de nouveau l'air malade au petit déjeuner, n'en eut que 50. Campanati était passé à 33. Campanati et Casorati s'élevèrent et tombèrent, tombèrent et s'élevèrent tandis que la brûlante journée d'octobre se traînait jusqu'à épuisement et jusqu'au dîner. 55, 27. 51, 33. 57, 34. Ni l'un ni l'autre ne parvenait à grimper jusqu'aux 80 voix nécessaires. Fumée noire de nouveau.

Ce fut le troisième jour que survint l'événement qui engendra bien des folles spéculations d'horrible sorte et, même, un roman policier intitulé *Meurtre au conclave*. Au début de l'après-midi, le scrutin accorda 91 votes à Casorati. Il y eut des murmures de *Deo gratias !* Sur quoi, le vénérable patriarche se dressa à sa place, tendit vivement un bras, cria : « Non, non ! » et s'effondra sur le tapis de feutre de laine fauve. Il avait eu une crise cardiaque fatale. Le secret du conclave interdisant la diffusion de la nouvelle à l'extérieur et même l'introduction d'un médecin, les cardinaux les plus jeunes et les plus valides enlevèrent le corps, non sans peine, et l'emportèrent dans la cellule la plus proche, non loin de la Sala Borgia. Des prières furent dites et le vote reprit. Le résultat en fut déterminant : Carlo Campanati gardait ses voix précédentes, auxquelles s'ajoutèrent la plupart de celles qui étaient allées au patriarche défunt. C'était une victoire d'office.

C'était aussi la bonne heure de la journée pour l'ascension de la fumée blanche. Les gens rentraient à la maison après le travail. Une légère pluie était tombée sur la ville, vers l'heure à laquelle s'était effondré le patriarche. Mais, à présent le soleil rayonnait, avant de se coucher dans un lit de nuages injectés de toutes les couleurs que les peintres italiens aient jamais, en soupirant, fronçant les sourcils ou criant victoire, broyées. La grande place Saint-Pierre était bondée ; les caméras étaient en batterie, placées au bout de leur grue ou braquées dans les mains, prêtes à cliqueter ; les cent quarante saints plantés là-haut dressaient leur attente (cliché de journaliste). Le cardinal Focchi parut au balcon central de la basilique et dit au microphone : « *Annuncio vobis gaudium magnum. Habemus papam, eminentissimum et reverendissimum Dominum Carolum, sanctae Romanae ecclesiae cardinalem Campanati, qui sibi nomen imposuit Gregorium Septimum Decimum.* » La foule s'esgaudit magnalement comme on l'y invitait : de vieilles dames en noir pleurèrent, des dents illuminèrent de joie des visages mangés de barbe, des mains en secouèrent d'autres qui leur étaient inconnues, des enfants sautèrent en l'air comme si Zorro allait arriver, les klaxons des automobiles romaines se réjouirent plaintivement. Puis, dans le formidable rugissement de voix, Carlo se montra, calotte de travers en coup de vent sur le crâne, tout de blanc vêtu, gros, gras, plein de tendresse et d'amour, papa de tout le monde. Il calma la clameur d'un geste de ses gros bras et dit :

— *Ho scerto er nome Gregorio...*

Il y eut un rire immense et affectueux : il s'était exprimé en dialecte romain, d'une voix de basse profonde, romaine aussi. Puis, comme pour se remontrer que c'était là parler réservé à un contexte paroissial — convenant à l'évêque de Rome, mais non au Père de tous les Fidèles — il passa à l'italien commun, celui des commentateurs de la télévision, pour expliquer brièvement à la foule son choix du nom de Grégoire. C'était au premier chef à cause de Grégoire le Grand, réformateur de l'Église et propagateur de la Bonne Parole. Mais il y avait eu également d'autres Grégoire, point tous aussi grands : Grégoire VI, qui avait acheté le pontificat suprême à Benoit IX ; Grégoire X, qui s'était attiré de graves ennuis et vu bannir à Naples. Les annales des Grégoire contenaient en fait toutes les hontes et tous les triomphes dont l'homme est capable. Lui-même, Grégoire XVII, n'était qu'un être humain qui ne revendiquait nulle grandeur. Mais il garderait constamment devant les yeux l'image lumineuse de Celui qui est Toute-Grandeur. Il poursuivit :

— Loué soit Jésus-Christ !...

— Maintenant et dans les siècles des siècles ! cria la foule.

— Mes très chers frères, mes très chères sœurs, les cardinaux ont donné un nouveau pape à Rome. La conscience que nous avons de la mort de notre bien-aimé père, le pape Pie XII, nous emplit de tristesse. Et nous sommes tristement conscient d'une autre mort, plus récente. Aujourd'hui même, alors que Dieu venait de l'appeler, lui et non moi, au trône de Pierre, notre cher et aimé frère

Giampolo, patriarche de Venise, s'est effondré, frappé de mort. (La foule se tut ; des gens se signèrent ; des hommes se couvrirent à la dérobée le bas-ventre des doigts, en formant les cornes du diable pour conjurer le mauvais sort.) Les voies de Dieu sont un mystère. L'heure de Dieu n'est pas la nôtre. A l'instant où il était élu, notre frère nous a été arraché, emporté vers les béatitudes célestes par l'opération d'une autre volonté. *Requiescat in pace*..

— *Amen !*

— Je vous échois donc en second. Je viens en toute humilité. Sans la sainteté, ni la vaillance, ni la science, ni les talents pastoraux de notre frère dont nous portons douloureusement le deuil. Néanmoins, acceptez-moi pour ce que je suis. Et permettez-moi de vous divulguer aujourd'hui une vérité tenue longtemps secrète. Je viens à vous en orphelin. En homme qui n'a connu ni père ni mère, ni sœur, ni frère. Même le nom que je portais n'était pas mien. Ce jour est pour moi une seconde naissance, sous un nouveau nom. Par la volonté mystérieuse de Dieu et la bénédiction de Son amour encore plus insondable, voici que je deviens père et frère. Vous êtes désormais ma famille. Acceptez mon amour. Accordez-moi le vôtre. La bénédiction de Dieu soit avec vous !

Ses gros bras se levèrent pour bénir *urbem et orbem*, et la foule pleura et hurla de joie, de pitié et de tendresse. J'imaginais sans peine Carlo quittant le balcon et disant aux cardinaux, ses frères : « Cela m'a l'air d'être passé comme une lettre à la poste. »

Les vaticanalogues ont fort débattu les circonstances de l'élection du pape Grégoire XVII. Il est certain que les Italiens ne voulaient pas de lui ; ni les Français. Les cardinaux anglophones, en revanche, voyaient en lui un des leurs. Ceux du Tiers Monde, comme on dit de nos jours, goûtaient le dynamisme de sa philosophie sociale. Le côté piquant du scandale évoqué constituait une recommandation pour les États-Unis, patrie du culte de la personnalité. Mais Carlo ne fût jamais devenu pape, si le conclave n'avait été plongé dans l'effroi et la confusion par une mort qui apparut à beaucoup comme un signe du ciel — le signe que, en dépit des qualités qui semblaient désigner le candidat frappé, le choix des cardinaux s'était égaré. On eût dit que le Saint-Esprit avait voulu brutaliser les adversaires de Carlo Campanati en leur envoyant, d'un trait de foudre, la révélation que mieux valait pour eux devenir ses amis. Quant à la théorie selon laquelle Carlo eût voulu la mort du patriarche de Venise, voire empoisonné son café, une telle hypothèse est indigne. De la sainteté du pape Grégoire XVII, personne n'a jamais vraiment douté. N'ai-je pas été, moi-même, un des instruments de sa canonisation ?

En ce début d'octobre 1958, Carlo Campanati sortit ce soir-là de ma vie, et son énorme carrure déborda les frontières du souvenir pour envahir l'arène de l'histoire. L'on en sait autant que moi sur le pape Grégoire XVII. Désormais, je n'allais plus le voir que sur les images qu'offriraient de lui les médias : bénissant de sa main grasse, baisant les pieds des pauvres, pleurant avec les femmes que les séismes avaient rendues veuves, foulant de ses pas le Chemin de Croix, serrant dans ses bras des criminels ou des dirigeants communistes, inaugurant le Concile du Vatican qui, sous sa gouverne, son aiguillon, ses cajoleries ou plutôt son despotisme, allait moderniser l'Église et la rapprocher des besoins du peuple Et on le vit, comme on le sait, partout : à Montevideo, à Santiago, à Caracas, pour plaider l'inviolabilité des droits de l'homme face à la corruption et à la tyrannie des régimes ; à Kampala, pour y encourager la fondation d'une Église africaine ; à Canterbury, où il embrassa fraternellement un archevêque présidant à l'héritage morganatique d'un uxorocide ; à Sydney, résonnante des cris de *Bonheur à toi !* Il fut le héros de bandes dessinées. Des jeunes en jeans et tee-shirt chantaient des chansons sur lui :

Pape Grégoir' pape Grégoir'
Du péché délivre nos âmes
Sauv' le monde du désespoir
Éclair'-nous bien haut de ta flamme.

C'était une nouvelle forme de chant grégorien. Le Saint-Esprit avait parlé.

69

Il se trouva aux États-Unis en même temps que moi. J essayais d'adoucir ma solitude, que, à la différence de la sienne, je n'avais pas choisie délibérément, grâce à une assez longue tournée de conférences. J'avais pour agence l'ACAR (Agence des circuits américains réunis), 666 Avenue of the Americas, New York City : moyennant une commission de 30 pour cent, ces gens m'organisaient rendez-vous, voyages, séjours hôteliers. Les hôtels étaient presque tous des Holiday Inns — même chambre à deux lits, de la Floride au Maine, avec les mêmes relents de tabac refroidi et de machinerie à climatisation, les mêmes toilettes aseptisées, le même poste de télévision. Le pape, lui, était là pour bénir le peuple américain, dont il parlait si bien la langue, prononcer une adresse aux Nations Unies, officier à des messes rassemblant de gigantesques foules dans des stades de rugby américain ou de base-ball. Je suivis une de ces cérémonies à la télévision. J'étais, je crois bien, à Prescott, dans l'Arizona, allongé sur mon lit, un après-midi, avant ma conférence, boîte de Coca-Cola à la main. Il y avait plusieurs milliers de fidèles au stade de Newark, et la sainte parole tonnait et rebondissait en *rah, rah, rah !* renvoyés par la multitude des haut-parleurs. La messe était dite en anglais — un anglais carré d'homme d'affaires plutôt qu'enveloppé des arcanes du mystère. Nulle noblesse — ce qui était dans l'ordre des choses — mais une certaine ineptie du phrasé, qui n'était pas au point. « Le Seigneur soit avec vous » appelait en répons . « Et avec vous » , toutefois la nécessité d'accentuer ce second vous se traduisait par une sorte de couinement irrité. Il y avait des astuces pour faire participer l'assistance. tel que le baiser de paix. L'autel avait pris l'allure d'une table d'illusionniste drapée de dentelles, voire d'un étal de boucher. Mais on avait droit au gros visage de pleine lune de Carlo, avec son énorme nez compliqué et ses yeux de paysan madré aveuglés de dévotion, et on le voyait vider d'un trait le calice à la vue de tous et sans vergogne, au lieu de montrer son large dos orné de la croix. L'hostie était administrée par un ost de concélébrants : je pensai aux boisseaux de blé ainsi engouffrés et déglutis. J'étais ému, mais l'émotion tournait à l'aigre.

A Boise, dans l'Idaho, en fin d'après-midi, toujours avant ma conférence, je vis et j'entendis Carlo lors d'une tribune télévisée. Épanoui et transpirant sous les projecteurs du studio, vêtu de blanc pontifical plus ou moins net, la calotte en bataille, il affrontait les questions de non-croyants. Une jeune fille boutonneuse en jeans tenait à savoir quelles preuves il y avait de l'existence d'un Dieu. Réponse de Carlo :

— Je pourrais vous administrer les fameuses cinq preuves traditionnelles ; mais mieux vaut d'abord vous demander ce que vous entendez par « un Dieu ». Que voulez-vous dire ?

— Comme s'il y avait quelqu'un là-haut qui aurait plus ou moins créé tout ça, vous voyez ce que je veux dire ? et qui saurait tout ce qu'on fait et qui serait à fond contre... le péché, quoi, et qui enverrait les gens au ciel ou dans l'autre trou.

— L'univers existe, répondit Carlo, et il a bien fallu quelqu'un pour le fabriquer. Vous l'admettez ?

— Il aurait pu se faire, est-ce que je sais, moi ? tout seul.

— Et une montre, elle se fait toute seule ? Ou un poste de télévision, un livre, un morceau de musique ?

— C'est pas tout à fait la même chose, je dirais.

— Les règles sont les mêmes. Les constellations et les systèmes planétaires sont infiniment plus complexes qu'une montre ou qu'un transistor. Il a bien fallu qu'il y ait un Créateur, qui ait tout créé, y compris nous. Vous aimeriez savoir quel est le rapport entre la création d'un univers et la vertu et le péché, le ciel et l'enfer... ?

— Exactement.

— Le mouvement complexe de l'univers dans son ensemble représente l'ordre. Le Créateur aime l'ordre autant qu'il déteste le chaos. La vertu est ordre ; le péché, chaos. La vertu est création et conservation de la création. Le péché est destruction. Souvent le pécheur ne mesure pas l'étendue de sa destruction de l'ordre. D'où la nécessité de cette découverte pour lui. Voilà pourquoi nous avons le principe de l'enfer. L'âme qui choisit la vocation de l'ordre rejoint l'ordre divin suprême.

— Qu'est-ce que vous voulez dire par âme ? demanda un homme à la mine de bon vivant et à perruque.

— Ce qui reste de tout le complexe humain, une fois disparu le corps. Cette partie de notre tout qui se soucie non pas de s occuper de vivre en ce monde, mais de valeurs.. de ces essences que nous appelons vérité, beauté, bien.

— Qui vous dit que cette chose continue à exister après la mort ? Personne ne revient de chez les morts. Sauf dans les histoires de fantômes.

— Je ne parlerai pas de la résurrection du Christ, qui est la pierre angulaire de la foi chrétienne, répliqua Carlo. Ni de la résurrection de Lazare. Je dirai en revanche qu'il est des choses dont nous sommes *sûrs* qu'elles ne meurent pas avec le corps. Par exemple certaines vérités, telles que *a* plus *a* égale *2a*. Si la Cinquième Symphonie de Beethoven n'était plus jouée par aucun orchestre et que tous les exemplaires imprimés ou manuscrits de cette musique fussent détruits par le feu, nous aurions tort de dire qu'elle a cessé d'exister. Si les idées, si les œuvres de beauté et de vérité existent en dehors de notre chair mortelle, il faut que ce soit dans une sorte d'esprit appartenant à une espèce d'observateur. Voyez-vous maintenant ce que j'entends par âme ?

— Oké, lança une femme aux cheveux édifiés en forteresse. Mais ça veut dire quoi, quand vous racontez qu'une âme va en enfer ?

— Cela veut dire une âme qui finit par avoir conscience que la vérité, la beauté et le bien, tels qu'ils sont exprimés dans ce que l'on peut appeler la personnalité de Dieu, continuent à exister, mais bien au-delà de tout espoir pour elle de jamais les atteindre. L'âme condamnée sait ce qu'elle veut, et ne peut pas l'obtenir Voilà l'enfer.

— Bon, reprit la même femme, et comment pouvez-vous réellement admettre qu'un Dieu aimant et plein de pitié y expédie des âmes ?

— L'enfer est une émanation de la justice divine. Seulement, nous croyons que l'amour de Dieu est plus fort que sa justice. Il est nécessaire que l'enfer existe — c'est une proposition logique. Cela dit, il se peut qu'il ne s'y trouve personne. N'oubliez pas ceci : l'homme et la femme ont été créés parfaits parce qu'ils sont l'œuvre de Dieu. Mais ils sont créés mauvais, c'est-à-dire aveugles à la vertu, par une force qui est aussi création de Dieu et qu'Il ne peut défaire.

— Il ne peut pas ? dit la voix rauque d'un homme à barbe bicolore et en tricot turquoise (*turquoise* vraiment ? Est-ce invention de ma part ou bien étais-je, en 1959, devant un poste de télévision avec la couleur ?). Il ne peut pas ? Alors que Dieu, selon les enseignements chrétiens, est tout-puissant ?

— Eh ! oui, répondit Carlo. Il est des choses que Dieu ne peut faire. Par exemple, ne pas être Dieu. Comme créateur, Il n'a pas pouvoir de destruction. Il est même incapable de détruire une âme humaine. Il peut seulement la faire souffrir éternellement. Il a créé l'ange qui à son tour créa le mal, et Il ne peut pas le renvoyer au néant.

— Mais, dit l'homme turquoise (oui, c'est bien de cette couleur que je le vois), Il devait le savoir, que le mal existerait. Il est omniscient, non ? S'Il le savait, pourquoi a-t-il permis que ça arrive ?

— C'est là un grand et terrible mystère, réplique Carlo, rayonnant. Dieu a fait à ses créatures le présent le plus immense, la chose qui se rapproche le plus de Son essence : la liberté du choix S'Il sait à l'avance ce que vont faire Ses créatures, alors Il leur dénie la liberté. Donc, délibérément, Il efface toute prescience. Dieu pourrait savoir, s'Il le désirait ; mais, par respect et par amour pour Sa créature, Il s'y refuse. Pouvez-vous imaginer cadeau plus terrible que celui-ci, Dieu Se niant Lui-même par pur amour ?

Ceci se passait sur le réseau télévisé de la NBC. Plus terrible encore que l'aveu de Carlo de l'amour divin, est mon souvenir des interruptions publicitaires. Elles étaient moins nombreuses qu'à l'habitude : une par demi-heure. Je suis assez certain d'avoir vu un poulet frit sans une trace de gras, vanté par une famille noire aux anges, et une pâte de tomate italienne, puis un sirop contre la toux portant le nom de Nyquil. Carlo ne devait certainement pas s'offenser de l'intrusion de la société de consommation dans une apologétique élémentaire : cela lui laissait le temps d'une rasade de cognac, à même la flasque confiée à son suivant ou familier de service. Lorsqu'il réapparut sur l'écran, il m'en souvient, quelqu'un lui demandait : « Oké pour Dieu ; mais pourquoi Jésus-Christ ? Et les juifs, est-ce qu'ils ont tort ? Et les Indiens et les, je sais pas, moi, les Chinois, les Japonais ? »

— Que tous ceux qui croient en Dieu, répondit Carlo avec ferveur, s'unissent dans la fraternité de cette croyance. Mais, à l'intérieur de cette fraternité, il en est une autre : celle de ceux qui acceptent que Dieu se soit fait homme en un certain lieu et à une certaine époque — bref, qu'il soit entré dans l'histoire humaine. C'est de la fraternité chrétienne que je parle. Au sein de celle-ci, jusqu'à ces derniers temps il allait de soi que la grande communauté à la tête de laquelle est placé l'évêque de Rome était exclusive, arrogante dans sa revendication de légitimité unique, de détention absolue de l'autorité chrétienne. Mon opinion est que ce point de vue agonise aujourd'hui. Et je pense que, mes frères et moi, nous nous employons à hâter sa fin. Je dis donc que la chrétienté est représentée autant par la chapelle baptiste en tôle ondulée de l'Arkansas que par la basilique Saint-Pierre de Rome. Mais pour en revenir à votre question : pourquoi Jésus-Christ ? je dirai que la réponse est multiple. On la trouve, avant que l'Incarnation soit entrée dans l'Histoire, dans la logique. Nous avons parlé d'un Dieu omnipotent, et qui aime l'homme. Quoi de plus logique, alors, qu'il se montre parmi les humains ? Nous avons parlé du péché. Le fait que l'homme ne comprenne pas exactement la nature de celui-ci, grâce au pouvoir d'aveuglement du diable, ne tempère nullement l'horreur de la répercussion du péché sur le pur rayonnement de Dieu. Le péché que commet l'homme, il faut bien le payer. Non par la damnation, mais par le sacrifice. Nul sacrifice purement humain ne suffirait à effacer l'horreur du péché. D'où le divin sacrifice.

— Oké, fit une ménagère parée de colliers. Mais pourquoi Rome s'est-elle jamais figuré qu'elle avait le droit de s'ériger comme la seule, euh, euh, autorité religieuse ? Enfin, quoi, vous êtes le pape, vrai ou pas ?

— Vrai, répondit le pape en vérité.

— Bon, mais pourquoi Luther aurait-il tort et. euh, euh, Calvin et Henri VII, non, VIII je veux dire, et, euh. euh, Billy Graham et les Mormons, les Témoins de Jéhovah et, euh, euh, enfin, quoi vrai ou pas ?

— L'Église de Rome représente l'autorité historique originelle dit Carlo. La lignée de la succession est ininterrompue, depuis saint Pierre, crucifié à Rome à l'endroit où s'élève aujourd'hui le Vatican, jusqu'à moi-même, qui suis, comme vous l'avez fait remarquer avec justesse, le pape. Nul catholique de bon sens ne nie de nos jours que, au XVIe siècle et par la suite, son Eglise ait eu besoin de réforme. Il regrette que ladite réforme ait pris la tournure de nouvelles fondations sur quoi asseoir sa protestation. Mais ce qui compte, aujourd'hui, c'est la totalité de la fraternité chrétienne. Et je peux revendiquer le droit d'en être, sinon la tête, du moins le ministre coordinateur. Une telle revendication est raisonnable, puisqu'elle repose sur une tradition historique. Rome est le symbole de l'unité chrétienne, sans plus. L'on ne doit plus parler de catholiques ni de protestants — uniquement de chrétiens.

J'éteignis mon poste. J'en avais assez entendu. Je connaissais toute l'argumentation — on eût pu en laisser en toute confiance le soin à un séminariste de la dernière couvée ou pluie, je ne sais. Mais, si le président des Etats-Unis est bon pour se soumettre à la démocratie du petit écran, pourquoi pas le Père de Tous les Fidèles ? Si tu veux trouver le joint, rien de tel que de t'adresser au grand patron. Le grand patron, des millions d'Américains l'avaient vu comme s'il avait été dans leur salon ou leur « séjour », et l'avaient entendu dispenser la vérité chrétienne, de première main. Le *joint*, peut-être était-ce bien le mot : une bouffée de réconfort.

Je me mis au lit avec un exemplaire de poche du roman intitulé *Africa!* de Randolph Foulds, alias Ngolo Basatu. Sept cent cinquante pages. Six millions d'exemplaires vendus en édition normale. Destiné à devenir bientôt un grand film. Je l'avais acheté en bas, à la petite boutique à cadeaux de mon hôtel Holiday Inn. Je n'avais pas lu *L'Appel des nuages*, mais, d'après ce que j'en savais, ce premier roman ressemblait assez au second : cocktail noir de sexe et de violence. Le livre s'était bien vendu en Grande-Bretagne où, malgré de hauts cris réclamant l'interdiction, la loi n'avait pas frappé. Elle avait déchiqueté à belles dents *Les chants d'amour de J. Christ* ; cela lui suffisait pour le moment. Je lus quelques pages de la nouvelle œuvre, mais j'y eus peine. L'Afrique entière semblait transformée en un gigantesque lit où un personnage colossal et musculeux, du nom de Bmuti, plantait son dard enflammé dans tout ce qui passait. Bmuti était le symbole de la nouvelle prévalence noire. Il aurait fort bien pu être un Pantagruel d'ébène ou une incarnation de l'énergie sortie de William Blake : le Los du Niger ; mais il lui manquait l'humour et la poésie. C'était un robot pour médias, aux trois ou quatre expressions faciales déterminées par l'ordinateur. Page 23, il semblait polir son arme pour la plonger dans un personnage nommé Bowana, dont le modèle aurait fort bien pu être Ralph : un Noir américain cultivé, qui cherchait le meilleur moyen de s'africaniser. Viens ici que je te baise, vieux, mais bien. C'est ça, le moyen, et le meilleur.

70

— L'année prochaine, me dit mon neveu John, *Africa !*

J'avais l'impression de l'entendre parler en italiques, avec le point d'exclamation au bout.

— Tu comptes partir avec le professeur Bucolo ?

J'étais de retour à l'université Wisbech, dans l'Indiana. Val Wrigley n'était plus là pour m'accuser de frivolité et de manque de sens des réalités ; d'ailleurs, rien n'eût plus justifié ses accusations et Val Wrigley, croyais-je savoir, se trouvait maintenant au pays de Christopher Isherwood, à Santa Monica ou dans les parages. J'avais fait une conférence intitulée *Où va le roman ?* J'avais eu l'estomac gavé et inondé par les soins d'un comité d'étudiants. J'étais dans la maison de fonction de John et de Laura, où je prenais un dernier whisky avant le lit. Ils étaient mariés depuis dix-huit mois ; leur union avait été célébrée dans la vieille et solide tradition catholique à Saint Louis, ville natale de Laura. John avait obtenu son doctorat avec une thèse sur la culture matriarcale d'une colonie d'Indiens mexicains proche de Zacatecas. Il était professeur, titulaire d'une chaire. L'université Wisbech était célèbre pour les étroits rapports de travail qui unissaient ses facultés d'anthropologie et de linguistique. John étudiait maintenant les analogues de la structure familiale dans la structure du langage.

— Oui, avec Jimmy Bucolo. C'est lui qui a décroché la subvention. Pas grasse mais il faudra s'en contenter. Un de ces vols de charter, tu sais, jusqu'à Marseille. Puis un vieux rafiot à vapeur pour Port-Saïd. Ensuite, la mer Rouge sur un bateau de la Hawaa Masir jusqu'à Djibouti, la Frinmore Line qui nous met de l'autre côté du golfe d'Aden, et après... ! Comme tu peux le voir, cela fait beaucoup trop de temps perdu en voyages. Evidemment si nous pouvions obtenir tous les deux une année sabbatique... Quatre mois de vacances ne nous laissent guère de chance de voir grand-chose

— Que t'attends-tu donc à voir ?

— Eh bien ! mais... (Grand, beau, voué jusqu'à l'âme à ses recherches, et terriblement ressemblant à sa mère, il était assis sur le bord du canapé roux bosselé, les mains jointes comme en prière.) J'ai rassemblé énormément de matériaux, de ce côté-ci de l'Atlantique, sur une certaine coutume maritale. Chez les Akanyi, les Ptotuni, la tribu zoloar près de Tegucigalpa.. Ces noms ne te diront pas grand-chose...

— Non, pas la moindre.

— Si tu en veux une idée, ce qui se passe quand une fille se marie ressemble un peu à un inceste rituel, moins l'imprégnation. C'est l'oncle de la jeune fille ou même le grand-oncle qui passe une semaine avec elle — initiation sexuelle pour une part, pour une autre, sorte de réminiscence d'endogamie. Tantôt c'est une semaine, tantôt plus, ou moins — plus de deux jours, en tout cas. Ce qui advient du langage, tel qu'il est parlé par le groupe entier durant cette période, est du plus haut intérêt. Des phrases sont inversées, et quiconque oublie cette règle est puni, non pas sévèrement — plutôt sous la forme d'humiliations prêtant à rire. Environ une douzaine de mots du vocabulaire, parfois plus, parfois moins — 9,05 en moyenne, à ce stade de notre étude — sont frappés de tabou. Tous ces mots appartiennent au même secteur sémantique ; je veux dire qu'ils sont tous en rapport avec le fait de recouvrir quelque chose : pagne, couvercles divers (y compris les paupières), paume de la main, obscurité, peau de bête... tu vois l'idée générale ? Et interdiction de les employer, sous peine de punition. Leurs substituts leur sont en quelque sorte complémentaires : on a le droit de parler de ce qui est couvert, à défaut de ce qui recouvre on peut même employer le mot qui désigne les parties génitales, alors qu'il est normalement tabou pour la majorité des groupes que j'ai étudiés. Mais cet usage est uniquement réservé à la période en question.

— C'est passionnant.

— Tu trouves ? Vrai ? Bien évidemment, il est impossible que la transmission culturelle n'entre pas en ligne de compte parmi les peuples des deux Amériques, mais Jimmy est certain qu'il en va de même en Afrique. Tu te souviens des Oma ? Il t'avait donné sa brochure, il me semble ? Il n'arrivait pas à comprendre pourquoi le mot qui signifiait œil, *oro*, désignait aussi la paupière. A son avis, cela venait de ce qu'il avait dû être en rapport avec quelqu'un qui était entré à l'hôpital de la mission pendant qu'un tabou de ce genre était en vigueur. Et le type en question, tout en caressant le chat de l'établissement, disait « reins » en parlant de la fourrure de l'animal, « reins » étant le mot générique qui s'applique aux entrailles d'une bête...

— Passionnant, oui.

— Bref, il se peut qu'il y ait des structures intégrées a ce que nous appelons ridiculement la mentalité primitive.. Tu suis ma pensée ?

— Et Laura ? Vous accompagne-t-elle ?

— Tu veux rire ! Avec une subvention pareille ?

— John, dis-je, je t'ai déjà expliqué que tu ne dois pas avoir peur de me demander de l'argent. Celui que j'ai je l'ai gagné en fournissant au public une certaine camelote...

— Ne dis pas cela. Il y a beaucoup de très bonnes choses...

— Sur la foi de ma réputation comme pourvoyeur de cette camelote, j'ai touché deux mille dollars de ton université pour une seule conférence. Combien te faut-il pour vous permettre à tous les trois de vous rendre en Afrique orientale dans des conditions de confort et dans un temps raisonnable ? Retour compris, bien entendu. Dix mille dollars ? Cela aiderait-il ?

— Oncle Ken, tu es trop bon.

— Non, je fais réparation pour une vie gâchée. Je suis fier de contribuer à cette mission scientifique.

— Ma foi, vrai, je ne sais que te dire. A part merci.

— Je te ferai un chèque demain matin. Mon chéquier est resté dans mes bagages à la maison des invités du président de l'université.

— Merci, mille fois merci. Et toi, quand pars-tu et pour où ?

— Je fais une conférence lundi, à l'université de l'Oklahoma. Je passerai la soirée de demain à New York, et la nuit. Il y a un vol après le déjeuner.

— Parfait. Demain matin, je te montrerai le film que m'a envoyé le frère de Dotty. Mais tu le connais, c'est vrai, j'oubliais. Les splendeurs du Rukwa. Assez joli morceau de propagande. Ils recherchent des techniciens noirs américains. Pour construire un Etat africain moderne. Grâce à cela, je sais du moins à quoi ressemble l'endroit.

— Est-ce là que tu vas ? Je ne m'en serais jamais douté.

— Il semble qu'il y ait bon nombre de tribus non assimilées près des frontières. Y compris les Oma... Dotty est loin d'aller bien, ajouta-t-il.

— J'ai appris cela. Le grand assassin du XXe siècle. Le mal fait chair. Non pas chair : anti-chair, plutôt. Ah !...

Car Laura venait juste de rentrer d'une visite à une voisine, la femme du professeur Szasz, immobilisée par une hernie discale. Adorable Laura : débordante de santé, avec l'extraordinaire chaleur de ses yeux bleu de glace que faisait ressortir le lustre bleu noir des cheveux bien brossés, et la souplesse nette du corps sous une robe chemise en laine cannelle. Elle dit :

— Comment va mon écrivain favori ?

— Chère Laura, votre métier est de développer le bon goût littéraire et non de le trivialiser. Il faut absolument que vous cessiez d'éprouver tant d'enthousiasme pour mon œuvre.

— Oké. Vos nouvelles sont formidables, vos romans, moches. Là, vous êtes content ? (Deux fossettes encadrèrent l'éclair des perles neigeuses impeccablement alignées.)

— Laura, tu viens en Afrique. Oncle Ken fournit l'argent.

— Répète un peu.

— L Afrique ! Non seulement Jimmy et moi Toi aussi Et pas sur des bananiers, non plus !

— C'est pas vrai ! dit-elle en s'asseyant avec grâce dans le second fauteuil roux et bosselé (j'occupais l'autre). Vous parlez sérieusement ? Là où était Hemingway ? Non, c'est pas vrai !

— Rien à voir avec Hemingway, dit John, absolument *rien*. Il ne s'agit *pas* d'un safari. Il y a des coins qui ne sont pas très drôles, mais je te mettrai à l'abri de la faune dangereuse. Tu ferais bien de donner la caméra de cinéma à réparer.

— Cher oncle Ken ! dit-elle, se levant pour venir s'asseoir sur mes genoux et m'embrasser, puis se relevant d'un bond souple pour allumer la télévision. Il y a une émission avec ton autre oncle, tu sais, Johnny. J'ai envie d'entendre ce qu'il a à dire sur le contrôle des naissances. Pardon, oncle Ken, mais j'ai besoin de savoir, et John aussi. Mais merci encore, mille et mille fois. J'ai du mal à y croire.

John dit, les yeux soudain durcis, tandis qu'elle amenait le bouton sur le canal de la NBC et qu'apparaissait une grosse éclaboussure de blancheur pontificale bénisseuse :

— Il n'est pas mon oncle. Il est le père et le frère de tout le monde, mais il n'est l'oncle de personne. Nous l'avons tous largué. Il a renié la famille, en bloc.

— Oh ! laisse tomber, Johnny. Ecoute plutôt.

Nous écoutâmes. Carlo était parfaitement à son aise au milieu d'une bande de militantes. Le lieu de rendez-vous de cette meute ressemblait à une salle pour conférences de presse ; les femmes en question, à en juger par leur promptitude et leur mordant, étaient des journalistes. J'attrapai les mots : « Droit à l'ordination » que venait de prononcer l'une d'elles. Carlo répliqua :

— Le jour où vous accorderez aux hommes la faculté de donner le jour à des enfants, votre sexe pourra revendiquer hautement le droit à l'ordination. Mais pas auparavant. Ne l'oubliez pas : toute femme est, en fait ou en puissance, le vaisseau du mystère de la naissance. Soyez bonnes, mesdames : permettez à quelques hommes de s'adonner aux mystères de la profession ecclésiastique. Et ce n'est pas tout. Le prêtre est l'héritier de la mission de Jésus-Christ. Dieu, dans son insondable sagesse, s'est incarné dans une créature humaine de sexe mâle. Il a donné, en tant que Dieu le Fils, à des missionnaires mâles, et non à leurs épouses, le droit de répandre la Bonne Parole. Les choses peuvent changer et, même, elles changeront. Mais non point tant que je serai assis sur le trône de saint Pierre.

— Pourquoi les prêtres n'ont-ils pas le droit de se marier ?

— Il n'existe pas de raison dogmatique le leur interdisant. Mais il y a toutes les raisons de bon sens possibles pour qu'ils demeurent dans le célibat. Peut-être connaissez-vous l'histoire du ministre anglican et du prêtre catholique qui partagent le verre de bière de l'amitié dans un pub de Londres pendant la Bataille d'Angleterre. L'alerte sonne. L'anglican dit : « Il faut que je rentre chez moi, près de ma femme et de mes enfants. » Le catholique : « Il faut que j'aille m'occuper de mes ouailles. » La famille d'un ministre de la foi, ce sont ses paroissiens ; tout lien particulier et plus personnel serait un obstacle à l'impartialité de son amour et de sa dévotion. Quant à la vie sexuelle, je ne cache pas qu'il en soit parmi nous qui n'aient connu et ne continuent à connaître les supplices de la frustration du sexe. Privé de femme, le prêtre doit-il aller au bordel ? Non, la privation sexuelle est une croix qu'il doit porter. Et le pape comme lui. C'est un sacrifice charnel qu'il offre à Dieu continuellement, que dis-je ! à chaque heure du jour.

— Pourquoi l'Eglise se refuse-t-elle à autoriser le contrôle des naissances ? demanda une femme (elle avait de grosses lunettes bleues de grand-mère et affichait une grossesse évidente).

— Ah ! cette question, dit Carlo en souriant. Elle me poursuivra jusqu'au terme de mon ministère ! La semence humaine, qui contient, c'est un fait, le mystérieux pouvoir d'engendrer une vie nouvelle, ne doit pas être considérée comme un simple sous-produit du spasme sexuel — lequel, si on lui permet parfois d'accomplir son œuvre biologique, est parfois aussi tenu pour une terrible malencontre. Si M. et Mme Shakespeare père et mère s'étaient adonnés au contrôle des naissances, peut-être n'y eût-il jamais existé de William Shakespeare. Et de même pour les parents de saint Paul, d'Abraham Lincoln, du général de Gaulle, etc. De même aussi, qu'on me permette de le dire, pour mes propres parents, quels qu'ils aient été...

— Le célibat suprême, fit remarquer John. On balaye le passé. l'avenir, tout.

— Tais-toi, Johnny.

— ... Ce que nous devons avoir en tête, c'est l'immense potentiel de la semence humaine, avec ce qu'il y a de désespéré dans la turpitude de son gaspillage. Oh ! certes, certes, je vois d'ici vos objections à de tels mots, qui ne sont pas, soyez-en sûres, prononcés par moi à la légère et faute de cœur. Ce sont les paroles de l'Eglise dont j'hérite, et non de celle qui reste à faire. La tradition veut que la principale fonction de la femme soit de donner le jour à de nouvelles âmes humaines, pour la gloire de Dieu. Notre époque déclare que la femme a des devoirs envers son âme et ne doit pas être condamnée à une existence de douloureuses gésines. Eh bien ! le contrôle des naissances est le fait de la volonté de l'homme et de la femme également : la volonté de s'abstenir de rapports sexuels complets. Il se peut que ce soit difficile, mais c'est aussi chose bonne, voire sainte. Souvenez-vous cependant de ceci. (Il prit un air féroce, le menton projeté en avant à la Duce, le nez braqué sur l'auditoire comme une arme dangereuse.) Oui, souvenez-vous que nous devons prendre garde à ne pas accepter l'hérésie fatale selon laquelle la vie n'est sacrée que lorsqu'elle a franchi le seuil du ventre maternel — selon laquelle, tout en étant encore informe et anonyme, elle peut être sacrifiée sans remords. De là, le pas est bref jusqu'à la justification de l'avortement, qui n'est qu'une forme d'infanticide.

Il y eut de furieuses protestations de la part de ces femmes dures et émancipées. La formidable voix de Carlo s'éleva comme un rugissement pour les dominer

— L'amour ! cria-t-il. L'amour est plus grand que l'accouplement animal. L'amour de l'homme et de la femme, à l'image de celui de Dieu pour l'humanité. Veut-on que nous ne soyons que des bêtes brutes hurlant leur rut perpétuel ? Serions-nous incapables d'apprendre que l'amour de l'esprit transcende les désirs de la chair ? Amour, amour, pratiquons l'amour !

La colère de l'auditoire dut bien en rabattre : elle eût semblé maintenant s'attaquer à l'amour. Carlo se radoucit. Il sourit même en ajoutant :

— Votre père céleste n'est pas une personnification biologique. Il connaît vos problèmes. Il pleure au spectacle d'un monde affamé. Ne lui reprochez pas d'avoir faim, lui aussi : faim d'âmes humaines.

— Baal ! dit John. Moloch !

— Johnny...

— Le ciel ignore les limites. A la différence de notre terre, il n'a pas de confins. Ses moissons ne se perdent pas ; nulle famine ne l'accable. Et pourtant, dit le Seigneur, il faut que ma demeure soit pleine. Remplie d'innombrables âmes humaines, dont chacune se réjouit de sa divine singularité.

— Et les mongoliens ? cria une voix. Et les enfants de la Thalidomide ?

— L'âme, l'âme, c'est de l'âme que je parle ! Comme je parle et parlerai toujours de l'amour. Que l'on me permette de conclure sur cette note. L'amour de Dieu est assez grand pour pardonner à nos faiblesses. Il nous demande seulement de faire notre possible pour accomplir son royaume. Il ne réclame pas l'impossible.

— Coupe-lui le sifflet ! dit John.

— Oké, je coupe, dit-elle docilement.

Elle se rassit et nous nous regardâmes. Elle était bonne ménagère, autant que, croyais-je savoir, excellent professeur et que, visiblement, adorable. Le petit salon était assez conventionnellement meublé avec les cadeaux de mariage : canapé et deux fauteuils assortis, fauteuil à bascule, table basse et album de rigueur sur le Tiepolo. Mais elle avait ajouté des touches personnelles de verdure — fougères, misères — en même temps qu'une décoration de bibelots bien époussetés (les grigris et les totems de John, plus ses verreries de style colonial et ses porcelaines à elle), sans compter les gravures de fleurs sur les murs fraise et crème — soupir d'amour, brume d'amour, cœur saignant. Elle était, je ne l'ignorais pas, bonne cuisinière américaine, experte en côtes de porc garnies de choucroute au cumin, en jambon glacé à l'ananas et à l'orange, en pain à la sudiste ou nattés et sucrés, en charlotte grand-père. Les larmes me montaient aux yeux quand je la regardais : que n'avais-je pas manqué, que n'avais-je pas été prédestiné à manquer ! Les larmes affluaient et je dus me forcer à les ravaler en contemplant tendrement ce jeune couple. Je les voyais au lit, nus tous deux, passionnément appliqués à se faire mutuellement plaisir, nullement occupés à la procréation d'un nouveau William Shakespeare — le tout, sous le regard courroucé d'un Carlo planant au plafond.

— Encore un whisky ? me demanda John.

— Le coup de l'étrier. Pour faire peur aux lions.

— « Pardonner à nos faiblesses », dit Laura. Que voulait-il dire par là ?

— Très probablement, répondis-je, que la semence qui contient un nouvel Abraham Lincoln peut ruisseler, mais ne doit pas trop s'émouvoir si elle rencontre des obstacles. Du moment qu'elle ignore à l'avance qu'elle en rencontrera. Dans le cas contraire, mieux vaut qu'elle s'abstienne de couler.

— A l'entendre, je n'avais pas l'impression que c'était cela.

— Patience. Au fur et à mesure de sa tournée aux Amériques, il parlera de plus en plus d'amour et de moins en moins de dogme. Il remisera un nombre croissant de questions aiguës. Il parlera d'amour, parce qu'il a envie d'être lui-même aimé. Grégoire le Bien-Aimé.

John me tendait mon dernier whisky.

— Espérais-tu... ? commença-t-il à dire. Non, je ferais mieux de me taire. Enfin, quoi, tu me comprends...

— Espérais-je que la nouvelle Eglise pardonnerait ma faiblesse particulière ? Non, sûrement pas. Non que ce soit encore un tracas — en tout cas plus pour moi. La flamme est moribonde ; je suis un vieil homme. Je pourrais rentrer dans le sein de l'Eglise demain, si je le voulais.

— Le voulez-vous ? demanda Laura.

— Je me suis assez bien débrouillé avec mon rationalisme cynique.

— Allons donc ! dit-elle. Il n'y a pas une trace de cela dans vos écrits.

— Le sentimentalisme, dis-je, voilà l'envers de la médaille. (Je vidai mon verre et me levai avec la raideur de l'âge, vieil homme comme je l'avais dit.) Tu passeras me prendre ? dis-je à John.

— A 10 heures, si ce n'est pas trop tôt ?

— Parfait.

— Merci encore ! répéta Laura. Un million de fois merci.

Elle se leva pour m'embrasser et me souhaiter bonne nuit. Puis, ses beaux yeux pleins du rêve, elle ajouta : *« Africa ! »*

Le film s'institulait *Renaissance du Rukwa.* John me le projeta lui-même, sur l'appareil pour films de seize millimètres, propriété de la faculté. Je reconnus la voix du commentateur : Ralph ! Ses vibrations réveillèrent mes glandes et firent mentir mon allusion à la flamme moribonde. Puis il apparut en personne sur l'écran, en longs vêtements flamboyants, bonneté de peau de tigre, botté de cuir, chevauchant un pur-sang arabe blanc, lancé au galop à la tête d'une sorte de détachement de cavalerie indigène et à travers une plaine herbeuse. Nous vîmes des forages pétroliers et des techniciens noirs, pleins de gravité sous leur casque argenté, et penchés sur des diagrammes et des cartes index noir pointé, tête noire hochée. Il y avait aussi un lycée technique noir avec ses lycéens noirs, en chemise blanche comme neige et pantalon de bonne coupe, qui examinaient la maquette étincelante d'une centrale électrique. On instruisait doucement les membres de tribus arriérées, à croupetons dans l'herbe, les reins ceints du pagne, face à un tableau blanc et à un instituteur noir à lunettes qui leur instillait l'urgence de l'intégration dans le cadre du nouvel Etat progressiste. Puis un auditoire noir rit à tout rompre devant un film comique noir en couleurs. Vint la capitale, avec ses immeubles d'affaires cubiques et blancs, son stade de football, son hôtel Mansanga de dix étages. « Ils ont l'air de s'en tirer assez bien », dit John. Le commentaire de Ralph, plus grandiloquent, affirmait la même chose, en y ajoutant quelques phrases sur la liberté du culte, tandis qu'un muezzin noir interpellait l'azur et que des écoliers noirs, conduits par une religieuse noire en blanc, se pressaient vers une petite église dont la cloche unique tintait. Ralph reconnaissait que le jeune Etat avait des problèmes : jalousies aux frontières, nul accès direct à l'océan Indien, lourdes taxes de transit à acquitter au port de Kilwa. Mais la bonne volonté et le vrai esprit panafricain viendraient à bout de toutes ces difficultés. L'auteur d'*Africa !* parut à son tour, souriant, tout musclé, candidat possible au prix Nobel. Et pour finir, le grand Mansanga lui-même, salué par un peuple aimant aux dents excellentes, ou déclenchant les rires du conseil des ministres, ou encore, en selle, inspectant les troupes du haut de son pur-sang arabe noir, tandis que Ralph caracolait derrière lui sur son destrier blanc. Musique allègre, pauvre en mélodie, riche en polyrythmes, gonflée de flûtes et d'une multitude de tambours. Fin.

— Oui, dis-je sans conviction. Ils ont l'air de ne pas trop mal s'en sortir. Tant qu'il y a le pétrole.

— Et pendant ce temps, dit John, les tribus sont gagnées par la corruption et oublient leurs dieux pour celui de l'uniformité... Le frère de Dotty aussi, ajouta-t-il, me paraît s'en sortir très bien, le poète comme l'homme d'action.

— Il n'a jamais valu tripette comme poète.

— Fais toutes mes affections à Dotty. Et, cela va de soi, à ma mère.

Dorothy était, je le vis bien, loin d'être en bonne santé. Elle gisait, au lit, sans force ; sa chevelure, naguère glorieuse, grisonnait et pendait, sans vie ; le noir pourpré de sa peau, qui avait été si somptueux, prenait maintenant la teinte et la texture d'un cuir d'éléphant ; ses beaux yeux étaient à la merci de canaux lacrymaux intarissables. Je l'embrassai avec tendresse et compassion ; elle m'entoura le cou de ses bras nus, maigres et aimants.

— Comment cela va-t-il ? m'enquis-je.

— Cela va, cela vient. Nous venons d'entendre le beau-frère d'Hortense : il parlait de faire offrande de la souffrance à Dieu.

Au pied du grand lit double, il y avait un petit poste de télévision, éteint pour l'heure. Hortense était assise sur le lit, un bras autour de son amie son œil unique et fatigué tourné vers moi Elle dit

— Tu es vieux, Ken.
— Je ne le nie pas. Vieux et solitaire.
Elle-même, elle ne paraissait pas vieille, à part un petit gaufrage du cou. Elle était vêtue de lin bleu, jupe cloche, décolleté bateau marqué d'un nœud carré, veste courte à poches appliquées, bas beige doré. Elle avait envoyé promener ses fines chaussures à talons stylet. Son cache-œil était un franc accessoire, charmant en soi : semis de roses en miniature, bleues sur fond vert. Ses cheveux gardaient, grâce à d'habiles soins, leur couleur de jeunesse , les roses bleues se voilaient d'un flot de miel.
— Restez avec nous, Ken, dit Dorothy. Pour de bon, veux-je dire. (Puis ses yeux s'emplirent de larmes.) Non, ce ne serait pas juste pour vous. Pourquoi verriez-vous... Oh ! bon Dieu.
Hortense la serra contre elle, puis me dit :
— Avant que je l'oublie, ton agent a téléphoné. A propos de quelqu'un qui voudrait porter un de tes livres à l'écran. Il pensait te trouver déjà là. Il est parti pour Martha's Vineyard, au cap Cod ou quelque part. Tu ne pourras pas le joindre avant lundi
— Quel livre ?
— Celui que tu as écrit quand j'étais encore à l'école. Sur Socrate Je l'avais oublié. Et puis je me suis souvenue quand il en a parlé.
— Socrate à l'écran. Eh bien ! on n'arrête pas le progrès.
— J'ai eu un autre appel. D'un des frères Campanati.
— Quoi ? Sa Sainteté aurait vraiment daigné... ?
— Non, l'autre.
— Seigneur Dieu ! ce salopard de Domenico ?
— J'adore votre *salopard,* dit Dorothy en s'efforçant de sourire. (Des dents manquaient.) On voit que vous êtes passé par le Maroc !
— Où était-il, est-il ?
— A Menton ou je ne sais où. Il a dû se rappeler le jour heureux que nous y avions passé ensemble. Il y a une éternité de cela. Il voudrait me revenir. Il dit qu'il a tout raté et que nous pourrions peut-être — comment dit donc M. Eliot ? — prendre un *nouveau départ.* Il paraissait ivre. Larmes d'ivrogne dégoulinant le long du câble transatlantique. Je lui ai dit : « Trop tard. » Les mots les plus tristes du vocabulaire. (Elle serra plus fort contre elle Dorothy.)
— Pauvre Domenico, dis-je. Aux dernières nouvelles, il avait choisi la porte de sortie de tous les musiciens ratés. Le bruit. Un synthétiseur Moog. Des chants d'oiseaux passés à l'envers.
— Oh ! mon Dieu, cria soudain Dorothy. Pardon pardon, pardon. On a beau s'y attendre... Oh ! mon Dieu...
La sueur de la souffrance l'inondait de façon terrifiante. Hortense l'essuya tendrement avec l'une des nombreuses serviettes de toilette qui gisaient, froissées et en désordre, sur la table de chevet. Lit double, qu'elles continuaient à partager, si je comprenais bien.
— Allez-vous-en, Ken, haleta Dorothy. Inutile de... Seigneur ! ce n'est pas ..
Beau à voir voulait-elle dire ; elle avait raison Puis le spasme

passa et elle resta étendue, épuisée, vidée, et dit avec un faible sourire :

— La ciguë... Vous rappelez-vous le *Socrate* de Satie ? On parle d'en faire un enregistrement.

— Je guetterai la sortie du disque, dis-je, et vous l'enverrai.

— Je ne parlais pas sérieusement, chérie, dit-elle à Hortense avec un sourire crispé. C'est seulement à cause de ces coups de couteau qui viennent quand on ne s'y attend pas ; oui, c'est la surprise.

Me poignarda soudain le souvenir aigu d'un certain jour, à l'hôpital de Chicago, trente ans auparavant. Carlo était, en ce moment même, je le savais, sous l'averse de confetti de toutes sortes qui obscurcissait le ciel, tandis qu'il descendait en voiture la Cinquième Avenue, en distribuant sa bénédiction au rythme des acclamations. Sous les saintes roues de son véhicule, le sol était jonché de déchets de papier en guise de palmes. Mon taxi avait eu du mal à passer : des rues étaient fermées à la circulation ; les encombrements résonnaient des klaxons. « *Ze Pope* », m'avait expliqué le chauffeur en mâchouillant son bout de cigare détrempé... Je t'en prie, viens accomplir encore un miracle. Sauve l'amie amante de cette femme dont tu dis qu'elle est une sainte. Mais non, à quoi bon implorer encore faveur ? Le pouvoir, j'en avais eu la preuve, tombait où il voulait, indifférent comme la grâce, sauvage comme la miséricorde. Pas de faveurs pour les amis, pas d'amis.

— Je serai de retour avant l'heure du coucher, dis-je. J'ai promis de passer la soirée avec ma nièce. Et avec... comment doit-on dire : ma petite-nièce, ma grand-nièce ? Je n'ai jamais vraiment très bien su. L'un et l'autre ont l'air de titres tout aussi ridicules.

— Aussi ridicules que la fille elle-même, dit Hortense.

— Oh ! chérie, elle est gentille. Elle est comme les autres.

— Ouais, dit Hortense en pur (*echt*) américain, ou, en vérité (saxon : *gea*) en pur, *echt*, parler d'Alfred le Grand. Elle fait partie des héritiers.

— Disons des héritières, ou, pourquoi pas, des hoiresses, en l'occurrence, fis-je observer.

— Ken chéri, cher animal de Ken. Tu écris avec tes pieds, et pourtant tu es pédant comme un pet. Il faut vraiment que je fasse ton buste.

Je ne vis pas le rapport.

71

Ma nièce Ann avait cuisiné un plat dénommé Dîner Bouilli Nouvelle-Angleterre, qui avait essentiellement le goût d'éponges à l'eau salée. Ce mets fut suivi d'un gâteau à la banane industriel

Sara Lea, insuffisamment décongelé, et de café sans caféine la petite famille, apparemment, ne pouvait supporter la caféine Comme je m'apprêtais à allumer un Roméo et Juliette, ma nièce dit

— Oncle Ken, tu serais gentil de ne pas fumer Eve est allergique au tabac.

— Ressers-moi encore de ce truc, m'man, et Toncle pourra fumer tout ce qu'il voudra. Bob m'emmène au cinéma.

— Qu'allez-vous voir, ma chérie ?

— *Le dernier rivage.* Au Symphony. Avec Gregory Peck et Ava Gardner. C'est sur la fin du monde en 1962.

Le mari-père était absent, parti pour Denver, dans le Colorado. Il y avait là-bas congrès de littérature comparée ; il y devait lire une communication sur la Dette de Strehler envers Kafka. Je me rappelle distinctement Strehler m'expliquant, la veille de l'arrivée de la Gestapo, qu'il n'avait jamais lu Kafka, ou plutôt qu'il avait attaqué la lecture de *Das Schloss* (le Château), mais s'était vite arrêté, tant la qualité de l'allemand de l'auteur l'avait consterné. Toutefois, je ne doutais pas que le professeur Breslow ne plaidât, si ce n'était déjà fait, de façon très plausible, la dette supposée. La pédanterie littéraire prouve scientifiquement tout ce que vous... Que diable ! je ne sais plus qui n'avait-il pas lu, je ne sais plus où, un essai sur tout ce que je devais à sir Hugh Walpole ce Néo-Zélandais avec lequel je n'ai de commun que l'abondance ?

Je bus donc mon café décaféiné, sans cigare pour le tempérer, cependant qu'Eve, ma petite ou grand-nièce de quatorze ans, concassait sa seconde portion de gâteau à la banane. J'entendais ses petites dents broyer la mince croûte du glaçage. Que dire de cet enfant, sinon qu'elle était condamnée et perdue ? Elle avait la même joliesse vide que sa mère, et ses petits seins fermes étaient tenus haut par un soutien-gorge balconnet. Elle portait une jupe tyrolienne achetée au décrochez-moi ça (à l'époque, toutes les jeunes personnes n'arboraient pas encore le jean) et ses longues jambes d'Américaine étaient prises dans des bas de laine citron, tandis que ses charmants petits pieds étaient chaussés de ballerines noires au cuir éraflé. Ses cheveux paille, d'une propreté qui faisait presque mal aux yeux, étaient serrés dans un élastique au haut du crâne et retombaient derrière, en queue de cheval. Elle avait des oreilles menues et délicates et un adorable bout de nez rose porcin et retroussé. Quant à sa cervelle, elle était meublée de tout le bric-à-brac de niaiseries que les graves promoteurs des valeurs américaines, des conforts et des stimulants américains peuvent fournir. Oui, elle était bien une des héritières ou des hoiresses. Pendant que, sur l'écran du cinéma Symphony, dans Broadway, la fin du monde selon Nevil Shute gagnait (en reprise) les rivages de l'Australie du Sud, l'autre grand-oncle d'Eve, au Madison Square Garden, annonçait aux foules l'avènement d'une nouvelle ère. Eve était l'héritière d'une joie et d'un désespoir cousins, en un sens.

Elle achevait de racler les derniers vestiges de son gâteau Sara Lea, lorsque la sonnerie de la porte fit un allègre dim-dom-

domdimdim-didi-ding, et une seconde plus tard, pom-pom. « C'est Bob », dit Eve. La bouche pleine, elle courut à la porte et l'ouvrit à Bob. Encore un héritier. Il mesurait un mètre quatre-vingt-quinze, non encore enrobés de la maturité charnelle requise par son squelette. Il était dégingandé. Il portait des lunettes. Mon esprit désœuvré se demanda un instant pourquoi le mâle américain des bandes dessinées porte depuis toujours des lunettes. La race n'a jamais eu bonne vue. Peut-être est-ce en rapport avec la philosophie de consommation : s'il y a vide, remplir. Pangloss louait Dieu d'avoir prévu nez et oreilles pour y ajuster les lunettes. Carlo, homme de maintes voix, approuvait probablement Pangloss. Je ne lui avais jamais demandé s'il avait lu Voltaire et il était trop tard maintenant. Et cependant, je n'avais pas estimé qu'il fût trop tard pour lancer un appel plus urgent. J'avais, cet après-midi même, expédié un mot à Carlo aux bons soins de l'archevêque de New York. Le lecteur aura deviné ce qu'il contenait. Je ne nourrissais pas d'espoir de réponse.

— Je te présente Toncle, dit Eve. M. Toomey, le grand écrivain. Et ça, c'est Bob.

Un long bras maigre et cordial jaillit.

— 'lut, M. Toomey. C'est quoi, ce que vous écrivez ? (Il portait un pantalon havane interminable et un blouson vert acide. Son jeune visage offrait tout un continent de bonne volonté naïve.)

— Des romans. Comme Nevil Shute. Enfin, non, pas tout à fait comme lui. Lui, il est ingénieur, vous savez. Il avait partitipé à la construction du dirigeable R-101.

— Ah ! bon. (Il n'avait jamais entendu parler de Nevil Shute.) Je ne lis pas beaucoup, M. Toomey. Eve et moi, on va voir des tas de films. Tôt ou tard, tous les livres viennent à l'écran. Question de patience.

— *Le dernier rivage* est de Nevil Shute.

— Ah ! bon. Ben, comme je disais, y'a qu'à attendre. (Cela dit avec l'intonation la plus charmante du monde.) T'es prête, Evie ?

Et ils s'en furent, héritiers de cinoches à distributeurs de maïs grillé et de Coca-Cola dans l'entrée. Héritiers aussi, bien qu'en d'autres lieux, du champignon atomique et de famines. J'avais le droit de fumer, maintenant. Ann remit la vaisselle à plus tard. Nous occupâmes deux fauteuils à bascule, dans le long salon qui était en réalité la bibliothèque de littérature comparée du professeur Michael Breslow — Mike pour les familiers. La soirée de printemps était belle. La fenêtre donnait sur la 91ᵉ Rue Ouest ; si on l'ouvrait et que l'on se tordît le cou à gauche, l'on avait droit à Riverside Drive et à un magnifique coucher de soleil chimique sur l'Hudson. Bien établie, cette famille, avec d'honnêtes perspectives d'avenir. Ma nièce Ann, dans sa trentaine et demie, était aussi sucrée et peu nutritive qu'une barre de chocolat Hershey. Dents parfaites, teint radieux, silhouette dont le léger embonpoint était bien maîtrisé.

— Je songeais justement, dis-je, que ces deux enfants aiment mieux aller voir périr le monde sous des poussières atomiques poussées par les vents vers le sud, que de courir au Madison Square Garden pour y entendre la nouvelle parole du Seigneur

— Bob est baptiste, répondit Ann. Eve ne se soucie guère de religion. N'en dis rien à maman, surtout. (Maman ? Oui, bien sûr. Hortense.) C'est Mike qui s'est fourré dans la tête que les gosses doivent choisir eux-mêmes leur croyance, une fois en âge de comprendre de quoi il retourne Il n'avait pas envie de voir se répéter son enfance.

— Cela ne manque pas d'ironie, avoue. Avoir un grand-oncle — l'autre — qui est chef suprême de la foi, et préférer le nuage atomique !

— J'ai expliqué à Michael que mieux vaut les démarrer de bonne heure. Il a insisté pour qu'elle aille dans des écoles où l'on n'enseigne pas la religion : ce que la petite n'aura jamais eu ne peut pas lui manquer, dit-il. J'ai parlé à Eve de Notre-Seigneur qui est mort sur la croix ; elle a dit : « Pauvre type, ça lui a fait très mal, tu crois ? » Elle y viendra quand elle en éprouvera le besoin... Il n'est pas vraiment notre parent, dis ? reprit-elle. A peine si je me souviens encore de mon père, et de plus il a fichu le camp et raconte que nous n'étions pas ses enfants. Quant à maman, elle s'est tue.

— Légalement, proférai-je. Légalement... Ta mère, me décidai-je, a reçu un coup de téléphone de ton père légal. Elle te l'a dit ?

— Elle ne me dit jamais rien. Je ne la vois pas beaucoup. Elle ne m'aime pas Depuis toujours. Il n'y en a jamais eu que pour John John, John. Qu'est-ce qu'il voulait ?

— Revenir à ta mère. Avec l'âge, la loi catholique, le remords catholique le taquinent. L'indissolubilité des liens, tu sais. Naturellement, elle ne veut pas de lui. Il finira sans doute par se tuer de boisson.

— Tu n'aimerais pas un peu de citronnade ? C'est moi qui l'ai faite.

— Je préférerais du cognac.

Elle alla jusqu'à un placard bas, sous des rayonnages bourrés de littérature comparée avec une photographie de Thomas Mann en industriel hambourgeois dédaigneux. Elle avait les jambes élégantes de sa mère. Elle revint avec une bouteille de Christian Brothers. Elle dit, tout en me servant et pendant que, moi-même, je m'empressais très vite de dire, *assez, merci :*

— Tu as eu le temps de bavarder avec Eve. Que penses-tu d'elle ?

— Il est un peu tôt pour le dire. C'est une gentille enfant, mais, pour l'amour du ciel, que diable leur enseigne-t-on par les temps qui courent ? Pour toute mythologie, elle a le programme de dessins animés pour les enfants à la télévision du samedi matin. Elle a commencé à lire *L'attrape-cœur* et n'a pu le terminer : elle trouvait cela trop difficile. Les gens de ma génération ont du mal à soutenir une conversation sur Superman, Donald Duck et Debbie Reynolds. Bon sang ! tu parlais le français et l'italien dès l'enfance ; elle ne connaît pas une seule langue étrangère. Comme ses camarades, elle a lu vingt lignes de Virgile, en classe, en mauvaise prose anglaise. Elle a vu un film sur Hélène de Troie. Le passé est une chose morte ; le monde en dehors des Etats-Unis n'existe pas. Tu ne l'as donc jamais emmenée en Europe ?

— Nous sommes allées en France, mais la nourriture l'a rendue malade.

— Je redoute, dis-je prophétiquement, le grand vide total. On peut le remplir quelque temps avec Walt Disney ; mais, un jour ou l'autre, un grand vent viendra balayer tous ces flocons de poussière. Il faudra des tranquillisants plus forts. Elle m'a raconté qu'un de ses profs se drogue. « Après avoir lu le livre d'un type que tu as peut-être connu », m'a-t-elle dit. Il se trouve qu'il s'agit de mon vieil ami Aldous Huxley. « Tout sur les visions et la réalité, et tu trouves la vérité, aussi facile que si tu allumais la télé » m'a-t-elle encore dit.

— Oui, c'était un professeur du nom de Perrin. La direction a dû le renvoyer.

— Après tout, dis-je, c'est ta fille. Et celle de l'Amérique. Mais, pour parler en Européen décadent, il me semble qu'elle a grand besoin de se caler avec du solide. Pas avec de la barbe à papa, des youpi ! et des ouaou !

— Ce n'est jamais qu'une adolescente, tu sais, une bonne petite fille normale et pleine de santé, répliqua-t-elle, sur la défensive.

— Avec une allergie à la fumée de cigare. Et, m'a-t-elle confessé, à la peau de tomate. Et à la verge d'or, quand c'est la saison. Et couverte de démangeaisons dès qu'elle touche un chat. Les voilà bien, les succédanés du remords européen.

— Sexuellement, elle est normale, en tout cas, dit Ann. (C'était une pierre dans mon jardin. Et aussi dans celui de sa mère.) Dieu soit loué.

— Tu veux dire qu'elle a déjà couché avec ce long jeune homme qui l'emmène au cinéma ? Et qu'elle a eu les réactions physiques adéquates ?

— C'est sale, ce que tu dis là, oncle Ken, et tu le sais très bien. Non, je veux parler du fait qu'elle aime bien les garçons et qu'elle a totalisé quatre-vingt-cinq points au test sur le sexe, dans *Mademoiselle.* Elle est normale, oui. Et c'est une bonne petite. (Je la voyais rougir.) Elle a commencé à lire un article dans une de ces revues littéraires que reçoit Michael. Il y était question de ce que l'auteur appelle la veine homosexuelle du roman britannique. Elle a vu ton nom et elle a dit : « Y'a un truc ici sur Toncle ; je ne savais pas qu'on parlait de lui dans les magazines. » Et elle a ajouté : « Ça veut dire quoi, homosexuel ? » Cela te donne la mesure de son innocence.

— Et vous l'avez éclairée, Mike ou toi ?

— Mike a été formidable. Il lui a expliqué que les homosexuels aiment les hommes, que c'est cela que veut dire *homo :* homme, et elle a dit : « Alors, ça fait que, moi, je suis homosexuelle ? »

— L'étymologie de Mike est en défaut. Bien, donc son Toncle ou Tontoncle est une sorte de ferment de corruption. Tandis que

Superman, Gregory Peck et le sénateur McCarthy sont tout bonnement parfaits. Je ferais mieux de m'en aller. J'ai besoin de bavarder un peu avec ta mère avant d'aller me coucher.

— Tu ne lui raconteras pas ce que je t'ai dit sur Eve : qu'elle ne va pas à l'église et tout ?

— Eve n'intéresse pas particulièrement Hortense. Elle a assez de soucis comme cela pour le moment.

— Tu sais, oncle Ken, je ne voulais pas, tu comprends, te blesser. Enfin, je veux dire, je sais bien que tu ne peux pas t'empêcher d'être comme tu es...

— Comme j'étais, Ann. Aujourd'hui, je suis ce que pense ta fille de moi. Tout cela est loin derrière moi, vois-tu ; j'ai cent ans, avec ce que cela implique. Merci pour le dîner.

Et je posai un baiser sec sur son front étroit. Hortense était assise au bar, vêtue d'une robe d'intérieur dont l'étoffe imitait la peau de tigre. Elle était très lasse, visiblement, et buvait un scotch pur avec beaucoup de glace.

— Elle dort ? demandai-je.

— Elle s'est assoupie, il y a à peu près une demi-heure. Je lui ai fait une piqûre. Il faut augmenter constamment la dose. Elle a recommencé à parler de ciguë, puis elle a répété : « Pardon, pardon. » Je crois qu'elle a raison à propos de la ciguë.

Je pris un verre de cognac qui n'avait pas reçu la bénédiction des Christian Brothers. Je ressentis, en me servant, comme une ombre portée de la douleur qu'endurait Dorothy. La tumeur était sise dans l'intestin grêle. Inopérable.

— Quelle est la version moderne de la ciguë ? demandai-je.

— Je dirais une bouteille de scotch et une centaine de comprimés d'aspirine.

— Encombrant. Et Carlo n'approuverait pas. As-tu par hasard eu de ses nouvelles ?

— Tu veux dire par la télévision ? Nous l'avons vu, une quinzaine de minutes, parler d'amour au monde. Puis Dot a dit : « Cherchons un vieux film. » Alors, nous avons regardé Bette Davis dans *Amère victoire*. Nous aurions pu choisir mieux.

— Je pensais à quelque chose de personnel : un message ou je ne sais quoi. Il a toujours eu très haute opinion de toi.

— Cela a changé quand les Milanais ont découvert que saint Ambroise avait des couilles. Non, pas un mot de lui, et je n'attends rien. Qu'il reste en dehors de ma vie. Je lui ai été très reconnaissante de la commande, mais comme je l'aurais été pour n'importe qui. Et comme je le serai d'ici peu envers ces gens de Bronxville.

— Quels gens ?

— L'université Wheeler. On aimerait que j'y enseigne l'histoire de l'art. Je leur ai fait un jour une causerie sur la technique de la sculpture. Ils ont avalé cela comme du petit lait. Et je vais avoir besoin d'un travail. Pas pour l'argent, bien entendu.

— Pauvre, pauvre Dorothy ! Combien de temps pourra-t-elle tenir ?

— Et moi, donc ? L idée du Christ aide un peu. Mais je ne crois pas que la crucifixion puisse être aussi atroce que le cancer

— Crois-tu que Dorothy te... enfin, te demandera sérieusement de... ?

— Elle hurlera sérieusement. Et j'y entendrai une façon sérieuse de le demander, oui.

— J'ai souffert d'insomnie. Au Maroc, les médecins ne lésinent pas sur les ordonnances. J'ai dans ma valise une centaine de pilules brunes. Je sais que cela ferait l'affaire. Le malheureux Jack Tallis a largué les amarres en en avalant trente-cinq. Ce n'était pas le cancer, rien qu'un amour contrarié. Je te les laisserai. Le fait de les avoir sous la main permet plus facilement de retarder le moment, encore et encore, jusqu'à ce que l'on ne puisse plus. Pourquoi ne vas-tu pas dormir un peu ? Tu n'auras pas besoin de comprimés.

— Elle va se réveiller dans une heure. Ou moins. Il faut que je sois prête. J'ai dormi ce matin, pendant que l'infirmière était là pour sa petite relève de deux heures. Je dormirai de nouveau demain. Il ne me faut pas beaucoup de sommeil. Je dormirai, pendant que les cloches sonneront et que Carlo proclamera paix et amour devant les caméras de la télévision... Je suis navrée à propos de Ralph, ajouta-t-elle.

— Ralph se débrouille très bien.

— Non, je parlais de Ralph et de toi. Après tout, l'idée était de moi.

— Oh ! cela a marché un temps. Mais je suis vieux et racorni, et de la couleur des damnés. Cela ne pouvait durer. Aucune des histoires de la sorte ne peut jamais durer.

— Cela ferait un bon titre, dit-elle : *La couleur des damnés.* Pour James Baldwin, Ralph Ellison ou l'autre copain de Ralph, là-bas. Il s'est passé quelque chose d'affreux à Central Park. Un petit garçon blanc a été entraîné dans les buissons, du côté de la statue de Hans Andersen, et on lui a coupé les testicules. Il était allé faire pipi ; sa mère s'est demandé pourquoi il mettait si longtemps. Pendant ce temps-là, notre sacré Carlo prêche une nouvelle ère d'amour et de tolérance. Va te mettre au lit, Ken. Et fais de beaux rêves d'amour et de tolérance.

Le lendemain matin, j'embrassai la pauvre Dorothy pour, je le savais, la dernière fois. Elle le savait aussi : elle se cramponna à moi en pleurant. Un souvenir de plus à classer : la dernière soirée de cinéma, le dernier repas au restaurant belge de la 44e Rue Ouest, la dernière image des crocus en fleurs dans Central Park, le dernier dîner préparé dans cette cuisine qui était son domaine, la dernière vision de Ken Toomey, vieux, desséché, mais cruellement bien portant. Je serrai dans mes bras Hortense avec tendresse et chagrin, laissai derrière moi, sans un mot, ma fiole de barbituriques, sur la table de la salle à manger, puis descendis prendre le taxi qui me conduirait à l'aéroport La Guardia. Là, je pris le vol de midi pour Oklahoma City.

Je garde des souvenirs confus des très vagues convergences de mes tournées des universités (elles se congèlent dans ma mémoire en une seule image générique) avec la mission américaine de

Carlo, telle que j'en pris connaissance dans la presse ou sur le petit écran de mes chambres de motel. Je ne suis pas très certain de rendre justice tant à l'époque qu'aux vertus en puissance de l'*aggiornamento* pontifical, en disant que j'associe ce tour du continent (loin d'être après tout, le dernier pour moi) avec ce qu'offraient de plus bizarre les innovations, dans le rituel ou le dogme, qu'il bénissait de ses gros bras vigoureux. Est-ce bien à l'université Rockhurst de Kansas City que je fus témoin d'une messe dont la liturgie était dérivée du poème *L'ange dans la maison* de Coventry Patmore ? Et est-ce en Pennsylvanie, dans cette ville dont le nom : California, prête terriblement à confusion (elle le doit à un filon de minerai depuis longtemps épuisé), que je vis un peu d'une messe rock, avec guitares et bongo, et un kyrie qui disait :

Seigneur, Seigneur, aie pitié d'nous, ouais
Et toi d'même, Jésus, ouais
Et si t'as vraiment pitié d'nous ouais
Tu s'ras béni sanctus ouais
Sanctus adoremus ouais

Je ne vis pas la messe ballet qui fut montée à Chicago, avec le prêtre en collant (le bas-relief orchitélique d'Hortense était, en ce sens, prophétique) ; mais je fus invité, à Iowa City, à une messe folk, avec miches de pain servies toutes chaudes sorties du four et eau-de-vie de cidre distribuée aux fidèles en guise de sang du Christ (était-ce vraiment un défi au concile de Trente ? Et le concile de Trente avait-il encore la moindre importance ?). A Bowling Green, dans l'Ohio, à moins que ce ne fût à Kalamazoo, dans le Michigan, il y eut une séance de confession en plein air, avec prêtre en vêtement civil criard et dont la cravate, qui ressemblait à deux œufs frits, jaune en l'air, ballottait sur une chemise écarlate. Que ces choses aient eu lieu en Amérique, où existe une tradition de religion tapageuse, est croyable. Mais pareils spectacles se déroulaient-ils au Mexique, au Pérou, au Guatémala ? Un prêtre d'une quarantaine d'années, vêtu de noir désuètement roussi, me déclara, dans un bar de Minneapolis, qu'il ne savait plus où diable il en était.

— Prenez Dieu, dit-il. Autrefois, je me faisais une idée assez claire de Lui. A présent, on a tous ces nouveaux théologiens qui racontent que Dieu est ici, en nous, et non plus là-haut, ou qu'il est une noosphère impersonnelle et que toute image anthropomorphique est hors de question. Trois non-personnes en une seule noosphère ananthropomorphe. Notre nada qui es au nada, nada soit ton nada.

— Un lieu propre et bien éclairé, voilà tout ce qu'il veut. Votre objection va à la grande ouverture.

— L'ouverture, c'est le relâchement. « Saint-Père, a dit l'archevêque de Boston, j'ai tout oublié sauf mon catéchisme de deux sous. — Et moi, j'ai oublié jusqu'à cela », lui a répondu Sa Sainteté. Oublions tout sauf l'amour, viens dans mes bras, petit frère. Ce n'est pas tellement incompatible avec leur baliverne de noosphère

Il fit signe d'un geste irrité, à la serveuse en jupette et aux seins offerts, qu'il voulait un autre whisky sous peu. Un prêtre buveur de whisky.

— Nous avons des religieuses qui s'habillent comme cette fille, maintenant, reprit-il. Nous avons des prêtres sexy, Dieu nous aide ! Merci Jésus, je ne suis pas sexy.

— L'Eglise, dis-je, vient au peuple.

— Le bordel, répliqua-t-il, vient à sa clientèle.

C'était, pensais-je, aller trop loin. Le Christ parlait le langage de ceux qui l'écoutaient. Tel l'aumônier de la prison du comté d'Erie, dans l'état de New York, qui débitait ainsi le vingt-troisième Psaume : « Le Patron est comme mon délégué à la liberté surveillée ; il m'aide à pas m'énerver et à me sentir bien dans ma peau. Il me montre la bonne voie pour que je sois bien noté et que ça rejaillisse sur lui. » T'as entendu, dis ? C'que c'était chouette. Dieu c'est pas du toc, mon pote. Ces gosses n'avaient pas la moindre idée de ce que diable peut être un berger. Quant à un Seigneur, c'est quelque chose qu'on voit dans les vieux films.

Carlo parla aux Noirs de Harlem. Il n'employa pas leur langage, mais il le comprirent parfaitement. Il prit la parole dans la mince lumière printanière qui baignait une rue de taudis rongés par les rats, non loin de la 125e Rue.

— D'abord, que je vous dise qui je suis. Je suis un Italien d'Italie, non pas de Mulberry Street. La grande Italie, pas la Petite de New York. Je n'ai rien à voir avec la Mafia. Je suis blanc, d'accord, c'est un mauvais point pour moi. Mais je n'y peux rien. Question de chance, bonne ou mauvaise. Prenez-vous-en à mes parents, si vous pouvez découvrir qui ils sont. Moi, je ne les ai jamais connus. J'ai été orphelin très tôt dans la vie, puis enfant adopté. Aujourd'hui, je suis pape, c'est-à-dire chef de l'Eglise chrétienne. Seulement, je n'aimerais pas que vous vous figuriez que le pape doit forcément être un Blanc. Ce n'est pas vrai. Saint Pierre, qui fut le premier pape, était un juif au teint cuit, un pêcheur sans même un sou pour se payer une tasse de café, quand Jésus l'a pris avec lui. Jésus non plus n'avait pas la peau très claire ; sans être noir, il était brûlé du soleil. Notre Eglise n'est pas réservée aux Blancs, et si son chef en est un, eh bien ! c'est pur hasard. La prochaine fois, qui sait si elle n'aura pas un pape noir ? Ou jaune ? Ce qui compte, après tout, ce n'est pas tant la couleur de la peau que celle de l'âme. Mais ne parlons pas non plus d'âmes noires ou blanches. Parlons plutôt d'âmes sales et puantes à force de traîner dans la boue, et d'autres qui sont propres, polies, bien luisantes. De camions-poubelles d'un côté et de Cadillac de l'autre, si vous voulez. Quand une âme se salit, à qui la faute ? Vous le savez bien. Alors, écoutez-moi. Le diable a le maximum de chances auprès des ignorants, des dépossédés, des sans-foyer, des sans-travail. C'est pourquoi on ne peut pas avoir de vraie religion tant qu'on n'a pas balayé la laideur de la misère, de la faim et du chômage. Je suis venu en Amérique pour bien des raisons. Mais la principale est de réclamer que les cœurs changent. Votre peuple a souffert de l'esclavage. Vous, les enfants des esclaves, vous souffrez du manque de justice et vous avez enduré cela trop longtemps Il faut que cela change. Vous êtes encore en terre d'Egypte, sous le fouet de Pharaon. Je me lève parmi vous et je parle avec la voix de Moïse Et c'est pour crier non pas *Laisse aller mon peuple !* mais *Laisse vivre mon peuple !...*

Il quitta l'aéroport Dulles après avoir réveillé Washington par des sermons tantôt révolutionnaires, tantôt réactionnaires, selon le milieu. En vérité, les mots mêmes avaient de moins en moins d'importance. C'était par l'intermédiaire de son sourire, de ses bras paternels, de son épaisseur terrienne qu'il communiquait et communiait avec les foules. De sa bonté, personne ne douta jamais. Il se rendit dans les Etats opprimés d'Amérique Latine pour continuer à y diffuser cette bonté, qui ne semblait pas particulièrement susceptible, du moins pour le moment, de bouleverser de fond en comble le monde. Les progrès technologiques, au cours de cette année de voyages pontificaux, furent sans aucun rapport avec les mouvements du cœur. *Pionnier IV* fut placé sur orbite autour du soleil ; la molécule base de la pénicilline fut isolée ; le pont Râjendra enjamba le Gange ; la station de Jodrell Bank envoya rebondir sur la lune un message laser qui revint aux Etats-Unis ; on inaugura le pont d'Auckland Harbour ; le paquebot volant *Vanguard*, de la Vickers, couvrit avec ses turboréacteurs quatre mille kilomètres en cinq heures et demie ; la Russie lança *Lunik III* et photographia le glorieux postérieur de la lune ; le brise-glace atomique *Lenin* s'ouvrit un chemin jusque dans la Baltique ; le premier navire marchand nucléaire, le *Savannah*, fut baptisé au champagne par Mme Eisenhower ; le synchroton à protons du CERN devint opérationnel à Genève ; le Premier ministre français inaugura le pipe-line saharien, long de six cents kilomètres ; un pilote de l'aviation militaire américaine établit un nouveau record de vitesse à deux mille quatre cents kilomètres heure.

La nature observa la même froideur impassible devant le message qui voulait que l'amour fût la solution de tous les problèmes de l'humanité. La population mondiale, qui s'élevait déjà à deux milliards huit cent millions d'individus, s'accrut de quarante-cinq millions d'êtres — fruits de l'amour ou de quelque chose d'approchant. L'Amérique du Sud, où Carlo se rendit en avion, souffrit les plus formidables inondations du siècle. Dans l'ouest du Japon, un typhon tua cinq mille personnes et en laissa un million sans abri. L'humanité, dans sa masse ou grâce aux agissements abstraits des politiques, resta réfractaire à toute régénération de l'âme. L'état d'urgence fut déclaré en Rhodésie du Sud et au Nyasaland ; au Sud-Vietnam, les guerilleros communistes, bientôt connus sous le nom de Vietcong, organisèrent leur Front de Libération Nationale ; il y eut un soulèvement à Lhassa contre l'abomination chinoise, et le Dalaï-Lama s'enfuit en Inde ; des émeutes du désespoir déchirèrent des quartiers de Durban ; le Premier ministre de Ceylan fut assassiné ; la Russie montra les dents à l'Ouest, qui lui fit les gros yeux ; l'Est menaça tout le monde de ses foudres. La technologie et la politique de puissance s'unirent pour monter partout des installations nucléaires dépassant en potentiel de terreur les inondations et les séismes naturels. Les rues des grandes villes connurent les débuts de l'insécurité nocturne. Changer le cœur de l'homme restait néanmoins la réponse au gâchis croissant du monde : il fallait cultiver la technique de l'amour. Qui, franchement, pouvait prétendre que ce fût chose foncièrement mauvaise ? Le pape de Rome n'était peut-être pas un grand réaliste ; il l'était plus que les hommes d'Etat séculiers.

Evidemment, c'était un réconfort de savoir que l'homme n'est pas fondamentalement mauvais et que l'on pouvait rejeter tout le blâme sur une sorte de virus moral, importé au jardin d'Eden par un vaisseau spatial. Si les esprits sophistiqués ne pouvaient retenir un sourire en entendant parler des puissances diaboliques, les jeunes étaient tout prêts à y croire. De nombreux cas de délinquence juvénile, y compris des actes gratuits de viol, de torture et de meurtre, furent mis au compte du diable par leurs auteurs. Le diable devint une réalité aussi tangible que le Christ des Enfants ou que le Grand Jésus Noir : ses cornes et ses yeux décoraient plus d'une grosse caisse de groupe rock ; on l'invoquait dans les *drug parties* et il étalait son blason sur des tee-shirts. Si Carlo avait réussi à convaincre une partie de la population chrétienne de l'existence d'une malveillance palpable rôdant en liberté, et sans aucun rapport avec le péché originel, alors, oui, sa mission était bien, dans une certaine mesure, un succès.

De toute façon, il était là. J'ai encore du mal à admettre que l'ecclésiastique corpulent et glouton que j'avais invité à déjeuner en Sardaigne, à la fin de cette Première Guerre mondiale, censée être la der des der, fût devenu le père des croyants et un mythe puissant. Il eût été séant que celui qui avait été jadis son frère célébrât cette élévation par un *Te Deum* à la Berlioz, pour quatre fois le nombre habituel d'instruments à vent, dix cors, six trompettes, autant de trombones, trois tubas, batterie de cuisine massive, cent cordes, un orgue et des voix, des voix, des voix. Ce *Te Deum* eût dû, naturellement, être transposé en langage commun. Mais Domenico, après avoir formulé son plaidoyer d'ivrogne en réintégration du domicile conjugal, et avoir essuyé, pour l'heure, un refus, s'était installé avec son whisky et son synthétiseur Moog à Menton ; et, lui qui n'avait enfanté ni progéniture ni grande musique, il y ruminait sa solitude. Moi aussi, j'étais seul tout comme Hortense, après qu'elle eut administré à la pauvre Dorothée sa ciguë. Ces annales, je le vois bien, sont condamnées à devenir, à partir de maintenant, une chronique non seulement de la solitude, mais de la mort — ce qui, après tout, est dans l'ordre des choses pour un chroniqueur qui arrive lui-même au bout de la vie. Et pourtant, le message de Carlo le solitaire, promis à la mort cinq ans après son intronisation, n'était autre, en réalité, que la vie même.

72

Laura Campion m'envoya, en gage de remerciement pour le cadeau que je lui avais fait en lui offrant son voyage en Afrique Orientale, des lettres et des cartes postales presque quotidiennes. Les illustrations des cartes postales montraient des grand-rues ensoleillées, point tellement différentes de celles du Sud américain, les statues publiques de grands Noirs anonymes en plus. Elle écrivait dans une de ses lettres :

> J'avais cru que ce serait un plongeon droit dans *Le cœur des ténèbres ;* mais il est bien évident que nous ne faisons qu'effleurer un littoral où les Arabes et les Syriens paraissent être les meneurs de jeu, et qui ne ressemble guère à l'Afrique noire. Quant aux recherches anthropologiques de Johnny, elles consistent à consulter d'autres anthropologues : leur nombre me stupéfie ; c'est à croire que tout le monde s'efforce d'attraper ce qu'il peut de l'Afrique primitive ou tribale, avant que la grande Afrique moderne ait tout recouvert. Non qu'il soit possible de se faire la moindre idée de l'Afrique Afrique, je veux dire de l'ensemble, de la totalité, du continent entier ; non, hors de question : c'est beaucoup trop grand, l'esprit ne peut pas l'embrasser, l'absorber. Demain, en tout cas, nous commençons le voyage vers l'intérieur, c'est-à-dire, par le train, de Dar-es-Salam à Dodoma, puis, par la route, jusqu'à Rungwe et, de là, je ne sais encore pour où. Johnny a découvert, de seconde main (mais ce semble être le seul moyen), qu'il existe un lien entre structures linguistiques et constellations familiales et que, chaque fois que quelque chose ressemblant à l'inceste se faufile, c'est un fait que le langage devient zinzin — si bien qu'il apparaîtrait que sa théorie de l'universalité de la chose tienne debout. Jusqu'à présent, je trouve tout formidable : ce que j'ai vu comme ce que j'ai mangé — des oiseaux rôtis auxquels je ne peux pas donner de nom, de gros fruits poilus qui sont un velours de délice à l'intérieur, et du lait de noix de coco fermenté qui a une odeur de papier brûlé et qui vous saoule gentiment, sans méchanceté.

De l'Etat de Rukwa, elle disait ceci :

> C'est une toute petite république qui a commencé par un établissement autour du lac Rukwa, pour s'étendre jusqu'au lac Nyasa, au sud. Elle est très progressiste, mais un rien dictatoriale. Il y a des éléments de dissidence, d'où du terrorisme, ce qui explique l'importance des forces de police et de ce que l'on appelle « l'état d'exception » ; il y a aussi des incidents de frontières qui sont peut-être, ou non, provoqués par le Grand Voisin du nord. Ici le pétrole est la richesse. Pétrole, pétrole. Mais les prospecteurs blancs sont strictement proscrits et la technologie est entièrement noire — dont un certain nombre de Noirs américains, mais

qui ne sont pas très aimés des autochtones (ceux-ci les traitent d'*uruwe yanki*, cochons de yankees, ou parfois aussi de *tumbo cocacola*). Votre ancien ami, le frère de Dorothy, fait partie de l'entourage immédiat du Chef Suprême, qui, comme on peut s'y attendre, est très grand, très fort, très dynamique et charismatique, et fort loin d'être inintelligent. Je suis sincèrement convaincue qu'il veut le bien de son peuple, chose rare parmi les dirigeants africains (ou américains, cela dit). Kasam Ekuri, anciennement Ralph, a mis sur pied le ministère de l'Information, puis l'a repassé à un Noir de Caroline du Nord qui, après s'être appelé Jack Anderson, est devenu Garapa Mubu. Maintenant, le principal titre de Ralph est : colonel des *gaysh hisan*. Ce sont ces cavaliers que nous avions vus dans le film, plus décoratifs qu'autre chose ; mais ils ont très belle allure quand ils chevauchent dans la plaine sous le soleil, clic-clac. Quant aux Oma, sur lesquels Jimmy Bucolo en sait un bout, ils sont tous parqués maintenant dans ce que l'on appelle un *kijijipya*, ou nouveau village, près de la frontière nord. Paisibles et mous, disons — trop de consanguinité ? — ils se faisaient razzier par les Kwanga jusqu'à ce qu'on ait envoyé une garnison pour les protéger. Les Kwanga sont de l'autre côté de la frontière de l'Etat, mais ils ignorent le sens des limites nationales, tout comme nos Peaux-Rouges, autrefois, ne comprenaient rien à la signification du 49ᵉ parallèle. Les Oma ont été christianisés par les jésuites. Toutefois, il n'y a plus de missionnaires blancs. Je suis folle de joie et ne saurai jamais vous dire assez merci, merci, merci...

Je dus me rendre à Cannes, comme membre du jury du festival annuel de cinéma. Si bien que les cartes postales et les lettres de Laura tombèrent pendant quelques semaines dans l'oreille d'une maison sourde. L'organisation du festival me payait ma chambre et la table d'hôte du Carlton ; quoi qu'il en fût, je pris sur moi le supplément d'un appartement à l'hôtel et du choix de mes repas à la carte. Mes collègues du jury étaient l'actrice Rayne Waters, l'incarnation même (et ce n'est pas un cliché) du charme stupide ; le metteur en scène italien Gabriele Bottiglieri ; le chanteur-acteur israélien Alon Schemen ; Kiyoshi Araii, l'épigone nippon de Federico Fellini ; l'hidalgo acteur espagnol Carlos Corces, diabolique tombeur de jeunes filles ; la vieille et grasse Sonia Lazurkina, qui n'était là que pour donner sa voix au film représentant l'URSS ; et un certain nombre d'obscurs critiques de cinéma français, qui s'exclamaient *génial !* presque à chaque mauvais film expérimental que l'on projetait. Les horaires de travail étaient épuisants : deux grands films par jour et plusieurs courts métrages, avec une grande bringue, blonde, hâlée et d'une laideur élégante extrême, qui relevait les noms des absents à chaque séance. Un soir, Rayne Waters me dit en m'envoyant des bouffées de patchouli : « Ecoute, mon coco, il faut que j'aille passer la journée de demain sur le yacht d'Ari ; alors, tu signes pour moi, mon joli, oké ? » La grande blonde dit : « Ah non, pas question, bébé. » Si l'on ratait la projection du matin, il fallait se mettre en tenue de soirée et se battre avec les gendarmes, les photographes et le grand public, pour voir le film, le soir. Les séances de vote préliminaires se déroulèrent dans l'irritation et le chauvinisme. Le film soviétique était une épopée guerrière de trois heures, avec effets stéréophoniques, mines qui explosaient sous votre fauteuil, bombardiers qui fonçaient en rugissant crescendo, de la cabine de projection à l'écran. L'objectif était apparemment de démontrer que les Russes avaient vaincu les Allemands en combat singulier.

— Propagande, dis-je. Rien à voir avec l'art. Je vote l'élimination. Indigne de toute prise en considération sérieuse.

— Mais, protesta en mauvais français la camarade Lazurkina, c'est évidemment meilleur film ; on ne peut pas douter supériorité aux autres. (C'est-à-dire que c'était le séjour dans les mines de sel, si, au retour, elle ne se présentait pas au rapport avec un bulletin de victoire.)

— L'art dit la vérité, répliquai-je, et ce n'est pas le cas ici. Les Américains aussi ont pris part à cette guerre, tout comme les Britanniques. Nous avons souffert, vous savez : Londres a été presque détruit, il n'y a pas eu que Leningrad ; nous avons tenu tête, seuls, à Hitler...

— Vous, dit un journaliste français, vous avez parlé à la radio nazie. Je juge inconvenant de votre part d'oser aborder ce sujet à propos de ce film. (Il était marxiste ; la camarade Lazurkina était assurée de son vote ; il avait manifestement fait son petit travail auprès des autres jurés.)

— Je porte un jugement d'esthétique, répliquai-je. Ma biographie personnelle n'a rien à voir là-dedans.

Tout ce dialogue dut être traduit à Rayne Waters, qui fit oui, oui, de la tête, dans la plus parfaite incompréhension et dit : « C'est sûr, c'est sûr. »

Un opéra rock plein de cris et de fureur sur le Christ et Judas — avec ce dernier en héros d'une politique progressiste, mais simpliste — fut jugé « génial ». Je le condamnai pour blasphème et vulgarité, parce qu'il insinuait que Jésus et l'homme aux trente deniers étaient prisonniers d'un rapport amour-haine homosexuel. Le même journaliste français ressortit son dossier :

— Vous n'aviez pas le sentiment de vous trouver en face d'un blasphème, quand vous défendiez les poèmes de votre ami à Londres. Votre homosexualité criée sur les toits est mondialement connue. Vous êtes, apparemment, de ceux qui font deux poids deux mesures.

On put entendre Rayne Waters chuchoter très fort à sa traductrice : « Un pédé ? Qui est pédé ? Lui ? Oh ! dis donc... »

En somme, je n'appréciais guère ces séances. Pas plus que je ne goûtais le retour au hall du Carlton, suant et las après ces vacations, pour retrouver l'agression des affiches et les étals où l'on passait commande de pornographie commerciale. Avec Alon Schemen, je m'évadais vers des petits bars obscurs où nous partagions une bouteille de vin frais du pays. Alon était un homme d'une quarantaine d'années, d'une beauté un peu grasse, nullement coureur de jupons, dévoué à une femme et à des enfants sans éclat qui vivaient dans la banlieue de Tel Aviv. Il s'était fait un nom mondial dans une comédie musicale filmée, une histoire de dibbouks tirée d'une nouvelle d'Isaac Bashevis Singer, écrivain yiddish fort irascible que j'avais rencontré à New York. Alon ressemblait assez à l'idée que je me faisais de...

— ... Leopold Bloom, me dit-il, un début d'après-midi, dans un bar proche de la Croisette. On vient de m'offrir le rôle, figurez-vous.

— Par exemple ! dis-je. Voilà qui est stupéfiant, Et moi qui étais justement en train de penser à quel point vous êtes absolument... De quoi s'agit-il ? D'un film à partir de l'*Ulysse* de Joyce ? Samuel Goldwyn mourait d'envie de le faire, vous savez. Et Joyce voulait George Arliss pour le rôle. Mais vous, alors... ! Ça ne rapportera pas un sou, ajoutai-je.

— Je ne connais pas le livre, bien que j'en aie entendu parler. Mais ce n'est pas un film ; c'est une comédie musicale pour Broadway, intitulée *Bloom-Bloom tra-la-la, c'est Dublin !* J'avais d'abord entendu « Lublin », imaginez. Non, c'est « Dublin ». Va falloir que j'apprenne l'accent irlandais.

— Une comédie musicale ?

— Vous savez, ces gens racontent que des trucs comme *Les Cohen et les Kelly* et *Abie et sa Rose d'Irlande*, avec une bonne mayonnaise d'Irlandais et de juif, ont été de formidables succès. Ils sont persuadés de pouvoir rééditer le même coup avec leur idée. Moi, ça me fera du bien de retrouver les planches. J'ai l'impression que vous connaissez le type qui doit écrire la musique. Je suis allé le voir à Menton, dimanche soir dernier. Il m'a joué une ou deux des chansons. Attendez que j'essaie de me rappeler les paroles, j'aimerais savoir ce que vous en pensez.

Et il chanta, en tambourinant sur la table une sorte de bloumbloum-bloum tra la-la la :

Ce jour-
d'hui seizième de juin
de l'aube au clair de lune
les heures qui viendront
ne feront au
total
qu'un jour esti-
val
de plus..

— C'est de Campanati que vous parlez ?

— Oui. Que dites-vous de l'accent, ça va ?

— Donc, il a laissé tomber son synthétiseur et ses chants d'oiseaux à rebours ? Tant mieux. Cela lui sauvera la vie. Non qu'elle en vaille la peine.

— Et on enchaîne sur

Chair et pulpe à gogo
Nuques et fraises rouges
Pêches blanches fessues
C'est parti à
Ascot
Le roi est au
Paddock...

Les paroles ne sont pas toujours faciles à chanter. C'est un jeune gars de New York qui les écrit : Sid Tarnhelm. Alors, l'accent ?

— Formidable. Dites, il faut que nous allions voir cette horreur de film péruvien.

Dans le hall du Palais du Festival, j'aperçus mon agent pour la côte du Pacifique. Il venait de débarquer, en chemise magenta offrant en motif un montage de profils de héros grecs. Ses yeux perçants d'agent se dérobaient à la Côte d'Azur derrière des lunettes de soleil (le dernier cri : une insolence de miroirs dorés jumeaux que je ne verrais que trop, puisqu'ils seraient les amours de celui qui allait bientôt entrer dans ma vie). Le nez de perroquet de mon homme n'était pas à son aise entre les bajoues molles. Il s'appelait — nom dur à avaler, même à ce stade de nos rapports — Lev Trapeza. Il s'exclama, tous bras ouverts :

— Ken ! Mon joli ! Tu es splendide !

— Mais vieux, dis-je.

— Ouais. N'empêche, il n'y a que les vieux qui soient beaux. Rappelle-toi bien ça, mignonne, dit-il à l'exquise insignifiance brune, tout jambes et short de lin, qui l'accompagnait. Ils ont levé l'option définitive sur ton truc, tu sais ton Héraclès, reprit-il à mon usage.

— Sophoclès, je crois ?

— Comme tu dis. Le gros du tournage commencera à l'automne. C'est un type du nom de Wrigley qui a fait le scénario.

— Oh ! Seigneur Dieu !

— Et le Grec, tu sais, celui qui s'appelle Lilliputtopiss ou un nom à la con de ce genre — ils ont tous des blazes à coucher dehors — ce sera lui la vedette. Le fric est très mystérieux, mais du moment qu'y a le chèque, mon joli, j'y vois rien d'anticonceptionnel, comme on dit. Tu entres là ?

— Il le faut bien. C'est le boulot.

— Pedophily Productions, elle s'appelle, leur société, maintenant. « Philadelphie ? Je connais, je leur ai dit. Du coup, ils ont épelé. » C'est où, ce patelin-là ? j'ai demandé.

— Oh ! mon Dieu !

— C'est quoi, la projection où tu vas ? Le film avec Bardot nue et les otaries savantes ?

— Non, c'est un film péruvien. Tu ne sais pas quelle est la différence entre Bardot et le Pérou ? Non ? Eh bien, penses-y, Lev. A bientôt.

Le lendemain matin, nous eûmes droit à la prestation du Québec : *Et patati et patata.* Les jurés français protestèrent : ils étaient incapables de comprendre aussi bien le dialogue en canadien français que les sous-titres anglais. Je m'emportai et leur dis : « Bon

Dieu ! ça n'est jamais que du normand du XVIIIe siècle. » La projection fut interrompue pendant que l'on cherchait un traducteur simultané. Finalement, je proposai mes services. A l'heure du déjeuner, la bouche parcheminée et des marteaux sous le crâne, je traversai en chancelant le hall du Carlton : les affiches (UN ÉVÉNEMENT UNIQUE ! POUR LA PREMIÈRE ET DERNIÈRE FOIS !) me faisaient mal aux yeux. Une main molle toucha ma manche. Le visage me parut familier. Je fronçai les sourcils.

— Bucolo, dit l'homme. Jimmy Bucolo. Le professeur Bucolo. Vous me connaissez.

— Mais, dis-je, vous êtes censé être en Afrique, non ?

— Pourrions-nous avoir un entretien ? Seuls ?

Il était vêtu d'un costume tropical beige sale, et il avait le visage et le crâne si trempés de sueur que l'on aurait pu croire qu'il les avait passés sous le robinet pour soulager une gueule de bois.

— Seuls tous les deux, dit-il, puisqu'il n'y a plus que moi. Je reviens sans personne, c'est visible, non ? De Nairobi à Casablanca, via El Obeid, Murzuq et Touggourt. J'ai téléphoné de Casablanca et on m'a répondu que vous étiez ici. Cela fait un drôle de trajet, mais j'avais de l'argent, celui que vous aviez donné et j'avais pris un aller simple pour nous tous. Comme si j'avais su.

Tout cela était débité d'une voix hantée. Les gens qui passaient dans le hall haussaient les sourcils ou souriaient devant ce mauvais cabot qui avait l'air de m'imposer une audition : ce n'était pas le lieu ; l'endroit était strictement réservé au commerce, l'art n'y avait pas place. Je me sentis glacé et ma migraine s'envola. J'entraînai Bucolo vers l'ascenseur.

— Je traîne tous ces sacs, dit-il. Un tas de bagages.

Je fis signe au concierge. Dans mon salon, je l'abreuvai de whisky. Il était assis, tassé sur lui-même, maigre, l'air malade, halluciné. Il ne supporta pas l'alcool. Ses joues se gonflèrent, ses yeux s'exorbitèrent ; il se leva en titubant, cherchant où vomir ; je montrai du doigt, il y courut en trébuchant. Je m'assis à mon tour, en m'efforçant d'admettre la nouvelle. Les preuves qu'il avait étalées sur le plateau de verre rond de la table semblaient sans rapport aucun avec rien que je pusse — c'est-à-dire que je souhaitasse pouvoir, à moins que ce ne fût peut-être ne pas pouvoir — croire : deux certificats portant l'en-tête REPUBLIK RUKWANI avec un léopard prêt à bondir et, au-dessous les mots *Sertifikit Kifo,* puis les deux noms et les numéros de deux passeports, comme pour servir à franchir le contrôle d'immigration de l'autre monde ; une carte de crédit de la Banque d'Amérique ; le carnet de notes de John. Bucolo revint et s'affala sur le divan en face de moi. Il n'était pas loin de l'effondrement nerveux total. Il me dit :

— Vous n'avez pas besoin de me regarder comme cela.

— Et comment est-ce que je vous regarde ?

— Comme si j'eusse dû les accompagner. Seulement, moi, j'ai perdu la foi, comprenez. Par réaction contre mon frère ; mon père et ma mère me le préféraient ; il est devenu prêtre. C'est assez courant dans les familles, comme vous le savez. Je ne vais plus à la messe En plus j'avais dû me rendre à Morogo, vous comprenez, pour assister au rite du serpent. Le trajet qu'ils devaient suivre était assez sûr, vous comprenez, tout le monde le disait. Cela ne faisait jamais que quelques kilomètres en Land Rover. Sur une vraie route macadamisée, vous comprenez, et en plaine, avec deux ou trois villages de huttes abandonnés et un peu de brousse avant d'arriver au nouveau village. Et tout le monde disait aussi que le terrorisme était contrôlé, maîtrisé, vous comprenez. On avait exécuté publiquement Shinya. Fusillé dans les règles. La pacification était presque totale. (Il se mit à rire.)

— Assez, arrêtez cela, bon Dieu ! Quels terroristes ! De quoi parlez-vous ?

Comme il continuait à rire en montrant des dents marron, je le giflai. Il s'interrompit net.

— Merci. Merci infiniment. Merci beaucoup, c'était la seule chose à faire. Je vous remercie. En fait, c'est le parti de Mbolo, mais on a mis Mbolo en prison, et ses gens veulent l'en faire sortir. Ils tueraient n'importe qui, mais les Blancs de préférence : l'Afrique aux Africains, vous comprenez. Ils continuent à tuer, mais on a annoncé la pacification totale à grand tam-tam, vous comprenez ? La situation bien en main, vous voyez cela ?

— Vous, vous avez vu, vu...

— Je les ai vus, oui, j'ai dû les identifier, vous comprenez. J'ai vu les visages ; les corps étaient couverts, on n'a pas voulu que je les voie. *Damu damu*, il y avait un homme qui répétait cela en swahili — cela signifie sang. On leur avait tout pris, vêtements, montres, argent, tout. Sauf les passeports ; ils n'en avaient rien à faire. Un type représentant les Etats-Unis est venu de Kipila, un consul honoraire, vous voyez cela ? noir, bien entendu. Il a pris les passeports. On a enterré décemment les corps, dans le cimetière chrétien de Kilwa Kivinje ; c'est hors du territoire, vous savez. Il y avait un prêtre catholique noir pour célébrer la messe, vous comprenez.

— Précisons bien les choses, dis-je. Ils allaient à la messe et ils sont tombés sur un barrage, non loin d'un village de huttes, et les terroristes les ont eus. C'était en plein jour ?

— Non, de nuit, de nuit, vous comprenez, ils allaient à une messe nocturne, on dit toujours la messe la nuit, là-bas. S'ils n'y étaient pas allés, s'ils avaient perdu la foi comme moi... vous comprenez.

— John l'avait pour ainsi dire perdue. Il l'avait retrouvée grâce à Laura. Oh ! Seigneur ! et c'est moi qui ai envoyé Laura là-bas.

— Vous nous y avez tous envoyés. Mais ce n'est pas votre faute ; le grand responsable, c'est le mal qui est dans ces bandits, voilà tout ; cela aurait pu arriver n'importe quand, n'importe où. Il n'y a que Laura, oui, elle ne serait pas partie si ce n'avait été... Mais cela aurait pu lui arriver dans un autre endroit, à un autre moment.

— Les salopards noirs ! dis-je. Les ignobles salopards noirs ! Qu'est-ce que ce bougre de salaud de Ralph a fait à ce propos, hein ? L'Afrique aux Africains, c'est ça, foutus salauds ? Les

Blancs ? Coupez-leur les couilles ! Vous n'avez pas vu les corps, non, vous l avez dit, non, vous ne les avez pas vus.

— On a refusé de me les laisser voir, rien que les visages, vous comprenez. Je pense qu'ils devaient être mutilés. Ces gens n'ont pas d'armes à feu, rien que des *kisu* et des *sikkin*. Pourrais-je avoir du thé chaud à la menthe ? C'est la seule chose qui empêche mon estomac de tournebouler. Je vous serais très reconnaissant si vous, si vous...

— Je peux vous offrir du thé, mais sans menthe. Nous ne sommes pas en Afrique du Nord. Les Français n'aiment pas la menthe. Je vais vous faire monter cela. Ensuite, vous devrez m'excuser · j'ai une projection de film.

— Vous avez quoi ? Vous avez *quoi* ? Vous voulez dire que vous pouvez encore, après ce que je, vous seriez capable... ? (Les vieilles convenances de Mulberry Street et de la Petite Italie étaient outragées.) Bon Dieu ! aller voir un *film*.

Je demandai du thé par téléphone et dis :

— Le travail continue. J'ai dit que je ferais ce boulot, je le fais. Et *vous*, quels sont vos projets ?

— Je vais me reposer ici, avec votre permission. Je passerai la nuit si cela ne vous dérange pas. Ensuite, je pourrai voir comment rentrer à la maison, de Nice. Je vous laisserai leurs affaires. C'est *ça*... (Il fit des gestes de la main en montrant deux des sacs.) Une fois rentré, je m'occuperai de téléphoner à Saint Louis, aux parents de Laura. Vous, vous pouvez vous charger de prévenir la mère de John.

— Pourquoi moi ? Et qu'ai-je à faire de ces bagages morts ?

Il resta bouche bée devant la dureté de ma voix.

— Vous êtes son oncle, dit-il. Son parent le plus proche... dans l'espace, je veux dire. Enfin... sur le même continent, en un sens, bien que vous soyez en Europe, pour le moment, je le vois bien. C'est vrai, que diable pourrais-je faire, moi ? Envoyer un télégramme pour dire : John mort ?

— Vous allez prendre l'avion pour New York, non ? Vous lui annoncerez la nouvelle de vive voix.

— Je ne peux pas, je ne peux pas, je ne peux pas.

— Très bien, dis-je en soupirant. J'ai raté le déjeuner. Il faut que je prenne un sandwich ou quelque chose. Au bar, en bas. Restez ici. Reposez-vous. Voulez-vous un somnifère ?

— J'en ai sur moi. Cela ne m'apporte que de mauvais rêves. Je ne peux pas dormir. Je vais seulement m'allonger ici, si cela ne vous gêne pas. Oh ! Seigneur ! mon estomac. (Mais c'était son ventre qu'il tenait.)

Le film que je devais voir cet après-midi-là était un documentaire brésilien mal fabriqué, intitulé *Os Cidadãos* et entièrement consacré à la vie des bas quartiers de Rio, avec la bonne norme de violence gratuite en couleurs criardes comme des perroquets. J'entendais les journalistes français se récrier : « Génial ! » chaque fois qu'un cliché cinématographique particulièrement grossier se présentait. Dans ma propre salle de projection intérieure, je voyais très distinctement le massacre violent de John et de Laura Il finirait par faire partie confusément d'un autre film plein de crimes et de décors exotiques ; il devenait purification de mauvais art et il en était à demi épuisé — cela aidait, avec le temps il ne serait plus qu'une abomination que j'aurais été forcé de contempler comme d'autres jurés à Cannes, titre et intrigue oubliés, ne restant que cette seule séquence, mise en scène avec une conviction terrifiante, mais ne dépassant tout de même pas le cliché, « *génial !* ». Quand nous ressortîmes en titubant dans la grande lumière marine, après le confort de l'obscurité mitraillée de hurlements et de corps dénudés, je savais ce qu'il me restait à faire.

Je regagnai mon appartement du Carlton, où je trouvai Bucolo griffonnant devant la table à écrire. Il me regarda avec une sorte de gaieté démente en disant :

— Je m'y suis mis : j'écris des lettres. Je leur raconte tout, à tous.

— Même à la mère de John ?

— Il le faut. C'est mon devoir : j'étais le chef de file.

— N'en faites rien. Je vais m'en occuper moi-même, tout de suite.

Je cherchai l'adresse de Domenico dans l'annuaire du téléphone des Alpes-Maritimes — 22, boulevard Garavan — puis commandai une voiture pour me conduire à Menton.

— Je vais de ce pas, dis-je ensuite à Bucolo, voir le père de John.

— Vous parlez de son vrai père ? Vous avez retrouvé son vrai père ?

— Que diable entendez-vous par vrai père ? Il n'y a pas de vrais pères, il n'y a que des pères légaux. Pour les mères, c'est différent : elles ne sont toutes que trop vraies.

— Alors je n'ai pas besoin d'écrire ?

— Plus tard, beaucoup plus tard.

C'était un début de soirée splendide, idéal pour une randonnée sur la côte. Le chauffeur en uniforme était enclin à bavarder ; il jouait énormément de sa carrure et de son cou, épais et court. C'était un fanatique de cinéma — le festival de Cannes se foutait de l'art comme d'une merde, tout juste bon pour vendre de la viande ; il n'y avait qu'à voir ces starlettes qui jetaient leur ventre nu aux yeux du monde et qui se faisaient sauter par de gros juifs arabes. Nous traversâmes Monaco à grande vitesse : il fustigea cette principauté qui s'enrichissait des faiblesses humaines et voulut savoir si je connaissais le livre de Dostoïevski qui raconte le martyre d'un joueur ? Quel film ça ferait ! A la fin, il me déposa boulevard Garavan, à Menton, ville que, me déclara-t-il, les Italiens appellent Mentone et revendiquaient. Devait-il attendre ? Oui, certainement.

J'aurais pu trouver l'appartement de Domenico au troisième étage, les yeux bandés. Il suffisait de monter jusqu'à de bruyants éclats, mélange de chant d'oiseaux, de glissandos et d'ostinati électroniques, et puis d'y ajouter quelques coups à la porte. Tout de suite le bruit s'arrêta. Domenico ouvrit. Il était à faire peur vieux (bien qu'il fût mon cadet de quelques années) et très avancé dans la décrépitude. Vêtu de blanc sale, tels ces personnages de Conrad qui s'en vont en morceaux sous les Tropiques. Ventre énorme, calvitie totale, il s'appuyait pesamment sur deux grosses cannes. Je ne l'avais pas revu depuis la malheureuse soirée de La Scala. Il semblait prêt à me repousser avec la canne qu'il serrait dans la dextre.

— Ça va, ça va, Domenico, dis-je. Je ne viens pas chercher la guerre.

— J'avais entendu dire que tu étais à Tanger, gronda-t-il. Que fais-tu par ici ?

— Cannes, Cannes, Cannes. Où j'ai d'ailleurs entendu parler de cette comédie musicale sur *Ulysse*. Félicitations. Je suis sûr que cela fera un malheur.

Il vivait presque monastiquement dans trois pièces, quoique la plus grande parût, en dehors du piano droit, être équipée avec une machinerie de taille à propulser un sous-marin nucléaire. Ce devait être l'appareil à synthétiser. Une autre ne renfermait qu'un lit de camp et du papier à musique. Le salon ne comptait qu'un seul fauteuil et deux sièges de toile, de ceux qu'utilisent les metteurs en scène de cinéma en tournage extérieur ; pas de tapis ; une table de cuisine à pieds métalliques et à dessus de plastique psychédélique, où étaient posées trois grandes tasses à café cylindriques sales. J'aperçus du coin de l'œil quelque chose qui ressemblait à une cambuse de sous-marin, trop petite pour contenir la table et munie d'un réchaud, souillé de café et de sauce tomate renversés. La merveilleuse lumière du soir luttait pour percer les vitres crasseuses. Domenico s'installa lourdement et en grimaçant dans le fauteuil, qui était vieux et grinçait.

— Qu'est-ce que tu as aux jambes ? demandai-je.

— Les artères qui s'engorgent. C'est un martyre presque tout le temps. Parfois, il y a un répit, mais ça ne dure guère.

— Je sais. Claudication intermittente. Quelle idée de vivre ainsi ? Je suis sûr que ce ne sont pas les droits d'auteur qui te manquent ?

— Et la pension alimentaire, alors ? D'ailleurs, l'argent ne sert à rien si on ne peut pas se payer de domestiques. Et on ne trouve plus de domestiques, de nos jours.

— Je suis heureux que tu te sois remis à composer de la vraie musique, dis-je. (Me méfiant de mon siège de toile, je me levai pour me rasseoir sur le bord de la table de cuisine.) Enfin... des mélodies, des airs, quoi.

— J'ai eu un prix de musique électronique au festival de Venise, dit-il lugubrement.

— Mais tu rêves du vaste monde de la surdité tonale ?

— Cet *Ulysse*, c'est censé être un grand bouquin. A Paris, je me rappelle, tout le monde en parlait comme du livre du siècle. Je me souviens bien de Joyce. Un type maigre, aveugle, saoul. J'ai travaillé autrefois avec Irving Hamelin. C'est lui qui a eu l'idée de me demander la musique. Pour un peu tu ne m'aurais pas trouvé : je dois partir pour New York.

— Voyager doit t'être assez pénible.

— Il y a des fauteuils roulants dans tous les aéroports.

— Il te faudrait quelqu'un pour s'occuper de toi. Une femme, par exemple.

— Tu sais très bien à quoi t'en tenir là-dessus. Tu le sais, que j'ai essayé. Bon Dieu, je me suis mis à genoux au téléphone.

— C'est moins douloureux que debout, non ? (Un piédouche supportant le téléphone, au mur, était la seule pièce d'ameublement de l'entrée.) Ecoute-moi, Domenico. Ecoute-moi très attentivement. J'ai à te parler de ton fils, John, Gianni, comme tu voudras.

— Il n'est pas mon fils.

— Je t'en prie, nous n'allons pas recommencer. La paternité est une fiction. D'après la loi, tu es son père.

— Comment est-ce possible, puisque, d'après la loi, sa mère n'est pas ma femme ?

C'était là une déclaration compliquée pour Domenico, une dodécaphonie laborieusement ornée de deux ou trois appogiatures.

— Tu sais très bien ce que dit l'Eglise, et au diable l'Amérique et sa législation séculière ! Tu t'es marié une fois, une seule, la bonne, et tu le restes. Et, légalement, tu es le père de deux enfants. Tu as un certain devoir à remplir.

— Essaie donc de parler de son devoir à Ortensia ! Je suis prêt à regagner le foyer conjugal. Mais pas comme le père de ces deux enfants.

— Espèce de tête de mule et de pioche, vas-tu te mettre dans le crâne ce que je te dis ? D'après l'Eglise, c'est toi le père, et l'Eglise a raison. Ton devoir est aujourd'hui d'annoncer à ta femme que l'un de ses et de tes enfants est mort.

Il me regarda en poussant un grognement et en écarquillant des yeux dont le blanc semblait avoir besoin d'être lavé.

— Mort ? Lequel ?

— Ton fils John est mort. Et aussi sa femme, Laura, ta belle-fille. Je l'ai appris aujourd'hui, en même temps qu'on m'apportait leurs misérables bagages orphelins. Ils étaient en Afrique. Ils ont été tués par des terroristes dans une minuscule république, le Rukwa. Il faut que quelqu'un prévienne la mère de John. Tu te rappelles ce qui est arrivé, il y a quinze ans, quand cette espèce d'idiote est entrée en tenant un télégramme et en hurlant. Il faut quelqu'un pour lui annoncer cela tranquillement, doucement, avant le désastre que serait une lettre du premier imbécile venu J'en ai déjà retenu une à temps.

— Johnny est mort ?

— John, oui. Je crois que la responsabilité de la prévenir t'appartient entièrement. Carlo, s'il s'intéressait à quoi que ce soit d'autre qu'à la ronde de l'humanité, serait de mon avis. Moi, je ne suis que le frère d'Hortense. J'ai déjà suffisamment souffert avec elle. Je souffre déjà d'avance. Mais je ne serai pas celui qui lui apportera la nouvelle et qui la verra s'effondrer. C'est ton affaire

— J'ai à peine vu Johnny. J'ignore même à quoi il ressemblait. Il a changé de nom. Il m'a trahi.

— C'est toi qui l'as trahi, bougre d'imbécile. Quand pars-tu pour New York ?

— Après-demain. Je suis désolé qu'il soit mort, je suis désolé quand n'importe qui meurt. Anna le saura déjà. Elle savait toujours quand il était malade à l'école ou que ça n'allait pas. De cette chose entre eux, oui, j'étais au courant. Elle m'a écrit pendant quelque temps. Je n'ai pas répondu. Cela vient de ce qu'ils sont *gemelli*.

— Jumeaux, oui, c'est bien connu. Univitellins, comme disent les médecins. La télépathie des jumeaux. Domenico, je te le dis : Hortense et toi, vous allez être réunis de nouveau. Elle est seule, maintenant. Elle ne refusera pas, cette fois-ci. C'est à toi de lui apprendre la nouvelle.

— Je ne veux pas, je ne peux pas. Seigneur ! que d'ennuis nous avons, tous.

— J'en sais quelque chose. Mais mieux vaut avoir les ennuis et ne pas être seul. L'enfer est d'être seul. Je l'ai été toute ma vie. Quand Carlo a choisi la solitude, j'ai compris tout de suite ce que je soupçonnais depuis toujours : qu'il n'était pas, n'est pas humain. C'est comme si l'on choisissait l'enfer.

— C'est vrai, c'est l'enfer. Carlo a pensé que nous le laisserions tous tomber. Parce que nous sommes humains... Comment Johnny est-il mort ? reprit-il.

— C'est simple : il était en Afrique, dans cette grande saloperie de continent noir. Le genre d'endroit où les Blancs sont censés trouver la mort. Les Blanches aussi. J'avais offert le voyage à Laura. Mais je n'en conçois aucun sentiment de culpabilité, pas le moindre. Jamais on ne doit s'en vouloir de ses bonnes intentions.

— Moi aussi, mes intentions étaient bonnes, dit Domenico, dans le cas de notre saint Nicolas. Moi, mon idée, mon idée, oui, c'est que Dieu est un salopard. Et c'est un fait.

Ses yeux commençaient à se laver. Visiblement, il se voyait lui-même en Nicolas — après tout, Hollywood l'avait appelé Nick — avec un enfant mort sur les bras. Il s'essuya les yeux à sa manche et dit :

— Je vois à quoi tu penses quand tu me déclares que c'est mon affaire. Drôle d'affaire.

— Personne d'autre ne peut s'en charger, Domenico.

— Là, tu as raison. L'appartement de New York, reprit-il, il est à toi, non ? Il y a des choses qu'un homme n'a pas le droit de faire, Il faudra que je cherche un endroit.

— Ah ! ne parle pas comme un gourdiflot, dis-je dans le style d'Hortense. Du moment que je lui ai donné cet appartement, il est à vous deux. Une seule et même chair, comme on dit.

— Ah ! non, pas ça, c'est hors de question, répondit-il. Fini. C'est pourquoi il est possible d'envisager de tout recommencer. Le sexe, dit-il, foutre, quel fléau ! Dieu merci, c'est du passé

Je rentrai à Cannes, Bucolo était parti emmenant tous les

paquetages avec lui. Il avait laissé un mot : *J'ai déchiré les lettres que j'avais rédigées, mais le fait de les écrire m'a soulagé d'un tas de choses. Je vais attraper le vol du soir pour Paris. Le professeur Lévi-Strauss fait une conférence sur l'inceste et ses énigmes à la Sorbonne. J'ai l'intention d'aller l'entendre, puis de me saouler si copieusement que l'on n'ait plus qu'à me livrer à l'avion de New York. Je vous laisse le soin de prévenir la mère du pauvre John. Merci pour votre hospitalité. Le thé brûlant m'a fait un bien fou.*

Les dernières réunions du jury furent pleines de vitupérations. L'épopée guerrière russe ne parvenait pas à décrocher plus de deux voix : celle de la camarade Lazurkina et celle du journaliste français. On nous fit tenir un message nous avertissant que, si le film qui représentait l'Algérie, *Feu et fer,* ne recevait pas la palme d'or, une bombe ferait sauter le palais. On parla avec flamme d'honneur et d'impartialité. Le journaliste français utilisa mon dossier à fond et combina avec des confrères journalistes la dénonciation de la perfide et pédérastique Albion par mon truchement. La palme d'or alla à un film yougoslave qui ne plaisait à personne. Le prix de la meilleure mise en scène fut donné au metteur en scène de *Feu et fer,* lequel avait fait œuvre de sagouin en l'occurrence. Le prix du court métrage récompensa un dessin animé soviétique, *Shtopor,* qui ne valait rien techniquement. Ainsi la sentence frappant la camarade Lazurkina serait-elle peut-être tempérée et s'arrêterait-elle à l'opprobre public et à l'expulsion de la déléguée de son syndicat. Le faible coup que je donnai au journaliste français au cours du buffet final fut beaucoup photographié. Le journaliste en question saisit mon poignet sans force et ricana : « Sportsman, hein ? Gentleman ! Fair play ! Vous êtes tous foutus Tous ! »

73

La première de *Bloom-Bloom tra-la-la c'est Dublin* à Broadway fit suite à des représentations de rodage tièdement accueillies à Toronto, Boston et Philadelphie. On travailla frénétiquement au livret et aux lyrics durant cette tournée provinciale, à la manière dont on répare un avion en plein vol. L'action, voilà ce qui manquait au roman original, et il fallut en injecter, froidement, comme de l'adrénaline. Haines, l'Anglais, galopait avec un revolver, décidé à tuer Stephen Dedalus, qu'il identifiait à la panthère noire de ses rêves. Une corde strangulatoire attendait Leopold Bloom chez Barney Kiernan. Il y avait un chœur copulatoire d'ivrognes et de putains dans la scène du bordel. Les lyrics, me parut-il, étaient bons · les tempo italiénés de Domenico n'étaient pas déplacés dans une ambiance où l'on adorait le mauvais opéra italiéné. Dans la première scène, Buck Mulligan (joué par Roy Hahn) exécutait une danse grecque en chantant *Hellénisons l'île*

De cette obscure nécropole
Faisons une vraie métropole,
Mettons une tonne d'explosifs
Sous les fesses de saint Joseph,
A défaut de citrons et d'oranges
Faisons agapes de grenades,
L'ouzo mettra le mot finis
A nos libations de Guinniss,
Exorcisons mort et remords,
Brille sur nous soleil païen !

Stephen, incarné par le brillant jeune ténor Tony Haas, entonnait un chant maternel mordant :

Irlande ma mère, ah,
Dans votre peigne que de poux !
Dent dure et cependant langue douce,
O primitive truie dévoreuse d'enfants,
Je t'ai donné mon cœur — n'est-ce pas suffisant ?
Pardieu, laisse-moi donc en paix le droit de vivre.

Durant la première scène dans la tour Martello, M. Deasy entrait pour annoncer qu'il n'y avait pas classe ce jour-là et prédire la mort de l'Empire britannique :

L'Angleterre est dans la griffe des juifs,
Sous la patte et dans la gueule des juifs.
Cousus d'or ils affluent par pleines hordes
Sur les bancs de la Chambre des Lords.
Corrompant tout, jeunesse et vérité,
Par la maîtrise d'une presse esclave,
Les enfants d'Israël sont, sans entrave,
Tenants du trône même de l'Empire.

Et puis, sur un mot de la fin pour dire que, si l'Irlande n'a jamais persécuté les juifs, c'est qu'elle ne les a pas laissés entrer, les éclairages baissaient pour revenir sur le grand Alon Schemen dans le rôle de Bloom, qui expliquait en chantant que c'était le 16 juin :

Allons voir
S'il est en réserve autre chose,
Dépêchons, que cela s'arrose,
Ce jour d'hui seizième de juin
Mille neuf cent quatre
De notre ère.

Molly, la soprano professionnelle, incarnée par la voluptueuse Gloria Fischbein, soprano professionnelle elle-même, chantait au lit un duo avec sa propre voix enregistrée, sorte de contrepoint de *Love's Old Sweet Song,* puis annonçait :

Je le verrai ce jour à quatre heures tapantes,
Tricotant sa moustache et gai fredon aux lèvres..

A quoi Bloom venait ajouter son propre contrepoint de baryton, sur le thème Boylan. Boylan Blazes Boylan. Dans la scène qui avait pour cadre la salle de rédaction du journal, Schemen y allait d'un long et superbe monologue chanté, sur les tribulations des juifs — *Errance, errance* — et, au milieu d'une rêverie alentour de la colonne Nelson, du refrain qui était le clou du spectacle

O Fleur de la montagne,
Fleuron du grand rocher de Howth
Gibraltar de Dublin,
Ainsi vous dénommais-je alors :
Plénitude d'été
Jour de printemps d'amour,
Reviendrez-vous jamais ?

Le décor, composé essentiellement de toiles de fond exécutées d'après des photographies de Dublin à la Belle Époque, était l'œuvre d'Hortense Campanati. Avec son mari, elle était présente à la première, au Palace Theatre, mince et élégante dans sa jeune soixantaine, son cache-œil désormais pleinement agréé comme un accessoire de haute couture — c'était, ce soir-là, un scintillement de brillants semés sur fond de velours noir, avec une torsade de cheveux d'un franc gris bleuté coulant par-dessus. Elle avait pris place au dernier rang de l'orchestre, près de l'allée centrale. A côté d'elle, dans l'allée, et dans le fauteuil roulant qu'elle avait elle-même poussé à l'intérieur du théâtre, se tenait Domenico Campanati. Cette adaptation musicale d'un chef-d'œuvre de la littérature parfaitement, disons-le en toute honnêteté, inadaptable, leur rappelait-elle, me demandais-je, le bon vieux temps de l'avant-garde parisienne, de la jeunesse et de l'espoir ?

Lorsque, au premier acte, AE, alias George Russell, fit une brève apparition sur scène, un exemplaire de son fameux journal du cochon à la main, je me souvins, avec une étonnante vivacité, de la fameuse journée dublinoise où le jeune garçon que j'étais avait eu droit à la démonstration de la nature de la sexualité du personnage. *Ulysse* avait fourni à Russell un alibi inébranlable, capable de résister à tous les recours à l'histoire. Quand le rideau tomba sur la fin du premier acte, parmi les applaudissements et le chant assourdissant du coucou beuglant au monde entier la honte de Leopold Bloom, je me dis en souriant à part moi, que les temps avaient bien changé et que j'y avais été pour un petit quelque chose. Il était désormais possible de publier, dans le *Bulletin d'Infamations* (ou quelque chose d'approchant) *Joycéen,* un article sur l'historicité mutilée dudit roman, en révélant la raison pour laquelle Russell ne pouvait pas être à la Bibliothèque Nationale de Dublin à l'heure où Joyce l'y mettait dans son livre. Passant au foyer, j'y vis le professeur Breslow, mari de ma nièce, à qui je déclarai :

— Je me trouvais à Dublin en ce mémorable 16 juin 1904. J'y perdis mon innocence à l'hôtel Dolphin. Il faudra que je vous raconte cela.

— Je vous en prie. (Mais cela ne l'intéressait pas vraiment.) Jamais je n'aurais cru, dit-il avec le dépit de l'érudit, que l'on serait capable de faire de ce livre un divertissement public.

— Je suis bien d'accord. Il a fallu commencer par en faire un véritable roman, avec de l'action et des motivations. Si grand que soit *Ulysse,* ce n'est pas un roman.

— A quand le tour de *La montagne magique ?* Ou du chef-d'œuvre de Strehler ?

— Strehler ne s'y serait pas opposé.

— Ou alors du *Château* de Kafka ? *Das Schloss !*

— C'est déjà fait, mentis-je. Dans une version très impertinente, style Broadway. Je l'ai vue à Berlin-Ouest.

— Je n'en crois rien. Vous venez prendre un verre ?

Il y avait un petit bar presque à côté du Palace Theatre. Nous nous frayâmes tant bien que mal un passage jusqu'au comptoir, où je commandai automatiquement deux Guinness.

— Ainsi donc, Ann n'est pas venue ? dis-je. Je croyais qu'elle aimait bien le théâtre un peu léger.

— Ann, répondit-il, de l'écume brune aux lèvres, est loin d'être bien. Elle a eu des crises de dépression suicidaire, à la suite de cette hystérectomie. Elle n'est pas bien du tout. Elle suit un traitement d'électrochocs au Hedley.

— Je l'ignorais. J'étais au loin.

— Il y a eu d'abord la mort de son frère. Le coup a été plus rude que je ne l'aurais pensé. Ils n'ont jamais été très proches. En dehors du fait qu'ils étaient jumeaux.

— Je sais. Univitellins.

— Et ensuite, l'affaire d'Eve. Cela l'a rendue très âpre, très stridente. (Etrange choix de mots, bien d'un universitaire littéraire.) Très fin XIXe anglais.

— Quelle affaire ?

— Personne ne vous a donc écrit ?

— J'ai beaucoup voyagé, dis-je en forme d'excuse. Mon courrier ne m'a pas suivi. J'ai pris l'avion pour New York ce matin à Copenhague. Je suis allé droit de l'aéroport d'Idlewild à l'Algonquin. Et droit de l'hôtel au théâtre. Demain, je dois reprendre l'avion pour Los Angeles. Cela vous donne une idée.

— Los Angeles ? dit-il avec une soudaine véhémence. Allez la voir. Dites-lui que je veux qu'elle revienne. Peut-être sa mère ne le veut-elle pas, mais moi, si. Dites-lui de rentrer à la maison, avec le bébé.

— Auriez-vous la bonté de commencer par le commencement ?

— Eve, raconta-t-il, a eu un enfant. Illégitime, naturellement. C'est une ère nouvelle, grandiose : tout le monde est bon, tout est moral et naturel, rien n'est la faute de personne. J'ai été tolérant. Annie ne l'était pas et ne l'est toujours pas. Elle fulminait comme un père de l'ancien temps, pas du tout comme une mère. Aucune comparaison. Oké, la gosse était fofolle, mais elles le sont toutes, de nos jours. Eve a accouché dans une salle publique d'hôpital, j'ignore lequel, dans le Bronx. Le père était de ces parages ; c'est tout ce que nous savons de lui. Il y avait eu un rassemblement monstre pour entendre de la musique rock à Cliffside Park, dans le New Jersey. Copulations adolescentes. C'est là que c'est arrivé. Ensuite, ils ont passé deux ou trois nuits sans précautions dans un vieux taudis du Bronx. Une gamine de seize ans, Dieu nous aide ! revendiquant son droit à la maternité illégitime. Et maintenant elle a emmené Belial, comme elle appelle l'enfant, en Californie A Redfern Valley. Pour se joindre aux Enfants de Dieu.

— Répétez-moi seulement le nom qu'elle a donné à l'enfant, rien d'autre

— Belial. Et ce n'est pas non plus dans *Le paradis perdu* qu'elle a été pêcher cela. Ils donnent aux enfants des noms comme Belzébuth ou Méphisto. La voilà la nouvelle liberté !

— C'est quoi, vos Enfants de Dieu ?

— Leur chef est cette espèce d'évangéliste, God Manning, comme on l'appelle. Il dirige une grosse communauté religieuse très fermée. Les Enfants de Dieu. Ils occupent un ancien camp de l'armée. Actuellement, ils cultivent la terre, élèvent des cochons et des vaches et se retranchent complètement des dangers du monde moderne.

— God, abréviation de Godfrey. A part la connotation divine, le nom me dit quelque chose.

— Nous avons reçu une lettre où elle déclare avoir enfin trouvé la religion. Je n'aurais pas cru qu'elle la découvrirait de cette façon. Pas cru qu'il s'agirait de ce genre de religion.

— L'entracte est fini. J'imagine que vous n'avez pas très envie de voir la suite. Un travesti d'Ulysse en plus de vos autres soucis !

— Si, si, il faut que je le voie de bout en bout. *Ulysse* est au programme du semestre : Joyce, Proust, Mann. Il faudra que j'explique pourquoi l'on ne peut en faire une comédie musicale.

— Mais, bon Dieu ! c'est ce qu'on vient de faire.

— Je vous dis que ce n'est pas possible.

Breslow était placé au balcon ; j'étais à l'orchestre. En rentrant, je m'arrêtai pour adresser un bonjour et quelques paroles de félicitations à Hortense et Domenico Campanati. Ils ne semblaient pas avoir bougé durant l'entracte. Ils avaient à la main des verres presque vides. Quelqu'un avait dû leur apporter des rafraîchissements. Je saluai et félicitai. Ils se montrèrent polis, même amicaux, sans pourtant se conduire en sœur ni en beau-frère. Ils avaient probablement besoin, présentant comme ils le faisaient tel un précieux objet de cristal, au grand vent violent de la Cinquième Avenue, leur ménage fraîchement raccommodé, besoin, oui, d'exclure toutes les associations qui rappelaient leur séparation.

— Je suis désolé, dis-je, des nouvelles que l'on me donne de la pauvre petite Eve.

— C'est une enfant abominable, dit Hortense.

— Encore toutes mes félicitations.

Nous nous adressâmes tous trois une sorte de petite inclination. Le deuxième acte commençait à la maternité de Holles Street, où Bloom et Stephen se rencontraient pour la première fois, parmi les étudiants qui blasphémaient la fécondité. Stephen — surnommé le barde ami des bœufs parce qu'il a passé la lettre de M. Deasy sur l'épizootie dans le courrier des lecteurs du journal du soir — et Bloom, père de famille, proclament tous deux leur vénération pour la fertilité des Taureaux du Soleil. Mais deux ou trois étudiants, avec canne et canotier, chantent :

Copulation sans repopulation
Voila tout ce que demande le monde
Pourquoi remplir appartements, maisons,
Des braillements d'une marmaille immonde !
Il faut garder tout notre espace libre
Pour nos chiens et nos chats, nos perroquets
Si, pour changer un peu, l'emproserie
Fait vibriller les cordes érotiques,
La vraie fin de l'amour est utérale
Affirment les poetes,
Paradis pour couple originel prépeccant
Avec deux écriteaux sur la grille d'entrée
DÉFENSE DE PROCRIER DES PETITS QUIN-CAIN
Et COPILULEZ !

Puis Buck Mulligan faisait son entrée, trempé de pluie, et suivi de Haines et de son revolver. Bloom désarmait Haines. Stephen s'enfuyait et se réfugiait dans la nyctapole. Bloom suivait, venait alors la grande scène de fantasmagorie : étalage à vif de l'inconscient, chœurs qui en ont plein les bras, mère de Stephen qui exhume son asthme de la tombe, Stephen qui brise le lustre avec sa canne de frêne, sort comme s'il avait le diable aux trousses, se fait rosser par des tommies, Bloom qui se penche tendrement sur lui, puis revoit en un éclair Rudy morte... Le public avait les larmes aux yeux, comme devant une adaptation des *Filles du Docteur March*.

Bloom et Stephen dans l'abri du cocher de fiacre, Murphy le chantechantier ; ténor et baryton dans le duo de la séparation et de la promesse de revoyure, le tout sans autre fondement que la phrase : « Le grand arbre aux étoiles ployait sous d'humides fruits bleu nuit. » Ensuite la scène finale de Molly, vingt-cinq minutes de virtuosité. L'angle de vision du public semblait partir d'un point du mur de la chambre à coucher d'Eccles Street, si bien que le plancher paraissait relevé, et le lit aussi avec lui. Nous avions vue sur Gêa Tellus depuis la lune. Molly chantait, monologuisait, terminait par une réminiscence flamenco de Gibraltar et de jeunes amours, le baiser au pied du Mur Mauresque se confondant avec un autre, accordé sur les hauteurs autour de Dublin. Reprise :

O Fleur de la montagne,
Fleuron du grand rocher de Howth
Gibraltar de Dublin,
Ainsi vous dénommais-je alors,
Plénitude d'été,
Jours de printemps d'amour,
Reviendrez-vous jamais ? (bis)

Et puis la coda du fameux oui, avec accord crescendo et diminuendo en ut majeur, et l'ultime *oui* exhalé dans un chuchotement. Rideau. Applaudissements. Beaucoup d'applaudissements Bon sang ! pensai-je, si la critique new-yorkaise ne l'éreinte pas, ça va marcher.

En sortant, je rencontrai Breslow.

— Non, cela ne colle pas, dit-il, parce que ça ne peut pas coller

Il était très déprimé, tel un Bloom dont on eût hystérectomisé la femme et mis la fille en mal d'enfant à Mullingar.

— Accompagnez-moi donc jusqu'à l'Algonquin, dis-je, pris de pitié Nous prendrons un petit verre au Bar Bleu.

Nous marchâmes jusqu'à la 44e Rue Ouest — à quelques pâtés de maisons de là. Il y avait beaucoup d'Afro-Américains tapageurs alentour. J'eus une vision stupide de Carlo, bénissant de ses gros bras l'innocente violence humaine, d'une fenêtre éclairée, quarante étages plus haut. Des vapeurs infernales s'échappaient en tourbillonnant des bouches grillagées. Des lumières rouges et jaunes s'allumaient, s'éteignaient sur des visages réjouis de malignité gratuite. Au bar, nous commandâmes deux scotchs secs.

— Parlez-moi de cette hystérectomie, dis-je.

— Elle avait quelque chose, là, quelque chose qui grossissait, une malignité, vous savez.

— Une tumeur maligne ?

— Quelle différence ?

— Ecoutez, dis-je. Je vais en Californie, pour voir un film tiré d'un de mes premiers romans. Sur Socrate. J'en profiterai pour rencontrer Eve. C'est où, cet endroit ?

— A Redfern Valley. A environ cinquante kilomètres de Los Angeles. On ne vous laissera pas entrer. Je le sais : j'ai essayé.

— Mais, bon Dieu ! un père a bien le droit de rendre visite à sa fille.

— Le message qu'on vous oppose est que personne n'a envie de voir qui que ce soit. Ils sont chaudement enveloppés dans l'amour de God Manning, de Jésus ou de je ne sais qui. Pas de contamination extérieure. J'ai eu droit à un billet avec ces mots : « Va-T'en, Papa, Je Vais Très Bien. » C'était sans conteste l'écriture d'Eve. Que diable pouvais-je faire ?

— Alerter la police. Le FBI. Le gouverneur de l'Etat.

— C'eût été de la folie. C'est une propriété privée. Impossible d'entrer par effraction. Ces gens ne demanderaient pas mieux que de voir la police essayer : ils pourraient faire toute une propagande en racontant que l'Etat est contre Dieu. Ils ont leur propre station de radio.

— La presse n'est jamais admise ?

— Manning n'est pas hostile à la publicité, à condition de pouvoir tout contrôler avant parution. Vous voulez dire que vous essaieriez d'entrer comme journaliste ?

— Comme envoyé spécial du *Times* de Londres, décidai-je. Je connais Kilduff, le chef du bureau de Washington. Il pourrait m'arranger cela. J'imagine que ces gens ont le téléphone ?

— Je les ai eus au téléphone. On m'a passé une fille. Ce n'était pas la voix d'Eve, mais le message était le même : « Va-t'en, mon bonheur est dans l'Amour du Seigneur. » Le *Times* de Londres, dit-il, a grosse réputation. Il y a une chance que cela marche.

— Je suis terriblement désolé de toutes ces nouvelles, vous savez.

— Voyez-vous, reprit Breslow farouchement, j'ai toujours eu raison à propos de la religion : c'est un danger. On ne sait jamais sur quoi on se branche quand on écoute la station DIEU. Prenez votre pape · il s'en vient raconter au monde que tout est merveilleusement clair et net qu'il y a Dieu par-ci, le diable par-là, et que le démon ne sent pas la rose et se sauve en glapissant quand on fait le signe de la croix. Moi qui suis juif, je sais que ce n'est pas aussi simple. Si Jéhovah existe, c'est un vrai schizophrène : un père plein d'amour et un abominable salaud. Mais je ne crois même pas qu'il existe.

Je le regardai et faillis dire : « Penser que vous enseignez la littérature comparée, cette énorme matière bourrée du subtilités et d'ambiguïtés, et que vous voilà plongé vif dans le mélo le plus simple, le plus cru, avec une fille adolescente changée en mère célibataire. une femme qui en a perdu la tête de honte, et vous-même dans le rôle du père dévoré de chagrin. Envoyez-la promener, votre littérature comparée ! Elle ne vous sert à rien pour affronter la vie ; vous feriez mieux de lire les œuvres décriées de Kenneth M. Toomey : c'est du pur mélo, plein de fils et de filles dévoyés et de parents au cœur brisé. » Au lieu de quoi, je dis :

— J'appelle tout de suite Kilduff.

Il hocha la tête sans dire un mot, vida son verre, puis s'en fut braver l'enfer des rues et du métro. Je regagnai mon petit appartement d'hôtel et téléphonai à Kilduff. Il était chez lui et encore debout. Il donna son accord à ma proposition.

L'endroit où je me rendais le lendemain était une petite ville au bord de la mer, San Jaime, presque à égale distance de Piedras Blancas et de Santa Cruz. Pour y parvenir, je dus prendre à Los Angeles un petit avion de douze places de la Coast Range Airway. Le nom de la localité avait deux prononciations au choix, comme Los Angeles. Le pilote disait « San Jamy » ; quant à moi, je ne pus m'empêcher de marmonner en moi-même : « Par le sang de Dieu, avant que ces yeux qui sont miens s'abandonnent au sommeil, je remplirai bon office, faute de quoi, que l'on me porte en terre. » Ce qui s'appliquait au jour d'après. Mais d'abord et pour l'heure, San Jaime : le film, affublé d'un titre quelque peu ibsenien, *Le corrupteur de la jeunesse*. Et, accompagnant Sidney Labrick, le producteur metteur en scène, personnage saturnien à la barbe poivre et sel, voici que m'accueillait sur le petit aéroport et faisait du même coup, en cet instant, son entrée dans ma vie Geoffrey Enright, qui disait :

— Hé ! mais, c'est notre homme soi-même, Dieu nous bénisse et nous sauve ! Il paraît tout juste ses soixante-dix ans, et quelle forme, corbleu, monsieur, ouais, quelle forme, quelle *forme*, et sexy avec ça ! (Les sifflantes soudain travesties en *f* : fefcy.)

— Geoffrey, dit Labrick en bon américain, m'a servi d'assistant. (Puis le regardant avec des yeux froids mi-clos contre le vent de mer :) Du moins appelait-il cela m'*assister*.

La ville dans laquelle nous pénétrâmes ensuite, dans la Studebaker de Labrick, était (et demeure) une colonie homosexuelle mâle. Le lecteur ingénu tiendra cela pour trop improbable, même s'il le lisait dans un roman ; mais c'est la vérité que j'écris. La Californie a toujours été remarquable pour ses excès, ou son originalité, ou sa façon de pousser la logique jusqu'aux limites du cartésianisme. Nul législateur californien n'avait décrété que cette agglomération serait enclave d'homosexualité mâle : elle l'était devenue peu à peu, les hétérosexuels s'en allant discrètement, tout comme les Blancs avaient abandonné certains quartiers noirs prospères de Queens à New York, à cela près que, ici, les hétérosexuels noirs avaient déménagé en même temps que les blancs et que les lesbiennes de toutes les couleurs en avaient fait autant. La police même était homosexuelle, comme le maire. Il n'y avait pas une seule femme. Lorsque l'on me montra ma chambre au Holiday Inn, le Mets-le-Bien-*In*, comme disait Geoffrey, un éphèbe blond en tablier orange tout ruché, achevait de la Hooveriser.

— Ah ! mon Dieu, mes très chers, dit-il, toute sibilance. Nous avons pris un de ces retards aujourd'hui, c'est fou ! Les pisse-pots ne sont même pas vidés et la maison est pleine d'épagneuls !

Ce genre de jouvenceau se faisait plus rare par les temps qui couraient. La plupart des citoyens que j'avais vus déambuler dans les rues, avaient des musculatures de garçons bouchers et étaient vêtus en cowboy. Je plantai là mes bagages et nous descendîmes au bar pour prendre quelques Ramos-fizz. Le barman était une charmante brute noire.

— La *taille* de son truc, mon cher ! me chuchota Geoffrey. Il peut y aligner la valeur de dix dollars en pièces de vingt-cinq cents, et les faire toutes sauter en l'air d'un seul coup de queue. Un vrai séisme !

— Vous connaissez la situation, me dit Labrick. Ce film ne sera jamais montré au public, dans l'état actuel de la législation. La loi changera, le processus est déjà entamé avec l'évolution des mœurs : c'est elle qui montre toujours la voie ; la loi emboîte le pas. A mon avis, il faut compter encore sept bonnes années avant de voir la société permissive. (C'était la première fois que j'entendais cette expression.)

— Écoutez ça, dit Geoffrey tout proche de moi. Superbe ! C'est Munich. Une vraie acothèque, cet homme.

— Une quoi ?

— Une acothèque. Avec moi, la pine est toujours de sortie. (Et il accompagna le mot d'un geste comique d'horreur pour désigner une braguette imaginaire large ouverte.)

Il était jeune, très amusant, d'une élégance qui parodiait le chic britannique : costume de laine sombre, col de chemise semi-rigide, cravate bleue décorée de formes phalloïdes or. Il ne courait pas encore à l'embonpoint, bien qu'il fût en passe de perdre ses cheveux, qui avaient la couleur et la patine d'un cirage havane.

— Je ne comprends pas très bien, dis-je à Labrick. Enfin... pourquoi ce film ne serait-il pas montré au public ? Il n'y a rien qui appelle la censure, dans la vie et la mort de Socrate.

— Ah ! fit Geoffrey. Mais il y a la manière dont Sidney a traité le sujet. Il a joué à fond sur *l'amour*, pas vrai, Sidney ?

— L'histoire, dit Labrick, a été injuste pour Socrate. Exactement comme elle l'est sans doute pour le Christ L'histoire est trop souvent écrite par des hétérosexuels

— A ce que je comprends, dis-je, c'est Val Wrigley qui a rédigé le scénario. Je vois d'ici le lien. Entre Socrate et le Christ, je veux dire. Je me demande si j'ai eu raison de vous céder les droits de ce livre.

— Il n'en reste pas grand-chose, de votre livre. Nous étions forcés d'en acheter un pour faire plaisir aux commanditaires. J'avais beau leur expliquer que tout cela est du domaine public, non, ils ont tenu à ce que j'achète un bouquin.

Geoffrey me regardait de l'air d'un professeur d'école secondaire scandalisé par le solécisme d'un élève.

— Mon cher, dit-il, pour nous, c'est vous le grand ouvreur de braguettes. Aucun de nous n'oubliera jamais le *courage* de votre déclaration.

— Comprenez-moi bien : dans mon livre, Socrate est un philosophe. La pédérastie y est à peine mentionnée.

— C'est une œuvre très ancienne déjà, dit Labrick. N'importe, attendez d'avoir vu pour juger. Et n'oubliez pas que vous avez un pourcentage. Ce film va être très largement diffusé dans le privé Et, par privé, j'entends de grandes salles louées par des clubs. Quand viendra l'âge de la permissivité, il sera universellement reconnu comme faisant époque.

— Val Wrigley, dit Geoffrey. Sauf erreur, lui et vous, vous étiez, euh, euh, euh... (Il parut courir après son souffle, tout à fait à la manière de Henry James, avant de moduler le mot.)... *copains* ?

— C'était au temps de la Première Guerre mondiale, dis-je. De l'histoire ancienne, presque autant que le livre. Est-il là ?

— Plus ou moins, répondit Geoffrey. Il est très, très... (Cela dit à la Noel Coward ou à la Sacha Guitry.)... vieux.

— Il est plus jeune que moi.

— Ah ! mais le temps ne lui a pas été clément, mon cher. Vous, en revanche, le grand ennemi vous a positivement *chouchouté*. Tout de même, il a l'air très distingué et vénérable, en robe.

— Mon Dieu ! ne me dites pas qu'il est archevêque autocéphale ?

— Vous le verrez cette après-midi, si vous venez à la réjouissance. (Naturellement, dans sa bouche, le mot avait tout d'une éjaculation.) Vous êtes cordialement invité à un raout saintement matrimonial, ou peut-être devrait-on dire patrimonial. Ensuite, le champe coulera à flots dans la noble demeure des jeunes époux. William et Evelyn sont tous les deux bourrés aux as, ou faut-il dire comme des canons ? Bourrés de toutes les façons.

— Allons manger, dit Labrick.

74

On m'emmena donc, cet après-midi-là, au mariage de deux jeunes hommes de l'Église de Jean le Disciple Bien-Aimé Deux ou trois archevêques autocéphales semblaient officier, mais Val Wrigley régnait en doyen ronchon et autoritaire. Je m'intéressai aux modalités de l'office où l'on demanda à William s'il acceptait de prendre Evelyn pour époux dans le mariage devant Dieu et, inversement, à Evelyn s'il voulait bien de William pour qu'il devint la même chose dans la même perspective. Tous deux répondirent *Je le veux* d'une puissante voix de cowboy. L'assistance, à l'intérieur de l'église positivement comble de lis, était dans l'ensemble remarquablement élégante, et il y eut des larmes de la part des sentimentaux et des vieillards incapables de contrôler leurs glandes lacrymales. L'orgue joua *Promets-moi* et, pour une raison mystérieuse, *Clair de lune* de Debussy. Je tremblais d'émotions diverses lorsque l'archevêque Wrigley déclama une bonne portion de ma Genèse pervertie, jadis publiée par la Black Sun Press à Paris, en tirage limité, et devenue apparemment l'un des piliers du folklore homosexuel anglophone. Geoffrey, assis à côté de moi, dit :

— Ça va, très cher ? Vous m'avez l'air *affecté*.

— C'est moi qui ai écrit cela, dis-je.

— Manifestement, dit Geoffrey, vous avez besoin que l'on s'occupe beaucoup de vous. Croyez-vous que j'aimerai bien Tanger ?

— C'est moi qui ai écrit cela, je vous dis. Il y a longtemps, mais c'est mon œuvre, oui.

— Cela ne peut être qu'il y a *très* longtemps, n'est-ce pas, très cher ?

Shakespeare a seulement réussi à figurer en nom dans la Bible anglaise — Psaume 46, quarante-sixième mot en partant du début : *shake*, et quarante-sixième mot en partant de la fin : *spear*. Moi, j'avais récrit un des livres de la Bible. Mais je me tus. Les fidèles entonnaient une sorte d'hymne de sortie sur l'air du Psaume 100, paroles, supposais-je, du doyen des archevêques autocéphales :

Dieu qui nous fit ce que nous sommes,
Éclaire-nous de ton amour,
Déploie sur nous tel un pallium
Des chœurs célestes le concours.

Libre des biologiques fins,
Elle s'envole vers l'azur
Avec les chants élyséens,
Des deux amants l'extase pure.

Par l'amour en toi réunis,
Nous retrouvons ta ressemblance,
Nos transports éternels ravis
Seront essence de jouissance.

La voix de Geoffrey s'envola en déchant sur l'Amen. Puis, nous quittâmes l'église, lui me guidant par le coude, pour nous rendre à la réception dans la belle demeure d'Alfred Douglas Avenue. J'y trouvai trop de jeux de tantouserie pour mon goût, sous l'influence du champagne, et j'observai la scène avec une certaine aigreur. Geoffrey s'en aperçut et dit :

— Je comprends parfaitement, très cher Atmosphère terriblement artificielle, n'est-ce pas ? Trop de *mousse* et de *frime*, je veux dire. Une certaine absence non seulement de dignité, mais de danger. Fais ce que veux, etc. Pas de réprobation à provoquer, sauf peut-être celle de l'archirevêche Wrigley ; mais, dans mon cas, ce n'est qu'afféterie sacerdotale. Parlez-moi donc de ces petits moricauds sales et pervers de Tanger, dites-moi tout.

— Quelle est votre occupation ? En quoi assistiez-vous Labrick ?

— Labrick le lubrique, oui. Oh ! j'aidais, vous savez. Je suis assez bon secrétaire. Je tape à une vitesse folle à la machine. Je suis rapide en tout, disent les gens. J'ai l'habitude des lettrés autant que des illettrés comme Labrick — car c'est tout ce qu'il est, au fond ; rien que sensations visuelles et motrices, très cher. Regardez-le en ce moment avec cette horrible petite putain, celle qui joue Alcibiade ainsi que vous pourrez le voir plus tard. J'ai travaillé pour Irving Pollard, vous savez, jusqu'au jour où il est devenu moche et croulant. Siroter tout le jour, ça je peux le tolérer ; mais, très cher, avec lui c'était glou-glou-glou tout le temps.

— En quoi s'est-il montré moche ?

— Oh ! en tout. Rien n'était bien. J'ai souvent trempé mon oreiller, tant je me sentais frustré, vous savez. Ensuite, je suis devenu le compagnon de ce cher Boyd Chilling, dit Monnaie Frappée. Et bien nommé, je vous le jure. Raide fondu et froid comme ses diams. Je veux rentrer au *pays*, très cher. Je suis un Européen, moi ; j'ai un faible pour notre mère la Grande Bleue et notre indulgent papa soleil, et j'aime à sentir la sueur couler dans la cupule de mon nombril. Évidemment, ce n'est pas le soleil qui manque ici non plus, mais il est tout emballé dans la crasse du smog. Une journée de plage, et j'ai le sentiment que mon petit corps est positivement *inquinato*, littéralement pollué, oui. Je puis être tout aussi bien un Africain, cela va de soi, au besoin.

— Ne me parlez pas de l'Afrique.

— Vous avez souffert, n'est-ce pas ? Hum, je vois ça. Pas un mot de plus. Je peux être tout ce que l'on veut. Je quitte dès demain ce cochon de Labrick. Je suis tout à vous. Vous n'avez qu'un mot à dire et le zozio s'envole.

Val Wrigley s'approcha de nous. Il avait quitté ses longs vêtements sacerdotaux pour passer un costume en étoffe légère d'un noir brillant et mettre un col d'ecclésiastique. Il tenait un calice de gin et tonique. Il ne me bénit pas. Je dis :

— Un vrai petit cardinal Newman. Guide-nous, lumière de bonté, et la suite. Quant te décideras-tu à écrire ton *Rêve de Géronte* ?

— Tu as toujours aimé, dit-il, la dérision.

— J'ai pris ta défense, répliquai-je. J'attends encore les remerciements.

Il avait fort bien opéré sa métamorphose, de Walt Whitman a une sorte de Gerald Manley Hopkins qui eût, comme ce ne fut pas le cas, connu la vieillesse.

— Tu n'as jamais rien compris, dit-il aux choses comme la foi la fidélité, l'unité. Nous sommes tous membres les uns des autres Pour moi, tu n'as rien fait. (Un jouvenceau blond passa avec un plateau de canapés de pâté et de caviar, tous divinement haute couture.) Vous n'auriez rien, lui demanda Val, qui ressemble à du corned beef bouilli aux oignons ? (Le jouvenceau, qui avait la bouche pleine, fit joliment non de la tête.)

— Voilà qui est cruel, Val, désespérément cruel.

— Nous portons tous la croix, répondit-il. Ceux qui appartiennent à l'Église Militante finissent à la longue par devenir membres de l'Église Triomphante. Tu n'as jamais eu en toi la fibre du martyre.

J'avais du mal à m'expliquer clairement mes larmes de colère.

— Blasphémateur ! dis-je. Bougre de salaud de blasphémateur.

Il me tourna le dos et se mit à dispenser des conseils spirituels de la plus haute gravité à un jeune et fort gaillard aux lèvres exquises.

— Je m'en vais, dis-je à Geoffrey. J'ai besoin de m'allonger un peu. A quelle heure montre-t-on le film ?

— Oh ! je passerai vous prendre vers 7 heures et demie. Etes-vous bien sûr de vouloir rester seul ? Vous avez l'air terriblement secoué.

— Je suis très bien seul. Pour le moment du moins. Demain, je vous parlerai de Tanger.

Le film était projeté au cinéma Erato, en séance privée, bien entendu, puisque la morale publique de l'État de Californie était appliquée jusque dans cette pornotopie. Geoffrey s'assit à côté de moi et me prit la main ou s'y efforça. Le fait était que j'avais les mains très occupées à multiplier les gestes de dégoût et même d'horreur. Socrate, incarné par un Athénien laid au nez retroussé, un certain Périclès Anthropophagoï ou quelque chose d'approchant, débutait dans le film en vaillant soldat et en sauvant la vie d'Alcibiade à Potidée, avant de, très explicitement, le pédiquer. Ayant des doutes sur le caractère éthique de l'amour homosexuel, il épousait Xanthippe, mégère comique jouée par Thimothée Rhinestone (présent, comme la plupart des acteurs de la distribution, dans la salle), qui le nourrissait de ragoût de lentilles froid et lui jetait à la figure le contenu du pot de chambre. Désenchanté du mariage, le philosophe en venait à rechercher la compagnie de beaux jeunes hommes, à qui il enseignait la sagesse selon la méthode socratique, laquelle consistait à tenir des séances de catéchisme élémentaire pendant l'acte sexuel. Tout le monde bougrifiait Socrate ou était bougrifié par lui, y compris Platon, et, au Banquet, toutes les positions et combinaisons possibles étaient mises en pratique et poussées jusqu'aux limites laocoontiques. Quant à la sagesse que dispensait Socrate, elle avait trait à la recherche de la vertu, de la vérité et de la justice. Haï par les archontes d'Athènes, pour sa condamnation intrépide de la corruption municipale, il était hypocritement traîné en justice pour dépravation de la jeunesse athénienne. Sa femme Xanthippe, aussi bien que le méchant marchand de cuir Mélitos, étaient au premier rang des témoins de l'accusation. Socrate péchait, à les en croire, contre la nature autant que contre la cité. L'accusé se défendait avec courage et esprit ; il élevait la voix en faveur de l'amour d'homme à homme, affirmait que les froides abstractions des inquisitions de l'intellect avaient besoin d'être compensées par la chaleur des étreintes charnelles, l'homme étant créature dont il convient de réconcilier les extrêmes opposés. Il n'en était pas moins condamné à mort. Xanthippe adoucissait son aigreur et Mélitos se pendait. La scène de l'absorption de la ciguë était plus sentimentale que furieusement charnelle. Lorsque Socrate chuchotait d'une voix mourante qu'il devait un coq à Esculape, Alcibiade protestait que c'était là façon de coqueter avec la mort qui le rendait jaloux. Mort et transfiguration. Fin.

Geoffrey s'efforça de calmer des deux mains mon tremblement, lorsque les lumières revinrent sur les applaudissements et les embrassades de félicitations, tandis que Labrick, sourire aux lèvres et yeux froids, n'en finissait plus de saluer.

— Laissez-moi sortir d'ici, dis-je d'une voix plaintive. Le sexe, le sexe, le sexe, bon Dieu ! n'y en a-t-il donc que pour ce foutu sexe, au monde ?

— Vous devez reconnaître, très cher, que certaines parties étaient très, très émouvantes.

— Oui, oui, elles remuaient la chair et ces saletés de hoï phalloï qui ne sont jamais foutus de se tenir tranquilles. Est-ce à cela qu'en vient le monde ?

— J'ai l'impression, dit Geoffrey, comme nous étions debout sur le trottoir, et que le public qui sortait fourmillait et prenait le chemin d'une réception quelque part, oui, j'ai l'impression que vous vous considérez bien au-delà de ce genre de chose. Vous estimez que vous en êtes *sorti*, que vous avez atteint maintenant les hauts plateaux du renoncement à la chair. M'est avis que vous auriez probablement besoin que l'on vous apprenne qu'aucun lieu de cette espèce n'existe ni n'est mentionné par aucun chroniqueur connu. Vais-je ou ne vais-je pas vous suivre ?

— Je ne veux personne. Je veux qu'on me laisse seul.

— Oui, oui, tel est votre sentiment pour l'instant. Il changera. Tenez, j'ai noté là-dessus mon numéro de téléphone. J'habite pour le moment chez Robin Cathcart, le Platon du film. Appelez-moi demain. Sans faute. Il faut que je sache, voyez-vous, très cher.

Je retournai à mon Holiday Inn, qui n'était qu'à deux rues de là, et enrageai longtemps dans le calme de ma chambre devant la bouteille de scotch qui faisait partie de mon bagage. Un message de Kilduff, remarquai-je, m'était parvenu de Washington. Je lui avais donné, à New York, mon présent numéro, après avoir trouvé, m'attendant à l'Algonquin, confirmation de ma réservation à San Jaime. Le message disait : OKÉ N'IMPORTE QUELLE HEURE DEMAIN.

J'eus un sommeil agité, car j'avais demandé que l'on me réveillât tôt. Je pris à l'aube l'avion pour Los Angeles. A l'aéroport, l'agence Quartz me fournit une voiture et un chauffeur pour me conduire à Redfern Valley. Nous mîmes le cap à l'est parmi le smog et les vulgarités architecturales, en direction du Mojave Broussailles, sable, palissades publicitaires, stations-service « T'nez, dit le chauffeur, un expatrié de Sydney et de la Nouvelle Galles du Sud on dirait bien que c'est ça l'endroit. » Il désignait un village en ruines, où des vestiges de faillites étaient battus par un soleil de cuivre et un vent sec : un Ye Jollie Olde Engglisshe Pubbe, une ferme avicole, une boutique de marchand de serpents, une crêperie. L'armée avait été présente, mais elle était partie. Les Enfants de God-Dieu ne souffraient aucune infrastructure commerciale. Le chauffeur trouva le camp sans difficulté, à environ trois kilomètres et demi ou quatre kilomètres au sud-est. L'aspect matériel demeurait militaire : enceinte rébarbative de barbelés entrelacés haut, baraques, et même corps de garde. Au-dessus de la grille en métal fermée, une énorme arche métallique sur laquelle on avait peint au pochoir le nom de la communauté. Dans le vaste enclos, où l'herbe avait perdu la guerre contre les hordes du sable poussé par le vent, je distinguai ce qui ressemblait à un troupeau démoralisé d'hommes et de femmes, blancs, noirs, café-au-lait, en rang et en route, avec des houes et des bêches, pour un travail sans espoir dans les champs. J'entendis aussi un concert de grognements de cochons à quelque distance.

— J'aime mieux ne pas être à vot' place, dit le chauffeur, V'voulez que j'attende ?

— Revenez dans deux heures environ. Trouvez-vous un endroit où déjeuner quelque part.

— Un endroit où déjeuner ? Mais, bon Dieu, où ça ?

— Il y a forcément un McDonalds dans le coin. Même dans ce foutu désert.

Il s'en alla, parmi des renâclements de tuyau d'échappement, et je me dirigeai vers le corps de garde. J'y trouvai trois Noirs, vêtus d'une sorte d'uniforme avec un brassard frappé aux lettres EDD. Tous trois étaient armés de pistolets et il y avait une petite panoplie de fusils dans un râtelier mural.

— Des armes à feu, dis-je avec une jovialité pleine de crainte, dans un saint lieu ?

— God, répondit avec bonté le Noir qui semblait être le chef, y r'çoit des tas de menaces de tous les côtés, que ça soit de dingues, des cocos et d'autres détraqués.

Il appela quelqu'un d'un téléphone accroché au mur. Un portrait de Godfrey Manning me considérait d'un regard calculateur : beau, la quarantaine, les favoris bien nourris, la bouche sensuelle, les yeux très écartés comme ceux d'un chien, les paupières étrécies contre l'éblouissement de la lumière divine. J'entendis : « Il dit qu'il vient de la part de Tim. Y raconte qu'il a rendez-vous. Ouais. Ouais. » Puis a moi : « Jed, là, y va vous conduire à la grande maison. On vous attend. » Jed était exophtalmique et boiteux. « J'y vas, dit-il. N'avez qu'à suiv'. » La grande maison n'était pas visible de l'entrée. On y accédait par un chemin où des chardons poussaient à travers le sable et qui longeait des baraquements de bois encerclant le bâtiment sur deux rangs. Les baraquements paraissaient vides à cette heure avancée de la matinée. La maison était en bardeaux blancs, à deux étages et à toit mansardé, galerie tout autour, jardin de même, sol évidemment rapporté forsythias et bougainvillées prospères. Un homme jeune et souple, portant des lunettes de soleil et vêtu de blanc comme un surveillant de coolies à la tâche, se leva d'une balancelle, à mon approche. Il descendait les marches d'un pas énergique, main cordialement tendue.

— Salut, dit-il. Mon nom est Jim Swinney. Tu peux t'en retourner, Jed.

— Toomey, du *Times*, dis-je. On s'intéresse beaucoup à votre, euh, communauté, dans mon pays. Merci, euh, Jed.

A cet instant, je vis en esprit le professeur Bucolo et me demandai pourquoi. Mais, oui, voyons ? God Manning, une sorte de prédicateur.

— Il y a quelques années, poursuivis-je, à l'occasion d'une conférence que je faisais dans l'Indiana, on m'a fait connaître le, euh, livre de votre, euh... De là, mon intérêt plus personnel. Je suis moi-même l'auteur d'ouvrages. Je ne suis pas à proprement parler un employé du *Times*. Toomey, me présentai-je. Kenneth M. Toomey. J'ai signé de mon nom une œuvre, euh, théologique.

— Parfait, parfait. Absolument parfait. (Il n'avait manifestement jamais entendu parler de moi.) Évidemment, nous avons fait du chemin, depuis les jours anciens de l'errance. Ici, c'est la Terre Promise des Enfants de Dieu. Venez à moi, et caetera. God doit rentrer vers midi de Los Angeles ; il avait à faire à la mission là-bas — vous connaissez, naturellement ? Le Temple, 1 859 Sunset Boulevard. C'est notre Mecque. Nous, nous sommes là.

— Oui, dis-je, c'est ce que je vois.

— Quinze cents disciples, dit-il. Et le nombre s'accroît sans cesse. Les malades et les esseulés... il guérit les malades, il réconforte les esseulés. (Il me montrait le chemin vers ce qui ressemblait à un petit hangar d'aviation.)

— Il guérit les malades ? Littéralement ?

— Cinquante-cinq guérisons, là où tous les médecins étaient impuissants. Des cancers qui tuent. Des leucémies. Jésus a dit : « Allez et faites de même. » Cet après-midi, après le déjeuner, vous verrez. Ceci est notre Lieu de Prière.

Il parlait du hangar. Nous entrâmes, accueillis dans le vestibule par une haute statue de plâtre du Seigneur tendant ses mains transpercées : le visage imberbe ressemblait assez à celui que j'avais vu dans le corps de garde. La salle elle-même faisait penser à un théâtre, avec des sièges baquet fixes et une scène à rideau. Partout, des projecteurs et des réflecteurs, aveugles pour le moment. L'éclairage lui-même était tamisé et religieux, mais, je n'en doutais pas, pouvait être astucieusement modifié, grâce à un clavier électronique, afin de stimuler, avec l'aide de l'orgue tout aussi électronique que je voyais sur le devant à gauche, le genre d'ambiance émotive requise.

— Ça contient deux mille personnes, dit Jim Swinney. Parfois, nous montrons des films édifiants. Nous avons notre propre chorale. Vous connaissez sûrement notre album de disques *Dieu est avec Toi*. Deux millions d'exemplaires vendus.

— Oui, certes. Est-ce là le genre de ressources dont vous vivez ? Les droits sur les disques, j'entends, ou autres choses du même ordre ?

— Nous nous suffisons à nous-mêmes, le fait est. Nous faisons notre pain, et nous recevons des dons, nous vendons des livres, des albums de disques — ça, c'est le beurre.

— Et pour les impôts de l'État de Californie, les taxes fédérales ?

— Nous sommes une organisation religieuse. Nous ne payons ni impôts ni taxes.

— M'en voudriez-vous si je fumais une cigarette ?

— Renoncez à cette herbe fatale, frère : elle pourrit l'âme autant que les poumons. On ne fume pas ici, on ne boit pas non plus. Nulle abomination toxique ne doit polluer le bon air de Dieu, telle est notre règle. Venez, que je vous montre en quoi consistent nos travaux.

Le chemin était long et pénible jusqu'à la zone agricole. On avait fait de sérieux efforts pour nourrir un sol ingrat. Champs de pommes de terre, hectares de chou. Travailleurs, noirs, blancs, tous d'origine pauvre, tous des déshérités, hormis çà et là un homme maigre, l'air d'un employé de bureau hanté, ou une femme à l'aspect de bibliothécaire. Des dos se redressaient de dessus l'ouvrage pour saluer et recevoir notre salut. Salut, Jack, Enoch, Jethro, Mabel. 'lut Jim. Moi, on me regardait avec suspicion. Pas la moindre trace d'Ève nulle part. Je demandai :

— Et les enfants, que font-ils ?

— L'école est là-bas, dans la zone Mathieu. Nous avons quatre zones, portant chacune un nom d'évangéliste. Les classes seront finies dans une demi-heure.

— Et les tout jeunes enfants ? Les nourrissons ?

— Nous avons ici... Il y a un mot pour cela...

— Nous autres Britanniques, nous disons une crèche.

— C'est du français, cela. Nous n'aimons pas les mots étrangers. Pour nous, c'est un *kiddy center*.

— Et vous avez un *hospital* ?

— Ça, ce n'est pas un mot étranger, d'accord ; mais pour nous, il a quelque chose de sale. La guérison est dans les mains de God-Dieu.

— La déité ou, euh, M. Manning ?

— L'un grâce à l'autre. Ici, c'est la porcherie. Regardez-moi ce beau troupeau de Jersey. Quand je vous dis que nous nous suffisons à nous-même. (Toujours pas de petite Ève en vue.) Pour le grain, nous ne sommes pas autarciques. Nous l'achetons. La boulangerie est de l'autre côté. Nous faisons notre propre électricité. Eau par canalisations : on les avait déjà posées pour l'unité de spécialistes de la guerre chimique qui était là

— Et ce bâtiment sans fenêtres, là-bas, c'est quoi ?

— Le centre spécial de méditation. On y envoie les enfants pour qu'ils y méditent particulièrement sur leurs péchés. Dieu merci, ce n'est pas trop fréquent. Le diable les mord dès qu'ils oublient d'être sur le qui-vive. Les enfants du Seigneur sont de bons enfants.

— C'est exactement ce que dit le beau-frère de ma sœur.

— Eh bien ! il a raison.

Une cacophonie de cloches répandit soudain sa jubilation sur tout le camp. J'en cherchai la source : des grilles de haut-parleurs encastrées dans les murs des baraques, juste sous les auvents.

— God est de retour. Allons le retrouver à la grande maison.

Les origines de ce jeune homme étaient difficiles à situer, tant socialement que géographiquement. La voix aurait pu être celle d'un baptiste du Sud, mais elle était en fait à demi-éduquée — Nebraska, disons. Je demandai :

— Depuis combien de temps êtes-vous avec, euh, M. Manning ?

— Appelez-le God, tout simplement, même en vous adressant à lui. Pas de cérémonie chez nous. Combien de temps ? Sept ans, depuis qu'il est revenu du désert. Je vous fournirai tous les renseignements que vous voudrez ; nous n'avons pas peur des faits. Avant, je dirigeais un hall de jeux électriques à Concordia, si vous savez où c'est.

Nord du Kansas, point trop loin de la frontière du Nebraska.

— Vous ne me croirez pas, puisque vous faites partie des non-croyants, mais j'ai entendu l'appel de la voix, un jour, dans le vacarme des billes. Les sonneries se déclenchaient et disaient : « Viens, viens, viens ! » Alors je suis venu. God-Dieu était à Concordia, cette nuit-là ; il prêchait ; il vendait aussi son livre. Je l'ai acheté. Les livres, ça me connaissait ; j'étais depuis toujours un grand lecteur de cochonneries et de publications légères. J'ai été élevé à l'université de Kansas à Manhattan, si vous connaissez.

— Oui, je connais.

— Je suis tombé dans les ornières du mal. J'ai été sauvé. Loué soit le Seigneur !

— Amen.

Entre-temps, nous étions revenus à la grande maison. Godfrey Manning nous attendait sur la galerie, bras ouverts. Sa voix avait ce côté d'hyperonctuosité mélodieuse qui est le monopole de l'Amérique. Il me salua :

— Kenneth, Kenneth ! Frère ! Au nom du Seigneur, soyez cent fois le bienvenu !

Je n'avais pas envie de subir l'accolade. Je gravis le perron menant à la galerie, mais gardai mes distances, tout en disant hypocritement : « Qu'il est bon d'être ici ! » God était grand, large, nourri de viandes rouges. Les cheveux étaient trop noirs pour ne pas être teints ; je crus déceler un faux toupet. Il était vêtu d'un très bon costume gris ecclésiastique en laine mélangée. Il avait une chemise de soie crème, aux pointes de col très conservatrices et une mince cravate grise unie. Pas de tape-à-l'œil. Le regard bleu était remarquable. J'avais lu des descriptions des yeux de Napoléon, les comparant à des âmes de canon, à des cantharides, à des profondeurs de ciel ou à des tourbillons d'eau. Des yeux qui avaient maintenu ensemble un empire. Ceux de Manning étaient moins (ou plus) ambitieux. De telles prunelles étaient un don gratuit, au même titre que n'importe quel autre trait de beauté physique, et se passaient tout autant de la nécessité de traduire de hautes qualités intellectuelles ou spirituelles. Cet homme n'était ni saint ni intelligent : il était très malin. Quand Kilduff, de Washington, lui avait donné mon nom, il n'avait pas su d'abord qui j'étais ; mais il l'avait tôt découvert. Faites-moi un topo sur ce Toomey. Le *Who's Who* pouvait le renseigner sur mes hauts faits, mais non sur mes faiblesses. Voyez ce que Jack Javers du *San Francisco Chronicle* peut vous déterrer sur ce type. Il me dit :

— L'honneur est double, Kenneth mon frère. Vous êtes envoyé par le plus grand journal du monde. Et vous êtes un des plus grands écrivains du monde.

— C'est aller peut-être un peu trop loin, M. Manning. Je suis seulement...

— Il faut m'appeler God. Dépouillons le vêtement de la contrainte des patronymes. (Où diable avait-il pris cela ?) J'ai conscience de la prétention de ma nomenclature. Mais il s'agit simplement d'une abréviation de Godfrey. Je dois mon prénom à Godefroy de Bouillon chef de la Première Croisade et premier souverain du royaume latin de Jérusalem. (Il prononçait « bouillon » comme *bullion* en anglais, qui veut dire de l'or en barre.) Bouillon, reprit-il, survit dans le nom d'une soupe. Allons manger, j'ai faim. J'espère que notre Jim s'est occupé de vous comme il convient.

— Je n'aurais pu, répondis-je, avoir guide plus consciencieux ni plus aimable.

— Fais ta cure de compliments, Jim. Entrons, Kenneth mon frère.

Nous pénétrâmes dans la maison par une porte-fenêtre donnant dans un salon plein de chintz et au parquet bien ciré. Puis, nous passâmes dans un couloir sentant délicieusement la lavande et la cire d'abeilles. Et, de là, dans une salle à manger avec une table de réfectoire en chêne et ce qui ressemblait à une authentique crédence florentine. Les portraits aux murs pouvaient être des portraits de famille. L'un d'eux, de point trop mauvaise facture, représentait une femme blonde qui avait l'air de poser une question au peintre. Manning surprit mon regard et dit : « Ma chère épouse. Elle s'est éteinte. Elle reste l'étoile de mes matins et de mes soirs, la lumière de mes inspirations. » Un autre homme entra dans la salle à manger : gros nez, lunettes, tignasse en jachère, sorte de survêtement. Et, avec lui, une femme pareille à une gardienne de prison. Manning fit les présentations : « Tom Bottomley Irma Misolongion. Kenneth, notre frère, grand écrivain et envoyé d'un grand journal. Disons le Benedicite. (Il clama vers le plafond :) Tes dons, Seigneur, tes dons ! Puissions-nous les consommer avec gratitude ! Puissent-ils nourrir corps et âme pour ta plus grande gloire ! » Nous prîmes place. Je m'attendais presque à voir Ève entrer, apportant le bouillon ou je ne sais quel autre plat, et lâcher la soupière, stupéfaite de me voir, tandis que Manning dirait : Trahison, trahison, cet homosexuel est mon ennemi et l'ami des blasphémateurs, jetez-le dans le sombre abri à pénitence. Mais ce fut un jeune garçon des Philippines qui parut, porteur d'une salade de crevettes, et Manning dit :

— Quel délicieux régal Jessica nous a-t-elle préparé ?

— Oui, dit le jeune Philippin.

— Toomey est un nom irlandais, reprit Manning. Votre père est-il irlandais ?

— Mon père est mort, bien évidemment. Oui, mon grand-père venait d'Irlande. Il était ce que l'on appelait « un protestant de la patate » : au moment de la grande famine des années 1840, ses parents s'étaient convertis pour avoir droit aux pommes de terre distribuées par les missionnaires. Ma mère, qui était française, ramena la foi dans la famille.

— La foi romanisante, naturellement. (Je n'avais jamais entendu cette expression, bien que je l'eusse lue dans John Milton.) Mais nous avons passé le temps de la division et de la haine. Votre pape a fait, dit-il généreusement, de la bonne ouvrage. (On nous servit à tous de l'eau.) Sans doute, avec vos goûts d'Européen, vous attendiez-vous, poursuivit Manning, à quelque cru de vin rare. Mais tous les stimulants sont abomination. Y compris le thé et le café. Notre breuvage est de l'eau, puisée au cristal de l'onde claire et vive. (Tuyauterie garantie, chlore, léger goût évoquant le cabinet dentaire de mon père.)

— La prohibition, dis-je étourdiment, a fait beaucoup de mal à l'Amérique. Elle a tué... (Sous la luminosité bleue et soutenue de ce regard, j'allais me laisser entraîner à lâcher toute la chronique conjointe des Toomey et des Campanati.) Enfin, c'est vrai : le Christ a changé l'eau en vin, et le vin en son propre sang.

— Pur jus de raisin, dit Tom Bottomley d'une voix neutre.

La salade de crevettes disparut et fut remplacée par un plat de steacks hachés nageant dans une sauce brun foncé. Manning servit, avec l'aide du Philippin. Puis il dit :

— Penser à un sauveur de l'humanité porté par les ailes du vin est un blasphème. Notre Irma connaît toute l'horreur du raisin fermenté.

— J'étais, dit Irma, de la même voix neutre que Bottomley, une alcoolique jusqu'à ce que God-Dieu m'ait sauvée. (Elle était indistincte, bouffie, informe, et donnait l'impression d'avoir bien besoin d'un verre.)

— Nous avons tous péché, dit gaiement Manning. Si nous ne péchions pas, comment pourrions-nous être rachetés ? Vous mon frère Kenneth, vous avez péché. (Ah ! il savait.) Mais la pitié divine est infinie.

— Amen, dis-je. Ici, cependant, repris-je, on met fin au péché. Il y a, me semble-t-il, peu d'occasions d'y sacrifier, dans cette, euh, sainte communauté.

— N'en croyez rien, dit Jim Swinney Le diable est un client vraiment pas commode.

— Le sexe, dis-je, est probablement l'éternel problème.

— Le sexe, s'écria Manning, courbe la tête en présence du Seigneur ! Nous y veillons

— Comment cela ?

— Par le travail, la prière, la méditation, les médicaments

— Ah ! Quelque chose dans l'eau ?

— Quelque chose, dit Tom Bottomley, dans le corps du Seigneur. (Une salade de fruits de conserve arriva, cernée par une sorte de gelée d'œufs de grenouille.) Il faut combattre le diable.

J'avais envie de sortir de là. Je n'avais plus aucun désir d'entrer en rapport avec Ève et de la persuader de rentrer auprès de son père malheureux. Je pourrais toujours dire que j'aurais fait de mon mieux. Tandis que nous finissions de boire notre eau médicamentée, la grande envolée de cloches résonna dans la maison comme, supposai-je, dans tout le camp, et Manning dit :

— Jim, assure-toi que notre frère Kenneth soit bien placé. (Puis il clama les grâces par-dessus les cloches.) Vos dons, Seigneur, vos dons ! Nous les avons consommés avec gratitude ! Nourris, nous reprenons avec vigueur notre sainte tâche !

Dehors, je voyais des pelotons conduits au pas cadencé au Lieu de Prière. Les cloches enregistrées battaient à toute volée, débordantes d'harmoniques. L'azur californien avalait le tout, comme un pourceau, des cacahuètes. Nous y allâmes, gardant nos distances par rapport aux fidèles qui entraient par files. Chacun d'eux, je le remarquai, recevait, de la main d'un sacristain (d'un serviteur ? d'un marguillier ?) vêtu d'une robe grise, quelque chose qui ressemblait à une hostie dans un sachet en plastique.

— Le corps du Seigneur ? demandai-je.

— Ouais, c'est plus rapide comme ça. Ils la prennent en entrant, puis, au signal, ils consomment. Pas d'attente devant une table de communion. Ils avalent tous ensemble. Un seul corps.

— Après l'acte de consécration, je pense ?

— Oh ! oui, on consacre.

Je n'avais toujours pas vu Ève. Mais, cette fois, je la vis : elle entrait avec un groupe de femmes de tout âge, habillées de ce qui ressemblait à de tristes sacs de farine serrés à la taille par une corde. Les cheveux d'Ève étaient sans vie ; son visage, figé, comme celui des autres, dans une sainteté ou une résignation de pudding sous la dure parole du Seigneur. Elle n'avait plus rien de l'adolescente que j'avais connue, qui engloutissait son gâteau Sara Lea, impatiente d'aller voir la fin atomique du monde au cinéma Symphony. Je doutais que l'on me permît de lui dire même un mot.

On me donna un siège tout au fond du Lieu de Prière. La lumière était, comme plus tôt, religieusement tamisée. L'orgue, joué par une sorte de maîtresse d'école rédimée, diffusait de la musique d'hymne en sourdine — sirupeuse comme celle de Moody et de Sankey à l'époque du grand Renouveau spirituel. L'assistance, forte de quinze cents personnes, était assise dans le calme. Certains visages se tournaient, soupçonneux ou curieux, pour regarder l'étranger et l'infidèle que j'étais. Parmi eux, Ève. Elle me reconnut tout de suite. Ses sourcils faillirent rejoindre la racine de ses cheveux. Sa bouche s'arrondit en O. Elle secoua plusieurs fois la tête. Je lui fis les gros yeux et un geste pour lui dire chut ! L'organiste actionna du pied le soufflet, la musique s'enfla, le rideau s'ouvrit, les projecteurs montèrent crescendo, du rose pâle au rose éclatant de la révélation. Dieu-God Manning parut sur scène, une toge doctorale passée sur son pimpant costume ecclésiastique. Il leva les bras. La musique se tut. Sans préambule, il s'écria :

— Faites ceci en mémoire de moi et de mes longues et cruelles souffrances ! Car, sous cette espèce, je suis présent et je demeurerai avec vous jusqu'à la fin du monde. Prenez et mangez. (L'assemblée déchira — certains non sans mal — les sachets de plastique contenant l'hostie.) Ceci est mon corps et le sang du Dieu vivant. (Ainsi donc l'esprit du Concile de Trente vivait ici : c'était une sorte d'œcuménisme. L'assemblée prit avec respect le corps du Christ sur sa langue collective.) Nourris-nous, bénis-nous, glorifie-nous ! s'écria Manning, sans prendre lui-même de pain azyme.

Après cet acte — qui, pour l'Église catholique, est l'apogée du drame sacrificiel, et qui était ici un préliminaire thérapeutique — God Manning se détendit et sourit.

— Nous accueillons aujourd'hui dans notre sein quinze nouveaux frères et sœurs.

Une porte latérale s'ouvrit dans la salle, tout près de la scène, en face de l'orgue ; un projecteur s'alluma ; un groupe de déshérités évidents, pour la plupart des vieilles femmes noires, entra en traînant les pieds et en clignotant, ahuri sous la chaude lumière de la rampe qui ravivait les silhouettes.

— Vous apprendrez leur nom au jour voulu par Dieu ! clama Manning. Pour l'heure, ils viennent à nous simplement comme des enfants du Seigneur, abandonnés dans le plus grand besoin. Je ne nommerai qu'une seule de ces femmes : Rebecca ou Becky Fawldon ! (Une des vieilles Noires tenta de se cacher le visage dans les mains.) N'aie pas peur, Becky. Le Seigneur œuvrera sur toi. Cruellement atteinte d'un cancer des intestins, elle vient à nous dans les souffrances les plus extrêmes. (Comment elle pouvait être debout, là, couvant un cancer de cette nature, Dieu seul en effet le savait.) Emmenez-la, dit Manning à deux femmes encore jeunes qui se levèrent au premier rang, à la Chambre de Guérison !

Les deux femmes se saisirent assez rudement de la malheureuse créature souffrante. Elles l'entraînèrent, pleurant sans doute plus d'embarras que de douleur, par l'allée centrale. Elle passa devant moi ; sa peau d'éléphant, humide de sueur et de larmes, exhalait une odeur de maladie et de misère. Puis une porte s'ouvrit et se referma derrière moi et Manning dit : « Debout ! Chantez pour le Seigneur notre Dieu ! » L'orgue recommença à jouer. L'assemblée se dressa et chanta *Rassemblons-nous au bord du fleuve.* Le tempo s accélérait à chaque vers. Les mains battaient en cadence sur le rythme marqué par Manning. C'est le condiment parfait du Renouveau de la foi dans les États du Sud. L'hymne prit fin. Manning cueillit sa congrégation à la fine pointe de l'exaltation. Il cria

— Seigneur ! Seigneur ! Seigneur, délivre-nous de l'iniquité !

— Délivre-nous, ô Seigneur !

— Seigneur ! Seigneur ! Seigneur, sauve-nous des démons de l'enfer !

— Sauve-nous, ô Seigneur !

— Seigneur ! Seigneur ! Seigneur, purifie notre corps de la maladie, lave notre âme de toute abomination, purifie le monde souillé qui nous entoure, afin qu'il soit digne de devenir le trône d'or de ta venue !

— Purifie-nous, ô Seigneur !

Et ainsi de suite, longtemps. Je rêvais d'un whisky bien tassé et d'une cigarette dont j'inhalerais profondément la fumée. La porte derrière moi se rouvrit et l'une des deux femmes encore jeunes s'élança dans l'allée, serrant à deux mains quelque chose de noir, de dégoulinant, d'informe, d'innommable, dans une serviette haut brandie. Je surpris au passage une odeur de puissante putréfaction, tandis que la chose semblait voler dans l'air près de moi. J'aurai voulu prier, mais le Dieu auquel j'aurais pu m'adresser était inconnu ici.

— Alleluia, alleluia, loué soit le Seigneur ! cria la femme encore jeune.

— Ta servante, répliqua Manning en levant les bras au ciel, est, par ta grâce, guérie de son affliction ! Loué soit-il, loué soit-il, loué soit-il !

La congrégation leva les bras et loua à son tour. J'en avais mon saoul. Quittant mon siège, je sortis. Personne ne s'opposa à mon départ. Même Manning, je crois, ne me vit pas. Je croisai la pauvre vieille Noire, derrière. Elle pleurait copieusement — de joie, pouvait-on penser — dans les bras de l'autre femme encore jeune. Dehors, au grand air, je commis un affreux péché : j'allumai une cigarette et avalai la fumée comme si mon salut en avait dépendu. Un marguillier ou serviteur noir surgit à l'angle du Lieu de Prière et, sans un mot, avec une douceur pleine de reproche, m'ôta la cigarette de la bouche. Il la tint entre le pouce et l'index comme s'il s'était agi de l'horrible chose noire et dégoulinante de tout à l'heure. Je haussai les épaules en souriant et j'attendis, décidé à tirer Ève de là. Après tout, nous étions censés être dans un pays libre. Jim Swinney sortit le premier.

— Vous n'êtes pas resté jusqu'à la fin, dit-il. Vous avez raté la guérison de l'estropié et du boiteux.

— J'ai vu la guérison d'un cancer. Que dis-je ! j'ai vu le sacré cancer lui-même. Cela suffit pour une journée. Maintenant, ce que je désire voir, c'est ma grand-nièce.

— Votre quoi ?

— Grand-nièce ou petite-nièce, je ne suis jamais sûr du terme exact. Je l'ai aperçue dans la foule. C'est une petite adolescente du nom d'Ève Breslow. Une adolescente qui est venue ıci avec un enfant illégitime. J ai un message de son père pour elle. Je veux la voir seul à seule.

— Il n'y a que Dieu qui voit les êtres seul à seul. (Il se campa et arbora un sourire méprisant pour bien marquer qu'il m'avait percé.) C'est la raison de votre visite, n'est-ce pas ? Vous n'êtes pas là pour faire un article dans ce journal britannique.

— Oh ! si, pour cela également. Mais je ne vois pas ce qu'il y a de mal à délivrer un message. Surtout paternel. Y a-t-il une règle qui l'interdise ?

— Le Christ a dit que nous devons quitter nos père et mère pour le suivre. Ce que vous demandez est contraire à la règle.

La congrégation, tranquillisée par le corps du Seigneur, mais transportée par les œuvres et la parole de God-Dieu, commençait à s'écouler.

— La voilà , dis-je. Ève ! appelai-je.

Jim Swinney appela aussi. Ce fut vers lui, et non vers moi, qu'elle se dirigea. Elle dit :

— Je n'ai rien fait de mal, Jim, je le jure.

— Je le sais, Ève. Connais-tu ce monsieur ?

Elle se demandait si elle devait dire oui ou non. Elle se tortillait. Elle essaya de resserrer la cordelière nouée autour de sa taille.

— Ouais, dit-elle à la fin. C'est l'oncle de ma mère. (Et puis, avec un salut de bienvenue pathétiquement adolescent, la main se décollant de la tempe droite pour décrire un quart de cercle :) 'lut Toncle.

— Euh, salut, Ève.

— Tu as quelque chose à lui dire, Ève, un message à faire transmettre à ton père et à ta mère ?

— Ouais, que je suis oké. Que je suis heureuse. Que j'ai trouvé le salut. Que j'aime God-Dieu.

— Comment va l'enfant, Ève ? demandai-je.

— Il est oké, je pense.

— Et voilà ! dit Jim Swinney. Vous l'avez, votre message.

— Pourrais-je lui parler tête à tête ?

Il rumina la question en se mâchonnant l'intérieur de la lèvre inférieure.

— Ce n'est pas régulier, répondit-il. Mais on pourrait peut-être s'arranger. (Il appela un sacristain ou bedeau noir.) Dick, reprit-il, emmène-les tous les deux à la Maison des Entrevues.

Puis il dit quelque chose tout bas à Ève. Et ainsi se fit-il que nous nous retrouvâmes, Ève et moi, soupçonneusement seuls, dans une sorte de prison de bois, avec un lit fait et deux chaises ordinaires. Il y régnait une odeur de je ne sais quoi qui aurait longtemps cuit dans une chaleur rayonnante. L'unique fenêtre haut placée refusait de s'ouvrir.

— Il fait plutôt chaud ici, dis-je Ève, ton père veut que tu rentres.

— Ma mère, elle, ne veut pas. D'ailleurs, je suis oké ici. J'ai trouvé la voie et la vérité.

— Si c'était cela que tu cherchais, ton autre célèbre grand-oncle était infiniment plus qualifié pour te l'apporter. L'Église catholique est du moins civilisée. Cet endroit me semble très suspect. Je n'aime pas beaucoup ton espèce de God Manning.

— Il est merveilleux. Il est le vivant témoin de la vérité.

— Tu l'aimes, dis-moi ? demandai-je brutalement.

— De toute mon âme. Il est le vivant témoin. Mes jours et mes nuits sont voués à l'adoration et à la louange du Seigneur. Par lui, j'ai trouvé la voie et la vérité.

— Tu n'es encore qu'une enfant, dis-je. Bon Dieu, tu n'as rien lu, rien appris. Tu t'es laissée prendre, euh, aux filets d'un bluffeur.

— Cette fois tu blasphèmes ! Je ne veux pas en entendre plus long.

— Tu repars avec moi, Ève. Je te ramène à New York.

— Non, non !

Et alors elle fit quelque chose qui, sur le moment, me parut totalement inexplicable. Debout qu'elle était, et tout à côté de la porte, elle tenta de déchirer sa robe en toile de sac. L'étoffe était trop résistante pour ses petits doigts. Elle dénoua la cordelière et la jeta par terre. Puis elle fit passer la robe par-dessus sa tête et resta là, plantée, nue, à part une culotte qui devait lui appartenir, à en juger par sa fragilité, et qui n'était sûrement pas un don de God-Dieu. Puis elle se mit à hurler, hurler en martelant la porte. J'aurais dû deviner que celle-ci serait fermée à clé. On la déverrouilla en toute hâte, et God Manning en personne fut là, avec Jim Swinney et l'ancienne alcoolique bouffie. Aucun d'entre eux ne parut scandalisé par le spectacle d'Ève nue. Irma Misolongion tenait même un peignoir de bain tout prêt. Manning, de ses mains, ramassa par terre la robe en grosse toile. Et puis, il s'occupa de moi. Pendant ce temps, Ève sanglotait dans les bras d'Irma la rédimée. Manning me parla de mon infâme libidinosité, de mon désir incestueux, de mon écœurante perversion sénile. Divers Enfants de Dieu, probablement retenus dans les parages à cette fin, se rapprochèrent pour mieux entendre. Manning expliqua clairement que c'était uniquement grâce à la sainte vigueur de sa présence qu'ils ne me mettaient pas en pièces, à la manière des chiens qui déchirèrent la chair débauchée de Jaël.

— Tout ceci, dis-je, est ridicule. Je n'ai même jamais touché un corps de femme de ma vie. Oser suggérer que je ferais cela à une jeune fille, à ma propre petite ou grand-nièce ! Mes goûts, dis-je sur un ton bénin (celui du Toomey d'antan, l'auteur de tant de gentes comédies) sont tout autres.

— Fils de Sodome ! s'empressa de clamer Manning. Rejeton de Gomorrhe ! Hors de la demeure des bénis et que la malédiction du Dieu vivant soit sur toi ! Menteur et tricheur, et sans nul doute auteur d'obscénités, bien que, Dieu soit loué ! je n'aie jamais rien lu de toi. Hors d'ici !

Il y avait un bon bout de marche à pied jusqu à la grille et au corps de garde. J'aperçus, Dieu me bénisse, ma voiture de louage qui attendait dehors. Derrière moi marchait la troupe des Enfants de Dieu, murmurant et même aboyant (ordure, fornicateur, infâme pécheur — voire sale pédale d'Angliche). Manning était parti je ne sais où, peut-être pour adresser un coup de téléphone comminatoire au bureau du *Times* de Washington. Ève sanglotante et son escorte avaient également disparu. Jim Swinney demeura jusqu'au bout. La garde avait changé : elle n'en était pas moins toujours aussi noire. Un jeune homme aux yeux torturés ouvrit toute grande la grille. Il avait sorti son pistolet automatique, prêt à tirer. Le chauffeur m'attendait courtoisement, debout près de la portière ouverte de la limousine. Il avait, me raconta-t-il, été autrefois chauffeur de la Maison du Gouvernement, en Australie du Sud. Le jeune Noir m'accompagna jusqu'à ladite portière. Il me dit :

— Je te suis, vieux. Je fous le camp d'ici

Il braqua son revolver sur ses anciens collègues, qui en firent autant de leur côté. Il était hors de question que qui que ce fût tirât.

— Montez vite, dis-je en poussant le garçon.

Il tremblait de tous ses membres et son pantalon était mouillé. Le chauffeur, tout heureux du remue-ménage après le long ennui de l'attente, se précipita sur son siège et mit le contact. Nous reprîmes la route désolée menant à Los Angeles.

— Bon Dieu ! dit le jeune Noir baignant dans sa peur et sa sueur. Vous ne savez pas ce que ça peut être, là-bas, mon vieux.

— Si, j'en ai une petite idée, dis-je en lui tendant une cigarette.

75

— Avez-vous, demandai-je à Melvin Withers, du *Los Angeles Times*, pu tirer quelque chose de lui ?

— Les trucs habituels. Rien que d'attendu. Des corrections baptisées punitions du Seigneur. Un harem tournant. Le type raconte que son frère est mort dans des circonstances bizarres, mais il est incapable d'apporter une preuve. Comme tous. Il ne sert à rien qu'il aille trouver la police. Manning est très généreux pour les flics de Los Angeles. Votre petit copain noir risque gros.

Je connaissais Withers depuis pas mal de temps ; nous nous rencontrions de temps à autre. Je lui avais fourni une fois un article exclusif sur le mariage imminent de Benny Grimaldi, le chanteur acteur de soixante ans, avec une adolescente de seize ans encore au lycée de Hollywood. C'est un bon journaliste, mais il n'allait pas tarder à mourir : à cinquante ans, il fonctionnait à raison d'une bouteille et demie de cognac californien par jour et quatre paquets de Lucky Strike. Ses vêtements donnaient l'impression d'avoir été plongés dans une solution de nicotine, tant ils sentaient le tabac. La mèche de cheveux blancs qui retombait sur son front en était toute jaunie. Son haleine transportait l'odeur de ce mets que les Irlandais appellent « ragoût d'aveugle » (patates bouillies avec des oignons et une cuillerée à soupe d'extrait de viande), preuve d'un étrange métabolisme. Nous étions assis dans un bar peu éclairé.

— Lisez ça, dit-il. (Il parlait du dossier qu'il avait déposé sur la table devant moi ; mais il faisait trop sombre pour pouvoir lire à l'aise.) Je ne peux vous le laisser. (Il sécha d'un coup un verre de cognac pur.) Je repasserai dans une heure environ. J'ai de la copie à classer.

Je déchiffrai donc péniblement le dossier de Godfrey Manning, tout en buvant trois autres vodkas. De la musique douce pleuvait du plafond, le spectre complet de ma vie : de *Darktown Strutters* à *I Could Have Danced All Night*. Au comptoir, un gros homme répétait sans arrêt : « Ouais, je crois bien. Ils en sont bien capables, je dirais... »

La carrière de Godfrey Manning débutait dans la ville de Pring, dans l'Indiana. Ses parents étaient morts dans un accident de la route, près de Decatur, dans l'Illinois ; il avait été recueilli par un oncle et une tante. La ville de Pring était un centre du Ku Klux Klan, où la coutume défiait la loi et disait : « Le mieux pour un nègre, s'il ne veut pas qu'on lui plombe le cul, c'est que le soleil ne se couche pas sur sa tête. » L'oncle appartenait à cette organisation et ne sortait de chez lui que pour enfiler son drap blanc et brandir une croix de feu. Sa santé ne lui permettait pas de travailler. Il touchait une pension d'invalidité tous les mois, de l'administration : le tout à cause de ses poumons et de quelque chose qui s'y était fourré durant la Première Guerre mondiale. La tante était réputée avoir du sang cherokee dans les veines. Elle travaillait dans une fabrique de ketchup. Pring comptait sept églises, et le jeune Geoffrey, qui était porté vers la religion, les fréquentait toutes. Il aimait à jouer au prédicateur et forçait les garçons à se coucher sur les filles pour pouvoir les accuser de péché. Il gagnait tous les concours bibliques organisés par les sept écoles du dimanche. Il était dogmatique et de nature violente, mais uniquement en matière de religion. Son église préférée, après qu'il eut longtemps tâté de toutes, resta celle de la Pentecôte, tenue par les Holy Rollers, qui cultivent la transe. Écœuré par le racisme de Pring, il abandonna le lycée local dont le principal était un des porte-parole de l'intolérance, pour s'inscrire à une école de la ville, plus importante, de Richmond. Il parlait d'entrer dans le ministère de la religion. Il sortit du lycée avec des notes moyennes, mais plusieurs prix d'éducation religieuse, pour entrer à l'université d'Indiana, à Bloomington. Là, il eut des résultats plus que médiocres dans les matières correspondant à des disciplines précises, mais devint célèbre pour son bagou. Il dirigeait un groupe d'études bibliques, avec un enthousiasme brûlant qui faisait parfois peur, mais qui était toujours fascinant. Il épousa une jeune fille de Blomington, dont le père tenait une boutique de cigares ; elle était de cinq ans son aînée, s'appelait Claudine Rogers, versait dans la religion comme lui, mais avait une solide réputation d'ardeur au lit. Il l'emmena à Indianapolis où, sans être ordonné, il devint pasteur de l'église d'Eastbank. La grande ville, siège des bureaux nationaux du Ku Klux Klan, professait encore moins de tolérance pour la doctrine de l'égalité raciale que Pring, sa petite voisine, et Manning prêchait courageusement la doctrine en question. On le huait durant les services ; il retrouvait les toilettes de l'église bouchées avec des chats morts, et PRONÈGRE écrit à la craie sur le mur. Il devint étudiant à temps partiel à l'université Butler, mit dix années à obtenir une licence et fut finalement ordonné ministre des Disciples du Seigneur Jésus. Il passa un certain temps de ces dix années dans les campagnes perdues, prêchant à des traîne-savates de village fatigués des halls de jeux électriques, mais aussi des étudiants d'université dans des bars ou sous les chênes des campus, et il écrivit et publia à ses frais un livre dont j'avais entendu parler, Dieu savait comment, mais que je n'avais pas vu. J'en imaginais sans peine le contenu et le style.

Las des cadavres de chat, à son retour à l'église d'Eastbank, il décida de créer sa propre secte, les Enfants de Dieu, dans un quartier d'Indianapolis en passe d'échanger ses Blancs pauvres contre des Noirs plus pauvres encore. Au cours d'un bref voyage à Philadelphie, il alla écouter le célèbre Father Divine, dispensateur d'amour et de festins de poulet, dont il admira le style, la domination absolue sur son troupeau et, par-dessus tout, cette spécialité, clé de son succès : la guérison par la foi.

Il continua à endurer l'hostilité des racistes. Parlant à un frère noir, à un arrêt d'autobus, il fut blessé par une bouteille de bière qu'on lui lança. Dans un supermarché, on cracha sur sa femme. Son église lui apparaissait comme une garnison assiégée par un monde de fous dangereux. Comme toutes les garnisons, elle avait besoin de discipline. Il obtint la loyauté des autres non par l'éloquence et l'amour seulement, mais par les châtiments, parfois brutalement corporels. Il constitua une sorte de force de police ecclésiastique. Aucun de ses fidèles ne lui en voulait de ses démonstrations, occasionnelles et imprévisibles, de violence. Le maire d'Indianapolis lui donna, avec un salaire de sept mille dollars par an, le poste de directeur de la commission des droits de l'homme. God parla éloquemment, en plaidant amour et tolérance, mais reçut des pierres, ainsi que des coups de téléphone qui lui conseillaient de quitter la ville. Il resta ferme sur ses convictions. Sa congrégation grandit. L'argent commença à rentrer. Il servit mille repas gratuits par semaine aux nécessiteux. Il acheta deux vieux autobus pour transporter des chanteurs, des prédicateurs auxiliaires, des meneurs de jeu et des chefs de claque, pour répandre la bonne parole dans le Midwest, au cours de campagnes de renouveau de la foi sous un chapiteau. Il se mit à guérir les malades ou ceux qui se croyaient tels. Dans son temple d'Indianapolis, les gens s'écrasaient par centaines pour le regarder délivrer des malheureux d'arthrite, de maux de dents de dyspepsies, d'arthroses, de maladies de cœur, d'épilepsies, de thromboses. On lui amena une jeune cataleptique : il lui rendit le mouvement, en criant, comme son maître : *Talitha cumi !* Un soir, il appela un nom, et une femme se leva pour déclarer qu'elle souffrait d'un cancer. Manning lui ordonna de se rendre aux toilettes de l'église et d'y expulser de ses intestins la tumeur. Un linge fut ensuite apporté qui contenait une horreur, noire, odoriférante et tremblotante comme de la gelée. Clameurs, alléluias, louanges au Seigneur. Les ennemis de Manning alléguèrent qu'il s'agissait d'un foie de poulet pourri.

Manning prêcha un sermon enflammé, au cours duquel il proclama avoir reçu la visite d'un ange dans son sommeil. L'ange avait prédit la destruction du monde par l'holocauste nucléaire. Feu et retombées atomiques. Les sept points de la surface du globe que la catastrophe épargnerait comprenaient, entre autres, la frange du désert Mojave, en Californie. Là, les Enfants de Dieu pourraient trouver leur havre suprême. Et ainsi devait-il en advenir. Le 17 mai 1956, Manning signa des documents officiels, faisant des Enfants de Dieu une association californienne sans but lucratif. Il cultiva la population de l'Etat, fonda un orphelinat, paya de sa personne dans des comités de charité, créa une fondation pour les familles des agents de police tués en service commandé et God-Dieu et Dieu seuls savaient d'où venait l'argent ; l'important était qu'il fût là. Manning, prêchant au temple des Enfants de Dieu, situé sur Sunset Boulevard, introduisit la politique locale dans ses harangues, comme un des aspects de l'avance ment d'une société chrétienne : il pouvait faire basculer des votes, les manipuler. Son numéro à la télévision était admirable. Des directeurs de banque, des hommes d'affaires, des présentateurs d'émissions musicales, des shérifs croyaient en lui. Sa chorale chantait et se fit bientôt une réputation presque aussi grande que celle des Mormons de Salt Lake City. Les journaux de la Côte Ouest faisaient de la publicité à ses activités. Manning prit la route avec une élite des membres de sa congrégation. Roulant dans des cars décorés de panneaux qui proclamaient : DIEU EST PARTOUT, MÊME ICI, ils parcoururent les districts de Fillmore et de Baywiew, à San Francisco Leurs prospectus transformaient les rues en jonchées automnales.

> GOD MANNING... Le Miraculeux... Le Prodigieux... Le Bien-Aimé Disciple... Venez voir l'œuvre de Dieu dans ses guérisons-miracles qui ne contredisent en aucune façon les enseignements de la science médicale moderne. Le pouvoir de la main qui guérit est le plus rare du monde, mais il est reconnu partout par les praticiens de la médecine. Aucun homme n'est doué de mains d'or comparables à celles de God Manning...
>
> God Manning vous apporte non seulement le message du Christ... il vous rend la présence miraculeuse du Christ même. Venez et voyez. Venez et croyez. Venez et adhérez, vous tous qui êtes las et accablés, et il vous donnera le

repos. Grâce à lui, vous connaîtrez la paix, l'amour, l'assurance, le contentement...

Orchestres, danses, chants évangéliques, Chœur Céleste, sermons d'inspiration divine !

Et, bien entendu, quêtes et dons.

Certaines histoires filtraient, loin d'être toutes à l'honneur de Manning. Lui seul avait le droit de manger de la viande. L'alcool était interdit, mais il avait une cave à liqueurs bien fournie. Il prenait régulièrement toutes sortes de pilules. Tel le prophète Abraham, il s'adjugeait l'usage exclusif de jeunes servantes. Il y eut des disciples qui prirent la fuite ; certains furent ramenés de force ; ceux qui s'échappaient pour de bon fuyaient aussi loin que possible de Redfern Valley, mais continuaient à redouter que l'on ne frappât à leur porte une nuit. Le périmètre de la Maison des Enfants de Dieu était gardé par des hommes armés et des chiens féroces. Manning lui-même avait une escorte de gros bras, armés de coups-de-poing américains. Cependant, ceux qui l'entendaient prêcher en public ou parler raisonnablement, mais avec éloquence, à la radio et à la télévision, étaient presque tous convaincus qu'ils avaient devant eux un Sauveur plus Rare que le Radium. D'aucuns, qui écoutaient ses avertissements répétés sur l'imminence de la Fin du Monde, disaient qu'il était dingue, à l'égal des cinglés qui ne mangent que du yaourt ; mais personne ne pouvait nier que le Christ lui-même eût averti de l'imminence de la consommation des temps. Oké, mais ça, c'était il y a deux mille ans, d'accord ? Et il ne s'est encore rien passé du tout, hein ? Bon, mais raison de plus pour que ça puisse arriver maintenant : en ce temps-là, il n'y avait pas de retombées nucléaires, d'accord ? Demander aux gens d'être purs, honnêtes et zélés et d'aimer le Seigneur pouvait difficilement passer pour du fanatisme. Bon Dieu ! le pape de Rome disait la même chose, et celui-là, il avait vraiment les pieds sur terre.

J'éprouvai un réel malaise devant la substance d'un sermon que je trouvais reproduit parmi le fatras des coupures et communiqués de presse. Le thème choisi par Manning était : « Ne craignez pas ceux qui tuent le corps. » Le devoir de l'homme, disait-il, fait vivre dans la chair aussi longtemps que possible, puisque l'Etre Divin a créé cette chair avec les instincts et appétits qui l'accompagnent, mais la vraie vie, comme l'enseignait le Fils de l'Etre Divin, est celle de l'esprit, lequel est tout ce qui reste lorsque l'on a retiré le corps. Le moment crucial venu, comme à l'heure des persécutions ou d'Armageddon, le vrai martyr chrétien se réjouit de la perte proche de sa défroque charnelle, puisque la vie de l'esprit va pouvoir vraiment commencer. Ainsi donc, tous les Enfants de Dieu devaient-ils être prêts à chaque instant à se défaire de cette enveloppe corruptible, pour endosser le corps immortel fait de matière spirituelle.

La matière ne manquait pas dans l'épais dossier, mais j'avais mal aux yeux de m'efforcer de lire dans l'obscurité. Lorsque Melvin Withers, précédé de son métabolisme, revint et eut fait signe, à l'une des serveuses aux yeux de chat, qu'on lui amenât un cognac, je dis :

— C'est assez ce que j'attendais. Un phénomène typiquement américain. Et je n'aime pas cela du tout, Melv.

— Votre petit copain noir a ôté sa chemise pour me montrer des marques : elles pourraient très bien provenir d'un fouet. Il persiste à jurer que son frère a disparu une nuit, comme par enchantement. Mais ça ne le mène nulle part.

— Ne peut-on trouver quelqu'un pour ouvrir une enquête ? Une commission créée par le gouverneur de l'Etat ? Un bon sénateur de cet Etat, un bon député ?

— Il faudrait la preuve irréfutable d'une irrégularité ou d'un crime. Avec toute une kyrielle de témoins. Ecoutez, Ken, il s'agit d'une organisation religieuse et donc très, très privilégiée. Il ne manque pas de criminalité dans les rues, sous les yeux même des flics, sans qu'ils se mêlent d'aller tenter de découvrir quelque chose qui n'existe peut-être pas. Du moment qu'on fiche la paix à God Manning, il sait montrer sa gratitude de la façon la plus concrète qui soit. Il ne crée pas de soucis à la communauté dans son ensemble.

— Je vous ai raconté ce qu'il m'a fait. Ma petite ou grand-nièce avait d'évidence une frousse à bondir hors de sa culotte — enfin, non, c'est la seule chose qu'elle ait gardée sur elle. Mettez-vous dans ma peau : un auteur d'âge respectable et de renommée internationale, honteusement chassé de cet endroit et fustigé de mots infamants. Je n'aime pas cela du tout, d'autant plus que je ne faisais que mon devoir. Cet homme est *mauvais*. J'ai peur pour ma petite ou grand-nièce.

— Elle l'a bien voulu. Personne ne lui a demandé d'aller se joindre à cette bande.

— Ce n'est qu'une gamine. Elle ne connaît rien à rien. J'en ai vu des quantités comme elle. Ne peut-on vraiment rien faire ?

— J'ai déjà écrit des articles. Je n'aime pas ce salaud, je ne l'ai jamais aimé et je suis toujours heureux de lui larder le cuir. Un seul de mes papiers a paru, et Manning a tiré à boulets rouges sur le canard en le poursuivant en diffamation. L'affaire s'est réglée à l'amiable. Par des dommages et intérêts substantiels, comme on dit. On m'a brandi sous le nez un gros doigt plein de nicotine. (Chose bizarre, les doigts de Melvin n'étaient pas tachés de tabac. Probablement à cause de la façon dont il tenait son herbe à Nicot.) Il faut que vous laissiez tomber, Ken.

— J'ai bien connu le gouverneur de votre Etat, autrefois. Lorsqu'il était à Hollywood, et moi aussi. Il aurait dû jouer dans un de mes films, mais cela ne s'est pas fait. Et si j'allais le voir ?

— Il ne bougerait pas le petit doigt. La sœur de sa femme a un cousin qui est dans leur truc, en train de louer le Seigneur. Et il y a des moments dans la vie de notre gouverneur où M. Manning devient très, très utile. En période électorale, par exemple. Et pour peu que notre gouverneur, comme il menace toujours de le faire, décide d'aspirer à la présidence des Etats-Unis... ! Non, c'est inutile, Ken.

— Mais d'où diable vient tout cet argent ?

— C'est étonnant de voir comme les petits ruisseaux font les grandes rivières. Surtout quand on ne paie pas d'impôt. Comme ils disent : le Seigneur prend soin de ses enfants. Ken, je n'ai pas un seul sou de trop. Votre petit copain noir foire littéralement, je dis bien : littéralement, dans sa culotte. Il a, à l'en croire, un oncle et une tante dans l'Arkansas. M'est avis que nous devrions le fourrer le plus vite possible dans un car. Pouvez-vous y aider ?

Je passai la nuit au Beverly Wilshire. Cela réveilla en moi le souvenir de Ralph et me rappela ma solitude présente. Je téléphonai à Geoffrey Enright, à San Jaime, pour lui demander s'il pouvait me rejoindre à l'Algonquin le lendemain, prêt à partir avec moi pour Tanger ?

— Mon cher, vous ne le regretterez jamais. Mon seul problème dans l'immédiat est de trouver l'argent nécessaire au billet d'avion. Non pas, attendez. Pas de transe, pas de problème. Labrick le lubrique a retiré cinq cents dollars de la banque, ce matin. Je prélèverai sur la liasse juste ce qu'il faut pour véhiculer mon petit moi tout palpitant jusqu'à Dingue City ou la Grosse Pomme, ou peu importe le nom : New York. Rien ne presse pour Tanger, si ? Il y a toutes sortes de choses que je peux vous montrer dans les coins les plus *sales* de Manhattan. Mon cher, nous allons nous offrir un tas de dissipations. *Tutti frutti.*

Après les Enfants de Dieu, c'était un souffle de santé morale

76

— Ton vieux pote, le pape Gaygoire, dit Geoffrey, m'a tout l'air d'avoir des prémonitions de sa Fin Proche.

Nous prenions le petit déjeuner sous les lauriers-roses du jardin. Geoffrey, qui se considérait comme un adolescent en pleine croissance, insistait pour avoir tous les jours ses œufs au bacon. Je le regardais avec indulgence *se caler,* pendant que je chipotais mes toasts à la confiture d'orange Cooper. Il lisait le *Daily Telegraph* de la veille, en se servant de l'énorme cafetière comme d'un lutrin. Ali ne cuisinait plus ; l'art culinaire ne l'avait jamais beaucoup passionné, et son répertoire avait toujours été restreint. Nous avions désormais Hamid, qui s'était fait sortir à coups de pied des cuisines du Miramar, et Ali avait été promu majordome.

— A Moscou ? demandai-je.

— Dans cette saleté de Moscou, oui. On lui aura empoisonné son *bortch,* cela ne m'étonnerait pas. Ou injecté une rarissime toxine sibérienne dans son caviar rouge. S'adressant au Praesidium en un russe immaculé... (Il improvisait sur le texte de l'article.) ... Sa Sainte-Paire a été prise d'une série de violents élancements dans les kishkas. Elle a supplié que l'on voulût bien l'excuser, et tout le monde s'est écrié : *Da, da, da otchègne kharacho !* Les toubibs kremlinois appelés la prièrent de se calmer un peu sur le plan de la fraternité humaine. Ça le pompe trop, le pauvre vieux. Drôle de boulot, que la fraternité humaine ! Le cœur, très cher, me dit-il en levant les yeux. Il n'a personne pour veiller sur son cœur, non, personne comme moi, qui suis si assidu, ou est-ce insidieux qu'il faut dire ? pour surveiller le tien.

— Il a le docteur Leopardi. Il l'avait déjà à Moneta. Il n'a jamais juré que par l'habileté de Leopardi.

— Ah ! mais l'habileté ne vaut pas l'amour. Il n'a père-sonne, ce pauvre père perpétuel, pour l'aimer !

— Si surveiller mon cœur signifie pour toi le genre d'expédition dans laquelle tu m'as entraîné la nuit dernière, au, euh, euh, cœur de la Casbah...

— Mais Kenneth, mon angélique, jamais tu n'as été en aussi grande forme. C'est une véritable réanimation. Tu abordes la *vie*.

C'était vrai. Les petits garçons bruns, le kif, la poudre de cantharide. Une bonne journée de travail au long roman dont je jurais qu'il serait le dernier ; un gin et tonic tassé avant de dîner ; après quoi, une petite aventure sexuelle, non sans sa petite dose de danger. Au lit, la compagnie de Geoffrey, qui avait enseigné à mon corps vieillissant de nouvelles voies de régénérescence.

— Et maintenant, dit Geoffrey après avoir vidé le reste du café, fustigeons-nous, et au labeur !

Nous rentrâmes ensemble. Ali bramait je ne sais quel chant d'amour des pentes de l'Atlas, tout en cirant le mobilier. Le bureau de Geoffrey était impeccable et la lumière du soleil y était tamisée par des rideaux de nylon frais lavés. Sa machine à écrire électrique était ramassée sur ses jarrets, prête à prendre le départ, un étui de papier effaceur collé au flanc.

— Tiens, dit Geoffrey, voici ce que j'ai écrit à cette enquiquineuse. Ecoute : « Madame, je relève votre allégation quelque peu fantaisiste, selon laquelle, dans mon roman *Affaires d'hommes,* j'aurais pris pour modèle, pour un personnage féminin mineur, votre défunte sœur. Je n'ai jamais connu votre sœur, ni vivante, ni moribonde, ni défunte. Êtes-vous bien certaine que feu votre sœur ne s'est pas inspirée de mon personnage pour se forger une personnalité ? J'ai trop de travail sérieux à accomplir pour me lancer dans des frivolités de la sorte, qui semblent enchanter ce qui me paraît être un excès de loisirs. Allez vous faire foutre. Votre, et cætera. »

— J'ôterais le *Allez vous faire foutre,* à ta place.

— Mais je n'ai jamais foutré cela, très cher.

— Très bien, alors, très bien.

Nous nous entendions vraiment très bien. Trop bien — la prudence et une vie ponctuée de trahisons eussent dû me l'enseigner. J'avais raison de redouter une surabondance de félicité. Pourtant, ma vieille muse outrageusement peinte interdisait toute complaisance. Elle me jetait à la figure les tropes et les situations les plus éculés. Les critiques diraient : « Toomey nous offre ce roman énorme, mais beaucoup trop cher, en guise, délibérée, de chant du cygne. Hélas ! l'on y entend cacarder l'oie plus souvent que trompeter le cygne. » Qu'ils aillent au diable, comme d'habitude ! Je travaillai. Il travailla. Nous travaillâmes. Nous déjeunâmes légèrement, d'une omelette aux herbes, d'une bouteille de Vichy et de deux ou trois pêches. Ensemble, nous fîmes la sieste, puis prîmes le thé, pour recommencer à travailler jusqu'au coucher du soleil. A la tombée du jour, nous arpentâmes l'esplanade. Juanito, jeune garçon qui vendait la presse étrangère, nous proposa le *Times,* le *Mail,* l'*Express,* le *Mirror.* Geoffrey, comme chaque fois, dit : *No gracias. No se leer.*

— Attend, dis-je. J'ai l'impression que tu as raison quand tu parles de Fin Proche.

Je tendis des dirhams et lus la première page du *Times :* on venait de ramener d'urgence le pape à Rome, à bord d'un avion de l'Aeroflot. Il était loin d'aller bien. Prier, prier, prier. Crise cardiaque aiguë.

— Seigneur Dieu ! regarde, là...

Assis à une table en terrasse du Papagayo, nous lûmes que Sa Sainteté, qui, comme tout le monde le savait, était un orphelin de parents inconnus adopté par la famille Campanati de Milan (être plus précis et parler de Gorgonzola aurait pu paraître irrévérencieux), n'avait pas de famille adoptive vivante. Domenico Campanati, le compositeur de musique légère bien connu, était mort au début de cette même année d'une thrombose coronaire. Sa veuve, sœur du célèbre auteur britannique Kenneth M. Toomey, avait été priée, à son domicile de Bronxville, à New York, d'avoir à se rendre dans les plus bref délais au chevet du souverain pontife.

— Pourquoi ? demandai-je.

Et Geoffrey :

— Tu crois qu'elle ira ? Tu m'as toujours dit qu'elle détestait le vieux chameau.

— Mais pourquoi ? répétai-je. Pourquoi Hortense ? Que peuvent-ils bien avoir à se dire, tous les deux ?

William Sawyer Abernethy, qui idolâtrait Frédéric Rolfe, alias le baron Corvo, l'auteur d'*Adrien VII,* et avait écrit un livre à son propos, s'approcha de nous en traînant les pieds, costume blanc et panama, s'assit sans y être invité, leva deux doigts à l'intention du garçon — ce qui signifiait Ricard pur avec glace — et dit :

— Il semble bien qu'il soit mal parti. C'était un grand pape. (Abernethy n'avait pas de religion.) Il a fait plus que n'importe qui pour restaurer la confiance universelle en l'Eglise catholique. Son encyclique *Ignis Cibi Inopiae* est un magnifique document humanitaire. Il a rendu à l'humanité une confiance en soi qu'elle avait perdue depuis longtemps. Son innovation de Kampala a été un coup de génie. Qu'est-ce que c'est que toute cette histoire sur votre sœur qui doit aller le voir ?

— Elle n'ira peut-être pas

— La radio dit que si. Des reporters l'ont jointe. Elle prend l'avion aux frais du Vatican. Elle voyage avec l'archevêque de New York.

— Ça, alors ! dit Geoffrey d'un air guindé. C'est tout de même atteler la charrue devant les bœufs. Le vieux corniaud n'est pas encore mort.

— Il descend la pente à toute allure, dit Abernethy avant de s'envoyer son Ricard encore plus vite. Content de vous avoir revus, les amis. C'était un grand pape.

Hortense — qualifiée de « femme mystère de New York » par le *Daily Mirror* et, moins galamment, de « pirate énigmatique » par le commentateur de la BBC, à la fin du bulletin d'informations européennes, le matin qui suivit son arrivée à Fiumicino — resta auprès de Carlo, de l'instant où elle fut admise dans la chambre, jusqu'à la mort, moins de deux heures plus tard. Pendant plus d'une heure, elle demeura seule avec lui. Puis le cardinal doyen, le cardinal vicaire de Rome et le *sostituto* entrèrent. Hortense voulut se retirer ; le mourant lui fit frénétiquement signe de la main de n'en rien faire. Le cardinal secrétaire d'Etat administra l'extrême-onction. Carlo étreignit la main du prélat pendant toute la durée des onctions et pria, au léger dégoût des dignitaires présents, dans la langue de sa mère adoptive. Ses dernières paroles furent : « Seigneur, entends ma prière et que ton cri monte vers moi. » En anglais, langue dans laquelle ces mots furent prononcés, la bizarrerie de la transposition des pronoms : *let* thy *cry come* unto me (Toomey), ne manquait pas de sens. Hortense, sortant de la chambre après qu'il eût rendu l'âme, refusa de dire aux journalistes sur quoi avait porté leur ultime entretien.

Il avait insisté, à son retour de Russie soviétique, pour être transporté par hélicoptère à Castelgandolfo. C'était l'été, le 3 juin, et il était normal pour le pape de s'y rendre. Deux jours durant, le corps fut solennellement exposé dans ce palais champêtre, veillé par deux gardes suisses et éclairé par un cierge solitaire. Les fidèles se poussèrent et se bousculèrent dans l'escalier, pour mieux voir ce cadavre qui commença très vite à se décomposer. Des femmes pleuraient et s'évanouissaient. Il avait donné des instructions pour que personne ne le photographiât, tant mourant que mort, ayant présent à l'esprit la conduite de Galeazzi Lisi, le médecin personnel de son prédécesseur, qui avait vendu des photographies de Pie in extremis et tenu une conférence de presse macabre sur les causes du décès. Mais, en dépit de ce veto, il y eut des éclairs de magnésium et des billets de mille lires changèrent de main.

Le corps putrescent fut ensuite transporté à Saint-Pierre de Rome, dans un corbillard automobile qui roula à bonne allure, la vitesse réduite étant incompatible avec le caractère italien. Une escorte de motards l'accompagna de ses vrombissements et de ses râles, devant, derrière, à gauche, à droite. Des hélicoptères barattaient le ciel au-dessus. Le cortège fit une brève halte à Saint-Jean de Latran, église cathédrale du diocèse de Rome, le temps de permettre au cardinal Paolo Menotti, qui la desservait au nom de son évêque officiel, de réciter un psaume. Puis au maire de Rome, un communiste, échut la responsabilité de la sécurité du transfert du corps jusqu'à Saint-Pierre. Les terroristes politiques avaient fait parvenir des messages pour préciser que la dépouille ne serait pas menacée d'enlèvement et qu'il était inutile de la faire garder par des blindés et des mitrailleuses. Ces déclarations furent accueillies, dans une certaine mesure, comme l'indice sincère d'une trêve ; mais les services de sûreté firent preuve de toute la vigilance possible en Italie et le cortège de Carlo offrit un aspect qui évoquait tant soit peu Chicago. Place Saint-Pierre, où commence le terriroire du Vatican, on vit le maire éponger une sueur de soulagement lorsqu'il transmit le fardeau. Le corps fut déposé dans la grande basilique et la foule vint se lamenter devant lui. Au cliquètement des perles des chapelets, répondaient les déclics des Odoroko, des Oyayubi et des Kugwatsu. Les gendarmes du Vatican bousculaient brutalement les gens pour les faire avancer, demi-tour à droite, dehors. *Avanti, avanti.*

En dépit des ventilateurs électriques dissimulés, l'air était une puanteur autour du corps de Carlo. Il avait laissé des ordres pour qu'on ne l'embaumât pas. Elle était là, l'enveloppe corruptible dont il fallait se défaire. Le visage avait pris la couleur du thé très fort, les oreilles étaient noires, la bouche béait comme celle d'un idiot en montrant les dents encore solides. Mon père, depuis longtemps pourri dans sa tombe de Toronto, les eût admirées et eût parlé de gaspillage.

Carlo avait exigé des funérailles pieuses et simples, sans catafalque, sans monument. Le monument, il était tout autour de lui, dans un monde restauré dans la conscience de sa propre valeur, de sa dignité et de sa bonté essentielle. Son cercueil sans ornements gisait à même le sol devant l'autel, on y avait posé un exemplaire ouvert du *Rituale Romanum.* Les cardinaux étaient en rouge, non pas en noir, et portaient la mitre pour bien souligner leur fonction épiscopale. Les évêques, tel saint Ambroise, sont des lutteurs bien plantés et nantis de couilles. La femme qui avait sculpté le bas-relief représentant les épreuves et le triomphe d'Ambroise était présente, très remarquée dans sa tenue de deuil d'une extrême élégance, où l'on reconnaissait la griffe d'un couturier romain et que complétait un vrai cache-œil de pirate. L'Alléluia pascal fut chanté : *vita mutatur non tollitur.* La dépouille mortelle de Grégoire XVII fut conduite à son dernier repos dans la crypte de Saint-Pierre, non loin des ossements du pêcheur ébloui qui avait vu la lumière du monde s'éteindre à contresens. Le testament de Carlo fut publié quelques jours après ses obsèques. Il ne laissait pas de biens matériels. La fortune de la famille Campanati avait été déjà dépensée pour les enfants souffrants d'Israël. Il léguait à ses frères et sœurs, croissant et se multipliant au taux annuel d'une cinquantaine de millions d'âmes, la beauté de la terre et ses fertilités, assurances de la bienveillance divine, espoirs certains de paradis

77

La mort et les obsèques d'un bien-aimé pontife chassèrent de la première page des journaux, dans le monde entier et jusque dans les pays du bloc soviétique, telles banalités que les émeutes, les assassinats, les séismes. Mais, plus proches de la Californie et du désert Mojave étaient les organes de presse, moins ils accordaient de place au deuil et aux réjouissances qui avaient pour théâtre lointain Rome, cette ville sise aux cinq cents mille diables à l'ouest de Tokyo. L'effroyable écroulement des Enfants de God-Dieu fut un tel coup que les rédacteurs en chef se fendirent de leurs plus grosses manchettes et forcèrent leurs rédactions à transpirer de la plume jusqu'à l'épuisement.

La police n'eut pas grand mal à intercepter Godfrey Manning à l'aéroport de Los Angeles. Il pouvait changer de tête en ôtant son faux toupet et en décorant sa lèvre supérieure d'une moustache postiche ; il ne pouvait déguiser ses yeux. Tous les passagers des vols internationaux porteurs de lunettes de soleil sous les lumières en veilleuse de la salle de départ, ce soir-là, éveillèrent les soupçons ; les policiers se firent un jeu de les leur arracher, aux portes d'embarquement. Manning avait tenté de voyager avec un authentique passeport américain au nom de Carlton Goodlett — le portrait d'un chauve moustachu y contemplait l'obscénité du monde avec des yeux qui cherchaient en vain à dissimuler leur flamme prophétique. Il avait pris une place de première classe, aller simple, pour Valparaiso. La mallette qu'il portait contenait un million de dollars en billets de cent. Les bagages déjà enregistrés étaient bourrés d'un autre million de dollars, aussi bien que de bijoux, donations de femmes riches désireuses de monter au ciel sans trop altérer leur mode de vie. Manning parut presque soulagé de se voir arrêté. Il n'avait jamais eu l'habitude de fuir quoi que ce fût, hormis la menace de l'holocauste nucléaire.

Son histoire est bien connue. Elle est même entrée dans les livres. Au cœur de Los Angeles, il la conta, tel un homme en perdition, s'égarant, se répétant, devant des gobelets en carton, pleins de ce café qu'il avait abominé devant le Seigneur. Il fumait même des cigarettes, gauchement, comme une adolescente qui tire sur ses premières bouffées. Parfois il pleurait. On pouvait voir dans ses yeux un étrange mélange d'horreur et de pharisaïsme.

La fille d'un représentant de l'Etat au Congrès de Washington, Robert Lithgow, âgée de quinze ans et prénommée Lydia, avait assisté à un meeting de Renouveau Spirituel, présidé par Manning, à Eugene, dans l'Oregon, en compagnie d'une de ses amies, et elle avait succombé au pouvoir et à la bonté qui ruisselaient de cet homme. Elle s'était proclamée convertie à la secte et avait été conduite, dans la limousine personnelle de Manning, à la Maison des Enfants de Dieu de Redfern Valley. L'amie, moins sensible au charisme du prédicateur, avait fait son rapport à la famille

Lithgow, et le représentant qui accomplissait alors à Washington ses devoirs de législateur, avait invoqué la loi Mann. Alléguant que l'on avait fait franchir à sa fille la frontière de l'État à des fins immorales, il avait pu recourir aux services du FBI et exiger le droit de pénétrer dans la Maison des Enfants de Dieu et la restitution de la personne physique de sa fille, son âme étant une tout autre affaire. Lithgow et son épouse étaient donc arrivés en voiture devant la grille d'entrée du camp, au coucher du soleil, le jour même de la mort de Carlo. Derrière eux, dans une voiture officielle, quatre fonctionnaires armés du FBI. Lithgow avait réclamé le droit d'entrer, que les gardes lui avaient refusé. Le chef des policiers avait alors réitéré la demande au nom du gouvernement des Etats-Unis. Nouveau refus. Le policier sortit son arme, pour preuve de sa ferme intention de passer. Dans son affolement, un garde tira, le blessant au bras droit. Un second policier abattit le garde, dont les collègues se replièrent dans leur poste en s'y fortifiant comme dans un blockhaus. La fusillade, une fois commencée, alla s'intensifiant. Lithgow et son épouse tombèrent morts. Deux subalternes du FBI gisaient, sans vie eux aussi. Leur chef visa la fenêtre du corps de garde et reçut à son tour une balle en plein cœur. Le seul policier survivant, qui perdait son sang en abondance, remonta dans la voiture officielle et tenta de foncer pour aller chercher du renfort. L'un des pneus, percé par un projectile, était à plat. Le policier ressortit et se dirigea vers la voiture de Lithgow. Avant de l'atteindre, il rejoignit les autres moribonds.

En apprenant la nouvelle par le téléphone du corps de garde, Manning ordonna que les cloches de jubilation sonnassent par tout le camp, pour signifier assemblée générale immédiate dans le grand Lieu de Prière, vaste comme un hangar. Ordre à tout le monde de s'y rendre : enfants, malades, police du camp, secrétaires, ministres du culte adjoints. Affaire urgente : pas de temps à perdre en processions dévotes ; au galop, au pas de course, au fouet si besoin était. Ce fut néanmoins, comme toujours, une longue affaire, que de réunir les Enfants dans l'immense temple — ils étaient maintenant dix-sept cents. Au fur et à mesure qu'entraient les fidèles, chacun d'eux recevait le Corps du Seigneur, dans son sachet de plastique. Mais c'était en l'occurrence un Corps quelque peu réduit, ressemblant plutôt à une pilule. Tout le monde, y compris les lieutenants de Manning, eut l'ordre de serrer dans la paume de la main la minuscule semence de vie éternelle. A la fin, ils furent tous là. Nul orgue ne joua, pour une fois ; nul projecteur ni réflecteur n'induisirent artificieusement à un esprit de dévotion Une lumière crue et nue tombant du plafond marquait bien que l'affaire était grave et n'avait rien de commun avec la bagatelle routinière des guérisons et des oraisons.

L'homélie de God-Dieu fut brève. Il avait de tout temps averti ses Enfants que le temps viendrait où l'ennemi les encerclerait. L'avant-garde avait été repoussée, mais les destructeurs ne tarderaient pas à arriver en masse : les forces du mal, les instrumenteurs de la destruction.

— Ne craignez point ceux qui tuent le corps ! cria-t-il du haut de l'avant-scène. L'heure est venue de se défaire de l'enveloppe corruptible. Dans une fraction de seconde, nous nous retrouverons tous au ciel. Prenez et mangez. Ceci est mon corps.

Les gardes de l'entrée durent recourir à des voies moins expéditives pour s'acheminer vers l'autre monde.

Manning présida à la mort quasi instantanée de dix-sept cents adultes — les enfants, eux, ne moururent pas : ils recrachèrent l'hostie amère. De sa position élevée, il vit ce qu'il avait souvent tenté d'imaginer (les preuves photographiques des carnages des camps nazis ayant servi, en ce sens, de puissant adjuvant) : foule de corps affaissés, comme se forçant gauchement à s'agenouiller en prières, dans l'impossible espace entre les travées de sièges baquets, yeux clos ou vitreux, rictus après l'âpre dessiccation de la bouche, bras de supplication machinale roidement ou souplement retombés, le tout à une échelle inacceptable pour le regard horrifié. Il y eut des bruits aussi : râles au fond des gosiers, relâchement des sphincters. Des odeurs fécales infiltrèrent l'air. Manning fut pris de panique devant les lamentations et les pleurs des enfants — pis encore, devant les yeux durcis d'étonnement de ceux qui ne pleuraient pas, mais le contemplaient fixement. Dans cette immense famille unique, le sentiment de la cellule familiale n'existait pas. Aucun couple ne gisait enlacé dans la mort. Aucun enfant ne secouait ses parents morts pour tenter de les ramener à la vie. Il n'y avait pas de mère — rien qu'un père. Et ce père descendit de la scène et s'approcha d'une fillette de treize ans qui avait refusé l'hostie, le remède, le quitus : « Tu vois, chère petite, dit-il, nous devons tous partir ensemble, moi le dernier, parce que je dois vous border pour la nuit, pour le jour plutôt, pour l'aube qui naît déjà pour tous ceux qui sont maintenant libérés de l'horreur de ce monde. Prends le Corps du Seigneur, en sage petite fille que tu es... Je te dis de prendre le Corps du Seigneur, bon Dieu ! » Comme elle secouait la tête et continuait à gémir, il se demanda quel était le meilleur moyen de la tuer. L'assommer eût suffi. Pourtant, il essaya de l'étrangler. Mais elle lui échappa et s'élança en courant dans l'allée, entre les rangées et les files de cadavres étendus. Elle courait, entrechoquant ses genoux cagneux, hurlant, unique témoin vivant.

Désespéré, avec force sueur à défaut de vigueur, il tenta de tuer les plus petits en les étouffant avec sa veste, puis en se rabattant sur la strangulation ou, dans quatre cas, en les saisissant par les pieds et en leur fracassant le crâne sur le haut du dossier des sièges baquets. Il fut stupéfait de constater tout le temps qu'il mettait à briser un crâne de nourrisson. Il en laissa à leurs gémissements. Sortir, il lui fallait sortir de là, maintenant. Non, il était censé périr avec son troupeau. Non plus, le suicide est péché mortel. Et cependant, son absence ne devait pas être remarquée parmi la grotesque assemblée de ceux qui étaient restés fidèles jusqu'à la mort. L'évidence devait être qu'il était monté au ciel avec eux, peut-être même arrivé quelques secondes en avance, sourire aux lèvres déjà, pour les accueillir. Il passa dans les coulisses, où des bidons d'essence étaient stockés depuis longtemps en prévision d'une urgence de cette nature. Il avait affronté la perspective de la mort — par procuration, s'entend — presque chaque jour. Même ne fumant pas, il gardait toujours dans sa poche un moyen de mettre le feu : un briquet d'orfèvrerie de chez Tiffany, don d'une Mme Henderson, qui sans appartenir au troupeau et tout en gardant ses distances, croyait en la mission de son pasteur, et dont le vœu de renoncement à l'herbe immonde et aux autres stimulants impies s'était signalé par ce cadeau. (En de certaines occasions où il essayait de collecter des fonds auprès des corrompus et des grands, Manning offrait du feu, de même qu'il lui arrivait de sourire avec indulgence aux alcools des autres. Prends sur toi de faire amitié avec le Mammon des Gens de Bien.) Manning vida un plein bidon de l'ardent combustible dans l'aile centrale du Lieu de Prière. Il se souvint de sa tante qui, parlant d'un film d'Abbott et Costello, avait dit un jour que le public mourait de rire. (Ce type me tuera !) Il crut entendre une fusillade sur le devant. Il sortit le briquet de Tiffany et se demanda s'il devait le jeter tout allumé dans le liquide à la puissante odeur. Non, il s'agissait d'un cadeau. Il battit la molette, laissa la langue jaune lécher la frange extérieure de la nappe, puis vit le feu faire wooouf ! Les flammes jaillirent vivement dans l'air sec.

Le coffre fermé à clé de sa Plymouth, qu'il gardait toujours parquée derrière le Lieu de Prière, contenait en permanence les riches bagages d'un exil possible : la cachette en valait une autre pour engranger le butin. Il s'installa sur le siège et procéda à une ignition plus bénigne. L'incendie du Lieu de Prière atteignait déjà le toit. Il y avait un autre portail en métal, encastré dans la clôture de barbelés et diamétralement opposé à l'entrée principale dont la séparaient environ deux kilomètres et demi. Il s'y dirigea à bonne vitesse par une piste sableuse. Il pleura en atteignant cette sortie : impossible d'en trouver la clé. Il la tint enfin, ouvrit, balança tout grands ouverts les battants. De nouveau, il vit à sa gauche les rubis et les ambres de l'incendie jubiler de tous leurs feux et s'empanacher des volutes d'une noire et indigne pollution. L'air de Dieu doit rester toujours pur. Il quitta la Maison des Enfants de Dieu et suivit un chemin de terre menant à une route secondaire. Il atteindrait l'aéroport sans effleurer la ville. Avant d'arriver à la route, il sut qu'il lui fallait s'arrêter. Il avait cru qu'il aurait besoin de longues minutes pour dominer le syndrome de son chagrin horrifié. Il découvrit qu'il était remarquablement calme, gonflé, en quelque sorte, d'un sentiment de plénitude. Dans le coffre à gants, il avait un certain nombre d'instruments de déguisement. Il se changea en Carlton Goodlett, en contrôlant l'opération sur la photographie du passeport, lequel avait coûté une fortune.

— Il valait mieux pour eux tous en sortir, déclara-t-il plus tard à la police. Ce monde est vil et sale, et il était impossible d'empêcher sa bassesse et sa souillure de pénétrer dans l'asile de la grâce. Je ne regrette pas ce que j'ai fait. J'ai envoyé ces enfants au havre du paradis. Seule, la peur du châtiment du Seigneur m'a empêché de me dépêcher de même façon. Le suicide est un terrible péché.

Et puis il répéta encore et encore, confirmant ainsi la police dans le soupçon qu'il était fou : « N'importe quel sel d'acide cyanhydrique... Les cyanures contiennent l'ion CN ; ils attendaient depuis longtemps ; je me suis demandé s'ils seraient encore actifs. « Deux mille rats ? me disait-on ; c'est impossible ! » Je répondais : Mais non, ce n'est que trop possible. Il faut se servir de la faiblesse humaine pour la gloire du Seigneur. Il en est qui qualifieraient cela de chantage — c'est un mot sale. Oui, j'ai obtenu de ce jeune homme ce qu'il fallait — il travaillait dans l'industrie pharmaceutique et il avait horriblement péché. Je lui ai dit : C'est à Dieu de décider s'il doit punir ou non ; le châtiment qui vient des hommes ne compte pas et l'on a le droit de s'y soustraire en toute justice. Mais certains péchés méritent sanction des ministres humains du Seigneur, s'ils sont commis à l'intérieur même de la maison de Dieu. Ils méritent les pires punitions, y compris même la mort. Les ministres du Seigneur connaissent leur qualité grâce aux faveurs du Seigneur. En eux, la chair est transfigurée, et avec elle toutes ses joies. Mon nom est God-Dieu Manning. En moi, l'humain et le divin se rejoignent. Mais il ne m'appartient pas de juger le monde entier, rien que ceux qui sont commis à ma charge au nom du Seigneur. J'ai toujours fait mon devoir. J'ai toujours été fidèle à l'idéal divin. Je désire rentrer à la Maison, pour y goûter un repos longuement mérité. »

A l'examen psychiatrique de décider si Manning était bon pour le tribunal. A sa première comparution devant les spécialistes, il parut s'enfermer délibérément dans une profonde hypnose. Des voix parlaient par sa bouche comme à travers plusieurs strates de psyché, toutes contradictoires. Certaines hurlaient ou gémissaient en des langues que le Manning lucide ignorait. Peut-être un seul homme eût-il été en mesure de traiter son cas et cet homme gisait, mort, à Rome.

78

Ainsi donc, comme je l'ai dit il y a de cela bien des chapitres, ma quatre-vingt-deuxième année s'ouvrait tout entière devant moi. Ali me conduisit de Luqa à Lija et gara la voiture près du garage Percius. Je sortis et trouvai le Poète Lauréat, Dawson Wignall, en train de bavarder aimablement avec les deux plus jeunes enfants de Cicco Grima. Ils ne savaient pas un mot d'anglais ; lui, pas un mot de maltais. Ils transigeaient en se rabattant sur l'italien. Ils savaient tous trois ce que c'est qu'un *gelato*, qu'ils prononçaient *gelat.* Wignall leur donna un peu de menue monnaie maltaise et ils coururent jusqu'à la petite boutique du coin. Le Poète Lauréat s'avança vers moi en souriant. Il était vêtu d'un costume tropical crème et muni d'une canne.

— Donc, tout va bien ? dit-il. On m'a raconté ici ce qui s'etait passé. Formidable. Vous vous êtes débarrassé de lui, eh ? Vous vous en trouverez beaucoup mieux. Trop stimulant, dirais-je. Qu'attendez-vous pour rentrer dans notre bonne vieille Angleterre sédative ?

Je lui ouvris la porte et nous pénétrâmes chez moi. Nous passâmes au bar, qui lui plut bien : « Très élégant, dit-il. Très charmant pour le bridge. Très joli morceau de bois, ce comptoir. Gin et tonic, oui. Merci. Formidable. » Nous prîmes place à une table. Je dis :

— Oui, il est parti et, cette fois, c'est la bonne. Durant cette décennie ou presque où il a été avec moi, de temps à autre il faisait une fugue et revenait, point trop repentant. Dans ma faiblesse, je le reprenais à chaque coup. Il avait quelques aimables qualités. Au cours de ces deux ou trois dernières années, elles allaient fort déclinant.

— Et qui va s'occuper de vous ?

— Oh ! je peux me débrouiller. Il y a Ali. Quant à savoir si je resterai ici, c'est une autre histoire.

— Allons, revenez au pays. Et ramenez-y aussi cette chère Hortense. Quelle femme estimable ! Elle n'est pas dans son élément, là-bas. Il y a eu une exposition de son œuvre, vous savez, à la galerie Southall. Y compris l'admirable bas-relief qu'elle avait fait pour Milan et que cette ville a sottement rejeté. On la considère aujourd'hui comme l'un des authentiques sculpteurs du XXe siècle britannique. La puissance de son œuvre m'est tout de suite apparue, dès notre première rencontre à New York. Comme la force de la femme elle-même. Et le charme ! Et l'élégance !

— Ma foi, dis-je, j'étais venu ici pour Geoffrey. Gibraltar lui a déplu, lorsque nous y avons fait relâche pour une quinzaine, afin d'organiser le déménagement des meubles. Il ne voulait pas retourner aux Etats-Unis. Dans son innocence, il se figurait que l'Angleterre lui ouvrirait peut-être les bras. Il témoignait toujours d'une naïveté remarquable pour ce qui est des infractions à la morale ou à la loi. En un sens, il ne *comprenait* rien aux lois. Peut-être était-ce son sang gallois. Il pensait en toute honnêteté que nous aurions pu continuer à vivre à Tanger, après ce qu'il avait fait. « On aurait eu raison de ces salopards », répétait-il tout le temps.

— Qu'avait-il donc fait ?

— Incroyable ! A une garden-party royale à Rabat, à laquelle nous étions invités, il a publiquement insulté Sa Majesté. Il l'a traitée de bougnoule et lui a proposé de faire le coup de poing. Il etait ivre, bien entendu. Le roi était prêt à prendre la chose en riant — en fait, Geoffrey avait employé le mot d'argot américain *wog* et, comme le souverain l'ignorait, cela l'inclinait à prendre l'agression pour une sorte de marque d'affection. Mais se trouvaient là des personnages officiels qui savaient parfaitement à quoi s'en tenir. Bref, il y avait toutes chances pour que la police de Tanger reçût l'ordre d'épingler Geoffrey pour un motif quelconque. Certaines de ses habitudes sexuelles avaient tourné, vous savez, à la brutalité. Il avait lu Sade et jugeait que ce serait une idée formidable de tâter de quelques-uns des adjuvants les plus simples aux plaisirs pervers. Il a exagéré. Par chance, la police ne l'a pas découvert tout de suite. Je l'ai mis dans un avion pour Gibraltar, en lui disant de m'attendre au Rock Hotel pendant que je mettais mes affaires en ordre. Naturellement, on l'a jeté à la porte du Rock Hotel. Et de plusieurs autres. Il pouvait être très éprouvant pour les nerfs.

— Oh ! ce n'est pas facile, dit Wignall. Oh ! non, pas facile du tout. Quels sacrés imbéciles nous pouvons être, tous, vous savez. Ce matin, en me réveillant, j'étais très malheureux en pensant à la séance d'hier soir. Je n'ai pas été très brillant, je crois ? Evidemment, il y avait pas mal de nervosité dans l'air. Ce petit poétaillon maltais était insensé. Et ces deux jeunes gens, avec leurs histoires de sexe et leur Coca-Cola ! Je regrette d'avoir dit ce que j'ai dit.

— N'en parlons plus. Enfin, mon Dieu, un poème est une chose d'une grande gravité spécifique. Et vous jeter à la figure comme cela, je veux dire, tout à trac, vous savez, des mots visiblement chargés d'amertume et de larmes...

Il ne semblait pas savoir de quoi je parlais.

— Je ne me souviens pas. Non, c'est l'autre chose qui me tracassait. C'était de très mauvais goût, mais, bien sûr, j'avais oublié les implications personnelles et tout.

Je ne comprenais pas un mot de ce qu'il racontait. Je dis : « Je ne me rappelle pas. » Il eût dû abandonner le sujet, quel qu'il fût. Au lieu de quoi, il prononça un mot dont je me souviens qu'il me sembla bien l'avoir employé — mais dans quel contexte ? Sur le moment, ce n'était pas clair. Il dit :

— Je pense à cette stupidité à propos d'anthropophagie. C'était d'un manque de tact rare, de ma part.

— Ah ! oui. Très amusant, ai-je trouvé. Les boîtes de Miam-Miam ou je ne sais plus quoi ?

— Pour ma part, je ne crois pas beaucoup à l'existence de ça en ce monde, vous savez. Cannibale, c'est le genre de mot qu'on jette à la figure de l'adversaire, comme Zola, vous savez ? Lui, c'est à la populace parisienne qu'il l'a lancé. Ce n'était qu'une image. Comme toujours. Ou presque.

— Oui, je suppose.

— Enfin, ainsi va la planète, dit-il. (Il avait vidé son verre de gin et tonic avec une soif robuste. Ali était passé derrière le comptoir pour lui en servir un autre.) Merci mille fois. Formidable, ce garçon que vous avez là, j'ai vu cela tout de suite. Rien qu'à la grande coupe pleine de glace déjà préparée et tout. Non, dit-il à l'anglaise, c'est-à-dire en ne contredisant rien. J'ai rencontré ce type à l'université Columbia. Il disait vous connaître et il a parlé très chaleureusement de vous. Un Noir du nom de, si je me souviens bien, Ralph et quelque chose de gallois, oui, c'est ça, Pembroke... l'air de sortir tout droit de Mark Twain : *Pudd'nhead Wilson*, vous vous rappelez ? Fameux bouquin !

— Seigneur Dieu ! Seigneur Dieu ! répétai-je. Il devrait au moins être à la tête d'une dictature africaine, maintenant. A l'université Columbia ? Seigneur Dieu ! Revenu au pays. Fini, ce nom africain à la gomme qu'il avait pris. Ce devait être un étudiant très mûr, d'une maturité exceptionnelle. Il tient cela de sa pauvre sœur ; elle aussi avait attendu la maturité pour s'attaquer aux études.

— Ah ! mais non, Toomey. Il n'était pas là en qualité d'étudiant ; il était membre de la faculté. Toutes ces universités américaines ont des départements consacrés à ce que l'on appelle la Culture Noire, aujourd'hui, vous savez. Ralph comment, déjà ? oui, Pembroke — Ralph Pembroke est très apprécié dans la branche. Il a vraiment été en Afrique, il y a travaillé, il parle le swahili et autres galimatias. Il m'a montré la Messe Africaine.

— Je vous demande pardon ?

— Oh ! allons, allons, Toomey la Messe Africaine. Il nous a passé un film. Joli travail du point de vue professionnel : son et cætera, tout couleur ; mais tourné d'un affût, vous savez, comme la vie des animaux sauvages ; car ce groupe tribal en particulier n'adore pas qu'on le photographie pendant qu'il se livre à ce qu'il tient pour ses dévotions. Vous avez sûrement vu cela, au cours de vos voyages ?

— Non. Seulement entendu parler. L'Innovation de Kampala et le reste. Et cela ressemblait à quoi ?

— Ma foi, euh... (il se tortillait d'une fesse sur l'autre, comme en proie à une démangeaison anale.) Il y a là-dedans des choses parfaitement intraduisibles, vous savez. Pembroke lui-même a insisté vivement sur ce point, ensuite. Pas durant la projection même, car nous avions toute la bande des frisouillés de Columbia qui braillaient : « Vas-y, rentre dedans, vieux ! » et tout. Non, après. Certains de ces dialectes locaux sont impuissants à rendre toute la substance de la théologie occidentale.

— Vous voulez parler de l'incapacité de compter plus loin que deux ? Oui, très gênant pour la Sainte-Trinité et le reste, c'est bien mon avis. Continuez, tout ceci est très intéressant.

— Intéressant ? Je vois. Donc, vous n'êtes pas au courant. Peut-être n'aurais-je pas dû brocher le sujet. La Messe Africaine, voyez-vous, est célébrée en grand appareil : peaux de lion, plumes de coq, tambours, piétinements et clameurs. Mais la consécration... d'une barbarie, mon cher, pour un Occidental ! Ceci est mon corps, ceci est mon sang, jusque-là ils voient tout à fait bien ; ce qu'ils ne voient pas, c'est comment peut se faire la mutation en pain et en vin. Dans le film, le prêtre est là — un vrai prêtre ordonné, notez bien, malgré la musculature noire frémissante et l'incroyable ornementation de la coiffure — et, sous nos yeux, il consacre de la vraie chair et du vrai sang.

— Jésus-Christ !

— Comme vous dites. Le corps et le sang du Sauveur, la réalité même. Des morceaux de viande cuite, du phacochère probablement. et une calebasse de sang frais dudit. Cela, oui. Ils le voient tout à fait, et pas question de lésiner, pas de communion sous une seule espèce. Et ce, dans une langue puissamment rythmée. Avec, dominant le tout, la croix : l'image du Sauveur peinte sur le bois, de minces lanières de viande de cochon fixées en guirlandes par des épingles ou je ne sais comment, et, au pied, la calebasse, mise là comme pour recueillir le sang du Crucifié. Très réussi ; authentique ferveur religieuse, comme dans le Sud de l'Amérique, vous savez. Et avec la bénédiction du Vatican. La fine fleur de l'Innovation de Kampala. Vous voyez où je veux en venir, Toomey ? Pembroke a vaguement évoqué certaines difficultés liturgiques : par exemple, le problème de faire descendre le Saint-Esprit. Il a dit que, trop souvent, ce qui descendait, c'était un esprit impur, ou tabou, ou quelque chose d'analogue.

— Attendez, dis-je. Cela se passait où ?

— Dans une petite enclave du Rukwa où Pembroke travaillait. Chez les Omo ? La tribu Oma ? J'oublie le nom. Certains de ces gens ont pris un peu trop à la lettre cette histoire de la chair et du sang. Inutile d'en dire plus long, je pense. Peut-être comprendrez-vous maintenant pourquoi, à mon avis, vous devriez tirer votre délicieuse et talentueuse sœur de cette Amérique pleine de Noirs très agressifs. « Vas-y, vieux, tue-les ! Salauds de Blancs ! » Vous me suivez ? Elle dit beaucoup de choses qu'elle ne devrait pas dire. Ralph Pembroke lui-même aurait dû la boucler. Il aurait dû deviner. Il est des paroles qu'on ne prononce pas devant certaines gens.

— Ce que vous me racontez là, demandai-je, offre-t-il en réalité quelque rapport avec mon pauvre neveu mort, et sa femme également ?

— Moi ? En réalité, je ne raconte rien, sinon que votre douce sœur s'est fourré une idée bien arrêtée en tête. J'ai eu vent de la visite archiépiscopale à laquelle vous avez eu droit hier — à propos, très heureux anniversaire, même avec quelque retard — et de la requête qui vous a été faite. Il y avait un entrefilet dans le *Times of Malta*. C'est ce que nos amis américains appellent « sauter aux conclusions », mon cher Toomey. Vous feriez bien de ne pas commencer à canoniser Sa défunte Sainteté avant d'avoir consulté votre sœur. C'est là, en réalité, tout ce que je vous dis.

— En fait, vous m'expliquez ce que j'ai déjà dit, à savoir que mon neveu John et sa femme Laura n'ont pas été tués par des terroristes. En fait, vous me donnez à entendre qu'ils ont tous deux été tués par une arme de mort télécommandée du Vatican. Oui ou non ?

— Votre vieil ami Pembroke a bien été obligé de le lui dire à elle, vous savez, et dans tous les détails. Y compris l'état des corps. Oh ! il se peut qu'ils aient été tués par des terroristes armés de couteaux, au lieu de fusils ou de revolvers. Mais les terroristes ne découpent pas de minces lanières de chair, vous savez. Ils se contentent de tuer. Ils violent aussi, évidemment, s'ils en ont le temps. Et ils volent. Il y a toujours le temps pour cela, Toomey

— Il n'existe pas de preuve.

— Oh ! non, pas la moindre. Rien qui prouve que votre neveu et sa femme aient servi d'accidents, comme on dit, du Sacrement de la Sainte Eucharistie. Mais votre sœur qui a perdu un œil prématurément, dans la douleur d'un deuil — je suis au courant de tout, nous avons parlé, beaucoup bavardé en maintes occasions, Toomey — votre sœur, disais-je, est une femme, et la pensée féminine a le don du raccourci. Vous savez, vous autres catholiques, vous aimez vous amuser de l'Eglise d'Angleterre...

— Je ne suis pas un catholique.

— Oh ! mais si. Vous n'êtes pas protestant, vous n'êtes pas juif, vous ne souscrivez pas non plus à ce stupide enfantillage du zen — il faut bien que vous soyez catholique. Avez-vous jamais pensé que la vraie raison de la rupture de notre bon Henri VIII avec le catholicisme tient à ce que la chair du catholicisme est un peu trop riche pour les appétits raisonnables ? Notamment l'appétit britannique. Là-dessus, arrive un pape — le cher défunt, il sera bientôt canonisé avec votre aide, Dieu nous préserve de saint Grégoire XVII ! — et le voilà qui veut supprimer tout le fétichisme... le mot est peut-être malheureux en la circonstance, mais n'importe, disons : rendre la foi plus accessible au peuple. Examinez les implications de cette foi, Toomey, il y a de quoi faire dresser les cheveux sur la tête. Cela finit dans la jungle. Ou dans les vulgarités d'un argot, le *scouse* par exemple.

— Le quoi ?

— Oh ! une façon de parler propre à Liverpool. Figurez-vous que j'étais allé à un de ces fichus festivals de poésie, vous savez, et un barde barbu à lunettes, originaire de cette ville, s'est levé et a commencé à réciter quelque chose comme ceci : « Quand je m' sens vraiment à côté d'mes pompes Y m'fout droit et j' redeviens du tonnerre. Et pasque j' lui fais confiance, Y patine dans la mélasse avec moi et pis Y m' conduit dans les plus chouettes rencarts du monde. » Cela, Toomey, est censé être le psaume vingt-trois... Non, laissez ça tranquille, faites votre boulot et ne vous perdez donc pas trop dans l'analyse des sens de ces mots que, j'en ai le souvenir très net, notre poétaillon maltais nous a envoyés à la figure, hier soir : pays, devoir, amour et cætera. Votre sœur et vous, vous devriez rentrer au pays, Toomey. Versez-moi le coup de l'étrier... pour faire peur aux lions, ou aux tigres, selon le pays où on est.

Ali était sorti. Je servis Wignall, puis dis :

— Selon ses lumières, il a fait ce qu'il fallait. Selon les lumières du Christ. Je ne peux rien lui reprocher.

— Possible, mais votre sœur, elle, l'accuse très durement. Danger, Toomey, danger ! *Hoc est corpus meus*... rappelez-vous ce qu'en a fait dans notre langue la bouche des ignorants : *hocus pocus* — « Passez muscade », comme disent les prestidigitateurs. Mieux eût valu s'en tenir à la prestidigitation à distance.

— Votre Eglise fis-je observer, a devancé les réformes de Carlo.

— Mon Eglise savait ce qu'elle faisait, savait qu'elle deviendrait un club pour la grande bourgeoisie anglaise. Vous pouvez en rire, mais c'est une Eglise sans danger, tandis que la vôtre... La mienne est tiède parce qu'elle sait que le feu brûle. Elle pense que le feu est bon pour être emprisonné dans le foyer d'une cheminée du XVIIIe, non pour être pris à pleine main. Ne méprisez jamais la tiédeur, Toomey. (On sonnait à la porte.) Parfait, poursuivit-il en vidant son verre dans un envol de fanons. Vous avez un autre visiteur.

Ali entra et dit :

— *Policía.*

J'accompagnai Wignall jusqu'à la porte ouverte. Sur le seuil, l'inspecteur de police du commissariat d'en face attendait, des documents à la main. Il leva le bras pour nous saluer tous deux. Wignall lui rendit son geste d'une légère agitation de canne et dit : « Formidable. » Je priai l'inspecteur d'entrer. Il répondit que, non, cela n'en valait pas la peine. Wignall s'en fut à son déjeuner à la résidence du délégué du British Council, gesticulant jovialement de la canne à l'adresse de tous les passants qu'il croisait dans la Triq Il-Kbira. L'inspecteur me dit :

— Le cabinet du Premier ministre me charge de faire quelques vérifications, monsieur. L'autre monsieur qui vivait avec vous est déjà parti ? Pardon, je veux dire : le monsieur qui vivait ici.

— Il a pris l'avion pour les Etats-Unis ce matin. Il ne reviendra pas.

— Alors, tout est en ordre. Il avait dépassé de trois jours le temps alloué par son visa. Et le serviteur que vous avez amené du Maroc, doit-il s'en aller, lui aussi ?

— Il est à mon service. Il y reste.

— Monsieur, vous avez reçu une lettre du cabinet du Premier ministre confirmant votre droit à la résidence permanente ici, à condition que vous n'employiez aucun salarié.

— Je n'ai nulle intention d'en prendre un.

— Dans ce cas, tout est en ordre. Votre serviteur a dépassé le temps imparti par son visa ; il doit recevoir notification de son départ. Il est employé par vous ; et ce n'est pas autorisé : seuls, les citoyens maltais ont droit à l'emploi. J'ai la notification sur moi. Peut-être pourriez-vous la lui lire et la lui expliquer ?

— Il doit partir ? C'est un problème que je n'avais pas envisagé.

— Oh ! il peut quitter le territoire et y entrer de nouveau pour un séjour de trois mois, oui. Mais pas comme employé, uniquement comme touriste.

— Ecoutez, monsieur l'Inspecteur, je dois me rendre à Rome demain. J'ai, euh, affaire au Vatican, à la suite de la visite que m'a faite hier Monseigneur. Je serai absent trois jours au plus. La question peut-elle rester pendante jusqu'à mon retour ?

— Sans difficulté, monsieur, le règlement est toujours un peu élastique. Mais votre serviteur doit comprendre qu'il est ici en situation illégale. Naturellement, nous fermons les yeux sur l'illégalité, quand elle est aussi breve.

— Merci, monsieur l Inspecteur
— Tout le plaisir est pour moi, monsieur
Il salua. Un car bondé d'écoliers hurleurs, carrosserie couverte d'inscriptions pieuses, cabine du chauffeur nantie de son autel à la Vierge en miniature illuminé à l'électricité, déboucha à l'angle de la rue, la bloqua dans toute sa largeur, fermant à l'inspecteur le chemin du retour. Nous entendîmes une poubelle heurtée se renverser : « Un jour, à Attard, dit l'inspecteur, j'ai vu une vieille femme mourir écrasée sous un car. C'est comme la loi », ajouta-t-il avec esprit.

Pour le déjeuner, il y avait ce jour-là une innovation rapportée par Joe Grima du restaurant du Grand Mur à Sliema : un émincé de porc dans une sauce aux pruneaux. Je renvoyai le plat et me contentai d'un bout de pain et d'une demi-bouteille de Pommery

79

Le jeune dentiste, petit-fils du vieux dentiste qui m'avait soigné les mâchoires au temps de Mussolini, vida l'abcès d'une main compétente et ne vit pas la nécessité d'extraire :

— Belle dentition, dit-il, pour un homme de votre âge. Je n'ai connu qu'un homme qui pût rivaliser avec vous : Sa Sainteté le pape Grégoire. Il est mort avec toutes ses dents.

— Bonne mastication, bonne digestion, dis-je. Telle est peut-être l'explication de son optimisme.

— Dans ce cas, vous devez être optimiste, vous aussi.

Je le réglai en espèces. J'avais retiré une grosse liasse de billets de dix mille lires à la Banca Commerciale — mes droits d'auteur en Italie. Quittant le cabinet dentaire, je me promenai un peu autour de la Piazza Navone et des rues environnantes. La journée était magnifique ; les musculatures baroques défiaient les dieux de lancer leurs foudres ; il y avait des arcs-en-ciel dans les fontaines. Je déjeunai de *spaghetti alla carbonara* et d'une demi-bouteille de Frascati très frais. Puis je gagnai à pied l'hôtel Raphael, dans le Largo Febo, et montai faire la sieste dans ma chambre. Je m'allongeai sur le lit avec les journaux. Emeutes assassinats politiques, cambriolages. Un écrivain américain que je connaissais, Martin Bergman, se plaignait au *Daily American* de l'inefficacité de la police, quand elle avait affaire aux *scippatori*. Il venait de terminer un livre qui lui avait coûté une année de travail et l'emportait sous son bras, dans un porte-documents Gucci, pour le faire photocopier dans un atelier Xerox, lorsque des *scippatori* étaient passés à la vitesse d'une fusée. L'occupant du tansad lui avait arraché le porte-documents de dessous le bras — et pour en faire quoi ? Pour garder la mallette et jeter le manuscrit dans le Tibre : une année de travail gâchée ! Pourquoi la police n'insistait-elle pas pour que toutes les motocyclettes portassent une *targa* minéralogique ? Ou bien était-elle de connivence avec les *scippatori* ?... Il y avait aussi une photographie où l'on voyait les carabinieri s'occuper de manifestants en faveur du divorce ; boucliers et gaz lacrymogènes. Le professeur Amalfi, de l'université de Rome, avait été abattu d'une balle de revolver alors qu'il faisait son cours. Bénis soyez-vous mes enfants. Parcourant la rubrique des spectacles du *Messaggero*, je notai avec intérêt que mon vieux film *Terzetto* passait au Farnese, cinéma d'essai du Campo dei Fiori. J'irai, pensai-je, voir s'il a bien vieilli. Puis je m'endormis.

Je n'eus pas de mauvais rêves. Je n'en avais jamais encore fait durant mes sommeils romains, peut-être parce que, dans cette ville, toute la méchanceté de la vie était réservée aux heures de veille. C'était ici le grand égoût de l'histoire, et à ciel ouvert. Rien de cynique dans la gloire de cet art et de cette architecture. La beauté y courait parallèlement à la morale. La foi non plus n'y avait rien à voir avec le fait d'être bon. Mon rêve fut assez banal (je mangeais un curry dans un restaurant en plein air de Vienne, bouteille de ketchup sur la table, orchestre jouant des chants de Noël sur des rythmes de valse), hormis le fait que j'étais soulevé de terre sur une sorte de coussin d'air de passivité allègre. Je m'éveillai en sueur, mais reposé.

Après le dîner j'allai me planter sur le Campo dei Fiori et contemplai longuement la statue de Giordano Bruno, le Nolan comme l'appelait Jimmy Joyce. On n'a jamais clairement établi s'il fut brûlé à cet endroit en personne ou en effigie. On le pourchassa à travers l'Europe pour avoir enseigné l'hérésie que l'âme ou l'esprit ne peut exister séparément de la matière, que dissensions et contradictions entre les éléments de la diversité de l'univers doivent être bienvenues et bénies, puisqu'elles justifient l'existence de Dieu comme seul réconciliateur et unificateur. Il avait beau être napolitain, c'était un vrai saint patron de Rome, un président de discorde. J'entrai au cinéma. Mon apparition fut saluée par de longs regards : mon âge et mon élégance me conféraient une bizarrerie. Le public se composait presque entièrement de jeunesses internationales, barbues, en jeans, mal lavées. La salle elle-même puait la vieille urine. Les lumières s'éteignirent au milieu de cris d'animaux, pour faire place, sur l'écran, au grain d'une mauvaise copie de mon *Terzetto*. Passés les grands titres, je surgis moi-même dans le cadre d'un grand jardin — pelouse bien rasée, piscine — assis dans un fauteuil de rotin, vêtu d'une tenue de tennis, derrière moi une table chargée de tous les alcools chers qui aient jamais existé. J'étais beaucoup plus jeune alors, ce qui ne m'empêchait pas d'être, aux yeux de l'assistance, un très vieux monsieur. Il y eut des cris de *vanoculo* et *stronzo*, et aussi des bruits de pet et des couinements obtenus en soufflant dans les enveloppes plastique des paquets de cigarettes. On s'était arrangé pour me faire parler un bon toscan. J'expliquais à l'auditoire que l'on avait là trois de mes nouvelles adaptées à l'écran, toutes fondées sur des faits dont j'avais été le témoin ou que l'on m'avait contés durant ma longue vie. Venait alors la première histoire, celle que j'avais écrite sur le bateau pour Singapour — la femme du planteur qui trompe son mari parce qu'il ronfle. Les ronflements dudit furent, naturellement, enflés et amplifiés par des cris de pourceau et des bruits de vesses. Le vieil intrus que j'étais, dans son fauteuil du dernier rang, sentit monter la colère. Je criai « *Silenzio !* », ce qui suscita un surcroît de hargne et de bruit. Toute cette jeunesse resta plus tranquille pendant la seconde histoire, celle d'un jeune Américain perdu de drogue, dont la mère, digne du pélican, vole de l'argent pour lui acheter sa cocaïne auprès des pourvoyeurs. Puis l'écran annonça PRIMO TEMPO et les lumières revinrent. Nombreux étaient les yeux qui, maintenant, me dévisageaient avec perplexité. Je ressemblais à quelqu'un que l'on a vu quelque part, encore qu'en beaucoup plus vieux. Je toussai brièvement, et une jeune Romaine qui avait l'air d'une Américaine dit : « *Silenzio !* » Un gros Romain chauve et triste passa dans l'allée centrale, portant un plateau et criant d'une voix de basse cassée : « *Bebite fredde !* » Les lumières s'éteignirent de nouveau ; sur l'écran, se projeta SECONDO TEMPO.

La troisième et dernière histoire, la plus longue, était celle, assez bien connue, je crois, de ce dilettante âgé qui habite une belle maison de campagne du Sussex, parmi des magnificences : peintures, bronzes, premières éditions sans prix. Il a un adorable clavecin en bois de rose, sur lequel il joue des courantes et des gaillardes de Byrd et de Weelkes. Un vieux serviteur fidèle lui sert une nourriture exquise, par petites portions délicates, dans de la vaisselle plate, et il boit des vins dispendieux dans une coupe florentine ciselée. Il vit dans une tour d'ivoire ou un château d'Axel. Soudain, le monde moderne fait irruption sous la forme de quatre jeunes brutes armées de matraques et de rasoirs, qui se mettent en devoir de fracasser cette retraite hermétique, après avoir rossé la domesticité en la laissant pour morte. L'horrible de la chose est que le meneur du quatuor sait très précisément ce qu'il fait. En jetant un in-quarto original de *Hamlet* dans le feu, il discourt en érudit sur la mauvaise édition pirate de cette pièce imprimée en 1603. Il parle d'incunables. Avant de lacérer une huile de Toulouse-Lautrec (laquelle se trouve en fait au Kunsthaus de Zurich, mais personne dans l'assistance ne semblait le savoir) représentant le Gros Propriétaire et la Caissière Anémique, il souligne la faiblesse des détails du premier plan, comparée à la magistrale économie de la tête du propriétaire. Pendant tout ce temps, le dilettante, au martyre, ficelé et bâillonné sur un siège, écoute avec incrédulité les railleries érudites de la jeune brute à l'accent cockney geignard. Pour finir, le meneur joue une courante de John Bull, avant de donner l'ordre de briser le clavecin. La caméra se rapproche doucement de la vieille tête grise. Gros plan sur les traits aristocratiques, tandis que le vacarme joyeux de la destruction monte crescendo. Les yeux s'exorbitent, la respiration devient de plus en plus laborieuse, l'image se brouille cependant que le vieillard semble pris à la gorge par un arrêt du cœur — fondu enchaîné au bout duquel on le retrouve sortant du sommeil dans un lit à baldaquin Reine Anne. Son majordone, intact et suave, lui apporte le premier thé matinal. Ce n'était qu'un rêve, Dieu merci, Dieu merci. Le public, conscient d'avoir été triché, se mit à gronder.

Le vieux dilettante, se promenant avec son épagneul et sa canne à pommeau d'argent dans un Sussex automnal, aperçoit soudain quelque chose qui le fait sursauter : un groupe de quatre jeunes hommes, identiques à ceux du cauchemar. Ils ont allumé un petit feu dans un bosquet et sont en train d'y rôtir des navets. Ils sont polis, tristes et découragés. Ils étaient allés dans le Kent pour la cueillette du houblon, mais aucun fermier n'a voulu louer leurs services. Ils sont sans travail et, après leur repas de navets à demi crus, ils s'apprêtent à se traîner jusqu'au prochain asile de l'Armée du Salut. Le vieil homme vide le contenu de son portefeuille, quinze livres en billets, et de ses poches : pièces d'argent. Les jeunes hommes sont reconnaissants, mais méfiants. Ils le suivent des yeux tandis qu'il s'éloigne avec ses os de vieillard, son épagneul et sa canne, pour regagner une grande maison à l'horizon. Le chef de bande dit, avec une voix de cockney geignard, que, si le vieux peut se permettre de faire cadeau d'une somme d'argent pareille, c'est qu'il doit y en avoir beaucoup plus là d'où ça vient : « Y en a qui sont nés pour le fric, dit-il, d'autres pour la misère. J'ai étudié à la bibliothèque municipale, et où est-ce que ça m'a mené ? Je sais tout ce qu'on peut savoir sur des peintres comme Toulouse-Lautrec, mais je ne peux même pas me payer une carte postale du Gros Propriétaire et de la Caissière Anémique. Ce soir, on entre là-dedans de gré ou de force et on rafle ce qu'on peut. » Mais, avec leur quinze livres et quelques, ils poussent jusqu'au village le plus proche, où ils se saoulent et font du tapage. On les arrête et les fourre au violon. Ils tombent dans un mauvais sommeil d'ivrogne, et le jeune homme éduqué a une vision de vandalisme et de carnage. Il se réveille et dit : « Non, c'est pas mon genre », puis se rendort. Plan final sur le vieux dilettante dans son lit somptueux, souriant dans son sommeil. FIN du fin.

J'ignorerai toujours si la chose se serait produite de toute façon, ou si elle fut la conséquence de ce dernier tiers du film et des ondes qu'il propagea, atteignant jusqu'à ceux qui ne l'avaient pas vu. Je parle de ce qui m'arriva alors que je prenais la sombre ruelle menant aux lumières et aux taxis de la Via Arenula. J'avais quatre-vingt-un ans et j'avais vécu une époque de violence, mais, sauf une fois à Nice, sans jamais encourir la brutalité. Je l'avais imaginée, je l'avais écrite, mais les seules affres que j'eusse connues, à part les supplices de l'esprit qui sont tolérables et peuvent être soulagés par le sommeil et le vin, à part la dyspepsie, les pincements dans les articulations et la sorte de maux de dents tempérés auxquels j'avais remédié le matin même, ces affres, oui — ma sœur, les victimes des camps, la pauvre chère Dorothy se tordant entre les pinces du cancer — je ne les avais connues qu'indirectement. Mais cette fois, à un âge où mon corps était mal équipé pour l'accepter, voilà que j'étais soumis à une agression physique qui me fait aujourd'hui douter que la littérature puisse jamais égaler la réalité humaine. Quatre jeunes Romains me sautèrent dessus, d'une venelle. Ils étaient typiques de la jeunesse moderne : beaucoup de cheveux, de bonnes dents, des yeux sans esprit, des flancs minces, des poings vigoureux.

Ils voulaient de l'argent, ils le prirent. Ils s'emparèrent aussi de ma montre. Le briquet que j'avais sur moi, le cadeau d'anniversaire d'Ali, à la croix de Malte, ils le dédaignèrent et donc le jetèrent dans la bouche d'égoût dont ma tête heurta la grille métallique, lorsque je basculai sous l'assaut. Le vol n'était que le prélude à la violence gratuite. A cette violence, ils pouvaient trouver un prétexte sans se donner trop de mal : mon âge, leur jeunesse ; ma richesse, leur pauvreté ; ma qualité méprisable d'étranger, en dépit de l'exactitude des voyelles italiennes que je prononçais avec des mots comme *perche ?* et *basta*. Mais la violence se passe de prétexte : elle est bonne en soi, comme la saveur d'une pomme ; elle fait partie du complexe humain. Je reçus des coups de pied. Je fus relevé d'entre mon sang et mes gémissements et, léger comme un cadre de bicyclette, mais beaucoup moins solide, maintenu par deux d'entre eux pendant que les deux autres me martelaient, je sentis des choses se briser à l'intérieur de moi, sourdement, mais dans un feu d'artifice de fulgurances. Je fus frappé à la bouche par un objet métallique et sentis des dents sauter, dont une, je le savais, était celle que mon dentiste avait jugé inutile d'extraire, « *Sono vecchio !* », geignis-je. Ouais, ils en convinrent, *vecchio !* Cela valait un bon coup supplémentaire dans mes testicules desséchés. « *Basta !* », dit l'un d'eux. Ce fut la dernière chose que j'entendis.

80

J'étais, à ce que je compris, à l'Ospedale Fatebenefratelli, dans l'Isola Tiberina. Chambre particulière, cela va de soi, avec l'odeur du fleuve montant par la fenêtre au quart ouverte. Le personnel soignant était mâle ; il appartenait à je ne sais quel ordre religieux, sentait bon et marchait à pas feutrés. Le docteur Pantucci, jeune, barbu, calvitie naissante, blouse blanche, avait fait une année d'études à John Hopkins : il tenait à parler l'anglais. Fractures multiples, trois dents en moins, danger de pneumonie écarté, non sans peine mais pour de bon « Vous êtes un vieil homme chanceux », me dit-il J'étais pris dans le plâtre et les pansements. Je demandai — et, avec ma dentition clairsemée, ma voix, remarquai-je, avait une résonance altérée

— Combien de temps ?

— Combien de temps devrez-vous rester ici ? Oh ! longtemps. Et lorsque vous rentrerez chez vous, ce sera pour une longue immobilité.

— Je vis seul. Je n'ai personne pour veiller sur moi.

— Il vous faudra des infirmières. Il y en a de bonnes à Malte.

— J'ai des difficultés à Malte. Il faut que je trouve un moyen de parler à mon domestique. J'ai besoin d'entrer en rapport avec le commissariat de police local.

— Il ne faut pas vous agiter. L'agitation est ennemie de la guérison. Il vous faut du calme, de la résignation.

— Mon serviteur va être expulsé de l'île. Je n'ai pas pu régulariser sa situation. (Je remarquai un téléphone blanc près du lit, juché sur un bras métallique extensible et contractile.) Si je pouvais obtenir le numéro de téléphone de la police à Lija, à Malte... Peut-être, l'ambassade de Malte ici...

— Il n'en est pas question pour le moment. Vous vous agitez. Il faut que je vous administre quelque chose pour provoquer le sommeil.

Il fallut deux jours encore avant que je pusse obtenir que l'on fît cet appel pour moi. Parlant à l'inspecteur, à Lija, j'entendais ma voix flûter et siffler, vraie caricature de la vieillesse.

— Oh ! dit l'inspecteur. Je suis très désolé de ces nouvelles. La loi et l'ordre sont une nécessité dans toute ville. Votre serviteur a été prévenu de sa situation. Il est déjà parti. Il s'est plaint de ne pas avoir d'argent. Nous avons détourné les yeux pendant qu'il prenait certains objets vous appartenant, pour les vendre au bazar indien de La Valette. Il fallait que ce fût fait, nous n'avions pas le choix ; vous n'étiez pas rentré, nous étions sans nouvelles de vous. Maintenant que je sais la raison, je suis navré.

— Quels objets ?

— Un jeu d'échecs, je crois. Un petit tableau. Vous constaterez à votre retour. Il a pris l'avion pour Tunis. Les clés de la maison sont entre les mains de la famille Grima, en face.

— Pourriez-vous avoir l'obligeance d'informer le facteur que j'aimerais que mon courrier suive jusqu'ici ? J'y suis pour quelque temps. 126, Ospedale Fatebenefratelli...

— Le tout en un seul mot ?

— Oui, en un seul mot.

— Ne restez pas trop longtemps absent de Malte. Il y a de nouvelles lois sur l'habitat, comme vous le savez.

— Quelles lois ?

— Le cabinet du Premier ministre considère l'absence durant une certaine période de temps comme un abandon de résidence permanent. Il y a une nouvelle législation prévoyant la confiscation des biens.

— Mais, bon sang ! ce n'est pas ma faute si je suis en miettes et presque mort. Je rentrerai dès que les autorités médicales m'autoriseront à voyager.

— Grod plagigrance pratipeux grabinoulor...

Coupé. Je retombai, épuisé, avec l'impression d'avoir fait plus de trois kilomètres à pied.

Au bout de deux semaines, le courrier commença à me parvenir. Deux des frères infirmiers m'en apportèrent tout un sac. Je n'étais pas en mesure d'ouvrir une seule lettre, un de mes bras étant totalement invalide et immobilisé en l'air dans le salut fasciste. Le frère presque idiot qui faisait les petits travaux et qui, au prix de toute une journée d'errances, m'avait rapporté mes bagages du Raphael, s'offrit gentiment à découper les enveloppes, en roucoulant d'extase devant la beauté des timbres exotiques. Un autre frère, rapide comme un terrier et philatéliste, était prêt à mordre pour se les approprier. Il y avait beaucoup de livres (en épreuves reliées, que les éditeurs américains m'envoyaient dans l'espoir d'un jugement aimable, utilisable pour la promotion). J'en fis don à la bibliothèque de l'hôpital. Au bout de six semaines, un volume m'arriva de Geoffrey ; celui-là, je ne le donnai pas. Il était accompagné d'une lettre que je pouvais à présent tenir, si faiblement que ce fût, à deux mains. Elle était brève et disait :

> Chère vieille et tendrement et authentiquement, encore que de façon intermittente, bien-aimée salope. Je suis ici dans, crotte, v' aurais dû indiquer l'adreffe en haut à droite et tout, comme quand j'écrivais une bafouille de mes deux le dimanche chers mater et pater, j'aurais dû oui, donc ici dans cette ville de Seattle, en l'État de Washington, et pas mal du tout d'ailleurs, nom de la rue s'appelle Rainier, le numéro 1075, et je suis là chez Nahum Brady, qui est de retour dans son habitat natal pour des recherches concernant je ne sais quel grand merdier de livre à scandale et à tout faire péter sur les gens des avions Bouing. Je vais vraiment très bien et ne me propose pas du tout d'aller te voir à Londres, si cela convient à ta seigneurie ; donc si ta grandeur avait l'obligeance de faire remettre la somme qu'elle sait en dollars à la ci-dessus adresse, j'en serais plus que reconnaissant. Ce qui signifie que j'ai fait ce qui m'était demandé, chère vieille chose, à savoir d'abord copier et expédier à Malte les archives qui vous intéressaient, travail facile que cela, et puis, infiniment plus difficile, fouinasser dans tout Chicago pour chercher les preuves que tu voulais, tu sais ; cette antique histoire de miracle de ton pape Gaygroire. Naturellement, du fait qu'il s'agissait de Sa Sainte Paire, tous les gens que j'ai rencontrés, rayon hôpital, n'étaient que trop prêts à déclarer sous serment qu'i l'avaient vu changer de la pisse de cheval en Johnny Walker. Mais j'ai été très ferme, comme vous savez que je peux l'être, et j'ai dit que j'en avais à un docteur en particulier, et qu'il était le seul à pouvoir mnémoigner ospisiellement, j'étais bourré comme de bien entendu, n'ayant jamais réellement repris connaissance depuis mon débarquement à l'aéroport O'Hare. En tout cas, en dix maux comme en mille, j'ai dégoté le nom ; il était là dans les vieux registres

et les vieux rapports, et même au mur sur une plaque en lettres de l'Or le plus Pur, comme celui d'un héros de la patrie, qui prolongea des vies au lieu de les abréger, et autres enflures insanes. Il s'agissait d'un certain docteur B.C. Gimson, docteur en médecine, ayant laissé grand souvenir dans la mémoire des vieux, et aussi beaucoup d'admiration, pour avoir écrit, et qui plus est, très cher, effectivement Publié une sorte de mémoire, celui-là même que vous devriez avoir présentement dans les mains, ou plutôt sur les genoux, à moins que, ha, ha, les unes comme les autres ou tous les quatre ne soient hautement hoccupés, suivez-moi jeune homme, nous ne voulons pas d'histoires, n'est-ce pas ? — ah ! que de fois ces paroles n'ont-elles pas été adressées à votre très sincèrement vôtre. Mais évidemment, impossible de trouver le moindre exemplaire. Publié en 1948 et soldé, après quoi le docteur B.C. Gimson est victime d'une légère fatalité dans l'exercice d'un sport glissant dont il était très immodérément passionné. On m'envoie donc à la veuve, qui vit dans la banlieue chic d'Oak Park, d'où venait ce bon bon Ernest Hem, et qui est toujours tel qu'en son temps, plein d'innombrables églises et dépourvu de tout bar — et pauvre petit moi qui avais une soif dont tu n'as pas idée ! Elle ne m'en a même pas offert un, faute d'avoir une seule goutte de rien chez elle. Quasiment presque complètement et totalement aveugle, très cher, mais se débrouillant toute seule, à part les voisins qui l'aident pour ses courses. Elle m'a dit jetez donc un coup d'œil sur ces étagères, et vous l'y trouverez peut-être — *Toubib* c'est le titre, *Toubib* — je ne peux plus lire, rapport à mes yeux, voyez-vous, charmante vieille dame en réalité n'empêche, apportez-le donc jusqu'à la table, là, vous n'avez qu'à copier ce que vous voulez et puis vous le remettrez où vous l'avez trouvé, c'est un de mes biens les plus précieux, et après ça va te faire voir, et toujours tintin pour la boisson. Hélas ! je l'ai blousée, la vieille truite : fait semblant de scribouiller quelques lignes, feint de remettre en place le précieux volume, mais dans les faits des faits, ô petit malin sans vergogne que je suis, l'ai planqué sous mon beau poulovert de cachemire tricoté main. Ah ! j'en aurai commis des crimes pour l'amour de Votre Bougrerie, espèce de vieux salaud. Donc, voilà. Page 153, c'est là qu'il faut regarder. N'oublie pas la monnaie. Prends bien soin de tes membres élégants encore que fragiles. Une chute pourrait être très très mauvaise à ton âge. J'attends de bonnes nouvelles bientôt, je pense, j'espère, je croise les doigts. Ton infidèle aimant, Geoffrey. XXXXXXXXX

Le livre était encore sous chemise. *Toubib*, oui, avec le caducée d'Esculape (à qui Socrate doit toujours un coq), sur la couverture et, derrière, une photographie gaie de l'auteur en uniforme militaire. Le visage ne me disait rien. J'hésitais à arriver trop vite à la page 153 ; je feuilletai donc, non sans peine, le début de l'ouvrage. S'y déroulait la vie d'un praticien qui, après quelques quinze années d'expériences variées dans les hôpitaux comme dans le privé, en Illinois, servait en qualité d'officier de santé dans l'armée américaine, de Pearl Harbor jusqu'à la fin. L'objet était de montrer assez dans l'esprit de Carlo comme le bien sort du mal comme notre homme avait appris à croire en la bonté foncière et, certainement, le courage des êtres humains ordinaires, et comme, après une adolescence d'agnosticisme maussade, il en venait à accepter l'idée d'un Dieu parfois énigmatique, mais toujours aimant. Quant à l'art de guérir les maladies, plus il l'exerçait, plus il voyait s'étendre l'aire de l'inexplicable : les patients mouraient quand ils auraient dû vivre, et inversement. Page 153, il mentionnait une rémission mystérieuse d'un mal, dans un hôpital de Chicago, et faisait suivre la chose d'un paragraphe verbeux sur le sens possible du terme *miracle*. Page 155 (manifestement omise par Geoffrey dans sa lecture), il donnait le nom de l'enfant guéri par la prière et spéculait sur l'avenir éventuel d'un individu si insignement choisi par le Seigneur pour s'attirer sa faveur spéciale. Et là, je crus bien que mes yeux me trompaient.

Je demandai que l'on appelât au téléphone Monsignor O'Shaughnessy, à son appartement privé de la Via Giulia. Lorsque je l'eus au bout du fil, je lui parlai du bon vieux temps. Les bonnes parties de bridge de Paris ? Comment les oublier jamais ? La voix semblait engouée de whisky. Le whisky, le whiskey irlandais plutôt, avait probablement freiné son avancement. Il n'était même pas évêque. Il était chargé de bouts de travaux divers dans d'obscurs secteurs du Vatican, entre autres la constitution des dossiers de canonisation. Il n'y avait bien entendu pas foule d'occasions de confectionner des saints. Il déclara qu'il viendrait me voir, bien qu'il trouvât difficile de se trimballer ces temps-ci. Anno domini, vous savez : il avait soixante-dix-neuf ans. J'en ai quatre-vingt-un, répliquai-je. Vraiment, qui l'eût cru ?

Il arriva en clopinant, deux jours après. Vieux, certes, conservé dans le whisky, avec le même long cou irlandais que je me rappelais, les yeux couleur de lait coupé d'eau et clignotants de névroses irlandaises, le visage semblable à la carte d'une campagne irlandaise dépeuplée, avec des chemins de terre poussiéreux ne menant nulle part. Il s'assit à mon chevet. Je dis :

— Pour la canonisation de notre défunt ami Carlo... je suis prêt à signer le formulaire approprié. J'ai incontestablement assisté à un miracle. Et ici même, dans ce livre que je viens de recevoir des Etats-Unis, se trouve la corroboration de l'événement. Par le médecin en personne. Page 153. Auriez-vous l'amabilité de me le lire à voix haute. J'ai eu un méchant accident, et ma vue n'est point si bonne.

Il chaussa des lunettes à monture de corne et claqua des lèvres. Mon méchant accident ne l'intéressait pas particulièrement : « Tombé, hein ? *Ach !* ce n'est que trop facile, à notre âge. On a un petit étourdissement, et les os cassent. Ah ! nous y voici. » Et approchant le livre de ses yeux, il lut :

— *Je me souviens du nom du prêtre. Il était le frère d'un certain M. Campanati, homme d'affaires de Chicago bien connu. Le père Campanati se trouvait en visite à l'hôpital, accompagné d'un ami ou parent anglais (lequel des deux ? je ne sais plus), parce que son frère avait été victime des trafiquants d'alcool qui prospéraient en ces temps infortunés. Il ne put rien pour son frère agonisant, mais pénétra dans la salle commune voisine, où un enfant se mourait de méningite. Ledit enfant était mon patient et avait atteint le stade terminal irréversible de la maladie. Sans rien d'autre qu'une prière, le père Campanati renversa le processus et l'enfant commença d'aller mieux. Le rétablissement fut incroyablement rapide. Deux jours de plus, et le petit malade s'asseyait dans son lit et recevait une alimentation légère. Il nous était venu de l'orphelinat de Saint-Nicolas, établissement laïc, malgré son nom, saint Nicolas étant, on le sait, le patron des enfants. En prime à son rétablissement, le jeune garçon fut adopté, alors qu'il était encore à l'hôpital, qu'il quitta entre ses nouveaux parents.* (Monsignor O'Shaughnessy leva les yeux.) Cela me semble assez déterminant. C'est certainement à joindre au dossier. (Il baissa de nouveau le regard sur la page.) Ensuite, l'auteur disserte sur le scepticisme qu'il avait devant les miracles et sur la façon dont cet événement l'en avait guéri. Des miracles, il en avait vu d'autres, ensuite, comme officier de santé dans l'armée : par exemple, un homme qui racontait qu'il se débarrasserait de sa pneumonie en la noyant dans l'alcool, et qui y avait réussi. Intéressant, mais cela n'a rien d'un miracle.

— Lisez page 155.

— Voyons un peu... *Je n'ai jamais revu l'enfant après son adoption et sa sortie d'hôpital. Mais je me suis souvent demandé ce qu'il était advenu de lui. Je me souviens de son prénom : Godfrey. Le patronyme sous lequel on l'avait admis, je l'ai oublié ; mais je me rappelle fort bien celui sous lequel il sortit : Manning. Le couple sans enfant qui l'avait adopté n'était pas riche, mais était, cela sautait aux yeux, aimant. Ils l'emmenèrent vivre dans un foyer qui, pour être humble, n'en était pas moins plein d'affection, à Decatur, dans l'Illinois. Godfrey Manning me paraissait être un bon nom, puisqu'il réunissait* God, *Dieu, et* Man, *homme.*

— Alors ? dis-je, en proie à un mélange de sentiments que je sentais capables de me briser le corps, si celui-ci n'avait été étroitement corseté dans le plâtre et les bandages. Ce nom vous dit-il quelque chose ?

— Il est excellent, j'en conviens. Ce n'est pas qu'un nom ait grand sens... Ah ! mais attendez, si, cela réveille un tout petit souvenir, là, tout au fond... Est-ce qu'on ne l'a pas lu dans les journaux ?

— Il y a figuré vers l'époque de la mort de Carlo, feu Sa Sainteté, devrais-je dire. A propos d'une très abominable affaire. Le corps du Christ administré sous l'espèce d'une pilule de cyanure. Près de deux mille personnes assassinées au nom du Seigneur Dont ma petite ou grand-nièce. Et son bébé.

— O Jésus ! O sainte Marie Mère de Dieu ! C'était lui ? Oh ! le Seigneur nous sauve O Cœur Sacré de Jésus ! (Il se signa plusieurs fois, mais d'un air égaré, comme un homme atteint du syndrome de Korsakoff.) *Ach !* reprit-il. Ce n'est pas possible. C est une coïncidence. Il est impossible que cela se soit passé ainsi

— Et si ce n'était pas, ce qui est le cas, une coïncidence ?

— Le Seigneur accorde le libre arbitre à chaque créature humaine. Si l'une d'elles finit mal, on ne peut en accuser le Seigneur. Ceci n'est qu'une abomination commise par un être humain retranché du Seigneur. Reprocheriez-vous à Dieu l'existence monstrueuse d'Hitler ? Tout de même pas ! Ou de Mussolini et de tous les autres affreux personnages que ce siècle effroyable a vomis sur nous ? L'homme est une créature libre et use parfois de façon épouvantable de sa liberté.

— Oui, dis-je, tout en ne croyant rien de cette affirmation. (L'avais-je été, libre, moi ? Non, pas un seul instant de ma vie solitaire.) Mais si Dieu choisit délibérément d'intervenir dans le libre cours de sa création, et c'est là ce que signifie un miracle... s'il sauve telle vie plutôt que telle autre, alors ? Cela ne veut-il pas dire qu'il nourrit une intention particulière à l'égard de cette vie-là ? Qu'il fait jouer la préconnaissance, alors qu'il se la dénie d'ordinaire afin d'assurer la liberté humaine ? (Cette dernière phrase m'avait épuisé. Suffit pour un jour ; repos, ne plus penser à cette affaire.) Exemple, ajoutai-je cependant, cette fameuse légende de saint Nicolas, puisque saint Nicolas se trouve mêlé lui aussi à cette histoire. Ah ! mais qu'importe.

— Ce que vous tentez d'exprimer là à propos de Dieu est le genre de chose que l'on ne doit jamais, jamais, comprenez-vous ? dire en parlant de Lui. J'ai lu autrefois un roman sur la vie de Lazare, un dangereux roman français que j'avais trouvé sur les quais, à Paris. Il prétendait que Lazare avait été ressuscité d'entre les morts pour mener une existence de désordre et de fornication. C'était un livre pernicieux. L'imagination humaine est capable d'une somme effroyable de mal. Dieu nous bénisse, Dieu nous sauve de mal faire. Oui, oui, je la connais, votre histoire sur saint Nicolas. Cet Anatole France était un homme habile et intelligent, mais, comme tant d'autres de son espèce, capable de grands méfaits.

— Il est resté, dis-je, dans le domaine de l'imagination. Dieu préfère celui de l'action. Si Dieu n'avait pas sauvé cet enfant... Ah ! passons. Faites-moi donc signer ce qu'il faut pour dépêcher Carlo sur la voie de la canonisation. Et que l'on ne me parle plus de lui.

— Nous avons, dit Monsignor O'Shaughnessy, beaucoup d'autres miracles dans le dossier. Enfin, vous savez, des choses qu'il faudra examiner de près. Une vieille femme en noir a recouvré la vue en priant près de la tombe. Tel dirigeant communiste de Bracciano a découvert qu'il pouvait de nouveau marcher : Sa Sainteté lui avait rendu visite en rêve. Cela n'a pas diminué le communisme de notre homme ; il a dit que le Saint-Père lui-même était un communiste — pardonnons-lui sa stupidité... Je pense que nous pouvons remiser cette affaire : trop sujette à controverse. M'est avis que vous feriez mieux d'enrêner votre mémoire en l'occurrence... je sais, je sais, ce n'est pas commode, à nos âges où notre jeunesse est la seule chose dont nous nous souvenions. Et je crois que l'on ferait mieux aussi d'oublier ce livre. Il est vieux d'une vingtaine d'années, d'après la date que j'y lis ; il ne peut y en avoir beaucoup d'exemplaires en circulation. Nous aurons bien assez pour soutenir la béatification, qui est le premier pas, sans que l'on y mêle la controverse.

— On pourrait le verser parmi les pièces de l'*advocatus diaboli*.

— Là, vous plaisantez. Du coup, le personnage deviendrait véritablement diabolique. Non, oublions tout cela. Pour notre bien à tous. N'est-ce pas la meilleure voie ?

— Les pères, dis-je (ce qui ne semblait pas être, de prime abord, *a proposito*), sont des êtres terribles. L'on peut se passer d'eux. (M'arrivant droit dessus avec son davier rougi à blanc — était-ce donc cela ?) Les mères, c'est tout autre chose. Notre Mère l'Eglise. Notre Père des Cieux. Je me demande si le temps n'est pas venu pour moi de rejoindre le sein de l'Eglise.

— Pour sûr ; au fond vous n'en êtes jamais sorti, hein ?

— La nature sexuelle particulière dont j'ai été doté, dis-je d'un air de vieille fille, a obvié, dès ma quatorzième année environ, à toute possibilité, de ma part, de... (Respirer, il me fallait reprendre mon souffle.) C'est à Dublin que c'est arrivé, mais oublions cela.

— Vous en avez fini de la vie de la chair, à ce stade, dit-il gaillardement. Vous feriez mieux de rentrer dans le giron, à votre âge et dans l'état où vous êtes, à en juger par ce que j'en vois. Je vais leur demander de vous envoyer un prêtre pour vous entendre en confession.

— Non, dis-je. Non, merci. Merci tout de même, mais non.

— J'avais un frère qui s'appelait Terence, dit Monsignor O'Shaughnessy, et à qui il était venu un tas d'idées folles à force de lire trop des livres qu'il ne faut pas. Il est entré dans l'IRA et a été abattu par les siens, pouvez-vous imaginer cela ? Il disait toujours que, avec Not' Mère l'Eglise, on pouvait s'abriter de la toute présente colère du Tout-Puissant, mais à une condition : ne voir en elle qu'une institution de Jésus-Christ en tant que Fils souffrant qui nous protège du Père, lequel se montre uniquement sous l'aspect du tonnerre, de la foudre et autres terreurs de ce monde. Malgré le Fils, disait-il, non, le Fils ne pouvait pas être fait comme le Père. Tu n'es qu'un hérétique scandaleux ! lui criais-je chaque fois. C'est de l'arianisme, si vous connaissez le terme. En tout cas pour ce qui vous concerne, vous, maintenant, je ne serais que vous, que je commencerais à préparer ma confession ; cela doit faire un bout de temps que vous ne vous êtes pas approché de l'autel. Et dès que vous êtes prêt, je peux vous envoyer un prêtre. Pour être franc avec vous, je meurs d'envie d'un verre. N'auriez-vous pas un p'tit quelque chose qui ressemble à une goutte camouflé dans ce placard, là ?

— Je peux demander, si vous voulez. Nous avons une sorte de frère coursier. Mais il a tendance à se perdre en route. Il lui faudrait du temps, j'en ai peur.

— *Ach !* peu importe. Une dernière question. De quoi votre sœur et le Saint-Père ont-ils parlé, lorsqu'il était à l'article de la mort ? Je brûle de le savoir si vous le savez vous-même, bien sûr

— Il a dit, répondis-je clairement, qu'il l'aimait. Mais seulement comme Dante aima Béatrice. Pour lui, elle personnifiait la Divine Vision faite chair. Quant à la chair, précisément, il ajouta que, s'ils avaient pu tous deux se rencontrer assez tôt, il ne fût jamais entré dans les ordres et lui eût demandé, au lieu de cela, de l'épouser. Il n'était pas tout à fait *compos mentis.*

— *Ach!* « L'Eternel Féminin nous entraîne de haut », ajouta mon visiteur de façon inattendue. C'est une parole de Goethe. Peut-être, avec toute votre science, la connaîtriez-vous en allemand ?

— *Ja,* répondis-je. « *Das Ewig-Weibliche zieht uns hinan.* »

— C'est la vérité, et il ne sert à rien de le nier.

Ce qui accéléra mon rétablissement plus que toute autre chose, fut une lettre du ministère du Logement du gouvernement de Malte pour m'informer que, puisque ma propriété de Lija était de toute évidence inhabitée depuis quelque temps, l'on y voyait le signe de mon intention de renoncer à résider sur l'île. Les maisons abandonnées des expatriés étaient désormais reprises par le gouvernement afin de parer à la pénurie de logements dont souffraient les Maltais d'origine. L'on comptait sur ma bonté pour faire en sorte que les clés de ma propriété fussent remises aux bureaux du service idoine à Floriana, dans les plus brefs délais possibles. Votre dévoué serviteur, P. Mifsud. Je n'eus qu'une idée, sortir de cet hôpital et sauter dans un avion.

81

Mifsud ne vint pas en personne. Il envoya Azzopardi — monsieur, et non le frère qui avait accompagné la visite de Monseigneur. Aucune parenté probablement. A son arrivée, il me trouva dans mon fauteuil roulant autopropulsé, chromes et cuirs. Maria Fenek, mon infirmière de dix-huit ans, lui ouvrit la porte. J'eus un entretien avec ce jeune homme très brun, aux doux yeux noirs et aux épaisses pattes de lapin, dans mon cabinet de travail, avec derrière moi sur les étagères, les preuves de ma longue industrie. Azzopardi me donna clairement à entendre qu'il m'accordait une faveur exceptionnelle en se déplaçant lui-même. Selon le règlement, il était de mon devoir d'aller à lui, en faisant tinter humblement les symboles métalliques de ma soumission à l'expropriation. J'arguais avec modération de mon état et du fait que mon absence de Malte avait été la conséquence forcée d'un acte de violence gratuit contre ma personne ; du traitement inévitable et, pouvais-je me permettre de l'ajouter, fort onéreux qui s'en était suivi, y compris la taxe à la valeur ajoutée ; d'une immobilisation totale, laquelle, ainsi qu'il pouvait le constater, se poursuivait, et ajoutai qu'il était difficilement concevable qu'un homme de ma condition et de ma réputation se propulsât par ses propres moyens, sur des routes encombrées, pour franchir les kilomètres qui séparent Lija de Floriana. Il le comprenait parfaitement, et c'était pourquoi il avait abandonné les nombreuses occupations de sa charge pour venir à moi. Et maintenant, aurais-je la bonté de lui remettre les clés ?

Et où allais-je moi-même habiter, après l'exécution de l'acte d'expropriation ?

Cela ne le regardait pas. Il ne manquait pas d'hôtels sur l'île. Il y avait aussi les hôpitaux et les maisons de repos.

Et si, maintenant, je lui déclarais que j'avais déjà vendu la propriété à un Anglais assez peu judicieux pour désirer établir sa résidence à Malte ?

C'était contraire au règlement, lequel, manifestement, ne m'était guère familier. Les étrangers n'avaient plus le droit de vendre aucune propriété à d'autres étrangers.

— Je suis un vieil homme, dis-je. J'ai travaillé dur toute ma vie et je croyais avoir enfin trouvé le havre. Si je suis riche, et si je peux à ce titre être considéré comme une proie légitime pour les entreprises confiscatoires des gouvernements parvenus, ma richesse provient de gains légitimes. J'ai payé mon écot, M. Azzopardi, et je n'ai jamais rien pris dans la poche d'autrui. En revanche, c'est moi qui ai été beaucoup volé, et j'en ai assez. Je ne vois guère de différence entre la violence dont ma personne a été victime dans la Ville Sainte de Rome, et celle que votre gouvernement se propose d'exercer à l'encontre du droit naturel, pour moi, de jouir de la possession et de l'usage de ce qui m'appartient en propre.

Où avais-je pris qu'il existât un droit naturel de ce genre ? Tous les droits sont conférés par les gouvernements, non par la nature.

— Mes livres, mes papiers, mes meubles, tout cela est-il confisqué aussi ? N'y a-t-il rien ici que votre gouvernement me permette de qualifier de mien ?

S'il se trouvait des biens meubles encore sur les lieux au moment de la prise de possession du gouvernement au nom du peuple maltais, alors ils tombaient aussi sous le coup de la confiscation. Toutefois, le gouvernement n'était pas un monstre. On m'accordait trois jours à compter de celui-ci pour déménager ce qui pouvait l'être.

— Je n'ai pas le téléphone. Auriez-vous la bonté d'entrer en rapport de ma part avec MM. Cassar et Cooper à La Valette, pour les prier d'organiser le déménagement de mes biens meubles, leur transport au Royaume-Uni et leur mise en dépôt dans un garde-meuble métropolitain de leur choix ?

C'était beaucoup demander, mais il avait conscience de mes difficultés et, par bonté, il s'occuperait de l'exécution de ma requête.

— Il est une chose de plus que vous ferez pour moi, dis-je. Sinon, votre gouvernement sera dénoncé dans la presse mondiale et vilipendé comme le monstre que, selon vous, il n'est pas. Vous auriez tort de sous-estimer le pouvoir d'une plume universellement connue et, permettez-moi de le dire, révérée, M. Azzopardi Je convoquerai ici des photographes de presse, pour fixer sur la pellicule l'éviction brutale de sa propriété que vous aurez infligée à un homme distingué, âgé, invalide, malade, malheureux. Allez dire cela à votre M. Misfud. Et aussi à votre Premier ministre. Et à votre archevêque. Par le Christ vivant ! il fut un temps où les destroyers britanniques auraient canonné une capitale, de sa rivière ou de son port, ne fût-ce qu'au plus petit soupçon de l'ombre d'une indication qu'un ressortissant britannique aurait été traité de la manière dont je le suis par vous.

Les temps avaient changé, l'île n'était plus une colonie. La Grande-Bretagne n'avait plus de pouvoir dans le monde. Malte non plus n'était pas assez puissante, non, mais ses amis, si. Mes paroles étaient infamantes. Mieux valait me garder de prononcer des calomnies contre l'Etat maltais et le chef élu dudit. Quelle était cette autre requête ?

— Vous ferez établir, dis-je, une grande plaque ronde destinée à être apposée à la façade de cette propriété. Et les mots suivants y figureront, gravés ou en relief, mais de façon durable dont je vous laisse le choix. Je vous prie de noter ces mots dans votre petit carnet. Allez, monsieur, *notez! KENNETH MARCHAL TOOMEY, ROMANCIER ET AUTEUR DRAMATIQUE BRITANNIQUE, A VÉCU ICI JUSQU'A SON ÉVICTION PAR LE GOUVERNEMENT MALTAIS EN SEPTEMBRE 1971.* Vous avez bien enregistré ?

Ce ne pouvait être fait. Ce n'était pas du ressort de son ministère ni d'aucun autre service du gouvernement. Ce ne pouvait être effectué que par moi-même ou par quelque organisme privé intéressé, à condition, cela dit, que le gouvernement permît qu'un mémorial d'un si faible intérêt pour le peuple maltais fût apposé à une de ses propriétés.

— Ce sera foutrement fait, moi, je vous le dis ! m'écriai-je au comble de la fureur. Et maintenant, déménagez votre méchante pétite présence bureaucratique de ce qui, tant que j'y suis encore, demeure ma propriété, et ce, avant que je choisisse d'avoir une crise cardiaque fatale et que je vous maudisse à l'instant de ma mort. Moi, monsieur, j'ai vécu ma vie, et je suis entièrement prêt à passer à exécution. Sortez ! Sortez, sale petite vermine morveuse qui rongez le fromage du monde moderne !

Ce n'était pas tout à fait de cette manière que j'avais prévu de rentrer au pays.

82

— J'appellerai cela, je crois, dis-je, *Confabulations*

— C'est un titre cu-cul.

— Tout de même, réfléchis. En psychiatrie, selon ce dictionnaire que tu vois, cela signifie le remplacement des lacunes provoquées par le désordre de la mémoire, par les souvenirs imaginaires d'expériences que l'on croit être vraies. Cela dit, je n'y vois guère de différence. Toutes les mémoires sont en désordre. La vérité, quand elle n'est pas mathématique, est ce que nous croyons nous rappeler.

— Tiens ! encore un de ces trucs, dit Hortense. (Elle triait le courrier de la matinée. Son œil unique n'avait plus très bonne vue et elle devait regarder de très près.) Cela semble venir de Toronto.

— La chose habituelle ? demandai-je, tout en tassant sur mon bureau la version définitive de mon manuscrit et en veillant de la mettre au carré.

— L'épingle est plantée à l'endroit du cœur, sur l'image. Ressens-tu un coup de poignard au cœur ? Ton correspondant aimerait le savoir.

— Absolument pas. Mon cœur est en pleine forme. Ce n'est pas comme cela que Geoffrey me tuera.

— Pourquoi a-t-il si désespérément envie d'être publié ?

— L'argent, l'argent, l'argent. Le type de Doubleday, Thirlson, m'a dit qu'il toucherait la seconde moitié de l'avance quand cette biographie serait terminée. Ce qui est impossible tant que je ne suis pas mort. Et, en attendant, il y a ces *Confabulations.* Cela fera de son propre ouvrage, je l'espère, un peu une redondance. (Et j'eus un petit rire de méchant vieillard.)

— Tu n'es qu'un vilain vieux bonhomme, dit Hortense avec indulgence.

Elle avait beau être dans sa mi-septantaine, elle gardait une grande part de la sveltesse de sa jeunesse, comme de la grâce et de la fluidité du mouvement. Je ne parviens pas à me rappeler ce qu'elle portait ce matin-là, il y a de cela tout juste une semaine ; le temps est trop proche. Mais je me souviens du cache-œil, un beige mat, assorti à quelque chose. Les chaussures, probablement, ses chaussures beige. Elle se pencha sur sa montre-bracelet qui est très grosse, plus grosse que celle d'un homme : « C'est ouvert ». dit-elle.

Je me levai de mon fauteuil de bureau, avec une raideur qui n'est que justice pour mes quatre-vingts ans et quelques. Le long salon du rez-de-chaussée avait bonne allure sous le soleil matinal et estival du Sussex, qui le baignait doucement du côté regardant la mer. Les portes-fenêtres lui étaient ouvertes et l'on voyait le jardin en pente, la pelouse frais rasée et les pommiers. Mon mobilier et mes bibelots avaient enfin trouvé, j'en étais presque sûr, leur dernier asile. Dommage que manquât le dessin de Picasso ; mais les besoins d'Ali avaient été plus forts que ceux de son maître Mon buste en bronze, qu'Hortense menaçait depuis longtemps de modeler et avait enfin achevé dans sa remise, un garage transformé en atelier, à droite du cottage, me défiait de me prendre au sérieux — le Grand Auteur ! Jamais, pensais-je, je ne m'étais pris au sérieux. « Allons-y, alors, ma chère ». dis-je. Nous sortîmes par la porte de devant, bras dessus, bras dessous. Dans la cuisine, Mme Hill battait bruyamment quelque chose dans un bol. Dans le jardin de devant, son mari émondait le vieux noyer. « Bonjour, Tom », dis-je. Il entonna une litanie terrienne de voyelles paysannes.

— A propos de Tom, dit Hortense comme nous allions (elle, ne marchant à petits pas que pour s'accorder aux miens). gravissant la pente douce menant au Royal Oak. Oui, à propos de Tom, je crois que ce paquet plat, que je n'ai pas ouvert, doit contenir le trente-trois tours. Nous l'écouterons pendant le déjeuner.

— C'est toujours l'orchestre qui sonne grêle, sur ces réenregistrements, dis-je. Et la voix paraît être d'un autre âge. De nos jours, les voix essaient de vous mâcher les oreilles. Ce jeune butor, à la télévision, l'autre soir, mangeait son espèce de sale truc, tu n'as pas remarqué ?

— 'jour, m'sieur Toomey, 'jour, m'dame Toomey, dit Jack Laidlow de derrière son comptoir.

C'était plus commode ainsi. *Mme Campanati* n'eût jamais fait l'affaire dans ces régions : c'eût été comme si le menu du déjeuner, au Royal Oak, avait comporté des *spaghetti alla carbonara.* Mais cela viendrait un jour, sans aucun doute. D'avoir perdu si longtemps le contact, je sous-estimais la capacité qu'ont même les ruraux britanniques de s'adapter à l'exotisme. Après tout, il s'était bien ouvert un « salon de pizza » à Battle, maintenant. N'importe, avec l'extinction de la famille Campanati, il n'y avait plus grande raison de brandir son étendard dans le vide, et Hortense était tout naturellement revenue au nom sous lequel on l'avait connue comme écolière dans cette campagne. Sous la pression des nouvelles suffragettes ou je ne sais quel nom elles se donnaient, *Miss* et *Mrs* étaient subsumés en un *Ms* imprononçable. Les gosiers du Sussex n'avaient jamais fait grosse différence entre les deux qualités, toutes deux dérivant de *Mistress.* Les Hill considéraient comme allant de soi que nous étions mari et femme. Nous couchions dans des lits étroits, chacun contre l'un des murs opposés de la même chambre de maître ou de maîtresse. Si l'un de nous appelait dans la nuit, l'autre n'était qu'à dix pas chancelants de là. Le recteur du village, cependant, savait à quoi s'en tenir.

— Un demi de la meilleure, Jack, s'il vous plaît, et un scotch à l'eau.

Le recteur du village entrait à son tour : le révérend Bertram Murdoch, fils de bonne famille du Kent, qui, pour vivre, n'avait pas besoin de gagner sa vie.

— Un grand Gordon's gin, M. Laidlow, et juste un soupçon de jus de citron. (A la différence des prêtres du catholicisme réformé, il s'en tenait, sauf pour le squash et le cricket, au noir et au col ecclésiastiques.) Quelle journée magnifique, dit-il, mais je crains un changement de temps. Les fermiers seront, du moins en théorie, ravis. (C'était un bel homme gris fer, dans la soixantaine, doté de très peu d'humour.)

— Admirable, votre sermon d'hier, si je puis me permettre de le dire, monsieur le recteur. C'était gentil à vous de me citer. Il ne fallait pas vous y croire obligé, vous savez.

— Rien n'était plus approprié. J'ai, euh, des nouvelles pour vous deux. (Nous étions, Hortense et moi, perchés sur des tabourets, tout proches. Le recteur inséra sa tête entre les nôtres.) La messe en latin, dit-il en baissant la voix. Celle du concile de Trente. Elle sera célébrée à l'aube, à partir de dimanche prochain, dans la demeure de lady Fressingfield. Je pensais que cela vous intéresserait de le savoir. Un jeune prêtre français, le Père Chabrier, sera le, euh, célébrant régulier.

— On se croirait au temps de la Réforme, dit Hortense. La messe en secret. Y a-t-il une cache de prêtre, par ici, si tel est bien le mot ?

— Je pensais que l'information vous intéresserait. J'y ferai moi-même un saut de temps à autre, je crois. Bien que mon dimanche soit déjà une bien longue journée.

— Nous sommes très satisfaits, dis-je, de la marque de christianisme que nous offre Sa Majesté. Quand nous sommes en Angleterre ou dans les territoires. C'est égal, il est très excitant de penser qu'il y ait là un grain de criminalité. Il faudra y aller, Hortense. Nous pourrons même nous confesser en français, j'imagine, à la lueur des cierges d'avant l'aube. Les péchés rendent un son toujours plus digne en français.

— Oui, dit le recteur, comme Baudelaire. C'est un plaisir de penser que l'on n'a pas à se retrancher d'une confession pour appartenir à l'autre. Voilà une réforme grégorienne que nous devons tous approuver. Bonjour, M. Amos, bonjour, M. Catt, bonjour, M. Willard.

— Honhouuuur, m'sieur le recteur.

— Vous y connaissez-vous, demanda le recteur à Hortense, en plantes médicinales ?

— Je sais le nom de quelques-unes. Agrimoine, bistorte, épine de rat, lysimaque, herbe à Paris, reine des prés, ciguë... (Elle trembla un peu à ce mot.)

— Renoncule ficaire, suggérai-je. Pain de coucou, barbotine, coquelourde, benoîte, brunelle... Pourquoi cette question ? (On eût dit que l'on nous soumettait à un examen d'accès au droit à la vie rurale anglaise.)

— Je me demandais, simplement. J'ai le doyen du canton a dîner. C'est un obsédé de ce genre de chose. Et je suis parfaitement ignare. Croyez-vous que vous pourriez venir tous les deux ? Jeudi ?

— Oui, merci, nous n'avons rien prévu d'autre.

Au déjeuner, ce jour-là, Mme Hill nous servit un gigot d'agneau rôti à la sauce à la menthe.

— C'est drôle, dis-je, que les Français considèrent cela comme un barbarisme. Notre mère, il m'en souvient, mélangeait dûment menthe hachée, sucre et vinaigre pour nous autres, mais en se récriant que c'était une hérésie anglicane. Ces nouveaux venus, les structuralistes français, refusent à la cuisine le synchronisme sucre et épices : cela ne fait pas partie de la culture occidentale, à les en croire. Et que faites-vous des Britanniques ? a demandé quelqu'un. Avec leur rôti de porc à la sauce aux pommes en l'air, etc. Je crois que c'est Lévi-Strauss lui-même qui affirme que les Britanniques n'appartiennent pas à la culture occidentale.

— Voici la chanson sur Paris, dit Hortense.

Tommy Toomey, exhumé du passé, chantait et parlait sur trente-trois tours pour une nouvelle génération. Sa voix claire restituait mes très vieilles paroles pendant que nous mangions la tarte aux pommes avec de la crème :

Puis ayant bien dîné
Et l'ayant entraînée
Dans une boîte chic
Finement distillant
Un aimable penchant
Pour l'ambiance érotique,
Surtout contre toi garde-la très
Serrée,
Jusqu'à ce qu'en ayant perdu la tête...

— Tout cela sorti, dis-je humblement, de ma jeune imagination.

— Chut.

... Ton être entier soit une fête.
Et si quittant la danse,
La chance
Aidant, tu sens vibrer la musique des sphères,
C'est que Paris est dans l'air...

Nous prîmes le café dans nos fauteuils en écoutant l'autre face du disque. Tom monologuisait. Il suffisait de décrocher le haut-parleur du mur de la salle à manger pour l'amener, au bout de sa longue laisse, jusque dans le salon.

— Je n'avais jamais entendu un seul de ceux-ci, dis-je.

— Ni moi. Nous étions loin. Nous n'étions pas au pays.

— Tom, pourtant mort avant l'invasion de l'Europe par les nazis, avait imaginé une Angleterre occupée, ou la jeunesse d'une école rurale, toute semblable à celle d'ici, en bas de la route, était endoctrinée par un *Erziehungsfeldwebel.* Nous entendions la voix du sergent : « Ja, meine enfants, il y a ein chose très amusante nous apprendre avant nous commencer, et ça est comment vous dites Himmel, alles là-haut ? Ça est ciel, ja ? Mais le ciel, c'est de *l'air,* ja ? L'air, très haut, très beau. Et vous dehors marcher, vous regarder en l'air. Vous tomber. Vous dire quoi ? *Aïe,* ja ? Vous mal, vous au *lit.* Vous dire quoi : *Aïe, lit,* ja ? Et pourquoi lit ? Parce que vous regarder en l'air. Alors vous dire : *Aïe, lit, l'air.* Ist das nicht gut ? Choli, ja ? Et maintenant, vous ajouter liaison petit "t" : *Aïe lit t'l'air.* Ça pas beau ? Ja ! »

— O mon Dieu ! dis-je. C'est tout à fait comme cela que les choses se seraient passées.

— Celui-là non plus, je ne le connaissais pas.

C'était Tom, dans le rôle d'une mère tendre mais irascible. Elle est avec ses deux enfants. Ils viennent de déménager pour s'installer dans une nouvelle maison, et les enfants, pendant le déménagement, sont restés chez une tante quelque part. A présent, ils font connaissance avec la nouvelle maison et de nouveaux meubles : « Les enfants, il faut commencer bien, dès le départ, parce que nous voulons que tout continue à aller bien. Vous ne *toucherez à rien,* vous entendez ? Sous ce coussin, là, il y a un animal à cinq pattes qui n'aime pas qu'on le dérange. Touchez au coussin, et il vous *mord.* Là, qu'est-ce que je vous disais ? Très bien, suce encore, mais mieux. *Maintenant, tu sais.* Derrière ce tableau, dont le titre est Fidèle jusqu'à la Mort, il y a un grand trou carré, et dans ce trou loge toute une colonie de bestioles qui grimpent partout et qui *piquent.* Et dans la chasse d'eau des cabinets, les enfants, il y a une énorme araignée de toutes les couleurs, qui n'attend que l'occasion de vous *sauter dessus.* Laissez ça tranquille, entendez-vous, Hortense, Kenneth... »

— O mon Dieu, répétai-je.

« Laissez ça tranquille, je vous dis », poursuivit la voix maternelle de Tom. Puis il toussa. Et, sortant de la suffocation de la quinte : « Là ! Qu'est-ce que je vous disais, les enfants ? j'aurais mieux fait de toucher un peu moins au tabac, vous ne croyez pas ? Aheu, aheu, aheu, oh ! là là. » Le disque s'arrêta.

— Pauvre Tom, dis-je.

— Qu'est-ce que tu racontes, *pauvre Tom ?* dit Hortense. Tom n'avait aucun besoin de pitié. Tom était le seul homme vraiment bon et bien que j'aie jamais connu. Si je croyais aux saints, c'est à lui que j'adresserais mes prières.

Ce soir-là, comme presque toujours, nous regardâmes la télévision. Notre longue existence était souvent réfractée par l'écran : une allusion, dans une interview accordée par l'archevêque d'York, au néogrégorianisme ; un homme à microphone dans une galerie d'art de Birminghan, avec une petite sculpture en métal d'Hortense, luisant sans éclat et dédaignée à l'arrière-plan, pendant que l'autre parlait de l'excellence d'Ahmar, de Kokinos ou de Vermelho ; un reniflement de mépris pour Maugham ou Toomey dans une émission intitulée *Présentoir de poche* ; ou, comme ce soir, un vieux film, musique de Domenico Campanati.

— Il n'était pas si mauvais, dit Hortense à contrecœur, cependant que les chères trompettes bouchées de Nick annonçaient l'aube sur la mer, puis que ses cordes en masse servaient de lit à des corps passionnés. J'imagine qu'aucun de nous n'était vraiment mauvais. En tout cas, nos intentions étaient bonnes.

Les jours et les nuits de calme et de chaleur fondirent, tard, en pluie violente et en tonnerre, tandis que les éclairs télégraphiaient leurs brefs messages cryptiques sur la Manche.

— Il pose son pas ferme sur la mer, dis-je, citant l'office du dimanche tout en regardant la pluie flageller les portes-fenêtres. Et il chevauche la tempête. Le vieux salopard ! Tu crois qu'il nous laissera dormir ?

— On l'en persuadera. C'est cela, le seul article de ma foi.

Le ciel continuait à se vider lorsque nous allâmes nous coucher. Le tonnerre traînait son charroi au-dessus de notre toit et, dans l'instant même d'une fulgurance bleue, j'entendis le craquement et l'effondrement ruisselant, feuillu, pareil à un bruit de foule, de, sûrement, ce grand chêne dans le champ des Penny, en face. J'attendis, comme toujours, que le souffle de ma sœur installât son rythme calme après l'unique barbiturique. Puis je me tournai, vieux sac d'os que j'étais, sur le côté gauche, et me mis en devoir de chercher le bref somme qui, je le savais, se terminerait par une heure d'attente avant les chœurs de l'aube. J'ai, peut-être s'en souviendra-t-on, tourné ingénieusement un début approprié. J'ai toujours, dans toute ma carrière littéraire, trouvé que finir est un dur supplice. Dieu merci (Dieu ou autre chose), les derniers mots ne seront pas pour ma plume et, merci encore au même ou à l'autre chose, leur grincement ou leur vibration ne pourront plus, selon la nature des choses, être bien longtemps encore différés. J'espère qu'il n'y aura pas de rêves.

Monaco, 1980.

Cet ouvrage a été composé par Facompo
et imprimé par S.E.P.C. à Saint-Amand-Montrond - Cher
pour le compte des éditions Acropole

Achevé d'imprimer le 12 octobre 1981

Dépôt légal : 3e trimestre 1981.
N° d'Édition : 364-2. N° d'Impression : 1323.
Imprimé en France